宋史演义 元史演义

中国历朝通俗演义

1935年会文堂铅印本简体版权威定本

蔡东藩 著

北京理工大学出版社
BEIJING INSTITUTE OF TECHNOLOGY PRESS

版权专有　侵权必究

图书在版编目（CIP）数据

宋史演义；元史演义 / 蔡东藩著. —— 北京：北京理工大学出版社，2019.10（2019.12重印）

（中国历朝通俗演义）

ISBN 978-7-5682-7537-8

Ⅰ. ①宋… Ⅱ. ①蔡… Ⅲ. ①章回小说 – 小说集 – 中国 – 现代 Ⅳ. ① I246.4

中国版本图书馆 CIP 数据核字（2019）第 185488 号

出版发行 / 北京理工大学出版社有限责任公司
社　　址 / 北京市海淀区中关村南大街5号
邮　　编 / 100081
电　　话 /（010）68914775（总编室）82562903（教材售后服务热线）
　　　　　68948351（其他图书服务热线）
网　　址 / http://www.bitpress.com.cn
经　　销 / 全国各地新华书店
印　　刷 / 三河市华骏印务包装有限公司
开　　本 / 880毫米 × 1230毫米　1/32
印　　张 / 26.25
字　　数 / 852千字　　　　　　　　　　　　　责任编辑 / 魏　诺
版　　次 / 2019年10月第1版　2019年12月第4次印刷　责任校对 / 陈　玉
定　　价 / 408.00元（共6册）　　　　　　　　　责任印制 / 边心超

图书出现印装质量问题，请拨打售后服务热线，本社负责调换

目 录

宋史演义

《宋史演义》自序 …………………………………………………… 3
《宋史演义》世系图 ………………………………………………… 5
第 一 回　河洛降神奇儿出世　弧矢见志游子离乡 ………… 7
第 二 回　遇异僧幸示迷途　扫强敌连擒渠帅 ……………… 11
第 三 回　忧父病重托赵则平　肃军威大败李景达 ………… 16
第 四 回　紫金山唐营尽覆　瓦桥关辽将出降 ……………… 20
第 五 回　陈桥驿定策立新君　崇元殿受禅登大位 ………… 25
第 六 回　公主钟情再婚志喜　孤臣败死一炬成墟 ………… 29
第 七 回　李重进阖家投火窟　宋太祖杯酒释兵权 ………… 34
第 八 回　遣师南下戡定荆湘　冒雪宵来商征巴蜀 ………… 39
第 九 回　破川军孱王归命　受蜀俘美妇承恩 ……………… 44
第 十 回　戡兵变再定西川　兴王师得平南汉 ……………… 49
第 十 一 回　悬绘像计杀敌臣　造浮梁功成采石 …………… 54
第 十 二 回　明德楼纶音释俘　万岁殿烛影生疑 …………… 59
第 十 三 回　吴越王归诚纳土　北汉主穷蹙乞降 …………… 64
第 十 四 回　高梁河宋师败绩　雁门关辽将丧元 …………… 69
第 十 五 回　弄巧成拙妹情殉边　修怨背盟皇弟受祸 ……… 73
第 十 六 回　进治道陈希夷入朝　遁穷荒李继迁降虏 ……… 78
第 十 七 回　岐沟关曹彬失律　陈家谷杨业捐躯 …………… 83
第 十 八 回　张齐贤用谋却敌　尹继伦奋力蹋营 …………… 87
第 十 九 回　报宿怨故王索命　讨乱党宦寺典兵 …………… 92

第二十回	伐西夏五路出师	立新皇百官入贺	97
第二十一回	康保裔血战亡身	雷有终火攻平匪	101
第二十二回	收番部叛王中计	纳忠谏御驾亲征	106
第二十三回	澶州城磋商和约	承天门伪降帛书	111
第二十四回	孙待制空言阻西幸	刘美人微宠继中宫	116
第二十五回	留遗恨王旦病终	坐株连寇准遭贬	121
第二十六回	王沂公劾奸除首恶	鲁正公挽辇进忠言	126
第二十七回	刘太后极乐归天	郭正宫因争失位	131
第二十八回	萧耨斤挟权弑主母	赵元昊僭号寇边疆	136
第二十九回	中虏计任福战殁	奉使命富弼辞行	141
第 三 十 回	争和约折服契丹	除敌臣收降元昊	145
第三十一回	明副使力破叛徒	曹皇后智平逆贼	150
第三十二回	狄青夜夺昆仑关	包拯出知开封府	155
第三十三回	立储贰入承大统	释嫌疑准请撤帘	161
第三十四回	争濮议聚讼盈廷	传颖王长男主器	166
第三十五回	神宗误用王安石	种谔诱降鬼名山	171
第三十六回	议新法创设条例司	谳疑狱狡脱谋夫案	176
第三十七回	韩使相谏君论弊政	朱明府寻母竭孝思	180
第三十八回	弃边城抚臣坐罪	徙杭州名吏闲游	185
第三十九回	藉父威竖子成名	逞兵谋番渠被掳	190
第 四 十 回	流民图为国请命	分水岭割地畀辽	195
第四十一回	奉使命率军征交趾	蒙慈恩减罪谪黄州	200
第四十二回	伐西夏李宪丧师	城永乐徐禧陷殁	205
第四十三回	立幼主高后垂帘	拜首相温公殉国	210
第四十四回	分三党廷臣构衅	备六礼册后正仪	215
第四十五回	嘱后事贤后升遐	绍先朝奸臣煽祸	220
第四十六回	宠妾废妻皇纲倒置	崇邪黜正党狱迭兴	225
第四十七回	拓边防谋定制胜	窃后位喜极生悲	231
第四十八回	承兄祚初政清明	信阉言再用奸慝	236
第四十九回	端礼门立碑诬正士	河湟路遣将复西蕃	241
第 五 十 回	应供奉朱勔承差	得奥援蔡京复相	246
第五十一回	巧排挤毒死辅臣	喜招徕载归异族	251

回次	回目	页码
第五十二回	信道教诡说遇天神　筑离宫微行探春色	256
第五十三回	挟妓纵欢歌楼被泽　屈尊就宴相府承恩	260
第五十四回	造雄邦恃强称帝　通远使约金攻辽	265
第五十五回	帮源峒方腊揭竿　梁山泊宋江结寨	270
第五十六回	知海州收降及时雨　破杭城计出智多星	276
第五十七回	入深岩得擒叛首　征朔方再挫王师	281
第五十八回	夸功铭石艮岳成山　覆国丧身屐辽绝祀	286
第五十九回	启外衅胡人南下　定内禅上皇东奔	291
第六十回	遵敌约城下乞盟　满恶贯途中授首	297
第六十一回	议和议战朝局纷争　误国误家京城失守	303
第六十二回	堕奸谋阖宫被劫　立异姓二帝蒙尘	309
第六十三回	承遗祚藩王登极　发逆案奸贼伏诛	314
第六十四回	宗留守力疾捐躯　信王榛败亡失迹	319
第六十五回	招寇侮惊驰御驾　胁禅位激动义师	325
第六十六回	韩世忠力平首逆　金兀术大举南侵	330
第六十七回	巾帼英雄桴鼓助战　须眉豪气舞剑吟词	336
第六十八回	赵立中炮失楚州　刘豫降虏称齐帝	341
第六十九回	破剧盗将帅齐驱　败强虏弟兄著绩	346
第七十回	岳家军克复襄汉　韩太尉保障江淮	352
第七十一回	入洞庭擒渠扫穴　返庐山奉梓奔丧	358
第七十二回	髯将军败敌扬威　愚参谋监军遇害	363
第七十三回	撤藩封伪主被縶　拒和议忠谏留名	369
第七十四回	刘锜力捍顺昌城　岳飞奏捷朱仙镇	374
第七十五回	传伪诏连促班师　设毒谋构成冤狱	379
第七十六回	屈膝求和母后返驾　刺奸被执义士丧生	385
第七十七回	立赵宗亲王嗣服　弑金帝逆贼肆淫	390
第七十八回	金主亮分道入寇　虞允文大破敌军	396
第七十九回	诛暴主辽阳立新君　隳前功符离惊溃变	402
第八十回	废守备奸臣通敌　申和约使节还朝	409
第八十一回	朱晦翁创立社仓法　宋孝宗重定内禅仪	414
第八十二回	揽内权辣手逞凶　劝过宫引裾极谏	419
第八十三回	赵汝愚定策立新皇　韩侂胄弄权逐良相	425

第八十四回	贺生辰尚书钻狗窦　侍夜宴艳后媚龙颜	431
第八十五回	倡北伐丧师辱国　据西陲作乱亡家	437
第八十六回	史弥远定计除奸　铁木真称尊耀武	443
第八十七回	失中都金丞相殉节　获少女杨家堡成婚	449
第八十八回	寇南朝孱主误军谋　据东海降盗加节钺	454
第八十九回	易嗣君济邸蒙冤　逐制帅楚城屡乱	460
第九十回	诛逆首淮南纾患　戕外使蜀右被兵	466
第九十一回	约蒙古夹击残金　克蔡州献俘太庙	472
第九十二回	图中原两军败退　寇南宋三路进兵	477
第九十三回	守蜀境累得贤才　劾史氏力扶名教	483
第九十四回	余制使忧谗殒命　董丞相被胁罢官	488
第九十五回	捏捷报欺君罔上　拘行人弃好背盟	493
第九十六回	史天泽讨叛诛李璮　贾似道弄权居葛岭	499
第九十七回	援孤城连丧二将　宠大憝贻误十年	505
第九十八回	报怨兴兵蹂躏江右　丧师辱国窜殛岭南	510
第九十九回	屯焦山全军告燹　陷临安幼主被虏	516
第一百回	拥二王勉支残局　覆两宫怅断重洋	523

元史演义

《元史演义》自序 …… 531
《元史演义》世系图 …… 533

第一回	感白光孀姝成孕　劫红颜异儿得妻	535
第二回	拥众称尊创始立国　班师奏凯复庆生男	540
第三回	女丈夫执旗招叛众　小英雄逃难遇救星	545
第四回	追失马幸遇良朋　喜乘龙送归佳耦	550
第五回	合浦还珠三军奏凯　穹庐返幕各族投诚	554
第六回	帖木真独胜诸部　札木合复兴联军	559
第七回	报旧恨重遇丽姝　复前仇叠逢美妇	564
第八回	四杰赴援以德报怨　一夫拚命用少胜多	569
第九回	责汪罕潜师劫寨　杀脱里恃力兴兵	573
第十回	纳忽山孱主亡身　斡难河雄酋称帝	578

第十一回	西夏主献女乞和 蒙古军入关耀武	584
第十二回	拔中都分兵南略 立继嗣定议西征	589
第十三回	回酋投荒窜死孤岛 雄师追寇穷极遐方	594
第十四回	见角端西域班师 破钦察归途丧将	599
第十五回	灭西夏庸主覆宗 遭大丧新君嗣统	604
第十六回	将帅迭亡乞盟城下 后妃被劫失守都中	609
第十七回	南北夹攻完颜赤族 东西遣将蒙古张威	614
第十八回	阿鲁思全境被兵 欧罗巴东方受敌	619
第十九回	姑妇临朝生暗衅 弟兄佐命立奇功	624
第二十回	勤南略赍志告终 据大位改元颁敕	630
第二十一回	守襄阳力屈五年 覆厓山功成一统	635
第二十二回	渔色徇财计臣致乱 表忠流血信国成仁	641
第二十三回	征日本全军尽没 讨安南两次无功	645
第二十四回	海都汗连兵构衅 乃颜王败走遭擒	650
第二十五回	明黜陟权奸伏法 慎战守老将骄兵	655
第二十六回	皇孙北返灵玺呈祥 母后西巡台臣匦奏	661
第二十七回	得良将北方靖寇 信贪臣南服丧师	666
第二十八回	蛮酋成擒妖妇骈戮 藩王入觐牝后通谋	671
第二十九回	诛奸慝怀宁嗣位 耽酒色璧幸盈朝	676
第三十回	承兄位诛逐奸邪 重儒臣规行科举	681
第三十一回	上弹章劾佞无功 信憸言立储背约	686
第三十二回	争位弄兵藩王两败 挟私报怨善类一空	690
第三十三回	隆孝养迭呈册宝 泄逆谋立正典刑	695
第三十四回	满恶贯奸相伏冥诛 进良言直臣邀主眷	700
第三十五回	集党羽显行弑逆 扈銮跸横肆奸淫	705
第三十六回	正刑戮众恶骈诛 纵奸盗百官抗议	709
第三十七回	众大臣联衔入奏 老平章嫉俗辞官	714
第三十八回	信佛法反促寿征 迎藩王入承大统	720
第三十九回	大明殿称尊颁敕 太平王杀敌建功	725
第四十回	入长城北军败溃 援大都爵帅驰归	730
第四十一回	倒剌沙奉宝出降 泰定后别州安置	735
第四十二回	四女酬庸同时厘降 二使劝进克日登基	739

第四十三回	中逆谋途次暴崩	得御宝驰回御极	743
第四十四回	怀妒谋毒死故后	立储君惊遇冤魂	748
第四十五回	平全滇诸将班师	避大内皇儿寄养	753
第四十六回	得新怀旧人面重逢	纳后为妃天伦志异	757
第四十七回	正官方廷臣会议	遵顾命皇侄承宗	762
第四十八回	迎嗣皇权相怀疑	遭冥谴太师病逝	766
第四十九回	履尊择配后族蒙恩	犯阙称兵豪宗覆祀	771
第 五十 回	辱谏官特权停科举	尊太后变例晋徽称	775
第五十一回	妨功害能淫威震主	竭忠报国大义灭亲	780
第五十二回	逐太后兼及孤儿	用贤相并征名士	785
第五十三回	宠女侍僭加后服	闻母教才罢弹章	790
第五十四回	治黄河石人开眼	聚红巾群盗扬镳	794
第五十五回	失军心河上弃师	逐盗魁徐州告捷	799
第五十六回	番僧授术天子宣淫	嬖侍擅权丞相受祸	804
第五十七回	朱元璋濠南起义	董搏霄河北捐躯	809
第五十八回	扫强虏志决身歼	弑故主行凶逞暴	813
第五十九回	阻内禅左相得罪	入大都逆臣伏诛	818
第 六十 回	群寇荡平明祖即位	顺帝出走元史告终	823

中国历朝通俗演义

宋史演义

《宋史演义》自序

后儒之读《宋史》者,尝以繁芜为病。夫《宋史》固繁且芜矣,然辽、金二史,则又有讥其疏略者。夫《辽史》百十六卷,《金史》百三十五卷,较诸四百九十六卷之《宋史》,固有繁简之殊,然亦非穷累年之目力,未必尽能详阅也。柯氏作《宋史新编》凡二百卷,薛氏《宋元通鉴》百五十七卷,王氏《宋元资治通鉴》六十四卷,陈氏《宋史纪事本末》百有九卷,皆并辽、金二史于《宋史》中,悉心编订,各有心得,或此详而彼略,或此略而彼详,通儒尚有阙如之憾,问诸近今之一孔士,有并卷帙而未尽晰者,遑问其遍览否也。他如遗乘杂出,纪载宋事,东一鳞,西一爪,多或数帝,少仅一王,欲会通两宋政教之得失,及区别两宋史籍之优劣者,不得不博搜而悉阅之。然岂所望于詹詹小儒乎?若夫宋代小说,亦不一而足,大约荒唐者多,确凿者少:龙虎争雄,并无其事;狸猫换主,尤属子虚;狄青本面涅之徒,貌何足羡?庞籍非怀奸之相,毁出不经;岳氏后人,不闻朝中选帅;金邦太子,曷尝胯下丧身?种种谬谈,不胜枚举。而后世则以讹传讹,将无作有,劝善不足,导欺有余。为问先民之辑诸书者,亦何苦为此凭虚捏造,以诬古而欺今乎?此则鄙人之所大惑不解者也。夫以官书之辞烦义奥,不暇阅,亦不易阅,乃托为小说,演成俚词,以供普通社会之览观,不可谓非通俗教育之助;顾俚言之则可,而妄言之亦奚其可乎?鄙人不敏,曾辑元、明、清三朝演义,以供诸世,世人不嫌其陋,反从而欢迎之。乃更溯南北两宋举三百二十年之事实,编成演义共百回,其间治乱兴亡,贤奸善恶,非敢谓悉举无遗,而于宏纲巨目,则固已一一揭橥,无脱漏焉。且官稗并采,务择其信而有征者,笔之于书;至若虚无惝恍之谈则概不阑入,阅者取而观之,其或有实事求是之感乎!书成,聊志数语,用作弁言。中华民国十一年元月古越蔡东藩自识于临江书舍。

两宋世系图

按：太宗元年即太祖十七年，故北宋历九主，共一百六十八年。高宗元年即钦宗二年，恭宗元年即端宗元年，帝昺元年即端宗三年，故南宋另九主，共一百五十二年。

第一回　河洛降神奇儿出世
　　　　弧矢见志游子离乡

　　"得国由小儿,失国由小儿。"这是元朝的伯颜,拒绝宋使的口头语,本没有甚么秘谶作为依据,但到事后追忆起来,却似有绝大的因果隐伏在内。宋室的江山,是从周主宗训处夺来。宗训冲龄践阼,晓得甚么保国保家的法儿?而且周主继后符氏,又是初入宫中,才为国母,周世宗纳符彦卿女为后,后殂,复纳其妹,入宫才十日。所有宫廷大事,全然不曾接洽,陡然遇着大丧,整日里把泪洗面,恨不随世宗同去。可怜这青年嫠妇,黄口孤儿,茕茕孑立,形影相吊。那殿前都点检赵匡胤,便乘此起了异心,暗地里联络将弁,托词北征;陈桥变起,黄袍加身,居然自做皇帝,拥兵还朝。看官!你想七岁的小周王,二十多岁的周太后,无拳无勇,如何抵敌得住?眼见得由他播弄,驱往西宫,好好的半壁江山,霎时间被赵氏夺去,还说是甚么禅让,甚么历数,甚么保全故主,甚么坐镇太平,彼歌功,此颂德,差不多似舜、禹复出,汤、文再生。中国史官之不值一钱,便是此等谀颂所累。

　　这时正当五季以降,乱臣贼子,抢攘数十年,得了一个逆取顺守,彼善于此的主儿,百姓都快活得很,哪个去追究隐情?因此远近归附,好容易南收北抚,混一区夏,一番事情,两番做成,这真叫作时来福辏,侥幸成功呢。偏是皇天有眼,看他传到八九世,降下一个劲敌,把他河北一带,先行夺去,仍然令他坐个小朝廷。康王南渡,又传了八九世,元将伯颜引兵渡江,势如破竹,可巧南宋一线,剩了两三个小孩子,今年立一个,明年被敌兵掳去,明年再立一个,不到两年,又惊死了。遗下赵氏一块肉,孤苦伶仃,流离海峤,勉勉强强的过了一年,徒落得厓山覆没,帝子销沉。就是文、陆、张几个忠臣,做到力竭计穷,终归无益,先后毕命,一死谢责。可见得果报昭彰,天道不爽,凭你如何巧计安排,做成一番掀天揭地的事业,到了子孙手里,也有人看那祖宗的样子,不是巧取,便是强夺,悖入悖出,总归是无可逃避呢!为世人作一棒喝,并非迷信之言。不过恶多善少,报应必速;善多恶少,报应较迟。试看朱温、李存勖、石敬瑭、刘知远、郭威等人,多半是淫凶暴虐,善不敌恶,自己虽然快志,子孙不免遭殃。忽而兴,忽而亡,总计五季十三君,一古脑儿只四五十年。独两宋传了十八主,共有三百二十年,这也由赵氏得国以后,颇有几种深仁厚泽,维系人心,不似那五季君主,一味强暴。所以历世尚久,比两汉只短数十年。比唐朝且长数十年。等到山穷水尽，方致灭亡，这却是天意好善，格外优待呢！

小子闲览宋史，每叹宋朝的善政，却有数种：第一种，是整肃宫闱，没有女祸；第二种，是抑制宦官，没有阉祸；第三种，是睦好懿亲，没有宗室祸；第四种，是防闲戚里，没有外戚祸；第五种，是罢典禁兵，没有强藩祸，不但汉、唐未能相比，就是夏、商、周三代，恐怕还逊他一筹。但也有两大误处：北宋抑兵太过，外乏良将；南宋任贤不专，内乏良相。辽、金、元三国，迭起北方，屡为边患。当赵宋全盛的时候，还不能收复燕云十六州，后来国势日衰，无人专阃，寇兵一入，如摧枯拉朽一般，今日失两河，明日割三镇，帝座一倾，主子被虏。到了南渡以后，残喘苟延，已成弩末，稍稍出了几员大将，又被那贼臣奸相，多方牵制，有力没处使，有志没处行。风波亭上，冤狱构成，西子湖边，骑驴归去。大家心灰意懒，坐听败亡，没奈何迎敌乞降，没奈何蹈海殉国。说也可怜，两宋三百二十年间，始终被夷狄所制，终弄到举国授虏，寸土全无，彼时惩前毖后的赵太祖，哪里防得到这般收场？其实是人有千算，天教一算，若非冥冥中有此主宰，那篡窃得来的国家，反好长久永远，千年不败，咳！天下岂有是理吗？总冒一段，仍归到篡窃之罪，笔大如椽，心细似发。看官不要笑我饶舌，请看下文依次叙述，信而有征，才知小子是核实陈词，并非妄加褒贬哩。稗官野乘，一同俯首。

且说后唐明宗天成二年，洛阳的夹马营内，生下一个香孩儿，远近传为异闻。什么叫作香孩儿呢？相传儿初生，赤光绕空，并有一股异香，围裹儿体，经宿不散，因此叫作香孩儿。从异闻入手，下笔突兀。或谓后唐明宗李嗣源，继祚以后，每夕在宫中焚香，向天拜祝，自言某本胡人，为众所推，暂承唐统，愿天早生圣人，为生民主，拨乱反正，混一中原。谁知他一片诚心，感格上苍，诞生灵异。洛阳的香孩儿，便是将来的真命天子，生有异征，也是应有的预兆。香孩儿事见正史，虽或由史官谀颂，但崛起为帝，传统三百年，当非凡人可比。究竟这香孩儿姓甚名谁？看官听着！便是宋太祖赵匡胤。画龙点睛。他祖籍涿州，本是世代为官，不同微贱。高祖名朓，曾受职唐朝，做过永清、文安、幽都的大令。曾祖名珽，历官藩镇，兼任御史中丞。祖名敬，又做过营、蓟、涿三州刺史。父名弘殷，少骁勇，善骑射，后唐庄宗时，曾留典禁军，娶妻杜氏，系定州安喜县人，治家严毅，颇有礼法。第一胎便生一男，取名匡济，不幸夭逝。第二胎复生一男，就是这个香孩儿。香孩儿体有金色，数日不变，难道是罗汉投胎？到了长大起来，容貌雄伟，性情豪爽，大家目为英器。乃父弘殷，历后唐、后晋二朝，未尝失职。香孩儿赵匡胤，出入营中，专喜骑马，复好射箭。有时弘殷出征，匡胤侍母在家，无所事事，辄以骑射为戏。母杜氏劝他读书，匡胤奋然道："治世用文，乱世用武，现在世事扰乱，兵戈未靖，儿愿娴习武事，留待后用。他日有机可乘,得能安邦定国,才算出人头地,不至虚过一生呢。"人生不可无志,请看宋太祖自语语。杜氏笑道:"但愿儿能继承祖业,毋玷门楣,便算幸事,还想甚么大功名,大事业哩!"匡胤道:"唐太宗李世民,也不过一将门之子,为什么化家为国,造成帝业?儿虽不才,亦想与他相似,轰轰烈烈做个大丈夫,母亲以为可好么?"杜氏怒道:"你不要信口胡说!世上说大话的人,往往后来没用。我不愿听你瞎闹,你还是读书去罢!"匡胤见母亲动怒,才不敢多嘴,默然退出。

怎奈天性好动,不喜静居,往往乘隙出游,与邻里少年,驰马角射。大家多赛他不过,免不得有妒害的心思。一日,有少年某牵一恶马来访匡胤。凑巧匡胤出来,见了少年,却是平素往来,互相熟识,立谈数语,便问他牵马何事?少年答道:"这马雄壮得很,只是没人能骑,我想你有驾驭才,或尚能驰骋一番,所以特来请教。"匡胤将马一瞧,黄鬃黑鬣,并没有什么奇异,不过马身较肥,略觉高大,便微哂道:"天下没有难骑的马匹。越是怪马,我越要骑它,但教驾驭有方,怕它倔强到哪里去!"后来驾驭武臣,亦是此术。少年恰故意说道:"这也不可一概而论。的卢马常妨主人,也宜小心为是。"遣将不如激将,少年亦会使刁。匡胤笑道:"不能驭马,何能驭人?你看我跑一回罢!"少年对他嘻笑,且道:"我去携马鞍等来,可好么?"匡胤笑道:"要什么马鞍等物。"说至此,即从少年手中,取过马鞭,奋身一跃,上马而去。那马也不待鞭策,向前急走,但看它展开四蹄,似风驰电掣一般,倏忽间跑了五六里。前面恰有一城,城阙不甚高大,行人颇多,匡胤恐飞马入城,人不及避,或至撞损,不如阻住马头,仍从原路回来。偏这马不听约束,而且因没有衔勒,令人无从羁绊。匡胤不觉焦急,正在马上设法,俯首凝思,不料这马跑得越快,三脚两步,竟至城阙。至匡胤抬起头来,凑巧左额与门楣相触,似觉微痛,连忙向后一仰,好一个倒翻觔斗,从马后坠将下来。我为他捏一把冷汗。某少年在后追蹑,远远的见他坠地,禁不住欢呼道:"匡胤!匡胤!你今朝也着了道儿,任你头坚似铁,恐也要撞得粉碎了。"正说着,蓦见匡胤仍安立地上,只马恰从斜道窜去,离了一箭多地。匡胤复抢步追马,赶上一程,竟被追着,依然耸身腾上,扬鞭向马头一拦。马却随鞭回头,不似前次的倔强,顺着原路,安然回来。少年在途次遇着,见匡胤面不改色,从容自若,不由的惊问道:"我正为你担忧,总道你此次坠马,定要受伤,偏你却有这么本领,仍然乘马回来。但身上可有痛楚么?"匡胤道:"我是毫不受伤。但这马恰是性悍,非我见机翻下,好头颅早已撞碎了。"言罢,下马作别,竟自回去。某少年也牵马归家,无庸细表。

惟匡胤声名,从此渐盛,各少年多敬爱有加,不敢侮弄。就中与匡胤最称莫逆,乃是韩令坤与慕容延钊两人。令坤籍隶磁州,延钊籍隶太原,都是少年勇敢，倜傥不群，因闻匡胤盛名，特来拜访，一见倾心，似旧相识。嗣是往来无间，联成知己，除研究武备外，时或联辔出游，或校射，或纵猎，或蹴踘，或击毬，或作樗蒲戏。某日，与韩令坤至土室中，六博为欢，正在呼么喝卢的时候，突闻外面鸟雀声喧，很是嘈杂，都不禁惊讶起来。匡胤道："敢是有毒虫猛兽，经过此间，所以惊起鸟雀，有此喧声。好在我等各带着弓箭，尽可出外一观，射死几个毒虫，几个猛兽，不但为鸟雀除害，并也为人民免患，韩兄以为何如？"令坤听了，大喜道："你言正合我意。"一主一将，应寓仁心。当下停了博局，挟了弓矢，一同出室，四处探望，并没有毒虫猛兽，只有一群喜鹊，互相搏斗，因此噪声盈耳。韩令坤道："雀本同类，犹争闹不休，古人所谓雀角相争，便是此意。"匡胤道："我等可有良法，替它解围？"令坤道："这有何难，一经驱逐，自然解散了。"匡胤道："你我两人，也算是一时好汉，为什么效那儿童举动，去赶鸟雀呢？"令坤道："依你说来，该怎么办？"匡胤道："两造相争，统是暴戾的坏处，我与你挟着弓箭，正苦没用，何妨弹死几只暴雀，隐示惩戒。来！来！你射左，我射右，看哪个射得着哩！"令坤依言，便抽箭搭弓，向左射去。匡胤也用箭右射，飕飕的发了数箭，射中了好几只，随箭堕下，余雀统已惊散，飞逃得无影无踪了。除暴之法，均可作如是观。两人方橐弓戢矢，忽又听得一声怪响，从背后过来，仿佛与地震相似，急忙返身后顾，那土室却无缘无故，坍塌下来。令坤惊讶道："好好一间土室，突然坍倒，正是出人意外，亏得我等都出外弹雀，否则压死室中，没处呼冤呢！"匡胤道："这真是奇极了！想是你我命不该死，特借这雀噪的声音，叫我出来，雀既救我的命，我还要它的命，这是大不应该的。现在悔已迟了，你我不如拾起死雀，一一掩埋才是。"无非仁术。令坤也即允诺，当将死雀尽行埋讫，然后分手自归。

会晋亡汉继，中原一带，多被辽主蹂躏，民不聊生。匡胤年逾弱冠，闻着这种消息，未免忧叹，恨不得立刻从军，驱除大敌。既而辽主道殂，辽兵北去。事见五代史，故此处从略。匡胤父弘殷，已为匡胤聘定贺女，择吉成婚，燕尔新欢，自在意中，免不得儿女情长，英雄气短。到了汉乾祐中，隐帝时。弘殷出征凤翔，战败王景，积功擢都指挥使，匡胤未曾随征，在家闲着，又惹起一腔壮志，便欲辞母西行。乃母杜氏，不肯照允，他竟潜身外出，直往襄阳，在途寄信回家，劝慰母妻，那母妻才得知晓，但已无法挽留，只好听他前去。匡胤初经远游，未识路径，本拟向西从父，不意走错了路，反绕道南行；及自知有误，索性将错便错，顺道行去。所苦随身资斧，带得不多，行至襄阳，一无所遇，反将川资一概用尽。关山失路，日暮途穷，那时进退维谷，不得已投宿僧寺。僧徒多半势利，看他行李萧条，衣履黯敝，已料到是落魄征夫，乐得白眼相对，当下哗声逐客，不容羁留。匡胤没法，只好婉词央告，借宿一宵，说至再三，仍不得僧徒允洽，顿时忍耐不住，便厉声道："你等秃奴，这般无情，休要惹我懊恼！"一僧随口戏应道："你又不是个皇帝，说要甚么，便依你甚么。我今朝偏不依你，看你使出什么法儿！"道言未绝，那右足上已着了一脚，不知不觉的倒退几步，跌倒地上。旁边走过一僧，叱匡胤道："你敢是强徒吗？快吃我一拳！"说时迟，那时快，这僧拳已向匡胤胸前，猛击过来。匡胤不慌不忙，轻轻的伸出右手，将他来拳接住，喝一声去，那僧已退了丈许，扑塌一声，也向地上睡倒了。还有几个小沙弥，吓得魂不附体，统向内飞奔，不一时走出了一个老僧，衲衣锡杖，款款前来，匡胤瞧将过去，却是庞眉皓首，癯骨清颜，比初见的两僧，大不相同，不由的躁释矜平，竦然起敬。小子有诗咏那老僧道：

莫言方外乏奇人，参透禅关悟夙因。
愿借片帆风送力，好教真主出迷津。

欲知老僧如何对付，且至下回表明。

看本回一段总冒，已将宋朝三百年事，包括在内。所谓振衣揭领，举纲定纲，以视俗本小说，空空洞洞的说了几句套话，固自大相径庭矣。后半叙入宋太祖出身，都是依据正史，不涉虚诞，偏下笔独有神采，令人刮目相看，是盖具史家、小说家之二长，故能隽妙若比。古人所谓不鸣则已，一鸣惊人，吾于作者亦云。

第二回　遇异僧幸示迷途　扫强敌连擒渠帅

却说寺中有一老僧，出见匡胤，匡胤知非常僧，向他拱手。老僧慌忙答礼，且道："小徒无知，冒犯贵人，幸勿见怪！"匡胤道："贵人两字，仆不敢当，现拟投效戎行，路经贵地，无处住宿，特借宝刹暂寓一宵，哪知令徒不肯相容，并且恶语伤人，以至争执，亦乞高僧原谅！"老僧道："点检作天子，已有定数，何必过谦。"匡胤听了此语，莫明其妙，便问点检为谁，老僧微笑道："到了后来，自有分晓，此时不便饶舌。"埋伏后文。说毕，便把坠地的两僧唤他起来，且呵责道："你等肉眼，哪识圣人？快去将客房收拾好了，准备贵客休息。"两僧无奈，应命起立。老僧复问及匡胤行囊，匡胤道："只有箭囊、弓袋，余无别物。"老僧又命两徒携往客房，自邀匡胤转入客堂，请他坐下，并呼小沙弥献茶。待茶已献入，才旁坐相陪。匡胤问他姓名，老僧道："老衲自幼出家，至今已将百年，姓氏已经失记了。"正史不载老僧姓氏，故借此略过。匡胤道："总有一个法号。"老僧道："空即是色，色即是空，老僧尝自署空空，别人因呼我为空空和尚。"匡胤道："法师寿至期颐，道行定然高妙，弟子愚昧，未识将来结局，还乞法师指示。"老僧道："不敢，不敢。夹马营已呈异兆，香孩儿早现奇征，后福正不浅哩！"匡胤听了，越觉惊异，不禁离座下拜。老僧忙即避开，且合掌道："阿弥陀佛，这是要折杀老衲了。"匡胤道："法师已知过去，定识未来，就使天机不可泄漏，但弟子此时，正当落魄，应从何路前行，方可得志？"老僧道："再向北行，便得奇遇了。"匡胤沉吟不答，老僧道："贵人不必疑虑，区区资斧，老衲当代筹办。"有此奇僧，真正难得。匡胤道："怎敢要法师破费？"老僧道："结些香火缘，也是老衲分内事。今日在敝寺中荒宿一宵，明日即当送别，免得误过机缘。"说至此，即呼小沙弥至前，嘱咐道："你引这位贵客，到客房暂憩，休得怠慢！"小沙弥遵了师训，导匡胤出堂，老僧送出门外，向匡胤告辞，扶杖自去。

匡胤随至客房，见床榻被褥等都已整设，并且窗明几净，饶有一种清气，不觉欣慰异常。过了片刻，复由小沙弥搬入晚餐，野蔌园蔬，清脆可赏。匡胤正饥肠辘辘，便龙吞虎饮了一番，吃到果腹，才行罢手。待残肴撤去，自觉身体疲倦，便睡在床上，向黑甜乡去了。一枕初觉，日已当窗，忙披衣起床，当有小沙弥入房，伺候盥洗，并进早餐。餐毕出外，老僧已扶杖伫候。两下相见，行过了礼，复相偕至客堂，谈了片刻，匡胤即欲告辞。老僧道："且慢！老衲尚有薄酒三杯，权当饯行，且俟午后起程，尚为未晚。"匡胤乃复坐定，与老僧再谈时局，并问何日可致太平。老僧道："中原混一，便可太平，为期也不远了。"匡胤道："真人可曾出世？"老僧道："远在千里，近在眼前，但总要戒杀好生，方能统一中原。"赵氏得国之由，赖此一语。匡胤道："这个自然。"两下复纵论多时，但见日将亭午，由小沙弥搬进素肴，并热酒一壶，陈列已定，老僧请匡胤上坐，匡胤谦不敢当，且语老僧道："蒙法师待爱，分坐抗礼，叨惠已多，怎敢僭居上位哩？"老僧微哂道："好！好！目下蛟龙失水，潜德韬光，老衲尚得叨居主位，贵客还未僭越，老衲倒反僭越了。"语中有刺。言毕，遂分宾主坐下。随由老僧与匡胤斟酒，自己却用杯茗相陪，并向匡胤道："老衲戒酒除荤，已好几十年了，只得用茶代酒，幸勿见罪！"匡胤复谦谢数语。饮了几杯，即请止酌。老僧也不多劝，即命沙弥进饭。匡胤吃了个饱，老僧只吃饭半碗，当由匡胤动疑，问他何故少食？老僧道："并无他奇，不过服气一法。今日吃饭半碗，还是为客破戒哩。"匡胤道："此法可学否？"老僧道："这是禅门真诀，如贵客何用此法。"天子玉食万方，何必辟谷。匡胤方不多言。老僧一面命沙弥撤肴，一面命僧徒取出白银十两，赠与匡胤。匡胤再三推辞，老僧道："不必！不必！

第二回　遇异僧幸示迷途　扫强敌连擒渠帅

这也由施主给与敝寺,老衲特转赠贵客,大约北行数日,便有栖枝,赆仪虽少,已足敷用了。"匡胤方才领谢。老僧复道:"老衲并有数言赠别。"匡胤道:"敬听清诲!"老僧道:"'遇郭乃安,历周始显,两日重光,囊木应谶。'这十六字,请贵客记取便了。"匡胤茫然不解,但也不好絮问,只得答了"领教"两字。当下由僧徒送交箭囊弓袋,匡胤即起身拜别,并订后约道:"此行倘得如愿,定当相报。法师鉴察未来,何时再得重聚?"老僧道:"待到太平,自当聚首了。"太平二字,是隐伏太平年号。匡胤乃挟了箭囊,负了弓袋,徐步出寺,老僧送至寺门,道了"前途珍重"一语,便即入内。

匡胤遵着僧嘱,北向前进,在途饱看景色,纵观形势,恰也不甚寂寞。至渡过汉水,顺流而上,见前面层山叠嶂,很是险峻,山后隐隐有一大营,依险驻扎,并有大旗一面,悬空荡漾,烨烨生光,旗上有一大字,因被风吹着,急切看不清楚。再前行数十步,方认明是个"郭"字,当即触动观念,私下自忖道:"老僧说是'遇郭乃安',莫非就应在此处么?"回顾前文。便望着大营,抢步前趋。不到片刻,已抵营前。营外有守护兵立着,便向前问讯道:"贵营中的郭大帅,可曾在此么?"兵士道:"在这里。你是从何处来的?"匡胤道:"我离家多日了。现从襄阳到此。"兵士道:"你到此做甚么?"匡胤道:"特来拜谒大帅,情愿留营效力。"兵士道:"请道姓名来!"匡胤道:"我姓赵名匡胤,是涿州人氏,父现为都指挥使。"兵士伸舌道:"你父既为都指挥,何不在家享福,反来此投军?"匡胤道:"乱世出英雄,不乘此图些功业,尚待何时?"壮士听着!兵士道:"你有这番大志,我与你通报便了。"看官!你道这座大营,是何人管领,原来就是后周太祖郭威。他此时尚未篡汉,仕汉为枢密副使。隐帝初立,河中、永兴、凤翔三镇,相继抗命。李守贞镇守河中,尤称桀骜,为三镇盟主。郭威受命西征,特任招慰安抚使,所有西面各军,统归节制,此时正发兵前进,在途暂憩。凑巧匡胤遇着,便向前投效。至兵士代他通报,由郭威召入,见他面方耳大,状貌魁梧,已是器重三分。当下问明籍贯,并及他祖父世系。匡胤应对详明,声音洪亮。郭威便道:"你父与我同寅,现方报绩凤翔,你如何不随父前去,反到我处投效呢?"匡胤述及父母宠爱,不许从军,并言潜身到此的情形。郭威乃向他说道:"将门出将,当非凡品,现且留我帐下,同往西征,俟立有功绩,当为保荐便了。"郭雀儿恰也有识。匡胤拜谢。嗣是留住郭营,随赴河中,披坚执锐,所向有功。至李守贞败死,河中平定,郭移任邺都留守,待遇匡胤,颇加优礼,惟始终不闻保荐,因此未得优叙。无非留为己用。

既而郭威篡立,建国号周,匡胤得拔补东西班行首,并拜滑州副指挥。未几复调任开封府马直军使。世宗嗣位,竟命他入典禁兵。历周始显,其言复验。会北汉主刘崇,闻世宗新立,乘丧窥周,乃自率健卒三万人,并联结辽兵万余骑，入寇高平。世宗姓柴名荣，系郭威妻兄柴守礼子，为威义儿。威无子嗣，所以柴荣得立，庙号世宗。他年已逾壮，晓畅军机，郭威在日，曾封他为晋王，兼职侍中，掌判内外兵马事。既得北方警报，毫不慌忙，即亲率禁军，兼程北进。不两日，便到高平。适值汉兵大至，势如潮涌，人人勇壮，个个威风，并有朔方铁骑，横厉无前，差不多有灭此朝食的气象。周世宗麾兵直前，两阵对圆，也没有什么评论，便将对将，兵对兵，各持军械战斗起来。不到数合，忽周兵阵内窜出一支马军，向汉投降，解甲弃械，北向呼万岁。还有步兵千余人，跟了过去，也情愿作为降虏。周主望将过去，看那甘心降汉的将弁，一个是樊爱能，一个是何徽，禁不住怒气勃勃，突出阵前，麾兵直上，喊杀连天。汉主刘崇，见周主亲自督战，便令数百弓弩手，一齐放箭，攒射周主。周主麾下的亲兵，用盾四蔽，虽把周主护住，麾盖上已齐集箭镞，约有好几十枝。匡胤时在中军，语同列道："主忧臣辱，主危臣死，我等难道作壁上观么？"言甫毕，即挺马跃出，手执一条通天棍，捣入敌阵。各将亦不甘退后，一拥齐出，任他箭如飞蝗，只是寻隙杀入。俗语尝言道："一夫拚命，万夫莫当，"况有数十健将，数千锐卒，同心协力的杀将进去，眼见得敌兵搅乱，纷纷倒退。是匡胤第一次大功。周主见汉兵败走，更率军士奋勇追赶，汉兵越逃越乱，周兵越追越紧。等到汉主退入河东，闭城固守，周主方择地安营。樊爱能、何徽等军，被汉主拒绝，不准入城，没奈何仍回周营，束手待罪。周世宗立命斩首，全军股栗。应该处斩。翌日，再驱兵攻城，城上矢石如雨。匡胤复身先士卒，用火焚城。城上越觉惊慌，所有箭镞，一齐射下。那时防不胜防，匡胤左臂，竟被流矢射着，血流如注，他尚欲裹伤再攻，经周主瞧着，召令还营。且因顿兵城下，恐非久计，乃拔队退还，仍返汴都。擢匡胤为都虞侯，领严州刺史。

世宗三年，复下令亲征淮南。淮南为李氏所据，国号南唐，主子叫作李璟，南唐源流，见五代史。他与周也是敌国。周主欲荡平江、淮，所以发兵南下。匡胤自然从征，就是他父亲弘殷，也随周主南行。先锋叫作李重进，官拜归德节度使。到了正阳，南唐遣将刘彦贞，引兵抵敌，被重进杀了一阵，唐兵大败，连彦贞的头颅，也不知去向。匡胤继进，遇着唐将何延锡，一场鏖斗，又把他首级取了回来。这等首级，太属松脆。南唐大震，忙遣节度皇甫晖、姚凤等，领兵十余万，前来拦阻。两人闻周兵势盛，不敢前进，只驻守着清流关，拥众自固。清流关在滁州西南，倚山负水，势颇雄峻，更有十多万唐兵把守，显见是不易攻入。探马报入周营，周主未免沉吟。匡胤挺身前奏道："臣愿得二万人，去夺此关。"又是他来出头。周主道："卿虽忠勇，但闻关城坚固，皇甫晖、姚凤也是南唐健将，恐一时攻不下哩。"匡胤答道："晖、凤两人，如果勇悍，理应开关出战，今乃逗留关内，明明畏怯不前，若我兵骤进，出其不意，一鼓便可夺关;且乘势掩入,生擒二将,也是容易。臣虽不才,愿当此任!"周主道:"要夺此关,除非掩袭一法,不能成功。朕闻卿言,已知卿定足胜任,明日命卿往攻便了。"世宗也是知人。匡胤道:"事不宜迟,就在今日。"周主大喜,即拨兵二万名,令匡胤带领了去。

匡胤星夜前进,路上掩旗息鼓,寂无声响,只命各队鱼贯进行。及距关十里,天色将晓,急命军士疾进,到关已是黎明了。关上守兵,全然未知,尚是睡着。至鸡声催过数次,旭日已出东方,乃命侦骑出关,探察敌情。如此疏忽,安能不败。不意关门一开,即来了一员大将,手起刀落,连毙侦骑数人。守卒知是不妙,急欲阖住关门,偏偏五指已被剁落,晕倒地上。那周兵一哄而入,大刀阔斧,杀将进去。皇甫晖、姚凤两人,方在起床,骤闻周兵入关,吓得手足无措,还是皇甫晖稍有主意,飞走出室,跨马东奔。姚凤也顾命要紧,随着后尘,飞马窜去。可怜这十多万唐兵,只恨爹娘生得脚短,一时不及逃走,被周兵杀死无数。有一半侥幸逃生,都向滁州奔入。皇甫晖、姚凤一口气跑至滁城,回头一望,但见尘氛滚滚,旗帜央央,那周兵已似旋风一般追杀过来,他俩不觉连声叫苦,两下计议,只有把城外吊桥,赶紧拆毁,还可阻住敌兵。当下传令拆桥,桥板撤去,总道濠渠宽广,急切不能飞越,谁知周兵追到濠边,一声呐喊,都投入水中,凫水而至。最奇怪的是统帅赵匡胤,勒马一跃,竟跳过七八丈的阔渠,绝不沾泥带水,安安稳稳的立住了。晖、凤看了,这一惊非同小可,忙避入城中,闭门拒守。

匡胤集众猛攻,四面架起云梯,将要督兵登城,忽城上有声传下道:"请周将答话!"匡胤应声道:"有话快说!"言毕,即举首仰望,但见城上传话的人,并非别个,就是南唐节度使皇甫晖。他向匡胤拱手道:"来将莫非赵统帅?听我道来!我与你没甚大仇,不过各为其主,因此相争。你既袭据我清流关,还要追到此地,未免逼人太甚!大丈夫明战明胜,休要这般促狭。现在我与你约,请暂行停攻,容我成列出战,与你决一胜负。若我再行败衄,愿把此城奉献。"匡胤大笑道:"你无非是个缓兵计,我也不怕你使刁,限你半日,整军出来,我与你厮杀一场,赌个你死我活,教你死而无怨。"皇甫晖当然允诺。自己还道好计,其实不如仍行前策,弃城了事,免得为人所擒。匡胤乃暂令停攻,列阵待着。约过半日,果然城门开处,拥出许多唐兵,皇甫晖、姚凤并辔出城,正要上前搦战,忽觉前队大乱,一位盔甲鲜明的敌帅,带着锐卒,冲入阵来。皇甫晖措手不及,被来帅奋击一棍,正中左肩,顿时熬受不起,啊哟一声,撞落马下。姚凤急来相救,不防刀枪齐至,马先受伤,前蹄一蹶,也将姚凤掀翻。周兵趁势齐上,把皇甫晖、姚凤两人,都生擒活捉去了。这是匡胤第二次立功。小子有诗咏道:

大业都成智勇来，偏师一出敌锋摧。

试看虏帅成擒日，毕竟奇功出异才。

看官不必细猜，便可知这位敌帅是赵匡胤了。欲知以后情状，请看官续阅下回。

读《宋太祖本纪》，载太祖舍襄阳僧寺，有老僧素善术数，劝之北往，并赠厚赆，太祖乃得启行，独老僧姓氏不传，意者其黄石老人之流亚欤？一经本回演述，借老僧之口，为后文写照，前台花发后台见，上界钟声下界闻。于此可以见呼应之注焉。至太祖事周以后，所立功绩，莫如高平、清流关二役，著书人亦格外从详，不肯少略，为山九仞，基于一篑，此即宋太祖肇基之始，表而出之，所以昭实迹也。

第三回　忧父病重托赵则平　　肃军威大败李景达

却说皇甫晖、姚凤，既被周兵擒住，唐兵自然大溃，滁州城不战即下。匡胤入城安民，即遣使押解囚房，向周主处报捷。周主受俘后，命翰林学士窦仪，至滁州籍取库藏，由匡胤一一交付。既而匡胤复欲取库中绢匹，仪出阻道："公初入滁，就使将库中宝藏，一律取去，亦属无妨，今已籍为官物，应俟皇帝诏书，方可支付，请公勿怪！"匡胤闻言，毫无怒意，反婉颜谢道："学士言是，我知错了！"惟能知过，方期寡过。过了一天，复有军事判官到来，与匡胤相见。两下叙谈，甚是投契。看官道是何人？乃是宋朝的开国元勋，历相太祖、太宗二朝，晋爵太师魏国公，姓赵名普，字则平。太祖受禅，普实与谋，此处特别表明，寓有微意。窦仪亦宋太祖功臣，故上文亦曾提出。他祖籍幽蓟，因避乱迁居洛阳，匡胤本与相识，至是由周相范质荐举，乃至滁州。旧雨重逢，倍增欢洽。会匡胤部下，受命清乡，捕得乡民百余名，统共指为匪盗，例当弃市，赵普独抗议道："未曾审问明白，便将他一律杀死，倘或诬良为盗，岂非误伤人命？"匡胤笑道："书生所见，未免太迂，须知此地人民，本是俘虏，我将他一律赦罪，已是法外施仁，今复甘作盗匪，若非立正典刑，如何儆众？"赵普道："南唐虽系敌国，百姓究属何辜？况明公素负大志，极思统一中原，奈何秦、越相视，自分畛域？王道不外行仁，还乞明公三思！"已阴目匡胤为天子。匡胤道："你若不怕劳苦，烦你去审讯便了。"赵普即去讯鞫，一一按验，多无佐证，遂禀白匡胤，除犯赃定罪外，一律释放。乡民大悦，争颂匡胤慈明。匡胤益信赵普先见，凡有疑议，尽与筹商。赵普亦格外效忠，知无不言。

　　适匡胤父弘殷，亦率兵到滁，父子聚首，当然欣慰。不料隔了数日，弘殷竟生起病来，匡胤日夕侍奉，自不消说。谁料扬州警报，纷纷前来，周主也有诏书颁达，命匡胤速趋六合，兼援扬州。原来滁州既下，南唐大震，唐主李璟，遣李德明乞和，愿割地罢兵，周主不许。德明返唐，唐主遂挑选精锐，得六万人，命弟齐王李景达为元帅，向江北进发，直抵扬州。扬州本南唐所据，与六合相距百余里，同为江北要塞，是时正由匡胤父弘殷，受周主命，夺据扬州。弘殷西还入滁，留韩令坤居守。令坤闻唐兵大至，恐寡不敌众，飞向滁州求援。周主又敦促匡胤出师，匡胤内奉君命，外迫友情，怎敢坐视不发？无如父病未痊，一时又不忍远离，公义私恩，两相感触。不由的进退彷徨，骤难解决。当下与赵普熟商，赵普答道："君命不可违，请公即日前行。若为尊翁起见，普愿代尽子职。"匡胤道："这事何敢烦君？"赵普道："公姓赵，普亦姓赵，彼此本属同宗。若不以名位为嫌，公父即我父，一切视寒问暖，及进奉药饵等事，统由普一人负责，请公尽管放心！"后世如袁某等人，强认同姓为同宗，莫非就从此处学来？匡胤拜谢道："既蒙顾全宗谊，此后当视同手足，誓不相负。"赵普慌忙答礼道："普何人斯？敢当重礼！"于是匡胤留普居守，把公私各事，都托付与普，自选健卒二千名，即日东行。

　　既至六合，闻扬州守将韩令坤，已弃城西走，不禁大愤道："扬州是江北重镇，若复被南唐夺回，大事去了。"便派兵驻扎冲道，阻住扬州溃军，并下令道："如有扬州兵过此，尽行刖足，不准私放。"一面遗书韩令坤，略言："总角故交，素知兄勇，今闻怯退，殊出意料。兄如离扬州一步，上无以报主，下无以对友，昔日英名，而今安在"云云。韩令坤被他一激，竟督兵返旆，仍还扬州拒守。

　　可巧南唐偏将陆孟俊，从泰州杀到，令坤誓师道："今日敌兵到来，我当与他决一死战，生与尔等同生，死与尔等同死。如或临阵退缩，立杀无赦，莫谓我不预言！"兵士齐声应命。令坤即命开城，自己一马当先，跃出城外。各军陆续随上，统是努力向前，拚命突阵。唐将陆孟俊，即麾军对仗，不防周兵盛气前来，都似生龙活虎一般，见人便杀，逢马便斫，没一个拦阻得住，霎时间阵势散乱，被周兵搗入中坚。孟俊知不可敌，回马就逃，唐兵也各寻生路，弃了主帅，随处乱窜。韩令坤如何肯舍，只管认着陆孟俊，紧紧追去。大约相距百步，由令坤取箭在手，搭住弓上，飕的一声，将孟俊射落马下。周兵争先赶上，立将孟俊揿住，捆绑过来。令坤见敌将就擒，方掌得胜鼓回城。<small>此功当归赵匡胤。</small>左右推上孟俊，令坤命絷入囚车，械送行在，正拟派员押解，忽由帐后闪出一妇人，带哭带语道："请将军为妾作主，脔割贼将，为妾报仇。"令坤视之，乃是新纳箨室杨氏，便问道："你与他有什么大仇？"杨氏道："妾系潭州人氏，往年贼将孟俊，攻入潭州，杀我家二百余口，惟妾一人，为唐将马希崇所匿，方得免死。今仇人当前，如何不报？"原来杨氏饶有姿色，唐将马希崇，掳取为妾，至韩令坤攻克扬州，希崇遁去，杨氏为令坤所得，见她一貌如花，也即纳为偏房，而且很加宠爱；此时闻杨氏言，即转讯孟俊。孟俊也不抵赖，只求速死，令坤乃令军士设起香案，上供杨氏父母牌位，爇烛焚香，命杨氏先行拜告，然后将孟俊洗剥停当，推至案前，由自己拔出腰刀，刺胸挖心，取祭杨家父母，再命左右将他细剐。霎时间将肉割尽，把尸骨拖出郊外，喂饲猪犬去了。<u>为残杀者鉴。</u>这且按下不提。

且说南唐元帅李景达，闻孟俊被擒，亟与部下商议进兵，左右道："韩令坤雄踞扬州，不易攻取，大王不如西攻六合，六合得下，扬州路断，也指日可取了。"<u>不能取扬州，乌能取六合？唐人全是呆鸟。</u>景达依计行事，乃向六合进发，距城二十里下寨，掘堑设栅，固守不出。匡胤也按兵勿动。两下相持，约有数天。周将疑匡胤怯战，入帐禀白道："扬州大捷，唐元帅必然丧胆，我军若乘势往击，定可得胜。"匡胤道："诸将有所未知，我兵只有二千，若前去击他，他见我兵寥寥，反且胆壮起来，不若待他来战，我恰以逸待劳，不患不胜。"<u>前时攻清流关，妙在速进，此时屯兵六合，又妙在静待。</u>诸将道："倘他潜师回去，如何是好？"匡胤道："唐帅景达，是唐主亲弟，他受命为诸道兵马元帅，俨然到此，怎好不战而遁，自损威风？我料他再阅数日，必前来挑战了。"诸将始不敢多言。又数日，果有探马来报，敌帅李景达，已发兵前来了。匡胤即整军出城，摆好阵势，专待唐兵到来。不一时，果见唐兵摇旗呐喊，蜂拥而至，匡胤即指挥将士，上前奋斗。两下金鼓齐鸣，喧声震地，这一边是目无全房，誓扫淮南，那一边是志在保邦，争雄江右。自巳牌杀到未牌，不分胜负，两军都有饥色，匡胤即鸣金收军，李景达也不相逼，退回原寨去了。周兵闻金回城，由匡胤仔细检点，伤亡不过数十名，恰也没甚话说。既而令将士各呈皮笠，将士即奉笠献上。匡胤亲自阅毕，忽令数将士上前，瞋目语道："你等为何不肯尽力？难道待敌人自毙么？"言毕，即喝令亲卒，把数将士缚住，推出斩首。众将茫然不解，因念同袍旧谊，不忍见诛，乃各上前代求，吁请恩宥。匡胤道："诸将道我冤诬他么？今日临阵，各戴皮笠，为何这数人笠上，留有剑痕？"言至此，即携笠指示，一一无讹。众将见了，愈觉不解。<u>我亦不解。</u>匡胤乃详语道："彼众我寡，全仗人人效力，方可杀敌致功，我督战时，曾见他们退缩不前，特用剑斫他皮笠，作为标记，若非将他正法，岂不要大家效尤，那时如何用兵？只好将这座城池，拱手让敌了。"众将听到此言，吓得面面相觑，伸舌而退。转眼间已见有首级数颗，呈上帐前。<u>军令不得不严，并非匡胤残忍。</u>匡胤令传示各营，才将尸首埋葬。翌日黎明，便即升帐，召集将士，当面诫谕道："若要退敌，全在今日，尔等须各自为战，不得后顾！果能人人奋勇，哪怕他兵多将广，管教他一败涂地哩。"诸将一一允诺。匡胤复召过牙将张琼,温颜与语道:"你前在寿春时,翼我过濠,城上强弩骤发,矢下如注,你能冒死不退,甚至箭镞入骨,尚无惧色,确是忠勇过人。今日拨兵千名,令你统率,先从间道绕至江口,截住唐兵后路,倘若唐兵败走,渡江南归,你便可乘势杀出,我亦当前来接应,先后夹攻,我料景达那厮,不遭杀死,也要溺死了。独操胜算。寿春事,从匡胤口中叙出,可省一段文字。张琼领命去讫。

匡胤令将士饱食一餐,俟至辰牌时候,传令出兵。将士等踊跃出城,甫行里许,适见唐兵到来,大家争先突阵,不管甚么刀枪剑戟,越是敌兵多处,越要向前杀入。唐兵招架不住,只得倒退。景达自恃兵众,命部下分作两翼,包抄周军,不意围了这边,那边冲破;围了那边,这边冲破。忽有一彪人马,持着长矛,搠入中军,竟将景达马前的大纛旗钩倒。景达大惊,忙勒马退后,那周兵一哄前进,来取景达首级。亏得景达麾下,拚命拦截,才得放走景达,逃了性命。唐兵见大旗已倒,主帅惊逃,还有何心恋战?顿时大溃,沿途弃甲抛戈,不计其数。匡胤下令军中,不准拾取军械,只准向前追敌。军士不敢违慢,大都策马疾追。可怜唐帅景达等,没命乱跑,看看到了江边,满拟乘船飞渡,得脱虎口。蓦闻号炮一响,鼓角齐鸣,斜刺里闪出一支生力军,截住去路。景达不知所措,险些儿跌下马来。还是唐将岑楼景稍有胆力,仗着一柄大刀,出来抵敌,兜头碰着一员悍将,左手持盾,右手执刀,大呼:"来将休走!俺张琼在此,快献头来!"张琼出现。楼景大怒,抡刀跃马,直取张琼。张琼持刀相迎,两马相交,战到二十余合,却是棋逢敌手,战遇良材,偏匡胤率军追至,周将米信、李怀忠等,都来助战,任你岑楼景力敌万夫,也只可跳出圈外,拖刀败走。这时候的李景达,早已跑到江滨,觅得一只小舟,乱流径渡。唐兵尚有万人,急切寻不出大船,如何渡得过去?等到周兵追至,好似斫瓜切菜,一些儿不肯留情,眼见得尸横遍野,血流成渠。有几个善泅水的,解甲投江,凫水逃生,有几个不善泅水的,也想凫水逃命,怎奈身入水中,手足不能自主,漩涡一绕,沉入江心。岑楼景等都跨着骏马,到无可奈何的时节,加了一鞭,跃马入水,半沉半浮,好容易过江去了。这是匡胤第三次立功。

南唐经这次败仗,精锐略尽,全国夺气。独周世宗自攻寿州,数月未克,正拟下令班师,忽接六合奏报,知匡胤已获大胜,亟召宰相范质等入议,欲改从扬州进兵,与匡胤等联络一气,下攻江南。范质奏道:"陛下自孟春出师,至今已入盛夏,兵力已疲,饷运未继,再出师征唐,恐非万全之策。依臣愚见,不如回驾大梁,休息数月,等到兵精粮足,再图江南未迟。"世宗道:"偌大的寿州城,攻了数月,尚未能下,反耗我许多兵饷,朕实于心不甘。"范质再欲进谏,帐下有一人献议道:"陛下尽可还都,臣愿在此攻城!"世宗瞧着,乃是都招讨使李重进,便大喜道："卿肯替朕任劳,尚有何说。"遂留兵万人,随李重进围攻寿州,自率范质等还都;并因赵匡胤等在外久劳,亦饬令还朝,另遣别将驻守滁、扬。

匡胤在六合闻命,引军还滁,入城省父。见弘殷病已痊可,并由弘殷述及,全赖赵判官一人,日夕侍奉,才得渐愈。匡胤再拜谢赵普。至别将已来瓜代,即奉父弘殷与赵普一同还汴都。既至汴都,复随父入朝。世宗慰劳有加,且语匡胤道:"朕亲征南唐,历数诸将,功劳无出卿右,就是卿父弘殷,亦未尝无功足录,朕当旌赏卿家父子,为诸臣劝。"匡胤叩首道:"此皆陛下恩威,诸将戮力,臣实无功,不敢邀赏。"何必客气。世宗道:"赏功乃国家大典,卿勿过谦!"匡胤道:"判官赵普,具有大材,可以重用,幸陛下鉴察!"以德报德。世宗点首。退朝后,即封弘殷为检校司徒,兼天水县男;匡胤为定国节度使,兼殿前都指挥使;赵普为节度推官。三人上表谢恩。自是匡胤父子,分典禁兵,桥梓齐荣,一时无两。相传唐李淳风作推背图,曾留有诗谶一首云:

> 此子生身在冀州,开口张弓立左右。
> 自然穆穆乾坤上,敢将火镜向心头。
> 近见推背图中,此诗移置后文,闻由宋祖将图文互易,眩乱人目,故不依原次。

匡胤父子,生长涿郡,地当冀州,开口张弓,就是弘字,穆穆乾坤,就是得有天下,宋祖定国运,以火德王,所以称作火镜,还有梁宝志铜牌记,亦有"开口张弓左右边,子子孙孙万万年"二语。南唐主璟,因名子为弘冀,吴越王亦尝以弘字名子,统想符应图谶,哪知适应在弘殷身上,这真是不由人料了。欲知匡胤如何得国,且看下回表明。

宋太祖之婉谢窦仪,器重赵普,皆具有知人之明,而引为己用。至激责韩令坤数语,亦无一非用人之法。盖驾驭文士,当以软术牢笼之,驾驭武夫,当以威权驱使之,能刚能柔,而天下无难驭之材矣。若研皮笠而诛惰军,作士气以挫强敌,皆驾驭武人之良策,要之不外刚柔相济而已。观此回,可以见宋太祖之智,并可以见宋太祖之勇。

第四回　紫金山唐营尽覆
　　　　瓦桥关辽将出降

却说周世宗还都后,尚拟再征江南,因思水军不及南唐,未免相形见绌,乃于城西汴水中,造了战舰百艘,命唐降将督练水师,一面搜乘补卒,连日阅

第四回　紫金山唐营尽覆　瓦桥关辽将出降

操,约期水陆大举。适唐遣员外郎朱元,出兵江北,攻夺舒、和、蕲各州,兵锋直至扬、滁。扬、滁守城诸周将,闻风遁走,转入寿春,周主闻知,正是忿恨,只因水师尚未练就,不得不忍待时日,惟遥饬李重进,严行戒备,休为唐兵所乘。重进围攻寿州,又阅半年,唐节度使刘仁赡,扼守寿州城,多方抵御,无懈可击,所以重进仍顿兵城下,不能攻入,自接奉周主诏命,格外小心,把步兵分为两队,一队屯驻城下,专力围攻,一队遏守要冲,专防敌援,自己居中调度,日夕不息。重进系周室忠臣,故叙笔亦较从详。会唐将朱元、边镐、许文缜等率师数万,来援寿州,各军据住紫金山,共立十余寨,与城中烽火相应。又南筑甬道,输粮入城,绵亘数十里。重进乘夜袭击,杀败唐将,夺了数十车粮草,得胜回营。朱元等吃了败仗,不敢逼攻,只守住紫金山,遥作声援。

　　周主闻唐兵援寿,恐重进有失,遂命王环为水军统领,自己亲督战船,从闵河沿颍入淮,旌旗蔽空,舳舻横江。这消息传到唐营,朱元等不胜惊骇,飞向金陵乞援。唐主再遣齐王景达,及监军使陈觉,率兵五万,来援唐军。过了数日,周主渡淮抵寿春城,朱元登山遥望,但见战船如织,顺流而来,纵横出没,无不如意,不禁大惊道:"尝谓南人使船,北人使马,谁料北人今日,也能乘船飞驶,反比我南人敏捷,这真是出人不料了。"事在人为,何分南北。既而复见一艨艟大舰,蔽江前来,正中坐着一位衮衣龙袍的大元帅,料知是周世宗,旁边有一位威风凛凛、相貌堂堂的大将,比周主还要威武,禁不住称羡起来,便指问将校道:"他是何人?"将校有经过战阵,认识周将,便道:"这便叫作赵匡胤。"作者注意在此,下笔特著神采。朱元叹息道:"我闻他智勇兼全,屡败吾将,今日遥望丰仪,才知名不虚传了。"后来倾寨降周,已伏于此。说着,周主已薄紫金山,号炮三声,即饬军士登岸。周主亲环甲胄,率兵攻城。赵匡胤领着偏师,来攻紫金山唐寨,唐将边镐、许文缜,开寨搦战,两阵对圆,刀枪并举。战不多时,匡胤忽勒兵退去,边镐、许文缜不知有计,驱兵大进。匡胤且战且走,行到寿州城南,突然翻身杀转,各用长枪大戟,刺入唐阵。唐兵前队,纷纷落马。边、许两将,才知中计,正拟整队奋斗,忽左边冲入一队,乃是周将李怀忠的人马,右边又冲入一队,又是周将张琼人马。两队周军,捣入阵内,好似虎入羊群,大肆吞嚼,急得边镐、许文缜无法拦阻,慌忙退还原路。哪知部兵已被概数截,首尾不能相顾,连退避都来不及,只剩了数十骑,随着边、许,奔回紫金山。匡胤复率众大呼:"降者免死!"于是进退两难的唐兵,都下马投甲,跪降道旁。是匡胤第四次立功。历叙匡胤战事,无一重复,是笔法矫变处。匡胤收了降军,再逼紫金山下寨。边镐、许文缜已丧失全师,只望朱元寨中,出来救应,不防朱元寨内,已竖起降旗,输款周军。看官!试想这妙手空空的边、许两将,如何退敌?没奈何卸甲改装,潜越紫金山后,抱头窜去。

唐齐王景达,及监军陈觉,正率兵入淮,巧遇周水师统领王环,迎头痛击,两下里正在酣斗,那周主已经闻着,自率数百骑,夹岸督战。水军见周主亲到,越战越勇。还有赵匡胤一军,也因紫金山已经荡平,分兵相助。景达、陈觉尚未知边、许败耗,兀自勉强支持,及见周兵越来越多,不胜惊讶,方令弁目缘桅遥望。不瞧犹可,瞧将过去,那紫金山,已遍悬大周旗号了。当下报知景达,景达语陈觉道:"莫非紫金山各寨,已被周兵夺去?"陈觉道:"若不夺去,如何悬着周字旗号?看来我等只好回军。再或不退,也要全军覆没哩。"正是鼠胆。景达遂传令回军。军士接到此令,自然没有斗志,战舰一动,被周军乘势追杀,夺去舰械无算,唐兵或乞降,或溺死,共失去二万余人。景达、陈觉都逃回金陵去了。

寿州城内的刘仁赡,连年防守,已是鼓衰力竭,械尽食空,此次又闻援军败衄,急得疾病交乘,卧不能起。周主耀兵城下,且射入诏书,劝令速降,唐监军使周廷构与左骑都指挥使张全约议道:"主帅病重,不能理事,况又兵疲粮尽,如何保守此城?与其被敌陷入,致遭屠戮,不如见机迎降,尚望瓦全,君意以为何如?"全约连声赞成,乃代仁赡草定降表,并异仁赡出降。仁赡已不省人事,由周主仍令还城,传谕仁赡家属,安心侍奉,并封他为天平节度使,兼中书令。仁赡即日逝世,追赐爵为彭城郡王,仁赡实是忠唐。并改名清淮军为忠正军。

寿州已下,周主还都,匡胤亦随驾北归,加拜义成军节度使,晋封检校太保。未几,周主又出攻濠、泗,匡胤自请为前锋,兵至十八里滩,见岸上唐营森列,周主拟用橐驼济师,匡胤独跃马入水,截流先渡,骑兵追随恐后,霎时间尽登彼岸。唐营中不及防备,骤被匡胤捣入,害得脚忙手乱,纷纷溃散,营外泊有战舰,舰内已虚无一人,匡胤乘势下船,进薄泗州城下。泗州守将范再遇,惊慌的了不得,当即开城乞降。匡胤入城后,禁止掳掠,秋毫无犯,人民大悦,争献刍粟给军。是匡胤第五次立功。周主闻泗州已定,移师攻濠,濠州团练使郭廷谓,自知力不能支,命参军李延邹草表降周。延邹不允,被廷谓杀死,自作降表,举城归降。周主即遣郭廷谓徇天长,别派指挥使武守琦趋扬州,南唐守将,望风披靡,天长、扬州陆续平定,泰州、海州亦相率归附。于是周主进攻楚州,楚州防御使张彦卿,与都监郑昭业,督兵登陴,誓死固守,周主猛攻不克。唐节度使陈承诏复出兵清口,与城中连为犄角,互相呼应,因此楚城益固。周主愁烦得很,乃调赵匡胤助战。总需此人出马。

匡胤即调集水师,溯淮北上,将到清口,已值黄昏时候,诸将请觅港寄泊,匡胤道:"清口闻有唐营,他不意我军骤至,势必无备,我正好乘夜掩袭,捣破唐营,奈何中流停泊呢?"言讫,即命扬帆疾驶,直达清口。是夕天色沉阴,淡月无光,唐营中虽有逻卒,巡至夜半,不见什么动静,便都回营安睡。匡胤正率兵驶至,悄悄登岸,爇起火炬,呐一声喊,竟向唐营奔入。营兵方入睡乡,及至惊醒,见营帐已是通明,连忙起床,不及携械,凭着赤手空拳,如何对敌?周兵已杀进寨门,顺手乱剁,杀死唐兵数千名,尸如山积。匡胤踹入后帐,不见什么陈承诏,料他先行逃走,遂带着百骑,从帐后越出,向前追赶,约行五六里,已至山阳境内,方见前面有一黑影,隐约奔驰,当即加鞭疾驱,急行里许,才得追着。这黑影正是陈承诏,他自梦中惊觉,孤身潜遁,好容易跑了若干里,偏偏冤家路狭,不肯分手,没奈何束手就擒,任他缚去。匡胤既擒住承诏,遂转趋楚州,献俘军前。是匡胤第六次立功。周主大喜,便与匡胤并力攻城,城中势孤援绝,哪里抵挡得住?当被周兵攻入。张彦卿与郑昭业,尚率众巷战,杀到矢尽刀缺,彦卿尚举起绳床,舍命抗拒,卒被乱军杀死,郑昭业拔剑自刎,守兵千余人,一律斗死,无一生降。周主不禁嗟叹,命将张、郑两人的尸首,棺殓安葬,随即出示安民,休息数天,再行南下。

　　唐主闻报大惧,寝食俱废,若坐针毡。嗣闻周主复出扬州,乃遣陈觉奉表,愿传位太子弘冀,听命中国,并献庐、舒、蕲、黄四州地,画江为界,哀恳息兵。周主道:"朕兴师只取江北,今尔主举国内附,尚有何求?"乃赐书唐主,通好罢兵。唐主自去帝号,奉周正朔,江北悉平,周主奏凯还朝,大小百官,依次行赏;赐赉匡胤,特别从优。既而唐主遣使至周,私贻匡胤书,并馈白金三千两。匡胤笑道:"这明明是反间计,我难道为他所算么?"遂将书函白金,悉行呈入,周主嘉他忠荩,温言褒奖;嗣复改授忠武军节度使,会弘殷旧疾复发,医药无效,竟至谢世。周主又厚赐赗仪,追赠太尉,并武清节度使官衔;封匡胤母杜氏为南阳郡太夫人。匡胤世受周恩,不为不厚,历叙封赠,以著匡胤负周之罪。匡胤居丧守制,不闻政事。越年为周世宗显德六年,周统终于是年,故特笔点醒。周主以北鄙未复,北汉尝引辽入寇,屡为边患,乃下诏亲自征辽,当召匡胤入朝,命为水路都部署,另简亲军都虞侯韩通,为陆路都部署。两将先行出发,水陆并进,车驾自御龙舟,作为后应。

　　匡胤带领战舰,克日出发,顺风顺水,驶过瀛、莫各州,辽地兵民,毫不防备,骤见周兵到来,都心惊胆落,逃得不知去向。辽宁州刺史王洪,也接到周兵入境消息,正拟请兵守城,谁知辽兵尚没有影响,周师已飞薄城河。王洪居守空城,自知不能抵敌,便即开城乞降。匡胤乃收降王洪,令为向导,进抵益津关。关中守将终廷辉,登关南望,但见河中敌舰,一字儿排着,旌旗招展,戈戟森严,不觉大惊失色;正在徬徨失措,忽闻关下有人大叫道:"快快开关!"当下俯视来人,乃是宁州刺史王洪,便问道:"你来此何事?"王洪道:"我为关内生灵,单骑到此,特欲与君商议。"廷辉乃下关迎入。相见后,王洪便言:"周兵势大,未易迎敌,不如降周为是。"廷辉踌躇半晌,想不出甚么方法,只好依王洪言,随他出降。匡胤好言抚慰,并问廷辉路径。廷辉道:"此去到瓦桥关,不过数十里,但水路狭隘,不便行船,大帅若要前行,须舍舟登陆,方可前进。"匡胤乃即派遣裨将,与王洪返守宁州,并留兵数百,助廷辉守益津关;自思韩通未至,不应久待,索性乘势前行,入捣瓦桥关,于是令军士一齐登岸,鼓行而西。

不一日,即至瓦桥关下,守将姚内斌,率着马兵数千骑,出来截击,不值匡胤一扫,内斌遁回关中。由匡胤攻扑一昼夜,未曾得手。翌日,韩通亦到,报称莫州刺史刘楚信,瀛州刺史高彦晖,俱已降服了。韩通一路用虚写法,因本书注重宋祖,故详此略彼。匡胤大喜,便亲至关下,召姚内斌答话。内斌在关上相见,匡胤朗声道:"守将听着!天军到此,所有瀛、莫各州,及宁州益津关诸吏,都已望风降顺,畏威怀德。独你据住此关,不肯归服,难道我不能捣破么?但念南北生民,莫非赤子,若为你一人,害得玉石俱焚,你心何忍?不如早日投降,免致糜烂。"内斌道:"且待明日报命。"匡胤道:"大丈夫一言既出,驷马难追,你若明日不降,管教你粉骨碎身,悔无可及。"言毕返营。巧值都指挥使李重进等,带领禁军,呼喝前来。匡胤知周主亲到,便与韩通出营接驾,行橐鞬礼。周主入营巡视,慰问劳苦,三军无不欣跃。是夕,周主便留宿营中。到了次日,姚内斌亲至营前,奉表请降。是匡胤第七次立功。匡胤引见周主,由内斌拜跪毕,周主亦嘉他效顺,温语褒奖。内斌复叩首谢恩;叙述各降将,亦无一条重复。随起导周主入关。

周主置酒大会,遍宴群臣,席间议进取幽州,诸将奏对道:"陛下离京,不过四十二日,兵不血刃,即得燕南各州,此正陛下威灵远播,所以得此奇功。惟辽主闻失燕南,势必大集虏骑,扼守幽州,还望陛下先机审慎,幸勿轻入。"周主默然不答。已露不悦之意。散宴后,便召先锋都指挥使李重进入帐,与语道:"朕志在统一,削平南北,今已出兵到此,幸得燕南各州,难道就此罢手不成?你率兵万人,明日出发,朕即统军后至。不捣辽都,决不返师!"李重进唯唯而退。又传谕散骑指挥孙行友,令带骑卒五千,即日往攻易州。孙行友亦奉命去讫。

越日,李重进发兵先行,到了固安,守吏已逃避一空,城门大开,一任周兵拥入,重进略命休息,转眼间周主亦到,当下奉驾前进,行至固安县北,只见一带长河,流水潺潺,望将下去,深不可测;询问土人,叫作安阳水,水中本有渡筏,因对岸辽人,闻有敌军,将筏收藏,眼见得汪洋浩淼,不便轻涉。周主乃命各军采木作桥,限日告竣,自率亲军还宿瓦桥。不意夜间竟发寒疾,本是孟夏天气,偏觉挟纩不温,到了翌晨,尚未痊可,一卧两日,孙行友捷报已至,并押献辽刺史李在钦。周主抱病升帐,见左右绑入囚犯,便问他愿降愿死?在钦却瞋目道:"要杀就杀,何必多言!"周主便喝令枭首,自觉头晕目眩,急忙退入寝室。又越两日,疾仍未瘳,诸将欲请驾还都,因恐触动主怒,未敢请奏。匡胤独奋然道:"主疾未愈,长此羁留,倘或辽兵大至,反为不美,待我入请还跸便了。"乃径入周主寝门,力请还驾。正是:

雄主一生期扫虏,老臣片语足回天。

未知周主是否允准,且看下回表明。

周世宗为五季英主,而拓疆略地之功,多出匡胤之力,史家记载特详,虽未免有溢美之辞,而后此受禅以后,除韩通诸人外,未闻与抗,是必其平日威望,足以制人,故取周祚如反掌耳。本回叙匡胤破紫金山,降瓦桥关,写得声容突兀,如火如荼,且妙在与前数回战仗,叙笔不同,令阅者赏心豁目。至若旧小说中捏造杜撰,概不采入,无征不信,著书人固不敢妄作也。

第五回　陈桥驿定策立新君　崇元殿受禅登大位

却说赵匡胤入谏周主,至御榻前,先问了安,然后谈及军事。周主道:"本想乘此平辽,不意朕躬未安,延误戎机,如何是好?"匡胤道:"天意尚未绝辽,所以圣躬未豫,不能指日荡平。若陛下顺天行事,暂释勿问,臣意天必降福,圣躬自然康泰了。"援天为解,可谓善谏。周主迟疑半晌,方道:"卿言亦是,朕且暂时回都,卿可调还各处兵马,明日就启銮罢!"匡胤退出,即传旨调回李重进、孙行友等,一面准备返跸。到了次日,周主起床升座,饬改瓦桥关为雄州,命韩令坤留守;益津关为霸州,命陈思让留守,然后乘舆启行。匡胤以下,均随驾南归。周主在道,病势略痊,就从囊中取出文书,重行披阅。忽得直木一方,约长三尺,上有五个大字,不禁奇怪得很。看官道是何字?便是从前异僧所传,"点检作天子"一语。应第二回。当下把玩一回,仍收贮囊中。及还至大梁,便免都点检张永德官。永德妻即郭威女,与世宗有郎舅谊,世宗恐他暗蓄异图,将仿石敬瑭故事,事见五代史。所以将他免职,改用赵匡胤为殿前都点检,兼检校太傅。故意使错,岂冥冥中果有主宰耶?匡胤威名,自是益盛。宰相范质等,因世宗病未痊愈,请立太子以正国本,世宗乃立子宗训为梁王。宗训年仅七龄,未谙国事,不过徒挂虚名罢了。是年世宗后符氏去世,改册后妹为继后。入宫未几,世宗又复病剧。数日大渐,亟召范质等入受顾命,重言嘱托,令他善辅储君,且与语道:"翰林学士王著,系朕藩邸故人,朕若不起,当召他入相,幸勿忘怀!"既欲王著为相,何勿先时召人,必待身后乃用,殊为不解。质等应诺。既出宫门,大家私语道:"王著日在醉乡,乃是一个酒徒,岂可入相?此必主子乱命,不便遵行,愿彼此勿泄此言。"大家各点头会意。是夜,周主崩于寝殿。范质等奉梁王宗训即位,尊符后为皇太后,一切典礼,概从旧制,不必细表。

惟匡胤改受归德军节度使,兼检校太尉,仍任殿前都点检,以慕容延钊为副都点检。延钊与匡胤,夙称莫逆,见第一回。至是复同直殿廷,格外亲昵。平居往来密议,人不能知。著此二语,含有深意。光阴易过,又是残年,转眼间便是元旦,为幼帝宗训纪元第一日,文武百官,朝贺如仪。过了数日,忽由镇、定二州,飞报京都,说是:"北汉主刘钧,约连辽兵入寇,声势甚盛,请速发大兵防边!"幼主宗训,只知嬉戏,晓得甚么紧急事情。符太后闻报,亟召范质等商议。范质奏道:"都点检赵匡胤,忠勇绝伦,可令作统帅,副都点检慕容延钊,素称骁悍,可令作先锋,再命各镇将会集北征,悉归匡胤调遣。统一事权,定保无虞。"不过将周祚让与他,此外原无他虞。符太后准奏,即命赵匡胤会师北征。慕容延钊带着前军,先行出发。延钊领命,简选精锐,克日起程。匡胤调集各处镇帅,如石守信、王审琦、高怀德、张令铎、张光翰、赵彦徽等,陆续到来,乃祃纛兴师,逐队出发。都下谣言甚盛,将册点检为天子,市民惊骇,相率逃匿。其实宫廷里面,并没有这般消息,不知何故出此新闻,真正令人莫测呢?若非有人暗中运动,哪有这等新闻?

匡胤率着大军,按驿前进,看看已到陈桥驿,天色渐晚,日影微昏,便令各军就驿下营,寓宿一宵,翌晨再进。前部有散指挥使苗训,独在营外立着,仰望云气。旁边走过一人,向他问讯道:"苗先生!你在此望什么?"原来苗训素习天文学,凡遇风云雷雨,都能先时逆料,就是国家灾祥,又往往谈言微中,因此军中呼他为苗先生。苗训见过问的人,乃是匡胤麾下的亲吏楚昭辅,便用手西指道:"你不见太阳下面,复有一太阳么?"昭辅仔细远眺,果见日下有日,互相摩荡,熔成一片黑光。既而一日沉没,一日独现出阳光,格外明朗,日旁复有紫云环绕,端的是祥光绚彩,乾德当阳,好一歇方才下山。昭辅很是惊异,问苗训道:"这兆主何吉凶?"苗训道:"你是点检亲人,不妨与你实说,这便叫作天命,先没的日光,应验在周,后现的日光,是应验在点检身上了。"昭辅道:"何日方见实验?"苗训道:"天象已现,就在眼前了。"天道远,人道迩,恐苗先生亦借天惑人。说着,两人相偕归营。昭辅免不得转告别人,顿时一传十,十传百,军中都诧为异征。

都指挥领江宁节度使高怀德,首先倡议道:"主上新立,况兼幼弱,我等身临大敌,虽出死力,何人知晓?不如应天顺人,先立点检为天子,然后北征,未识从征诸公,以为何如?"众将应声道:"高公所言甚当,我等就依计速行。"

第五回　陈桥驿定策立新君　崇元殿受禅登大位

都押衙李处耘道："这事须禀明点检,方可照行,但恐点检未允,好在点检亲弟匡义,亦在军中,且先与他说明底细,令他入白点检,才可望成功。"大众齐声称善,便邀匡义入商。匡义道："此事非同小可,且与赵书记计议,再行定夺。"看官阅过上文,可记得节度推官赵普么？赵普此时,适任归德掌书记,从匡胤出征,匡义即以此事语普。普答道："主少国疑,怎能定众？点检威望素著,中外归心,一入汴京,即可正位,乘今夜安排停当,明晨便可行事。"_{有志久了。}匡义乃偕普出庭,部署诸将,环列待旦。看看天色将明,大众齐集匡胤寝所,争呼万岁。寝门传卒,摇手禁止道："点检尚未起床,诸公幸勿高声！"大众道："今日策点检为天子,难道你尚未知么？"言未已,匡义排众趋入。正值匡胤惊觉,起问何事？匡义略言诸将情形。匡胤道："这,这事可行得么！"匡义道："曾闻兄长述及僧言,两日重光,囊木应谶,这语已经表现,兄长不妨就为天子。"_{再应第二回。}匡胤道："且待我出谕诸将,再作计较。"言毕趋出,见众校露刃环列,齐声呼道："诸军无主,愿奉太尉为皇帝。"匡胤尚未及答,那高怀德等已捧进黄袍,即披在匡胤身上,众将校一律下拜,三呼万岁。匡胤道："事关重大,奈何仓猝举行？况我曾世受国恩,亦岂可妄自尊大,擅行不义？"赵普即进言道："天命攸归,人心倾向,明公若再推让,反至上违天命,下失人心。若为周家起见,但教礼遇幼主,优待故后,亦好算始终无负了。"_{只好自己解嘲。}说至此,各将士已拥匡胤上马。匡胤揽辔语诸将道："我有号令,你等能从我否？"诸将齐称听令。匡胤道："太后主上,我当北面事他,你等不得冒犯！京内大臣,与我并肩,你等不得欺凌,朝廷府库,及士庶人家内,你等不得侵扰！如从我命,后当重赏,否则戮及妻孥,不能宽贷！"诸将闻令载拜,无不允诺。匡胤乃整军还汴,当遣楚昭辅及客省使潘美,加鞭先行。

潘美是先去授意宰辅,楚昭辅是先去安慰家人。两人驰入汴都,都中方得消息。时值早朝,突闻此变,统吓得不知所为。符太后乃召谕范质道："卿等保举匡胤,如何生出这般变端？"语至此,已将珠喉噎住,扑簌簌的流下泪来。_{妇女们只有此法。}范质嗫嚅道："待臣出去劝谕便了。"_{这是脱身之策。}符太后也不多说,洒泪还宫。范质退出朝门,握住右仆射王溥手道："仓猝遣将,竟致此变。这都是我们过失,为之奈何？"_{你若能为周死节,还好末减。}王溥噤不能对,忽口中呼出呻吟声来。范质急忙释手,哪知这指甲已掐入溥腕,几乎出血。_{若辈不啻巾帼,应该有此柔荑。}质正向他道歉,适值侍卫军副都指挥使韩通,从禁中趋出,遇着范质、王溥等人,便道："叛军将到,二公何尚从容叙谈？"范质道："韩指挥有什么良法？"韩通道："火来水淹,兵来将挡。都中尚有禁军,亟宜请旨调集登陴守御,一面传檄各镇,速令勤王。镇帅不乏忠义,倘得他星夜前来,协力讨逆,何患乱贼不平？"_{虽是能说不能行,然忠义之概,跃然}

纸上。范质道："缓不济急，如何是好？"韩通道："二公快去请旨，由通召集禁军便了。"言毕，急忙驰去。质与溥尚踌躇未决，但见有家役驰报道："叛军前队，已进城来了。相爷快回家去！"他两人听到这个急报，还管什么请旨不请旨，都一溜烟跑到家中去了。只知身家，真是庸夫。这时匡胤前部都校王彦昇，果已带着铁骑，驰入城中，凑巧与韩通相遇，大声道："韩侍卫快去接驾！新天子到了。"通大怒道："哪里来的新天子？你等贪图富贵，擅谋叛逆，还敢来此横行么？"说着，亟向家门驰回。彦昇素性残忍，闻得通言，气得三尸暴炸，七窍生烟，当下策马急追，紧紧的随着通后。通驰入家门，正想阖户。不防彦昇已一跃下马，持刀径入，手起刀落，将韩通劈死门内；再闯将进去，索性把韩通妻子尽行杀毙，然后出来迎接匡胤。通固后周忠臣，然前尝臣汉臣唐，至是独为周死节，当亦豫让一流人物。

匡胤领着大军，从明德门入城，命将士一律归营，自己退居公署。过了片刻，军校罗彦环等，将范质、王溥诸人拥入署门。匡胤见了，呜咽流涕道："我受世宗厚恩，被六军逼迫至此，违负天地，怎不汗颜？"还要一味假惺惺，欺人乎？欺己乎？质等正欲答言，罗彦环厉声道："我辈无主。众议立点检为天子。哪个再有异言，如或不肯从命，我的宝剑却不肯容情哩。"言已，竟拔剑出鞘，挺刃相向。王溥面如土色，降阶下拜。范质不得已亦拜。匡胤忙下阶扶住两人，赐他分坐，与议即位事宜。范质道："明公既为天子，如何处置幼君？"赵普在旁进言道："即请幼主法尧禅舜，他日待若虞宾。如此，便是不负周室。"何尧、舜之多也？匡胤道："太后幼主，我尝北面臣事，已早下令军中，誓不相犯。"总算你一片好意。范质道："既如此，应召集文武百官，准备受禅。"匡胤道："请二公替我召集，我决不忍薄待旧臣。"范质、王溥当即辞出，入朝宣召百僚。待至日晡，百官始齐集朝门，左右分立。少顷，见石守信、王审琦等拥着一位太平天子，从容登殿。翰林承旨陶谷即从袖中取出禅位诏书，递与兵部侍郎窦仪，由仪朗读诏书道：

> 天生烝民，树之司牧。二帝推公而禅位，三王乘时而革命，其揆一也。惟予小子，遭家不造，人心已去，天命有归，咨尔归德军节度使殿前都点检，兼检校太尉赵匡胤，禀天纵之姿，有神武之略，佐我高祖，格于皇天，逮事世宗，功存纳麓，东征西讨，厥绩隆焉。天地鬼神，享于有德，讴歌讼狱，归于至仁，应天顺人，法尧禅舜，如释重负，予其作宾。於戏钦哉，畏天之命！

窦仪读诏毕，宣徽使引匡胤退至北面，拜受制书；随即掖匡胤登崇元殿，加上衮冕，即皇帝位，受文武百官朝贺。万岁万岁的声音，响彻殿庑。无非一班赵家狗。礼成，即命范质等入内，胁迁幼主及符太后，改居西宫。可怜这二十多岁的嫠妇,七龄有奇的孤儿,只落得凄凄楚楚,呜呜咽咽,哭向西宫去了。唐虞时有此惨状否?当下由群臣会议,取消周主尊号,改称郑王,符太后为周太后。命周宗正郭玘祀周陵庙,仍饬令岁时祭享,一面改定国号。因前领归德军在宋州,特称宋朝,以火德王,色尚赤,纪元建隆,大赦天下。追赠韩通为中书令,厚礼收葬。首赏佐命元功,授石守信为归德节度使,高怀德为义成军节度使,张令铎为镇安军节度使,王审琦为泰宁军节度使,张光翰为江宁军节度使,赵彦徽为武信军节度使,并皆掌侍卫亲军。擢慕容延钊为殿前都点检,所遗副都点检一缺,令高怀德兼任。赐皇弟匡义为殿前都虞侯,改名光义。赵普为枢密直学士,周宰相范质,依前守司徒兼侍中。王溥守司空,兼门下侍郎。魏仁甫为尚书右仆射,兼中书侍郎,均同平章事。一班攀龙附凤的人员,一并进爵加禄,不可殚述。从此,方面大耳的赵匡胤遂安安稳稳的做了宋朝第一代祖宗,史称为宋太祖皇帝。后人有诗叹道:

> 周祚已移宋鼎新,首阳不食是何人?
> 片言未合忙投拜,可惜韩通致杀身。

还有一切典礼,依次举行,容至下回续叙。

陈桥兵变,黄袍加身,史家俱言非宋祖意,吾谓是皆为宋祖所欺耳。北汉既结辽为寇,何以不闻深入,其可疑一;都下甫事发兵,点检作天子之谣,自何而来?其可疑二;诸将谋立新主,而匡义、赵普何以未曾入白,即部署诸将诘朝行事?其可疑三;奉点检为天子,而当局尚未承认,何来黄袍,即可加身?其可疑四;韩通为王彦昇所杀,并且戮及妻孥,而宋祖入都以后,何不加彦昇以擅杀之罪?其可疑五;既登大位,于尊祖崇母诸典,尚未举行,何以首赏功臣,叠加宠命?其可疑六。种种疑窦,足见宋祖之处心积虑,固已有年,不过因周世宗在日,威武过人,惮不敢发耳。世宗殂而妇寡儿孤,取之正如拾芥,第借北征事瞒人耳目而已。吾谁欺?欺天乎?本回虽就事叙事,而微意已在言表,阅者可于夹缝中求之。

第六回　公主钟情再婚志喜 孤臣败死一炬成墟

却说宋太祖既登大位,追崇祖考,用兵部尚书张昭言,立四亲庙,尊高祖眺为僖祖文献皇帝,曾祖珽为顺祖惠元皇帝,祖敬为翼祖简恭皇帝,妣皆为皇后,父弘殷为宣祖昭武皇帝,每岁五享,朔望荐食荐新,三年一祫,五年一禘。庙祀既定,尊母杜氏为皇太后。先是楚昭辅入都,驰慰太祖家属,杜氏闻报,惊语道:"我儿素有大志,今果然成功了。"杜氏此言,已将宋祖阴谋,和盘托出。及尊为太后,御殿受朝,太祖下拜,群臣皆行朝贺礼,杜氏并无喜色,反觉满面愁容。左右进言道:"臣闻母以子贵,今子为天子,太后反有忧色,究为何事?"杜氏道:"先圣有言:'为君难。'天子置身民上,果能制治得宜,原可尊荣过去,倘或失道,恐将来欲做一匹夫,尚不可得,你等道可忧不可忧么?"却是名言。太祖闻言再拜道:"谨遵慈训,不敢有违!"既退殿,宋祖又复临朝,拟册立夫人王氏为皇后。太祖元配贺氏,见第一回。生一子二女,子名德昭,显德五年病殁;嗣聘彰德军节度使王饶女为继室,周世宗曾赐给冠帔,封琅琊郡夫人,至是册立为后,免不得又有一番典仪,这且毋庸细表。

惟宋祖有妹二人,一已夭逝,追封为陈国长公主,一曾出嫁米福德,不幸夫亡,竟致寡居,太祖封她为燕国长公主。公主韶年守孀,寂寞兰闺,时增伤感,对着春花秋月,尤觉悲从中来。自从宋祖为帝,及尊母册后诸隆仪,陆续举行,阖宫统是欢忭,独公主勉强入贺,整日里颦着双眉,并不见有解颐的时候。太祖情笃同胞,瞧着这般情形,自然格外怜悯。可巧殿前副点检高怀德,适赋悼亡,他遂想出一个移花接木的法儿,玉成两美。这高怀德系真定郡人,父名行周,曾任周天平节度使。怀德生长将门,素有膂力,且生得一副好身材,虎臂猿躯,豹头燕颔,此时正在壮年,理应速续鸾胶,再敦燕好。太祖遂与太后商议,拟将燕国长公主嫁与怀德。杜太后迟疑道:"这事恐未便做得。"太祖道:"我妹华年,不过逾笄,怎忍令她长守空闺,终身抱恨?"阿兄既可负君,阿妹何妨变节!杜太后道:"且待问明女儿,再作计较。"太祖退出,太后即召入公主,与她密谈。公主听到再嫁二字,不禁两颊微酡,俯首无语。春心已动。杜太后道,"为母的也不便教你变节,但你兄怜怜你寂寂寡欢,是以设此一法。"公主恰支吾对付道:"我兄贵为天子,无论宫廷内外,均应遵他命令,女儿怎好有违?"说到"违"字,脸上的桃花,愈现愈红,自觉不好意思,即拜别出室去了。原来高怀德入直殿廷,公主曾窥他仪表过人,暗中叹羡,今承母兄意旨,欲与他结为夫妇,真是意外遭逢,三生有幸。也顾不得甚么柏舟操、松筠节了。楚妇失节,往往为此一念所误。宋太祖闻妹有允意,即谕意赵普、窦仪,浼他们作伐,两人欣然领命,即与怀德面商。怀德也尝见过公主,知姿色很是可人,况又是天子胞妹,娶为继室,就是现成的皇亲,乐得满口应允,毫不支吾。有愧汉宋弘多矣。普、仪大喜,即去复旨。得喝媒酒,如何不喜。当饬太史择定吉日,行合婚礼,并赐第兴宁坊。藏娇合筑金屋。

届期这一日,高第备了全副仪仗,拥着凤舆,由怀德乘马亲迎。到了宫

第六回　公主钟情再婚志喜　孤臣败死一炬成墟

门,下马而入,司礼官引就甥馆,当有诏书颁下,特拜为驸马都尉。怀德北面叩谢,卤簿使整备送亲仪仗,陈列宫中。司礼官再引怀德出馆,至内东门外,鞠躬西向,令随员执雁敬呈,司礼官奉雁以进。至奠雁礼成,笙簧叠韵,琴瑟谐声,但见这位燕国长公主,装束与天仙相似,由宫娥彩女等簇拥出来,缓步登舆。怀德再拜。拜毕,司礼官即导出宫门,看怀德上马,才行退去。怀德回至本第,下马恭候。待凤舆到来,向舆一揖,至公主下舆,乃三揖引入,升阶登堂。公主东向,怀德西向,行相见礼。既而彼此易位,行交拜礼。礼成,导入寝室,洞房合卺,一一如仪。是时文武百官,相率趋贺,宾筵丰备,雅乐铿锵,说不尽的繁华,描不完的热闹。怀德出房陪宾,等到酒阑席散,方才归寝。公主已易浅妆,和颜相迎,彼此在灯下窥视,一个是盛鬋丰容,倍增艳丽,一个是广颐方额,绰有丰神,大家都是过来人,当即携手入帏,同圆好梦。这一夜的枕席风光,比那第一次婚嫁时,更添几倍。从此情天补恨,缺月重圆,好算是内无怨女,外无旷夫了。逐层写来,语多讽刺。

哪知么弦方续,鼙鼓复兴,一道诏书,传入高第,竟令高怀德同讨李筠,即日出师。燕国长公主又不免有陌头春色之感,应暗怨阿兄太不解事。李筠,太原人,历事唐、晋、汉三朝,累积战功。至周擢检校太尉,领昭义军节度使,驻节潞州。正与宋祖比肩。宋祖受禅,加筠中书令,遣使赐册。筠即欲拒命,因宾佐切谏,勉强拜受。及延使升阶,张乐设宴,酒过数巡,忽命悬周太祖画像,瞻望再三,涕泣不已。宾佐在旁惶骇,亟语使臣道:"令公被酒,致失常度,幸弗怀疑!"及罢宴后,使臣拜别还京,奏陈详情,太祖尚搁置不提。会北汉主刘钧,闻筠有拒宋意,遂遣人驰递蜡书,约筠一同起兵。筠即欲举事,长子守节进谏道:"潞州一隅,恐不足当大梁,还乞父亲持重,幸勿暴举!"筠怒道:"你晓得甚么?赵匡胤欺弄孤寡,诈称辽、汉犯边,出兵陈桥,买嘱将士归己,回军逼宫,废少主,幽太后,大逆不道,我还好北面事他么?今日为周讨逆,就使不成,死亦甘心。"说一死字,已伏祸谶。守节复涕泣道:"父亲即欲举兵,亦须预策万全。依儿想来,不如将北汉来书,寄上汴都,宋主见我效忠,当然不生疑忌,那时我可相机行事,袭他不备了。"筠答道:"这却是条好计。我就遣你南去,赍递北汉来书,一面窥伺宋廷举动。倘遇故人,亦可预约内应。事关机密,你应慎行!"守节领了父命,即日南下。既至汴都,便入朝太祖,呈上北汉书信。太祖阅毕,便道:"你父有此忠诚,朕深嘉慰。你可在此为皇城使,朕当命使慰谕便了。"守节谢恩而出。太祖即亲写诏书,派使复往潞州。守节留仕汴中,见都下很是安稳,各镇俱奉表归诚,毫无异言。料知潞州不便窃发,乃作书寄父,劝父效顺宋廷,勿生异图。不意李筠不从,反将朝使羁住,不肯放归。宋祖闻得此信,便召谕守节道:"你父逆迹已著,你应在此抵罪。"前留为皇城使,已是不怀好意。守节慌忙叩首道："臣尝泣谏臣父，勿生异心。"太祖道："朕早知道了。留意已久，故无不察悉。朕特赦你，着你归语你父，朕未为天子时，你父可自由行动，朕既为天子，奈何不守臣节哩？"守节复叩头辞归，返至潞州，入见李筠，备陈一切。且劝父切勿用兵，归使谢罪。筠复怒道："你既得归来，还怕甚么？"当下嘱幕府草定檄文，历数宋祖不忠不孝的罪状，布告天下，并执监军周光逊等，押送北汉，求即济师。一面遣骁将儋珪，往袭泽州。儋珪善驰马，每日能行七百里，受遣后，带兵数百，飞行至泽州。泽州刺史张福，尚未闻潞州变事，当即开城迎珪，未及开口，已被珪一刀杀死，珪即麾兵入城，据住泽州，驰书告捷，李筠大喜。从事闾丘仲卿献议道："公孤军起事，势甚危险，虽有河东援师，恐未必足恃。河东指北汉。大梁甲兵精锐，难与交锋，不如西下太行，直抵怀孟，塞虎牢，据洛邑，东向争天下，方为上计。"原是良策。筠毅然道："我乃周朝宿将，与世宗义同兄弟，禁卫军皆我旧部，闻我起兵讨逆，势必倒戈归我，况有儋珪等骁悍绝伦，何愁不踏平汴梁哩？"慢着！仲卿见计议不用，默然退去。嗣闻北汉主刘钧率兵到来，筠即至太平驿迎谒，拜伏道旁。不愿臣宋，朝甘拜汉。汉主即面封筠为平西王，赐马三百匹，召入与语。筠略言："受周厚恩，不敢爱死。"刘钧默然不答。原来周、汉系是世仇，李筠提及周朝，反惹汉主疑忌，因此不愿答言，反令宣徽使卢赞，监督筠军。筠与赞偕返潞州，心甚不平，时与赞有龃龉。赞密报汉主，汉主复遣平章事卫融，替他和解。筠总是不乐。且见汉兵甚少，越加悔恨，怎奈箭在弦上，不得不发，只好留守节居守，自率部众南来。

警报传达宋廷，太祖即诏命石守信为统帅，高怀德为副，兴师北征。怀德正在私第，与燕国长公主小饮，把酒言欢，蓦闻诏书颁到，即忙出厅拜受，俟赍诏官已去，入语公主道："北汉刘钧，此次与李筠连兵，真来入寇了。"前借刘钧口中，叙及宋祖诈谋，此复借高怀德言，以证实之。可见陈桥出师，并非真因防寇，故受禅后，全未提及寇警。公主闻言，不觉惹起情肠，含着三分忧色。极力揶揄，不肯放过一笔。怀德道："公主休忧！区区小丑，有什么难平？我军一出，指日即可凯旋了。"公主含泪道："但愿马到成功，免得深闺悬念。"怀德复劝慰数语，再与公主饮了数杯，便冠带入朝。石守信既在朝听训，怀德抢步入殿，朝见礼毕，闻太祖宣谕道："两卿此行，慎勿纵李筠下太行，须迅速进兵，扼住要隘，自可破敌，朕亲为后应便了。"闾丘仲卿之计，宋祖也自防着。怀德与守信，叩头领旨，退朝整军，准备出发。

濒行时，怀德又回第别过公主，公主谆嘱小心，送出门外，然后启行。再添一笔。途次，复闻太祖诏命，遣慕容延钊、王全斌出兵东路，夹击李筠，越觉放胆前进。行至长平，望见前面有敌营驻扎，当即列阵搦战。李筠跃马而出，望见

第六回　公主钟情再婚志喜　孤臣败死一炬成墟

石守信、高怀德，便大呼道："石、高两将军，为何甘心附逆，快快倒戈，随我杀入汴都，尚可悔罪补过！"石守信怒道："李筠匹夫听着！你是唐、晋旧臣，为什么改事周室？唐、晋亡国，你却坐视，目今大宋受禅，故君无恙，你反跋扈猖獗，是何道理？快快下马受缚，免你一死！"无瑕者始可戮人，李筠亦未免失着。高怀德不待说毕，便挺枪出阵，麾兵大进。李筠也率兵抵敌，彼此鏖斗一场。看看天色将晚，各自收军。次日复战，正杀得难解难分，忽见慕容延钊一军杀到，突入李筠阵内，李筠部下，顿时散乱，石守信、高怀德等，乘势掩杀，把筠军冲作数截。李筠不敢恋战，斜刺冲出，拨马返奔。宋军追了一程，方才退回。

诸将纷纷献功，呈上首级，共约三千余颗。石守信一一记录，复与慕容延钊、高怀德商议进兵。慕容延钊道："王将军全斌，已绕道进捣泽州，我等须前去接应为是。"石守信道："这却不宜迟缓，应即刻进行。"当下传令拔营，三军并进。约行数十里，已至大会寨。这寨倚山为固，势甚扼要，李筠收集败军，在此把守，几有一夫当关，万夫莫开的形状。宋军鼓着锐气，猛扑数次，都被矢石射回。高怀德大愤，拟亲冒矢石，引兵攻寨。不念公主谆嘱么？延钊道："且慢！王将军若至泽州，寨内必有消息，待他军心一乱，便容易攻入了。"于是择地立营，休息一宵。次日再去进攻，仍不能下。又越日依然未克。石守信复语延钊道："寨中坚守如故，并没有内溃情状，想是王将军未到泽州呢。"延钊道："这也未能臆料，且设法攻入此寨，再作计较。"守信道："计将安出？"延钊遂与守信附耳数语，守信大喜，便依计而行。翌日，由延钊出马，直至寨前，大呼李筠叛贼，快出寨来，与我斗三百合。寨卒入报李筠，李筠忍耐不住，即出寨迎敌。两下相见，也不答话，便抢刀酣斗，战了二十余合，高怀德纵马前来，大呼道："待我来杀这叛贼罢！"延钊闻声，就虚晃一刀，勒马回阵。怀德挺枪出斗，又是二三十合，故意的装着力怯，倒退下来。延钊又复接战，杀得李筠性起，高叫道："任你一齐都来，我也不怕。"说着，舞动大刀，越战越紧。寨内复趋出卢赞、卫融两人，各执兵器，前来助阵，慕容延钊佯为失色，勒马奔回。李筠见已得势，步步紧逼，延钊、怀德，索性招兵退走，奔驰了五六里。筠与卢赞、卫融等，奋力追赶，蓦听得一声炮响，石守信伏兵齐起，从旁突出，杀入筠军。延钊、怀德，也即杀回。卢赞、卫融，料不能胜，竟返军北走，此所谓胜不相让，败不相救。剩得李筠一支孤军，如何支撑，慌忙返奔。那手下兵士，已伤亡无算，及奔至寨旁；但见寨外已竖起大宋赤帜，有一员金盔铁甲的宋将，领着宋军，从寨内杀出，吓得李筠莫明其妙，只好大吼一声，向西北角遁去。那将也不追赶，便迎接石守信等，一同入寨。看官道此将是谁？原来就是王全斌。叙笔突兀。全斌本欲潜往泽州，因看路上多山，崎岖得很，恐孤军有失，所以中途返辔，绕出大会寨，来会石守信、高怀德等军。入寨后表明一切,彼此统是欢喜,忽有殿前侍卫到来,报称御驾将至,石守信等忙出寨十里,恭迓御跸。既与太祖相见,行过了礼,便拥护入寨,暂憩一宿。

翌日即下令亲征,途次山岭复杂,乱石嵯峨,太祖亲自下马,先负数石。将校不敢少懈,争将大石搬去,立刻平为大道。各队陆续启行,将近泽州,见敌寨据住要隘,阻兵前进。原来李筠向北遁去,与卢赞、卫融遇着,择险扼守,扎下数营。太祖便令进攻,李筠、卢赞,并马出来,慕容延钊、高怀德上前厮杀,李筠接住延钊,卢赞接住怀德,四匹马搅做一团,盘旋了好几合,但听怀德叫声"下去!"把卢赞刺落马下。筠军中一将趋出,大呼道:"怀德休得逞威!我来也。"怀德视之,乃是河阳节度范守图,与李筠串同一气,便道:"叛贼!你也来寻死么?"随即挺枪再战。王金斌也舞枪拨马,来助怀德,双枪并举,害得范守图手忙脚乱,一个破绽,被怀德活擒过去。李筠见两将失手,只好撇下延钊,与卫融一同回马,跑入泽州。宋军追至城下,四面围攻,都校马全义攻打南门,率敢死士数十人,攀堞登城,城中霎时火起,只见得黑烟遍地,烈焰冲天,小子有诗叹道:

拼将一死效孤忠,臣力穷时恨不穷。
厝火积薪甘烬骨,满城烟雾可怜红。

毕竟城中何故火起,且看下回说明。

宋史公主列传,燕国长公主初适米福德,福德卒,再适高怀德,是公主再醮事,确有证据,且载明系建隆元年事。夫男得重聘,妇无再嫁,经义俱存,不容废易,况宋祖初登帝位,礼乐制度,正待振兴,顾可令寡妹再醮,有乖名节乎?本回叙述特详,隐含讥刺,是所以垂戒后世,而为名教之树防也。若李筠为周拒宋,涕泣兴师,不得谓非义举,但彼尝臣事唐、晋、汉、周四朝矣,不为唐、晋、汉出死力,独为郭氏表孤忠,是岂郭家以国士待之,乃以国士报乎?然不从闾丘仲卿之计,徒欲借北汉为后援,所倚非人,所为未善,徒付诸煨烬而已,可悲亦可叹也!

第七回　李重进阖家投火窟
　　　　宋太祖杯酒释兵权

却说泽州城中,忽然火起,看官道火从何来?说来又是话长,小子只好大略叙明。原来李筠遁入泽州,即遣儋珪守城。珪见宋军势大,竟缒城遁去,本是善驰,不走何待？急得李筠仓皇失措。筠妾刘氏,随至军中,劝筠备马夜遁,返保潞州,筠犹豫未决。或谓城门一发,部下或劫公出降,悔不可及,不如固守为是。筠乃决计死守。会宋将马全义登城,城已被破,筠遂拟取薪自焚。刘妾亦欲从死,筠叹道:"我自问已无生理,所以甘心赴火,你肯从死,志节可嘉；但你方有娠,倘得生男,将来或可报仇,快自去逃生罢！"刘氏号泣而去。筠遂纵火焚死,火随风猛,转眼间红光四映,照彻全城,守卒均已骇散。宋将马全义下城开门,放入宋军。王全斌首先杀入,正遇卫融匹马奔逃,当即喝声休走,卫融勉强抵敌,不到三合,便被全斌擒住。城内兵民,亦多被全斌杀毙。经太祖入城,先令人救灭了火,然后揭榜安民。军士推上卫融,太祖劝他降顺。卫融奋然道:"你敢负周；我不负汉！"痛快！这两语惹动太祖怒意,命卫士用铁挝猛击中卫融额,血流满面。融大呼道:"死不负主,死也值得了。"太祖见他语直气壮,又不觉怜悯起来,并非不忍杀融,实由自己心虚。即令卫士罢手,将融释缚,善言劝慰,使为太府卿。融乃愿降。有始无终。

越日,复进攻潞州,守节大惊,飞向汉主处求援。哪知汉主刘钧,早已遁去,一时没法摆布,只好束手待毙。至太祖已到城下,谕令守节速降,免罪不究,守节乃出城迎驾,匍匐乞死。太祖道:"你父为逆,你却知忠,朕岂不分善恶,专事孥戮么？今特赦你,且授你为团练使,你好好干蛊,毋负朕恩！"守节叩谢。太祖入潞州城,安民已毕,遍宴从臣,并令守节预宴,赐他袭衣锦带,银鞍勒马。守节感激万分,匍伏地上,磕了好几个响头。如死父何。待至宋祖还跸,方查访父妾刘氏。刘氏逃入民家,经守节寻还,后来果生一男。守节历任单济和三州团练使,才逾壮年,病殁无子,幸刘氏所生的男孩儿,得承李祀,不致绝后,这或是李筠孤忠的报应,亦未可知。意在勉人。

话休叙烦,且说宋太祖既平潞州,班师还都。过了数日,有南唐使臣入朝,赍表贺捷,并附呈淮南节度使李重进密书,由太祖展阅,内云:

> 周淮南节度使李重进,奉书南唐主麾下:重进,周室之懿亲,藩镇之旧臣,世受先帝深恩,不忍背负。今将举兵入汴,乞大王援助一旅之师,联镳齐进,声罪致讨。若幸得成功,重进当拱手听命,还爵朝廷,少效臣节于万一,宁敢穷兵黩武为哉？惟大王垂谅焉！

太祖览毕,勃然道:"重进竟敢叛朕么？我曾遣陈思诲前去,赐他铁券,优旨抚慰,今思诲尚未回来,他却潜结南唐,竟敢为逆,情殊可恨！"又语唐使道:"尔主竭诚事朕,朕心甚慰。尔可回去,转告尔主,守住要隘,勿使叛兵侵入,朕即日发兵平淮便了。"唐使领命去讫。太祖即饬石守信、王审琦、李处耘、宋偓四将,分领禁兵,出征重进。此次不及高怀德,想是怜念胞妹。四将亦启程去了。小子叙到此处，不得不将重进履历，略行表明。重进系周太祖郭威甥，生长太原，历事晋、汉、周三朝。周末任为淮南节度使，镇守扬州。太祖禅位，加授中书令，命移镇青州。重进本与太祖比肩事周，分握兵柄，至闻太祖受禅，恐为所忌，常不自安；及移镇命下，心益怏怏。李筠举兵，消息传到扬州，重进特遣亲吏翟守珣，往潞联盟，定议南北夹攻，哪知守珣反潜至汴都，求见太祖。太祖问明底细，便语守珣道："他无非防朕加罪，因蓄异图，朕今赐他铁券，誓不相负，他可能相信否？"守珣道："臣见重进终有异志，愿陛下先事预防！"太祖点首道："朕与你相识有年，所以你特报朕，可谓不负故交了。但朕欲亲征潞州，恐重进乘虚掩袭，多一掣肘，烦你归劝重进，令他缓发，休使二凶并作，分我兵势。待朕平潞后，再征重进，较易为力了。"守珣唯唯遵旨。太祖复厚赐守珣，命返扬州。守珣见了重进，说了一派谎语，止住重进发兵，重进乃按兵不动。误了，误了。至太祖北征，尚恐重进袭他后路，特遣六宅使宋初武职诸司，有六宅正副使。陈思诲赍奉诏书，赐重进铁券。重进留住思诲，只说待太祖还汴，一同入朝。既而太祖奏凯回来，重进颇有惧意，拟即整理行装，随思诲朝汴。偏部将向美、湛敬等，入阻重进道："公是周室至亲，总不免见忌宋主，若再入朝，适中他计，恐一去不得复还了。"重进道："倘或宋主加责，奈何？"向美道："古人有言：'宁我薄人，毋人薄我。'今当宋主平潞，兵力已疲，何不即日兴兵，直捣汴京。这乃叫作先发制人呢。"重进道："兵力不足，恐不济事。"湛敬答道："可拘住汴使，向唐乞援，若得唐兵相助，何愁大事不成？"李筠乞师北汉，并未成功，岂湛敬独未闻知么？重进道："事宋拒宋，始终难免一死，我就依你照办罢！"又是一个死识。当下拘住思诲，投书南唐，一面修城缮甲，准备战守。

转瞬数日，忽有探卒来报，宋军已南来了，重进大惊道："唐兵未出，宋军已至，如何是好？"向美、湛敬统不免有些惊惶，但此次兵祸，是由他两人惹引出来，也只好硬着头皮，请兵前往。重进发兵万人，令他带去对仗，自己在城居守，静听战阵消息。谁知警报迭来，都是败耗。嗣闻太祖又亲自南征，更惊慌的了不得，正拟添募兵士，接应前敌，忽见湛敬狼狈逃回，报称向美阵亡，兵士多半丧失了。扬州战事，全用虚写，盖因重进兵力，不逮李筠，史家概从简略，故本书亦用简笔。重进经此一惊，更吓得面色如土，蓦闻城外喊声大震，鼓角齐鸣，料知宋军杀到，勉勉强强的登城一望，但见军士如蚁，矛戟如林，迤逦行来，长约数里；最后拥着一位宋天子，全身甲胄，耀武扬威，端的是开国英君，不同凡主，当下长叹一声，下城语众道："我本周室旧臣，理应一死报主，今将举族自焚，你等可自往逃生罢！"左右请杀思诲，聊以泄恨。重进道："我已将死，杀他何益？"言已，即令家人取薪举火，先令妻子投入火中，然后奋身跃入，一道

第七回 李重进阖家投火窟 宋太祖杯酒释兵权

青烟,都化为焦骨了。想与李筠同事祝融去了。重进已死,全城大乱,还有何人防守?宋军当即登城,鱼贯而进,拿住湛敬等数百人。至太祖入城,查系逆党,尽令枭首。复问及陈思诲,当有将士探报,已被逆党杀毙,横尸狱中,太祖很是叹惜,命厚礼殓葬。再访翟守珣,好容易才得寻着,太祖慰谕道:"扬州已平,卿可随朕同去!"守珣道:"臣恐重进怀疑,所以避死,今日复见陛下,不啻重逢天日。但臣事重进有年,不忍见他暴骨扬灰,还乞陛下特别开恩,许臣收拾烬余,藁葬野外,臣虽死亦无恨了。"太祖道:"依卿所奏,朕不汝罪!"守珣乃自去拾骨,贮棺出埋,然后随驾还朝。

太祖将发扬州,唐主李景,原名璟,改名为景。遣使犒师,并遣子从镒朝见,太祖慰劳有加。忽有唐臣杜著、薛良二人,投奔军前,献平南策。太祖怒道:"唐主事朕甚谨,你乃欲卖主求荣,良心何在!"随喝左右道:"快与朕拿下!"全是权术。卫士将两人缚住,由太祖当面定刑,命将杜著斩首,薛良戍边。其实他两人本得罪南唐,乘间逃来,意欲脱罪图功,不料弄巧反拙,一杀一戍,徒落得身名两丧,悔已无及,这也所谓自作孽,不可逭哩。为卖主求荣者,作一般鉴。

且说扬州已平,太祖还汴,饮至受赏,不消细说。惟翟守珣得补官殿直,未几即为供奉官,有时且命守珣等,随驾微行。守珣进谏道:"陛下幸得天下,人心未安,今乘舆轻出,倘有不测,为之奈何?"太祖笑道:"帝王创业,自有天命,不能强求,亦不能强拒。从前周世宗在日,见有方面大耳的将士,时常杀死,朕终日侍侧,未尝遭害,可见得天命所归,断不至被人暗算呢。"这也是聪明人语,看官莫被瞒过。一日,又微行至赵普第,赵普慌忙出迎,导入厅中,拜谒已毕,亦劝太祖慎自珍重。太祖复笑语道:"如有人应得天命,任他所为,朕亦不去禁止呢。"普又答道:"陛下原是圣明,但必谓普天之下,人人悦服,无一与陛下为难,臣却不敢断言。就是典兵诸将帅,亦岂个个可恃?万一乘间窃发,祸起萧墙,那时措手不及,后悔难追。所以为陛下计,总请自重为是!"太祖道:"似石守信、王审琦等,俱朕故人,想必不致生变,卿亦太觉多虑。"赵普道:"臣亦未尝疑他不忠,但熟观诸人,皆非统驭才,恐不能制服部下,倘或军伍中胁令生变,他亦不得不唯众是从了。"太祖不禁点首,寻复语普道:"朕未尝耽情花酒,何必出外微行,正因国家初定,人心是否归向,尚未可料,所以私行察访,未敢少怠哩。"原来为此。赵普道:"但教权归天子,他人不敢觊觎,自然太平无事了。"太祖复谈论数语,随即回宫。

一日复一日,又是建隆二年,内外各将帅,依然如故,并没有变动消息。赵普私下着急,但又不便时常进言,触怒武夫,没奈何隐忍过去。到了闰三月间,方调任慕容延钊为山南东道节度使,撤销殿前都点检一职,不复除授。拔去一钉。嗣是过了两三月,又毫无动静,直至夏秋交界,太祖召赵普入便殿,开阁乘凉，从容座谈。旁无别人，太祖喟然道："自从唐季至今，数十年来，八姓十二君，篡窃相继，变乱不休，朕欲息兵安民，定一个长久计策，卿以为如何而可？"普起对道："陛下提及此言，正是人民的幸福。依臣愚见，五季变乱，统由方镇太重，君弱臣强，若将他兵权撤销，稍示裁制，何患天下不安？臣去岁也曾启奏过了。"太祖道："卿勿复言，朕自有处置。"普乃退出。

次日，太祖晚朝，命有司设宴便殿，召石守信、王审琦、张令铎、赵彦徽等入宴。酒至半酣，太祖屏退左右，乃语众将道："朕非卿等不及此。但身为天子，实属大难，不若为节度使时，尚得逍遥自在。朕自受禅以来，已是一年有余，何从有一夕安枕哩。"守信等离座起对道："陛下还有甚么忧虑？"太祖微笑道："朕与卿等统是故交，何妨直告。这皇帝宝位，哪个不想就座呢。"守信等伏地叩首道："陛下奈何出此一谕？目今天下已定，何人敢生异心？"太祖道："卿等原无此心，倘麾下贪图富贵，暗中怂恿，一旦变起，将黄袍加汝身上，汝等虽欲不为，也变做骑虎难下了。"推己及人。守信等泣谢道："臣等愚不及此，乞陛下哀矜，指示生路！"太祖道："卿等且起！朕却有数语，与卿等熟商。"守信等遵旨起来，太祖道："人生如白驹过隙，忽壮忽老忽死，总没有几百年寿数，所以萦情富贵，无非欲多积金银，厚自娱乐，令子孙不至穷苦罢了。朕为卿等打算，不如释去兵权，出守大藩，拣择良好田园，购置数顷，为子孙立些长业，自己多买歌童舞女，日夕欢饮，藉终天年，朕且与卿等约为婚姻，世世亲睦，上下相安，君臣无忌，岂不是一条上策么？"守信等又拜谢道："陛下怜念臣等，一至于此，真所谓生死肉骨了。"是日尽欢乃散。越日均上表称疾，乞罢典兵，太祖遂命石守信为天平节度使，王审琦为忠正节度使，张令铎为镇宁节度使，赵彦徽为武信节度使，皆罢宿卫就镇。就是驸马都尉高怀德，也出为归德节度使，撤去殿前副都点检。防之耶？抑借之以解嘲耶？诸将先后辞行，太祖又特加赐赉，都欢欢喜喜的去了。从此安享天年，不再出现。

过了数年，太祖欲召天雄军节度使符彦卿，入典禁兵。这彦卿系宛邱人，父名存审，曾任后唐宣武军节度使。彦卿幼擅骑射，壮益骁勇，历晋、汉两朝，已累镇外藩；周祖即位，授天雄军节度使，晋封卫王。世宗迭册彦卿两女为后，就是光义的继室，也是彦卿第六女。所以周世宗加封彦卿为太傅，宋太祖更加封他为太师。至此因将帅多已就镇，乃欲召彦卿入值。赵普闻知消息，忙进谏道："彦卿位极人臣，岂可再给兵柄？"太祖道："朕待彦卿素厚，谅他不至负朕。"妹夫尚令他就镇，难道姻长独可靠么？赵普突然道："陛下奈何负周世宗？"兜心一拳。太祖默然，因即罢议。既而永兴军节度使王彦超，安远军节度使武行德，护国军节度使郭从义，定国军节度使白重赞，保大军节度使杨廷璋等，同时入朝，太祖与宴后苑，从容与语道："卿等均国家旧臣，久临剧镇，王事鞅掌,殊非朕优礼贤臣的本意。"说至此,彦超即避席跪奏道:"臣素乏功劳,忝膺荣宠,今年已衰朽了,幸乞赐骸骨,归老田园!"太祖亦离座亲扶,且嘉慰道:"卿可谓谦谦君子了。"武行德等不知上意,反历陈平昔战功,及履历劳苦。太祖冷笑道:"这是前代故事,也不值再谈呢。"行德等碰这钉子,实是笨伯。至散席后,侍臣已料有他诏,果然次日下旨,将武行德等俱罢节镇,惟王彦超留镇如故。小子有诗叹道:

> 尾大原成不掉忧,日寻祸乱几时休?
> 谁知杯酒成良策,尽有兵权一旦收。

宿卫藩镇,先后裁制,太祖方高枕无忧,谁知国事粗安,大丧又届,究竟何人归天,俟至下回分解。

李重进为周室懿亲,如果效忠周室,理应于宋祖受禅之日,即起义师,北向讨逆,虽或不成,安得谓为非忠?至于李筠起事,始遣翟守珣往潞议约,晚矣。然使与筠同时并举,南北夹攻,则宋祖且趑前疐后,事之成败,尚未可知也,乃迟回不决,直至潞州已平,乃思发难,昧时失机,莫此为甚。且令后世目为宋之叛臣,不得与韩通、李筠相比,岂非死有余憾乎?赵普惩前毖后,力劝宋祖裁抑武夫,百年积弊,一旦革除,读史者多艳称之。顾亦由宋祖智勇,素出诸将右,石守信辈惮其雄威,不敢立异,乃能由彼操纵耳。不然,区区杯酒,寥寥数言,宁能使若辈帖服邪?然后世子孙,庸弱不振,卒受制于夷狄,未始非由此成之。内宁即有外忧,此方正学之所以作"深虑论"也。

第八回　遣师南下戡定荆湘
　　　　　冒雪宵来商征巴蜀

却说建隆二年夏六月,杜太后寝疾,太祖日夕侍奉,不离左右,奈病势日重一日,未几痰喘交作,势且垂危。太后自知不起,乃召集子孙,并枢密使赵普,同至榻前,先语太祖道:"你身登大宝,已一年有余,可知得国的缘由么?"太祖答道:"统是祖考及太后余庆,所以得此幸遇。"太后道:"你错想了!周世宗使幼儿主天下,所以你得至此。你百年后,帝位当先传光义,光义传光美,光美传德昭,国有长君,乃是社稷幸福,你须记着!"太祖泣道:"敢不遵教!"太后复顾赵普道:"你随主有年,差不多似家人骨肉,我的遗言,烦你亦留心记着,不得有违!"赵普受命,就于榻前写立誓书,先书太后遗嘱,末后更连带署名，写了"臣赵普谨记"五字，即收藏金匮中，着妥当宫人掌管，总道是开国成规，世世勿替了。为后文背誓张本。原来杜太后生五子，长匡济，次即太祖，三匡义，四匡美，五匡赞。匡济、匡赞早亡，太祖即位，为了避讳的缘故，将所有兄弟原名，统改匡为光，所以太后遗嘱中，也称光义、光美。德昭乃太祖子，即元配贺夫人所出，前已叙过，想看官亦应接洽了。事关国祚，不嫌复笔。自金匮立誓后，不到两日，太后即崩于滋德殿，年六十，谥曰明宪。乾德二年，复改谥昭宪，合袝安陵，这且搁下不提。

且说太祖用赵普计，既尽收宿将兵柄，及藩镇重权，乃选择将帅，分部守边，命赵赞屯延州，姚内斌守庆州，董遵海屯环州，王彦昇守原州，冯继业镇灵武，控扼西陲。李汉超屯关南，马仁瑀守瀛州，韩令坤镇常山，贺维忠守易州，何继筠领棣州，防御北狄。又令郭进镇西山，武守琪戍晋州，李谦溥守隰州，李继勋镇昭义，驻扎太原。诸将家族，留居京师，抚养甚厚。所有在镇军务，尽许便宜行事。每届入朝，必召对命坐，赐宴赉金，因此诸将多尽死力，西北得以无虞。羁留家属以防其叛，优加赐赉以买其欢，驭将之道，无逾于此。惟关南汛地，忽有人民来京控诉，吁称李汉超强占己女，及贷钱不偿事。太祖召语道："汝女可适何人？"该民答道："不过农家。"太祖又问道："汉超未到关南时，辽人曾来侵扰否？"该民道："年年入寇，苦累不堪。"太祖道："今日若何？"该民答言没有。宋祖怫然道："汉超系朕贵臣，汝女畀他为妾，比出嫁农家，应较荣宠。且使关南没有汉超，你的子女，你的家资，能保得全否？区区小事，便值得来此控诉么？下次再来刁讼，决不宽贷！"言毕，喝左右将该民逐出，此种言动，全是权术，不足与言盛王之治。该民涕泣回乡。太祖却遣一密使，传谕汉超道："你亟还民女，并清偿贷款，朕暂从宽典，此后慎勿再为！如果人不敷出，尽可告朕，何必向民借贷哩！"钱财可向你乞济，妻妾不肯令之莅任，奈何？汉超闻言，感激涕零，即遵旨将人财归还，并上表谢罪。嗣是益修政治，吏民大悦。

还有环州守将董遵海，系高怀德外甥，父名宗本，曾仕汉为随州刺史。太祖微时，尝客游汉东，至宗本署中。宗本颇器重太祖，留住数日，独遵海瞧他不起，常多侮慢。一夕，语太祖道："我尝见城上紫云如盖，又梦登高台，遇一黑蛇，约长百尺，忽飞腾上天，化龙竟去，这是何故？"太祖微笑不答。越数日，又与太祖谈论兵事，遵海理屈词穷，反恼羞成怒，竟奋袂起座，欲与太祖角力。太祖匆匆避出，遂向宗本处辞别，自行去讫。至周末宋初，遵海已任骁武指挥使，太祖在便殿召见，遵海惶恐得很，伏地请死。太祖令左右扶起，因慰谕道："卿尚记从前紫云化龙的事情么？"遵海复再拜道："臣当日愚呆，不识真主，今蒙赦罪，当衔环报德。"骄子失势，往往如是。太祖大笑。俄而遵海部下，有军卒击鼓鸣冤，控告不法事数十件，遵海益惶恐待罪。太祖复召谕道："朕方赦过赏功,何忍复念旧恶,卿勿复忧!但教此后自新,朕且破格重用。"遵海又叩首谢恩。遵海父宗本,世籍范阳,旧隶辽降将赵延寿部下。及延寿被执,乃挈子南奔,惟妻妾陷入幽州,太祖因令人纳赂边民,赎归遵海生母,送与遵海。遵海更加感激,誓以死报。太祖特授为通远军使,镇守环夏。遵海至镇,召诸族酋长,宣谕朝廷威德,众皆悦服。未几复来扰边,由遵海发兵深入,斩获无算,边境乃宁。虎狼非不可用,在用之得其道耳。太祖复令文臣知州事,置诸州通判,设诸路转运使,选诸道兵入补禁卫,无非是裁制镇帅,集权中央,于是五代藩镇的积弊,一扫而空了。煞费苦心,方得百年保守。

会太祖复改元乾德,以建隆四年为乾德元年,百官朝贺,适武平节度使周保权,遣使告急。保权系周行逢子,行逢当周世宗时,因平定湖南,受封为朗州大都督,兼武平军节度使,管辖湖南全境。宋初任职如故,且加授中书令。行逢在镇,颇尽心图治,惟境内一切处置,概仍方镇旧态,行动自由。太祖初定中原,不遑过问,行逢得坐镇七年,安享宠荣。既而病重将死,召嘱将校道:"我子保权,才十一岁,全仗诸公保护,所有境内各官属,大都恭顺,当无异图。惟衡州刺史张文表,素性凶悍,我死后,他必为乱,幸诸公善佐吾儿,无失土宇,万不得已,宁可举族归朝,无令陷入虎口,这还不失为中策哩。"言讫遂逝,保权嗣位,果然讣至衡州,文表悍然道:"我与行逢俱起家微贱,同立功名,今日行逢已殁,不把节镇属我,乃教我北面事小儿,何太欺人!"当下带领军士,袭据潭州,杀留后廖简,又声言将进取朗州,尽灭周氏。朗州大震,保权遣杨师璠往讨,并遣使至宋廷乞援。荆南节度使高继冲,亦拜表上闻。继冲系高保勖侄儿,保勖祖季兴,唐末为荆南节度使,历梁及后唐,晋封南平王。季兴死后,子从诲袭爵。从诲传子保融,保融传弟保勖,保勖复传侄继冲,世镇江陵。荆南与湖南毗连,继冲恐文表侵入,所以驰奏宋廷。太祖闻报,先下诏荆南,令发水师数千名,往讨潭州。已寓深意。然后令慕容延钊为都部署,李处耘为都监,率兵南下。临行时,面谕二将道:"江陵南逼长沙,东距建康,西迫巴蜀,北近大梁,乃是最要的区域。现闻他四分五裂,正好乘势收归,卿等可向他假道,伺隙入城,岂不是一举两得么?"这便是假道灭虞之计。二将领命而去。到了襄州,即遣阁门使丁德裕,先赴江陵,向他假道。高继冲正遣水军三千人,令亲校李景威统率,出发潭州。已堕宋祖计中。至丁德裕到来,说明假道情形,乃即召僚属会议。部将孙光宪进言道:"中国自周世宗,已有统一天下的志向,今宋主规模阔大,比周世宗还要雄武,江陵地狭民贫,万难与宋主争衡,不若早归疆土,还可免祸。就是明公的富贵,当也不至全失哩。"知机之言。继冲踌躇未决,再与叔父保寅密商。保寅道:"且准备牛酒,借犒师为名,往觇强弱,再作计较。"继冲道:"即请叔父前往便了。"保寅乃采选肥牛数十头,美酒百瓮，往荆门犒师。既至军前，由李处耘接待，很是殷勤，保寅大喜。次日复由慕容延钊召保寅入帐，置酒与宴，相对甚欢。保寅已遣随卒飞报继冲，令他安慰，哪知李处耘即带领健卒，夤夜前进，竟达江陵。继冲正待保寅回来，忽闻大兵掩至，急得束手无策，只得出城相迎，北行十余里，正与处耘遇着。处耘揖继冲入寨，令待延钊，自率亲军入江陵城。及继冲得还，见宋军已分据要冲，越觉惶惧，不得已缴出版籍，将全境三州十六县，尽献宋廷，当遣客将王昭济，奉表赍纳。太祖自然欣慰，遂遣王仁赡为荆南都巡检使，仍令赍衣服玉带，器币鞍勒，赏给继冲，并授为马步都指挥使，仍官荆南节度如故。且因孙光宪劝使归朝，命为黄州刺史。荆南自高季兴据守，传袭三世五帅，凡四十余年，至是纳土归宋，继冲寻改任武宁节度使，至开宝六年病殁，总算富贵终身，了却一世。应了孙光宪之言。

惟慕容延钊、李处耘，既袭据江陵，遂进图潭州。是时湖南将校杨师璠，已在平津亭大破敌军，擒住张文表，脔割而食。也太残忍。潭州城守空虚，延钊等乘虚掩入，不费兵刃，即得潭州，复率兵进攻朗州。保权尚属冲年，毫无主见，牙将张从富道："目下我兵得胜，气势方盛，不妨与宋军决一胜负。且此处城郭坚完，就使不能战胜，尚可据城固守，待他食尽，自然退去，何足深虑！"以张文表目宋军，拟于不伦。诸将亦多半赞同，遂整缮兵甲，决计抗命。慕容延钊，令丁德裕先往宣抚，劝朗州献土投诚。德裕率从骑数百人，直抵朗州城下，呼令开门。张从富在城上应声道："来将为谁？"丁德裕道："我是阁门使丁德裕，特来传达朝旨，宣谕德意！"从富冷笑道："有甚么德意？无非欲窃据朗州。汝去归语宋天子，我处封土，本是世袭，张文表已经荡平，不劳汝军入境，彼此各守境界，毋伤和气！"德裕怒道："你敢反抗王师么？"从富道："朗州不比江陵，休得小觑！若要强来占据，我也不怕，请看此箭！"言已，即将一箭射下。德裕乃退，返报延钊。延钊即日奏闻，太祖又遣中使往谕道："汝本请师救援，所以出发大军，来拯汝厄。今妖孽既平，汝等反以怨报德，抗拒王师，究是何意？"从富又拒而不纳，反尽拆境内桥梁，沉船沮河，伐树塞路，一意与宋军为难。延钊、处耘乃陆续进兵。处耘先到澧江，遥见对岸摆着敌阵，旗帜飘扬，恰也严整得很。处耘阳欲渡江，暗中却分兵绕出上游，潜行南渡。那朗州牙将张从富，只知防着处耘，不料刺斜里杀到一支宋军，冲入阵内，慌忙麾兵对仗，战不数合，那对岸宋军，又复渡江杀来，害得手足无措，只好逃回朗州。大言无益。宋军俘获甚众，至处耘前报功。处耘检阅俘虏，视有肥壮的人，割肉作糜，分啖左右。又择少壮数名，黥字面上，纵还朗州。被黥的逃入城中，报称宋军好啖人肉，顿时全城惊骇，纷纷逃避。朗州军曾吃过张文表的肉，奈何闻宋军食人，乃惊溃至此？及处耘进抵城南，城中愈乱，张从富自知不支，遁

第八回　遣师南下戡定荆湘　冒雪宵来商征巴蜀

往西山，别将汪端，护出周保权，及周氏家属，避匿江南岸僧寺中。处耘一鼓入城，待延钊兵到，复出搜逃虏，寻至西山下，巧值从富出来，意欲再往别处，冤冤相凑，与宋军遇着，眼见得是束手成擒，立即身首异处了。再探访至僧寺，又将保权获住，周氏家眷，亦尽做俘囚，只汪端被逃，拥众四掠，复经宋军追剿，把他击死，湖南乃平。保权解至京师，上章待罪，太祖令释缚入朝，一个十一二岁的小孩子，骤睹天威，吓得杀鸡似的乱抖，连"万岁"两字，都模模糊糊的叫不清楚。仿佛刘盆子。太祖不禁怜惜，便优旨特赦，授右千牛卫上将军，葺京城旧邸院，令与家属同居。后来保权年长，累迁右羽林统军，并出知并州，也与高继冲同一善终，这未始非宋祖厚恩呢。

　　荆、襄既平，太祖复拟荡平南北，因恐兵力过劳，暂令休养。忽军校史珪、石汉卿，入白太祖，诬称殿前都虞侯张琼，拥兵自恣，擅作威福等情，太祖召琼入殿，面讯一切。琼未肯认罪，反顶撞了几句，引起太祖怒意，喝令掌嘴。那时走过了石汉卿，用铁挝猛击琼首，顿时血流如注，晕厥过去。汉卿并将他曳出，锢置狱中，及琼已苏醒，自觉伤重，痛不可忍，乃泣呼道："我在寿春时，身中数矢，当日即死，倒也完名全节，今反死得不明不白，煞是可恨！"应第三回。言毕，遂解下所系腰带，托狱吏寄家遗母，自己咬着牙齿，把头向墙上撞去，创破脑裂，霎时毙命。太祖既闻琼言，复探得琼家毫无余财，未免自悔，命有司厚恤琼家，且严责石汉卿粗莽，便即了案。张琼死谗，咎在宋祖，故特赦之以表其冤。

　　乾德二年，范质、王溥、魏仁浦三相并罢，用赵普同平章事。宋初官制，多仍唐旧，同平章事一职，在唐时已有此官，就是宰相的代名。太祖既相赵普，复拟置一副相，苦无名称，问诸翰林承旨陶谷。陶谷谓唐有参知政事，比宰相稍降一级。太祖乃命枢密直学士薛居正、兵部侍郎吕余庆，并以本官参知政事，敕尾署衔，随宰相后，月俸杂给，视宰相减半，自是垂为定例。惟赵普入相，任职独专，太祖也格外信任，遇有国事，无不咨商。有时在朝未决，到了夜间，太祖且亲至普宅，商及要政，所以普虽退朝，尚恐太祖亲到，未敢骤易衣冠。一日大雪，辇毂萧条，普退朝后，吃过晚膳，语门客道："主上今日，想必不来了。"门客答道："今夜寒甚，就是寻常百姓，尚不愿出门，况贵为天子，岂肯轻出？丞相尽可早寝了。"普乃易去冠服，退入内室，闲坐片时，将要就寝，忽闻叩门有声，正在动疑，司阍已驰入报道："圣上到了。"普不及冠服，匆匆趋出，见太祖立风雪中，慌忙迎拜，且云："臣普接驾过迟，且衣冠未整，应该待罪。"太祖笑道："今夜大雪，怪不得卿未及防，何足言罪？"一面说着，一面既扶起赵普，趋入普宅。太祖复道："已约定光义同来，渠尚未到么？"赵普正待回答，光义已经驰至。君臣骨肉，齐集一堂，太祖戏问赵普道："羊羔美酒，可以消寒，卿家可有预备否？"普答言有备。太祖大喜，且命普就地设裀，闭门共坐。普一一领旨,即就堂中炽炭烧肉,唤出妻室林氏,令司酒炙。林氏登堂,叩见太祖,并谒光义,太祖呼林氏道:"贤嫂!今日多劳你了。"赵普代为谦谢。须臾,肉熟酒热,由林氏供奉上来。普斟酒侍饮,酒至半酣,太祖语普道:"朕因外患未宁,寝不安枕,他处或可缓征,惟太原一路,时来侵扰,朕意将先下太原,然后削平他国,卿意以为何如?"普答道:"太原当西北二面,我军若下太原,便与契丹接壤,边患要我当冲了。臣意不如先征他国,待诸国削平,区区弹丸黑子,哪里保守得住?当然归入版图呢。"老成有识,不愧良相。太祖微笑道:"朕意也是这般,前言不过试卿,但今日欲平他国,当先从何处入手?"普答道:"莫如蜀地。"太祖点首,嗣复议及伐蜀计策,又谈论了一两时,夜色已阑,太祖兄弟,方起身辞去,普送出门外而别。小子有诗咏道:

　　　　风雪漫天帝驾来,重裀坐饮相臣陪。
　　　　兴酣商画平西策,三峡烟云付酒杯。

　　西征议定,战鼓重鸣,宋廷上面,又要遣将调兵,向西出发了。欲知征蜀胜负,请看下回便知。

　　荆、襄两处,唇齿相依,即并力拒宋,亦恐不逮,况外交未善,内乱相寻,宁能不相与沦亡乎?宋太祖欲收荆、湖,何妨以堂堂之师,正正之旗,平定两境,而必师假虞伐虢之故智,袭据荆南,次及湖南,是毋乃所谓杂霸之术,未足与语王道者。且观其羁縻李汉超,笼络董遵诲,无一非噢咻小惠之为。至于击死张琼,信谗忘劳,而真态见矣。厚恤家属,亦胡益哉?迨观其雪夜微行,至赵普家,定南征北讨之计,后人方侈为美谈,夫征伐大事也,不议诸大廷,乃议诸私第,鬼鬼祟祟,君子所勿取焉。

第九回　破川军孱王归命
　　　　　　受蜀俘美妇承恩

　　却说蜀主孟昶,系两川节度使孟知祥子,后唐明宗封他为蜀王,历史上叫作后蜀,详见五代史。唐末僭称蜀帝,未几病殁,子仁赞嗣立,改名为昶。昶荒淫无度,滥任臣僚,所用王昭远、伊审征、韩保正、赵崇韬等,均不称职。昶母李氏,本唐庄宗嫔御,赐给孟知祥,尝语昶道:"我见庄宗及尔父,灭梁定蜀,当时统兵将帅,必须量功授职,所以士卒畏服。今王昭远本给事小臣,韩保正等又纨绔子弟,素不知兵,一旦有警,如何胜任?"昶母颇有见识。昶不肯从。及

第九回　破川军孱王归命　受蜀俘美妇承恩

宋平荆湖，蜀相李昊又进谏道："臣观宋氏启运，不类汉周，将来必统一海内，为我国计，不如遣使朝贡，免启戎机。"昶颇以为是，商诸昭远。昭远道："蜀道险阻，外扼三峡，岂宋兵所得飞越？主上尽可安心，何必称臣纳贡，转受宋廷节制呢。"昶乃罢朝贡议，并增兵水陆，防守要隘。既而昭远从张廷伟言，劝昶通好北汉，夹攻汴梁。昶乃遣部校赵彦韬等，赍送蜡书，令由间道驰往太原。偏彦韬阳奉阴违，竟入汴都，奏闻太祖，太祖展书略阅，但见上面写着：

　　早岁曾奉尺书，远达睿听，丹素备陈于翰墨，欢盟已保于金兰，洎传吊伐之嘉音，实动辅车之喜色。寻于褒汉添驻师徒，只待灵旗之济河，便遣前锋而出境。

太祖览书至此，不禁微笑道："朕正拟发兵西征，偏他先来寻衅，益令朕师出有名了。"遂把原书掷下，安排选将，命忠武军节度王全斌，为西川行营都部署，都指挥使刘光义、崔彦进为副，枢密副使王仁赡，枢密承旨曹彬为都监，率部兵六万人，分道入蜀。全斌等入朝辞行，太祖面谕道："卿以为西川可取否？"全斌道："臣等仰仗天威，谨遵庙算，想必克日可取哩。"右厢都校史延德前奏道："西川一方，倘在天上，人不能到，原是无法可取。若在地上，难道如许兵力，尚不能平定一隅么？"太祖喜道："卿等勇敢如此，朕复何忧！但若攻克城寨，所得财帛，尽可分给将士，朕止欲得他土地，此外无所求了。"恐尚有一意中人。全斌等叩首受训。太祖又道："朕已为蜀主治第汴滨，共计五百余间，供帐什物，一切具备，倘或蜀主出降，所有家属，无论大小男妇，概不准侵犯一人，好好的送他入都，来见朕躬，朕当令他安居新第哩。"言中有意，请看下文。全斌等领旨而出，遂分两路进兵。全斌及彦进等，由凤州进，光义及曹彬等，由归州进，浩浩荡荡，杀奔西川。

蜀主昶闻得警报，亟命王昭远为都统，赵崇韬为都监，韩保正为招讨使，李进为副，率兵拒宋，且令左仆射李昊，在郊外饯行。昭远酒酣起座，攘臂大言道："我此行不止克敌，就是进取中原，也容易得很，好似反手一般哩。"李昊暗暗笑着，口中只好敷衍数语，随即告别。昭远率兵启行，手执铁如意，指挥军事，自比诸葛亮。我说他可比王衍。到了罗川，闻宋帅王全斌等，已攻克万仞、燕子二寨，进拔兴州，乃亟派韩保正、李进率军五千，前往拒敌。韩、李二人，行至三泉寨，正值宋军先锋史延德，带着前队，骤马冲来。李进舞戟出迎，战未数合，被延德用枪拨戟，轻舒左臂，将李进活擒过去。保正大怒，抢刀出战，延德毫不惧怯，挺枪接斗，又战了十余合，杀得保正气喘吁吁，正想回马逃奔，不防延德的枪锋，正向中心刺来，慌忙用刀遮拦，那枪枝便缩了回去，保正向前一扑，又被延德活捉去了。正是纨绔子弟，不堪一战。延德驱兵大进，乱杀一阵，可怜这班蜀兵，多做了无头之鬼。还有三十万石粮米，也由宋军搬去，一粒不留。王昭远闻着败信，遂列阵罗川，准备拒敌。延德也不敢轻进，在途次暂憩，静待后军。至崔彦进率兵到来，方会同前进，遥见蜀兵依江为营，桥梁未断。彦进前行，张万友大呼道："不乘此抢过浮桥，更待何时？"道言未绝，他已飞马突出，驰上浮桥。蜀兵忙来拦阻，挡不住万友神力，左一槊，右一刀，都把他杀落水中。宋军一齐随上，霎时间驰过桥西，王昭远见宋军骁勇，不禁失色，便率兵退走，回保漫天寨。未战先怯，岂诸葛军师的骄兵计耶？一面调集各处精锐，并力守御。

崔彦进分兵二路，同时进击，自与史延德为中路，先抵漫天寨下。寨在山上，势极高峻，彦进知不易仰攻，只令兵士在山下辱骂，引他出来。昭远仗着兵众，倾寨出战，彦进率军迎敌，约略交锋，就一齐退去。昭远麾军力追，铁如意用得着了。看看赶了十余里，自觉离寨太远，拟鸣金收军，迟了。偏偏左右两面，杀到两路宋军，左路是宋将康延泽，右路便是张万友，彦进、延德又领军杀回，三路夹击蜀军，任你指挥如意的王昭远，到此也心慌意乱，没奈何驱马奔归，蜀兵随即大溃，宋军乘胜追赶，驰至寨下，凭着一股锐气，踊跃登山。昭远料难保守，复弃寨西奔。宋军掩入寨中，夺得器甲刍粮，不可胜数，待王全斌驰到，再派崔彦进等进兵，王昭远收集溃卒，复来拒敌，三战三北，乃西渡桔柏江，焚去桥梁，退守剑门。

全斌因剑门险峻，恐急切难下，且探听刘光义等消息，再定行止。未几，得光义来书，已攻克夔州，进定峡中了。原来夔州地扼三峡，为西蜀江防第一重门户，刘光义、曹彬等，自归州进兵，正要向夔州攻入，蜀宁江制置使高彦俦，与监军武守谦，率兵扼守，就在夔州城外的锁江上面，筑起浮桥，上设敌栅三重，夹江列炮，专防敌船。刘光义等出发汴京，已由太祖指示地图，令他水陆夹攻，方可取胜。至是光义等锁江入蜀，距锁江三十里，即舍舟步进，贪夜袭击。蜀兵只管江防，不管陆防，骤被宋军自陆攻入，立即溃散。光义等既夺浮梁，进薄城下，蜀监军武守谦拟开城搦战，高彦俦出阻道："北军跋涉前来，利在速战，不如坚壁固守，休与交锋，待他师老粮尽，士无斗志，那时彼竭我盈，一鼓便足退敌了。"以逸待劳，莫如此策。守谦不从，独领麾下千余骑，大开城门，跃马出战。正值光义骑将张廷翰，挺枪过来，两马相交，双枪并举，战到一两个时辰，廷翰枪法越紧，守谦抵敌不住，虚幌一枪，驰回城中。说是迟，那时快，廷翰紧追守谦，也纵马入城，守卒亟欲闭门，被廷翰戳毙数人，门不及闭。宋军一拥而进，曹彬、刘光义先后驰入，高彦俦忙来拦阻，已是招架不住。守谦遁去，彦俦身中数十创，奔归府第，整衣及冠，望西北再拜，自焚而亡。算是后蜀忠臣。光义等既克夔州，安抚百姓，礼葬彦俦遗骸，再向西北进兵，所过

第九回　破川军屛王归命　受蜀俘美妇承恩

披靡。如万、施、开、忠等州，次第收降，峡中郡县悉定，乃驰书报知全斌。全斌闻东路大捷，即进次益光，途次获得蜀中侦卒，厚赐酒食，劝他降顺，并问入蜀路径。该卒言："益光江东，越大山数重，有一狭径，地名来苏，由此径通过，即可绕出剑门南面，与官道会合，前途没甚险阻了。"全斌大喜，遂依降卒言，自来苏径趋青彊，一面分兵与史延德，潜袭剑门。果然王昭远闻警，令偏将在剑门居守，自引众至汉源坡，来阻全斌。谁料全斌尚未遇着，剑门失守的信息，已经报到，吓得昭远魂不附体，举措失常。既而尘头大起，号炮连声，全斌、崔彦进自青彊杀到，昭远僵卧胡床，好像死去，铁如意拿不动么？还是都监赵崇韬，布阵出战。看官！你想这时候的蜀军，统已胆战心寒，哪里还敢对仗？一经接手，略有几人受伤，就一哄儿逃散了。崇韬还想支持，偏坐骑也像胆小，只向后倒退下去，累得崇韬坐不安稳，平白地翻落马下，部下没人顾着，活活的被宋军缚住。力避词复，故笔下特开生面。全斌本是个杀星，但教兵士砍杀过去，好似刀劈西瓜，滚滚落地，差不多有万余颗头颅。有几个败兵，侥幸逃脱，奔回寨中，忙将昭远掖坐马上，加鞭疾奔，逃至东川，下马匿仓舍中，悲嗟流涕，两目尽肿。何不设空城计？俄而追骑四至，入舍搜寻，见昭远缩做一团，也不管什么都统不都统，把他铁索上头，似猢狲般牵将去了。涉笔成趣。

　　蜀主孟昶，正与爱妃花蕊夫人，点出尤物。饮酒取乐，突然接到败报，把酒都吓醒了一半，忙出金帛募兵，令太子玄喆为统帅，李廷珪、张惠安等为副将，出赴剑门，援应前军。玄喆素不习武，但好声歌，当出发成都时，尚带着好几个美女，好几十个伶人，笙箫管笛，沿途吹唱，并不像行军情形。大约是出去迎亲。廷珪、惠安又皆庸懦无识，行到绵州，得知剑门失守，竟遁还东川。孟昶惶骇，亟向左右问计，老将石斌献议道："宋师远来，势不能久，请深沟高垒，严拒敌军。"蜀主叹道："我父子推衣解食，养士至四十年，及大敌当前，不能为我杀一将士，今欲固垒拒敌，敢问何人为我效命？"言已，泪下如雨。忽丞相李昊入报道："不好了！宋帅全斌，已入魏城，不日要到成都了。"孟昶失声道："这且奈何？"李昊道："宋军入蜀，无人可当，谅成都亦难保守，不如见机纳土，尚可自全。"孟昶想了一会，方道："罢罢！我也顾不得什么了，卿为我草表便是。"李昊乃立刻修表，表既缮成，由孟昶遣通奏伊审征，赍送宋军。全斌许诺，乃令马军都监康延泽，领着百骑，随审征入成都，宣谕恩信，尽封府库乃还。越日，全斌率大军入城，刘光义等亦引兵来会，孟昶迎谒马前，全斌下马抚慰，待遇颇优。昶复遣弟仁贽诣阙上表，略云：

　　　　先臣受命唐室，建牙蜀川，因时势之变迁，为人心之拥迫。先臣即世，臣方卯年，猥以童昏，谬承余绪。乖以小事大之礼，阙称藩奉国之诚，染习偷安，因循积岁。所以上烦宸算，远发王师，势甚疾雷，功如破竹。

顾惟懦卒，焉敢当锋？寻束手以云归，上倾心而俟命。当于今月十九日，已领亲男诸弟，纳降礼于军门，至于老母诸孙，延残喘于私第。陛下至仁广覆，大德好生，顾臣假息于数年，所望全躯于此日。今蒙元戎慰恤，监护抚安，若非天地之重慈，安见军民之受赐？臣亦自量过咎，谨遣亲弟诣阙奉表，待罪以闻。

这篇表文，相传亦李昊手笔。昊本前蜀旧臣，前蜀亡时，降表亦出昊手。蜀人夜书昊门，有"世修降表李家"六字，这也是一段趣闻。总计后蜀自孟知祥至昶，凡二世，共三十二年。宋太祖接得降表，便简授吕余庆知成都府，并命蜀主昶速率家属，来京授职。无非念着妙人儿。孟昶不敢怠慢，便挈族属启程，由峡江而下，径诣汴京，待罪阙下。太祖御崇元殿，备礼见昶。昶叩拜毕，由太祖赐坐赐宴，面封昶为检校太师兼中书令，授爵秦国公，所有昶母以下，凡子弟妻妾及官属，均赐赍有差。就是王昭远一班俘虏，也尽行释放。

看官！你道太祖何故这般厚恩？他闻昶妾花蕊夫人，艳丽无双，极思一见颜色，藉慰渴念，但一时不便特召，只好借着这种金帛，遍为赏赐，不怕她不进来谢恩。昶母李氏，因即带着孟昶妻妾，入宫拜谢，花蕊夫人，当然在列。太祖一一传见，挨到花蕊夫人拜谒，才至座前，便觉有一种香泽，扑入鼻中，仔细端详，果然是国色天姿，不同凡艳，及折腰下拜，几似迎风杨柳，袅娜轻盈，嗣复听娇语道："臣妾徐氏见驾，愿皇上圣寿无疆！"或云花蕊夫人姓费，未知孰是？这两句虽是普通说话，但出自花蕊夫人徐氏口中，偏觉得珠喉宛转，呖呖可听。当下传旨令起，且命与昶母李氏，一同旁坐。昶母请入谒六宫，当有宫娥引导前去，花蕊夫人等，也即随往。太祖尚自待着，好一歇见数人出来，谢恩告别。太祖呼昶母为国母，并教她随时入宫，不拘形迹，醉翁之意不在酒。昶母唯唯而退。太祖转着双眸，盯住花蕊夫人面上，夫人亦似觉着，瞧了太祖一眼，乃回首出去。为这秋波一转，累得这位英明仁武的宋天子，心猿意马，几乎忘寝废餐。且因继后王氏，于乾德元年崩逝，六宫虽有妃嫔，都不过寻常姿色，王皇后之殁，就从此处带过。此时正在择后，偏遇这倾国倾城的美人儿，怎肯轻轻放过？无如罗敷有夫，未便强夺，踌躇了好几天，想出一个无上的法儿来。

一夕，召孟昶入宴，饮至夜半，昶才告归。越宿昶竟患疾，胸间似有食物塞住，不能下咽，迭经医治，终属无效。奄卧数日，竟尔毕命，年四十七岁。太祖废朝五日，居然素服发哀，赙赠布帛千匹，葬费尽由官给，追封昶为楚王。好一种做作。昶母李氏，本奉旨特赐肩舆，时常入宫，每与太祖相见，辄有悲容。太祖尝语道："国母应自爱，毋常戚戚，如嫌在京未便，他日当送母归。"李氏问道："使妾归至何处？"太祖答言归蜀。李氏道："妾本太原人氏，倘得归老并州，乃是妾的素愿，妾当感恩不浅了。"太祖欣然道："并州被北汉占据,待朕平定刘钧,定当如母所愿。"李氏拜谢而出。及孟昶病终,李氏并不号哭,但用酒酹地道:"汝不能死殉社稷,贪生至此,我亦为汝尚存,所以不忍遽死。今汝死了,我生何为?"遂绝粒数日,也是呜呼哀哉,伏惟尚飨。太祖命赐赠加等,令鸿胪卿范禹偁护理丧事,与昶俱葬洛阳。葬事粗毕,孟昶的家属,仍回至汴都,免不得入宫谢恩。太祖见了花蕊夫人,满身缟素,愈显得丰神楚楚,玉骨姗姗,是夕竟留住宫中,迫她侍宴。花蕊夫人也身不由主,只好惟命是从。饮至数杯,红云上脸,太祖越瞧越爱,越爱越贪,索性拥她入帏,同上阳台,永夕欢娱,不消细述。次日即册立为妃。这花蕊夫人,系徐匡璋女,绰号花蕊,无非因状态娇柔,仿佛与花蕊相似,嫩蕊娇香,难禁痴蝶,奈何?她本与孟昶很是亲爱,此次被迫主威,勉承雨露,惟心中总忆着孟昶,遂亲手绘着昶像,早夕供奉,只托言是虔奉张仙,对他祷祝,可卜宜男。宫中一班嫔御,巴不得生男抱子,都照样求绘,香花顶礼去了。俗称张仙送子,便由这花蕊夫人捏造出来。小子有诗咏花蕊夫人道:

供灵诡说是张仙,如此牵情也可怜。
千古艰难惟一死,桃花移赠旧诗篇。

花蕊夫人入宫后,宋太祖非常钟爱,欲知以后情事,容至下回表明。

蜀主孟昶,嬖幸宠妃,信任庸材,已有速亡之咎,乃反欲勾通北汉,自启战衅,虽欲不亡,其可得乎?王昭远以侍从小臣,谬任统帅,反以诸葛自比,可嗤孰甚!宋祖算无遗策,其视蜀主孟昶,已如笼中之鸟,釜底之鱼,其所以预筑新第,特别优待者,无非欲买动花蕊夫人之欢心耳。正史于孟氏世家,载明孟昶入汴,受爵秦国公,数日即卒,而于花蕊夫人事,略而不详,此由《宋史》实录,为君讳恶,后人无从证实,乃特付阙如耳。然稗官野乘,已遍录轶闻,卒之无从掩迹。且昶年仅四十有余,而入汴以后,胡竟暴卒?大明殿之赐宴,明载史传,蛛丝马迹,确有可寻。著书人非无端诬古,揭而出之,微特足补正史之阙,益以见欲盖弥彰者之终难文过也。

第十回　戢兵变再定西川
　　　　兴王师得平南汉

却说宋太祖得了花蕊夫人,册封为妃,待她似活宝贝一般,每当退朝余暇,辄与花蕊夫人调情作乐。这花蕊夫人,却是个天生尤物,不但工鼙解媚,并且善绘能诗;太祖尝令她咏蜀,她即得心应手,立成七绝数首,中有二语最为凄切,传诵一时。诗云:"十四万人齐解甲,也无一个是男儿。"太祖览此二语,不禁击节称赏,且极口赞美道:"卿真可谓锦心绣口了。"惟孟昶初到汴京,曾赐给新造大厦五百间,供帐俱备,俾他安居。至孟昶与母李氏,次第谢世,花蕊夫人已经入宫,太祖便命将孟宅供帐,收还大内。卫卒等遵旨往收,把孟昶所用的溺器,也取了回来。看官!试想这溺器有何用处,也一并取来呢?原来孟昶的溺器,系用七宝装成,精致异常,要与花蕊夫人相配,应该有此宝装。卫卒甚为诧异,所以取入宫中。太祖见了,也视为希罕,便叹道:"这是一个溺器,乃用七宝装成,试问将用何器贮食?奢靡至此,不亡何待!"即命卫卒将它撞碎,扑的一声,化作数块。溺器可以撞碎,花心奈何采用?既而见花蕊夫人所用妆镜,背后镌有"乾德四年铸"五字。史称蜀宫人入内,宋主见甚镜背有乾德四年铸五字,蜀宫人想即花蕊夫人,第史录讳言,故含混其词耳。不觉惊疑道:"朕前此改元,曾谕令相臣,年号不得袭旧,为什么镜子上面,也有乾德二字哩?"花蕊夫人一时失记,无从对答;乃召问诸臣,诸臣统不知所对,独翰林学士窦仪道:"蜀主王衍,曾有此号。"太祖喜道:"怪不得镜上有此二字,镜系蜀物,应纪蜀年,宰相须用读书人,卿确具宰相才呢。"窦仪谢奖而退。自是朝右诸臣,统说窦仪将要入相,就是太祖亦怀着此意,商诸赵普。普答道:"窦学士文艺有余,经济不足。"轻轻一语,便将窦仪抹煞。太祖默然。窦仪闻知此语,料是赵普忌才,心中甚是怏怏,遂至染病不起,未几遂殁。太祖很是悼惜。

忽川中递到急报,乃是文州刺史全师雄,聚众作乱,王全斌等屡战屡败,向京乞援。能平蜀主昶,不能制全师雄。可见嗜杀好贪,终归失败。太祖乃命客省使丁德裕,即前回之丁德裕,时已改任客省使。率兵援蜀,并遥命康延泽为东川七州招安巡检使,剿抚兼施。看官道这全师雄何故作乱?原来王全斌在蜀,昼夜酣饮,不恤军务,曹彬屡请旋师,全斌不但不从,反纵使部下掳掠子女,劫夺财物,蜀民咸生怨望。嗣由太祖诏令蜀兵赴汴,饬全斌优给川资。全斌格外克扣,以致蜀兵大愤,行至绵州,竟揭竿为乱,自号兴国军,胁从至十余万;且获住文州刺史全师雄,推他为帅。全斌遣将朱光绪,领兵千人,往抚乱众,哪知光绪妄逞淫威,先访拿师雄家族,一一杀毙,只有师雄一女,姿色可人,他便把她饶命,占为妾媵。上行下效,捷于影响。师雄闻报大怒,遂攻据彭州,自称兴蜀大王。两川人民,群起响应,愈聚愈众。崔彦进及弟彦晖等分道往讨,屡战不利,彦晖阵亡。全斌再遣张廷翰赴援,亦战败遁回,成都大震。

时城中降兵,尚有二万七千名,全斌恐他们应贼,尽诱入夹城中,团团围住,杀得一个不留。于是远近相戒,争拒官军,西川十六州,同时谋变。全斌

第十回　戢兵变再定西川　兴王师得平南汉

急得没法，只好奏报宋廷，一面仍令刘光义、曹彬出击师雄。刘光义廉谨有法，曹彬宽厚有恩，两人入蜀，秋毫无犯，军民相率畏怀。此次从成都出兵，仍然严守军律，不准扰民。沿途百姓，望着刘、曹两将军旗帜，都已额手相庆。到了新繁，师雄率众出敌，才一对垒，前队多解甲往降，弄得师雄莫名其妙，没奈何麾众退回。哪知阵势一动，宋军即如潮入，大呼："降者免死！"乱众抛戈弃械，纷纷投顺，剩得若干悍目，来斗宋军，不是被杀，就是受伤，眼见得不能支持，统回头跑去。师雄奔投郫县，复由宋军追至，转走灌口。此古人所谓仁者无敌也。全斌闻刘、曹得胜，也星夜前进，至灌口袭击师雄。师雄势已穷蹙，不能再战，冲开一条血路，逃入金堂，身上已中数矢，鲜血直喷，仆地而亡。乱党退据铜山，改推谢行本为主。巡检使康延泽，用兵剿平，丁德裕亦已到蜀，分道招辑，乱众乃定。西南诸夷，亦多归附。

　　捷报传达汴京，太祖乃促全斌等班师，及全斌还朝，由中书问状，尽得黩货杀降诸罪。因前时平蜀有功，姑从末减，只降全斌为崇义节度留后，崔彦进为昭化节度留后，王仁赡为右卫将军。仁赡对簿时，历诋诸将，冀图自免，惟推重曹彬一人，且对太祖道："清廉畏慎，不负陛下，只有曹都监，此外都不及了。"仁赡明知故犯，厥罪尤甚。太祖查得曹彬行囊，止图书衣衾，余无别物，果如仁赡所言，乃特加厚赏，擢为宣徽南院使。并因刘光义持身醇谨，亦赏功进爵。蜀事至此告终，以后慢表。

　　且说西蜀既平，宋太祖以乾德年号，与蜀相同，决意更改，并欲立花蕊夫人为后，密与赵普商议。普言："亡国宠妃，不足为天下母，宜另择淑女，才肃母仪。"太祖沉吟道："左卫上将军宋偓的长女，容德兼全，卿以为可立后否？"普对道："陛下圣鉴，谅必不谬。"太祖乃决立宋女为后。这宋女年未及笄，乾德元年，曾随母入贺长春节，太祖生日为长春节。太祖曾见她娇小如花，令人可爱。越四年，复召见宋女，面赐冠帔，宋女年已二八，豆蔻芳年，芙蓉笑靥，模样儿很是端妍，性情儿又很柔媚，当时映入太祖眼帘，便已记在心中；只因花蕊夫人，专宠后宫，乃把宋女搁置一边。此次提及册后事情，除了花蕊夫人，只有这个宋女，尚是萦情，当下通知宋偓，拟召他长女入宫。宋偓自然遵旨，当即将女儿送纳。哪个不要做国丈？乾德五年残腊，有诏改元开宝，开宝元年二月，由太史择定良辰，册立宋氏为后。是时宋氏年十七，太祖年已四十有二了。老夫得了少妻，倍增恩爱。宋氏又非常柔顺，每值太祖退朝，必整衣候接，所有御馔亦必亲自检视，旁坐侍食，因此愈得太祖欢心。俗语说得好："痴心女子负心汉。"那花蕊夫人，本有立后的希望，自被宋女夺去此席，倒也罢了，谁知太祖的爱情，也移到宋女上去，长门漏静，谁解寂寥？痛故国之云亡，怅新朝之失宠。因悲成怨，因怨成病，徒落得水流花谢，玉殒香消。数语可抵一篇吊花蕊夫人文。太祖回念旧情，也禁不住涕泪一番，命用贵妃礼安葬。后来境过情迁，也渐渐忘怀了。

会接得北方消息，北汉主刘钧病殁，养子继恩嗣立，太祖因有隙可乘，遂命昭化军节度使李继勋，督军北征。乘丧北伐，不得为义。继勋至铜锅河，连破汉兵，将攻太原。北汉主继恩，忙遣使向辽乞援。司空郭无为，与继恩有嫌，竟密嘱供奉官侯霸荣，刺死继恩，另立继恩弟继元，太原危乱得很。宋太祖得悉情形，一面促李继勋进兵，一面遣使赍诏，谕令速降，拟封继元为平卢节度，郭无为为邢州节度。无为接诏，颇欲降宋，偏是继元不从，可巧辽主兀律，发兵救汉，李继勋恐孤军轻进，反蹈危机，乃收兵南归。北汉兵反结合辽兵，进寇晋、绛二州，大掠而去。太祖闻报大愤，下令亲征，命光义为东京留守，自统兵进薄太原，围攻三月，仍不能下。汉将刘继业，即杨业，详见下文。善战善守，宋将石汉卿等阵亡。辽复出兵来援，宋太常博士李光赞，劝太祖班师。太祖转问赵普，普意与光赞相同，乃分兵屯镇潞州，回驾大梁。此系开宝二年事，厥后荡平北汉，在太宗太平兴国四年，非太祖时事，故此处不得不叙入。

越年，由道州刺史王继勋上书，内称：“南汉主刘鋹，残暴不仁，屡出寇边，请速兴王师，吊民伐罪”等语。太祖尚不欲用兵，遗书南唐，令唐主转谕刘鋹，劝他称臣。这时唐主李景，已早去世，第六子煜继立，煜仍事宋不怠，既得太祖诏书，即遣使转告南汉。刘鋹不服，反拘住唐使，驰书答煜，语多不逊。煜乃将原书奏闻，太祖因命潭州防御使潘美，朗州团练使尹崇珂，领兵南征。小子欲叙南汉亡国，不得不略述南汉源流。南汉始祖，叫作刘隐，朱梁时据有广州，受梁封为南海王。隐殁后，弟陟袭位，僭号称帝，改名为龑。龑读若俨，古时字书不载，想系刘陟杜撰。龑传子玢，玢为弟晟所弑。晟子名鋹，淫昏失德，委政宦官龚澄枢，及才人卢琼仙，镇日里深居宫中，荒耽酒色。偶得一波斯女，丰艳善淫，曲尽房术，遂大加宠幸，赐号媚猪；更喜观人交媾，选择美少年，配偶宫人，裸体相接，自与媚猪往来巡察，见男胜女，乃喜，见女胜男，即将男子鞭挞，或加阉刑。群臣有过，及士人释道，可备顾问，概下蚕室，蚕室即阉人之密室。令得出入宫闱。又作烧、煮、剥、剔、刀山、剑树等刑，或令罪人斗虎抵象，辄为所噬。每岁赋敛，异常烦重，所入款项，多筑造离宫别馆，及奇巧玩物。内宦陈延寿，制作精巧，出入必随。延寿且劝鋹除去诸王，藉免后患，于是刘氏宗室，屠戮殆尽，故臣旧将，非诛即逃。内侍监李托，有二女，均饶姿色，鋹选他长女为贵妃，次女为才人。进托任内太师，自是南汉宫廷，第一个有权力的就是李托，第二个有权力的要算龚澄枢。至宋将潘美等，率兵进攻，龚澄枢方握兵权，无从推诿，只好出赴贺州，画策守御。甫至中途，闻宋军已至芳林，距贺州仅三十里，不禁大惊失色，慌忙引军遁还。毕竟是个阉人，带着一半女态。

汉主刘𬬮急得没法,大将伍彦柔自请督兵,乃命率水师援贺。舟至城外,适当夜半,待至迟明,彦柔挟弹登岸,踞坐胡床,指挥兵士。_{王昭远第二。}不意宋军已预伏岸侧,突然杀出,把汉兵冲作数段,汉兵大乱,多半被杀。彦柔不及遁走,被宋军擒住,枭首悬竿,晓示城中。守卒惊愕失措,遂于次日陷入。

刘𬬮与李托等商议,李托等均束手无策。或请起用故将潘崇彻,𬬮意尚不欲用,无如警耗迭来,急不暇择,没奈何召入崇彻,命领兵三万,出屯贺江。崇彻本因谗被斥,居常怏怏,此时虽受命统军,免不得心存芥蒂,坐观成败。_{急时抱佛脚,尚有何益?}宋军连拔昭、桂、连三州,进逼韶州。韶州系岭南锁钥,此城一失,广州万不可守。刘𬬮令将国中锐卒,及所有驯象,悉数出发,遣都统李承渥为元帅,往韶防御。承渥至韶州城北,驻军莲花峰下,列象为阵,每象载十余人,均执兵仗,气势甚盛。宋军猝睹此状,也未免张皇起来。潘美道:"这有甚么可怕?众将士可搜集强弩,尽力攒射,管教他众象返奔,自遭残害呢。"将士得令,各用强弓劲矢,向前射去,果然象阵立解,各象向后返窜,骑象士兵,纷纷坠地。宋军乘势掩击,杀得汉兵七歪八倒。承渥抱头窜还,还算保全性命。宋军遂攻入韶州。

刘𬬮闻报,战栗失容,_{驯象失败,何不遣媚猪去?}环顾诸臣,统是面面相觑,没人敢去打仗,不由的涕泣入宫。宫媪梁鸾真,独上前道:"妾有养子郭崇岳,颇娴战略,主上若任他为将,定可退敌。"刘𬬮大喜,亟命将崇岳召入,面加慰劳,授官招讨使,令与大将植廷晓,统兵六万,出屯马径。这郭崇岳毫无智勇,专知迷信鬼神,日夜祈祷,想请几位天兵天将,来退宋军,_{想由梁鸾真所教导。}偏偏神鬼无灵,宋军大进,英州、雄州均已失守,潘崇彻反颜降宋,大敌已进压泷头。郭崇岳返报刘𬬮道:"宋军已到泷头了,看来马径也是难保,应请固守城池,再图良策!"刘𬬮大惧,半晌才道:"不如着人请和罢!"当下遣使赴潘美军,愿议和约。潘美不许,叱退来使,更进兵马径,立营双女山下,距广州城仅十里。𬬮逃生要紧,命取船舶十余艘,装载妻女金帛,拟航海亡命。不意宦官乐范,先与卫卒千余,盗船遁去。𬬮益穷追,复遣左仆射萧潅,诣宋军乞降。潘美送潅赴汴,自率军进攻广州城。刘𬬮再欲遣弟保兴,率百官出迎宋师,郭崇岳入阻道:"城内兵尚数万,何妨背城一战。战若不胜,再降未迟。"乃与植廷晓再出拒战,据水置栅,夹江以待。宋军渡江而来,廷晓、崇岳出栅迎敌。怎奈宋军似虎似熊,当着便死,触着便伤,汉兵十死六七,廷晓亦战殁阵中,崇岳奔还栅内,严行扼守,刘𬬮又遣保兴出助。潘美语诸将道:"汉兵编木为栅,自谓坚固,若用火攻,彼必扰乱,这乃是破敌良策呢。"遂分遣丁夫,每人二炬,俟夜静近栅,乘风纵火,万炬齐发,烈焰冲霄,各栅均被燃着,可怜栅内守兵,都变作焦头烂额,逃无可逃,连崇岳也被烧死,只保兴逃回城中。_{鬼神不为无灵,竟迎崇岳西去。}

龚澄枢、李托私自商议道："北军远来，无非贪我珍宝财物，我不若先行毁去，令他得一空城，他不能久驻，自然退去了。"呆极。乃纵火焚府库宫殿，一夕俱尽。城内大乱，没人拒守，宋军到了城下，立即登城，入擒刘𬬮，并龚澄枢、李托等，及宗室文武九十七人。保兴逃入民舍，亦被擒住，悉押送阙下。媚猪曾否在内？有奄侍数百人，盛服求见。潘美道："我奉诏伐罪，正为此等，尚敢来见我么？"遂命一一缚住，斩首示众，广州乃平。总计南汉自刘隐据广州，至𬬮亡国，凡五主，共六十五年。当时广州有童谣云："羊头二四，白天雨至"，人莫能解，至刘𬬮亡国，适当辛未年二月四日，"天雨"二字，取王师如时雨的意思。小子有诗咏道：

妇寺盈廷适召亡，王师南下效鹰扬。
羊头戾气由人感，童语宁真兆不祥。

刘𬬮等解入汴京，能否保全首领，且待下回表明。

阅此回可知淫暴之徒，必至败亡。王全斌已平两川，乃以淫暴好杀，复召全师雄之乱，非刘光义、曹彬之尚得民心，出师征讨，其有不功败垂成乎？刘𬬮淫暴称最，宋师一入，如摧枯朽，虽有良将，亦且未克支持，况如龚澄枢、李承渥、郭崇岳之庸驽，用以御敌，虽欲不亡，何可得也？彼宋祖不免好淫，未尝好暴，故虽纳蜀妃，尚无大害。后之有国有家者，当知所戒矣。

第十一回　悬绘像计杀敌臣　造浮梁功成采石

却说南汉主刘𬬮，被宋军擒住，押送汴都。太祖御崇德门，亲受汉俘，当即宣谕责𬬮。𬬮此时反不慌不忙，向前叩首道："臣年十六僭位，龚澄枢、李托等，俱先考旧人，每事统由他作主，臣不得自专。所以臣在国时，澄枢等是国主，臣实似臣子一般，还乞皇上明察！"史称𬬮善口辩，即此数语，已见辩才。太祖闻奏，乃命大理卿高继申，审讯澄枢等一干人犯，得种种好谀情状，当即请旨，将澄枢、李托推出午门外斩首，特诏赦𬬮，授检校太保右千牛卫大将军，封恩赦侯。𬬮有可诛之罪，赦且封之，刑赏两失矣。𬬮谢恩退朝，当有大宅留着，俾他居住。𬬮弟保兴，亦得受封为右监门左仆射，所有萧漼以下各官属，俱授职有差。潘美等凯旋后，载归刘𬬮私财，由太祖仍然给还，尚有美珠四十六瓮，金帛相等。𬬮用美珠结成一龙，头角爪牙，无不毕具，且极巧妙，当下入献大内。

太祖瞧着,语左右道:"铢好工巧,习与性成。若能移治国家,何至灭亡?"左右皆唯唯称是。一日,太祖幸讲武池,从官未集,铢先禀见,由太祖赐酒一卮。铢接酒不饮,竟叩头流涕道:"臣承祖父基业,违拒朝廷,致劳王师征讨,罪固当诛,陛下既待臣不死,臣愿做个大梁百姓,沐德终身。承赐卮酒,臣未敢饮。"你也怕死,为何置鸩杀人?太祖道:"你疑此酒有毒么?朕推心置腹,怎敢暗计杀人?"说着,命左右取过铢酒,一饮而尽,复另酌一卮赐铢。铢饮毕拜谢,面上很有惭色。原来铢在广州,专用毒酒害死臣下,所以推己及人,也恐太祖用此一法。其实也应该鸩死。太祖不但无心加害,且加封铢为卫公,这且搁下不提。

且说南汉既平,南唐主煜震恐异常,遣弟从善上表宋廷,愿去国号,改印文为江南国主,且请赐诏呼名。太祖准他所请,惟厚待从善,除常赐外,更给他白银五万两,作为贶仪。看官道是何因?原来江南主李煜,曾密贻赵普,计银五万两,普据实入奏,太祖道:"卿尽可受用,但复书答谢,少赠来使,便可了事。"普对道:"人臣无私馈,亦无私受,不敢奉旨!"太祖道:"大国不宜示弱,当令他不测,朕自有计,卿不必辞。"至从善入朝,乃特地给银,仍如李煜赠普的原数。从善还白李煜,君臣都惊讶不置。忽江都留守林仁肇上书阙下,略言:"淮南戍兵,未免太少,宋前已灭蜀,今又取岭南,道远师疲,有隙可乘,愿假臣兵数万,自寿春径渡,规复江北旧境。宋或发兵来援,臣当据淮守御,与决胜负。幸得胜仗,全国受福,否则陛下可戮臣全家,藉以谢宋,且请预先告知宋廷,只说臣叛逆,不服主命,那时宋廷也不能归咎陛下,陛下尽可安心哩。"林仁肇此策,实足挑衅,李煜如或依言,灭亡当更早一年。李煜不从。

林仁肇夙负勇名,为江南诸将的翘楚,太祖亦闻他骁悍,未敢轻敌,所以暂从羁縻,划江自守,但心中总不忘江南,屡思除去仁肇,以便进兵。可巧开宝四年,李从善又奉兄命,赴汴入朝。太祖把从善留住,特赐广厦,授职泰宁军节度使。从善不好违命,只得函报李煜,留京供职。李煜手疏驰请,求遣弟归,偏偏太祖不许,只诏称:"从善多才,朕将重用,当今南北一家,何分彼此,愿卿毋虑"等语。明是就从善身上设计除仁肇,否则乌用彼为?李煜也未识何因,常遣使至从善处,探听消息。嗣是南北通使,不绝于道。太祖即遣绘师同往,伪充使臣,往见仁肇,将他面目形容,窃绘而来。至从善入觐,即将仁肇绘像,悬挂别室,由廷臣引使入观,佯问他认识与否?从善惊诧道:"这是敝国的留守林仁肇,何故留像在此?"廷臣故意嗫嚅,半晌才道:"足下已在京供职,同是朝廷臣子,不妨直告。皇上爱仁肇才,特赐诏谕,令他前来,他愿遵旨来归,先奉此像为质。"言毕,又导往一空馆中,并与语道:"闻皇上已拟把此馆赐与仁肇,待他到汴,怕不是一个节度使?"从善口虽答应,心下甚觉怀疑。至退归后,便遣使驰回江南,转报乃兄,究竟仁肇有无异志?李煜即传召仁肇,问他曾受宋诏与否?仁肇毫不接洽,自然答称没有。那李煜也不访明底细,便疑仁肇有意欺蒙,当下赐仁肇宴,暗中置鸩。仁肇饮将下去,回至私第,毒性一发,七窍流血,竟到枉死城去了。这条反间计,也只可骗李煜兄弟,若中知以上,也不至中计。

太祖闻仁肇已死,大加欢慰,惟从善仍留住不遣,且令他转达意旨,召煜入朝。煜只令使臣入贡方物,且再请遣弟归国。太祖仍然不允,且促煜即日赴阙。煜佯言有疾,始终不肯入京,太祖乃拟发兵往征。做到本题。时故周主母子,已迁居房州,周主病殁,太祖素服发丧,辍朝十日,谥为周恭帝,还葬周世宗庆陵左侧,号称顺陵。叙周恭帝之殁,文无漏笔,周恭帝年甫逾冠,即闻去世,也不免有可疑情事。葬事才了,又值同平章事赵普,生出种种疑案,免不得要调动相位,所以将南征事又暂搁起。

原来太祖于岭南平后,复乘暇微行,某夕至赵普第中,正值吴越王钱俶寄书与普,且赠有海物十瓶,置诸庑下。骤闻太祖到来,仓猝出迎,不及将海物收藏。等到太祖入内,已经瞧着,当即问是何物?普恰不敢虚言,据实奏对。太祖道:"海物必佳,何妨一尝!"普不能违旨,便取瓶启封,揭开一视,并不是什么海物,乃是灿然有光的瓜子金。真是佳物。看官曾阅过上文,普曾谓人臣无私受,如何这种海物,却陈列室中呢?这真是冤冤相凑,反令这位有胆有识的赵则平,弄得局促不安,没奈何答谢道:"臣未发书,实不知情。"太祖叹息道:"你也不妨直受。他的来意,以为国家大事,统由你书生作主,所以格外厚赠哩。"此语与前文大不相同。言已即去。赵普匆匆送出,懊丧了好几天。嗣见太祖优待如初,方才放心。哪知一波未平,一波又起。普遣亲吏往秦、陇间,购办巨木,联成大筏,至汴治第。亲吏乘便影戤,多办若干,转鬻都中,藉取厚利。三司使赵玼,查得秦、陇大木,已有诏禁止私贩,普潜遣往购,已属违旨,且贩卖牟利,更属不法,当将详情奏闻。太祖大怒道:"他尚贪得无厌么?"遂命翰林学士承旨,拟定草诏,即日逐普。亏得故相王溥,力为解救,方停诏不发。后因翰林学士卢多逊,与普未协,召对时屡谈普短。太祖更滋不悦,待普益疏。普乃乞请罢政,当有诏调普出外,令为河阳三城节度使。

卢多逊得擢为参知政事。多逊父亿,尝任职少尹,时已致仕,闻多逊讦普事,不禁长叹道:"赵普是开国元勋,小子无知,轻诋先辈,将来恐不能免祸。我得早死,不致亲见,还算是侥幸哩!"为后文多逊流配伏笔。既而亿即病殁,多逊丁忧去位,奉诏起复,他即入朝视事,很得太祖信任。太祖复封弟光义为晋王,光美兼侍中,子德昭同平章事。内顾无忧,乃复议及外事,仍召江南主李煜入朝。煜迭次奉诏,颇虑入京被留,夺他土地,因此托疾固辞,阴修战备。

第十一回　悬绘像计杀敌臣　造浮梁功成采石

无如声色萦情,忧乐无常,他本立周氏为后,嗣见后妹秀外慧中,遂借姻戚为名,召她入宫,密与交欢。后愤恚成疾,遽尔谢世。后妹即入为继后,凭着这天生慧质,曲意献媚,按谱征声,得杨玉环霓裳羽衣曲,日夕研摩,竟得神似,自是朝歌暮舞,惹得李煜意荡神迷,无心国事。亡国祸胎,多由女色,历叙之以示炯戒。太祖屡征不至,遂命曹彬为西南路行营都部署,潘美为都监,曹翰为先锋,将兵十万,往伐江南。彬等受命后,即日陛辞,太祖谕彬道:"前日全斌平蜀,多杀降卒,朕时常叹恨。此次出师,江南事一概委卿,切勿暴掠生民,须要威信兼全,令自归顺,幸得入城,慎毋杀戮! 设若城中困斗,亦当除暴安良,李煜一门,不应加害,卿其勿忘!"观此数语,似不愧仁人之言。彬顿首听命。太祖令起,拔剑授彬道:"副将而下,如不用命,准卿先斩后奏。卿可将此剑带去!"彬受剑而退。潘美等闻到此语,无不失色,彼此相戒,各守军律,乃随彬出都南下。

先是江南池州人樊若水,在南唐考试进士,一再被黜,遂谋归宋。他于平居无事时,在采石江上,借钓鱼为名,暗测江面的阔狭。尝从南岸系着长绳,用舟引至北岸,往还十数次,尽得江面尺寸,不失纤毫。至是,闻宋廷出师,即潜诣汴都,上书陈平南策,请造浮梁济师。太祖立即召见,若水呈上长江图说,由太祖仔细审视,所有曲折险要,均已载明。至采石矶一带,独注及水面阔狭,更加详细,不禁大喜道:"得此详图,虏在吾目中了。"遂面授若水为右参赞大夫,令赴军前效用。复遣使往荆、湖造黄黑龙船数千艘,又用大船载运巨竹,自荆渚东下。是时江南屯戍,见宋军到来,尚疑是江上巡卒,只备牛酒犒师,未尝出兵拦阻。宋军顺流径下,直抵池州。池州守将戈产,遣侦骑探视,方知宋军南征确音,急得手足无措,竟弃城遁去。曹彬等驰入池州,不戮一人,复进兵铜陵,才有江南兵前来抗御。怎禁得宋军一阵驱杀,不到数时,统已无影无踪。宋军再进至石牌口,先由樊若水规造浮桥,作为试办,然后移置采石,三日即成,不差尺守。曹彬令潘美带着步兵,先行渡江,好似平地一般。当有探马报入金陵,煜召群臣会议,学士张洎进言道:"臣遍览古书,从没有江上造浮桥的故事,想系军中讹传,否则宋军即来,似这般笨伯,怕他甚么?"赵括徒读父书,无救长平之败,张洎亦如是尔。煜笑道:"我亦说他是儿戏啰,不足深虑。"言未已,又有探卒来报,宋军已渡江了。煜略觉着急,乃遣镇海节度使同平章事郑彦华,督水军万人,都虞侯杜真领步兵万人,同拒宋师,并面嘱道:"两军水陆相济,方可取胜,幸勿互诿为要!"郑、杜两人唯唯趋出。郑彦华带领战船,溯江鸣鼓,急趋浮梁。潘美闻他至,选弓弩手五千人,排立岸上,一声鼓号,箭如飞蝗,射得来舰樯折帆摧,东歪西倒,急切无从停泊,只好倒桨退去。未几,杜真所领的步军,从岸上驰到,潘美也不待列阵,便杀将过去，人人奋勇，个个争先，又将杜军杀得七零八落，向南溃散。煜闻败报，方下令戒严，一面募民为兵，民献财粟，得给官爵。可奈江南百姓，素来文弱，更兼日久无事，一闻当兵两字，多已胆战心惊，哪个肯前去充役？就是家中储着财粟，也宁可藏诸深窖，不愿助国，因此文告迭颁，无人应命。南人之专顾身家，不自今始。

那宋师已捣破白鹭洲，进泊新林港，并分军攻克溧水。江南统军使李雄，有子七人，先后战死。宋曹彬亲督大军，进次秦淮。秦淮河在金陵城南，水道可达城中，江南兵水陆数万，列阵城下，扼河防守。潘美率兵渡河，因舟楫未集，各军相率裹足，临河待舟。潘美勃然道："我提兵数万，自汴到此，战必胜，攻必克，无论甚么险阻，我也要亲去一试，况区区这衣带水，难道不好徒涉么？"说毕，将马一拍，竟跃入水中，截流而渡。各军见主将渡河，自然跟了过去。就是未曾骑马的步卒，也凫水径达对岸。江南兵前来争锋，均被宋军杀败。宋都虞侯李汉琼，用巨舰入河，载着葭苇，因风纵火，毁坏城南水寨。寨内守卒，多半溺死。这时候的江南主李煜信用门下侍郎陈乔及学士张洎等计策，坚壁固守，自谓无恐。至若兵士指挥，专属都指挥使皇甫继勋，毫不过问，他却在后院召集僧道，诵经念咒，专祈仙佛默佑。霓裳羽衣曲，想已听厌了。及宋军已逼城下，方听得炮声震耳，自出巡城，登陴一望，见城外俱驻着宋军，列栅为营，张旗遍野，便顾问守卒道："宋军已到城下，如何不来报我？"守卒答道："皇甫统帅，不准入报，所以未曾上达。"煜不禁忿怒，此时才觉发怒，尚有何用？即召见皇甫继勋，问他何故隐蔽？继勋答道："北军强劲，无人可敌，就令臣日日报闻，徒令宫庙震惊，想陛下亦没有甚么法儿！"倒也说得爽快。煜拍案道："照你说来，就使宋军入城，你也只好任他杀掠，似你这等人物，卖国误君，敢当何罪！"遂喝令左右，把他拿下，付狱定谳，置诸死刑。一面飞诏都虞侯朱令赟，令速率上江兵入援。

令赟驻师湖口，号称十五万，顺流而下，将焚采石浮梁。曹彬闻知，即召战櫂都部署王明，授他密计，命往采石矶防堵，王明受计去讫。且说朱令赟驾着大舰，悬着帅旗，威风凛凛，星夜前来。遥望前面一带，帆樯林立，差不多有几千号战舰，他不觉惊疑起来，当命水手停桡，暂泊皖口。时至夜半，忽闻战鼓声响，水陆相应，江中来了许多敌船，火炬通明，现出帅旗，乃是一个斗大的"王"字，岸上复来了无数步兵，也是万炬齐爇，帅旗面上现出一个"刘"字。两下里杀将过来，也不辨有若干宋师。令赟恐忙中有失，不便分军相拒，只命军士纵火，先将来船堵住。不意北风大起，自己的战船适停泊南面，那火势随风吹转，刚刚烧着自己，霎时全军惊溃，令赟亦惊惶万状，也想拔碇返奔，偏是船身高大，行动不灵，敌兵四面相逼，跃上大船，同舟都成敌国，吓得令赟魂飞天外，正思跳水脱身，巧值一敌将到来，一声呼喝，奔上许多健卒，把他打倒船中，用绳捆缚，似扛猪般扛将去了。叙笔离奇，令人莫测。看官道来将为谁？就是宋战棹都部署王明。他依着曹彬密嘱，在浮梁上下，竖着无数长木，上悬旗帜，仿佛与帆樯相似，作为疑兵。复约合步将刘遇，乘夜袭击，令他自乱。统共不过五千名水军，五千名步军，把令赟部下十万人，半夜间扫得精光，这真是无上的妙计。阅此始知上文之妙。金陵城内，眼巴巴的望着这支援军，骤闻令赟被擒，哪得不魂胆飞扬？没奈何遣学士徐铉，至汴都哀恳罢兵。正是：

谋国设防须及早，丧师乞好已嫌迟。

未知太祖曾否允许，且看下回表明。

国有良臣，为敌之忌，自古至今，罔不如是。但如江南之林仁肇，欲乘宋师之敝，规复江北，志虽足嘉，而谋实不臧。宋方新造，战胜攻取，何畏一江南。此时为仁肇计，亟宜劝李煜勤修内政，亲贤远色，方足维持于不敝，轻开边衅胡为者？故即令反间之计，无目得行，仁肇其能免为朱令赟乎？不过江南国中，除仁肇外，更不足讥。李雄父子，较为忠荩，俱战死无遗，殆亦忠有余而智勇不足者。然以李煜之昏庸不振，虽有良将，亦无能为力，霓裳羽衣，法鼓僧铙，安在其不足亡国乎？本回纯叙江南国事，中述郑王之殁、赵普之罢，系为时事次序，乘便叙入，但承上启下，亦关紧要，阅者勿轻轻滑过也。

第十二回　明德楼纶音释俘　　万岁殿烛影生疑

却说江南使臣徐铉，驰入汴都，谒见太祖，哀求罢兵。太祖道："朕令尔主入朝，尔主何故违命？"铉答道："李煜以小事大，如子事父，并没有甚么过失，就是陛下征召，无非为病体缠绵，因致逆命。试思父母爱子，无所不至，难道不来见驾，就要加罪？还愿陛下格外矜全，赐诏罢兵！"太祖道："尔主既事朕若父，朕待他如子，父子应出一家，哪有南北对峙，分作两家的道理？"铉闻此谕，一时也不好辩驳，只顿首哀请道："陛下即不念李煜，也当顾及江南生灵。若大军逗留，玉石俱焚，也非陛下恩周黎庶的至意。"太祖道："朕已谕令军帅，不得妄杀一人，若尔主见机速降，何至生民涂炭？"铉又答道："李煜屡年朝贡，未尝失仪，陛下何妨恩开一面，俾得生全。"太祖道："朕并不欲加害李煜，只教李煜献出版图，入朝见朕，朕自然敕令班师了。"铉复道："如李煜之恭顺，仍要见伐，陛下未免寡恩呢。"这句话,惹动太祖怒意,竟拔剑置案道:"休事多言!江南有什么大罪,但天下一家,卧榻旁怎容他人鼾睡?能战即战,不能战即降,你要饶舌,可视此剑。"有强权,无公理,可视此语。铉至此才觉失色,辞归江南。

李煜闻宋祖不肯罢兵,越觉惶急,忽由常州递到急报,乃是吴越王钱俶,遵奉宋命,来攻常州。煜无兵可援,只命使遣书致俶道:"今日无我,明日岂有君?一旦宋天子易地酬勋,恐王亦变作大梁布衣了。"语亦有理,但也不过解嘲罢了。俶仍不答书,竟进拔江阴、宜兴,并下常州。江南州郡,所存无几,金陵愈围愈急。曹彬遣人语李煜道:"事势至此,君仅守孤城,尚有何为?若能归命,还算上策,否则限日破城,不免残杀,请早自为计!"李煜尚迟疑不决,彬乃决计攻城。但转念大兵一入,害及生民,虽有禁令,亦恐不能遍及,左思右想,遂定出一策,诈称有疾,不能视事。众将闻主帅有恙,都入帐请安。彬与语道:"诸君可知我病源么?"众将听了,或答言积劳所致,或说由冒寒而成。彬又道:"不是,不是。"众将暗暗惊异,只禀请延医调治。彬摇首道:"我的病,非药石所能医治,但教诸君诚心自誓,等到克城以后,不妄杀一人,我病便可痊愈了。"众将齐声道:"这也不难。末将等当对着主帅,各宣一誓。"言毕,遂焚起香来,宣誓为证,然后退出。

越宿,彬称病愈,督兵攻城。又越日,陷入城中。侍郎陈乔入报道:"城已被破了。今日国亡,皆臣等罪愆,愿加显戮,聊谢国人。"李煜道:"这是历数使然,卿死何益?"陈乔道:"即不杀臣,臣亦有何面目再见国人?"当下退归私宅,投缳自尽。勤政殿学士钟蒨,朝冠朝服,坐在堂上,闻兵已及门,召集家属,服毒俱尽。张洎初与乔约,同死社稷,至乔死后,仍旧扬扬自得,并无死志。彰善瘅恶,褒贬悉公。李煜至此,无法可施,只好率领臣僚,诣军门请罪。彬好言抚慰,待以宾礼,当请煜入宫治装,即日赴汴,煜依约而去。彬率数骑待宫门外,左右密语彬道:"主帅奈何放煜入宫?倘他或觅死,如何是好?"彬笑道:"煜优柔寡断,既已乞降,怎肯自裁?何必过虑!"既而煜治装已毕,遂与宰相汤悦等四十余人,同往汴京。彬亦率众凯旋。太祖御明德楼受俘,因煜尝奉正朔,诏有司勿宣露布,只令煜君臣白衣纱帽,至楼下待罪。煜叩首引咎,但听得楼上宣诏道:

上天之德,本于好生,为君之心,贵乎含垢。自乱离之云瘼,致跨据之相承,谕文告而弗宾,申吊伐而斯在。庆兹混一,加以宠绥。江南伪主李煜,承奕世之遗基,据偏方而窃号,惟乃先父,早荷朝恩,当尔袭位之初,未尝禀命,朕方示以宽大,每为含容,虽陈内附之言,罔效骏奔之礼。聚兵峻垒,包蓄日彰,朕欲全彼始终,去其疑间,虽颁召节,亦冀来朝,庶成玉帛之仪,岂愿干戈之役?寒然勿顾,潜蓄阴谋,劳锐旅以徂征,傅孤

第十二回　明德楼纶音释俘　万岁殿烛影生疑

城而问罪。洎闻危迫,累示招携,何迷复之不悛;果覆亡之自掇。昔者唐尧光宅,非无丹浦之师,夏禹泣辜,不赦防风之罪。稽诸古典,谅有明刑。朕以道在包荒,恩推恶杀,在昔骤车出蜀,青盖辞吴,彼皆闰位之降君,不预中朝之正朔,及颁爵命,方列公侯。尔为外臣,庆我恩德,比禅与皓,又非其伦。特升拱极之班,赐以列侯之号,式优待遇。尽舍愆尤,今授尔为光禄大夫、检校太傅右千牛卫上将军,封违命侯,尔其钦哉! 毋再负德! 此诏。平蜀平南汉,不录原诏,而此特备录者,以宋祖之加兵藩属,语多掩饰故也。

李煜惶恐受诏,俯伏谢恩。太祖还登殿座,召煜抚问,并封煜妻为郑国夫人,又好作霓裳羽衣曲了。子弟等一并授官,余官属亦量能授职,大众叩谢而退。总计江南自李升篡吴,自谓系唐太宗子吴王恪后裔,立国号唐,称帝六年。传子李璟,改名为景,潜袭帝号十九年,嗣去帝号,自称国主凡四年。又传子煜,嗣位十九年。共历三世,计四十八年。

先是彬伐江南,太祖曾语彬道:"俟克李煜,当用卿为使相。"潘美闻言,即向彬预贺。彬微哂道:"此次出师,上仗庙谟,下恃众力,方能成事。我虽身任统帅,幸而奏捷,也不敢自己居功,况且是使相极品呢?"潘美道:"天子无戏言,既下江南,自当加封了。"彬又笑道:"还有太原未下哩。"潘美似信未信,及俘煜还汴,饮至赏功,太祖语彬道:"本欲授卿使相,但刘继元未平,容当少待。"彬叩首谦谢。适潘美在侧,视彬微笑。巧被太祖瞧着,便问何事? 美不能隐,据实奏对,太祖亦不禁大笑,彬为宋良将第一,太祖何妨擢为使相。乃动其弗予,背约失信,殊非王者气象。当赐彬钱五十万。彬拜谢而退,语诸将道:"人生何必做使相,好官亦不过多得钱呢。"总算为太祖解嘲。未几,乃得拜枢密使。潘美得升任宣徽北院使。惟曹翰因江州未平,移师往征。江州指挥使胡则,集众固守,翰围攻五月,始得入城,擒杀胡则。且纵兵屠戮,民无噍类,所掠金帛,以亿万计,用巨舰百余艘,载归汴都。太祖叙录翰功,迁桂州观察使,判知颍州。彬不好杀而犹靳使相,翰大肆屠掠,乃得升迁,谁谓太祖戒杀之命,果出自本心耶?

吴越王钱俶,遣使朝贺,太祖面谕使臣道:"尔主帅攻克常州,立有大功,可暂来与朕相见,藉慰朕思,朕即当遣归。上帝在上,决不食言!"使臣领命去讫。钱俶祖名镠,曾贩盐为盗。唐僖宗时,纠众讨黄巢,平定吴越,唐乃封镠为越王,继封吴王,后梁时,又加封为吴越王。传子元瓘,元瓘传子弘佐,弘佐传弟弘倧,弘倧被废,弟弘俶嗣位,因避太祖父弘殷偏讳,单名为俶。太祖元年,封俶为天下兵马大元帅。俶岁贡勿绝,至是奉太祖命,与妻孙氏,子维浚入朝。太祖遣皇子德昭,出郊迎劳。并特赐礼贤宅,亲视供帐,令俶寓居。俶入觐太祖,赐坐赐宴,且命与晋王光义,叙兄弟礼,俶固辞乃止。太祖又亲幸俶宅,留与共饮,欢洽异常。嗣又诏命剑履上殿,书诏不名。封俶妻孙氏为吴越国王妃,赏赉甚厚。开宝九年三月,太祖将巡幸西京,行郊祀礼,俶请扈跸出行。太祖道:"南北风土不同,将及炎暑,卿可早日还国,不必随往西京。"俶感谢泣下,愿三岁一朝。太祖道:"水陆迂远,也不必预定限期,总教诏命东来,入觐便是。"俶连称遵旨。太祖乃命在讲武殿饯行,俟宴饮毕,令左右捧过黄袱,持以赐俶,且言途中可以启视,幸无泄人。俶受袱而去。及登程后,启袱检视,统是群臣奏乞留俶,约有数十百篇。安知非太祖授意群臣,特令上疏,藉示羁縻。俶且感且惧,奉表申谢。太祖遣俶归国,即启跸西幸。

　　原来太祖仍周旧制,定都开封,号为东京,以河南府为西京。是时,江南戡定,淮甸澄清,乃西往河洛,祭告大地,且欲留都洛阳。群臣相率谏阻,太祖不从。及晋王光义入陈,力言未便,太祖道:"我不但欲迁都洛阳,还要迁都长安。"光义问是何故?太祖道:"汴梁地居四塞,无险可守,我意徙都关中,倚山带河,裁去冗兵,复依周、汉故事,为长治久安的根本,岂不是一劳永逸么?"光义道:"在德不在险,何必定要迁都?"太祖叹息道:"你也未免迂执了。今日依你,恐不出百年,天下民力已尽敝哩。"都汴原不若都陕,太祖成算在胸,所见固是。但子孙不良,即都陕亦无救于亡。乃怅然归汴。过了月余,复定议北征,遣侍卫都指挥使党进,宣徽北院使潘美,及杨光美、牛光进、米文义等,率兵北伐,分道攻汉。党进等依诏前进,连败北汉军,将及太原。太祖又命行营都监郭进等,分攻忻、代、汾、沁、辽、石等州,所向克捷。

　　北汉主刘继元,急向辽廷乞师,辽相耶律沙统兵援汉,正拟鏖战一场,互决雌雄,忽接得汴都急报,有太祖病重消息,促令班师,党进等乃返旆还朝。太祖自西京还驾,已觉不适,后因疗治得愈。到了孟冬,自觉身体康健,随处游幸,顺便到晋王光义第,宴饮甚欢。太祖素性友爱,兄弟间和好无忤,光义有疾,太祖与他灼艾,光义觉痛,太祖亦取艾自灸,尝谓光义龙行虎步,他日必为太平天子,光义亦暗自欣幸,因此对着乃兄,亦颇加恭谨。偏太祖寿数将终,与宴以后,又觉旧疾复发,渐渐的不能支持;嗣且卧床不起,一切国政,均委光义代理。光义昼理朝事,夜侍兄疾,恰也忙碌得很。一夕,天方大雪,光义入宫稍迟,忽由内侍驰召,令他即刻入宫。光义奉命,起身驰入,只见太祖喘急异常,对着光义,一时说不出话来。光义待了半响,未奉面谕,只好就榻慰问。太祖眼睁睁的瞧着外面,光义一想,私自点首,即命内侍等退出,只留着自己一人,静听顾命。其迹可疑。内侍等不敢有违,各退出寝门,远远的立着外面,探看那门内举动。俄听太祖嘱咐光义,语言若断若续,声音过低,共觉辨不清楚。过了片刻,又见烛影摇红,或暗或明,仿佛似光义离席逡巡退避的形状。既而闻柱斧戳地声,又闻太祖高声道:"你好好去做!"这一语音激而惨,也不知为着何故,蓦见光义至寝门侧,传呼内侍,速请皇后皇子等到来。

第十二回　明德楼纶音释俘　万岁殿烛影生疑

内侍分头去请，不一时，陆续俱到，趋近榻前，不瞧犹可，瞧着后，大家便齐声悲号。原来太祖已目定口开，悠然归天去了。看官！你想这次烛影斧声的疑案，究竟是何缘故？小子遍考稗官野乘，也没有一定的确证。或说是太祖生一背疽，苦痛的了不得，光义入视，突见有一女鬼，用手捶背，他便执着柱斧，向鬼劈去，不意鬼竟闪避，那斧反落在疽上，疽破肉裂，太祖忍痛不住，遂致晕厥，一命呜呼。或说由光义谋害太祖，特地屏去左右，以便下手，至如何致死，旁人无从窥见，因此不得证实。独《宋史·太祖本纪》，只云帝崩于万岁殿，年五十，把太祖所有遗命，及烛影斧声诸传闻，概屏不录，小子也不便臆断，只好将正史野乘，酌录数则，任凭后人评论罢了。以不断断之。

且说皇后宋氏，及皇子德昭、德芳等，抚床大恸，哀号不已。就是皇弟光美，亦悲泣有声。独不及晋王光义，意在言表。内侍王继恩入劝宋后，并言先帝奉昭宪太后遗命，传位晋王，金匮密封，可以复视，现请晋王嗣位，然后准备治丧。宋后闻言，索性擘踊大号，愈加哀感。光义瞧不过去，亦劝慰数语。宋后不禁泣告道："我母子的性命，均托付官家。"光义道："当共保富贵，幸毋过虑！"宋后乃稍稍止哀。原来皇子德芳，系宋后所出，宋后欲请立为太子，因太祖孝友性成，誓守金匮遗言，不欲背盟，所以宋后无法可施，没奈何含忍过去。此次太祖骤崩，自思孤儿寡妇，如何结果？且晋王手握大权，势不能与他相争，只好低首下心，含哀相嘱。光义乐得客气，因此满口承认，敷衍目前。太祖夺国家于孤儿寡妇之手，故一经晏驾，即有宋后之悲。报应之速，如影随形。越日，光义即皇帝位，大赦改元，即以本年为太平兴国元年，号宋后为开宝皇后，授弟光美为开封尹，进封齐王，所有太祖、廷美子女，并称皇子皇女。光美因避主讳，易名廷美。封兄子德昭为武功郡王，德芳为兴元尹，同平章事。薛居正为左仆射，沈伦为右仆射，卢多逊为中书侍郎，曹彬仍为枢密使，并同平章事，楚昭辅为枢密使，潘美为宣徽南院使，内外进秩官有差，并加封刘𨱇卫国公，李煜陇西郡公。越年孟夏，乃葬太祖于永昌陵。总计太祖在位，改元三次，共一十三年。小子有诗咏太祖道：

帝位原从篡窃来，孤雏嫠妇也罹灾。
可怜烛影摇红夜，尽有雄心一夕灰。

晋王光义嗣位后，史家因他庙号太宗，遂称为太宗皇帝。欲知后事，下回再详。

江南主李煜，耽酒色，信浮屠，固足以致亡，前回已评论及之。然其事宋之道，不可谓不备，宋祖亦不能指斥过恶，第以屡征不至，遂兴师以伐之。古人所谓国不竞亦陵,何国之为者?观于李煜而益信矣。明德楼之宣诏,语多掩护自己。要不若"卧榻之侧,岂容他人鼾睡"两语,较为直截了当。彼恃人不恃己者,其盍援为殷鉴乎?若夫烛影斧声一案,事之真否,无从悬断。顾何不于太祖大渐之先,内集懿亲,外召宰辅,同诣寝门,面请顾命,而乃屏人独侍,自启流言?遗诏未闻,遽尔即位,甚至宋后有母子相托之语,此可见当日宫廷,实有不可告人之隐情,史家无从录实,因略而不详耳。谓予不信,盍观后文!

第十三回　吴越王归诚纳土　　　　北汉主穷蹙乞降

却说太宗即位以后,当即改元,转瞬间即为太平兴国二年。有诏改御名为炅。音炯。至太祖葬后,即将开宝皇后,迁居西宫。太宗元配尹氏,为滁州刺史尹廷勋女,不久即殁,继配魏王符彦卿第六女,于开宝八年病逝。太宗嗣立为帝,追册尹氏为淑德皇后,符氏为懿德皇后,惟中宫尚在虚位,只有李妃一人,与太宗很相亲爱,生女二人,以次夭殁,继生子名元佐,后封楚王,又次生子名元侃,就是将来的真宗皇帝,开宝中封陇西郡君。太宗进封夫人,正拟册她为后,偏李氏又复生病,病且日剧,于太平兴国二年夏月,竟尔去世。后位未定,何必急急徒婢,此与暮冬改元更名为炅之意,同一无兄之心,宁待后日之逼死二侄耶?翌年,始选潞州刺史李处耘第二女入宫,至雍熙元年,乃立李氏为后,这且慢表。

且说太平兴国三年三月,吴越王钱俶,与平海军节度使陈洪进,相继入朝。钱俶履历,已见前文,独陈洪进未曾提及,容小子约略叙明。洪进,泉州人,系清源节度使留从效牙将,从效受南唐册命,节度泉、漳等州,号为清源军,并封鄂国公、晋江王。从效殁后无嗣,兄子绍镃继立,年尚幼,洪进诬绍镃将附吴越,执送南唐,另推副使陈汉思为留后,自为副使。寻复迫汉思缴印,将他迁居别墅,复遣人请命南唐,只说是汉思老耄,不能治事,自己为众所推,权为留后。唐主李煜,信为真情,即命他为清源军节度使。嗣因宋太祖平泽、潞,下扬州,取荆、湖,威震华夏,旁达海南。洪进大惧,忙遣衙将魏仁济间道至汴,上表宋廷,自称清源军节度副使,权知泉南州军府事。因汉思昏耄无知,暂摄节度印,恭候朝旨定夺。太祖遣使慰问,自是朝贡往来,累岁不绝。乾德二年,诏改清源军为平海军,即以洪进为节度使,赐号推诚顺化功臣。开宝八年,江南平定,洪进心益不安,遣子文灏入贡。太祖因诏令入朝,洪进不得已起行,至南剑州,闻太祖驾崩,乃回镇发丧。太宗三年,加洪进检校太师,次年春季,洪进入觐宋廷,太宗赐钱千万,白金万两,绢万匹,礼遇优渥。洪进遂献上漳、泉二州版图,有诏嘉纳,授洪进为武宁节度同平章事,赐第京师。叙陈洪进事,简而不漏。为这一番纳土,遂令吴、越十三州土地,亦情愿拱手出献,归入宋朝。吴越王钱俶,正在入觐,闻洪进纳土事,未免震竦,乃上表乞罢所封吴越国王,及撤销天下兵马大元帅,并书诏不名的成命,情愿解甲归田,终享天年。真是鼠胆。太宗不许。俶臣崔冀进言道:"朝廷意旨,不言可知。大王若不速纳土,祸且立至了。"俶尚在迟疑,左右俱争言未可。崔冀复厉声道:"目今我君臣生命,已在宋主手中,试思吴、越距此,约有千里,除非身生羽翼,或得飞还,否则如何脱离?不若见机纳土,免蹈危机。"俶闻言乃决,于次日奉表道:

　　臣俶庆遇承平之运,远修肆觐之仪,宸眷弥隆,宠章皆极。斗筲之量,实觉满盈;丹赤之诚,辄兹披露。臣伏念祖宗以来,亲提义旅,尊戴中京,略有两浙之土田,讨平一方之僭逆,此际盖隔朝天之路,莫谐请吏之心。然而禀号令于阙廷,保封疆于边徼,家世承袭,已及百年。今者幸遇皇帝陛下,嗣守丕基,削平诸夏,凡在率滨之内,悉归舆地之图,独臣一邦,僻介江表,职贡虽陈于外府,版籍未归于有司;尚令山越之民,犹隔陶唐之化,太阳委照,不及蔀家,春雷发声,不为聋俗,则臣实使之然也。罪莫大焉!不胜大愿,愿以所管十三州献于阙下执事,其间地里名数,别具条析以闻,伏望陛下念奕世之忠勤,察乃心之倾向,特降明诏,允兹至诚。谨再拜上言。

表既上,太宗当然收纳,下诏褒美道:

　　表悉!卿世济忠纯,志遵宪度,承百年之堂构,有千里之江山。自朕纂临,聿修觐礼,睹文物之全盛,喜书轨之混同,愿亲日月之光,遽忘江海之志。甲兵楼橹,既悉上于有司,山川土田,又尽献于天府,举宗效顺,前代所无,书之简编,永彰忠烈。所请宜依,藉光卿德!

越日,又封俶为淮海国王,及他子弟族属,也有一篇骈体的诏谕道:

　　盖闻汉宠功臣,聿著带河之誓;周尊元老,遂分表海之邦。其有奄宅勾吴,早绵星纪,包茅入贡,不绝于累朝,羽檄起兵,备尝于百战;适当辑瑞而来勤,爰以提封而上献。宜迁内地,别锡爰田,弥昭启土之荣,俾增书社之数。吴越国王钱俶,天资纯懿,世济忠贞,兆积德于灵源,书大勋于策府。近者,庆冲人之践阼,奉国珍而来朝,齿革羽毛,既修其常贡,土田版籍,又献于有司,愿宿卫于京师,表乃心于王室。眷兹诚节,宜茂宠光,是用列西楚之名区,析长淮之奥壤,建兹大国,不远旧封,载疏千里之疆,更重四征之寄,畴其爵邑,施及子孙,永夹辅于皇家,用对扬于休命。垂厥百世,不其伟欤!其以淮南节度管内,封俶为淮海国王,仍改赐宁淮镇海崇文耀武宣德守道功臣,即以礼贤宅赐之。子惟俊为节度使兼侍中,惟治为节度使,惟演为团练使,惟灏暨侄郁昱,并为刺史,弟仪信并为观察使,将校孙承祐、沈承礼并为节度使,各守尔职,毋替朕命!”

嗣是命范质长子范旻,权知两浙诸州军事,所有钱氏缌麻以上亲属,及境内旧吏,统遣至汴京,共载舟一千零四十四艘。吴越自钱镠得国,历五世,共八十一年而亡。东南一带尽为宋有,太宗乃力谋统一,拟兴师往伐北汉。左仆射薛居正等,多言未可,更召枢密使曹彬入议,曹彬独言可伐。太宗道:“从前周世宗及太祖俱亲征北汉,何故未克?”想是薛居正等所陈之语。彬答道:“周世宗时,史彦超兵溃石岭关,人情惊扰,所以班师。太祖顿兵草地,适值暑雨,军士多疾,是以中止。这并非由北汉强盛,无可与敌呢。”太宗道:“朕今日北征,卿料能成功否?”彬又答道:“国家方盛,兵甲精锐,欲入攻太原,譬如摧枯拉朽,何患不成?”太宗遂决意兴师,任潘美为北路招讨使,率崔彦进、李汉琼、刘遇、曹翰、米信、田重进等,四路进兵,分攻太原。又命邢州判官郭进,为太原石岭关都部署,阻截燕、蓟援师。

北汉主刘继元,闻宋师大举,急遣使向辽求救。先是开宝八年,辽曾通使宋廷,愿修和好,太祖曾答书许诺。至是,辽遣挞马官名,系扈从官。长寿南来,入谒太宗,问明伐汉的情由,太宗道:“河东逆命,应当问罪。若北朝不援,和约如故,否则惟有开战呢。”长寿悻悻自去。太宗料辽必往助,恐有剧战,因下诏亲征,藉作士气,当拟命齐王廷美职掌留务。廷美倒也惬意,惟开封判官吕端,入白廷美道:“主上栉风沐雨,往申吊伐,王地处亲贤,当表率扈从,若职掌留务,恐非所宜,应请裁夺为是。”廷美乃请扈驾同行,太宗改命沈伦为东京留守,王仁赡为大内都部署,自率廷美等北征。到了镇州,接着郭进捷报,已将辽兵击退石岭关外,可无忧了。太宗大喜,原来辽主贤得长寿还报,遣宰相耶律沙为都统,冀王敌烈一译作迪里。为监军,领兵救汉,至白马岭,遥见宋军阻住前面,约有好几营扎住。耶律沙语敌烈道:“前面有宋师扼守,不宜轻进,我军且阻涧为营,申报主子,再乞添兵接应,方不致误。”敌烈道:“丞相也太畏怯了。我看前面的宋营,至多不过万人,我兵与他相较,众寡相等,何勿趁着锐气,杀将过去?丞相若果胆小,尽可在后押阵,看我上前踏平宋营哩。”要去寻死,尽可向前。耶律沙道:“并非胆怯,惟出兵打仗,总须小心为要。”亏有此着,才得免死。敌烈不从,耶律沙忙遣将校,返报辽主,一面随敌烈前行。约里许,即至涧旁,敌烈自恃骁勇,争先

第十三回　吴越王归诚纳土　北汉主穷蹙乞降

渡涧，部兵亦抢过涧去，三三五五，不复成列，猛听得一声炮响，宋军自营内突出，来杀辽兵。辽兵尚未列阵，不意宋军猝至，先吓得手忙脚乱，胆落魂销。敌烈不管死活，还是向前乱闯，凑巧碰着郭进，两马相交，战到三四十合，被郭进卖个破绽，手起刀落，劈敌烈于马下。该死得很！是时耶律沙尚未渡涧，正思上前救应，那辽兵已逃过涧来，反冲动耶律沙军的阵脚。宋军又乘胜追击，尽行渡涧，争杀耶律沙军。耶律沙如何抵挡，只好策马返奔。辽兵只恨脚短，逃得不快，要吃宋军的刀头面，宋军也毫不容情，杀一个，好一个，追一程，紧一程，郭进且下令军前，须擒住耶律沙，方准收军。军士得令，奋勇力追，不防斜刺里杀到一支人马，来救辽兵，截住宋军。看官道是何来？乃是辽将耶律斜轸，奉了主命，接应前军，途次遇了耶律沙军报，急从间道疾趋，来做帮手，刚遇耶律沙败北，正好仗着一支生力军，救应耶律沙，抵敌宋军。郭进见辽兵得救，即勒马止追，整队回师。耶律沙亦引兵退去，两下罢战。

　　郭进回至石岭关，驰书奏捷。太宗遂自镇州出发，进逼太原。时北路招讨使潘美等，屡败汉兵，直抵太原城下，筑起长围，四面合攻，自春徂夏，累攻不息。城中专望辽援，日久不至，又遣健卒从间道赴辽，赍奉蜡丸帛书，催促援师。哪知辽兵已被郭进击退，所遣急足，又为进所捕住，斩首示众。继元闻报大惧，甚至寝食不安，亏得建雄军节度使刘继业，入城助守，昼夜不懈，尚得苟延。推重刘继业。至太宗驰至，亲督卫士，猛力攻扑，毁去城堞无数，均由刘继业冒险修筑，仍得堵住。太宗见城不能下，手书诏谕，劝继元出降。守卒不纳，继元亦无从知悉。太宗再令攻城，城上矢石如雨，击退宋军。马军都军头辅超，气愤得了不得，大呼道："偌大城池，有这般难攻么？如有壮士，快随我来，好登城立功！"言毕，有铁骑军呼延赞等，踊跃而出，随着辅超，驾梯而上。辅超攀堞欲登，适为刘继业所见，急命长枪手攒刺辅超，辅超用刀格斗，不肯退步，怎奈双手不敌四拳，终被戳伤了好几处，不得已退归城下，解甲审视，身受十三创，血迹模糊。太宗嘉他忠勇，面赐锦袍银带，并令休息后营。辅超尚不肯休，自言翌晨定要入城，虽死无恨。到了诘朝，果然一马跃出，复去登城，梯甫架就，身上已叠中八矢，他左手执盾，右手执刀，尚拟冒死直上，幸由太宗闻悉，忙传令辅超回营，才得不死。写辅超处，正是写刘继业。太宗乃禁兵士登城，只命弓弩手万名，排列阵前，蹲甲交射。矢集城上如猬毛，每给矢必数万。继元用十钱购一矢，约得数百万支，仍还射宋军，又支持了月余。外援不至，饷道又绝，太宗屡射书城中，招降将士。城中宣徽使范超，逾城出降，宋军疑是奸细，不待细问，竟将他一刀两段。继元闻范超降宋，也将范超妻小，一一杀死，投首城下。真是冤枉。太宗闻范超枉死，又得他妻小首级,不禁悲悼,令将士置棺敛葬,亲往赐祭。城内守将瞧着,又感动起来。指挥使郭万超,复密令军士缒城约降,太宗与他折矢为誓,决不加害。郭万超遂潜行出城,投奔宋营。太宗格外优待。自是继元帐下诸卫士,多半出降。太宗又草诏谕继元道：

> 越王吴主,献地归朝,或授以大藩,或列于上将,臣僚子弟,皆享官封。继元但速降,必保终始,富贵安危两途,尔宜自择！

这诏颁到城下,城中总算接待宋使,引见继元。继元读诏毕,沉吟半响,方答宋使道:"果蒙宋天子优礼,谨当遵旨！"宋使出城报命,待了半日,未见继元出降消息,宋军又愤不可遏,锐意攻城。太宗又出谕将士,只说是:"城陷害民,不如少待,俟明日尚未出降,当即破城"等语。无非笼络城中士卒。宋军乃少退。是夕,继元遣客省使李勋奉表请降,太宗赐勋袭衣金带,银鞍勒马,另遣通事舍人薛文宝,同勋入城,赍诏慰谕。翌日黎明,太宗幸城北,亲登城台,张乐设宴。继元率官属出城,缟衣纱帽,待罪台下。太宗召使升台,传旨特赦,且封继元为检校太师右卫上将军,授爵彭城郡公,给赐甚厚,继元叩首谢恩。太宗即命继元下台,导宋军入城,偏城上立着金甲银鍪的大将,高声呼道:"主子降宋,我却不降,愿与宋军拼个死活。"宋军仰首上望,那将不是别人,就是北汉节度使刘继业。当下走报太宗,太宗爱继业忠勇,很欲引为己用,至是令继元好言抚慰。继元乃遣亲信入城,与言不得已的苦衷,不如屈志出降,保全百姓为是。继业大哭一场,北面再拜,乃释甲开城,迎入宋军。太宗入城后,召见继业,立授右领军卫大将军,并加厚赐。继业原姓杨,太原人氏,因入事刘崇,赐姓为刘,降宋后仍复原姓,以业字为名,后人称为杨令公,便是此人。自是北汉遂亡。小子有诗咏道：

> 晋阳卅载据雄封,徒仗辽援保汉宗。
> 两代螟蛉空入继,速亡总自主昏庸。

欲知北汉降后情形,且待下回再表。

宋初各国,吴越最称恭顺,而其见机纳土,免害生灵,亦不可谓非造福浙民。天下将定,一隅必不能终守,何若奉表赍献之为愈乎？浙人拜赐,迄今未忘,庙祀而尸祝之,宜也。北汉则异是,恃辽为援,固守坚城,至于饷尽援绝,方出降宋,顾视军民,伤亡已不少矣。且以数十万锐卒,攻一太原,数月始下,宋师老矣,再图燕、蓟,尚可得耶？故北汉之降,不足为宋幸,而刘继元之罪案,亦自此可定矣。

第十四回　高梁河宋师败绩
　　　　　雁门关辽将丧元

　　却说刘继元降宋后，太宗命中使康仁宝监督继元，催他部署行装，召齐族属，限日离开太原，驰赴汴都。继元除挈眷随行外，所有宫妓，尽献与太宗。太宗分赐立功将士，仍饬康仁宝监护继元等，赴京去讫。北汉始祖刘崇，本后汉高祖刘知远弟，受封太原，自郭氏篡汉，刘崇乃僭称帝号，传子刘钧。有甥继恩、继元二人，继恩姓薛，继元姓何，都是崇女所出。崇女初适薛钊，生继恩，再醮何氏，生继元。崇以刘钧无嗣，均命收为养子，钧殁后，养子继恩立，继恩被弑，继元入嗣。继元弑钧妻郭氏，幽杀刘崇诸子，又好残杀臣民，至穷蹙乃降。或请太宗按罪加惩，太宗道："亡国君主，非失诸暗懦，即失诸残暴，否则何至灭亡？这等人只应悯惜，若朕也把他虐待，岂非与他相似么？"此语亦似是而非。随命毁太原旧城，改为平晋县，以榆次县为并州，遣使分部徙太原民往居。复纵火焚太原庐舍，老幼迁避不及，焚毙甚众。这是何意？
　　太宗即出发太原，意欲顺道伐辽，夺取幽、蓟，潘美等多以师老饷匮，不欲北行，独总侍卫崔翰道："势所当乘，时不可失，臣意恰主张北伐，不难取胜。"太宗遂决计北行，进次东易州，辽刺史刘宇献城出降，太宗留兵千人协守，复入攻涿州，辽判官刘原德亦以城降，乘胜至幽州城南，辽将耶律奚底，一译作耶律希达。率着辽兵，自城北来攻宋军，宋军杀将过去，锐不可当，辽兵败走。太宗乃命宋偓、崔彦进、刘遇、孟玄喆四将，各率部兵，四面攻城，另分兵往徇各地。蓟州、顺州次第请降，但幽州尚未攻克，守将耶律学古，多方守御，经太宗亲自督攻，昼夜猛扑，城中倒也恟惧起来，几乎有守陴皆哭的形景。忽有探卒入报宋营，辽相耶律沙，来救幽州，前锋已到高梁河了。太宗道："敌援已到高梁河么？我军不如前去迎战，杀败了他，再夺此城未迟。"言毕，即拔营齐起，统向高梁河进发。将到河边，果见辽兵越河而来，差不多有数万人，宋将均跃马出阵，各执兵械，杀奔前去。耶律沙即麾兵抵拒，两下里金鼓齐鸣，旌旗飞舞，几杀得天昏地暗，鬼哭神号。约有两三个时辰，辽兵伤亡甚众，渐渐的不能支持，向后退去。太宗见辽兵将却，手执令旗，驱众前进，蓦听得数声炮响，又有辽兵两翼，左右杀来，左翼是辽将耶律斜轸，右翼是辽将耶律休哥。哥一作格。休哥系辽邦良将，智勇兼全，他部下很是精锐，无不以一当十，以十当百，况宋军正战得疲乏，怎禁得两支劲卒横冲过来，顿时抵挡不住，纷纷散乱。

休哥趁这机会,冲入中坚,来取太宗。太宗亟命诸将护驾,无如诸将各自对仗,一时不能顾到,急得太宗也仓皇失措,幸亏辅超舞着钢刀,呼延赞挥着铁鞭,前遮后护,翼出太宗,南走涿州。宋将亦陆续逃回,检查军士,丧亡至万余人。这是宋军第一次吃亏。时已日暮,正拟入城休息,不料耶律休哥,带着辽兵,又复杀到,宋军喘息未定,还有何心成列,一闻辽军到来,大家各寻生路,统逃了开去,就是太宗的卫队,也多奔散。太宗此时,除了三十六计的上计,简直没法,只好加鞭疾走,向南逃命;偏偏天色渐昏,苍茫莫辨,路程又七高八低,踯躅难行,后面喊杀的声音,尚是不绝,那时心下越慌,途中越黯,连这马也一跷一突,跑不过去。太宗性急得很,只将马缰收紧,用鞭乱挝,马忍痛不住,不管什么艰险,索性乱窜,扑塌一声,陷入泥淖中,忙呼卫卒救驾,哪知前后左右,已无一人,自己欲下骑掀马,犹恐马足难拔,连自身先坠渊莫测,不禁仰天呼道:"我为崔翰所误,亲蹈危机,目今悔已无及了。"并非崔翰所误,实是骄盈取败。

言未已,但见前面火光荧荧,有一队人马到来,也不知是南军,是北军,越觉惶惑不定。待来军行至附近,方见旗帜上面,现出一个"杨"字,又不觉喜慰道:"大约是杨业来了。"原来杨业降宋后,本已从征幽、蓟,只因太宗命他再赴太原,搬运粮械,接济军需,所以去了好几日,至此才运粮回军,适值太宗遇险,中途接着,太宗急忙呼救,杨业跃马入淖,把太宗轻轻掖起,递交岸上的小将,然后再去牵引御马,好容易才得登岸。太宗早在岸上坐着,业复率小将拜谒,自称:"救驾来迟,应该负罪。"太宗道:"卿说哪里话来,朕非卿到,恐性命都难保哩。"遂问小将何人?业答道:"这是臣儿延朗。"太宗道:"卿有此儿,也好算作千里驹了。"说着,后面尘头起处,似有辽军赶至,太宗皱眉道:"追军又至,奈何?"业答道:"请陛下先行一程,由臣父子退敌便了。"言已,即去牵御马过来。哪知马已卧地,不能再骑,乃返奏太宗道:"御马不堪再驾,请乘臣马先行。"太宗道:"卿欲退敌,不能无马,朕看卿装载饷械,备有驴车,可腾出一乘,由朕暂坐先行罢。"杨业遵旨,遂命部卒腾出驴车,请太宗坐入,命部卒保护前行。所有饷械,亦一律载回,自与延朗勒马待敌。未几,有军马趋至,乃是孟玄喆、崔彦进、刘廷翰、李汉琼等一班宋将,并带着败兵残卒,均已垂头丧气,狼狈不堪。又未几,潘美等亦复驰到,且问杨业道:"皇上到哪里去了,将军有无遇着?"你为招讨使,如何连主子也不顾着。杨业述明情形,潘美道:"后面尚有追兵,如何是好?"杨业道:"业父子二人,尚思退敌,今得诸将帅到来,怕他甚么?"潘美自觉怀惭,即命杨业部勒残兵,列阵以待。不到一时,果有辽兵追至,前队二将,一名兀环奴,一名兀里奚,杨业策马抡刀,当先出阵,大呼:"胡虏慢走!"兀环奴、兀里奚大怒,上前迎战,杨业双战二将,毫不惧

第十四回　高梁河宋师败绩　雁门关辽将丧元

怯。延朗恐乃父有失，急挺枪出战，与兀里奚对仗。杨业与兀环奴，战不数合，被杨业一刀砍死。兀里奚心中一慌，把刀一松，被延朗当胸一枪，也刺落马下。宋将等见杨业父子，杀毙辽将，统来助阵。辽兵见不可支，慌忙退去，当由宋军追杀数里，夺还资械若干，方才收军，驰至定州，得遇太宗。太宗命孟玄喆屯定州，崔彦进屯关南，刘廷翰、李汉琼屯真定。又留崔翰、赵延进等，援应各镇，自率军返汴梁，整日里怏怏不乐。

武功郡王德昭，曾从征幽州，当宋军败溃时，军中不见太宗，多疑太宗被难，诸将谋立德昭为帝，未成事实，偏被太宗闻知，愈加愤闷。德昭尚未察悉，因见太宗还京，已有多日，并不闻战下太原的例赏，且诸将多怀怨望，恐不免有变动情形，乃入谒太宗，即请叙功给赏。太宗不待词毕，便怒目道："战败回来，还有甚么功劳？甚么赏赐？"德昭道："这也不可一概论的。征辽虽然失利，北汉究属荡平，应请陛下分别考核，量功行赏罢！"语虽合理，然适中太宗之忌。太宗复怒道："待你为帝，赏亦未迟。"这两语是把心中的疑恨，和盘说出。看官！试想这地处嫌疑的德昭，如何忍受得起？他低了头，退出宫廷，还至私第，越想越恼，越恼越悲，默思父母早逝，无可瞻依；虽有继母宋氏，季弟德芳，一个是被徙西宫，迹类幽囚，一个是才经弱冠，少不更事，痛幽衷之莫诉，觉生趣之毫无，一时情不自禁，竟从壁间悬着的剑囊中，拔出三尺青锋，向颈一横，顿时碧血模糊，晕倒地上，渺渺英魂，往鬼门关去寻父母去了。自寻短见，愚等申生。及他人得知，已是死去多时，无从解救，只好往报太宗。太宗亟往探视，但见他僵卧榻上，目尚未瞑，不觉良心发现，涕泪交横，带哭带语道："痴儿痴儿！何遽至此？"恐尚不免做作。随即命家属好生殓葬，自己即还至宫中，颁诏赠德昭为中书，令追封魏王，于是论平汉功，除赏生恤死外，加封弟齐王廷美为秦王，算是依从德昭的遗奏，这且慢表。

且说辽军杀败宋军，回国报功，辽主贤尚欲报怨，遣南京留守韩匡嗣，与耶律沙、耶律休哥等，率兵五万，入寇镇州。刘廷翰闻警，忙约崔彦进、李汉琼等，商议抵御方法。廷翰道："我军方败，元气未回，今辽兵又来侵扰，如何是好？"彦进道："若与他对仗，胜负未可逆料。不如用诈降计，诱他入内，然后设伏掩击，定可取胜。"廷翰道："我闻耶律休哥，素有才名，恐他持重老成，未必纳降。"汉琼道："先去献他粮饷，令他信我情真，料无不纳之理。"廷翰点首道："且依计一试，再行定夺。"当下差人至辽营中，赍粮请降。匡嗣见有粮饷，问他何日出降？差人答以明日，匡嗣允诺，差人自去。耶律休哥进谏道："宋军未曾交锋，即来请降，莫非有诈谋，元帅不可不防！"也不出廷翰所料。匡嗣道："他若用诈降计，怎肯到此献粮？"休哥道："这乃是欲取姑与的计策。"匡嗣道："我兵锐气方盛，杀败宋师数十万，理应人人夺气，今闻我军复出，怎得不惊？我想他是真情愿降哩。就使诈降，我也不怕。"休哥见他不从，只得退出，自去号令部兵，不得妄动，待有自己军令，方准出发。只匡嗣与耶律沙，约定明日入城，很是欣慰。仿佛做梦。

且说宋将刘廷翰，得差人回报，整点军马，令李汉琼率步兵万名，埋伏城东，掩击辽兵来路，崔彦进率步兵万名，埋伏城北，截断辽兵去途。再约边将崔翰、赵延进连夜发兵，前来夹攻。分布已定，安宿一宵，翌晨，大开城门，自率兵往伏城西，专待辽兵到来。辽帅韩匡嗣，当先开道，耶律沙押着后军，望镇州城前来。将到城下，见城门开着，并无一人，匡嗣即欲挥众入城，辽护骑尉刘雄武谏阻道："元帅不可轻入，他既请降，如何城外不见一人？"匡嗣闻言，恰也惊异，猛听得一声号炮，响彻天空，城西杀出刘廷翰，城东杀出李汉琼，匡嗣料知中计，拍马便走，部众随势奔回，冲动耶律沙后队。耶律沙也禁遏不住，只好倒退，忽然间炮声又响，崔彦进又复杀出，截住辽兵去路。辽兵腹背受敌，好似哑子吃黄连，说不出的苦痛，那时无法可施，没奈何拚着性命，寻条血路。不料宋将崔翰、赵延进各军，又遵约杀到，人马越来越众，把辽兵困在垓心。韩匡嗣、耶律沙领着将校，冒死冲突，怎奈四面八方，与铁桶相似，几乎没缝可钻，宋军又相继射箭，眼见得辽邦士卒，纷纷落马，伤亡无数。层层反跌，为耶律休哥作势。韩匡嗣与耶律沙，正当危急万分，忽有一大将挺刀跃马，带领健卒，从北面杀入，韩匡嗣瞧将过去，不是别人，正是耶律休哥，不觉大喜过望，急与耶律沙随着休哥，杀出重围。宋军追了一程，夺得辎重无数，斩获以万计。比前日所献之粮，获利应加数倍。直至遂城，方收兵回屯原汛，随即报捷宋廷。

太宗闻报，语群臣道："辽兵入寇镇州，不能得志，将来必移寇他处，朕看代州一带，最关重要，须遣良将屯守，才可无患。"群臣齐声道："陛下明烛万里，应即简择良将，先行预防。"太宗道："朕有一人在此，可以胜任。"随语左右道："速宣杨业入殿。"左右领旨，往召杨业。须臾杨业传到，入谒太宗，太宗语业道："卿熟习边情，智勇兼备，朕特任卿为代州刺史，卿其勿辞！"业叩首道："陛下有命，臣怎敢推诿？"太宗大喜，便敕赐橐装，令他指日启程。业叩谢而出，即率子延玉、延昭等，出赴代州。延昭即延朗，随父降宋后，受职供奉官，改名延昭，业尝谓此儿类我，所以屡次出师，必令他随着。既到代州，适值天时寒冻，业亲督修城，虽经风雪，仍不少懈。转眼间已是太平兴国五年了，寒尽春回，塞草渐茁，那辽邦复大举入寇，由耶律沙、耶律斜轸等，领兵十万，径达雁门。雁门在代州北面，乃是紧要门户，雁门有失，代州亦危。杨业闻辽兵大至，语子延玉、延昭道："辽兵号称十万，我军不过一二万人，就使以一当十，也未必定操胜局，看来只好舍力用智，杀他一个下马威，方免辽人轻觑哩。"延昭道："儿意应从间道绕出，袭击辽兵背后，出他不意，当可制胜。"杨业道："我亦这般想，但兵不在多，只教寅夜掩击，令他自行惊溃，便足邀功。"当下议定，即挑选劲卒数千名，由雁门西口西陉关出去，绕至雁门北口。正值更鼓沉沉，星斗黯黯，遥见雁门关下，黑压压的扎着数大营，便令延玉带兵三千人，从左杀入，延昭带兵三千人，从右杀入，业自领健卒百骑，独踹中坚。三支兵马，衔枚疾走，一到辽营附近，齐声呐喊，捣将进去。耶律沙、耶律斜轸等，只防关内兵出来袭营，不意宋军恰从营后杀来，正是防不及防，几疑飞将军从天而下，大都吓得东躲西逃。中营里面，有一辽邦节度使驸马侍中萧咄李，自恃骁勇，执着利斧，从帐后出来抵敌，凑巧碰着杨令公，两马相交，并成一处，战到十余合，但听杨令公大叱一声，那萧咄李已连头带盔，飞落马下。萧咄李，一译作萧绰里特。小子有诗咏道：

百骑宵来捣虏营，刀光闪处敌人惊。
任他辽将如何勇，一遇杨公命即倾。

萧咄李既死，辽兵越觉惊慌，顿时大溃，俟小子下回再详。

高梁河一役，为宋、辽胜败之所由分。宋太宗挟师数十万，乘胜伐辽，而卒为辽将所乘，几至身命不保，宋军自此胆落矣。镇州之捷，雁门关之胜，均不过却敌之来，不能入敌之境，且皆由用智徼功，然则全宋兵力，不能敌一强辽，可断言也。德昭之自刎，本应与廷美之死，联络一气，然事相类而时有先后，太原之赏不行，德昭之言不纳，于是德昭愤激自刎，作者依时叙入，免致混乱。坊间旧小说中，有称德昭为八大王，至真宗时尚辅翊宋廷，此全系臆造之谈，固不值一辩也。

第十五回　弄巧成拙妹倩殉边　修怨背盟皇弟受祸

却说辽相耶律沙，与辽将耶律斜轸等，因部兵溃散，也落荒遁走，黑暗中自相践踏，伤毙甚多。杨业父子，杀退辽兵，便整军入雁门关，检查兵士，不过伤了数十人。当即休息半日，驰回代州，露布奏捷，不消细说。惟辽人经此一挫，多号杨业为杨无敌，自是望见杨字旗号，当即引去。辽主贤闻将相败还，勃然大怒，竟亲自督军，再举侵宋，命耶律休哥为先行，入寇瓦桥关。守关将士，因闻辽兵两次败退，料他没甚伎俩，竟开关迎敌，面水列阵。耶律休哥简率精锐,渡水南来,宋将欺他兵少,未曾截击,待至辽兵齐渡,方与交锋,哪知休哥部下,是百炼悍卒,横厉无前,宋军不是对手,被他杀得七零八落,连关城都守不住,一哄儿弃关南奔,逃入莫州。休哥追至莫州城下,饬兵围攻,警报飞达宋廷,太宗复下诏亲征,调集诸将,向北进行。途次,又接官军败绩消息,忙倍道前进,到了大名,才闻辽主已退,乃令曹翰部署诸将,自回汴京,还汴数日,尚欲兴师伐辽,廷臣多迎合上意,奏称应速取幽、蓟,左拾遗张齐贤,独上书谏阻,略云:

方今天下一家,朝野无事,关圣虑者,莫不以河东新平,屯兵尚众,幽、蓟未下,辇运为劳,臣愚以为此不足虑也。自河东初下,臣知忻州,捕得契丹纳粟典吏,皆云自山后转粟以授河东,以臣料,契丹能自备军食,则于太原非不尽力,然终为我有者,力不足也。河东初平,人心未固,岚、宪、忻、代,未有军寨,入寇则田牧顿失,扰边则守备可虞,及国家守要害,增壁垒,左控右扼,疆事甚严,乃于雁门、阳武谷,来争小利,此其智力可料而知也。圣人举事,动在万全。百战百胜,不如不战而胜。若重之慎之,则契丹不足吞,燕、蓟不足取。自古疆场之难,非尽由敌国,亦多边吏扰而致之。若缘边诸寨,抚驭得人,但使峻垒深沟,畜力养锐,以逸自处,宁我致人,此李牧之所以用赵也。所谓择卒不如择将,任力不如任人,如是则边鄙宁,边鄙宁则辇运减,辇运减则河北之民获休息矣。臣闻家六合者以天下为心,岂止争尺寸之事,角强弱之势而已乎?是故圣人先本而后末,安内以养外。陛下以德怀远,以惠勤民,内治既成,远人之归,可立而待也,何必穷兵黩武为哉?谨此奏闻!

这张齐贤系曹州人,素有胆识,称名远近。先是太祖幸洛阳,齐贤曾以布衣献策,条陈十事,四说称旨,尚有六条,太祖以为未合,齐贤坚称可行,惹动太祖怒意,令武士将他牵出。既而太祖还汴,语太宗道:"我幸西都,惟得一张齐贤,他日可辅汝为相,汝休忘怀!"既已器重齐贤,胡不立加擢用,而必留遗与弟,人谓其友,我谓其私。太宗谨记勿忘,至太平兴国二年,考试进士,齐贤亦在选中,有司将他置诸下第,太宗不悦,特开创例,令一榜尽赐京官,齐贤乃得出仕,历任知州,入为左拾遗,至是上疏直谏,太宗颇为嘉纳,乃暂罢出师。

且说前同平章事赵普,当出任河阳节度使时,接第十一回。曾上表自诉,略言:"皇弟光义,忠孝兼全,外人谓臣轻议皇弟,臣怎敢出此?且与闻昭宪太后顾命,宁有贰心?知臣莫若君,愿赐昭鉴"等语,这表文经太祖手封,同藏金匮。太祖崩后,太宗践位,赵普入朝,改封太子太保,因为卢多逊所毁,命奉朝请,居京数年,尝郁郁不得志。他有妹夫侯仁宝,曾在朝供奉,卢多

第十五回　弄巧成拙妹倩殉边　修怨背盟皇弟受祸

逊因与普有嫌，亦将仁宝调知邕州。邕州在南岭外，与交州相近，交州即交趾地，唐末为大理所并，旋入于唐，五代时归属南汉。及南汉平定，交州帅丁琏，曾入贡宋廷。琏死，弟璿袭职，年尚幼稚，被部将黎桓把他拘禁，自称权知军府事。赵普恐仁宝久居邕州，数年不调，免不得老死岭外，乃设法上书，力陈交州可取。太宗本是喜功，阅读普奏，即拟召仁宝入京，面询边事。哪知卢多逊刁滑得很，即入朝面奏太宗道："交州内乱，正可往取，但若先召仁宝，反恐有泄机谋，臣意不如密令仁宝，整兵长驱，较为万全。"太宗也以为是，遂命仁宝为交州水陆转运使，孙全兴、刘澄、贾湜等，并为部署，同伐交州。偏出赵普意外。

仁宝奉诏，不敢有违，只得整备兵马，与孙全兴等先后并发。行至白藤江口，适有交州水兵，倚江驻扎，江面列战船数百艘，侯仁宝当先冲入，交兵未及预防，霎时溃散，由仁宝夺取战舰二百，大获全胜，再拟深入交地，仁宝自为前锋，约孙全兴等为后应。全兴等屯兵不行，只有仁宝一军，杀入交趾，沿途进去，势如破竹。忽接到黎桓来书，情愿出降，仁宝信以为真，不甚戒备，到了夜间，黎桓率兵劫营，害得仁宝营内，人不及甲，马不及鞍，仓猝抵敌，哪里支持得住？仁宝竟死于乱军中。实是赵普害他。转运使许仲宣据实奏闻，有诏班师，拿问全兴，立斩刘澄、贾湜。全兴入京，寻亦弃市。后来黎桓复遣使入贡，并上丁璿让表，太宗因惩着前败，含糊答应，事见后文。本回总旨在叙赵、卢交恶事，故叙交州战史，特从略笔。

赵普闻仁宝败殁，愈恨多逊，恨不能将他枭首剖心，抵偿妹夫的性命。怎奈多逊方邀主眷，一时无隙可乘。多逊且一意防普，只恐他运动廷臣，上章弹劾，所有群臣章奏，必先令禀白自己，又须至阁门署状，亲书二语，乃是"不敢妄陈利便，希望恩荣"十字，可谓防备严密。所以朝右诸臣，对着多逊，大家侧目。连普亦没法摆布，整日里怨苦连声。一日过一日，忽有晋邸旧僚柴禹锡、赵熔、杨守一等，竟直入内廷，密奏太宗，说是秦王廷美，骄恣不法，势将谋变。卢多逊交好秦王，恐未免有勾通情事。史第言讦告秦王，不及多逊，吾谓太宗方亲信多逊，胡不问多逊而问赵普，得此揭出，方释疑团。这数语触动太宗疑忌，遂召普入见，与他密商。普竟自作毛遂，愿备位枢轴，静察奸变，且叩首自陈道："臣忝为旧臣，与闻昭宪太后遗命，备承恩遇，不幸戆直招尤，反为权幸所沮，耿耿愚忠，无从告语，就是臣前次被迁，曾有人说臣讪谤皇上，臣尝上表自诉，极陈鄙悃，档册具在，尽可复稽。若蒙陛下察核，鉴臣苦衷，臣虽死不朽了。"太宗略略点首，待普退后，即令近侍检寻普表，四觅无着。有旧侍忆及前事，谓由太祖贮藏金匮，当即禀过太宗，启匮检视，果得普前表，因复召普入语道："人谁无过，朕不待五十，已知四十九年的非了。从今以后，才识卿忠。"普顿首拜谢,太宗即面授普为司徒,兼职侍中,封梁国公,并命密察秦王廷美事。是时太祖季子德芳,亦已病殁,年仅二十三岁,距德昭自刎,只隔一年有余。廷美颇不自安,尝言太宗有负兄意,俗语说得好:"一言既出,驷马难追。"廷美几句口风,免不得传入太宗耳中,还有一班谄臣媚子,火上加炭,只说廷美即谋作乱,应亟预防。太宗遂罢廷美开封尹,出为西京留守,特擢柴禹锡为枢密副使,杨守一为枢密都承旨,赵熔为东上阁门使,无非因他告变有功,特别宠眷的意思。赵普与廷美无甚宿嫌,不过欲扳倒卢多逊,只好从廷美着手,陷他下阱。卢多逊也曾料着,明知祸将及己,可奈贪恋相位,不甘辞职,因此延宕过去。富贵之误人大矣哉!赵普怎肯干休?明访暗查,竟得卢多逊私遣堂吏,交通秦王事。这堂吏叫作赵白,与秦王府中孔目官阎密,小吏王继勋、樊德明等,朋比为奸。秦、卢交好,都从他数人往来介绍。赵白尝将中书机事,密告廷美,且述多逊言云:"愿宫车晏驾,尽力事大王。"廷美亦遣樊德明,往报多逊道:"承旨言合我意,我亦愿宫车早些晏驾呢。"又私赠多逊弓箭等物。普一一入奏,太宗道:"兄终弟及,原有金匮遗言,但朕尚强壮,廷美何性急乃尔?且朕待多逊,也算不薄,难道他尚未知足,必欲廷美为帝么?"普奏对道:"自夏禹至今,只有传子的公例,太祖已误,陛下岂容再误?"两语足死廷美。太宗不禁点首,遂颁诏责多逊不忠,降为兵部尚书。越日,下多逊于狱,捕系赵白、阎密、王继勋、樊德明等,令翰林学士承旨李昉,学士扈蒙,卫尉卿崔仁冀,御史滕正中等,秉公讯鞫,赵白等一一伏罪,复令多逊对簿,多逊亦无可抵赖。李昉等具狱以闻,太宗再召文武常参官集议朝堂,太子太师王溥等七十四人,老而不死,是为贼,王溥有焉。联名奏议道:

  谨案兵部尚书卢多逊,身处宰司,心怀顾望,密遣堂吏,交结亲王,通达语言,咒诅君父,大逆不道,干纪乱常,上负国恩,下亏臣节,宜膏铁钺,以正刑章!其卢多逊请依有司所断,削夺在身官爵,准法处斩。秦王廷美,亦请同卢多逊处分,其所缘坐,望准律文裁遣。谨议!

议上,即有诏颁发道:

  臣之事君,贰则有辟,下之谋上,将而必诛。兵部尚书卢多逊,顷自先朝擢参大政,洎予临御,俾正台衡,职在燮调,任当辅弼,深负倚畀,不思补报,而乃包藏奸宄,窥伺君亲,指斥乘舆,交结藩邸,大逆不道,非所宜言。爰遣近臣杂治其事,丑迹尽露,具狱以成,有司定刑,外廷集议,佥以枭夷其族,污潴其宫,用正宪章,以合经义,尚念尝居重位,久事明廷,特宽尽室之诛,止用投荒之典,实汝有负罪,非我无恩。其卢多逊在身官爵,及三代封赠、妻子官封,并用削夺追毁,一家亲属,并配流崖州,所在

第十五回　弄巧成拙妹倩殉边　修怨背盟皇弟受祸

驰驿发遣，纵经大赦，不在量移之限。期周以上亲属，并配隶边远州郡部曲，奴婢纵之，余依百官所议，列状以闻。

当下再由群臣议定，赵白、阎密、王继勋、樊德明等，并斩都门外，仍籍没家产，亲属流配海岛。廷美勒归私第，所有子女，复正名称。子德恭、德隆等仍称皇侄，皇侄女适韩崇业，去公主驸马名号，贬西京留守阎矩为涪州司户参军，前开封推官孙屿为融州司户参军，两人皆廷美官属，因责他辅导无状，连带坐罪。卢多逊即日被戍，发往崖州，至雍熙二年，竟殁于流所。多逊籍隶河南，累世祖墓，均在河南，未败前一夕，天大雷电，将他祖墓前的林木，尽行焚去，时人诧为奇异。及多逊流徙，始信这造化小儿，已预示谴责了。*天道有知，应该加谴。*

且说赵普计除卢多逊，复黜谪廷美，尚恐死灰复燃，潜嗾开封府李符，上言廷美未肯悔过，反多怨望，乞徙居边郡，藉免他变。于是严旨复下，降廷美为涪陵县公，安置房州，妻楚国夫人张氏，削夺国封。命崇仪使阎彦进知房州，御史袁廓通判州事，各赐白金三百两，令他监伺廷美，不得有误。廷美至房州，举动不得自由，阎彦进、袁廓日加侦查，累得廷美气郁成疾，时患肝逆等症，渐渐的尪瘵不堪。太宗因右仆射沈伦，未能觉察秦、卢阴谋，不无旷职，亦将他免去相位，降授工部尚书。左仆射薛居正，又复去世，乃改任窦偁、郭贽参知政事。寻又以郭贽嗜酒，出知荆南府，另命李昉继任。且因赵普专相，好修小怨，也不免猜忌起来，因语群臣道："普有功国家，并与朕多年故交，朕深倚赖，但看他齿落发斑，年已衰迈，不忍再以枢务相劳，当择一善地，俾他享些老福，才不负他一生知遇呢。"*心实刻忌，语却和婉。*乃作诗一首，命刑部尚书宋琪，持赐赵普。普捧读毕，不禁泣下，暗思诗中寓意，明是劝他辞职，好容易重登枢辅，又要把这位置让与别人，真是冤苦得很。但事已如此，无可奈何，只好对宋琪道："皇上待普，恩谊兼至，普余生无几，自愧报答不尽，惟愿来世再效犬马微劳，幸乞足下转达！"宋琪劝慰数语，当即告别，返报太宗。翌日，普呈上辞职表，太宗准奏，出普为武胜军节度使，赐宴长春殿，亲与饯行，复作诗赠别。普泣奏道："蒙陛下赐诗，臣当刻石，他日与臣朽骨同葬泉下，臣死或有知，尚当铭恩不忘哩。"无非恋恋富贵。太宗亦洒泪数点，俟普谢宴告退，送至殿外，又命宋琪等代送出都，然后还宫，*以假应假。*普径赴武胜军去了。

太宗乃命宋琪、李昉同平章事，且因窦偁复殁，别选李穆、吕蒙正、李至三人，参知政事，随诏史官修《太平御览》一千卷，日进三卷，准备御览。越年复改元雍熙，*即太宗九年。*群臣正拜表称贺，粉饰承平，欢宴数日，忽由房州知州阎彦进驰驿入奏，涪陵公廷美已病死了。太宗方与宋琪、李昉等，商议封禅事宜，一闻讣音，不禁太息道："廷美自少刚愎，长益凶恶，朕因同气至亲，不忍加他重辟,暂时徙置房州,令他闭门思过,方欲推恩复旧,谁料他遽尔殒逝?回溯兄弟五人,今只存朕,抚躬自问,能不痛心。"言已,呜咽流涕。亏他装得像。宋琪、李昉等,当然出言奏慰,不劳细表。翌日下诏,追封廷美为涪王,谥曰悼,命廷美长子德恭为峰州刺史,次子德隆为瀼州刺史,廷美女夫韩崇业为靖难行军司马,小子有诗咏道:

> 尺布可缝粟可舂,如何兄弟不相容?
> 可怜骨肉参商祸,刻薄又逢宋太宗。

廷美方死,忽由李昉入奏,又死了一个著名的人物,欲知此人为谁?且待下回表明。

赵普与卢多逊,积衅成隙。彼此设计构陷,而旁人适受其殃。侯仁宝,普之妹倩也,卢多逊因普迁怒,假南交之役,致死仁宝,仁宝死不瞑目矣。廷美为太宗胞弟,金匮之盟,兄终弟及,普实与闻,顾以卢多逊之嫌,构成煮豆燃萁之祸,推普之意,以为此狱不兴,不足以除卢多逊,多逊得除,何惜廷美?况更借此以要结主宠,为一举两得之计乎。故死廷美者为太宗,而实由于赵普。孔子有言:"苟患失之,无所不至。"卢多逊不足责,赵普名为良相,乃与鄙夫相等,何其惑也?呜呼侯仁宝!呜呼廷美!呜呼卢多逊、赵普!阅此回,窃不禁为之三叹焉。

第十六回　进治道陈希夷入朝
　　　　　　遁穷荒李继迁降虏

却说李昉入奏,报称大臣病故。大臣为谁?就是参知政事李穆。太宗闻丧,更加嗟悼,遂亲往赐奠,语侍臣道:"穆操履纯正,真不易得,朕方倚用,遽尔沦没,实属可悲。这并非穆的不幸,乃是朕的不幸呢!"言下甚是惨切,且对灵哭了一场,然后还朝。待兄弟如彼,待臣子如此,以见太宗之亲疏倒置。既而群臣请封禅,太宗不许,至阖廷联衔奏请,乃命学士扈蒙等,详定仪注,拟至仲冬往祀泰山,不意时当仲夏,乾元、文明二殿,忽然失火,太宗以天象示儆,诏求直言,并罢封禅。

到了孟冬,来了华山隐士陈抟,入京觐见。陈抟,亳州人,四五岁时,戏涡水岸侧,有青衣媪给乳与饮,得辟性灵,每读经史百家,一见成诵,毫不遗忘,至后唐中与试进士,试文非有司能解,摈置不录,抟自此不求禄仕,惟游放山水

第十六回　进治道陈希夷入朝　遁穷荒李继迁降虏

间,怡情自适。嗣得遇奇士二人,导以服气辟谷诸术,并与言武当山九室岩中,可以隐居,抟遂受教往隐,历二十余年,但日饮酒数杯,便算了事。既而移居华山云台观,又止少华石室,每寝时,或至百余日不起,俗人有大睡三千日,小睡八百日的谣传。周世宗好黄白术,尝召抟至阙下,叩问方术。抟从容奏道:"陛下为四海主,当以致治为念,奈何留意黄白术呢?"甚是,甚是。世宗爽然自失。留抟住京月余,命为谏议大夫,抟固辞不受。嗣见抟无他技能,乃放还华山。及太祖受禅,抟正乘驴过天津桥,闻受禅消息,竟堕驴大笑道:"天下从此太平了。"太宗元年,有旨召抟入京,抟奉命至汴,进见太宗,很蒙优待,赐以金帛,不受而去。雍熙元年,抟复入朝,太宗益加礼重,语相臣宋琪等道:"抟有志独善,不求利禄,这真所谓方外散人呢。朕与他谈及世事,他自言历经离乱,今幸天下太平,所以复来朝觐。朕看他年近百岁,终日不食,却觉得精神矍铄,步履雍容,真正难能,真正难得!"可令汝自愧。宋琪道:"从前巢父、许由,想亦如是。"贡谀之言。太宗笑而不答,随命中使送抟至中书省。宋琪等相率迎入,款待殷勤,座间问道:"先生玄默修养,得此道术,可否赐教一二?"抟答道:"抟系山野人民,无益世用,所有神仙炼丹,及吐纳养生的方术,统未知晓,怎能传人?就使白日升天,亦与国家无补。今皇上龙颜秀异,冠绝天人,博达古今,深究治乱,真有道仁圣的主子。诸公生当盛世,正君臣协心同德,兴化致治的时候,勤行修炼,无出此右,不必再求异术了。"不谈左道,见识独高。琪等闻言,无不称善。翌日奏对,即述抟所言,太宗益加叹赏,诏赐抟号希夷先生,复给紫衣一袭,留抟阙下。暇时与谈诗赋,辄令属和。抟夙擅诗才,随口吟成,无不中律,以此益称上旨。一面命有司增葺云台观,俟修筑告竣,乃送归华山,由太宗亲书"华山石室"四字,作为赆仪,抟拜辞而返。至端拱元年,即太宗十三年。抟令弟子贾德升,就张超谷下,凿石为室。室成,抟手书数百言,嘱咐弟子赍送汴京,略言:"臣抟大数已终,圣朝难恋,当于本月二十二日,化形于莲花峰下张超谷中。"是表上后,太宗遣使往视,至二十九日始到,抟尸陈石榻上,肢体犹温,有五色云遮蔽洞口,冉冉不散。使臣返报太宗,太宗嘉叹不已。抟好读《易》,手不释卷,尝自号扶摇子,著《指玄篇》八十一章,详言导养及还丹各事。宰相王溥亦著《笺注》八十一章。抟又有《三峰寓言》,及《高阳集》诗六百首,大半雅澹冲夷,自成一格,后世有传有不传。总之陈抟系一隐君子,独行高蹈,不受尘埃,若目他为仙怪一流,实属未当。俗小说中,或称为陈抟老师,捏造许多仙法,作为证据,其实是荒唐无稽,请看官勿为所惑哩。辟除迷信。

闲文少表,且说太宗因中宫虚位,尚未册立,不得不选择继配,作为内助。李妃容德俱茂,入宫数年,素无过行,特册立为后。应十三回。仪文繁备,典礼矞皇,不但内宫外廷,赐宴数天,并赐京师人民,大酺三日,仿佛有庆泽均行,醉人为瑞的景象。翌年春季，复召宰相近臣，齐集后苑赏花，并面谕群臣道："春风暄和，万物畅茂，四方无事，朕愿与臣民共乐，卿等可各赋一诗，抒写情意！"群臣奉命，大家搜索枯肠，挖出几个尧天舜日，帝德皇恩的字样，配搭亭匀，凑成律句，呈上藻鉴。挖苦得很。太宗一一取阅，多半是敲金戛玉，鼓吹休明，乐得心花怒开，满口称美。群臣均叩谢天宠，尽欢而散。到了孟夏，又召辅臣、三司使、翰林枢密直学士、尚书省四品、两省五品以上三馆学士，均至后苑赏花钓鱼，各赐宴饮，免不得又令赋诗。大家换汤不换药，仍旧是一曲贺圣朝。太宗又命习射水心殿，你想穿杨，我夸贯虱，彼此竞射一场，或中或不中，不过是陶情作乐，无关功过，足足的闹了一日，统向太宗叩谢，一并散去。

先是太宗长子元佐，为李妃所出，见十三回。幼即聪警，貌类太宗，很得太宗欢心。及长，善骑射，尝从征太原、幽、蓟，返拜检校太傅，加职太尉，晋封楚王，另营新邸。廷美得罪，元佐力为营救，再三请免，屡受乃父呵斥。元佐谊属懿亲，情实可嘉。至闻廷美忧死，他愤极成狂，尝手操梃刃，击伤侍人。迹类佯狂。旋因医治少瘳，太宗颇加喜慰，为赦天下。重九佳节，诏诸王宴射苑中，元佐因新瘥不预。及诸王宴归，暮过元佐门，元佐问明左右，方知诸王侍宴消息，便愤愤道："他人都得与宴，我有何罪，不闻宣召？这是明明弃我呢！"左右从旁劝解，并呈上佳酿，俾他解闷。元佐取来就饮，饮尽索添，连下数十大觥，已是酩酊大醉，他尚不肯罢休，直饮到夜静人阑，方才停杯，回入寝室。左右总道他是熟睡，谁料他竟放起火来，霎时间烟雾迷漫，光烛霄汉，内外侍从，慌忙入救，已是不及，只把元佐及所有眷属，救出门外，可惜一座大厦，倏成焦土。傥来富贵，均可作是观。太宗闻楚邸被焚，正在惊疑，嗣有人报称由元佐纵火，不禁大怒，立遣御史捕治，将他废为庶人，安置均州。宋琪率百官上表，请恕他病狂，仍留京师，太宗不许，竟令元佐即日出都，不得逗留。嗣经宋琪等三次奏请，乃下诏召还。元佐时已行至黄山，奉诏乃归，幽居南宫，余事后表。

且说秦、陇以北，有银、夏、绥、宥、静五州地，为拓跋氏所据。唐初拓跋赤辞入朝，赐姓李，至唐末，黄巢作乱，僖宗奔蜀，拓跋思恭纠合蕃众，入境讨贼，得封为定难军节度使，复赐李姓，五代时据境如故。周显德中，适李彝兴嗣职，受周封为西平王。宋太祖初年，彝兴遣使入贡，太祖授彝兴为太尉，彝兴旋殁，子克睿嗣，未几克睿又死，子继筠立。太宗伐北汉，继筠曾遣将李光远、光宪，渡河略太原境，遥作声援。既而继筠复殁，弟继捧袭位，太平兴国七年，继捧入觐太宗，献银、夏、绥、宥四州地，且自陈亲族不睦，愿居汴京。太宗乃遣使至夏州，迎接继捧亲属，且授他为彰德节度使。另派都巡检曹光实，往戍四州。独继捧族弟继迁，为定难军都知蕃落使，留居银州，不愿入汴，闻宋使到来，诈言乳母病故，出葬郊外，竟与同党数十人，奔入地斤泽。泽距夏州东

第十六回　进治道陈希夷入朝　遁穷荒李继迁降虏

北三百里,继迁号召部落,声势渐盛。曹光实恐为边患,率师袭击,斩首五百级,焚四百余帐,继迁仓猝遁去,母与妻不及随奔,均被光实拿住,押回夏州。不善抚辑,徒逞诈谋,曹光实亦太失策。继迁辗转迁徙,连娶豪族,复日强大,随即召集众人,慨然与语道:"李氏世有西土,一旦让人,岂不可恨?尔等若不忘李氏,幸大家努力,共图兴复!"蕃众齐声许诺。继迁复道:"用力不如用谋,我当设诈降计,诱杀那曹光实,一则可报前仇,二则可恢先业,尔等以为何如?"蕃众复应声道:"全凭调度。"继迁大喜,遂率众向夏州进发,先遣人致书光实,略言"势蹙途穷,幸网开一面,俯允归降,此后生成,全出公惠"等语。言甘心苦。光实信是真言,即与来人面约,期会葭芦川,收纳降众,来使自去。光实届期,带领百骑,至葭芦川,见继迁已率数十人,守候该处,彼此相见,继迁拜谒马前,执礼甚恭,并请光实往抚余众。光实志得心骄,全不加察,竟昂然随往。及到继迁营帐前,蕃众尽出,约有数千人,继迁忽举手挥鞭,大声呼道:"仇人已到,大众何不动手?"言未毕,但听蕃众一声喊杀,都持着大刀阔斧,向光实杀来。光实手下只有百人,就使每人生着三头六臂,也是挡架不住,眼见得同时毕命,一个不留,继迁遂乘势袭据银州。

边警传达汴京,太宗亟命知秦州田仁朗等,会师往讨。仁朗奉命调军,待各路兵马,陆续会齐,乃启程北行。到了绥州,闻继迁围攻三族寨,有众数万,自恐寡不敌众,飞章至汴,请再添兵。嗣又闻三族寨失守,寨将折裕木,杀死监军使者,与继迁联合,进攻抚宁寨。将士请速即赴援,仁朗笑道:"不妨不妨!番人乌合,同来寇边,胜即进,败即退,今继迁啸聚数万,尽锐出攻孤垒,抚宁寨虽狭小,势甚险固,断非十日五日可能攻入,我待他劳敝,发兵掩击,再遣强弩数百人,截他归路,我料虏必成擒了。"将士各默然退出。仁朗故示闲暇,纵酒搏蒲,流连竟夕。副将王侁乘间媒孽,上诉宋廷。仁朗亦有自取之咎。太宗得悉情形,遂下诏征仁朗还京,下御史狱,廷讯三族寨被陷,及无故奏请添兵等事,仁朗抗声答道:"银、绥、夏三州守兵,均托词守城,不肯出发,所以奏请添兵。三族寨相距太远,待臣勉集人马,行至绥州,已闻失守,一时未及赶救,臣不负责。且臣已定有良策,足擒继迁,但因奉诏还京,计不得行,臣料继迁颇得人心,若此时不能擒他,只好优诏怀徕,或用厚利啖饵他酋,令图继迁,早除一日好一日,否则边蠹未除,必为大患。"太宗怒道:"朕闻纵酒搏蒲,种种不法,难道继迁肯自来就死么?"仁朗道:"这便是臣的诱敌计。"太宗又怒道:"什么诱敌不诱敌,朕不用你,看继迁果猖獗否?"遂命将仁朗仍复系狱。越日下诏,贷他一死,贬窜商州。惟副将王侁,既排去仁朗,统兵出银州北面,连破敌寨,斩蕃酋折罗遇,麟州诸蕃,因此惶惧,均请纳马赎罪,助讨继迁。侁遂大集各兵,入浊轮川,正值折裕木纠众前来,两下交锋,折裕木杀得大败，被王侁军士擒住。继迁从后驰至，又由王侁麾兵，驱杀一阵，十成中丧亡六七成，竟落荒遁去。王侁奏凯而回，适有诏令郭守文到边，与侁同领边事。守文复与知夏州尹宪，共击盐城诸蕃，焚千余帐，自是银、麟、夏三州，所有蕃众百二十五族，尽行内附，户口计万六千有余，西北一带，皆就敉平。惟继迁穷蹙无归，不得已奉书辽廷，愿作外臣。辽许他归附，册封他为夏国王，并将宗女义成公主，嫁给了他。继迁既得荣封，复配豪女，真个是两难兼并，三生有幸了。怪不得人喜降虏。

　　小子历叙辽事，未曾将辽国源流交代明白，本回将要结束，下回又须接说宋、辽交战情形，趁这笔底余闲，略略一叙。辽本鲜卑别种，初居潢河附近，自称神农氏后裔，聚成部落，号为契丹。朱梁初年，契丹主耶律阿保机，并吞诸部，僭称帝号，辽人称为太祖。阿保机死，子耶律德光嗣，助晋灭唐，得幽、蓟十六州。至晋出帝不愿称臣，德光举兵灭晋，改国号辽，纵兵饱掠，归死杀狐岭，是谓辽太宗。侄兀欲嗣立，更名为阮，在位五年遇弑，称世宗。德光子兀律入继，亦改名为璟，嗜酒好猎，不恤国事，又被近侍谋毙，称穆宗。兀欲子贤继立，是为景宗，用萧守兴为尚书令，即立萧女燕燕为后。燕燕一译作叶叶。燕燕色技过人，兼通韬略，既得为后，遂干预国政。景宗又夙婴风疾，诸事皆委燕燕裁决，国中只知有萧后，不知有景宗。俗呼为萧娘娘者即此。太宗七年，辽景宗贤殂，子隆绪嗣位。隆绪年尚冲幼，由母后燕燕摄政，史称为萧太后，复国号大契丹，用韩德让即韩匡嗣子。为政事令，兼枢密使，总摄卫兵。耶律勃古哲一译博郭济。总领山西诸州事，耶律休哥为南面行军都统。号令严明，威震朔漠。至收降李继迁后，且使他窥伺宋边，阴图南下，偏三交屯将贺怀浦父子，竟献议宋廷，极言幽、蓟可取状，于是鼙鼓复鸣，王师又出，这一番有分教：

　　　　雄主喜功偏失律，元戎偾事又亡师。

　　欲知宋廷出师情形，且待下回续叙。

　　五季有一陈抟，得无道则隐之义。宋初有一陈抟，得高尚其志之象。观其入朝论治，不尚虚无，不谈隐怪，其持行之纯正，可以想见，以视陶渊明、贺季真辈，且高出一筹。苟目为张道陵、佛图澄之流亚，毋乃太轻视之乎！元佐力救廷美，甚至病狂，彼岂真狂人哉？不悦父行，甘心让国，有吴泰伯之遗风焉。彼李继迁一竖耳，田仁朗之用计袭取，未始非策，只以纵酒摴蒱启王侁媒蘖之口，卒至良谋不用，狡寇降辽，秦陇以北，从此多事。夫平一李继迁尚不能，遑问耶律氏乎？朝曰取燕、蓟，暮曰取燕、蓟，燕、蓟果若是易复乎？观于此而已知宋之渐弱矣。

第十七回　岐沟关曹彬失律
　　　　　陈家谷杨业捐躯

　　却说贺怀浦父子,好谈边事,共守朔方。怀浦曾任指挥使,即太祖元配贺皇后胞兄,子名令图,出知雄州。他因契丹主幼,委政萧氏,似属有机可乘,乃请即出师,北取幽、蓟。计非不是,但彼有耶律休哥,试问有谁人可制耶?太宗遂命曹彬为幽州道行营都部署,崔彦进为副,米信为西北道都部署,杜彦圭为副,出师雄州。田重进为定州都部署,出师飞狐。潘美为云、应、朔都部署,杨业为副,出师雁门。诸将陛辞,太宗语曹彬道:"潘美可先趋云州,卿等率十万众,但声言进取幽州。途次宁持重缓行,休得贪利急进!虏闻大兵到来,必悉众救范阳,不暇顾及山后,那时掩杀前去,可望成功。"曹彬等领命登程,分道并进。彬遣先锋将李继隆,北向攻入,连拔固安、新城二县,进攻涿州。守将贺斯,出城迎敌,李继隆横槊直前,与贺斯战三十多合。贺斯力怯,拍马便走,继隆急追数步,用力一槊,正中贺斯背心,翻身落马,再一槊结果性命,契丹兵遂溃,继隆乘势夺取涿州。未几,契丹兵来攻新城,适与米信相遇,米信麾下,只有三百人,契丹兵恰有万余名,彼多此少,相去悬绝,顿被契丹兵围住,重重包裹,如箍铁桶。米信大喝一声,挺着大刀,当先突围,三百骑紧随后面,并力一处,冲破西隅。契丹兵怎肯放松,再上前围绕,巧值崔彦进、杜彦圭等,两路杀到,顿将契丹兵赶散。曹彬亦已驰至,会集各军,并趋涿州。一路叙过。时田重进亦出飞狐县南,部将荆嗣,率五百骑先行,遥见胡骑漫山塞野而来,差不多有两三万人,就中统兵的大将,乃是契丹西面招安使大鹏翼。荆嗣急报田重进,重进连忙赶到,列阵岭东,命荆嗣出岭西,乘暮薄敌。大鹏翼越崖前来,嗣用短兵接战。彼此拚命相争,互有杀伤。战至夜半,方才收军。契丹兵结营崖上,宋军结营崖下。越宿再战,契丹兵自崖杀下,势似建瓴,荆嗣几抵挡不住,亏得重进遣兵相救,才得杀个平手。嗣因敌势颇张,不便久持,忽想到谭延美屯兵小沼,可资臂助,急遣使驰书,请他列队平川,另遣二百人执着白帜,驰骋道旁。大鹏翼登崖遥望,见山下旗帜绵亘,疑是援兵继至,意欲遁去。嗣即率所部,疾驱往斗,一面促重进会师。大鹏翼正与嗣军酣战,不防重进杀到,惊得不知所措,相率奔溃。荆嗣觑定大鹏翼,拈弓搭箭,飕的一声,将他射落马下。宋军一拥上前,把大鹏翼牵了过来。枉叫做大鹏翼,如何不能飞遁。大鹏翼成擒,飞狐、灵邱诸守将闻风胆落,次第请降。一路又叙过。还有潘美一路,从西陉入,与契丹兵大战寰州城下。契丹兵败退,寰州刺史赵彦章出降,进围朔州。节度副使赵希赞亦举城降,遂转攻应、云诸州,所至皆克。此路亦简而不漏。捷报送达汴都,百官皆贺,丑。独武胜军节度使赵普上书进谏道:

> 伏睹今春出师,将以收复关外,屡闻克捷,深快舆情。然晦朔屡更,荐臻炎夏,飞挽日繁,战斗未息,老师费财,诚无益也。伏念陛下自翦平太原,怀徕闽浙,混一诸夏,大振英声,十年之间,遂臻广济。远人不服,自古圣王,置之度外,何足介意?窃念邪诡之辈,蒙蔽睿聪,致兴无名之师,深蹈不测之地,臣载披典籍,颇识前言,窃见汉武时主父偃、徐乐、严安所上书,及唐相姚元崇,献明皇十事,忠言至论,可举而行。伏望万机之暇,一赐观览,其失未远,虽悔可追。臣窃念大发骁雄,动摇百万之众,所得者少,所丧者多。又闻战者危事,难保其必胜,兵者凶器,深戒于不虞,所系甚大,不可不思。臣又闻上古圣人,心无固必,事不凝滞,理贵变通,前书有兵久生变之言,深为可虑;苟或更图稽缓,转失机宜,旬朔之间,时涉秋序,边庭早凉,弓劲马肥,我军久困,切虑此际或误指纵,臣方冒宠以守藩,曷敢兴言而沮众?盖臣已日薄西山,余光无几,酬恩报国,正在斯时。伏望速诏班师,无容玩敌,臣复有全策,愿达圣聪,望陛下精调御膳,保养圣躬,挈彼疲氓,转之富庶,将见边烽不警,外户不扃,率土归仁,殊方异俗,相率向化,契丹独将焉往?陛下计不出此,乃信邪诡之徒,谓契丹主少事多,可以用武,以中陛下之意。陛下乐祸求功,以为万全,臣窃以为不可。伏愿陛下审其虚实,究其妄谬,正奸臣误国之罪,罢将士伐燕之师,非特多难兴王,抑亦从谏则圣也。古之人尚闻尸谏,老臣未死,岂敢面谀,为安身而不言哉?冒渎尊严,无任待命!

这奏甫上,又有捷报到来,田重进再破敌兵,攻入蔚州,获住契丹监城使耿绍忠,将进逼幽州了。太宗以三军屡捷,不从普言,仍锐意用兵,忽接曹彬急奏,说是居涿旬日,粮饷不继,暂退雄州就饷。太宗不觉变色道:"从前朕命他缓进,他反欲速,今则大敌在前,反致退师,倘或被袭,岂不要前功尽弃吗?"当下飞使传诏,令曹彬不得骤进,饬引师与米信军相会,藉固兵力。彬奉诏后,遵旨行事,会闻潘美已尽略山后地,偕重进东下,乘势图幽州。崔彦进等,均请命曹彬道:"朝旨命三路出师,我军乃是正路,将士最多,今乃逗留不进,转让两路偏师建功立业,岂不可羞?元帅何不统兵前进,急取幽、蓟,免落人后呢?"曹彬道:"皇上有诏,不得轻进。"彦进道:"将在外,君命有所不受。元帅能克日成功,难道尚遭主谴么?"曹彬暗暗沉吟,自思彦进所言,亦有至理,乃与米信联络一气,各裹粮怀食,径趋涿州。

第十七回　岐沟关曹彬失律　陈家谷杨业捐躯

契丹大将耶律休哥，初因部下兵寡，不敢轻敌，专令轻骑锐卒，截宋粮道，一面报知辽廷，速发援兵。萧太后燕燕，本是一个女中丈夫，接得休哥禀报，竟自统雄师，挟着幼主，出都南援。休哥闻援兵将至，便先至涿州，只命轻兵挑战，遇着宋军，一战即退。俟宋军蓐食，复冲杀过去；宋军撤食与斗，他又退了下去，每日约有数次。夜间却四伏崖谷，或吹胡哨，或鸣鼓角，待至宋军杀出，却又不见一人。是即所谓亟肆以敝、多方以误之策。宋军日夕被扰，累得昼不安食，夜不安眠，只好结着方阵，堑地两边，缓缓前进。偏天公又不做美，时方五月，竟与盛暑无二，赤日悬空，纤云无翳，军士汗流遍体，屡患口渴，奈沿途又无井泉，只有浅溪汗淖，大众渴不暇择，彼此灪淖而饮，直至四日有奇，方得行进涿州。

俄有侦骑来报，耶律休哥已统兵前来了，曹彬忙饬令各军，列阵应敌。嗣又有探马报道："契丹太后萧氏及少主隆绪，尽发国中精锐，前来接仗了。"选用探语，笔亦惊人。这一惊非同小可，顿令宋营将士，无不失色。曹彬与米信商议道："我看全营兵士，已疲乏极了，粮又将尽，如何当得起大敌？不如见机回军罢！"米信道："见可而进，知难而退，这是行军要诀，将军何必多疑？"彬乃下令退师，为这一退，顿使全营兵马不复成列，一哄儿向南飞奔。曹彬称为良将，乃忽进忽退，并无主宰，我殊不解。耶律休哥闻宋军已退，出兵追来，至岐沟关，追着宋军，宋军已无心恋战，勉勉强强的返旆交锋。无如用兵全仗作气，气已疲馁，万万振作不起，况耶律休哥部下，本是强壮得很，兼且养精蓄锐，盛气杀来。看官！试想这困顿劳饿的宋军，哪里支撑得住？战不数合，仍旧返奔。曹彬、米信不能禁遏，也只好随势退却，沿途弃甲抛戈，不可胜数，好容易奔至沙河，才觉追兵已远，大众濒河休息，埋锅造饭，准备夜餐。忽又听得战炮连天，契丹兵从后追到，彬与信不敢再战，弃食忍饥，渡河南走。宋军渡未及半，敌兵已经杀至，把宋军乱劈乱斫，差不多似削瓜切菜，可怜这班宋军，一半儿杀死，一半儿溺死，河中尸首填满，水俱为之不流。所有抛弃战仗，积同丘壑，均被契丹兵搬去。萧太后母子两人，统兵到了沙河，与休哥会着，见休哥已经大捷，很是喜慰。休哥请乘胜南追，杀至黄河以北，方才回军。萧太后道："盛暑不便行军，宋师正犯此忌，所以败绩，我军何可蹈他覆辙？不如得胜回朝，俟至秋高马肥，再行进兵便了。"言已，即命班师还燕。封休哥为宋国王，改遣耶律斜轸调集生力军，再行南下不提。

且说曹彬等逃至易州，计点兵士，伤亡大半，只好拜本上奏，自行请罪。太宗览奏，懊丧得很，乃下诏召还曹彬、米信及崔彦进等还京，令田重进屯定州，潘美还代州，徙云、应、朔、寰四州吏民，分置河东、京西。各路布置尚未妥帖，契丹将耶律斜轸已率兵十万，至定安西。知雄州贺令图自恃骁勇，选兵出战，哪禁得敌兵势盛，徒落得一败涂地，拚命逃回。斜轸进攻蔚州，贺令图急乞师潘美,美率军往援,与令图再行进兵,到了飞狐,正遇斜轸兵,与战又败,于是浑源、应州诸守将,统弃城南走。斜轸乘胜入寰州,杀守城吏卒千余人。潘美既败绩飞狐,退至代州,再议出兵保护云、朔诸州。副将杨业入谏道:"今虏兵益盛,不应与战,战亦难胜。朝廷止令徙数州吏民,入居内地,我军但出大石路,先遣人密告云、朔州守将,俟大军离代州时,云州吏民,即可先出,我师进次应州,虏兵必来拒战,那时朔州吏民,也可乘间出城,我军直入石竭谷,遣强弩千人,陈列谷口,再用骑师援应,那时三州吏民,可保万全,强虏亦无从杀掠。"潘美闻言,不免沉吟。旁边闪出护军王侁,阻挠业议,大声道:"我军多至数万,乃畏懦如此,岂非令人耻笑?为今日计,竟趋雁门北川中,鼓行前进,堂堂正正的与他交战一场,未必定他胜我败。"业摇首道:"胜败虽难逆料,但他已两胜,我已两败,倘或再至挫衄,后事更不堪设想了。"这是知己知彼之言。侁冷笑道:"君侯素号无敌,今逗挠不进,莫非有他志不成?"小人之口,真是可畏。业愤然道:"业何敢避死,不过因时尚未利,徒令杀伤士卒,有损无益。护军乃疑我有贰,业当为诸公先驱,须知业非怕死哩。"遂号召部兵,准备出发。临行时,向潘美涕泣道:"业本太原降将,应当早死,蒙皇上不杀,擢置连帅,交付兵柄,业并非纵敌不击,实欲伺便立功,藉报恩遇,今诸君责业避敌,业尚敢自爱么?业此去,恐不能再见主帅了。"美闻言,哼了一声,复装着笑脸道:"君家父子,均负盛名,今乃未战先馁,无怪令人不解。汝尽管放胆前去,我当前来救应。"业复道:"虏兵机变莫测,须要预防,此去有陈家谷,地势险峻,可以驻守,请主帅遣兵往驻,俟业转战到此,即出兵夹击,方可援应,否则恐无遗类了。"潘美复淡淡的答道:"我知道了。"只此四字,已见妒功害能口吻。杨业乃率兵自石跌口出发,延玉、延昭随父同行,途遇契丹兵,当即杀上。耶律斜轸稍战即走,业挥兵赶去,沿途多是平原,料无伏兵,只管尽力穷追。斜轸且战且行,诱至中途,放起号炮,四面伏兵,如蜂而至。斜轸又还兵前战,把业兵困住垓心,业带领二子,舍命冲突,硬杀出一条血路,退趋狼牙村,兵士已丧亡过半。那敌兵尚不肯舍,一齐追来,业只得驱兵南奔,自己断后。战一程,退一程,好容易到陈家谷口,眼巴巴的望着援军,哪知谷中并无一人,忍不住恸哭道:"这遭死了!"延玉、延昭亦涕泣不止。业复道:"父子俱死,也是无益,我上受国恩,下遭时忌,舍死以外,更无他法,你两人可自寻生路,返报天子,须知我忠信见疑,为人所卖,若蒙皇恩昭雪,我死亦瞑目了。"延玉道:"儿愿随父亲同死,不愿逃生。"业摇头不答。延昭语延玉道:"潘帅已应允来援,就是不到陈家谷,也总可以出师,兄弟且保护父亲,据住谷口,我前去乞援,若得请兵到来,尚可父子俱全呢。"计议已定,契丹兵已经杀到,万弩齐发,箭如雨点。延昭慌忙走脱,已是流矢贯臂,鲜血淋漓,他也不遑裹创,飞马乞援去了。业与延玉,尚率麾下血战,延玉身中数十矢,忍痛不住,哭对乃父道:"儿去了,不能保护父亲。"说至"亲"字,口吐狂血,晕绝身亡。业见延玉已死,好似万箭攒胸,回顾手下,已不过数百人。便流泪与语道:"汝等都有父母妻孥,与我俱死,有何益处?快各自逃生,回报天子罢!"可悲可悯,阅至此处,怪不得坊间小说,唾骂潘美。各将士也流涕道:"生则俱生,死则俱死,我等怎忍舍割将军?"业乃拚死再战,尚手刃胡兵数十百人,身上也受数十创,反觉得麻木不仁,不知痛痒,无奈马亦负伤,不能再进,没奈何暂避林中。契丹将耶律希达望见袍影,用强弩射来,正中马腹,马仆地上,业亦随堕。契丹副部署萧挞览纵马抢入,把业捉去。业部下均战死,无一生还。契丹兵拥业至胡原,见道旁有一石碑,上书"李陵碑"三字,业不禁长叹道:"主上待我甚厚,我本思讨贼扞边,上报主恩,今为奸臣所迫,兵败成擒,尚有何面目求活呢!"又大呼道:"宁为杨业死,毋为李陵生。"两语不见史传,系作者借杨业口中警醒后世。呼毕,遂向碑上撞将过去,头破脑裂,霎时毕命。后人有诗咏杨业道:

    矢尽兵亡战力摧,陈家谷口马难回。
    李陵碑下成忠节,千载行人为感哀。

  业已撞死,究竟潘美是否出援,待小子下回叙明。

  宋初健将,首为曹彬,其次莫如潘美,然彬谦仁有余,智勇不足,岐沟之败,误在不智,又误在不勇。勇者非浪战之谓也,遇事有断,是谓之勇。宋太宗既成彬轻进矣,彬应持重以待,毋惑歧谋,乃遽信诸将之言,引兵深入,裹粮三日,行军五月,以为行险徼幸之计,及闻敌军大至,遽尔骇退,谓非不勇得乎?若潘美则更不足道矣,杨业骁将也,久历行阵,匪惟勇号无敌,即料事度势,亦有先见之明,美乃不信其言,反误信一伎刻之王侁,卒至孤军应敌,力竭身亡,侁之罪固不容诛,美之罪亦岂可逭?后人悯业嫉美,至生出种种讹传,目潘美为大奸,虽属言之过甚,然究非尽出无稽,以视曹彬之不伐不矜,相去尤远甚焉。故有识者尝为之叹曰:"北宋无将!"

第十八回 张齐贤用谋却敌
    尹继伦奋力踹营

  却说潘美遣业出师,本与王侁等随后为援,趋至陈家谷口,列阵以待,自寅至已,不得业报,令人登托逻台遥望,毫无所见。美未免怀疑,王侁却入禀道:"杨业如或败退,必有急报,乃许久不得消息,大约已杀败敌兵,主帅何不赶紧上前,趁势图功哩?"美踌躇半晌,方道:"且再待一二时,才定行止。"侁退出后,语众将道:"此时不去争功,尚待何时?我却要先去了。"写尽忮求情态。言已,遂自率部兵,径出谷口。众将亦争功心急,跃跃欲动,美不能制,也只得随行。身为闉帅,乃不能制取诸将,乌得谓为无罪?遂沿交河西进,行二十里,忽见王侁领兵退回。美问明缘由,侁答道:"杨业已败,契丹兵猖獗得很,恐不可当,因此驰回。"美听到此言,也不觉惊慌,索性麾兵退归。把陈家谷的预约竟致失记,一直退至代州去了。明明是陷业死地,不愿践约。业失援败死,边境大震。云、应、朔诸州的将吏,都弃城遁去,眼见将三州疆土,复送契丹。这种警耗,传达宋廷,太宗恨失边疆,悼丧良将,分别旌诛,下诏宣示道:

执干戈而卫社稷,闻鼓鼙而思将帅,尽力死敌,立节迈伦,不有追崇,曷张义烈。故云州观察使杨业,诚坚金石,气激风云,挺陇上之雄才,本山西之茂族,自委戎乘,或资战功,方提貔虎之师,以效边陲之用,而群帅败约,援兵不前,独于孤军陷于沙漠,劲果森厉,有死不回,求之古人,何以加此!是用特举徽典,以旌遗忠,魂而有灵,知我深意,可赠太尉大同军节度,赐其家布帛千匹,粟千石。大将军潘美,坐失良将,监军王侁,贻误戎机,国有明刑,应寘重典,姑念立功于前日,特从末减于今时。美降三官,侁即除名,以示惩儆。此诏!

业子延昭,至代州乞援,潘美尚靳不发兵,业已早死,延昭大恸一场,上表奏闻。太宗召令还京,任为崇仪副使,并追赠延玉官阶。还有业子延浦、延训,俱授供奉官,延环、延贵、延彬,并为殿直,杨氏一门,均承余荫,业总算不虚死了。

曹彬、米信等回京,诏就尚书省讯鞫,令翰林学士贾黄中等定谳,责他违诏失律,均应坐罪,降彬为右骁卫上将军,信为右屯卫上将军。余如崔彦进以下,贬黜有差。惟田重进全军不败,李继隆所部,亦成列而还,两人不复加罪,且任重进为马步军都虞侯,继隆为马军都虞侯,兼知定州。又以代州关系紧要,杨业已死,须择另任,适张齐贤上书言事,忤太宗意,太宗遂命他出知代州,与潘美同领军务,加意防边。齐贤文臣,乃忤上意调边,太宗仍不免怀私,幸彼文能兼武,后且用计却敌,边塞得安,否则宁尚有幸耶?是年仲冬,契丹主隆绪又随萧太后统兵入寇,用耶律休哥为先锋都统,率兵十万,浩浩荡荡,杀奔前来。瀛洲部署刘廷让,即第九回之刘光义,因避太宗讳,改名廷让。闻契丹出师,约同边将李敬源、杨重进等,集兵十万人,沿海北赴,将乘虚进袭燕地。计非不佳,可惜遇着耶律休哥。耶律休哥正防他这着,随处派探骑侦查,一闻侦报,即往扼要

第十八回　张齐贤用谋却敌　尹继伦奋力踹营

隘。廷让等到了君子馆,天甚寒冷,士卒手皆皴瘃,连弓弩都不能开张,哪知耶律休哥正因这寒冻时候,攻他不备,掩杀过来。廷让等慌忙对敌,怎奈朔风冽冽,黑雾沉沉,兵士都无斗志,相率溃散。契丹兵素性耐寒,更仗着一股锐气,包抄宋军,顿将廷让等围住。廷让尝分兵给李继隆,令为后援,偏继隆退保灵寿,并不往救。都是顾己不顾人。廷让待援不至,只得与李敬源、杨重进两人,冒死突围,待至血路杀出,敬源、重进都负重伤,倒毙地上。廷让带着数骑,飞马奔逃,才得保全性命。

　　休哥得了胜仗,遂进图雄州,私遣贺令图书,并重锦十两,但说:"自己得罪本国,情愿归顺南朝,请足下代为先容,当约期归降。"令图深信不疑,休哥已得胜仗,就使一个笨伯,也应知他是诈降计,令图信为真言,大约是利令智昏之故。复书约休哥相会。休哥大喜,即带兵至雄州,距十里下寨,遣原使走报令图,与约相见。令图意欲擅功,也不与将校商议,竟引数十骑往迎。既至休哥营内,休哥据胡床高坐,厉声骂道:"你好经营边事,今乃送死来么?"确是送死。喝令左右拿下。令图懊恨不迭,还想指挥从骑,与他对抗。看官!试想羊落虎口,哪里还能挣脱?所有从骑,立被杀尽,单剩令图一人,赤手空拳,自然被他擒住,槛送燕都,一刀了事。休哥遂乘胜南驱,连陷深、邢、德三州,杀官吏,俘士民,把城中子女玉帛,尽行掠取,辇载而归。贺怀浦于杨业战死时,已先败殁,一年中父子皆死,时人统说他贪功启衅,致有此报。

　　话休叙烦。且说耶律休哥南下略地,势如破竹,即乘势进薄代州。副部署卢汉赟,畏懦得很,只主张固守,不敢出战,知代州张齐贤奋然道:"胡骑充斥城下,志骄气盈,须用计破他一阵,才好保全代州,若一被围攻,转眼间粮尽食空,尚能保壁自固么?"时潘美驻师并州,齐贤遂遣使往约,夹击敌兵。美得报,即令原使返报齐贤,准如所约。不料使人被敌骑拿去,齐贤尚未得知,日夕盼望回音。嗣得潘营来使,递上密书,内称:"前日复函,谅应接洽,本即践约,出师柏井,奈今得密诏,据云东路失败,只应慎守汛池,不得妄发,现部众已退还并州了。"齐贤道:"潘将军前日答复,我处并未接到,想使人已陷没敌中,但敌知潘来,不知潘退,我当设法退敌便了。"遂留住美使,令居室中,自选厢军二千,涕泣与语,并诈言潘军将到,两下夹攻,不怕敌军不退。军士闻言,各感愤得很,誓效死力。齐贤复乘夜发兵二百人,令各持一帜,负一束刍,潜往州西南三十里,列帜燃刍,不得有误。二百人奉命去讫。又令步卒千人,从间道绕出,往伏土镫寨,掩击敌兵归路,步卒亦去。布置已定,时方夜半,齐贤竟亲率数百骑,往捣敌营。休哥倒也准备,俟宋军冲至,即开寨出战。宋军以一当百,都似生龙活虎一般,拦截不住,休哥正麾军围裹,忽见西南一带,火光烛天,恰隐隐有旗帜摇动,疑是并州兵至,当即骇走。到了土镫寨,又闻连珠炮响，伏兵杀出，箭如飞蝗，休哥不知宋军多少，但催兵急遁。契丹国舅详稳挞烈哥，详稳一译详衮，系契丹诸官府监治长官之名号，挞烈哥一译特尔格。宫使萧打里，打里一译达哩。俱中矢落马，被宋军赶上杀死。这一仗，斩首数百级，获马二千匹，所得兵械无算。直至虏兵去远，方收兵回城，时正鸡声报晓，晨光熹微了。以少胜多，全恃智谋。

太宗屡得边报，拟大发兵北伐契丹，下诏募兵，令大河南北四十余郡，八丁取一，充作义旅。京东转运使李惟清私叹道："此诏若行，天下无农夫了。"乃上疏力争，至再至三。宰相李昉等亦上言："河南人民，不知战斗，若勒令当兵，窃恐民情摇动，反为盗贼，请收回成命，免多骚扰！"太宗乃再行颁诏，独选河北，不及河南。会雍熙四年暮冬，太宗欲刷新庶政，复下诏改元端拱，于次年元旦举行。越年，即改称端拱元年，上元节届，亲耕籍田，布赦天下。赵普自任所入朝，太宗慰抚数四，留住京都。适布衣翟颖，与知制诰胡旦相狎，且令改名马周，隐以唐马周为比。复嗾使击登闻鼓，攻讦李昉，说他："赋诗饮酒，不知备边，旷职素餐，有惭鼎辅"等语。想系胡旦与昉有嫌，特借翟颖为傀儡，且窥伺上意，就边备上弹劾，旦真一险诈小人耳。太宗闻言，未免厌昉，昉即自请解职，因罢为右仆射，有诏授赵普为太保兼侍中，吕蒙正同平章事。普至是已三次入相，太宗欲重用蒙正，恐他资望尚浅，未洽舆情，特借普作为表率。普与蒙正同登相位，一系元老，一乃后进，只因蒙正秉正敢言，普也不觉折服。会枢密副使赵昌言，与胡旦、翟颖等，表里为奸，尝令翟排毁时政，且历举知交数十人，推为公辅。普察得赵、胡私情，遂与蒙正联名奏请，依法论罪。昌言遂出贬为崇信行军司马，旦谪为坊州团练副使，翟颖充戍。还有郑州团练使侯莫、陈利用以幻术得幸，骄恣不法，居处服御，僭拟乘舆。普陈他十罪，力请正法，太宗令发配商州。普仍上书请诛，太宗道："朕为万乘主，难道不能庇护一人么？"普叩首道："陛下若不诛奸幸，便是乱法，法可惜，一竖子何足惜呢？"太宗不得已，命即按诛。时利用已至商州，自恃主宠，尚是大言不惭，经朝旨到来，由商州刺史奉诏行刑；至利用伏法，又有朝使驰至，闻利用已经磔市，不由的叹息道："朝旨已令缓刑，偏我迟了一步，竟致不及，大约利用恶贯满盈，应该受诛，只我恐未免受谴哩。"原来朝使至新安，马适陷淖，及出沣易马，驰至商州，巧巧该犯戮死。汴、陕官民，都不禁拍手称快，这正叫做"天网恢恢，疏而不漏"呢。奸臣听着！

且说降王李煜、刘𨰋等，已早病殁，只故吴越王钱俶，及定难节度使李继捧，尚留京中。端拱元年八月，适遇钱俶生辰，太宗赐宴便殿，是夕暴亡。恐是中毒。独李继捧在京无事，乃弟继迁，借契丹为护符，日肆侵扰，普以继捧留京无益，且恐泄漏机密，反致有损，不如令归镇夏州，招抚继迁。太宗也以为

第十八回　张齐贤用谋却敌　尹继伦奋力踹营

然,遂召继捧入见,赐他姓名,叫作赵保忠,并厚加赏赉,遣往夏州,劝弟归诚。继捧庸懦,安能制服狡弟?纵之使归,殊为失策。隔了数日,连接三次警报,第一次是涿州失守了,第二次是祁州失守了,第三次是新乐失守了。太宗愁容满面,语群臣道:"契丹不肯收兵,时扰河朔,看来只好大举北伐哩!"赵普道:"时已隆冬,不便出师,但令边将坚壁清野,固守汛地,俟来春大举,亦尚未迟。"太宗踌躇未决,右拾遗王禹偁复上御戎策,大致在任贤修政,省官畜民,选将励士等情。有旨优答。至端拱二年正月,契丹复进陷易州,乃再诏群臣上备边策,同知贡举张洎应诏陈言,略云:

中国御戎,惟恃险阻,今自飞狐以东,皆为契丹所有,既失地利,而河朔列壁,皆具城自固,莫可出战,此又分兵之过也。请于沿边建三大镇,各统十万之众,鼎峙而守,仍命亲王出临魏府以控其要,则契丹虽有精兵,岂敢越而南侵?制敌之方,尽于此矣,幸陛下垂察!

是时,同平章事宋琪,亦已罢免相职,还任刑部尚书,再迁吏部尚书。琪籍隶幽、蓟,素知边事,亦应诏陈词,洋洋洒洒,差不多有数千言,小子录不胜录,但撮举大要云:

国家规画燕地,由雄霸路直进,陂淀坦平,贼来莫测,实属非便。若令大军会于易州,循孤山之北,漆水以西,倚山而行,援粮而进,涉涿水,并大房,抵桑乾河,出安祖寨,则东瞰燕城,才及一舍,此周德威收燕之路,下视孤垒,浃旬必克。山后八州,闻蓟门不守,必尽归降,势使然也。然兵为凶器,圣人不得已而用之,若精选使臣,不辱君命,通盟继好,弭战息民,此亦策之得也。臣每见国朝发兵,未至屯戍之所,已于两河诸郡,调民运粮,烦费苛扰,臣生居边土,习知其事,此后每逢调发,应各自赍糗粮,不劳馈运,俟大军既至,定议取舍,然后再图转饷,亦未为晚。愿加省览,采择施行!

此外如李昉、王禹偁等,亦多主张修好,毋轻用兵。太宗乃不复大举,但令边将固守要塞,以守为战。契丹闻宋不发兵,又进兵入犯,朝命知定州李继隆发真定兵万余人,护送粮饷数千乘,赴威虏军。耶律休哥侦悉,率精骑数万,邀截途中。北面都巡检使尹继伦,适领兵巡路,遇休哥军,避入林间。休哥明明瞧见,但看继伦手下,寥寥无几,不值一扫,索性由他避匿,竟自控骑南趋。骄态如绘。继伦待虏兵已过,语军士道:"狡虏欺我太甚,他明是蔑视我军,不顾而去,若得胜回来,即驱我北行,否则借我泄忿,我军将无噍类了。为今日计,不如卷旃衔枚,轻蹑敌后,他方锐气无前,断不回顾,我能出他不意,奋力战胜,尚可自立边疆;就使战他不过,殉节沙场,尚不愧为忠义,岂可泯然徒死,空做一班胡地鬼么?"军士闻言,都愤激起来,齐声应道:"敢不如命!"继伦即令秣马蓐食,俟至傍晚,饬每人各持短兵,鱼贯而行,静悄悄的走了数十里,天尚未明。继伦登高遥瞩,见前面已至徐河,契丹兵正驻营河滨,隐隐有炊烟数缕,起散天空。隔河四五里,亦有大营扎住,料知是李继隆军,便指示军士道:"虏兵想在此造饭了,我等正好杀将过去,休使他安食哩!"军士听令,即一拥上前,奔至河旁,捣入敌营。敌兵正在会食,忽见宋军杀到,也不知从何处过来,慌忙抛下饭碗,准备迎敌。哪知宋军已经闯入,当先一员大将就是尹继伦,生得面目漆黑,又带着黑盔,穿着黑甲,坐着黑马,好似一团黑云,手执亮晃晃的大刀,左斫右砍,杀死无数。契丹将皮室,出来抵御,不到三合,头已落地。契丹兵骇呼道:"黑面大王来了,快逃命罢!"继伦姓尹,未曾姓阎,为何辽人都怕他索命?顿时惊溃。宋军杀到后帐,耶律休哥方食失箸,忙转身逃走,不意右臂已被斫一刀,不由的失声叫痛,正是:

> 强中更有强中手,智将还须智将摧。

欲知休哥能否逃生,待至下回说明。

耶律休哥,为契丹良将,亦未尝无失策之时。代州被赚于张齐贤,徐河见败于尹继伦,是休哥非真无敌者,误在防边诸将,多半如贺令图,无功而思争功,不才而夸有才,死在目前,尚不及觉,乃为休哥所屠害耳。或谓以宋朝全盛之时,终不能下燕、蓟,意者由天命使然,非人力所可及。不知天定胜人,人定亦能胜天,况君相有造命之权,顾乃任将非人,竟令山前后十六州,久沦左衽耶?人谋不臧,诿之于天,天何言哉?岂为人任咎乎?

第十九回　报宿怨故王索命
　　　　　讨乱党宦寺典兵

却说耶律休哥右臂受伤,正在危急的时候,幸帐下亲卒,走前护卫,死命与宋军相搏,才得放走休哥。休哥乘马先遁,余众亦顿时散走。俟李继隆闻报,渡河助战,天色已经大明,敌兵不剩一人。继隆大喜,与继伦相见,很是叹服,至两下告别,继隆得安安稳稳的押着粮饷,运至威虏军交讫,这且按下。尹继伦因功受赏,得领长州刺史,仍兼都巡检使,契丹自是不敢深入,平居尝相戒道:"当避黑面大王。"就是耶律休哥,也不敢再来问津了。一战之威,至于如此。

第十九回 报宿怨故王索命 讨乱党宦寺典兵

越年,太宗又下诏改元,号为淳化。屡次改元,无谓之至。赵普上表辞职,太宗不许,表至三上,乃出普为西京留守,仍授太保兼中书令。原来太宗再相赵普,本为位置吕蒙正起见,普亦渐窥上意,不愿久任,且因李继捧还镇夏州,非但不能抚弟,反与继迁同谋,尝为边患。时论多谓:"纵兕出柙,由普主议。"普心愈不自安,遂称病乞休。至西京留守的诏命下来,普尚三表恳让,太宗就赐手谕道:"开国旧勋,只卿一人,不同他等,无至固让,俟首途有日,当就第与卿为别。"普捧谕涕泣,乃入朝请对,赐坐左侧,颇谈及国家事。太宗频频点首,逾时始退。普将启行,太宗亲幸普第,握手叙别。及淳化二年春日,普以年老多病,令留守通判刘昌言奉表到京,哀求致仕,乞赐骸骨。太宗遣中使驰传抚问,授普太师,封魏国公,给宰相俸;且命养疾就痊,再行赴阙相见。普感激涕零,因复力疾办公,勉图报效。怎奈衰躯尚可支持,冤累偏来缠绕,每夜梦魇,往往呼着太后娘娘,及秦王殿下,或断断忿争,或哀哀乞免。至左右唤他醒来,他尚讳莫如深,未肯明言,及朦胧睡去,又呼号如故。自是精神恍惚,梦寐不安,渐渐间形尪食少,卧病不起;每一交睫,即见秦王廷美,坐着床侧,向他索命。他无法可施,只得延请羽流,设醮诵经,上章禳谢。羽流问为何事?他又不便与说,开着眼想了一会,就从枕上跃起,索了纸笔,手书数语道:

> 情关母子,弟及自出于人谋;计协臣民,子贤难违乎天意。乃凭幽祟,遽逞强阳,瞰臣血气之衰,肆彼魔呵之厉。信周祝霾魂于鸠祈,何普巫雪魄于雉经,倘合帝心,诛既不诬管蔡,幸原臣死,事堪永谢朱均。仰告穹苍,无任祈向!

书就后,末署自己姓名,亲加密缄,令羽流向空焚祷。羽流即遵命持焚,火方及函,不意一阵狂风,吹入法坛,将封章刮起空中,疾飞而去。诸人不胜惊异。嗣有人过朱雀门,拾得一函,两旁似被火炙焦,中间尚是完固,拆开一瞧,乃是赵普祷告上天的表章,字迹依然存在,丝毫不曾毁去。且见他词句清新,情意斐亹,不由的爱不忍释,遂信口记诵;念到烂熟,传诸友人。于是一传十,十传百,把这一篇祷告文,视作圣经贤传一般,大半耳熟能详,连小子今日,尚可录述简中,作为谈助。这便是欲盖弥彰,无微不显呢。有心人幸勿作亏心事。

赵普因祷告无灵,病日加重,再解所宝双鱼犀带,遣亲吏甄潜,诣上清太平宫醮谢。道士姜道元,为普扶乩,乞求神语,但见觇笔写着道:"赵普系开国元勋,可奈冤累相牵,不能再避。"姜又叩问道:"冤累为谁?"乩笔又绘一巨牌,牌上乱书数字,多不可识,只牌末有一火字,姜不能解,转告甄潜,令返报普。普太息道:"此必是秦王廷美无疑。但渠与卢多逊勾结,事露近祸,咎岂在我,不知他何故祟我呢?"一闻火字,即知必是秦王,可见得贼胆心虚,尚说是于己无与么?言已,涕泪不止,是夕竟卒,年七十一。讣达殿廷,太宗很是震悼,语近臣道:"普事先帝,与朕故交,能断大事,向与朕尝有不足,尔等应亦深知,但自朕君临以来,他颇为朕效忠,好算得一个社稷臣,今闻溘逝,殊为可悲!"因辍朝五日,为出次发哀,赠尚书令,追封真定王,赐谥忠献。太宗亲撰神道碑铭,作八分书以为赐,并遣右谏议大夫范杲摄鸿胪卿,护理丧事,赙绢布各五百匹,米面各五百石,葬日,有司设卤簿,鼓吹如仪。

　　普少习吏事,寡学术,太祖尝劝以读书,乃手不释卷;及入居相位,每当退食余闲,辄阖户读书;次日临政,取决如流。及病殁,家人检点遗书,藏有一箧,启视箧中,并无异物,只有书籍两本。看官道是何书?乃是《论语》二十篇。普平时亦尝对太宗道:"臣有《论语》一部,半部佐太祖定天下,半部佐陛下致太平。"恐怕未必。如果身体力行,何致患得患失?太宗亦很为嘉叹。又普善强谏,太祖尝怒扯奏牍,掷弃地上,普颜色不变,跪拾以归。越日,复补缀旧纸,复奏如初,卒得太祖感悟,如言施行。太宗信用佞臣弭德超,疏斥曹彬,普力为曹彬辨诬,挽回主意。德超窜锢,彬官如旧。惟廷美冤狱,实由普一人构成,时论以此少普。普有子数人,承宗为羽林大将军,出知潭、郓二州,颇有政声,承煦为成州团练使。又有二女皆及笄,矢志不嫁,及送父归葬,自请为尼。太宗婉谕再三,终不能夺,乃赐长女名志愿,号智果大师,次女名志英,号智圆大师。两女遂自建家庵,奉佛终身。赵氏有此二女,智过乃父多矣。真宗咸平初年,复追封普为韩王,话休叙烦。

　　且说普罢相后,用张齐贤、陈恕、王沔为参知政事,张逊、温仲舒、寇准为枢密副使。沔聪察敏辩,首相吕蒙正尝倚以为重,但沔太苛刻,未免与同僚龃龉。张齐贤、陈恕与沔不和,互相疑忌。太宗罢沔、恕官,并及蒙正,即任李昉、张齐贤为同平章事,贾黄中、李沆为参知政事。嗣又用吕端参政。未几,又罢张齐贤,仍用吕蒙正。蒙正,河南人,父名龟图,曾任起居郎,平素多内宠,与妻刘氏不睦,甚至出妻逐子。蒙正流栖古寺,尝被僧徒揶揄。寺中故例,每饭必敲钟,僧众以蒙正寄食,不欲与餐,已饭乃击钟,所以"饭后钟"三字,便是蒙正落魄的古典。至蒙正贵显,未尝报怨,反厚给寺僧。又迎父母就养,同堂异室,侍奉极诚。父母相继谢世,蒙正服阕,得入为参政。有朝士指议道:"此子亦得参政么?"蒙正佯为不闻,从容趋过,同列不能平,欲究诘朝士姓名,蒙正遽摇手禁止道:"不必,不必。若一知姓名,便终身不能忘,还是不知的好。"同列相率叹服。插此一段,所以风世。及擢登相位,守正不阿,有僚属藏一古镜,拟献与蒙正,自言能照二百里。蒙正笑道:"我面不过楪子大,何用照二百里呢?"谐语有味。遂固辞不受。平居辄储一夹袋,无论大小官吏,进谒时必详问才学,书藏袋中,及朝

第十九回　报宿怨故王索命　讨乱党宦寺典兵

廷用人，即从袋中取阅，按才奏荐，所以用无不宜。太宗每有志北伐，蒙正谏阻道："隋唐数十年中，四征辽碣，民不堪命，隋炀帝全军覆没，唐太宗自运土木攻城，终归无效。可见治国大要，总在内修政事。内政修明，远人自然来归，便足致安静了。"也是知本之论。太宗颔首称善。因此蒙正为相，不闻劳师。

惟淳化四年，青神民王小波作乱，免不得调兵遣将，西向行军。原来青神系西蜀属县，蜀为宋灭，府库所积，悉运汴京。官吏治蜀，喜尚功利，往往额外征求，苛扰民间。青神县令齐元振，性尤贪惏，专务敲剥，百姓怨声载道，恨入骨髓。土豪王小波，乘机纠众，揭竿作乱，尝对众语道："贫的贫，富的富，很不均平，令人痛恨！我今日起事，并不想争城夺地，无非欲均平贫富呢。"贫民听到此语，越觉欢迎，不到数日，已集众至万人，遂攻入县城，捉住齐元振，指斥罪状，把他剖腹，挖出心肝肚肠，用钱盛入，且绑尸门外，揭示罪名。自是旁掠彭山，所在响应。西川都巡检使张玘，调众往讨，与战江原，射中小波左目，乱党败走，张玘得胜而骄，夜不戒备，谁知被小波袭击，一阵乱捣，杀死官兵无数，玘亦遇害。小波因目痛加剧，也竟毙命。乱党更推小波妻弟李顺为帅，寇掠州县，陷邛州永康军，有众数十万。越年，转陷汉、彭诸州，乘胜攻成都。转运使樊知古，知府郭载，及官属出奔梓州。李顺遂入据城中，僭号大蜀王，并遣党四出骚扰，两川大震。区区小丑，竟猖獗至此，蜀中可谓无人。

是时李昉、贾黄中、李沆、温仲舒，均已免职，改用苏易简、赵昌言参知政事，太宗因蜀乱甚炽，召集廷臣，特开会议。或请派遣大臣入川抚谕，太宗颇也许可。昌言独毅然道："潢池小丑，敢行弄兵，若非遣师急讨，如何整肃天威？且恐滋蔓难图，更宜从速进剿。"太宗乃命宦官王继恩为两川招安使，率兵西行。雷有终为陕路转运使，管理饷务，继恩等尚未到蜀，李顺已遣党徒杨广，率众数万，进逼剑门。都监上官正只有疲卒数百人，由正勉以忠义，登陴固守。杨广围攻三日，均被矢石击退。会成都监军宿翰，引兵来援，与杨广搏斗城下，正领数百骑出城，大呼杀贼，自己挺刃当先，往来击刺，锐不可当，贼众披靡，由官军前后夹攻，斩馘几尽，只剩残党三百人，奔还成都。李顺怒责杨广，说他挫损锐气，绑出斩首，又将三百人一律杀死，贼众多半不服，渐渐内溃。顺再遣众攻剑门，那时王继恩已从剑门驰入，长驱至研石寨，杀退贼众，斩首五百级，逐北过青疆岭，平剑州，进攻柳池驿，又大破贼众。李顺闻北路失败，拟向西路进攻，遂驱众围梓州。知梓州张雍，初闻王小波作乱，即募练土卒，为城守计，一面修城凿濠，备粮缮械，专待贼党到来，果然贼众大至，差不多有十余万，猛扑城濠。雍率练兵三千人，悉力守御，无隙可乘。相持至两月有余，贼众已是疲敝，守卒尚有余勇。又由王继恩遣将赴援，李顺知不能下，因此退去。未几，王继恩连败贼党，直捣成都。李顺尚有众十万，开城搦战,被官军一场鏖斗,杀得落花流水,狼狈不堪。顺入城死守,经官军昼夜环攻,四面缘梯,冒险登城,城遂攻破。顺尚率军巷战,被官军奋力兜拿,将顺擒住,斩首三万级,遂复成都。顺解陕伏法。

还有贼党张余,溃出城外,收集残众,复攻陷嘉、戎、沪、渝、涪、忠、万、开八州。开州监军秦傅序战死,川境复震。王继恩方奏捷汴都,中书叙功论赏,拟任继恩为宣徽使,太宗道:"朕读前代史,宦官预政,最干国纪,就是我朝开国,掖庭给事,不过五十人,且严禁干预政治。今欲擢继恩为宣徽使,宣徽即参政初基,怎可行得?"宦官不应预政,如何可以领兵?太宗若明若昧,令人发噱。参政赵昌言、苏易简等义上言:"继恩平寇,立有大功,非此不足酬庸。"昌言力主讨蜀,想受继恩运动。太宗怒道:"太祖定例,何人敢违?"金匮盟言,反可背弃么?遂命学士张洎、钱若水别议官名,创立一个宣政使名目,赏给继恩,进领顺州路防御使。继恩手握重兵,久留成都,专务宴饮,每一出游,前呼后拥,音乐杂奏,骑士左执博局,右执棋枰,整日荒戏,恣行无忌。仆使辈骄盈横暴,淫妇女,掠玉帛,任所欲为。小人得志,往往如此。州县遣人乞救,置诸不理。贼目张余,势焰大张,比李顺尤为猖獗,事为太宗所闻,亟命同知京事张咏出知益州。益州就是成都府,因李顺乱后,降府为州。咏既至蜀,邀集上官正、宿翰等,晓他大义。正与翰甚为感动,誓扫余贼,乃即日出师,临行时,咏又举酒相饯,遍及军校,涕泣与语道:"尔辈受国厚恩,此行得荡平丑类,朝廷自有旌赏。若老师旷日,坐误戎机,就使归还此地,亦不能相贷,恐也难免一死哩。"军校唯唯而去。咏复亲自下乡,晓谕百姓,各安生业,毋得从盗。且传语道:"前日李顺胁民为贼,今日我化贼为民,可好么?"又探得城中屯兵尚有三万人,无半月粮,民间旧苦盐贵,仓廪却有余积,乃采盐至城,令民得用米易盐。不到一月,得米数十万斛,兵民咸安。并礼士举贤,理刑恤狱,遐迩讴歌,益州大治。理乱之分,全在官吏。上官正、宿翰等,用兵屡捷,所失州县,次第克复。张余退走嘉州,被官军中途追及,一鼓擒来,蜀寇乃平。太宗即召王继恩还都,留雷有终、上官正为两川招安使,并下诏罪己,自言:"委任非人,致有此乱,此后当慎用官吏,与民更始"云云,由是蜀民大悦。小子有诗咏道:

　　掖庭贱役任檀车,纵有微功宁足夸?
　　幸得一麾循吏去,两川士庶始无哗。

蜀事就绪,西夏又复入寇,待小子下回再表。

宋初功臣,不止一普,而普之功为最大。即其挂人清议也亦最多:陈桥之变,普尝典谋,为太祖成不忠不义之名者,普也;廷美之狱,普实主议,为太宗成不孝不友之名者，亦普也。夫陈桥受禅，隐关气运，定策佐命者实繁有徒，尚得以天与人归为解，廷美之狱，太宗犹畏人言，普乃谓太祖已误，陛下不容再误，而大狱遂由是构成。试问前日金匮之盟，谁为署尾？如以兄终弟及为非，何不谏阻于先，而顾忍背盟于后耶？及普之临殁，冤累相随，正史稗乘中，俱叙述及之，此虽未足尽信，然即幻见真，无冤不报，安在其全出子虚乎？二女为尼，未始非由激而成。本回独详叙普死，所以揭阴私，垂炯戒也。彼夫西蜀之乱，宿将尚多，乃独任阉人为将，吾不知太宗是何居心？幸乱民乌合，尚易荡平，否则不蹈唐季覆辙者几希矣。至叙功论赏，乃反斤斤于一字之辨，改宣徽为宣政，夫宣徽不可，宣政其可乎？厥后童贯、梁师成之祸，实自此贻之，法之不可轻弛也，固如此哉！

第二十回　伐西夏五路出师
　　　　立新皇百官入贺

　　却说李继捧还镇夏州，不到数月，即上言继迁悔过，情愿投诚，太宗遂任继迁为银州刺史。其实继迁并无降意，不过借此休息，为集众计。过了一年，即招继捧叛宋，约同寇边。继捧不从，继迁反进攻继捧，亏得继捧有备，将他击败，流矢中继迁身上，继迁飞马遁去。嗣复入寇夏州，继捧上表乞师，太宗遣翟守素往援，复为继迁侦悉，恐势不能敌，又与继捧讲和，令代为谢罪。继捧是个优柔寡断的人物，又替继迁上书宋廷，只说是："决计归款，誓改前非。"恋情骨肉，心尚可原。有诏授继迁为银州观察使，赐姓赵，名保吉，并用他子德明为管内蕃落使行军司马。既而继迁又胁诱继捧，令降服契丹，可封王爵，继捧也觉心动，复告继迁，词涉模棱。继迁即向契丹代请，果得契丹封册，命继捧为西平王。富贵动人。转运副使郑文宝，闻继迁狡诈，设法预防，查得银、夏一带，旧有盐地，每岁产盐颇巨，继迁得收为己利，文宝令归官卖，不得私占。继迁失一利源，甚是愤恨，遂率边人四十二族，寇掠环州，大为边害。嗣又欲徙绥州民至平夏，即夏州，唐时党项居夏州者号平夏部，故名。部将高文岯等不愿转徙，反抗继迁，竟将继迁逐去。继迁复纠领部众，入攻堡寨，掠居民，焚积聚，进寇灵州。太宗闻继迁兄弟，同谋叛逆，立命李继隆为河西都部署，调兵往征。继隆奉命，即带领数千骑，向夏州进发。继捧闻继隆且至，先挈母妻子女，屯营郊外，且上言与继迁解怨，献马五十匹，乞即罢兵！太宗览奏微笑道："两竖反复无常，朕岂常受他诳么？"当下遣中使传谕继隆，令即进师，且授以密计。继隆遂贻书继捧，相约会师，往讨继迁。一面又与继迁书，令同讨继捧。继迁竟夜袭继捧营,继捧方寝,不意继迁杀至,忙从帐后逃出,孑身还城。指挥使赵光嗣,诱继捧入别室,把他禁锢起来,用兵守着,当即开城迎继隆军。继隆入城,即将继捧羁入囚车,押送京师。又率军往讨继迁,继迁遁去。继捧到汴,待罪阙廷,由太宗诘责数四,继捧叩首谢罪,有诏特赦,授右千牛卫上将军,封宥罪侯,赐第都中,并削赵保吉姓名,隳夏州城,迁民居至绥银,饬兵固守。

继迁又献马谢罪,并遣弟延信入觐,把那违叛事情,尽推在继捧身上。太宗却温言慰谕,抚赉甚厚,复遣内侍张崇贵,招谕继迁,并赐茶药器币衣物。淳化五年冬季,复命于次年改元至道。至道元年,继迁遣押牙张浦,贡献良马橐驼,适卫士校射后圃,太宗令张浦往观,卫士皆拓两石弓,且有余力。射毕,太宗问浦道:"你看我朝卫士,艺力如何?"浦答道:"统是矫矫虎臣。"太宗复道:"羌人敢对敌否?"浦又答道:"羌部弓弱矢短,但见这长大人物,已是畏避不遑,还敢出来对敌么?"无非贡谀。太宗大喜,遂命浦为郑州团练使,留居京师。另遣使持诏拜继迁鄜州节度使。继迁佯不敢受,上表固辞,且言:"郑文宝诱他部属,屡加逼迫。"太宗为弛盐禁,且贬文宝为蓝山令。徒示以弱,反启戎心。看官!你想这刁狡万分的李继迁,威不足惩,恩不足劝,怎肯为这区区羁縻,甘心降服?静养了好几月,竟率千骑攻清远军。幸守将张延,预先戒备,设伏要路,一俟继迁兵到,即发伏出击,杀死敌骑三五百名,继迁慌忙遁去。

越年,太宗命洛苑使白守荣等护送刍粟四十万,出赴灵州,嘱令辎重分作三队,丁夫持弓箭自卫,士卒布着方阵,步步为营,遇敌乃战,才可无失。复令会州观察使田绍斌,率兵援应。谁知守荣不遵谕旨,并作一运,绍斌也未尝往援,辎重到了浦洛河,竟被继迁邀击,军士逃命要紧,还管什么粮饷,那四十万刍粟,都被继迁部下抢掠一空。太宗闻报,拿问守荣、绍斌,按律治罪,即命李继隆为环庆州都部署,再讨继迁。

会值四方馆使曹璨,即彬之子。自阿西还汴,上言:"继迁率众万余,围攻灵武,城中上书告急,偏使人被继迁捉去,因此消息隔绝,请速发兵救解,方保无虞。"太宗又下枢臣复议。时吕蒙正又罢相,用参政吕端继任,端请分道出师,由麟府、鄜延、环庆三道,会攻平夏,直捣继迁巢穴,不怕继迁不还顾根本,灵武自可解围。此即孙膑击魏救赵之计。太宗也以为是,但主张五路出师,与吕端大同小异。或言时将盛暑,兵士涉旱海,无水泉,沿途饥渴劳顿,不能无失,还不如缓日出师。太宗怒道:"寇犯边境,畏暑不救,若寇入内地,难道也听他进来么?况现当孟夏,时尚清和,不速发兵,更待何时?"乃诏令李继隆出环州,丁罕出庆州,范廷召出延州,王超出夏州,张守恩出麟府,五路进讨,直趋平夏。继隆以环州道迂,拟从清冈峡出师,较为便捷,遂遣继和驰奏,自率部兵万人，径从清冈峡出发。太宗得继隆奏报，召见继和，厉声呵责道："汝兄不遵朕言，必致败事，朕嘱他出发环州，无非因灵武相近，欲令继迁闻风解围，驰还平夏，汝速回去，与汝兄说明朕意，毋得违旨获罪！"宋臣多违上命，也是主权旁落之故。继和奉旨亟返，那时继隆已去得远了。

继隆出清冈峡，与丁罕合兵，续行十日，不见一敌，竟引军回来。张守恩与敌相遇，不战即走。独范廷召与王超两军行至乌白池，遥见敌兵蜂拥前来，超语廷召道："敌势甚锐，我军宜各守营寨，坚壁勿动，免为所乘。"廷召应诺，遂彼此依险立营，饬军士不准妄动，遇有敌兵，只准射箭，不准出战。约过一时，继迁督众到来，左右分攻，均被射回，相持至一昼夜。超子德用，年方十七，随父从军。入禀父前道："敌兵虽盛，不甚整齐，儿愿出营一战。"超怒道："你敢违我军令么？"德用道："儿非有意违命，但我不出战，他未肯退，此地转饷艰难，不应久持，还是杀将出去，把他一鼓击退，我等方可从容班师。"超沉吟半晌，方道："且再待半日，俟他锐气少衰，才可得利。"德用乃待至日昃，请得军令，挺身杀出。继迁倒也一惊，嗣见先驱为一少年，欺他轻弱躁率，即分兵两翼，来围德用。德用执着一枝银枪，盘旋飞舞，枪锋所至，无不倒毙，继迁方觉得是个劲敌，率锐与搏。哪知王超又来接应，还有廷召营中，亦发兵夹击，眼见得继迁不支，向北遁去。德用驱军追赶，行至中途，继迁又回军再战，三战三北，方麾众远飏。确是一个剧寇。王超鸣金收军，德用乃回。次日还师，德用道："归师遇险必乱，应整饬军行，休为虏袭。"此子才过乃父。超与廷召，均以为然，乃令德用开道，所经险阻，侦而后进。且下令军中道："乱行者斩！"全军肃然。继迁本预遣轻骑，散伏要途，及见宋军严阵而归，才不敢逼。王超、范廷召两军，退回汛地，没甚死伤。

只继迁抗命如故，太宗再议往征，可奈历数将终，皇躬不豫，免不得舍外图内，筹及国本问题。先是至道改元，适开宝皇后宋氏崩，太宗不成服，连群臣亦不令临丧。翰林学士王禹偁，代为不平，尝对同僚语道："后尝母仪天下，应遵用旧礼为是。"太宗闻知此语，说他谤上不敬，谪知滁州。自己不忠不敬，还要责人，太宗之心术，尚堪问耶？会廷臣冯拯等疏请立储，太宗又斥他多事，贬置岭南。嗣是宫禁中事，无人敢言。寇准因抗直遭谗，出知青州，嗣复由青州召还，正当太宗足疾，褰衣示准道："朕年衰多疾，今又病足，奈何？"寇准道："臣非奉诏命，不敢到京，既已到此，窃有一言上达陛下，幸陛下采纳！"太宗问是何言？寇准遂说出"立储"二字。太宗道："卿试视朕诸子中，何人足付神器？"准答道："陛下为天下择君，不应谋及近臣，尤不应谋及妇人中官，总求宸衷独断，简择得宜，就可付托无忧了。"太宗俯首细思，想了好一歇，乃屏去左右，密语寇准道："襄王可好么？"准又答道："知子莫若父，圣意既以为可，请即决定。"寇准两对太宗,足为君主国良法。太宗点首称善。原来太宗长子元佐,病狂致废,次子就是元佑,与元佐同母所生,迭见前文。端拱元年,受封襄王,嗣复晋封寿王。自寇准奏对后,太宗已决计立储,遂于至道元年八月,立寿王元佑为皇太子,改名为恒,大赦天下。太子既立,庙见还宫,都下士民,遮道欢呼,齐称他是少年天子。太宗闻知,反滋不悦,召寇准入见,与语道:"人心遽属太子,将置我何地?"准再拜称贺道:"这是社稷的幸福呢!"太宗不觉感悟,入语后嫔,都相率称庆。太宗益喜,复出赐准饮,尽欢乃罢。诏命李沆、李至并兼太子宾客,并嘱太子以师傅礼事二李。太子每见二人,必先下拜,沆与至上表辞谢,太宗不许,手谕二李道:

> 朕旁稽古训,肇建承华,用选端良,资于辅导。藉卿凤望,委以护调,盖将勖以谦冲,故乃异其礼数。勿饰当仁之让,副予知子之心!特此手谕。

二李复相偕入谢,太宗又面谕道:"太子贤明仁孝,足固国本,卿等可尽心规诲,有善应玄,有过应规。至若礼乐诗书,系卿等素习,不烦朕絮嘱了。"二李叩首而退。太子年逾弱冠,姿禀聪明,相传母妃李氏,夜梦尝用裾承日,因此有娠。及产生后,左足指纹,成一天字。此皆史臣谀颂之辞。五六岁时,与诸王嬉戏,好作战阵,自称元帅。又尝登万岁殿,上升御座。太宗尝手抚儿顶,笑颜问道:"这是皇帝的宝座,儿也愿做皇帝么?"太子即答道:"天命有归,孩儿亦不敢辞。"太宗暗暗称奇。既而就学受经,一览即能成诵。至是立为储贰,入居东宫。越二年三月,太宗寝疾,渐即弥留。宣政使王继恩,忌太子英明,阴与李昌龄、胡旦等,谋立故楚王元佐。后令王继恩召吕端,端料有变故,佯邀继恩入书阁中,秘密与商。至继恩既入,他竟出户反键,将继恩锁置阁内,自己匆匆入宫,谒见皇后。后涕泣与语道:"宫车已晏驾了!"吕端也为泣下。即又问道:"太子何在?"后复道:"立嗣以长,方谓之顺,今将若何?"端收泪正色道:"先帝立太子,正为今日,怎敢再生异议?"后默然无语。端即嘱内侍往迎太子,待太子到后,亲视大殓,即位枢前。越日,奉太子登福宁殿,垂帘引见群臣。端平立殿阶,不遽下拜,请侍臣卷帘,升殿审视,然后退降殿阶,率群臣拜呼万岁,是为真宗皇帝。尊母后李氏为皇太后,晋封弟越王元份为雍王,吴王元杰为兖王,徐国公元偓为彭城郡王,泾国公元偁为安定郡王,季弟元俨为曹国公,侄惟吉太祖孙。为武信军节度使。追复涪王廷美为秦王,追赠兄魏王德昭为太傅,岐王德芳为太保,复封兄元佐为楚王,加授同平章事,吕端为右仆射,李沆、李至并参知政事,册继妃郭氏为皇后。真宗元配潘美女,端拱元年病殁,继聘郭氏,系宣徽南院使郭守文二女,郭氏为后,元配潘氏，亦追给后号，谥庄怀，复追封生母李氏为贤妃，进上尊号为元德皇太后，葬先考大行皇帝于永熙陵，庙号太宗，以明年为咸平元年。总计太宗在位二十二年，改元五次，寿五十九岁，小子有诗咏宋太宗道：

> 寸心未许乃兄知，虎步龙行饰外仪。
> 二十二年称令主，伦常缺憾总难弥。

欲知真宗初政，且至下回再详。

李继迁一狡虏耳。待狡虏之法，只宜用威，不应用恩，田仁朗欲厚啖酋长，令图折首，张齐贤议招致蕃部，分地声援，二说皆属可行，而尚非探本之论。为宋廷计，应简择良将，假以便宜，俾得联络蕃酋，一鼓擒渠，此为最上之良策。乃不加挞伐，专务羁縻，彼势稍戢则托词归阵，力转强即乘机叛去，至若至道二年之五路出师，李继隆等不战即还，王超、范廷召虽战退继迁，亦即回镇，彼殆视庙谟之无成算，姑为是因循推诿，聊作壁上观乎？然威日堕而寇且日深矣！若夫建储一事，为君主国之要典，太宗年近周龄，犹未及此，且怒斥冯拯诸人之奏请，何其疏也？幸寇准片言决议，主器有归，于是王继恩不得逞私，吕端得以持正，闭寺人于阁中，觐真主于殿上，人以是美吕司空，吾谓当归功寇莱公，曲突徙薪，应为上客，若迟至焦头烂额，不已叹为无及乎？

第二十一回　康保裔血战亡身
　　　　　　　雷有终火攻平匪

却说真宗即位，所有施赏大典，已一律举行，只王继恩、李昌龄等谋立楚王，应该坐罪，特贬昌龄为行军司马，王继恩为右监门卫将军，安置均州，胡旦除名，长流浔州。到了改元以后，吕端以老疾乞休，李至亦以目疾求罢，乃均免职，特进张齐贤、李沆同平章事，向敏中参知政事。越年，枢密使兼侍中鲁公曹彬卒。彬在朝未尝忤旨，亦未尝言人过失，征服二国，秋毫无取，位兼将相，不伐不矜，俸禄所入，多半赒济贫弱，家无余资。病亟时，真宗亲往问视，询及契丹事宜。彬答道："太祖手定天下，尚与他罢战言和，请陛下善承先志。"真宗道："朕当为天下苍生计，屈节言和，但此后何人足胜边防？"彬又答道："臣子璨、玮，均足为将。"内举不避亲，不得谓曹彬怀私。真宗又问二子优劣，彬言璨不如玮。知子莫若父。真宗见他气喘吁吁，便不与多言，只宣慰数语而出。及彬殁，真宗非常痛悼，赠中书令，追封济阳王，谥武惠。又越年，太子太保吕端卒。端为人持重，深知大体。太宗用端为相时，廷臣或说他糊涂，太宗道："端小事糊涂，大事不糊涂。"后来锁阁定策，卒正嗣君，果如太宗所言。至端已病剧，真宗也亲自慰问，抚劳备至，殁赠司空，谥正惠。亦可谓二惠竞爽。一将一相，详叙其卒，无非阐扬令名。咸平二年十月，契丹主隆绪，复大举入寇，镇定高阳关都部署傅潜，拥兵八万余人，畏懦不前，闭营自守。将校等请发兵逆战，潜勃然道："你等欲去寻死么？好好的头颅，被人家斫去，有何趣味？"贪生畏死，口吻毕肖。将校道："敌骑深入，将来攻营，请问统帅如何对待？"潜索性大骂道："一班糊涂虫，全不晓得我的苦心，我欲保全你等的性命，所以主守不主战，奈你等定要寻死，死在虏手，不如死在我的刀下。若再道半个战字，立即斩首！"一味蛮话，全无道理。将校等拗他不过，忿忿趋出。适值副将范廷召到来，大众遂向他谈及，并述潜言，廷召道："且待我入见，再作计较！"及廷召进去，傅潜已料他前来请战，装着一副伊齐面孔，与廷召相对。廷召行礼毕，未曾坐定，即开口道："大敌到来，总管从容坐镇，大约总有退敌的妙计。"潜乃淡淡的答道："我主守不主战，此外要用甚么法儿？"廷召道："可守得住么？"潜又道："你又来了，敌势甚大，不应轻敌，总是守着为是。"廷召道："据廷召想来，公拥兵八九万，很足一战，今日即应发兵，出扼险要，与敌对仗，但教一鼓作气，士卒齐心，定能得胜。"潜只是摇首。廷召不禁大忿道："公恇怯至此，恐还不及一老妪呢！"言已，也不及告别，竟自趋出，遇着傅潜部下都钤辖张昭允，便与语道："傅总管这般怯敌，恐边防有失，朝廷必加谴责，连你也难免罪呢！"隐伏下文。昭允道："现正有廷寄到来，饬本部发兵，昭允正要进报，想总管也不好逆旨了。"廷召乃让昭允进去，自己出外候信。昭允入见傅潜，捧递朝旨，潜接阅后，语昭允道："朝廷亦来催我出师，莫非由诸将密奏不成？须知敌势方强，若一战而败，转足挫我锐气，所以我持重不发呢。"昭允道："朝命也是难违，请统帅酌行才是。"潜冷笑道："范廷召正来请战。他既愿为国效力，我便拨骑兵八千，步兵二千，凑足万人，令他前去拒敌便了。"挟怨陷人，其情如见。昭允奉令趋出，报知廷召。廷召道："敌兵闻有十余万，我兵只有万人，就使以一当十，也恐不敷，这是明明叫我替死。"说到死字，竟大踏步趋入里面，大声语潜道："总管要我先驱，我食君禄，尽君事，怎敢不去？但万人却是不够，应再添发三五万人，方足济用。"潜佯笑道："将在谋不在勇，兵贵精不贵多，况你为前茅，我为后劲，还怕甚么？"廷召道："公果来作后援么？"潜复道："你知忠君，我难道不晓？劝你尽管前去，我当为后应便了。"廷召乃退，自思傅潜所言，未必足恃，不如另行乞师，免致孤军陷敌。当下修书一通，遣使赍往。

看官！你道廷召向何人乞援，乃是并、代都部署康保裔，驻师并州一带，

第二十一回　康保裔血战亡身　雷有终火攻平匪

地接高阳，因此就近乞师。保裔，洛阳人，祖、父皆战殁王事，第因屡承世荫，得任武职，开宝中，<u>开宝系太祖年号，详见前。</u>尝从诸将至石岭关，战败辽兵，<u>辽于太宗时，复号契丹，故本书于太祖时称辽，太宗后称契丹，仍其旧也。</u>积功至任马军都虞侯，领凉州观察使。真宗初，调任并、代都部署，治兵有方，且生就一副血性，矢忠报国，平居对着将士，亦用大义相勉，所以屡经战阵，未闻退缩，身受数十创，血痕斑斑，不知所苦。<u>阐扬忠义，故叙述较详。</u>至是得廷召书，遂率兵万人，倍道赴援。时契丹兵已破狼山寨，悉锐深入。祁、赵、邢、洺各州，虏骑充斥，镇定路久被遮断，行人不通，保裔拟绕攻敌后，直抵瀛洲，一面约廷召夹击。哪知廷召尚未到来，敌兵却已大集，保裔结营自固，待旦乃战。到了黎明，营外已遍围敌骑，环至数重，将士入报道："敌来甚众，援兵不至，我军坐陷虏中，如何杀得出去？为主帅计，不如易甲改装，驰突出围，休使虏骑注目。俟脱围调兵，再与决战未迟。"保裔慨然道："我自领兵以来，只知向前，不愿退后，今日为虏所算，被他围住，古人说得好：'临难毋苟免'，这正是我效死的日子哩。"当命开营搦战，由保裔当先指麾，奋力杀敌。那敌兵越来越众，随你如何奋勇，总是不肯退围。保裔杀开一重，复有一重，杀开两重，复有两重，自晨至暮，杀死敌骑约数千人，自己部下，也伤亡了数千名，眼见得不能出围，只好再入营中，拒守一夜。契丹兵也觉疲乏，未曾进攻，惟围住不放。越宿又战，两下里各出死力，拚死相搏，杀得天昏地暗，鬼哭神号，地上砂砾，经人马践踏，陡深二尺，契丹兵又死得无数，怎奈胡骑是死一个，添一个，保裔兵是死一个，少一个，看看又到日暮，矢尽道穷，救兵不至，保裔已身中数创，手下只有数百人，也是多半受伤，不堪再战。保裔顾看残卒，不禁流涕道："罢罢！我死定了。你等如有生路，尽管自去罢！"说毕，便从敌兵最多处，持刀直入，手刃敌兵数十名，敌兵一拥上前，你枪我槊，可怜一员大忠臣，竟就千军万马中杀身成仁。<u>为国杀身，虽死犹荣，叙笔亦奕奕有光。</u>保裔既死，全军覆没。那时高阳关路钤辖张凝，与高阳关行营副都部署李重贵，为廷召先驱，率众往援，正值契丹兵乘胜而来，声势甚锐，张凝不及退避，先被胡骑围住，凝死战不退，亏得李重贵杀到，救出张凝，复并力掩击一阵，契丹兵方才退去。两军返报廷召，廷召闻保裔战殁，不敢再进，只得在瀛州西南，据住要害，暂行驻扎。《续纲目》谓廷召潜遁，以致保裔战殁，《纪事本末》即本此说。然《宋史·康保裔、傅潜、范廷召传》均未载及廷召潜遁事，惟廷召不至，亦未免怨期，故本书说及廷召，亦隐有贬词。契丹兵又进攻遂城，城小无备，众情恟惧。杨业子延昭，方任缘边都巡检使，驻节遂城，当下召集丁壮，慷慨与语道："尔等身家，全靠这城为保障，若城被敌陷，还有甚么身家？不如彼此同心，共守此城，倘得戮力保全，岂不是国、家两益么？"大众齐声应诺。延昭遂编列队伍，各授器甲，按段分派，登陴护守。

自己昼夜巡逻，毫不懈怠。契丹兵连扑数次，均被矢石击退。时适大寒，延昭命汲水灌城。翌晨，水俱成冰，坚滑不可上，敌兵料难攻入，随即引去，改从德棣渡河，进掠淄齐。

真宗闻寇入内地，下诏亲征，命同平章事李沆，留守东京，令王超为先锋，示以战图，俾识路径。车驾随后进发，直抵大名。途次闻保裔死耗，震悼辍朝，追赠保裔为侍中，命保裔子继英为六宅使、顺州刺史，继彬为洛苑使，继明为内园副使，继宗尚少，亦得授供奉官，孙惟一为将作监主簿。继英等接奉恤诏，驰赴行在，叩谢帝前道："臣父不能决胜而死，陛下未曾罪孥，已为万幸，乃犹蒙非常恩宠，臣等如何敢受！"随即伏地呜咽，感泣不止。真宗也不觉凄然，随即面谕道："尔父为国捐躯，旌赏大典，例应从厚，不必多辞！且尔母想尚在堂，亦当酌予封典，藉褒忠节。"继英叩首道："臣母已亡。只有祖母尚存，享年八十四岁了。"真宗乃顾语随臣道："保裔父祖，累代效忠，深足嘉尚，他的母妻，应即加封，卿等以为然否？"群臣自然赞同，遂封保裔母为陈国太夫人，妻为河东郡夫人，并遣使劳问老母，赐白金五十两。继英等叩谢而出。集贤院学士钱若水，上书请诛傅潜，擢杨延昭、李重贵等以作士气，真宗乃命彰信军节度使高琼，往代傅潜，令潜赴行在，即命钱若水等按讯，得种种逗挠妒忌罪状，议法当斩。真宗特诏贷死，削潜官爵，流徙房州。张昭允亦坐罪褫职，流徙道州。<small>昭允未免受冤。</small>真宗在大名过年，越元旦十日，得范廷召等奏报，略言："虏兵闻车驾亲征，知惧而退，臣等追至莫州，斩首万余级，尽获所掠，余寇已遁出境外"云云。真宗乃下诏奖叙，擢廷召为并、代都部署，杨延昭为莫州刺史，李重贵知郑州，张凝为都虞侯，并召延昭至行在，询及边防事宜。延昭奏对称旨，真宗大喜，指示群臣道："延昭父业，系前朝名将，延昭治兵护塞，绰有父风，这真不愧将门遗种呢！"乃厚赠金帛，仍令还任。真宗即日回京。

是年冬，契丹复南侵，延昭设伏羊山，自率赢兵诱敌，且战且退。诱至羊山西面，信号一发，伏兵齐起，契丹兵骇退，延昭追杀敌将，函首以献，进官本州团练使，契丹望风生畏，呼他为杨六郎。<small>杨业本生七子，详见前文，惟延昭独著战功，契丹目为杨六郎，见《延昭本传》。俗小说中，乃有大郎及七郎等名目，附会无稽，概不录入。</small>尚有澄州刺史杨嗣，亦因屡战有功，擢任本州团练使，与延昭同日并命，边人称作二杨。这且按下慢表。

且说真宗还汴时，途中接得川报，益州兵变，推王均为乱首，都巡检使刘绍荣自经，兵马钤辖符昭寿被戕，贼势猖獗，火急求援。真宗览毕，即日传诏，命雷有终为川峡招安使，李惠、石普、李守伦并为巡检使，给步骑八千名，往讨蜀匪。所有留蜀各官，如上官正、李继昌等，均归有终节制。有终等奉诏后，即领兵入川去了。先是雷有终为四川招安使，张咏知益州，文武得人，蜀境大

第二十一回 康保裔血战亡身 雷有终火攻平匪

治。应十九回。既而有终与咏，相继调迁，改用牛冕知益州，符昭寿为兵马铃辖。牛冕懦弱无能，符昭寿骄恣不法，部下兵士，已多半怀怨，阴蓄异图。益州戍兵，由都虞侯王均、董福分辖，福驭众有法，所部皆得优赡。均好饮博，军饷多刻扣入囊，作为私费。会牛、符两人，阅兵东郊，蜀人相率往观，但见福军甲仗鲜明，均军衣装粗敝，免不得一誉一毁。均部下赵延顺等，亦自觉形秽，顿生惭愤，且衔怨昭寿，竟于咸平二年除夕，胁众为乱，戕杀昭寿。越日为元旦令节，益州官吏，方相庆贺，忽闻兵变消息，阖城惊窜。牛冕缒城逃去，转运使张适亦遁，惟都巡检使刘绍荣在城。待乱兵闯入，欲奉绍荣为主帅，绍荣怒叱道："我本燕人，弃房归朝，难道与尔等同逆么？"叛兵欲趋杀绍荣，绍荣冒刃格斗，卒因众寡不敌，败回署中，投缳自尽。监军王泽，忙召王均与语道："汝部下作乱，奈何袖手旁观？速宜招安为要！"均出谕叛兵，叛兵即拥他为主，均即直任不辞，均素克扣军粮，奈何叛卒复奉之为主？可见叛兵，亦全无智识。遂潜号大蜀，改元化顺，署置官称，用小校张锴为谋士，出兵陷汉州，进攻绵州不克，直趋剑州，被知州李士衡所败，退回益州。知蜀州杨怀忠，传檄各州，会兵往讨，初战得利，乘胜攻城北门，至三井桥，乱党似樯而至，怀忠恐为所乘，勒兵倒退，回走蜀州，再檄嘉、眉等七州，合军复进，战败乱党，暂驻鸡鸣原，静待王师。过了数日，雷有终等到益州，拟一面攻城，一面派兵攻汉州，巧值都巡检张思钧，已将汉州克复，遂进军升仙桥。匪首王均，遣众拦截，被官军一阵击退，乘势追至城下，乱兵绕城遁去，城门亦开得洞彻。有终总道王均怯遁，麾军径入，军士不烦血刃，竟夺得一座益州城，顿时心花怒开，乐得劫掠民居，抢些财帛，搂抱几个妇女，畅快一番。恐没有这般运气。蓦闻一声怪响，叫杀连天，官军不暇寻欢，慌忙觅路逃生，到了路口，尽被败床破榻，堵塞不通，好容易搬开败物，成一隙路，哪知叛兵在外面等着，见官军出来，统用刀枪乱搠，有几个杀死，有几个戳毙，有几个脚生得长，侥幸漏网，匆匆的逃至城阃，把门一望，叫苦不迭，那门儿已上键了，且有叛兵守着，非但不准他出去，还要向他请借头颅，于是又冤冤枉枉的死了无数。调侃得妙。雷有终、石普、李惠等，都着了忙，各自逃去。有终、石普跑上城头，缘堞而坠，幸得不死。李惠迟了一步，被王均率众追上，双手不敌四拳，白白的送了性命。为这一场被赚，官军丧亡一大半。有终、石普奔至汉州，由张思钧接着，入城休憩，才得少安。嗣是不敢躁进，慢慢儿整顿兵马，徐图大举。王均计败官军，越觉骄横，掠民女，佑酒不可无此。索民财，酿酒不可无此。整日里左抱右拥，朝饮暮博，把战事搁过一边。至官军元气已复，又来与战，方率众出拒，分路往袭，官军到了升仙桥，早防贼众袭击，戒备甚严，王均不知就里，掩杀过去，怎禁得四面伏兵，一齐截住，把他困住垓心，杀得落花流水。均冒死突出，踉跄还城，当即撤桥塞门，一意固守。有终与普,进屯城北,分遣将校等,攻城东西南三面。均尚屡次出战,统被击退。会值霪雨兼旬,城滑不能上,一时无从攻入,至天气少霁,有终命用火箭火炬等,抛射城头,将城上所设敌楼,尽行毁去,城中未免哗噪,有终便趁这机会,四面登城,遂得攻入。王均尚有二万余人,溃围夜走,有终仍恐有伏,纵火焚庐舍,光焰熊熊,通宵达旦。一年被蛇咬,三年怕稻索。次日,复搜获伪官二百人,一古脑儿推入火中。正是:

可怜巢鸟无完卵,莫道池鱼应受殃。

后来王均曾否擒获,容至下回说明。

《宋史·忠义传》中,首列康保裔,故本回于保裔战事,演述从详,彰忠节也。傅潜拥兵塞外,惧不发兵,坐令良将陷敌,虽诛之不为过,真宗贷死议流,未免失刑,而张昭允转连罪坐罪,得毋大官可为,而小官不可为耶?若西蜀之乱为时无几,李顺以后,继以张余,至用兵三载而始敉平,为宋廷计,正宜久任良吏,惩后惩前,奈何雷、张诸人,相继调迁,改用牛冕、符昭寿等,复酿成王均之变,虽前难后易,期月奏功,而兵民已死伤不少,茫茫川峡,能经几次扰乱乎?雷有终被赚而兵燔,王均败走而民燔,观此不能无遗憾云!

第二十二回　　收番部叛王中计
　　　　　　　　纳忠谏御驾亲征

　　却说雷有终既复益州,即遣巡检使杨怀忠,往追王均。均逃至富顺监,招集蛮酋,在监署中饮酒,吃得酩酊大醉。至此还要喝酒,真是一个酒鬼。党羽亦各沾余沥,统已酒气醺醺,带着八九分倦意,猛闻官军追至,都吓得不知所为。王均料不能脱,用手击案道:"罢了!罢了!"说毕,即解下腰带,悬壁套颈,不到一刻,魂灵飞到酒乡去了。乱党无主,自然溃散。杨怀忠率领部兵,杀入监署,擒住乱党六千余人,并割取均首,及僭伪法物,旌旗甲仗甚众,当下返入益州,由有终申报朝廷,诏进有终、怀忠等官阶,流牛冕至儋州,张适至连州,遣翰林学士王钦若,知制诰梁颢,往抚蜀民。越二年,复命张咏知益州,蜀民闻咏再至,欢呼相庆。咏威惠并行,政绩大著。真宗下诏褒美,并令巡抚使谢涛传谕道:"得卿在蜀,朕无西顾忧了。"

　　西陲已定,北方一带,总觉不安。契丹、西夏,时来扰边,小子按年月次序,先叙西夏,继叙契丹。真宗即位,李继迁上表称贺,且求请封藩,真宗也知

第二十二回　收番部叛王中计　纳忠谏御驾亲征

他狡诈，只因国有大丧，姑从所请，命为定难节度使，且把夏、绥、银、宥、静五州，一并给与。且将从前留住的张浦，亦赍资遣归。张浦可以遣还，五州何必遽与。继迁令弟瑷诣阙申谢，真宗优诏慰答，仍赐还赵保吉姓名。偏继迁阳奉阴违，仍然抄掠边疆，四出为患。可巧同平章事张齐贤，与李沆不甚相得，竟以冬至朝会，被酒失仪，坐免相位，真宗乃遣他为泾、原诸路经略使。齐贤入朝辞行，真宗详问边要，齐贤答道："臣看灵武孤城，陡悬塞外，万难固守，徒使军民六七万，陷入危境，多费饷糒，不如弃远图近，徙守环庆，较为省便。"真宗沉吟半晌，方道："卿且去巡阅一番，可弃乃弃，可守必守。"齐贤领旨去讫，既而通判永兴军何亮，上安边书，言灵武决不可弃，略云：

灵武地方千里，表里山河，舍之则戎狄之利，广且饶矣，一患也。自环庆至灵武凡千里，西域、戎狄合而为一，二患也。冀北马之所生，自匈奴猖獗，无匹马南来，惟资西域，西域既分为二，其右乃西戎之东偏，实为贼夏之境，其左乃西域之西偏，如舍灵武，复合为一，夏贼桀黠，俾诸戎不得货马，未知战马何来，三患也。为今计，请筑溥乐、耀德二城，以通河西之粮道，则灵武有粮可恃，虽居绝域之外，亦可以无恐矣。若不筑此二城，与灵武倚为唇齿，则与舍灵武何异？窃恐灵武一失，内地随在可虞也。谨奏！

真宗览奏后，复诏令群臣复议。知制诰杨亿，引汉弃珠崖为喻，请快弃灵武，守环庆，与齐贤议相同。辅臣多言灵州为必争地，万不可弃，应如何亮所陈。众议纷纷，莫衷一是，转令真宗无从解决，乃与李沆熟商。沆徐答道："保吉不死，灵州终不可保，臣意应遣使密召诸将，令他部署军民，空垒而返，庶几关右尚得息肩，这也是螫手断腕的计策。"戎狄得步进步，如何可以拱让？宋臣多半畏缩，故卒致南迁。真宗默然不答。嗣命王超为西面行营都部署，率兵六万，往援灵州。张齐贤自任所上书，谓朝廷若决守灵武，请募江南丁壮，往益戍兵。真宗道："南人远戍西鄙，甚属不便，且转足摇动人心，此奏如何可行？"真宗所言甚是，齐贤岂尚醉酒耶？当将原奏搁起。

过了一月，李继迁寇清远军，都监段义，叛降继迁，都部署杨琼，拥兵不救，城遂被陷。继迁复进攻定州，并及怀远，劫去辎重数百辆，幸亏副都部署曹璨，召集蕃兵，出去邀击，才将继迁击退。越年为咸平五年，继迁复转寇灵州，知州事裴济，率兵固守，相持月余。继迁益增兵围攻，截断城中饷道，守兵遂至乏食。裴济啮指成书，奏请救兵，怎奈望眼已穿，不闻援至，军士连日枵腹，如何支持？眼见得一座孤城，为贼所陷。济犹率众巷战，力竭身亡。济知灵州数年，议大兴屯田，藉实边粟，治民亦颇有惠泽，可惜功尚未成，寇已大至，徒落得荒丘暴骨，枉史流芳。忠臣不没，也还值得。继迁改灵州为西平府，居然作为夏都。真宗得报，优恤裴济家属，且悔不用沆言，致丧良吏，且诏令王超屯永兴军，毋得再误。超奉命往援灵州，乃中道逗留，坐令城亡吏死，有罪不谴，亦属失刑。又越年，知镇戎军李继和，上言六谷酋长巴喇济，一译作潘罗支。愿讨继迁，请授职刺史。张齐贤且上书，请封巴喇济为六谷王，兼招讨使，真宗又令辅臣会议。辅臣以巴喇济已为酋长，授职刺史，未免太轻，若骤封王爵，又似太重。招讨使名号，亦不应轻假外夷，乃酌量一职，拟授为朔方节度使，兼灵州西面都巡检使。真宗准议颁旨。巴喇济奉旨后，表称："感激图效，已集骑兵六万，静待王师到来，合讨继迁，收复灵州。"真宗优诏嘉许。既而李继迁攻麟州，为知州卫居宝击退，转寇西凉，杀死西凉府丁惟清，踞住城池。巴喇济居六谷，本为西凉蕃属，当下想了一计，前去诈降。继迁尚未知他受职宋廷，只道是一个蕃酋，畏势投诚，有甚么疑虑，便传见巴喇济。巴喇济向他跪谒，并说："大王威德及人，六谷蕃部，俱愿归降。"说得继迁满面春风，立命起来，给他旁坐，且抚慰了好几语。巴喇济称谢不置。继迁更令他招徕部落，藉厚兵力，巴喇济欣然领诺，遂往招六谷蕃部，共至西凉，进谒继迁。继迁亲往校场检阅，各番兵俱负弩挟矢，鱼贯而入，报名应选。继迁正留心察核，猛听得弓弦一响，忙睁目四顾，巧巧一箭飞来，不偏不倚，正中左目，不觉大叫一声道："快快！拿匪徒！"你也是个匪徒，为何转拿别人？左右方上前拥护，不料番兵已各出短刀，一哄上前，来杀继迁。继迁部下死命抵拒，已被他杀毙多人，剩了几个骁悍的弁目，保着继迁，且战且逃。番兵奋勇驱杀，几乎将继迁擒住。旋经继迁党羽，出来相救，做了无数替死鬼，继迁才得脱身，好容易奔回灵州，左目暴痛，睛珠突出，一时忍耐不住，晕绝数次，后来终无法医治，呜呼死了。看官！想这一箭的原因，当亦不必细猜，便可知是巴喇济所射。巴喇济与番部密约，发矢为号，一齐动手，也是继迁该死箭下，虽得幸脱，总归没命。子德明嗣，遣使赴告契丹，契丹赠继迁为尚书令，封德明为西平王。环庆守吏，因德明初立，部落方衰，奏请降旨招降，真宗乃颁诏灵州，令德明自审去就，德明乃遣牙将王旴，奉表归顺，朝议加封德明，独知镇戎军曹玮，请乘势灭夏，略云：

叛酋李继迁，擅河西地二十年，兵不解甲，使中国有西顾之忧，今其子危国弱，不即捕灭，后更强盛，不可制矣。愿假臣精兵，出其不意，擒德明送阙下，复河西为郡县，此其时也。枕戈待命，无任翘企！

这奏章上达宋廷，真宗未以为然。廷臣亦言伐丧非义，不如恩致德明，迂儒之论。乃授德明充定难军节度使，统辖夏、银、绥、宥、静五州。寻闻契丹封

第二十二回　收番部叛王中计　纳忠谏御驾亲征

德明为西平王，也就封他为西平王。德明再进奉誓表，请藏盟府，且言："父有遗命，竭诚归附。"当由真宗优诏褒嘉，这且待后再表。

惟契丹自莫州败退，边境安静了两年。_{接前回。}至李继迁陷清远军，宋廷又接边报，说契丹将乘隙入寇。真宗亟遣王显为镇定、高阳关都部署，王超为副，预防契丹。果然契丹兵入寇遂城，被王显发兵痛击，斩首二万级，追逐出境。又二年，_{咸平六年。}契丹复遣耶律奴瓜等_{奴瓜一译诺郭}寇望都，高阳关副都部署王继忠，约同王超、桑赞等军，至康村拒战。继忠列阵东偏，超、赞列阵西偏，彼此严装以待。俄见契丹兵长驱而来，势甚锐悍，继忠适当敌冲，怒马直出，率麾下力战，超与赞偏按兵不动，遥见敌骑麇集，将向西来，他两人竟相顾愕眙，遽令退师，剩下王继忠一支人马，怎能支撑到底？不得已且战且行，敌骑迭次赶上，继忠迭次战脱，及退至白城，天色昏晚，道路崎岖，追兵反且大集，四下里喊声震地，摇动山岳。继忠仰天叹道："我与王超、桑赞，合兵到此，满望杀敌报功，哪知他两军不战而去，单剩我孤军抵敌，为虏所乘，真正可恨！"_{后来甘心降虏，全是超、赞两人激成。}说至此，见追骑愈逼愈紧，他令残卒先行，自率亲兵断后。霎时间敌兵已至，把他围绕数重，他死战不退，看看手下将尽，正思自刎全节，奈马中流矢，竟至仆地，继忠随马坠下，被敌兵活捉而去，解至炭山，见契丹主隆绪，劝令降顺。继忠初不肯从，萧太后闻他骁勇，饬令软禁，复遣辩士诱导再三，继忠竟变志降虏，改姓名为耶律显忠，受官户部使。宋廷还道他战殁，优诏赠官，其实他为虏廷显宦了。_{暗寓贬意。}

咸平六年残腊，下诏改元，越年元旦，称为景德元年。朝贺礼毕，京师即闻地震，越日又震，过了十余日，又复大震，免不得有蠲租缓逋，勉图修省等具文。春季尚幸无事，至春夏交界，皇太后李氏崩，又有一番忙碌。丧葬已了，尊谥明德。到了新秋，首相李沆病逝，沆字太初，洺州人，太宗尝称他风度端凝，不愧正士，因擢为参政。真宗初进任右相，居位慎密，遇事敢言。及殁，真宗亲临吊奠，痛哭移时，顾语左右道："沆忠良纯厚，始终如一，怎料他不享遐寿呢？"回朝后，追赠太尉中书令，予谥文靖，_{不没良相。}进毕士安、寇准同平章事。

相位甫定，忽由边吏连递警报，仿佛与雪片相似，大致是说契丹主隆绪，与母萧氏，率众二十万，前来入寇了。真宗忙召问群臣，寇准独主战，毕士安赞成寇议，参政以下王钦若等，或主守，或主和，纷纷不决。嗣闻契丹攻威虏、顺安各军，均已败去，转攻北平砦、保州，亦不得志，真宗稍稍放心。续接定州捷报，王超在唐河击退虏兵，岢岚军捷报，高继勋力战却敌，瀛州捷报，李延渥接仗获胜。寇准入奏道："虏兵东侵西扰，无非是恐吓我朝，我岂受他恐吓么？请速练师命将，扼守要害，与他决一雌雄！"真宗口虽答应，心中尚是迟疑。及准退后，又接莫州都部署石普奏章，报称契丹遣议和等情，又附故将王继忠密表，内言："臣孤军失援，致为所虏，徒死无益，勉强偷生，今特劝契丹议和修好，各息兵争，聊报皇恩，为此遣使李兴，赍表莫州，乞代上奏"云云。真宗阅奏，召问毕士安。士安道："这也是羁縻之策，不妨准他议和。"真宗道："敌悍如此，恐不可恃。"士安道："臣尝得契丹降人，据言虏虽深入，未尝逞志，阴欲引去，又耻无名，他既倾国前来，又恐人乘虚袭入，臣所以料他请和，未始非实情呢。"真宗乃诏示石普，令传谕继忠，许他通和。继忠复乞石普复奏，请先遣使至契丹，真宗因遣阁门祗候使曹利用，往契丹军。利用陛辞，真宗面谕道："契丹南来，不是求地，就是索赂，朕想关南地久归中国，万难轻许，惟汉用玉帛赐单于，尚有故事可循，卿或可酌量应允。"利用道："臣此去，务期不辱君命，他若妄有所求，臣亦不望生还了。"语颇壮愤。真宗道："卿竭诚报国，朕复何言！"利用衔命即行。既至契丹营，入见萧太后母子，果欲索关南地。利用道："关南地系我国疆土，如何得给与贵国？"萧太后道："晋尝畀我，周乃夺我，今不见还，尚待何时？"利用道："晋、周故事，于我朝无与。贵国如欲议和，请勿再言索地！就是岁求金帛，亦未知帝意如何？"萧太后不待说毕，便竖起柳眉道："不割地，不输款，如何前来议和？你难道不怕死么？"权势压人，不愧为萧娘娘。利用亦抗声道："若怕死，我也不来了。我皇上不忍劳民，所以许贵国议和，若仍要索地索金，有何和议可言？"说毕，拱手欲辞。帐下闪出王继忠，劝住利用，邀赴别帐去讫。

萧太后复下令军中道："宋使前来，无和可议，不若就此进兵罢！"当下炮声三响，拔寨再进，攻陷德清军，进逼冀州，直抵澶州，边书告急宋廷，一夕五至，真宗复召群臣会议。王钦若系临江人，请驾幸金陵。陈尧叟系阆州人，请驾幸成都。真宗不答，左右四顾，不见寇准，便问群臣道："寇相如何不来？"钦若曰："他尚在家中饮博哩。"一语已足倾人。真宗愕然道："他还有这般闲暇么？"遂命左右宣准入朝，准既至，便与语道："虏兵已至澶州，朕心甚忧，闻卿却闲暇，是否已得良策？"准答道："陛下如信臣言，不过五日，便可退敌。"真宗转惊为喜道："卿有何妙计？"准又道："莫如御驾亲征。"真宗道："敌势甚盛，亲征亦未必得胜，现有人奏请，或谓宜幸金陵，或谓宜幸成都，卿以为可行否？"寇准朗声道："何人为陛下画此策？臣意请先斩此人，取血衅鼓，然后北伐！试思陛下神武，将臣协和，若御驾亲征，敌当自遁，否则出奇挠敌，坚守老敌，彼劳我佚，可操胜算。奈何弃宗庙社稷，转幸楚、蜀，大驾一移，人心崩溃，虏骑长驱深入，天下尚可保么？"声容俱壮。真宗闻言，尚是沉吟。毕士安在旁奏对道："准言甚是，请陛下俯允！"真宗方道："两卿既已同意，朕就下诏亲征罢！"准又奏道："虏骑内侵，天雄军最为重镇，万一陷没，河朔皆成虏境，请陛下简择大臣，出守为要。"真宗道："卿以为何人可使？"准答道："莫如参政王钦若。"钦若退列朝班，历闻准言，已气得面红耳赤，忽听准荐他出守，不由的脸色变青，慌忙趋至座前，正欲跪奏。准即与语道："主上亲征，臣子不得辞难，现我已保荐参政，出守天雄军，参政应即领敕启行。"观此言动，似准未免专断，然不如此，乌能远开恺人？钦若道："寇相是否居守？"寇准道："老臣应为王前驱，怎敢自安？"一语破的。真宗也开口道："王卿应善体朕意，朕命你判天雄军，兼都部署，卿其勿辞！"钦若不敢再说，只得叩首受敕，辞行而去。是日即由寇准预备亲征事宜，议定雍王元份为留守，元份系太祖第五子。并申简命。越日，车驾起行，将相皆从，扈驾军士，浩浩荡荡，出发京师，小子有诗咏道：

胡骑南来杀运开，征云黯黯覆尘埃。
若非御驾亲临敌，怎得澶渊振旅回？

欲知亲征情形，且看下回续叙。

灵武为河西要塞，岂可轻弃。何亮一疏，言之甚明，而张齐贤、李沆等，俱主张弃地，实书生畏葸迂谈耳。真宗虽有心保守，而任将非人，当日曹彬临殁，曾谓其子璨玮，均擅将才，何不擢之专阃，乃任一阘茸无能之王超耶？裴济陷殁，皆超之罪，至于巴喇济计败继迁，继迁走死，曹玮上书请缨，朝议不从，又欲以恩致之，且有援春秋不伐丧之例，以驳玮议者，迂如宋儒，何怪宋之终受制于夷狄乎。迨契丹入境，王钦若请幸金陵，陈尧叟请幸成都，微寇公，宋早成为小朝廷矣。时人犹讥寇为不学无术，试问博学者果能安内攘外否耶？宋儒宋儒！吾不欲多责焉。

第二十三回　澶州城磋商和约
　　　　　承天门伪降帛书

却说真宗下诏亲征，驾发京师，命山南东道节度李继隆，为驾前东面排阵使，武宁军节度石保吉，守信子。为驾前西面排阵使，各将帅拥驾前行，适值天气严寒，朔风凛冽，左右进貂帽氅裘，真宗摇首道："臣下都苦寒，朕亦何得用此？"将士闻谕，各自感激，顿时勇气百倍，挟纩皆温。鼓励将士之法，莫善于此。前军到了澶州，契丹统军顺国王萧挞览，一译作萧达兰。自恃骁勇，直犯宋军，压营列阵。李继隆闻报，奏过真宗，上前抵御。两军尚未接战，挞览带领数骑，出阵四眺，审视地形。继隆部将张环，正守着床子弩，弩有机，机一触动，百矢齐发,宋军恃为利器。环见契丹阵内,有一黄袍大将出来,料知不是常人,他也不遑禀报,竟捻动床子弩,机动箭发,接连射去,刚中挞览要害,应声而倒。其余数骑随将,一半射死,一半受伤,契丹阵内,慌忙抢出将士,扶伤异死,奔驰而去。待至张环报告继隆,麾兵驱杀,契丹兵早已远飏了。

是时,知安肃军魏能,知广信军杨延昭,均当敌冲,敌兵屡次围攻,百战不能下。时人称二军为铜梁门,铁遂城。梁门即安肃军治,遂城即广信军治。独王钦若往守天雄军,束手无策,整日里修斋诵佛,闭门默祷,幸契丹兵未曾进攻,还得支持过去。想是我佛有灵。及真宗将至澶州,复有人上言:"契丹势盛,未可轻敌,不如往幸金陵。"定是王钦若嗾使。真宗又不免滋疑,召寇准入问。准正色道:"陛下只可进尺,不可退寸,河北诸军,日夜望銮舆到来,并力对敌,若回辇数步,万众失望,势必瓦解,虏骑随后追蹑,恐金陵也不能到了。"真宗道:"卿言亦是,容朕细思。"还想甚么?准乃趋出,适遇殿前都指挥晋职太尉高琼,即与语道:"高太尉受国厚恩,今日应该报国!"琼蹶然道:"琼一介武夫,累蒙超擢,应当效死。"准握琼手道:"我与你入奏天子,即日渡河杀敌。"琼点首称善。两人入见真宗,准厉声道:"陛下若不信臣言,请问高琼便了。"琼即跪奏道:"寇准言是,机不可失,请速驾渡河!"真宗乃决,遂命琼麾兵复进。

既至澶州南城,遥见河北一带,敌营累累,似星罗棋布一般,真宗也不觉惊慌,左右复请驻跸,且静觇敌势,再决进止。寇准亟趋至驾前,固请道:"陛下若再不过河,敌气未慑,人心益危,怎能取威决胜?现在王超领着劲兵,驻扎中山,可扼敌喉,李继隆、石保吉东西列阵,可掣敌左右肘;四方镇将,相率来援,还怕甚么契丹,逗留不进?"高琼道:"臣愿保驾前行,决可无虑。"于是麾军渡河,进次澶州北城。真宗亲御城楼。远近将士,望见御盖,踊跃鼓舞,齐呼万岁,声闻数十里。契丹自萧挞览射死,人人夺气,又见真宗亲来督师,益觉气沮。只萧太后不肯罢手,饬精骑数千名,前来薄城。寇准奏真宗道:"这是来试我强弱哩,请诏下将士,痛击一阵,免他轻觑!"真宗道:"军事悉以付卿,卿替朕调遣便了。"实是没用。准遂承旨发兵,开城迎击。战不数合,契丹兵果然退走,由宋军追杀过去,斩获大半,余众走脱。

真宗闻捷,乃留准居北城上,自还行宫。嗣又使人觇准,所为何事,究竟不放心。使臣还报道:"寇准方与杨亿,饮博欢呼。"故示镇定,也是一策,然亦何必饮博?真宗大喜道:"准如此从容,朕可无忧了。"未几,闻曹利用回来,并偕契丹使臣韩杞,一同求见。当即传入利用,利用行过跪叩礼,便上奏道:"契丹欲得关南地,臣已拒绝,就是金帛一节,臣尚未曾轻许哩。"真宗道:"若欲与地,宁可决战,金帛不妨酌许,尚与国体无伤。朕本意原是这般,至今也是这般哩。"复命宣韩杞进见,杞跪谒毕,呈上国书,并言奉国主命,索还关南地,即可成盟。真宗道:"这却不便,国书权且留下罢!"随顾利用道:"外使到此,我朝总当以礼相待。你且引他出宴,待朕议定,遣回去罢!"利用领旨,引韩杞退出。真宗复召准入议,准奏道:"陛下若为久安计,须要虏廷称臣,及献还幽、蓟地。一切岁币等件,概不许与。那时虏廷畏服,方保百年无事,否则数十年后,他必生心,仍然来扰中国了。"言之非艰,行之维艰。真宗道:"若如卿言,非战不可,但胜负究难预料,就是得胜,也须伤亡若干兵民,朕心殊属不忍。且数十年后,如得子孙英明,自能防御外人,目下且许与和,总教边境如故,不妨将就了事呢。"准答道:"这总非永远计策,臣且去诘问来使,再行复命。"真宗应诺。准自去与韩杞辩论,两下争议未决,准尚欲决战,会闻有蜚语谮准,说他挟主徼功,准不禁叹息道:"忠且被谤,尚复何言?"遂入复真宗,但言:"臣意在计画久安,如陛下不忍劳师,悉听圣裁!"真宗因遣还韩杞,复命曹利用赴契丹军,且谕利用道:"但教土地不失,岁币不妨多给,就使增至百万,亦所不惜。"岁币亦人民膏血,奈何视若粪土?利用唯唯而退。寇准闻这消息,召利用至幄,正色与语道:"敕旨虽许多给岁币,我意不得过三十万,你若多许,我当斩汝首级,你休后悔!"寇准好刚使气,可见一斑。利用暗暗伸舌,随答道:"少一些,好一些,利用岂有不知?"当下辞别寇准,径往敌营。

契丹政事舍人高正始接着,即向前问道:"和议如何?"利用道:"岁币或可酌给,土地万难如议。"正始道:"我等引众前来,无非图复故地,若止得金帛归去,如何对付国人?"利用道:"君为大臣,也应为国家熟计,倘贵国执政,信用君言,恐兵连祸结,也非贵国利益,请君熟思!"正始无词可驳,倒也默然。利用入见萧太后,萧太后尚坚执前议,利用仍然拒绝,乃留利用暂驻营中,另遣监门卫大将军姚东之,再持书至宋营,复议和款。真宗不许,东之乃去。萧太后始再召利用,磋商和议,两国境界如旧,宋廷每岁给契丹银十万两,绢二十万匹。契丹国主,以兄礼事宋帝。议既定,利用返报真宗,真宗很是喜慰。减去七十万,如何不乐?复遣李继隆往契丹军,签定和约。契丹也遣使丁振,赍缴盟书,再命姚东之来献衣食物。真宗御行营南楼,赐宴契丹来使,并及从官。至契丹使去,颁诏边吏,不得出兵邀契丹军归路。契丹主遂奉萧太后,引众北归,真宗也自澶州回京,录契丹盟书,颁告两河诸州。

转眼间已是景德二年,正月初旬,因契丹讲和,大赦天下,放河北诸州强壮归农。毕士安请通互市,葺城池,招流亡,广储蓄,一面择要任将,保荐马知节守定州,杨延昭守保州,李允则守雄州,孙全照守镇州,此外尚有数人,名不胜述。自是河北大定,烽燧不惊。朝议复以南北修和,未免有往来庆吊诸仪,特奏设国信司,归内侍职掌。外交大事,如何领以阉人?既而遣太子中允孙仅,北往契丹，贺萧太后生辰，所具国书，自称南朝，号契丹为北朝。直史馆王曾上言："春秋外夷狄，爵不过子，今只从他国号，于他无损，于我有名，何必对称两朝？"所言甚当。真宗也以为然。嗣又有人谓："既称兄弟，应作两朝称呼，庶较示亲睦"云云，乃仍用原书赍去。真宗实无定见。此后南北通问，概用南北朝相称，已兆南渡之机。这也不在话下。

且说知天雄军王钦若，因南北通好，奉诏还京，仍任参知政事。钦若以与准不协，迭请解职，乃命冯拯代任，改授钦若为资政殿学士。未几，毕士安病殁，惟准独相。准性刚直，赖士安曲为调停，澶州一役，政策虽多出自准，但也幸有士安襄助，因得成功。真宗谓士安饬躬畏谨，有古人风，因此深信不疑。士安殁后，赐谥文简，车驾哭临，辍朝五日。准因士安已殁，一切政令，多半独断独行，每当除拜官吏，辄不循资格，任意选用，僚属遂有怨言。真宗因他有功，累加优待，就是他语言挺撞，也尝含忍过去。一日会朝，准奏事侃侃，声彻大廷，真宗温颜许可。及准既奏毕，当即趋退，真宗目送准出，注视不已。适王钦若在朝，亟趋前跪奏道："陛下敬准，是否因准有社稷功？"真宗点首称是。钦若又道："澶州一役，陛下不以为耻，乃反目准为功臣，臣实不解。"真宗愕然问故？钦若又道："城下乞盟，《春秋》所耻，澶州亲征，陛下为中国天子，反与外夷作城下盟，难道不是可耻么？"宋儒专尚《春秋》，钦若特举以为证，果足摇动帝心。真宗不禁变色。钦若见已入彀，索性逼进一层，更申奏道："臣有一句浅近的譬喻，譬如赌博，输钱将尽，倾囊为注，这便叫作'孤注一掷'，陛下乃准的孤注，岂不危甚？幸陛下量大福弘，才得免败。"真宗面颊发赤道："朕今知道了。"着了道儿。钦若乃退。由是真宗待准，礼意日衰，嗣竟罢准为刑部尚书，出知陕州。准亦知为钦若所谮，奈诏命难违，只好启程赴陕。适知益州张咏，自成都还京，道过陕州，准出郊迎饯，欢宴竟日。临行时，准问咏道："君治蜀有年，政绩卓著，准方愧慕得很，敢问何以教准？"咏徐答道："这也未免太谦了。但《霍光传》却不可不读。"准闻言，一时莫明其妙，只得答了"领教"二字。及咏已辞去，准还署中，取《汉书·霍光传》随读随思，读至不学无术一句，不由的自笑道："张公语我，想便指此语了。"准并非无术，实是少学。未几，复徙知天雄军。契丹使过大名，与准相会，出言讯准道："相公望重，何故不在中书？"准答道："我朝天子，因朝廷无事，特遣我到此，执掌北门管钥，你何必多疑！"此语却是得体。契丹使方才无言，竟赴汴都去了，这且慢表。

且说真宗罢准后，用参政王旦代任。旦，大名人，器量宏远，有宰相器，当时称为得人。惟真宗为钦若所惑，尚以澶州修好，引为己辱，平居怏怏不乐。钦若窥伺意旨，特至内廷奏请道："陛下欲发扬威武，须用兵取幽、蓟，才可得志。"明知真宗厌兵,特进一步探试。真宗道:"河北生民,方免兵革,朕何忍再行动兵?须另图别法。"钦若道:"陛下既不忍劳师,不如仿行封禅,或可镇服四海,夸示外国。但自古以来,封禅应得天瑞,必有世上罕见的瑞征,方足服人。"真宗道:"天瑞哪可必得?"钦若旁顾左右,似有不敢遽言的形状。真宗喻意,命左右暂退。钦若方申奏道:"天瑞原不可必得,前代多用人力造成,但教人主尊信崇奉,便足明示天下。陛下以为河图洛书,真有此事么?圣人神道设教,特借此诱服天下呢!"钦若毕竟聪明。真宗沉思片刻,复道:"王旦恐未必赞成哩。"钦若道:"圣意若果决定,臣当转告王旦,嘱他遵行。"真宗随即点首。钦若遂退,自与王旦密商去了。越日,又入内复命,报称旦已遵旨,真宗倒也欣慰。及钦若去后,展转图维,尚觉心下不安,当下亲幸秘阁,直学士杜镐等迎驾叩首。镐年已老,为学士首列,真宗骤问道:"古所谓河出图,洛出书,曾否实有此事?"镐未明上意,竟率尔奏对道:"这恐是圣人神道设教呢!"好似钦若教他?真宗听到此语,便不复问,即命驾还宫。越日,召王旦至内廷,特别赐宴。宴毕,旦起谢,真宗又另赐一樽,亲给王旦道:"此酒极佳,卿可持去,归与妻孥共饮。"旦不敢不受,急忙跪接酒樽,拜赐而退。及归家,见樽口封得甚固,启封审视,并不是什么美酒,乃是宝光闪烁,粒粒似豆的珍珠。当下想了一会,即命眷属收藏,后经家人泄言,方知此事。

至景德五年正月,皇城司奏言守卒涂荣,见左承天门南鸱尾上,有黄帛曳着,约长二丈,为此奏闻。真宗即命中使往视,一面顾语群臣道:"去冬十一月间,庚寅日夜半,朕方就寝,忽室中烨烨有光,朕深惊讶,蓦见一神人星冠绛衣,入室语朕,谓来月宜就正殿建黄箓道场一月,当降天书大中祥符三篇,朕正欲起对,不意这位神人,竟不见了。朕自十二月朔日,已虔诚斋戒,在朝元殿建设道场,伫待天贶,因恐宫廷内外,反启疑言,所以未曾宣布。目今帛书下降,敢是果邀天贶么?"一派鬼话。钦若即出奏道:"陛下至诚格天,应该上邀天眷。"真宗喜形于色,待了一刻,见中使驰回复命,匆匆跪奏道:"承天门上,果有帛书,约长二丈许,缄物如书卷,外用青缕缠住,封处隐隐有字。"真宗竦然道:"这莫非天书不成?"王旦等齐集殿阶,再拜称贺。真宗复道:"这须由朕亲往拜受呢。"言毕,即步出殿阶,直抵承天门。百官尽行随着,仰瞻门上,那黄帛正随风飘荡,摇曳空中。真宗望空再拜,拜毕,即遣二内侍升梯上登,敬谨取书,下授王旦。旦捧书跪呈,真宗复再拜受书,亲置舆中,导至道场,命知枢密院事陈尧叟启帛书。帛上有文云:"赵受命,兴于宋,付于眘,居其器,守于正,世七百,九九定。"真宗又向书跪拜,书中又有黄字三幅,语类《洪范》《道德经》。前言帝能以至孝至道绍世,次谕以清净简俭,末述世祚延永的大意。陈尧叟捧书读讫,真宗重复跪受,仍将原帛裹书,贮诸金匮。群臣入贺崇政殿，真宗与辅臣，皆茹斋戒荤，遣官告天地宗庙社稷，大赦改元，以大中祥符为年号，遍宴群臣，并赐京师酺五日，改左承天门为承天祥符，置天书仪卫扶持使，遇有大礼，即命宰执近臣，兼任是职。嗣是陈尧叟、陈彭年、丁谓、杜镐等，更争言祥瑞，附和经义。独龙图阁待制孙奭上言道："天何言哉？岂有书也？"两语括尽诈欺。真宗不答。越数日，宰相王旦等，复率文武百官、诸军将校、官吏藩夷、僧道耆寿，共二万三千二百余人，上表请真宗封禅，真宗未决。表至五上，强奸民意，已兆于此。乃召权三司使丁谓，入问经费。谓答言大计有余，因决议封禅，命翰林太常详定仪注，任王旦为大礼使，王钦若等为经度制置使，冯拯、陈尧叟分掌礼仪，丁谓计度粮草，大家不胜忙碌，差不多举国若狂，足足筹议了好几月。乃命钦若东行，赴泰山预备封禅。钦若抵乾封，遣使驰奏："泰山有醴泉出，锡山泰山下小山。有苍龙现。"未几，又报称天书下降，遣中使驰捧诣阙。正是：

逢恶罪深逾长恶，欺人术尽且欺天。

这天书再降何处，由小子下回叙明。

澶渊修和，本出真宗本意，观其在道逗留，望敌惊心，一若身临虎口，悚悚危惧。赖寇准力请渡河，敌气少沮。化干戈为玉帛，得以振旅还京，此非寇公之功，乌能至此？王钦若乃以孤注之言，肆其谗间，木朽虫生，仍由真宗胆怯之所致耳。迨至天书下降，举国若狂，欺人欺天，不值一笑。钦若小人，不足深责，王旦名为正直，乃以钦若一言，美珠一樽，竟箝其口，后且力请封禅，冒称众意，利令智昏，固如此哉！读毕为之三叹！

第二十四回　孙待制空言阻西幸
　　　　　　刘美人微宠继中宫

却说王钦若抵乾封后，再上天书，据言："有木工董祚，在醴泉亭北，见黄帛曳林木上，帛中有字，苦不能识，因辗转告至臣处。臣遣人觇视，与前时所降天书相似，因特敬谨取奉阙下"云云。真宗御崇政殿，传集群臣，朗声宣谕道："朕五月丙子夜间，复梦前日的神人，入室告朕，说是来月上旬，当在泰山颁降天书，朕即密谕钦若，留心稽察，今果与梦兆相符，降书泰山。上天眷佑，可谓特隆。惟朕自愧无德，恐不能仰答天庥呢。"这种天书，虽千万册不难立致，真宗说是自愧无德，我想他宣谕时，正恐不免面赤哩。宰相王旦，又率百官拜贺道：

第二十四回 孙待制空言阻西幸 刘美人微宠继中宫

"圣德日增,天无不应,臣等不胜庆幸呢。"真宗欣然道:"这也仗卿等辅弼的功劳。"上欺下,下周上,真会捣鬼。说罢,又迎奉天书至含芳园,就正殿上面庋阁,一面斋戒沐浴,谨备法驾,诣殿拜受。仍命这位知枢密院事陈尧叟,启封宣读。百官敛足恭听,但闻尧叟读着道:"汝崇孝奉,育民广福,锡尔嘉瑞,黎庶咸知。秘守斯言,善解吾意。国祚延永,寿历遐岁。"读讫,复捧书升殿,百官遂表上尊号,称真宗为崇文广武仪天尊道宝应章感圣明仁孝皇帝。既而敕建玉清昭应宫,虔奉天书。知制诰王曾,都虞侯长旻,上书谏阻,均不见报。到了孟冬,真宗至泰山封禅,用玉辂载着天书,先行登途,自备卤簿仪卫,随后出发。途中历十七日,始至泰山。王钦若迎谒道旁,献上芝草三万八千余本,倒也亏他采办。真宗慰劳有加。复斋戒三日,才上泰山,道经险峻,降辇步行。总算虔心。享祀昊天上帝,左陈天书,配以太祖、太宗,命群臣把五方帝及诸神于山下封祀坛。礼成,出金玉匮函封禅书,藏置石礐。音感,石箧也。真宗再巡视圜台,然后还幄,王且复率从官称贺。翌日,禅祭皇地祇于社首山,如封祀仪。王钦若等连上颂词,什么彩霞起岳,什么黄云覆辇,什么瑞霭绕坛,什么紫气护幄,还有日重轮,月黄色,说得天花乱坠,弄假成真。真宗即御朝觐坛中的寿昌殿,受百官朝贺,上下传呼万岁,振动山谷。有诏大赦天下,文武进秩,令开封府及所过州郡,考选举人,赐天下酺三日,改乾封县为奉符县,大宴穆清殿,又宴泰山父老于殿门,真个是皇恩浩荡,帝泽汪洋。句中带刺。

过了数日,转幸曲阜,谒孔子庙,酌献再拜,命近臣分奠七十二弟子,加谥孔子为玄圣文宣王,饬此后祭用太牢。真宗复率从臣,游览孔林,到了兴尽思归,乃下诏回銮,仍用玉辂载奉天书,按驿还都。钦若护驾西归,更联合一班媚子谐臣,朝奏符瑞,暮颂功德,惹得真宗堕入迷团,自以为五帝三王,不过尔尔。丁谓又上封禅祥瑞图,揭示朝堂,于是东封不足,复议西封。可巧徐、兖大水,江、淮亢旱,无为烈风,金陵大火,各处灾祲,接连入报,这也可作符瑞。乃把西岳封禅,暂行停办。越年余,中外稍稍安靖,再将旧事提起,由群臣表请西祀汾阴,有旨准奏,定期来春西幸,所有典礼各使,免不得仍用熟手。嗣陕州奏称黄河清,集贤院校理晏殊献河清颂,真宗亲制奉天庇民述,宣示相臣。转眼间冬尽春来,命群臣戒备祭仪,毋得懈怠。适值京畿大旱,谷米腾贵,龙图阁待制孙奭,毅然上疏道:

臣闻先王卜征五年,岁习其祥,祥习则行,不习则增,修德而改卜。陛下始毕东封,更议西幸,殆非先王卜征五年慎重之意,其不可一也。夫汾阴后土,事不经见,昔汉武帝将封禅,故先封中岳,祀汾阴,始巡幸都县,遂有事于泰山。今陛下既已东封,复欲幸汾阴,其不可二也。古者环丘方泽,所以郊祀天地,今南北郊是也。汉初承秦,唯立五畤以祀天,而后土无祀,故武帝立祠于汾阴。自元成以来,从公卿之议,遂徙汾阴于北郊,后之王者多不祀汾阴。今陛下已建北郊,乃舍之而远祀汾阴,其不可三也。西汉都雍,去汾阴至近,今陛下经重关,越险阻,轻弃京师根本,而慕西汉之虚名,其不可四也。河东唐王业之所由起也,唐又都雍,故明皇闲幸河东,因祀后土。圣朝之兴,事与唐异,而陛下无故欲祀汾阴,其不可五也。昔者周宣王遇灾而惧,故诗人美其中兴,以为贤主。比年以来,水旱相继,陛下宜侧身修德,以答天谴,岂宜下徇奸回,远劳民庶,盘游不已,忘社稷之大计,其不可六也。夫雷以二月启蛰,八月收声,育养万物,失时则为异。今震雷在冬,为异尤甚。此天意丁宁以戒陛下,而反未悟,殆失天意,其不可七也。夫民,神之主也,是以圣王先成民而后致力于神。今国家土木之工,累年未息,水旱荐沴,饥馑居多,乃欲劳民事神,神其享之乎?其不可八也。陛下必欲为此者,不过效汉武帝、唐明皇巡幸所至,刻石颂功,以崇虚名,夸示后世尔。陛下天资圣明,当慕二帝三王,何为下袭汉唐之虚名?其不可九也。唐明皇以嬖宠奸邪,内外交害,身播国危,兵交阙下,忘乱之迹如此,由狃于承平,肆行非义,稔致祸败。今议者引开元故事以为盛烈,乃欲倡导陛下而为之,臣窃为陛下不取,其不可十也。臣言不逮意,陛下以臣言为可取,愿少赐清问,以毕臣说,臣不胜翘首待命之至。

真宗览奏,因他有少赐清问一语,即召内侍皇甫继明,传旨再问,教他尽情说来。孙奭乃再上陈道:

陛下将幸汾阴,而京师民心勿宁,江、淮之众,困于调发,理须镇安而矜存之。且土木之工未息,而夺攘之盗公行,外国治兵,不远边境,使者杂至,宁可保其心乎?昔陈胜起于徭役,黄巢出于凶饥,隋炀帝勤远略,而唐高祖兴于晋阳。晋少主惑于小人,而耶律德光长驱中国。陛下俯从奸佞,远弃京师,涉仍岁荐饥之墟,修违经久废之祠,不念民疲,不恤边患,安知今日戍卒无陈胜,饥民无黄巢?枭雄将无窥伺于肘腋,外敌将无观衅于边陲乎?先帝尝议封禅,寅畏天灾,寻诏停寝。今奸臣乃赞陛下,力行东封,以为继承先声。先帝尝欲北平幽、朔,西取继迁,大勋未集,用付陛下,则群臣未尝献一谋,画一策,以佐陛下继先帝之志者,反务卑词重币,求和于契丹,蹙国糜爵,姑息于继迁,曾不思主辱臣死为可戒,诬下罔上为可羞。撰造祥瑞,假托鬼神,才毕东封,便议西幸,轻劳车驾,虐害饥民,冀其无事往还,便谓成大勋绩。是陛下以祖宗艰难之业,为奸民侥幸之资,臣所以长叹而痛哭也。夫天地神祇,聪明正直,作善降之祥,作

第二十四回　孙待制空言阻西幸　刘美人徼宠继中宫

不善降之殃,未闻专事笾豆簠簋,可邀福祥。《春秋》传曰:"国之将兴听于民,将亡听于神",臣愚非敢妄议,惟陛下终赐裁择!

真宗看到此疏,亦知孙奭是个忠臣,但一种虚夸的念头,已是萦绕胸中,无从解脱,因此将两疏留中,束诸高阁。

仲春吉日,乘着天气晴和,启銮西幸,仍奉天书发京师,出潼关,渡渭河,遣近臣祀西岳,遂进次宝鼎县。汉称汾阴。奉祀后土城祇,一切礼仪,略与前等。余如赏功赦罪,颁宴赐赗,亦与前例相同。迭召隐士李渎、刘巽、郑隐、李宁见驾。渎托言足疾,不愿逢迎。隐与宁总算到来,受赐茶果粟帛,仍迄请回山。惟巽受职为大理评事。还次阌乡,召见道士柴又玄,问他无为要旨。又玄略陈数语,不甚称旨,便即令退。及抵陕州,又遣陕令王希,征召隐士魏野,野亦托疾不至。先是咸平五年,张齐贤闻京兆隐士种放名,奏请征命。真宗准奏往征,放即诣京师,受官左司谏,直昭文馆。后来东封西祀,无不随从,时论颇加鄙薄。至李渎、魏野,并辞不至,名盛一时。渎与野本相友善,均遁迹终身,及野殁,渎痛失良友,隔六日亦卒,尤觉奇异。还有杭州隐士林逋,终身不娶,隐居西湖,结庐孤山,妻梅子鹤。真宗料他高节,不肯就征,但赐他粟帛。逋至仁宗时乃殁,临终时口吟自挽诗,有"茂陵他日求遗稿,犹幸曾无封禅书"二语,传诵远迩,众口皆碑,这也不在话下。实是褒扬高节。

惟西封以还,尚有余岳未封,再遣向敏中为五岳奉册使,加上五岳帝号,并作会灵观奉祀五岳,一面任王钦若为枢密使,擢丁谓参知政事。另用林特为三司使,三人互相勾结,专言符瑞,经度制置副使陈彭年,素性奸媚,绰号九尾狐,与内侍刘承珪,也阴通声气,广修宫观,朝中目为五鬼。承珪又奏言:"汀州王捷,在南康遇一道人,自言姓赵,讳玄朗,即司命真君,授捷丹术,及小镮神剑,既而不见,因此上闻。"真宗即召捷入朝,授官左武卫将军,赐名中正。廷臣均不胜惊异,真宗却语辅臣道:"朕尝梦神人传玉皇命,谓令朕始祖赵玄朗,授朕天书。次日,复梦神人传圣祖言云,吾座西偏,应设六位候着。朕乃命在延恩殿设道场,五鼓一筹,果闻异香。俄顷,黄光满殿,圣祖竟至。朕再拜殿下,嗣复有六人到来,各揖圣祖,一一就坐。圣祖命朕道:'我乃人皇九人的一人,是赵氏始祖,再降为轩辕皇帝。后唐时复降生赵氏,今已百年,愿汝后嗣,善抚苍生,毋怠前志。'说毕,各离座乘云而去。王捷所遇,想即这位圣祖了。"愈造愈奇。王旦等不敢指驳,只黑压压的跪在一地,齐声称贺,因颁诏天下,避圣祖讳,"玄"应作"元","朗"应作"明",载籍中如遇偏讳,应各缺点画。寻复以"玄""元"二字,声音相近,改"玄"为"真","玄武"为"真武",命丁谓等修订崇奉仪注,上圣祖尊号曰"圣祖上灵高道九天司命保生天尊大帝",圣母懿号曰"元天大圣后",勅建景灵宫、太极观于寿邱,奉圣祖圣母,并诏建康军铸玉皇圣祖、太祖、太宗尊像，授丁谓为奉迎使，迎像入玉清昭应宫。真宗又亲率百官郊谒，再命王旦为刻玉使，王钦若、丁谓为副，把天书刻隶玉籍，谨藏宫中。此后玉清昭应宫祀事，均归王旦承办，即赐他一个官名，叫作玉清昭应宫使。《纲目》于王旦病殁，特书玉清昭应使王旦卒，故本编亦特别提出。王旦虽自觉可笑，但帝命难违，也只得随来随受罢了。这是寓褒于贬之笔。

且说真宗皇后郭氏，谦约惠下，性疾侈靡。族属入谒禁中，服饰稍华，即加戒勖。母家间有请托，未尝允诺。以此真宗亦颇加敬礼，素无间言。景德四年，从真宗幸西京，拜谒诸陵，途中偶冒寒气，还宫寝疾，竟致不起。及崩，谥曰章穆。宫中尚有数嫔，最邀宠眷的要算刘德妃，次为杨淑妃。这位刘德妃的履历，不甚明白，她本随一蜀人龚美，流至京师。龚美素业锻银，自导妃入都后，仍执旧业，不知如何得识内侍，出入宫邸。是时妃年尚只十五，生得巧小玲珑，纤秾秀媚，兼且有一种特技，善能播鼗。鼗本寻常小鼓，没甚可听，偏经她纤手摇来，音韵悠扬，别具节奏。在色不在鼗。内侍等遇着闲暇，辄往听鼗，渐渐的哄动都下，连襄邸中也得闻知。真宗尚未为太子，年少好奇，即带着侍役，微服往游。既至龚美寓中，睹着这位刘美人芳容，已是目眩心迷，暗暗称赏；及令她播鼗，果然声调铿锵，比众不同。刘亦知真宗不是常人，除运动灵腕外，免不得有眉传目语的情形，惹得真宗心猿意马，一经还邸，便令侍役召入，作为侍女。当下问明籍贯，据说是："先家太原，后徙益州，祖名延庆，曾在晋汉间做过右骁卫大将军。父名通，即在宋朝做过虎捷都指挥使，因从征太原，中道病殁。时女尚在襁褓，因家世廉洁，向无余资，不得不鞠养外家。会因舅氏等相继去世，只剩表兄龚美，素业贱工，糊口四方，是以随徙至此。"话虽如此，未足尽信。她一面说，一面含着悽切态度，越觉楚楚可怜。看官！你想这真宗年当好色，怎肯将她轻轻放过？况这刘美人心灵手敏，乐得移篙近舵，图个终身富贵。洛皋解珮，幸遇陈思，神女行云，巧逢楚主。两下里相怜相爱，几似胶漆粘合，熔成一对鸾凤交。偏真宗乳母秦国夫人，秉性严整，看他两小无猜，料有情弊，遂乘间入白太宗。太宗即传入真宗，当面训责，令他斥逐刘女。真宗不得已，遣女出邸，潜置王宫指使张耆家。老婆子太不解事，几乎拆散鸳鸯。到了真宗即位，大权在握，当即召入宫中，封为美人。名称其实。破镜重圆，钟情倍甚。那美人确系聪明，对着那郭皇后，侍奉殷勤，就是与同列杨氏，亦和好无嫌，因此宫中相率称诵。未几，进位修仪，且因她终鲜兄弟，即以龚美为后兄，令改姓刘，赐给官秩。银匠也交运了。先是郭后连生三子，长名禔，次名祐，又次名祇，皆早殇。杨氏生子祉、祈，又皆夭逝。真宗望子心切，又选纳沈女为才人。沈氏本宰相沈伦孙女，父名继忠，亦曾任光禄卿。就是杨氏祖籍，亦尝通显，她本是天武副指挥使杨知信侄女，比刘氏先入襄邸,刘封修仪,杨亦封修仪。至郭后已崩,刘、杨名位相埒,均有嗣袭中宫的希望。沈才人虽是后进,但系将相后裔,望重六宫,却也是一个劲敌。刘氏外表谦和,内怀刻忌,日思产一麟儿,藉得后位,怎奈熊罴不梦,祷祀无灵,只好想了一条以李代桃的计策,暗中授意李侍儿,令司御寝,按天里叠被铺床,抱衾送枕。也是真宗命该有子,竟要她侍寝,当夕春风一度,暗结珠胎。一日,随真宗临幸砌台,狭小金莲,稍被一绊,那头上玉钗,竟致震落。李不觉失色,真宗暗地卜祷,钗完当生男子。及左右拾钗进奉,果得不毁。真宗甚喜,既而果产一男,取名受益,就是后日的仁宗皇帝。李以是得封才人。刘氏取益为己子,且商诸杨氏,合同保护,一面密嘱心腹,只说皇嗣为自己所生,不得泄漏外廷,一面悄语真宗求请立后。真宗本宠爱得很,当然言听计从,遂册刘氏为德妃,并召谕群臣,将立刘为继后。忽有一人出班跪奏道:"不可不可!"正是:

    蛾眉已博君王宠,鲠骨难移主上心。

  欲知何人谏阻,且看下回表明。

  东封西祀,全是瞎闹,不特无益而已,其劳民费财,尤不胜言。当时惟孙奭二疏,最是剀切,真宗明知其忠而不见从,盖理欲交战于胸中,烛理未明,卒为私欲所胜耳。彼刘美人以色得幸,专宠后宫,亦何尝不自私欲所致乎?幸刘氏有吕武之才,无吕武之恶,其事郭后也以谨,其待杨妃也以和;即宫中侍儿,得幸生子,饰为己有,迹近诡秘,但上未敢欺罔真宗,下未忍害死李侍,第不过借此以擢后位,希图尊宠,狡则有之,而恶尚未也。然后世已深加痛嫉,至有狸奴换主之讹传,归罪郭槐,归功包拯,捕风捉影,全属荒唐。宣圣所谓恶居下流者,其信然耶?本书褒不虚褒,贬不妄贬,足与良史同传不朽,以视俗小说之荒谬不经,固不啻霄壤之别矣。

第二十五回　留遗恨王旦病终
　　　　　坐株连寇准遭贬

  却说真宗欲立刘氏为后,有一大臣出班奏道:"刘妃出身微贱,不足母仪天下。"观此言,益知刘妃履历,不足取信。真宗视之,乃是翰林学士李迪,便不觉变色道:"妃父刘通,曾任都指挥使,怎得说是微贱?"言甫毕,又有参知政事赵安仁出奏道:"陛下欲立继后,不如沈才人出自相门,足孚众望。"真宗道:

"后不可以僭先。且刘妃才德兼全,不愧后仪,朕意已决,卿等毋庸多渎!"李、赵两人,碰得一鼻子灰,只好告退。真宗即命丁谓传谕杨亿,令他草诏册后。亿有难色,谓语道:"勉为此文,不忧不富贵。"亿听了此语,竟摇首道:"如此富贵,却非所愿,请公改谕他人。"气节可嘉。谓乃命他学士草制,竟册刘为后,并晋授杨修仪为淑妃,沈才人为修仪,李才人为婉仪,所有典礼,概从华赡。刘氏既正位中宫,更留心时事,旁览经史,每当真宗退朝,阅天下章奏,辄至夜半,后侍坐右侧,得以预览,所见皆记忆不忘。真宗有所疑问,她即援古证今,滔滔不绝,因此愈得帝欢,渐渐的干预外政了。

真宗仍谈仙说怪,祈神祷天,闻亳州有太清宫,奉老子像,遂加号老子为太上老君,混元上德皇帝,亲往朝谒,又是一番铺张。且改应天府为南京,即宋州。太祖旧藩归德军在宋州,因改名应天府,至是复改称南京。与东西两京,并立为三。敕南京建鸿庆宫,奉太祖、太宗圣像。真宗亦亲去巡阅,相度经营。至还宫后,正值玉清昭应宫告成,修宫使就是丁谓。起初预估年限,应历十五年,方得竣工,真宗嫌时过迟,拟缩短期限,丁谓乃令工役日夕并营,七年乃就。凡二千六百一十楹,制度弘丽,金碧辉煌。内侍刘承珪,助谓监工,屋宇略不中式,便令改造,造好复拆,拆后复造,不知费了若干国帑,才算造成。宫中建一飞阁,高可插天,名曰宝符,贮奉天书。复仿真宗御容,铸一金像,侍立右侧。真宗亲制誓文,刻石置宝符阁下。张咏自益州还京,入直枢密,至是忍耐不住,上疏言:"贼臣丁谓,诳惑陛下,劳民伤财,乞斩谓头,悬诸国门,以谢天下!然后斩咏头置丁氏门以谢谓。"数语传诵都下,偏真宗信任丁谓,竟命他出知陈州,未几遂殁,寻谥忠定。他如太子太师吕蒙正,司空张齐贤等,俱先后凋谢。吕谥文穆,张谥文定。不忘老成人。王旦亦衰迈多疾,累请致仕,奈因真宗不许,只好虚与委蛇。他本智量过人,明知真宗所为,不合义理,但已被五鬼挟持,没奈何随俗浮沉。合则留,不合则去,奈何同流合污?先是李沆为相,尝取四方水旱盗贼等事,奏白殿廷。且方参政,以为事属琐屑,不必多渎。沆笑道:"人主少年,当令知四方艰难,免启侈心,否则血气方刚,不留意声色犬马,即旁及土木神仙,我已老,不及见此,参政他日,或见及此事,应回忆老朽哩。"及沆殁,果然东封西祀,大营宫观,旦欲谏不能,欲去不忍,尝私叹道:"李文靖不愧圣人,所以具有先见,我辈抱愧多多哩!"李沆殁谥文靖,故称作李文靖。嗣见五鬼当朝,老成迭谢,乃密白真宗,请仍召用寇准。真宗乃召准入京,命为枢密使。准因三司使林特,党附佥壬,辄加沮抑。特遂暗加谮诉,惹得真宗动恼,召语王旦道:"准刚忿如昔,奈何?"旦复奏道:"准喜人怀惠,又欲人畏威,这是他的短处。但本心仍是忠直,若非仁主,确是难容。"真宗默然,嗣竟出准为武胜军节度使,判河南府,徙永兴军。

第二十五回　留遗恨王旦病终　坐株连寇准遭贬

至祥符九年残腊，真宗又拟改元，越年元旦，遂改元天禧，御驾亲诣玉清昭应宫上玉皇大帝宝册衮服。翌日，上圣祖宝册。又越数日，谢天地于南郊，御天安殿受册号，御制钦承宝训述，颁示廷臣，命王曾兼会灵观使。曾转推钦若，固辞不受。曾，青州人，咸平中，由乡贡试礼部，及廷对皆列第一。有友人向他贺喜道："状元及第，一生吃着不尽。"曾正色道："平生志不在温饱，难道单讲吃着么？"志不在小。未几，入直史馆，应二十四回。迁翰林学士，嗣擢任为右谏议大夫，参知政事。至兼职观使的诏命，毅然不受。真宗疑曾示异，当面诘问。曾跪答道："臣知所谓义，不知所谓异。"两语说毕，从容趋退。王旦时亦在朝，暗暗点头，退朝后语僚属道："王曾词直气和，他日德望勋业，不可限量，恐我不及相见哩。"过了数日，决计辞职，连表乞休。真宗仍不肯照准，反加任太尉侍中，五日一朝，参决军国重事。旦愈不肯受，固辞新命，并托同僚代为奏白，乃将成命收回，止加封邑。但相位依然如故，旦却老病日增。应该愧悔增疾。一日，召见滋福殿，他别无人，惟旦独对。真宗见他形色甚癯，不禁黯然道："朕方欲托卿重事，不意卿疾若此，转滋朕忧。"说着，即唤内侍召皇子出来，及皇子受益登殿，真宗命拜王旦。旦慌忙趋避，皇子随拜阶下，旦跪答毕，起言："皇嗣盛德，自能承志，陛下何必过忧。"乃迭荐寇准、李迪、王曾等数人，可任宰辅，自己力求避位。真宗乃允他罢相，仍命领玉清昭应宫使，兼职太尉，给宰相半俸。寻又命肩舆入朝，旦不敢辞，力疾入内廷。有旨命旦子王雍，与内侍扶掖进见。真宗婉问道："卿今疾亟，万一不讳，朕把这国事付与何人？"旦答道："知臣莫若君，惟明主自择。"真宗固问道："卿不妨直陈！"旦举笏奏道："依臣愚见，莫若寇准。"真宗摇首道："准性刚量狭，他尝说卿短处，卿何故一再保荐？"旦答道："臣蒙陛下过举，久参国政，岂无过失？准事君无隐，臣所以说他正直，屡行荐举。他人非臣所素知，恐臣病困，不能久侍了。"此等处不愧名相。真宗乃命掖出殿门，上舆而去。真宗终未信旦言，竟任王钦若同平章事。

钦若从前入朝，必预备奏牍数本，但伺真宗意旨，方出奏章，余多怀归。枢密副使马知节，素嫉钦若，尝在帝前顾他道："怀中各奏，何不尽行取呈？"钦若闻言，未免失色。但力言知节虚诬，知节亦抗争不屈，嗣是两人结成嫌隙，往往面折廷争。知节退见王旦，犹恨恨道："本欲用笏击死这贼，但恐惊动君上，未敢率行。此贼不去，朝廷没有宁日呢。"也是一个硬头子，所以不肯略去。真宗因两人时常争执，索性一律罢免。钦若出枢密院，知节徙为彰德留后。至此因王旦免相，复念及钦若，仍拜为枢密使，进任同平章事。钦若貌状短小，项有附瘤，时人目为瘿相，他却哓哓语人道："为了王子明，迟我十年作相。"言下尚有愠色。看官！道王子明为谁？就是王旦的表字。旦闻钦若入相,愈加悔愤,病遂加剧。真宗遣使驰问,每日必三四次,有时亲自临问,御手调药,并薯蓣粥为赐。旦无甚奏对,只说是负陛下恩。悔无及了。及弥留时,邀杨亿入室,托撰遗表,且语亿道:"我忝为宰辅,抱歉甚多,遗表中止叙我生平遭遇,感谢隆恩,并请皇上日亲庶政,进贤黜佞,庶可少减焦劳,切不可为子弟求官,徒滋后累。君系我多年好友,所以托办此事呢。"亿如言撰就,请旦自阅。旦尚窜易数语,并召子弟等入嘱道:"我家世清白,槐庭旧德,幸勿遗忘!此后当各持俭素,共保门楣,我自问尚无大过,只天书虚妄,我不能谏阻,徒自滋愧,死后可削发披缁,依僧道例殓葬,或尚可对我祖考呢。"言已,瞑目而逝。原来王旦父祐,曾事太祖、太宗,为兵部侍郎,平生颇有阴德,尝在庭中手植三槐,自言后世子孙,应作三公,故王氏称为三槐堂。旦果贵为宰相,适应父言。家人因旦有遗嘱,拟即遵行,杨亿以为不可,乃止。遗表上闻,真宗临丧哀恸,追赠太师尚书令魏国公,予谥文正,还宫后辍朝三日,录旦子弟外孙门客十数人,诸子服阕,各进一官。总算是生荣死哀,恩宠无比了。王旦任相最久,故从详述,褒贬处亦自不苟。

且说王钦若入相后,毫无建树,惟奉祀神仙,引用奸幸。王曾以先时示异,被他进谗,出知应天府。越年春季,西京讹言忽起,说有妖物似席帽,夜间飞入人家,又变作犬狼状,不时伤人。百姓相率惶恐,每夕闭户深居,挟兵自卫。渐渐的传到汴都,都下亦哗噪达旦。诏立赏格捕妖,又渐渐的传到南京。王曾令夜开里门,如有倡言妖物,立捕治罪,妖物终没有到来,民居也得归安谧。妖由人兴,人定则妖从何起?既而汴京讹言亦息。真宗以皇子渐长,自身亦常患疾,遂立皇子受益为太子,改名为祯,大赦天下。是年十月,参知政事张知白,又为钦若所排,出知天雄军。翌年为天禧三年,永兴军巡检朱能,密结内侍周怀政,诈为天书,伪降乾佑山。时寇准方判永兴,因朱能素未附己,乃将伪书上奏,有旨迎入禁中。谕德鲁宗道上言奸臣妄诞,荧惑圣聪,知河阳军孙奭,亦请速斩朱能,聊谢天下,两疏均不见从,反有诏召准还京。准奉诏即还。有门生劝准道:"先生若至河阳,称疾不入,坚求外补,乃是上策。倘或入觐,即面奏乾佑天书,不得为真,乃是中策。若再入中书,自隳志节,恐要变成下策了。"恰是忠告。准不以为然,竟入都朝见。可巧商州捕得道士谯天易,私蓄禁书,谓能驱遣六丁六甲各神。钦若坐与往来,也想借用六丁六甲么?也致免相。准即受命代任,用丁谓参知政事。准素与谓善,尝称谓为有才,是时李沆尚存,顾语准道:"此人可使得志么?"准答道:"才如丁谓,恐相公亦不能终抑呢。"沆微哂道:"他日当思吾言。"及准三次入相,虽稍知丁谓奸邪,但向属故交,仍加礼貌。谓却事准甚谨,某夕,会食中书,准饮羹污须,谓起身代拂。准略带酒意,竟向谓戏语道:"参政系国家大臣,乃替长官拂须么?"替你拂须,

第二十五回　留遗恨王旦病终　坐株连寇准遭贬

还要笑他，未免不中抬举了。这一席话，说得丁谓无地自容，双颊俱赤。马屁拍错了。当时不便发作，暗中很是惭恨，因此有意倾准，时常伺隙。既而准与向敏中，均加授右仆射，准素豪侈，贺客甚多，敏中独杜门谢客，真宗遣使觇视，极力褒美敏中，不及寇准。

　　天禧四年，真宗忽遇风疾，不能视朝，事多决诸刘后，准引为己忧。一日，入宫请安，乘间语真宗道："皇太子关系众望，愿陛下思宗庙重寄，传以神器，亟择方正大臣，预为辅翼，方保无虞。丁谓、钱惟演，系奸佞小人，断不足辅少主呢！"真宗道："卿言甚是。"准乃退出。看官阅过上文，已可知丁谓奸邪，惟钱惟演未曾见过，应该补叙明白。惟演即吴越王钱俶子，博学能文，曾任翰林学士，兼枢密副使。他见丁谓势盛，与结婚姻，情好甚密，因此寇准连类奏陈。准既奉旨俞允，即密令杨亿草表，请太子监国，并欲引亿辅政，总道是安排妥当，可无变卦，一时心满意骄，竟从酒后漏言，传入谓耳。谓不觉惊诧道："皇上稍有不适，即当痊可，奈何令太子监国呢？"当下转语李迪，迪从容答道："太子监国，本是古制，有何不可？"谓益加猜忌，竟运动内侍，入诉刘后，只言准谋立太子，将有异图。刘后已隐怀奢望，闻着这个消息，当然忿恨，也不遑报知真宗，竟从宫中发出矫制，罢准相位，授为太子太傅，封莱国公，改任李迪、丁谓同平章事。史称真宗失记前言，因致罢准，后云罢相三黜，皆非帝意，语近矛盾，何如称为刘后矫旨，直截了当。真宗尚莫明其妙，自恐一病不起，尝卧宦官周怀政股上，与言太子监国事。怀政出告寇准，准怅然道："牝后预政，天子失权，教我如何摆布呢？"怀政道："监国不成，何妨竟请太子受禅。"准不待说毕，亟摇手道："你越说越远了。"怀政见左右无人，又密语道："公何故这般胆小？今上明明语我，欲令太子监国，倘竟奉今上为太上皇，传位太子，我想今上亦是愿意，有什么难行呢？"准又摇手道："内刘外丁，权焰薰天，谈何容易？"怀政奋然道："刘可幽，丁可杀，公可复相，看怀政去干一番呢。"看事太易，奚怪不成。但怀政系内竖，倘使幸成事，为祸更烈，寇公奈何未思耶？准复劝阻道："此计虽好，但事或不成，为祸不小，还请三思为是！"怀政道："事成大家受福，事不成有我受祸，决不牵累公等，请公勿虑！"准始终不与主张，临别时犹谆嘱小心。幸有此着，得保首领。怀政拂袖竟去。

　　准自怀政去后，杜门不出，唯暗侦宫廷消息。过了数日，忽闻怀政被拿下；又越一日，怀政发枢密院审讯，竟直供不讳了。那时准捏着一把冷汗，只恐株连坐罪，随后探听确凿，只怀政一人伏法，不及他人，才稍稍放心。原来怀政秘谋，被客省使杨崇勋闻知，崇勋竟转告丁谓。谓即与崇勋微服，黄夜乘着犊车，至曹利用家计议，且欲乘此除准，利用因澶州议和时候，受准训斥，也挟有微嫌，应第二十二回。当即商定奏牍，待旦上陈。有诏捕怀政下狱，命枢密院讯问。可巧这日谳员,派着签书枢密院事曹玮,玮即曹彬子,累积战功,此时因边境安宁,入副枢密,当下坐堂讯鞫,止问怀政罪状,不愿株连。怀政亦挺身自认,毫不妄扳,于是具案复奏,罪止怀政。曹玮原是贤吏,怀政也算好汉。丁谓等大失所望,复密启刘后,拟兴大狱。适值真宗略痊,刘后不便擅行,只乘间怂恿真宗,激动怒意。真宗力疾视朝,面谕群臣,欲彻查太子情弊。群臣面面相觑,莫敢发言,独李迪上前跪奏道:"陛下有几子,乃有此旨?臣敢保太子无二心!"语简而明。真宗听了,不禁颔首,乃只命将怀政正法,随即退朝。丁谓尚不肯罢休。复与刘后通谋,讦发朱能怀政,伪造天书,由寇准欺主入陈一事。准遂遭贬为太常卿,出知相州,一面遣使往捕朱能。准受诏后,暗自太息道:"不遇大祸,还算幸事。丁谓!丁谓!你难道能长享富贵么?"因即束装出都,往就任所。谁知福不双逢,祸偏迭至,朱能竟拥众拒捕,经官军入剿,始惶惧自杀,准又连带加罪,再贬为道州司马。这种诏旨,均由刘后一人擅行,至真宗病愈以后,顾语群臣道:"我目中何久不见寇准?"仿佛做梦。左右以坐罪加贬为辞。真宗方知是刘后矫制,但欷歔太息罢了。小子有诗咏寇莱公道:

臣道刚方叶利贞,只因多欲误身名。
河阳三尺分明在,应悔忠言不早行。

寇准既贬,丁谓益肆无忌惮了,下回续叙丁谓罪状,请看官续阅便知。

本回为王旦、寇准合传,两人皆称名相,而旦失之和,和则流;准失之刚,刚则褊;要之皆非全才,而患得患失之心,则旦与准皆不免。旦之所以同流合污者在此,准之所以屡进屡退者,亦何尝不在此?所谓大臣者,以道事君,不可则止,旦与准若知此道,则和可也,刚亦可也,何致事后自悔,遗令披缁,阿旨求荣,坐罪迭贬耶?其余叙及诸人,贤奸不一,皆为本回之宾,然亦可因此而示优劣。通俗教育,于此寓之,固不得仅目为小说也。

第二十六回　王沂公劾奸除首恶　　鲁参政挽辇进忠言

却说丁谓揽权用事,与李迪甚不相协。谓擅专黜陟,除吏多不使与闻,迪愤然语同列道:"迪起布衣至宰相,受恩深重,如有可报国,死且不恨,怎能党附权幸,作自安计?"于是留心伺察,不使妄为。是时陈彭年已死,王钦若外

第二十六回　王沂公劾奸除首恶　鲁参政挽辇进忠言

调,刘承珪亦失势,五鬼中几至寥落,只有林特一人,尚混迹朝班。谓欲引林特为枢密副使,迪不肯允。谓悻悻与争,迪遂入朝面劾,奏称:"丁谓罔上弄权,私结林特、钱惟演,且与曹利用、冯拯相为朋党,搅乱朝事。寇准刚直,竟被远谪,臣不愿与奸臣共事,情愿同他罢职,付御史台纠正。"这数语非常激烈,惹动真宗怒意,竟命翰林学士刘筠草诏,左迁迪知郓州,谓知河南府。翌日,谓入朝谢罪,真宗道:"身为大臣,如何或迪相争?"谓跪对道:"臣何敢争论!迪无故詈臣,臣不得不辩。如蒙陛下特恩赦宥,臣愿留侍朝廷,勉酬万一。"居然自作毛遂。真宗道:"卿果矢志无他,朕何尝不欲留卿。"谓谢恩而出,竟自传口诏,复至中书处视事;且命刘筠改草诏命。筠答道:"草诏已成,非奉特旨,不便改草。"名足副实,不愧竹筠。谓乃另召学士晏殊草制,仍复丁谓相位。筠慨然道:"奸人用事,何可一日与居?"因表请外用,奉命出知庐州。

既而真宗颁诏:"此后军国大事,取旨如故,余皆委皇太子同宰相枢密等,参议施行。"太子固辞不许,乃开资善堂议政。看官!你想太子年才十一,就使天纵聪明,终究少不更事。此诏一下,无非令刘后增权,丁谓加焰,内外固结,势且益危。可巧王曾召回汴京,仍令参知政事,他却不动声色,密语钱惟演道:"太子幼冲,非中宫不能立,中宫非倚太子,人心亦未必归附。为中宫计,能加恩太子,太子自平安了。太子得安,刘氏尚有不安么?"先令母子一心,然后迎刃而解。惟演答道:"如参政言,才算是国家大计呢。"当下入白刘后。后亦深信不疑。原来惟演性善逢迎,曾将同胞妹子,嫁与刘美为妻。银匠得配贵女,真是妻荣夫贵。因此与刘后为间接亲戚,所有禀白,容易邀后亲信。王曾不告他人,独告惟演,就是此意。

过了天禧五年,真宗又改元乾兴,大赦天下,封丁谓为晋国公,冯拯为魏国公,曹利用为韩国公。元宵这一日,亲御东华门观灯,非常欣慰。偏偏乐极悲生,数残寿尽,仲春月内,真宗又复病发,连日不愈,遣使祷祀山川,病反加剧,未几大渐,诏命太子祯即皇帝位,且面嘱刘后道:"太子年幼,寇准、李迪,可托大事。"人之将死,其言也善。言至此,已不能成辞,溘然晏驾去了。总计真宗在位,改元五次,共二十六年,寿五十五岁。刘后召丁谓、王曾等入直殿庐,恭拟遗诏,并说奉大行皇帝特命,由皇后处分军国重事,辅太子听政。曾即援笔起草,于皇后处分军国重事间,嵌入一个权字。丁谓道:"中宫传谕,并没有权就意思,这权字如何添入!"曾正色道:"我朝无母后垂帘故事。今因皇帝冲年,特地从权,已是国家否运,加入'权'字,尚足示后。且增减制书,本相臣分内事,祖制原是特许。公为当今首辅,岂可不郑重将事,自乱典型么?"理直气壮。谓乃默然。至草诏拟定,呈入宫禁。刘后已先闻曾言,不便改议,就把这诏书颁示中外。太子祯即位枢前,就是仁宗皇帝,尊刘后为皇太后,杨淑妃为皇太妃。中书枢密两府,因太后临朝,乃是宋朝创制,会集廷议。曾请如东汉故事,太后坐帝右侧,垂帘听政。丁谓道:"皇帝幼冲,凡事总须由太后处置,但教每月朔望,由皇帝召见群臣,遇有大政,由太后召对,辅臣议决。若寻常小事,即由押班传奏禁中,盖印颁行便了。"曾勃然道:"两宫异处,柄归宦官,岂不是隐兆祸机么?"名论不刊。谓不以为然。群臣亦纷议未决。哪知谓竟潜结押班内侍雷允恭,密请太后手敕,竟如谓议颁发下来。大众不敢反对,谓很是得意。雷允恭即由是擅权,还亏王曾正色立朝,宫廷内外,尚无他变。

嗣封泾王元俨为定王,赞拜不名。元俨系太宗第八子,素性严整,毅不可犯,内外崇惮丰采,各称为八大王。俗小说中误称德昭为八大王。命丁谓为司徒兼侍中尚书左仆射,冯拯为司空兼侍中枢密尚书右仆射,曹利用为尚书左仆射兼侍中。三人朋比为奸,谓尤骄恣。刘后因册立时候,李迪谏阻,引为深恨。谓事事欲取太后欢心,更因与寇准有嫌,索性将两人目为朋党,复添入迪、准故友,奏请一一坐罪。太后自然照允,即命学士宋绶草诏,贬准为雷州司户参军,迪为衡州团练副使,连曹玮也谪知莱州。王曾入语丁谓道:"罚重罪轻,还当斟酌。"谓捻须微笑道:"居停主人,恐亦未免。"曾乃不便固争。原来准在京时,曾尝将第舍假准,所以谓有此说。谓又授意宋绶,令加入"春秋无将,汉法不道"二语。绶虽不敢有违,但此外却还说得含糊。及草诏成后,谓意未足,竟提笔添入四语,看官道他甚么话儿?乃是"当丑徒干纪之际,属先帝违豫之初,罹此震惊,遂致沉剧"。这种锻炼周内的文字,颁示都中。都人士莫不呼冤,也编成四句俚词道:"欲得天下宁,须拔眼前丁。欲得天下好,不如召寇老。"谓不恤人言,遣使促迪速行,又令中官赍敕诣准,特赐锦囊,贮剑马前,示将诛戮状。准在道州,方与郡官宴饮,忽郡卒入报中使到来,有悬剑示威情形。郡官却不禁失色,独准形神自若,与郡官邀中使入庭,从容与语道:"朝廷若赐准死,愿见敕书。"中使无可措辞,乃登堂授敕。准北面拜受,徐徐升阶,邀中使入宴,至暮乃散。中使自去,准亦即往雷州。

是时,真宗陵寝,尚未告成,命丁谓兼山陵使,雷允恭为都监。允恭与判司天监邢中和,往勘陵址,中和语允恭道:"山陵上百步,即是佳穴,法宜子孙。但恐下面有石,兼且有水。"允恭道:"先帝嗣育不多,若令后世广嗣,何妨移筑陵寝。"中和道:"山陵事重,踏勘复按,必费时日,恐七月葬期,不及遵制,如何是好?"允恭道:"你尽管督工改筑,我走马入白太后,定必允从。"心尚可取,迹实专横。中和唯唯而退。允恭即日还都,进谒太后,请改穿陵穴。太后道:"陵寝关系甚大,不应无端更改。"允恭道:"使先帝得宜子孙,岂非较善?"太后迟疑半晌,复道:"你去与山陵使商议,决定可否?"允恭乃出语丁谓。谓无异言,再入奏太后。太后才准所请,命监工使夏守恩,领工徒数万名,改穿

第二十六回　王沂公劾奸除首恶　鲁参政挽辇进忠言

穴道。起初掘土数尺，即见乱石层叠，大小不一。好容易畚去乱石，忽涌出一泓清水，片刻间变成小池，工徒大哗。夏守恩亦觉惊惧，不敢再令动工，即遣内使毛昌达奏闻。

太后责问允恭，并及丁谓。谓尚袒护允恭，但请另遣大臣按视。王曾挺然愿往，当日就道。不到三日，即已回都；时已近夜，入宫求见，且请独对。太后即召曾入内。曾叩首毕，竟密奏道："臣奉旨按视陵寝，万难改移。丁谓包藏祸心，暗中勾结允恭，擅移皇堂，置诸绝地。"此是王沂公用诈处，但为锄奸计，不得不尔。太后闻言，不由的大怒道："先帝待谓有恩，我待谓亦不薄，谁知他却如此昧良。"随语左右道："快传冯拯进来！"未几，冯拯进见，太后尚怒容满面，严谕冯拯道："可恨丁谓，负恩构祸，若不将他加刑，是没有国法了。雷允恭外结大臣，更属不法，你速发卫士拿下丁、雷，按律治罪！"冯拯听了此旨，几吓得目定口呆，不能置词。太后复道："你敢是丁谓同党么？"一语惊人，使冯拯无可置喙。冯拯忙免冠叩首道："臣何敢党谓？但皇帝初承大统，即命诛大臣，恐骇天下耳目，还乞太后宽容！"仍是庇护。太后听了，面色少霁，乃谕道："既这般说，且去拿问雷允恭，再行定夺。"拯乃退出，即遵旨将允恭拿下，立即讯鞫定谳，勒令自尽。邢中和一并伏罪，并抄没允恭家产，查出丁谓委托允恭，令后苑工匠造金酒器密书，及允恭托谓荐保管辖皇城司，及三司衙门书稿，并呈太后。太后召集廷臣，将原书取示，因宣谕道："丁谓、允恭，交通不法，前日奏事，均言与卿等已经议决，所以多半照允。今营奉先帝陵寝，擅行改易，若非按视明白，几误大事。"冯拯等均俯伏道："先帝登遐，政事统由丁、雷二人解决，他尝称得旨禁中，臣等莫辨虚实。幸赖圣明烛察，始知奸状，这正是宗社幸福呢！"急忙自身卸火，这是小人常态。当下召中书舍人草谕，降丁谓为太子少保，分司西京。这谕旨榜示朝堂，颁布天下。擢王曾同平章事，吕夷简、鲁宗道参知政事，钱惟演为枢密使。夷简系蒙正从子，从前真宗封岱祀汾，两过洛阳，均幸蒙正私第，且问蒙正诸子可否大用？蒙正答称："诸子无能，惟侄夷简有宰相才。"及真宗还都，即召夷简入直，累擢至知开封府，颇有政声，至是乃入为参政。宗道曾为右正言，刚直无私，真宗尝称为鲁直，故此时连类同升。王曾即请太后匡辅新君，每日垂帘听政，太后方才允行。

先是丁谓家中，有女巫刘德妙，尝相往来。德妙颇有姿色，与丁谓三子玘通奸，谓却未曾察悉，但教她托词老君，伪言祸福，借以动人。于是就谓家供老君法像，入夜设醮园中，每至夜静更深，玘往交欢，仿佛一对露水夫妻。得其所哉！雷允恭亦尝至谓家祈祷，及真宗崩后，德妙随允恭入宫，得谒太后，应对详明，谈宫中过去事，无不具知，引得太后亦迷信起来。刘后聪颖，亦着鬼迷，况寻常妇女乎？德妙又持龟蛇二物入内，绐言出谓家山洞中，当是真武座前的龟蛇二将。谓又作龟蛇颂，说是混元皇帝，赐给德妙，俗称龟蛇相交，德妙与妃通奸，应有此赐。太后亦将信将疑。至谓已坐罪，乃将德妙系狱，令内侍刑讯。德妙一一吐实，当然坐罪，并贬谓为崖州司户参军。谓子妃奸案并发，一并除名。学士宋绶，奉旨草诏，首四语即为"无将之戒，旧典甚明。不道之辜，常刑罔赦。"朝论称快。报应何速？

谓窜谪崖州，须经过雷州境内，寇准遣使持一蒸羊，作为赠品。谓领谢后，且欲见准，准固辞不见。家童谋刺谓报仇，准不许，杜门纵家童饮博，及谓已去远乃止。时人为之咏道："若见雷州寇司户，人生何处不相逢？"这两语传诵不衰。观过知仁，于此可见？越年，准徙为衡州司马，尚未赴任，忽患病剧，即遣人至洛中取通天犀带，沐浴更衣，束带整冠，向北面再拜，呼仆役拂拭卧具，就榻而逝。这通天犀带系太宗所赐，夜视有光，称为至宝，准因此必欲殓葬。返柩西京，道出公安，人皆路祭，插竹焚纸，逾月枯竹生笋，众因为之立庙，号竹林寇公祠。准少年富贵，性喜豪奢，往往挟妓饮酒，不拘小节。有妾蒨桃以能诗名。准殁后十一年，始奉诏复官，赐谥忠愍。丁谓在崖州三年，转徙雷州，又五年复徙道州。后以秘书监致仕，病殁光州。尚有诏赐钱十万，绢百匹，这且无庸细表。

且说乾兴元年十月，葬大行皇帝于永定陵，以天书殉葬，庙号真宗。越年改元天圣，罢钱惟演为保大节度使，知河南府，冯拯亦因疾免职。复召王钦若入都，用为同平章事。钦若复相两年，旅进旅退，毫无建白，只言"皇上初政，用人当循资格，不宜乱叙"，编成一幅官次图，献入宫廷，便算尽职，未几病逝。仁宗后语辅臣道："朕观钦若所为，实是奸邪。"少年天子，便识奸邪，仁宗原非凡主。王曾答道："诚如圣谕。"仁宗乃擢参政张智同平章事，召知河阳军张旻为枢密使。从前太后微时，尝寓旻家，旻待遇甚厚，因此得被宠命。枢密副使晏殊上言："旻无勋绩，不堪重任。"大拂太后本意。既而晏殊从幸玉清昭应宫，家人持笏后至，殊接笏后，怒击家人，甚至折齿。太后有词可藉，遂遣殊出知宣州。晏殊亦太粗莽，太后实是有心。别令学士夏竦继任。竦小有才，善事逢迎，因得迁副枢密。太后称制数年，事无大小，悉由裁决，虽颇能任贤黜邪，旻不免有心专擅。一日，参政鲁宗道进谒。太后忽问道："唐武后何如？"宗道知太后命意，亟正笏直奏道："武后实唐室罪人。"太后复问何故？宗道又申奏道："幽嗣主，改国号，几危社稷，尚得谓非罪人么？"太后默然。嗣有内侍方仲弓，请立刘氏七庙，太后召问辅臣。大家尚未发言，宗道即出班前奏道："天无二日，民无二王，刘氏若立七庙，将何以处嗣皇？"太后为之改容，乃将此议搁置。会两宫同幸慈孝寺，太后乘辇先发，宗道上前挽住，并抗言道："夫死从子，古有常经，太后母仪天下，不可以乱大法，贻讥后世。"语尚未毕，太后即命停辇，待帝驾先行，然后随往。还有枢密使曹利用，自恃勋旧，气焰逼人，太后亦颇加畏重，第呼他为侍中，未尝称名。独宗道不少挠屈，会朝时辄据理与争，于是宫廷内外，赠他一个美名，叫作鱼头参政。小子有诗咏道：

赵宗未替敢尊刘，扶弱锄强弭国忧。
鲁直当年书殿壁，如公才不愧鱼头。

天不假年，老成复谢，不到数载宗道等又溘逝了。欲知后事，且看下回。

刘太后垂帘听政，多出丁谓、雷允恭之力，故丁、雷二人，得以重用，微王曾之正色立朝，恐萧墙之祸，亦所难免。或谓宋室无垂帘故事，曾何不据理力争，为探本澄源之计，乃仅断断于一权字，究属何补。至若准之再贬，又以居停之嫌，不复与辩，毋亦所谓患得患失者欤？不知此王沂公之通变达权，而有以徐图挽救者也。假使操切从事，势且遭黜，徒市直名，何裨国事？试观丁谓之终窜穷崖，雷允恭之卒归赐死，乃知沂公之才识，非常人所可几矣。贼臣已去，而吕、鲁等连类同升，鱼头参政，才得成名，而刘太后亦有从谏如流之美，史家或归美鲁直，实则皆沂公之功，有以致之。故本回实传颂沂公，而鲁参政其次焉者也。

第二十七回　刘太后极乐归天
　　　　　　郭正宫因争失位

却说天圣六年，同平章事张知白卒。越年，参知政事鲁宗道亦殁。知白，沧州人，虽历通显，仍清约如寒士，所以殁谥文节。宗道，亳州人，生平刚直嫉恶，殁谥简肃。刘太后亦亲临赐奠，称为遗直，嗟悼不置。宋史称刘为贤后，职是之故。曹利用举荐尚书左丞张士逊，入为同平章事。既而利用从子曹汭，为赵州兵马监押，偶因酒醉忘情，竟身著黄衣，令人呼万岁。事闻于朝，遂兴大狱，毙杖下，利用亦为内侍罗崇勋所谮，发交廷议。张士逊奏对廷前，谓："此事系不肖子所为，利用大臣，本不相与。"太后怒道："你感利用恩，应作此说。"王曾又进奏道："这事与利用无干。"太后复语王曾道："卿尝言利用骄横，今何故替他解释？"曾答道："利用素来恃宠，所以臣有微辞，今若牵连逞案，说他为逆，臣实不敢附和。"太后意乃少解，乃罢利用为千牛卫将军，出知随州。张士逊亦罢职。利用出都，复坐私贷官钱罪，安置房州。罗崇勋再遣同党杨怀敏，押利用至襄阳驿，恶语相侵。利用气愤交迫，竟至投缳自尽。原来利用自通好契丹后,以讲和有功,累蒙恩宠,平素藐视内侍,遇有内降恩典,辄力持不与,因此结怨宦官,至遭此祸。死非其罪。宋廷遂任吕夷简同平章事,夏竦、薛奎参知政事,姜遵、范雍、陈尧佐尧叟弟。为枢密副使,惟王曾任职如故。

先是太后受册,拟御大安殿,受百官朝贺,曾力言不可。及太后生日上寿,复欲御大安殿,曾又不可。太后勉从曾议,均就便殿供帐,当即了事。太后左右姻家,稍通请谒,曾更多方裁抑。太后心滋不悦,但不好无故发作,只得再三含忍。不意天圣七年六月间,天大雷雨,电光乱掣玉清昭应宫内,竟射入一大个火团,四处爆裂,霎时间裂焰飞腾,穿透屋顶。卫士慌忙赴救,用水扑火,偏偏水入火中,好似火上浇油,越扑越猛,烈烈轰轰的烧了一夜,竟将全座琳宫玉宇,变成一片瓦砾荒场,只剩得长生崇寿二小殿,岿然尚存。天书已经殉葬,供奉处原可不必,一炬成墟,要算皇天有眼。太后闻报,传旨将守宫官吏,系狱抵罪;一面召集廷臣,向他流泪道:"先帝竭尽心力,成此巨宫,一夕延烧几尽,如何对得住先帝?"枢密副使范雍抗声道:"如此大宫,遽成灰烬,想是天意,非出人事,不如将长生、崇寿二殿,亦一律拆毁,倘因二殿尚存,再议修葺,不但民力不堪,就是上天亦未必默许哩。"中丞王曙,亦言是天意示戒,应除地罢祠,上回天变,司谏范讽且言:"与人无关,不当置狱穷治。"乃下诏不再缮修,改二殿为万寿观,减轻守宫诸吏罪,并罢废诸宫观使。惟对着首相王曾,竟说他燮理无功,罢免相职,且令他出知青州。宋自仁宗以前,宰辅稍有微嫌,免职外迁,多为节度使,曾以首相罢知州事,乃是少见少闻,这可知刘太后的心理呢。

又过一年,仁宗年已逾冠,秘阁校理范仲淹,请太后还政。疏入不省,反将仲淹出判通州。翰林学士宋绶,请令军国大事,及除拜辅臣,由皇上禀请太后裁夺,余事皆殿前取旨。这数语又触忤太后,出绶知应天府。会仁宗改元明道,经过月余,生母李氏病剧,才由顺容进位宸妃。她自仁宗为刘后所攘,始终不发一言,平时安分自守,未尝示异。宫中咸惮刘太后,哪个敢泄漏前事;所以仁宗年龄日长,仍视刘太后为母,并不自知为李氏所生。及李宸妃殁后,刘太后欲用宫人礼治丧,移棺出外,吕夷简独入奏道:"闻有宫嫔薨逝,如何未闻内旨治丧?"太后矍然道:"宰相亦干预宫中事么?"夷简答道:"臣待罪宰相,事无大小,均当预闻。"太后不悦,遽引帝入内;须臾复出,独立帘下,怒容可掬道:"卿欲离间吾母子么?"夷简不慌不忙,竟毅然奏对道:"太后不顾念刘氏,臣不敢多言。若欲使刘氏久安,宸妃葬礼,万难从轻。"夷简此奏,仍是为太后计。太后性究灵敏,一闻此言,不禁点首。有司奉太后意旨,只上言本年岁月,不利就葬。夷简又道:"葬即未利,殓应加厚;宫中举哀成服,择地暂

第二十七回　刘太后极乐归天　郭正宫因争失位

殡,难道也不可行么?"太后乃语夷简道:"卿且退,我知道了!"言已趋入。内侍押班罗崇勋,亦欲随进,夷简竟将他扯住道:"且慢！烦申奏太后,宸妃当用后服成殓,且把水银满盛棺内,他日勿谓夷简未曾道及,致贻后悔。"崇勋允诺,入白太后。太后令如言照行,停柩洪福寺中。

既而宫中失火,诏群臣直言阙失,殿中丞滕宗谅,秘书丞刘越,均请太后还政,藉赎天谴,两疏俱不见报。翌年春季,太后欲被服天子衮冕,入祭太庙,参政薛奎进谏道:"太后若御帝服,将用甚么拜礼?"太后不从,竟戴仪天冠,著衮龙袍,备齐法驾,至太庙主祭。皇太妃杨氏,皇后郭氏随从。太后行初献礼,拱手上香,皇太妃亚献,皇后终献。礼毕,群臣上太后尊号,称为应天齐圣显功崇德慈仁保寿皇太后。祭毕归宫,感寒成疾。仁宗为征天下名医,诣京诊治,终归无效,逾月竟薨。年六十五,谥章献明肃。旧制后皆二谥,称制加四谥,实自刘太后为始。刘太后临朝十一年,政令严明,恩威并用,左右近侍,不稍假借,内外赐与,亦有节制。三司使程琳,尝献武后临朝图,太后取掷地上道:"我不作此负祖宗事。"是鱼头参政一奏之功。漕使刘绰自京西还都,奏言:"在庾储粟,有羡余粮千余斛,乞付三司！"太后道:"卿识王曾、张知白、吕夷简、鲁宗道否？他四人曾进献羡余否？"绰怀惭而退。至太后晚年,稍进外家,宦官罗崇勋、江德明等,始乘间窃权,所有被服衮冕等事,多由罗、江二竖,怂恿出来。至太后弥留,口不能言,尚用手牵扯己衣,若有所嘱。仁宗在旁瞧着,未免怀疑,送终以后,出问群臣。参政薛奎即答道:"太后命意,想是为着衮冕呢。若再用此服。如何见先帝于地下？"随机进言,是薛奎通变处。仁宗乃悟,遂用后服为殓。且因太后遗嘱,尊杨太妃为皇太后,同议军国重事。

御史中丞蔡齐,入白相臣道:"皇上春秋已富,习知天下情伪,今始亲政,已嫌太晚,尚可使母后相继称制么？"吕夷简等终未敢决,适八大王元俨入宫临丧,闻知此事,竟朗声道:"太后是帝母名号,刘太后已是勉强,尚欲立杨太后吗？"夷简等面面相觑,连仁宗都惊疑起来。元俨道:"治天下莫大于孝,皇上临御十余年,连本生母尚未知晓,这也是我辈臣子,未能尽职呢。"得此一言,足为宸妃吐气。仁宗越加惊诧,便问元俨道:"皇叔所言,令朕不解。"元俨道:"陛下是李宸妃所生,刘、杨二后,不过代育。"仁宗不俟说毕,便道:"叔父何不早言？"元俨道:"先帝在日,刘后已经用事,至陛下登基,四凶当道,内蒙外蔽,刘后又讳莫如深,不准宫廷泄漏此事。臣早思举发,只恐一经出口,谴臣尚不足惜,且恐有碍皇躬,并及宸妃。臣十年以来,杜门养晦,不预朝谒,正欲为今日一明此事,谅举朝大臣,亦与臣同一观念。可怜宸妃诞生陛下,终身莫诉,就是当日薨逝,尚且生死不明,人言藉藉呢。"《宋史·李宸妃传》,燕王入白仁宗,陛下为宸妃所生。又《宗室诸王列传》,德昭、元俨各封燕王,是时当为元俨无疑。俗小说中,乃说宸妃被逐,由包拯访闻,后来迎妃还宫,刘后自尽,至有断太后打黄袍诸戏剧,种种妄诞,诬古实甚。仁宗闻言,忍不住泪眦荧荧,复顾问夷简道:"这事可真么?"夷简答道:"陛下确系宸妃诞生,刘太后与杨太妃,共同抚育,视若己子,宸妃薨逝,实由正命,臣却晓明底细,今日非八大王说明,臣亦当待时举发呢。"夷简亦多狡诈,故摹拟口吻,适肖生平。仁宗至此,竟大声悲号,即欲赴宸妃殡所,亲视遗骸。夷简复奏道:"陛下应先顾公义,后及私恩。且刘太后与杨太妃,抚养圣躬,恩勤备至,陛下亦当仰报哩。"仁宗只是哀恸,不发一言。元俨语夷简道:"杨太妃若尊为太后,李宸妃更宜尊为太后了。"夷简乃转白仁宗,仁宗略略点首,当即议定杨太妃尊为太后,删去同议军国事一语。李宸妃亦追尊为太后,谥曰章懿。一面为刘太后治丧,一面连日下诏,责躬罪己,语极沉痛。既而仁宗幸洪福寺,祭告宸妃,并易梓宫,但见妃面色如生,冠服与皇后相等,水银之效。乃稍稍心慰。还宫后私自叹息道:"人言究不可尽信呢。"自是待刘氏如故。刘美一家,应感谢夷简不置。惟召还宋绶、范仲淹,放黜内侍罗崇勋、江德明,罢修寺观,裁抑侥幸,中外称颂新政,有口皆碑。

吕夷简揣摩时事,条陈八议:(一)议正朝纲。(二)议塞邪径。(三)议禁货赂。(四)议辨佞壬。(五)议绝女谒。(六)议疏近习。(七)议罢力役。(八)议节冗费。说得肫诚恳切,语语动人。仁宗大为感动,遂召夷简入商,拟将张耆即张旻改名。夏竦、范雍、晏殊等尽行罢职。惟姜遵已殁,不在话下。夷简自然如旨。越日复入朝押班,但听黄门宣诏,除张耆等依次免职外,着末又有数语云:"同平章事吕夷简,着授武胜军节度使检校太傅,同中书门下平章事,出判陈州。"这数语似天上迅雷,不及掩耳,惊得夷简似醉似痴,不知为何事忤旨,致遭此谴?一时不及问明,只好领旨告退。还第后四处探听,无从侦悉,嗣托内侍副都知阎文应密查,方知事出郭后,不觉愤恨异常。看官欲究明此事原因,由小子补叙郭后历史,以便先后贯通。郭后为平卢节度使郭崇孙女,与石州推官张尧封女,先后入宫。尧封即尧佐弟。天圣二年,拟册立皇后,仁宗因张女秀慧,欲选正中宫,刘太后不以为然,乃改立郭后。后虽得立,不甚见亲。这次偏冤冤相凑,由仁宗步入中宫,与郭后谈及夷简忠诚,并言把从前谄附太后诸人,一并罢斥。郭后本未与夷简有嫌,独随口相答道:"夷简何尝不附太后,不过机巧过人,善能应对,所以得瞒过一时呢。"却是真话。仁宗听了,不觉也动疑起来,因不令中书草制,竟手诏罢免夷简,复召李迪入相,用王随参知政事,李咨为枢密副使,王德用佥书枢密院事。

不到数月,由谏官刘涣疏陈时事,内有"臣前请太后还政,触怒慈衷,几投四裔,幸陛下纳吕夷简言,察臣愚忠,准臣待罪阙下。臣受恩深重,故不避

第二十七回　刘太后极乐归天　郭正宫因争失位

斧钺,渎陈一切"云云。仁宗览奏,记起前事,又以夷简为忠,后言非实,因复召还夷简,再令为相。且擢刘涣为右正言。涣与夷简,明是串通一气。又命宋绶参知政事,王曙为枢密使,王德用、蔡齐为副使。夷简再入秉政,日伺后隙,可巧宫中有两美人,一姓尚,一姓杨,均邀宠眷。郭后未免怀妒,常与两美人相争。一日,后与尚氏,同在仁宗前侍谈,两语未合,又起口角。尚氏恃宠成骄,不肯让后,居然对詈起来。郭后愤极,也不管什么礼节,竟上前动手,批尚氏颊。一骄一莽,厥罪维钧。尚氏当即悲啼,后尚不肯干休,还要再批数下。仁宗看不过去,起座拦阻,谁意郭后手已击来,尚氏闪过一旁,反中仁宗颈上,指尖锐利,掐成两道血痕。惹得仁宗恼起,诃斥郭后数语,引尚美人出还西宫。尚美人装娇撒赖,益发激动帝怒。内侍阎文应,本与夷简友善,夷简正托他寻隙,遂入奏仁宗道:"寻常民家,妻尚不能凌夫,况陛下贵为天子,乃受皇后欺凌,还当了得。"仁宗半晌无言。文应又道:"陛下颈上,血痕宛然,请指示执政,应该若何处置?"仁宗迭受激动,便愤然道:"你去召吕宰相来!"文应通报夷简,夷简立刻趋入,向御座前请安。仁宗指示颈痕,并述明底细。夷简道:"皇后太属失礼,不足母仪天下。"仁宗道:"情迹殊属可恨,但废后一事,却亦有干清议。"夷简道:"汉光武素称明主,为了郭后怨怼,竟致坐废,况伤及陛下颈中,尚得说是无罪么?"引东汉郭后为证,绝妙比例。大约郭家女儿,是祖传的泼辣货。仁宗乃决计废后,复与夷简商得一策,只称后愿修道,封为净妃玉京冲妙仙师,居长宁宫,并敕有司不得受台谏章奏。中丞孔道辅,与谏官范仲淹、孙祖德、宋庠、刘涣、御史蒋堂、郭劝、杨偕、马绛、段少通等,联名具疏,入呈不纳。乃同诣垂拱殿,俯伏同声道:"皇后乃是国母,不应轻废,愿待召赐对,俾尽所言。"说了数声,但见殿门紧闭,杳无消息。孔道辅忍无可忍,竟叩镮大呼道:"皇后被废,累及圣德,奈何不听台臣言?"俄闻门内传旨,令至阁中与宰相答话。道辅等乃起至中书,见夷简已经待着,便语夷简道:"大臣服事帝后,犹人子服事父母一般,父母不和,只可谏止,奈何顺父出母呢?"夷简道:"后伤帝颈,过已太甚,且废后亦汉唐故事,何妨援行。"道辅厉声道:"大臣当导君为尧舜,怎得引汉唐失德事,作为法制?"夷简不答,拂袖径入。道辅等乃退去。翌日,昧爽入朝,拟留集百官,与夷简廷争。甫到待漏院,即闻有诏旨下来,略言:"伏阁请对,盛世无闻,孔道辅等冒昧径行,殊失大体。道辅着出知泰州,仲淹出知睦州,祖德等罚俸半年,以示薄儆。自今群臣毋得相率请对"云云。道辅等乃嗟叹数声,奉旨而去,于是废后之议遂定。小子有诗咏此事道:

> 废后只因嫡庶争,宫廷构衅失王明。
> 当年若得刑于化,樛木何由不再赓?

郭后既废,尚、杨二美人,益得宠幸,轮流伴寝,几无虚夕,累得仁宗生起病来,下回再行分解。

刘太后生平,有功有过,据理立说,实属过浮于功。垂帘听政,本非宋制,而彼独创之;衮冕为天子之服,彼何人斯,乃亦服之。设当时朝无忠直,不善规谏,几何而不为武后耶? 史官以贤后称之,过矣。八大王元俨,为仁宗叙明生母,声容并壮,岂吕夷简等可望项背? 宜其传诵至今。俗小说中误为德昭,又何其谬欤? 郭后误批帝颈,不为无过,然试问仁宗当日,何以宠幸二美人,致有并后匹嫡之嫌乎? 夷简挟怨,同谋废后,酿成主上之过举,史犹目为贤相,抑亦过谀。经本回一一揭出,事实既真,褒贬悉当,较之读史,功过半矣,是谓之良小说!

第二十八回　萧耨斤挟权弑主母
　　　　　赵元昊僭号寇边疆

却说仁宗宠幸尚、杨二美人,每夕当御,累得仁宗形神疲乏,渐就尪羸,甚至累日不能进食,奄卧龙床,蛾眉原足伐性,仁宗亦太无用。中外忧惧得很,杨太后洞悉情由,命仁宗斥退二美,仁宗含糊答应,心中恰非常眷恋,怎肯把一对解语花,驱出宫中? 杨太后又面嘱阎文应,传谕仁宗,速出二美,文应朝夕入侍,说至再三,仁宗不胜絮聒,便恨恨道:"你叫她去罢!"文应即唤入毡车,迫二美人出宫。二美人哭哭啼啼,不肯即行,且欲央文应替她缓颊,文应叱道:"宫婢休得饶舌!"勒令登车,驱使出宫。小人得志,往往如此。翌日下诏,命尚氏为女道士,居洞真宫,杨氏别宅安置。过了月余,仁宗病体已安,乃另聘故枢密使曹彬孙女入宫。翌年,又改元景祐,立曹氏为皇后,令废后郭氏出居瑶华宫。曹后宽仁大度,驭下有方,册后以后,见仁宗体质羸弱,恐他无嗣,未免怀忧。当下密启仁宗,拟就宗室中取一幼儿,作为螟蛉。适太宗孙允让多男,允让系太宗四子,商王元份子。第十三子名宗实,年方四岁,当即取入宫中,由曹后抚养,后来就是英宗皇帝。自故后郭氏徙居后,仁宗颇加忆念,赐号金庭教主冲静元师,且遣使存问,赍给诗笺,仿古乐府体。郭氏亦和诗相答,词极凄惋。仁宗欲密召还宫,既立新后,又欲召还故后,试问将何以处置? 当时何不预先审慎,乃欲出尔反尔耶? 郭答来使道:"若再见召,须由百官立班受册,方有面目见帝呢。"仁宗听到此语,当为难起来。阎文应尤加惶急,只恐郭后还宫,自己的性命,不能保全。会郭有小疾,由仁宗嘱太医诊视,文应亟与太医急商,不知

第二十八回　萧耨斤挟权弑主母　赵元昊僭号寇边疆

如何贿嘱，竟把郭氏药毙。宫人疑文应进毒，苦无实据，只得以暴卒奏闻。仁宗很是悲悼，追复后号，用礼殓葬。惟谥册庙的仪制，概行停止。是时范仲淹已调知开封府，劾奏文应罪状，乃谪令出外，命为秦州钤辖，后徙相州，病死途中。未几杨太后亦崩，谥章惠，祔葬永定陵，这且按下慢表。

且说契丹自与宋讲和，彼此相安无事，萧太后燕燕，不久即殁。萧氏有机谋，善驭大臣，人乐为用，每发兵侵宋，辄被甲跨马，麾旗督战。及与宋通好，安享承平，不忘武事。惟胡人素乏名节，萧后又生得英颀白皙，未免顾影自怜。辽主贤在日，常患风疾，后已抑郁寡欢，未几即成嫠妇，盛年守寡，怎能忘情？可巧东京留守韩国嗣子德让，入直朝班，貌胜潘安，才同宋玉，适中萧氏心怀，特别超擢，居然授他为政事令，总宿卫兵。他本契丹降将韩延徽后裔，骤沐厚恩，感激图报。萧氏即令他出入禁中，特赐禁脔，俾尝风味。德让本是解人，极力奉承，引得萧后心花怒放，相亲恨晚，特赐姓名为耶律隆运，拜大丞相，加封晋王。嗣主隆绪尚幼，管甚么敝笱嫌疑，后来逐渐长大，亦已如见惯司空，没甚奇异，所以萧后、韩相，不啻伉俪一般。等到萧氏病殁，韩德让亦相继去世。真是一对同命鸟。契丹主隆绪，且命将德让棺椁，陪葬母旁。可谓特别孝思。

既而高丽国有内乱，主诵为康肇所弑，另立诵兄名询，契丹主兴师问罪，擒诛康肇而还。夷狄有君，不如诸夏之亡。至宋仁宗既位，契丹遣使入汴，吊死贺生。越年，契丹主大阅兵马，声言将校猎幽州。宋廷虑他入寇，拟练兵备边。同平章事张知白道："契丹修好未远，想不欲轻启衅端，今乃声言校猎，无非欲尝试我朝，我若发兵防边，反贻口实，不若托言堵河，募工充兵，他即无可借口了。"仁宗如言照行，契丹兵亦罢去。嗣辽东因契丹加税，致扰兵变，详究大延琳，集叛兵据辽阳，僭号兴辽，改元天庆。留守萧孝先被拘，契丹主即令孝先兄孝穆，率兵往讨，扫平叛兵，获斩延琳。到了天圣九年，契丹主隆绪卒，立子宗真，尊号隆绪为圣宗。宗真系宫人萧耨斤一译作讷木谨。所生，隆绪后萧氏无出，取为己子。也学刘太后耶？隆绪疾笃，萧耨斤即骂隆绪后道："老物！福亦将享尽么？"隆绪稍有所闻，召宗真入嘱道："皇后事我四十年，因他无子，取汝为嗣。我死，汝母子切勿害她，这是至要！宋朝信誓，汝宜永守，他不生衅，终当和好，国家自可无忧了。"宗真唯唯受命。

至隆绪已死，萧耨斤自称太后，参预国事，左右希耨斤意旨，诬隆绪后弟谋逆。耨斤派官鞫治，词连隆绪后，宗真道："先帝遗命，怎可不遵？且后尝抚育朕躬，恩勤备至，不尊为太后，反欲加她罪名，如何使得？"宗真还有良心。萧耨斤道："此人不除，必为后患。"宗真道："她既无子，又已年老，还有什么异图？"耨斤不从，竟命将隆绪后迁至上京。宗真发使至宋廷告哀，宋亦遣中丞孔道辅等，充贺册及吊祭使，南北通好，仍然照常。宋仁宗明道元年，契丹主宗真往猎雪林，太后萧耨斤竟遣中使至临潢，勒隆绪后自尽。后慨然道："我实无罪，天下共知，既令我死，且待我沐浴更衣，就死未迟。"中使也为怜惜，暂退室外。有顷入视，后已仰药自尽了。当下返报耨斤，耨斤当然欢慰。独宗真归知此事，怨母残忍，遂有违言。嗣是母子不和，心存芥蒂。过了两年，即仁宗景祐元年，萧耨斤阴召诸弟，谋废宗真，改立少子重元。偏重元入告乃兄，宗真至此，也顾不得母子之情，遂令卫卒收太后玺绶，迁耨斤居庆州，立重元为皇太弟，始亲决国政，与宋和好如初。

惟西夏主赵德明，既臣事宋朝，复臣事契丹，还算安分守己，事大尽礼。会六谷酋长巴喇济，为异族所戕，应二十二回。部众拥立巴喇济弟斯榜多为首领，斯榜多一译作斯铎督。宋廷续授他为朔方节度使。斯榜多未洽众望，或多散归吐蕃部。吐蕃本西域强国，唐时与回纥国屡寇边疆，后来两国自相侵伐，同就衰微。宋兴，两部酋先后入贡，真宗时，吐蕃部酋唃厮啰，一译作置勒斯赉。上表宋廷，请伐西夏，廷议以夏主德明，尚称恭谨，不许吐蕃往侵。唃厮啰竟入窥关中，知秦州曹玮，请兵预防。果然唃厮啰来寇伏羌寨，被曹玮率兵掩击，大败而还。唃厮啰自知势蹙，悔惧乞降。宋授唃厮啰为宁远大将军，兼爱州团练使。夏主德明，有子元昊，性极雄毅，兼多智略，常欲并吞回鹘、即回纥。吐蕃诸部，称霸西陲。嗣竟引兵袭破回鹘，夺据甘州，德明嘉他有功，立为太子。元昊且劝父叛宋，德明不从，且戒元昊道："自我父以来，连岁用兵，疲敝不堪，近三十年间，称臣中国，累沐锦衣，中国可算厚待我了，此恩怎可辜负？"元昊咈然道："衣毳氇，事畜牧，乃我蕃族特性，丈夫子生为英雄，非王即霸，奈何羡这锦衣，甘作宋朝奴隶呢？"也是石勒一流人物。既而德明病死，元昊袭位，宋遣工部郎中杨吉，册元昊袭封西平王，并授定难军节度，夏、银、绥、静、宥等州观察，及处置押蕃落使，元昊还算拜受。契丹亦遣使册元昊为夏国王。元昊圆面高准，身长五尺有余，善骑射，通蕃汉文字，登位后大改制度，部署兵行，隐欲与宋为难。仁宗景祐元年，竟引兵入寇环庆，杀掠居民。庆州柔远寨蕃部都巡检嵬通，嵬一译作咸。乘夏兵饱飏，尾后袭击，攻破后桥诸堡。元昊反借口报仇，驱兵复出，缘边都巡检杨遵，与柔远寨押监卢训，领兵七百人，前往备御，哪禁得夏兵大至，被杀得七零八落，四散奔逃。环庆都监齐宗矩，与宁州都监王文等，未知败耗，只去援应卢训。行次节义峰，骤闻胡哨乱鸣，夏兵已漫山遍野而来，宗矩不及退避，挺身与战，力竭被擒，王文等逃还。既而元昊放归宗矩，只说是双方误会，无故兴兵，现愿彼此约束云云。仁宗尚欲羁縻，颁诏慰抚，且令他兼官中书令。元昊狡诈，酷肖乃祖，仁宗姑息，亦与太宗相同，彼此可谓善绳祖武。元昊佯为听命，暗遣部将苏奴儿，一译作苏木诺尔。率兵二

第二十八回　萧耨斤挟权弑主母　赵元昊僭号寇边疆

万五千人，往攻吐蕃，被唃厮罗诱入险地，四面围住，差不多把夏兵杀光，连苏奴儿也活擒了去。元昊闻报大怒，复领众攻陷猫牛城，转围宗哥、带星岭诸城。唃厮罗复遣部将安子罗，截击元昊归路。元昊昼夜角战，杀到好几十日，方将子罗击退，移众往攻临湟。唃厮罗坚壁不战，待元昊渡河，却用精骑杀出。夏兵猝不及防，多半溺死，元昊遁归。唃厮罗报捷宋都，有诏擢他为保顺军留后。

既而元昊转侵回鹘，夺据瓜、沙、肃诸州，疆宇日拓，气势愈张。可巧华州有二书生。一姓张，一姓吴，屡试被黜，往游塞外，闻元昊威振西陲，颇思干进，因相偕至灵州，*即夏都，见二十二回。* 入酒家豪饮，索笔书壁道："张元、吴昊到此。"寻被逻卒拘住，见元昊，元昊怒责道："入国问讳，你两人既入我都门，难道不知避讳么？"张、吴二人齐声道："姓尚不理会，却理会这名字，未免本末倒置了。"原来元昊尚用宋朝赐姓，舍李为赵，所以二人乘机进言。果然元昊辣然起敬，亲自下堂，替他解缚，延入赐坐，询及国事。两人抵掌高谈，指陈形势，所有西夏立国规模，寇宋计画，一古脑儿倾倒出来。元昊喜出望外，遂改灵州为兴州，号西平府为兴庆府，阻河带山，负嵎自固，居然筑坛受朝，自称皇帝，国号大夏，称为天授元年，设十六司总理庶务，置十二监军司，派部酋分军管辖。军兵总得五十余万，四面扼守，自制蕃书，形体方正，颇类八分，教国人纪事。遣使诣五台山供佛宝，欲窥河东道路，与诸豪歃血为誓，约先攻鄜延，拟由靖德、塞门寨、赤城路三道并入。叔父山遇，劝勿叛宋，元昊不听，山遇挈妻子内降。不意知延州郭劝，反将山遇拿住，押还元昊，*仿佛唐季之执还悉怛谋。* 元昊即将他杀死，决意寇宋，先遣使上表宋廷，词云：

> 臣祖宗本出帝胄，当东晋之末运，创后魏之初基。远祖思恭，当唐季率兵拯难，受封赐姓。祖继迁，心知兵要，手握乾符，大举义旗，悉降诸部，临河五郡，不旋踵而归，沿边七州，悉差肩而克。父德明，嗣奉世基，勉从朝命。真王之号，夙感于颁宣，尺土之封，显蒙于割裂。臣偶以狂斐，制小蕃文字，改大汉衣冠，衣冠既就，文字既行，礼乐既张，器用既备。吐蕃、塔塔、张掖、交河，莫不从伏。称王则不喜，朝帝则是从，幅辏屡期，山呼齐举，伏愿一垓之土地，建为万乘之邦家，于是再让靡遑，群集又迫。事不得已，显而行之，遂以十月十一日，郊坛备礼，为始祖始文本武兴法建礼仁孝皇帝，国称大夏，年号天授。伏望皇帝陛下，睿哲成人，宽慈及物，许以西郊之地，册号南面之君，敢竭愚庸，常敦欢好。鱼来雁往，任传邻国之音，地久天长，永镇边方之患。至诚沥恳，仰俟帝俞，谨遣使臣奉表以闻！

是年为仁宗宝元元年，景祐四年后，又改元宝元。吕夷简等均已罢职，王曾封沂国公，已经谢世，复起用张士逊，及学士章得象，同平章事，王鬷、李若谷参知政事，因元昊表词傲慢，各主张绝和问罪，独谏官吴育却上言："姑许所求，密修战备，彼渐骄盈，我日戒饬，万一决裂，也不足为我害，这便是欲取姑予的计策。"予本虚名，尚属可行。士逊笑为迂论，乃下诏削夺元昊官爵，禁绝互市，并揭榜示边，略言："能擒元昊，或斩首上献，当即授定难军节度使，作为酬庸。"能讨即讨，何必悬赏？一面任夏竦为泾原、秦凤按抚使，范雍为鄜延、环庆按抚使，经略夏州。两个饭桶，有何用处？知枢密院事王德用，即王超子。见二十回。请自将西征，仁宗不许。德用状貌雄伟，颇肖太祖，且平日很得士心。因此仁宗左右，交口进谗，谓不宜久典枢密，并授兵权。仁宗竟自动疑，不但不许西征，反将他降知随州，改用夏守赟知枢密院事。元昊竟入寇保安军，兵锋甚锐，到了安远寨附近，见有数千宋军到来，他是毫不在意，以为几千兵士，不值一扫，哪知两阵甫交，蓦然宋军里面，突出一位披发仗剑，面含金色的将官来，也不知他是人是鬼，是妖是仙，顿时哗动夏兵，纷纷倒退。这位披发金面的将官，逢人就砍，无一敢当。夏兵愈觉惊惶，连元昊也称奇不置，没奈何麾兵遁去。看官！道此人是谁？乃是巡检指挥使狄青。点名不苟。青字汉臣，河西人氏，骁勇善战，初为骑御散直，从军西征，累著战功。他平时临敌，往往戴着铜面具，披发督阵，能使敌人惊退。俗小说中便说他有仙术了。至是为巡检指挥使，屯守保安，铃辖卢守勤，檄令御敌。他手下只带兵士数千名，一场对垒，竟吓退元昊雄师数万人。当下奏捷宋廷，仁宗欲召问方略，会闻元昊复议进兵，乃命图形以进。小子有诗咏道：

　　　　仗剑西征播战功，叛王枉自逞英雄。
　　　　试看披发戴铜面，已识奇谋在算中。

　　元昊自保安败退，改从延州入寇，孰胜孰负，且至下回说明。

　　宋有刘太后，而契丹有萧太后，真可谓兄弟之国，内政相等。至曹后取宗实为己子，隆绪后亦取宗真为己子，举动又复相似。古所谓难兄难弟，不期于南北两国见之。惟萧太后老而淫，萧耨斤且敢弑主母。而宋尚不闻有此。得毋由夷狄之俗，不及华夏之犹存礼教耶？夏主德明，事南事北，仿佛一条两头蛇，元昊独锐生鳞角，至欲图王争霸，羌戎中偏出枭雄，而宋廷适当乏人，文不足安邦，武不足却敌，徒令元昊增焰耳。幸保安军尚有狄青，差足为中原吐气，然官小职卑，未握重权，屈良骥于枥下，美之适以惜之云。

第二十九回　中虏计任福战殁
　　　　　奉使命富弼辞行

却说元昊欲寇延州，先遣人通款范雍，诈言两不相犯。雍信为真言，毫不设备。那元昊竟轻师潜出，攻破金明寨，执都监李士彬父子，直抵延州城下。雍始着急起来，飞召在外将士，还援延州。于是鄜延副总管刘平、石元孙，自庆州驰援，都监黄德和，巡检万俟政、郭遵等，亦由外驰入。数路兵合成一处，往拒元昊。两下相遇，夏兵左持盾，右执刀，踊跃前来。刘平令军士各用钩枪，撤去敌盾，大呼杀入，敌众败走。平当先追击，被敌兵飞矢射来，适中面颊，乃裹创退还。到了傍晚，忽来敌骑数千名，猝薄官军，官军未曾预防，竟至小却。黄德和在阵后，望见前军却退，竟率步兵先遁。平亟遣子宜孙，驰追德和，执辔与语道："都监当并力抗贼，奈何先奔？"德和不顾，脱辔径去，遁赴甘泉。万俟政、郭遵等，亦先后奔溃。德和可恨，万俟政等尤可恶。平复遣军校仗剑遮留，只拦住千余人，与夏兵转战三日，互有杀伤，敌稍稍退去。平率余众保西南山，立栅自固。夜半四鼓，突闻外面万马齐集，且厉声四呼道："这般残兵，不降何待！"平与元孙料敌大至，勉守孤营，相持达旦。俄而天色已明，开营迎敌，见敌酋举鞭四至，悍厉异常，两人手下，已不过数千人，且累日鏖斗，势已困乏，怎能当得这般悍虏？战不数合，已被敌酋冲作数截。平与元孙，不能相顾，战到筋疲力尽，都做了西夏的囚奴。平愤极不食，见了元昊，开口大骂，竟为所害。元孙被拘未死。延州得此败报，人心益惧。幸天降大雪，冻沍不开，元昊始解围退去。

黄德和反诬平降贼，因致败挫，宋廷颇闻悉情形，诏殿中侍御史文彦博，往河中问状。彦博，汾州人，为人正直无私，一经讯鞫，当然水落石出。德和坐罪腰斩，范雍亦贬知安州，追赠刘平官爵，抚恤从优。罪不及万俟政等，还是失刑。诏命夏守赟为陕西经略按抚招讨使，内侍王守忠为钤辖，即日启行。知谏院富弼上言："守赟庸懦，不足胜任。守忠系是内臣，命为钤辖，适蹈唐季监军覆辙，请收回成命！"言之甚是。仁宗不从。适知制诰韩琦，使蜀还都，奏闻西夏形势，语颇详尽，仁宗遂命他按抚陕西。琦入朝辞行，面奏仁宗道："范雍节制无状，因遭败衄，致贻君父忧，臣愿保举范仲淹，往守边疆，定然无误。"仁宗迟疑半响，方道："范仲淹么？"琦复道："仲淹前忤吕夷简，徙知越州，朝廷方疑他朋党，臣非不知，但当陛下宵旰焦劳，臣若再顾嫌疑，埋才误国，罪且益大。倘或迹近朋比，所举非人，就使臣坐罪族诛，亦所甘心。"百口相保，不愧以人事君之义。仁宗才点首道："卿且行！朕便令仲淹随至便了。"琦叩谢而出。未几即有诏令仲淹知永兴军。先是仲淹知开封府，因吕夷简当国，滥用私人，特上疏指陈时弊，隐斥夷简为汉张禹。夷简说他越职言事，离间君臣，竟面劾仲淹，落职外徙。集贤院校理余靖，馆阁校勘尹洙、欧阳修，奏称仲淹无罪，也致坐贬，斥为朋党。都人士却号作四贤。韩琦此次保荐仲淹，所以有这般论调。仲淹坐朋党落职，系景祐三年事，本回信韩琦奏事，补叙此事，文法绵密。仁宗依奏施行，也算是虚心听受了。

惟张士逊主议征夏，至军书旁午，反无所建白，坐听成败，谏院中啧有烦言。士逊心不自安，上章告老。诏令以太傅致仕，再起吕夷简同平章事。夷简再相，亦以夏守赟非专阃才，不如召还。仁宗乃命与王守忠一同还阙，改用夏竦为陕西经略按抚招讨使，韩琦、范仲淹为副。仲淹尚未赴陕，奉旨陛辞，仁宗面谕道："卿与吕相有隙，今吕相亦愿用卿，卿当尽释前嫌，为国效力。"仲淹叩言道："臣与吕相本无嫌怨，前日就事论事，亦无非为国家起见，臣何尝预设成心呢？"仁宗道："彼此同心为国，尚有何言。"仲淹叩别出朝，即日就道。途次闻延州诸寨，多半失守，遂上表请自守延州。有诏令兼知州事，仲淹兼程前进，既至延州，大阅州兵，得万八千人，择六将分领，日夕训练，视贼众寡，更迭出御。又修筑承平、永平等寨，招辑流亡，定保障，通斥堠，羌、汉人民，相继归业，边塞以固，敌不敢近。夏人自相告戒道："此次来了小范老子，胸中具有数万甲兵，不比前日的大范老子，可以骗得，延州不必妄想了。"大范就指范雍，小范乃指范仲淹。

元昊闻仲淹善守，佯遣使与仲淹议和，一面引兵寇三川诸寨，副使韩琦，令环、庆副总管任福，托词巡边，领兵七千人，夜趋七十里，直抵白豹城，一鼓攻入，焚去夏人积聚，收兵还汛。元昊又向韩琦求盟，琦勃然道："无约请和，明是诱我，我岂堕他诡计么？"遂拒绝来使。独范仲淹复元昊书，反复戒谕，令去帝号，守臣节，藉报累朝恩遇等语。时宋廷遣翰林学士晁宗悫，驰赴陕西，问攻守策，夏竦模棱两可，具二说以闻。仁宗独取攻策，令鄜延、泾原会师进讨，限期在庆历元年正月。仁宗改元宝元后，越二年，又改元康定，又越年，复改元庆历。范仲淹主守，韩琦主战，两下各争执一词，彼此据情陈奏，累得仁宗亦疑惑不定，无从解决。那元昊却不肯罢手，竟遣众入寇渭州，薄怀远城。韩琦亲出巡边，尽发镇戎军士卒，又募勇士万八千人，命环庆副总管任福为统将，耿傅为参谋，泾原都监桑怿为先锋，朱观、武英、王珪为后应。大军将发，琦召任福入语道："元昊多诈，此去须要小心！你等可自怀远趋德胜寨，绕出羊牧隆城，攻击敌背，若势未可战，即据险入伏，截他归路，不患不胜。若违我节制，

第二十九回　中房计任福战殁　奉使命富弼辞行

有功亦斩!"福奉令登程,径趋怀远,道遇镇戎军西路巡检常鼎、刘肃等人,传言夏兵在张家堡南,距此不过数里。福即会师亟进,果然遇着敌众,顿时并力掩击,斩馘数百级,敌众溃退,抛弃马羊橐驼,不计其数。先锋桑怿,驱兵再进,福接踵而前。参军耿傅,尚在后面,接得韩琦来檄,力戒持重,乃附加手书,遣人赉递任福,劝他遵从韩令,切勿躁率。福冷笑道:"韩招讨太觉迂谨,耿参军尤觉畏葸,我看房兵易与,明日进战,管教他只骑不回。"趾高气扬,安能不败?遂令来使速还,约后队迅即来会,越日定可破敌,万勿误期。及使人回报,耿傅、朱观、武英、王珪等,只好一同进兵。

到了笼络川,天色已晚,闻前军已至好水川,相隔只有五里,乃择地安营。次日天晓,桑怿、任福等,复循好水川西行,至六盘山下,途次见有银泥盒数枚,缄封甚固,桑怿取盒审视,未知内藏何物,但闻盒中有动跃声,疑不敢发。可巧任福亦到,即递交与他。福是个粗豪人物,不管甚么好歹,当即把盒启视,哪知盒内是悬哨家鸽,霎时间尽行飞出,回翔军上。桑怿、任福尚翘首视鸽,莫明其妙,忽闻胡哨四起,夏兵大集。元昊亲率铁骑,蹀躞前来。怿忙麾军抵敌,福尚未成列,被敌骑纵横驰突,顿时散乱。众欲据险自固,忽夏人阵中,竖起一张鲍老旗,戏幢名。长约二丈余,左动左伏起,右动右伏起,四面夹攻,宋军大败。桑怿、刘肃陆续战死。福身被十余创,尚力战不退。小校刘进,劝福急走,福愤然道:"我为大将,不幸兵败,只有一死报国便了。"未几枪中左颊,血流满面,福扼喉自尽。福子怀亮随军,同时毕命,全军尽覆。

元昊乘胜入笼络川,正与朱英军相遇,趁势将朱英围住。英左冲右突,不能出围,王珪急往救援,硬杀一条血路,拔出朱英,但见英已身受重伤,不能视军,珪正焦急得很,正拟设法走脱,不意敌兵益至,又被围住。耿傅、朱观也欲往援,适渭川驻泊都监赵津,带领瓦亭骑兵二千,前来会战,耿傅即与赵津救珪,令朱观守住后军。赵津多来送死,然却是朱观的替死鬼。时王珪已经阵亡,朱英亦死,耿、赵两人,冒冒失失的冲杀过去,好似羊入虎口,战不多时,一同殉难。朱观见不可支,急率残军千余人,退保民垣,四向纵射。夏兵疑是有伏,更兼天色将昏,乃齐唱番歌,收军引去。这一场交战,宋将死了六人,士卒伤亡一万数千名,只朱观手下千余人,总算生还,关右大震。

韩琦退还,夏竦使人收集散兵,并任福等遗骸,见福衣带间尚藏着琦檄,并参军耿傅书,乃将详情奏闻,说是任福违命致败,罪不在琦、傅等人。琦却上章自劾,仁宗很是惊悼,镌琦一级,徙知秦州。元昊自连胜宋军,声势张甚,作书答复范仲淹,语极悖嫚。仲淹对着夏使,把书撕碎,付之于火,夏使自去。这事传达宋廷,吕夷简语廷臣道:"人臣无外交,仲淹擅与元昊书,已失臣礼,既得答复,又擅焚不奏,别人敢如此么?"参政宋庠遽答道:"罪当斩首。"枢密副使杜衍,独辩论道:"仲淹志在招叛,存心未尝不忠,怎可深罪?"彼此争议未决。仁宗命仲淹自陈,仲淹遥奏道:"臣始闻元昊有悔过意,因致书劝谕,宣示朝廷德威,近因任福败死,虏势益张,复书遂多悖嫚,臣愚以为此书上达,若朝廷不亟声讨,辱在朝廷,不若对了虏使,毁去此书,还不过辱及愚臣,似与朝廷无涉。这是区区愚忱,乞即鉴察"等语。仁宗得奏,复命中书枢密两府复议。宋庠、杜衍仍各执前说,仁宗顾问夷简,宋庠总道夷简赞同己说,哪知夷简恰不慌不忙道:"杜衍议是,止应薄责了事。"这语说毕,庠不禁瞠目退朝。<u>想是夷简与庠有隙,故独从杜衍之议,不然,前既倡议罪范,此时何反袒范耶?</u>仁宗乃降仲淹知耀州,未几复徙知庆州,诏命工部侍郎陈执中,同任陕西按抚经略招讨使,与夏竦同判永兴军。两人意见相左,屡起龃龉,乃又命竦屯鄜州,执中屯泾州。竦守边二年,遇事畏缩,首鼠两端。营中带着侍妾,整日里流连酒色,不顾边情。元昊悬募竦首,只出钱三千文,边人传为笑话。

既而元昊复寇麟府,破宁远寨,陷丰州,警报迭闻,知谏院张方平奏称:"竦为统帅,已将三年,师惟不出,出必丧败,寇惟不来,来必残荡。这等统帅,究有何用?请另行择帅,借固边防!"于是改竦判河中,执中知泾州,一面再经廷议,分秦凤、泾原、环庆、鄜延为四路,令韩琦知秦州,辖秦凤,范仲淹知庆州,辖环庆,王沿知渭州,辖泾原,庞籍知延州,辖鄜延,各兼经略按抚招讨使。四人除王沿外,均捍御有方,缮城筑寨,招番抚民。羌人尤爱仲淹,呼他为龙图老子。因仲淹曾任龙图阁待制,乃有是名。元昊却也知难而退,稍稍敛迹了。<u>总贵得人。</u>

庆历二年,忽契丹遣使萧特末、刘六符至宋,复求关南故地,且问兴师伐夏,及沿边濬河增戍的理由。朝命知制诰富弼为接伴使,偕中使往迎都外。特末等昂然而来,下马相见,当由中使传旨慰问。特末倔强不拜,弼抗声道:"南北两主,称为兄弟,我主与汝主相等,今传旨慰劳,奈何不拜?"特末托言有疾,不能施礼。弼又道:"我亦尝出使北方,卧病车中,闻汝主命,即起受尽礼,汝怎得因疾废礼呢?"特末无词可答,只好起拜。<u>先声已足夺人。</u>拜毕,随弼入都。弼导入客馆,开诚与语,特末却亦感悦,即将契丹主遣使本意,一一说出。弼据理辩驳,特末密语弼道:"贵国可从则从,不可从,或增币,或和亲,亦无不可。"弼乃引两使入谒仁宗,并据特末言奏闻。仁宗召吕夷简入商,夷简道:"西夏未平,契丹乘隙求地,断难允许。但我既与夏构兵,不应再战契丹,现来使萧特末,既有和亲增币两事,密相告语,我且酌允一件,暂作羁縻罢了。"仁宗道:"朕意亦是如此,但何人可以报聘?"夷简道:"不如就遣富弼,渠去年曾往使契丹,可称熟手,此次命往,谅想不致辱命。"<u>借夷简口中,补叙富弼奉使契丹,且回应上文弼语特末之言。</u>仁宗点首,遂命富弼报使契丹。诏命既下,廷臣多为富弼担忧。谓此去恐致陷虏,集贤院校理欧阳修,且引唐颜真卿使李希烈故事,请留弼不遣,疏入不报。自是谣诼繁兴,统说夷简与弼有嫌,计图陷害,因荐弼北行。弼却毅然愿往,陛辞时叩首奏道:"主忧臣辱,臣怎敢爱死?此去除增币外,决不妄允一事。倘契丹意外苛索,臣誓死以拒便了。"仁宗闻言,也不禁动容,面授弼为枢密直学士。弼不肯受,复叩头道:"国家有急,义不惮劳,怎敢先受爵禄呢?"仁宗复慰奖数语,弼即起身出朝,到了宾馆,邀同契丹两使,即日往北去了。小子有诗咏道:

衔命登程竟北行,国家为重死生轻。
折冲樽俎谈何易,恃有忠诚慑虏情。

欲知弼往契丹,如何定议,待小子下回说明。

世尝谓北宋无将,证诸夏事,北宋固无将也。仁宗之世,宋尚称盛,元昊骚扰西陲,得一良将以平之,犹为易事。夏竦、范雍,材皆庸驽,固等诸自郐以下。若夫韩琦、范仲淹二人,亦不过一文治才耳。主战主守,彼此异议,主战者有好水川之败,虽咎由任福之违制,然所任非人,琦究不得辞责。主守者遭元昊之谩侮,微杜衍,仲淹几不免杀身。史虽称韩、范善防,然卒无以制元昊,使之帖然归命,非皆武略不足之明证耶?以专阃之乏材,而契丹遂乘间索地,地不给而许增岁币,亦犹二五一十之故智耳。外交以武力为后盾,仅恃口舌之争,虽如富郑公者,亦不能尽折虏焰,而下此更不足道矣。

第三十回　争和约折服契丹
除敌臣收降元昊

却说富弼出使,免不得途中耽搁,一时未到契丹。契丹却聚兵幽、蓟,声言南下。廷议请筑城洛阳,吕夷简谓不若建都大名,耀威河北,示将亲征以伐敌谋。仁宗从夷简言,乃建大名府为北京,即从前真宗亲征驻跸处,一面命王德用判定州,兼朔方三路都部署。德用抵任,日夜练士卒,择期大阅。契丹遣侦骑来视,见德用部下,人人强壮,个个威风,当下返报本国,契丹主宗真也觉夺气。宋廷赖有此着,故和议复成。待富弼已到契丹,即入见宗真,行过了礼,便开口问道:"两朝人主,父子继好已四十年,乃无故来求割地,究属何故?"宗真道:"南朝违约,塞雁门,增塘水,治城隍,籍民兵,亦为着何事?我国大臣,均请举兵南向,我意谓遣使质问,并索关南故地,若南朝不肯相从,举兵未晚。"弼即接入道："北朝忘我先帝的大德么？澶渊一役，我朝将士，哪一个不主开战？若先帝从将士言，恐北兵均不得生还。我先帝顾全南北，特约修和，今北朝又欲主战，想是北朝臣子，均为身谋，不管主子的祸福呢。"说到此句，宗真不觉惊异道："为什么不管主子的祸福？"弼答道："晋高祖欺天叛君，末帝昏乱，土宇狭小，上下离叛，北朝乃得进克中原。但试问所得金币，果涓滴归公否？北朝费了若干军饷，若干兵械，徒令私家充牣，公府雕残。今中国提封万里，精兵百万，法令修明，上下一心，北朝欲用兵，能保必胜么？就使得胜，劳师伤财，还是群臣受害呢，人主受害呢？若通好不绝，岁币尽归人主，群臣有何利益？所以为群臣计，宜战不宜和，为主子计，宜和不宜战。"说得透切，不亚秦、仪。宗真听了，不由的点首数次。弼又道："塞雁门，为备元昊，并非防北朝；塘水开浚，在南北通好前，城隍无非修旧，民兵不过补阙，有何违约可言？"宗真道："如卿言，是我错怪南朝了。但我祖宗故地，幸乞见还！"语已少软。弼答道："晋以卢、龙赂契丹，周世宗复取关南地，统是前代故事。若各欲求地，幽、蓟曾隶属中国，难道是北朝故地么？"宗真亦无词可答，命刘六符引弼至馆，开宴叙谈。六符道："我主耻受金币，定欲关南十县，南朝何不暂许通融？"弼正色道："我朝皇帝尝云，为祖宗守国，不敢以尺地与人，北朝所欲，不过租赋，朕不忍两朝赤子，多罹兵革，所以屈己增币，聊代土地。若北朝必欲得关南十县，是志在败盟，借此为词。澶渊盟誓，天地鬼神，共鉴此言，北朝若首发兵端，曲不在我，天地鬼神，恐不肯受欺哩。"正襟危论，如闻其声。六符道："南朝皇帝，存心如此，大善大善。当彼此共奏，使两主情好如初。"是日尽欢而散。

　　翌日，契丹主宗真，召弼同猎，引弼马相近，婉语道："南朝若许我关南地，我当永感厚谊，誓敦和好。"仍是欺人之语。弼答道："北朝以得地为荣，南朝必以失地为辱，两朝既称兄弟，怎可一荣一辱呢？"舍理言情，语益动人。宗真默然。猎毕散归，六符复来语弼道："我主闻荣辱的谈论，意甚感悟，关南十县，暂且搁起。惟愿与南朝和亲，想南朝总允我结婚呢。"弼复道："结婚易生嫌隙，我朝长公主出降，赍送不过十万缗，哪能及得岁币的大利呢？"六符返报宗真。宗真乃召弼入见，令还取盟书，并与语道："俟卿再至，当择一事为约，卿可遂以誓书来。"弼乃辞归，据实奏陈。仁宗复遣使持和亲、增币二议，及誓书再往契丹，并命至枢臣处亲受口传。弼领教即行，途次乐寿，忽心有所触，亟语副使张茂实道："我奉命为使，未见国书，倘书词与口传不同，岂非败事？"茂实唯唯。及启书审视，果与口传不符，立即驰还。时已日昃，叩阍求见，至仁宗召入，弼呈上国书，并跪奏道："枢臣意图陷害，特作此书，俾与口说不同，臣死何足惜，贻误国家，岂非大患？"仁宗恰也惊疑，转问晏殊。晏殊道：

第三十回　争和约折服契丹　除敌臣收降元昊

"吕夷简想不至出此，或恐录述有误呢。"弼奏道："晏殊奸邪，党夷简，欺陛下，应得何罪？"仁宗遂命晏殊易书，弼审视乃行。吕夷简挟私害公，至此未免坐实。晏殊设词掩饰，明是党吕陷弼，史称弼娶晏女，岂翁婿之情，亦全不顾耶？既至契丹，不复议婚，但议增币。契丹主宗真道："南朝既增我岁币，应称为献。"弼答道："南朝为兄，岂有为兄献弟的道理？"宗真道："献字不用，改一纳字。"弼仍不可。宗真艴然道："岁币且增我，何在此区区一字？若我拥兵南来，得勿后悔么？"弼复道："我朝兼爱南北生民，所以屈己增币，并非有惮北朝。若不得已改和为战，当视曲直为胜负，使臣却不敢预料了。"宗真道："卿勿固执，古时亦曾有此例呢。"弼勃然道："古时惟唐高祖借兵突厥，当时赠遗，或称献纳，但后来颉利为太宗所擒，岂尚有此例么？"说毕，声色俱厉。宗真知不可夺，乃徐徐道："我当自遣人往议罢了。"乃留增币誓书，另遣使耶律仁先及刘六符二人，持督书与弼偕来，且议献纳二字。弼先入奏道："献纳二字，臣已力拒，虏气已中沮了，幸勿再许！"仁宗允奏。后用晏殊议，竟许用"纳"字。一字都不能争得，宋君臣可谓委靡。于是岁增银十万两，绢十万匹，仍遣知制诰梁适持誓书，与仁先等往契丹。契丹亦遣使再致誓书，且报撤兵，总算依旧和好了。

　　弼始受命至契丹，适一女夭殇，弼不过问，及二次再往，闻得一男，亦不暇顾。在外得家书，未尝启阅，随至随焚。左右以为奇，弼与语道："这种家书，徒乱人意，国事尚未了结，何暇顾家？"录此为爱国者劝。至和议已成，仁宗复命他为枢密直学士。弼仍恳辞道："增币非臣本意，只因近日方讨元昊，不暇与契丹角逐，所以臣未敢死争，怎可无功受赏呢？"未几又授弼为枢密副使，弼又固辞，但表请仁宗坐薪尝胆，不忘修政。仁宗很加赞叹，改授弼为资政殿学士，这且按下慢表。

　　且说元昊据有西鄙，叛命如故，会夏境天旱年荒，兵民交困，乃渐有纳款意。知延州庞籍，报答宋廷，诏命知保安军刘拯，传谕元昊亲臣刚浪陵、一译作野利纲里拉。遇乞一译作雅奇。兄弟，令他内附，即分界西平爵土。刚浪陵很是刁猾，令部下浪埋、赏乞、媚娘三人，伪至鄜州乞降。鄜州判官种世衡，料知有诈，留住营中，佯加录用。刚浪陵又遣教练使李文贵，来报降期，也由世衡留住。既而元昊仍大举入寇，攻镇戎军，王沿使副总管葛怀敏，督诸寨兵出敌，至定州寨，被夏兵绕出背后，毁桥截住。怀敏部军，相率惊慌，顿时大溃。怀敏奔还长城，濠路已断，遂与将校十四人，陆续战死，余军九千六百名，马六百匹，均陷没敌中。元昊乘胜直抵渭州，焚荡庐舍，屠掠民畜，泾、汾以东，烽火连天。幸知庆州范仲淹，率蕃汉兵往援，夏兵乃退。先是翰林学士王尧臣，曾奉命安抚陕西，及还朝，上疏论兵，且言："韩、范具将帅材，不当置诸散地。"

仁宗尚不以为意。至葛怀敏败殁,中外震惧,乃命文彦博经略泾原,并欲徙范仲淹知渭州,与王沿对调。仲淹以王沿无用,拟与韩琦并驻泾州,即行上奏,略云:

> 泾州为秦、陇要冲,贼昊屡出兵窥伺,非协力捍御,不足以制贼锋。臣愿与韩琦并驻泾州,琦兼秦凤,臣兼环庆。泾原有警,臣与琦合秦凤、环庆之兵,犄角而进。若秦凤、环庆有警,亦可率泾原之师为援。臣当与琦练兵选将,渐复横山,以断贼臂,不数年间,可期平定。愿招庞籍兼领环庆,以成首尾之势。秦州委文彦博,庆州用滕宗谅,总之渭州一武臣足矣。

仁宗准奏,乃用韩琦、范仲淹、庞籍为陕西按抚经略招讨使,置府泾州,分司行事。并召王沿还都,命文彦博守秦州,滕宗谅守庆州,张亢守渭州。韩、范二人,同心捍边,号令严明,爱拊士卒,诸羌乐为所用,怀德畏威。边人闻韩、范名,编成四句歌谣道:"军中有一韩,西贼闻之心胆寒;军中有一范,西贼闻之惊破胆。"得人之效,可见一斑。

惟种世衡因刚浪陵遣人诈降,总欲以假应假,用反间计除灭了他,免为元昊心腹。当时有僧人王光信,足智多谋,世衡招致部下,奏补三班借职,令改名为嵩,持招降书,往投刚浪陵、遇乞。刚浪陵接到书函,当下展阅,内言:"朝廷知王有内附心,已授夏州节度,王其速来!"书后,又绘一枣及一龟。刚浪陵懵然不解,王嵩在旁代解道:"枣早同音,龟归同声,请大王留意!"原来刚浪陵、遇乞,皆属野利氏,元昊娶野利氏女为第五妃,即二人女弟,二人因此得宠,且具有才谋,并握重权,夏人号为大王,所以世衡贻书,及王嵩与语,亦沿用夏人称呼。刚浪陵毕竟乖刁,狞然笑道:"种使君年已长成,何故弄此把戏?难道视我为小儿么?"遂将王嵩拿下,并原书献与元昊。王嵩本有胆智,见元昊后,元昊喝令斩首。嵩并不惊慌,反大笑道:"人人说你夏人多诈,我却不信,谁料话不虚传呢。"元昊拍案道:"你等多诈,欲来用反间计,还说是我国多么么?"一语喝破,仿佛《三国演义》中曹操之于阚泽。王嵩道:"刚浪大王若非先遣浪埋等来降,种使君亦不至无故送书。现浪埋等尚在鄜州,李文贵居然重用,我朝已授刚浪大王为夏州节度使,今乃有此变卦,岂非你夏人多诈吗?罢罢!我死也还值得。我死,有李文贵等四人偿命呢。"元昊听了,不禁惊诧,遂转问刚浪陵。刚浪陵前遣浪埋等人,尚未与元昊说明,至此反无从详对,但说是别有用意。元昊益觉动疑,当命将王嵩缳刑,囚禁阱中,一面盘诘刚浪陵。刚浪陵才将前情详陈,偏元昊似信非信,也将刚浪陵留住帐中,潜遣人作为刚浪陵使,返报世衡。世衡已料为元昊所遣,却故意将错便错,格外优待,

第三十回　争和约折服契丹　除敌臣收降元昊

并与约两大王归期。来使怎识诈谋,当然据情还报。元昊不禁怒起,竟召还刚浪陵,与使臣对质。刚浪陵尚想分辩,偏元昊已拔剑出鞘,手起剑落,把刚浪陵挥作两段,除了一个。并将遇乞拘置狱中。种世衡闻刚浪陵被杀,知计已得行,复著成一篇祭文,内说:"刚浪陵大王兄弟,有意本朝,忽遭惨变,痛失垂成。"写得非常惨怛,潜令人投置夏境。夏人拾得,赍献元昊。元昊又令人将遇乞处斩。又除了一个。看官!试想这元昊也是一个雄酋,难道这般反间计,竟全然没有分晓,空把那两个有用的妻舅,一一杀死么?小子搜考野乘,才悉元昊另有一段隐情。遇乞妻没藏氏,因与元昊第五妃有姑嫂关系,往往出入夏宫,她不合生着三分姿色,被元昊看上了眼,极想与她通情,奈因遇乞手握重权,未免投鼠忌器,没奈何勉强忍耐,含着一种单相思,延捱过去。巧值种世衡投书与他,劝令内附,他正好借公济私,除了遇乞,便将没藏氏拘入宫中,一吓两骗,哄得没藏氏又惊又喜,只好献出秘宝,供他享受。元昊已经如愿,索性放出王嵩,厚礼相待,令作书报种世衡,愿与宋朝讲和。世衡转告庞籍,籍即令世衡遣还李文贵,往议和约。元昊大喜,仍使文贵与王嵩偕至延州,赍书议款。庞籍接得来书,见书意尚是倔强,有云:"如日方中,止能顺天西行,安可逆天东下"等语。当下将来书飞报宋廷,仁宗已经厌兵,诏令籍复书许和,但令他稍从恭顺。籍乃如旨示复,遣文贵持去。嗣得夏国六宅使贺从勖,与文贵赍书同来,书中自称男邦泥定国兀卒曩霄,上书父大宋皇帝。庞籍即问道:"何谓泥定国兀卒曩霄?"从勖道:"曩霄系吾主改定新名,泥定国是立国意义,兀卒是我国主子的称呼。"庞籍道:"如此说来,你主仍不肯臣事本朝,令我如何上闻?"从勖道:"既称父子,也是君臣一般,若天子不许,再行计议。"庞籍道:"你只可入阙自陈。"从勖答言:"愿入京师。"乃送从勖至阙下,并奏言元昊来书,名体未正,应谕令称臣,方可议和。仁宗览奏,即召谕从勖道:"你主元昊,果愿归顺,应照汉文格式,称臣立誓,不得说什么兀卒,什么泥定国。"从勖叩首道:"天朝皇帝,既欲西夏称臣,当归国再议。惟天朝仁恩遍覆,每岁应赐给若干,俾可还报。"仁宗道:"朕当遣使偕行,与你主定议便了。"从勖乃退。有诏命邵良佐、张士元、张子奭、王正伦四人,偕从勖一同西行,与夏主元昊妥议。四人领命而去,到了西夏,因元昊多索岁币,议仍未洽。元昊乃再遣使臣如定聿舍、一译作儒定裕舍。张延寿等,入汴再议。当议定按年赐给绢十万匹,茶三万斤。夏主元昊,应称臣立誓,不得渝盟。夏使乃返。越年,庆历四年。元昊始遣使来上誓表,文云:

　　臣与天朝,两失和好,遂历七年,立誓自今,愿藏明府。其前日所掠将校民户,各不复还。自此有边人逃亡,亦毋得袭逐。臣近以本国城寨,进纳朝廷,其栲栳、镰刀、南安、承平故地,及他边境,蕃汉所居,乞画中为界,于内听筑城堡。凡岁赐绢茶等物,如议定额数,臣不复以他相干,乞颁誓诏,盖欲世世遵守,永以为好。倘君亲之义不存,或臣子之心渝变,当使宗祀不永,子孙罹殃。谨上誓表以闻!"

仁宗亦赐答诏书,付夏使赍还。略云:

朕临制四海,廓地万里,西夏之土,世以为胙,今既纳忠悔咎,表于信誓,质之日月,要之鬼神,及诸子孙,无有渝变,申复恳至,朕甚嘉之!俯阅来誓,一皆如约。

夏使去后,复拟派遣册礼使,册封元昊为夏王,忽契丹遣使来汴,请宋廷勿与夏和,现已为中国发兵,西往讨夏,累得宋廷君臣,又疑惑起来。正是:

中朝已下和戎诏,朔漠偏来讨虏书。

究竟契丹何故伐夏,试看下回便知。

读本回盟辽盟夏两事,见得宋室君臣,志在苟安,毫无振作气象。契丹主宗真时,上无萧太后燕燕之雄略,下无耶律休哥之将材,富弼一出,据理与争,即折敌焰,何必多增岁币,自耗财物,甚至献纳二字,亦不能尽去乎?元昊堕种世衡之计,自剪羽翼,又复惑于没藏氏之女色,渐启荒眈,其愿和不愿战也明矣。况乎韩、范、庞三人御边,已属无懈可击,彼若修和,我正当令他朝贡,乃反岁赐绢茶,亦胡为者。总之一奄奄不振,得休便休已耳,观此而已知宋室之将衰。

第三十一回　明副使力破叛徒
　　　　　　曹皇后智平逆贼

　　却说契丹遣使至宋,请勿与夏和,且来告伐夏,就中有个原因,乃是契丹旧属党项部,被元昊吞并,契丹主宗真遣使索还,元昊不答,于是契丹决议兴师。宗真亲率骑兵十万,往伐元昊,一面向宋廷报告师期。仁宗正拟册封元昊,不意遭此打击,反弄得疑惑不定,当与廷臣议决,暂留夏国封册,止使不遣。别命知制诰余靖,报使契丹,托词致赆,探明情实。至余靖到了契丹,契丹主已经败归,原来契丹兵三路西进,直达贺兰山,战胜元昊。元昊退师十里,情愿与契丹讲和,偏契丹枢密使萧惠,请荡平夏国,不可许成。契丹主犹豫未决,元昊以未得成言,每日退三十里,直退至九十里外,方才下寨。他知契丹兵必来追击,先将经过的地方,所有草木,一概焚去,自己坚壁以待。果然契丹兵追蹑过去,马

第三十一回　明副使力破叛徒　曹皇后智平逆贼

不得食,不堪临阵,没奈何与元昊议款。元昊确是狡黠,阳与周旋,潜自夜间发兵,袭萧惠营。惠未曾预备,一时招架不及,全营溃散。元昊乘胜攻契丹大营,契丹主仓猝走免。驸马萧胡睹,被元昊擒住,他却不去杀他,反好言抚慰,酒食相待,与语讲和事宜。萧胡睹一力担承,愿返报宗真,再敦和好。自己要命,当然愿和。元昊乃纵使归去,并遣人往议和约。宗真无可奈何,只得各还俘虏,仍旧修和。元昊的是能手。余靖探悉情形,即入见宗真,述及宋夏交好事。宗真不便异议,因遣余靖南还。靖既还都,仁宗又遣员外郎张子奭充册礼使,册元昊为夏国主,赐他金带银鞍,并银二万两,绢二万匹,茶二万斤,赐诏不名,许自置官属。元昊总算称臣奉朔,岁贡方物,彼此敷衍过去。

惟元昊既诱占没藏氏,大加宠幸。应前回。没藏氏水性杨花,把那杀夫的冤仇,撇在脑后,一味儿献媚纵欢。独野利氏非常妒恨,好几次与元昊争论,欲将没藏氏撵逐。元昊正在眷恋,哪里肯依?可巧太子宁宁哥,本野利氏所生,年大须婚,聘定没嚟氏女为室。没嚟氏一译作玛伊克氏。结婚期届,没嚟氏嫁了过来,貌美年轻,苗条可爱。元昊性好渔色,不知如何勾搭,竟将没嚟氏引入寝室,也与她颠鸾倒凤,做些不正经的勾当。新台一诗,不妨移赠。看官!你想野利氏的母子,如何忍耐得住?于是两人设法,先行下手,没藏氏正在失宠,野利氏乘间过去,指挥女侍,把没藏氏一头黑发,尽行髡去,撵出为尼。没藏氏有兄讹庞,一译作鄂博。将妹收养,那妹子正怀六甲,产得一男,密报元昊。元昊移情子妇,得新忘旧,也不愿她母子重还,但令取名宁令哥,给发若干金帛,寄养母家。独宁宁哥日伺父隙,正苦无从得手,勉强挨过了一年,适值元昊出猎,他借随侍为名,带剑跟着,觑了一个空隙,拔剑出鞘,从元昊脑后劈去。元昊闻有剑声,急忙回顾,凑巧剑锋削来,一时闪避不及,这鼻准随剑落地。好淫之报,应烂鼻准。元昊忍痛呼救,卫兵一拥齐上,那宁宁哥恐被缚住,一溜风的跑走了。元昊力疾还宫,越痛越气,越气越痛,急忙召入讹庞,取宁令哥母子入宫,改立宁令哥为太子,并令讹庞带兵觅宁宁哥。宁宁哥正匿黄庐,被讹庞搜着,一刀两段,取了首级,回宫复命。元昊因鼻创甚剧,已晕厥数次,至闻讹庞返报,遗命辅立宁令哥,竟一蹶不醒了。年四十六岁。是第二个朱三。讹庞遂立宁令哥为夏主,年甫及期,别名谅祚,尊没藏氏为太后,把野利氏锢置宫外。没嚟氏不知如何处置?设三大将分治国政,大权均为讹庞所握,并遣使讣宋及契丹。宋廷仍遣使慰奠,并册谅祚为夏王,这是仁宗庆历八年的事情。

是年,贝州叛卒王则,由河北宣抚使文彦博,副使明镐,执送汴都,审实伏诛。因元昊病死,与诛王则同时,故用倒提法。王则本涿州人,因岁饥流入贝州,自鬻为奴,牧羊糊口,后投宣毅军为小校,出入军营,免不得引朋呼类,征逐往来。先是贝冀地方，俗尚妖幻，王则更好作讹言，引人迷信，又尝出五龙滴泪等经，及诸图谶书，令兵民诵习。自言释迦佛衰谢，弥勒佛持世，天下将有大乱，惟投入己党，方保无虞。顽卒愚民，不辨真假，竟相与倡和，哄动一时。还有州吏张峦，居然引为同调，替他主谋，约于庆历八年元旦，毁澶州浮桥，纠众作乱，会同党致书北京留守贾昌朝，请他内应。昌朝将来人拿住，拘置狱中，王则恐机谋被泄，不及待期，亟于庆历七年冬至日，揭竿起事。知州张德一，方与官属谒天庆观，不意叛众骤至，无处逃避，竟被拘住。叛众又拥至库门，拟劫财物，当向通判董元亨索钥。元亨厉声骂贼，致为所害。又杀死司理王奖，节度判官李浩等，遂大肆劫掠，扰乱全城。无非为了阿堵物。兵马都监田斌率步卒巷战，因众寡不敌，逸出城外，城门遂闭。提点刑狱田京等，缒城出走，退保南关，抚营兵，诛匪党，南关得不陷。北京指挥使马遂，闻王则叛乱，忙报知贾昌朝，请兵讨贼。昌朝尚视为易与，徒令马遂持谕，往贝州招降。马遂至贝州，指陈祸福，王则不答，惹得马遂动恼，攘臂起座，力扼则喉。怎奈一夫拼命，究竟敌不住万人，并且赤手空拳，如何击刺？眼见得捐躯报国了。这是贾昌朝借刀杀人。

王则据住贝州，僭称东平王，居然建立国号，叫作安阳，改元得圣，旗帜号令，均用佛号，什么斗胜佛，什么无量寿佛。城上四面有楼，他竟改称为州，各署州名。用徒众为知州，每面置一总管。他不过这些范围。城内人民，多半缒城逃命，他却立出伍伍为保的禁令，一人缒城，四人悉斩。看官！试想这种无知无识的草头王，能成得大事么？宋廷闻警，即命开封知府明镐为按抚使，率兵往讨。镐直抵城下，州民汪文庆等，自城上射下帛书，愿为内应。夜半垂绠导引官军，官军数百人登城，为贼所觉，麾众拒战。官军不利，仍与文庆等缒城出来。贝州城高且固，镐叠土成阇，踞高攻城，被城贼纵火射击，焚去营帐，不能立足，乃改从下面着想，从南城穿掘地道，佯从北面攻城，牵制贼军。适宣抚使文彦博到来，传旨令镐为副使，镐拜受诏命，遂迎文入帐。寒暄已毕，谈及军务，彦博道："副使前日奏议，多半中阻，可曾知道否？"镐答道："想是这位夏枢密呢。"原来庆历三年以后，吕夷简老病辞政，既而病逝，八大王元俨亦薨。仁宗改相晏殊，召夏竦为枢密使。谏官蔡襄、欧阳修等，交章劾竦，说他在陕误事，挟诈逞奸，断不足胜大任。仁宗乃徙竦知亳州，改任杜衍为枢密使，韩琦、范仲淹、富弼等，为枢密副使。未几，晏殊罢相，代以杜衍，另用贾昌朝为枢密使，陈执中参知政事，昌朝阴柔险诈，好倾善类，密结御史中丞王拱辰，排挤杜衍，及韩琦、范仲淹、富弼等人。执中亦互联声气，乃目诸贤为朋党，屡被进谗。仁宗渐为所惑，竟将杜衍、韩琦、范仲淹、富弼等，陆续外调，且擢执中同平章事，与昌朝同一职位。嗣昌朝与参政吴育，互起龃龉，仁宗将他

第三十一回　明副使力破叛徒　曹皇后智平逆贼

两人尽行罢职，又一心一意的召用夏竦，竟命他同平章事。复经谏官御史，一再劾奏，乃改授枢密使，令文彦博参政。仁宗必欲重用夏竦，令人不解！夏竦忌镐立功，遇镐上奏，多方阻挠。文彦博代为不平，所以出使河北，即与镐谈及此事。镐亦料到此着，便觉应对相符。插入此段文字，非但说明夏竦奸诈，即庆历中之用人得失，亦就此补叙详明。文彦博又语镐道："副使可谓料事如神，但此后可不必过虑，我已奏闻皇上，得有专阃权了，请副使放胆做去！"镐答道："这却很好。但破城擒渠，便在这旬日内了。"彦博问及军谋，镐详述穿道情形，彦博大喜。越宿，地道已通，遂选募壮士，潜由地道入城，里应外合。王则纵火牛拒敌，官军用枪击牛鼻，牛负痛返奔，贼众大溃。王则开东门遁去。总管王信，忙率军追则，竟将他活捉了来。余众走保村舍，尽被官军焚死。捷报上达京师，夏竦还说他获盗非真，乃诏令槛送至京。彦博即亲押王则，到了阙下，由两府审讯非虚，方磔死市中。总计王则据城，共得六十六日。张德一降贼伏法，有旨赏功进爵。授彦博同平章事，明镐为端明殿学士。改贝州为恩州，贾昌朝亦受封安国公。侍读学士杨偕上言："贼发昌朝部下，昌朝又未尝出讨，应该坐罪，不宜滥赏。"奏入不省。惟后来彦博推荐明镐，谓可大用，乃擢镐参知政事。贝州叛案，就此了清。仁宗自然欣慰。

适是年为闰正月，两度元宵，仁宗再欲张灯祝庆。曹皇后以徒耗资财，有损无益，极力劝止。过了三日，仁宗正夜宿中宫。忽闻外面有呼噪声，蹴踏声，既而响触檐溜，音随屋瓦。曹后从梦中惊醒，忙披衣起床，仁宗亦起，即欲出外观望，当被曹后拥住，且谏阻道："宫寝中有此怪声，必是内侍谋变，现在黑夜仓皇，陛下切勿轻出，只有传旨出去，亟召都知王守忠引兵入卫，方保万全。"是时值宿宦侍，俱已起来，当由仁宗命召守忠，速即入卫。俄闻怪声愈近，杂以悲号，呼杀呼救，嘈嘈切切。曹后变色道："守忠未来，贼已阑入，不可不预先防备。"复命宦侍齐集，勒成队伍，环守宫门。一太监奏语道："莫非宫中乳媪，殴打小女子，所以有此哭声。"曹后不待说毕，便竖起柳眉，大声呵叱道："贼在殿外杀人，你还敢妄言么？"一面令宦侍速去挈水。待水已挈入，复手执绣剪，把宦侍鬓旁，各剪一缺，并面嘱道："你等各奋力守门，静待外援，明日当视发征赏。宦侍闻言，都大家踊跃起来，齐至门前拒守。曹后亲自督率，相机应变，忽门外火炬齐明，贼已踵至，但听有贼哗语道："不如纵火毁门罢。"曹后急命将所挈各水，移近门侧，至贼举炬焚门，即用水扑救，火得随扑随灭。智勇兼全，不愧将门孙女。两下里正在相持，都知王守忠已引兵到来，不消片刻，即将贼徒擒住，当下呼报贼平，叩门请安。曹后在门内传语道："叛贼共有几人？"守忠道："共计数十名。贼目是卫士颜秀。"曹后道："知道了。你押带出去，即交刑部，确是擒住的贼人，命即正法，不得妄事株连！"免兴大狱，智而且仁。守忠奉命去了。仁宗见曹后布置井井,立刻平乱,不禁大悦道:"卿如此镇定,济变有方,想是祖传的家法哩。"曹后答道:"仗陛下洪福,得平内变,妾有甚么韬略呢?"谦尊而光。

正说着,妃嫔等也陆续到来,问安门外,当由后命启扉迎入。为首的进来,就是张美人,乃后宫第一个宠妃。应二十七回。巧慧多智,素善逢迎,仁宗早欲立她为后,因与刘太后意见未合,因册立郭氏。至郭后见废,又欲立妃为继后,妃却自辞,乃改立曹氏。平居与两后相处,倒也谦退尽礼,无甚怨怼,因此愈得主眷。庆历元年,封清河郡君,嗣迁为修媛,忽然被疾,申奏仁宗道:"妾姿薄不胜宠名,愿仍列美人。"仁宗点首允许。她名目上虽居后列,实际上几已专房,此次入内请安,仁宗反答言抚慰,就是曹后也曲意周旋。还有一位周美人,紧随张美人后面,她本是四岁入宫,为张美人所钟爱,抚为养女。及年将及笄,生得妩媚动人,居然引动龙心,排入凤侣。仁宗渔色,可见一斑。又有苗才人、冯都君等,亦依次进谒。苗系仁宗乳媪女,冯是良家子,祖名起,曾任兵部侍郎,以德容入选,这且不胜缕述。大家问安已毕,次第退还。

越日下诏,谴斥皇城使,及卫官数人。副都知杨怀敏,坐嫌疑罪,参知政事丁度,请执付外台穷治。偏枢密使夏竦,奏言事关宫禁,不必声张,但由台官内侍,审鞫禁中,便可了案。仁宗准奏。及审问怀敏,夏枢密早已替他安排,查不出什么逆证,乃止将怀敏降官,仍充内使,这明明是护符得力了。夏竦且巴结宫闱,明知张美人得宠,想就此结一内援,遂上言美人有扈跸功,应进荣封。功在何处? 仁宗眷恋张美人,日思把她进位,但苦无词可借,此次得夏竦奏牍,顿觉借口有资,即命册张美人为贵妃。竦且得步进步,复唆使谏官王贽,奏言:"叛贼起自中宫,请彻底追究!"他的本意,无非欲摇动后位,拔帜易帜,讨好张妃。仁宗也不禁起疑,亲见曹后守阁,有何可疑? 自来做皇帝者,多半是负心人。可为一叹。转问御史何郯。郯答道:"中宫仁智,内外同钦,这是奸徒蜚语中伤,不可不察。"仁宗乃搁置一边。

惟张贵妃伯父尧佐,骤擢高位,命兼宣徽、节度、景灵、群牧四使,殿中侍御史唐介,与知谏院包拯、吴奎等,力言不可。中丞王举正,又留百官列廷论驳,乃罢尧佐宣徽、景灵二使。未几,又命知河阳,兼职南院宣徽使。御史唐介复抗章上奏,极言:"外戚不可预政,前皇上从谏如流,已经收回成命,此次何复除拜,自紊典章"云云。仁宗召介入语道:"除拟本出中书,亦并非尽由朕意。"说不过去,便推到宰相身上。介复道:"相臣文彦博,也想联络贵戚,希宠固荣么?"仁宗闻言,拂袖竟入。介退朝后,又亲自缮成一疏,劾奏文彦博交通宫掖,引用贵戚,不称相位,请即日罢免,改相富弼等语。次日入朝,当面递呈。仁宗略阅数语,便即掷下,并怒叱道:"你若再来多言,朕且远窜你了!"

介毫不畏怯,竟拾起奏章,从容跪读。读已,复叩首道:"臣忠愤所激,鼎镬且不避,何惮远谪呢!"仁宗召谕辅臣道:"介为谏官,论事原是本职,但妄劾彦博,擅荐富弼,难道黜陟大权,他也得干预么?"时文彦博也在殿前,介竟向他注目道:"彦博应自省!如有此事,不该隐讳。"亦太沽直。彦博向仁宗拜谢道:"臣不称职,愿即避位。"仁宗益怒,叱介下殿,声色俱厉。谏官蔡襄趋进道:"介诚狂直,但纳谏容言,系仁主美德,乞赐宽贷!"仁宗怒尚未释,竟贬介为青州别驾。嗣由王举正等再谏,乃改徙英州。文彦博后亦罢职,出知许州。相传张贵妃父尧封,曾为彦博父洎门下客,贵妃未入选时,认彦博为伯父。及入宫专宠,彦博献蜀锦为衣,这锦名为灯笼锦,系特别制成。仁宗初怒介妄言,及调查得实,因将彦博外调,另派中使护介至英州。后来中官作诗咏事,有"无人更进灯笼锦,红粉宫中忆佞臣"二语。究竟是真是假,无从考明。或说灯笼锦由文夫人入献,彦博原未与闻,这也是未可知呢。不欲苟毁贤臣,因复历述所闻。小子有诗咏道:

> 交通宫掖有还无,偏惹台臣口笔诛。
> 当日潞公无辩论,想因献锦未全诬。

彦博既去,夏竦亦死,势不得不另简相臣,试看下回分解。

仁宗之驾驭中外,未尝不明,而失之于柔。元昊之跋扈无论已,贝州王则一么么小丑耳,假使留守得人,闻乱即讨,指日可平,乃犹烦大臣出使,竟致小题大做。迨至王则擒诛,赏功且及贾昌朝,得毋谓失入宁失出,乃有此滥赏之过欤?及卫士变起,守阁御乱之方,俱出曹皇后,仁宗竟不展一筹,何其无丈夫气?事平以后,张美人并无尠毕功,乃以夏竦一言,竟欲将曹后大功,移归张氏。迨王赞谎奏,且疑曹后亦涉嫌疑,微何郑之据理直陈,中宫又且摇动矣。要而言之:一优柔寡断之失也。夫惟失之于优柔,故贤人不能久用,佞臣得以幸进,而阴柔奸诈之夏竦,遂得以揣摩迎合,适中上意耳。仁宗以仁称,吾谓乃妇人之仁,非明主之仁。

第三十二回　狄青夜夺昆仑关
　　　　　　包拯出知开封府

却说文彦博为相时,陈执中罢职,用宋庠同平章事。庠,安州人,本名郊,仁宗初年,与弟祁同举进士,祁列第一,庠列第三。时刘太后临朝称制,以兄弟名次,不宜倒置,乃擢郊第一,置祁第十,时人呼为大宋、小宋,二宋联翩入仕,均以才藻闻。及郊为翰林学士,因姓名联合,与宋室郊天事相混,乃改名为庠。庠累擢为相,执政数年,无所建树。会祁子与张彦方交游,彦方伪造敕谍,事发论死,谏官包拯等,奏庠不戢子弟,治家无术,势难治国,应请免职。庠亦求去,遂出知河南府。至文罢夏死,遂用庞籍同平章事,高若讷为枢密使,梁适参知政事,狄青为枢密副使。青本以戍卒起家,历官西陲,善攻善守,经略判官尹洙,目为异材,尝与经略使韩琦、范仲淹谈及。应二十八回及三十回。韩、范遂召青入见,询问战略,无不中綮,遂倚为臂助。仲淹且授以《左氏春秋》,并语青道:"为将不知古今,止一匹夫勇呢。"青唯唯受教。自是折节读书,举秦、汉以后将帅兵法,无不通晓,遂积功至都指挥使。元昊称臣,西蕃渐靖,奉召为殿前都虞侯。是时面涅犹存,仁宗尝命他敷药除字,青跪谢道:"陛下以臣有微功,屡加迁擢,并非论及门第。臣得有今日,正为此涅,臣愿留示军中,可作劝勉。臣不敢奉诏。"俗小说中说青貌赛潘安,致有单单国公主临阵招亲诸事。当时并无单单国,何来公主?荒诞不经,一何可笑。仁宗道:"卿言亦是有理,随卿所欲罢了。"旋命为彰化军节度使,兼知延州。至是复擢为枢密副使。

仁宗于庆历八年后,复改元皇祐。皇祐初年,广源州蛮酋侬智高叛命,僭称南天国,改元景瑞。广源州地近交趾,唐末交趾强盛,并有此州。州东为傥犹州,也属交趾。知州侬全福,被交人杀死。全福妻阿侬,改嫁商人,生子名智高,冒姓侬氏。智高年方十三,恨有二父,复将商人杀害,嗣与母占据傥犹州。交人兴兵进攻,执住智高母子,见智高状貌雄伟,把他赦宥,且令知广源州。智高仍怨恨交人,潜集部曲,袭据安德州,居然僭号改元,一面入贡中国,自愿内附。宋廷以交趾一隅,自黎桓受封后,更历二传,素修职贡,不愿收纳智高,结怨交人,应十五回。遂却还贡使。智高复奉金函书,力请投诚,仍不见报。于是智高恼羞成怒,竟入窥中国,居然欲与宋朝争衡。广州进士黄师宓,郁郁不得志,忽投入智高,愿为谋主。先劝智高囤积粮食,令出敝衣等物,与边民换易粟米。邕州境地,与广源州相近,邕人多输粟出边,与智高交易。知州陈珙,差人诘问,智高只说是:"洞中饥馑,恐部中离散,反来扰边,所以易粟赈饥,免得暴动"云云。陈珙信为真情,毫不设备。智高复用师宓计,自毁居室,因召众与语道:"生平积聚,被火毁尽,现只有入取邕广,谋一生机,否则大家共死了。"部众闻言,遂各磨拳擦掌,齐声听命。智高即率众五千,沿江东下,攻邕州横江寨,守将张日新等战死,进薄邕州。陈珙不知所为,被智高一鼓攻入,将他缚住。司户孔宗旦,都监张立,皆骂贼遇害。智高遂自称仁惠皇帝,国号大内,改元启历。又要改元,想是摹仿宋朝。

广南一带,久不被兵,军同虚设,智高麾众四出,连陷横、贵、藤、梧、康、

第三十二回　狄青夜夺昆仑关　包拯出知开封府

端、龚、封八州,守臣相率逃遁。只知封州曹觐,知康州赵师旦,出战阵亡。智高进围广州,知州魏瓘,鼓励兵民,登陴死守。知英州苏缄,及转运使王罕,先后往援,城得不陷。仁宗接得警报,命余靖为广西安抚使,杨畋为广南安抚使,即调广东钤辖陈曙,发兵西征。会知秦州孙沔入朝,仁宗以秦事为勖。沔奏对道:"秦州事不烦圣虑,岭南事却是可忧。臣观贼势方张,官军虽已往讨,尚未闻得将材,恐未必即能报捷哩。"仁宗默然。过了数日,果得败书,昭州钤辖张忠败殁,仁宗乃授沔为湖南、江西按抚使。沔请得骑兵七百人,即日就道,且分檄湖南、江西各州县,略言:"大兵且至,应亟缮营垒,多具燕犒,休得延误!"智高本拟越岭北向,闻得此檄,乃不敢北侵。中沔计了。及沔至鼎州,加广南安抚使,召还杨畋。智高却移书行营,求为邕桂节度使。仁宗拟如所请,参政梁适道:"智高猖獗已甚,若再姑息了事,岭南非朝廷有了。"仁宗道:"杨畋无功,余靖等亦未见奏捷,如何是好?"道言未毕,忽有一人出班奏道:"臣愿奉旨南讨,生擒贼首,槛致阙下。"如闻其声。仁宗视之,乃是枢密副使狄青,便喜道:"卿愿南征,应用若干人马?"狄青道:"臣起行伍,非战伐无以报国,愿得蕃落数百骑,更益禁兵万人,便足破贼擒渠。"仁宗道:"卿既欲去,事不宜迟,朕命卿宣抚荆湖,卿即去整顿行装,指日出发便了。"青拜谢而退。

宋制右文轻武,文臣除授节钺,成为习惯,此次独任武人,免不得廷议纷纷。谏官韩绛竟奏称:"青一武夫,不应专任。"仁宗遂欲命内都知任守忠为副使。知谏院李兑,又上言:"宦官不应掌兵。"惹得仁宗疑惑不定,这是此老常态。召问首相庞籍。籍答道:"青智足平贼,不妨专任,如号令不一,不如勿遣罢!"仁宗乃置酒垂拱殿,特饯青行,且诏令岭南诸军,概受宣抚使狄青节制。适余靖在军中驰奏,略谓:"交趾愿助讨智高,请下旨允行!"青已出都门,闻得此信,亟拜疏上达,略言:"借兵平寇,有害无利,一依智高横践两广,力不能制,反欲假兵蛮夷,适为所笑。蛮夷贪得忘义,倘轻视中国,因之启衅,祸且十倍智高。乞饬罢交趾助兵,毋贻后患!"名论不刊。仁宗准奏,遂由青檄止余靖,不得与交趾连兵,并戒前敌各将士,不准妄与贼斗,候令乃发。钤辖陈曙,乘青未至,遽发兵出击,至昆仑关,为敌所乘,立即溃退。殿直袁用等皆遁。青至宾州,会集孙沔、余靖各军,设营立栅,驻扎士卒。沔、靖等入报陈曙败溃状,青勃然道:"号令不齐,怎得不败?明晨请诸位到来,严申军律,方可破贼哩!"沔、靖等允约而退。次日天明,青传命各军齐集,大小将校,尽会堂上,依次列座。青见陈曙在座,便起身与揖,曙亦起立。青即问曙道:"日前往击昆仑关,共有若干兵马?"曙无可隐讳,只得答言步卒八千名,将校三十二人。青又令曙一一召入,当即升堂高坐,传卫士入帐,森列两旁,召曙至案前,厉声叱责道:"皇上授我特权,来讨贼酋,我已在途次传谕诸将,不得妄战,钤辖何故违我号令，致遭败衄？按法当斩！"便喝令卫士，将曙拿下。又传袁用等三十二人与语道："违令的罪状，出自陈曙，但汝等既随陈出战，应该努力杀贼，奈何遇贼即走，不斩汝等，不足申军法。"也令卫士一一捆绑，驱出辕门，尽行枭首。不到一刻，血淋淋的三十余颗首级，由卫士携入堂来，复令销差。沔与靖相顾失色，余将相率股栗，莫敢仰视。青命将首级悬竿徇众，越日方令备棺掩埋。自是肃行伍，明约束，昼夜戒备，壁垒一新。<small>孙武斩美姬，穰苴斩庄贾，胥操是术，否则不足肃军纪。</small>

时已残腊，转眼间已是皇祐五年的新春，青除按兵止营外，仍饬行庆贺礼，且传令休息十天，大众都莫名其妙。就是贼中间谍，也探不出甚么兵谋，只返报智高，如十日约。<small>慎重兵机，理应如是。</small>谁知过了一天，青即自将前军，麾兵先发，孙沔为次军，余靖为后军，相机并进，进次昆仑关。智高安居邕州，尚未闻悉。阅二三日，乃再遣侦骑觇视，适值是日为上元节，官军各营，大张灯乐，宴饮尽欢，侦骑当据实回报去了。青料知有敌来窥，故意张筵夜饮。次日复饮，直至二鼓，尚是你斟我酌，兴味盎然。青忽自言未适，暂起入内，一面传谕军官，劝他尽量饮酒，待翌晨下令进关。军官等又欢饮多时，方才散席。待至黎明，均至帐前听令，忽帐内走出传令官，语诸将道："元帅已进关去了。诸位将军，请即前往会食，不得有误！"诸将统不胜惊异，慌忙领兵入关。孙沔、余靖也引军亟进。看官道狄青何时入关？原来青起座入内，即改易军装，从帐后潜出，暗约先锋孙节等，乘夜度关。关在昆仑山上，当宾、邕两州交界，最关冲要。青恐敌人来争，因偷越关外，直趋归仁铺列阵，静待后军。至各军陆续到齐，差不多已是辰牌，那时智高部众，也已得信，倾寨前来，抗拒官军。先锋孙节，与敌相遇，便上前搏斗。敌众来势甚锐，枪矢并发，节力战不退，中枪殒命。沔与靖驻兵冈上，遥见孙节阵亡，不觉大惊。俄闻鼓声大震，一彪人马，从山麓杀出。分兵为左右翼，夹击敌众，为首一员大元帅，银盔铜面，手执白旗，向官军左右指挥，忽纵忽横，忽开忽合，杀得敌众东倒西歪，那官军却步骤井井，行伍不乱。孙沔顾语余靖道："这不是狄元帅督战么？看他部下的将士，如生龙活虎一般，端的名不虚传，我等快上前去，助他一阵，管教贼众片甲不回。"靖即允诺，于是沔军在前，靖军在后，从山上冲将下去，搅入敌阵。敌众已抵不住狄军，怎禁得两军杀入，顿时大败，拚命乱窜。官军追奔五十里，斩首数千级，敌将黄师宓、侬建中，及伪官属等，死了一百五十七人，生擒敌弁五百余，方才收军。青即乘胜进攻邕州，哪知智高已纵火焚城，黉夜遁去。官军陆续入城，扑灭余火，搜得金帛巨万。赦胁从，招流亡，邕人大悦。<small>一气叙来，极写狄青。</small>惟查觅智高，竟无着落。适有一贼尸穿着龙衣，大众认作智高，说他已死，拟即上闻。青摇首道："安知非诈？我宁失智高，不敢欺君冒功哩。"乃据实奏报。仁

第三十二回　狄青夜夺昆仑关　包拯出知开封府

宗喜慰道："青果破贼了，庞籍可谓知人。就是梁适主张讨贼，亦不为无功，否则南方安危，尚未可料呢。"乃诏余靖经制广西，追捕智高，召狄青、孙沔还朝，擢青为枢密使，沔为枢密副使，南征各将，赏赉有差。杨延昭子文广，亦因从征有功，授广西钤辖，嗣复令知邕州。是时延昭早殁，杨氏一门，要算文广是绰有祖风了。结束杨家，扫尽穆柯寨、天门阵诸谬说。智高母阿侬，及弟智光，侄继宗，逃至特磨道，由余靖遣将追获，解京伏法。独智高窜死大理，靖辗转索取，才函首入献。当时广南一带，有农种籴收的童谣，到此始应验了。

狄青入任枢密，庞籍等均言位不相宜，仁宗不听。俗小说中，有奸相庞洪，屡谋害青，想是庞籍之误，但庞籍尚称贤相，即奏阻枢密使，亦非有意害青。籍女且未尝为妃，更属捏造，此如潘美之加名仁美害死杨业诸讹词，同一影射，而荒谬尤过之。青在枢密四年，很加慎重，只因平素恤下，每一公出，士卒辄环拥马前，且谓青家狗生两角，并屡有光怪，以讹传讹，哗动京师。学士欧阳修，及知制诰刘敞统奏称："青掌机密，致启讹言，不如调赴外任，转得保全。"仁宗乃用韩琦为枢密使，罢青为同中书门下平章事，出判陈州。越年，病终任所，赠中书令，谥武襄。有子数人，长名谘，次名咏，并为阁门使。咏承父志，以战略闻。特叙二子，以正小说中狄龙、狄虎之误。这且无庸细表。

且说皇祐五年后，仁宗下诏改元，号为至和。适值张贵妃一病不起，竟致玉殒香消，仁宗哀悼逾恒，竟辍朝七日，且禁城举乐一月，追册为皇后，治丧皇仪殿，赐谥温成，加赠妃父尧封为郡王，晋封尧佐为太师。知制造王洙，迎合意旨，阴与内侍石全斌附会，拟令孙沔读册，宰相护葬。庞籍时已罢相，又用陈执中继任。执中奉命维谨，独孙沔入朝抗奏道："陛下命臣沔读册，臣何敢不遵？但臣职任枢密副使，非读册官，臣不读册，是谓违旨，臣欲读册，是谓越职，请陛下将臣罢免，臣才可告无罪了。"志节可嘉。仁宗默然不答。越日，竟罢沔枢密副使，徙知杭州，且令参政刘沆，充温成皇后园陵监护使。葬毕叙功，擢同平章事。宫闱私宠，滥恩至此，色之迷人大矣哉！既而知谏院范镇，及殿中侍御史赵林等，交章劾论陈执中，非宰相才，且纵妾笞婢至死，亦当坐罪云云。执中乃免职。其时中外人士，属望老成，莫如范仲淹、文彦博、富弼三人，这三人忠正相符，不喜阿附，因此在朝未久，俱被外调。直道难容，古今同慨。仲淹徙知青州，竟于皇祐四年，病殁任所，追赠兵部尚书，予谥文正。他祖籍是邠州人氏，徙居江南吴县，二岁丧父，随母更嫁，及长，始知家世，辞母归宗，苦志励学。及贵显后，食不重肉，衣不重裘，俸禄所得，留赠族里，尝置义庄一所，赈恤孤贫，所守各郡，恩威并济，人民多立生祠，就是羌夷亦爱戴如父。及殁，远近皆哀，如丧考妣。补叙范文正生平，无非雄善。生四子，历有政绩，事见后文。文彦博出知许州，见前回。富弼出判并州，均尚在任，并著政声。

仁宗既罢免执中,当然要另择相才,适枢密直学士王素,因别事入奏,陈言已毕,仁宗道:"卿系故相王旦子,与朕为世旧,非他人比,朕所以与卿熟商。今日择相,何人可任?"素对道:"但教宦官宫妾,不知姓名,便可充选。"仁宗道:"据卿所云,只有富弼一人。"素顿首贺道:"臣庆陛下得人了。"仁宗又问及文彦博,素答言亦一宰相才。乃遂下诏召二人入朝,并授同平章事,士大夫都额手称庆。过了至和二年,又改称嘉祐元年,仁宗御大庆殿受朝,忽眩晕欲仆,急命群臣草草行礼,入返寝宫,嗣是数日不朝,大臣不得见,中外忧惧,亏得文、富二相,借祈祷为名,直宿殿庐,方得镇静如常。彦博因乘间请立储君,仁宗含糊答应。越月,仁宗疾瘳,亲御延和殿,彦博与弼才退还私第。只立储一事,又复搁起。知谏院范镇,屡请立储,竟忤帝意,罢免谏职。学士欧阳修,侍御史赵抃,知制诰吴奎等,上疏力请,又不见从。殿中侍御史包拯,又上疏极谏,说得非常恳切,也把他徙调出外,权知开封府。包拯字希仁,合肥县人,初举进士,授建昌知县。因父母俱老,辞不就职。后数年双亲并逝,拯庐墓终丧,始出知天长县。人第知拯之廉明,不知拯之孝养,故特为揭出。县中有盗,割人牛舌,豢牛主人,投署控诉。拯语道:"牛舌已去,不能复活,你速回去,烹宰这牛,免得不值一钱!"主人道:"小民是来追究割牛舌的人。"拯佯怒道:"一个牛舌,值得甚么,你也要来刁讼,快出去罢!"主人吞声而去,即将牛杀讫,鬻肉易钱。未几,即有人来告他私宰耕牛,拯忽道:"你为何割他牛舌?"那人不禁失色,一讯即服。自是以善折狱闻。已而入拜御史,加按察使,又历三司户部判官,出为京东转运使,复入为天章阁待制,更知谏院,除龙图阁直学士,兼殿中侍御史。素性刚毅,不阿权贵,豪戚宦官,皆为敛手。既知开封府,大开正门,任人民诉冤,无论何种案件,概令两造上堂直陈,立剖曲直。遇有疑难讼狱,亦必多方察,务得真情。锄豪强,罪奸枉,奖节义,伸冤曲,一介不取,铁面无私,童稚妇女,群知大名,或呼为包待制,或呼为包龙图,京师为之语道:"关节不到,有阎罗包老。"后人撰有《包公案》一书,却有一半实迹。至说包公殁后,为阴司阎罗王,乃是随口附会,不足凭信。小子有诗咏包公道:

　　　　立朝一笑比河清,见《包拯传》。妇稚由来识大名。
　　　　尽说此公能折狱,得情仍不外廉明。

　　越二年,复召入为御史中丞,他又要面请立储了。未知得邀俞允与否,且看下回便知。

　　狄青、包拯两人,垂誉至今,称颂不衰。而包龙图三字,盛名尤出狄上。即妇人孺子,无不知有包龙图者。甚且谓狄之荣显,多由包拯之力,是则子虚乌有之谈，固难取信耳。尝考狄之立功，莫大于夺昆仑关，包之成名，莫要于知开封府，著书人不敢溢美，亦不敢没善，就两人功名，择要演述，已足存其实迹；而当时朝政之得失，亦销纳其间，以视俗小说之附会荒唐，不值一噱者，固不啻霄壤之别也。此书一出，可以扫尽厄言。

第三十三回　立储贰入承大统　释嫌疑准请撤帘

却说包拯奉诏为御史中丞，受职以后，仍然正色立朝，不少挠屈，甫经数日，又伏阙上奏道："东宫虚位，为日已久，中外无不怀忧。陛下试思物皆有本，难道国家可无本么？太子系国家根本，根本不立，如何为国？"仁宗怫然道："卿又来说此事了。朕且问卿，何人可立？"拯叩首答道："臣本不才，叨蒙恩遇，所以乞请建储，无非为宗庙万世至计，陛下今问臣应立何人，仍是疑臣多言，臣年将七十，且无子嗣，还想甚么后福？不过耿耿孤忠，不能自默呢。"语诚且挚。仁宗面色转和，方道："忠诚如卿，朕亦深知，建储事总当举行，待朕妥议便了。"拯乃退出。原来拯有一子名繶，娶妻崔氏，尝通判潭州，壮年去世。崔氏无出，守节不再嫁，因此拯面奏仁宗，自称无子。但拯有媵妾，已娠被出，在母家产生一男，事为崔氏所知，密为赡养，母子俱全。嘉祐六年，拯进为枢密副使。越年，遇疾将殁，崔乃白拯取回媵子，由拯命名曰綖。拯并留遗嘱道："后嗣倘得为官，当谨守清白家风。如或犯赃，生不得放归本家，死不得葬大茔中，不从吾志，非我子孙。"言讫乃逝。有诏追赠礼部尚书，谥孝肃。随笔结过包拯事，免得后文另起炉灶。惟立储一事，也至嘉祐六七年间，方才定夺。

先是张贵妃殁后，仁宗痛失爱妃，追怀故剑，复召回前时所宠的杨美人。应二十八回。杨本刘太后姻戚，色艺兼优，自重入宫后，晋封婕妤，历加修媛、修仪诸名位。怎奈秀而不实，诞玉无期，就是曹后以下诸妃嫔，或生而不育，终成虚愿。史称仁宗有三子，曰昉，曰昕，曰曦，皆夭殇。仁宗复采选良家女十人，一一召幸，宫中号为十阁。刘氏、黄氏在十阁中，尤称骄恣，免不得有内外请托等弊。当嘉祐四年秋间，月食几尽，御史中丞韩绛，密奏十阁恃宠，不足毓麟，反伤阴教，应严加裁抑云云。仁宗检查得实，乃将十阁尽行遣出，并放宫女一二百人。既而文彦博告老辞职，富弼因母丧丁忧，就是黑王相公王德用，德用面黑，人呼为黑王相公。前曾召为枢密使，至是亦已免职，刘沆亦罢去，乃用韩琦同平章事，宋庠、田况为枢密使，张昇为副使。琦既入相，即以建储为请。仁宗谓后宫有孕，待分娩后再议，哪知满望弄璋，变成弄瓦，琦乃怀《汉书•孔光传》进呈，且奏道："汉成无嗣，曾立犹子，彼系中材主，尚能若此，况陛下呢？太祖手定天下，传弟不传子，陛下知法先祖，何妨择宗室为嗣呢。"仁宗仍然不决。会宋庠以惰弛免官，擢学士曾公亮为枢密使，嗣更与韩琦并相，以张昪代公亮后任，并进欧阳修参知政事。公亮娴法令，修长文学，昪通治术，与韩琦同心辅政，朝廷称治。四人均以建储未定为忧，一再疏陈，终未见报。会知谏院司马光及知江州吕诲，又连章固请，词极剀切，仁宗颇为感动，将二疏送交中书。及琦入对，即中读光、诲二疏。仁宗遽谕道："朕有意久了，究竟何人可嗣？"琦忙答道："这事非臣等所敢私议，请陛下自择！"仁宗复道："宫中尝养二子，年少的近时不慧，就是大的罢！"琦闻旨，便即请名。仁宗道："就是宗实。"琦极力赞成。仁宗道："宗实现居濮王丧，须降旨起复，方可册立。"琦复道："事若果行，不可中止，陛下断自不疑，乞从内中批出！"仁宗道："且先由中书传旨，起复他知宗正寺，何如？"琦便应声遵旨，当即出传上旨，起复宗实。宗实父允让，见二十八回。封汝南郡王，嘉祐四年冬薨逝，追封濮王。宗实居庐守制，因有诏起复，固辞不拜，哀乞终丧。仁宗再召问韩琦，琦对道："陛下为宗社计，乃择贤而立，今固辞不受，勉尽孝道，这便是所谓贤呢，请令终丧视事便了。"定策立储，是韩魏公生平大业，故言之特详。至嘉祐七年秋季，宗实终丧，尚坚卧不起。琦复入朝启奏道："宗正一诏，已见明文，中外臣民，已知陛下择嗣，不如即日正名为是。"仁宗道："准卿所奏！"琦退至中书处，即召翰林学士王珪草制。珪奋然道："这是国家大事，应面授上命，方可拟诏。"琦答道："既如此，快去请对罢！"珪翌日请对，由仁宗召见。珪跪奏道："海内望陛下立储，不啻望岁，这事果出自圣意吗？"仁宗道："朕意已决定了。"珪再拜称贺，乃退朝草制。制命既下，宗实复称疾固辞，章十余上。知谏院司马光入奏道："皇子固辞主器，延至旬月，可谓贤德过人。但父召无诺，君命召，不俟驾，这是臣子大义，请陛下举义相绳，皇子自不敢有违了。"仁宗乃召同判大宗正寺安国公从古等往传旨意，宗实尚不肯受命。记室周孟阳私问宗实，究为何意？宗实道："非敢邀福，实欲避祸呢。"孟阳道："今皇上屡次传诏，乃固辞不受，倘中宫等别有所奉，转启嫌疑，尚能宴安无患否？"宗实始悟，乃与从古等相约入宫。临行时语家人道："谨守吾舍！待上有嫡嗣，我即归来了。"及既入宫中，谒见清居殿，赐名曰曙，自是每日一朝，有时或入侍禁中，过了一月，受封为巨鹿郡公。转瞬间已是嘉祐八年，正月中无事可表，一到二月，仁宗复患疾卧床，不能视朝，令中书枢密奏事，须至福宁殿内的西阁中。旋经太医调治，稍有起色，三月初旬，曾亲御内殿二次，嗣复寝疾不起，渐加沉重，竟至驾崩。遗诏皇子曙即皇帝位，皇后曹氏为皇太后。总计仁宗在位四十二年，寿五十四岁，改元多至九次，两宋诸帝，要算仁宗享国，最号长久。仁宗恭

第三十三回　立储贰入承大统　释嫌疑准请撤帘

俭仁恕,出自天性,治术尚宽,刑决尚简,所用枢要诸臣,虽贤奸直枉,迭为消长,究竟君子多,小人少,因此力持大体,没甚变故。就是庆历年间,党议蜂起,韩、范、富、欧等为一派,吕、夏、宋、陈等为一派,互相排斥,各是其是,但也不过内外迁调,未尝妄兴大狱,所以宋史上称为仁主,极力颂扬,这且不必絮述。

且说仁宗已崩,皇后曹氏即命将宫门各钥,收置身旁,俟至黎明。命内侍召皇子入宫,且传集韩琦、欧阳修等,共议皇子即位事宜。皇子哭临已毕,遽欲退出。曹后道:"大行皇帝遗诏,令皇子嗣位,皇子应承先继志,不得有违!"皇子曙变色道:"曙不敢为。"韩琦忙掖留道:"承先继志,乃得为孝,圣母言不可不从!"皇子乃遵即帝位,御东楹见百官,是为英宗皇帝。英宗欲循行古制,谅阴三年,命韩琦摄行冢宰。琦奏称古今异宜,不应遵行,乃尊皇后为皇太后,请太后权同处分军国重事。太后因御内东门小殿垂帘,宰辅等逐日复奏,由太后援经据史,处决事件,遇有疑难,每语辅臣道:"公等妥议,应该如何处置,便可解决了。"自是韩琦等悉心赞议,太后未尝不从。独对待曹氏懿戚,及宫中内侍,丝毫不肯假借,内外为之肃然。既而立皇后高氏,后系故侍中高琼曾孙女,母曹氏,为太后胞姊,既生女,幼育宫中。既长出宫,为英宗妃,封京兆郡君,至是册为皇后,与太后如母女一般,当然爱敬有加。太后复重富弼名,召为枢密使,忽英宗偶然不豫,渐渐的举措乖常,左右有所陈请,辄遭暴怒,甚且杖挞相加。内侍等受虐不平,遂交诉内都知任守忠。守忠初为仁宗所黜逐,嗣复召入,累擢至内都知,仁宗欲立英宗,守忠恐英宗明察,拟援立庸弱,谋攫内权,旋因计不得逞,未免失望。适内侍等入诉帝状,遂乘间设法,逸构两宫。看官!试想天下有几个慈明不昧的贤母,诚孝无私的令主,能不听亲幸媒蘖么?守忠等日夕浸润,惹得两宫都动疑起来,由疑生怨,由怨成隙,好好的继母继子,几乎变成仇雠。知谏院吕诲,亟上书两宫,开陈大义,词旨恳切,多言人所难言,两宫意终未释。

一日,韩琦、欧阳修奏事帘前,太后呜咽涕泣,具述英宗变态。韩琦道:"皇躬不豫,因致失常,痊愈以后,必不至此。且太后为母,皇上为子,子有疾,母可不容忍么?"太后尚流泪不止。欧阳修复进奏道:"太后事先帝数十年,仁德昭闻,天下共仰,从前温成得宠,太后尚处之泰然,如今母子相关,何至不能相容呢?"太后闻言,方才收泪。修又道:"先帝在位日久,德泽在人,所以一旦晏驾,天下奉戴嗣君,无敢异议。今太后原是贤明,究竟是一妇人,臣等五六人,统是措大书生,若非先帝遗命,哪个肯来服从呢?"前以婉言动之,后用危言警之,欧阳公也算善言。太后沉吟不答。琦竟朗声道:"臣等在外,皇躬若失调护,太后不得辞责。"索性逼进一层。这数语,引动太后开口,即矍然道:"这话从哪里说来?我心更愁得紧哩。"正要引你此语。琦与修均叩首道："太后仁慈，臣等素来钦佩，所望是全始全终哩。"叩毕乃退。内侍等听着，统不禁瞠目咋舌，阴谋为之少懈。

越数日，琦独入内廷，向英宗问安，英宗略谕数语，便道："太后待朕，未免寡恩。"琦遽对道："古来圣帝明王，也属不少，独称舜为大孝，难道此外多不孝么？不过亲慈子孝，乃是常道，未足称扬，若父母不慈，子仍尽孝，乃得称名千古。臣恐陛下事亲未至，尚亏孝道，天下岂有不是的父母么？"英宗不觉改容。嗣英宗疾已少瘳。命侍臣讲读迩英阁，翰林侍讲学士刘敞，进读《史记》，至尧授舜天下事，即拱手讲解道："舜起自侧陋，尧乃禅授大位，天下归心，万民悦服，这非由舜别有他术，只因他孝亲友弟，德播远近，所以讴歌朝觐，不召自来呢。"借史讽主，语重心长。英宗悚然道："朕知道了。"遂进问太后起居，自陈病时昏乱，得罪慈躬，伏望矜宥等语。太后亦欣慰道："病时小过，不足为罪，此后能善自调护，毋致违和，我已喜慰无穷，还有甚么计较？况皇儿四岁入宫，我旦夕顾复，抚养成人，正为今日，难道反有异心么？"英宗泣拜道："圣母隆恩，如天罔极，儿若再忤慈命，是无以为人，怎能治国？"太后亦不禁下泪，亲扶帝起，且道："国事有大臣辅弼，我一妇人，不得已暂时听政，所有目前要务，仍凭宰相取决，我始终未敢臆断，待皇儿身体复原，我即应归政，莫谓我喜称制呢。"如此明慧，即间或被蒙，亦不过如日月之蚀而已。英宗道："母后多一日训政，儿得多一日受教，请母后勿遽撤帘！"太后道："我自有主意。"英宗乃退。自是母子欢好如初，嫌疑尽释。

韩琦等闻知此事，自然放心，惟因英宗久不御朝，中外耽忧，致多揣测。会值京师忧旱，英宗适御紫宸殿，琦遂请乘舆祷雨，具素服以出，人情乃安。是年冬，葬大行皇帝于永昭陵，庙号仁宗，封长子仲缄为光国公，寻复晋封为淮阳郡王，改名顼。时英宗已生四子，俱系高后所出，除淮阳王顼外，次名颢，又次名颜，幼名颠。颜甫生即夭，余见后文。越年，改元治平，自春至夏，帝疾大瘳。琦欲太后撤帘还政，乃就入朝奏事时，请英宗裁决十余件。裁决既毕，琦即复奏太后，且言："皇上明断，裁决悉合机宜。"太后一一复阅，亦每事称善。琦因叩首道："皇上亲崇万几，又兼太后训政，此后宫廷规画，应无不善，臣年力将衰，恐不胜任，愿就此乞休，幸祈赐准！"太后道："朝廷大事，全仗相公，相公如何可去！我却不妨退居深宫呢。"琦复道："前代母后，贤如马、邓，尚不免顾恋权势，今太后便拟复辟，诚属盛德谦冲，非马、邓诸后所可及。臣幸际慈明，钦承无已，但不知于何日撤帘？"太后道："我并不欲预政，无非为皇上前日，抱恙未痊，不得已而在此。要撤帘就可撤帘，何必另定日子呢？"言已即起。临事果断，不愧贤后。琦即抗声道："太后已有旨撤帘，銮仪司何不遵行？"当下走过銮仪司，把帘除下。太后匆匆趋入，御屏后尚见后衣，内外都惊

第三十三回　立储贰入承大统　释嫌疑准请撤帘

为异事。英宗加琦为右仆射，每日御前后殿，亲理政事。并上太后宫殿名，称作慈寿宫，所有太后出入仪卫，如章献太后故事。

既而知谏院司马光上疏，极言："内侍任守忠，谗间两宫，为国大蠹，若非母后贤明，皇上诚孝，几乎祸起萧墙，乞即援照国法，将守忠处斩都市！"英宗览奏，却也动容，惟一时未见降旨。越宿，韩琦至中书处，骤出空头敕一道，自己署名签字，复令两参政同时签名。参政一是欧阳修，一是赵概。概于仁宗末年，入任是职。欧阳修接敕后，也不多说，当即签名。赵概却有难色，修语概道："不妨照签，韩公总有说法。"概乃勉强签字。签毕，琦即坐政事堂，召守忠至，令立庭下，即面叱道："你可知罪么？本当伏法，因奉旨从宽，姑把你安置蕲州，你当感念圣恩，勿再怙恶！"言毕，便取出空头敕，亲自填写，付与守忠，即日押令出都。手段似辣，然处置阉人，不得不如是神速。且韩魏公定已密奉得旨，当非专擅者比。又把守忠余党史昭锡一律斥出，窜徙南方，中外称快。过了数月，适琦入朝，英宗忽问琦道："三司使蔡襄，品行如何？"琦未知问意，但答言："襄颇干练，可以任用。"英宗不答。越日竟命襄出知杭州。看官道是何因？原来太后听政时，曾与辅臣言及，谓："先帝既立皇子，不但宦妾生疑，就是著名的大臣，亦有异言，险些儿败坏大事，我不愿追究，已将章奏都毁去了。"为了这几句懿旨，时人多猜是蔡襄所奏，究竟襄有无此事，无从证实，不过他素好诙谐，语言未免失检，遂致同列滋疑。小子尝记蔡襄平日，与陈亚友善，襄戏令陈亚属对，口占出句云："陈亚有心终是恶，"陈即应声道："蔡襄无口便成衰。"当时旁坐诸人，共推为绝对。且因襄欲嘲人，反被人嘲，共笑为诙谐的报应。因国事带叙及此，隐寓劝戒之意。其实襄擅吏治才，遇有案件，谈笑剖决，吏不敢欺。尝知泉州，督建万安桥，长三百六十丈，利济行人。又植松七百里，广为庇荫，州民无不颂德。万安桥一名洛阳桥，迄今碑石尚存，蔡襄亲书碑文，约略可辨。俗说蔡状元造洛阳桥，就是此处。只因戏语招尤，致触主忌。治平三年丁母忧，归兴化原籍，越年卒于家，追赠礼部侍郎，后来赐谥忠惠。仍不掩长，是忠厚之笔。小子有诗叹道：

泽留八闽起讴歌，一语招尤可若何？
才识慎言存古训，不如圭玷尚堪磨。

英宗既降调蔡襄，复诏议崇奉濮王典礼。朝右大臣，又互有一番争议，容至下回表明。

英宗入嗣，曹后听政及撤帘，皆韩琦一人之力。宣圣所云："托六尺之孤，寄百里之命，临大节不可夺者"，如韩魏公足以当之。欧阳修、曾公亮、张昇、王珪、司马光等，类皆附骥而彰，而曹后之贤明，英宗之孝敬，亦赖是以成。欧子谓"不动声色，措天下于泰山之安。"诚非过誉也。彼夫真宗之初有吕端，仁宗之初有王曾，以韩相较，有过之无不及者。贤相与国家之关系，固如此哉！

第三十四回　争濮议聚讼盈廷
　　　　　传颍王长男主器

却说英宗皇帝，系濮王允让第十三子。濮王三妃，元妃王氏，封谯国夫人，次妃韩氏，封襄国夫人，又次妃任氏，封仙游县君。英宗虽入嗣仁宗，但于本生父母，亦断然不能恝置。首相韩琦尝奏称："礼不忘本，濮王德盛位隆，理合尊礼，请下有司议定名称！"当由英宗批答，俟大祥后再议。知谏院司马光，即援史评驳，谓："汉宣帝为孝昭后，终不追尊卫太子史皇孙，光武帝上继元帝，亦不追尊巨鹿南顿君，这是万世常法，可为今鉴。"及治平二年，诏礼官与待制以上，谨议崇奉濮王典礼。各大臣莫敢先发，惟司马光奋笔立议。略言："为人后者为之子，不得顾私亲，应准先朝封赠期亲等属故例，垂为常典"云云。于是翰林学士王珪等，即据司马光手稿，略行增改，随即上奏。其文云：

谨按《仪礼·丧服》，为人后者传曰，何以三年也？受重者必以尊服服之，为所后者之祖父母妻，妻之父母昆弟，昆弟之子若子，谓皆如亲子也。所后者，即指继父母言。又为人后者为其父母传曰。何以期？不二斩，特重于大宗，降于小宗也。为人后者为其昆弟传曰，何以大功？为人后者降其昆弟也。先王制礼，尊无二上，若恭爱之心分于彼，则不得专于此故也。是以秦汉以来，帝王有自旁支入承大统者，或推尊其父母，以为帝后，皆见非当时，取议后世，臣等不敢引以为圣朝法。况前代入继者，多宫车晏驾之后，援立之策，或出臣下，非如仁宗皇帝，年龄未衰，深惟宗庙之重，祗承天地之意，于宗室众多之中，简推圣明，授以大业。陛下亲为先帝之子，然后继体承祧，光有天下。濮安懿王，濮王谥安懿。虽于陛下有天性之亲，顾复之恩，然陛下所以负扆端冕，富有四海，子子孙孙，万世相承，皆先帝德也。臣等窃以为濮王宜准先朝封赠期亲尊属故事，尊以高官大国，谯国、襄国、仙游，并封太夫人，考之古今，名称最合，谨具议上闻！

第三十四回　争濮议聚讼盈廷　传颍王长男主器

议上，韩琦等谓："珪等所议，未见详定，濮王当称何亲，名与不名，请令珪等复议！"珪等又议称："濮王系仁宗兄，皇帝宜称皇伯而不名。"欧阳修独加驳斥，援据丧服大记，撰成《为后或问》上下二篇，大旨说是："身为人后，应为父母降服，三年为期，惟不没父母原称，这便是服可降，名不可没的意思。若本身又改称皇伯，历考前世，均无典据，即如汉宣帝及光武帝，亦皆称父为皇考，未尝易称皇伯。至进封大国一层，尤觉与礼未合，请下尚书省，集三省御史台议！"于是廷臣又奉诏议礼，正在彼此斟酌，互相辩难的时候，忽接到太后手谕，诘责执政处事寡断，徒启纷呶。理该责问。英宗乃下诏道："朕闻廷臣集议不一，权且罢议，现着有司等博求典故，妥议以闻！"既而礼官范镇等，又奏称："汉时称皇考，称帝称皇，立寝庙，序昭穆，均非陛下圣明所当法，宜如前议为是。"侍御史吕诲、范纯仁，监察御史吕大防，复主张昇议，力请照行。章凡七上，均不见报，乃共劾韩琦专权导谀。欧阳修首创邪议，曾公亮、赵概等附会不正，均乞贬黜！这种弹章，呈递进去，当然是不见批答。韩琦等亦上言："皇伯无稽，决不可称，请明诏中外，核定名实。至若立庙京师，干纪乱统等事，均非朝廷本意，应饬臣下不必妄引"等语。英宗正信用韩琦等人，胸中已有成见，不过廷臣互有争端，一时未便下诏。越年，竟由太后手敕中书道：

　　吾闻群臣议请皇帝封崇濮安懿王，至今未见施行，吾载阅前史，乃知自有故事。濮安懿王谯国夫人王氏，襄国夫人韩氏，仙游县君任氏，可令皇帝称亲，濮安懿王称皇，王氏、韩氏、任氏并称后，特此手谕！

韩琦等奉到此敕，即转递英宗。英宗即日颁诏，略云：

　　称亲之礼，谨遵慈训，追崇之典，岂易克当？所有称皇称后诸尊号，朕不敢闻，令内外臣民知之！此诏。

诏既下，又命就濮王茔建园立庙，封濮王子宗朴为濮国公，主奉祠事。所有濮王尊讳，令臣民谨避，濮议遂定。当时盈廷揣测，统说太后一敕，主张追崇，英宗一诏，半安退让，统由中书主谋，借此定议。平心而论，此议不得为谬。吕诲等以论列弹奏，不见听用，缴纳御史敕诰，自称家居待罪。英宗命阁门还敕，不令辞职。诲等又复奏固辞，且言与辅臣势难两立。并无不共戴天之仇，何必出此危词？宋臣虽有气节，究未免市直沽名。英宗览到此语，不免懊恼，因转问韩琦、欧阳修等。琦、修等齐声奏道："御史等以为理难并立，若臣等有罪，当留御史，黜臣等。"英宗不答。翌日，竟诏徙吕诲知蕲州，范纯仁通判安州，吕大防知休宁县。司马光等上疏，乞留诲等，不报，复请与俱贬，亦不许。侍读吕公著，上言："陛下即位二年，纳谏未著美名，反屡黜言官，如何风示天下？"

英宗仍然不从。公著因乞外调，乃出知蔡州。一番大争论，从此罢休。

话分两头，且说文彦博罢相，出判河南，封潞国公。接应前回。至治平二年，自河南入觐，英宗慰劳有加，且语彦博道："朕得嗣立，多出卿力。"彦博悚然道："陛下入继大统，乃先帝意，及皇太后协赞成功，臣何力之有？况陛下即位，臣方在外，韩琦等仰承圣旨，入受遗诏，臣又未尝预闻。今蒙陛下奖及，实不敢当。"英宗徐答道："卿可谓功成不居了。今暂烦卿西行，不久即当召还呢。"彦博乃退。寻即有旨改判永兴军。彦博方去，忽富弼自称足疾，力请解政，英宗不允。弼偏隔日一奏，五日两疏，坚辞枢密。看官道是何因？原来嘉祐年间，弼入相，适韩琦为枢密使，应三十二回。凡中书有事，往往与枢密相商，至此琦与弼易一职位，琦事多专断，未尝问弼，弼颇不怿。当太后还政时，弼毫不预闻，忽韩琦促请撤帘，弼不禁惊讶道："弼备位辅佐，他事或不可预闻，这事何妨通知，难道韩公独恐弼分誉么？"褊心总未易去，富郑公尚且如此。琦闻弼言，也语人道："此事当如出太后意，不便先事显言。"弼心中总觉不快。英宗亲政，因弼尝与议建储，特加授户部尚书。弼曾乞辞道："建储系国家大计，廷臣等均有此议，何足言功？且陛下受先帝深恩，母后大德，尚未闻所以为报，乃独加赏及臣，臣何敢受！"此语恰很公正，与文彦博奏对略同。英宗不从。再奏仍不允，弼乃强受。至是连章求去，始命弼出判扬州，封郑国公。还有枢密使张昇，已加封太尉，亦上章告老。英宗道："太尉勤劳王家，怎可遽去？果因筋力就衰，可不必每日到院，但五日一至便了。"昇总不愿再留，仍然求去，乃出判许州。韩琦、曾公亮，因富弼、张昇，俱已外调，枢密院不能无主，拟迁欧阳修为枢密使。修微有所闻，便进与琦等道："皇上亲政，任用大臣，自有权衡，公等虽系见爱，但未免上凌主权，此事如何行得？"琦等乃止。果然英宗别有所属，召入文彦博，令为枢密使。又擢权三司使吕公弼，使副枢密。公弼先为群牧使，时帝尚未立，得赐马甚劣，商诸公弼，欲转易良马。公弼以为未奉明诏，不敢私易，竟谢绝所请。至是英宗擢用公弼，公弼入谢，英宗道："卿前岁不与朕马，朕已知卿正直了。"这是英宗知人处。公弼拜谢而退。嗣又召用泾原路副都部署郭逵，授检校太保，同签书枢密院事。逵本武臣，旧隶范仲淹麾下，仲淹勖以学问，遂成将材。从前任福战殁，及葛怀敏覆军，皆为逵所预料，时人服他先见，累任边镇，积有军功。仁宗季年，湖北溪蛮彭仕羲作乱，调逵知澧州，率兵往讨，尽平诸隘。仕羲瘐死，余众悉降。寻复改知邵州，讨平武冈蛮，擢容州观察使，转迁泾原路副都部署。英宗闻他智勇，乃召入都中，令就职枢府。看官！你想宋室大臣，心目中只有文人，不顾武士，前次狄青荡平智高，大功卓著，一入枢府，便觉疑谤纷乘，弹章屡上，郭逵功绩，不及狄青，哪里能箝定众口？当由知谏院邵亢等，连疏奏劾，大略说是："祖宗故

第三十四回　争濮议聚讼盈廷　传颍王长男主器

例,枢府参用武臣,必如曹彬父子,及马知节、王德用、狄青勋名威望,卓越一时,乃可无愧。郭逵黩佞小才,岂堪大用?乞改易成命!"英宗不报。《宋史》中,狄青与郭逵列传,先后相继,隐然以郭比狄,故本回特别提出,且以见宋臣倾轧之非。

会京师大雨,水潦为灾,宫廷门外,俱遭淹没。官私庐舍,毁坏不可胜计,人多溺死。英宗诏求直言,谏官等遵旨直陈,无非是进贤黜佞等语。未几,温州大火,又未几,彗星见西方,长丈有五尺。英宗撤乐减膳,加意修省,且令中书举士,得二十人,一体召试。韩琦以与试多人,恐难位置,英宗道:"台臣多说朕不能进贤,如果能得贤士,岂不是多多益善吗?"旋经琦等酌定,先召试十人,试后中彀,俱授馆职。宋制,进士第一人及第,往往仕至辅相,士人尤以登台阁,升禁从为荣。尝编一歌谣云:"宁登瀛,不为卿;宁抱椠,不为监。"可见当日人心,趋重科第,更艳羡台阁,所有出兵打仗的将士,就使孙、吴复出,颇、牧再生,也看做没用一般呢。宋室积弱,实中此弊。郭逵入枢府半年,终被同列排挤,出任陕西四路宣抚使,兼判渭州。治平三年十一月,英宗又复不豫,兼旬不能视朝。韩琦等入问起居,见英宗颔颔得很,虽是凭几危坐,已觉困惫难支,琦即进言道:"陛下久不视朝,中外惊疑,请早立储君,借安社稷!"英宗略略点首。琦复奏道:"圣意已决,即请手诏,指日行立储礼。"英宗尚未及答,琦即命召学士承旨张方平,入殿草制,先请英宗亲笔指麾,由方平进纸笔。英宗勉强提毫,草书数字。琦望将过去,纸上写着立大大王为皇太子,随复奏请道:"立嫡以长,想圣意必属颍王,惟还请圣躬亲加书明!"英宗乃又批了"颍王顼"三字。方平即遵着帝意,恭拟数语,自首至尾,立刻缮就,中留一空格,即应填太子名,乃请英宗亲笔加入。英宗不堪久坐,待了这一歇,含糊说了数语,韩琦等也听不清楚。至方平呈上草制,乃力疾书太子名,名既书就,不觉叹了一声,忍不住堕泪承睫,随即命内侍掖至龙床,就卧去了。韩琦等当然趋退。文彦博顾语韩琦道:"见上颜色否?人生到此,虽父子亦觉动情呢。"琦答道:"巨鹿受封,尚是眼前时事,不意相去无几,又要力请建储,这也是令人嗟叹呢。"话毕,各散归私第。越二日,即册立太子,奉旨大赦。自是英宗病体毫无起色,好容易度过年关,已是治平四年,文武百官恭上尊号,当于元旦辰刻,入朝庆贺。英宗已要归天,百官还在做梦,这是中国专务粉饰之弊。既至福宁殿,英宗并未御朝,大家惟对着虚座,舞蹈一番,依次退出。但见外面朔风怒号,阴霾四塞,统觉得天象告变,主兆不祥。过了七日,宫中传出讣音,英宗已升遐了,寿三十六岁,在位只四年。英宗夙有潜德,以孝亲著闻,局量弘远,情性谦和。濮王薨逝时,曾把所服玩物分赐诸子,英宗所受这一份,都转界王府旧人,惟留犀带一条,值钱三十万,委交殿侍出售。殿侍竟把带失去,不胜遑急,英宗却淡然恝置,不索赔偿。即位以后,每命近臣,常称官不称名,臣下有奏，必问朝廷故事，与古治所宜，一经裁决，多出群臣意表，因此中外亦称为贤君。怎奈天不假年，遽尔晏驾，这也是宋朝恨事呢。结过英宗，无非善善从长。

皇太子顼即皇帝位，诏告中外，是谓神宗皇帝。尊皇太后曹氏为太皇太后，皇后高氏为皇太后，晋封弟灏为昌王，頵为乐安郡王。命韩琦守司空兼侍中。曾公亮行门下侍郎兼吏部尚书进封英国公。文彦博行尚书左仆射检校司徒，兼中书令。富弼改武宁军节度使，进封郑国公。张昇改河阳三城节度使。欧阳修、赵概并加尚书左丞，仍参知政事。陈升之为户部侍郎。吕公弼为刑部侍郎。其余百官，均进秩有差。二月朔日，神宗初御紫宸殿，朝见群臣，随即册立元妃向氏为皇后。向氏系故相向敏中曾孙女，父名经，曾为定国军留后。治平三年，出嫁颍邸，封安国夫人，至是立为皇后。忽御史蒋之奇上书劾欧阳修，说他帷薄不修，奸乱甥女等事。神宗览毕，转问故宫臣孙思恭。思恭力为辩释，神宗乃诏问之奇，令他证实。之奇无从取证，只好说出一个彭思永来。看官！你道之奇的御史，从何处得来？他本由欧阳修推荐，得任台官，自濮议纷争，修主张称亲，为吕诲等所斥驳，独之奇赞同修议，修因荐为御史。偏朝右目为邪党，对着之奇冷嘲热讽，之奇听不过去，便欲与修立异，借塞众谤。会修妇弟薛良孺，与修有嫌，遂捏造蜚言，诬修淫乱，语为中丞彭思永所闻，转告之奇，之奇也不问真伪，遂上章劾修。恩将仇报，具何肺肠。及奉诏诘责，不得已将彭思永传语复奏上去。神宗再诘思永，思永也取不出真凭实据来，于是诬告反坐，将思永、之奇两人，一律贬谪。之奇自诒伊戚，却难为思永了。修本杜门请治，至辨明诬伪，仍力求退位，乃罢为观文殿学士，出知亳州。神宗具有大志，因见廷臣乏才，特出自真知，去请一位大名鼎鼎的人物来，有分教：

曲士从兹张异说，中朝自此紊皇纲。

毕竟所召何人，待小子下回报名。

宋臣专喜迂论，与晋代之清谈，几乎相同，其不即乱亡者，赖有一二大臣为之主持耳。英宗虽入嗣仁宗，缵承大统，而其本生父则固濮王也。以本生父称皇伯，毋乃不伦！欧阳修援引礼经，谓应称亲降服，议固甚当，韩琦即据以定议，于称亲之议，则请行之，于称皇称后之议，则请辞之，最得公私两全之道。吕诲等乃激成意气，至欲以去就生死相争，一何可笑？迨英宗疾亟，未闻廷臣有建储之请，赖韩琦入问起居，片言定策。夫濮议，末迹也，而必争之，立储，大本也，而顾忽之，宋臣之舍本逐末，如是如是。微韩魏公诸人，宋室恐早不纲矣。盖舆论与清谈，其足致乱亡一也。

第三十五回　神宗误用王安石
种谔诱降嵬名山

却说神宗因廷臣乏才，特下诏临川，命有司往征名士。看官道名士为谁？原来就是沽名钓誉、厌故喜新的王安石。安石一生，只此八字。安石，临川人，字介甫，少好读书，过目不忘。每一下笔，辄洋洋千万言。友人曾巩曾携安石文示欧阳修，修叹为奇才，替他延誉，遂得擢进士上第，授淮南判官。旧例判官秩满，得求试馆职，安石独不求试。再调知鄞县，起隄堰，决陂塘，水陆咸利。又贷谷与民，立息令偿，俾得新陈相易，邑民亦颇称便。安石自谓足治天下，人亦信为真言，相率称颂。寻通判舒州，文彦博极力举荐，乃召试馆职，安石不至。欧阳修复荐为谏官，安石又以祖母年高，不便赴京为辞。修勉以禄养，并请旨再召，授职群牧判官，安石复辞，且恳求外补，因令知常州，改就提点江东刑狱。为此种种做作，越觉声名噪起。仁宗嘉祐三年，复召为三司度支判官，安石总算入京就职。居京月余，即上万言书，大旨在法古变今，理财足用等事。仁宗也不加可否，但不过说他能文，命他同修起居注，他又固辞不受。阁门吏赍敕就付，他却避匿厕所，吏置敕自去。他又封还敕命，上章至八九次，有诏不许，方才受职。及升授知制诰，当即拜命，并没有推却等情。其情已见。旋命纠察在京刑狱，适有斗鹑少年，杀死狎友一案，知开封府以杀人当死，按律申详。安石察视案牍，系一少年得斗鹑，有旧友向他索与，少年不许，友人恃昵抢去，少年追夺，竟将友人杀死，因此拟援例抵罪。他不禁批驳道："按律公取窃取，皆以盗论。该少年不与斗鹑，伊友擅自携去，是与盗无异。追杀是分内事，不得为罪。"据此批驳，已见安石偏执之非。看官！你想府官见此驳词，肯俯首认错么？当下据实奏辩。安石亦劾府司妄谳。案下审刑大理两司，复按定刑，都说府谳无讹。安石仍不肯认过，本应诣阁门谢罪，他却自以为是，并不往谢。御史遂劾奏安石，奏牍留中不报。安石反迭发牢骚，情愿退休。适值母死丁艰，解职回籍。英宗时也曾召用，辞不就征。

安石父益都，虽官员外郎，究没有甚么通显，他思借重巨阀，遂虚心下气，与韩、吕二族结交。韩绛及弟维，与吕公著皆友安石，代为标榜。维尝为颍邸记室，每讲诵经说，至独具见解处，必谓此系故友王安石新诠，并非维所能发明，神宗记忆在心，嗣迁韩维为右庶子，维举安石自代。虽未见实行，在神宗一方面，已不啻大名贯耳。既得即位，即召令入都。安石高卧不起，神宗再拟征召,乃语辅臣道:"安石历先帝朝,屡召不至,朝议颇以为不恭。今又不来,莫非果真有病,抑系有意要求呢?"曾公亮遽答道:"安石真辅相才,断不至有欺罔等情。"神宗方才点首,忽一人出班奏道:"臣尝与安石同领群牧,见他刚愎自用,所为迂阔,倘或重用,必乱朝政。"第一个料到安石。神宗视之,乃是新任参知政事吴奎,郑重点名。便怫然道:"卿也未免过毁了。"奎复道:"臣知而不言,是转负陛下恩遇呢。"神宗默然。退朝后,竟颁诏起用安石,命知江宁府。安石直受不辞,即日赴任。曾公亮复力荐安石,足胜大任。看官道公亮力荐,料不过器重安石,误信人言,其实他却另有一段隐情:他与韩琦同相,资望远不及琦,所有国家大事,都由琦一人独断,自己几同伴食,所以丁心不甘,阴欲援用安石,排间韩琦;可巧神宗意中,亦因琦执政三朝,遇事专擅,未免有些芥蒂。学士邵元,中丞王陶,本是颍邸旧臣,又从中诋毁韩琦。琦内外受轧,遂上书求去。神宗得书,一时不好准奏,只得优诏挽留。会因英宗已安葬永厚陵,庙谥一切,均已办妥,琦复请解职。神宗未曾批答,一面却召入安石,命为翰林学士。琦已窥透神宗意旨,索性连章乞休,每日一呈。果然诏旨下来,授琦司徒兼侍中,出任武胜军节度使,兼判相州。琦奉旨陛辞,神宗向他流泪道:"侍中必欲去,朕不得已降制了。但卿去后,何人可任国事?"假惺惺做什么?琦对道:"陛下圣鉴,当必有人。"神宗道:"王安石何如?"情已暴露。琦复道:"安石为翰林学士,学问有余,若进处辅弼,器量不足。"平允之论,莫过于此。神宗不答,琦即告辞而去。未几,吴奎亦出知青州,越年病殁。奎,北海人,喜奖善类。少甚贫,及贵,亦仿范文正故事,买田为义庄,所有禄俸,尽赒族党。殁后,诸子至无屋以居,时人称为清白吏子孙。神宗以韩、吴并罢,擢张方平、赵参知政事,吕公弼为枢密使,韩绛、邵元为枢密副使。方平曾出知成都,召回谏院,未曾就职省府,骤命参政,几成宋朝创例,群臣以为疑。及方平入谢,神宗面谕道:"朕闻卿匹马入蜀,一琴一鹤,作为随从,为治简易,想亦如此。朕所由破格录用呢。"方平顿首道:"既承恩遇,敢不尽力!"自是方平竭诚图报,遇有要政,无不尽言。惟张方平未洽众望,御史中丞司马光,奏言方平位置不宜,神宗不从,且罢光中丞职,令为翰林学士。曾公亮复议擢王安石,方平亦力言不可。第二个料到安石。旋方平丁父艰去位,时唐介复入为御史,迁任三司使,神宗因令他参政,继方平后任,惟心中总不忘安石。熙宁改元,即令安石越次入对,神宗问治道何先?安石答称:"须先择术。"神宗复道:"唐太宗何如?"安石道:"陛下当上法尧舜,何必念及唐太宗。尧舜治天下,至简不烦,至要不迂,至易不难,不过后世君臣,未能晓明治道,遂说他高不可及。尧亦人,舜亦人,有甚么奇异难学呢?"语大而夸。神宗道:"卿可谓责难于君,但朕自顾眇躬,恐不足副卿望,还愿卿尽心辅朕,共图至治!"已经着

第三十五回　神宗误用王安石　种谔诱降嵬名山

迷。安石道:"陛下如果听臣,臣敢不尽死力!"言毕乃退。

一日,侍讲经筵,群臣讲讫,陆续散去。安石亦拟退班,由神宗命他暂留,且特赐旁坐。安石谢坐毕,神宗乃道:"朕阅汉、唐历史,如汉昭烈必得诸葛亮,唐太宗必得魏征,然后可以有为。亮、征二人,岂不是当日奇才么?"安石抵掌道:"陛下诚能为尧、舜,自然有皋、夔、稷、契,诚能为高宗,自然有傅说,天下甚大,何材没有?诸葛亮、魏征还是不足道呢!但恐陛下择术未明,用人未专,就是有皋、夔、稷、契、傅说等人,亦不免为小人所挤,卷怀自去啰。"居然以古人自命,且语意多半要挟,其私可知。神宗道:"历朝以来,何代没有小人?就是尧、舜时候,尚不能无四凶。"安石道:"能把四凶一一除去,才得成为尧、舜。若使四凶得逞谗慝,似皋、夔、稷、契诸贤,怎肯与他同列,合流同污呢?"这一席话,说得神宗很是感动,至安石退后,尚嘉叹不置。于是这位坚僻自是的王介甫,遂一步一步的,跨入省府中去了。当时朝野人士,除吴奎、张方平、韩琦外,尚谓安石多才,定有一番干济,惟眉山人苏洵,已作一篇辨奸论,隐斥安石。还有知洛川县李师中,当安石知鄞县时,已说他眼内多白,貌似王敦,他日必乱天下。这两人事前预料,才不愧先知哩。

师中,楚邱人,父名纬,曾为泾原都监。师中少识边情,及长,举进士,知洛川县,后调任敷政县,益知边务。神宗嗣位,迁知凤翔府,适青涧守将种谔,收复绥州,师中谓种谔轻开边衅,诸朝廷慎重。果然夏主谅祚,诱杀知保安军杨定等,几乎宋夏又复交兵。亏得故相韩琦,奉命经略陕西,才得支持危局。从李师中折入夏事,又是一种笔墨。这事说来话长,待小子叙明原委,方得一目了然。为下半回主脑。种谔复绥州,尚是治平四年事,本书上文叙王安石,已至熙宁元年,此处系是回溯,不得不从李师中折入,且从前宋夏交涉,亦可借此补叙。

先是夏主谅祚,奉册为夏王,宋庭岁赐如常,谅祚亦修贡如故。接应三十一回。英宗入承帝位,夏使吴宗来贺,宗出言不逊,有诏令谅祚罪宗。谅祚不肯奉诏,反于治平三年,寇掠秦凤、泾原一带,直薄大顺城。环庆经略使蔡挺,率蕃官赵明等,往援大顺,谅祚裹银甲,戴毡帽,亲自督战,挺遣弓弩手整列壕外,更迭发矢,夏兵前列多伤,谅祚亦身中流矢,率众遁去,转寇柔远。挺又使副总管张玉,领三千人夜袭敌营,夏兵惊溃,退屯金汤,会宋廷颁发赐夏岁币,知延州陆诜留币不与,飞章上奏道:"朝廷素事姑息,所以狡虏生心,敢尔狂悖,今若再赐岁币,是益令玩视,愈亵国威,请降旨诘责虏主,待他谢罪,再行给币未迟。"英宗转问韩琦,琦本主张问罪,当然赞成陆议,乃饬陆移牒宥州,诘问谅祚。谅祚连遭败仗,已经夺气,并因理屈词穷,无可解免,只得遣使谢罪,诿言咎由边吏,应按罪加诛云云。是书上达,已值英宗宾天,神宗践阼,当有新诏一道,赍付谅祚,诏曰:

朕以夏国累岁以来,数兴兵甲,侵犯边陲,惊扰人民,诱迫熟户,去秋复直寇大顺,围迫城寨,焚烧村落,抗敌官军,边奏累闻,人情共愤。群臣皆谓夏国已违誓诏,请行拒绝,先皇帝务存含恕,且诘端由,庶观逆顺之情,以决众多之论。逮此逊章之禀命,已悲仙驭之上宾,朕纂极云初,包荒在念,仰循先志,俯谅乃诚。既自省于前辜,复愿坚于众好。苟奏封所叙,忠信无渝,则恩礼所加,岁时如旧。安民保福,不亦休哉!特谕尔夏主知之!

谅祚得诏,又遣人到宋,庆吊兼行。到了冬季,夏绥州监军嵬名山弟夷山,向青涧城求降。青涧城守将系种世衡子,就是种谔,也算世袭。谔受降后,即令夷山作书,招致乃兄,并特赠金盂一枚。适名山外出,有名山亲吏李文喜接得金盂,喜出望外,便与去使密定计策,令宋兵潜袭营帐,不怕名山不降,且乘势可得绥州。去使返报种谔,谔即密奏宋廷,一面通报延州知州陆诜。诜却谓虏众来降,真伪难测,也奏请戒谔妄动。神宗命转运使薛向,会同陆诜,询明种谔受降虚实,再定机宜。向与诜乃召谔问状,诜始终反对谔议,独向恰有意赞成。两下协定招抚三策,由向主稿,遣幕府张穆之入奏。穆之暗受向嘱,既至阙下,面陈谔议可成。看官!试想神宗是好大喜功,听了张穆之一番奏对,遂以为有机可乘,乐得兴兵略地。且疑陆诜不肯协力,从中掣肘,竟将他调徙秦凤,专任向、谔,规复绥州。哪知这种谔还要性急,不待朝命颁到,已起兵潜入绥州,围住名山营帐。名山毫不预防,突然遭围,自然脚忙手乱,当由亲吏李文喜,导入夷山,同劝名山降宋。名山无可奈何,只好举众出降,共计首领三百人,户一万五千,兵万名,一概就抚,由谔督兵筑城,缮固守备。夏人来争,被谔发兵邀击,杀退夏众,遂复绥州,绥州久已陷没,规复未始非策,但不在谅祚寇边之先,而在谅祚谢罪以后,未免自失信用耳。陆诜以诏命未至,谔即擅自兴师,拟遣吏逮治,可巧穆之西还,传诏徙诜,诜乃叹息而去。

夏主谅祚,闻绥州失守,欲发兵入寇,部目李崇贵、韩道善两人,入帐献策道:"大王如欲用兵,恐胜负难料,不如另用他计。"谅祚问用何策,李崇贵道:"前宋使杨定到来,曾许归我沿边熟户,我曾送他金银宝物,他受了我的馈赠,却未闻遵约,反听种谔袭夺绥州,真是可恨!我不若诱他会议,杀死了他,就占领了保安,作为根据,然后进可战,退可守,不患不胜。"谅祚大喜道:"果然好计,就照此行罢!"原来杨定曾出使夏国,见了谅祚,跪拜称臣。谅祚畀他金银,及宝剑一口,宝镜一具,定即许归沿边熟番。及定还,将金银匿住,只把剑镜献上,且言谅祚可刺状,神宗信为真言,竟擢定知保安军。自谅祚用计诱定,即遣韩道善赍书往请,约定会议。定竟冒冒失失的前去赴会,一到会场,未见谅祚,即由李崇贵责他爽约。定尚未及答,已被崇贵呼出伏兵,乱刀齐下,将定剁成肉泥。该死!该死!随即入攻保安,大肆劫掠。警报迭达汴都,神宗不免自悔。巧值李师中奏牍亦到,归咎种谔,朝议随声附和,竟欲诛谔弃绥。前时不闻谏阻,至此又如此畏缩,宋廷可谓无人。神宗未肯遽允,当命陕西宣抚使郭逵,移镇鄜延,就近酌夺。接应前回。逵用属吏赵卨议,卨读如歇。奏陈机宜,大致说是:"虏杀王官,应加声讨,若反诛谔弃绥,成何国体?且名山举族来归,如何处置?言之甚是,一面贻书辅臣,请保守绥州,藉张兵势,规度大理河川,择要设堡,画地三十里,安置降人,方为上计。"朝议仍然未决,乃调韩琦判永兴军,经略陕西。琦临行,曾言绥不当取,及既抵任所,复奏称绥不可弃。枢府驳他前后矛盾,令再明白复陈,琦遂复奏道:"臣前言绥不当取,是就理论上立言,今言绥不可弃,是就时势上立言。现在边衅已开,无理可喻,只有就势论势。保存绥州,秣兵厉马,与他对待,俾他不敢小觑,方能易战为和。"练达之言。奏既上,言官尚交论种谔,有旨将谔贬官,谪置随州。会郭逵诇知诱杀杨定,系李崇贵、韩道善主谋,遂传檄谅祚,索取罪人。凑巧谅祚得病,更闻韩琦镇边,料知不能反抗,只得执住李、韩二人,献与郭逵。未几,谅祚病死,子秉常嗣立,遣臣薛宗道等赴宋告哀。神宗问杀杨定事,宗道谓:"李、韩二犯,已执送边镇,不日可到。"果然隔了一宵,由郭逵将李、韩二人,槛送阙下。神宗亲自廷讯,李崇贵直陈颠末,神宗不禁叹息道:"照此说来,杨定纳贿卖地,罪不容诛,但你等何妨径自陈请,由朕明正典刑,今乃擅加诱杀,藐我上国,难道得称无罪么?"崇贵等乃叩首伏罪。神宗特赦崇贵等死刑,追削杨定官爵,籍没田宅。另遣使臣刘航,册秉常为夏国王。小子有诗咏韩魏公道:

入定皇纲出耀威,如公谁不仰丰徽?
三朝政绩昭然在,中外都凭只手挥。

夏事暂作结束,小子又要叙那王安石了。看官少待,且看下回。

上有急功近名之主,斯下有矫情立异之臣。如神宗之于王安石是已。神宗第欲为唐太宗,而安石进之以尧、舜,神宗目安石为诸葛、魏征,而安石竟以皋、夔、稷、契自况。试思急功近名之主,其有不为所惑乎?当时除吴奎、张方平、苏洵外,如李师中者,尝谓其必乱天下。夫师中亦一夸诞士,史称其好为大言,以致不容于时,吾谓大言者必未足副实,即如绥州之役,彼第归咎种谔,而于善后事宜,毫不提及,是殆亦责人有余,而责己不足者。赖韩琦坐镇,郭逵为辅,夏事始得就绪耳。吾以是叹韩魏公之不可及也。

第三十六回　议新法创设条例司
谳疑狱狡脱谋夫案

却说王安石既承主眷,渐渐露出锋芒,意欲变法维新,炫人耳目。是时大内帑银,所存无几,神宗年少气锐,方以富国强兵为首务,安石隐伺上意,遂倡理财足国的美谈,歆动神宗。熙宁元年仲冬,行郊天礼,辅臣以河朔旱灾,国用不足,乞南郊以后,不可再循故例,遍赐金帛。有诏令学士复议,司马光道:"救灾节用,当自贵近为始,辅臣议应当照行。"王安石道:"国用不足,乃不善理财的缘故,若徒事节流,未识开源,终属无益。"司马光又道:"甚么叫做善理财? 无非是头会箕敛罢了。"安石道:"不必加赋,自增国用,才算是理财好手。"光笑道:"天下哪有此理？ 天地生财,止有此数,官府多一钱,民间便少一钱,若设法夺民,比加赋还要厉害。从前桑弘羊尝挟此说,欺骗汉武帝,太史公大书特书,显是指斥弘羊,讽刺汉武呢。"语虽未必尽然,但如桑弘羊、王安石等,实蹈此弊。安石尚不肯服理,仍然争论不已。神宗道:"朕意亦与光同,但些须例赏,必欲吝啬,似亦未免失体了。"遂不从辅臣所议,行赏如故。仍是左袒安石。

既而郑国公富弼,自汝州入觐,诏许肩舆至殿门,令弼子扶掖进见,且命免拜跪礼,赐坐与谈。神宗开口问道:"卿老成练达,定有高见,现欲治国安邦,须用何术?"弼对道:"人主好恶,不可令人窥测,否则奸人必伺隙售奸。譬如上天监人,善恶令他自取,乃加诛赏,庶几功罪两明。"神宗又道:"北有辽,西有夏,边境未宁,如何是好?"弼又道:"陛下临御未久,当首布德惠,愿二十年口不言兵。"对症发药。神宗踌躇多时,方道:"朕常欲询卿,卿可留朝辅政。"弼答言:"老不胜任。"仍辞退赴郡。至熙宁二年二月,复召弼入都,拜司空兼侍中,并特赐甲第。弼仍上表固辞,经优诏促使就道,乃奉旨入朝。途次闻京师地震,神宗减膳撤乐,独安石谓:"灾异由天,无关人事。"安石距近今千年,已知新学,确是一个人才。弼不禁叹息道:"人君所畏惟天,天不足畏,何事不可为? 此必奸人欲进邪说,摇惑上心,不可以不救呢。"当即上书数千言,力陈进贤辨奸的大要。及入对,又说了数十语,无非是隐斥安石。神宗虽任弼同平章事,意中总不忘安石,拟擢为参政。会值唐介奏事,即与介述明本意,介言安石不胜大任。神宗道:"文学不可任呢? 经术不可任呢? 吏事不可任呢?"介对道:"安石好学泥古,议论每多迂阔,若令他为政,必多变更。"神宗不答。介退，语曾公亮道："安石果大用，天下必困扰，诸公后当自知，莫谓介不预言呢！"公亮本推荐安石，哪里肯信？未几，神宗又问侍读孙固，谓安石可否令相？固对道："安石文行甚优，令为台谏侍臣，必能称职，若宰相全靠大度，安石猖狭少容，如何做得？陛下欲求贤相，臣心目中恰有三人，便是那司马光、吕公著、韩维呢。"神宗总归不信，竟命安石参知政事。

安石入谢，神宗语安石道："廷臣都说卿但知经术，未通世务。"安石道："经术正所以经世务，他人谓臣未通世务，实即未通经术，请陛下详察！"神宗道："照卿说来，欲经世务，先施何术？"安石道："变风俗，立法度，正当今急务。"神宗点首称善。安石遂进言道："立国大本，首在理财，周朝设泉府等官，无非酌盈剂虚，变通民利，后世惟汉桑弘羊、唐刘晏，粗合此意。今欲理财，亟应修复府遗制，藉收利权。利权在握，然后庶政可行。"神宗道："卿言甚是。"安石又道："古语有言：'为政在人'，但人才难得，更且难知。今使十人理财，有一二人不肯协力，便足败事。尧与众人共择一人治水，尚且九载勿成，况择用不止一人，简选未尝询众，能保无异议么？陛下诚决计进行，首在不惑异说。"让你一人独做，可好么？神宗道："朕知道了，卿去妥议条规，待朕次第施行。"安石应命退出。次日，即奏请制置三司条例司，掌经画邦计，变通旧制，调剂利权。更举知枢密院事陈升之，协同办事。神宗准奏，当命安石、升之两人，总领制置三司条例司，令得自择掾属。安石遂引用吕惠卿、曾布、章惇、苏辙等，分掌事务。惠卿曾任真州推官，秩满入都，与安石谈论经义，意多相符。安石竟称为大儒，事无大小，必与商议，有所奏请，又必令他主稿，几乎一日不能相离。曾布即曾巩弟，事事迎合安石意旨，安石亦倚为心腹，与惠卿同一信任。当下悉心酌商，定了新法八条，六条谓足富国，两条谓足强兵，由小子录述如下：

富国法六条。

（一）农田水利　饬吏分行诸路，相度农田水利，垦荒废，浚沟渠，酌量升科，无论吏民，皆须同役，不准隐漏逃匿。

（二）均输　诸州郡所输官粮，俱令平定所在时价，改输土地所产物，官得徙贵就贱，因近易远，并准便宜蓄买，懋迁有无。

（三）青苗　农民播种青苗时，由朝廷出资贷民，至秋收偿金，加息十分之二，或十分之三，仍还朝廷。

（四）免役　使人民分等，纳免役钱，得免劳役，国家别募无职人民，充当役夫。

（五）市易　就京师置市易所，使购不卖之物于官，或与官物交换，又备资贷与商人，使遵限纳息，过限不输，息金外更加罚金。

（六）方田　以东南西北各千步为一方，计量田地，分五等定税，人民按税照纳。

强兵法二条。

（一）保甲　采古时民兵制度，十家为保，五百家为都保，都保置正副二人，使部下保丁，贮弓箭，习武艺。

（二）保马　以官马贷保丁，马死或病，令按值给偿。

这数条新法，议将出来，老成正士，没有一个赞成。参政唐介，抗直敢言，先与安石争辩。安石强词夺理，谓可必行，神宗又庇护安石，介不胜愤懑，气得背上生疽，竟尔谢世。先气死了一个。神宗遂将安石新法，依次举行。先遣刘彝、谢卿材、侯叔献、程颢、卢秉、王汝翼、曾伉、王广廉八人，巡行诸路，查核农田水利，酌定税赋科率，徭役利害；继即饬行均输法，起用薛向为江、浙、荆、淮发运使，领均输平准，创行东南六路。两法颁行，言路已是哗然。知制诰钱公辅，知谏院范纯仁等，均言薛向开衅边疆，曾坐罪罢黜，应前回。不应起用。公辅且斥安石坏法徇私，安石不悦，竟奏徙公辅知江宁府。宣徽北院使王拱辰，翰林学士郑獬，知开封府滕元发，均为安石所忌，相继迁谪。恼了御史中丞吕诲，含忍不住，即撰成一篇弹文，入朝面奏。途中遇着司马光，问他何事？诲便道："我将参劾一人，君实可赞成么？如肯赞成，请为后劲。"光问所劾何人？诲答道："便是新参政王安石。"光愕然道："朝廷方喜得人，奈何劾他？"诲叹道："君实也作是说么？怪不得别人。安石好执偏见，党同伐异，他日必败国事，这是腹心大患，不劾何待？你如不信，尽管请便，我要入朝去了。"光答道："我正去侍讲经筵，不妨同行。"原来君实系光表字，故诲以此相呼，两人同入朝堂，待至神宗御殿，诲即袖出弹章，上殿跪呈。神宗当即展阅，但见上面文字，无非指斥安石，最注目的却有数语，其文云：

　　臣闻大奸似忠，大诈似信。安石外示朴野，中藏巧诈，骄蹇慢上，阴贼害物，诚恐陛下悦其才辩，久而倚畀，大奸得路，群阴会进，则贤者尽去，乱由是生。臣究安石之迹，固无远略，唯务改作，立异于人。徒文言而饰非，将罔上而欺下，臣窃忧之！误天下苍生者，必斯人也！

看官！你想神宗方信任安石，怎能瞧得进去？看到误天下苍生句，不禁怒形于色，立将原奏掷还。诲大声道："陛下如不见信，臣不愿与奸佞同朝，乞即解职！"神宗也不多言，只命他退去，诲退后，即下诏出诲知邓州。范纯仁复申劾安石，留章不下。纯仁求去，奉诏免他谏职，改判国子监。纯仁又续缮奏章，拟再呈辞，甫经缮就，忽由安石遣使，传语纯仁道："已议除知制诰了，请不为已甚。"纯仁勃然道："这是用利诱我了。我言不用，万钟亦非我所愿呢！"

第三十六回　议新法创设条例司　谳疑狱狡脱谋夫案　179

不愧家风。当下将奏稿取交来使,次日,即将奏本呈入。神宗尚未许去,蓦见安石入朝,疾言遽色,奏请立黜纯仁。神宗道:"纯仁无罪,就使外调,亦当给一善地,可令出知河中府便了。"安石不便再言,只得悻悻而退。范纯仁即仲淹第二子,兄纯祐,曾随父镇陕,与将士杂处,评骘人才,无不具当。仲淹得任人无失,以此立功,及仲淹罢职,他奉侍左右,未尝少离。未几,废疾去世,弟纯礼、纯粹,依次出仕,后文慢表。惟纯仁以父荫得官,历任县令判官,所向皆治。寻擢为侍御史,与议濮王典礼,复遭外谪。见三十四回。嗣又召还京师,命知谏院,至是又出守河中。寻徙成都转运使,因新法不便,戎州县不得遽行。安石恨他阻挠,诬以失察僚佐罪,左迁知和州,插此一段。叙明纯仁历史,且回应三十二回中语。这且按下再提。

且说王安石以两法既行,复议颁行青苗法。吕惠卿极端怂恿,独苏辙立言未可,安石问为何因?辙答道:"出钱贷民,本欲救民,但钱入民手,不免妄用,满限多无力筹偿,有司伤吏追呼,鞭扑横施,是救民反至病民了。"安石道:"君言诚有理,且从缓议。"于是有好几旬不谈此法。忽奉神宗诏命,令与司马光复议登州狱案。安石遂邀光合议,两人各据一见,免不得又争执起来。登州有一妇,许嫁未行,闻夫婿貌丑,心甚不平,竟暗挟利刃,潜往害夫。适乃夫卧田舍间,便拔刀斫入,幸乃夫尚未睡着,慌忙起避,才得不死。只因用手遮格,被断一指而去。乃夫遂鸣官诉讼,知州许遵,拘妇到案,见该妇姿色颇佳,与乃夫确不相配,遂有意脱妇,令她一一承认,当为设法保全,该妇自然听命。许遵即以自首减罪论,上达朝廷。遵有意全如,莫非想娶她作妾么?安石谓遵言可行。光愤然道:"妇谋杀夫,尚可减罪么?"安石道:"妇既自首,应从末减。"光又道:"律文有言,因他罪致杀伤,他罪得首原,今该妇谋杀乃夫,本属一事,岂谋自谋,杀自杀,可分作两事,得准首原么?"明白了解。安石道:"若自首不得减罪,岂非自背律文?"无非好异,不顾纲常。两人相持不下,当即共请神宗判断。偏神宗左袒安石,竟准如安石议。文彦博、富弼等,谏阻不从,且将谋杀已伤,按问自首一条,增入律中,得减罪二等,发交刑部,垂为国法。侍御史兼判刑部官刘述,封还诏旨,驳奏不已。安石大愤,请神宗黜退刘述。述遂率侍御史刘琦、钱顗,共上疏论安石罪,略云:

> 安石执政以来,未逾数月,操管、商权诈之术,与陈升之合谋,侵三司利权,开局设官,分行天下,惊骇物听。近复因许遵妄议,定按问自首之法,安石任偏见而立新议,陛下不察而从之,遂害天下大公。先朝所立制度,自宜世守勿失,乃妄事更张,废而不用,如此奸诈专权,岂宜处之庙堂,致乱国纪?愿早罢逐,以慰天下。曾公亮畏避安石,阴自结援以固

宠，赵则括囊拱手，但务依违，皆宜斥免，臣等为国家安危计，故不惮刑威，冒渎天听，伏冀明断施行。

疏上，安石奏贬琦监处州盐酒务，颢监衢州盐税，并拘述狱中。司马光等上疏力争，乃将述贬知江州。琦、颢照安石议，贬谪浙东。殿中侍御史孙昌龄，同判刑部丁讽，审刑院详议官王师元，皆坐述党忤安石，谪徙有差。还有龙图阁学士祖无择，与安石意见不同，亦遭黜逐。正是：

黜陟不妨由我主，纲常何必为人拘？

既而三司条例司官苏辙，亦被谪为河南府推官，欲知苏辙如何得罪，容至下回表明。

新法非必不可行，安石非必不能行新法，误在未审国情，独执己见，但知理财之末迹，而未知理财之本原耳。当安石知鄞时，略行新法，邑人称便，即嘵嘵然曰："我宰天下有余。"不知四海非一邑之小，执政非长吏之任也。天下方交相诟病，而安石愈觉自是，黜陟予夺，任所欲为。至若登州妇人一案，较诸斗鹑少年，尤关风化，同僚谓不宜减罪，而彼必欲减免之，盖无非一矫情立异之见耳。夫朝廷举措，关系天下安危，而顾可以矫情立异行之乎？我姑勿论安石之法，已先当诛安石之心。

第三十七回　韩使相谏君论弊政
　　　　　　朱明府寻母竭孝思

却说苏辙系安石引用，在三司条例司中，检详文字。安石欲行青苗法，为辙所阻，数旬不言。嗣由京东转运使王广渊，上言农民播种，各苦无资，富家得乘急贷钱，要求厚利，乞留本道钱帛五十万，贷民取息，岁可获利二十五万。安石览到此文，不禁喜跃道："这便是青苗法呢，奈何不可行？"遂亟召广渊入都，与商青苗法。广渊一口赞成。安石乃奏请颁行，先从河北、京东、淮南三路开办，逐渐推广。有旨报可，自是从前常平通惠仓遗制，尽行变更。苏辙仍力持前说，再三劝阻，又与吕惠卿论多不合。惠卿遂进谗安石，谓辙有意阻挠。安石大怒，欲加辙罪。还是陈升之从旁劝解，乃罢辙为河南府推官。安石复荐惠卿为太子中允，崇政殿说书。司马光谓："惠卿憸巧，心术不正，安石误信惠卿，因致负谤中外，如何可以重用？"神宗不从，竟依安石所请。首相富弼，见神宗信任安石，料想不能与争，托病求去，乃出判亳州，擢陈升之同平章事。

升之就职后,神宗问司马光道:"近相升之,外议如何?"光对道:"闽人狡险,楚人轻易,今二相皆闽人,曾公亮晋江人,陈升之建阳人,俱属闽地。二参政皆楚人,王安石临川人,赵抃西安人,俱属楚地。他日援引亲朋,充塞朝堂,哪里能培植风俗呢?"神宗道:"升之颇有才智,晓畅民政。"光又道:"才智非不可用,但必须旁有正士,隐为监制,方能无患。"神宗又问及王安石,光答道:"外人言安石奸邪,未免过毁,但他性太执拗,不明事理,这也是一大病呢。"评论确当。神宗始终不听。

陈升之既经入相,颇欲笼络众望,请罢免三司条例司。这便是才智的见端。安石以为负己,又同他争论起来。升之称疾乞假,安石遂引枢密副使韩绛,制置三司条例。安石每奏事,绛亦随入。常奏称安石所陈,无不可用,安石大得臂助。绛复上言:"青苗法便民,民间多愿贷用,乞遍下诸路转运使施行!"于是诏置诸路提举官,执掌贷收事件。提举官多方迎合,以多贷青苗钱为功,不论贫富,随户支配。又令贫富相兼,十人为保首。王广渊在京东,分民户为五等,上等户硬贷钱十五千,下等户硬贷钱一千,到限不还,即着悍吏敲比征呼,民间骚然。广渊入奏,反说百姓欢呼感德。谏官李常、御史程颢,劾论广渊强为抑配,掊克百姓,神宗不报。河北转运使刘庠,不放青苗钱,奏称百姓不愿借贷,神宗又不报。安石反恨恨道:"广渊力行新法,偏遭弹劾,刘庠欲坏新法,不闻加罪,朝事如此,尚可望富强么?"依了你,反要贫弱,奈何?横渠人张载,与河南程颢、程颐兄弟,素相友善,平居共谈道学,归本六经。及出为邑宰,不假刑威,专务敦本善俗,民化一新。御史中丞吕公著,登诸荐牍,当由神宗召见,问以治道。载对道:"为政必法三代,否则终成小道呢。"时安石方倡言古道,神宗亦有心复古,听了此言,还道张载亦安石一流,即留他在朝,命为崇文院校书。哪知张载所说的古法,与安石不同。他见安石托古病民,料难致治,竟称疾辞去。洁身自好,足称明哲。

前参政张方平,服阕还朝,应三十五回。受命为观文殿大学士判尚书省,安石以方平异己,极力排挤,因出知陈州。及陛辞,极言新法弊害,神宗亦怵然动容,随即召为宣徽北院使。又事事受安石牵制,坚请外调,乃复出判应天府。时已熙宁三年了。河北安抚使韩琦忽上疏请罢青苗法,略云:

> 臣准散青苗,诏书务在惠小民,不使兼并乘急,以邀倍息,而公家无所利其入。今所列条约,乃自乡户一等而下,皆立借钱贯数,三等而下,更许皆借。且乡户上等,并坊郭有物业者,乃从来兼并之家,今令借钱一千,纳一千三百,是官自放钱取息,与初诏相违。又条约虽禁抑勒,然不抑勒,则上户必不愿请,下户虽或愿请,请时甚易,纳时甚难,将必有督索同保均赔之患。陛下躬行节俭以化天下,自然国用不乏,何必使兴利之

臣，纷纷四行，以致远迩之疑哉？乞罢诸路提举官，第委提刑点狱，依常平旧法施行！

神宗览到琦疏，亦稍有所悟，便将原疏藏在袖中，出御便殿，召辅臣等入议。曾公亮先入，神宗即从袖中，取出琦疏，递示公亮道："琦真忠臣，虽在外不忘王室。朕始谓青苗等法，可以利民，不料害民如此。且坊郭间何有青苗，乃亦强令借贷呢？"说至此，忽有一人趋进道："如果从民所欲，虽坊郭亦属何害？"神宗命曾公亮递示原疏，安石略略一瞧，不禁勃然道："似汉朝的桑弘羊，刮取天下货财，供奉人主私用，乃可谓兴利之臣。今陛下修周公遗法，抑兼并，赈贫弱，并不是剥民自奉，如何说是兴利之臣呢？"神宗终以琦说为疑，沉吟不答。安石趋出，神宗乃谕辅臣道："青苗法既不便行，不如饬令罢免。"公亮道："待臣仔细查查，果不可行，罢免为是。"无非回护安石。神宗允准，公亮等方才退出。安石即上章称病，连日不朝。神宗乃命司马光草答琦诏，内有士夫沸腾，黎民骚动等语。安石闻知，上章自辩，神宗又转了一念，似觉薄待安石，过不下去，乃巽辞婉谢，且命吕惠卿劝使任事。安石仍卧疾不出，神宗语赵抃道："朕闻青苗法多害少利，才拟罢免，并非与安石有嫌，他如何不肯视事？"赵抃道："新法都安石所创，待他销假，再与妥议，罢免未迟。"赵抃素称廉直，何亦有此因循？韩绛道："圣如仲尼，贤如子产，初入为政，尚且谤议纷兴，何怪安石？陛下如果决行新法，非留用安石不可！安石若留，臣料亦先谤后颂呢。"这一席话，又把神宗罢免青苗的意思，尽行丢去，仍敦促安石入朝。一面遣副都知张若水，押班蓝元振，出访民情。哪知这两人早受安石贿托，回宫复命，只说是民情称便，神宗益深信不疑，竟将琦奏付条例司，命曾布疏驳，刊石颁示天下。安石乃入朝叩谢，由神宗温词慰勉。安石自此执行新政，比前益坚。

文彦博看不过去，入朝面奏，力陈青苗害民。神宗道："朕已遣二中使亲问民间，均云甚便，卿奈何亦有此言？"彦博道："韩琦三朝宰相，陛下不信，乃信二宦官么？"神宗不觉变色，但因彦博系先朝宗臣，不忍面斥，惟有以色相示。彦博知言不见听，亦即辞出。韩琦闻原奏被驳，复连疏申辩，且言安石妄引周礼，荧惑上听，终不见答。琦遂请解河北安抚使，止领大名府一路。这疏一上，却立邀批准了。嗣是知审官院孙觉因指斥青苗法，被贬知广德军，御史中丞吕公著，亦因言新法不便，被贬知颍州。知制诰兼直学士院陈襄，推荐司马光、韩维、吕公著、范纯仁、苏轼等人，见忤安石，出知陈州。参知政事赵抃，自悔前时主持不力，致复行青苗法，上章劾论安石，并求去位，亦出知杭州。参政一缺，即命韩绛继任。那时又来了一个护法么么，姓李名定，曾为秀州判官，居然因附会安石，得擢为监察御史里行。定为安石弟子，自秀州被召，入京遇右正言李常。常问道："君从南方来，民谓青苗法如何？"定答道："民皆

第三十七回　韩使相谏君论弊政　朱明府寻母竭孝思

称便。"弟子不可不从师。常愕然道："果真么？举朝方争论是事，君勿为此言。"定与常别，即去谒见安石，且禀白道："青苗法很是便民，如何京师传言不便？"安石喜道："这便叫作无理取闹呢。改日入对，你须要明白上陈。"定唯唯遵命。安石即荐定可用，神宗即召定入问，定历言新法可行。及询至青苗法，定尤说得远近讴歌，舆情悉洽。神宗大悦，即命定知谏院，曾公亮等言查考故例，选人未闻为谏官，应请改命，乃拜监察御史里行。知制诰宋敏求、苏颂、李大临谓："定不由铨考，擢授朝列，不缘御史，荐置宪台，朝廷虽急欲用才，破格特赏，但紊乱成规，所益似小，所损实大。"遂封还制书。经神宗诏谕再三，颂等仍执奏不已。安石劾他累格诏命，目无君上，遂坐罪落职，时人称为熙宁三舍人。

未几，有监察御史陈荐劾定，说他为泾县主簿时，闻母仇氏丧，匿不为服，应声罪贬斥。定上书自辩，谓："实不知由仇氏所生，所以疑不敢服。"看官阅到此处，恐不能不下一疑问，定出应仕籍，并非三五岁的小孩儿，况他父名问，也曾做过国子博士，定并非生自空桑，难道连自己的生母，都未晓得么？说来也有一段隐情。仇氏初嫁民间，生子为浮屠，释名了元，相传是与苏轼结交的佛印禅师。后仇氏复为李问妾，生下一子，就是李定。寻又出嫁郜氏，生子蔡奴，工传神。<small>此妇所生之子，却都有出息。</small>定因生母改嫁，不愿再认，因此仇氏病死，他未尝持服。偏被陈荐寻出瘢点，将他弹劾，他只好含糊解说，自陈无辜。安石谊笃师生，极力庇护，反斥荐捕风捉影，劾免荐官，改任定为崇政殿说书。监察御史林旦、薛昌朝、范肯复上言："定既不孝，怎可居劝讲地位？"并交论安石袒徒罪状。安石又入奏神宗，说他朋串为奸，应加惩处。神宗此时，已是百依百顺，但教安石如何说法，当即准行，林旦等又复落职，言路未免哗然。定也觉不安，自请解职，乃改授检正中书吏房，直舍人院。<small>总仗师力。</small>

宋室旧制，文选属审官院，武选属枢密院，安石又创出一篇议论，分审官为东西院，东主文，西主武。看官道他何意？原来文彦博正主枢密，与安石不合，安石欲夺他政权，所以想出此法。神宗依议施行，彦博入奏道："审官院兼选文武，枢密院还有何用？臣无从与武臣相接，不能妄加委任，陛下不如令臣归休罢！"神宗虽慰留彦博，但审官院分选如故。知谏院胡宗愈，力驳分选，且言李定非才，有诏斥宗愈内伏奸意，中伤善良，竟贬为通判真州。会京兆守钱明逸，报闻知广德军朱寿昌，弃官寻母，竟得迎归。有"孝行可嘉，亟待旌扬"等语。有李定之背母，复有朱寿昌之寻母，一孝一不孝，互勘益明。李定当日恐不免有瑜、亮并生之叹。寿昌，扬州人，父名巽，曾为京兆守，巽妾刘氏，生寿昌，年仅三岁，刘氏被出，改适党氏。《宋史·寿昌本传》，谓刘氏方娠即出，寿昌生数岁还家。但据王偁《东都事略》，苏轼《志林》皆云寿昌三岁出母，今从之。至寿昌年长，父巽病亡，他日夕思母，四处访求，终不可得。寿昌累知各州县，除办公外，辄委吏役探听生母消息，又遍贻同僚书函，托访母刘氏住址。不意愈久愈杳，越访越穷，他竟摒绝酒肉，戒除嗜欲，甚至用浮屠言，灼背烧顶，刺血书佛经，誓诸神明，得母方休。熙宁初年，授知广德军，他莅任数月，竟太息道："年已五十，尚未得见生母，如何为人？古人说得好：'求忠臣于孝子之门，'孝且未尽，怎好言忠？罢罢！我宁舍一官，再往寻母，好歹总要得一确音。万一我母西归，就使森罗殿上，我也要去探觅哩。"孝子忠臣多人做成，自呆。随即辞职，并与家人诀别道："我此行若不见母，我亦不回来了。"家人挽留不住，他竟背着行囊，飘然径去。在途跋山涉水，触暑冒寒，也顾不得甚么辛苦，只是沿途探问，悉心侦察，好容易行入关中，到了同州，复逐村挨户的查问过去。恰巧有一老妇人，倚门立着，他竟向问刘母下落。那老妇却似有所晓，便令寿昌入内，盘问底细。寿昌一一陈明，老妇不禁流泪道："据你说来，你便是朱巽子寿昌么？"当下将自己如何被逐，后来如何改嫁，也说明情由。寿昌听了数语，已知情迹相符，遂不待辞毕，倒身下拜道："我的母亲，想煞儿了！"老妇亦对着寿昌，抱头同哭，哭了一会，又由寿昌自述寻母始末，更不禁破涕为笑。老妇道："我已七十多岁了，你亦五十有零，谁料母子尚得重逢？想是你至诚格天，因得如此哩。"言毕，复召入壮丁数人，与寿昌相见。这几个壮丁，乃是刘适党氏后，所生数子。寿昌问明来历，即以兄弟礼相待，大家暄叙一场。当由党氏家内，草草的备了酒肴，畅饮尽欢。越两日，寿昌即将老母刘氏，及党氏数子，悉数迎归。事闻于朝，一班老成正士，均说他孝行卓绝，须破格赐旌。奈王安石回护李定，不得不阻抑朱寿昌，仍请诸神宗，令还就原官。寿昌以养母故，求通判河中府，总算照准。士大夫作诗相赠，极为赞美。监官告院苏轼，亦赠寿昌诗，并有诗序一篇，阳誉寿昌，阴斥李定。定见诗及序，大加恚恨，后来遂有诬轼等事。寿昌判河中数年，母殁居忧，终日哭泣，几乎丧明。既葬，有白乌集于墓上，时人以为孝思所致。小子有诗咏道：

> 人生百行孝为先，寻母何辞路万千。
> 留得一编《孝义传》，好教后世仰前贤。

寿昌仕至中散大夫而终。《宋史》列入《孝义传》，这且不必絮述。下回接入朝事，请看官续阅下文。

青苗法非必不可行，弊在立法未善耳。春贷秋还，本钱一千，须加息三百，利率何其重耶？愿借者固贷与之，不愿借者亦强令贷钱，勒派何其苛耶？坊郭本无青苗，乃亦放钱取息，是更名实未符，第借此以刮民财而已。韩琦上疏,几已感格君心,乃复为邪党所误,韩绛等不足责,赵亦与有过焉。安石坚僻自是,顺己者虽奸亦忠,逆己者虽忠亦奸,不孝如李定,且始终回护之,咎在他人?惟既生李定,复生朱寿昌,造化小儿,恰亦故使同时,俾其互相比例,是得毋巧于撮弄欤?本回于韩琦奏牍,特行提叙,于朱寿昌行谊,又特行表明,劝忠教孝,寓有微忱,匪特就史述史已也。

第三十八回　弃边城抚臣坐罪
　　　　　徙杭州名吏闲游

却说监察御史程颢,系河南人,与弟颐皆究心圣学,以修齐治平为要旨。颢尝举进士,任晋城令。教民孝悌忠信,民爱戴如父母。后入京为著作佐郎,吕公著复荐为御史。神宗素闻颢名,屡次召见。颢前后进对甚多,大要在正心窒欲,求言育才。神宗亦尝俯躬相答。至新法迭兴,颢屡言不便,请罢青苗钱利息,及汰去提举官等。安石虽怀怒意,但颇敬他为人,不欲遽发。颢忍无可忍,复上疏极言,略云:

>　　臣闻天下之理,本诸简易,而行之以顺道,则事无不成。故曰智者若禹之行水,行其所无事也。舍之面于险阻,则不足以言智矣。盖自古兴治,虽有专任独决,能就事功者,未闻辅弼大臣,人各有心,暌戾不一,致国政异出,名分不正,中外人情,交谓不可,而能有为者也。况于措制失宜,沮废公议,一二小臣,实预大计,用贱陵贵,以邪妨正者乎?凡此皆天下之理,不宜有成,而智者之所不行也。设令由此侥幸,事有小成,而兴利之臣日进,尚德之风日衰,尤非朝廷之福。矧复天时未顺,地震连年,四方人心,日益摇动,此皆陛下所当仰测天意,俯察人事者也。臣奉职不肖,议论无补,望早赐降责,以避官谤,不胜翘企之至!

疏入后,奉旨令诣中书自言。颢乃至中书处,适安石在座,怒目相视。颢恰从容说道:"天下事非一家私议,愿平心听受,言可乃行,不可便否,何必盛气凌人?"安石闻言,不觉自愧,乃欠身请坐。颢方坐定,正欲开言,忽同僚张戬亦至。无独有偶。安石见他进来,又觉得是一个对头;他与台官王子韶,上疏论安石乱法,并弹劾曾公亮、陈升之、韩绛、吕惠卿、李定等,疏入不报,竟向中书处面争。时适天暑,安石手携一扇,对着张戬,竟用扇掩面,吃吃作笑声。确有奸相。戬竟抗声道:"如戬狂直,应为公笑,但笑戬的不过公等两三人,公为人笑,恐遍天下皆是呢!"陈升之在旁道:"是是非非,自有公论,张御史既知此理，也不必多来争执。"戬不待说完，便应声道："公亦不得为无罪。"升之也觉潸泪。安石道："由他去说，我等总有一定主意，睬他何为？"戬知无理可喻，转身自去。颢亦辞归，复上章乞罢。诏令颢出为江西提刑，颢又固辞，乃改授签书镇宁军节度使判官，戬与子韶亦求去，于是戬出知公安县，子韶出知上元县。还有右正言李常，因驳斥均输、青苗等法，比安石为王莽，安石怎肯相容，亦出常通判滑州。不数日间，台谏一空，安石却荐一谢景温为侍御史。谢与安石有姻谊，所以援引进去。且将制置条例司，归并中书，所有条例司掾属，各授实官。命吕惠卿兼判司农寺，管领新法事宜。枢密使吕公弼屡劝安石守静毋扰，安石不悦，公弼将劾安石，属稿甫就，被从孙吕嘉问窃去，持示安石。安石即先白神宗，神宗竟将公弼免官，出知太原府。吕氏赠嘉问美名，就是"家贼"两字，嘉问亦安然忍受，但邀安石欢心，也不管甚么贼不贼了。可谓无耻。既而曾公亮因老求去，乃罢免相位，拜司空兼侍中，并集禧观使。当时以熙宁初年，五相更迭，有生老病死苦的谣言：安石生，曾公亮老，唐介死，富弼称病，赵抃叫苦，虽是一诙谐，却也很觉确切呢。

　　安石正力排正士，增行新法，忽西陲呈报边警，夏主秉常，大举入寇，环庆路烽烟遍地了。安石遂自请行边，韩绛入奏道："朝廷方赖安石，何暇使行？臣愿赴边督军！"神宗大喜，便令绛为陕西宣抚使，给他空名告敕，得自除吏掾。绛拜命即行。总道是马到成功，谁知骑梁不成，反输一跌。先是建昌军司理王韶，尝客游陕西，访采边事，返诣阙下，上平戎三策。大略谓："西夏可取，欲取西夏须先复河湟，欲复河湟，须先抚辑沿边诸番。自武威以南，至洮、河、兰、鄯诸州，皆故汉郡县，地可耕，民可役，幸今诸羌瓜分，莫能统一，乘此招抚，收复诸羌，就是河西李氏，即西夏。即在我股掌中。现闻羌种所畏，惟唃氏即唃厮啰，见第十八回。子孙，若结以恩信，令他纠合族党，供我指挥，我得所助，夏失所与，这乃是平戎的上策呢。"此策非必不可用。神宗以为奇计，即召王安石入议。安石也极口赞许，乃命韶管干秦凤经略司机宜文字，一面封唃厮啰子董毡为太保，董毡一译作董戬，系唃厮啰三子。仍袭职保顺军节度使，且封董毡母乔氏为安康郡太君，董毡因遣使入谢。至王韶到了秦凤，收降青唐蕃部俞龙珂，遂请筑渭泾上下两城，屯兵置戍；并抚纳洮河诸部。秦凤经略使李师中，反对韶议，安石以师中阻挠，令罢帅事。王韶又上言："渭源至秦州，废田多至万顷，愿置市易司，笼取商利，作为垦荒经费。"安石正要行市易法，哪有不从之理？即请旨转饬李师中，给发川交子，即钞票之类。易取货物，并令韶领市易事。师中又上言："韶所指田，系极边弓箭手地，不便开垦。市易司转足扰民，恐所得不补所亡。"看官！你想安石肯听从师中么？当下奏罢师中，徙知舒州，另命窦舜卿知秦州，与内侍李

第三十八回 弃边城抚臣坐罪 徙杭州名吏闲游

若愚,往查闲田所在。哪知仅得地一顷,还是另有地主,舜卿、若愚只好据实奏报。安石又说舜卿隐蔽,把他贬谪,令韩缜往代。缜遂报无为有,顺安石意。要想保全官职,也不得不尔。乃进韶为太子中允,寻复令主洮河安抚司事。看官记着!为了王韶倡议平戎,不但吐蕃境内,从此多事。就是宋、夏交涉,也因此决裂,竟先闹出战事来。

熙宁三年五月,夏人筑闹讹堡,一译作诺和堡。屯兵甚众,知庆州李复圭,闻朝廷有意平夏,竟欲出师邀功,当遣裨将李信、刘甫等,率蕃、汉兵三千,往袭该堡。偏被夏人得知,一阵驱杀,大败信等,信等逃归。复圭不觉自悔,却想了一计,把无故兴兵的罪状,都推在李信、刘甫身上,斩首徇军,复由自己领兵,追袭夏人,杀了老弱残兵二百名,即上书告捷。真好法子。夏人不肯干休,乘着秋高马肥,大举入环庆州,攻扑大顺城及柔远等寨。钤辖郭庆、高敏等战死。及韩绛巡边,在延安开设幕府,选蕃兵为七军。绛不习兵事,措置乖方,且起用种谔为鄜延钤辖,知青涧城,命诸将皆受谔节制,蕃兵多怨望。绛与谔谋取横山,安抚使郭逵道:"谔一狂生,怎知军务?朝廷徒以种氏家世,赐荫子孙,若加重用,必误国事。"绛甚不谓然。适陈升之因母丧去位,两个同平章事,去了一双。一即曾公亮。神宗擢用两人,做了接替,一个便是王安石,一个偏轮着韩绛。安石为首相,即就此带叙。绛在军中,有诏遥授为同平章事。绛兴高采烈,即劾郭逵牵掣军情。逵奉敕召还,谔遂率兵二万人,袭破罗兀,筑城拒守,进筑永乐川、赏逮岭二寨。又分遣都监赵璞、燕达等,修葺抚宁故城,及分荒惟三泉、吐浑川、开光岭、葭芦川四寨,相去各四十余里。韩绛方保荐种谔,盛叙功绩,不意夏人已入顺宁寨,进围抚宁。是时边将折继世、高永能等,方驻兵细浮图,去抚宁不过数里。罗兀城兵势尚厚,且有赵璞、燕达等防守抚宁。谔在绥德闻报,惊惶的了不得,拟作书召回燕达,偏偏口不应心,提起了笔,那笔尖儿好似作怪,竟管颤动,不能成字。适运判李南公在旁,看他这般情形,不禁好笑,他却掷笔旁顾道:"甚么好?甚么好?"说了两个好字,竟眼泪鼻涕,一齐流将出来。穷形尽相。南公劝解道:"大不了的弃掉罗兀城,何必害怕哩?"谔一言不发,尚是涕泪不已。及南公趋退,那警报杂沓进来,所有新筑诸堡,陆续被陷,将士战殁千余人。谔束手无策,绛亦无可隐讳,只得上书劾谔,且自请惩处。有诏弃罗兀城,贬谔为汝州团练副使,安置潭州。绛亦坐罢,徙知邓州。夏人既得罗兀城,却也收兵退去。

惟王安石转得独相,把揽大权。新任参政冯京、王珪。珪曲事安石,仿佛王氏家奴,京虽稍稍腹诽,但也未敢直言。翰林学士司马光、范镇,依次罢去。神宗新策贤良方正,太原判官吕陶,台州司户参军孔文仲,对策直言,已登上第,为安石所阻,饬孔文仲仍还故官,吕陶亦止授通判蜀州。于是保甲法、免役法，次第举行，并改诸路更戍法，更定科举法，朝三暮四，任意更张。小子于保甲、免役诸法，已在上文约略说明，所有更戍法系太祖旧制，太祖惩藩镇旧弊，用赵普策，分立四军，京师卫卒称禁军，诸州镇兵称厢军，在乡防守称乡军，保卫边塞称藩军。禁军更番戍边，厢军亦互相调换，兵无常帅，帅无常师，所以叫作更戍。时议以兵将不相识，缓急无所恃，不如部分诸路将兵，总隶禁旅，使兵将相习，有训练的好处，无番戍的烦劳。安石称为良策，乃改订兵制，分置诸路将副。京畿、河北、京东西路，置三十七将，陕西五路，置四十二将，每将麾下，各有部队将训练官等数十人，与诸路旧有总管钤辖都监监押等。设官重复，虚縻廪禄，并且饮食嬉游，养成骄惰，是真所谓弄巧反拙了。

宋初取士，多仍唐旧，进士一科，限年考试，所试科目，即诗赋杂文及帖经墨义等条。仁宗时，从范仲淹言，有心复古，广兴学校，科举须先试策论，次试诗赋，除去帖经墨义。及仲淹既去，仍复旧制。安石当国，欲将科举革除，一意兴学，当由神宗饬令会议。苏轼谓："仁宗立学，徒存虚名，科举未尝无才，不必变更。"神宗颇以为然。安石以科法未善，定欲更张。当由辅臣互为调停，以经义论策取士，罢诗赋、帖经、墨义。后来更立太学生三舍法，注重经学。安石且作《三经新义》，注释《诗》、《书》、《周礼》，颁行学官，无论学校科举，只准用王氏《新义》，所有先儒传注，概行废置。安石的势力，总算膨胀得很呢。这两条不第解释新法，即宋初成制，亦借此叙明。苏轼见安石专断，甚觉不平，尝因试进士发策，拟题命试，题目是：晋武平吴，独断而克，苻坚代晋，独断而亡，齐桓专任管仲而霸，燕哙专任子之而败，事同功异为问。这是明明借题发挥，讥讽安石。安石遂挟嫌生衅，奏调轼为开封府推官，轼决断精敏，声闻益著，再上疏指斥新法，略云：

> 臣之所欲言者，三言而已：愿陛下结人心，厚风俗，存纪纲。人主所恃者，人心也。自古及今，未有和易同众而不安，刚果自用而不危者。祖宗以来，治财用者不过三司。今陛下又创制置三司条例司，使六七少年，日夜讲求于内，使者四十余辈，分行营干于外。以万乘之主而言利，以天子之宰而治财，君臣宵旰，几有年矣，而富国之功，茫如捕风。徒闻内帑出数百万缗，祠部度五千余人耳。以此为术，人皆知其难也。汴水浊流，自生民以来，不以种稻，今欲陂而清之，万顷之稻，必用千顷之陂，一岁一淤，三岁而满矣。陛下使相视地形所在，凿空访寻水利，堤防一开，水失故道，虽食议者之肉，何补于民？自古役人，必用乡户，徒闻江、浙之间，数郡雇役，而欲措之天下，自杨炎为两税，租调与庸，既兼之矣，奈何复欲取庸？青苗放钱，自昔有禁，今陛下始立成法，每岁常行，虽云不许抑配，

第三十八回　弃边城抚臣坐罪　徙杭州名吏闲游

而数世之后,暴官污吏,陛下能保之乎?昔汉武以财力匮竭,用桑弘羊之说,买贱卖贵,谓之均输,于是商贾不行,盗贼滋炽,几至于乱,臣愿陛下结人心者此也。国家之所以存亡者,在道德之浅深,不在乎强与弱。时数之所以长短者,在风俗之厚薄,不在乎富与贫。臣愿陛下务崇道德而厚风俗,不愿陛下急于有功而贪富强。仁宗持法至宽,用人有序,专务掩覆过失,未尝轻改旧章,考其成功,则曰未至,言乎用兵,则十出而九败,言乎府库,则仅足而无余。徒以德泽在人,风俗向义,故升遐之日,天下归仁。议者见其末年,吏多因循,事多不振,乃欲矫之以苛察,济之以智能,招来新进勇锐之人,以图一切速成之效,未享其利,浇风已成,欲望风俗之厚,岂可得哉?臣愿陛下厚风俗者此也。祖宗委任台谏,未尝罪一言者,纵有薄责,旋即超升,许以风闻而无官长,言及乘舆,则天子改容,事关廊庙,则宰相待罪,台谏固未必皆贤,所言亦未必皆是。然须养其锐气,而借之重权者,将以折奸臣之萌也。臣闻长老之谈,皆谓台谏所言,常随天下公议,今者物议沸腾,怨读言交至,公议所在,亦知之矣。臣恐自兹以往,习惯成风,尽为执政私人,以致人主孤立,纲纪一废,何事不生?臣愿陛下存纲纪者此也。事关重大,用敢直言,伏乞陛下裁察!

这疏一上,安石愈加愤怒,使御史谢景温妄奏轼罪,穷治无所得,方才寝议。轼乞请外调,因即命他通判杭州。轼字子瞻,眉山人,父洵,尝游学四方,母程氏亲授诗书,及弱冠,博通经史,善属文,下笔辄数千言。仁宗嘉祐二年,就试礼部,主司欧阳修,得轼文,拟擢居冠军,嗣恐由门客曾巩所为,但置第二,复以春秋对义列第一。嗣入直史馆,为安石所忌,迁授判官告院。至是又徙判杭州。杭城外有西湖,山水秀丽,冠绝东南,轼办公有暇,即至湖上游览,所有感慨,悉托诸吟咏,一时文士,多从之游。又仿唐时白居易遗规,浚湖除葑,在湖中筑土成堤,植桃与柳,点缀景色。后人以白居易所筑的堤,称为白堤,苏轼所筑的堤,称为苏堤。相传苏轼有妹名小妹,亦能诗,适文士秦观,字少游,与轼唱和最多。轼又与佛印作方外交,与琴操作平康友,闲游湖上,诗酒联欢,这恐是附会荒唐,不足凭信。轼有弟名辙,与兄同登进士科,亦工诗文,曾任三司条例司检详,以忤安石意被黜,事见上文。小妹不见史乘,秦观曾任学士,与轼为友。佛印、琴操,稗乘中间有记载,小子也无暇详考了。尝有一诗咏两苏云:

　　蜀地挺生大小苏,后人称轼为大苏,辙为小苏。才名卓绝冠皇都。
　　昭陵试策曾称赏,可奈时艰屈相儒。仁宗初,读两苏制策,退而喜曰:
"朕为子孙得两宰相。"

苏轼外调，安石又少一对头，越好横行无忌了。本回就此结束，下回再行续详。

本回以程疏起手，以苏疏结局，前后呼应，自成章法。中叙宋、夏交涉一段，启衅失律，仍自王安石致之。有安石之称许王韶，乃有韩绛之误用种谔。韶议虽非不可行，然无故开衅，曲在宋廷。绛、谔坐罪，而安石逍遥法外，反得独揽政权，神宗岂真愚且蠢者？殆以好大喜功，堕安石揣摩之术耳。程颢为道学大家，以言不见用而求去，苏轼为文学大家，以言反遭忌而外调，特录两疏，与上回之韩疏相映，盖重其人乃重其文；笔下固自有斟酌也。

第三十九回　藉父威竖子成名　逞兵谋番渠被虏

却说苏轼外徙以后，又罢知开封府韩维，及知蔡州欧阳修，并因富弼阻止青苗，谪判汝州。王安石意犹未足，比弼为鲧与共工，请加重谴。居然自命禹皋。还是神宗顾念老成，不忍加罪。安石因宁州通判邓绾，贻书称颂，极力贡谀，遂荐为谏官。绾籍隶成都，同乡人留宦京师，都笑绾骂绾。绾且怡然自得道："笑骂由他笑骂，好官总是我做了。"为此一念，误尽世人。绾既为御史，复兼司农事，与曾布表里为奸，力助安石，安石势焰益横。御史中丞杨绘，奏罢免役法，且请召用吕诲、范镇、欧阳修、富弼、司马光、吕陶等，被出知郑州。监察御史里行刘挚，陈免役法有十害，被谪监衡州盐仓。知谏院张璪，因安石令驳挚议，不肯从命，亦致落职。又去了三个。吕诲积忧成疾，上表神宗，略言："臣无宿疾，误被医生用术乖方，浸成风痹，祸延心腹，势将不起。一身不足恤，惟九族无依，死难瞑目"云云，这明明是以疾喻政，劝悟神宗的意思。奈神宗已一成不变，无可挽回。至诲已疾亟，司马光亲往探视，见诲不能言，不禁大恸。诲忽张目顾光道："天下事尚可为，君实勉之！"言讫遂逝。诲，开封人，即故相吕端孙，元祐初，追赠谏议大夫。既而欧阳修亦病殁颍州。修四岁丧父母，郑氏画荻授书，一学即能；至弱冠已著文名，举进士，试南宫第一。与当世文士游，有志复古。累知贡举，厘正文体，奉诏修《唐书》纪、志、表，自撰《五代史》，法严词约，多取春秋遗旨。苏轼尝作序云："论大道似韩愈，论事似陆贽，记事似司马迁，诗赋似李白。"时人叹为知言。修本籍庐陵，晚喜颍川风土，遂以为居。初号醉翁，后号六一居士。殁赠太子太师，谥文忠。大忠大奸，必叙履历，其他学术优长，亦必标明，是著书人之微旨。又死了两个。

第三十九回　藉父威竖子成名　逞兵谋番渠被虏

安石有子名雱，幼甚聪颖，读书常过目不忘，年方十五六，即著书数万言，举进士，调旌德尉，睥睨自豪，不可一世。居官未几，因俸薄官卑，不屑小就，即辞职告归。家居无事，作策二十余篇，极论天下大事。又作《老子训解》，及《佛书义解》，亦数万言。他本倜傥不羁，风流自赏，免不得评花问柳，选色征声，所有秦楼楚馆，诗妓舞娃，无不知为王公子。安石虽有意沽名，侈谈品学，但也不能把雱约束，只好任他自由。况且他才华冠世，议论惊人，就是安石自思，也觉逊他一筹。由爱生宠，由宠生怜，还管他甚么浪迹？甚么冶游？当安石为参政时，程颢过访，与安石谈论时政，正在互相辩难的时候，忽见雱囚首丧面，手中执一妇人冠，惝然出庭，闻厅中有谈笑声，即大踏步趋将进去。见了程颢，也没有甚么礼节，但问安石道：“阿父所谈何事？”安石道：“正为新法颁行，人多阻挠，所以与程君谈及。”雱睁目大言道：“这也何必多议！但将韩绛、富弼两人枭首市曹，不怕新法不行。”其父行劫，其子必上杀人。安石忙接口道：“儿说错了。”颢本是个道学先生，瞧着王雱这副形状，已是看不过去，及听了雱语，更觉忍耐不住，便道：“方与参政谈论国事，子弟不便参预。”雱闻言，气得面上青筋，一齐突出，几欲饱程老拳。还是安石以目相示，方怏怏退出。到了安石秉国，所用多少年，雱遂语父道：“门下士多半弹冠，难道为儿的转不及他么？”安石道：“你只知其一，不知其二，执政子不能预选馆职，这是本朝定例，不便擅改哩。”你尚知守法么？雱笑道：“馆选不可为，经筵独不可预么？”安石被他一诘，半晌才说道：“朝臣方谓我多用私人，若你又入值经筵，恐益滋物议了。”你尚知顾名么？雱又道：“阿父这般顾忌，所以新法不能遽行。”安石又踌躇多时，方道：“你所做的策议，及《老子训解》，都藏着否？”雱应道：“都尚藏着。”安石道：“你去取了出来，我有用处。”雱遂至中书室中，取出藏稿，携呈安石。安石叫过家人，令付手民镂版，印刷成书，廉价出售。未免损价。都下相率购诵，辗转间流入大内，连神宗亦得瞧着，颇为叹赏。邓绾、曾布正想讨好安石，遂乘机力荐，说雱如何大才，如何积学，差不多是当代英豪，一时无两。于是神宗召雱入见，雱奏对时，无非说是力行新法，渐致富强。神宗自然合意，遂授太子中允，及崇政殿说书。雱生平崇拜商鞅，尝谓不诛异议，法不得行，至是入侍讲筵，往往附会经说，引伸臆见，神宗益为所惑，竟创置京城逻卒，遇有谤议时政，不问贵贱，一律拘禁。都人见此禁令，更敢怒不敢言。

安石遂请行市易法，委任户部判官吕嘉问为提举。家贼变为国贼。继行保马法，令曾布妥定条规，遍行诸路。又继行方田法，自京东路开办，逐渐推行。用巨野县尉王曼为指教官。枢密使文彦博，副使吴充，上言保马法不便施行，均未见从。枢密都承旨李评，又诋毁免役法，并奏罢阁门官吏，安石说他擅作威福，必欲加罪。神宗虽然照允，许久不见诏命。且因利州判官鲜于佚,上书指陈时事,隐斥安石,神宗竟擢他为转运副使。安石入问神宗,神宗言:"佚长文学,所以超迁。"并出原奏相示,安石不敢再言。利州不请青苗钱,安石遣吏诘责,佚复称:"民不愿借,如何强贷?"安石无法,遂想出一个辞职的法儿,面奏神宗,情愿外调。好似妓女常态。神宗道:"自古君臣,如卿与朕,相知极少,朕本鄙钝,素乏知识,自卿入翰林,始闻道德学术,心稍开悟。天下事方有头绪,卿奈何言去?"安石仍然固辞。神宗又道:"卿得毋为李评事,与朕有嫌?朕自知制诰知卿,属卿天下事,如吕诲比卿为少正卯、卢杞,朕且不信,此外尚有何人,敢来惑朕?"安石乃退。次日,又赍表入请,神宗未曾展览,即将原表交还,固令就职。安石才照常视事;乃创议开边,三路并进。一路是招讨峒蛮,命中书检正官章惇为湖北察访使,经制蛮方。一路是招讨泸夷,命戎州通判熊本为梓夔察访使,措置夷事。一路便是洮河安抚使王韶,招讨西羌,进兵吐蕃诸部落。这三路中惟羌人狡悍,不易收服,所有蛮夷两路,没甚厉害,官兵一至,当即敛迹。安石遂据为己功,仿佛是内安外攘,手造升平,这也足令人发噱呢。

　　小子逐路叙明,先易后难,请看官察阅!西南多山,土民杂处,历代视为化外,呼作蛮夷,不置官吏。惟令各处酋长,部勒土人,使自镇抚。宋初,辰州人秦再雄,武健多谋,为蛮人所畏服。太祖召至阙下,面加慰谕,命为辰州刺史,赐予甚厚,使自辟吏属,给一州租赋。再雄感恩图报,派选亲校二十人,分使诸蛮,招降各部,数千里无边患。嗣后各州虽稍有未靖,不久即平。仁宗时,溪州刺史彭仕羲,自号如意大王,纠众作乱,经官军入讨,仕羲遁去。见三十四回。宋廷遣使传谕,许他改过自归,仕羲乃出降,仍奉职贡,嗣为子师彩所弑。师彩兄师晏,攻杀师彩,献纳誓表。神宗乃命师晏袭职,管领州事。蛮众列居,向分南北江,北江有土州二十,俱属彭氏管辖,南江有三族,舒氏、田氏,各领四州,向氏领五州,皆受宋命。既而峡州峒酋舒光秀,刻剥无度,部众不服,湖北提点刑狱赵鼎,据实上闻,辰州布衣张翘,又献策宋廷,言诸蛮自相仇杀,可乘势剿抚,夷为郡县。宋廷遂遣章惇为湖北察访使,经制南北。章惇既至湖北,先招纳彭师晏,遣诣阙下,授礼宾副使,兼京东州都监,北江遂定。再由惇劝谕南江各族,向永晤奉表归顺,献还先朝所赐剑印。舒光秀、光银等亦降,独田元猛自恃骁勇,不肯从命。惇率轻兵进讨,攻破元猛,夺踞懿州。南江州峒,闻风而下,遂改置沅州,即以懿州新城为治所。尚有梅山峒蛮苏氏,及诚州峒蛮杨氏,亦相继纳土。惇创立城寨,于梅山置安化县,隶属邵州。又以诚州属辰州,寻又改称靖州,蛮人平服,章惇还朝。一路了。

　　再说泸夷在西南徼外,地近泸水,置有泸州,因名泸夷。仁宗初年,夷

第三十九回　藉父威竖子成名　逞兵谋番渠被虏

酋乌蛮王得盖，居泸水旁，部族最盛。附近有姚州城，废置已久，得盖奉表宋廷，乞仍赐州名，辑抚部落，效顺天朝。仁宗准奏，仍建姚州，授得盖刺史，铸印赐给。得盖死后，子孙私号"罗氏鬼主"。但势日衰弱，不能驭诸族。乌蛮有二酋，一名晏子，一名箇恕，素属得盖孙仆夜管辖。仆夜号令不行，二酋遂纠众思逞，擅劫晏州山外六姓，及纳溪二十四姓生夷，归他役属。六姓夷遂受二酋嗾使，入扰宋边。戎州通判熊本，素守边郡，熟识夷情，因受命为察访使，得便宜行事。本知夷人内扰，多恃村豪为向导，遂用金帛诱致村豪百余人，到了泸川，一并斩首，当下悬竿徇众，各姓股栗，愿效死赎罪。独柯阴一酋不至，本遣都监王宣，招集晏州降众，及黔州义军，授以强弓毒矢，进击柯阴。柯阴酋居然迎敌，哪禁得弩弓迭发，一经着体，立即仆地，夷众大溃。王宣追至柯阴，其酋无法可施，只得降顺马前。宣报知熊本，本驰至受俘，尽籍丁口土田，及重宝善马，悉数归官。晏子、箇恕，闻官军这般厉害，哪里还敢倔强？当下遣人犒师，并悔过谢罪。罗氏鬼主仆夜，本是个没用人物，当然拜表归诚。于是山前后十郡诸夷，皆愿世为汉官。本一一奏闻，乃命仆夜知姚州，箇恕知归徕州，晏子未受王命，已经身死，子名沙取禄路，亦得受官巡检。泸夷亦平，本还都。神宗嘉他不伤财，不害民，擢为集贤殿修撰，赐三品冠服。嗣又出讨渝州獠，破叛酋木斗，收溱州地五百里，创置南平军，本奏凯班师，入为知制诰，蛮夷均皆就范围了。^{两路了。}惟王韶既收降俞龙珂，且为龙珂请赐姓氏，龙珂自言中国有包中丞，忠清无比，愿附姓为荣。神宗乃赐姓包氏，易名为顺。^{应前回。}包顺导韶深入，韶遂与都监张守约，就古渭寨驻戍，定名通远军，作为根本。然后西向进兵，入图武胜。蕃酋抹耳、^{一译作穆尔。}水巴^{一译作舒克巴。}等，据险来争。韶躬环甲胄，督兵迎战，大破羌众，斩首数百级，焚庐帐数座。唃厮罗长孙木征，来援抹耳，又被击退。看官！欲知木征的来历，还须约略表明。唃厮罗初娶李氏，生瞎毡^{一译作瞎戬。}及磨毡角，又娶乔氏，生董毡，乔氏有姿色，大得唃宠，遂将李氏斥逐为尼，并李氏所生二子，尽锢置廓州。二子不服，潜结母党李巴全，窃母奔宗哥城。^{一译作宗喀尔。}磨毡角抚有城众，就此居住。瞎毡别居龛谷。于是唃氏土地，分作三部，唃厮罗死后，妻乔氏与子董毡，居历精城，有众六七万，号令严明，人不敢犯。既受宋封，尚称恭顺。^{见前回。}惟磨毡角与瞎毡，相继病死。磨毡角子瞎撤欺丁，孤弱不能守，仍归属董毡部下。瞎毡有子二，长名木征，次名瞎吴叱。^{一译作瞎乌尔戬。}木征居河州，瞎吴叱居银川，木征恐董毡往讨，曾乞内附，至是因宋军入境，同族乞援，乃率众反抗王韶。偏被韶军击败，退守巩令城。当遣别酋瞎药，^{一译作恰约克。}助守武胜，哪知韶军已长驱捣入，瞎药抵挡不住，只好弃城遁走。武胜遂为韶有,因择要筑城,建为镇洮军,一面连章报捷。朝议创置熙河路,即升镇洮军为熙州,授韶经略安抚使,兼知熙州事,及通远军;并领河、洮、岷三州。时三州实未规复,由韶遣僧智圆,潜往河州,赍金招诱,自率轻骑尾随。适瞎药败还河州,与智圆晤谈,得了若干金银,即愿归顺。待韶军已至,导入河州,杀死老弱数千名,连木征妻子,尽被擒住。木征在外未归,那巢穴已被捣破了。韶复进攻洮、岷,木征还据河州,韶又回军击走木征,河州复定。岷州首领木令征,闻风献城,洮州亦降。还有宕、叠二州,均来归附,总计韶军行五十四日,涉千八百里,得州五,斩首数千级,获牛羊马万余头,捷书上达,神宗御紫宸殿受贺,解佩带赐王安石,进韶左谏议大夫,兼端明殿学士。韶乃留部将分守,自率军入朝,不意韶甫还都,边警随至,知河州景思立竟战死踏白城。羌人多诈,宋将枉死。原来木征虽已败窜,心总未死,复诱合董毡别将青宜结、一译作青伊克结。鬼章一译作果庄。等,入扰河州。景思立麾军出战,羌众佯败,追至踏白城,遇伏而亡。木征势焰复张,进寇岷州。刺史高遵裕,令包顺往击,战退木征。木征又转围河州。是时王韶已奉诏还镇,行至兴平,闻河州被围,亟与按视鄜延军官李宪,日夜奔驰,直抵熙州,选兵得二万人,令进趋定羌城。诸将入禀道:"河州围急,宜速往救,奈何不趋河州,反往定羌城?"韶慨然道:"你等怎知军谋?木征敢围河州,无非恃有外援,我先攻他所恃,河州自然解围了。"却是妙计。乃引兵至定羌城,破西蕃,结河川族,断夏国通路,进临宁河,分命偏将入南山,截木征后路。木征果然解围,退保踏白城。韶军已绕出城后,出其不意,突入羌营,焚帐八十,斩首七千。木征无路可归,没奈何带领酋长八十余人,诣军门乞降。韶即遣李宪押送木征,驰入京师,正是:

欲建战功因略远,幸操胜算得擒渠。

未知木征能否免死,容待下回说明。

既有王安石之立异沽名,复有王雱之矜才傲物,非是父不生是子,幸其后短命死耳。否则误国之祸,不且较乃父为尤烈耶?史称安石之力行新法,多自雱导成之,是误神宗者安石,误安石者即其子雱。本回特别表出,志祸源也。王韶创议平戎,而章惇、熊本相继出使,虽抚峒蛮,平泸夷,诸羌亦畏威乞降,渠魁如木征,且槛致阙下,然亦思劳师几何?费饷几何?捷书屡上,而仅得荒僻之地若干里,果何用乎?功不补患,胜益长骄,谁阶之厉?韶实尸之!故本回以章惇、熊本为宾,而以王韶为主,语有详略,意寓抑扬,若王安石则尤为主中之主者,叙笔固亦不肯放松也。

第四十回　流民图为国请命
　　　　分水岭割地畀辽

却说王韶受木征降,仍将木征解京,朝右称为奇捷,相率庆贺。丑态如绘。先是景思立战死,羌势复炽,朝议欲仍弃熙河,神宗亦为之旰食,屡下诏戒韶持重。韶竟轻师西进,卒俘木征。那时神宗喜出望外,御殿受俘,特别加恩,命木征为荣州团练使,赐姓名赵思忠,授韶观文殿学士,兼礼部侍郎。未几,又召为枢密副使,总算是破格酬庸,如韶所愿了。句中有刺。安石本主张韶议,得此边功,自然意气扬扬,诩为有识。会少华山崩,文彦博谓为民怨所致,安石大加反对,彦博遂决意求去,乃出为河东节度使,判河阳,寻徙大名府。安石复用选人李公义,及内侍黄怀信言,造成一种濬川杷,说是濬河利器。看官道是甚么良法?他是用巨木八尺为柄,下用铁齿,约长二尺,形似杷状,用石压下,两旁系大船,各用滑车绞木,谓可扫荡泥沙,哪知水深处杷不及底,仍归无益,水浅处齿碍沙泥,初时尚觉活动,后被沙泥淤住,用力猛曳,齿反向上。这种器具,有什么用处?安石偏视为奇巧,竟赏怀信,官公义,将杷法颁下大名。文彦博奏言杷法无用,安石又说他阻挠,令虞部郎范子渊,为濬河提举,置司督办,公义为副。子渊是个蔑片朋友,专会敲顺风锣,只说杷法可行,也不管成功不成功,乐得领帑领俸,河上逍遥。目前之计,无过于此。

提举市易司吕嘉问,复请收免行钱,令京师百货行,各纳岁赋。又因铜禁已弛,奸民常销钱为器,以致制钱日耗。安石创行折二钱用一当二,颁行诸路。嗣是罔利愈甚,民怨愈深。熙宁六年孟秋,至八年孟夏,天久不雨,赤地千里,神宗忧虑得很,终日咨嗟,宫廷内外,免不得归咎新法。惹得神宗意动,亦欲将新法罢除。安石闻得此信,忙入奏道:"水旱常数,尧汤时尚且不免,陛下即位以来,累年丰稔,至今始数月不雨,当没有甚么大害。如果欲默迓天庥,也不过略修人事罢了。"神宗蹙然道:"朕正恐人事未修,所以忧虑,今取免行钱太重。人情恣怨,自近臣以及后族,无不说是弊政,看来不如罢免为是。"参政冯京,时亦在侧,便应声道:"臣亦闻有怨声。"安石不俟说毕,即愤愤道:"士大夫不得逞志,所以訾议新法。冯京独闻怨言,便是与若辈交通往来,否则臣亦有耳目,为什么未曾闻知呢?"看这数句话,安石实是奸人。神宗默然,竟起身入内。安石及京,各挟恨而退。未几,即有诏旨传出,广求直言,诏中痛自责己,语极恳切,相传系翰林学士韩维手笔。神宗正在怀忧,忽由银台司呈上急奏,当即披阅,内系监安上门郑侠奏章,不知为着何事？忙将前后文略去,但阅视要语道：

去年大蝗,秋冬亢旱,麦苗焦槁,五种不入,群情惧死,方春斩伐,竭泽而渔,草木鱼鳖,亦莫生遂,灾患之来,莫之或御。愿陛下开仓廪,赈贫乏,取有司掊克不道之政,一切罢去,冀下召和气,上应天心,延万姓垂死之命。今台谏充位,左右辅弼,又皆贪猥近利,使夫抱道怀识之士,皆不欲与之言。陛下以爵禄名器,驾驭天下忠贤,而使人如此,甚非宗庙社稷之福也。窃闻南征北伐者,皆以其胜捷之势,山川之形,为图来献,料无一人以天下之民,质妻鬻子,斩桑坏舍,遑遑不给之状上闻者。臣仅以逐日所见,绘成一图,但经眼目,已可涕泣,而况有甚于此者乎？如陛下行臣之言,十日不雨,即乞斩臣宣德门外,以正欺君之罪。

神宗览到此处,即将附呈的图画,展开一阅,但见图中绘著,统是流民惨状,有的号寒,有的啼饥,有的嚼草根,有的茹木实,有的卖儿,有的鬻女,有的尪瘵不堪,还是身带锁械,有的支撑不住,已经奄毙道旁；另有一班悍吏,尚且怒目相视,状甚凶暴,可怜这班垂死人民,都觉愁眉双锁,泣涕涟涟。极力写照。神宗瞧了这幅,又瞧那幅,反复谛视,禁不住悲惨起来；当下长叹数声,袖图入内,是夜辗转吁嗟,竟不成寐。翌日临朝,特颁谕旨,命开封府酌收免行钱,三司察市易,司农发常平仓,三卫裁减熙河兵额,诸州体恤民艰,青苗免役,权息追呼,方田保甲,并行罢免。共计有十八事,中外欢呼,互相庆贺。那上天恰也奇怪,居然兴云作雾,蔽日生风,霎时间电光闪闪,雷声隆隆,大雨倾盆而下,把自秋至夏的干涸气,尽行涤尽,淋漓了一昼夜,顿觉川渠皆满,碧浪浮天。辅臣等乘势贡谀,联翩入贺,神宗道："卿等知此雨由来否？"大家齐声道："这是陛下盛德格天,所以降此时雨。"越会贡谀,越觉露丑。神宗道："朕不敢当此语。"说至此,便从袖中取出一图,递示群臣道："这是郑侠所上的流民图,民苦如此,哪得不干天怒？朕暂罢新法,即得甘霖,可见这新法是不宜行呢。"安石忿不可遏,竟抗声道："郑侠欺君罔上,妄献此图,臣只闻新法行后,人民称便,哪有这种流离惨状呢？"门下都是媚子,哪里得闻怨声？神宗道："卿且去察访底细,再行核议！"安石怏怏退出,因上章求去,疏入不报。嗣是群奸切齿,交嫉郑侠,遂怂恿御史,治他擅发马递罪。侠,福清人,登进士第,曾任光州司法参军,所有谳案,安石悉如所请。侠感为知己,极思报效。会秩满入都,适新法盛行,乃进谒安石,拟欲谏阻。安石询以所闻,侠答道："青苗、免役、保甲、市易数事,与边鄙用兵,愚见却未以为然呢。"安石不答。侠退不复见,但尝贻安石书,屡言新法病

第四十回　流民图为国请命　分水岭割地畀辽

民。安石本欲辟为检讨,因侠一再反对,乃使监安上门。侠见天气亢旱,百姓遭灾,遂绘图加奏,投诣阁门,偏被拒绝不纳;乃托言密急,发马递呈入银台司。向例密报不经阁中,得由银台司直达,所以侠上流民图,辅臣无一得闻。及神宗颁示出来,方才知晓。详叙原委,不没忠臣。大众遂设法构陷,当将擅发马递的罪名,付御史谳治。御史两面顾到,但照章记过罢了。

吕惠卿、邓绾复入白神宗,请仍行新法。神宗沉吟未答,惠卿道:"陛下近数年来,忘寝废餐,成此美政,天下方讴歌帝泽,一旦信狂夫言,罢废殆尽,岂不可惜。"言已,涕泣不止。邓绾亦陪着下泪。小人女子,同一丑态。神宗又不禁软下心肠,顿时俯允,两人领旨而出,复扬眉吐气,饬内外仍行新法,于是苛虐如故,怨怼亦如故。太皇太后曹氏,也有所闻,尝因神宗入问起居,乘间与语道:"祖宗法度,不宜轻改,从前先帝在日,我有闻必告,先帝无不察行,今亦当效法先帝,方免祸乱。"神宗道:"现在没有他事。"太皇太后道:"青苗、免役各法,民间很是痛苦,何不一并罢除?"神宗道:"这是利民,并非苦民。"太皇太后道:"恐未必然。我闻各种新法,作自安石,安石虽有才学,但违民行政,终致民怨,如果爱惜安石,不如暂令外调,较可保全。"神宗道:"群臣中惟安石一人,能任国事,不应令去。"太皇太后尚思驳斥,忽有一人进来道:"太皇太后的慈训,确是至言,皇上不可不思!"神宗正在懊恼,听了这语,连忙回顾,来人非别,乃是胞弟昌王颢,当下勃然怒道:"是我败坏国事么?他日待汝自为,可好否?"为了安石一人,几至神宗不孝不友,安石焉得无罪?颢不禁涕泣道:"国事不妨共议,颢并没有什么异心,何至猜嫌若此?"太皇太后也为不欢,神宗自去。过了数日,神宗又复入谒,太皇太后竟流涕道:"王安石必乱天下,奈何?"神宗方道:"且俟择人代相,把他外调便了。"安石自郑侠上疏,已求去位,及闻知这个风声,乞退愈力。神宗令荐贤自代,安石举了两人,一个就是前相韩绛,一个乃是曲意迎合的吕惠卿。荆公夹袋中,只有此等人物。神宗乃令安石出知江宁府,命韩绛同平章事,吕惠卿参知政事。韩、吕两人,感安石恩,自然确守王氏法度,不敢少违,时人号绛为传法沙门,惠卿为护法善神。

三司使曾布,与惠卿有隙,又因提举市易司吕嘉问,恃势上陵,遂奏言:"市易病民,嘉问更贩盐鬻帛,贻笑四方。"神宗览疏未决,惠卿即劾布阻挠新法。于是布与嘉问,各迁调出外。惠卿又用弟和卿计策,创行手实法,令民间田亩物宅,资货畜产,据实估价,酌量抽税,隐匿有罚,讦告有赏。那时民家寸椽尺土,都应输资,就是鸡豚牛羊,亦须出税,百姓更苦不胜言了。郑侠见国事日非,辅臣益坏,更激动一腔忠愤,取唐朝宰相数人,分为两编,如魏征、姚崇、宋璟等,称为正直君子,李林甫、卢杞等,号为邪曲小人;又以冯京比君子,吕惠卿比小人,援古证今,汇呈进去。看官!你想惠卿得此消息,如何不愤?遂劾侠讪谤朝廷,以大不敬论。御史张璪,时已复职,竟承惠卿旨,也劾京与侠交通有迹。不附安石,即附惠卿,想因前时落职,连气节都吓去了。侠因此得罪,被窜英州,京亦罢去参政,出知亳州。安石弟安国,任秘阁校理,素与乃兄意见不合,且指惠卿为佞人,此次亦坐与侠交,放归田里。安国不愧司马牛。

惠卿黜退冯京、郑侠等,气焰越盛,索性横行无忌,连那恩师王安石,亦欲设法陷害,挤入阱中。居然欲学逢蒙。会蜀人李士宁,自言知人休咎,且与安石有旧交,惠卿竟欲借此兴狱,亏得韩绛暗袒安石,从中阻挠;至士宁杖流永州,连坐颇众,绛恐惠卿先发制人,亟密白神宗,复用安石。神宗恰也记念起来,即召安石入朝。安石奉命,倍道前进,七日即至,进谒神宗,复命为同平章事。御史蔡承禧,即上论惠卿欺君玩法,立党肆奸,中丞邓绾,亦言惠卿过恶,安石子雱,又深憾惠卿,三路夹攻,即将惠卿出知陈州。三司使章惇也为邓绾所劾,说与惠卿同恶相济,出知潮州,反复无常,险哉小人!韩绛本密荐安石,嗣因议事未合,也托疾求去,出知许州,安石复大权独揽了。

是时契丹主宗真早殁,庙号兴宗,子洪基嗣立,系仁宗至和二年事,此处乃是补叙。复改国号,仍称为辽,此后亦依史称辽。与宋朝通好如前。神宗熙宁七年,遣使萧禧至宋,请重订边界。神宗乃遣太常少卿刘忱等偕行,与辽枢密副使萧素,会议代州境上,彼此勘地,争论未决。看官!试想辽宋已交好有年,画疆自守,并无龃龉,此番偏来议疆事,显见是借端生衅,乘间侵占的狡谋。一语断尽。辽使萧禧来京,谓宋、辽分界,应在蔚、朔、应三州间,分水岭土垄为界,且诘宋增寨河东,侵入辽界。及刘忱往勘,并无土垄,萧素又坚称分水岭为界。凡山统有分水,萧素此言,明明是含糊影射,得错便错。刘忱当然与辩,至再至三,萧素仍执己意,不肯通融。辽人已经如此,无怪近今泰西各国。忱奏报宋廷,神宗令枢密院详议,且手诏判相州韩琦,司空富弼,判河南府文彦博,判永兴军曾公亮,核议以闻。韩琦首先上表,略云:

> 臣观近年朝廷举事,似不以大敌为恤,彼见形生疑,必谓我有图复燕南之意,故引先发制人之说,造为衅端。臣尝窃计,始为陛下谋者,必曰治国之本,当先聚财积谷,募兵于农,庶可鞭笞四夷,复唐故疆,故散青苗钱,设免役法,置市易务,新制日下,更改无常,而监司督责,以刻为明,今农怨于畎亩,商叹于道路,长吏不安其职,陛下不尽知也。夫欲攘斥四夷,以兴太平,而先使邦本困摇,众心离怨,此则为陛下始谋者大误也。臣今为陛下计,具言向来兴作,乃修备之常,岂有他意?疆土素定,悉如旧境,不可持此造端,以隳累世之好。且将可疑之形,因而罢去。益养民

第四十回　流民图为国请命　分水岭割地界辽

爱力,选贤任能,疏远奸谀,进用忠鲠,使天下悦服,边备日充,若其果自败盟,则可一振威武,恢复故疆,摅累朝之宿忿矣。谨具议上闻!"

富弼、文彦博、曾公亮亦先后上书,大致与韩琦略同,神宗不能遽决。那辽主复遣萧禧来致国书,只说是忧等迁延,另乞派员会议。神宗再命天章阁待制韩缜,与萧禧叙谈,两下仍各执一词,毫无结果。禧且留馆不去,自言必得所请,方可回国。宋廷不便驱逐,乃先遣知制诰沈括报聘。括至枢密院,查阅故牍,得前时所议疆地书,远不相符,即奏称:"宋辽分境,本以古长城为界,今所争在黄嵬山,相差三十余里,如何可让?"神宗也不觉叹息道:"大臣不考本末,几误国事。"遂赐括白金千两,令即启行。括至辽都,辽相杨遵勖,与议至六次,括终不屈。遵勖道:"区区数里,不忍界我,莫非自愿绝好么?"又欲恫吓。括奋然道:"师直为壮,曲为老,北朝弃信失好,曲有所归,我朝有甚么害处?"因辞辽南归,在途考察山川关塞,风俗民情,绘成一图,返献神宗。神宗恐疆议未成,意图北伐,王安石谓战备未修,且俟缓举。此外一班辅臣,主战主和,意见不一。神宗入禀太皇太后,太皇太后道:"储蓄赐与,已备足否?士卒甲仗,已精利否?"神宗茫然答道:"这是容易筹办的。"太皇太后道:"先圣有言,吉凶悔吝生乎动,若北伐得胜,不过南面受贺,万一挫失,所伤实多。我想辽果易图,太祖太宗,应早收复,何待今日?"神宗才悟着道:"敢不受教!"既退尚有所疑,拟再使问魏国公韩琦。不料琦竟病逝,遗疏到京,乃辍朝发哀,追赠尚书令,予谥忠献,配享英宗庙庭。琦字稚圭,相州人,策立二帝,历相三朝,宋廷倚为社稷臣。殁前一夕,大星陨州治,枥马皆惊。及殁,远近震悼。韩魏公身殁,不可不志,故借此叙过。神宗无可与商,只得再问王安石。安石道:"将欲取之,必姑与之,这是老氏遗训,何妨照行。"神宗乃诏令韩缜,允萧禧议,就分水岭为界,计东西丧地七百里,萧禧欣然辞去,小子有诗叹道:

外交原不仗空谈,我弱人强固未堪。
独怪宋辽同一辙,胡为弃地竟心甘?

辽事既了,交趾忽大举入寇,究竟如何启衅,请看官续阅下回。

神宗权罢新法,天即大雨,是或会逢其适,非必天心感应,果有若是之神且速者。但如郑侠之上流民图,足为《宋史》中第一忠谏,神宗几被感悟,罢新法至十有八事。古人视君若天,侠其果有回天之力耶?乃稍明复昧,仍迕群阴,安石、惠聊迭为进退,至辽使以勘界为名,借端索地,廷议不一,而安石却援欲取姑与之说,荧惑主听,卒至东西丧地七百里,试问终宋之世,能取偿尺寸否耶?后人称安石为政治家,吾正索解无从矣。

第四十一回 奉使命率军征交趾 蒙慈恩减罪谪黄州

却说交趾自黎桓篡国,翦灭丁氏世祚,宋廷不遑讨罪,竟将错便错,封桓为交趾郡王。应第十五回。桓死,子龙钺嗣,龙钺弟龙廷,杀兄自立,入贡宋廷,宋仍封他为王,且赐名至忠。不有兄弟,何有君臣?既而交州大校李公蕴,又弑了龙廷,遣使入贡,依然受宋封册,嗣复晋封南平王。公蕴传子德政,德政传子日尊,均袭南平王原爵。日尊又传子乾德,神宗封他为郡王,乾德修贡如故。适章惇收峒蛮,熊本平泸夷,王韶又克河州,边功迭著,恩赏从隆,于是知邕州萧注,也艳羡起来,居然欲南平交趾,献策徼功。及神宗召他入问,他又一味支吾,说不出甚么方法。徒知迎合,有何良策?偏度支判官沈起,大言不惭,竟视南交为囊中物。硬要来出风头。神宗以为有才,便命他出知桂州。起既抵任,遣使入溪峒募集土丁,编为保伍,令出屯广南,派设指挥二十员,分督部众,又在融州强置城寨,杀交人千数。交趾王乾德,奉表陈诉,神宗也觉无理可说,只好归咎沈起,把他罢职,另调知处州刘彝,往代起任。彝到桂州,虽奏罢广南屯兵,恰仍遣枪杖手,分戍边隘。复听偏校言论,大造戈船,似乎有立平南交的意思。交人入境互市,被他拒绝,又沿途派置巡逻,不准交趾通表,一蟹不如一蟹。于是交人大愤,竟分三道入寇;一自广府,一自钦州,一自昆仑关,连陷钦、濂二州,杀死土丁八千人。宋廷接到边警,把彝除名,并再贬沈起,安置郢州。初则所用非人,致启边衅,继则后先加罚,益张寇焰,是谓一误再误。交人不肯罢手,竟入逼邕州。知州苏缄,悉力拒守,一面向各处乞援,哪知附近州吏,统是一班行尸走肉的人物,袖手旁观,坐听成败,缄虽日夕抵御,究竟寡不敌众,看看粮竭矢穷,料已不能再守,乃命家属三十六人,先行自尽,一一埋置坎中,然后纵火自焚。城中兵民,感缄忠义,无一降寇,至交人攻入,所有城内五万八千余人,被交人屠戮殆尽。这都是沈、刘二人所害。这一番失败,非同小可,神宗得了消息,不胜惊悼,有诏赠缄奉国节度使,赐谥忠勇,授天章阁待制赵卨为招讨使,宦官领嘉州防御使李宪为副,往讨交趾。

卨与宪议事不合,因上言:"宪系内侍,不便掌兵,请另行简命!"神宗乃召卨入问道:"李宪既不便偕行,由卿另举一人便了。"卨对道:"据臣愚见,莫如宣徽使郭逵,他熟识边情,定能胜任。臣才不及逵,伏乞命逵为使。臣愿为副!"颇能让贤。神宗准奏,改易诏命。及郭逵陛辞,请调鄜延、河东旧吏士,随

第四十一回　奉使命率军征交趾　蒙慈恩减罪谪黄州

军南下,亦奉谕照允,并赐宴便殿,特给中军旗章剑甲,借示威宠。逵申谢即行,与赵卨一同前往。会交人露布,传达汴都,略言:"中国遂行新法,大扰民生,因特地出兵,来相救济"等语。王安石见了此言,很是恚怒,至亲草敕牒,极力诋斥,且令郭逵檄谕占城、占腊即真腊国。二国,夹击交州。逵率军行至长沙,依令驰檄,并遣裨将往攻钦廉,自与卨西向进发,将至富良江,接到钦廉捷报,两州已克复了。逵乘势进兵,到了江边,遥见敌舰纷至,帆樯如林,舰中满载兵甲,来势甚锐,倒不禁疑虑起来。当下与赵卨商议道:"南蛮狡悍,鼓锐前来,急切难与争锋,看来我军是不能速渡哩,应如何设法,方可破敌?"卨答道:"不如先造攻具,毁坏蛮船,再出奇兵逆击,无虑不胜。"逵欣然道:"就照此办理罢!请君督行便是。"卨唯唯而出,即分遣将吏,登山伐木,制成机械,运至江滨,用石发机,抛击如雨。蛮船未曾预防,遭此一击,统害得帆折樯摧,七颠八倒。卨已备着大筏,选锐卒万人,乘筏急攻,交人正虑船破,修补不及,怎禁得宋军驶至,乱砍乱剁,霎时间各船大乱,纷纷溃散。伪太子洪真,尚拟勒兵截杀,亲登船楼,指挥左右,不料一箭飞来,正中要害,当即堕船毙命。蛇无头不行,兵无主越乱,大家逃命要紧,除晦气的蛮兵,杀死溺死,其余都奔回交州去了。

宋军夺住战船数十艘,斩首数千级,各返报军门,献功陈绩。卨一一记录,转达郭逵。逵飞章告捷,又与卨面商道:"此次战胜,贼应丧胆,正好乘势入攻,无如我军远来,触犯烟瘴,非死即病,昨由我派吏查核,我军本有八万名,现已死亡逾万,有一半也是病疫,这却如何是好哩?"赵卨道:"既如此,且缓渡富良江,就在江北略地,借此示威。若李乾德肯来谢罪,我等就得休便休罢!"逵点首道:"我也这般想呢。"乃勒兵不渡,只分兵略定广源州、门州、思浪州、苏茂州及桄榔县。李乾德却也震惧,遣使奉表,诣军门纳款。郭逵、赵卨遂与来使议和,班师还朝。廷臣又相率称贺,神宗谕改广源州为顺州,赦乾德罪,复治沈起、刘彝开衅罪状,安置随、秀二州。讨好反跌一交,我替二人呼枉。既而乾德遣使来贡,并归所掠兵民,廷议以乾德悔罪投诚,赐还顺州,寻复还他二州六县,交趾算不复叛了。他本无叛意,因激之使成,谁生厉阶,枉死若干兵士?

交事就绪,王安石也即罢相。原来吕惠卿既出知陈州,王雱尚欲倾害,事被惠卿所闻,即上讼安石方命矫令,罔上要君,并及雱构陷情状。神宗取示安石,安石为子辩诬,及退归问雱,雱却并不抵赖,且言必致死惠卿,方能泄恨。顿时父子相争,惹起一场口角。雱盛年负气,郁郁成疾,背上陡生巨疽,竟尔绝命。安石又悲不自胜,屡请解职。御史中丞邓绾,恐安石一去,自己失势,力请慰留安石,赐第京师。神宗心滋不悦,转语安石。安石颇揣知上意,即还奏道："缙为国司直，乃为宰臣乞恩，大伤国体，应声罪远斥为是。"神宗遂责缙论事荐人，不循守分，斥知虢州。可为逢迎者鉴。看官！试想邓缙是安石心腹，安石指斥邓缙罪状，明明是尝试神宗，可巧弄假成真，教安石如何过得下去？当下申请辞职，神宗亦即允奏，以使相判江宁府，寻改集禧观使。安石既退处金陵，往往写"福建子"三字。福建子是指吕惠卿，或竟直言吕惠卿误我。惠卿再评告安石，附陈安石私书，有"无使上知"，及"勿令齐年知"等语。神宗察知齐年二字，系指冯京一人，京与安石同年，自神宗览到此书，方以京为贤，召知枢密院事。复因安石女夫吴充，素来中立，不附安石，特擢为同平章事。王珪亦由参政同升。充乃乞召司马光、吕公著、韩维，及荐孙觉、李常、程颢等数十人。神宗乃召吕公著知枢密院事，复进程颢判武学。颢自扶沟县入京，任事数日，即由李定何正臣，劾他学术迂阔，趋向僻异，神宗又疑惑起来，竟命颢仍还原官。吕公著上疏谏阻，竟不得请。且擢用御史中丞蔡确为参政，蔡确由安石荐用，得任监察御史，初时很谄事安石，至安石罢相，他即追论安石过失，示不相同，即此一端，已见阴险。并排去知制诰熊本，中丞邓润甫，御史上官均，自己遂得代任御史中丞。神宗反加信任，竟命为参政。士大夫交口叱骂，确反自喜得计。吴充欲稍革新法，他又说是萧规曹随，宜遵前制，因此各种新法，仍旧履行。既论王安石，复劝吴充遵行新法，反复无常，一至于此。

　　会中丞李定御史舒亶，劾奏知湖州苏轼怨谤君父，交通戚里，有诏逮轼入都，下付台狱。看官道苏轼如何得罪？由小子约略叙明。轼自杭徙徐，良徐徙湖，平居无事，每借着吟咏，讥讽朝政，尝咏青苗云："赢得儿童语音好，一年强半在城中。"咏课吏云："读书万卷不读律，致君尧舜终无术。"咏水利云："东海若知明主意，应教斥卤变桑田。"咏盐禁云："岂是闻韶解忘味，迩来三月食无盐。"数诗传诵一时。李定舒亶，因借端进谗，坐他诽谤不敬的罪名，竟欲置诸死地。适太皇太后不豫，由神宗入问慈安，太皇太后道："苏轼兄弟，初入制科，仁宗皇帝尝欣慰道，吾为子孙得两宰相。今闻逮轼下狱，莫非由仇人中伤么？且文人咏诗，本是恒情，若必毛举细故，罗织成罪，亦非人君慎狱怜才的道理，应熟察为是。"神宗闻言，总算唯唯受教。及退，复得吴充奏章，为轼力辩，乃不忍加轼死罪，拟从末减。既而同修起居注王安礼，复从旁入谏道："自古以来，宽仁大度的主子，不以言语罪人，轼具有文才，自谓爵禄可以立致，今碌碌如此，不无怨望，所以托为讽咏，自写牢骚，一旦逮狱加罪，恐后世谓陛下不能容才呢！"神宗道："朕固不欲深谴，当为卿贳他罪名。但轼已激成众怒，恐卿为轼辩，他人反欲害卿，愿卿勿漏言，朕即有后命。"生杀大权，操诸君相之手，何惮何忌，乃戒他勿泄耶？同平章事王珪，闻神宗有赦轼意，又举轼咏桧诗，有"根到九泉无曲处，世间惟有蛰龙知"二语，遂说他确系不臣，非

第四十一回　奉使命率军征交趾　蒙慈恩减罪谪黄州

严遣不足示惩。神宗道："轼自咏桧,何预朕事？卿等勿再吹毛索瘢哩。"文字不谨,祸足杀身,幸神宗尚有一隙之明,轼乃得侥幸不死。舒亶又奏称驸马都尉王诜辈,与轼交通声气,居然朋比。还有司马光、张方平、范镇、陈襄、刘挚等,托名老成正士,实与轼等同一举动,隐相联络,均非严惩不可。神宗不从,但谪轼为黄州团练副使,本州安置。轼弟辙及王诜,皆连坐落职。张方平、司马光、范镇等二十二人俱罚铜。

先是轼被逮入都,亲朋皆与轼绝交,未闻过视。至道出广陵,独有知扬州鲜于侁,亲自往见。台吏不许通问,侁乃叹息而去。扬州属吏,劝侁道："公与轼相知有素,所有往来文字书牍,宜悉毁勿留,否则恐遭延累,后且得罪。"侁慨然道："欺君负友,侁不忍为,若因忠义获谴,后世自有定评,侁亦未尝畏怯呢。"至是侁竟坐贬,黜令主管西京御史台。轼出狱赴黄州,豪旷不异往日,尝手执竹杖,足踏芒鞋,与田父野老,优游山水间。且就东坡筑室自居,因自号东坡居士。每有宴集,笑谈不倦,或且醉墨淋漓,随吟随书。人有所乞,绝无吝色。就是供侍的营妓,索题索书,无不立应,因此文名益盛。神宗以轼多才,拟再起用,终为王珪等所阻。一日视朝,语王珪、蔡确道："国史关系,至为重大,应召苏轼入京,令他纂成,方见润色。"珪答道："轼有重罪,不宜再召。"神宗道："轼不宜召,且用曾巩。"乃命巩充史馆修撰。巩进太祖总论,神宗意尚未惬,遂手诏移轼汝州。诏中有"苏轼黜居思咎,阅岁滋深,人才实难,不忍终弃"等语。轼受诏后,上书自陈贫士饥寒,惟有薄田数亩,坐落常州,乞恩准徙常,赐臣余年云云。神宗即日报可,轼乃至常州居住。这是后话。

且说神宗在位十年,俱号熙宁,至十一年间,改为元丰元年。苏轼被谪,乃是元丰二年间事。补叙岁序。未几,宫中即遇大丧,太皇太后曹氏,升遐而去,有司援刘后故例,拟定尊谥,乃是慈圣光献四字。神宗素具孝思,服事太皇太后,无不曲意承欢,太皇太后亦慈爱性成,闻退朝稍晚,必亲至屏扆间候瞩,或且持膳饷帝,因此始终欢洽,毫无间言。旧例外家男子,不得入谒,太皇太后有弟曹佾,曾任同中书门下平章事,神宗常入白太皇太后,可使入见。太皇太后道："我朝宗法,怎敢有违？且我弟得跻贵显,已属逾分,所有国政,不应令他干涉,亦不准令他入宫。"密示防闲,确是良法。神宗受教而退。及太皇太后违豫,乃由神宗申禀,得引佾入谒,谈未数语,神宗先起,拟暂行退出,俾佾得略迹言情。不意太皇太后已语佾道："此处非汝所得久留,应随帝出去！"这两语不但使佾伸舌,连神宗听着,也为竦然。至太皇太后病剧,神宗侍疾寝门,衣不解带,竟至匝旬。太皇太后崩,神宗哀慕逾恒,几至毁瘠。一慈一孝,也可算作宋史的光荣了。特笔从长。嗣复推恩曹氏,进佾中书令,官家属四十余人，其间不无过滥，但为报本起见，不必苛议。力重孝字。况且曹佾有官无权，终身不闻侈汰，这也由曹氏一门犹知秉礼，所以除贤后外，尚有这贤子弟呢。极褒曹氏。

元丰三年，神宗拟改定官制，饬中书置局修订，命翰林学士张璪，枢密副承旨张诚一，主领局事。先是宋初官制，多承唐旧，但亦间有异同。三师太师、太傅、太保。三公太尉、司徒、司空。不常置，以同平章事为宰相，另置参知政事为副，中书门下，并列于外。别在禁中设置中书，与枢密院对持文武二柄，号为二府。天下财赋，悉隶三司。所有纠弹等事，仍属御史台掌管。他如三省、尚书令、侍中、中书令。六部、吏、户、礼、兵、刑、工。九寺、太常、宗正、光禄、卫尉、太仆、大理、鸿胪、司农、大府。六监国子、少府、将作、军器、都水、司天。等，往往由他官兼摄，不设专官。草诏属知制诰及翰林学士两职。知制诰掌外制，翰林学士掌内制，号为两制。修史属三馆，便是昭文馆、史馆、集贤院。首相尝充昭文馆大学士，次相或充集贤院大学士。有时设置三相，即分领三馆。馆中各员，多称学士，必试而后命。一经此职，遂号名流。又有殿阁等官，亦分大学士及学士名称，惟概无定员，大半由他官兼领虚名。前文未尝叙明官制，此段原不可少。自经两张改订后，凡旧有虚衔，一律罢去，杂取唐宋成规，自开府仪同三司，至将仕郎，分二十四阶，如领侍中、中书令、同平章事等名，改为开府仪同三司，领左右仆射，改为特进，以下递易有差。换汤不换药，济甚么事？神宗以新官制将行，欲兼用新旧二派，尝语辅臣道："御史大夫一职，非用司马光不可。"时吴充已罢，惟王珪、蔡确两人，相顾失色。原来神宗时代，朝右分新旧两党，新党以王安石为首领，珪与确等，统传安石衣钵，与旧党积不相容。旧党便是富弼、文彦博等一班老成，司马光亦居要领，还有研究道学诸儒，也是主张守旧，与司马光等政论相同。道学一派，由胡瑗、周敦颐开宗。胡瑗，泰州人，字翼之，湛深经学，范仲淹曾聘为苏州教授，令诸子从学，知湖州滕宗谅，亦聘为教授，尝立经义、治事二斋，注重实学。嘉祐中，擢为太子中允，与孙复同为国子监直讲。嗣因老疾致仕，还家旋殁，世称孙复为泰山先生，胡瑗为安定先生。周敦颐，濂溪人，字茂叔，历任县令、州佐，所至有治绩，平素爱莲，因居莲花峰下。南安通判程珦，与瑗交好，令二子颢、颐受业，颢尝谓吾见濂溪先生，得吟风弄月以归，几有吾与点也的乐趣，熙宁六年病殁。同时有河南人邵雍，字尧夫，苦学成名，尤精易理，宋廷屡征不至。程颢曾与雍议论数日，叹为内圣外王的学问。但性甘恬退，自名居室曰"安乐窝"。熙宁十年逝世，后来追谥康节。至若横渠先生张载，字子厚，前文亦已提及，一出为官，见新法不善，即托疾归家，著有《正蒙》《西铭》等书，广谈性理，与邵雍同岁病终。这数人多反对新党，所以屏迹终身。二程兄弟，实得真传，叙入此段，志道学诸儒之缘起。且与司马光友善。王珪恐司马光起用,旧派将连类同升,故与蔡确同一惊惶。及退朝后,珪尚怏怏不乐,那蔡确默筹一番,竟不禁大笑道:"有了!有了!"奸状如绘。正是:

毕竟俭人多谲智,全凭巧计作安排。

欲知蔡确的妙策,请看下回便知。

交趾屡行篡逆,宋廷未闻加讨,至李公蕴篡国后,已历三传,乾德修贡,未尝失职,乃独欲出兵南征,开边启衅,创议者为萧注,为沈起,为刘彝,实则皆误于王安石,而成于神宗。邕州之陷,苏缄阖门殉难,兵民被屠,至五万八千余口,谁为为之,一至于此?及神宗既厌安石,复擢用王珪、蔡确,曾亦忆珪、确两人,为谁氏所引用耶?安石尚有好名之心,而珪与确则悍然不顾,隐嗾同党,文致轼罪,微太皇太后言,虽有吴充、王安礼,恐亦难为轼解,是则免轼于死者,实出自太皇太后,于神宗无与也。然能受慈训而赦才士,犹不失为孝思。著书人褒贬从严,有恶必贬,有善必扬,其寓劝世之意也深矣。入后附入两片段文字,关系政治学术,阅者亦幸勿滑过可也。

第四十二回　伐西夏李宪丧师　　城永乐徐禧陷殁

却说蔡确想就一法,便笑语王珪道:"公恐司马光入用,究为何意?"珪答道:"司马光来京,必将参劾我辈,恐相位且不保了。"无非为此,确是鄙夫。确便道:"主上久欲收复灵武,公能任责,相位便能终保,尚惮一司马光么?"为个人计,劳师费财,蔡确实是可杀。珪乃转忧为喜,一再称谢,乃荐俞充知庆州,使上平西夏策。神宗果然专心戎事,不暇召光,乃用冯京为枢密使,薛向、孙固、吕公著为枢密副使。诏民畜马,拟从事西征。向初赞成畜马议,旋恐民情不便,致有悔言。御史舒亶,遂劾他反复无常,失大臣体,竟斥知颍州。冯京亦因此求去,有诏允准,即命孙固知枢密院事,吕公著、韩缜同知院事。嗣复接俞充奏牍,略言:"夏将李清,本属秦人,曾劝夏主秉常,以河西地来归。秉常母梁氏得悉,幽秉常,杀李清,我朝应兴师问罪,不可再延,这乃千载一时的机会呢。"神宗览奏大喜,即命熙河经制李宪等,准备伐夏,并召鄜延副总管种谔入问。谔本是个言不顾行的人物。既至阙下,便大声道:"夏国无人,秉常小丑,由臣等持臂前来便了。"看时容易做时难。

神宗乃决计西征，召集辅臣，会议出师。孙固入谏道："发兵容易，收兵很难，还乞陛下三思后行！"神宗道："夏有衅不取，将为辽人所据，此机断不可失。"固答道："必欲用兵，应声罪致讨，幸得胜夏，亦当分裂夏地，令他酋长自守。"神宗笑道："这乃汉郦生的迂论，卿奈何亦作此言？"固复道："陛下以臣为迂，臣恐尚未必制胜，试问今日出兵，何人可做统帅？"神宗道："朕已托付李宪了。"固奋然道："伐夏大事，乃使阉人为帅，将士果肯听命么？"此言最是。神宗面有愠色。固知不便再谏，随即趋退。既而由王珪、蔡确等，议定五路出师，固复约吕公著入谏。固先启奏道："今议五路进兵，乃无大帅统率，就使成功，必致兵乱。"神宗道："内外无统帅材，只好罢休。"吕公著即进谏道："既无统帅，不若罢兵。"固又接口道："公著言甚是。请陛下俯纳！"神宗沉着脸道："朕意已决，卿等不必多言。"孙固、吕公著复撞了一鼻子灰，相偕出朝。神宗遂命李宪出熙河，种谔出鄜延，高遵裕出环庆，刘昌祚出泾原，王中正出河东，分道并进。又诏吐蕃首领董毡集兵会征，于是鼙鼓喧天，牙旗蔽日，又闹出一场大战争来。何苦乃尔？

李宪统领熙秦七军，及董毡兵三万，突入夏境，破西市新城，袭据女遮谷，收复古兰州，居然筑城开幕，设置帅府。种谔也攻克米脂城，高遵裕夺还清远军，王中正率河东兵入宥州，刘昌祚进次磨嚌隘，遇夏众扼险拒守，他却凭着一股锐气，横冲过去，夏军纷纷败走，遁还灵州。五路捷报，陆续入都，神宗很是喜慰，即诏令李宪统率五路，直捣夏都。哪知诏书才下，败耗旋闻，各路将士，不是溺死，就是冻死饿死；剩了若干将死未死的疲卒，幸全生命，狼狈逃归。一场空欢喜。原来夏人闻宋师大举，未免惊惶，当由秉常母梁氏，召集诸将，共议防御方法。年少气盛的将士，无不主战。一老将独献策道："宋师远来，利在速战。我军不必拒敌，但教坚壁清野，诱他深入，一面在灵夏聚集劲兵，以逸待劳，再遣轻骑抄袭敌后，断他饷运，他已不战自困，恐退兵都来不及哩。"勿谓夏无人。梁氏大喜，依计而行。因此宋军五路并进，夏兵未与酣斗，尽管退走。及刘昌祚既薄灵州，乘胜猛攻，城几垂克，偏高遵裕忌他成功，飞使禁止。昌祚旧属遵裕部辖，不敢违命，只好按甲以待。等到遵裕到来，城中守备已固，围攻至十有八日，尚不能下。夏人且潜至灵州南面，决黄河七级渠，灌入宋营，宋军不意水至，溺毙多人；并因时值隆冬，就是凫水逃生，也是拖泥带水，寒冷不堪，可怜又死了若干名。当下遵裕、昌祚两军，丧亡大半，陆续溃归。在途又被夏人追杀一阵，十成中剩得两三成，得还原汛。两路败退。那时种谔从米脂进发，破石堡城，直指夏州，驻军索家坪，忽闻后面辎重，被夏人截住，兵士顿哗噪起来。大校刘归仁，竟先溃遁，余军随走。适大雪漫天，兵不得食，沿途倒毙，不可胜计。出兵时共九万三千，还军时只剩三万人。一

第四十二回　伐西夏李宪丧师　城永乐徐禧陷殁

路未败即退。王中正自宥州行至奈王井，粮食亦尽，六万人饿死二万，亦奔还庆州。一路亦未败而退。独李宪领兵东上，立营天都山下，焚去西夏的南牟内殿，并毁馆库，夏将仁多唆丁，一作新part喇卜丹。率众来援，由宪驱军夜袭，杀败夏兵，擒住百人，进次葫芦河；闻各路兵已经退归，不敢再进，当即班师。还是知机。

先是五路大兵，共约至灵州会齐，各路共至灵州境内，惟李宪不至。军报迭达京师，神宗始叹息道："孙固前曾谏朕，朕以为迂谈，今已追悔无及了。"谁叫你黩武用兵？乃按罪论罚，贬高遵裕为郢州团练副使，本州安置。种谔、王中正、刘昌祚并降官阶，惟不及李宪。孙固又入奏道："兵法后期者斩，况各路皆至灵州，宪独不至，这岂尚可赦罪么？"神宗以宪有开兰会功。即古兰州，唐名会州。不忍加罪，但诘他何故擅还？宪复称："馈饷不继，只好退归，且整备兵食，再图大举。"神宗又为宪所惑，竟授宪泾原经略安抚制置使，兼知兰州，李浩为副。方悔不用孙固言，谁知又复入迷。吕公著再上书谏阻，仍不见从。公著引疾求去，遂出知定州。时官制已一律订定，改同中书门下平章事，为左右仆射，参知政事，为门下中书侍郎尚书左右丞。即命王珪为尚书左仆射，蔡确为尚书右仆射，章惇为门下侍郎，张璪为中书侍郎，蒲宗孟为尚书左丞，王安礼为尚书右丞。一王安礼独如宋皇何？

神宗有志开边，屡不见效，帝闷闷不乐。平时召见辅臣，有人才寥落等语。蒲宗孟出班奏道："人才半为司马光邪说所坏。"神宗瞠目注视，半响方道："蒲宗孟乃不取司马光么？从前朕令光入枢密院，光一再固辞，自朕即位以来，独见此一人，他人虽令去位，亦未肯即行呢。"借神宗口中，补叙前事，且以神宗之迷，见贤而不能举，何以为君？何以为国？宗孟闻言，不禁面颊发赤，俯首归班。神宗又问辅臣道："李宪请再举伐夏，究靠得住否？"王珪对道："向患军用不足，所以中阻，今议出钞五百万缗，当必足用，不致再有前患了。"王安礼接入道："钞不可啖，必转易为钱，钱又必易为刍粟，辗转需时，哪能指日成事？"神宗道："李宪奏称有备，渠一宦官，犹知豫备不虞，卿等乃独无意么？朕闻唐平淮蔡，唯裴度谋议，与宪宗同，今乃不出自公卿，反出自奄寺，朕却很觉可耻哩。"安礼道："唐讨淮西三州，相有裴度，将有李光颜、李愬，尚穷竭兵力，历年后定。今西夏势强，非淮蔡比，宪及诸将，才度又不及二李，臣恐未能副圣志呢。"明白了解，尚无以唤醒主迷，奈何？神宗不答，随即退朝。

未几，得种谔奏议，乃用知延州沈括言，拟尽城横山，俯瞰平夏，取建瓴而下的形势，且主张从银州进兵。神宗览奏后，即命给事中徐禧，及内侍李舜举，往鄜延会议。王安礼又入谏道："徐禧志大才疏，恐误国事，请陛下另简妥员！"神宗不从。李舜举却往见王珪道："古称四郊多垒，乃卿大夫之辱,今相公当国,举边事属诸二内臣,内臣止供禁廷洒扫,难道可出任将帅么?"不以人废言。珪也自觉抱愧,没奈何随口敷衍,说了"借重"二字。舜举遂与徐禧偕行,既至鄜延,见了种谔。谔拟城横山,禧独拟城永乐,两人争议不决。当将两议上达都中,神宗独从禧议,竟令禧带领诸将,往城永乐,命沈括为援应。陕西转运判官司饷运,凡十四日竣工,赐名银川寨,留鄜延副总管曲珍居守,禧与括等俱退还米脂。这银川寨距故银州二十五里,地当银州要冲,为夏人必争地。从前种谔反对禧议,正恐夏人力争,未易保守。果然不出十日,即有铁骑数千,前来攻城,曲珍忙报知徐禧。禧遂与李舜举、李稷等,统兵往援,令沈括留守米脂。禧等至银川寨,夏人亦倾国前来,差不多与蜂蚁相似。

大将高永能献策道:"虏来甚众,请乘他未阵,即行掩击,或可取胜。"徐禧怒叱道:"你晓得甚么,王师不鼓不成列!"竟欲效宋襄公耶?言已,拔刀出鞘,麾兵出战。夏人耀武扬威,进薄城下,曲珍距河列阵,见军士皆有惧色,便语禧道:"珍见众心已摇,不应与战,战必致败,不如收兵入城,徐图良策。"禧笑道:"君为大将,奈何遇敌先退呢?"乃以七万人列阵城下。夏人纵铁骑渡河,曲珍又急白禧道:"来的是铁鹞子军,不易轻敌,须乘他半济,袭击过去,杀他一个下马威。若渡河得地,东冲西突,乃是无人敢当呢。"禧又大言道:"王师堂堂正正,用不着甚么诡计。"迂腐之论。曲珍退回本阵,忍不住长叹道:"我军无噍类了!"说着,夏兵前队,已渡河东来。曲珍忙率兵拦阻,已有些招架不住。及铁骑尽行过河,纵横驰骤,如入无人之境,曲珍部下,先已胆寒,还有何心恋战,顿时纷纷退还,自蹂后阵。徐禧至此,亦手忙脚乱,急切顾不及王师,拍转马头,飞跑回城。何如何如?李舜举、李稷等也是没法,相率奔回,军士大溃。曲珍亟收集余众,逃入城中,夏人尽力围城,环绕数匝,且据住水寨,断绝城内的汲道。徐禧束手无策,只仗曲珍部卒,昼夜血战,勉强守住。怎奈城中无水可汲,四处掘井,俱不及泉,兵士多半渴死,危急万分。有溺死鬼,有冻死饿死鬼,不意还有渴死鬼。沈括与李宪援兵,又都被夏人遮断。种谔且怨禧异议,不发救兵,可怜银川寨内的将士,几不异瓮中鳖,釜中鱼。会夜半大雨,夏人环城急攻,守兵不及抵御,竟被陷入。徐禧、李舜举、李稷、高永能等,俱死乱军中。惟珍弃甲裸跣,幸得走免。将校死数百人,士卒役夫,丧亡至二十余万。夏人追至米脂,沈括忙阖门固守,总算未曾失陷。由夏人攻扑数次,随即退去。总计自熙宁以来,用兵西陲,已是数次,所得只葭芦、吴堡、义合、米脂、浮图、塞门六城,兵士已伤亡无数。钱谷银绢,尤不胜计。永乐一役,损失更多。神宗接得败报,也不禁痛悼,甚至不食,追赠徐禧等官,禧死有余辜,岂宜追赠?贬沈括为均州团练副使,安置随州,降曲珍为皇城使。咎不在沈括、曲珍,所罚亦误。自是无意西征,每临朝叹息道:"王安礼尝劝朕勿用兵,吕公著亦屡陈边民困苦,都是朕误信边臣,害到这般。"事过乃悔,事后又忘,都由利令智昏所致。

既而夏人又入寇兰州,夺据两关门,副使李浩,除困守外无他计。亏得钤辖王文郁,夜率死士七百余人,缒城潜下,各持短刀搠入夏营。夏人猝不及防,竟被冲破,吓得东逃西躲,鼠窜而去。当时比文郁为唐尉迟敬德,经廷议优叙,擢知州事。夏人又转寇各路,均遭击退,兵力亦敝,乃由西南都统昂星嵬名济,一译作茂锡克额不齐。移书泾原总管刘昌祚,略云:

> 中国者礼乐之所存,恩信之所出,动止献为,必适于正。若乃听诬受间,肆诈穷兵,侵人之土疆,残人之黎庶,是亦乖中国之体,为外邦之羞。昨日朝廷暴兴甲兵,大穷侵讨,盖天子与边臣之议,为夏国方守先誓,宜出不虞,五路进兵,一举可定,故去年有灵州之役,今秋有永乐之战。然较其胜负,与前日之议为何如哉?落得嘲笑。朝廷于夏国,非不经营之,五路进讨之策,诸边肆扰之谋,皆尝用之矣;知侥幸之无成,故终于乐天事小之道。况夏国提封万里,带甲数十万,南有于阗,作我欢邻,北有大燕,为我强援,若乘间伺便,角力竞斗,虽十年岂得休哉?即念天民无辜,受此涂炭之苦,国主自见伐之后,夙夜思念,以为自祖宗以来,事中国之礼,无或亏怠,而边吏幸功,上聪致惑,祖宗之盟既阻,君臣之分不交,存亡之机,发不旋踵,朝廷当不恤哉?至于鲁国之忧,不在颛臾,隋室之变,生于杨感,此皆明公得于胸中,不待言而后喻。何不进谠言,辟邪议,使朝廷与夏国欢好如初,生民重见太平!岂独夏国之幸,乃天下之幸也。书中虽未免自夸,然诘问宋廷颇中要窾,故特录之。

昌祚得书上闻,神宗亦无可驳斥,即令昌祚答使通诚。夏乃复遣使上表,有"乞还侵地,仍效忠勤"等语,乃特赐诏命云:

> 顷以权强敢行废辱,朕用震惊,令边臣往问,匿而不报。只好推到幽主上去。王师徂征,盖讨有罪,今遣使造庭,辞礼恭顺,仍闻国政悉复故常,益用嘉纳。实是所答非所请。已戒边吏毋辄出兵,尔亦慎守先盟,毋再渝约!

夏使得诏自去。再命陕西、河东经略司,所有新复城寨,逻卒毋出二三里外。岁赐夏币,悉如前额。已而夏主复上书乞还侵疆,神宗不许,于是夏人仍有贰心。中丞刘挚,劾奏李宪贪功生事,遗祸至今,不可不惩,乃贬宪为熙河安抚经略都总管。越年为元丰七年,夏人又大举入寇,号称八十万,围攻兰州。云梯革洞,百道并进,阅十昼夜,城守如故,敌粮尽引还。这一次总算由李宪先事预防,守备甚严,所以不至陷落。一长必录。及夏人再寇延州德顺军,定西城,并熙河诸寨,均不得逞。未几又围定州城,为熙河将秦贵击退。夏人方卷甲敛师,稍稍歇手了。

神宗罢免蒲宗孟,用王安礼为尚书左丞,李清臣为尚书右丞,调吕公著知扬州。且因司马光上《资治通鉴》,授资政殿学士,这《资治通鉴》一书,上起周威烈王二十三年,下终五代,年经国纬,备列事目,又参考群书,评列异同,合三百五十四卷,历十九年乃成。神宗降诏奖谕道:"前代未闻有此书,得卿辛苦辑成,比荀悦《汉纪》好得多了。荀悦,汉季颍阴人,曾删定《汉书》,作帝纪二十篇,所以神宗引拟司马光。小子也有诗咏道:

不经鉴古不知今,作史原垂世主箴。
十九年来成巨帙,爱君毕竟具深忱。

转眼间已是元丰八年,神宗有疾,竟要从此告终了。看官少待,试看下回接叙。

夏无可伐之衅,乃以司马光之将召,启蔡确西讨之谋,俞充为蔡确腹心,上书一请,出师五道,孙固、吕公著等力谏不从,且任一刑余腐竖,付之重权,就令得胜,尚足为中国羞。况伊古以来,断未有阉人统军,而可以成功者。多鱼漏师,竖刁为祟,相州溃败,朝恩监军,神宗宁独未闻耶?灵州一败,李宪尚不闻加罚,且复令经略泾原,再图大举,一之为甚,乃至于再。不待沈括、徐禧之生议,而已知其必败矣。要之兵不可不备,独不可常用。富郑公当熙宁初年,奉召入对,已请二十年口不言兵,老成人固有先见之明,惜乎神宗之不悟也。

第四十三回　立幼主高后垂帘
　　　　　　拜首相温公殉国

却说元丰八年正月,神宗不豫,命辅臣代祷景灵宫。及群臣分祷天地宗庙社稷,均不见效,反且加剧,辅臣等入宫问疾,就请立皇太子,并皇太后权同听政。神宗已无力答言,只略略点首罢了。查神宗本有十四子,长名佾,次名仅,三名俊,四名伸,五名㑴,六名佣,七名价,八名倜,九名伋,十名伟,十一名佶,十二名俣,十三名似,十四名偲。佾、仅、俊、伸、㑴、价、倜、伟均早亡,要算第六子佣,挨次居长,神宗已封他为延安郡王,但年龄尚止十岁。

当拟立皇太子时,职方员外郎邢恕,想立异邀功,竟往谒蔡确道:"国有长君,乃社稷幸福,公何不从岐、嘉二王中,择立一人?既可安国,复可保家,岂不是两全其美吗?"蔡确踌躇半晌,方道:"君言亦是,但不知太后意见如何?"邢恕道:"岐、嘉二王,皆太后所出,母子恩情,当必逾常,公还有什么疑虑?"一厢情愿。确喜道:"且与高氏商量,免生枝节。"邢恕道:"恕先去密议,包管成功。"言毕辞出,遂往见太后侄儿高公绘兄弟。公绘迎入,恕寒暄数语,即与附耳密谈。公绘摇首不答,恕复道:"延安幼冲,何若岐、嘉?况岐、嘉本皆称贤王呢。"公绘道:"这是断不便行,君难道欲贻祸我家么?"恕碰了一个钉子,未免乘兴而来,败兴而返。

看官,道岐、嘉二王是何人?便是神宗胞弟昌王颢及乐安郡王頵。颢徙封岐王,頵进封嘉王,两王因神宗寝疾,尝入问起居,高太后恰也防着,命他不必屡入,并阴敕中人梁惟简妻,预制一十岁儿可穿的黄袍,密教他怀藏进呈。偏邢恕心尚未死,再与蔡确密谋,拟约王珪入问帝疾,暗使知开封府蔡京,外伏剑士,胁迫王珪,倘珪持异议,即将珪枭首,哪知珪命不该绝,未待蔡确与约,先已入宫定议,册立延安郡王。确迟了一步,计不得行。满腹奸刁,至此也输人一筹。

三月朔日,延安郡王傭,立为太子,赐名煦,皇太后高氏权同处分军国重事。越五日,神宗驾崩,年三十有八。总计神宗在位,改元二次,共十八年。太子煦即皇帝位,尊皇太后高氏为太皇太后,皇后向氏为皇太后,帝生母德妃朱氏为皇太妃,是为哲宗皇帝。追尊先帝庙号曰神宗,葬永裕陵。晋封叔颢为扬王,頵为荆王,弟佶为遂宁郡王,似为太宁郡王,俣为咸宁郡王,偲为普宁郡王,尚书左仆射王珪为岐国公,潞国公文彦博为司徒,王安石为司空,余官一律加秩,赐致仕各官服带银帛有差。

太皇太后首先传旨,遣散修京城役夫,止造军器,及禁庭工技,戒中外无苛敛,宽民间保甲马,人民欢悦。王珪等并未预闻,及中旨传出,方得闻知。一经出手,便见高后贤明。过了数日,复下诏道:

> 先皇帝临御十有八年,建立政事以泽天下,而有司奉行失当,几于烦扰,或苟且文具,不能布宣实惠,其申谕中外协心奉令,以称先帝惠爱元元之意!

这诏一下,都中卿大夫,已知太皇太后的命意,是欲改烦为简,易苛从宽了。蔡确恐朝政一新,自己或致失位,遂因上朝议政时,面奏太皇太后,请复高遵裕官。看官道遵裕是何人?乃是太皇太后的从父。蔡确此奏,明明是借此求媚,固宠希荣的意思。真会献谀。太皇太后偏凄然道:"灵武一役,先皇帝中夜得报,环榻周行,彻旦不能寐,自是惊悸,驯至大故。追原祸始,实自遵裕一人。先帝骨肉未寒，我岂敢专徇私恩，不顾公议么？"理正词严。确惶悚而退。太皇太后又诏罢京城逻卒，及免行钱，废浚河司，蠲免逋赋，驿召司马光、吕公著入朝。

光居洛十五年，田夫野老，无不尊敬，俱称为司马相公；就是妇人女子，亦群仰大名。神宗升遐，光欲入临，因自避猜嫌，不敢径行。适程颢在洛，劝光入京，光乃启程东进，将近都门，卫士见光到来，均额手相庆道："司马相公来了！司马相公来了！"两语重叠，益饶意味。沿途人民，亦遮道聚观，各朗声道："司马相公，请留相天子，活我百姓，勿遽归洛。"光见他一唱百和，反觉疑惧起来，竟从间道归去。太皇太后闻他入都，正要询问政要，偏待久不至，乃遣内侍梁惟简驰问。光请大开言路，诏榜朝堂。至惟简复命，蔡确等已探悉光言，先创六议入奏，大旨是："阴有所怀，犯非其分，或扇摇重机，或迎合旧令，上则侥幸希进，下则眩惑流俗，有一相犯，立罚无赦。"太皇太后见了此议，又遣使示光。光愤然道："这是拒谏，并非求谏；人臣只好不言，一经启口，便犯此六语了。"乃具论以闻。太皇太后即改诏颁行，言路才得渐开。

嗣召光知陈州，并起程颢为宗正寺丞。颢正拟就道，偏偏二竖缠身，竟尔去世。颢与弟颐受学周门，以道自乐，见二十四回。平时有涵养功，不动声色。既卒，士大夫无论识否，莫不衔哀。文彦博采取众论，题颢墓曰"明道先生"。惟光受命赴陈州，道经阙下，正值王珪病死，辅臣等依次递升，适空一缺。太皇太后即留光辅政，命为门下侍郎。蔡确等只恐光革除新法，又揭出三年无改的大义，传布都中。光独指驳道："先帝所行的法度，如果合宜，虽百世亦应遵守，若为王安石、吕惠卿所创，害国病民，须当亟改，似救焚拯溺一般。况太皇太后以母改子，并不是以子改父哩。"与强词夺理者不同。众议自是少息。

太皇太后又召吕公著为侍读，公著自扬州进京，擢授尚书左丞。京东转运使吴居厚，前继鲜于侁后任，大兴盐铁，苛敛横征，至是被言官交劾，谪置黄州，仍用鲜于侁为转运使。司马光语同列道："子骏甚贤，不应复使居外，但朝廷欲救京东困弊，非得子骏不可。他实是个一路福星呢。当今人才甚少，怎得似子骏一百人，散布天下呢！"原来子骏即侁表字，侁既到任，即奏罢莱芜、利国两冶，及海盐依河北通商，人民大悦，有口皆碑。于是司马光、吕公著两人，同心辅政，革除新法，罢保甲，罢保马，罢方田，罢市易，削前市易提举吕嘉问三秩，贬知淮阳军，吕党皆坐黜，并谪邢恕出知随州。越年，改为元祐元年，右司谏王觌，极论蔡确、章惇、韩缜、张璪等朋邪害正，章至数十上。右谏议大夫孙觉，侍御史刘挚，左司谏苏辙，御史王岩叟、朱光庭、上官均，又连章劾论确罪，乃免确相位，出知陈州。当下擢司马光为尚书左仆射兼门下侍郎，吕公著为门下侍郎，李清臣、吕大防为尚书左右丞，李常为户部尚书，范纯仁同知枢密院事。

第四十三回　立幼主高后垂帘　拜首相温公殉国

　　光时已得疾，因青苗、免役诸法，尚未尽革，西夏议亦未决，不禁叹息道："诸害未除，我死不瞑目了。"遂折简与吕公著，略言："光以身付医，以家事付愚子，只国事未有所托，特以属公。"公著为白太皇太后，有诏免光朝觐，许乘肩舆，三日一入省。光不敢当，且上奏道："不见天子，如何视事？"乃改诏令光子康扶掖入对，且命免拜跪礼。光遂请罢青苗、免役二法，青苗钱罢贷，仍复常平旧法，诸大臣没甚异议。独免役法议罢后，光请仍复差役法，章惇力言不可，与光辩论殿前，语甚狂悖。太皇太后亦不免动恼，逐出知汝州。会苏轼已奉诏入都，任中书舍人，独请行熙宁初给田募役法，条陈五利。监察御史王岩叟，谓五利难信，且有十弊，轼议遂沮。群臣又各是其是，诏令资政殿大学士韩维，及吕大防、范纯仁等，详定上闻。轼本与司马光友善，竟往见光道："公欲改免役为差役，轼恐两害相均，未见一利。"光问道："请言害处！"轼答道："免役的害处，是掊敛民财，十室九空，敛从上聚，下必常患钱荒，这害已经验过了。差役的害处，是百姓常受役官府，无暇农事，贪吏猾胥，且随时征比，因缘为奸，岂不是异法同病么？"光又道："依君高见，应该如何？"轼复道："法有相因，事乃易成。事能渐进，民乃不惊。从前三代时候，兵农合一，至秦始皇乃分作两途，唐初又变府兵为长征卒，农出粟养兵，兵出力卫农，天下称便。虽圣人复起，不能变易了。今免役法颇与此相类，公欲骤罢免役，改行差役，正如罢长征，复民兵，恐民情反多痛苦呢。"光终未以为然，只淡淡的答了数语，轼即辞出。越日，光至政事堂议政，轼复入白此事，光不觉作色。轼从容道："昔韩魏公刺陕西义勇，公为谏官，再三劝阻，韩公不乐，公亦不顾。轼尝闻公自述前情，难道今日作相，不许轼尽言么？"以子之矛，刺子之盾，坡公可谓善言。光始起谢道："容待妥商。"范纯仁亦语光道："差役一事，不应速行，否则转滋民病。愚意愿公虚心受言，所有谋议，不必尽从己出。若事必专断，恐奸人邪士，反得乘间迎合了。"光尚有难色，纯仁道："这是使人不得尽言呢。纯仁若徒知媚公，不顾大局，何如当日少年时，迎合王安石，早图富贵哩！"语亦透彻。光乃令役人悉用现数为额，衙门用坊场河渡钱，均用雇募。先是光决改差役，以五日为限，僚属俱嫌太急促，独知开封府蔡京如约，面复司马光。光喜道："使人人奉法如君，有何不可？"待京辞退后，光乃信为可行，拟坚持到底，其实蔡京是个大奸巨猾，专事揣摩迎合，初见蔡确得势，就附蔡确，继见司马光入相，就附司马光；这种反复小人，最足误人国事。司马光忠厚待人，哪里晓得他暗中机巧呢？为后文蔡京倾宋张本。

　　王安石宦居金陵，闻朝廷变法，毫不为意，及闻罢免役法，愕然失声道："竟一变至此么？"良久复道："此法终不可罢，君实辈亦太胡闹了。"既而病死，太皇太后因他是先朝大臣，追赠太傅，后人称他为王荆公。乃是元丰三年,曾封安石为荆国公,所以沿称至今。了王安石。安石既死,余党依次贬谪,范子渊贬知陕州,韩缜罢知颍昌,李宪、王中正等,罚司宫观。郑绾、李定放居滁州,吕惠卿贬为光禄卿,分司南京,再贬为建宁军节度副使,安置建州。相传再贬吕惠卿草诏,系出苏轼手笔,内有精警语数联,传诵一时。其文云:

> 吕惠卿以斗筲之才,穿窬之智,诡事宰辅,同升庙堂,乐祸贪功,好兵喜杀;以聚敛为仁义,以法律为诗书,首建青苗,次行助役。即免役法。均输之政,自同商贾,手实之祸,下及鸡豚,苟可蠹国害民,率皆攘臂称首。先皇帝求贤如不及,从善若转圜,始以帝尧之仁,姑试伯鲧,终焉孔子之圣,不信宰予。尚宽两观之诛,薄示三苗之窜。此谕!

还有贬范子渊草制,亦由轼所拟,内称"汝以有限之才,兴必不可成之役,驱无辜之民,置之必死之地"四语,亦脍炙人口,称为名言。新法党相继罢黜,吕公著进任尚书右仆射,兼中书侍郎,韩维为门下侍郎。司马光又上言:"文彦博宿德耆臣,应起为硕辅。"太皇太后拟用为三省长官,言官以为不可,乃命平章军国重事。六日一朝,一月两赴经筵,班宰相上,恩礼从优。彦博此时,年已八十有一了。老成俱老,宋祚安得不老?光又与吕公著,交章悖程颢弟颐,遂有旨召为秘书郎。及颐入对,改授崇政殿说书,且命修定学制。于是诏举经明行修的士子,及立十科举士法:(一)行义纯固,可作师表。(二)节操方正,可备献纳。(三)智勇过人,可备将相。(四)公正聪明,可备监司。(五)经术精通,可备讲读。(六)学问赅博,可备顾问。(七)文章典丽,可备著述。(八)善听狱讼,尽公得实。(九)善治财赋,公私俱便。(十)练习法令,能断清谳。这十科条例,统由司马光拟定,请旨颁令。

光见言听计从,越觉激发忠忱,誓死报国,无论大小政务,必亲自裁决,不舍昼夜,海内亦喁喁望治。就是辽、夏使至,俱必问光起居,且严敕边吏道:"中国已相司马公了,勿轻生事,致开边衅呢!"国有贤相,不战屈人。无如天不佑宋,梁栋浸颓。光因政体过劳,日益清瘦,同僚举诸葛亮食少事烦,作为劝戒,光慨然道:"死生有命,一息尚存,怎敢少懈呢!"嗣是光老病愈甚,竟致不起。弥留时尚呓语不绝,细听所谈,皆关系国家事。及卒,年六十八。光生平孝友忠信,恭俭正直,居处有法,动作有礼。在洛时,每往夏县展墓,必至兄室。兄名旦,年将八十,光奉若严父,爱若婴儿,自少至老,未尝妄语。尝谓吾无过人处,惟一生作事,无不可对人言。陕、洛间闻风起敬,居民相劝为善,稍有过恶,便私自疑惧道:"君实得无闻知否?"既殁,远近举哀,如丧考妣。略述行谊,为后人作一榜样。太皇太后亦为之恸哭,与哲宗亲临光丧,赠太师温国公。诏户部侍郎赵瞻，内侍省押班冯宗道，护丧归陕州夏县原籍。予谥文正，赐碑曰"忠清粹德"，都人罢市往奠。岭南封州父老，亦相率具祭，到了归丧以后，都下及四方人民，尚画像以祀，饮食必祝，这可见遗德及民，无远勿届呢。小子有诗咏道：

> 到底安邦恃老成，甫经借手即清平。
> 如何天不延公寿？坐使良材一旦倾。

光殁后，当然是吕公著继任，欲知后事如何，且至下回续表。

本回叙高后垂簾，及温公入相，才一改制，即见朝政清明，人民称颂。可知前时王、吕、蔡、章等之所为，实是拂民之性，强行己意，百姓苦倒悬久矣。饥者易为食，渴者易为饮，此所以一经著手，不啻来苏，宜乎海内归心，讴歌不已也。但司马光为一代正人，犹失之于蔡京，小人献谀，曲尽其巧。厥后力诋司马光者，即京为之首，且熙丰邪党，未闻诛殛，以致死灰复燃。人谓高后与温公，嫉恶太严，吾谓其犹失之宽。后与公已年老矣，为善后计，宁尚可姑息为乎？读此回犹令人不能无慨云。

第四十四回　分三党廷臣构衅　备六礼册后正仪

却说司马光病殁以后，吕公著独秉政权，一切黜陟，仍如光意，进吕大防为中书侍郎，刘挚为尚书右丞，苏轼为翰林学士。轼奉召入都，仅阅十月，三迁清要，寻兼侍读；每入值经筵，必反复讲解，期沃君心。一夕值宿禁中，由中旨召见便殿，太皇太后问轼道："卿前年为何官？"轼对道："常州团练副使。"太皇太后复道："今为何官？"轼对道："待罪翰林学士。"太皇太后道："为何骤升此缺？"轼对道："遭遇太皇太后，及皇帝陛下。"太皇太后道："并不为此。"轼又道："莫非由大臣论荐么？"太皇太后又复摇首。轼惊愕道："臣虽无状，不敢由他途希进。"太皇太后道："这乃是先帝遗意，先帝每读卿文章，必称作奇才奇才，但未及进用卿哩。"轼听了此言，不禁感激涕零，哭至失声。士伸知己，应得一哭。太皇太后亦为泣下。哲宗见之对哭，也忍不住呜咽起来。十余岁童子，当作此状。还有左右内侍，都不禁下泪。大家统是哭着，反觉得大廷岑寂，良夜凄清。太皇太后见了此状，似觉不雅，即停泪语轼道："这不是临朝时候，君臣不拘礼节，卿且在旁坐下，我当询问一切。"言毕，即命内侍移过锦墩，令轼旁坐，轼谢恩坐下。太皇太后问语片时，无非是国家政要。轼随问随答，颇合慈意，特赐茶给饮。轼谢饮毕，太皇太后复顾内侍道："可撤御前金莲烛，送学士归院。"一面说，一面偕哲宗入内。轼向虚座前申谢，拜跪毕仪，当由两内侍捧烛导送，由殿至院，真个是旷代恩荣，一时无两。确是难得。

轼感知遇恩，尝借言语文章，规讽时政。卫尉丞毕仲游贻书诫轼道："君官非谏官，职非御史，乃好论人长短，危身触讳，恐抱石救溺，非徒无益，且反致损呢。"轼不能从。时程颐侍讲经筵，毅然自重，尝谓："天下治乱系宰相，君德成就责经筵。"因此入殿进讲，色端貌庄。轼说他不近人情，屡加抗侮。当司马光病殁时，适百官有庆贺礼，事毕欲往吊，独程颐不可，且引《鲁论》为解。谓："子于是日哭则不歌。"或谓："哭乃不歌，未尝云歌即不哭。"轼在旁冷笑道："这大约是枉死市的叔孙通，新作是礼呢。"谐语解颐，但未免伤忠厚。颐闻言，很是介意。是不及乃兄处。轼发策试馆职问题有云："今朝廷欲师仁宗之忠厚，惧百官有司，不称其职，而或至于偷。欲法仁宗之励精，恐监司守令，不识其意，而流入于刻。"右司谏贾易，右正言朱光庭，系程颐门人，遂借题生衅，劾轼谤讪先帝。轼因乞外调。侍御史吕陶上言："台谏当秉至公，不应假借事权，图报私隙。"左司谏王觌亦奏言："轼所拟题，不过略失轻重，关系尚小，若必吹毛求疵，酿成门户，恐党派一分，朝天宁日，这乃是国家大患，不可不防。"范纯仁复言轼无罪。太皇太后乃临朝宣谕道："详览苏轼文意，是指今日之百官有司，监司守令，并非讥讽祖宗，不得为罪。"于是轼任事如故。

会哲宗病疮疹，不能视朝，颐入问吕公著道："上不御殿，太皇太后不当独坐。且主子有疾，宰辅难道不知么？"越日，公著入朝，即问帝疾。太皇太后答言无妨。为此一事，廷臣遂嫉颐多言。御史中丞胡宗愈，给事中顾临，连章劾颐，不应令直经筵。谏议大夫孔文仲，且劾颐汙下俭巧，素无乡行，经筵陈说，僭横忘分，遍谒贵臣，勾通台谏，睚眦报怨，沽直营私，应放还田里，以示典刑。诬谤太甚，孔裔中胡出此人？乃罢颐出管勾西京国子监。自是朝右各分党帜，互寻仇隙，程颐以下，有贾易、朱光庭等，号为洛党；苏轼以下，有吕陶等，号为蜀党。还有刘挚、梁焘、王岩叟、刘安世等，与洛、蜀党又不相同，别号朔党，交结尤众。三党均非邪邪，只因意气不孚，遂成嫌怨。哪知熙丰旧臣，非窜即贬，除著名诸奸人外，连出入王、吕间的张璪、李清臣，亦均退黜。若辈恨入骨髓，阴伺间隙，这三党尚自相倾轧，自相挤排，这岂非螳螂捕蝉，不顾身后么？插入数语，隐伏下文。

文彦博屡乞致仕，诏命他十日一赴都堂，会议重事。吕公著亦因老乞休，乃拜为司空，同平章军国事。授吕大防、范纯仁为左右仆射，兼中书门下侍郎，孙固、刘挚为门下中书侍郎，王存、胡宗愈为尚书左右丞，赵瞻签书枢密院事。大防朴直无党，范纯仁务从宽大，亦不愿立党。二人协力佐治，仍号清

第四十四回　分三党廷臣构衅　备六礼册后正仪

明。右司谏贾易,因程颐外谪,心甚不平,复劾吕陶党轼,语侵文彦博、范纯仁。太皇太后欲惩易妄言,还是吕公著替他缓颊,只出知怀州。胡宗愈尝进君子无党论,右司谏王觌偏上言宗愈不应执政。前说不应有党,此时复因宗愈进无党论,上言劾论,自相矛盾,殊不可解。太皇太后又勃然怒道:"文彦博、吕公著亦言王觌不合。"范纯仁独辩论道:"朝臣本无党,不过善恶邪正,各以类分。彦博公著,皆累朝旧人,岂可雷同罔上?从前先臣仲淹,与韩琦、富弼,同执政柄,各举所知,当时蜚语指为朋党,因三人相继外调,遂有一网打尽的传言。本王拱辰语。此事未远,幸陛下鉴察!"随复录欧阳修朋党论,呈将进去。太皇太后意未尽解,竟出觌知润州。门下侍郎韩维,亦被人谗诉,出知邓州。太皇太后初欲召用范镇,遣使往征。镇年已八十,不欲再起,从孙祖禹,亦从旁劝止,乃固辞不拜。诏授银紫光禄大夫,封蜀郡公。元祐三年,病殁家中。镇字景仁,成都人,与司马光齐名,卒年八十一,追赠金紫光禄大夫,谥忠文。

越年二月,司空吕公著复殁,太皇太后召见辅臣,流涕与语道:"国家不幸,司马相公既亡,吕司空复逝,为之奈何?"言毕,即挈帝往奠,赠太师,封申国公,予谥正献。公著字晦叔,系故相吕夷简子,自少嗜学,至忘寝食,平居无疾言遽色,暑不挥扇,寒不亲火。父夷简早目为公辅,至是果如父言。范祖禹曾娶公著女,所以公著在朝,始终引嫌。尝从司马光修《资治通鉴》,在洛十五年,不事进取,至富弼致仕居洛,杜门谢客,独祖禹往谒,无不接见。神宗季年,弼疾笃,曾嘱祖禹代呈遗表,极论王安石误国,及新法弊害,旁人多劝阻祖禹,不应进呈,祖禹独不肯负约,竟自呈入,廷议却不与为难,赠弼太尉,谥文忠。富弼亦一代伟人,前文未曾叙及,故特于此处补出。哲宗即位,擢为右正言,避嫌辞职,寻迁起居郎,又召试中书舍人,皆不拜。及公著已殁,始任右谏议大夫,累陈政要,多中时弊。旋加礼部侍郎,闻禁中觅用乳媪,即与左谏议大夫刘安世,上疏谏阻,大旨:"以帝甫成童,不宜近色,理应进德爱身。"又乞太皇太后保护上躬,言甚切至。太皇太后召谕道:"这是外间的谣传,不足为信。"祖禹对道:"外议虽虚,亦应预防,天下事未及先言,似属过虑。至事已及身,言亦无益。陛下宁可先事纳谏,勿使臣等有无及的追悔呢。"恰是至言。太皇太后很是嘉纳。

既而知汉阳军吴处厚,上陈蔡确游车盖亭诗,意在讪上。台谏等遂相率论确,乞正明刑。有旨令确自行具析,刘安世等言确罪甚明,何待具析,乃贬确为光禄卿,分司南京。谏官尚以为罪重罚轻,啧有烦言。范祖禹亦上言确有重罪,应从严议。于是文彦博、吕大防等,拟窜确岭峤,独范纯仁语大防道:"此路自乾兴以来,荆棘丛生,近七十年,倘自我辈创行此例,恐四方震悚,转致未安。"大防乃不再言。越六日,又下诏再贬确为英州别驾,安置新州。纯仁复入白太皇太后道:"圣朝宜从宽厚,不应吹求文字,窜诛大臣。譬如猛药治病,足损真元,还求详察。"蔡确罪大,诛之不得为过,纯仁亦未免太柔。太皇太后不从。会知潞州梁焘,奉召为谏议大夫,道出河阳,与邢恕相晤。恕言确有策立功,托焘入朝时声明。焘允诺,及入京,即据邢恕言入奏。太皇太后出谕大臣道:"皇帝是先帝长子,分所应立,确有甚么策立功,似此欺君罔上,他日若再得入朝,恐皇帝年少,将为所欺,必受大害。我不忍明言,特借讪上为名,把他窜逐,藉杜后患,这事关系国计,虽奸邪怨谤,我也不暇顾了。"司谏吴安诗与刘安世等,遂疏劾纯仁党确,吕大防亦言蔡确党盛,不可不治。纯仁因力求罢政,出知颍州。尚书左丞王存,本确所举,亦出知蔡州。胡宗愈已早为谏官所劾,罢尚书右丞。乃擢刘挚为尚书右仆射,兼中书侍郎,苏颂为尚书左丞,苏辙为尚书右丞。会赵瞻、孙固,先后并逝,即进韩忠彦同知枢密院事,王岩叟签书枢密院事,复召邓润甫为翰林学士承旨。润甫曾阿附王、吕,出知亳州,至是被召,梁焘、刘安世、朱光庭等,连疏弹劾,俱不见报。焘等乃力请外补,竟出焘知郑州,光庭知亳州,安世提举崇福宫。文彦博因老疾致仕,右司谏杨康国奏劾苏辙兄弟,文学不正,贾易复入为侍御史,与御史中丞赵君锡,先后论轼。轼出知颍州,寻改扬州,易与君锡一并外用。刘挚峭直,与吕大防议论朝政,辄致龃龉。殿中侍御史杨畏,方附大防,遂劾挚结党营私,联络王岩叟、梁焘、刘安世、朱光庭等为死友,觊觎后福,且与章惇诸子往来,交通匪人。太皇太后即面谕刘挚,挚惶恐退朝,上章自辩。梁焘、王岩叟果上疏论救。太皇太后愈觉动疑,出挚知郓州,王岩叟亦出知郑州。嗣复召程颐入直秘阁,兼判西京国子监,为苏辙所阻,颐亦辞不就职。这便是三党交攻,更迭消长的情形呢。一语结束,可见上文并叙,寓有深意。

　　元祐七年,哲宗年已十七了,太皇太后留意立后,曾历采世家女子百余人,入宫备选。就中有眉州防御使兼马军都虞侯孟元孙女,操行端淑,秉质幽娴。太皇太后及皇太后两人,教以女仪,格外勤慎,因此益得两后欢心。时年十六,与哲宗年龄相当,即由太皇太后宣谕宰臣,略言:"孟氏后能执妇道,应正位中宫。惟近代礼仪,多从简略,应命翰林台谏给舍与礼官等,妥议册后六礼以闻!"这谕下来,那廷臣自有一番忙碌,彼斟古,此酌今,议论了好几日,方草定一篇仪制,呈入政事堂。吕大防等又详细核订;略行损益,再进慈览。太皇太后传旨许可,当由司天监择定吉日,准备大婚。先期数日,命尚书左仆射吕大防充奉迎使,尚书左丞苏颂充发策使,尚书右丞苏辙充告期使,皇伯祖高密郡王宗晟充纳成使,吏部尚书王存时王存复调入内用。充纳吉使,翰林学士梁焘充纳采问名使。六礼分司,各有专职,正使以外,且省副使,当以旧尚书省为皇后行第,先纳采问名,然后纳吉纳成告期。五月戊戌日,哲宗戴通天冠,服绛纱袍,临轩发册,行奉迎礼。百官相率入朝,吕大防等首先趋入,东西

第四十四回　分三党廷臣构衅　备六礼册后正仪

鹄立。典仪官奉上册宝,置御座前。大防率百官再拜,乃由宣诏官传谕道:"今日册孟氏为皇后,命公等持节展礼!"大防等又复拜命,典仪官捧过册宝,交与大防。大防接奉册宝,复率百官再拜。宣诏官又传太皇太后制命道:"奉太皇太后制,命公等持节奉迎皇后!"大防等拜辞出殿,即至皇后行第,当有傧介接待,导见后父。大防入内宣制道:

  礼之大体,钦顺重正。其期维吉,典图是若。今遣尚书右仆射吕大防等以礼奉迎,钦哉维命!

后父跪读毕,敬谨答道:

  使者重宣中制,今日吉辰备礼,以迎蝼蚁之族,猥承大礼,忧惧战悸,钦率旧章,肃奉典制。

答罢,即再拜受制。于是保姆引皇后登堂,大防等向后再拜,奉上册宝。后降立堂下,再拜受册,当由内侍接过册宝,转呈与后。大防等退出,后升堂。后父升自东阶,西向道:"戒之戒之!夙夜无违命!"语已即退。后母进自西阶,东向施衿结帨,并嘱后道:"勉之戒之!夙夜无违命!"后乃出堂登舆,及出大门,大防等导舆至宣德门,百官宗室列班拜迎,待后入门,钟鼓和鸣,再入端礼门,穿过文德殿,进内东门,至福宁殿,后降舆入次小憩。哲宗仍冠服御殿,尚宫引后出次,谐殿阶东西向立。尚仪跪请皇帝降座礼迎,哲宗遂起身至殿庭中,揖后入殿,导升西阶,徐步入室,各就榻前并立。尚食跪陈饮具,帝、后乃就座。一饮再饮用爵,三饮用卺,合卺礼成。尚宫请帝御常服,尚寝请后释礼服,然后入幄,侍从依次毕退。是夜龙凤联欢,鸳鸯叶梦,毋庸细述。历叙礼节,见得哲宗册后,格外郑重,为下文被废反笔。次日朝见太皇太后、皇太后,并参皇太妃,一如旧仪。越三日,诣景灵宫行庙见礼,归后再谒太皇太后。太皇太后语哲宗道:"得贤内助,所关不小,汝宜刑于启化,媲美古人,方不负我厚望了。"及帝、后俱退,太皇太后叹息道:"此人贤淑,可无他虞,但恐福薄,他日国家有事,不免由她受祸哩。"既知孟后福薄,何必定要册立,此等处殊难索解?大婚礼成,宫廷庆贺兼旬,才得竣事。惟孟后容不胜德,姿色不过中人,哲宗少年好色,未免心怀不足,可巧御侍中有一刘氏女,生得轻秾合度,修短适宜,面滟滟若芙蓉,腰纤纤如杨柳,夷嫱比艳,环燕输姿,哲宗得此尤物,怎肯放过?便教她列入嫔御,进封婕妤,这一番有分教:

  贯鱼已夺宫人宠,飞燕轻贻祸水来。

看官欲知后事,且待下回表明。

朋党林立，为国家之大患，不意于元祐间见之。元祐之初，高后垂帘，群贤并进，此正上下泰交，拔茅汇征之象。且熙丰时各遭摈斥，同病相怜，一朝遇主，携手入朝，乐何如之？奈何程、苏交哄，洛、蜀成嫌，二党倾轧之不足，而复有所谓朔党者，与之鼎足而三耶？然则元祐诸君子，殆不能辞其过矣。若夫册后一事，已成常制，本书于前后各文，俱不过数语而止，独于孟后之立，纪载从详。盖自有宋以来，惟哲宗册立孟后，仪文特备，高后恐哲宗年少，易昵私爱，故特隆之以六礼，重之以宰执大臣，且亲嘱之曰："得贤内助，所关非细。"是其为哲宗计者，至周且挚，初不意后之竟背前训也。《宋史》中曾大书曰："始备六礼立皇后孟氏，正为后文废后反照。"故本书亦不敢从略，所以存史意也。

第四十五回　嘱后事贤后升遐
　　　　　　　绍先朝奸臣煽祸

　　却说范纯仁外调后，尚书右仆射一缺，尚属虚位，太皇太后特擢苏颂为尚书右仆射，兼中书侍郎，苏辙为门下侍郎，范百禄即范镇子。为中书侍郎，梁焘、郑雍为尚书左右丞，韩忠彦即韩琦子。知枢密院事，刘奉世签书枢密院事。嗣又因辽使入贺，问及苏轼。乃复召轼为兵部尚书，兼官侍读。原来轼为翰林学士时，每遇辽使往来，应派为招待员。时辽亦趋重诗文，使臣多文学选，每与轼谈笑唱和，轼无不立应，惊服辽人。会辽有五字属对，未得对句，遂商诸副介，请轼照对。看官道是什么难题？乃是"三光日月星"五字。轼即应声道："'四诗风雅颂，'这是天然对偶，你不必说是我对，但说你自己想着便了。"副介如言答辽使，辽使方在叹愕，轼又出见辽使道："'四德元亨利，'难道不对么？"辽使欲起座与辩，轼便道："你道我忘记一字么？你不必多疑。两朝为兄弟国，君是外臣，仁庙讳亦应知晓。"仁宗名祯，这是苏髯诙谐语，不可作正语看。辽使闻言，亦为心折。旋复令医官对云："六脉寸关尺。"辽使愈觉敬服，随语轼道："学士前对，究欠一字，须另构一语。"适雷雨交作，风亦大起，轼即答道："'一阵风雷雨，'即景属对，可好么？"辽使道："敢不拜服。"遂欢宴而散。至哲宗大婚，辽使不见苏轼，反觉怏怏，太皇太后乃召轼内用，寻又迁礼部兼端明侍读二学士。

　　御史董敦逸、黄庆基，又劾轼曾草吕惠卿谪词，隐斥先帝，轼弟辙相为表里，紊乱朝政。想又是洛党中人。吕大防替轼辩驳，且言近时台官，好用蜚语中伤士类，非朝廷之福。辙亦为兄讼冤。太皇太后语大防道："先帝亦追悔往

第四十五回　嘱后事贤后升遐　绍先朝奸臣煽祸

事,甚至泣下。"大防道:"先帝一时过举,并非本意。"太皇太后道:"嗣主应亦深知。"乃罢董、黄二人为湖北、福建路转运判官。未几,轼亦罢知定州。苏颂保荐贾易,谓易系直臣,不宜外迁,与大防廷争。侍御史杨畏、来之邵即劾颂庇易。颂上书辞职,因罢为观文殿大学士。范百禄与颂友善,亦为杨畏所劾,出知河南府。梁焘亦因议政未合,遂称疾乞休,乃再召范纯仁为尚书右仆射,兼中书侍郎。杨畏、来之邵复上论纯仁不可再相,乞进用章惇、安焘、吕惠卿,疏入不报。吕大防欲引畏为谏议大夫,纯仁谓:"畏非正人,怎可重用?"大防微笑道:"莫非恨他劾奏相公么?"纯仁尚莫名其妙,苏辙在旁,即读畏弹文。纯仁道:"这事我尚未闻,但公不负畏,恐畏且负公!"隐伏下文。大防不信,竟迁畏礼部侍郎。畏劾范纯仁,且请用章、吕等人,其隐情已可窥见,何大防尚未悟耶?元祐八年八月,太皇太后寝疾,不能听政,吕大防、范纯仁入宫问视,太皇太后与语道:"我病将不起了。"吕、范齐声道:"慈寿无疆,料不致有意外情事。"太皇太后道:"我今年已六十二岁,死亦不失为正命,所虑官家宫中称皇帝为官家。年少,容易受迷,还望卿等用心保护!"吕、范又同声道:"臣等敢不遵命!"太皇太后顾纯仁道:"卿父仲淹,可谓忠臣,在明肃垂帘时,惟劝明肃尽母道,至明肃上宾,惟劝仁宗尽子道,卿当效法先人,毋忝所生!"纯仁亦涕泣受命。高后岂亦虑哲宗之难恃耶?太皇太后复道:"我受神宗顾托,听政九年,卿等试言九年间,曾加恩高氏否?我为公忘私,遗有一男一女,我病且死,尚不得相见哩。"时嘉王颢已薨,高后子只留一颢,徙封徐王,故尚未相见。言讫泪下,喘息了好一歇,复嘱吕、范二人道:"他日官家不信卿言,卿等亦宜早退,令官家别用一番人。"说至此,顾左右道:"今日正值秋社,可给二相社饭。"吕、范二人,不敢却赐,待左右将社饭备齐,暂辞出外,至别室草草食讫,复入寝门内拜谢。太皇太后呜咽道:"明年社饭时,恐二卿要记念老身哩。"太后既预知哲宗心性,当力戒哲宗,奈何对吕、范二人,徒作颓唐语,亦令人难解!吕、范劝慰数语,随即告退。越数日,太皇太后竟崩。后听政九年,朝廷清明,华夏绥定,辽主尝戒群臣道:"南朝尽行仁宗旧政,老成正士,多半起用,国势又将昌盛哩,汝等幸勿生事!"因此元祐九年,毫无边衅。夏主来归永乐所俘,乞还侵地,太皇太后有志安民,诏还米脂、葭芦、浮屠、安疆四寨,夏人遂谨修职贡,不复生贰。有司请循天圣故事,两宫同御殿,太皇太后不许。又请受册宝于文德殿,太皇太后道:"母后当阳,非国家之美事,况文德殿系天子正衙,岂母后所当御,但就崇政殿行礼便了!"太皇太后侄元绘、元纪,终元祐世,只迁一秩,还是哲宗再三申请,方得特许。中外称为女中尧、舜。礼臣恭上尊谥,乃是"宣仁圣烈"四字。

哲宗乃亲政,甫经著手,即召内侍刘瑗等十人,入内给事。翰林学士范祖禹入谏道："陛下亲政,未闻访一贤臣,乃先召内侍,天下将谓陛下私昵近臣,不可不防。"哲宗默然,好似不见不闻一般。侍讲丰稷,亦以为言,反将他出知颍州。出手便弄错。范祖禹忍无可忍,复接连上疏,由小子略述如下:

> 熙宁之初,王安石、吕惠卿造立新法,悉变祖宗之政,多引小人以误国,勋旧之臣,屏弃不用,忠正之士,相继远引,又用兵开边,结怨外夷,天下愁苦,百姓流徙,赖先帝觉悟,罢逐两人,而所引群小,已布满中外,不下二十万,可复去。蔡确连起大狱,王韶创取熙河,章惇开五溪,沈起扰交管,沈括、徐禧、俞充、种谔兴造西事,兵民死伤,皆不先帝临朝悼悔,谓朝廷不得不任其咎,以至吴居厚行铁冶之法于京东,王子京行茶法于福建,蹇周辅行盐法于江西,李稷、陆师闵行茶法市易于西川,刘定教保甲于河北,民皆愁痛嗟怨,比屋思乱,赖陛下与先后起而救之,天下之民,如解倒悬。惟是向来所斥逐之人,窥伺事变,妄意陛下不以修改法度为是,如得至左右,必进奸言,万一过听而误用之,臣恐国家自此陵迟,不复振矣。

这疏大意,是防哲宗召用熙丰诸臣。还有一疏,仍系谏阻近幸,略云:

> 汉有天下四百年,唐有天下三百年,及其亡也,皆由宦官,同一轨辙。盖与乱同事,未有不亡者也。汉自元帝任用石显,委以政事,杀萧望之、周堪,废刘向等,汉之基业,坏于元帝。唐自明皇使高力士省决章奏,宦官遂盛,李林甫、杨国忠皆自力士以进。唐亡之祸,基于开元。熙宁元丰间,李宪、王中正、宋用臣辈,用事总兵,权势震灼,中正兼干四路,口敕募兵,州郡不敢违,师徒冻馁,死亡最多。宪陈再举之策,致永乐再陷,用臣兴土木之兵,无时休息,罔市井之微利,为国敛怨,此三人者虽加诛戮,未足以谢百姓。宪虽已亡,而中正、用臣尚在。今召内臣十人,而宪、中正之子,皆在其中,则中正、用臣必将复用,臣所以敢极言之,幸陛下垂察焉!

两疏呈入,哲宗仍然不省。范纯仁、韩忠彦等亦面请效法仁宗,均不见纳。吕大防受命为山陵使,甫出国门,杨畏即首叛大防,上言:"神宗更立旧制,垂示万世,乞赐讲求,藉成继述美名。"哲宗便召畏入对,并问:"先朝旧臣,孰可召用?"畏举章惇、安焘、吕惠卿、邓润甫、李清臣等,各加褒美,且言:"神宗建立新政,与王安石创行新法,实是明良交济,足致富强。今安石已殁,只有章惇才学,与安石相似,请即召为宰辅。"哲宗却很是信从,当下传出中旨,复章惇、吕惠卿官。寻用李清臣为中书侍郎,邓润甫为尚书左丞。至宣仁太后葬毕,吕大防回都,闻侍御史来之邵,已有弹章,即上书辞职,哲宗立即准

第四十五回　嘱后事贤后升遐　绍先朝奸臣煽祸

奏。拔去首辅,好算辣手。于是彼言继志,此言述事,哄得这位哲宗皇帝,居然想对父尽孝,一心一意的绍述神宗。元祐九年三月,廷试进士李清臣,发策拟题,题云:

今复词赋之选,而士不知劝,罢常平之官,而农不加富,可差可募之说杂,而役法病,或东或北之论异,而河患滋,赐土以柔远也,而羌夷之患未弭,弛利以便民也,而商贾之路不通。夫可则因,否则革,惟当之为贵,圣人亦何有必焉。

原来元祐变政,曾禁用王氏经义字说,科试仍用诗赋,补上文所未及。所以李清臣发策,看作甚重。第一条便驳斥词赋,第二条阴主青苗法,第三条指免役,第四条论治河,第五条斥还夏四寨事,第六条讥盐铁弛禁事。门下侍郎苏辙抗言上奏道:

伏见策题历诋行事,有诏复熙宁元丰之意。臣谓先帝设施,盖有百世不可易者。元祐以来,上下奉行,未尝失坠,至于事或失当,何世无之?父作于前,子救于后,前后相继,此则圣人之孝也。汉武帝外事四夷,内兴宫室,财用匮竭,于是修盐铁榷酤均输之政,民不堪命,几至大乱。昭帝委任霍光,罢去烦苛,汉室乃定。光武显宗,以察为明,以谶决事,上下恐惧,人怀不安。章帝深鉴其失,代之宽厚,恺悌之政,后世称焉。本朝真宗天书,章献临御,揽大臣之议,藏之梓官,以泯其迹,仁宗听政,绝口不言。英宗濮议,朝廷汹汹者数年,先帝寝之,遂以安静。夫以汉昭帝之贤,与吾仁宗、神宗之圣,岂其薄于孝敬而轻事变易也哉?陛下若轻变九年已行之事,擢任累岁不用之人,怀私忿而以先帝为辞,则大事去矣。

哲宗接阅奏章,竟勃然大怒道:"辙敢比先帝为汉武么?"我谓神宗尚不及汉武。言下即欲逐辙。辙下殿待罪,众莫敢救。范纯仁从容进言道:"武帝雄才大略,史家并无贬词,辙引比先帝,不得为谤。陛下甫经亲政,待遇大臣,也不当似奴仆一般,任情呵斥。"正说着,有一人越次入奏道:"先帝法度,都被司马光、苏辙等坏尽。"纯仁视之,乃是新任尚书左丞邓润甫,遂抗声道:"这语是说错了。法本无弊,有弊必改。"哲宗道:"秦皇、汉武,古所并讥。"纯仁便接奏道:"辙所论是指时事言,非指人品言。"哲宗颜色少霁,乃不复发语,当即退朝。辙前时曾附吕大防,与纯仁议多不合,至是方谢纯仁道:"公乃佛地位中人,辙仗公包涵久了。"纯仁道:"公事公言,我知有公,不知有私。"名副其实,是乃谓之纯仁。辙又申谢而退。越日,竟下诏降辙官职,出知汝州。

及进士对策,考官评阅甲乙,上第多主张元祐。嗣经杨畏复勘,悉移置下第,把赞成熙丰的策议,拔置上列。第一名乃是毕渐,竟比王、吕为孔、颜,仿佛王、吕二人的孝子顺孙。自是绍述两字,喧传中外,曾布竟用为翰林学士,张商英进用为右正言。未几,即任章惇为尚书左仆射,兼门下侍郎。章惇既相,佥人当道,还管什么时局?什么名誉?贬苏轼知英州,寻复安置惠州。罢翰林学士范祖禹,出知陕州。范纯仁当然不安,连章求去,也出知颍昌府。召蔡京为户部尚书,安石婿蔡卞为国史修撰,林希为中书舍人,黄履为御史中丞。先是元丰末年,履曾官中丞,与蔡确、章惇、邢恕相交结。惇与确有所嫌,即遣恕语履。履尽情排击,不遗余力,时人目为四凶,因被刘安世劾奏,降级外调。昇再得志,立即引用,那时报复私怨,日夕罗织,元祐诸君子,都要被他陷入阱中了。<u>去恶务尽,元祐诸贤,不知此义,遂致受殃。</u>

当下由曾布上疏,请复先帝政事,下诏改元,表示意向。哲宗准奏,即于元祐九年四月,改称绍圣元年,<u>半年都不及待,何性急乃尔?</u>遂复免役法,免行钱、保甲法,罢十科举士法,令进士专习经义,除王氏字说禁令。黄履、张商英、上官均、来之邵等,乘势修怨,迭毁司马光、吕公著妄改成制,叛道悖理。章惇、蔡卞且请掘光、公著墓冢。适知大名府许将,内用为尚书左丞,哲宗问及掘墓事。许将对道:"掘墓非盛德事,请陛下三思!"哲宗乃止,惟追夺司马光、吕公著赠谥,仆所立碑。贬吕大防为秘书监,刘挚为光禄卿,苏辙为少府监,并分司南京。章惇复钩致文彦博等罪状,得三十人,列籍以上,请尽窜岭表。李清臣独进言道:"变更先帝法度,虽不能无罪,但诸人多累朝元老,若从惇言,恐大骇物听,应请从宽为是!"哲宗点首。看官阅过前文,应知李清臣是主张绍述,仇视元祐诸臣,为何反请哲宗从宽呢?原来清臣本思为相,至章惇起用,相位被他夺去,于心不甘,所以与惇立异,有此奏请。哲宗乃颁诏道:"大臣朋党,司马光以下,各以轻重议罚,余悉不问,特此布告天下。"

会章惇复荐用吕惠卿,诏命知大名府,惇未以为然。监察御史常安民上言:"北都重镇,惠卿且未足胜任,试思惠卿由王安石荐引,后竟背了安石,待友如此,事君可知。今已颁诏命,他必过阙请对,入见陛下,臣料他将泣述先帝,感动陛下,希望留京了。"哲宗也似信非信。及惠卿到京,果然请对,果然述先朝事,作涕泣状,哲宗正色不答。惠卿只好辞退,出都赴任。惇闻此事,隐恨安民,可巧安民复劾论蔡京、张商英,接连数奏,末疏竟斥章惇专国植党,乞收回主柄,抑制权奸。惇挟嫌愈甚,潜遣亲信进语道:"君本以文学闻名,奈何好谈人短,甘心结怨?能稍自安静,当以高位相报。"安民正色呵斥道:"尔乃为当道做说客么?烦尔传语,安民只知忠君,不知媚相。"<u>傲骨棱棱。</u>看官!试想章惇不立排安民,尚是留些余地,有意笼络,偏安民一味强硬,教章惇如何相容?遂嗾使御史董敦逸,弹斥安民,说他与苏轼兄弟,素作党援,安民竟被谪滁州,令监酒税。门下侍郎安焘上书救解,毫不见效,反为惇所谗间,出知郑州。蔡卞重修神宗实录，力翻前案，前史官范祖禹，及赵彦若、黄庭坚等，并坐诋诬降官，安置永、澧、黔州，并因吕大防尝监修神宗实录，亦应连坐，徙至安州居住。范纯仁请释还大防，大忤章惇，竟贬纯仁知随州。惇且记念蔡确，惜他已死，嘱确子渭叩阍诉冤，即追复确官，并赠太师，予谥忠怀。一面与蔡京定计，勾通阉寺，密结刘婕妤为内援，把灭天害理的事情，逐渐排惇出来。小子有诗叹道：

宵小无非误国媒，胡为视作济时才？
堪嗟九载宣仁力，都被奸邪一旦摧。

究竟章惇等作何举动，容至下回表明。

宋代贤后，莫如宣仁，元祐年间，号称极治，皆宣仁之力也。但吾观宣仁弥留时，乃对吕、范二大臣，叮咛呜咽，劝以宜早引退，并谓明年社饭，应思念老身，意者其豫料哲宗之不明，必有蔑弃老成，更张新政之举耶？且哲宗甫经亲政，奸党即陆续进用，是必其少年心性，已多暗昧，宣仁当日，有难言之隐，不过垂帘听政，大权在握，尚足为无形之防闲；至老病弥留，不忍明言，又不忍不言，叮咛呜咽之时，盖其心已不堪酸楚矣。宣仁固仁，而哲宗不哲，吕、范退，章、蔡进，宋室兴衰之关键，意在斯乎！意在斯乎！

第四十六回　宠妾废妻皇纲倒置　崇邪黜正党狱迭兴

却说刘婕妤专宠内庭，权逾孟后，章惇、蔡京即钻营宫掖，恃婕妤为护符，且追溯范祖禹谏乳媪事，应四十四回。指为暗斥婕妤，坐诬谤罪，并牵及刘安世。哲宗耽恋美人，但教得婕妤欢心，无不可行，遂谪祖禹为昭州别驾，安置贺州，安世为新州别驾，安置英州。刘婕妤阴图夺嫡，外结章惇、蔡京，内嘱郝随、刘友端，表里为奸，渐构成一场冤狱，闹出废后的重案来。奸人得势，无所不至。

婕妤恃宠成骄，尝轻视孟后，不循礼法。孟后性本和淑，从未与她争论短长。惟中宫内侍，冷眼旁窥，见婕妤骄倨无礼，往往代抱不平。会后率妃嫔等朝景灵宫，礼毕，后就坐，嫔御皆立侍，独婕妤轻移莲步，退往帘下；孟后虽也觉着，恰未曾开口。申说二语，见后并非妒妇。偏侍女陈迎儿，口齿伶俐，竟振吭道："帘下何人？为什么亭亭自立？"婕妤听着，非但不肯过来，反竖起柳眉，怒视迎儿；忽又扭转娇躯，背后立着。形态如绘。迎儿再欲发言，由孟后以目示禁，方不敢多口。至孟后返宫，婕妤与妃嫔等，随后同归，杏脸上还带着三分怒意。既而冬至节届,后妃等例谒太后,至隆祐宫,太后尚未御殿,大众在殿右待着,暂行就坐。向例惟皇后坐椅,朱漆金饰,嫔御不得相同,此次当然循例;偏刘婕妤立着一旁,不愿坐下。内侍郝随,窥知婕妤微意,竟替她易座,也是髹朱饰金,与后座相等,婕妤方才就坐。突有一人传呼道:"皇太后出来!"孟后与妃嫔等,相率起立,刘婕妤亦只好起身。哪知伫立片时,并不见太后临殿,后妃等均是莲足,不能久立,复陆续坐下。刘婕妤亦坐将下去,不意坐了个空,一时收缩不住,竟仰天跌了一交。却是好看。侍从连忙往扶,已是玉山颓倒,云鬓蓬松。恐玉臀亦变成杏脸。妃嫔等相顾窃笑,连孟后也是解颐。看官!试想此时的刘婕妤,惊忿交集,如何忍耐得住?可奈太后宫中,不便发作,只好咬住银牙,强行忍耐,但眼中的珠泪,已不知不觉的迸将下来。她心中暗忖道:"这明明中宫使刁,暗嘱侍从设法,诈称太后出殿,诱我起立,潜将宝椅撤去,致令仆地,此耻如何可雪?我总要计除此人,才出胸中恶气。"后阁中人,原太促狭,但也咎由自取,如何不自反省?当下命女侍替整衣饰,代刷鬓鬟,草草就绪,那向太后已是出殿,御座受朝。孟后带着嫔妃,行过了礼,太后也没甚问答,随即退入。

　　后妃等依次回宫,刘婕妤踉跄归来,余恨未息。郝随从旁劝慰道:"娘娘不必过悲,能早为官家生子,不怕此座不归娘娘。"婕妤恨恨道:"有我无她,有她无我,总要与她赌个上下。"说着时,巧值哲宗进来,也不去接驾,直至哲宗近身,方慢慢的立将起来。哲宗仔细一瞧,见她泪眦荧荧,玉容寂寂,不由的惊讶逾常,便问道:"今日为冬至令节,朝见太后,敢是太后有甚么斥责?"婕妤呜咽道:"太后有训,理所当从,怎敢生嗔?"哲宗道:"此外还有何人惹卿?"婕妤陡然跪下,带哭带语道:"妾、妾被人家欺负死了。"哲宗道:"有朕在此,何人敢来欺负?卿且起来!好好与朕说明。"婕妤只是哭着,索性不答一言。这是妾妇惯技。郝随即在旁跪奏,陈述大略,却一口咬定皇后阴谋。主仆自然同心。哲宗道:"皇后循谨,当不至有这种情事。"也有一隙之明。婕妤即接口道:"都是妾的不是,望陛下撵妾出宫,"说到"宫"字,竟枕着哲宗足膝,一味娇啼。古人说得好:"儿女情长,英雄气短。"自古以来,无论什么男儿好汉,钢铁心肠,一经娇妻美妾,朝诉暮啼,无不被她熔化。况哲宗生平宠爱,莫如刘婕妤,看她愁眉泪眼,仿佛一枝带雨梨花,哪有不怜惜的道理?于是软语温存,好言劝解,才得婕妤罢哭,起侍一旁。哲宗复令内侍取酒肴,与婕妤对饮消愁,待到酒酣耳热,已是夜色沉沉,接连吃过晚膳,便就此留寝。是夕,除艳语浓情外,参入谗言,无非是浸润之谮,肤受之愬罢了。

　　会后女福庆公主,偶得奇病,医治无效,后有姊颇知医理,尝疗后疾,以故出入禁中,无复避忌。公主亦令她诊治,终无起色。她穷极无法,别觅道家治

第四十六回　宠妾废妻皇纲倒置　崇邪黜正党狱迭兴

病符水,入治公主。后惊语道:"姊不知宫中禁严,与外间不同么?倘被奸人谣诼,为祸不轻。"遂令左右藏着,俟哲宗入宫,具言原委。哲宗道:"这也是人生常情,她无非求速疗治,因有此想。"后即向左右取出原符,当面焚毁,总道是心迹已明,没甚后患,谁料宫中已造谣构衅,啧有烦言。想就是郝随等人捏造出来。未几,有后养母听宣夫人燕氏,及女尼法端,供奉官王坚,为后祷祠。郝随等方捕风捉影,专伺后隙,一闻此信,即密奏哲宗,只说是中宫厌魅,防有内变。哲宗也不察真伪,即命内押班梁从政与皇城司苏珪,捕逮宦官、宫妾三十人,彻底究治。梁、苏两人,内受郝随嘱托,外由章惇指使,竟滥用非刑,把被逮一干人犯,尽情搒掠,甚至断肢折体。孟后待下本宽,宦妾等多半感德,哪肯无端妄扳?偏梁从政等胁使诬供,定要归狱孟后。有几个义愤填胸,未免反唇相讥,骂个爽快。梁、苏大怒,竟令割舌,结果是未得供词,全由梁、苏两人,凭空架造,捏成冤狱,入奏哲宗。有诏令侍御史董敦逸复录罪囚。敦逸奉旨提鞫,但见罪人登庭,都是气息奄奄,莫能发声,此时触目生悲,倒也秉笔难下。恻隐之心,人皆有之。敦逸虽是奸宄,究竟也有天良。郝随防他翻案,即往见敦逸,虚词恫吓。敦逸畏祸及身,不得已按着原谳,复奏上去。一念萦私,便入阿鼻地狱。哲宗竟下诏废后,令出居瑶华宫,号华阳教主玉清静妙仙师,法名冲真。是时为绍圣三年孟冬,天忽转暑,阴翳四塞,雷雹交下。董敦逸自觉情虚,复上书谏阻,略云:

> 中官之废,事有所因,情有可察。诏下之日,天为之阴翳,是天不欲废后也。人为之流涕,是人不欲废后也。臣尝奉诏录囚,仓猝复奏,恐未免致误,将得罪天下后世,还愿陛下暂收成命,更命良吏复核真伪,然后定谳。如有冤情,宁谴臣以明枉,毋污后而贻讥,谨待罪上闻!

哲宗览毕,自语道:"敦逸反复无常,朕实不解。"次日临朝,谕辅臣道:"敦逸无状,不可更在言路。"曾布已闻悉情由,便奏对道:"陛下本因宫禁重案,由近习推治,恐难凭信,特命敦逸录问,今乃贬录问官,如何取信中外?"此奏非庇护敦逸,乃是主张成案。哲宗乃止。旋亦自悔道:"章惇坏我名节。"照此说看来,是废后之举,章惇必有密奏。嗣是中宫虚位,一时不闻继立。刘婕妤推倒孟后,眼巴巴的望着册使,偏待久无音,只博得一阶,晋封贤妃。

贼臣章惇,一不做,二不休,既构成孟后冤狱,还想追废宣仁,因急切无从下手,乃再从元祐诸臣身上,层加罪案,谋达最后的问题。二省长官,统是章惇党羽,惇便教他追劾司马光等,说是:"诋毁先帝,变易法度,罪恶至深,虽或告老或已死,亦应量加惩罚,为后来戒!"那时昏头磕脑的哲宗皇帝,竟批准奏牍,追贬司马光为清远军节度使,吕公著为建武军节度副使,王岩叟为雷州别驾,夺赵瞻、傅尧俞赠谥,追还韩维、孙固、范百禄、胡宗愈等恩诏。寻又追贬光为朱匡军司户,公著为昌化军司户。各邪党兴高采烈,越觉猖狂,适知渭州吕大忠,系大防兄,自泾原入朝,哲宗与语道:"卿弟大防,素性朴直,为人所卖,执政欲谪徙岭南,朕独令处安陆,卿可为朕寄声问好,二三年后,当再相见!"大忠叩谢而退。章惇正在阁中,闻大忠退朝,即出与相见,并问有无要谕。大忠心直口快,竟将哲宗所嘱,一一告知,章惇佯作惊喜道:"我正待令弟入京,好与他共议国是,难得上意从同,我可得一好帮手了。"至大忠去后,即密唆侍御史来之邵,及三省长官,奏称:"司马光叛道逆理,典刑未及,为鬼所诛,独吕大防、刘挚等,罪与光同,尚存人世。朝廷虽尝惩责,尚属罚不称愆,生死异置,恐无以示后世。"乃复贬大防为舒州团练副使,安置循州,刘挚为鼎州团练副使,安置新州,苏辙为化州别驾,安置雷州,梁焘为雷州别驾,安置化州,范纯仁为武安军节度副使,安置永州,刘奉世为光禄少卿,安置柳州,韩维落职致仕,再贬均州安置,王觌谪通州,韩川谪随州,孙升谪峡州,吕陶谪衡州,范纯礼谪蔡州,赵君锡谪亳州,马默谪单州,顾临谪饶州,范纯粹谪均州,孔武仲谪池州,王钦臣谪信州,吕希哲谪和州,吕希纯谪金州,吕希绩谪光州,姚缅谪衢州,胡安诗谪连州,秦观谪横州,王汾落职致仕,孔平仲落职知衡州,张耒、晁补之、贾易并贬为监当官,朱光庭、孙觉、赵卨、李之纯、李周均追夺官秩,嗣复追贬孔文仲、李周为别驾。这道诏命,系是中书舍人叶涛主稿,文极丑诋,中外切齿。那章惇、蔡京等,才把元祐诸臣,一网打尽,无论洛党、蜀党、朔党,贬窜得一个不留,大宋朝上,只剩得一班魑魅魍魉了。君子尚能容小人,小人断不能容君子,于此可见。

先是左司谏张商英,曾有一篇激怒君相的奏牍,内言:"陛下无忘元祐时,章惇无忘汝州时,安焘无忘许州时,李清臣、曾布无忘河阳时。"为这数语,遂令哲宗决黜旧臣,章惇等誓复旧怨,遂兴起这番大狱。韩维子上书陈诉,略言:"父维执政时,尝与司马光未合,恳请恩赦!"得旨免行。纯仁子亦欲援例,拟追述前时役法,父言与光议不同,可举此乞免。纯仁摇首道:"我缘君实荐引,得致宰相,从前同朝论事,宗旨不合,乃是为公不为私,今复再行提及,且变做为私不为公。与其有愧而生,宁可无愧而死?"随命整装就道,怡然启行。僚友或说他好名,纯仁道:"我年将七十,两目失明,难道甘心远窜么?不过爱君本心,有怀未尽,若欲避好名的微嫌,反恐背叛朝廷,转增罪戾呢。"忠臣信友,可谓完人。诸子因纯仁年老,多愿随侍,途次冒犯风霜,辄怨詈章惇,纯仁必喝令住口。一日,舟行江中,遇风被覆,幸滩水尚浅,不致溺死。纯仁衣履尽湿,旁顾诸子道:"这难道是章惇所使么?君子素患难,行乎患难,何必怨天尤人。"纯仁可与言道。既至永州,仍夷然自若,无戚戚容,以此尚得保全。吕大防病殁途中。梁焘至化州,刘挚至新州,均因忧劳成疾,相继谢世。

第四十六回　宠妾废妻皇纲倒置　崇邪黜正党狱迭兴

　　张商英又劾文彦博背国负恩,朋附司马光,因降为太子少保。及诏命到家,彦博亦已得病,旋即身逝,年九十二岁。彦博居洛,尝与司马光、富弼等十三人,仿白居易九老会故事,置酒赋诗,筑堂绘像,号为洛阳耆英会,迄今留为佳话。徽宗初追复太师,赐谥忠烈。

　　会哲宗授曾布知枢密院事,林希同知院事,许将为中书侍郎,蔡卞、黄履为尚书左右丞,卞与惇同肆罗织,尚欲举汉唐故事,请戮元祐党人。<small>凶险之至。</small>哲宗询及许将,将对道:"汉、唐二代,原有此事,但本朝列祖列宗,从未妄戮大臣,所以治道昭彰,远过汉、唐哩。"<small>许将亦奸党之一,但尚有良心。</small>哲宗点首道:"朕意原亦如此。"将即趋退。章惇更议遣吕升卿、董必等察访岭南,将尽杀流人。哲宗召惇入朝,面谕道:"朕遵祖宗遗志,未尝杀戮大臣,卿毋为已甚!"惇虽唯唯应命,心中很是不快,暗中致书邢恕,令他设法诬陷。恕在中山,得书后,设席置酒,招高遵裕子士京入饮,酒过数巡,乃私问道:"君知元祐年间,独不与先公推恩否?"士京答言未知。恕又问道:"我记得君有兄弟,目今尚在否?"士京答称有兄士充,现已去世。恕又道:"可惜!可惜!"士京惊问何事?恕便道:"今上初立时,王珪为相,他本意欲立徐王,曾遣令兄士充,来问先公。先公叱退士充,珪计不行,所以得立今上。"<small>一派鬼话。</small>士京又答言未知。恕复道:"令兄已殁,只有君可作证,我有事需君,君肯相从,转眼间可得高官厚禄,但事前切勿告人!"士京莫名其妙,但闻"高官厚禄"四字,不禁眉飞色舞,当即答称如命。饮毕,欢谢而别。恕即复书章惇,谓已安排妥当。惇即召恕入京,三迁至御史中丞。恕遂诬奏司马光、范祖禹等,曾指斥乘舆,又令王珪为高士京作奏,述先臣遵裕临死,曾密嘱诸子,有叱退士充,乃立今上等事。再嗾使给事中叶祖洽,上言册立陛下时,王珪尝有异言。三面夹攻,不由哲宗不信,遂追贬王珪为万安军司户,赠遵裕秦国军节度使。

　　自是天怒人怨,交迫而至。太原地震,坏庐舍数千户,太白星昼见数次,火星入舆鬼,太史奏称贼在君侧。哲宗召太史入问,贼主何人?太史答道:"谗慝奸邪,皆足为贼,愿陛下亲近正人,修德格天!"<small>此语颇为善谏,可惜未表姓名。</small>哲宗乃避殿减膳,下诏修省。<small>何不黜逐奸党?</small>绍圣五年元日,免朝贺礼。章惇、蔡京恐哲宗另行变计,又想出一条奇谋,蛊惑君心。<small>小人入朝,无非蛊君。</small>看官道是何事?乃是咸阳县民段义,忽得了一方玉印,镌有"受命于天,既寿永昌"八字,呈报地方长官。官吏称是秦玺,遣使赍京,诏令蔡京等验辨。看官听着!这玺来历,明明是蔡京等授意秦吏,现造出来,此时教他考验,如何说是不真?且附上一篇贺表,称作天人相应,古宝呈祥。哲宗大喜,命定此玺名称,号为天授传国受命宝。择日御大庆殿受玺,行朝会礼。<small>仿佛儿戏。</small>并召段义入京，赐绢二百匹，授右班殿直，骤然升官发财，未知段义交什么运？一面颁诏改元，以绍圣五年为元符元年，特赦罪犯，惟元祐党人不赦，且反逮文彦博子及甫下狱，锢刘挚、梁焘子孙于岭南，勒停王岩叟诸子官职，当时称为同文馆狱。原来文彦博有八子，皆历要官，第六子名及甫，尝入值史馆。因与邢恕友善，为刘挚所劾，出调外任。时吕大防、韩忠彦等尚秉国政，及甫迁怨辅臣，曾致书邢恕，有"司马昭之心，路人皆知，又济以粉昆，可为寒心"等语。司马昭隐指大防，粉昆隐指忠彦，忠彦弟嘉彦，曾尚淑寿公主，英宗第三女。俗号驸马为粉侯，因称忠彦为粉昆。恕曾将及甫书，示确弟硕，至是恕令确子渭上书，讼挚等陷害父确，阴谋不轨，谋危宗社，引及甫书为证。乃置狱同文馆，逮问及甫，令蔡京讯问，佐以谏议大夫安惇。安惇本迎合章、蔡，因得此位，遂潜告及甫，令诬供刘挚、王岩叟、梁焘等人。及甫如言对簿，诡称："乃父在日，尝称挚为司马昭，王岩叟面白，乃称为粉，梁焘字况之，况字右旁从兄，乃称为昆。"京、惇因据供上陈，遂言："挚等大逆不道，死有余辜，不治无以治天下。"哲宗问道："元祐诸臣，果如是么？"京、惇齐声道："诚有是心，不过反形未著。"含血喷人。乃诏锢挚、焘子孙，削岩叟诸子官。及甫系狱数日，竟得释放，进安惇为御史中丞，蔡京只调任翰林学士承旨。京与卞系是兄弟，卞已任尚书左丞，由曾布密白哲宗，兄弟不应同升，因止转官阶，不得辅政。嗣被京探悉，引为深恨，遂与布有隙，格外谄附章惇。惇怨范祖禹、刘安世尤深，特嘱京上章申劾，竟将祖禹再窜化州，安世再窜梅州。嗣惇又擢王豪为转运判官使，令暗杀安世。豪立即就道，距梅州约三十里，呕血而死，安世乃得免。祖禹竟病殁贬所。惇又与蔡卞、邢恕定谋，拟将元祐变政，归罪到宣仁太后身上，竟欲做出灭伦害理的大事来。小子有诗叹道：

贼臣当国敢无天，信口诬人祸众贤。
不信奸邪如此恶，且连圣母上弹笺。

欲知章惇等如何画策，俟至下回叙明。

章惇乃第一国贼，蔡卞等特其爪牙耳。惇不入相，则奸党何由而进？冤狱何由而兴？人谓刘婕妤意图夺嫡，乃有孟后之废，吾谓婕妤何能废后？废后者非他，贼惇是也。人谓绍述之议，创自杨畏、李清臣，由绍述而罪元祐诸臣，乃有钩党之祸，吾谓杨畏、李清臣，何能尽逐元祐诸臣？逐元祐诸臣者非他，贼惇是也。废后不足，尽黜诸贤，妨贤不足，且欲上诬宣仁，是可忍，孰不可忍乎？呜呼章惇，阴贼险狠，较莽、操为尤甚，欲穷其罪，盖几罄竹难书矣。故读此回而不发指者，吾谓其亦无人心。

第四十七回　拓边防谋定制胜
　　　　　　　窃后位喜极生悲

　　却说章惇、蔡卞等，欲诬宣仁太后，遂与邢恕、郝随等定谋，只说司马光、刘挚、梁焘、刘大防等，曾勾通崇庆宫内侍陈衍，密谋废立。崇庆宫系宣仁太后所居，陈衍为宫中干役，时已得罪，发配朱崖。尚有内侍张士良，从前亦与衍同职，外调郴州。章惇遣使召还，令蔡京、安惇审问。京、惇高坐堂上，旁置鼎镬刀锯，非常严厉，方召士良入讯，大声语道："你肯说一有字，即还旧职，若讳有为无，国法具在，请你一试！"全是胁迫。士良仰天大哭道："太皇太后不可诬，天地神祇不可欺，士良情愿受刑，不敢妄供！"京等胁逼再三，士良抵死不认。好士良。京与惇无供可录，只奏衍疏隔两宫，斥逐随龙内侍刘瑗等人，翦除人主心腹羽翼，谋为大逆，例应处死！哲宗神志颠倒，居然批准下来，章惇、蔡卞遂擅拟草诏，呈入御览，议废宣仁为庶人。哲宗在灯下展览，正在迟疑未决，忽有内侍宣太后旨，传帝入见。哲宗即往谒太后，太后道："我曾日侍崇庆宫，天日在上，哪有废立之遗言？我刻已就寝，猝闻此事，令我心悸不休。试想宣仁太后，待帝甚厚，尚有不测的变动，他日还有我么？"言下带着惨容。哲宗连称不敢，既而退还御寝，即将惇、卞拟诏，就灯下毁去。郝随在旁窥见，即往告惇、卞。次日，惇、卞再行具状，坚请施行，哲宗不待阅毕，已勃然怒道："汝等不欲朕入英宗庙么？"撕奏掷地，事乃得寝。既知惇、卞虚诬，奈何尚不加罪？这且慢表。

　　且说哲宗元符元年，夏主秉常病殂，子乾顺嗣立，遣使至汴都告哀。哲宗仍册封乾顺为夏王，乾顺申谢封册，并归永乐俘虏。当时曾给还四寨，见四十五回。令彼此画界自守，夏人得步进步，屡思侵轶界外，所以画界问题，始终未定。不过元祐年间，宋廷称治，夏人尚不敢深扰，至绍圣改元，屡求塞门二寨，愿以兰州边境为易，廷议不许。绍圣三年，乾顺奉母梁氏，秉常母姓梁，乾顺母亦姓梁。率众五十万，大入鄜延，西自顺宁招安寨，东自黑水、安定，中自塞门、龙安、金明以南，二百里间，烽烟不绝。乾顺子母，亲督桴鼓，纵骑四掠，前队攻金明，后队驻龙安，宋将调集边兵，掩击夏人，反为所败，金明被陷，守兵二千五百人，尽行陷没，只五人得脱。城中粮五万石，草十万束，统被掠去，将官张舆战死。时吕惠卿调任鄜延经略使，正拟请诸路出兵，往援金明，忽由夏人放还俘卒，颈上置有一书，两手尚被缚着。当经惠

卿左右,替他解缚,并取来书呈上。惠卿当然展阅,但见书中略云:

> 夏国昨与朝廷议疆场事,惟小有不同,方行理究,不意朝廷改悔,却于坐团铺处立界。本国以恭顺之故,亦黾勉听从,亦于境内立数堡以护耕。而鄜延出兵,悉行平荡,又数数入界杀掠,国人共愤,欲取延州。终以恭顺,止取金明一寨,以示兵锋,终不失臣子之节也。调侃语。

惠卿览毕,问明还卒,方知夏人已经退去,乃将来书赍送枢密院,院吏匿不上闻。越年,知渭州章惇,献平夏策,请筑城葫芦河川,扼据形胜,严拒夏人。惇与章惇同宗,接得此书,称为奇计。当即请命哲宗,依议施行。与宰相同宗,自有好处。惇遂檄令熙河、秦凤、环庆、鄜延四路人马,缮理他寨数十所,佯示怯弱,自率兵备齐板筑,竟出葫芦河川,造起两座城墙;一座在石门峡江口,一座在好水河北面。端的是据山为城,因河为池。夏人闻章惇筑寨,即来袭击,被章惇设伏掩杀,驱退夏人。二旬又二日,筑城告竣,取名平夏城灵平寨,当下拜表上闻。章惇遂请绝夏人岁赐,命沿边诸路,择视要隘,次第筑城,共五十余所。总不免劳民伤财。于是鄜延经略使吕惠卿,乘势图功,疏请诸路合兵,出讨夏罪。哲宗立即批准,并饬河东、环庆各军,尽听惠卿节制。惠卿遣将官王愍,攻夺宥州,嗣复奏筑威戎、威羌二城。诏进惠卿银紫光禄大夫,其余筑城诸将士,爵赏有差。到了元符元年冬季,夏人复寇平夏城,章楶仍用埋伏计,就城外十里间,三覆以待,命偏将折可适带领前军,向前诱敌,只准败,不准胜。夏将嵬名阿理,一译作咸明阿密。素有勇名,仗着一身膂力,超跃而来。折可适率军拦截,不到数合,便即奔回。嵬名阿理不知是计,急麾军追赶,后队的夏监军,名叫妹勒都逋,一译作穆尔图卜。闻先锋得胜,也鼓勇随来。章楶在山冈遥望,见夏兵被折可适诱入,已到第二层伏兵境内,当即燃炮为号,一声爆响,伏兵齐起,把夏兵冲作数段。嵬名阿理尚不知死活,只管舞动大刀,东挑西拨,宋军奋力兜拿,一时恰不能近身。章楶命弓弩手一齐注射,箭如飞蝗,饶你夏先锋力大无穷,熬不住数支箭镞,顿时中矢落马,被宋军活捉住了。妹勒都逋也被第三层伏兵围住,舍命冲突,竟不能脱,只好束手受擒。夏兵大败,死亡过半。章楶好算能军。这次战胜夏人,所有夏国精锐,多半陷没,夏人为之气夺。

章楶飞书奏捷,哲宗御紫宸殿受贺。章楶请乘胜平夏,令章楶便宜行事。楶乃创设西安州,并添筑荡羌、天都、临羌、横岭诸寨,及通会、宁韦、定戎诸堡,着着进逼。夏主乾顺不禁畏惧,复值国母梁氏身亡,越觉乏人主张,遂遣使向辽乞援。辽遣签书枢密院事萧德崇至宋,代为议和,诏令郭知章持书复辽,略言:"夏人若果出至诚,悔过谢罪,应当予以自新,再修前好。"于是夏主

第四十七回　拓边防谋定制胜　窃后位喜极生悲

遣使告哀,上表谢过,朝议许夏通好,令再进誓表,仍给岁赐,西陲少安。

未几,又有吐蕃战事。自王韶倡复河湟,絷归木征,因功封枢密副使后,_{应三十九回。}旋与王安石有隙,出知洪州,未几遂死。韶将死时,生一背疽,终日闭目奄卧,尝延医就诊,医请开眼鉴色,韶谓一经开眼,即有许多斩头截脚等人,立在眼前,所以眼中无病,也不敢开。医生知为果报,勉强用药,敷衍数日,疽溃而亡。_{为好杀者戒,故特补叙。}时人闻韶暴死,相戒开边。惟元祐二年,岷州将种谊复洮州,执吐蕃部族鬼章等,_{鬼章一译作果庄。}槛送京师。鬼章本熙河首领,王韶定熙河,尝请封鬼章为刺史,鬼章总算投诚。会保顺军节度使董毡病卒,养子阿里骨嗣位,_{阿里骨一译作额尔古。}阿里骨诱使鬼章,入据洮河。至鬼章被擒,哲宗加恩赦宥,遣居秦州,令招子结龊,及部属自赎。阿里骨颇也知惧,上表谢罪,诏令照常纳贡,不再加兵。阿里骨旋死,传子辖征,_{一译作辖戬。}辖征暴虐,部曲携贰,大酋沁牟钦毡_{一译作星摩沁占。}等,阴蓄异谋,虑辖征叔父苏南党征,雄武过人,不为所制,遂日进谗言,哄动辖征加罪叔父。辖征昏愦异常,竟将叔父杀死,且翦灭余党,独篯罗结_{一译作沁鲁克节。}投奔溪巴温。_{一译作希卜温。}溪巴温系董毡疏族,曾居陇逋部,役属土人,篯罗结奔至,为溪巴温设法略地,与他长子杓栱,攻入辖征属境,夺据溪哥城。辖征出兵掩讨,攻杀杓栱,篯罗结转奔河州。洮西安抚使兼知河州王赡,收为臂助,密议攻取青唐,献策朝廷。章惇正贪功黩武,力言此议可行,于是王赡遂引军趋邈川。邈川为青唐要口,辖征虽设兵防守,猝闻王赡军至,不及预防,吓得仓皇失措。王赡督兵攻城,并射书招降。守兵知不可支,情愿投顺,遂开城迎纳赡军。辖征在青唐闻报,慌忙调兵抵敌,哪知号令不灵,无人听命,他穷急无法,不得已单身潜出,竟至邈川乞降。赡收纳辖征,露布奏捷,诏命胡宗回统领熙河,节制诸部。王赡以功由己立,不蒙特赏,反来一胡宗回,权出己上,心中很是不平,乃逗兵不进。沁牟钦毡等竟迎溪巴温入青唐,立木征子陇栱_{一译作隆咱尔。}为主,势焰复炽。宗回督赡进攻,赡尚未肯受命,寻由朝旨催促,赡乃进薄青唐。陇栱及沁牟钦毡,因急切无从固守,勉强出降。_{为后文伏笔。}赡遂入据青唐城,驰书奏闻,诏改青唐为鄯州,命王赡知州事,邈川为湟州,命王厚知州事。当时中外智士,已料二酋乞降,非出本心,将来必有变动,不但青唐不能久据,就是邈川亦恐不可守。王赡等但顾目前,未遑后计,哪里防到后文这一着哩?这且待后再详。

且说哲宗废去孟后,未免自悔,蹉跎三年,未闻继立中宫。刘贤妃日夕觊望,格外献媚,终不得册立消息,再嘱内侍郝随、刘友端,并首相章惇,内外请求,亦不见允,累得这位刘美人,徬徨忧虑,怅断秋波,就中只有一线希望,乃是后宫嫔御,未育一男,哲宗年早逾冠,尚乏储嗣,若得诞生麟儿,这中宫虚悬的位置，不属刘妃，将属何人？天下事无巧不成话，那刘妃果然怀妊，东祷西祀，期得一子，至十月满足，临盆分娩，竟产下一位郎君，这番喜事，非同小可，刘妃原是心欢，哲宗亦甚快慰。于是宫廷章奏，一日数上，迭请立刘妃为后。哲宗乃命礼官备仪，册立刘氏为皇后，右正言邹浩，抗疏谏阻道：

> 立后以配天子，安得不审？今为天下择母，而所立乃贤妃，一时公议，莫不疑惑，诚以国家自有仁宗故事，不可不遵用之尔。盖郭后与尚美人争宠，仁宗既废后，并斥美人，所以示公也。及立后则不选于妃嫔，而卜于贵族，所以远嫌，所以为天下后世法也。陛下之废孟氏，与郭后无以异，果与贤妃争宠而致罪乎？抑亦不然也？二者必居一于此矣。孟氏垂废之初，天下孰不疑立贤妃为后，及请诏书，有"别选贤族"之语，又闻陛下临朝慨叹，以为国家不幸。至于宗景立妾，怒而罪之，于是天下始释然不疑，今竟立之，岂不上累圣德？臣观白麻所言，不过称其有子，及引永平、祥符事以为证，臣请论其所以然：若曰有子可以为后，则永平贵人，未尝有子也，所以立者，以德冠后宫故也。祥符德妃，亦未尝有子，所以立者，以钟英甲族故也。又况贵人实马援之女，德妃无废后之嫌，迥与今日事体不同，顷年冬，妃从享景灵宫，是日雷变甚异，今宣制之后，霖雨飞雹，自奏告天地宗庙以来，阴霾不止。上天之意，岂不昭然？考之人事既如彼，求之天意又如此，望不以一时致命为难，而以万世公议为可畏。追停册礼，如初诏行之。

哲宗览奏至此，即召邹浩入问道："这也是祖宗故事，并非朕所独创哩。"浩对道："祖宗大德，可法甚多，陛下未尝遵行，乃独取及小疵，恐后世难免遗议呢。"哲宗闻言变色，至邹浩退朝，再阅浩疏，踌躇数四，若有所思，因将原疏发交中书，饬令复议。看官！试想废后立后，多半是章惇构成，此次幸已成功，偏来了一个邹浩，还想从旁挠阻，哪得不令綮忿恨？当下极端痛诋，力斥邹浩狂妄，请加严惩！哲宗本是个没主意的傀儡，看到惇疏，又觉邹浩多言，确是有罪，遂将他削职除名，羁管新州。尚书右丞黄履入谏道："浩感陛下知遇，犯颜纳忠，陛下反欲置诸死地，此后盈廷臣子，将视为大戒，怎敢与陛下再论得失呢？愿陛下改赐善地，毋负孤忠！"强盗也发善心么？哲宗不从，反出履知亳州。

先是阳翟人田画，为前枢密使田况从子，议论慷慨，与邹浩友善，互相砥砺。元符中，画入监京城门，往语浩道："君为何官？此时尚作寒蝉仗么么？"浩答道："待得当进言，勉报君友。"至刘后将立，画语僚辈道："志完再若不言，我当与他绝交了。"志完即邹浩表字，及浩以力谏得罪，画已病归许邸，闻浩出京,力疾往迎。浩对他流涕,画正色道:"志完太没气节了,假使你隐默不言,苟全禄位,一旦遇着寒疾,五日不出汗,便当死去,岂必岭海外能死人么?古人有言:'烈士徇名,'君勿自悔前事,恐完名全节的事情,尚不止此哩。"浩乃爽然谢教。浩有母张氏,当浩除谏官时,曾面嘱道:"谏官责在规君,你果能竭忠报国,无愧公论,我亦喜慰,你不必别生顾虑呢。"宗正寺簿王回,闻浩母言,很是感叹。及浩南迁,人莫敢顾,回独集友醵资,替浩治装,往来经理,且慰安浩母。逻卒以闻,被逮系狱。回从容对簿,御史问回曾否通谋?回慨然道:"回实与闻,怎敢相欺!"遂诵浩所上章疏,先后约二千言,狱上除名。回即徒步出都,坦然自去。浩有贤母,并有贤友,亦足自慰。

哲宗因册后诏下,择日御文德殿,亲授刘后册宝。礼成,宫廷庆贺,欢宴数日。蛾眉不肯让人,狐媚竟能惑主,数年怨忿,一旦销除,正是吐气扬眉,说不尽的快活。哪知福兮祸伏,乐极悲生,刘后生子名茂,才经二月有余,忽生了一种奇疾,终日啼哭,饮食不进,太医都不能疗治,竟尔夭逝。刘后悲不自胜,徒唤奈何。人力尚可强为,天命如何挽救? 偏偏祸无双至,祸不单行,皇子茂殇逝后,哲宗也生起病来,好容易延过元符二年,到了三年元日,卧床不起,免朝贺礼。御医等日夕诊视,参苓杂进,龟鹿齐投,用遍延龄妙药,终不能挽回寿数。正月八日,哲宗驾崩,享年只二十有五。总计哲宗在位,改元二次,阅一十五年。小子有诗叹道:

治乱都缘主德分,不孙不子不成君。
宫闱更乏刑于化,宋室从兹益泯棼。

哲宗已崩,尚无储贰,不得不请出向太后,定议立君。究竟何人嗣位,待至下回说明。

夏主乾顺,冲年嗣立,即奉母梁氏,率兵五十万寇边,其蔑宋也实甚。纵还俘卒,贻书惠卿,语多调侃,彼心目中岂尚有上国耶?章楶定计筑寨,连破夏众,擒悍寇,翦夏卒,虽不免劳师费财,而夏人夺气,悔罪投诚,西陲得无事者数年,楶之功固有足多者。若夫王赡之议取青唐,情形与西夏不同,夏敢寇边,其曲在夏,青唐虽自相残害,于宋无关得失,贸贸然兴兵出塞,据邈川,入青唐,侥幸取胜,曾亦思取之甚易,守之实难乎? 然则章楶、王赡同一用兵,而功过之辨,固自判然,正不待下文之得而复失,始知其未克有成也。刘妃专宠,竟得册立,邹浩力谏不从,为刘氏计,乐何如之? 然子茂遽夭,哲宗旋逝,天下事以阴谋窃取,侥幸成功者,终未能长享幸福,人亦何不援以自鉴耶? 吉凶祸福,凭之于理,世有循理而乏善报者,未有蔑理而成善果者也。

第四十八回 承兄祚初政清明 信阁言再用奸憸

却说哲宗驾崩,向太后召入辅臣,商议嗣君。因泣对群臣道:"国家不幸,大行皇帝无嗣,亟应择贤继立,慰安中外。"章惇抗声道:"依礼律论,当立母弟简王似。"向太后道:"老身无子,诸王皆神宗庶子,不能这般分别。"惇复道:"若欲立长,应属申王佖。"太后道:"申王有目疾,不便为君,还是端王佶罢。"惇又大言道:"端王轻佻,不可君天下。""轻佻"二字,恰是徽宗定评,不得以语出章惇,谓为诬妄。曾布在旁叱惇道:"章惇未尝与臣等商议,如皇太后圣谕,臣很赞同。"蔡卞、许将亦齐声道:"合依圣旨。"太后道:"先帝尝谓端王有福寿,且颇仁孝,若立为嗣主,谅无他虞。"哲宗原是不哲,向太后亦失人了。章惇势处孤立,料难争执,只好缄口不言。乃由太后宣旨,召端王佶入宫,即位柩前,是为徽宗皇帝。曾布等请太后权同处分军国重事,太后谓嗣君年长,不必垂帘。徽宗泣恳太后训政,移时乃许。徽宗系神宗第十一子,系陈美人所生,神宗崩,陈氏尝守陵殿,哀毁致亡。徽宗既立,追尊为皇太妃,并尊先帝后刘氏为元符皇后,授皇兄申王佖为太傅,进封陈王,皇弟莘王俣为卫王,简王似为蔡王,睦王佖为定王,特进章惇为申国公,召韩忠彦为门下侍郎,黄履为尚书左丞,立夫人王氏为皇后,后系德州刺史王藻女,元符二年归端邸,曾封顺国夫人。于是徽宗御紫宸殿,受百官朝觐。韩忠彦首陈四事:一、宜广仁恩,二、宜开言路,三、宜去疑似,四、宜戒用兵。太后览疏,很是嘉许。适值吐蕃复叛,青唐、邈川相继失守,太后感忠彦言,不愿穷兵,遂决计弃地,贬黜边臣。

原来王赡留守青唐,纵兵四掠,羌众都有怨言。沁牟钦毡纠众谋叛,被赡击破,尽戮城中诸羌,积尸如山。篯罗结因此生贰,诡言归抚本部,赡信以为真,听他自去,他遂招集千余人,围攻邈川,一面向夏乞援。夏人即发兵助攻,邈川危甚,青唐亦受影响。赡恐被叛羌隔断,遽弃了青唐,率兵东归。王厚亦守不住邈川,飞章告警。那朝旨接连颁下,先谪王赡至昌化军,继谪王厚至贺州,连胡宗回亦夺职知蕲州,仍将鄯州*即青唐*。给还木征子陇栟,授河西军节度使,赐姓名曰赵怀德。陇栟弟赐名怀义,为廓州团练使,同知湟州。*即邈川*。加辖征校尉太傅,兼怀远军节度使。王赡以前功尽弃,且遭贬窜,免不得悔愤交迫,惘惘然行到穰县,自觉程途辛苦,越想越恼,竟投缳自尽了。死由自取,夫复谁尤?

未几,已是暮春时候,司天监步算天文,谓四月朔当日食,诏求直言。筠州推官崔鶠上书言事,略云:

比闻国家以日食之异,询求直言,伏读诏书,至所谓"言之失中,朕不加罪。"盖陛下披至情,廓圣度,以求天下之言如此,而私秘所闻,不敢一吐,是臣子负陛下也。方今政令烦苛,民不堪扰,风俗险薄,法不能胜,未暇一一陈之,而特以判左右之忠邪为本。臣生于草莱,不识朝廷之士,但闻左右有指元祐诸臣为奸党者,必邪人也,使汉之党锢,唐之牛、李之祸,将复见于今日,可骇也。夫毁誉于朝廷之公议,故责授朱崖军司户司马光,左右以为奸,而天下皆曰忠;今宰相章惇,左右以为忠,而天下皆曰奸。此何理也?夫乘时抵以盗富贵,探微揣端以固权宠,谓之奸可也。苞苴满门,私谒踵路,阴交不轨,密结禁廷,谓之奸可也。以奇技淫巧荡上心,以倡优女色败君德,独操刑赏,自报恩怨,谓之奸可也。蔽遮主听,排斥正人,微言有坐以刺讥,直谏者陷以指斥,以杜天下之言,掩滔天之罪,谓之奸可也。凡此数者,光有之乎?惇有之乎?夫以佞为忠,必以忠为佞,于是乎有谬赏乱罚,赏谬罚滥,佞人徜徉,如此而国不乱,未之有也。光忠信直谅,闻于华夷,虽古名臣未能过,而谓之奸,是欺天下也。至如惇狙诈凶险,天下士大夫呼曰惇贼,贵极宰相,人所具瞻,以名呼之,又指为贼,岂非以其孤负主恩,玩窃国柄,忠臣痛愤,义士不服,故贼而名之耶?京师语曰:"大惇小惇,殃及子孙,"谓惇与御史中丞安惇也。小人譬之蝮蝎,其凶忍害人,根乎天性,随遇必发,天下无事,不过贼陷忠良,破碎善类,至缓急危疑之际,必有反复卖国,跋扈不臣之心。比年以来,谏官不论得失,御史不劾奸邪,门下不驳诏令,共持喑默以为得计。昔李林甫窃相位,十有九年,海内怨痛,而人主不知,顷邹浩以言事得罪,大臣拱手观之,同列无一语者,又从而挤之。夫以股肱耳目,治乱安危所系,而一切若此,陛下虽有尧舜之聪明,将谁使言之?谁使行之?夫日阳也,食之者阴也,四月正阳之月,阳极盛,阴极衰之时,而阴干阳,故其变为大。惟陛下畏天威,听民命,大运乾纲,大明邪正,毋违经义,毋郁民心,则天意解矣。若夫伐鼓用币,素服彻乐,而无修德善政之实,非所以应天也。臣越俎进言,罔知忌讳,陛下怜其愚诚而俯采之,则幸甚!

徽宗览毕,顾左右道:"鶠一微官,乃能直言无隐,倒也不可多得呢。"备录鶠疏,亦见此意。遂下诏嘉奖,擢鶠为相州教授,复进龚夬为殿中侍御史,召陈瓘、邹浩为左右正言。章惇入奏道:"邹浩复用,如何对得住先帝?"徽宗勃然道:"立后大事,中丞不言,独浩敢言,为什么不可复用呢?"初志却是清明。惇失色而退。陈瓘遂劾惇诳惑主听,妄骋私见,若明示好恶,当自惇始,乃出安惇知潭州。复哲宗废后孟氏为元祐皇后,自瑶华宫还居禁中。升任韩忠彦为尚书右仆射,兼中书侍郎,李清臣为门下侍郎,蒋之奇同知枢密院事。

忠彦请召还元祐诸臣,诏遣中使至永州,赐范纯仁茶药,传问目疾,并令徙居邓州。纯仁自永州北行,途次复接诏命,授观文殿大学士。制词中有四语云:"岂惟尊德尚齿,昭示宠优,庶几鲠论嘉谋,日闻忠告。"纯仁泣谢道:"上果欲用我呢,死有余责。"至纯仁已到邓州,又有诏促使入朝。纯仁乞归养疾,乃诏范纯礼为尚书右丞。苏轼亦自昌化军移徙廉州,再徙永州,更经三赦,复提举玉局观,徙居常州。未几,轼即病殁。轼为文如行云流水,虽嬉笑怒骂,尽成文章,当时号为奇才。惟始终为小人所忌,不得久居朝列,士林中尝叹息不置。徽宗又诏许刘挚、梁焘归葬,录用子孙,并追复文彦博、司马光、吕公著、吕大防、刘挚、王珪等三十三人官阶。用台谏等言,贬蔡卞为秘书少监,分司池州,安置邢恕于舒州。向太后见徽宗初政,任贤黜邪,内外无事,遂决意还政,令徽宗自行主持,乃于七月中撤帘。总计训政期间,不过六月,好算一不贪权势、甘心恬退的贤后了。应加褒美。

宋室成制,每遇皇帝驾崩,必任首相为山陵使,章惇例得此差,八月间哲宗葬永泰陵,灵舆陷泥淖中,越宿乃行。台谏丰稷、陈次升、龚夬、陈瓘等,劾惇不恭,乃罢知越州。惇既出都,陈瓘申劾:"惇陷害忠良,备极惨毒,中书舍人蹇序辰,及出潭州安惇,甘作鹰犬,肆行搏噬,应并正典刑。"诏除蹇序辰、安惇名,放归田里,贬章惇为武昌节度副使,安置潭州。蔡京亦被劾夺职,黜居杭州。林希也连坐削官,徙知扬州。韩忠彦调任首相,命曾布继忠彦任,布初附章惇,继与惇异趋,力排绍圣时人,因此得为宰辅。时议以元祐、绍圣,均有所失,须折衷至正,消释朋党,乃拟定年号为建中,复因建中为唐德宗年号,不应重袭,特于"建中"二字下,添入"靖国"二字;遂颁诏改元,以次年为建中靖国元年。到了正月朔日,徽宗临朝受贺,百官跄跄济济,齐立朝班,正在行礼的时候,忽有一道赤气,照入殿庑,自东北延至西南,仿佛与电光相似,赤色中复带着一股白光,缭绕不已,大家统是惊讶。至礼毕退朝,各仰望天空,赤白气已是将散,只旁有黑祲,还是未退,于是群相推测,议论纷纷。独有正言任伯雨,谓年当改元,时方孟春,乃有赤白气起自空中,旁列黑祲,恐非吉兆。遂夤夜缮疏,极陈阴阳消息的理由,大旨谓:"日为阳,夜为阴,东南为阳,西北为阴,赤为阳,黑与白为阴,朝廷为阳,宫禁为阴,中国为阳,夷狄为阴,君子为阳,小人为阴,今天象告变,恐有宫禁阴谋,以下犯上;且赤散为白,白色主兵,或不免夷狄窃发等事。望陛下进忠良,黜邪佞,正名分,击奸恶,务使上下同心,中外一体,庶几感格天心,灾异可变为休祥了。"暗为后文写照。次日拜本

第四十八回　承兄祚初政清明　信阉言再用奸憝

进去，没有什么批答出来。那宫禁中却很是忙碌，探问内侍，系向太后遇疾，已近弥留，伯雨乃不复申奏。过了数日，向太后竟尔归天，寿五十有六。太后素抑置母族，所有子弟，不使入选，徽宗追怀母泽，推恩两舅，一名宗良，一名宗回，均加位开府仪同三司，晋封郡王，连太后父向敏中以上三世，亦追授王爵，这也是非常恩数呢。太后既崩，尊谥钦圣宪肃，祔葬永裕陵，复追尊生母陈太妃为皇太后，亦上尊谥曰钦慈。惟哲宗生母尚存，徽宗奉事惟谨，再越一年方卒，谥曰钦成皇后，与陈太后同至永裕陵陪葬，这却不必叙烦。

且说向太后升遐时，范纯仁亦病殁家中，由诸子呈入遗表，尚是纯仁亲口属草，劝徽宗清心寡欲，约己便民，杜朋党，察邪正，毋轻议边事，毋好逐言官，并辨明宣仁诬谤，共计八事。徽宗览表叹息，诏赙白金三十两，赠开府仪同三司，赐谥忠宣。范仲淹四子中，纯仁德望素著，卒年七十五。褒美贤臣，备详生卒。先是徽宗召见辅臣，尝问纯仁安否，以不得进用为憾。至纯仁已逝，任伯雨追论纯仁被黜，祸由章惇，应亟寘重典，内有最紧要数语云：

　　章惇久窃朝柄，迷国罔上，毒流搢绅，乘先帝变故仓卒，辄逞异志，向使其计得行，将置陛下与皇太后于何地？若贷而不诛，则天下大义不明，大法不立矣。臣闻北使言，去年辽主方食，闻中国黜惇，放箸而起，称善者再。谓南朝错用此人，北使又问何为只若是行遣？以此观之，不独孟子所谓国人皆曰可杀，虽蛮貊之邦，莫不以为可杀也。

这疏上去，总道徽宗即加罪章惇，不意静待数日，尚不见报。伯雨接连申奏，章至八上，仍无消息，徽宗已易初志。乃与陈瓘、陈次升等商议，令他联衔具奏，申论惇罪。两陈即具疏再进，乃贬惇为雷州司户参军。从前苏辙谪徙雷州，不许占居官舍，没奈何赁居民屋，惇又诬他强夺民居，下州究治，幸赁券所载甚明，无从锻炼，因得免议。至惇谪雷州，也欲向民僦居，州民无一应允。惇诘问原因，州民道："前苏公来此，为章丞相故，几破我家，所以不敢再允。"惇惭沮而退。自作自受，便叫作现世报。方惇入相时，妻张氏病危，语惇道："君作相，幸勿报怨。"七字可作座右铭。有善必录，是书中本旨。惇不能从。及张氏已殁，惇屡加悲悼，且语陈瓘道："悼亡不堪，奈何？"瓘答道："徒悲无益，闻尊夫人留有遗言，如何不念？"惇不能答，至是已追悔无及。旋改徙睦州，病发即死。

曾布本主张绍述，不过与惇有嫌，坐视贬死，噤不一言。既得专政，当然故态复萌，仍以绍述为是。任伯雨司谏半年，连上一百零八篇奏疏，布恨他多言，调伯雨权给事中，并遣人密劝伯雨，少从缄默，当令久任。伯雨不听，抗论益力，且欲上疏劾布。布预得消息，即徙伯雨为度支员外郎。尚书右丞范纯礼，沉毅刚直，为布所惮，乃潜语驸马都尉王诜道："上意欲用君为承旨，范右丞从旁谏阻，因此罢议。"诜遂衔恨胸中。会辽使来聘，诜为馆待员，纯礼主宴，及辽使已去，诜遂借端进谗，诬纯礼屡斥御名，见笑辽使，失人臣礼。徽宗也不问真假，竟出纯礼知颍昌府。嗣又罢左司谏江公望，及权给事中陈瓘，连李清臣也为布所嫌，罢门下侍郎，朝政复变，绍述风行，又引出一位大奸巨憝，入紊皇纲，看官道是何人？就是前翰林学士承旨蔡京。京被徙至杭州，正苦无事，日望朝廷复用，适来了一个供奉官，姓童名贯，为杭州金明局主管，奉诏南下。京遂与他结纳，联为密友，朝征暮逐，狼狈相依。徽宗性好书画，及玩巧诸物，贯承密旨采办，京能书工绘，遂刻意加工，画就屏障扇带，托贯进呈，并代购名人书画，加入题跋，或竟冒己名。一面贿贯若干财帛，乞他代为周旋。贯遂密表揄扬，谓京实具大才，不应放置闲地。至返都后，复联络太常博士范致虚，及左阶道录徐知常，代京说项。知常尝挟符水术，出入元符皇后宫中，因得谒侍徽宗，屡言京有相才。贯又替京遍赂宦官宫妾，大家得些好处，自然交口誉京，不由徽宗不信，乃起京知定州，改任大名府。继而曾布与韩忠彦有嫌，至欲引京自助，乃荐京仍为翰林学士承旨。京入都就职，私望很奢，意欲将韩、曾二相一律排斥，自己方好专政。会邓绾子洵武入为起居郎，与京有父执谊，因串同一气，日夕往来。可巧徽宗召对，洵武遂乘间进言道："陛下乃神宗子，今相忠彦，乃韩琦子，神宗变法利民，琦尝以为非，今忠彦改神宗法度，是忠彦做了人臣，尚能绍述父志，陛下身为天子，反不能绍述先帝么？"牵强已极。徽宗不觉动容。洵武复接口道："陛下诚继志述事，非用蔡京不可。"徽宗道："朕知道了。"洵武趋退后，复作一爱莫能助之图以献。图中分左右两表，左表列元丰旧臣，蔡京为首，下列不过五六人。右表列元祐旧臣，如满朝辅相公卿百执事，尽行载入，差不多有五六十人。徽宗以元祐党多，元丰党少，遂疑及元祐诸臣，朋比为奸，竟欲出自特知，举蔡京为宰辅了。正是：

宿雾渐消天欲霁，层阴复冱日重霾。

徽宗欲重用蔡京，当然有一番黜陟，待至下回表明。

牝鸡司晨，惟家之索，而宋独反是。有宣仁太后临朝，而始得哲宗之初政。有钦圣太后临朝，而始得徽宗之初政。是他史以母后临朝为忧，而《宋史》独以母后不久临朝为憾，是亦一奇事也。徽宗亲政，虽黜逐首恶，而曾布尚存，恶未尽去。且欲调和元祐、绍圣诸臣，以致贤奸杂进，曾亦思薰莸异器，泾渭殊流，天下无贤奸并立之理，贤者或能容奸，而奸人断不能容贤乎？蔡京结纳童贯，贿托宫廷，内外俱为揄扬，尚不过迁调北镇，至布嫉忠彦，欲引京自助，乃入为翰林学士承旨，人谓进蔡京者童贯，吾谓进蔡京者实曾布也。导狼入室，必为狼噬，布亦可以已乎！

第四十九回　端礼门立碑诬正士
　　　　　　河湟路遣将复西蕃

却说徽宗既信邓洵武言，欲重用蔡京，且因京入都陈言，力请绍述，遂再诏改元，定为"崇宁"二字，隐示尊崇熙宁的意思。擢洵武为中书舍人给事中，兼职侍讲，复蔡卞、邢恕、吕嘉问、安惇、蹇序辰官，罢礼部尚书丰稷，出知苏州，再罢尚书左仆射韩忠彦，出知大名府，追贬司马光、文彦博等四十四人官阶，籍元祐、元符党人，不得再与差遣。又诏司马光等子弟，毋得官京师。进许将为门下侍郎，许益为中书侍郎，蔡京为尚书左丞，赵挺之为尚书右丞。自韩忠彦去位，惟曾布当国，力主绍述，因此熙丰邪党，陆续进用。蔡京亦由布引入，但京本与布有隙，反日夜图布，阴作以牛易羊的思想，布亦稍稍觉着，怎奈京已深得主眷，一时无从撵逐，只好虚与委蛇。京得任尚书左丞，居然在辅政地位，所有一切政事，布欲如何，京必反抗，所以常有龃龉。会布拟进陈佑甫为户部侍郎，佑甫系布婿父，与布为儿女亲家，京遂乘隙入奏道："爵禄乃是公器，奈何使宰相私给亲家？"语甚中听。布忿然道："京与卞系是兄弟，如何亦得同朝？佑甫虽系布亲家，但才足胜任，何妨荐举。"京冷笑道："恐未必有才呢。"布益怒道："京以小人心，度君子腹，怎见得佑甫无才呢？"同一小人，何分彼此？说至此，声色俱厉。温益从旁叱布道："布在上前，怎得无礼？"布尚欲还叱温益，但见徽宗已面带愠色，拂袖退朝，乃悻悻趋出。殿中侍御史钱遹，即于次日呈入弹文，略言："曾布援元祐奸党，挤绍圣忠贤。"当有诏罢布为观文殿大学士，出知润州。布初由王安石荐引，阿附安石，胁制廷臣，至哲宗亲政，始助章惇，继排章惇；徽宗嗣立，章惇被逐，布为右揆，欲并行元祐、绍圣诸政，乃逐蔡京。嗣与韩忠彦有隙，又引京自助，至是终为京所排，落职出外。时人谓杨三变后，无过曾布。看官道杨三变为何人？就是前文所叙的杨畏。畏在元丰间，附安石等，元祐间，附吕大防等，绍圣间，附章惇等，后被谏官孙谔所劾，号他为杨三变，出知虢州。插入杨畏，补上文所未逮。布始终奸邪，机变益多，且曾居宰辅，比杨三变尤为厉害，《宋史》编入奸臣传，与二惇、二蔡并列，也算是名不虚传呢。力斥奸邪。

布既被斥，蔡京当然入相，即受命为尚书左仆射，兼中书侍郎。京入谢，徽宗赐坐延和殿，并面谕道："神宗创法立制，先帝继志述事，中遇两变，国是未定，朕欲上述父兄遗志，卿将何以教朕？"教你亡国何如？京避座顿首道："敢不尽死。"京既得志，遂禁用元祐法，复绍圣役法，仿熙宁条例司故事，就在都省置讲议司，自为提举讲议，引用私党吴居厚、王汉之等十余人为僚属，调赵挺之为尚书左丞，张商英为尚书右丞，凡一切端人正士，及与京异志，概目为元祐党人，尽行贬斥。就是元符末年疏驳绍述等人，亦均称为奸党，一律镌名刻石，立碑端礼门，这碑叫作"党人碑"，内列一百二十人，乃是蔡京请徽宗御书，照刊石上。姓名列下：

司马光　文彦博　吕公著　吕公亮　吕大防　刘挚　范纯仁
韩忠彦　王珪　梁焘　王岩叟　王存　郑雍　傅尧俞
赵瞻　韩维　孙固　范百禄　胡宗愈　李清臣　苏辙
刘奉世　范纯礼　安焘　陆佃

上列为曾任宰执以下等官。

苏轼　范祖禹　王钦臣　姚勔　顾临　赵君锡　马默
王蚡　孔文仲　孔武仲　朱光庭　孙觉　吴安持　钱勰
李之纯　赵彦若　赵卨　孙升　李用　刘安世　韩川
吕希纯　曾肇　王觌　范纯粹　王畏　吕陶　王古
陈次升　丰稷　谢文瓘　鲜于侁　贾易　邹浩　张舜民

上列为待制以上等官。

程颐　谢良佐　吕希哲　吕希绩　晁补之　黄庭坚　毕仲游
常安民　孔平仲　司马康　吴诗安　张耒　欧阳棐　陈瓘
郑侠　秦观　徐常　汤馘　杜纯　宋保国　刘唐老
黄隐　王巩　张保源　汪衍　余爽　常立　唐义问
余卞　李格非　商倚　张庭坚　李祉　陈祐　任伯雨
朱光裔　陈郛　苏嘉　龚夬　吴俦　吕仲甫　刘当时
马琮　陈彦　刘昱　鲁君贶　韩跂　欧阳中立

上列为杂官。

张士良　鲁焘　赵约　谭祢　王偁　陈询　张琳
裴彦臣

上列为内官。

王献可　张巽　李备胡

上列为武官。

还有元符末，日食求言，当时应诏上书，不下数百本，由蔡京及私党检阅，定为正上、正中、正下三等，邪上、邪中、邪下三等。于是钟世美以下四十一人

第四十九回　端礼门立碑诬正士　河湟路遣将复西蕃

为正等，尽加旌擢，范柔中以下五百余人为邪等，降责有差，且降责人不得同州居住。比章惇执政时，还要厉害。从此小人道长，君子道消。昌州判官冯澥，窥伺朝旨，竟越俎上书，谓元祐皇后，不当复位，这一书正中蔡京心怀，他本由童贯贿赂宫中，密结刘后心腹，互为称扬，因得进用，孟后复位，刘后很是不快，内侍郝随等更滋疑惧，此次乘蔡京执政，重复哲宗旧规，遂暗托京再废孟后。京以事关重大，一时也不便发言，只好待机而动，凑巧冯澥呈上此议，即面请徽宗，乞交辅臣台官复奏。看官！试想这时候的辅臣台官，多半是蔡京爪牙，哪个不顺从京意？当下由御史中丞钱遹，殿中侍御史石豫、左肤等奏称："韩忠彦等，复瑶华废后，掠流俗虚美，物议本已沸腾，今至疏远小臣，亦效忠上书，天下公议，可想而知，望询考大臣，断以大义，勿为俗议所牵，致累圣朝"等语。说不出孟后坏处，乃反谓有累圣朝，试问为何事致累耶？蔡京遂邀集许将、温益、赵挺之、张商英数人，联衔上疏，大旨如钱遹等言。徽宗本不欲再废孟后，因被蔡京等胁迫，没奈何依议施行，撤销元祐皇后名号，再遣孟氏出居瑶华宫，且降韩忠彦、曾布官，追贬李清臣为雷州司户参军，黄履为祁州团练副使，安置翰林学士曾肇，御史中丞丰稷，谏官陈瓘、龚夬等十七人于远州，因他同议复后，所以连坐，擢冯澥为鸿胪寺主簿。

　　刘皇后私恨邹浩，复嘱郝随密语蔡京，令罪邹浩。浩自徽宗初召还，诏令入对，徽宗问谏立后事，奖叹再三，嗣复询谏草何在？浩答言："已经焚去。"及浩退朝，转告陈瓘。瓘惊语道："君奈何答称焚去，倘他时查问有司，奸人从中舞弊，伪造一缄，那时无从辨冤，恐君反因此得祸了。"瓘有先见之明。浩至此亦自悔失言，但已不及挽回，只好听天由命。蔡京受刘后密嘱，即令私党捏造浩疏，内有"刘后夺卓氏子，杀母取儿，人可欺，天不可欺"等语，因入呈徽宗，斥他诬瓘刘后，并及先帝。徽宗即视作真本，暴邹浩罪，立窜昭州。追册刘后子茂为太子，予谥献愍，并尊元符皇后刘氏为皇太后，奉居崇恩宫。

　　蔡京弟卞，以资政殿学士，擢知枢密院事。二蔡同握大权，黜陟予夺，任所欲为，复追论任伯雨等罪状，安置伯雨于昌化军，陈瓘徙连州，龚夬徙化州，陈次升徙循州，陈师锡徙郴州，陈瓘徙澧州，李深徙复州，江公望徙安南军，常安民徙温州，张舜民徙商州，马涓徙吉州，丰稷徙台州，黄庭坚亦编管象州，赵挺之升中书侍郎，张商英、吴居厚为尚书左右丞，安惇复入副枢密院。既而商英与京议不合，为京所嫉，罢知亳州，排入元祐党籍。商英得入元祐党，恐英以为辱，我以为荣。京又自书党人姓名，分布郡县，统令刻石。有长安石工安民，充刻字役，辞不承差。府官问他情由，安民道："小民甚愚，本识立碑的命意，但如司马相公，海内统称为正直，今乃指为首奸，令小民无从索解，所以不忍镌刻呢。"是乃所谓天下公议。府官怒叱道："你晓得甚么？朝廷有命，我等且不敢违，你既为石工，应该充役,难道敢违反朝廷么?"说至此,即旁顾皂役,命取大杖过来。安民泣禀道:"被役不敢辞,但小民的姓名,乞免镌石末。"府官又叱道:"你的姓名,有什么用处?哪个要你镌入?"安民乃勉强遵刻,工竣,痛哭而去。天下之良工也。

京乃更盐钞法,铸当十大钱,令天下坑冶金银,悉输内藏,创置京都大军器所,聚敛以示富,耀兵以夸武,遂又荐王厚、高永年为边帅,谋复湟、鄯、廓三州。自陇拶兄弟,沐赐姓名,分辖青唐、邈川等地,尚称恭顺,应前回。惟溪巴温子溪赊罗撒,一译作希卜萨罗桑。席权怙势,诱结羌众,胁逼陇拶。陇拶奔避河南。辖征也不自安,表求内徙,有诏令入居邓州。羌人多罗巴,一译作都尔本。遂拥溪赊罗撒为主,号令诸部,蟠踞西番。蔡京正欲假功张威,即上言:"王厚本有将才,前因韩忠彦等甘弃湟州,冤诬王厚,因致落职,今宜还他原秩,令复故地。还有河东蕃官高永年,足为副将,请一并录用,定卜成功。"徽宗准奏,当命王厚安抚洮西,合兵十万,指日西征。京又保举内客省使童贯,说他尝使陕右,熟悉五路事宜,及诸将能否,乞仿前朝用李宪故事,饬令监军。徽宗亦即照允,诏令童贯出监洮西军务。贯拜命就道,耀武扬威的到了湟州。王厚、高永年已调集边兵,待童贯出发,贯与王厚等会晤,遂定期出师。适禁中太乙宫失火,徽宗恐天象告警,不应用兵,即下手札止贯,飞驿递去。贯接阅后,遽纳靴中,王厚在旁问故。贯微笑道:"没甚要事,不过促使成功呢。"此即宦官擅权之渐。厚乃率军西行,途次闻多罗巴大集众羌,据险固守,遂与高永年定议,佯命驻兵中途,自偕永年带着轻骑,从间道驰入。适遇多罗巴三子,各踞要害,被王厚、高永年两路杀进,猝不及防,三子中死了二人,惟少子阿蒙,带箭而逃,还亏多罗巴来援,随与俱遁。厚遂进拔湟州,驰报捷音。

徽宗大喜,进蔡京官三等,蔡卜以下二等恩赏,追论前时弃湟州罪,贬韩忠彦为磁州团练副使,安焘为祁州团练副使,曾布为贺州别驾,范纯礼为静江军节度副使,夺蒋之奇三秩,凡曾经预议等人,俱贬黜有差。一面令熙河、兰会诸路,宣布德音,再饬王厚督大军西进。厚分军为三,命高永年将左军,别将张诫将右军,自将中军,三路并发,约会宗噶尔川,群羌列阵拒战,背临宗水,面倚北山,气势颇盛。溪赊罗撒登高指挥,居然张黄屋,建大旆,威风凛凛,单望着中军旗鼓,麾众冲来。厚号令军中,不得妄动,只准用强弓迭射,拒住羌人。羌人三进三退,锐气渐衰,厚乃潜率轻骑,从山北杀上,攻击溪赊罗撒背后。溪赊罗撒见部众不能取胜,正在心焦,拟驱马下山亲攻宋营,不防宋军从山后杀到,大呼羌酋速来受死,谷声震应,聚成一片。溪赊罗撒不知有若干人马,惊得手足无措,慌忙逃窜。羌众见主子骇奔,也即一哄而走,渡水逃生。张诫也带领右军,越川奋击,可巧天起大风,飞沙走石,宋军顺风追赶,羌众欲回头迎敌,扑面都是沙泥,连两目都被迷住,不能开眼,只好四散奔逃。

第四十九回　端礼门立碑诬正士　河湟路遣将复西蕃

厚与永年,驱兵芟薙,斩首四千三百余级,俘三千余人,溪赊罗撒单骑窜去,厚拟乘夜穷追,童贯以为不能,乃收军扎营。次日进薄鄯州,溪赊罗撒知不可守,复孑身远逸。其母龟慈公主,带着诸酋,开城迎降。厚再率大兵趋廓州,羌酋落施军令结,一译作喇什钧棱节。亦率众投诚,于是鄯、湟、廓三州,一并克复。

捷书迭达都中,蔡京率百官入贺,当由徽宗下诏赏功,授蔡京为司空,晋封嘉国公,童贯为景福殿使,兼襄州观察使,王厚为武胜军节度观察留后,高永年、张诫等,亦进秩有差,送陇拶至京师,封安化郡王。京自恃有功,越觉趾高气扬,罢讲议司,令天下有事,直达尚书省。旧有讲议官属,依制置三司条例司旧例,尽行迁官。自张康国以下,得官几四十人。可以专断,无烦讲议。毁景灵宫内司马光等绘像,禁行三苏及范祖禹、黄庭坚、秦观等文集,另图熙宁、元丰功臣于显谟阁。且就都城南大筑学宫,列屋千八百七十二楹,赐名辟雍,广储学士,研究王氏《经义字说》。辟雍中供俸孔孟诸图像,以王安石配享孔子,位次孟轲下。重籍邪党姓名,得三百有九人,刻石朝堂。许将稍有异议,即由京嘱使中丞朱谔,劾将首鼠两端,罢知河南府。擢赵挺之、吴居厚为门下中书侍郎,张康国、邓洵武为尚书左右丞,召胡师文为户部侍郎,调陶节夫经制陕西、河东五路。师文系蔡京姻家,最工搭克,陶节夫系蔡京私党,本为鄜延总管,屡在无关紧要的地方,增筑堡寨,虚报经费,所有中饱,悉赂蔡京,因得入任枢密直学士;至是又出任五路经略,统是蔡京一手提拔。节夫遂诱致土蕃,贿令纳土,得邦、叠、潘三州,只报称远人怀德,奉土归诚,奏中极力誉京,益坚徽宗信任。京又欲用童贯为熙河、兰湟、秦凤路制置使,令图西夏,盈庭都是京党,当然不敢异词。偏乃弟蔡卞,谓用宦官守疆,必误边计,京竟诋卞怀私,卞即求去,遂出知河南府。兄弟间犹相冲突,况在他人?卞娶王安石女为妇,号为七夫人,颇知书能诗。卞入朝议政,必先受教闺中,因此僚属,尝互相嘲谑道:"今日奉行各事,想就是床笫余谈呢。"既已知之,何乃无耻?及入知枢密院事,家中设宴张乐,伶人竟扬言道:"右丞今日大拜,都是夫人裙带。"卞明有所闻,不敢诘责伶人。平居出入兄门,归家时或述兄功德,七夫人冷笑道:"你兄比你晚达。今位出你上,你反向他巴结,可羞不可羞呢?"为这一语,遂令卞与兄有嫌,所以二府政议,常有不合,至此终为兄所排,出调外任。小子有诗叹道:

　　甘将骨肉作仇雠,构祸都因与妇谋。
　　天怒人愁多不畏,入闱只畏一娇羞。

卞既外调,童贯遂出任经略,又要与西夏开衅了。欲知后事,试看后文。

王安石之后有章惇,章惇之后有蔡京,所谓一蟹不如一蟹,宋室元气,能经几回斫丧耶?党人碑之立,如石工安民,犹不忍刻君实名,京犹人耳,胡必排斥旧臣,作一网打尽之计?彼以为专擅大权,无人掣肘,可以任所欲为,不知人之云亡,邦国殄瘁,国已亡矣,京能独存乎?或谓鄯、湟、廓三州之克复,实自京造成之,夫取其人不足以为民,得其地不足以为利,徒自劳师,已属无谓,况以六军之血战,为权佞之荣身,京得封公拜爵,而孤人子,寡人妻,布奠倾觞,哭望天涯者,已不知凡几矣。且自河湟幸胜,狃于用兵,卒酿成异日辽、夏之祸,所得者一,所失者十,小人之不可与议国是也,固如此哉!

第五十回　应供奉朱勔承差　　　得奥援蔡京复相

却说童贯由蔡京保荐,任熙河、兰湟、秦凤路经略安抚制置使,阴图西夏。京复嘱令王厚,招诱夏卓罗右厢监军仁多保忠,令他内附。厚奉命招致,颇已说动保忠,奈保忠部下,无人肯从,只好迁延过去。京再四促厚,厚据实报闻,哪知京反责厚延宕,定要限期成功。厚不得已遣弟赍书,往劝保忠,途次被夏人捉去,机谋遂泄。夏主因召还保忠,厚复报明情形,且言:"保忠即不遇害,亦必不能再领军政,就使脱身来降,不过得一匹夫,何益国事?"这数语是知难而退,得休便休。偏蔡京贪功性急,硬要王厚招致保忠,如若违命,当加重罪。正是强词夺理。一面饬令边吏,能招致夏人,不论首从,赏同斩级。于是夏国君臣,怒宋无理,遂号召兵民,入寇宋边。适辽遣成安公主,嫁与夏主乾顺,乾顺恃与辽和亲,声言向辽乞援,并贻书宋使,争论曲直。童贯搁置不答,陶节夫且讨好蔡京,大加招诱,不惜金帛。徒以金帛动人,就使为所招诱,亦岂足恃?夏复上表婉请,并函诘节夫。节夫拒绝来使,反将夏国牧卒,杀死多名。夏人愤怒已极,遂简率万骑,入镇戎军,掠去数万口,一面与羌酋溪赊罗撤合兵,逼宣威城。时高永年正知鄯州,发兵驰援,行三十里,未见敌骑,天色将昏,乃择地扎营,安食而寝。到了夜半时候,蓦闻胡哨齐鸣,羌兵大至,高永年惊起帐中,正拟勒兵抵敌,不防羌众前后杀入,顿将营寨攻破,宋军大溃。永年手下亲兵,亦不顾主将,纷纷乱窜,那时永年惊惶失措,突被一槊刺来,不及闪避,竟刺中左胁,晕倒地上,羌众将他擒去。至永年醒来,已身在氊帐中,但见一酋高坐上面,语左右道:"这人杀我子,夺我国,令我宗族失散,居无定所,老天有眼,俾我擒住,我将吃他心肝,借消前恨。"说至此,即起身下座,拔出佩刀,对着永年胸膛,猛力戳入,再将刀上下一划,鲜血直喷,横尸倒地。那羌酋即掬

第五十回　应供奉朱勔承差　得奥援蔡京复相

取心肝,和血而食。看官道这酋为谁？就是羌人多罗巴。多罗巴既杀死高永年,遂拥众尽毁大通河桥,湟、鄯大震。徽宗闻报,不觉大怒,是蔡京叫了他来,何必动怒？亲书五路将帅刘仲武等十八人姓名,敕御史侯蒙,往秦州逮治。蒙至秦州,刘仲武等囚服听命,蒙与语道:"君等统是侯伯,无庸辱身狱吏,但据实陈明,蒙当为君等设法挽回。"仲武等乃一一实告,蒙即奏乞赦罪,内有数语,最足动人。略云:

> 汉武帝杀王恢,不如秦穆公赦孟明,子玉缢而晋侯喜,孔明亡而蜀国轻,今杀吾一都护,而使十八将由之以死,是自戕其肢体也,欲身不病得乎？

徽宗览这数语,也觉有所感悟,遂释罪不治。惟王厚坐罪逗留,贬为郢州防御使。未几,夏人复入寇,为鄜延将刘延庆所败,才行退军。自是边境连兵,数年不息,蔡京反得进尚书左仆射,兼门下侍郎,用赵挺之为尚书右仆射,兼中书侍郎。挺之与京比肩,遂欲与京争权,屡次入白,陈京奸恶。京方得徽宗宠任,怎肯信及挺之？挺之上章求去,因即罢免。京仍得独相,居然欲效法周公,制礼作乐,粉饰承平,置礼制局,命给事中刘昺为总领,编成五礼新仪,订新乐章,命方士魏汉津为总司,定黄钟律,作大晟乐,又创制九鼎,奉安九成宫。蔡京为定鼎礼仪使,导徽宗亲至鼎旁,行酌献礼,鼎各一殿,四周环筑垣墙,安设中央曰帝鼎,北曰宝鼎,东曰牡鼎,东北曰苍鼎,东南曰冈鼎,南曰彤鼎,西南曰阜鼎,西曰晶鼎,西北曰魁鼎。徽宗一一酌献,挨次至北方宝鼎,酌酒方毕,忽听得一声爆响,不由的吓了一跳。此时幸无炸弹,否则必疑为鼎中藏弹了。及仔细审视,鼎竟破裂,所酌的酒醴,竟汩汩的流溢出来,大家都惊异不置。徽宗也扫兴而归。时人多半推测,谓为北方将乱的预兆,这也似隐关定数呢。蔡京一意导谀,反说是北鼎破碎,系主辽邦分裂,与宋无关,且藉此可收复北方,亦未可知,引得徽宗皇帝,转惊为喜,亲御大庆殿,受百官朝贺。赐魏汉津号虚和冲显宝应先生。未几,汉津病死,追封嘉成侯,诏就铸鼎地方,作宝成宫,置殿祀黄帝、夏禹、周成王、周公旦、召公奭,置堂祀唐李良及魏汉津。

自九鼎告成,徽宗心渐侈汰,由逸生骄。某日,召辅臣入宴,令内侍出玉盏玉卮,指示群臣道:"朕欲用此物,恐言路又要喧哗,说朕太奢。"蔡京起奏道:"臣前时奉使北朝,辽主尝持玉盘玉盏,向臣夸示,谓此系石晋时物,恐南朝未必有此,臣想番廷尚挟此居奇,难道我堂堂中国,反不及他么？但因陛下素怀俭德,不敢率陈,今既得此佳制,正好奉觞上寿,哪个敢说是不宜用呢？"徽宗道:"先帝作一小台,言官已连章奏阻,朕早制就此器,正恐人言复兴,所以不便轻示。"徽宗尚知顾忌。京又答道:"事苟当理,何畏人言？古人说得好:

'惟辟作福,惟辟作威,惟辟玉食,'陛下富有四海,正当玉食万方,区区酒器,何足介怀?"逢君之恶,其罪大。徽宗闻言,不禁喜逐颜开,心满意足,至兴酣宴罢,群臣皆散,独留京商议多时,京始退出。

越宿即传出中旨,命朱勔领苏、杭应奉局,及花石纲于苏州。先是蔡京过苏,拟修建僧寺,务求壮观,预估材料,价约巨万。京不虑乏财,但虑无人督造,适寺僧保荐一人,姓朱名冲,乃是本郡人氏,京即令僧召至,与冲面商。冲一力担承,才阅数日,即请京诣寺度地。京偕冲到寺,但见两庑堆积大木,差不多有数千章。京已觉惊异,及经营裁度,所言统如京意。京极口奖许,即命监造。冲有子名勔,干练不亚乃父,父子一同督理,逾月即成。京往寺游览,果然规模闳丽,金碧辉煌,乃复温言褒赏,令朱冲父子,随同入都。当下替他设法,将他父子姓名,列入童贯军籍中,只说是积有军功,应给官阶。这是官场通弊。自是朱冲父子,居然紫袍金带,做起官来。好运气。徽宗性好珍玩,尤喜花石,京令冲采取苏、杭珍异,随时进献。第一次觅得黄杨三本,高可八九尺,确是罕见奇品,献入后大得睿赏。嗣后逐件献入,无物不奇,徽宗更觉心欢。至是蔡京遂密保朱勔,令在苏州设一应奉局,专办花石,号为"花石纲"。勔既得此美差,内帑由他使用,每一领取,辄数十百万,于是搜岩剔薮,索隐穷幽,凡寻常士庶家,间有一木一石,稍堪玩赏,即令健卒入内,用黄封表识,指为贡品,令该家小心护视,静待搬运,稍一不谨,便加以大不敬罪。到了发运的时候,必撤屋毁墙,辟一康庄大道,恭舁而出。士庶偶有异言,鞭笞交下,惨无天日。因此民家得一异物,共指为不祥,相率毁去。不幸漏泄风声,为所侦悉,往往中家破产,穷民至卖儿鬻女,供给所需,或既经毁去,被他察觉,又硬指他藏宝不献,勒令交出,可怜苏杭人民,无端罹此督责,真是冤无从诉,苦不胜言。而且叱工驱役,掘山辇石,就使穷崖削壁,亦指使搬取,不得推诿,或在绝壑深渊,也百计采取,必得乃止。及运物载舟,无论商船市舶,一经指定,不得有违,篙工柁师,倚势贪横,凌轹州县,道路侧目。朱勔假势作威,更了不得凶横。会从太湖取一巨石,高广俱约数丈,用大舟装运,水陆牵挽,凿城断桥,毁堤圻埏,历数月方达汴京。役夫劳敝,民田损害,几乎说不胜说。勔奏报中,反谓不劳民,不伤财,如此巨石,安抵都下,乃是川渎效灵,得此神捷,因此宫廷指为神运石。后来万岁山成,即将此石运竖山上,作为奇峰,下文再表。

且说赵挺之辞右相后,心恨蔡京不止,每与僚友往来,必谈蔡京过恶。户部尚书刘逵,与挺之最称莫逆,尝言有日得志,必奏黜蔡京。崇宁五年,春正月,彗星出现西方,光长竟天。徽宗因星象告警,避殿损膳,挺之与吴居厚请下诏求言,当即降旨准奏,且擢居厚为门下侍郎,逵为中书侍郎,逵遂乞碎

第五十回　应供奉朱勔承差　得奥援蔡京复相

元祐党人碑，宽上书邪籍禁令。徽宗亦俯如所请，夜半遣黄门至朝堂，毁去碑石。次日蔡京入朝，见党碑被毁，即入问徽宗。徽宗道："朕意宜从宽大，所以毁去此碑。"京厉声道："碑可毁，名不可灭呢！"这一语声彻朝堂，朝臣都觉惊异，连徽宗亦向京一瞧，微露怒容。敢怒不敢言，亦觉可怜。既而退朝，不到半日，即呈入刘逵奏牍，极陈："蔡京专横，目无君父，党同伐异，陷害忠良，兴役扰民，损耗国帑，应亟加罢黜，安国定民"等语。徽宗览奏未决，嗣司天监奏称太白昼见，应加修省，乃赦一切党人，尽还所徙，暂罢崇宁诸法，及诸州岁贡方物，并免蔡京为太乙宫使，留居京师。复用赵挺之为尚书右仆射，兼中书侍郎。挺之入对，徽宗道："朕见蔡京所为，一如卿言，卿其尽心辅朕！"既知蔡京罪恶，何不罢黜他方？挺之顿首应命。自是与刘逵同心夹辅，凡蔡京所行悖理虐民的事情，稍稍改正，且劝徽宗罢兵息民。

一日，徽宗临朝谕大臣道："朝廷不应与四夷生隙，衅端一开，兵连祸结，生民肝脑涂地，这岂是人主爱民至意？卿等如有所见，不妨直陈！"挺之接奏道："西夏交兵，已历数年，现在尚未告靖，不如许夏和成，得抒边衅。"徽宗点首道："卿且去妥议方法，待朕施行。"挺之退语同列道："皇上志在息兵，我辈应当将顺。"同列应声称是，不过数人，余多从旁冷笑。看官不必细猜，便可知是蔡京旧党，尚遍列朝班呢。挺之归，属刘逵补登奏疏，大旨是罢五路经制司，黜退陶节夫，开诚晓谕夏人等事。奏入后，大旨照准，徙陶节夫知洪州，遣使劝谕夏主，夏主也应允罢兵，仍修岁贡如初。

惟蔡京为刘逵所排，愤怨已极，必欲将逵除去，聊快私忿。当下与同党密商，御史余深、石公弼等道："上意方向用赵、刘，一时恐扳他不倒，须另行设法为是。"京便道："我意也是如此，现已设有一法，劳诸君为后劲，何如？"余深问是何计？京作鸱鹕笑道："由郑入手，由公等收场，赵、刘其如予何？"王莽学过此调，蔡公亦欲摹仿耶！余石等已知京意，齐声赞成。揖别后，即分头安排，专待好音。看官听着！这"由郑入手"一语，乃是隐指宫中的郑贵妃，及中书舍人兼直学士院的郑居中。郑贵妃系开封人，父名绅，曾为外官，绅女少入掖庭，侍钦圣向太后，秀外慧中，得列为押班。徽宗时为端王，每日问太后起居，必由押班代为传报。郑女善为周旋，能得人意，况兼她一貌如花，哪得不引动徽宗？虽无苟且情事，免不得目逗眉挑。至徽宗即位，向太后早窥破前踪。即将郑女赐给，尚有押班王氏，也一同赐与徽宗。徽宗得偿初愿，便封郑女为贤妃，王女为才人。郑氏知书识字，喜阅文史，章奏亦能自制，徽宗更爱她多才，格外嬖昵。王皇后素性谦退，因此郑氏得专房宠，晋封贵妃。《宋史·郑皇后传》有端谨名，故本书亦无甚贬词。居中系郑贵妃疏族，自称为从兄弟，贵妃以母族平庸，亦欲倚居中为重，所以居中恃有内援，颇得徽宗信用。蔡京运动内侍，令进言贵妃，请为关说，一面托郑居中乘间陈请。居中先使京党密为建白，大致为："蔡京改法，统禀上意，未尝擅自私行，今一切罢去，恐非绍述私意。"徽宗虽未曾批答，但由郑贵妃从旁窥视，已觉三分许可。贵妃复替京疏通，淡淡数语，又挽回了五六分。于是居中从容入奏道："陛下即位以来，一切建树，统是学校礼乐，居养安济等法，上足利国，下足裕民，有甚么逆天背人，反要更张，且加威谴呢？"徽宗霁颜道："卿言亦是。"居中乃退，出语礼部侍郎刘正夫。正夫也即请对，语与居中适合。徽宗遂疑及赵、刘，复欲用京。最后便是余、石两御史，联衔劾逵，说他："专恣反复，陵蔑同列，引用邪党。"一道催命符，竟将刘逵驱逐，出知亳州。赵挺之亦罢为观文殿大学士祐神观使。再授蔡京尚书左仆射，兼门下侍郎。京请下诏改元，再行绍述。乃以崇宁六年，改为大观元年，所有崇宁诸法，继续施行。吴居厚与赵、刘同事，不能救正，亦连坐罢职。用何执中为中书侍郎，邓洵武、梁子美为尚书左右丞，三人俱系京党，自不消说。

郑居中因蔡京复相，多出己力，遂望京报德。京也替他打算，得任同知枢密院事。偏内侍黄经臣，与居中有嫌，密告郑贵妃，谓："本朝外戚，从未预政，应以亲嫌为辞，藉彰美德。"黄经臣想未得略，故有此语。郑贵妃时已贵重，不必倚赖居中，且想借此一请，更增主眷，也是良法。遂依经臣言谏阻。徽宗竟收回成命，改任居中为太乙宫使。居中再托京斡旋，京为上言："枢府掌兵，非三省执政，不必避亲。"政权不应畀外戚，兵权反可轻畀么？疏入不报。居中反疑京援己不力，遂有怨言。京也无可如何，只好装着不闻。徽宗恐不从京言，致忤京意，乃将京所爱宠的私人，擢为龙图阁学士，兼官侍读。正是：

权奸计博君王宠，子弟同侪清要班。

究竟何人得邀擢用，且看下回便知。

人主之大患，曰喜谀，曰好侈，曰渔色，徽宗兼而有之。因喜谀而相蔡京，因好侈而用朱勔，因渔色而宠郑贵妃。蔡京大憝也，朱勔小丑也，郑贵妃虽有端谨之称，然观其援引蔡京，倚庇郑居中，亲信黄经臣，均无非为固宠起见，女子与小人为难养也，宣圣岂欺我哉？赵挺之、刘逵未尝不与邪党为缘，第争权夺利，致与京成嫌隙，崇宁诸法之暂罢，岂其本心，不过借此以倾京耳。然京之邪尤甚于赵、刘，倏伏倏起，一进一退，爵禄为若辈播弄之具，国事能不大坏耶？而原其祸始，徽宗实尸之。徽宗若果贤明，宁有此事？读此回窃不禁为之三叹曰："为君难！"

第五十一回　巧排挤毒死辅臣
　　　　　　喜招徕载归异族

　　却说徽宗再相蔡京，复用京私亲为龙图阁学士，兼官侍读，看官道是何人？乃是京长子蔡攸。攸在元符中，曾派监在京裁造院。徽宗尚在端邸，每退朝遇攸，攸必下马拱立。当经端邸左右，禀明系蔡京长子，徽宗嘉他有礼，记忆胸中，即位后，擢为鸿胪丞，赐进士出身，进授秘书郎，历官集贤殿修撰。此时复升任学士，父子专宠，势益熏人。攸毫无学术，唯采献花石禽鸟，取悦主心，京亦仍守故智，专以诱致蛮夷，捏造祥瑞，哄动徽宗侈心。边臣暗承京旨，或报称某蛮内附，或奏言某夷乞降，其实统是金钱买嘱，何曾是威德服人？还有甚么黄河清，甚么甘露降，甚么祥云现，甚么灵芝瑞谷，甚么双头莲，甚么连理木，甚么牛生麒麟，禽产凤凰，外臣接连入奏，蔡京接连表贺。都是他一人主使。既而都水使者赵霆，自黄河得一异龟，身有两首，赍呈宫廷，蔡京即入贺道："这是齐小白所谓象罔，见者主霸，臣敢为陛下贺。"齐小白所见，乃是委蛇，并非象罔，且徽宗已抚有中国，降而为霸，亦何足贺？徽宗方喜谕道："这也赖卿等辅导呢。"京拜谢而退。忽郑居中入奏道："物只一首，今忽有二，明是反常为妖，令人骇异。京乃称为瑞物，居心殆不可问呢！"一语已足。徽宗转喜为惊道："如卿言，乃是不祥之物。"说至此，即命内侍道，速将两首龟抛弃金明池，不要留置大内。内侍领旨，携龟自去。越日，竟降旨一道，命郑居中同知枢密院事。好官想到手了。蔡京闻悉情形，很是怏怏。

　　过了数月，又有人献上玉印，长约六寸，上有篆文，系是"承天福延万亿永无极"九字。龟不可欺，再用秦玺故智。徽宗赐名镇国宝，复选良工，另铸六印，仿合秦制天子六玺成数，与元符时所得秦玺，共称八宝。进蔡京为太尉。至大观二年元日，徽宗御大庆殿，祗受八宝，赦天下罪囚，文武进位一等。蔡京得晋爵太师，童贯竟加节度使，宣抚如故。未几，贯复奏克复洮州，诏授贯为检校司空。宦官得授使相，以此为始。又擢京私党林摅为中书侍郎，余深为尚书左丞。先是河南妖人张怀素，自言能知未来事，与蔡京兄弟秘密交通。至怀素谋为不轨，事发被诛，狱连蔡京兄弟，并及邓洵武诸人。洵武坐罪免官，蔡卞亦落职，京亦非常忧虑，亏得御史中丞及开封尹林摅同治是狱，替京掩覆，京乃免坐。由是京与余、林两人，结为死友，极力援引，遂得辅政。

　　是时，尚书左丞张康国，已进知枢密院事，他本由蔡京荐引，不次超迁，及既任枢密，又与京互争权势，各分门户，有时入谒徽宗，免不得诋毁蔡京。徽宗也觉京骄横，密令康国监伺，且谕言："卿果尽力，当代京为相。"康国喜跃得很，日伺蔡京举动，稍有所闻，即行密报。翻手为云覆手雨，是小人常态。蔡京也已察悉，遂引吴执中为中丞，嘱令弹劾康国。哪知康国已得消息，竟尔先发制人，趁着徽宗视朝，亟趋入，跪奏道："执中今日入对，必替京论臣，臣情愿避位，免受京怨。"徽宗道："朕自有主张，卿毋多虑！"康国退值殿庐，执中果然进见，面陈康国过失。徽宗不待词毕，便怒目道："你敢受人唆使，来进谗言么？朕看你不配做中丞，与我滚出去罢！"执中撞了一鼻子灰，叩首退朝，面如土色。是夕，即有诏谴责执中，出知滁州。做蔡家狗应该如此。看官试想！这阴谋诡计的蔡京，遭此挫，怎肯干休？于是千方百计的谋害康国。康国恰也小心防备，无如明枪易躲，暗箭难防，就使凡百慎密，保不住有一疏。一日，康国入朝，退趋殿庐，不过饮茗一杯，俄觉腹中大痛，狂叫欲绝。不到半时，已是仰天吐舌，好似牛喘一般。殿庐直役的人，慌忙昇他至待漏院，甫经入室，两眼一睁，顿觉呜呼哀哉，大命告终。廷臣闻康国暴死，料知中毒，但也不便明言。徽宗闻报，暗暗惊异，表面上只好照例优恤，追赠开府仪同三司，且给他一个美谥，叫作文简，算是了局，语带双敲，莫非讽刺。所有康国遗缺，即命郑居中代任，别用管师仁同知院事。

　　会集英殿胪唱贡士，当由中书侍郎林摅，传报姓名，贡士中有姓甄名盎，摅却读甄为烟，读盎为央。徽宗方御殿阅册，不禁笑语道："卿误认了。"摅尚以为是，并不谢过。字且未识，奈何入任中书？同列在旁匿笑，摅且抗声道："殿上怎得失仪！"大众闻了此言，很是不平，当由御史劾他寡学，并且倨傲不恭，失人臣礼。乃罢摅职，降为提举洞霄宫。用余深为中书侍郎，薛昂为尚书左丞。昂亦京党，举家不敢言京字，倘或误及，辄加笞责。昂自误说，即自批颊。京喜他恭顺，荐擢是职。惟郑居中既秉权枢府，与蔡京本有夙嫌，暗地里指使台谏，陈京罪恶。中丞石公弼，殿中侍御史张克公等，受居中嘱托，挨次劾京，连上数十本，尚未见报。又经居中买通方士郭天信密陈日中有黑子，为宰辅欺君预兆，徽宗正宠信天信，不免惊心，乃罢京为太乙宫使，改封楚国公，朔望入朝。殿中侍御史洪彦升、毛注等，申论京罪，请立遣出都。太学生陈朝老等，又上阵京恶，共积十四款，由小子揭纲如下：

<table>
<tr><td>渎上帝</td><td>罔君父</td><td>结奥援</td><td>轻爵禄</td><td>广费用</td><td>变法度</td><td>妄制作</td></tr>
<tr><td>喜导谀</td><td>箝台谏</td><td>炽亲党</td><td>长奔竞</td><td>崇释老</td><td>穷土木</td><td>矜远略</td></tr>
</table>

　　结末数语，是引用《左传》成文，有"投诸四裔，以御魑魅"等词。徽宗只命京致仕，仍留京师，用何执中为尚书左仆射，兼门下侍郎。陈朝老又上言执

第五十一回　巧排挤毒死辅臣　喜招徕载归异族

中才不胜任，徽宗不从。到了大观四年夏季，彗星出现奎娄间，徽宗援照旧例，避殿减膳，令侍从官，直陈阙失。有名无实，终归无益。石公弼、毛注等遂极论京罪，张克公说京不轨不忠，多至数十事，因贬京为太子少保，出居杭州。余深失一党援，心不自安，亦上疏乞罢，出知青州。

时张商英调知杭州，过阙赐对，语中颇不直蔡京，暗合帝意，遂留居政府，命为中书侍郎。商英因将京时苛政，奏改数条，中外颇以为贤。徽宗遂进商英为尚书右仆射，可巧彗星隐没，久旱逢雨，一班趋炎附热的狗官，称为天人相应，归功君相，连徽宗亦欣慰异常，亲书"商霖"二字，作为赐品。传说恐未必如此。商英益怀感激，大加改革，将蔡京所立诸法，次第罢除，并劝徽宗节华侈，息土木，抑侥幸，一时推为至言。为节取计，亦应嘉许。徽宗初甚信任，后来觉得不甚适意，渐渐的讨厌起来。主德之替，即误于此。左仆射何执中，本是蔡京同党，所有一切主张，概从京旧，偏商英硬来作梗，大违初心，遂与郑居中互为勾结，想把商英推翻，便好由居中接任；且因王皇后崩逝，已隔二年，王后崩逝，在大观二年秋季，此处乃是补笔。眼见得中宫位置，是郑贵妃接替。居中与贵妃同宗，更多一重希望，所以与执中联同一气，日攻商英短处。果然大观四年十月，郑贵妃竟受册为后。居中以为时机已熟，稍稍着手，便好将商英挤去，稳稳的做右相了。不料郑皇后密白徽宗言："外戚不当预政，必欲用居中，宁可改任他职。"徽宗竟毅然下诏，罢居中为观文殿大学士，以吴居厚知枢密院事。居中接诏大惊，明知郑后恃宠沽名，因此改任，但为此一激，越觉迁怒商英，先令言官劾他门下客唐庚，由提举京畿常平仓，窜知惠州，再由中丞张克公劾奏商英与郭天信往来，致触动徽宗疑忌，竟免商英职，出知河南府，寻复贬为崇信军节度使。天信亦安置单州。原来徽宗在潜邸时，天信曾说他当居天位，嗣因所言果验，因得上宠。此时恐商英亦有异征，为天信所赏识，乃将他二人相继黜逐，免滋后患。其实统是辅臣争宠，巧为排挤，有甚么意外情事呢！商英免职，似不甚惜，但何执中等且不若商英，岂不可叹？

商英既去，何执中仍得专政，蔡京贻书执中，请他援引。执中却也有意，但又恐蔡京入都，未免掣肘，因此踌躇未决。可巧检校司空童贯奉命使辽，带了一个辽臣马植，回至汴都，竟将马植荐做大官，一面召还蔡京，复太师衔，做一个好帮手，闹出那助金灭辽、引金亡宋的大把戏来。好笔仗。小子于辽邦情事，已有好几回未曾谈及，此处接叙宋辽交涉，理应补叙略迹，以便前后接洽。自神宗信王安石言，割新疆地七百里畀辽，辽人才无异议。应四十回。辽主洪基，有后萧氏，才貌超群，工诗文，好音乐，颇得主宠。偏北院枢密使耶律乙辛，一译作耶律伊逊。专权怙势，忌后明敏，阴与宫婢单登等定谋，诬后与伶官赵惟一私通。洪基不辨真伪，即将赵惟一系狱，嘱耶律乙辛审问。病鬼碰着阎罗王,还有甚么希望?三木交逼,屈打成招,当由乙辛冤枉定谳,将惟一置诸极刑,连家族一并骈戮。那时害得这貌赛西施、才侔道韫的萧皇后,不明不白,无处伸诉,只好解带自经,死于非命。可怜可悯。萧后生子名浚,已立为太子,乙辛恐他报复,密令私党萧霞抹一作萧萨满。进妹为后,谗间东宫。洪基正在怀疑,那护卫耶律查剌查剌一译作扎拉。因乙辛嘱委,诬告都宫使耶律撒剌撒剌一译作萨喇。及忽古一译作和尔郭。等,密谋废立。洪基又信为实事,废浚为庶人,徙锢上京。乙辛确是凶狠,待浚就道,竟遣力士行刺途中,可怜浚与妃子萧氏同被杀死。浚子延禧未曾随徙,幼育宫中,乙辛又欲谋害,亏得宣徽使萧兀纳、一作乌纳。夷离毕、一作伊勒希巴。萧陶隗隗一作海。等,密谏洪基,请保护皇孙,为他日立嫡地步。洪基犹豫未决,会出猎黑山,见扈从官属,多随乙辛马后,方有些猜忌起来,遂改任乙辛知南院大王事。乙辛入谢,洪基即令出居兴中府,并逐乙辛余党,追谥萧后为宣懿皇后,浚为昭怀太子,封延禧为梁王。延禧年仅六岁,洪基令甲士为卫,格外保育。后来闻乙辛私鬻禁物,擅藏兵甲,即将他削职幽禁,已而伏诛。

徽宗元年,辽主洪基病死,孙延禧嗣立,自称为天祚帝,与宋仍修旧好。延禧时已逾冠,在位荒淫,不问国事。东北有女真部,乘机崛起,势焰日张。女真旧为靺鞨,属通古斯族,世居混同江东部,素为小夷,与中国不通闻问。唐开元中,部酋始通译入朝,拜为勃利州刺史。五季时,始称女真。辽兴北方,威行朔漠,女真已分南北两部,南部属辽,称熟女真,北部不为辽属,号生女真。生女真中有完颜部酋长名乌古乃,一作乌古鼐。雄鸷过人,役属附近部落,辽欲从事羁縻,命为生女真节度使。自是始置官属,修弓矢,备器械,渐致盛强。乌古乃死,子劾里钵嗣。劾里钵一译作合理博。劾里钵死,弟颇剌淑嗣。颇剌淑一译作蒲拉舒。颇剌淑复传弟盈哥。一译作盈格。盈哥勇武,兼得兄子阿骨打一译作阿骨达。系乌古乃次子。为辅,威声渐震。徽宗崇宁元年,辽将萧海里一译哈里。谋叛,亡入女真阿典部。阿典一译作阿克占。遣族人斡达剌一译作乌达喇。往见盈哥,约同举兵。盈哥不从,竟将斡达剌囚住,转报辽主。辽主延禧已遣兵追捕海里,因接盈哥来使,遂命他夹攻,勿得纵逸。盈哥乃募兵千余人,率同阿骨打,进击海里,既至阿典部,见海里正与辽兵交战,辽兵纷纷退后,势将败走。盈哥遂语阿骨打道:"辽称大国,为何兵士这般无用?"见笑大方。阿骨打答道:"不若令他退兵,我看取海里首如囊中物,让我去打一仗罢!"盈哥乃登高呼道:"辽兵且退,待我军独擒海里。"辽兵正苦不能支,蓦闻有人呼退,当即勒兵却回。阿骨打即麾众上前,一场厮杀,把海里部下打得七颠八倒。海里见不可敌,策马返奔,哪知背后一声箭响,急欲闪避,已经中颈,当时忍不住痛,翻身落马。部下正想趋救,但见一大将跃马过来，左手执弓，右手舞刀，刀光闪闪生芒，哪个还敢近前？大将不慌不忙，跳下了马，把海里一刀两段，割取首级，上马自去。看官不必细问，便可知是阿骨打。笔亦有芒。阿骨打既杀死海里，余众自然溃散，当由盈哥函海里首，献与辽主。辽主大喜，赏赉从优。但辽兵疲弱的情形，已被女真瞧破机关，看得不值一战了。

未几，盈哥又死，兄子乌雅束继立，乌雅束一作乌雅舒，系乌古乃长子。东和高丽，北收诸部，渐有与辽争衡的状态。童贯镇西已久，稍稍得志西羌，遂以为辽亦可图，因表请愿为辽使，借觇虚实。时徽宗又改元政和，正想出点风头，点缀国庆，便遣端明殿学士郑允中充贺辽主生辰使，童贯为副。两使道出芦沟，遇着辽人马植，自言曾为光禄卿，因见辽势将亡，不得不去逆效顺。甘背祖国，其心可知。贯与语大悦，至入贺礼毕，即载植俱归，令易姓名为李良嗣，登诸荐书。植本辽国大族，确是做过光禄卿，不过由他品行卑污，且有内乱情事，因此不齿人类。贯视为奇才，即令他献灭燕策略，谓："辽主荒淫失道，女真恨辽人切骨，若天朝自莱登涉海，结好女真，与约攻辽，不怕辽不灭亡。"徽宗令辅臣会议，有反对的，有赞同的，彼此相持不决。乃复召植入朝，由徽宗亲询方略。植对道："辽国必亡，陛下若代天谴责，以治攻乱，眼见得王师一出，辽人必壶浆来迎，既可拯辽民困苦，又可复中国旧疆，此机一失，恐女真得志，先行入辽，情势便与今不同了。"徽宗很是心欢，即面授秘书丞，赐姓赵氏，都人因呼他为赵良嗣。未几，又擢为右文殿修撰，浸加宠眷。小子有诗叹道：

> 无端引得敌臣来，异类宁皆杞梓材。
> 莫道图燕奇策在，须知肇祸已成胎。

良嗣既用，蔡京复来，宋廷又闹个不休，容小子至下回陈明。

徽宗即位以后，所用宰辅，除韩忠彦外，无一非小人。蔡京固小人之尤者也，何执中、张康国、郑居中、张商英等，皆京之具体耳。何执中始终善京，固不必说，张康国、郑居中、张商英三人，始而附京，继而攻京，附京者为干禄计，攻京者亦曷尝不为干禄计耶？小人不能容君子，并且不能容小人，利欲之心一胜，虽属同类，亦必排击之而后快。徽宗忽信忽疑，正中小人揣摩之术，彼消则此长，彼长则此消，同室操戈，而国是已不可复问矣。童贯以刑余腐竖，居然授之节钺，厕列三公，艺祖以来，宁有是例？彼方沾沾然狃于小捷，侈言图辽，而不齿人类之马植，遂得幸进宋廷，夤缘求合。试思小人且不能容小人，而岂能用君子耶？公相有蔡京，媪相有童贯，虽欲不亡，宁可得哉？

第五十二回　信道教诡说遇天神　筑离宫微行探春色

　　却说童贯与蔡京，本相友善，京得入相，半出贯力，至是贯自辽归朝，又为京极力帮忙，劝徽宗仍召京辅政。徽宗本是个随东到东、随西到西的人物，听童贯言，又记念蔡京的好处，当即遣使驰召。京趱程入都，徽宗闻京至都下，即日召对，并就内苑太清楼，特赐宴饮，仍复从前所给官爵，赐第京师。京再黜再进，越觉献媚工谀，无微不至。徽宗因大加宠眷，比前日尤为优待。且令京三日一至都堂，商议国政。京恐谏官复来攻击，特想出一法，所有密议，概请徽宗亲书诏命，称作御笔手诏。从前诏敕下颁，必先令中书门下议定，乃命学士草制，盖玺即行。至熙宁时，或有内降诏旨，不由中书门下共议，但亦由安石专权，从中代草。蔡京独请御笔，一经徽宗写定，立即特诏颁行，如有封驳等情，即坐他违制罪名。廷臣自是不敢置喙，后来至有不类御书，也只好奉行无违。炀蔽已极。贵戚近幸，又争仿所为，各去请求。徽宗日不暇给，竟令中书杨球代书，时人号为书杨。蔡京又复生悔，但已作法自毙，无从禁制了。
　　京又欲仿行古制，改置官名，以太师、太傅、太保，古称三公，不应称作三师，宜仍称三公，以真相论。司徒、司空，周时列入六卿，太尉乃秦时掌兵重官，并非三公，宜改置三少，称为少师、少傅、少保，以次相论。左右仆射，古无此名，应改称太宰、少宰，仍兼两省侍郎，罢尚书令，及文武勋官，以太尉冠武阶，改侍中为左辅，中书令为右弼，开封守臣为尹牧，府分六曹，士、户、仪、兵、刑、工。县分六案，内侍省识，悉仿机廷官号，称作某大夫。这一条想是由童贯主议。修六尚局，尚食、尚药、尚酝、尚衣、尚舍、尚辇。建三卫郎。亲卫、勋卫、翊卫。京任太师，总治三省事，童贯进职太尉，掌握军权。美人亦可教战，媪相应当典兵。追封王安石为舒王，安石子雱为临川伯，从祀孔庙。熙宁新法，一律施行。
　　京又恐徽宗性敏，或再烛察奸私，致遭贬斥，乃更想一蛊惑的方法，令徽宗堕入术中，愈溺愈迷。看官道是何术？乃是惝恍无凭的道教。是一件亡国祸阶，不得不特笔提出。自徽宗嗣统后，初宠郭天信，继信魏汉津，天信被斥，汉津老死，内廷几无方士踪迹。可巧太仆卿王寁，荐一术士王老志，有旨召他入京。老志，濮州人，事亲颇孝，初为小吏，不受赂遗，旋遇异人，自称为钟离先生，授丹服药，遂弃妻抛子，结庐田间，为人决休咎，语多奇中。至奉召入都，京即邀入私第，馆待甚优。老志入对，呈上密书一函，徽宗启视，系客岁秋中，与乔、刘二妃燕好情词，不由的暗暗称奇，乃赐号洞微先生。老志谢退后，归至蔡第，朝士多往问吉凶，他却与作笔谈，辄不可解。大众似信非信，至日后，竟多奇验。于是其门似市。京恐蹈张商英覆辙，因与老志熟商，禁绝朝士往来，但令上结主知，便不负职。老志遂创制乾坤鉴，赍献徽宗，谓帝后他日恐有大难，请时坐鉴下，静观内省，藉弭灾变。又劝京急流勇退，毋恋权位，老志颇识玄机。京不能从。老志见时政日非，渐萌退志，留京一年，托言遇师谴责，不应溺身富贵，乃上书乞归。徽宗不许，他即生起病来，再三请去。至奉诏允准，便霍然起床，步行甚健，即日出都，归濮而死。徽宗赐金赙葬，追赠正议大夫。

惟蔡京本意，欲借王老志蒙蔽主聪，偏老志独具见解，反将清心寡欲的宗旨，作为劝导，当然与京不合。京乃舍去王老志，别荐王仔昔。仔昔籍隶洪州，尝操儒业，自言曾遇许真人，即晋许逊。得大洞隐书豁落七元各法，出游嵩山，能道人未来事。京得诸传闻，遂列入荐牍。以人事君，果如是耶？徽宗又复召见，奏对称旨，赐号冲隐处士。会宫中因旱祷雨，遣小黄门索符，日或再至。仔昔与语，道今日皇上所祷，乃替爱妃求疗目疾，我且疗疾要紧，你可持符入呈。言至此，即用硃砂篆符，焚符入汤，令黄门持去，并语道："此汤洗目疾，可立愈。"黄门以未奉旨意，惧不敢受，仔昔笑道："如或皇上加责，有我仔昔坐罪，你何妨直达？"黄门乃持汤返报。徽宗道："朕早晨赴坛，曾为妃疾默祷求痊，仔昔何故得知？他既有此神奇，何妨一试。"遂命宠妃沃目。不消数刻，果见目翳尽撤，仍返秋眸，乃进封仔昔为通妙先生。想是学过祝由科，若知妃目疾，恐由内侍所传，揣摩适合耳。嗣是徽宗益信道教，便命在福宁殿东，创造玉清和阳宫，奉安道像，日夕顶礼。

政和三年长至节，祀天圜丘，用道士百人，执杖前导，命蔡攸为执绥官。车驾出南薰门，徽宗向东眺望，不觉大声称异。攸问道："陛下所见，是否为东方云气？"徽宗道："朕不特见有云气，且隐隐有楼台复杂，这是何故？"莫非作梦？攸即答道："待臣仔细看来。"言毕下车，即趋向东方，择一空旷所在，凝眺片刻，便回奏徽宗道："臣往玉津园东面，审视云物，果有楼殿台阁，隐隐护着，差不多有数里迤长，且皆去地数十丈，大约是上界仙府哩。"海市耶？蜃楼耶？徽宗道："有无人物？"攸即对道："有若干人物，或似道流，或似童子，统持幢幡节盖，出入云间，眉目尚历历可辨。想总由帝德格天，因有此神明下降呢。"满口说谎。徽宗大喜，待郊天礼毕，即以天神降临，诏告百官，并就云气表见处，建筑道宫，取名迎真，御制天真降灵示现记，刊碑勒石，竖立宫中，并敕求道教仙经于天下。越年，又创置道流官阶，有先生处士等名，秩比中大夫，下至将仕郎，凡二十六级。嗣复添设道官二十六等，有诸殿侍宸校籍授经等官衔，仿佛与待制修撰直阁相似。于是黄冠羽客，相继引进，势且出朝臣上。王仔昔尤邀恩宠，甚至由徽宗特命，在禁中建一圆象徽调阁，畀他居住。一班卑琐龌龊的官僚，常奔走伺候，托他代通关节，希附宠荣。

中丞王安中看不过去，上疏谏诤，略谓："自今以后，招延术士，当责所属切实具保，宣召出入，必察视行径，不得与臣庶交通。"结末，又言蔡京引用匪人，欺君害民数十事。徽宗颇为嘉纳。安中再疏京罪，徽宗只答了"知道"二字，已为蔡京伺觉，令子攸泣诉帝前，说是安中诬劾。徽宗乃迁安中为翰林学士。未几，又命为承旨。安中工骈文，妃黄俪白，无不相当，所以徽宗特别器重，不致远斥，且因此猜疑仔昔，渐与相疏。怎奈仔昔宠衰，又来了一个仔昔第二，比仔昔还要刁狡，竟擅宠了五六年。这人姓甚名谁？乃是温州人氏林灵素。道流也有兴替，无怪朝臣。

灵素少入禅门，受师答骂，苦不能堪，遂去为道士。善作妖幻，往来淮、泗间，尝丐食僧寺。寺僧复屡加白眼，以此灵素甚嫉视僧徒。左阶道徐知常，因王仔昔失宠，即荐灵素入朝。知常前引蔡京，此时又荐林灵素，名为知常，实是败常。至召对时，灵素便大言道："天有九霄，神霄最高。上帝总理九霄事务，以神霄为都阙，号称天府。所有下界圣主，多系上帝子姓临凡。现在上帝长子玉清王，降生南方，号称长生大帝君，就是陛下。次子号青华帝君，降生东方，摄领东北。陛下能体天行道，上帝自然眷顾，宁有亲为父子，不关痛痒么？"一派胡言。徽宗不觉惊喜道："这话可真么？"灵素道："臣怎敢欺诳陛下？陛下若非帝子降生，哪能贵为天子？就是臣今日得见陛下，亦有一脉相连，臣本仙府散卿，姓褚名慧，因陛下临凡御世，所以臣亦随降，来辅陛下宰治哩。"越发荒唐。徽宗闻了此言，即命灵素起身，赐令旁坐，又问答了一番。灵素自言，能呼风唤雨，驱鬼役神，徽宗大喜。会当盛暑，宫中奇热，徽宗出居水殿，尚苦炎燠，乃命灵素作法祈雨。灵素道："近日天意主旱，不能得雨，但陛下连日苦热，待臣往叩天阍，假一甘霖，为陛下暂时致凉罢。"徽宗道："先生既转凡胎，难道尚能升天么？"灵素道："体重不能上升，魂轻可以驾虚，臣自有法处置。"言已，即退入斋宫，小卧一时，复起身入奏道："四渎神祇，均奉上帝诰敕，一律封闭，唯黄河尚有路可通，但只可少借涓流，不能及远。"徽宗道："无论多少，能得微雨，也较为清凉呢。"灵素奉命，即在水殿门下，披发仗剑，望空拜祷，口中喃喃诵咒，左手五指捏诀，装作了一小时，果然黑云四集，蔽日成阴，他即向空撒手，但听得隆隆声响，阿香车疾驱而来。震雷甫应，大雨立施，约三五刻时候，雨即停止，依然云散天清，现出一轮红日。惟水殿中的炎热气，已减去一半。最可怪的，是雨点降下，统是浊流，徽宗已是惊异，忽由中使入报，内门以外，并无雨点，赫日自若，于是徽宗愈以为神，优加赏赉，赐号通真达灵先生。史称灵素识五雷法，大约祷雨一事，便用此诀。

第五十二回　信道教诡说遇天神　筑离宫微行探春色

先是徽宗无嗣，道士刘混康，以法箓符水，出入禁中，尝言："京师西北隅，地势过低，如培筑少高，当得多男之喜。"徽宗乃命工筑运，叠起冈阜，高约数仞。未几，后宫嫔御，相继生男，皇后也生了一子一女。徽宗始信奉道教。蔡京乘势献媚，即阴嗾童贯、杨戬、贾详、何䜣、蓝从熙等中官，导兴土木。土木神仙，本是相连。遂于政和四年，改筑延福宫，宫址在大内拱辰门外，由童贯等五人，分任工役，除旧增新。五人又各为制度，不相沿袭，你争奇，我斗巧，专务侈丽高广，不计工财。及建筑告竣，又把花石纲所办珍品，派布宫中。这宫由五人分造，当然分别五位，东西配大内，南北稍劣，东值景龙门，西抵天波门，殿阁亭台，连属不绝，凿池为海，引泉为湖，鹤庄鹿砦，及文禽、奇兽、孔雀、翡翠诸栅，数以千计，嘉葩名木，类聚成英，怪石幽岩，穷工极胜。人巧几夺天工，尘境不殊仙阙。徽宗又自作延福宫记，镌碑留迹。后来又置村居野店，酒肆歌楼，每岁长至节后，纵民游观，昼悬彩，夕放灯，自东华门以北，并不禁夜。徙市民行铺，夹道傲居，花天酒地，一听自由。直至上元节后，方才停罢。寻又跨旧城修筑，布置与五位相同，号为延福第六位。复跨城外浚濠作二桥，桥下叠石为固，引舟相通。桥上人物，不见桥下踪迹，名曰景龙江。夹江皆植奇花珍木，殿宇对峙，备极辉煌。徽宗政务余闲，辄往宫中游玩，仰眺俯瞩，均足赏心悦目，几不啻身入广寒，飘飘若仙，当下快慰异常，旁顾左右道："这是蔡太师爱朕，议筑此宫，童太尉等苦心构成，亦不为无功。古时秦始、隋炀盛夸建筑，就使繁丽逾恒，恐未必有此佳胜哩。"左右道："秦、隋皆亡国主，平时所爱，无非声色犬马，陛下鉴赏，乃是山林间弃物，无伤盛德，有益圣躬，岂秦、隋所可比拟？"一味逢君。徽宗道："朕亦常恐扰民，只因蔡太师查核库余，差不多有五六千万，所以朕命筑此宫，与民同乐呢。"哪知已为蔡太师所骗。左右又谀颂一番，引得徽宗神迷心荡，越入魔境。

看官听着！人主的侈心，万不可纵，侈心一开，不是兴土木，就是好神仙，还有征歌选色等事，无不相随而起。徽宗宫中，除郑皇后素得帝宠外，有王贵妃，有乔贵妃，还有大小二刘贵妃，最邀宠幸，以下便是韦妃等人。二刘贵妃俱出单微，均以姿色得幸。大刘妃生子三人，曰棫，曰模，曰㮤，于政和三年病逝。徽宗伤感不已，竟仿温成后故事，温成事见仁宗时。追册为后，谥曰明达。小刘妃本酒保家女，夤缘内侍，得入崇恩宫，充当侍役。崇恩宫系元符皇后所居，元符皇后刘氏自尊为太后后，见四十九回。常预外政，且有暧昧情事，为徽宗所闻，拟加废逐。诏命未下，先饬内侍诘责，刘氏羞忿不堪，竟就帝钩悬带，自缢而亡。孟后尚安居瑶华，刘氏已不得其死，可见前时夺嫡，何苦乃尔？此即销纳法。宫中所有使女，尽行放还。小刘妃不愿归去，寄居宦官何䜣家。可巧大刘妃逝世，徽宗失一宠嫔，抑郁寡欢。内侍杨戬，欲解帝愁，盛称小刘美色，不让大刘,可以移花接木。徽宗即命杨戬召入,美人有幸,得近龙颜,天子无愁,重谐凤侣。更兼这位小刘妃,天资警悟,善承意旨,一切妆抹,尤能别出心裁,不同凡俗!每戴一冠,制一服,无不出人意表,精致绝伦。宫禁内外,竞相仿效。俗语说得好:"酒不醉人人自醉,色不迷人人自迷。"况徽宗春秋鼎盛,善解温存,骤然得此尤物,比大刘妃还要慧艳,哪有不宠爱的情理?不到一两年,即由才人进位贵妃。嗣是六宫嫔御,罕得当夕,惟这小刘妃承欢侍宴,朝夕相亲,今日倒鸾,明日颠凤,一索再索三四索,竟得生下三男一女。名花结果,未免减芳,那徽宗已入魔乡,得陇又要望蜀。会值延福宫放灯,竟带着蔡攸、王黼及内侍数人,轻乘小辇,微服往游。寓目无非春色,触耳尽是欢声,草木向阳,烟云夹道。联步出东华门,但见百肆杂陈,万人骈集,闹盈盈的卷起红尘,声细细的传来歌管。徽宗东瞧西望,目不暇接,突听得窗帘一响,便举头仰顾,凑巧露出一个千娇百媚的俏脸儿来,顿令徽宗目眙神驰,禁不住一齐喝采。酷似一出《挑帘》。曾记得前人有集句一联,可以仿佛形容,联句云:

  杨柳亭台凝晚翠,芙蓉帘幕扇秋红。

  毕竟徽宗有何奇遇,且看下回便知。

  王老志也,王仔昔也,林灵素也,三人本属同流,而优劣却自有别。老志所言,尚有特识,其讽徽宗也以自省,其劝蔡京也以急退,盖颇得老氏之真传,而不专以隐怪欺人者。迨托疾而去,翛然远引,盖尤有敝屣富贵之思焉。王仔昔则已出老志下矣,林灵素狡猾逾人,荒唐尤甚。祷雨一事,虽若有验,然非小有异术,安能幸结主知?孔子谓攻乎异端,斯害也已,灵素固一异端也,奈何误信之乎?且自神仙之说进,而土木兴,土木之役繁,而声色即缘之以起。巫风、淫风、乱风,古人所谓三风者,无一可犯,一弊起而二弊必滋,此君子所以审慎先几也。

第五十三回 挟妓纵欢歌楼被泽
       屈尊就宴相府承恩

  却说延福宫左近一带,当放灯时节,歌妓舞娃,争来卖笑。一班坠鞭公子,走马王孙,都去寻花问柳,逐艳评芳,就中有个露台名妓,叫作李师师,生得妖艳绝伦,有目共赏,并且善唱讴,工酬应,至若琴棋书画,诗词歌赋,虽非件件精通,恰也十知四五,因此艳帜高张,喧传都市。这日天缘凑巧,开窗闲

第五十三回 挟妓纵欢歌楼被泽 屈尊就宴相府承恩

眺,正与徽宗打个照面。徽宗低声喝采,那蔡攸、王黼二人俱已闻知,也依着仰视,李师师瞧着王黼,恰对他一笑。原来王黼素美风姿,目光如电,曾与李师师有些认识,所以笑靥相迎。王黼即密白徽宗道:"这是名妓李师师家,陛下愿去游幸否?"蔡攸道:"这、这恐未便。"王黼道:"彼此都是皇上心腹,当不至漏泄风声。况陛下微服出游,有谁相识?若进去游幸一回,亦属无妨。"蔡攸尚知顾忌,王黼更属好导。看官道这王黼是什么人物?他是开封人氏,曾在崇宁年间,登进士第,外结宰辅何执中、蔡京,内交权阉童贯、梁师成,累迁至学士承旨,与蔡攸同直禁中。平素有口辩才,专务迎合,深得徽宗欢心。此时见徽宗赞美李师师,因即导徽宗入幸。徽宗猎艳心浓,巴不得立亲芗泽,便语王黼道:"如卿所言,没甚妨碍,朕就进去一游,但须略去君臣名分,毋令他人瞧破机关。"王黼应命,便引徽宗下车,徐步入李师师门。蔡攸亦即随入。李师师已自下楼,出来迎接,让他三人登堂,然后向前行礼,各道万福。徽宗仔细端详,确是非常娇艳。鬓鸦凝翠,鬟凤涵青,秋水为神玉为骨,芙蓉如面柳如眉。还有一抹纤腰,苗条可爱,三寸弓步,瘦窄宜人。师师奉茗肃宾,开筵宴客。徽宗坐了首座,蔡攸、王黼挨次坐下,李师师末坐相陪。席间询及姓氏,徽宗先诌了一个假姓名,蔡攸照例说谎。轮到王黼,也捏造了两字,李师师不禁解颐。王黼与她递个眼色,师师毕竟心灵,已是会意,遂打起精神,伺候徽宗。酒至数巡,更振起娇喉,唱了几出小曲,益觉令人心醉。徽宗目不转睛的看那师师,师师也浅挑微逗,眉目含情。蔡攸、王黼更在旁添入诙谐,渐渐的流至媟亵。好两个篾片朋友。寻且谑浪笑傲,毫无避忌,待到了夜静更阑,方才罢席。徽宗尚无归意,王黼已窥破上旨,一面密语李师师,一面又密语徽宗,两下俱已允洽,便邀了蔡攸一同出去。徽宗见两人已出,索性放胆留髡,便去拥了李师师同入罗帏。李师师骤承雨露,明知是皇恩下逮,乐得卖弄风情。这一夜的枕席欢娱,比那妃嫔当夕时,情致加倍。可惜情长宵短,转瞬天明,蔡攸、王黼二人,即入迓徽宗,徽宗没奈何,披衣起床,与李师师叮嘱后期,才抽身告别。

及回宫后,勉勉强强的御殿视朝,朝罢入内,只惦记李师师如何缱绻,如何温柔,不但王、乔诸妃,无可与比,就是最爱的小刘贵妃,也觉逊她一等。但因身居九重,不能每夕微行,好容易挨过数宵,几乎寤寐彷徨,展转反侧。那先承意旨的王学士,复导徽宗赴约。天台再到,神女重逢,这番伸续前欢,居然海誓山盟,有情尽吐。徽宗竟自明真迹,李师师也愿媵后宫。可奈折柳章台,究不便移禁苑,当由徽宗再四踌躇,只许师师充个外妾,随时临幸。师师装娇撒痴,定欲入宫瞻仰。徽宗不得不允,惟谕待密旨宣召,方得往来。师师才觉欣然,至阳台梦罢,铜漏催归,又互申前约,反复叮咛。

一别数日，李师师倚门怅望，方讶官家愆约，久待不至；直到黄昏月上，忽有内侍入门，递与密简，展览之下，笑逐颜开，当即淡扫蛾眉，入朝至尊，随了内侍，经过许多重门曲院，才抵深宫。内侍也不先通报，竟引师师入室。徽宗早已待着，见了师师，好似得宝一般。及内侍退后，彻夜绸缪，自不消说。嗣是一主一妓，迭相往还，渐渐的无禁无忌。师师竟得与后宫妃嫔，晋接周旋，她本是平康里中的好手，无论何种人情，均被她揣摩纯熟，一经凑合，无不惬心，何况六宫嫔御，统不过一般妇女心肠，更容易体贴入微，日久言欢，相亲相近，非但徽宗格外狎昵，连乔、刘诸贵妃等，亦爱她有说有笑，不愿相离。描摹尽致。

　　时光易过，转瞬一年，徽宗正在便殿围炉，林灵素自外进谒，由徽宗赐他旁坐，与语仙机，谈至片刻，灵素忽起趋阶下道："九华玉真安妃将到来了，臣当肃谒。"又要捣鬼。徽宗惊问道："哪个是九华仙妃？"灵素道："陛下且不必问，少顷自至。"语毕，拱手兀立。既而果有三五宫女，拥一环珮珊珊的丽姝进来，徽宗亦疑是仙人，不禁起座，及该姝行近，并非别人，就是宠擅专房的小刘贵妃。徽宗禁不住大笑，灵素却恭恭敬敬的再拜殿下，至拜罢起来，又大言道："神霄侍案夫人来了。"言甫毕，又见一丽人，轻移莲步，带着宫婢二三名，冉冉而至。徽宗龙目遥瞩，乃是后宫的崔贵嫔。灵素复道："这位贵人，在仙班中，与臣同列，礼不当拜。"乃鞠躬长揖，仍复上阶就座。原来灵素出入宫禁，已成习惯，所有宫眷，不必避面，因此仍坐左侧。刘、崔二妃，向徽宗行过了礼，自然另有座位。才经坐定，灵素忽愕视殿外道："怪极怪极！"徽宗被他一惊，忙问何故？灵素道："殿外奈何有妖魅气？"一语未已，见有一美妇进来，珠翠盈头，备极浓艳。灵素突然起座，取过御炉火管，大踏步趋至殿门，将击该妇，亏得内侍两旁遮拦，才得免击，那美人儿已吓得目瞪口呆，桃腮变白。徽宗也急呼唤灵素道："先生不要误瞧，这就是教坊中的李师师。"原来就是此人。灵素道："她是一个妖狐，若将她杀却，尸无狐尾，臣愿坐欺君大罪，立就典刑。"徽宗正爱恋师师，哪里肯依，便带笑带劝的说了数语。灵素道："臣不惯与妖魅并列，愿即告退。"李师师似妖，灵素亦未尝非怪。言讫，拂袖径去。

　　徽宗疑信参半，到了次日，又召见灵素，问廷臣有无仙侣？灵素答道："蔡太师系左元仙子，王学士黼恰是神霄文华使，郑居中、童贯等，亦皆名厕仙班，所以仍隶帝君陛下。"误国贼臣，岂隶仙籍？就使有点来历，无非是混世妖魔。徽宗道："朕已造玉清和阳宫，供奉仙像，请先生为朕斋醮！"灵素不待说毕，便接入道："玉清和阳宫，似嫌逼仄，乞陛下另行建造，方可奉诏。"徽宗道："这也无有不可，请先生择地经营！"灵素奉命而出，即在延福宫东侧，规度地址，鸠工建筑。由内侍梁师成、杨戬等，协同监造。师成曾为太乙宫使，以善谀得

第五十三回　挟妓纵欢歌楼被泽　屈尊就宴相府承恩

宠，甚至御书号令，多出彼手，就是蔡京父子，亦奉命维谨，王黼且视他如父。此次与灵素督建醮宫，自晨晖门，即延福宫东门。至景龙门，汴京北面中门。迤长数里，密连禁署。宫中山包平地，环绕佳木清流，所筑馆舍台阁，上栋下楹，概用梗楠等木，不施五采，自然成文，亭榭不可胜计。

宫既成，定名为上清宝箓宫，命灵素主斋醮事，王仔昔为副。且就景龙门城上，筑一复道，沟通宫禁，以便徽宗亲临祷祀，且令各路统建神霄万寿宫。灵素遂广招徒党，齐集都中，各请给俸。每设大斋，费缗钱数万，甚至穷民游手，多买青布幅巾，冒称道士，混入宝箓宫内，每日得一饱餐，并制钱三百文，称为施舍。政和七年，设立千道会，不论何处羽流，尽令入都听讲。徽宗亦在旁设幄，恭聆教旨。开会这一日，羽流云集，女士盈门，徽宗亦挈着刘、崔诸妃，入幄列坐。灵素戴道冠，衣法服，昂然登坛，高坐说法，先谈了一回虚无杳渺的妄言，然后令人入问要诀。坛下瞻拜多人，灵素随口荒唐，并无精义，或且杂入滑稽，间参媟语，引得上下哄堂，嘈杂无纪，御幄内亦笑声杂沓，体制荡然。上恬下嬉，安得不亡？罢讲后，御赐斋饭，很是丰盛。徽宗与妃嫔等，亦至斋堂内，吃过了斋，才行返驾。灵素复令吏民诣宝箓宫，授神霄秘箓，朝士求他引进，亦往往北面称徒，靡然趋附，但得灵素首肯，无不应效如神。也可称做接引道人。既而道箓院中，忽接得一道密诏，内云：

　　朕乃上帝元子，为太霄帝君，悯中华被金狄之教，金狄二字，刘定之谓佛身若全色，故称金狄，未知是否？遂恳上帝，愿为人主，令天下归于正道，卿等可册朕为教主道君皇帝。

道箓院当然应诺，即上表册徽宗为教主道君皇帝，想入非非。百官相率称贺。惟这个皇帝加衔，止在道教章疏内应用，余不援例。一面立道学，编道史。什么叫作道学呢？用内经道德经为大经，庄子、列子为小经，自太学辟雍以下，概令肄习，按岁升贡，及三岁大比，必通习道学，方得进阶，这是林先生说出来的。什么叫作道史呢？汇集古今道教事，编成一部大纪志，称为道史，这是蔡太师说出来的。可巧道法有灵，西陲一带，屡报胜仗，徽宗尤信为神佑，越觉堕入迷途。接入西夏事，也似天衣无缝。原来太尉童贯，自督造延福宫后，仍握兵权。适值夏人李讹哆，一译作李额叶。为环州定远军首领，本已降服中朝，暗中却通使夏监军，说是窖粟待师，可亟发大兵，来袭定远。夏监军哆唛，一译作多凌。遂率万人来应。讹哆转运使任谅，伺知讹哆诡谋，募兵潜发窖谷。至哆陵到来，讹哆已失所藏，只好率部众归夏。哆唛无粮可资，还兵藏底河，筑城扼守。任谅驰疏上闻，有诏授童贯为陕西经略使，调兵讨夏。贯至陕西，熙河经略使刘法率兵十五万，出湟州，秦凤经略使刘仲武，率兵五万，出会州，自率中军驻兰州，为两路声援。仲武至清水河，筑城屯守而还。法与夏右厢军相遇，在古骨龙地方，鏖斗一场，大败夏人，斩首三千级。童贯即露布奏捷，诏令贯领六路边事。永兴、鄜延、环庆、秦凤、泾原、熙河。贯复遣王厚、刘仲武等，合泾原、鄜延、环庆、秦凤各路兵马，进攻臧底河城。及为夏人所败，十死四五，贯匿不上闻，再命刘法、刘仲武调熙、秦兵十万，攻夏仁多泉城。城中力孤，待援不至，没奈何出降。法入城后，竟将城内兵民杀得一个不留。如此残忍，宜乎不得善终。捷书再至宋廷，复加贯为陕西、两河宣抚使。已而渭州将种师道复攻克臧底河城，贯又得升官加爵，进开府仪同三司，签书枢密院事。蔡京亦得连带沐恩，一再赐诏，始令他三日一朝，正公相位，总治三省事，继复晋封鲁国公，命五日一赴都堂治事。

寻又将茂德帝姬下嫁京四子鞗，帝姬就是公主，由京改制称帝姬。姬本古姓，春秋时女从母姓，故称姬，后世或沿称为姬妾，蔡京乃以称公主，愈觉不通。茂德帝姬，系徽宗第六女，蔡攸兼领各种美差，如上清宝箓宫、秘书省、道箓院、礼制局、道史局等，均有职司。攸弟鞗亦官保和殿学士，一门贵显，烜赫无伦。会徽宗立长子桓为皇太子，桓系前后王氏所出，曾封定王，性好节俭。蔡京例外巴结，即将大食国所遗琉璃酒器，献入东宫。太子道：“天子大臣，不闻勖我道义，乃把玩具相贻，莫非欲蛊我心志么？”太子詹事陈邦光在侧，又添说蔡京许多不是，惹得太子怒起，竟命左右击碎酒器，一律毁掷。这事为蔡京所闻，当然懊恨。讨好跌一交，哪得不恼？一时扳不倒太子，只好将一股毒气，喷在陈邦光身上，当下阴嗾言官，弹击邦光，自己又从旁诋斥，遂传出御笔手诏，窜邦光至陈州。太宰何执中始终与蔡京友善，辅政至十余年，毫无建树，一味唯唯诺诺，赞饰太平。徽宗恩宠不衰，直至年迈龙钟，才命以太傅就第，禄俸如旧，未几病死。郑居中继为太宰，兼少保衔，刘正夫为少宰，邓洵武知枢密院事。换来换去，无非这班庸奴。居中受职后，思改京政，存纪纲，守格令，抑侥幸，振淹滞，颇洽人望，但不过与京立异，并没有甚么干济才。正夫随俗浮沉，专务将顺，洵武阿附二蔡，人品学术，更不消说。既而正夫因疾辞职，居中以母丧守制，徽宗又擢余深为少宰。余本蔡家走狗，怎肯背德？应五十一回。一切政务，必禀白蔡公相，惟命是从。蔡氏父子势益滔天。攸妻宋氏系宋庠孙女，颇知文字，出入禁中，累承恩赏。攸子名行，亦得领殿中监。有时徽宗且亲幸京第，略去君臣名分，居然作为儿女亲家，所有蔡家仆妾，均得瞻近天颜。京设宴飨帝，一酌一餐，费至千金，各种肴馔，异样精美，往往为御厨所未有，徽宗不以为侈，反说由公相厚爱，自京以下，均命列坐，彼此传觞，如家人礼。徽宗又命茂德帝姬及姑嫜姨姒等，也设席左右，稚儿娇女，均得登堂，合庭开欢宴之图，上寿沐皇王之宠。妾滕俱蒙诰命，厮养亦沐荣封，真所谓帝德汪洋，无微不至了。及徽宗宴罢返宫，翌日京上谢表，有云："主妇上寿，请醴而肯从，稚子牵衣，挽留而不却。"这是实事，并非虚言。可惜蔡太师生平只有这数语是真。小子有诗叹道：

> 误把元凶作宰官，万方皆哭一庭欢。
> 试看父子承恩日，国帑民财已两殚。

蔡京贵宠无比，童贯因和夏班师，也得晋爵封公。于是公相以外，又添出一个媪相来。欲知详细，下回再表。

李师师不见正史，而稗乘俱载其事，当非虚诬。蔡攸、王黼为徽宗幸臣，微行之举，必自二人启之。夫身居九重，为社稷所由寄，为人民所由托，乃不惜降尊，与娼妓为耦，以视莫愁天子，犹有甚焉，而攸、黼更不足诛已。林灵素目师师为妖，师师固一妖孽也，君子不以人废言，吾犹取之。下半回述徽宗幸蔡京第，略迹言欢，妇孺列席，与上半回挟妓饮酒事，适成映射。李师师以色迷君，蔡京以佞惑主，迹虽不同，弊实相等。读《鲁论》"远郑声，放佞人"二语，足知本回宗旨，亦寓此意。喜郑声者未有不近佞人，吾于徽宗亦云。

第五十四回　　造雄邦恃强称帝
　　　　　　　通远使约金攻辽

却说童贯经略西陲，屡次晋爵，至政和八年，改元重和，貤恩内外文武百官，贯复得升为太保。越年，复改元宣和，贯又欲幸功邀赏，命刘法进取朔方。法不欲行，经贯连日催促，不得已率兵二万，出至统安城。适遇夏主弟察哥，一作察克。引兵到来，法即列阵与战，察哥自领步骑为三队，敌法前军，别遣精骑登山，绕出法军背后。法正与察哥酣斗，不防后队大乱，竟被夏兵杀入。法顾前失后，顾后失前，亟拟收军奔回，怎奈夏兵前后环绕，不肯放行。督战至六七时，累得人马困乏，且部兵多半死亡，料知招架不住，只好弃军潜遁。天色已晚，黉夜奔走，行至黎明，距战地约七十里，地名盖朱峗，四顾无人，乃下马卸甲，暂图休息。少顷，有数人负担前来，法疑是商贩，向他索食。数人不允，法瞋目道："你等小民，难道不识我刘经略么？"一人答道："将军便是刘经略，我有食物在此，应该奉献。"言讫，便向担中取出一物，跑至刘法身旁。法尚道是甚么食物，哪知是一柄亮晃晃的短刀，急切不及躲避，突被杀死，首级也被取去。看官听着！这数人，乃是西夏的负担军，随充军前杂役，可巧碰着刘法，正是冤冤相凑，当即斩首报功。是屠城之报。察哥见了法首，恻然语左右道："这位刘将军，前曾在古骨龙、仁多泉两处，连败我军，我尝谓他天生神将，不敢与他交锋，谁料今日为我小兵所杀，携首而归，这是他恃胜轻出的坏处，我等不可不戒！"察哥有谋有识，却是西夏良将。当下麾军再进，直捣震武。震武在山峡中，熙秦两路转饷艰难，自筑城三载，知军李明、孟清皆为夏人所杀，至是城又将陷。察哥道："勿破此城，留作南朝病块，也是好的。"遂引军退去。

童贯闻夏人已退，反报称守兵击却，就是刘法败死，也匿不上闻，一面通使辽主，请他出场排解，再与夏人修好。辽正与金构兵，恐得罪中朝，更增一敌，乃转告夏主，令与宋修和。夏主乾顺亦颇厌用兵，乃因辽使进表纳款。贯遂上言，夏主畏威，情愿投诚。徽宗乃饬罢六路兵，加贯太傅，封泾国公，时人称贯为媪相，与公相蔡京齐名。贯班师回朝，刚值蔡京定议图辽，遣武义大夫马政浮海使金，与约夹攻。贯本首倡此议，当然极力怂恿，主张北伐。一时兴高采烈，大有唾手燕云的情景。全是妄想。

看官道金是何邦？便是前文所说的女真部。应五十一回。徽宗政和二年时，辽天祚帝延禧赴春州，至混同江钓鱼，女真各部酋长，相率往朝。阿骨打奉兄命，亦出觐辽主，钓罢张宴。饮至半酣，辽主命诸酋依次起舞，轮至阿骨打，独辞不能。辽主劝谕再三，始终不肯听命。辽主欲杀阿骨打，经北院枢密使萧奉先谏阻乃止。阿骨打脱归，恐辽主疑有异志，将加讨伐，遂日夕筹防，招兵买马，先并吞附近各族，拓地图强，嗣且建城堡，修戎器，扼险要，以备不虞。至长兄乌雅束病殁，阿骨打袭位，并不向辽告丧，且自称勃都极烈。一作达贝勒。辽主遣使诘责，阿骨打道："有丧不能吊，还说我有罪么？"因拒绝来使。先是辽主好猎，每岁至海上市鹰，征使四出，道出女真，往往需求无厌，因此各部亦相继怨辽。独纥石烈部酋阿疏，当盈哥在位时，与盈哥有怨，战败奔辽。盈哥、乌雅束相继索仇，终不见遣。阿骨打又迭使往索，仍属无效，乃召集诸部，约会来流水上，一作拉林水。得二千五百人，祷告天地，誓师伐辽，进军辽境，击败辽兵，射死辽将耶律谢十，谢十一作色锡。乘势攻克宁江州。辽都统萧嗣先，率兵万人，出援宁江。阿骨打时已引还，嗣先竟追至出河店，一译作珠赫店。天晚驻营。翌晨闻阿骨打返兵迎击，急令前队往阻，不到半日，已被阿骨打杀败逃回。嗣先乃整军出迎，甫经交绥，忽大风陡起，飞沙迷目，阿骨打正居上风，麾兵奋击，辽兵不能支持，尽行溃散，将校多半死亡，嗣先踉跄遁归。于是阿骨打弟吴乞买等，劝兄称帝。阿骨打起初不从，旋经将佐等，再行劝进，乃于乙未年正月元日，即宋徽宗政和五年，就按出虎水旁，按出虎水一译作爱新水。即皇帝位，国号大金，取金质不坏的意义。建元取国，易名为

第五十四回　造雄邦恃强称帝　通远使约金攻辽

旻，命吴乞买为谙班勃极烈。从兄撒改，一作萨拉噶，系勃里钵兄勃者之。及弟斜也，一译作舍音。为国论勃极烈。两种官名，均系女真部方言，尊贵的官长，叫作勃极烈，谙班是最尊的意思，国论就是国相。谙班一译作阿木班，国论一作固伦。

　　辽人尝言女真兵满万，便不可敌，至是已达万人以上，乃厉兵秣马，再议攻辽。辽主遣使僧家奴，一作僧嘉努。赍书往金，令为属国。金主复书，要求辽主送还阿疏，并迁黄龙府至别地，方可议和。辽主再贻书，呼金主名，谕令归降。金主亦复书，呼辽主名，谕令归阵。煞是好看。两下里各争尊长，那金主已进兵益州，直捣黄龙府。辽兵屡战屡败，黄龙府竟被夺去。辽主闻报大怒，即下诏亲征，号称七十万，分路出师。金主闻辽兵大举，乃以刀劙面，涕泣语众道："我与汝等起兵，无非苦辽邦残忍，欲自立国，今天祚亲至，恐不可当，看来只有杀我一族，大众出去迎降，或可转祸为福。"遣将不如激将。吴乞买等趋进道："火来水淹，兵来将挡，况天祚淫虐不仁，众心离散，就使来了一二百万，也不过暂时乌合，怕他甚么？"金主乃道："你等果能尽死力，须听我号令，同去御敌！"诸将齐声应令，遂调齐人马，倾国而出，行至黄龙府东，遥见辽兵遍野，势如攒蚁，乃下令军中道："敌利速战，我利固守，且深沟高垒，静观敌衅，再行进兵。"将士遵令，择险驻扎，按兵不动。辽兵也不来挑战，越日，竟陆续退去。

　　原来辽副都统章奴，谋立天祚叔父耶律淳，诱将士亡归上京，遣淳妃萧地里告淳。淳不愿依议，拘住迪里，会辽主闻章奴谋叛，亟遣使慰淳，淳斩迪里首，取献辽主，孑身待罪。辽主待遇如初。偏章奴入掠上京，至辽太祖庙，数天祚罪恶，移檄州县，将犯行宫。辽主亟从军中退归，军士均无斗志，也随了回去。事被金主察悉，遂拔寨齐起，西追辽主，至护步答冈，护步答一作和斯布达。见前面舆辇甲仗，迤逦行去，他即分开两翼，一鼓而上，自率精兵猛将，专向辽中军杀入。辽主猝不及防，急忙退走，辽兵亦纷纷四散。金主麾杀一阵，斩馘以万计，夺得车马，兵械军资，不可胜计，乃引兵回国。辽主奔赴上京，适章奴已为熟女真部所败，众皆溃散。逻卒擒住章奴，送至辽主所在，立斩以徇。辽主乃还都。

　　看官听着！从前辽都临潢，号为上京，自圣宗隆绪，徙都辽西，称为中京，又以辽阳为东京，幽州为南京，云州为西京，共计五京。提出五京，下文金、宋攻辽，庶有眉目可辨。章奴诛死，上京方才告靖。不意东京又闹出乱端。东京留守萧保先，虐待渤海居民，为暴徒所戕，经辽将大公鼎、高清明等，率兵剿捕，乱势少平。偏裨将高永昌收集溃匪，入据辽阳，匝旬间，得八千人，居然僭号，称为隆基元年。辽主遣韩家奴、张林等往征，永昌恐不能敌，向金求救。金主遣胡沙补一译作华沙布。报永昌道："同力攻辽，我愿相助，但须削去僭号，归顺我国，当以王爵相报。"永昌不从。金主遂命大将斡鲁，率诸军攻永昌，巧与辽将张琳相值，两下开仗，张琳败走，斡鲁乘势取瀋州，进薄辽阳城下。永昌开城出战，哪里敌得住金军？遂败奔长松。辽阳人挞不野，一作托卜嘉。擒住永昌，献与金主，眼见得一刀两段，于是辽国的东京州县，及南路熟女真部，陆续降金。金主任斡鲁为南路都统，斡伦一作鄂楞。知东京事。辽主闻东京失陷，未免惊慌，乃授耶律淳为都元帅，募辽东人为兵，得二万二千余人，使报怨女真，叫作怨军，以渤海铁州人郭药师等为统领。耶律淳倡议和金，遣耶律奴苛一译作讷格。如金议好，金主要索多端，议不能决。旋出金主最后复书，迫辽以兄礼事金，封册如汉仪，方可如约，否则不必再议。辽主尚不肯许。适遇大饥，人自相食，各地盗贼蜂起，掠民充粮。枢密使萧奉先等，劝辽主暂从金议，乃册金主为东怀国皇帝。金主不悦，语册使道："什么叫作东怀国？我国明号大金，应称为大金国便了。且册书中，并无兄事明文，我不能遵约。"当下将册书掷还。金主既迫辽兄事，何必再受辽册封，这也奇怪。看官，这"东怀国"三字，明是辽人暗弄金主，取小邦怀德的意义。他总道金主未达汉文，或可模糊骗过，偏金主要他兄事，要称大金，仍然和议不成，双方决裂。蔡京闻得此信，遂欲约金攻辽，规复燕云。武义大夫马政，航海至金，与金主面议辽事。金主亦令李善庆等赍奉国书，并北珠生金等物，偕马政同至汴都。徽宗即命蔡京与约攻辽，善庆等不加可否，居十余日乃去。徽宗复令马政持诏，及还赐礼物，与善庆等渡海报聘。行至登州，政奉诏止行，乃只遣平海军校呼庆送善庆等归金。金主遣呼庆归，且与语道："归见皇帝，果欲结好，当示国书，若仍用诏命，我不便受，莫怪我却还来使。"呼庆唯唯而还。至童贯入朝，力主京议，请再遣使赍书。中书舍人吴时，独上疏谏阻，又有布衣安尧臣，亦谏止图辽。吴且言不应败盟。安尧臣一疏，却很是剀切详明，略云：

  陛下临御之初，尝下诏求言，于是谔士效忠，而憸下，加以诋诬之罪，使陛下负拒谏之谤，比年天下杜口，以言为讳。乃者宦寺交结权臣，共倡北伐，而宰执以下，无一人肯为陛下言者。臣谓燕云之役兴，则边衅遂开，宦寺之权重，则皇纲不振。昔秦始皇筑长城，汉武帝通西域，隋炀帝辽左之师，唐明皇幽蓟之寇，其失如彼，周宣王伐獫狁，汉文帝备北边，元帝纳贾捐之议，光武斥臧宫马武之谋，其得如此。艺祖拨乱反正，躬环甲胄，当时将相大臣，皆所与取天下者，岂勇略智力，不能下幽燕哉？盖以区区之地，契丹所必争，忍使吾民重困锋镝，章圣澶渊之役，与之战而胜，乃听其和，亦欲固本而息民也。今童贯深结蔡京，同纳赵良嗣以为谋主，故建平燕之议，臣恐异时唇亡齿寒，边境有可乘之衅，狼子蓄锐，伺隙以

第五十四回　造雄邦恃强称帝　通远使约金攻辽

逞其欲,此臣之所以日夜寒心者也。伏望思祖宗积累之艰难,鉴历代君臣之得失,杜塞边衅,务守旧好,无使外夷乘间窥中国。上以安宗庙,下以慰生灵,则国家幸甚！生民幸甚！

徽宗连接两疏,正在怀疑,会有二御医自高丽归,入奏徽宗,亦以图燕为非。原来高丽尝通好中国,因国主有疾,向宋求医,徽宗乃遣二医往视,及高丽送二医归国,临歧与语道:"闻天子将与女真图契丹,恐非良策。苟存契丹,尚足为中国捍边。女真似虎似狼,不宜与交,可传达天子,预备为是。"高丽人颇有见识。二医遂归白徽宗,徽宗乃以吴时、安尧臣所言,不为无见,拟将联金伐辽的计议,暂从搁置,并拟擢安尧臣为承务郎,藉通言路。可奈蔡京、童贯二人,坚执前议,谓天与不取,反致受害;还有学士王黼,时已升任少宰,郑居中乞请终丧,因进余深为太宰,王黼为少宰。与蔡、童一同勾结,斥吴时为腐儒,且以安尧臣越俎进言,目为不法,怎得再给官阶？三人并力奏请,徽宗又不得不从,因遣右文殿修撰赵良嗣,借市马为名,再出使金,申请前约。巧值辽使萧习泥烈一作萧锡里。至金续议册礼,金主仍不惬意,竟兴兵出攻上京,令宋、辽二使,随着军中。辽主方在胡土白山一译作瑚图哩巴里。围猎,闻金主出师,亟命耶律白斯不等,白斯不一作博硕布。简率精兵三千,驰援上京。金主至上京城下,先谕守兵速降,留守挞不野不从,金主乃督兵进攻,且语宋、辽二使道:"汝等可看我用兵,以卜去就。"言讫,遂亲击桴鼓,促军猛扑,不避矢石,自辰及午,金将阇母一译作多昂摩。等,鼓勇先登,部众随上,遂克外城。挞不野无法可施,只好出降。耶律白斯不等将至上京,闻城已失守,不战自退。金主入城犒师,置酒欢宴。赵良嗣等捧觞上寿,皆称万岁。丑。越日,金主留兵居守,自偕赵良嗣等还国。良嗣因语金主道:"燕本汉地,理应仍归中国,现愿与贵国协力攻辽,贵国可取中京大定府,敝国愿取燕京析津府,南北夹攻,均可得志。"金主道:"这事总可如约,但汝主曾给辽岁币,他日还当与我。"良嗣允诺,金主遂付良嗣书,约金兵自平地松林趋古北口,宋兵自白沟夹攻,否则不能如约。并遣勃堇一作贝勒。偕良嗣申述己意,徽宗乃复遣马政报聘,且复致国书道:

大宋皇帝,致书于大金皇帝:远承信介,特示函书,致讨契丹,当如来约。已差童贯勒兵相应,彼此兵不得过关,岁币之数同于辽,仍约毋听契丹讲和,特此复告！

马政持书至金,金主答称如约,协议遂成。至马政返报,有诏令童贯整军待发,独郑居中以为未可,特往语蔡京道:"公为大臣,不能守两国盟约,致酿事端,恐非妙策。"京答道:"皇上厌岁币五十万,所以主张此议。"居中道:"公未闻汉朝和亲用兵的耗费么？汉尝岁给单于一亿九十万,西域一千八百八十万,与本朝相较,孰多孰少？今乃贪功启衅,徒使百万生灵,肝脑涂地,首祸惟公,后悔何及！"居中虽非好人,语却可取。京默然不答,但心中总以为可行,且已与金定约,势成骑虎,不能再下,仍与童贯决议兴兵。忽接到两浙警报,睦州人方腊作乱,睦、歙、杭诸州,接连被陷,东南几已糜烂了。徽宗大惊,急召辅臣会议,暂罢北伐,亟拟南征。正是：

满望燕云归故土,谁知吴越起妖氛？

欲知南征时命将情形,且至下回续叙。

辽王延禧,淫荒无度,以致女真部崛起东北,僭号称尊,是辽固有败亡之道,而因致敌人之侮辱者也。宋之约金攻辽,议者皆谓其失策,吾以为燕云十六州,久沦左衽,乘隙而图,未始非计。但主议非人,用兵非时,妄启兵端,适以致祸。兵志有言："知己知彼,百战百胜。"试问君如徽宗,臣如蔡京、童贯,能控驭远人否乎？百年无事,将骄卒惰,能战胜外夷否乎？且与女真素未通好,乃无端遣使,自损国威,强弱之形未著,而外人已先轻我矣。拒虎引狼,必为狼噬,此北宋之所以终亡也。

第五十五回　　帮源峒方腊揭竿
　　　　　　　梁山泊宋江结寨

却说宣和二年,睦州清溪民方腊作乱。方腊世居县堨村,托词左道,妖言惑众,愚夫愚妇,免不得为他所惑。但方腊本意尚不过借此敛钱,并没有甚么帝王思想。惟清溪一带,有梓桐、帮源诸峒,山深林密,民物殷阜,凡漆楮杉樟诸木,无不具备,富商巨贾,尝往来境内,购取材料。腊有漆园,每年值价,数达百金,自苏、杭设置应奉局及花石纲,朱勔倚势作威,往往擅取民间,不名一钱,腊亦屡遭损失,漆被取去,无从索价,所以怨恨甚深。当下煽惑百姓,倡议诛勔,百姓正恨勔切骨,巴不得立时捕到,将他碎尸万段,聊快人心。既得方腊为主,当然一唱百和,陆续引集,请他举事。腊尚恐众心未固,乃假托唐袁天罡、李淳风的推背图,编成四语道：

十千加一点,冬尽始称尊。纵横过浙水,显迹在吴兴。

十千是隐寓万字,加一点便成方字,冬尽为腊,"称尊"二字,无非是南面为君的意思,从来童谣图谶,多半由临时捏造,诱惑愚民。纵横二语,更是明白了解,没甚奥义。观此二语,见得方腊本意,不过欲扰乱苏、杭,并无燎原之志。还有睦州遗传,

第五十五回　帮源峒方腊揭竿　梁山泊宋江结寨

说有甚么天子台,万年楼,从前唐高宗永徽年间,曾有女子陈硕真叛据睦州,自称文佳皇帝,后来不成而死。方腊谓这道王气,应在已身方验,巾帼当不及须眉。一时信为真话,哄动至数千人,遂削木揭竿,公然造起反来。根据地就是帮源峒,自称圣公,建元永乐,也设官置吏,以头巾为别,自红巾而上,分作六等。急切无弓矢甲胄,专恃拳殴棒击,出峒四扰。又编给符箓,谓有神效,可得冥助。大约与清季之拳匪相似。于是毁民庐,掠民财,所有妇人孺子,一律掳至峒中。腊自择美妇娈童,供奉朝夕,余尽赏给党羽作为仆妾。不到半月,胁从且至数万,乃勒为部伍,出攻清溪。两浙都监蔡遵、颜坦,率兵五千人,星夜往讨。到了息坑,正值方腊前队到来,军士望将过去,先不禁惊讶起来。原来方腊前队,并不见有武夫,又不见有利械,只有妇女若干,童稚若干,妇女仍搽脂抹粉,惟服饰多系道装,手中各执拂尘,仿佛是戏剧中的师姑。童子面上,统加涂饰,红黄蓝白,无奇不有,或梳发作两丫髻,或剪发成沙弥圈,遥对官军,嬉笑憨跳,并不像打仗的样子。恰是奇怪,非特见所未见,并且闻所未闻。官军面面相觑,还道他有甚么妖法,不敢前进。蔡遵恰也惊疑,颜坦本是粗率,便诘蔡遵道:"这是惶惑我军的诡计,有何足怕?看我驱军杀尽了他。"言已,便督军进击。兵戈所指,那妇孺吓得倒躲,没命的乱窜了去。只耐肉战,哪禁兵刃。

坦放胆杀入,一逃一追,但见前面的妇孺,均穿林越涧,四散奔逸,一行数里,连妇孺都不见了。此外也并无一人,惟剩得空山寂寂,古木阴阴。争战时,插此二语,倍增趣味。坦不管好歹,再向前力追,突听得一声号炮,震得木叶战动,不由的毛骨悚然。至举头四顾,又不见什么动静,煞是可怪。故曲一笔。大众捏着一把冷汗,足虽急行,面惟四望,不防扑蹋扑蹋的好几声,一大半跌入陷坑,连颜坦也坠了下去。两旁山谷中,跳出许多大汉,手执巨梃,一半乱捣陷穽,一半扫荡余军,可怜颜坦以下千余人,一古脑儿埋死坑谷。后队统领蔡遵闻前军得手,也依次赶上,但与前军相隔已远,未得确实消息,渐渐的行入山谷中,猛闻后面一阵鼓噪,料知不佳,急忙令军士返步,退将出来。还至谷口,顿觉叫苦不迭,那谷口已被木石塞断了。山上几声炮响,即有无数大石,抛掷下来,军士不被击死,也多受伤。蔡遵还督令军士,移徙木石,以便通道,那后面的匪党,已持梃追到,冲杀官军,官军大乱,任他左批右抹,一阵横扫,个个倒毙,遵亦死于乱军之中。

腊众夺得甲仗,才有刀械等物,遂乘胜捣入青溪,且进攻睦州,揭示胁诱军民,只称:"有天兵相助,赶紧投诚,否则蔡、颜覆辙,即在目前"云云。是时江、浙一带,承平已久,不识兵革,就是郡县守吏,汛地将弁,也只知奉迎钦差,保全禄位,并未尝修浚城濠,整缮兵甲,一闻方腊到来,好似天篷下降,无可与敌,都逃得一个不留。方腊遂破陷睦州,又西攻歙州,守将郭师中,忙调兵御寇,甫经对阵，那匪党里面，忽突出一班披发仗剑的人物，向空一指，即横剑齐向官军，并力冲入。官兵本不知战，更防他有妖法，哪个敢去拦阻？霎时间旗乱辙靡，如鸟兽散。师中禁遏不住，反落得一命呜呼，眼见得歙县被陷。腊复麾众东趋，大掠桐庐、富阳诸县，直抵杭州城下，知州赵霆，登城西望，遥见寇来如楮，已是惊慌得很，蓦地里冲出几个长人，约高丈许，首戴神盔，身披鼍衣，左手持矛，右手执旗，面目狰狞可怕，顿吓得魂不附体。其实这种长人，统是大木雕成，中作机关，用人按捺，所以两手活动，远望如生。<small>方腊算会欺人。</small>赵霆胆小如鼠，晓得什么真假，当即下城还署，踌躇一会，三十六着，逃为上着，便收拾细软，挈了一妻一妾，趁着城中惊扰的时候，改装出衙，一溜烟的奔出城外。<small>恰是见机。</small>置制使陈建，廉访使赵约，趋入州署，想与赵霆会商守御，不意署中已空空洞洞，并无一人，慌忙退出署门，那匪党已一拥入城，两人逃避不及，同时被缚。方腊煞是凶狠，既入城中，令党羽遍捕官吏，统共获得若干名，一一绑住州署门前，自己高坐堂上，置酒纵饮，饮一杯，杀一人，最凶的是不令全尸，或脔割肢体，或剜取肺肠，或熬煮膏油，或丛镝乱射，备极惨酷，反说是为民除害，足纾公愤。一面令党徒纵火，满城屠掠，除有姿色的妇女取供淫乐外，多半杀死，六日方止。

东南大震，警报与雪片相似，投入京中。太宰王黼因朝廷方整师北伐，无暇顾及小寇，竟将警奏搁起，并不上闻。至淮南发运使陈遘直接奏陈徽宗，乃始知乱事，命童贯为江淮荆浙宣抚使，<small>满朝只一媪相，愧煞宋臣。</small>谭稹为两湖制置使，王禀为统制，分率禁旅，即日南下。又因陈遘疏中，谓浙兵无用，须调集外旅，速平匪乱，乃复飞饬陕西六路精兵，同时南征。于是边将辛兴忠、杨惟忠统熙河兵，刘镇统泾原兵，杨可世、赵明统环庆兵，黄迪统鄜延兵，马公直统秦凤兵，冀景统河东兵，六路兵马，共归都统制刘延庆节制。总计内外各军，调赴东南，约得十五万人。各军陆续南下，免不得费时需日。至童贯等至金陵，已是宣和三年孟春月中。方腊转陷婺州，又陷衢州。衢守彭汝方被执，骂贼遇害，贼屠衢城，未几又陷处州，缙云尉詹良臣率数十人出御，为贼所擒，诱降不屈，也被杀死。嗣又令杭州守贼方七佛引众六万，陷崇德县，转攻秀州，亏得统军王子武号召兵民，登陴力御，斗大的秀州城，兀自守住。<small>与杭州成一反映。</small>童贯留偏将刘镇守金陵，进次镇江，闻秀州被围，急檄王禀驰援，可巧熙河将辛兴宗、杨惟忠亦领兵到来，两路夹攻方七佛，七佛支持不住，只好却走，秀州解围。方腊东攻不克，转图西略，连陷宁国、旌德诸县，官军为所牵制，又只得分军西援，一时顾不到浙西。

那时淮南复出一大盗，姓宋名江，纠党三十六人，横行河朔，转掠十郡，京东又复戒严，害得宋廷诸臣，议剿议抚，急切想不出甚么法儿。<small>宋江亦一渠魁，应特笔提醒。</small>看官曾阅过《水浒传》么？《水浒》系元朝施耐庵手笔，演成七十

第五十五回　帮源峒方腊揭竿　梁山泊宋江结寨

回,所说皆关系宋江事,书中多系哄托,并非件件是真,不过笔墨甚佳,更兼金圣叹评注,所以流传至今,脍炙人口。但从正史上考证起来,只有淮南盗宋江,以三十六人横行河朔,由知海州张叔夜击降数语,且并未为宋江立传。可见宋江起事,转瞬即平,并不似《水浒传》中,有甚么大势力,大经营。惟旁览稗乘,又见有宋江归降后,曾效力军行,助讨方腊,克复杭州。小子生长古越,距杭州不到百里,时常往来杭地,访问古迹,那城内果有张顺祠,曾封涌金门内的土地,城外又有时迁庙,西子湖边,又有武松墓,想必定有所本,不至虚传。小子演述宋史,凡事多以正史为本,间或羼以稗乘,亦必确有见闻,明知个人识短,不敢自信无遗。但凭空捏造的瞎说,究竟不好妄采,想看官总也俯谅愚衷哩。<u>插入此段议论,所以祛阅者之疑。</u>

　　闲文少表,且说宋江系郓城县人,表字公明,曾充当县中押司,平时性情慷慨,喜交江湖朋友,绰号遂叫作及时雨。嗣因私放盗犯,酿成命案,为了种种罪证,致遭捕系。当有一班江湖好友,救他性命,迫入梁山泊上,做个公道大王。<u>数语已赅括《水浒传》。</u>梁山泊在郓城、寿张两县间,山形突兀,路转峰回,周围约二十五里。冈上恰有一方旷地,足容千人居住。冈下有泊,可汲水取饮,虽旱不干。古时本名良山,因汉梁孝王出猎于此,乃改名梁山。宋季朝政不明,吏治废弛,贪官污吏,布满各路,盗贼乘时蜂起,所有淮南、京东一带,无赖亡命之徒,落草为寇,便借这梁山为逋逃薮,只因么魔小丑,随聚随散,所以不甚著名。至宋江入居此山,由群盗推为首领,立起什么水浒寨,造起什么忠义堂,托词替天行道,哄动居民,于是梁山泊三大字,遂表现出来。<u>标明梁山泊历史地理,足补《水浒传》之缺。</u>看官试想!这宋公明既没有偌大家私,山上又没有历年积蓄,教他如何替着天,行着道?他无非四出劫掠,夺些金银财宝,作为生计。不过他所往劫的,多是富而不仁的土豪,及多行不义的民贼,尚不似那睦州方腊,一味儿逞妖作怪,恣意淫乱,因此京东一带,还说宋江是个好人。知亳州侯蒙曾上言:"宋江横行齐魏,才必过人,现在清溪盗起,不若赦他前非,令南讨方腊,将功赎罪。"徽宗很以为是,拟调侯蒙任东平府,招降宋江。偏偏诏命甫下,侯蒙病剧,不能赴任,未几身亡,自是招抚一语,又成虚话。京东各军,一再往剿,反被梁山群盗,杀得七零八落,大败而回。宋江势且日盛,趋附的人物,亦因之日多。起初尚只有三十六个头目,连宋江也排列在内,后来又得了七十二人,合成一百零八个大强盗。他却自称上应列星,伪造石碣,把一百八人的姓名,镌刻碑上。三十六人,号为天罡星,七十二人,号为地煞星。每人又各有绰号,《水浒传》中,也曾载着,小子就此誊录一周,分列如下。

　　天罡星三十六员:
　　天魁星呼保义宋江。　　　　　　　　天罡星玉麒麟卢俊义。

天机星智多星吴用。天闲星入云龙公孙胜。
天勇星大刀关胜。天雄星豹子头林冲。
天猛星霹雳火秦明。天威星双鞭呼延灼。
天英星小李广花荣。天贵星美髯公朱仝。
天富星扑天雕李应。天满星小旋风柴进。
天孤星花和尚鲁智深。天伤星行者武松。
天立星双枪将董平。天捷星没羽箭张清。
天暗星青面兽杨志。天佑星金枪将徐宁。
天空星急先锋索超。天异星赤发鬼刘唐。
天杀星黑旋风李逵。天速星神行太保戴宗。
天微星九纹龙史进。天究星没遮拦穆弘。
天退星插翅虎雷横。天寿星混江龙李俊。
天剑星立地太岁阮小二。天平星船火儿张横。
天罪星短命二郎阮小五。天损星浪里白条张顺。
天败星活阎罗阮小七。天牢星病关索杨雄。
天慧星拼命三郎石秀。天暴星两头蛇解珍。
天哭星双尾蝎解宝。天巧星浪子燕青。
地煞星七十二员：
地魁星神机军师朱武。地煞星镇三山黄信。
地勇星病尉迟孙立。地杰星丑郡马宣赞。
地雄星井木犴郝思文。地威星百胜将军韩滔。
地英星天目将彭玘。地奇星圣水将军单廷珪。
地火星神火将军魏定国。地文星圣手书生萧让。
地正星铁面孔目裴宣。地辟星摩云金翅欧鹏。
地阔星火眼狻猊邓飞。地强星锦毛虎燕顺。
地暗星锦豹子杨林。地辅星轰天雷凌振。
地会星神算子蒋敬。地佐星小温侯吕方。
地佑星赛仁贵郭盛。地灵星神医安道全。
地兽星紫髯伯皇甫端。地微星矮脚虎王英。
地慧星一丈青扈三娘。地暴星丧门神鲍旭。
地默星混世魔王樊瑞。地猖星毛头星孔明。
地狂星独火星孔亮。地飞星八臂哪吒项充。
地走星飞天大圣李衮。地巧星玉臂匠金大坚。
地明星铁笛仙马麟。地进星出洞蛟童威。

第五十五回　帮源峒方腊揭竿　梁山泊宋江结寨

地退星翻江蜃童猛。　　　　　地满星玉幡竿孟康。
地遂星通臂猿侯健。　　　　　地周星跳涧虎陈达。
地险星白花蛇杨春。　　　　　地异星白面郎君郑天寿。
地理星九尾龟陶宗旺。　　　　地俊星铁扇子宋清。
地乐星铁叫子乐和。　　　　　地捷星花项虎龚旺。
地速星中箭虎丁得孙。　　　　地镇星小遮拦穆春。
地羁星操刀鬼曹正。　　　　　地魔星云里金刚宋万。
地妖星摸着天杜迁。　　　　　地幽星病大虫薛永。
地伏星金眼彪施恩。　　　　　地僻星打虎将李忠。
地空星小霸王周通。　　　　　地孤星金钱豹子汤隆。
地全星鬼脸儿杜兴。　　　　　地短星出林龙邹渊。
地角星独角龙邹润。　　　　　地囚星早地忽律朱贵。
地藏星笑面虎朱富。　　　　　地平星铁臂膊蔡福。
地损星一枝花蔡庆。　　　　　地奴星催命判官李立。
地察星青眼虎李云。　　　　　地恶星没面目焦挺。
地丑星石将军石勇。　　　　　地数星小尉迟孙新。
地阴星母大虫顾大嫂。　　　　地刑星菜园子张青。
地壮星母夜叉孙二娘。　　　　地劣星活阎婆王定六。
地健星险道神郁保四。　　　　地耗星白日鼠白胜。
地贼星鼓上蚤时迁。　　　　　地狗星金毛犬段景住。

一百八人已经会齐，梁山泊上的气运，要算是全盛了。宋江置酒大会百余人，依次列席，大众商量进行的方法。宋江首先倡议，一是静待招安，一是出图吴会。旋经吴用等酌议，以吴会地方富庶，若攻他无备，去干一番，事情得利，便从此做去，失利亦可还寨，就抚未迟。宋江恰也赞成。嗣又议定航海南行，伺间袭击淮、扬，大家很是同意。席散后，各检点兵械，准备停当，留卢俊义守寨，指日启程。不意海州方面，偏有一位赤胆忠心的贤长官，密伺宋江行径，预先布置，专待宋江等到来。正是：

　　　　　军志毋人先薄我，古云有备总无虞。

欲知海州战事，容至下回说明。

方腊、宋江，虽皆亡命之徒，而非贪官污吏之有以激之，则必不能为叛逆之举。就令潜图不轨，而附和无人，亦宁能孑身起事？盖自来盗贼蜂起，未有不从官吏所致，苛征横敛，民不聊生，则往往铤而走险，啸聚成群，大则揭竿，小则越货,方腊宋江,其已事也。惟方腊之为乱大,而宋江之为乱小,本回分段叙述,于方腊无恕词,于宋江犹有曲笔,而总意则归咎于官吏。皮里阳秋,亶其然乎?

第五十六回 知海州收降及时雨
　　　　　　破杭城计出智多星

却说宋江带领党羽数千人,径趋海滨,适有商舶数十艘,停泊岸边,被江党一声吆喝,跳至船上,船中人多已没命,有被杀的,有自溺的,只水手等不遭杀害,仍叫他照常行驶,惟须听宋江指挥,不得有违。一艘被掳,各艘都逃避不及,一古脑儿被他劫住。他遂命水手鼓棹南行,将至海州附近,忽有水上巡卒,各驾小舟,舣集左右,将有盘查大船的意思。宋江瞧着,恐被露出破绽,不如先行动手,遂一声号令,驱逐巡船。巡船慌忙逃开,并作一路,向海滨奔回。宋江率党前进,将至海旁,见四面芦苇丛集,飘飒有声,智多星吴用忙语宋江道:"对面恐防有伏,不应前进。"宋江闻言,亟命退回。舟行未几,果见芦苇丛中,突出兵船多艘,前来截击,那巡船亦分作两翼,围裹拢来。江麾众抵御,且战且退,不防敌舟里面,搬出许多种火物,对着宋江手下各船,陆续抛来,霎时间,各船火起,烈焰冲霄,宋江连声叫苦,也是无益;还是吴用有些主意,指挥党羽,一面扑火,一面射箭,冲开一条血路,向大海中奔去。《水浒传》中,尝写吴用计谋,所以本书亦特别叙明。此外各船,仓猝中不及施救,船中各盗目,或泅水逃逸,或恃勇杀出,剩着一大半,被官军捉住。宋江航海逃生,约行数十里,见后面已无官军,方敢就海岛下面,暂行停泊。

后来三阮、二童、二张等,陆续寻至,还有武松、柴进一班人物,领着几只七洞八穿的残船,狼狈来会,大家统垂头丧气,不发一言。宋江检点党羽,损失多人,不禁嚎啕大哭。吴用在旁劝道:"大哥哭也无益,现在兄弟们多被捉去,须赶紧设法,保他性命为要。"宋江才停住了哭,含泪答道:"偌大海州城,能有多少精兵猛将,凶横至此。我当通知卢兄弟,叫他倾寨前来,与他决一死战。"吴用道:"不可不可。大哥曾见过官军旗帜,有一斗大的张字否?"宋江道:"张字恰有,究系谁人?有这么厉害!"吴用道:"怕不是张叔夜么?"宋江道:"张叔夜有甚么材干?"吴用道:"他字嵇仲,素善用兵,前为兰州参军,规画形势,计拒羌人,西陲一带,赖以无恐。兄弟曾闻他调任东南,莫非海州长官,便属此人!"叔夜系宋季忠臣,不得不表明履历,但借吴用口中叙出,又是一种笔法。说至此,有阮小二上前说道:"确是这个张叔夜。"吴用道:"既系老张在此,我

第五十六回　知海州收降及时雨　破杭城计出智多星

等恐难与战，不若就此归抚罢！"宋江道："难道去投降不成？"吴用道："识时务者为俊杰，且可保全兄弟们性命，请大哥不必再疑！"宋江徐答道："果行此策，亦须有人通使。"吴用道："兄弟愿往。"宋江迟疑不答。吴用道："兄长尽管放心，待弟前去，包管成功。"言已，便另拨一船，向海州去讫。

　　宋江待了半日，未见吴用回来，心中忐忑不定，转眼间，夕阳已下，天色将昏，乃自登船头，向西遥望。烟波一抹，掩映残霞，隐隐有一舟东来，想是去船已归，心下稍慰。至来舟驶近，果见船中坐着吴用，当下呼声与语，吴用亦应声而起。少顷，两船相并，由吴用踱过了船，与宋江叙谈。宋江问及情形，吴用道："还是恭喜，兄弟们都羁住囚中，明日就要押往汴京，亏得今日，先去请降。张知州已一概允诺，并教我等助征方腊，图个进阶，弟斗胆与约，明晨偕兄长往会便了。"复从吴用口中，叙出请降情形，可省许多的波折。宋江淡淡的答道："事已至此，也只好这般做去。"言为心声，可见宋江本意，未愿招安。随即与同党说明大略。同党也不加可否，但说了"惟命是从"四字。

　　是夕无话，翌日辰刻，宋江率同吴用，并手下头目数名，乘船至海州。海州虽在海滨，城却距海数里，宋江舍舟登陆，徒步入城，到了州署，吴用首先通报，当有兵役传入，梆声一响，军吏统登堂站立。那仪表堂堂的张知州，由屏后出来，徐步登堂，即命兵役，传召宋江。宋江与吴用等，联步趋入，江向上一瞧，望见这位张知州仪容，不觉心折，便在案前跪禀道："淮南小民宋江谒见。"叔夜正色道："你就是宋江么？今日来降，是否诚心？不妨与本知州明言。如或未肯投诚，本知州也不加强迫，由你去招集徒众，来与本知州决一雌雄。"儒将风流。宋江闻言，越觉愧服，遂叩首道："宋江情愿投效，誓不再抗朝廷。"叔夜道："果愿投诚，不愧壮士。且起来，听我说明！"宋江、吴用等，申谢起立，叔夜乃温颜与语道："你等皆大宋子民，应知朝廷恩德，日前不服吏命，想亦有激使然。但背叛官吏，不啻背叛朝廷，就使有贪官污吏，逞虐一时，终属难逃国法，你等何勿少忍须臾，免为大逆呢！古人有言：'既往不咎'，你等前日为非，今日知悔，本知州何忍追究！现当替你等保奏朝廷，令你等往讨方腊，成功以后，不但可赎前愆，且好算得忠臣义士，生得蒙赏，死亦流芳，岂不是名利两全吗？"大义名言，令人感佩。宋江等听这议论，都觉天良发现，感激涕零。叔夜又将俘虏释出，申诫数言，均叩头泣谢。随由宋江遵依命令，愿仍回梁山泊，调集党徒，同往江南，投效军前。叔夜即给与一札，限期赴军，宋江等拜谢而去。

　　叔夜将招降宋江事，奏闻朝廷，朝议以海州无事，复将叔夜调任济南府，叔夜奉命移节，自不消说。惟宋江回至梁山泊，与卢俊义等说明一切，当即将各寨毁去，并遣散喽啰，只与党徒百余人，同赴江南。刚值熙河前军统领辛兴宗等，在浙西境内的江涨桥，与方七佛等接战。两下相持未决，宋江即麾众杀入，一阵冲荡，即将方军驱退。当下遇着辛兴宗，忙缴呈叔夜手札，兴宗按阅毕，便道："既由张知州令你到此，且留在营中，静候差遣！"宋江道："江等来此投军，愿为朝廷效力，现在浙西一带，久苦寇氛，何不即日南下，规复杭州？杭州得手，便可溯江西上，进攻睦州了。"兴宗瞪视良久，方道："恐没有这般容易。"言下即有妒功忌能的意思。宋江道："江等愿为前锋，往攻杭州。"兴宗又瞋目道："你有多少人马？"宋江道："一百余人。"兴宗反冷笑道："一百多人，也想破杭州城么？"宋江道："这也仗统帅派兵接应呢。"兴宗哼了一声，才答道："照你说来，仍须要我兵出力，何必劳你等前驱？惟你等既要前去，我便拨给弁目，带你同去，看你等能破杭州么？"这等统领，实属可杀。宋江愤懑交迫，急切说不出话来，还是吴用在旁接口，说道："此事全仗统帅威灵，小民等恭听指挥，胜负虽未敢预料，但既在统帅麾下，声威已足夺人，贼众自容易破灭哩。"兴宗听了这番恭维，才觉有些欢容，便召入神将一名，令率所部千人，与宋江等同攻杭州。且语吴用道："你等须要仔细，可攻则攻，否则我即前来接应。须知本统领一视同仁，并没有异心相待呢。"还要掩饰。吴用等唯唯而出。宋江语吴用道："我实不耐受这恶声，若非张知州恩义，我仍返梁山泊去。"吴用道："梁山泊亦非安乐窝，我等且去破了杭州，聊报张州官知遇。此后大家同去埋迹，做个逍遥自在的闲民，可好么？"宋江道："这恰甚是。"言已，即带领百余人，先行登程。兴宗所派的神将，亦随后进发。将到杭州，方军扼要驻守，均被百余人击退，乘势进薄城下。官军亦随至杭州，惟不敢近城，却在十里外，扎住营寨。

　　宋江与吴用计议道："看来官军是靠不住的，我等只有百余人，就使个个努力，亦怎能破得掉这座坚城？"吴用也皱起眉来，半响才道："我等且退，慢慢儿计议罢！"道言未绝，忽见城门大开，方七佛驱众杀出，吴用忙命党徒退去。七佛等追了一程，遥望前面有兵营驻扎，恐防有失，乃回军入城。吴用见贼众已回，方择地安营。当夜编党徒为数队，令他潜往城下，分头探察，如或有隙可乘，速即报知。各人应声去讫。到了夜静更阑，才一起一起的回来，多说是守备甚坚，恐难为力，不如待大军到来，并力攻城。独浪里白条张顺，奋然入报道："我看各处城门，统是关得甚紧，惟涌金门下，恃有深池，与西湖相通，未曾严备，待我跳入池中，乘夜混入，放火为号，斩关纳众，不怕此城不破。"吴用沉思多时，方道："此计甚险，就使张兄弟得入杭城，我等只有百余人，亦不足与守贼对敌，须通知官军，一同接应。"宋江道："这却是最要紧的。"鼓上蚤时迁道："艮山门一带，间有缺堞未修，也可伺黑夜时候，扒入城去。"吴用道："这还是从涌金门进去，较为妥当。"商议已定，遂于次日下午，

第五十六回　知海州收降及时雨　破杭城计出智多星

将密计报闻官军。官军倒也照允,待至夜餐以后,张顺扎束停当,带着利刃,入帐辞行。吴用道:"时尚早哩。且只你一人前去,我等也不放心,应教阮家三兄弟,与你同行。"张横闻声趋进道:"我亦要去。"兄弟情谊,应该如此。吴用道:"这却甚好,但或不能得手,宁可回来再商。"张顺道:"我不论好歹,总要进去一探,虽死无恨。"已寓死诫。言已即出。

张横与阮家兄弟,一同随行,趱至涌金门外,时将夜半,远见城楼上面,尚有数人守着。张顺等即脱了上衣,各带短刀,攒入池内,慢慢儿摸到城边。见池底都有铁栅拦定,里面又有水帘护住,张顺用手牵帘,不防帘上系有铜铃,顿时乱鸣。慌忙退了数步,伏住水底。但听城上已喧声道:"有贼有贼!"哗噪片时,又听有人说道:"城外并无一人,莫非是湖中大鱼,入池来游么?"既而哗声已歇,张顺又欲进去。张横道:"里面有这般守备,想是不易前进,我等还是退归罢。"三阮亦劝阻张顺,顺不肯允,且语道:"他已疑是大鱼,何妨乘势进去。"一面说,一面游至栅边,栅密缝窄,全身不能钻入,张顺拔刀砍栅,分毫不动,刀口反成一小缺,他乃用刀挖泥,泥松栅动,好容易扳去二条,便侧身挨入。那悬铃又触动成声,顺正想觅铃摘下,忽上面一声怪响,放下闸板,急切不及退避,竟赤条条被他压死。煞是可怜。张横见兄弟毕命,心如刀割,也欲撞死栅旁。亏得阮家兄弟,将他拦住,一齐退出,仍至原处登陆,衣服具在,大家忙穿好了,只有张顺遗衣,由张横携归。物在人亡,倍加酸楚。这时候的宋江、吴用等,已带着官军,静悄悄的绕到湖边,专望城中消息,不防张横等踉跄奔来,见了宋江,且语且泣。张横更哭得凄切,吴用忙从旁劝住,仍转报官军,一齐退去,尚幸城中未曾出追,总算全师而退,仍驻原寨。

越日,中军统制王禀率部到来,宋江等统去谒见。王禀问及一切,由宋江详细陈明。他不禁叹息道:"烈士捐躯,传名千古,我当代为申报。惟闻城内贼众,多至数万,辛统领仅拨千人,助壮士们来攻此城,任你力大如虎,也是不能即拔,我所以即来援应。今日且休息一宵,明日协力进攻便了。"与兴宗性质不同。宋江等唯唯而出。

翌日黎明,王禀传命饱餐,约辰刻一同进军,大众遵令而行。未几,已至辰牌,便拔寨齐起,直捣城下。方七佛开城搦战,两阵对圆,梁山部中的战士,先奋勇杀出,搅入方七佛阵中。王禀也驱军杀上,方七佛遮拦不住,即麾军倒退。急先锋索超,赤发鬼刘唐等,大声呼道:"不乘此抢入城中,报我张兄弟仇恨,尚待何时?"党徒闻言,均猛力追赶,看看贼众,俱已入城,城门将要关闭,刘唐等抢前数步,闯入门中,舞刀杀死三五个门卒,急趋而进。不防里面尚有重闉,已经紧闭,眼见得不能杀人,只好退回。行近门首,城上又坠下闸板,将刘唐等关入城闉,顿时进退无路,被守贼开了内城,一哄杀出。刘唐等料无可逃,拚命与斗,杀死守贼多人,等到力竭声嘶,不是被戕,就是自尽。又是一挫。宋江等留驻城外,无法施救,只眼睁睁的探望城头,不到一时,已将刘唐等首级悬挂出来。可怜宋江以下,统是咬牙切齿,恨不得将城踏破,可奈王禀已传令回军,只好退归原寨。是夕,时迁与同党密约,自去扒城,将到城头,蓦见有一大蛇,长可丈许,昂头吐舌,蜿蜒而来,那时迁心中大骇,一个失足,坠落城下,脑浆迸裂,死于非命。同党赶紧舁回,还算是个全尸,不致身首异处。看官试想!城中正在守御,哪里来的大蛇?相传此蛇是用木制成。夜间特地设着,藉吓官军。时迁不知是假,竟为所算。做了一生的窃贼,到此亦遭贼算,可谓果报昭然。

宋江闻时迁又死,越觉愁闷。吴用也急得没法,闷守了一两日,忽由王禀召他入商。宋江偕吴用进见,王禀道:"此城只可智取,不可力攻,现有侦卒来报,钱塘江中,有贼粮运到,我想派诸位同去夺粮,若能得手,守贼无粮可依,当不战自溃了。"吴用拍手道:"不必夺粮,就此可以夺城。"王禀忙问何计,吴用请屏去左右,密与王禀谈了数语。王禀大喜,宋江、吴用返入本营,即令凌振、杜兴、李云、石秀、邹渊、邹润、李立、穆春、汤隆及三阮、二童等人,扮作梢公,扈三娘、顾大嫂、孙二娘扮作梢婆,并将兵械炮石等物,装入袋中,充作粮米,用军船载运,从内河绕出外江,往随粮船后面。适值城中贼众,开城纳船,各粮船鱼贯而入,假粮船亦尾随进去,城门复闭。贼众正要逐船看验,忽报官军攻城,急忙登陴拒守。官军猛扑至晚,守贼只管抵御,无暇顾及粮船。凌振等乘隙行事,将袋中兵械炮石,潜行运出,弃舟上岸。寻至僻处,放起号炮,霎时间满城鼎沸,方七佛忙下城巡逻。城上守御顿疏,那梁山部中的武松、李逵等人,便架梯登城,守贼纷纷逃窜。王禀亦督众随入,杀毙贼众无数。方七佛料不能支,开了南门,向西逸去。武松见七佛窜出,飞步追赶,也不及招呼同党,只是大胆驰行。七佛手下尚有数十骑,回顾背后有人追来,欺他孑身孤影,便回马与战。武松虽然力大,究竟双手不敌四拳,斗了片刻,左臂忽被砍断,险些儿晕倒地上。七佛跳下了马,招呼从贼,来取武松性命,忽劈面一阵阴风,吹得头眩目迷,竟致倒地。可巧张横等也已赶到,你刀我斧,杀死七佛从骑。武松见有帮手,精神陡振,即将七佛揿住,张横忙替他反缚,牵押而归。俗称武松独手擒方腊,想即由此误传。行了数武,张横问武松道:"武二哥!曾见我兄弟么?"武松道:"约略看见,可惜未曾瞭明。"张横道:"我也这般,想是阴灵未散,来助二哥。"武松道:"是了,是了。"及返入城中,余贼已经荡尽,当将方七佛推至军前,由王禀验明属实,遂摆了香案,剥去七佛衣服,作为牺牲。当下剖腹取心,荐祭张顺等一班烈士。小子有诗叹道:

　　　　　休言草泽乏英雄，效顺王家肯死忠。
　　　　　香火绵延祠墓在，浙西尚各仰英风。

　　祭毕，王禀拟论功加赏，忽闻辛兴宗、杨惟忠等到来，免不得出城相迎。欲知后事如何，容至下回再叙。

　　本回叙宋江归降，及克复杭城诸情形，事虽不见正史，而稗乘中固尝载及。且证诸杭人所言，更属历历可考。张顺也，时迁也，武松也，祠墓犹存，杭人犹尸祝之。倘非立功杭地，谁为之立祠而表墓者？惟俗小说中，有授宋江为平南都总管，令率全部往讨方腊，此乃子虚乌有之谈，不足凭信。即如武松独手擒方腊事，亦属以讹传讹。方腊为韩世忠所擒，正史中曾叙及之。况腊在睦州，不在杭州，其谬可知。作者虽有闻必录，而笔下自有斟酌，固非信手掇拾者所可比也。

第五十七回　入深岩得擒叛首
　　　　　　征朔方再挫王师

　　却说辛兴宗、杨惟忠等到了杭州，由王禀迎入城内。王禀即与言破城情形，并归功宋江、吴用等人。兴宗道："宋江本是大盗，此次虽破城有功，不过抵赎前罪罢了。"王禀道："他手下已死了多人，应该奏闻朝廷，量加抚恤。"兴宗摇首不答，王禀也不便再议。到了次日，各将拟进攻睦州，宋江等入厅告辞道："江等共百有八人，义同生死，今已多半阵亡，为国捐躯，虽是臣民分内事，但为友谊起见，不免悲悼。且余人亦多疲乏，情愿散归故土，死正首丘，还望各统帅允准！"急流勇退，也是知机。王禀道："你等不愿随攻睦州么？"说着，见武松左臂已殊，裹创上前道："看我已成废人，兄弟们亦多受伤，如何能进攻睦州？"王禀迟疑半晌，方道："壮士等既决计归林，我亦不便强留。"说至此，即令军官携出白镪若干，散给众人，作为路费。武松道："我却不要。我看西湖景色甚佳，我恰要去做和尚了。"言毕，飘然竟去。宋江以下，有取路费的，有不取的，随即告别自去，王禀尚叹息不置。后来宋江等无所表见，想是隐遁终身。或谓康王南渡时，关胜、呼延灼曾在途次保驾，拒金死节，未知确否？惟武松墓留存西湖，想系实迹，这且搁过不提。了却宋江。

　　且说王禀等既定杭州，遂水陆大举，直向睦州进发。方腊闻报，不觉心胆俱落，急急的遁还清溪。看官道是何故？原来方腊部下的精锐，多在杭州，方七佛又是最悍的头目，此次全军陷没，教他如何不惊？就是西路一带，也纷纷懈体。环庆将杨可世，由泾县过石壁隘，斩首三千级，进拔旌德县。泾原将刘镇，败贼乌村湾，进复宁国县。六路都统制刘延庆，又由江东入宣州，与杨可世、刘镇二军会合，同攻歙州。歙州贼闻风宵遁。这时候的杭州军将，也连复富阳、新城、桐庐各县，直捣睦州。睦州贼开城出战，王禀当先驱杀，辛兴宗、杨惟忠等，又分两翼夹击，任他贼众如何强悍，也被杀得落花流水，弃城而逃。各路军陆续得胜，拟会合全师，协攻清溪，总道是马到成功，一鼓可歼了。前回叙攻克杭城，是用详笔，此回叙攻克诸城，独用简笔，盖因杭城一下，方腊精锐已尽，所以势如破竹。且宋江攻杭城事，只载稗乘，未见正史，不得不格外从详，此即用笔矫变处，善读者自能知之。

不意霍城一方面，忽闯出一个妖贼，叫作富裘道人，居然响应方腊，甘心奉贼年号，肆行剽掠，迭劫东阳、义乌、武义、浦江、金华及新昌、剡溪、仙居诸县。台、越一带，又复大震。还有衢州余贼，也进逼信州，官军又免不得分援，于是方腊尚得负嵎自固，再作一两月圣公。童贯以各军已逼清溪，不能再退，当拜本再乞调师。徽宗因复遣内官梁昶，监鄜延将刘光世，率兵一千八百余人，讨衢、信贼史珪，监河东将张思正，率兵二千六百余人，讨台、越贼关弼，监泾原将姚平仲，率兵三千九百余人，讨浙东余党。刘光世至衢，贼首郑魔王披发仗剑，出城迎击，手下亦统是五颜六色的怪饰，好像一群妖魔出现。魔王下应有这般妖魔。官军却也心惊，渐渐退后。光世毅然下令道："他是假术骗人，毫无艺力，众将士尽可向前杀入。就使他有妖术，本统领自能破他，不必惊惧。"将士闻令，各放胆前进，刀枪并举，冲入贼阵。果然贼众不值一扫，碰着枪就行仆地，受着刀即已断头。郑魔王回马就奔，被刘光世连发二箭，迭中项领，一时忍不住痛，猝然晕倒，官军赶将过去，立刻擒来。余党见魔王受擒，哪里还敢入城？四散逃去。光世遂麾兵入城，嗣是复龙游，复兰溪，复婺州。姚平仲亦复浦江县，张思正又复仙居、剡溪、新昌等县。王禀遂专攻清溪，方腊复自清溪奔回帮源峒。禀径入清溪，檄各军会攻方腊，于是刘镇、杨可世、马公直等，自西路进，王禀、辛兴宗、杨惟忠、黄迪等，自东路进，前后夹攻，戈铤蔽天。腊众据住帮源峒，依岩为屋，分作三窟，各口甚窄，用众守住，居然有一夫当关万夫莫开的形势。诸将一律纵火，烧入峒口，贼众扼守不住，只好退去。各军士鼓噪而进，既入峒中，又似别有一天，豁然开朗，惟路径丛杂，不知所向，就是捕得贼众，也不肯供出方腊住处，情愿受死。当下沿路搜觅，陆续剿杀。斩首至万余级，仍未得方腊下落。有一小校，挺身仗戈，带领同志数人，潜行溪谷间，遇一野妇，问明方腊所在，野妇却指明行径，他竟直前捣入，格杀数十人，大胆进去，见方腊拥着妇女，尚在取乐，纵乐如恐不及，想亦自知要死。不由的大喝道："叛贼速来受缚！"方腊瞧着，方将妇女推开，拔刀来斗，战

第五十七回　入深岩得擒叛首　征朔方再挫王师

不数合，被小校用戈刺伤，活擒而出。看官道小校何人？便是后来大名鼎鼎的韩世忠。世忠为南宋名将，应用特笔。世忠擒住方腊，行至窟口，适值辛兴宗领兵到来，便令世忠放下方腊，饬军士将他缚住，自己带兵，再入窟中，搜得腊妻邵氏，腊子毫二太子，并伪将方肥等五十二人，一并絷归，所有被掠妇女，概置不问。后来上表奏捷，只说方腊是自己擒住，把韩世忠的功劳，略去不提。看官你道他刁不刁，奸不奸呢？骂得痛快，并且找足前文。各军复搜荡贼党，总计斩首七万级。还有一班良家妇女，被贼淫掠峒中，自经官军杀入，连衣服都不及穿着，多赤条条的缢死林中。其余胁从诸百姓，尚有四十余万，概令归业。总计方腊作乱，共破六州五十二县，戕平民二百万。官军自出征至凯旋，越四百五十日，用兵至十五万人。方腊解至京师，凌迟处死，妻子皆伏诛。富裘道人旋亦授首。余贼朱言、吴邦、吕师囊、陈十四公等散走两浙，亦先后荡平。有诏改睦州为严州，歙州为徽州，加童贯太师，封楚国公。各路统将，俱封赏有差，相率还镇。

　　会金主命斜也统师侵辽中京，辽兵弃城遁去。金兵进拔泽州，辽主延禧尚在鸳鸯泺会猎，闻报大惊，即率卫士五千余骑，西走云中。途次恐金兵追至，仓忙得很，连传国玺都遗落桑乾河。金斜也复越青岭，令副将粘没喝，一译作泥吗哈，即撒改子。出瓢岭两路会合，径袭辽主行宫。辽主计无所出，复乘轻骑入夹山。金兵乘胜攻西京，击败大同府援兵，竟将西京城夺去，复派别将娄室分徇东胜诸州，得将阿疏，擒住执送金主。金主数责罪状，阿疏道："我乃是一个破辽鬼，若非我奔至，辽皇帝未必起兵。辽国的上京、中京、西京，怎见得为金所取哩？"虽属强词，却也有理。金主微哂道："你算是一个辩才，我便饶你死罪，活罪却不能宽免呢。"遂将加杖三百，逐出帐外。一面遣使至宋，请速出师攻燕京。是时睦寇初平，徽宗颇有心厌兵，蔡京时已奉诏致仕，独王黼进言道："古人有言：'兼弱攻昧，武之善经'，目前辽已将亡，我若不取，燕、云必为女真所有，中原故地，从此无归还日了。"你想燕、云故土，谁知故土不能重归，反要增他新土呢。徽宗乃决意出师，命童贯为两河宣抚使，蔡攸为副，勒兵十五万，出巡北边，遥应金人。

　　攸不习戎事，反自谓燕、云诸州，唾手可得，遂趾高气扬的入辞帝阙。可巧徽宗左右有二美嫔侍着，攸望将过去，不觉欲火上炎，馋涎欲滴，便大胆指着二嫔，顾语徽宗道："臣得成功归来，请将二美人赐臣！"侮慢极了。徽宗并不加责，反对他微笑。攸复道："想陛下已经许臣，臣去了。"言毕返身自去。中书舍人宇文虚中上书谏阻，王黼恨他多言，改除集英殿修撰。朝散郎宋昭，乞诛王黼、童贯、赵良嗣等，仍遵辽约，毋构兵端。疏上后，即有诏革除昭名，窜置海南。王黼就三省置经抚房，专治边事，不关枢密，且括全国丁夫，计口出算，得钱六千二百万缗，充作兵费。并贻童贯书道："太师北行，黼愿尽死力。"童贯遂偕蔡攸出师，浩浩荡荡的到了高阳关。途中遇着辽使，谓："奉天锡皇帝新命，愿与中朝，仍修盟好，宁免岁币，毋轻加兵。"童贯不许，辽使乃去。

小子前文所叙，只有辽天祚帝延禧，为什么有夹山天锡皇帝来？析明界限，是著书人惯技。原来辽主延禧走云中，曾留南府宰相张琳，参政李处温，与都元帅耶律淳，同守燕京。即辽南京。至辽主遁入夹山，号令不通，处温与族弟处能，及子奭，外联怨军，内结都统萧干，谋立淳为帝。张琳不能阻，遂与诸大臣耶律大石、一译作达什。左企弓、虞仲文、曹勇义、康公弼等，集蕃汉诸军，趋至淳府，引唐朝灵武故事，劝淳即位。淳不肯从，李奭竟持入赭袍，披上淳身，令百官就列阶前，拜舞山呼。黄袍加身以后，不谓复见此剧。淳推让再三，终不得辞，乃南面即真，遥降辽主延禧为湘阴王，自称天锡皇帝，建元天福，以妻萧氏为德妃，加封李处温为太尉，张琳为太师，改名怨军为常胜军，军中悉委耶律大石，旋闻宋军来攻燕京。因遣使议和，至得使臣返报，已知和议无成，乃遣达什统军御敌，佐以萧干，迎截宋师。

童贯用知雄州和诜计议，遍张黄榜，晓谕燕民，旗上悬揭"吊民伐罪"四大字。不足示威，反令人笑。且悬赏购求敌士，谓能归献燕京，当除授节度使。哪知辽人相率观望，并没有箪食壶浆，来迎王师。谐谑语。都统制种师道奉命从征，贯令护诸将进兵，师道入谏道："今日出师，譬如盗入邻家，即不能救，又欲与盗分赃，太师尚以为可行么？"贯叱道："天子有命，何人敢违？你怎得妄言惑众？如或违令，当正军法。"师道叹声而出。贯复命两路进兵，东西并发。东路兵，归师道节制，进趋白沟，西路兵，归辛兴宗节制，进趋范村。师道不得已，领兵前行。前军统制杨可世，已至白沟，忽见辽兵鼓噪前来，势如狂风骤雨，锐不可当。可世先已生畏，步步退却，那辽兵竟搗入阵中，来击后队。亏得师道先已预备，令军士各持巨梃，严防冲突，即闻前军溃退，忙督持梃兵出阻，两下混战一场，辽兵器械虽利，屡被巨梃格去，自午至暮，辽兵一些儿没有便宜，方才退去。师道亦退回雄州，辛兴宗到了范村，亦被辽兵击败，踉跄遁归。师道犹败，何怪兴宗。

童贯闻两军俱败，正弄得没法摆布，忽闻辽使又至，乃召他入见。辽使语贯道："女真背叛本朝，应亦南朝所嫉视，本朝方拟倚为后援，为什么贪利一时，弃好百年，结豺狼作毗邻，贻他日祸根呢？须知救灾恤邻，古今通义，还望大国统盘筹算，勿忘古礼，勿贻后忧。"看官试想！辽使这番说话，乃是理直气壮，教童贯如何答辩得出？当下支吾对付，但说当奏闻朝廷，再行复告。辽使自归，种师道复请与辽和，贯仍不纳，反密劾师道通虏阻兵。王黼从中袒贯，

第五十七回　入深岩得擒叛首　征朔方再挫王师

降师道为左卫将军，勒令致仕。用河阳三城节度使刘延庆代任。嗣按徽宗手诏，暂令班师，贯与攸乃相偕还朝。

既而辽耶律淳病死，萧干等奉萧氏为皇太后，主军国事，遥立天祚帝次子秦王定为帝，改元德兴。天祚帝有六子，长名敖卢干，一译作阿咤罕。封晋王，次即秦王定，又次为许王宁，又次为赵王习泥烈，一译作锡里。《辽史·天祚纪》，谓天祚四子，赵王居长，皇子表乃有六子，晋王第一，赵王第四，今依表叙明。又次为燕国王挞鲁，梁王雅里。晋王文妃萧氏，小字瑟瑟，才貌双全，尝因天祚帝无道将亡，作歌讽谏，歌只二首，第一首中有云："直须卧薪尝胆兮，激壮士之捐身；可以朝清漠北兮，夕枕燕云。"这四语，传诵一时，偏天祚帝引为深恨。枢密使萧奉先为秦、许两王母舅，恐秦王不得嗣立，因欲谋害晋王，遂诬文妃与驸马萧昱及妹夫耶律余睹等，有拥立晋王情事。天祚帝遂赐文妃死，并杀萧昱等人。独耶律余睹脱身降金。金兵入辽，曾用余睹为向导。萧奉先又因此入谗，缢杀晋王敖卢干。及天祚帝遁入夹山，始悟奉先不忠，把他驱逐。奉先欲奔金，被辽军擒还，令他自尽。到了耶律淳疾笃，与李处温、萧干商议，欲迎立秦王。处温虽然面允，颇蓄异图。萧德妃称制，闻处温将通使金、宋，卖国求荣，乃将他处死，并置奭磔刑。

自是萧干专政，人心颇贰，消息传至宋廷，王黼又入白徽宗，申行北伐，因复命童贯、蔡攸整军再出。辽常胜军统帅郭药师，留守涿州，闻宋师又至，集众与语道："天祚失国，女政不纲，宋师又复压境，看来燕京以南，必归中国，男儿欲取斗大金印，何必恋恋宗邦，不思变计呢？"后来由宋降金，亦本此意。部众应声道："唯统帅命！"药师遂率所部八千人，及涿、易二州版图，诣童贯处乞降。贯大喜，立即表奏，有诏授药师为恩州节度使，令所部归刘延庆节制。延庆奉童贯军令，出发雄州，用药师为前驱，领兵十万人，渡越白沟。延庆部下，多无纪律，药师入谏延庆道："今大军拔寨启行，多不戒备，若敌人置伏邀击，首尾不相应，不就要望尘奔溃么？"延庆不从。行至良乡，辽萧干率众冲来，宋师略略与战，便即退走，被辽兵驱杀一阵，伤毙甚多。延庆收集败众，闭垒不出。药师又复献计道："萧干兵不过万人，今悉力拒我，燕山必虚，愿得奇兵五千，倍道掩袭，定可得胜。惟请公次子光世策兵援应，万不可误！"药师此计，却是可用。延庆许诺，遂遣大将高世宣、杨可世与药师引兵六千，乘夜渡过芦沟，兼程而进。到了黎明，辽常胜军偏帅甄五臣已得消息，亟率五千骑入燕城，药师等继至，城中已有人守备，经宋军猛攻数次，得入外城，遂遣使促萧后出降。萧后已密报萧干，干急率精兵三千，还燕巷战。药师只望刘光世来援，不意杳无影响。甄五臣又复杀出，害得药师等前后受敌，只好与可世一同弃马，缒城奔回。世宣竟战死城中。刘延庆进驻芦沟，既不派遣光世，复不追蹑萧干，真是没用的饭桶。被萧干出截饷道,擒去护粮将王渊,及汉军二人,用布蔽目,羁留帐中。夜半却假意相语道:"我军三倍宋军,明晨当分为三队,出击宋营。最精锐的兵士,可冲他中坚,左右翼为应,举火为号,好杀他片甲不回。"说罢,又阴纵一人出帐,令他还报。果然延庆中计,信为真言,待至明旦,遥见火起,疑是辽兵大至,烧营急遁,士卒自相践踏,死亡过半。萧干即纵兵追至涿水,方才退归。燕人知宋无能为,或作赋,或歌诗,讥讽宋军。延庆却没情没绪的,退保雄州,检查军实,丧失殆尽。小子有诗叹道:

　　　　痴心只望复燕云,庸帅何堪领六军?
　　　　一败已羞偏再败,寇氛从此溢河汾。

　宋师既败,童贯无法可施,没奈何遣使至金,求他夹攻燕京。毕竟燕京为谁所夺? 待至下回表明。

　方腊之乱,虽残破六州,究之小丑跳梁,容易荡平,乃犹调兵至十五万,劳师至四百五十日,方得穷溪荡穴,削平叛逆,原其擒渠之力,实出小校韩世忠之手,而于诸将无与,遑论童贯?贯竟俨为首功,晋爵太师,封公楚国,何其滥赏若此!未几而即有征辽之役,彼殆狃于小胜,而以为无功不可成者?讵知辽虽弩末,敌宋尚且有余,一出即败,再出复溃,不能制辽,安望制金?迨辽亡而宋自随之矣。夫燕本可图,而图者非人,望福而反以徼祸,谁谓功可妄觊乎?君子是以嫉贼臣。

第五十八回　　夸功铭石艮岳成山
　　　　　　　　覆国丧身屏辽绝祀

　却说童贯两次失败,无法图燕,又恐徽宗诘责,免不得进退两难,当下想了一策,密遣王瓌如金,请他夹攻燕京。金主也使蒲家奴一译作普嘉努。至宋,以出兵失期相责。徽宗复使赵良嗣往金,金主旻道:旻即阿骨打改名。"汝国约攻燕京,至今尚未成功,反要我国遣兵相助,试思一燕京尚不能下,还想甚么十余州?我今发兵攻燕,总可得手,我取应归我有。不过前时有约,我不能忘,灭燕以后,当分给燕京及蓟、景、檀、顺、涿、易六州。"良嗣道:"原约许给山前山后十七州,今乃只许六州,未免背约,贵国不应自失信义。"金主道:"前约原是有的,但十七州为汝国所取,我应让给。目今除涿、易二州自降汝国外,汝国曾取得一州否?"应该嘲笑。良嗣道:"我国曾发兵遥应,牵制辽人,

第五十八回　夸功铭石艮岳成山　覆国丧身屏辽绝祀

所以贵国得安取四京。"金主勃然道："汝国若不发兵,难道我不能灭辽么?现在汝国攻燕不下,看我遣兵往攻,能取得否?"由他自夸。良嗣尚欲再辩,金主起身道："六州以外,寸土不与。"言至此,返身入内,良嗣怅然退出。

既而金主使李靖伴良嗣归,止许山前六州。徽宗复遣良嗣送还,命于六州以外,求营、平、滦三州。良嗣尚未到金,金已出兵三路,进攻燕京。辽萧后上表金邦,求立秦王定,愿为附庸,金主不许。表至五上,仍然未允。萧后乃遣劲兵守居庸关,金兵到了关下,辽兵正思抵御,不料崖石无故坍下,压死多人,大众哗然退走,金兵遂越关南进。辽统军都监高六等,送款降金,金主闻燕京降顺,也即趋至,率兵从南门入。辽相左企弓,参政虞仲文、康公弼,枢密使曹勇义、张彦忠、刘彦义等,奉表诣金营请罪,金主一律宽免,令守旧职,并遣抚燕京诸州县。独萧德妃与萧干乘夜出奔,自古北口趋天德,于是辽五京均为金有了。宋人攻辽如此其难,金人破辽如此其易,人事耶?天命耶?

赵良嗣转至金军,乞畀平、营、滦三州。金主哪里肯从,但遣使送良嗣归,且献辽俘。试问宋知自愧否?徽宗与王黼还是痴心妄想,令良嗣再去要求,金主非但不允所请,还要将燕京租税,留为己有。良嗣道："有土地必有租税,土地畀我,难道租税独不归我么?"粘没喝在旁厉声道："若不归我租税,当还我涿、易诸州。"良嗣只允输粮二十万石。片语偏种祸根。金又遣使李靖等,与良嗣至宋,请给岁币,且及租税。王黼议岁币如辽额,惟燕京租税,不能尽与金人。当又命良嗣赴金,先后往还数次,金主定要硬索租税,经良嗣再四力争,尚要每年代税钱一百万缗。粘没喝且只肯让给涿、易二州。降臣左企弓又作诗献金主云："君王莫听捐燕议,一寸山河一寸金。"你既晓明此意,为何把燕京降金?还是金主顾念前盟,才定了四条和约:一是将宋给辽岁币四十万,转遗金邦。二是每岁加给燕京代税钱一百万缗。三是彼此贺正旦生辰,置榷场交易。四是燕京及山前六州归宋,所有山后诸州,及西北接连一带山川,概为金有。良嗣不肯承认,返至雄州,着人递奏,自在雄州待命。王黼料难与争,遂怂恿徽宗,勉从金议,遥令良嗣再往允约。金主乃使扬璞,赍了誓书,及让给燕京六州约文,呈入宋廷。有诏令童贯、蔡攸入燕交割,谁料到燕京城内,所有职官富民子女玉帛,统已被金人掠去,单剩了一座空城。余如檀、顺、景、蓟诸州,也与燕京相似。交割既毕,金主旋师。童贯、蔡攸亦奉诏还朝。

贯且奏称："燕城老幼,伏道迎谒,焚香称寿。"徽宗特下赦诏,布告燕、云,命左丞王安中为庆远军节度使,兼河北、河东、燕山路宣抚使,知燕山府。郭药师为检校少保,同知府事。一面召药师入朝,格外优待,并赐他甲第姬妾,与贵戚大臣,更互设宴。又命至后园延春殿觐见,药师且拜且泣道："臣在房中,闻赵皇如在天上,不意今日得觐龙颜。"徽宗闻言喜甚,极加褒奖,并谕他捍守燕京,作为外蔽。药师忙答道:"愿效死力。"徽宗又命他追取天祚帝,药师竟变色道:"天祚帝系臣故主,臣不敢受诏,请转命他人。"言下涕泣如雨。所谓小信固人之意,小忠动人之心。徽宗称为忠臣,自解所御珠袍,及二金盆,赏给药师。狼子野心,岂小恩所足要结?药师拜领出殿,即将金盆翦给部众,且语众道:"此非我功,乃是汝等劳力至此,我怎得坐享厚赐呢?"无非做作。越日,又加封少傅,遣他还镇。童贯、蔡攸等,还都复命,徽宗进封贯为徐豫国公,攸为少师,赵良嗣为延康殿学士,并命王黼为太傅,总治三省事,特赐玉带,郑居中为太保。居中自陈无功,不愿受命,未几入朝遇疾,数日而卒。几做郑康国第二。

是年适万岁山成,改名艮岳,遂将朱勔载归的大石,运至山顶,兀然峙立。因新得燕地,特赐嘉名,号为昭功敷庆神运石。看官记着!这万岁山的经营,自政和七年创造,至宣和四年乃成,其间六易寒暑,工役至千万人,耗费且不可胜计,地址在上清宝箓宫东隅,周围十余里。初名万岁山,嗣因山在国都的艮位,因改号艮岳。看不完的台榭宫室,说不尽的靡丽纷华。曾由徽宗自作《艮岳记》,标明大略。看官试拭目览观,容小子录述出来。记曰:

尔乃按图度地,庀徒僝工,累土积石,设洞庭、湖口、丝溪、仇池之深渊,与泗滨、林虑、灵璧、芙蓉之诸山。最瑰奇特异瑶琨之石,即姑苏、武林、明越之壤,荆、楚、江、湘、南粤之野。移枇杷橙柚橘柑榔栝荔枝之木,金蛾玉羞虎耳凤尾素馨渠那茉莉含笑之草,不以土地之殊,风气之异,悉生成长养于雕栏曲槛,而穿石出罅,冈连阜属,东西相望,前后相续。左山而右水,沿溪而傍陇,连绵弥满,吞山怀谷。其东则高峰峙立,其下植梅以万数,绿萼承跗,芬芳馥郁,结构山根,号绿萼华堂。又旁有承岚昆云之亭,有屋内方,外圆如半月,是名书馆。又有八仙馆,屋圆如规。又有紫石之岩,祈真之磴,揽秀之轩,龙吟之堂。其南则寿山嵯峨,两峰并峙,列嶂如屏。瀑布下入雁池,池水清泚涟漪,凫雁浮泳水面,栖息石间,不可胜计。其上亭曰噰噰,北直绛霄楼,峰峦特起,千叠万复,不知其几十里,而方广兼数十里。其西则参术杞菊,黄精芎劳,被山弥坞,中号药寮。又禾麻菽麦,黍豆杭秫,筑室若农家,故名西庄。有亭曰巢云,高出峰岫,下视群岭,若在掌上。自南徂北,行冈脊两石间,绵亘数里,与东山相望,水出石口,喷薄飞注如兽面,名之曰白龙渊,濯龙峡,蟠秀练光,跨云亭,罗汉岩。又西半山间,楼曰倚翠,青松蔽密,布于前后,号万松岭。上下设两关,出关下平地,有大方沼,中有两洲,东为芦渚,亭曰浮阳,西为梅渚,亭曰雪浪。沼水西流为凤池,东出为研池,中分二馆,东曰流碧,西曰环山。馆有阁曰巢凤,堂曰三秀,以奉九华玉真安妃圣像。一宠妃

第五十八回　夸功铭石艮岳成山　覆国丧身屏辽绝祀

耳，为之立像，又称为圣，徽宗之昏谬可知。刘妃卒于宣和三年，追赠皇后。东池后结栋山，下曰挥云厅。复由磴道盘行萦曲，扪石而上。既而山绝路隔，继之以木栈，倚石排空，周环曲折，如蜀道之难跻攀。至介亭最高诸山，前列巨石，凡三丈许，号排衙。巧怪巉岩，藤萝蔓衍，若龙若凤，不可殚穷。丽云半山居右，极目萧森居左，北俯景龙江，长波远岸，弥十余里。其上流注山涧，西行潺湲，为漱玉轩，又行石间，为炼丹亭，凝观圆山亭。下视水际，见高阳酒肆清渐阁。北岸万竹，苍翠翁郁，仰不见天。有胜筠庵、蹑云台、消闲馆、飞岑亭，无杂花异木，四面皆竹也。又支流为山庄，为回溪，自山溪石罅寨条下平陆，中立而四顾，则岩峡洞穴，亭阁楼观，乔木茂草，或高或下，或远或近，一出一入，一荣一雕，四面周匝，徘徊而仰顾，若在重山大壑深谷幽崖之底，不知京邑空旷，坦荡而平夷也。又不知郛郭寰会，纷萃而填委也。真天造地设，人谋鬼化，非人力所能为者，此举其梗概焉。

看官阅视此文，已可知是穷工极巧，光怪陆离。还有神运石旁，植立两桧，一因枝条夭矫，名为朝日升龙之桧，一因枝干偃蹇，名为卧云伏龙之桧，俱用金牌金字，悬挂树上，徽宗又亲题一诗云：

拔翠琪树林，双桧植灵囿。上稍蟠木枝，下拂龙髯茂。撑拿天半分，连卷虹两负。为栋复为梁，夹辅我皇构。

后人谓徽宗此诗，已寓隐谶，桧即后来的秦桧，半分两负，便是南渡的预兆。着末一构字，又是康王的名讳，岂不是一种诗谶么？未免附会。当时各宦官争出新意，土木已极宏丽，只有巧禽罗列，未能尽驯，免不得引为深虑。适有市人薛翁，善豢禽兽，即请诸童贯，愿至艮岳山值役。贯许他入值，他即日集舆卫，鸣跸张盖，随处游行。一面用巨盘，盛肉炙粱米，自效禽言，呼鸟集食。群鸟遂渐与狎昵，不复畏人，遂自命局所曰来仪所。一日，徽宗往游，闻清道声，翔禽毕集，作欢迎状。薛翁先用牙牌奏道：" 旁道万岁山瑞禽迎驾。"徽宗大喜，赐给官阶，赍予加厚。又就山间辟两复道，一通茂德帝姬宅，一通李师师家。徽宗游幸艮岳，辄乘便至两家宴饮。嗣因万寿峰产生金芝，复更名寿岳。惟徽宗喜怒无常，嗜好不一，土木神仙，声色狗马，无不中意。但往往喜新厌故，就是待遇侍臣，也忽然加膝，忽然坠渊。最宠用的是蔡京，然尝三进三退，其次莫如道流，王仔昔初甚邀宠，政和七年，林灵素将他排斥，与内侍冯浩进谗，即把仔昔下狱处死；灵素得宠数年，至宣和二年春季，因他不礼太子，也斥还故里；就是童贯、蔡攸收燕归来，当时是一一加封，备极恩遇，未几又嫌他骄恣，渐有后言。王黼、梁师成共荐内侍谭稹，才足任边，可代童贯。

乃令贯致仕。授谭稹两河、燕山路宣抚使,稹至太原,招朔、应、蔚诸州降人,为朔宁军,威福自恣,遂又酿出宋、金失和的衅隙来了。都是这班阉人,摇动宋室江山。

先是辽天祚帝延禧遁入夹山,接前回。复为金兵所袭,转奔讹莎烈,一译作郭索勒。且向夏主李乾顺处求援。夏师统军李良辅率兵三万往援辽主,到了宜水,被金将干鲁、娄室等,娄室一译作洛索。一阵杀败,匆匆逃归。经过野谷,又遇涧水暴发,漂没多人。夏兵不敢再发,辽主越觉穷蹙。金将干离不,一译作干喇布。复与降将余睹,追袭辽主至石辇驿。金兵不过千人,辽兵却有二万五千,辽兵以我众彼寡,定可获胜,遂命副统军萧特烈与战,自率妃嫔等登山遥观。不意余睹指示金兵上山掩击,辽主猝不及防,慌忙遁走,辽兵亦因此大溃,所有辎重,尽被金兵夺去。及辽主奔至四部族,萧德妃亦自天德趋至,与辽主相见。辽主竟将萧德妃杀死,追降耶律淳为庶人。独萧干别奔卢龙镇,招集旧时奚人及渤海军,自立为奚国皇帝,改元天复。奚本契丹旧部,与辽主世为婚姻,本姓舒噜氏,后改萧氏,所以契丹初兴,史官或称他为奚契丹。萧干既自称奚帝,当然与辽主反对,《通鉴辑览》中,改萧干名为和勒博,本书仍称萧干,免乱人目。辽主方命都统耶律马哥往讨萧干,哪知金将干鲁、干离不等,又统兵追蹑前来。辽主闻着金兵,好似犬羊遇虎一般,未曾相见,早已胆落,急忙逃往应州。干鲁等掳得辽将耶律大石,用绳牵住,令为向导,穷追辽主。途中被他赶着,把秦王定、许王宁、赵王习泥烈及诸妃公主并从臣等,尽行拿住。惟辽主尚在前队,抱头窜去。季子梁王雅里,及长女特里,幸有太保特母哥一译作特默格。护着,乘乱走脱。辽主尽失属从,凄惶万状,还恐金兵在后追赶,乃遣人持兔纽金印,向金军前乞降,自己亟西走云内。旋得去使持还复书,援石晋北迁事,待遇辽主。契丹曾虏晋出帝,降为负义侯,置黄龙府。辽主又答称乞为子弟,量赐土地,干离不不许。辽主欲奔依西夏,萧特烈谏阻不从,遂渡河西行。特烈竟劫梁王雅里走西北部,拥立为帝,改元神历。不到数月,雅里竟死,有辽宗室耶律术烈辽兴宗宗真孙。随着,又由特烈等辅立。阅二十余日,竟遭兵乱,术烈被弑,特烈亦死于乱军中。

萧干自为奚帝后,恰驱众出卢龙岭,攻破景州,继陷蓟州,前锋直逼燕城。郭药师麾众出战,大败萧干,乘胜追越卢龙岭,杀伤大半。萧干败遁,其下耶律阿古哲把他杀死,将首级献与药师。药师函首送京,得加封太尉。

那时辽地尽失,仅存一天祚帝,奔走穷荒,满望至西夏安身,免为俘虏。偏金人厉害得很,先遣使赍书夏主,令执送天祚帝,当割地相赠。夏主乾顺拒绝辽主,且遥奉誓表,愿以事辽礼事金,金遂如约畀地,令粘没喝割下寨以北,阴山以南,及乙室邪剌部,一译作伊锡伊喇部。吐禄、一译作图噜。泺西地与夏。

夏与金自此通好,信使不绝。惟辽主不得往夏,再渡河东还,适值耶律大石自金逃归,辽主责大石道:"我尚未死,你何敢立淳?"大石答道:"陛下据有全国,不能一次拒敌,乃弃国远逃,就是臣立十淳,均是太祖子孙,比诸乞怜他族,不较好么?"辽主不能答,反赐他酒食,仍令随驾。会有乌古迪里部谟葛失<u>一译作玛克锡</u>。迎辽主至部,奉承惟谨。辽主再出兵,收复东胜诸州,到了武州,与金人接战,败走山阴。徽宗欲诱致延禧,令番僧赍书往迎,许以帝礼相待。辽主初欲南来,继思宋不可恃,拟奔党项。途次复遇金兵,恐为所见,忙弃马窜免。途穷日暮,竟至绝粮,沿途啗冰饮雪,聊充饥渴,好容易到了应州东鄙,被金将娄室追及,活捉而去。金废他为海滨王,未几将他杀死,用万马践尸。辽亡。总计辽自太祖阿保机称帝,共历八主,凡二百有十年。惟耶律大石西走可敦城,<u>可敦一译作哈舌</u>。会集西鄙七州十八部,战胜西域,至起儿漫<u>一译作克将木</u>。地方,自称天祐皇帝,改元延庆。妻萧氏为昭德皇后,又绵延了三世,历史上号为西辽。小子有诗叹天祚帝道:

> 朔漠纵横二百年,后人失德祀难延。
> 从知兴替皆人事,莫向虚空问昊天。

辽亡以后,金欲恃强南下,正苦无词可借,偏宋人自去寻衅,引他进来,看官试阅下回,自知详情。

费无数心力,劳无数兵民,仅得七空城,反欲铭功勒石,何其侈也?艮岳山之成,需时六年,内恣佚乐,外矜挞伐,天下有如是淫昏之主,而能长保国祚耶?夫辽天祚亦一淫昏主耳,弃国远奔,流离沙漠,卒之身为金虏,万马践尸,徽宗苟有人心,应知借鉴不远。况国势孱弱,比辽为甚,辽不能敌金,宋且不能敌辽,燕、云之约,金敢背之,其蔑宋之心,已可概见。此时励精图治,犹且不遑,遑敢恣肆乎?故吾谓北有辽天祚,南有宋徽宗,天生两昏君,相继亡国,实足为后来之鉴。后人鉴之而不知惩,亦使后人而复哀后人也。

第五十九回 启外衅胡人南下 定内禅上皇东奔

却说宣和五年六月,金平州留守张瑴<u>或作觉。或作珏</u>。归宋,<u>大书特书,为宋金启衅张本</u>。瑴本仕辽,为辽兴军节度副使,辽主走山西,平州军乱,瑴入抚州民,因知州事。金既灭辽,仍令瑴知平州,寻改平州为南京,命瑴留守。会金驱辽相左企弓、虞仲文、曹勇义、康公弼等，及燕京大家富民，悉行东徙。道出平州，燕民不胜困苦，入语毂道："左企弓等不能守燕，害得我等百姓流离道旁，今公仍拥巨镇，握强兵，何不为辽尽忠，令我等重归乡土，勉图恢复呢？"毂闻言不禁心动，遂召诸将商议。诸将如燕民言，且谓："复辽未成，亦可归宋。"毂乃至滦河西岸，召左企弓等数人，数他十罪，一一绞死，掷尸河中，仍守辽正朔，榜谕燕民复业，燕民大悦。毂恐金人来讨，乃遣张钧、张敦固持书至燕山府，愿以平州归宋，宣抚使王安中，喜出望外，立即奏闻。王黼亦以为奇遇，劝徽宗招纳降臣。但管目前，不顾日后。赵良嗣进谏道："国家新与金盟，若纳降张毂，必失金欢，后不可悔。"徽宗不从，反斥责良嗣，坐削五阶。即诏安中妥加安抚，并蠲免平州三年常赋。

看官！你想金邦方当新造，强盛无比，怎肯令张毂叛逆，不加讨伐？当即遣干离不、阇母等，督兵攻平州。阇母率三千骑，先至城下，见城上守备颇严，暂行退去。毂即捏报胜仗，有诏建平州为泰宁军，授毂节度使，犒赏银绢数万。朝使将至平州，毂出城远迎，不料干离不乘虚掩击，设伏诱毂。毂闻警还援，遇伏败走，宵奔燕山。平州都统张忠嗣及张敦固开城出降，干离不令敦固还谕城中，并遣使偕入。城中人杀死金使，推敦固为都统，闭门固守。干离不大怒，遂督众围城，一面向燕山府，索交张毂。王安中见毂奔至，匿留不遣，偏金使屡来索取，安中没法，只好将貌与毂相似的军民，杀了一个，枭首畀金。妄杀平民，成何体制？金使持去，既而又来，把首掷还，定要索张毂真首级，否则移兵攻燕。安中又惊惧异常，奏请杀毂畀金，免启兵端。徽宗不得已，准奏。安中遂缢杀张毂，割了首级，并执毂二子送金。

燕降将及常胜军，动了兔死狐悲的观念，相率泣下。郭药师忿然道："金人索毂，即与毂首，倘来索药师，亦将与药师首么？"于是潜蓄异图，讹言百出。安中大恐，力请罢职，诏召为上清宝箓宫使，别简蔡靖知燕山府事。会金主旻病殂，立弟吴乞买，易名为晟，谥阿骨打为武元皇帝，庙号太祖，改元天会。宋遣使往贺，并求山后诸州，金主晟以新即大位，不欲拒宋，颇有允意。粘没喝自云中驰还，入阻金主。金主乃止许割让武、朔二州，惟索赵良嗣所许粮米二十万石。谭稹答道："良嗣口许，岂足为凭？"因拒绝金使。金人遂怒宋无礼，决意南侵，会阇母攻克平州，杀张敦固，移兵应蔚，势将及燕。宋廷以谭稹措置乖方，勒令致仕，仍起童贯领枢密院事，出为两河燕山路宣抚使。定要令他拱送河山。

时国库余积，早已用罄，当童贯伐辽时，已命宦官李彦，括京东西路民田，增收租赋。又命陈遘，经制江淮七路，量加税率，号经制钱。至是又因燕地需饷，用王黼议，令京西、淮南、两浙、江南、福建、荆湖、广南诸路，编置役夫各数十万，民不即役，令纳免夫钱，每人三十贯。委漕臣定限督缴，所得不到二万缗，人民已痛苦不堪，怨声载道。

徽宗尚荒耽如故，每夕微行。王黼奏称宅中生芝，徽宗以为奇异，夜往游观。见堂柱果有玉芝，信为瑞征，倍加喜慰。芝生堂柱，就使非伪，亦是不祥。黼设宴款待，并邀梁师成列席。师成自便门进来，谒见徽宗。原来师成私第，与王黼毗邻，黼事师成如父，尝称为恩府先生，应五十三回。因此开户相通，借便往来。经徽宗问明底细，也欲过去临幸，命从便门越入。师成当然备宴，一呼百诺，厨役立集，不到半时，居然搬出盛肴，宴饷徽宗。徽宗高兴得很，连举巨觥，痛饮至醉。嗣复再至黼宅，继续开宴，酒后进酒，醉上加醉，竟饮得昏昏沉沉，不省人事。若就此醉死，也省得囚死五国城。待至五更，方由内侍十余人，拥至艮岳山旁的龙德宫，开复道小门，引还大内。翌日尚不能御殿，人情汹汹，禁军齐集教场，严备不虞。及徽宗酒醒，强起视朝，已是日影过午，将要西斜，惟人心赖以少定。退朝后，适尚书右丞李邦彦，入内请安，徽宗与语被酒事。邦彦道："王黼、梁师成交宴陛下，敢是欲请陛下作酒仙么？"徽宗默然不答。看官道邦彦为何等人物？他本是银工李浦子，风姿秀美，质性聪悟，为文敏而且工；初补太学生，旋以上舍及第，授秘书省校书郎，好讴善谑，尤长蹴鞠，每将街市俚语，集成俚曲，靡靡动人。徽宗喜弄文翰，因目为异才，累擢至尚书右丞，很加宠眷。邦彦自号李浪子，时人称他为浪子宰相。专用这等人物，如何治国？此次入见，轻轻一语，便引起徽宗疑心。太子桓尝私嫉王黼，黼欲援立徽宗三子郓王楷，与谋夺嫡，事尚未成，偏彼邦彦探悉，即行密奏，蔡攸又从旁作证。中丞何㮚，复论黼专权误国十五事，乃勒黼致仕，擢白时中为太宰，李邦彦为少宰，张邦昌已任中书侍郎，守职如旧。赵野、宇文粹中为尚书左右丞。再起蔡京，领三省事。始终不忘此贼。京自是已四次当国，两目昏眊，不能视事，胡不遄死？一切裁判，均命季子绦取决。绦擅权用事，肆行无忌，白时中、李邦彦等尚畏他如虎，就是他胞兄蔡攸，亦屡訐绦罪，劝徽宗诛绦。好一个大阿哥，竟想大义灭亲。徽宗因勒停侍养，不得干政。攸意尚未释，必欲加罪季弟，且怨及乃父。看官阅过前文，应早知蔡攸父子，统是奸臣，蔡京宠爱季子，早为攸所怀恨，至攸得受封少师，权力与京相等。遂与京分党，父子几成仇敌。父既不忠，子自不孝。由是益加媒蘖，接连下诏，褫绦官，复勒京致仕，且复元丰官制，命三公毋领三省事，惟晋封童贯为广阳郡王，令治兵燕山，加意防金。

是时，天狗星陨，有声若雷；黑眚现禁中，状如龟，长约丈余，腥风四洒，兵刃不能加，后复出入人家，掠食小儿，二年乃息；都中有酒保朱氏女生髭，长六七寸，疏秀若男人；又有卖青果男子，怀孕诞儿，有狐升御榻高坐；又有都门外的卖菜夫,至宣德门下,忽若痴迷,释去荷担,戟手詈道:"太祖皇帝,神宗皇帝,使我来言,宜速改为要!"逻卒捕他下开封狱,一夕省悟,并不自知前事,狱吏竟将他处死。他若京师、河东、陕西、熙河、兰州等地,相继震动,陵谷易处,仓库皆没。种种天变人异,杂沓而来。宋廷君臣,尚是侈语承平,恬不知惧。

至金使来汴,置酒相待,每将尚方珍宝,移陈座隅,夸示富盛,哪知金人已眈眈逐逐,虎视南方,闻得汴都繁盛,恨不得即日并吞,囊括而去。宣和七年十月,金命斜也为都元帅,坐镇京师,调度军事。粘没喝为左副元帅,偕右监军谷神,一译作固新。右都监耶律余睹,自云中趋太原,挞懒一译作达赉,系盈哥子。为六部路都统,率南京路都统阇母,汉军都统刘彦宗,自平州入燕山。两路分道南侵,那宋徽宗尚昏头磕脑,令童贯往议索地事宜。实是做梦。先是金使至汴,徽宗向索山后诸州,金使不允,嗣经往复筹商,才有割让蔚、应二州,及飞狐、灵邱二县的允议。至是贯往受地,到了太原,闻粘没喝领兵南下,料知有变,遂遣马扩、辛兴宗赴金军问明来意,并请如约交地。粘没喝严装高坐,胁扩等庭参,如见金主礼。礼毕,扩问及交地事,粘没喝怒目道:"尔还想我两州两县么?山前山后,俱我家地,何必多言!尔纳我叛人,背我前盟,当另割数城畀我,还可赎罪!"扩不敢再说,与兴宗同还,复告童贯,且请速自备御。贯尚泰然道:"金初立国,能有多少兵马,敢来窥伺我朝?"道言未毕,忽报有金使王介儒、撒离拇持书到来,当由贯传令入见,两使昂然趋入,递上书函。贯展阅后,不禁气慑,便支吾道:"贵国谓我纳叛渝盟,何不先来告我?"撒离拇道:"已经兴兵,何必再告。如欲我退兵,速割河东河北,以大河为界,聊存宋朝宗社。"贯闻言,舌挢不能下,半晌才道:"贵国不肯交地,还要我国割让两河,真是奇极!"撒离拇作色道:"你不肯割地,且与你一战何如?"言已,竟偕王介儒自去。

童贯心怀畏怯,即欲借赴阙禀议为名,遁还京师。知太原府张孝纯劝阻道:"金人败盟,大王应会集诸路将士,勉力支持,若大王一去,人心摇动,万一河东有失,河北尚保得住么?"童贯怒叱道:"我受命宣抚,并无守土的责任,必欲留我,试问置守臣做什么?"要你做什么郡王?遂整装径行。孝纯自叹道:"平日童太师作许多威望,今乃临敌畏缩,捧头鼠窜,有何面目见天子么?"他本不要甚么脸面。既而闻金兵攻克朔、代二州,直下太原,遂誓众登城,悉力固守。金兵进攻不下,才行退去。河东路已失二州,燕山路又遭兵祸,干离不等入攻燕山府,知府事蔡靖与郭药师商议,令带兵出御。药师早蓄异心,因蔡靖坦怀相待,不忍遽发,至是与部将张令徽、刘舜仁等,率兵四万五千名迎战北河,金兵尽锐前来。药师料不可当,未战先却,被金兵驱杀一阵,败还燕山。

第五十九回　启外衅胡人南下　定内禅上皇东奔

至金兵追至城下,他竟劫靖出降。干离不既得药师,燕山州县当然归命,遂用药师为向导,长驱南下,直偪大河。

警报与雪片相似,飞达宋廷,徽宗急命内侍梁方平率领禁军,往扼黎阳。又用一个阉人。出皇太子桓为开封牧,且饬罢花石纲,及内外制造局,并诏天下勤王。宇文虚中入对道:"今日事情危急,应先降诏罪己,改革弊端,或可挽回人心,协力对外。"徽宗忙道:"卿即为朕草起罪己诏来。"虚中受命,就在殿上草诏,略云:

朕以寡昧之姿,借盈成之业,言路壅蔽,面谀日闻,恩幸持权,贪饕得志,缙绅贤能,陷于党籍,政事兴废,拘于纪年,赋敛竭生民之财,戍役困军旅之力,多作无益,侈靡成风。利源酤榷已尽,而牟利者尚肆诛求。诸军衣粮不时,而食者坐享富贵。灾异迭见,而朕不悟,众庶怨怼,而朕不知,追维己愆,悔之何及!思得奇策,庶解大纷。望四海勤王之师,宣二边御敌之略,永念累圣仁厚之德,涵养天下百年之余。岂无四方忠义之人,来徇国家一日之急,应天下方镇郡县守令,各率众勤王,能立奇功者,并优加奖异。草泽异材,能为国家建大计,或出使疆外者,并不次任用。中外臣庶,并许直言极谏,推诚以待,咸使闻知!

草诏既成,呈与徽宗。徽宗略阅一周,便道:"朕已不吝改过,可将此诏颁行。"虚中又请出宫人,罢道官,及大晟府行幸局,暨诸局务,徽宗一一照准。并命虚中为河北、河东路宣谕使,召诸军入援。急时抱佛脚,已来不及了。虚中乃檄熙河经略使姚古,秦凤经略使种师中,领兵入卫。怎奈远水难救近火,宫廷内外,时闻寇警,一日数惊。金兵尚未过河,宋廷已经自乱,如何拒敌?徽宗意欲东奔,令太子留守。太常少卿李纲,语给事中吴敏道:"诸君出牧,想是为留守起见,但敌势猖獗,两河危急,非把大位传与太子,恐不足号召四方。"也是下策。敏答道:"内禅恐非易事,不如奏请太子监国罢!"纲又道:"唐肃宗灵武事,不建号不足复邦,惟当时不由父命,因致贻讥,今上聪明仁恕,公何不入内奏闻?"敏欣然允诺。翌日,即将纲言入奏。徽宗召纲面议,纲刺臂流血,书成数语,进呈徽宗。徽宗看是血书,不禁感动,但见书中写道:

皇太子监国,礼之常也。今大敌入攻,安危存亡,在呼吸间,犹守常礼可乎?名分不正而当大权,何以号召天下,期成功于万一哉?若假皇太子以位号,使为陛下守宗社,收将士心,以死悍敌,则天下可保矣。臣李纲刺血上言。

阅毕,徽宗已决意内禅,越日视朝,亲书"传位东宫"四字,付与蔡攸。攸不便多言,便令学士草诏,禅位太子桓,自称道君皇帝。退朝后,诏太子入禁中。太子进见,涕泣固辞。徽宗不许,乃即位,御垂拱殿,是为钦宗。礼成,命少宰李邦彦为龙德宫使,进蔡攸为太保,吴敏为门下侍郎,俱兼龙德宫副使。尊奉徽宗为教主道君太上皇帝,退居龙德宫。皇后郑氏为道君太上皇后,迁居宁德宫,称宁德太后。立皇后朱氏。后系武康军节度使朱伯材女,曾册为皇太子妃,至是正位中宫,追封后父伯材为恩平郡王,授李纲兵部侍郎,耿南签书枢密院事。遣给事中李邺赴金军,报告内禅,且请修好。干离不遣还李邺,即欲北归,郭药师道:"南朝未必有备,何妨进行!"坏尽天良。干离不从药师议,遂进陷信德府,驱军而南,寇氛为之益炽。太学生陈东率诸生上书,大略说是:

  今日之事,蔡京坏乱于前,梁师成阴贼于内,李彦敛怨于西北,朱勔聚怨于东南,王黼、童贯又从而结怨于辽金,创开边隙,使天下大势,危如丝发,此六贼者,异名同罪,伏愿陛下禽此六贼,肆诸市朝,传首四方,以谢天下。

  是书呈入,时已残腊,钦宗正准备改元,一时无暇计及。去恶不急,已知钦宗之无能为。越年,为靖康元年正月朔日,受群臣朝贺,退诣龙德宫,朝贺太上皇。国且不保,还要甚么礼仪?诏中外臣庶,直言得失。李邦彦从中主事,遇有急报,方准群臣进言,稍缓即阴加沮抑。当时有"城门闭,言路开,城门开,言路闭"的传闻。忽闻金干离不攻克相、浚二州,梁方平所领禁军,大溃黎阳,河北河东制置副使何灌,退保滑州,宋廷惶急得很。那班误国奸臣,先捆载行李,收拾私财,载运娇妻美妾,爱子宠孙,一古脑儿出走。第一个要算王黼,逃得最快,第二个就是蔡京,尽室南行。连太上皇也准备行囊,要想东奔了。搅得这副田地,想走到哪里去?

  吴敏、李纲请诛王黼等,以申国法,钦宗乃贬黼官,窜置永州,潜命开封府聂昌,遣武士杀黼。黼至雍邱南,借宿民家,被武士追及,枭首而归。李彦赐死,籍没家产。朱勔放归田里。在钦宗的意思,也算从谏如流,惩恶劝善,无如人心已去,无可挽回。金兵驰至河滨,河南守桥的兵士,望见金兵旗帜,即毁桥远飏。金兵取小舟渡河,无复队伍,骑卒渡了五日,又渡步兵,并不见有南军,前去拦截。金兵俱大笑道:"南朝可谓无人。若用一二千人守河,我等怎得安渡哩?"至渡河已毕,遂进攻滑州,何灌又望风奔还。这消息传入宫廷,太上皇急命东行,当命蔡攸为上皇行宫使,宇文粹中为副,奉上皇出都,童贯率胜捷军随去。看官道什么叫作胜捷军,贯在陕西时,曾募长大少年,作为亲军,数达万人,锡名胜捷军?可改名败逃军。至是随上皇东行,名为护跸,实是自护。上皇过浮桥,卫士攀望悲号,贯惟恐前行不速,为寇所及,遂命胜捷军

射退卫士,向亳州进发。还有徽宗幸臣高俅,亦随了同去。正是:

> 祸已临头犹作恶,法当肆市岂能逃?

上皇既去,都中尚留着钦宗,顿时议守议走,纷纷不一。究竟如何处置,请试阅下回续详。

狃小利而忘大祸,常人且不可,况一国之主乎?张觳请降,即宋未与金通和,犹不宜纳,传所谓得一夫,失一国,与恶而弃好,非谋也。徽宗乃贪小失大,即行纳降,至责言既至,仍函觳首以畀金,既失邻国之欢,复懈降人之体,祸已兆矣。迨索粮不与,更激金怒,此时不亟筹守御,尚且观芝醉酒,沉湎不治,甚至天变儆于上,人异现于下,而彼昏不知,酣嬉如故,是欲不亡得乎?金兵南下,两河遽失,转欲卸责于其子,而东奔避敌,天下恐未有骄奢淫纵,而可觳免祸难者也。故亡北宋者,实为徽宗,而钦宗犹可恕云。

第六十回　遵敌约城下乞盟
　　　　　满恶贯途中授首

却说钦宗送上皇出都,白时中、李邦彦等亦劝钦宗出幸襄邓,暂避敌锋。独李纲再三谏阻,钦宗乃以纲为尚书右丞,兼东京留守。会内侍奏中宫已行,钦宗又不禁变色,猝降御座道:"朕不能再留了。"纲泣拜道:"陛下万不可去,臣愿死守京城。"钦宗嗫嚅道:"朕今为卿留京,治兵御敌,一以委卿,幸勿疏虞!"试问为谁家天下,乃作此语?纲涕泣受命。次日,纲复入朝,忽见禁卫环甲,乘舆已驾,将有出幸的情状,因急呼禁卫道:"尔等愿守宗社呢,抑愿从幸呢?"卫士齐声道:"愿死守社稷。"纲乃入奏道:"陛下已许臣留,奈何复欲成行?试思六军亲属,均在都城,万一中道散归,何人保护陛下?且寇骑已近,倘侦知乘舆未远,驱马疾追,陛下将如何御敌?这岂非欲安反危吗?"钦宗感悟,乃召中宫还都,亲御宣德楼,宣谕六军。军士皆拜伏门下,山呼万岁。随又命纲为亲征行营使,许便宜从事。纲急治都城四壁,缮修战具,草草告竣,金兵已抵城下,据牟驼冈,夺去马二万匹。

白时中畏惧辞官,李邦彦为太宰,张邦昌为少宰。钦宗召群臣议和战事宜,李纲主战,李邦彦主和。钦宗从邦彦计,竟命员外郎郑望之,防御使高世则,出使金军。途遇金使吴孝民,正来议和,遂与偕还。哪知孝民未曾入见,金兵先已攻城,亏得李纲事前预备,运蔡京家山石叠门,坚不可破。到了夜间,潜募敢死士千人,缒城而下,杀入金营,斫死酋长十余人,兵士百余人。干离不也疑惧起来,勒兵暂退。

越日,金使吴孝民入见,问纳张觳事,要索交童贯、谭稹等人。钦宗道:"这是先朝事,朕未曾开罪邻邦。"孝民道:"既云先朝事,不必再计,应重立誓书修好,愿遣亲王宰相,赴我军议和。"钦宗允诺,乃命同知枢密院事李梲,偕孝民同行。李纲入谏道:"国家安危,在此一举,臣恐李梲怯懦,转误国事,不若臣代一行。"钦宗不许。李梲入金营,但见干离不南面坐着,两旁站列兵士,都带杀气,不觉胆战心惊,慌忙再拜帐下,膝行而前。我亦腼颜。干离不厉声道:"汝家京城,且夕可破,我为少帝情面,欲存赵氏宗社,停兵不攻,汝须知我大恩,速自改悔,遵我条约数款,我方退兵,否则立即屠城,毋贻后悔!"说毕,即取出一纸,掷付李梲道:"这便是议和约款,你取去罢!"梲吓得冷汗直流,接纸一观,也不辨是何语,只是喏喏连声,捧纸而出。干离不又遣萧三宝奴、耶律中、王汭三人,与李梲入城,候取复旨。翌旦,金兵又攻天津、景阳等门,李纲亲自督御,仍命敢死士,缒城出战,用何灌为统领,自卯至酉,与金兵奋斗数十百合,斩首千级。何灌也身中数创,大呼而亡。金兵又复退去。李纲入内议事,见钦宗正与李邦彦等,商及和约,案上摆着一纸,就是金人要索的条款,由李纲瞧将过去,共列四条:

一、要输金五百万两,银五千万两,牛马万头,表缎万匹,为犒赏费。二、要割让中山、太原、河间三镇地。三、宋帝当以伯父礼事金。四、须以宰相及亲王各一人为质。

纲既看完条款,便抗声道:"这是金人的要索么;如何可从?"邦彦道:"敌临城下,宫庙震惊,如要退敌,只可勉从和议。"纲奋然道:"第一款,是要许多金银牛马,就是搜括全国,尚恐不敷,难道都城里面,能一时取得出么?第二款,是要割让三镇地,三镇是国家屏藩,屏藩已失,如何立国?第三款,更不值一辩,两国平等,如何有伯侄称呼?第四款,是要遣质,就使宰相当往,亲王不当往。"此语亦未免存私,转令奸相借口。钦宗道:"据卿说来,无一可从,倘若京城失陷,如何是好?"纲答道:"为目前计,且遣辩士,与他磋商,迁延数日,俟四方勤王兵,齐集都下,不怕敌人不退。那时再与议和,自不至有种种要求了。"邦彦道:"敌人狡诈,怎肯令我迁延?现在都城且不保,还论甚么三镇?至若金币牛马,更不足计较了。"设或要你的头颅,你肯与他否?张邦昌亦随声附和,赞同和议。纲尚欲再辩,钦宗道:"卿且出治兵事,朕自有主张。"纲乃退出,自去巡城。谁料李、张二人,竟遣沈晦与金使偕去,一一如约。待纲闻知,已不及阻,只自愤懑满胸,嗟叹不已。

第六十回　遵敌约城下乞盟　满恶贯途中授首

钦宗避殿减膳，括借都城金银，甚及倡优家财，只得金二十万两，银四百万两，民间已空，远不及金人要求的数目，第一款不能如约，只好陆续措缴。第二款先奉送三镇地图，第三款赍交誓书，第四款是遣质问题，当派张邦昌为计议使，奉康王构往金军为质。构系徽宗第九子，系韦贤妃所出，曾封康王，邦昌初与邦彦力主和议，至身自为质，无法推诿，正似哑子吃黄连，说不出的苦。谁叫你主和？临行时，请钦宗亲署御批，无变割地议。钦宗不肯照署，但说了"不忘"二字。邦昌流泪而出，硬着头皮，与康王构开城渡濠，往抵金营。

会统制官马忠，自京西募兵入卫，见金兵游掠顺天门外，竟麾众进击，把他驱退，西路稍通，援兵得达。种师道时已奉命，起为两河制置使，闻京城被困，即调泾原、秦凤两路兵马，倍道进援。都人因师道年高，称他老种，闻他率兵到来，私相庆贺道："好了好了！老种来了！"钦宗也喜出望外，即命李纲开安上门，迎他入朝。师道谒见钦宗，行过了礼，钦宗问道："今日事出万难，卿意如何？"师道答道："女真不知兵，宁有孤军深入，久持不疲么？"钦宗道："已与他讲好了。"师道又道："臣只知治兵，不知他事。"钦宗："都中正缺一统帅，卿来还有何言！"遂命为同知枢密院事，充京畿、河北、河东宣抚使，统四方勤王兵及前后军。既而姚古子平仲，亦领熙河兵到来，诏命他为都统制。金干离不因金币未足，仍驻�城下，日肆要求，且逞兵屠掠，幸勤王兵渐渐四至，稍杀寇氛。李纲因献议道："金人贪得无厌，凶悖日甚，势非用兵不可。且敌兵只六万人，我勤王兵已到二十万，若扼河津，截敌饷，分兵复畿北诸邑，我且用重兵压敌，坚壁勿战，待他食尽力疲，然后用一檄，取誓书，废和议，纵使北归，半路邀击，定可取胜。"师道亦赞成此计。钦宗遂饬令各路兵马，约日举事。偏姚平仲谓："和不必战，战应从速。"弄得钦宗又无把握，转语李纲。纲闻士利速战，也不便坚持前议。*智者千虑，必有一失。*因与师道熟商，为速战计。师道欲俟弟师中到来，然后开战。平仲进言道："敌气甚骄，必不设备，我乘今夜出城，斫入虏营，不特可取还康王，就是敌酋干离不，也可擒来。"师道摇首道："恐未必这般容易。"*究竟师道慎重。*平仲道："如若不胜，愿当军令。"李纲接口道："且去一试！我等去援他便了。"*未免太急。*

计议已定，待至夜半，平仲率步骑万人，出城劫敌，专向中营斫入。不意冲将进去，竟是一座空营，急忙退还，已经伏兵四出，干离不亲麾各队，来围宋军。平仲拚命夺路，才得走脱，自恐回城被诛，竟尔遁去。李纲率诸将出援，至幕天坡，刚值金兵乘胜杀来，急忙令兵士用神臂弓射住，金兵才退。纲收军入城，师道等接着。纲未免叹悔，师道语纲道："今夕发兵劫寨，原是失策，惟明夕却不妨再往，这是兵家出其不意的奇谋。如再不胜，可每夕用数千人分道往攻，但求扰敌，不必胜敌，我料不出十日，寇必遁去。"*此计甚妙。*纲称为善策。次日奏闻钦宗,钦宗默然无语。李邦彦等,谓昨已失败,何可再举?遂将师道语搁过一边。浪子宰相,何知大计?

干离不回营后,自幸有备,得获胜仗,且召康王构、张邦昌入帐,责以用兵违誓,大肆咆哮。邦昌骇极,竟至涕泣。康王独挺立不动,神色自若。此时尚肯舍命。干离不瞧着,因命二人退出,私语王汭道:"我看这宋朝亲王,恐是将门子孙,来此假冒,否则如何有这般大胆?你且往宋都,诘他何故劫营,并令易他王为质。"汭即奉令入都,如言告李邦彦。邦彦道:"用兵劫寨,乃李纲、姚平仲主意,并非出自朝廷。"明明教他反诘。汭便道:"李纲等如此擅专,为何不加罪责?"邦彦道:"平仲已畏罪远窜,只李纲尚在,我当奏闻皇上,即日罢免。"汭乃去。邦彦入内数刻,即有旨罢李纲职,废亲征行营使。并遣宇文虚中至金营谢过。越是胆小,越是招祸。虚中方出,忽宣德门前,军民杂集,喧声大起。内廷急命吴敏往视,敏移时即还,手持太学生陈东奏牍,呈与钦宗。钦宗匆匆展阅,其词略云:

  李纲奋身不顾,以身任天下之重,所谓社稷之臣也。李邦彦、白时中、张邦昌、李棁之徒,庸谬不才,忌嫉贤能,动为身谋,不恤国计,所谓社稷之贼也。陛下拔纲,中外相庆,而邦昌等嫉如仇雠,恐其成功,因缘沮败。且邦彦等必欲割地,曾不知无三关四镇,是弃河北也。弃河北,朝廷能复都大梁乎?又不知邦昌等能保金人不复败盟否也?邦彦等不顾国家长久之计,徒欲沮李纲成谋,以快私愤,李纲罢命一传,兵民骚动,至于流涕,咸谓不日为虏擒矣。罢纲非特堕邦彦计中,又堕虏计中也。乞复用纲而斥邦彦等,且以阃外付种师道,宗社存亡,在此一举,伏乞睿鉴!

吴敏俟钦宗阅毕,便奏道:"兵民有万余人,齐集宣德门,请陛下仍用李纲,臣无术遣散,恐防生变,望陛下详察。"钦宗皱了一回眉,命召李邦彦入商。邦彦应召入朝,被兵民等瞧见,齐声痛詈,且追且骂,并用乱石飞掷。邦彦面色如土,疾驱乃免。至入见时,尚自抖着,不能出声。殿前都指挥王宗濋,请钦宗仍用李纲,钦宗没法,乃传旨召纲,内侍朱拱之奉旨出召,徐徐后行,被大众乱拳交挥,顿时殴死,踏成肉饼,并捶杀内侍数十人。知开封府王时雍麾众使退,众不肯从,至户部尚书聂昌传出谕旨,仍复纲官,兼充京城四壁防御使,众始欢声呼万岁。嗣又求见种老相公,当由聂昌转奏,促师道入城弹压。师道乘车驰至,众褰帘审视道:"这果是我种老相公呢。"乃欣然散去。

越日诏下,饬捕擅杀内侍的首恶,并禁伏阙上书。王时雍且欲尽罪太学诸生,于是士民又复大哗。钦宗又遣聂昌宣谕,令静心求学,毋干朝政。且言将用杨时为国子监祭酒,即有所陈,亦可由时代奏。诸生都大喜道:"龟山先生到来,尚有何说!我等自然奉命承教了。"看官道龟山先生为谁？原来杨时别号叫作龟山,他是南剑州人氏,与谢良佐、游酢、吕大临三人,同为程门高弟,程颢殁后,时又师事程颐,冬夜与游酢进谒,颐偶瞑坐,时与酢侍立不去。至颐醒,觉门外已雪深三尺,颐很为嘉叹,尽传所学。及颐于大观初年病逝,世称伊川先生,并谓伊川学术,惟谢、游、吕、杨四子,最得真传,因亦称为程门四先生。<small>不特补叙程伊川,并及谢、游、吕诸人。</small>宣和元年,蔡京闻时名,荐为秘书郎,<small>京非知贤,为沽名计耳。</small>寻进迩英殿说书。至京城围急,时又请黜内侍,修战备,钦宗命为右谏议大夫,兼官侍讲。此次太学生等请留李纲,朝议以为暴动,时复上言:"诸生忠事朝廷,非有他意,但择老成硕望之士人,命为监督,自不致轶出范围。"钦宗因有意用时,至聂昌复旨,并为陈述太学生情状,随即命时兼国子监祭酒。并除元祐党籍学术诸禁,令追封范仲淹、司马光、张商英等人。

会金营遣宇文虚中还都,并令王汭复来催割三镇地,及易质亲王。钦宗遂命徽宗第五子肃王枢代质,并诏割三镇畀金。王汭返报干离不,干离不不接见肃王,乃将康王、张邦昌放还。且闻李纲复用,守备严固,遂不待金币数足,遣使告辞,以肃王北去,京城解严。御史中丞吕好问进谏道:"金人得志,益轻中国,秋冬必倾国而来,当速讲求军备,毋再贻误。"钦宗不从,惟颁诏大赦,除一切弊政。<small>贼出尚不知关门。</small>李邦彦为言路所劾,出知邓州。张邦昌进任太宰,吴敏为少宰,李纲知枢密院事,耿南仲、李棁为尚书左右丞。会姚古、种师中及府州将折彦质引兵入援,凡十余万人,至汴城下,李纲请诏古等追敌,乘间掩击。张邦昌以为不可,遣令还镇。且罢种师道官。未几有金使自云中来,言奉粘没喝军令,来索金币。辅臣说他要索无礼,拘住来使。粘没喝即分兵向南北关。平阳府叛卒,竟引入关中。粘没喝见文城坚固,非常雄踞,不禁叹息道:"关险如此,令我军得安然度越,南朝可谓无人了。"<small>水陆皆然,反令外人窃叹。</small>知威胜军李植,闻金兵过关,急忙迎降。金兵遂攻下隆德府,知府张确自尽。嗣闻泽州一带,守备尚固,乃仍退还云中,围攻太原。钦宗以金兵未归,召群臣会议,三镇应否当割。中书侍郎徐处仁道:"敌已败盟,奈何还要割三镇？"吴敏亦言:"三镇决不可弃。"且荐处仁可相。于是钦宗又复变计。因张邦昌、李棁二人夙主和议,将他免职,擢处仁为太宰,唐恪为中书侍郎,何㮚为尚书右丞,许翰同知枢密院事,并下诏道:

> 金人要盟,终不可保。今粘没喝深入,南陷隆德,先败盟约,朕夙夜追咎,已黜罢原主议和之臣,其太原、中山、河间三镇,保塞陵寝所在,誓当固守。

诏既下，起种师道为河东、河北宣抚使，出屯渭州。姚古为河北制置使，率兵援太原。种师中为副使，率兵援中山、河间。师中渡河，追干离不出北鄙，乃令还师。姚古亦克复隆德府，及威胜军，扼守南北关。钦宗闻得捷报，心下顿慰，遂拟迎还太上皇。时太上皇至南京，与都中消息久已不通，因此讹言百出，不是说上皇复辟，就是说童贯谋变。钦宗也觉疑惧，授聂昌为东南发运使，往讨阴谋。亏得李纲从旁谏止，自请往迎，钦宗乃命纲迎归上皇。上皇以久绝音信，并纷更旧政为诘问，经纲一一解释，才无异辞，当即启驾还都。钦宗迎奉如仪，立皇子谌为太子。谌系皇后朱氏所生，素得徽宗钟爱，赐号嫡皇孙，所以上皇还朝，特立为储贰，以便侍奉上皇。未必为此，殆所以杜复辟之谋。右谏议大夫杨时，奏劾童贯、梁师成等罪状，侍御史孙觌等复极论蔡京父子罪恶，乃贬梁师成为彰化军节度副使，蔡京为秘书监，童贯为左卫上将军，蔡攸为大中大夫。已而太学生陈东，布衣张炳，又力陈梁师成等罪恶，遂遣开封吏追杀师成，并籍没家产，再贬蔡京为崇信军节度副使，童贯为昭化军节度副使。京天姿凶谲，四握政权，流毒四方，天下共恨。贯握兵二十年，与京表里为奸，且专结后宫嫔妃，馈遗不绝，左右妇寺，交口称誉，因此大得主眷，权倾一时，内外百官，多出贯门，穷奸稔恶，擢发难数。都门早有歌谣道："打破筒，拨了菜，便是人间好世界。"筒与菜，暗寓二姓，自有诏再贬，言官乐得弹劾，就是京贯私党，亦唯恐祸及己身，交章攻讦，乃复窜京儋州，赐京子攸、绦自尽。绦平时稍持正论，闻命后，恺慨然道："误国如此，死亦何憾！"遂服毒而死。攸尚犹豫未决，左右授以绳，乃自缢。京不日道死。季子绦亦窜死白州。惟僣以尚主免流，余子及诸孙，皆分徙远方，遇赦不赦。童贯亦被窜吉阳军。贯行至南雄州，忽有京吏到来，向他拜谒，谓："有旨赐大王茶药，将宣召赴阙，命为河北宣抚，小吏因先来驰贺，明日中使可到了。"贯拈须笑道："又却是少我不得。"随令京吏留着，佇装以待。次日上午，果来了御史张澂。贯亟出相迎，澂命他跪听诏书，诏中数他十罪，将要宣毕，那京吏从外驰入，拔出快刀，竟枭贯首。看官道这京吏为谁？乃是张澂的随行官。澂恐贯多诡计，且握兵已久，未肯受刑，因先遣随吏驰往，伪言给贯，免得生变。奉旨诛恶，尚须用计，贯之势焰可知。相传贯状貌魁梧，颐下生须十数，皮骨劲如铁，不类阉人。受诛后，澂即函首驰归。还有梁方平、赵良嗣等，亦次第诛死，朱勔亦伏诛，惟高俅善终，但追削太尉官衔罢了。

只是旧贼虽去，新贼又生，耿南仲、唐恪等并起用事，杨时在谏垣仅九十日，以被劾致仕。种师道荐用河南人尹焞，也是程门高弟，焞奉召至京，因见朝局未定，仍然乞归。王安石《字说》，虽已禁用，但尚从祀文庙，只罢他配享

孔子。最失策的一着,是战备未修,边防不固,反欲守三镇,逐强寇,日促姚古、种师中等进军太原。有分教:

老将丧躯灰众志,强邻增焰敢重来。

太原一战,宋军败绩,种师中阵亡,金兵遂又分道进攻了。欲知详细情形,再看第六十一回。

金兵南下,围攻汴都,此时尚欲议和,其何能及?《礼》曰:"天子死社稷。"与其偷生以苟活,何若拚死以求存!况文有李纲,武有种师道,并有勤王兵一二十万,接踵而至,试问长驱深入,后无援应之金军,能久顿城下否乎?陈东一疏,最中要害,果能依议而行,则寇必失望而去,不敢再来。而宋以李纲为相,种师道为将,诛贼臣,斥群奸,缮甲兵,搜卒乘,虽有十金,犹足御之,惜乎钦宗之不悟也。惟其不悟,故寇临城下,谋无一断,寇去而猜疑如故,即举京、贯等而诛黜之,仍不足振士气,快人心,矧尚有耿南仲、唐恪、何㮚诸人,其误国与六贼相等耶?读此回已令人愤惋不置。

第六十一回　议和议战朝局纷争
　　　　　　误国误家京城失守

却说金将粘没喝围攻太原,姚古、种师中两军,奉命往援。古复隆德府威胜军,师中亦迭复寿阳榆次等县,进屯真定。朝议以两军得胜,屡促进兵。师中老成持重,不欲急进,有诏责他逗挠。师中叹道:"逗挠系兵家大戮,我自结发从军,从未退怯,今老了,还忍受此罪名么?"随即麾兵径进,并约姚古等夹攻,所有辎重犒赏各物,概未随行。未免疏卤。到了寿阳,遇着金兵,五战三胜,转趋杀熊岭,距太原约百里,静待姚古等会师。不意姚古等失期不至,金兵恰摇旗呐喊,四面赶来。师中部下,已经饥馁,骤遇大敌,还是上前死战,不肯退步,自卯至巳,师中令士卒发神臂弓,射退金兵,怎奈无米为炊,有功乏赏,士卒多愤怨散去,只留师中亲卒百余人。金兵又复驰还,把他围住,师中死战不退,身被四创,力竭身亡。死不瞑目。

金兵乘胜杀入,至盘陀驿,与姚古兵相遇,古兵稍战即溃,退保隆德。种师道闻弟战死,悲伤致疾,遂称病乞归。耿南仲接着败报,又惊惧万分,谓不如弃去三镇。李纲独力持不可,钦宗遂命纲为宣抚使,刘韐为副,往代师道。纲受命出发,查得姚古失期,系为统制焦安节所误,遂将安节召至,数罪正法,并奏请谪姚恤种,乃赠种师中少师,谪戍姚古至广州,另授解潜为置制副使,代姚古职。纲留河阳十余日,练士卒,修器械,进次怀州,大造战车,誓师御敌。遣解潜屯威胜军,刘韐屯辽州,幕官王以宁与都统制折可求、张思正等屯汾州,范琼屯南北关,约三道并进,共援太原。偏耿南仲、唐恪等,阴忌李纲,复倡和议,令解潜、刘韐诸将,仍受朝廷指挥,不必遵纲约束。徐处仁、许翰等,又主张速战,促诸将速援太原。寇氛日恶,朝局尚自相水火,真令人不解。刘韐恃勇先进,金人并力与战,韐不能敌,当即败还。解潜继进,师抵南关,亦被金人击败。张思正等领兵十七万,与张孝纯子张灏,宵至文水,袭击金娄室营,小得胜仗。次日再战,竟至败溃,丧兵数万人。折可求一军亦溃,退子夏山,所有威胜、隆德、汾、晋、泽、绛诸民,都闻风惊避,渡河南奔,州县皆空。李纲奏言:"节制不专,致有此败,此后应合成大军,由一路进,当有把握"等语。这疏上后,方拟召湖南统制范世雄,并招集溃军,亲率击敌。不意朝旨到来,召他还京,仍命种师道接任。最可笑的是宋廷宰臣,不务择将练兵,反欲诱结亡国旧臣,阴图金人,于是摇动强邻,兴兵压境,赵宋一百六七十年的锦绣江山,要送去一大半了。好笔力。

先是肃王枢往金为质,宋廷亦留住金使萧仲恭,及副使赵伦。萧、赵统辽室旧臣,降金得官,赵伦恐久留不遣,乃给馆伴邢倞道:"我等不得已降金,意中恰深恨金人,倘有机会可图,也极思恢复故土。若贵国肯少助臂力,我当回去,联络耶律余睹,除去干离不、粘没喝两人。那时贵国可安枕无忧,即我等也可兴灭继绝了。"邢倞信为真情,忙去报知吴敏等人。吴敏等也以为真,遂将蜡书付与赵伦,令偕萧仲恭回金,转致余睹,令为内应。余睹首先叛辽,遑图兴复。就使果有此情,也不足恃宋廷辅臣,实是痴想。两人还见干离不,即将蜡书献出。干离不转达金主,金主大怒,遂令粘没喝为左副元帅,干离不为右副元帅,分道南侵。粘没喝遂急攻太原,城中久已粮尽,军民十死七八,哪里固守得住?知府张孝纯不能再支,城遂被陷,孝纯被执。粘没喝以为忠臣,劝令降金,仍为城守副都总管。王禀负太宗御容赴汾水死。通判方笈,转运使韩揆等三十人,一并遇害。金兵遂分队破汾州,知州张克戬阖门死难。宋廷诸辅臣,接连闻警,又惹起一番议论。你言战,我主和,徐处仁、许翰是主战派,耿南仲、唐恪是主和派,就是吴敏,也附入耿、唐,与处仁等反对。处仁以吴敏向来主战,此次忽又主和,情迹反复,殊属可恨,遂与他面质大廷。小人皆然,何足深责。吴敏不肯服气,断断力争。处仁愤极,把案上的墨笔,作为斗械,提掷过去。凑巧碰在吴敏鼻上,画成了一道墨痕。实在都是倒脸朋友,不止吴敏一人。耿南仲、唐恪等,从旁窃笑。吴敏愈忿不可遏,竟要与处仁打架。还是钦宗把他喝住,才算罢休。退朝后,便有中丞李回奏劾徐处仁、吴敏,连许翰也拦入

第六十一回 议和议战朝局纷争 误国误家京城失守

在内。分明是耿、唐二人唆使,所以将许翰列入。钦宗遂将徐处仁、吴敏、许翰等,一并罢斥,用唐恪为少宰,何㮚为中书侍郎,陈过庭为尚书右丞,聂昌同知枢密院事,李回签书枢密院事。当下决意主和,派著作佐郎刘岑,太常博士李若水,分使金军,请他缓师。及岑等还朝,述及干离不止索所欠金银,粘没喝定要割与三镇。钦宗不得已,再遣刑部尚书王云出使金军,许他三镇岁入的赋税。适值李纲回京,耿、唐二人,复恐他再来主战,即唆言官,交章论纲。说他劳师费财,有损无益,因即罢纲知扬州。中书舍人刘珏、胡安国,并言纲忠心报国,不应外调,谁知竟得罪辅臣,谪书迭下。珏坐贬提举亳州明道宫,安国也出知通州。

是时寇警日闻,朝议不一,何㮚请分天下二十三路为四道,各设总管,事得专决,财得专用,官得辟置,兵得诛赏,如京都有警,即可檄令入卫,云云。钦宗依议,即命知大名府赵野总北道,知河南府王襄总西道,知邓州张叔夜总南道,知应天府胡直孺总东道。又在邓州置都总管府,总辖四道兵马,当简李回为大河守御使,折彦质为河北宣抚副使。南道总管张叔夜,闻得都城空虚,请统兵入卫,陕西置制使钱益,亦欲统兵前来,偏是唐恪、耿南仲一意言和,竟函檄飞驰,令他驻守原镇,无故不得移师。一面遣给事中黄锷,由海道至金都,请罢战修和。看官!你想此时的金兵,已是分道扬镳,乘锐南下,还有什么和议可言?况且前时所许金币,未曾如额,所允三镇,未曾割畀,并且羁留金使,诱结辽臣,种种措置乖方,多被金人作为话柄,除非宋朝有几员大将,有几支精兵,杀他一个下马威,还好论力不论理,与他赌个雌雄。明明曲在宋人。若要低首下心,向他乞和,你道金人是依不依呢?果然宋臣只管主和,金兵只管前进。干离不自井陉进军,杀败宋将种师闵,长驱入天威军,攻破真定。守将都钤辖刘竧音诰。自缢,知府李邈被执北去,复进捣中山,河北大震。

宋廷诸臣,至此尚坚持和议,接连遣使讲解。干离不因遣杨天吉、王汭等来京,即持宋廷与耶律余睹原书,入见钦宗,抗声说道:"陛下不肯割畀三镇,倒也罢了,为甚么还要规复契丹?"应该诘责。钦宗嗫嚅道:"这乃奸人所为,朕并不与闻呢。"王汭冷笑道:"中朝素尚信义,奈何无信若此?现惟速割三镇,并加我主徽号,献纳金帛车辂仪物,尚可言和。"钦宗迟疑半晌方道:"且俟与大臣商议。"王汭道:"商议商议,恐我兵已要渡河了。"言已欲行。钦宗尚欲挽留,王汭道:"可遣亲王至我军前,自行陈请,我等却无暇久留。"随即扬长自去。强国使臣,如是如是。钦宗惶急万分,乃下哀痛诏,征兵四方。种师道料京城难恃,亟上疏请幸长安,暂避敌锋。辅臣等反说他怯懦,传旨召还,令范讷往代。师道到京,见沿途毫无准备,愤激的了不得,自念老病侵寻,不如速死,过了数日,果然病重身亡。看官阅过上文,前次汴京被围,全仗李、种二人主持,此时师道又死,李纲早出知扬州,耿南仲等尚咎纲启衅,贬纲为保静军节度副使,安置建昌军。

会王云自金营归来,谓金人必欲得三镇,否则进兵取汴都。宋廷大骇,诏集百官,至尚书省,会议三镇弃守。唐恪、耿南仲力主割地,何㮚却进言道:"三镇系国家根本,奈何割弃?"唐恪道:"不割三镇,怎能退敌?"何㮚道:"金人无信,割地亦来,不割亦来。"两下争议多时,仍无结果。那金帅粘没喝,已自太原,统兵南下,陷平阳,降威胜军,隆德府,进破泽州。官吏弃城逃走,远近相望。宋宣抚副使折彦质领兵十二万,沿河驻扎,守御使李回,也率万骑防河。偏是金兵到来,夹河敲了一夜的战鼓,已把折彦质军吓得溃退。李回孤掌难鸣,也即逃还京师。胆小如鼷。金兵测视河流,见孟津以下,可以徒涉,遂引军径渡。知河阳燕瑛,河南留守西道都总管王襄,闻风遁去。永安军郑州悉降金军,汴京又复戒严。

粘没喝且遣使索割两河,廷臣统面面相觑,不敢发言。独王云谓:"前时至金,曾由干离不索割三镇,且请康王往谢,现若依他前议,当可讲和。万一金人不从,亦不过如王汭所言,加金主徽号,赠送冕辂罢了。"钦宗没法,乃进云为资政殿学士,命偕康王赴金军,许割三镇,并奉衮冕玉辂,尊金主为皇叔,加上徽号至十八字。云受命后,即与康王构出都,由滑、浚至磁州。知州宗泽迎谒道:"肃王一去不回,难道大王尚欲蹈前辙么?况敌兵已迫,去亦何益?请勿再行!"幸有此着,尚得保全半壁。康王乃留次磁州。王云犹再三催迫,康王不从。会康王出谒嘉应神祠,云亦随着,州民亦遮道谏王切勿北去。云厉声呵叱,激动众怒,齐声呼道:"奸贼奸贼!"云不知进退,尚欲恃威恐吓,怎禁得众怒难犯,汹汹上前,你一脚,我一拳,霎时间打倒地上,双足一伸,呜呼哀哉。该死的贼。康王也不便动怒,只好带劝带谕,解散众民。其实也怨恨王云。及返入州署,接到知相州汪伯彦帛书,请他赴相。康王乃转趋相州,伯彦身服橐鞬,带着步兵,出城迎谒。康王下马慰劳道:"他日见上,当首以京兆荐公。"伯彦拜谢。又招了一个贼臣。康王遂留寓相州。

当下来了一位壮士,入城谒王。康王见他英姿凛凛,相貌堂堂,倒也暗中喝采。及问他姓氏,他却报明大略。看官听着!这人曾充过真定部校,姓岳名飞,表字鹏举,系相州汤阴县人。但叙略迹,已是烨烨生光。相传岳飞生时,曾有大鸟,飞鸣室上,因以为名。家世业农,父名和,母姚氏。飞生未弥月,河决内黄,洪水暴至,家庐漂没,飞赖母抱坐大缸中,随水流去,达岸得生。好容易养至成人,竟生就一种神力,能挽强弓三百斤,弩八石。因闻周同善射,遂投拜为师,尽心习艺,悉得所传。适刘韐宣抚真定,招募战士,飞即往投效,并乞百骑，至相州扫平土匪陶俊、贾进和。至是家居无事，乃入见康王。王问明来历，留为护卫。嗣闻相州尚有剧贼，叫作吉倩，遂命飞前去招抚。飞单骑驰入倩寨，与倩角艺。倩屡斗屡败，情愿率众三百八十人，悔过投降。飞引见康王，王嘉飞功，授为承信郎。

　　飞因请康王募兵御寇，康王因未接朝命，尚在踌躇。忽有一人跟跄奔来，遥见康王，便呼道："大王不好了！快快募集河北兵士，入卫京师。"康王闻声，急瞧来人非别，就是尚书左丞耿南仲。当下不及邀座，便问道："金兵已到京城么？"南仲道："自从大王出都，金使连日到来，定要割让两河，皇上命聂昌赴河东粘没喝军，要南仲赴河北干离不军，分头磋商和议。南仲虽已年老，不敢违命，只得与金使王汭一同登途，不意到了卫州。兵民争欲杀汭。南仲忙替他解释，他得脱身逃去。偏兵民与南仲为难，幸亏南仲命不该绝，才能逃免，来见大王。"从南仲口中，叙出宋廷情事，免与上文笔意重复。康王道："聂昌到河东去，未识如何？"南仲道："不要说起，他一至绛州，便已被什么钤辖赵子清抉目脔割了。"康王不禁搓手道："奈何奈何？"南仲道："现在只仗大王募兵入卫，或尚可保全京师。"何不要康王同去议和？康王乃与耿南仲联名署榜，招募士卒。相州一带，人情少安。惟宋廷尚遣侍郎冯澥、李若水往粘没喝军议和，到了怀州，正值粘没喝破怀州城，掳住知州霍安国等，胁降不屈，共杀死十三人。此时气焰甚盛，还有甚么礼貌待遇宋使！可怜冯、李两人，进退两难，没奈何入申和议。被粘没喝诘责数语，驱使退还。粘没喝遂与干离不会师，直至汴京城下。干离不屯刘家寺，粘没喝屯青城，汴京里面，只有卫士及弓箭手七万人，分作五军，命姚友仲、辛永宗为统领，登陴守御。兵部尚书孙傅，调任同知枢密院事，保举了一个市井游民姓郭名京，说他能施六甲法，可以退敌。钦宗遂宣京入朝。京叩见毕，大言道："陛下若果信臣，臣只用七千七百七十七人，便可生擒敌帅。"钦宗大喜，便道："若能如此，朕尚何忧？"要他来送命了。遂授京成忠郎，赐金帛数万，令他自行召募。京不问技艺能否，但择年命，配合六甲，即可充选。所得市井无赖，旬日即足。又有市民刘孝竭，亦借御敌为名，效京募兵，或称六丁力士，或称北斗神兵，或称天阙大将，整日里谈神说鬼，自谓能捍城破敌。越发希奇。钦宗也恐难恃，遣使持蜡书夜出，约康王及河北守将入援。行至城外，多为金营逻兵所获。唐恪密白钦宗，请即西幸洛阳，何㮚引苏轼论"周朝失计，莫如东迁"二语，劝阻钦宗。钦宗用足顿地道："朕今日当死守社稷，决不远避了。"能如此语，倒也是个好汉。随即被甲登城，用御膳犒赏将士。时值仲冬，连日雨雪，士卒冒雪执兵，多至僵仆。钦宗目不忍睹，因徒跣求晴。复亲至宣化门，乘马行泥淖中，民多感泣。独唐恪随御驾后，被都人遮击，策马得脱,乃卧家求去。误国至此,还想去么?钦宗准奏,命何㮚继任。且诏复元丰三省官名,不称何㮚为少宰,仍用尚书右仆射名号。换官不换人,有何益处?冯澥还朝,受职尚书右丞。南道总管张叔夜率兵勤王,令长子伯奋将前军,次子仲熊将后军,自将中军,合三万余人,转战至南薰门外。钦宗召他入对,叔夜请驾幸襄阳。钦宗不从,但命他统军入城,令签书枢密院事。又是失着。殿前指挥使王宗濋愿出城对仗,当即拨调卫兵万人,开城出战,哪知他到了城外,略略交锋,便即遁去。金兵即扑攻南壁,张叔夜及都巡检范琼,极力备御,才将金兵击退。粘没喝复遣萧庆入城,要钦宗亲自出盟,钦宗颇有难色,但遣冯澥与宗室仲温等赴敌请和。粘没喝立刻遣还,不与交一语。东道总管胡直孺,率兵入卫,被金人击败,擒住直孺,缚示城下,都人益惧。范琼以千人出击,渡河冰裂,溺死五百人,又不免挫丧士气。何㮚屡促郭京出师,京初言非至危急,我兵不出,及诏令迭下,乃尽令守兵下城,毋得窃视。六甲兵大启宣化门,出攻金兵,金人分张四翼,鼓噪而前,六甲兵慌忙退走,多半堕死护龙河,城门亟闭。京语叔夜道:"金兵如此猖獗,待我出城作法,包管退敌。"叔夜又放他去出,京带领余众,出了城门,竟一溜烟的逃去了。总算享了几日威福。城中尚未知胜负,那金兵已四面登城,眼见得抵御不及,全城被陷。统制姚友仲、何庆言、陈克礼、中书舍人高振皆战死。内侍监军黄金国赴火自尽,守御使刘延庆夺门出奔,为追骑所杀。张叔夜父子力战受创,也只好退回。钦宗闻报大恸道:"朕悔不用种师道言,今无及了。"何止此着。小子有诗叹道:

不信仁贤国已虚,如何守备又终疏?
前车未远应知鉴,覆辙胡堪及后车。

钦宗恸哭未终,忽闻门外大哗,越吓得魂不附体,究竟何人哗噪,待至下回表明。

读此回而不痛心者非人,读此回而不切齿者亦非人。三镇许割而不割,犹谓要盟无质,不妨食言,然亦必慎择将帅,大修武备,惩前日之游移,定后来之果断,方可挽回危局,勉遏寇氛。乃忽而议战,忽而议和,议和之误,固不待言,而议战者亦始终无保国之方,御敌之法,甚且堕敌使之计,愈致挑动强邻,至于金人日逼,朝议益棼,谋幸谋和,更无定见,李纲罢矣,师道死矣,将相非人,游手且进握兵柄,其失可胜道乎?钦宗谓悔不用师道言,吾料其所悔者,在西幸之不果,非在前时却敌诸谋,是仍一畏懦怯弱而已。呜呼钦宗!呜呼赵宋!

第六十二回　堕奸谋阖宫被劫
　　　　　　立异姓二帝蒙尘

　　却说钦宗闻京城已陷,恸哭未休,忽卫士等鼓噪进来,求见钦宗,钦宗只好登楼慰谕。凑巧卫士长蒋宣到来,麾众使退,并拟拥护乘舆,突围出走。孙傅、吕好问在旁,以为未可。宣抗声道:"宰相误信奸臣,害得这般局面,尚有何说!"孙傅又欲与争,还是吕好问劝解道:"汝等欲翼主出围,原是忠义,但此时敌兵四逼,如何可轻动呢?"宣乃道:"尚书算知军情!"言讫乃退。何栗欲亲率都人巷战,会得金使进来,仍宣言议和退师。还是欺骗宋人。钦宗乃命何栗与济王栩,徽宗第六子。至金军请成。及还,述及粘没喝、干离不等,要上皇出去订盟。钦宗呜咽道:"上皇已惊忧成疾,何可出盟?必不得已,由朕亲往。"何栗、孙傅、陈过庭等,均束手无策。钦宗顿足涕泗道:"罢!罢!事已至此,也顾不得什么了。"还是一死,免得出丑。遂命何栗等草了降表,由钦宗亲自赍至金营乞降。丢脸已极。粘没喝、干离不高据胡床,传令入见。钦宗进营,向他长揖,递上降表。粘没喝道:"我国本不愿兴兵,只因汝国君臣昏庸已极,所以特来问罪,现拟另立贤君,主持中国,我等便即退师了。"又进一步。钦宗默然不答。何栗、陈过庭、孙傅等随驾同往,因齐声抗议道:"贵国欲割地纳金,均可依从,惟易主一层,请毋庸议及!"粘没喝只是摇首,干离不狞笑道:"你等既愿割地,快去割让两河,讲到金帛一层,最少要金千万锭,银二千万锭,帛一千万匹。"何栗等听到此层,不禁咋舌,一时不好承认。粘没喝竟将钦宗留着,并拘住何㮆等人,硬行胁迫。过了两日,钦宗与何栗等,无术求免,只好允议,乃释令还朝,限日办齐。

　　钦宗自金营出来,已是涕泪满颐,仿佛妇人女子。道旁见士民迎谒,不禁掩面大哭道:"宰相误我父子。"谁叫你误用奸相?士民等也流涕不止。及钦宗还宫,即遣刘鞈、陈过庭、折彦质等为割地使,分赴河东、河北割地界金。又遣欧阳珣等二十人,往谕各州县降金。珣尝知盐官县,曾与僚友九人,上书极言:"祖宗土地,尺寸不应与人。"及入为将作监丞,正值京师危极,又奏称:"战败失地,他日取还,不失为直。不战割地,他日即可取还,也不免理曲。"数语触怒宰辅,因此命他出使,往割深州。到此时光还想借刀杀人,这等辅臣,罪不容死。各路使臣,统有金兵随押。欧阳珣至深州城下,呼城上守兵,涕泣与语道:"朝廷为奸人所误,丧师割地,我特拚死来此,奉劝汝等,宜勉为忠义,守土报国。"道言未绝,即被金人絷送燕京。珣痛詈不屈,竟被焚死。不肯略过忠臣,无非阐扬名教。此外两河军民,恰也不肯降金,多半闭门拒使,谢绝诏命。

陕西宣抚使范致虚集兵十万人入援,至颍昌,闻汴都已破,西道总管王襄先遁。致虚尚率副总管孙昭远、环庆帅王似、熙河帅王倚,同出武关,至邓州千秋镇,遇金将娄室军,不战皆溃。金帅在汴,越觉骄横,一切供应,俱向宋廷索取。今日要刍粮,明日要骡马,甚且索少女一千五百人,充当侍役。可怜一班宫娥彩女,闻这消息,只恐出去应命,供那鞑子糟蹋,稍知节烈的淑媛,便投入池中,陆续毙命。未几,已至除夕,宫廷里面,啼哭都来不及,还有何心贺年? 翌日,为靖康二年元旦,钦宗朝上皇于崇福宫,金帅粘没喝也遣子真珠率偏将八人入贺,钦宗命济王栩如金营报谢。才阅两三日,金人即来索金币。宋廷已悉索敝赋,哪里取得出许多金帛? 偏敌使连番催促,到了初十这一日,竟遣人入宫坐索。否则仍邀钦宗至军,自行面议。钦宗至此,自知凶多吉少,不欲再行,何㮚、李若水进言道:"圣驾前已去过,没有意外情事,今日再往,料亦无妨。"钦宗乃命孙傅辅太子监国,自与何㮚、李若水等,复如青城。

阁门宣赞舍人吴革,语何㮚道:"天文帝座甚倾,车驾若出,必堕虏计。"㮚不听,仍拥帝出郊。张叔夜叩马谏阻,钦宗道:"朕为人民起见,不得不再往。"叔夜号恸再拜,钦宗亦流泪道:"嵇仲努力!"说至此,竟哽咽不能成声。此时满城皆虏,宋廷上下,都似瓮中之鳖,钦宗若要不去,除非死殉社稷。或谓此次不行,当不至被虏,其然岂其然乎? 原来嵇仲即叔夜表字,钦宗以字称臣,也是重托的意思。及往抵金营,粘没喝即将钦宗留住,作为索交金帛的押券。太学生徐揆,至金营投书,请车驾还阙。粘没喝召他进去,怒言诘难。揆亦厉声抗论,竟为所害。割地使刘韐,返至金营,粘没喝颇重刘韐,遣仆射韩正,馆待僧舍。正语韐道:"国相知君,将加重用。"韐答道:"偷生以事二姓,宁死不为。"正又道:"军中正议立异姓,国相欲令君代正,与其徒死无益,何若北去享受富贵?"韐仰天大呼道:"苍天苍天! 大宋臣子刘韐,乃听敌迫胁么?"随即走入耳室,觅得片纸,啮指出血,写了几句绝命辞。辞云:

> 贞女不事二夫,忠臣不事两君,况主忧臣辱,主辱臣死,以顺为正者,妾妇之道也,此予所以必死也。

写毕,折成方胜,令亲信持归,报明家属。自己沐浴更衣,酌饮卮酒,投缳自尽。金人也悯他忠节,瘗诸寺西冈上,且遍题窗壁,载明瘗所。越八十日,始得就殓,颜色如生,后来得褒谥忠显。

是时汴都一带,连日大风,阴霾四塞。钦宗留金营中,日望还宫,传令廷臣等搜括金银,无论戚里宗室、内侍僧道、伎术倡优等家,概行罗掘,共计八日,得金三十八万两,银六百万两,衣缎一百万匹,赍送金营。粘没喝以为未足,再由

第六十二回　堕奸谋阎宫被劫　立异姓二帝蒙尘

开封府立赏征求，凡十八日，复得金七万两，银一百十四万两，衣缎四万匹，仍然献纳。粘没喝反怒道："宽限多日，只有这些金银，显见得是欺我呢。"提举官梅执礼等，但答称搜括已尽，即被金人杀害，余官各杖数百下，再令续缴。一面宣布金主命令，废上皇及钦宗为庶人。知枢密院事刘彦宗，请复立赵氏，粘没喝不许，且设堑南薰门，杜绝内城出入，人心大恐。嗣复迫令翰林承旨吴玠，吏部尚书莫俦入城，令城中推立异姓，且逼上皇、太后等出城。上皇将行，张叔夜入谏道："皇上一出不返，上皇不应再出，臣当率励将士，护驾突围。万一天不佑宋，死在封疆，比诸生陷夷狄，也较为光荣哩。"此言却是。上皇嗟叹数声，竟欲觅药自殉。药方觅得，不意都巡检范琼趋入，劈手夺去，即劫上皇、太后乘犊车出宫，并逼郓王楷徽宗第三子。及诸妃公主驸马，与六宫已有位号的嫔御，一概从行。惟元祐皇后孟氏，因废居私第，竟得幸免。是谓祸中得福。

先是内侍邓述，随钦宗至金营，由金人威怵利诱，令具诸王皇孙妃各名。金人遂檄开封尹徐秉哲，尽行交出。秉哲令坊巷五家为保，毋得藏匿，先后得三千余人，各令衣袂联属，牵诣金军。为丛驱雀，令人发指。粘没喝既得上皇，即令与钦宗同易胡服。李若水抱住钦宗，放声大哭，诋金人为狗辈。金兵将若水曳出，捶击交下，血流满面，气结仆地。粘没喝忙喝住兵士，且令铁骑十余人守视，严嘱道："必使李侍郎无恙，违令处死！"若水绝粒不食，金人一再劝降，若水叹道："天无二日，若水岂有二主么？"粘没喝又胁二帝召皇后太子，孙傅留太子不遣，且欲设法保全。偏是卖主求荣的吴玠、莫俦，定要太子出宫，范琼更凶恶得很，竟胁令卫士，牵住皇后太子共车而出。比金还要凶悖。孙傅大恸道："我为太子傅，义当与太子共死生。"当下将留守职务，交付王时雍，因从太子出宫。百官军吏，奔随太子号哭。太子亦泣呼道："百姓救我！"哭声震天，至南薰门。范琼请孙傅还朝，守门的金人，亦语傅道："我军但欲得太子，与留守何干？"傅答道："我乃宋朝大臣，兼为太子太傅，誓当死从。"乃寄宿门下，再待后命。

李若水留金营数日，粘没喝召他入问，议立异姓。若水不与多辩，但骂他为剧贼。粘没喝尚不欲加害，挥令退去，若水仍骂不绝口，恼动一班金将，用铁挝击若水唇，唇破血流，且喷且骂，甚至颈被裂，舌被断，方才气绝。粘没喝也不禁赞叹道："好一个忠臣！"部众亦相语道："辽国亡时，有十数人死义，南朝只李侍郎一人，好算是血性男儿。"蛮貊也知忠信。粘没喝又令吴玠、莫俦召集宋臣，议立异姓。众官莫敢发言，留守王时雍密问升、俦，升、俦并答道："金人的意思，欲立前太宰张邦昌。"时雍道："张邦昌么，恐众心未服。"说至此，适尚书员外郎宋齐愈，自金营到来，传示敌意，用片纸书就"张邦昌"三字，且云："不立邦昌，金军未必肯退。"时雍乃决，遂将张邦昌姓名，列入议状，令百官署印。孙傅、张叔夜均不肯署，由吴玠、莫俦报知粘没喝，粘没喝遂派兵拘去孙、张,分羁营中,且召叔夜入,绐道:"孙傅不肯署名,已将他杀毙,公老成硕望,岂可与傅同死?"叔夜道:"世受国恩,义当与国存亡,今日宁死不署名。"粘没喝不禁点首,仍令还絷。太常寺簿张浚,开封士曹赵鼎,司门员外郎胡寅,皆不肯书名,逃入太学。唐恪已经署名,不知如何良心发现,竟仰药自杀。既不惜死,何必署状。王时雍复集百官,诣秘书省,阊门胁署,外环兵士,近时胁迫选举,想亦由此处抄来。令范琼晓谕大众,拥立邦昌,大众唯唯听命。惟御史马伸、吴给,约中丞秦桧,自为议状,愿迎还钦宗,严斥邦昌。秦桧此时,尚有天良。事为粘没喝所闻,又将秦桧拿去。吴玠、莫俦遂持议状诣金营,一面邀张邦昌入居尚书省。此时邦昌初欲自尽,吴玠遣人与语道:"相公前日不效死城外,今乃欲涂炭一城么?"邦昌遂安然居住,静听金命。阊门宣赞舍人吴革,不肯屈节异姓,密结内亲事官数百人,谋诛邦昌,夺还二帝,约期三月八日举事。前期二日,闻报邦昌于七日受册,遂不暇延伫,即于三月六日,各焚居庐,杀妻子,起义金水门外。革披甲上马,率众夺门,适值范琼出来,问明来意,佯表同情,当即给革入门,一声呼喝,琼党毕集,竟将吴革拿下。革极口痛骂,即被杀害。革有一子从军,亦同时受刃。麾下百人,俱遭擒戮。越日,金人赍到册宝,立张邦昌为楚帝。邦昌北向拜舞,受册即位,遂升文德殿,设位御座旁,受百官庆贺,遣阊门传令勿拜。王时雍竟首先拜倒,百官也一律跪地。无耻之至。邦昌自觉不安,但东面伫立罢了。

是日风霾日晕,白昼无光,百官虽然行礼,总不免有些凄楚。邦昌亦变色不宁,惟王时雍、吴玠、莫俦、范琼四人,欣欣然有得色。邦昌命王时雍知枢密院事,吴玠同知枢密院事,莫俦签书院事,吕好问领门下省,徐秉哲领中书省,职衔上俱加一权字。邦昌自称为予,命令称手书,百官文移,虽未改元,已撤去靖康字样。惟吕好问所行文书,尚署靖康二年,王时雍入殿,对着邦昌,尝自言臣启陛下,且劝他坐紫宸垂拱殿,接见金使。赖好问力争,乃不果行。上皇在金营,闻邦昌僭位,泫然下泪道:"邦昌若能死节,社稷亦有光荣,今既俨然为君,还有甚么希望呢?"你要用这班贼臣,应该受此痛苦。金人也恐久居生变,遂于四月初旬,将二帝以下,分作二起,押解北行。张邦昌服柘袍,张红盖,亲诣金营饯行。斡离不劫上皇、太后,与亲王、驸马、妃嫔,及康王母韦贤妃、康王夫人邢氏,向滑州北行。粘没喝劫帝、后、太子、妃嫔宗室,及何栗、孙傅、张叔夜、陈过庭、司马朴、秦桧等,由郑州北行。将要启程,张邦昌复带领百官,至南薰门外,遥送二帝,二帝相望大恸。忽有一半老徐娘,素服而来,装饰与女道士相似,竟不顾戎马厉害,欲闯入金营,来与上皇诀别。看官道此妇为谁?原来就是李师师。相违久了。师师自徽宗内禅,乞为女冠子,隐迹尼庵。金人夙闻艳名,早欲寻她取乐,因一时搜获无着,只好搁置,偏她自行送

第六十二回　堕奸谋阎宫被劫　立异姓二帝蒙尘

来,正是喜出望外,当下问明姓氏,将她拥住。师师道:"乞与我见上皇一面,当随同北去。"金人遂导见上皇,两人会短离长,说不尽的苦楚,只把那一掬泪珠儿,做了赠别的纪念。金人不许多叙,就将她扯开一旁,但听她说了"上皇保重"四字,仿佛是出塞琵琶,凄音激越。粘没喝子真珠素性渔色,看她似带雨梨花,倍加怜惜,当即令同乘一车,好言抚慰。偏行未数里,那李师师竟柳眉紧蹙,桃靥损娇,口中模模糊糊的念了上皇几声,竟仰仆车上,奄然长逝了。师师虽误国尤物,较诸张邦昌等,不啻霄壤,特揭之以愧奸臣。真珠尚欲施救,哪里救得转来？及仔细查验,乃是折断金簪,吞食自殉。真珠非常叹惜,便令在青城附近,择地埋香,自己亲奠一卮,方才登程。

沿途带去物件,数不胜数,所有宋帝法驾卤簿,皇后以下,车辂卤簿、冠服礼器、法物大乐、教坊乐器、祭器八宝九鼎、圭璧浑天仪、铜人刻漏古器、景灵宫供器、太清楼秘阁三馆书、天下府州县图及一切珍玩宝物,都向汴京城内括去,撵送金邦。钦宗每过一城,辄掩面号泣,到了白沟,已是前时宋、金的界河。张叔夜在途,早经不食,但饮水为生,既度白沟,闻车夫相语道:"过界河了。"他竟矍然起立,仰天大呼,嗣是遂不复言,扼吭竟死。及将到燕山,金军两路相会,真珠转白干离不,欲有所求,干离不微笑允诺。看官道是何事？原来徽宗身旁有婉容王氏及一个帝姬,生得美丽无双,为真珠所艳羡。他因徽宗一部分,由干离不监押,只好向干离不请求。干离不转白徽宗,徽宗此时,连性命都不可保,哪里还顾及妻女？没奈何,割爱许给。干离不遂命真珠取纳,真珠即带进来,把这两个似花似玉的佳人,拥至马上,载归营中,朝夕受用去了。昏庸之害,一至于此,真是自作自受。未几,由燕山至金都,粘没喝、干离不奉金主命,先令徽、钦二帝穿着素服,谒见金太祖阿骨打庙,明是献俘。随后引见金主于乾元殿。两朝天子,同作俘囚,只因不肯舍命,屈膝虏廷,直把那黄帝以来的汉族,都丢尽了脸,真正可羞！真正可叹！金主晟封徽宗为昏德公,钦宗为重昏侯,徙锢韩州。后来复迁居五国城,事见后文。何栗、孙傅在燕山时,已相继毕命。总计北宋自太祖开国,传至钦宗,共历九主凡一百六十七年而亡。小子有诗叹道:

父子甘心作虏囚,汴京王气一朝收。
当年艺祖开邦日,哪识云初被此羞？

北宋已亡,南宋开始,帝位属诸康王构,张邦昌当然要退让了。事详下回,请看官续阅。

北宋之亡,非金人亡之,自亡之也。徽、钦之失无论已,试观金人陷汴,在靖康元年十一月,而掳劫二主,自汴启行,则在靖康二年之四月。此四五月间，盘桓大梁，不愿遽发，窥其来意，非必欲掳劫二帝，不过欲索金割地，饱载而归耳。不然，宋都已破，宋帝已掳，何必再立张邦昌乎？乃何㮚、吴玠、莫俦、范琼为虎作伥。既送钦宗于虎口，复劫上皇、太后及诸王、妃嫔、公主、驸马等，尽入虎穴，是虎尚未欲噬人，而导虎者驱之使噬也，彼亦何惮而不受耶？惟是黜陟之权，操诸君主，谁尸帝位，乃误用匪人至此？且都城失守，大势已去，何不一死以谢社稷，而顾步青衣行酒之后尘，蒙羞忍辱，吾不意怀、愍之后，复有此徽、钦二主也。名为天子，不及一妓，虽决黄河之水，恐亦未足洗耻云。

第六十三回　承遗祚藩王登极
　　　　　　发逆案奸贼伏诛

却说金兵既退，张邦昌尚尸位如故，吕好问语邦昌道："相公真欲为帝么？还是权宜行事，徐图他策么？"邦昌失色道："这是何说？"好问道："相公阅历已久，应晓得中国人情，彼时金兵压境，无可奈何，今强房北去，何人肯拥戴相公？为相公计，当即日还政，内迎元祐皇后入宫，外请康王早正大位，庶可保全。"监察御史马伸亦贻书邦昌，极陈顺逆厉害，请速迎康王入京。邦昌乃迎元祐皇后孟氏入居延福宫，尊为宋太后，太后上加一宋字，邦昌亦欲效太祖耶？所上册文，有"尚念宋氏之初，首崇西宫之礼"等语。知淮宁府子崧系燕王德昭五世孙，闻二帝北迁，即与江、淮经制使翁彦国等，登坛誓众，同奖王室；并移书诃斥邦昌，令他反正。邦昌乃遣谢克家往迎康王。

康王当汴京危急时，已受命为天下兵马大元帅，佐以陈遘、汪伯彦、宗泽，由相州出发，进次大名。金兵沿河驻扎，约有数十营。宗泽前驱猛进，力破金人三十余寨，履冰渡河。知信德府梁扬祖率三千人来会，麾下有张俊、苗传、杨沂中、田师中等人，俱有勇力，威势颇振。宗泽请即日援汴，康王恰也愿从，偏来了朝使曹辅，赍到蜡诏，内云："金人登城不下，方议和好，可屯兵近甸，勿遽来京！"宗泽道："此乃金人狡谋，欲缓我师，愚以为君父有难，理应急援，请大王督军，直趋澶渊，次第进垒。万一敌有异图，我军已到城下了。"如用此计，徽、钦或不至被掳。汪伯彦道："明诏令我暂驻，如何可违？"宗泽道："将在外，君命不受，况这道诏命，安知非由敌胁迫么？"康王竟信伯彦言，但遣泽先趋澶渊。泽遂自大名赴开德，连战皆捷，一面奉书康王，请檄诸道兵会京城，一面移书北道总管赵野，河东北路宣抚使范讷，知兴仁府曾楙，会兵入援，不料数路都杳无影响。泽只率孤军，进趋卫南，转战而东，忽见金兵四集，险些儿被

第六十三回　承遗祚藩王登极　发逆案奸贼伏诛

他围住。裨将王孝忠阵亡。泽下令死战,军士都以一当百,斩首数千级。金人败走。到了夜间,金人复进袭泽营,亏得泽预先迁徙,只剩了一座空寨,反使金兵骇退。泽复过河追击,又得胜仗。陆续报闻康王,并催他火速进军。康王已有众八万,并召集高阳关路安抚使黄潜善,及总管杨维忠,移师东平,分屯济、濮诸州,旋得金人假传宋诏,令康王所有部众,交付副元帅,自己即日还京。幸张俊觑破诈谋,谏止康王。康王乃进次济州,静候消息。救兵如救火,无故逗留中道,已见康王之心。

　　宗泽屡催无效,且闻二帝已经北去,即提孤军回趋大名,传檄河北,拟邀截金人归路,夺还二帝。怎奈勤王兵无一到来,眼见得独力难支,不便轻进。康王尚安居济州,至谢克家由京到济,方得京城确报。克家当即劝进,康王不允。既而汴使蒋思愈又至,代呈张邦昌书,无非自为解免,请康王归汴正位云云。康王复书慰勉。独宗泽以邦昌篡逆,乞康王声罪致讨,兴复社稷。康王正在迟疑,既而吕好问贻书康王谓:"大王不自立,恐有不当立的人,起据神器,应亟定大计为是。"张邦昌又遣原使谢克家及康王舅忠州防御使韦渊,奉大宋受命宝,诣济州劝进。孟后亦派冯澥等为奉迎使,同至济州。康王乃恸哭受宝,遂遣克家还京,办理即位仪物。时孟后已由邦昌尊奉,垂帘听政,乃命太常少卿汪藻,代草手书,谕告中外道:

　　　　比以敌国兴师,都城失守,祲缠宫阙,既二帝之蒙尘,祸及宗祊,谓三灵之改卜。众恐中原之无主,姑令旧弼以临朝。虽义形于色,而以死为辞,然事迫于危,而非权莫济。内以拯黔首将亡之命,外以纾邻国见逼之威,遂成九庙之安,坐免一城之酷。乃以衰癃之质,起于闲废之中,迎置宫闱,进加位号,举钦圣已还之典,成靖康欲复之心,永言运数之屯,坐视邦家之覆。抚躬犹在,流涕何从?缅维艺祖之开基,实自高穹之眷命,历年二百,人不知兵,传序九君,世无失德。虽举族有北辕之衅,而敷天同左袒之心。乃眷贤王,越居近服,已徇群情之请,俾膺神器之归。繇康邸之旧藩,嗣宋朝之大统。汉家之厄十世,宜光武之中兴,献公之子九人,惟重耳之尚在。兹惟天意,夫岂人谋?尚期中外之协心,同定安危之至计,庶臻小愒,渐底丕平,用敷告于多方,其深明于吾志!

　　这道手书,传到济州。济州父老,争诣军门上言,州城四面,红光烛天,明是上苍瑞应,请即城内即皇帝位。康王慰谕父老,令散归听命。权应天府朱胜非自任所进谒,愿迎康王至应天,谓:"南京即宋州。为艺祖兴王地,四方所向,且便漕运,请即日启行。"宗泽亦以为可。康王乃决趋应天府。临行时,鄜延副总管刘光世,自陕州来会,康王命他为五军都提举。既而西道总管王襄,宣抚使统制官韩世忠,亦陆续到来,均随康王至应天府。于是就府门左首,筑受命坛,定期五月朔即位。张邦昌先日趋至,伏地请死,继以恸哭,亏他做作。康王仍慰抚有加。王时雍等也奉乘舆服御,齐集应天。转瞬间,就是五月朔日,康王登坛受命,礼毕后,遥谢二帝,北向悲号。旋经百官劝止,乃就府治,即位受百官拜谒,改元建炎,颁诏大赦。所有张邦昌以下,及供应金军等人,概置不问。惟童贯、蔡京、朱勔、李彦、梁师成等子孙,不得收叙。遥上靖康帝尊号,曰孝慈渊圣皇帝,尊元祐皇后孟氏为元祐太后。遥尊生母韦氏为宣和皇后。遥立夫人邢氏为皇后。孟后即日在东京撤帘,一切政治,归新皇专决。历史上称为南宋。且因康王后来庙号,叫作高宗皇帝,遂也沿称高宗。

　　小子尚有一段遗闻,未经见诸正史,只有稗乘上间或载及,因亦采入,聊供看官参阅。相传徽宗是江南李主煜后身,神宗曾梦李主来谒,因生徽宗,所以性情学术,均与李主相似。至被掳入金,金主亦仿用宋太祖见李主故事。独高宗生时,徽宗与郑后俱梦见钱王镠索还两浙,次日即报韦妃生男。钱王寿至八十一,高宗寿数,后来与钱王适合,所以世称为钱王后身。宣和年间,禁中赐宴诸王,高宗酒醉欲眠,退卧幄次。徽宗入幄揭帘,但见金龙丈余,蜿蜒榻上,当即骇退。及高宗往质金军,粘没喝疑为将家子,遣还换质,未几访问得实,遣使急追。高宗尚在途次,倦憩崔府君庙中,忽梦神人大呼道:"快行快行!敌兵要追来了。"高宗惊醒,见有一马在侧,忙上马飞驰。既渡河,马不复动,视之乃是泥马,因此有泥马渡康王之遗传。此说恐未必确,彼时有张邦昌同行,且金兵已围攻汴都,往返甚近,亦不至有倦憩等事。这数种轶闻,是真是假,小子亦未敢臆断,不过人云亦云罢了。

　　且说高宗即位后,命黄潜善为中书侍郎,汪伯彦同知枢密院事,授张邦昌太保,封同安郡王,五日一赴都堂,参决大事,寻复加爵太傅。开手即用三大奸臣,后事可知。罢尚书左丞耿南仲,右丞冯澥,用吕好问为尚书右丞,召李纲为尚书右仆射,兼中书侍郎。置御营司,总齐军政。即令黄潜善为御营使,汪伯彦兼副使,王渊为都统制,刘光世为提举,韩世忠为左军统制,张俊为前军统制,杨维忠主管殿前公事,窜误国罪臣李邦彦至浔州,吴敏至柳州,蔡懋至英州,李梲、宇文虚中、郑望之、李邺等,均安置广南诸州。宇文虚中似不应同罪。又以宣仁太后高氏,从前保护哲宗,曾立大功,令国史馆改正诬谤,播告天下。追贬蔡确、蔡卞、邢恕等人,御史中丞张澄,复论耿南仲主和罪状,因将南仲窜死南雄州。宗泽入见高宗,慨陈兴复大计,适李纲亦应召而至,两人敷陈国事,统是志同道合,涕泣而谈,高宗亦为动容,偏汪、黄两人,阴忌宗泽,不欲令他内用,但说襄阳为江防要口,应令泽镇守。高宗

第六十三回　承遗诈藩王登极　发逆案奸贼伏诛

因命泽知襄阳府。汪、黄又忌李纲,复加谗间。纲稍有所闻,力辞相位。高宗面语纲道:"朕知卿忠义,幸勿固辞!"纲顿首泣谢道:"今日欲内修外攘,还二圣,抚四方,责在陛下与宰相。臣自知愚陋,不能仰副委任,必欲臣暂掌政柄,臣愿仿唐姚崇入相故例,首陈十事,仰干天听。如蒙陛下采择施行,臣方敢受命。"高宗道:"卿尽管直陈,可行即行。"纲乃逐条说出,由小子表述如下:

（一）议国是;注意在守。能守而后可战,能战而后可和。（二）议巡幸;请高宗至汴都谒见宗庙,若汴不可居,上策宜都长安,次都襄阳,又次都建康,均当先事预备。（三）议赦令;祖宗登极,赦令皆有常式,不应赦及恶逆,及罪废官,尽复官职。（四）议僭逆;张邦昌挟金图逆,易姓改号,宜正典刑,垂戒万世。（五）议伪命;邦昌僭号,百官多受伪命,应仿唐肃宗故事,以六等治罪。（六）议战;宜修明军律,信赏必罚,藉作士气。（七）议守;宜于沿河、江、淮措置控御,严扼敌冲。（八）议本政;宜整饬纲纪,一归中书以尊朝廷。（九）议久任;戒靖康间任官不久之弊,令百官各专责成。（十）议修德;劝高宗益修孝悌恭俭,副民望而致中兴。

高宗闻此十事,不加可否,但言明日当颁议施行。纲乃退出。待至次日,颁出八议,惟僭逆伪命二事,留中不发。纲又剀切上书,略云:

僭逆、伪命二事,乃今日政刑之大者,所关甚重。张邦昌在政府十年,渊圣即位,首擢为相,方国家祸难,金人为易姓之谋,邦昌如能以死守节,推明天下戴宋之义,以感动其心,敌人未必不悔祸而存赵氏。而邦昌方以为得计,偃然正位号,处宫禁,擅降伪诏,以止四方勤王之师。及知天下之不与,乃不得已请元祐太后垂帘听政,而议奉迎。邦昌僭逆,始末如此,而议者不同,臣请以春秋之法断之。夫春秋之法,人臣无将,将则必诛。赵盾不讨贼,则书以弑君。今邦昌已僭位号,敌退而止勤王之师,非特将与不讨贼而已。刘盆子以汉宗室,为赤眉所立,其后以十万众降。光武但待之以不死。邦昌以臣易君,罪大于盆子,不得已而自归,朝廷既不正其罪,又尊崇之,此何礼也？陛下欲建中兴之业,而尊崇僭逆之臣,以示四方,其谁不解体？又伪命臣僚,一切置而不问,何以厉天下士大夫之节乎？伏乞陛下立申睿断,毋瞻徇以失民望！

高宗览书后,召汪、黄二人与商。黄潜善代为邦昌剖辨,营救甚力。高宗因召问吕好问道:"卿前在围城中,必知邦昌情形。"好问道:"邦昌僭窃位号,人所共知,业已自归,惟求陛下裁处。"首鼠两端。高宗闻言,愈加踌躇。李纲复入谏道:"邦昌为逆,仍使在朝,百姓将目为二天子,臣不愿与贼臣同居。如必欲用邦昌,宁罢臣职!"言下泣拜不已,高宗颇为感动。伯彦乃接口道:"李纲气直,为臣等所不及。"高宗乃出纲奏议,揭邦昌罪状,贬为昭化军节度副使,安置潭州,并将王时雍、徐秉哲、吴玠、莫俦、李擢、孙觌等,尽行贬谪,分窜高、梅、永、全、柳、归诸州。

先是邦昌僭居禁中,曾有华国靖恭夫人李氏,屡持果实,赠遗邦昌。邦昌也厚礼答馈。一夕,李氏邀邦昌夜饮,特将养女陈氏装饰停当,令她侍宴。邦昌见了陈女,身子已酥了半边,更兼她殷勤斟酒,目逗眉挑,不由的心神俱醉。饮了数杯,便假寐席上,佯作醉状。李氏见邦昌已醉,即与陈女掖他起座,且与语道:"大家事已至此,尚复何言?"当下持赭色半臂,披邦昌身上,拥入福宁殿,令他小睡,且令陈女侍着。邦昌本是有心陈女,故作此态,既见李氏出去,即跃然而起,立把陈女搂住。陈女半推半就,一任邦昌所为,宽衣解带,成就好事。嗣是邦昌遂封陈女为伪妃。及邦昌还居东府,李氏私下相送,并有怨谤高宗等语。天下事若要不知,除非莫为,邦昌既贬潭州,威势尽失,当有人传达高宗,高宗即饬拘李氏下狱,命御史审讯。李氏无可抵赖,只好直供。于是邦昌罪上加罪,由马申奉诏至潭,勒令自尽,并诛王时雍等。李氏杖脊三百,发配车营。尝阅《说岳全传》,谓邦昌被兀术祭旗,充作猪羊,证诸史乘,全属不符,可见俗小说之难信。

吕好问曾受伪命,为侍御史王宾所劾,自请解职,因有诏出知宣州。宋齐愈阿附金人,首书张邦昌姓名,坐罪下狱,受戮东市。同是一死,何不死于前日。追赠李若水、刘韐、霍安国等官。高宗方向用李纲,既任为右仆射,并命兼御营使。纲亦力图报称,知无不言,言无不尽。总计纲所规画,共有数则,无一非当时至计,小子复汇述如下:

一、请置河北招抚司,河东经制司,特荐张所、傅亮二人充任。高宗乃命张所为河北招抚使,王瓌为河东经制使,傅亮为副使。

二、因高宗登极时,赦诏未及两河,建炎元年六月,适潘贤妃生子旉,应援例大赦,特请遍赦两河,广示德义。

三、请调宗泽留守汴京,规复两河。泽因奉命为东京留守,兼知开封府事。

四、请立沿河、江、淮帅府,凡置府十有九,下列要郡三十九,次要郡三十八,府置帅,兼都总管。郡置守,兼钤辖都监。总置军九十六万七千五百人,别置水军七十七将,帅府置水兵二军,要郡一军,立军号曰凌波楼船军。造舟江、淮诸州。前此四道都总管,一并取消。

五、修明军法,定伍、甲、队、部、军各制。五人为伍,二十五人为甲,百人为队,五百人为部,二千五百人为军。上下相维,不乱统系。所有招置新军,及御营司兵,俱用新法团结。且诏陕西、山东诸路帅臣,并依此法,互相应援。

六、令诸路募兵买马,劝民出财,并制造战车,颁行京东西路。

七、议车驾巡幸,首关中,次襄阳,又次在邓州,不当株守应天。高宗特命范致虚知邓州,修城池,缮官室,实钱谷,以为巡幸之备。

八、遣宣义郎傅雾使金军,但云通问二圣,不言祈请,俾上下枕戈尝胆,誓报国耻,徐使敌人生畏,自归二帝。

九、请还元祐党籍,及元符上书人官爵。

高宗此时,总算言听计从,无不施行。偏黄潜善、汪伯彦两人,同忌李纲,复倡和议。适值金娄室率领重兵,进攻河中,权知府事郝仲连阖门死义。娄室入河中府城,复连陷解、绛、慈、隰诸州。汪、黄二人闻警,密请高宗转幸东南,高宗也觉胆怯,竟有巡幸东南的诏命。当时恼动了一位忠臣,接连上表,请帝还汴,正是:

庸主偷安甘避敌,直臣报国独输忱。

欲知何人上表,俟至下回报明。

观康王构之留次济州,与即位应天,而已知其不足有为矣。当汴京危迫之时,能亟援君父之难,即早尽臣子之心。况宗泽连败金人,先声已振,各路兵亦陆续到来,有众至九万人,正可临城一战,力解汴围,胡为逍遥东土,但求自全,坐视君父之困乎?既而汴使来迎,一再劝进,亦应即日赴汴。先诛逆贼,继承帝祚,北向以御强虏,定两河,迎还二帝,期雪前耻,胡乃转趋应天,即位偏隅,预作避敌之计乎?且一经登极,首任汪、黄,已足为中兴之累,至僭逆如张邦昌,犹且锡以王爵,尊礼备至。微李纲之力请惩奸,则功罪不明,纪纲益紊,恐小朝廷且无自立矣。朱子谓李纲入相,方成朝廷,证以纲之谋议,其言益信。然有直臣,必贵有明主,主德不明,必有直道难容之虑,宜乎李纲之即遭摈斥也。

第六十四回　宗留守力疾捐躯
　　　　　　信王榛败亡失迹

却说高宗欲巡幸东南,偏有一人,接连上表,请他还汴。这人非别,就是东京留守宗泽。泽受命至汴,见汴京城楼隳废,盗贼纵横,即首先下令,无论赃物轻重,概以盗论,悉从军法,当下捕诛盗贼数人,匪徒为之敛迹。嗣是抚循军民,修治楼橹,阖城乃安。会闻河东巨寇王善,拥众七十万,欲夺汴城，泽单骑驰入善营，涕泣慰谕道："朝廷当危急时候，倘有一二人如公，亦不至有敌患。现在嗣皇受命，力图中兴，大丈夫建立功业，正在今日，为什么甘心自弃呢？"善素重泽名，至是越加感动，遂率众泣拜道："敢不效力。"泽既收降王善，又遣招谕杨进、田再兴、李贵、王大郎等，各遵约束。京西、淮南、河南北一带，已无盗踪。乃就京城四壁，各置统领，管辖降卒，并造战车千二百乘，以资军用。又在城外相度形势，立坚壁二十四所，沿河遍筑连珠寨，联结河东、河北山水民兵，一面渡河，约集诸将，共议恢复事宜。且开凿五丈河，通西北商旅，百货骈集，物价渐平。乃上疏请高宗还汴，高宗尚优诏慰答，惟不及还汴日期。既而金使至开封，只说是通好伪楚，泽将来使拘住，表请正法，有诏反令他延置别馆。斩使或未免太甚，延使实可不必。他复申奏行在，不肯奉诏。旋得高宗手札，命他遣还，因不得已纵遣来使。会闻金人将入攻氾水，正拟遣将往援，巧值岳飞到汴，误犯军令，坐罪当刑。泽见他相貌非常，不忍加罪，及问他战略，所答悉如泽意。泽许为将材，遂拨兵五百骑，令援氾水，将功补过。飞大败金兵而还，因擢飞为统制，飞由是知名。泽又申疏请高宗还汴，哪知此次拜表，竟不答复，反遣使至汴，迎太庙神主，奉诣行在；且连元祐太后及六宫与卫士家属，统行接去。泽复剀切上书，极言汴京不应舍弃，仍不见报。既而闻李纲转任左仆射，正拟向纲致书，并力请高宗还汴，不意书尚未发，那左仆射李纲，竟罢为观文殿大学士，提举洞霄宫了。未几，又闻太学生陈东、布衣欧阳澈，请复用李纲，罢斥黄潜善、汪伯彦，竟致激怒高宗，同处死刑。看官你想！这赤胆忠心的宗留守，能不欷歔太息么？

原来汪、黄两人，常劝高宗巡幸扬州，李纲独欲以去就相争。高宗初意尚信任李纲，因汪、黄在侧，时进谗言，渐渐的变了初见，将李纲撇在脑后。纲有所陈，常留中不报。嗣欲进黄潜善为右相，不得已调李纲为左相。仅过数日，潜善即促傅亮渡河。亮以措置未就，暂从缓进，纲亦代为申请。偏潜善不以为然，竟责他有意逗留，召还行在。亮本李纲所荐，遂上言朝廷罢亮，臣亦愿乞身归田。高宗虽慰留李纲，竟罢亮职。纲再疏求去，因罢为观文殿大学士，提举洞霄宫。统计纲在相位，仅七十七日，所建一切规模，粗有头绪，自罢纲后，尽反前政，决意巡幸东南。不务争存，何处得安乐窝？陈东、欧阳澈本未识纲，因为忠义所激，乃请任贤斥奸。潜善奏高宗道："陈东等尝纠众伏阙，若不严惩，恐又有骚动情事，为患匪轻。"高宗遂将原书交与潜善，令他核罪照办，潜善领书而出。尚书右丞许翰，问潜善道："公当办二人何罪？"潜善道："按法当斩。"许翰道："国家中兴，不应严杜言路，须下大臣等会议！"潜善佯为点首，暗中恰嘱开封府尹孟庾竟将二人处斩。东字少阳，镇江人，欧阳澈字德

第六十四回　宗留守力疾捐躯　信王榛败亡失迹

明，抚州人。两人以忠义杀身，无论识与不识，均为流涕。四明李猷赎尸瘗埋。越三年，汪、黄得罪，乃追赠二人为承事郎，各官亲属一人，令州县抚恤其家属。绍兴四年，又并加朝奉郎，秘阁修撰官。阐扬忠义，不惮从详。惟许翰闻二人处斩，代著哀辞，且八上章求罢，因亦免职。

会河北州郡陆续被金军破陷，黄潜善、汪伯彦二人，力劝高宗幸扬州。高宗从二人言，指日启跸。隆祐太后以下，先期出行。看官道隆祐太后是何人？原来就是元祐太后。元祐的元字，因犯太祖讳，所以改为隆祐，这是高宗启跸以前，新经改定。不肯模糊一笔。及高宗到了扬州，还道是避敌较远，可以无虞。且把故相李纲，窜置鄂州，并遣朝奉郎王伦，及阁门舍人朱弁，同赴金邦，请休战议和，一心一意的讨好金人，想做个小朝廷罢了。哪知宋愈示弱，金益逞强，王伦等到了云中，反被粘没喝羁住，将他软禁起来，还要起燕京八路民兵，分三路来侵南宋。看官你想！一个国家，可不图自强，专想偷安么？大声棒喝，后人听着。先是金将干离不闻高宗即位，拟送归二帝，重修和好，独粘没喝以为未可。未几，干离不死，粘没喝独握兵权，仍拟侵宋，及见王伦到来请和，料知高宗是个没用的主子，况且不向北进，反从南退，畏缩情形，不问可知，此时不乘机南下，还待何时？当下报告金主，分道南侵，自率所部兵下太行，由河阳渡河，直攻河南，分遣银术可一译作尼楚赫。攻汉上，讹里呆一译作鄂尔多，系金太祖子。兀术一译作乌珠，金太祖四子。自燕山由沧州渡河，进攻山东。分阿里蒲卢浑一译作阿里富埒术。军趋淮南，娄室与撒离喝、一译作萨思千。黑锋一译作哈富。自同州渡河，转攻陕西。各路金兵，分头攻入。粘没喝至汜水关，留守孙昭远走死。娄室至河中，见西岸有宋军扼守，不敢径渡，乃绕道韩城，履冰涉河，连陷同州、华州。沿河安抚使郑骧力战不支，赴井自尽。娄室遂破潼关，经制使王燮弃了陕州，竟奔入蜀，中原大震。惟兀术欲渡河窥汴，幸得宗泽预遣将士，保护河梁，兀术乃暂行退去。

转眼间，已是建炎二年了，一出正月，银术可即进陷邓州，知州范致虚遁去，安抚使刘汲战死，所备巡幸储峙，均被劫去，且分兵四陷襄阳、均、房、唐、陈、蔡、汝、郑州、颍昌府。通判郑州赵伯振，知颍昌府孙默，知汝阳县郭赞，皆不屈遇害。兀术又自郑州抵白沙，去汴甚近。宗泽尚对客围棋，谈笑自若，属僚忙入内问计，泽怡然道："我已有准备了。"既而兵报到来，果得胜仗。原来宗泽先遣部将刘衍趋滑州，刘达趋郑州，牵制敌势。至是又选精锐数千骑，令绕出敌后，邀击金兵归路。金兵方与衍战，不料后面又有宋军，前后夹攻，竟致败溃。宗泽既得捷报，料知金人势盛，不肯一败即退，乃复遣部将阎中立、郭俊民、李景良等，率兵趋郑。途中果遇粘没喝大军，两下对垒，中立战死，景良遁去，俊民竟解甲降金。泽闻败警，即捕到景良，将他斩首。嗣因俊民引金使来汴，持粘没喝书，招降宗泽。泽撕毁来书，复喝令左右，将两人杀了一双。是司马穰苴一流人物。既而刘衍还汴，金兵乘虚入滑，泽部将张㧑往援，㧑手下不过一二千人，金兵却有一二万。或请伪少避敌锋，㧑叹道："避敌偷生，有何面目还见宗公？"因力战而死。泽闻㧑急，忙遣王宣驰救，至已不及。宣率部兵与金人力战，竟破金兵。金兵复弃城遁去。宣入滑后，报知宗泽，泽令宣知滑州。

忽有河上屯将，获住金将王策，由泽询问原委，乃系辽室旧臣，遂亲与解缚，邀他旁坐，道及辽亡遗事，及金人虚实，尽得详情，乃召诸将泣谕道："汝等皆心存忠义，当协谋剿敌，期还二圣，共立大功。"众将闻言，皆感激思奋，誓以死报。泽遂决意大举，募兵储粮，并约前时招抚各盗魁，共集城下，指日渡河。因再上疏，请高宗还汴，一面檄召都统制王彦，还屯滑州。彦性颇忠勇，曾与张所、宗泽等，共图恢复，泽尝遣岳飞助所，所待以国士，更派令随彦渡河。彦率师至新乡，遥见金兵数万前来，气势甚盛。彦部下不过七千人，将校十一员，飞亦在列。他将均有惧色，不敢进战，飞独持丈八铁枪，冲入敌阵，左挑右拨，无人敢当，遂夺得大纛一面，向空掷去。诸将见岳飞得手，也奋勇杀上，顿时击退金人，克复新乡。越日，再战侯兆川，飞身被十余创，士皆死战，又将金人击退。会粮食将罄，诣彦营乞粮，彦不许，飞自行措粮，转战至太行山，擒金将拓跋耶乌。金骁帅黑风大王，自恃枭悍，来与飞交锋，战未数合，又被飞一枪刺死，金人骇退。插入此段，实为岳飞写生。飞因彦不给粮，不便再进，仍率所部复归宗泽。

彦骤失良将，乏人御敌，寻被金人围住，彦溃围出走，退保西山，即太行山。潜结两河豪杰，勉图再举。部下各相率刺面，涅成"赤心报国誓杀金贼"八字。既而两河响应，众至十万，金将不敢近垒，转截彦军饷道。彦勒兵待敌，斩获甚众，至接得泽檄，乃陆续拔至滑州。泽闻彦已还滑，即将所定规划，奏报行在，略云：

> 臣欲乘此暑月，是时当靖康二年夏月。遣王彦等自滑州渡河，取怀、卫、浚、相等州，王再兴等自郑州直护西京陵寝，马扩等自大名取洛、相、真定，杨进、王善、丁进等各以所领兵，分路并进。河北山寨忠义之民，臣已与约响应，众至百万。愿陛下早还京师，臣当躬冒矢石，为诸将先，中兴之业，必可立致。如有虚言，愿斩臣首，以谢军民！

这疏上后，未接复诏，各处消息，反且日恶。永兴军潍州、淮宁、中山等府相继失陷。经略使唐重，知潍州韩浩，知淮宁府向子韶，知中山府陈遘，俱死

第六十四回　宗留守力疾捐躯　信王榛败亡失迹

难。泽忠愤交迫,又复上疏,大略说是:

祖宗基业,弃之可惜。陛下父母兄弟,蒙尘沙漠,日望救兵,西京陵寝,为贼所占,今年寒食节,未有祭享之地。而两河、二京、陕石、淮甸百万生灵,陷于涂炭,乃欲南幸湖外,盖奸邪之臣,一为贼虏方便之计,二为奸邪亲属,皆已津置在南故也。今京城已增固,兵械已足备,人气已勇锐,望陛下毋沮万民敌忾之气,而循东晋既覆之辙!

高宗看到此奏,也不觉怦然心动,拟择日还京。偏黄潜善、汪伯彦二人,阴恨宗泽所陈,牵连自己,遂百端阻难,不令高宗还汴,且戒泽毋得轻动。奸臣当道,老将徒劳,可怜泽忧愤成疾,致生背疽。诸将相率问疾,泽矍然起床道:"我因二帝蒙尘,积愤至此,汝等若能歼敌,我死亦无恨了。"诸将相率流涕,齐声道:"敢不尽力!"及大众退出,泽复吟唐人诗道:"出师未捷身先死,长使英雄泪满襟。"不亚五丈原遗恨。越宿,风雨如晦,泽病已垂危,尚无一语及家事。到了临终的时候,惟三呼"过河"罢了。到死不忘此念。泽字汝霖,义乌人,元祐中登进士第,具文武才,累任州县,迭著政绩,尚未以将略闻。至调知磁州,修城浚池,誓师固守,金人不敢犯。嗣佐高宗为副元帅,渡河逐寇,连败金人,于是威名渐著。既守东京,金人屡战屡却,益加敬畏,各呼为宗爷爷。殁时已年七十,远近号恸,讣闻于朝,赠观文殿学士谏议大夫,予谥忠简。泽子名颖,襄父戎幕,素得士心。汴人请以颖继父任,偏有诏令北京留守杜充移任,但命颖为判官。充至汴,酷虐寡谋,大失众望。颖屡谏不从,乞归守制。所有将士,及抚降诸盗,统行散去。一座宅中驭外的汴京城,要从此不保了。

是时金兵所至,类多残破,娄室既陷永兴,鼓众西行,秦州帅臣李绩出降,复引兵犯熙河。都监刘惟辅率精骑二千,夜趋新店。翌晨,遇着金兵,前驱大将为黑锋,由惟辅一马突出,舞槊直刺。黑锋不及防备,一槊洞胸,堕马竟死,余众败退。都护张严锐意击贼,追至五里坡,骤遇娄室伏兵,被围败亡。粘没喝方占踞西京,即河南府。闻黑锋战殁,遂毁去西京庐舍,往援娄室,留兀术屯驻河阳。河南统制官翟进得入西京,复用兵袭击兀术,兀术先已预备,设伏以待进。子亮为先行,中伏殉节,进亦几殆。适御营统制韩世忠,奉诏援西京,路过河阳,可巧遇着翟进败军,遂击鼓进兵,救了翟进。嗣与兀术相持数日,未得胜仗,不意兀术恰竟走了。看官道为何事?原来粘没喝引兵西进,闻娄室已转败为胜,乃自平陆渡河,径还云中。兀术得知信息,所以也有归志。惟娄室入侵泾原,由制置使曲端,遣副将吴玠迎击,至青溪岭,一鼓击退金兵。石壕尉李彦仙亦用计克复陕州,及绛、解诸县。会徽宗第十八子信王榛,本随二帝北行,至庆源,亡匿真定境中。适和州防御使马扩与赵邦杰,聚兵五马山，从民间得榛，奉以为王，总制诸寨。两河遗民，闻风响应，榛遂手书奏牍，令马扩赍赴行在，呈上高宗。高宗展视，见上面写着：

> 马扩、赵邦杰忠义之心，坚若金石，臣自陷城中，颇知其虚实。贼今稍惰，皆怀归心。今山西诸寨乡兵，约十余万，力与贼抗，但皆苦乏粮，兼阙戎器，臣多方存恤，惟望朝廷遣兵来援，否则不能支持，恐反为贼用。臣于陛下，以礼言则君臣，以义言则兄弟，其忧国念亲之心无异。愿委臣总大军，与诸寨乡兵，约日大举，决见成功。臣翘切待命之至！

高宗览毕，正值黄潜善、汪伯彦在侧，便递与阅看。潜善不待看完，便问高宗道："这可是信王亲笔么？恐未免有假。"妒心如揭。高宗道："确是信王手书。他的笔迹，朕素认得的。"伯彦道："陛下亦须仔细。"一唱一和。高宗乃召见马扩，问明一切，已经确凿无疑，当即授信王榛为河外兵马都元帅，并令马扩为河北应援使，还报信王。扩退朝后，潜善与语道："信王已经北去，如何还在真定？汝此去须要小心窥伺，毋堕奸人狡谋，致陷欺君大罪！"似乎还替马扩着想。马扩一再辩论，潜善便提出"密旨"二字，兜头一盖。且云密旨中，亦令汝听诸路节制，不得有违。扩乃不与多争，怏怏而去。既至大名，料知此事难成，逗留了好几日。上文宗泽疏中，言令马扩自大名取洺相、真定，便在此时。金将讹里朵探知此事，恐扩请兵援榛，亟攻五马山诸寨，并遣人约粘没喝军，速来接应。信王榛闻金兵到来，连忙督兵守御，哪知汲道被金兵截断，寨众无水可汲，顿时溃乱。讹里朵乘乱杀入，诸寨悉陷。信王榛亡走，不知所终。小子有诗叹道：

> 不共戴天君父仇，枕戈有志愿同仇。
> 如何孱主昏庸甚，甘弃同胞忍国羞！

马扩得知警报，募兵驰援，已是不及，反被金兵截击清平，吃了一个大败仗，也只好仍往和州去了。欲知后事，且看下回。

靖康之世，若信用李纲、种师道，则不致北狩。建炎之时，若信用李纲、宗泽，则不致南迁。李纲之效忠于高宗，犹钦宗时也。宗泽之忠勇，较师道尤过之，史称泽请高宗还汴，前后约二十余奏，均为黄潜善、汪伯彦所阻抑，抱诸葛之忱，婴亚夫之疾，高宗之不明，殆视蜀后主为更下乎？信王榛避匿真定，得马扩、赵邦杰等，奉以为主，一成一旅，犹思规复，高宗拥数路大兵，尚误听汪、黄之言，避敌东南，甘任二奸播弄。盖至宗泽殁，信王榛亡，而两河中原，乃俱沦没矣。本回于宗泽、信王榛，叙述独详，此外则均从略，下笔固自有斟酌，非徒录前史已也。

第六十五回　招寇侮惊驰御驾
　　　　　　胁禅位激动义师

　　却说金娄室为吴玠所败，退至咸阳，因见渭南义兵满野，未敢遽渡；却沿流而东。时河东经制使为王庶，连檄环庆帅王似，泾原帅席贡，追蹑娄室。两人不欲受庶节制，均不发兵。就是陕西制置使曲端，亦不欲属庶。三将离心，适招寇虐。娄室并力攻鄜延，庶调兵扼守，那金兵恰转犯晋宁，侵丹州，渡清水河，复破潼关。庶日移文，促曲端进兵，端不肯从，但遣吴玠复华州，自引兵迁道至襄乐，与玠会师。及庶自往御敌，偏娄室从间道出攻延安，庶急忙回援，延安已破，害得庶无处可归。适知兴元府王瓗率兵来会，庶乃把部兵付瓗，自率官属等，赴襄乐劳军，还想借重曲端，恢复威力。真是痴想。及和端相晤，端反责他失守延安，意欲将他谋死。幸庶自知不妙，将经制使印，交与曲端，复拜表自劾。有诏降为京兆守，方得脱身自去。端尚欲拘住王瓗，令统制张中孚往召，且与语道："瓗若不听，可持头来。"中孚到了庆阳，瓗已回兴元去了。<small>曲端为人，曲则有之，端则未也。</small>

　　娄室复返寇晋宁军，知军事徐徽言，函约知府州折可求，夹攻金人。可求子彦文赍书往复可求，偏被金兵遇着，拘絷而去。娄室胁令作书招降可求，可求重子轻君，竟将所属麟府三州，投降金军。徽言曾与可求联姻，娄室又使可求至城下，呼徽言与语，诱令降金。徽言不与多谈，但引弓注射，可求急走。徽言乘势出击，掩他不备，大败金兵，娄室退走十里下寨，其子竟死乱军中。惟娄室痛子情深，恨不把晋宁军吞下肚去，随即搜补卒乘，仍复进攻。相持至三月余，粮尽援绝，城遂被陷。徽言方欲自刎，金人猝至，拥挟以去。娄室尚欲胁降，徽言大骂，乃被杀死，统制孙昂以下，一概殉难。<small>不肯埋没忠臣，是作者本心。</small>娄室又进破鄜、坊二州，未几复破巩州。秦、陇一带，几已无干净土了。

　　那时粘没喝已与讹里朵相会，<small>接应前回。</small>合攻濮州，知州杨粹中登陴固守，夜命部将姚端潜劫金营。粘没喝未曾预防，跣足走脱。嗣是攻城益急，月余城陷，粹中被执不屈遇害。粘没喝遂遣讹里朵攻大名，并檄兀术再下河南。兀术连陷开德府及相州，守臣王棣、赵不试相继死节。讹里朵兵至大名城下，守臣张益谦欲遁。提刑郭永入阻道："北京即指大名府。所以遮梁宋，敌或得志，朝廷危了。"益谦默然。郭永退出，急率兵守城，且募死士缒城南行，至行在告急。会大雾四塞，守卒迷茫，金兵缘梯登城，益谦慌忙迎降。讹里朵责他迟延,吓得益谦跪求,归咎郭永。可巧永亦被执,推至帐前,讹里朵问道:"你敢阻降么?"永直认不讳。讹里朵道:"你若肯降,不失富贵。"永怒骂道:"无知狗彘,恨不能醢尔报国,尚欲我投降吗?"讹里朵大愤,亲拔剑杀死郭永,并令捕永家属,一并屠害。

各处警报,接连传到扬州,黄潜善多匿不上闻。高宗还道是金瓯无缺,安享太平,且令潜善与伯彦为尚书左右仆射,兼门下中书侍郎。两人入谢,高宗面谕道:"黄卿作左相,汪卿作右相,何患国事不济!"仿佛梦境。两人听了,好似吃雪的凉,非常爽快。退朝后,毫无谋议,镇日里与娇妻美妾,饮酒欢谈。有时且至寺院中,听老僧谈经说法。蹉跎到建炎三年正月,忽屯兵滑州的王彦入觐高宗,先至汪、黄二相处叙谈。甫经见面,即抗声道:"寇势日迫,未闻二公调将派兵,莫不是待敌自毙么?"潜善沉着脸道:"有何祸事?"王彦禁不住冷笑道:"敌酋娄室扰秦、陇,讹里朵陷北京,兀术下河南,想已早有军报,近日粘没喝又破延庆府,前锋将及徐州,是事前未叙过,特借王彦说明,以省笔墨。二公也有耳目,难道痴聋不成?"伯彦插嘴道:"敌兵入境,全仗汝等守御,为何只责备宰臣?"王彦道:"两河义士,常延颈以望王师,我王彦日思北渡,无如各处将士,未必人人如彦,全仗二公辅导皇上,剀切下诏,会师北伐,庶有以作军心,慰士望。今二公寂然不动,皇上因此无闻,从此过去,恐不特中原陆沉,连江南也不能保守呢。"汪、黄二人语塞,惟心下已忿恨得很,待王彦退后,即入奏高宗,说是王彦病狂,请降旨免对。高宗率尔准奏,即免令入觐,只命充御营平寇统领。彦遂称疾辞官,奉诏致仕。

不到数日,粘没喝已陷徐州,知州事王复一家遇害。韩世忠率师救濮,被粘没喝回军截击,又遭败衂,走保盐城。粘没喝遂取彭城,间道趋淮东,入泗州。高宗才闻警报,亟遣江淮制置使刘光世,率兵守淮。敌尚未至,兵已先溃。粘没喝长驱至楚州,守城朱琳出降,复乘胜南进,破天长军,距扬州只数十里,内侍邝询闻警,忙入报高宗道:"寇已来了。"高宗也不及问明,急披甲乘马,驰出城外。到了瓜州,得小舟渡江,随行惟王渊、张俊,及内侍康履,并护圣军卒数人,日暮始至镇江府。都是汪、黄二相的功劳。黄潜善、汪伯彦尚率同僚,听浮屠说法,听罢返食。堂吏大呼道:"御驾已行了。"两人相顾仓皇,不及会食,忙策马南驰。隆祐太后及六宫妃嫔,幸有卫士护着,相继出奔。居民各夺门逃走,互相蹴踏,死亡载道。司农卿黄锷趋至江上,军士误作黄潜善,均戟指痛詈道:"误国误民,都出自汝,汝也有今日。"锷方欲辩白姓名,谁知语未出口,头已被断了。同姓竟至受累。

时事起仓猝,朝廷仪物,多半委弃,太常少卿季陵亟取九庙神主以行,出城未数里,回望城中,已经烟焰冲天,令人可怖。暮闻后面喊声大起,恐有金

第六十五回　招寇侮惊驰御驾　胁禅位激动义师

兵追来,急急向前逃窜,竟把那太祖神主,遗失道中。驰至镇江,时已天明,见车驾又要启行,探息缘由,才知高宗要奔向杭州了。原来高宗到了镇江,权宿一宵,翌晨,召群臣商议去留。吏部尚书吕颐浩乞请留跸,为江北声援,王渊独言镇江止可捍一面,若金人自通州渡江,占据姑苏,镇江即不可保,不如钱塘有重江险阻,尚可无虞。你想保全性命,谁知天不容汝。高宗遂决意趋杭,留中书侍郎朱胜非驻守镇江。江、淮制置使刘光世充行在五军制置使,控扼江口。是夕即发镇江,越四日次平江,又命朱胜非节制平江、秀州军马,张浚为副,留王渊守平江。又二日进次崇德,拜吕颐浩为同签书枢密院事,兼江淮两浙制置使,还屯京口。又命张浚率兵八千守吴江。嗣是一直到杭,就州治为行宫,下诏罪己,求直言,赦死罪以下,放还窜逐诸罪臣,独李纲不赦。看官不必细问,便可知是汪、黄二人的计画,想藉此以谢金人。自以为智,实是呆鸟。一面录用张邦昌家属,令阁门祗候刘俊民,持邦昌与金人约和书稿,赴金军议和。专想此策。嗣接吕颐浩奏报,据言:"金人焚掠扬州,今已退去,臣已遣陈彦渡江收复扬州,借慰上意"云云。高宗稍稍放心。

中丞张澄,因劾汪、黄二人,有二十大罪。二人尚联名具疏,但说是国家艰难,臣等不敢具文求退。高宗方觉二人奸伪,乃罢潜善知江宁府,伯彦知洪州,进朱胜非为尚书右仆射兼中书侍郎,王渊同签书枢密院事。渊无甚威望,骤迁显职,人怀不平。苗傅自负世将,刘正彦因招降剧盗,功大赏薄,每怀怨望。至是见王渊入任枢要,更愤恨得了不得,且疑他与内侍康履、蓝珪勾通,因得此位。于是两人密谋,先杀王渊,次杀履珪。中大夫王世修,亦恨内侍专横,与苗刘联络一气,协商既定,俟衅乃动。会召刘光世为殿前指挥使,百官入听宣制,苗傅以为时机已至,遂与刘正彦定议,令王世修伏兵城北桥下,专待王渊退朝,就好动手。王渊全未知晓,惘惘然进去,又惘惘然出来,甫经乘马出城,那桥下的伏兵,顿时齐起,一拥上前,将王渊拖落马下。刘正彦拔剑出鞘,立即砍死。当下与苗傅拥兵入城,直抵行宫门外,枭了渊首,号令行阙,且分头搜捕内侍,擒斩了百余人。康履闻变,飞报高宗,高宗吓得满身发抖,一些儿没有摆布。挖苦得很。朱胜非正入直行宫,忙趋至楼上,诘问傅等擅杀罪状。傅抗声道:"我当面奏皇上。"语未毕,中军统制吴湛从内开门,引傅等进来。但听得一片哗声,统说是要见驾。知杭州康永之,见事起急迫,无法拦阻,只好请高宗御楼慰谕。高宗不得已登楼,傅等望见黄盖,还是山呼下拜。高宗凭栏问故,想此时尚在抖着。傅厉声道:"陛下信任中官,赏罚不公,军士有功,不闻加赏,内侍所主,尽可得官。黄潜善、汪伯彦误国至此,尚未远窜,王渊遇贼不战,首先渡江,结交康履,乃除枢密,臣自陛下即位以来,功多赏薄,共抱不平,现已将王渊斩首,在宫外的中官,亦多诛讫,惟康履等犹在君侧,乞缚付臣等，将他正法，聊谢三军。"迹虽跋扈，语却爽快。高宗亟语道："潜善、伯彦已经罢斥，康履等即当重谴，卿等可还营听命！"傅又道："天下生灵无罪，乃害得肝脑涂地，这统由中官擅权的缘故。若不斩康履等人，臣等决不还营。"高宗沉吟不决，过了片时，傅等噪声愈盛，没奈何命湛执履，缚送楼下。傅手起刀落，将履砍成两段，裔尸枭首，并悬阙门。高宗仍命他还营，傅等尚是不依，且进言道："陛下不当即大位，试思渊圣皇帝归来，将若何处置？"高宗被他一诘，自觉无词可对，只得命朱胜非缒至楼下，委曲晓谕。并授傅为承宣御营使都统制，刘正彦为副。傅乃请隆祐太后听政，及遣人赴金议和。高宗准如所请，即下诏请隆祐太后垂帘。傅等闻诏，又复变卦，仍抗议道："皇太子何妨嗣立，况道君皇帝，已有故事。"得步进步，乃成叛贼。胜非复缒城而上，还白高宗。高宗嗫嚅道："朕当退避，但须得太后手诏，方可举行。"乃遣门下侍郎颜岐入内，请太后御楼。太后已至，高宗起立槛侧，从官请高宗还坐，高宗不禁呜咽道："恐朕已无坐处了。"谁叫你信用匪人。太后见危急万分，乃弃肩舆下楼，出门面谕道："自道君皇帝误信奸臣，致酿大祸，并非关今上皇帝事。况今上初无失德，不过为汪、黄两人所误，今已窜逐，统制宁有不知么？"傅答道："臣等必欲太后听政，奉皇子为帝。"太后道："目今强敌当前，我一妇人，抱三岁儿决事，如何号令天下？且转召敌人轻侮，此事未便率行。"恰是达理之言。傅等仍固执不从，太后顾胜非道："今日正须大臣果断，相公何寂无一言？"应该责备。胜非遽退，还白高宗道："傅等腹心中有一王钧甫，适语臣云：'二将忠心有余，学识不足'，臣请陛下，静图将来，目下且权宜禅位。"高宗乃即提笔作诏，禅位皇子旉，请太后训政。胜非奉诏出宣，傅等乃麾众退去。

　　皇子旉即日嗣位，太后垂帘决事，尊高宗为睿圣仁孝皇帝，以显宁寺为睿圣宫，颁诏大赦，改元明受，加苗傅为武当军节度使，刘正彦为武成军节度使，分窜内侍蓝珪、曾泽等于岭南诸州。傅遣人追还，一律杀毙，且欲挟太后幼主等转幸徽、越，赖胜非婉谕祸福，才得罢议。越二日改元，赦书已达平江，留守张浚，秘不宣布。既而得苗傅等所传檄文，乃召守臣汤东野，及提刑赵哲，共谋讨逆，巧值张俊引所部八千人，至平江来会张浚，两张官名，音同字异，看官不要误阅。浚与语朝事，涕泪交下。俊答道："现有旨，令俊赴秦凤，只准率三百人，余众分属他将，想此必系叛贼忌俊，伪传此诏，故特来此，与公一决。"浚即道："诚如君言，我等已拟兴兵问罪了。"俊拜泣道："这是目前要计，但亦须由公济以权变，免致惊动乘舆。"浚一再点首，正商议间，忽由江宁传到一函，由张浚启阅，乃是吕颐浩来问消息。且言："禅位一事，必有叛臣胁迫，应共图入讨"等语。这一书，适中张浚心坎，随即作书答复，约共起兵，并贻书刘光世，请他率师来会。嗣又恐傅等居中，或生他变，因特遣辩士冯幡，往说苗、刘不

第六十五回　招寇侮惊驰御驾　胁禅位激动义师

如反正。刘正彦乃令幡归,约浚至杭面商。浚闻吕颐浩已誓师出发,且疏请复辟,遂也令张俊扼吴江上流,一面上复辟书,一面复告正彦,只托言张俊骤回,人情震惧,不可不少留泛地,抚慰俊军。会韩世忠自盐城出海道,将赴行在,既至常熟,为张俊所闻,大喜道:"世忠到来,事无不济了。"当下转达张浚,招致世忠。世忠得浚书,用酒酹地,慨然道:"吾誓不与二贼共戴天。"随即驰赴平江,入见张浚,带哭带语道:"今日举义,世忠愿与张浚共当此任,请公无虑!"浚亦泪下道:"得两君力任艰难,自可无他患了。"遂大犒张俊、韩世忠两军,晓以大义,众皆感愤。世忠因辞别张浚,率兵赴阙,浚戒世忠道:"投鼠忌器,此行不可过急,急转生变,宜趋秀州据粮道,静俟各军到齐,方可偕行。"世忠受命而去。

到了秀州,称疾不行,暗中恰大修战具,苗傅等闻世忠南来,颇怀疑惧,欲拘他妻子为质。朱胜非忙语傅道:"世忠逗留秀州,还是首鼠两端,若拘他妻孥,转恐激成变衅,为今日计,不如令他妻子出迎世忠,好言慰抚,世忠能为公用,平江诸人,都无能为了。"欺之以方,易令叛贼中计。傅喜道:"相公所言甚是。"当即入白太后,封世忠妻梁氏为安国夫人,令往迓世忠。看官道梁氏为何等人物?就是那巾帼英雄,著名南宋的梁红玉。标明奇女,应用特笔。红玉本京口娼家女,具有胆力,能挽弓注射,且通文墨,平素见少年子弟,类多白眼相待。自世忠在延安入伍,从军南征方腊,还至京口,与红玉相见,红玉知非常人,殷勤款待。两口儿语及战技,差不多是文君逢司马,红拂遇药师。为红玉幸,亦为世忠幸。先是红玉曾梦见黑虎,一同卧着,惊醒后,很自惊异。及既见世忠,觉与梦兆相应。且因世忠尚无妻室,当即以终身相托。世忠也喜得佳耦,竟与联姻。伉俪相谐,自不消说。未几生下一子,取名彦直。至高宗即位应天,召世忠为左军统制,世忠乃挈着妻孥,入备宿卫。嗣复外出御寇,留妻子居南京。高宗迁扬州,奔杭州,梁氏母子,当然随帝南行。及受安国夫人的封诰,且命往迓世忠,梁氏巴不得有此一着,匆匆驰入宫中,谢过太后,即回家携子,上马疾驱出城,一日夜,趋至秀州,世忠大喜道:"天赐成功,令我妻子重聚,我更好安心讨逆了。"未几有诏促归,年号列着明受二字。世忠怒道:"我知有建炎,不知有明受。"遂将来诏撕毁,并把来使斩讫。随即通报张浚,指日进兵。

张浚因遣书苗、刘,声斥罪状,傅等得书,且怒且惧,乃遣弟瑀、翊及马柔吉等,率重兵,扼临平,并除张俊、韩世忠为节度使,独谪张浚为黄州团练副使,安置郴州。浚等皆不受命,且草起讨逆檄文,传达远迩,吕颐浩、刘光世亦相继来会,遂以韩世忠为前军,张俊为辅,刘光世为游击,自与吕颐浩总领中军,浩浩荡荡,由平江启行。途次接太后手诏,命睿圣皇帝处分兵马重事,张浚同知枢密院事，李邴、郑毂并同签书枢密院事。各军闻命，愈加踊跃，陆续南下。苗、刘闻报，均惊慌失措，朱胜非暗地窃笑道："这两凶真无能为。"你也非真大有为。苗、刘情急，只好与胜非熟商。胜非道："为二公计，速自反正，否则各军到来，同请复辟，公等将置身何地？"苗傅、刘正彦想了多时，委实没法，不得已从胜非言，即召李邴、张守等，作百官奏章，及太后诏书，仍请睿圣皇帝复位。傅等且率百官朝睿圣宫，高宗漫言抚慰，苗、刘各用手加额道："圣天子度量，原不可及呢。"越日，太后下诏还政，朱胜非等迎高宗还行宫，御前殿，朝见百官。太后尚垂帘内坐，有诏复建炎年号，以苗傅为淮西制置使，刘正彦为副，进张浚知枢密院事。又越四日，太后撤帘，诏令张浚、吕颐浩入朝。张吕等已至秀州，闻知此信，免不得集众会议，商酌善后事宜，再定行止。正是：

复辟虽曾闻诏下，锄奸非即罢兵时。

究竟行止如何，且看下回续表。

汪、黄佞臣也，而高宗信之。苗、刘逆臣也，而高宗用之。信佞臣适以召外侮，用逆臣适以酿内变，即位未几，而外侮猝乘，内变又起，当乘马疾驰之日，登楼慰谕之时，呼吸存亡，间不容发，高宗曾亦自悔否耶？夫汪、黄无芥、懿之智，刘、苗无操、裕之权。驾驭有方，则四子皆仆隶耳，宁能误人家国，肇祸萧墙哉？惟倚佞臣为左右手，而后直臣退，外侮得以乘之。置逆臣于肘腋间，而后忠臣疏，内变得而胁之。假使天已弃宋，则高宗不死于外寇，必死于内讧，东南半壁，盖早已糜烂矣。观于此而知高宗之不死，盖犹有天幸存焉。

第六十六回　韩世忠力平首逆
　　　　　　金兀术大举南侵

却说张浚、吕颐浩集众会议，颐浩仍主张进兵，且语诸将道："今朝廷虽已复辟，二贼犹握兵居内，事若不济，必反加我等恶名。汉翟义、唐徐敬业故事，非即前鉴么？"诸将齐声道："公言甚是，我等非入清君侧，决不还师。"议既定，复驱军直进，径抵临平。遥见苗翊、马柔吉等，沿河扼守，负山面水，扎就好几座营盘，中流密布鹿角，阻住行舟。韩世忠舍舟登陆，跨马先驱，张俊、刘光世继进，统是大刀阔斧的杀上前去。翊等见来势甚猛，麾众却退，世忠复舍马徒步，操戈誓师道："今日当效死报国，将士如不用命，一概处斩！"于是人人奋勇，个个舍生，霎时间，驰入敌阵，翊引神臂弓，持满待着，世忠瞋目大呼，万众辟

第六十六回 韩世忠力平首逆 金兀术大举南侵

易,连箭杆都不及发,相率奔窜。苗翊、马柔吉禁遏不住,统行反走。各军乘胜追入北关,苗傅、刘正彦方受赏铁券,闻勤王兵杀至,急趋入都堂,将铁券取出,拥精兵二千,夜开涌金门遁去。王世修正拟出奔,劈头遇见韩世忠,被他一把抓住,牵付狱吏。张浚、吕颐浩并马入城,即进谒高宗,伏地待罪。高宗问劳再三,且语浚道:"日前居睿圣宫,两宫隔绝,一日啜羹,忽闻贬卿,不觉覆手。默念卿若被谪,何人能当此任?"言毕,即解下所佩玉带,赐给张浚。浚当然拜谢。韩世忠已剿除逆党,随即进见,高宗不待行礼,便下座握世忠手,涕泣与语道:"中军统制吴湛,首先助逆,现尚在朕肘腋间,能替朕捕诛么?"一逆都不能除,做甚么皇帝!世忠忙称遵旨,待高宗释手,即自去寻湛,巧适湛趋过阙下,世忠佯与相见,趁势牵住湛手。湛情急欲遁,怎禁得世忠力大,彼牵此扯,但听得扑的一声,吴湛中指已被折断。湛痛不可耐,缩做一团,当被世忠擒付刑官,与王世修俱斩于市。逆党王元佐、马瑗、范仲容、时希孟等,贬谪有差。

高宗拟大加褒赏,朱胜非独入见道:"臣昔遇变,义当即死,偷生至此,正为今日。现幸圣驾已安,臣情愿退职。"高宗道:"朕知卿心,卿无庸告辞。"胜非一再固辞,高宗道:"卿去,何人可代?"胜非道:"吕颐浩、张浚均可继任。"高宗又问二人优劣如何?胜非道:"颐浩练事而暴,浚喜事而疏。"照此说来,都不及你。高宗复道:"浚年太少。"胜非道:"臣向被召,军旅钱谷,都付诸浚,就是今日勤王,也是由浚创议,陛下莫谓浚年少呢。"高宗点首。待胜非退后,乃召吕颐浩为尚书右仆射,免胜非职,李邴为尚书右丞,郑瑴签书枢密院事,韩世忠、张浚为御前左右军都统制,刘光世为御营副使,凡勤王僚属将佐,各加秩进官,且禁内侍干预朝政,重正三省官名,诏左右仆射,并同中书门下平章事,改中书门下侍郎为参知政事、省尚书左右丞。录此数语,似无关轻重,但后文除官拜爵,非经此揭出,不足划清眉目。

张浚等请高宗还跸,高宗乃自杭州启行,向江宁进发。临行时,命韩世忠为浙江制置使,与刘光世追讨苗、刘。及到了江宁,改江宁为建康府,暂行驻跸,立子旉为皇太子,赦傅党马柔吉等罪名,许他自新。惟苗傅、刘正彦及傅弟瓯、翊不赦。韩世忠既受命追讨,即由杭州西进,道出衢信,南下至浦城县内的鱼梁驿,巧与苗傅、刘正彦遇着。世忠徒步直前,仗着一支戈矛,刺入贼垒,把贼众划开两旁。贼众望见世忠,统咋舌道:"这是韩将军,我等快逃生罢!"当下左右分窜,辙乱旗靡。刘正彦尚不知死活,仗剑来敌世忠,两人步战数合,但听世忠大喝一声,已将正彦刺倒。苗翊涟忙趋救,已是不及,眼见正彦被他擒去。世忠见了苗翊,哪里还肯罢手,乘势用戈刺去。翊从旁一闪,那腰带已被世忠牵着,顺手一扯,翊已跌入世忠怀中,好似小儿吃奶一般,正好拿下。还有苗瑀,见兄弟被执,舞着大刀,来与世忠搏战。世忠正欲与他交锋,忽后面闪出一人道:"主帅少憩！这功劳且让与末将罢。"道言未绝，已趋至世忠前面，往斗苗瑀。世忠视之，乃是裨将王德，德与瑀交战十合，也卖个破绽，将瑀擒住；又杀将进去，斫死了马柔吉。苗傅见不可敌，早已三脚两步的跑走了去。世忠追赶不上，择地驻营，复传檄各州县，悬赏缉傅。不到数日，果有建阳县人詹飘，将傅拿获，解到军前。世忠依着赏格，给付詹飘，遂把傅等押送行在。兄弟三人，同时正法。高宗亲书"忠勇"二字，悬揭旗上，颁赐世忠。叙功从详，亦无非表彰勋绩。

天下事祸福相倚，忧喜交乘，首逆方庆骈诛，储君偏遭夭逝。太子旉尚在保抱，从幸建康，途中免不得受了寒暑，致生疟疾。偏宫人误蹴地上金锣，突然发响，惊动太子，遂致抽搐成痉，越宿而亡。高宗悲愤交加，谥旉为元懿太子，随命将宫人杖毙，连保姆也一并置死。宜乎后来无子。正怆悼间，忽由张浚入宫劝慰，乘便禀白密谋。高宗屏去左右，与浚谈了多时，浚方辞出。看官道是何因？原来高宗即位，命惩僭伪，张邦昌等已伏罪，惟都巡检范琼，恃有部众，出驻洪州。苗傅押送行在时，琼自洪州入朝，乞贷苗傅死罪。高宗不从，把傅正法。琼复入诘高宗，面色很是倨傲。高宗不禁色沮，只好卖他欢心，权授御营司提举，暗中却召张浚密议，嘱令设法除奸。浚乃与枢密检详文字刘子羽商定秘计，潜命张俊率千人渡江，佯称备御他盗，均执械前来。浚即密报高宗，请召张俊、范琼、刘光世等，同至都堂议事，就此执琼。高宗遂命浚草诏召入，且预备罪琼敕书，付浚携出。浚先传会议的诏旨，约翌日午前入议。到了次日，张俊、刘子羽先至，浚亦趋入，百官等相继到来，范琼恰慢腾腾的至响午方到，该死的囚徒。都堂中特备午餐，大众会食已毕，待议政务。忽由刘子羽持出黄纸，趋至琼前道："有敕下来，令将军诣大理寺置对！"琼惊愕道："你说甚么？"语未毕，张俊已召卫士进来，将琼拥挟出门，送至狱中。刘光世又出抚琼部，略言："琼前时居围城中，甘心附房，劫二帝北狩，罪迹昭著，现奉御敕诛琼，不及他人。汝等同受皇家俸禄，并非由琼豢养，概不连坐，各应还营待命！"大众齐声应诺，投刃而去。琼下狱具服，即日赐死。子弟俱流岭南。并有旨令琼属旧部，分隶御营各军。琼为罪魁，早应伏法，特志之以快人心。

张浚既除了范琼，又上书言中兴要计，当自关陕为始。关陕尽失，东南亦不可保，臣愿为陛下前驱，肃清关陕，陛下可与吕颐浩同来武昌，以便相机趋陕云云。高宗点首称善，遂命浚为川、陕、京、湖宣抚处置使，得便宜黜陟。浚既拜命，即与吕颐浩接洽，克日启行。谁料边警复来，金兀术大举南侵，连破磁、单、密诸州，并陷入兴仁府城了。高宗又不免惊惧，迭遣二使往金，一是徽猷阁待制洪皓，一是工部尚书崔纵。皓临行，高宗令赍书贻粘没喝，愿去尊号，用金正朔，比诸藩卫。何甘心忍辱乃尔？及粘没喝与皓相见，粘没喝却胁皓使降，皓不少屈，被流至冷山。崔纵至金请和，并通问二帝，金人傲不为礼。

第六十六回 韩世忠力平苗逆 金兀术大举南侵

纵以大义相责,且欲将二帝迎还,遂至激怒金人,徙居穷荒。后来纵竟病死,皓至绍兴十二年方归,这且慢表。

单说吕颐浩送别张浚,本拟扈跸至武昌,适闻金兵南来,遂变易前议,谓:"武昌道远,馈饷难继,不如留都东南。"滕康、张守等且言:"武昌有十害,决不可往。"高宗乃仍拟都杭,命升杭州为临安府,先授李邴、滕康二人,权知三省枢密院事,奉隆裕太后往洪州。时东京留守杜充,因粮食将尽,即欲离任南行。岳飞入阻道:"中原土地,尺寸不应弃置,今一举足,此地恐非我有,他日再欲取还,非劳师数十万,不易得手了。"充不肯从,竟擅归行在。高宗并未加罪,反令他入副枢密,失刑若是,何以驭将。另命郭仲荀、程昌寓、上官悟等,相继代充,徒拥虚名,毫无能力。且复遣京东转运判官杜时亮及修武郎宋汝为,同赴金都,申请缓兵,并再贻粘没喝书,书中所陈,无一非哀求语,几令人不忍寓目。小子但录大略,已知高宗是没有志节了。书云:

古之有国家而迫于危亡者,不过守与奔而已。今以守则无人,以奔则无地,所以鳃鳃然,惟冀阁下之见哀而已。故前者连奉书,愿削去旧号,是天地之间,皆大金之国,而尊无二上,亦何必劳师远涉而后快哉?闻此书,令人作三日呕。

看官试想!从前太祖的时候,江南尝乞请罢兵,太祖不许,且谓卧榻旁不容他人鼾睡,难道高宗不闻祖训么?况戎狄蛮夷,唯力是视,有力足以制彼,无力必为彼制,徒欲痛哭虏廷,乞怜再四,他岂肯格外体恤,就此恩宥?这叫作妾妇行为,只可行于床笫,不能行于国际间呢。议论透彻。果然宋使屡次求和,金兵只管南下。起居郎胡寅,见高宗这般畏缩,竟放胆直陈,极言高宗从前的过失,并胪列七策,上请施行!

(一)罢和议而修战略。(二)置行台以区别缓急之务。(三)务实效,去虚文。(四)大起天下之兵以图自强。(五)都荆襄以定根本。(六)选宗室贤才以备任使。(七)存纪纲以立国体。

统计一篇奏牍,约有数千言,直说得淋漓透彻,慷慨激昂。偏高宗不以为然,吕颐浩亦恨他切直,竟将胡寅外谪,免得多言。既而寇警益迫,风鹤惊心,高宗召集文武诸臣,会议驻跸的地方。张浚、辛企宗请自鄂、岳幸长沙。韩世忠道:"国家已失河北、山东,若又弃江、淮,还有何地可以驻跸?"吕颐浩道:"近来金人的谋画,专伺皇上所至,为必争地,今当且战且避,奉皇上移就乐土,臣愿留常润死守。"且战且避,试问将避至何地方为乐土? 高宗道:"朕左右不可无相。吕卿应随朕同行。江、淮一带,付诸杜卿便了。"遂命杜充兼江、淮宣抚使,留守建康,王瓛为副。又用错两人。韩世忠为浙西制置使,守镇江,刘光世为江东宣抚使,守太平、池州,皆听杜充节制,自启跸向临安去了。

金兀术闻高宗趋向临安,遂大治舟师,将由海道窥浙,一面檄降将刘豫,攻宋南京。豫本宋臣,曾授知济南府,金将挞懒一作达贵。陷东平,进攻济南,豫遣子麟出战,为敌所围,幸郡倅张东引兵来援,方将金兵击退。挞懒招降刘豫,啖以富贵,豫竟举城降金。挞懒令豫知东平府,豫子麟知济南府,并令金界旧河以南,悉归豫统辖,豫甚为得意。及接兀术檄书,遂进破应天,知府凌唐佐被执,唐佐伪称降金,由豫仍使为守。唐佐阴欲图豫,用蜡书奏达朝廷,乞兵为援。不幸事机被泄,竟被豫捕戮境上,连家属一并遇害。高宗得唐佐蜡书,还想去通好挞懒,令阻刘豫南来。故臣尚不可保,还欲望诸房帅,真是愚不可及。遂派直龙图阁张邵,赴挞懒军,邵至潍州,与挞懒相遇,挞懒令邵拜谒,邵毅然道:"监军与郡,同为南北使臣,彼此平等,哪有拜礼?况用兵不论强弱,须论曲直,天未厌宋,贵国乃纳我叛臣刘豫,裂地分封,还要穷兵不已,若论起理来,何国为直,何国为曲,请监军自思!"慨当以慷,南宋之不亡,还赖有三数直臣。挞懒语塞,但仗着强横势力,将邵押送密州,囚住祚山寨。还有故真定守臣李邈,被金人掳去,软禁三年,金欲令知沧州,邈不从命。及是,由金主下诏,凡所有留金的宋臣,均易冠服。邈非但不从,反加诋骂。金人挝击邈口,尚吮血四喷,旋为所害。总不肯漏一忠臣。高宗虽有所闻,心目中都只存着两个字儿,一个是"和"字,一个是"避"字。先因兀术有窥浙消息,诏韩世忠出守圌山、福山,并令兵部尚书周望,为两浙、荆、湖宣抚使,统兵守平江。旋闻兀术分两路入寇,一路自滁、和入江东,一路自蕲、黄入江西,他恐隆裕太后在洪州受惊,又命刘光世移屯江州,作为屏蔽,自己却带着吕颐浩等,竟至临安。留居七日,寇警愈逼愈紧,复渡钱塘江至越州。你越逃得远,寇越追得急。

那金兀术接得探报,知高宗越去越远,一时飞不到浙东,不如向江西进兵,去偪隆裕太后。当下取寿春,掠光州,复陷黄州,杀死知州赵令峸,长驱过江,直薄江州城下。江州有刘光世移守,镇日里置酒高会,绝不注意兵事。至金兵已经薄城,方才觉着,他竟无心守御,匆匆忙忙的开了后门,向南康遁去。知州韩相也乐得弃城出走,追步刘光世的后尘。金人入城,劫掠一空,再由大冶趋洪州,滕康、刘珏闻金兵趋至,亟奉太后出城。江西制置使王子献,也弃城遁去。洪、抚、袁三州,相继被陷。太后行次吉州,蓦闻金兵又复追至,忙雇舟夜行。翌晨至太和县,舟子景信又起了歹心,劫夺许多货物,竟尔叛去。都指挥使杨维忠,本受命扈卫太后,部兵不下数千,亦顿时溃变。宫女或骇奔,或被劫,失去约二百名。滕康、刘珏二人也逃得无影无踪。可怜太后身旁卫卒,不过数十,还算存些良心,保着太后及元懿太子母潘贵妃,自万安陆行至虔州。也是他两人命不该死。土豪陈新又率众围城,还亏杨维忠部将胡友自外

第六十六回　韩世忠力平苗刘　金兀术大举南侵

来援,击退陈新,太后才得少安。

金人入破吉州,还屠洪州。转犯庐州、和州、无为军。守臣非遁即降,势如破竹。惟知徐州赵立方率兵三万,拟趋至行在勤王。杜充独留他知楚州,道过淮阴,适遇金兵大队,蜂拥前来。立部下劝还徐州,立奋怒道:"回顾者斩!"遂率众径进与金人死斗,转战四十里,得达楚州城下。立两颊俱中流矢,口不能言,但用手指挥,忍痛不辍。及入城休息,然后拔镞,金人颇惮他忠勇,不敢进逼,却改道掠真州,破溧水县,再从马家渡过江,攻入太平。杜充职守江淮,一任金人入寇,并未尝发兵往援,统制岳飞泣谏不从。至太平失守,与建康相去不远,乃遣副使王瓘,都统制陈淬,与岳飞等截击金人。甫经交绥,瓘军先遁,陈淬、岳飞相继突入敌垒,淬竟战死,独岳飞挺枪跃马,奋力冲突,金人不敢近身,只好听他驰骤。无如各军已经败溃,单靠岳飞一军,究恐众寡不敌,没奈何麾众杀出,择险立营,为自保计。写岳飞不肯下一直笔。杜充闻诸军败溃,竟弃了建康,逃往真州。诸将怨充苛刻,拟乘机害充,充闻知消息,不敢还营,独寓居长芦寺。会接金兀术来书,劝他降顺,且言:"当封以中原,如张邦昌故事。"充大喜过望,遂潜还建康。巧值兀术驰至城下,即与守臣陈邦光,户部尚书李梲,开城迎降,拜谒道旁。兀术既入城,官属皆降,惟通判杨邦义用指血大书襟上,有"宁作赵氏鬼,不为他邦臣"十字。金兵牵他至兀术前,兀术见他血书,心下恰是敬佩,惟婉言劝使归降,不失官位。邦义大骂求死,兀术不得已,将他杀害,事后尚嘉叹不置。杀身成仁,也足怵强虏之胆。

高宗往还杭、越,忽拟亲征,忽思他去。至闻杜充降金,不禁魂飞天外,忙召吕颐浩入议道:"奈何奈何?"颐浩道:"万不得已,莫如航海。敌善乘马,不惯乘舟,俟他退去,再还两浙。彼出我入,彼入我出,也是兵家的奇计呢。"这还称是奇计,果将谁欺? 高宗即东奔明州。兀术乘胜南驱,自建康趋广德,发守臣周烈,驰越独松关,见关内外并无一人,遂笑语部众道:"南朝但用羸兵数百,扼守此关,我等即不能遽度了。"当下直抵临安,寺臣康允之遁去。钱塘县令朱跸自尽。兀术安心入城,即遣阿里蒲卢浑率兵渡浙,往追高宗。那时高宗无可抵敌,真个是要航海了。小子有诗叹道:

　　未能战守漫言和,大敌南来竟弃戈。
　　不是庙谟输一着,乘舆宁至涉洪波。

欲知高宗航海情形,且至下回再阅。

苗、刘之平,虽尚易事,然非韩世忠之奋往直前,则前此未必即能驱逆,后此亦未必即能擒渠。高宗既已知其忠勇,则镇守江、淮之举,曷不付诸世忠,而乃嘱诸擅离东京,未战先逃之杜充,果奚为者?况令韩世忠、刘光世诸人,均受杜充节制,置庸驽于天闲之内,良骥固未肯屈服,即老马亦岂肯低首乎?彼江、淮诸将之闻风而逃,安知不怨高宗之未知任帅,而预为解体也!若夫吕颐浩、张浚同入勤王,颐浩之心术胆量,不逮张浚远甚,而高宗又专相之。武昌之巡幸未成,而奔杭,而奔越,而奔明州,甚且以航海之说进,亦思我能往,寇亦能往,岂一经入海,便得为安乐窝乎?以颐浩为相,以杜充为将,此高宗之所以再三播越也。

第六十七回　巾帼英雄桴鼓助战
　　　　　　须眉豪气舞剑吟词

　　却说高宗闻金兵追至,亟乘楼船入海,留参知政事范宗尹,及御史中丞赵鼎,居守明州。适值张俊自越州到来,亦奉命为明州留守,且亲付手札,内有"捍敌成功,当加王爵"等语。吕颐浩奏令从官以下,行止听便。高宗道:"士大夫当知义理,岂可不扈朕同行?否则朕所到处,几与盗寇相似了。"于是郎官以下,多半从卫。还有嫔御吴氏,亦戎服随行。吴氏籍隶开封,父名近,尝梦至一亭,匾额上有"侍康"二字,两旁遍植芍药,独放一花,妍丽可爱,醒后未解何兆。至吴女生年十四,秀外慧中,高宗在康邸时,选充下陈,颇加爱宠。吴近亦得任官武翼郎,才识侍康的梦兆,确有征验。及高宗奔波江浙,惟吴氏不离左右,居然介胄而驰,而且知书识字,过目不忘,好算是一个才貌双全的淑女。至是随高宗航海,先至定海县,继至昌国县,途次有白鱼入舟,吴氏指鱼称贺道:"这是周人白鱼的祥瑞呢。"高宗大悦,面封吴氏为和义郡夫人。无非喜谀,但宫女中有此雅人,却也难得。百忙中插叙此文,为后文立后张本。未几已是残腊,接到越州被陷消息,不敢登陆,只好移避温台,闷坐在舟中过年。到了建炎四年正月,复得张俊捷报,才敢移舟拢岸,暂泊台州境内的章安镇。过了十余日,忽闻明州又被攻陷,急得高宗非常惊慌,连忙令水手启碇,直向烟波浩渺间,飞逃去了。果得安乐否?

　　小子叙到此处,不得不将越州、明州陷没情形,略略表明。自金将阿里蒲芦浑带领精骑,南追高宗,行至越州。宣抚使郭仲荀奔温州,知府李邺出降。蒲芦浑留偏将琶八守城,自率兵再进。琶八送师出行,将要回城,忽有一大石飞来,与头颅相距尺许。他急忙躲闪,幸免击中。当下喝令军士,拿住刺客。那刺客大声呼道:"我大宋卫士唐琦也。如闻其声。恨不能击碎尔首,我今死,仍得为赵氏鬼。"琶八叹道:"使人人似彼,赵氏何致如此?"嗣又问道:"李邺

第六十七回 巾帼英雄桴鼓助战 须眉豪气舞剑吟词

为帅,尚举城迎降,汝为何人,敢下毒手?"琦厉声道:"邺为臣不忠,应碎尸万段。"说至此,见邺在旁,便怒目视邺道:"我月受石米,不肯悖主,汝享国厚恩,甘心降虏,尚算得是人类么?"邑八令牵出斩首。琦至死,尚骂不绝口,不没唐琦。这且按下。惟阿里蒲芦浑既离越州,渡曹娥江,至明州西门,张俊使统制刘保出战,败还城中。再遣统制杨沂中,及知州刘洪道,水陆并击,众殊死战,杀死金人数千名。是日正当除夕,沂中等既杀退敌兵,方入城会饮,聊赏残年。翌日为元旦,西风大作,金兵又来攻城,仍不能下。次日,益兵猛扑,张俊、刘洪道登城督守,且遣兵掩击,杀伤大半,余兵败窜余姚,遣人向兀术乞师。越四日,兀术兵继至,仍由阿里蒲芦浑督率进攻。张俊竟胆怯起来,出城趋台州,刘洪道亦遁,城中无主,当然被金兵攻入,大肆屠掠。又乘胜进破昌国县,闻高宗在章安镇,亟用舟师力追。行至三百余里,未见高宗踪迹,偏来了大舶数艘,趁着上风,来击金兵。金兵舟小力弱,眼见得不能取胜,只好回舟逃逸,倒被那大舶中的宋军,痛击了一阵。看官欲问那舶中主帅,乃是提领海舟张公裕。公裕既击退金兵,返报高宗,高宗始回泊温州港口。

翰林学士汪藻,以诸将无功,请先斩王璪,以作士气,此外量罪加贬,令他将功赎罪,高宗不从。幸兀术已经饱欲,引兵还临安,复纵火焚掠,将所有金帛财物,装载了数百车,取道秀州,经过平江。留守周望奔入太湖,知府汤东野亦遁,兀术大掠而去,径趋常州、镇江府。巧值浙西制置使韩世忠,在镇江候着,专截兀术归路。兀术见江上布满战船,料知不便径渡,遂遣使至世忠处通问,且约战期。世忠批准来书,即于明日决战。是时梁夫人也在军中,闻决战有期,向世忠献计道:"我兵不过八千人,敌兵却不下十万,若与他认真交战,就是以一当十,也恐抵敌不住,妾身却有一法,未知将军肯见用否?"世忠道:"夫人如有妙计,如何不从?"梁夫人道:"来朝交战时,由妾管领中军,专任守御,只用炮弩等射住敌人,不与交锋,将军可领前后二队,四面截杀,敌往东可向东截住,敌往西可向西截住,但看中军旗鼓为号,妾愿在楼橹上面,竖旗击鼓,将军视旗所向,闻鼓进兵,若得就此扫荡敌兵,免得他再窥江南了。"写梁夫人。世忠道:"此计甚妙,但我也有一计在此。此间形势,无过金山,山上有龙王庙,想兀术必登山俯望,窥我虚实。我今日即遣将埋伏,如兀术果中我计,便可将他擒来,不怕金兵不败。"写韩世忠。梁夫人喜道:"何不急行!"世忠遂召偏将苏德,令带了健卒二百名,登龙王庙,百人伏庙中,百人伏庙下岸侧。俟闻江中鼓声,岸兵先入,庙兵继出,见敌即擒,不得有误。苏德领命去讫。世忠便亲登船楼,置鼓坐旁,眼睁睁的望着山上,不消数时,果见有五骑登山,驰入庙中。他急用力挝鼓,声应山谷。庙中伏兵先行杀出,敌骑忙即返驰,岸兵稍迟了一步,不及兜头拦截,只好与庙兵一同追赶。五骑中仅获二骑,余三骑飞马奔逃。一骑急奔被蹶,坠而复起,竟得逃脱。世忠望将过去,见此人穿着红袍,系着玉带,料知定是兀术,惟见他脱身而去,不禁长叹道:"可惜可惜!"至苏德将二骑牵来,果然是兀术逃骑,愈觉叹惜不止,惟婉责苏德数语,便即罢事。

是夕,即依着梁夫人计议,安排停当,专待厮杀。诘朝由梁夫人统领中军,自坐楼橹,准备击鼓。但见她头戴雉尾,足踏蛮靴,满身裹着金甲,好似出塞的昭君,投梭的龙女。*煞是好看。*兀术领兵杀至,遥望中军楼船,坐着一位女钗裙,也不知她是何等人物,已先惊诧得很。辗转一想,管不得什么好歹,且先杀将过去,再作计较。当下传令攻击,专从中军杀入。哪知梆声一响,万道强弩,注射出来,又有轰天大炮,接连发声,数十百斤的巨石,似飞而至,触着处不是毙人,就是碎船,任你如何强兵锐卒,一些儿都用不着。兀术忙下令转船,从斜刺里东走,又听得鼓声大震,一彪水师突出中流,为首一员统帅,不是别人,正是威风凛凛的韩世忠。兀术令他舰敌着,自己又转舵西向,拟从西路过江,偏偏到了西边,复有一员大将,领兵拦住,仔细一瞧,仍是那位韩元帅。*用笔神妙。*兀术暗想道:"我今日见鬼了。那边已派兵敌住了他,为何此处他又到来?"正在凝思的时候,旁边闪出一人,大呼杀敌,仗着胆跃上船头,去与世忠对仗。兀术瞧着,乃是爱婿龙虎大王,忙欲叫他转来,已是两不相闻,霎时间对面敌兵,统用长矛刺击,带戳带钩,把这位龙虎大王钩下水去。兀术急呼水手捞救,水手尚未泅江,那边的水卒早已跳下水中,擒住龙虎大王,登船报功去了。兀术又惊又愤,自欲督兵突路,哪禁得敌矛齐集,部众纷纷落水,眼见得无隙可钻,只好麾众退去。

韩世忠追杀数里,听鼓声已经中止,才行收军。返至楼船,见梁夫人已经下楼,不禁与她握手道:"夫人辛苦了!"梁夫人道:"为国忘劳,有甚么辛苦!惟有无敌酋拿住?"世忠道:"拿住一个。"夫人道:"将军快去发落,妾身略去休息,恐兀术复来,再要动兵。"*有备无患,的是行军要诀。*言毕,自去船后。世忠即命将龙虎大王牵到,问了数语,知是兀术爱婿,便将他一刀两段,结果性命。*只难为兀术爱女。*此外检查军士,没甚死亡,不过伤了数名,统令他安心调治。忽有兀术遣使致书,情愿尽归所掠,放他一条归路。世忠不许,叱退来使。来使临行时,又请添送名马,世忠仍不许,来使只好自去。兀术因世忠不肯假道,遂自镇江溯流而上,世忠也赶紧开船。金兵沿南岸,宋军沿北岸,夹江相对,一些儿不肯放松。就是夜间亦这般对驶,击柝声互相应和。到了黎明,金兵已入黄天荡。这黄天荡,是个断港,只有进路,并无出路。兀术不知路径,掠得两三个渔父,问明原委,才觉叫苦不迭,再四踌躇,只有悬赏求计。俗语说得好:"重赏之下,必有勇夫",就是得一谋士,也藉千金招致。当下果然有

第六十七回　巾帼英雄桴鼓助战　须眉豪气舞剑吟词

一土人献策道："此间望北十余里，有老鹳河故道，不过日久淤塞，因此不通。若发兵开掘，便好通道秦、淮了。"此人贪金助虏，办属可恨。兀术大喜，立畀千金，即令兵士往凿。兵士都想逃命，一齐动手，即夕成渠，长约三十余里，遂移船趋建康。薄暮到了牛头山，忽然鼓角齐鸣，一彪军拦住去路，兀术还道是留驻的金兵，前来相接，因即拍马当先，自去探望。遥见前面列着黑衣军，又当天色苍茫，辨不出是金军，是宋军，正迟疑间，突有铁甲银鍪的大将，挺枪跃马，带着百骑，如旋风般杀来。兀术忙回入阵中，大呼道："来将是宋人，须小心对敌。"部众亟持械迎斗，那大将已驰突入阵，凭着一杆丈八金枪，盘旋飞舞，几似神出鬼没，无人可当。金人被刺死无数，并因日色愈昏，弄得自相攻击，伏尸满途。兀术忙策马返奔，一口气跑至新城，才敢转身回顾，见逃来的统是本部败兵，后面却没有宋军追着，心下稍稍宽慰，便问部众道："来将是什么人？有这等厉害！"有一卒脱口应道："就是岳爷爷。"兀术道："莫非就是岳飞吗？果然名不虚传。"从金人口中，叙出岳飞，力避常套。是晚在新城扎营，命逻卒留心防守。兀术也不敢安寝，待到夜静更阑，方觉矇眬欲睡，梦中闻小校急报道："岳家军来了！"当即霍然跃起，披甲上马，弃营急走。金兵也跟着奔溃。怎奈岳家军力追不舍，慢一步的，都做了刀下鬼，惟脚生得长，腿跑得快，还算侥幸脱网，随兀术逃至龙湾。兀术见岳军已返，检点兵士，十成中已伤亡三五成，忍不住长叹道："我军在建康时，只防这岳飞截我后路，所以令偏将王权等，留驻广德境内，倚作后援，难道王权等已经失败么？现在此路不得过去，如何是好？"将士等进言道："我等不如回趋黄天荡，再向原路渡江，想韩世忠疑我已去，不至照前预备哩。"兀术沉吟半晌，方道："除了此策，也没有他法了。"遂自龙湾乘舟，再至黄天荡。

小子须补叙数语，表明岳飞行踪。岳飞自兀术南行，曾令部军在后追蹑，行至广德境内，可巧遇着金将王权，两下交战数次，王权哪里敌得过岳飞，活活的被他拿去。还有首领四十余，一并受擒。岳飞将王权斩首，余众杀了一半，留了一半；复纵火毁尽敌营，进军钟村，本思南下勤王，只因军无现粮，不便远涉，且料得兀术不能持久，得了辎重，总要退归原路，于是移驻牛头山，专等兀术回来，杀他一场爽快。至兀术既经受创，仍逼还黄天荡，又想江中有韩世忠守着，自己又带着陆师，未合水战，不如回攻建康，俟建康收复，再截兀术未迟，于是自引兵向建康去了。是承上起下之笔，万不可少。

且说兀术回走黄天荡，只望韩世忠已经解严，好教他渡江北归，好容易驶了数里，将出荡口，不意口外仍泊着一字儿战船，旗纛上面，统是斗大的韩字，又忍不住叫起苦来。将士等恰都切齿道："殿下不要过忧，我等拚命杀去，总可护殿下过江，难道他们都不怕死吗？"兀术道："但愿如此，尚可生还，今且休息一宵，养足锐气，明日并力杀出便了。"是夕两军相持不动，到了翌晨，金兵饱食一餐，便磨拳擦掌，鼓噪而出。那口外的战船，果被冲开，分作两道。金兵乘势驶去，不料驶了一程，各战船忽自绕漩涡，一艘一艘的沉向江底去了。怪极。看官道是何故？原来世忠知兀术此来，必拚命争道，他却预备铁缆，贯着大钩，分授舟中壮士，但俟敌舟冲出，便用铁钩搭住敌舟，每一牵动，舟便沉下。金兵怎知此计，就是溺死以后，魂入水晶宫，还不晓得是若何致死。兀术见前船被沉，急命后船退回，还得保全了好几十艘，但心中已焦急的了不得，只好请韩元帅答话。世忠即登楼与语，兀术哀求假道，誓不再犯。也有此日。世忠朗声道："还我两宫，复我疆土，我当宽汝一线，令汝逃生。"兀术语塞，转舵退去。

会闻金将孛堇太——译作贝勒搭叶。由挞懒遣来，率兵驻扎江北，援应兀术，兀术遥见金帜，胆稍放壮，再求与韩元帅会叙。两下答话时，兀术仍请假道，世忠当然不从。兀术道："韩将军你不要太轻视我！我总要设法渡江。他日整军再来，当灭尽你宋室人民。"世忠不答，就从背后抬弓注矢欲射，毕竟兀术乖巧，返入船内，连忙返棹。世忠一箭射去，只中着船篷罢了。兀术退至黄天荡，与诸将语道："我看敌船甚大，恰来往如飞，差不多似使马一般，奈何奈何？"诸将道："前日凿通老鹳河，是从悬赏得来，殿下何不再用此法？"兀术道："说得甚是。"遂又悬赏购募，求计破韩世忠。适有闽人王姓，登舟献策，谓"应舟中载土，上铺平板，并就船板凿穴，当作划桨，俟风息乃出。海舟无风不能动，可用火箭射他篷篷，当不攻自破了。"又是一个汉奸。兀术大喜，依计而行。韩世忠恰未曾预防，反与梁夫人坐船赏月，酌酒谈心。两下里饮了数巡，梁夫人忽颦眉叹道："将军不可因一时小胜，忘了大敌，我想兀术是著名敌帅，倘若被他逃去，必来复仇，将军未得成功，反致纵敌，岂不是转功为罪么？"世忠摇首道："夫人也太多心了。兀术已入死地，还有甚么生理，待他粮尽道穷，管教他授首与我哩。"梁夫人道："江南、江北统是金营，将军总应小心。"一再戒慎，是金玉良言。世忠道："江北的金兵，乃是陆师，不能入江，有何可虑？"言讫乘着三分酒兴，拔剑起舞，将军有骄色了。口吟《满江红》一阕，词曰：

万里长江，淘不尽，壮怀秋色。漫说道，秦宫汉帐，瑶台银阙。长剑倚天氛雾外，宝光挂日烟尘侧，向星辰，拍袖整乾坤，消息歇。龙虎啸，风江泣，千古恨，凭谁说？对山河耿耿，泪沾襟血。汴水夜吹羌管笛，銮舆步老辽阳幄。把唾壶敲碎，问蟾蜍，圆何缺？此词曾载《说岳全传》。他书亦间或录及，语语沉雄，确是好词，因不忍割爱，故亦录之。

吟罢，梁夫人见他已饶酒兴，即请返寝，自语诸将道："今夜月明如昼，想敌厉不敢来犯，但宁可谨慎为是。汝等应多备小舟，彻夜巡逻，以防不测。"诸将听命。梁夫人乃自还寝处去了。谁料金兵一方面已用了兀术计,安排妥当,由兀术刑牲祭天,竟乘着参横月落,浪息风平的时候,驱众杀来。正是:

瞬息军机生巨变,由来败事出骄情。

毕竟胜负如何,且至下回续叙。

余少时阅《说岳全传》,尝喜其叙事之热闹。及长,得览《宋史》,乃知《说岳全传》中所载诸事,多半出诸臆造,并无确据,然犹谓小说性质,本与正史不同,非意外渲染,固不足醒阅者之目。追阅及是编,载韩世忠、夫人与金兀术交战黄天荡事,与《说岳全传》中相类。第彼则犹有增饰之词,此则全从正史演出,而笔力之矫悍,独出《说岳全传》之上。乃知编著小说,不在伪饰,但能靠着一支笔力,纵横鼓舞,即实事亦固具大观也。人亦何苦为凭空架饰之小说,以愚人耳目乎?

第六十八回　赵立中炮失楚州
　　　　　刘豫降虏称齐帝

却说金兀术驱众杀出,时已天晓,韩世忠夫妇,早已起来,忙即戎装披挂,准备迎敌。世忠已轻视兀术,不甚注意,惟饬令各舟将士,照常截击,看那敌舟往来,却比前轻捷,才觉有些惊异。蓦闻一声胡哨,敌舟里面,都跳出弓弩手,更迭注射。正想用盾遮蔽,怎奈射来的都是火箭,所有篷帆上面,一被射中,即哔哔剥剥的燃烧起来。此时防不胜防,救不胜救,更兼江上无风,各舟都不能行动,坐见得烟焰蔽天,欲逃无路。智者千虑,必有一失。亏得巡江各小舟,统已舣集,梁夫人忙语世忠道:"事急了,快下小船退走罢!"世忠也无法可施,只好依着妻言,跳下小舟,梁夫人亦柳腰一扭,蹿入小舟中央,百忙中尚用风韵语。又有几十个亲兵,陆续跳下,你划桨,我鼓棹,向镇江逃去。其余将弁以下,有烧死的,有溺毙的,只有一小半得驾小舟,仓皇走脱。兀术得了胜仗,自然安安稳稳的渡江北去。虽是人谋,恰寓天意。惟世忠奔至镇江,懊怅欲绝,等到败卒逃回,又知战死了两员副将,一是孙世询,一是严允。看官你想!世忠到了此际,能不恨上加恨,闷上加闷么?还是梁夫人从旁劝慰道:"事已如此,追悔也无及了。"世忠道:"连日接奉谕札,备极褒奖,此次骤然失败,教我如何复奏?"梁夫人道:"妾身得受封安国时,曾入谢太后,见太后仁慈得很,对着妾身,已加宠眷,后来苗贼乱平,妾随将军同至建康,亦入谒数次,极蒙褒宠。现闻皇上已还越州,且向虔州迎还太后,妾当陈一密奏,形式上似弹劾将军,实际上却求免将军,想太后顾念前功,当辅语皇上,豁免新罪哩。"此为高宗及太后俱还越州,特借梁氏口中叙说。且稗乘中曾称梁氏劾奏世忠,夫妇间宁有互劾之理,得此数语,方为情理兼到。世忠道:"这却甚好,但我亦须上章自劾哩。"当下命文牍员草了两奏,由夫妇亲加校正,遂录好加封,遣使赍去。过了数天,即有钦使奉诏到来,诏中谓:"世忠仅八千人,拒金兵十万众,相持至四十八日,数胜一败,不足为罪。特拜检校少保,兼武成感德诏节度使,以示劝勉"云云。世忠拜受诏命,即送使南归,夫妇同一欢慰,不必细表。

且说金兀术渡江北行,趋向建康,还道建康由金兵守住,徐徐的到了静安镇。甫到镇上,遥见有旗帜飘扬,中书岳字,他不觉大惊,亟令退兵。兵未退尽,后面已连珠炮响,岳飞领大队杀到,吓得兀术策马飞奔,驰过宣化镇,望六合县遁去。到了六合,收集残兵,又失去了许多辎重,及许多士卒,当下顿足叹道:"前日遇着岳飞,被他杀败,今日又遇着他,莫非建康已失去不成?"言甫毕,即接得挞懒军报,说是:"建康被岳飞夺去,所有前时守兵,幸由孛堇太一救回。现我军围攻楚州,请乘便夹击"等语。了过孛堇太一及建康事,简而不漏。兀术想了一会,又问来人道:"楚州城果容易攻入否?"来人道:"楚州城不甚坚固,惟守将赵立很是能耐,所以屡攻不下。"兀术道:"我现在急欲北归,运还辎重,赵立欲许我假道,我也没工夫击他,否则就往去夹攻便了。"遂备了一角文书,遣使至楚州投递,问他假道。待了三日,未见回来,还是挞懒着人走报,方闻去使已被斩讫,枭示城头。统用简文叙过。兀术不禁大怒道:"甚么赵立?敢斩我使人?此仇不可不报!"随即遣还挞懒来使,并与语道:"欲破楚州,须先截他的粮道,我愿担当此任。城内无粮,不战自溃,请转告汝主帅便了。"来使领命自去。兀术遂设南北两屯,专截楚州饷道。楚州既被挞懒围攻,又由兀术截饷,当然危急万分,任你守将赵立如何坚忍,也有些支持不住,不得不向行在告急。时御史中丞赵鼎,正与吕颐浩作死对头,屡劾颐浩专权自恣,颐浩亦言鼎阻挠国政。诏改任鼎为翰林学士,鼎不拜,复改吏部尚书,又不拜,且极论颐浩过失至数千言。颐浩因求去,有诏罢颐浩为镇南军节度使,兼醴泉观使,仍命鼎为中丞。寻又令鼎签书枢密院事。鼎得赵立急报,拟遣张俊往援。俊与颐浩友善,不愿受鼎派遣,遂固辞不行。乃改派刘光世,调集淮南诸镇,往援楚州。看官阅过上文,应亦晓得刘光世的人品,他本不足胜方面的重任,除因人成事外,毫无能力。品评确当。部将如王德、郦琼等皆不服命,就使奉命赴援,也未必足恃,况又闻得张俊不行,乐得看人模样,逍遥江西。任用这等将军,如何规复中原?高宗迭次下札,催促就道,他却一味逗留,始终不进。那时楚州日围日急,赵立尚昼夜防守,未尝灰心。挞懒料他援绝粮穷,再四猛攻,立撤城内沿墙废屋,掘一深

第六十八回 赵立中炮失楚州 刘豫降虏称齐帝 343

坎,燃起火来,城上广募壮士,令持长矛待着,每遇金人缘梯登城,即伤用矛钩入,投掷火中,金人却死了无数。挞懒又选死士穴城而入,亦被缚住,一一枭首。惹得挞懒性起,誓破此城,遂命兵士运到飞炮,向城轰击。立随缺随补,仍然无隙可乘。又相持数日,立闻东城炮声隆隆,亟上登磴道,督兵防守,不意一石飞来,不偏不倚,正中立首。立血流满面,尚是站着,左右忙去救他,立慨然道:"我已伤重,终不能为国殄贼了。"言讫而逝,惟身仍未倒。不愧其名。经左右舁下城中,与他殓葬。金兵疑立诈死,尚不敢登城,守兵亦感立忠勇,仍然照旧守御。又越十日,粮食已尽,城始被陷。赵立,徐州人,性强毅,素不知书,忠义出自天性。恨金人切骨,所俘金人,立刻处死,未尝献馘计功。及死事后,为高宗所闻,追赠奉国节度使,赐谥忠烈。

岳飞方引兵赴援,至泰州,闻楚州已陷,不得已还军。金兀术闻楚州得手,北路已通,便整装欲归。忽闻京、湖、川、陕宣抚使张浚,自同州、鄜延出兵,将袭击中途。因又变了归计,拟转趋陕西,为先发制人的计策。兀术固是能军。可巧金主亦有命令,调他入陕,遂自六合引兵西行。到了陕西,与娄室相会。回应六十五回。娄室谈及攻下各城,多被张浚派兵夺去,心实不甘,所以请命主子,邀一臂助。兀术道:"张浚也这般厉害吗?待我军与决一战,再作区处。"原来张浚自建康启行,直抵兴元,适当金娄室攻陷鄜延及永兴军,关陇大震。浚招揽豪俊,修缮城隍,用刘子羽为参议,赵开为随军转运使,曲端为都统制,吴璘、吴玠为副将,整军防敌,日有起色。既而娄室攻陕州,知州李彦仙向浚求救。浚遣曲端往援,端不奉命,彦仙日战金兵,卒因援师不至,城陷自杀。娄室入关攻环庆,吴玠迎击得胜,且约端援应,端又不往。玠再战败绩,退还兴元,极言端失。浚本欲倚端自重,至是始疑端不忠;及闻兀术入寇江、淮,意欲治军入卫,偏端又从中作梗,但诿称西北兵士,不习水战。浚乃因疑生怒,罢端兵柄,再贬为海州团练副使,安置万安军,端实不端,加贬已迟。自督兵至房州,指日南下。一面遣赵哲复鄜州,吴玠复永兴军,复移檄被陷各州县,劝令反正。各州县颇多响应,再归宋有。

至兀术北归,浚自还关、陕,调合五路大军,分道出同州、鄜延,东拒娄室,南击兀术。是段补接六十六回中语。兀术因此赴陕,会娄室军相偕西进。浚亟召集熙河经略刘锡,秦凤经略孙偓,泾原经略刘锜,环庆经略赵哲,并及统制吴玠,合五路大兵,共四十万人,马七万匹,与金兵决一大战。当令刘锡为统帅,先驱出发,自率各军为后应。统制王彦入谏道:"陕西兵将,不相联络,未便合作一气,倘或并出,一有挫失,五路俱殆,不若令各路分屯要害,待敌入境,檄令来援,万一不捷,尚未为大失哩。"浚以为然。刘子羽又力言未可,浚慨然道:"我岂不知此理?但东南事尚在危急,不得已而出此。若此处击退狡虏,将来西顾无忧,东南可专力御寇了。"志固可嘉,势却不合。吴玠、郭浩又皆入谏,浚仍然不从,遂麾军启行。前队进次富平,刘锡会集诸将,共议出战方法。吴玠道:"兵以利动,此间一带平原,容易为敌所乘,恐有害无利,应先据高阜,凭险为营,方保万全。"各将多目为迂论,齐声道:"我众彼寡,又前阻苇泽,纵有铁骑前来,也无从驰骋,何必转徙高阜哩!"刘锡因众议不同,亦未能定夺。诸将各是其是,统帅又胸无定见,安得不败? 偏娄室引兵骤至,部下皆舆柴囊土,搬投泽中,霎时间泥淖俱满,与平地相似。胡马纵辔而过,进逼宋将各营,兀术也率众趋到,与娄室为左右翼,列阵待战。刘锡见敌已逼近,当命开营接仗。吴玠、刘锜等敌左,孙偓、赵哲等敌右,左翼为兀术军,经刘锜、吴玠两人,身先士卒,鼓勇驰突,前披后靡。兀术部众,虽经过百战,也不免少怯,渐渐退后,兀术也捏了一把冷汗。惟娄室领着右翼,与孙偓、赵哲两军厮杀,孙偓尚亲自指挥,不少退缩,偏赵哲胆小如鼠,躲在军后,适被娄室看出破绽,竟领铁骑直奔赵哲军,哲慌忙驰去,部众随奔,孙军也被牵动,不能支持,顿时俱溃。刘锜、吴玠两军,望见右边尘起,已是惊心,怎禁得娄室杀败孙、赵,又来援应兀术。并力攻击,于是刘锜、吴玠亦招架不住,纷纷败北。统帅刘锡见四路俱败,还有何心恋战,当然的退走了。一发牵动全局,故师克在和,不在众。

　　张浚驻节邠州,专听消息,忽见败兵陆续逃回,料知邠州亦立足不住,只好退保秦州,及会见刘锡,痛加责备。刘锡归罪赵哲,乃召哲到来,数罪正法,并将锡谪宦,安置合州,饬刘锜等各还本镇,上书行在,自请待罪。旋接高宗手诏,尚多慰勉语,浚益加愤激。怎奈各军新败,寇焰日张,泾原诸州军,多被金兵攻陷,还有叛将慕洧,导金兵入环庆路,破德顺军,浚自顾手下,只有亲兵一二千人,哪里还好再战? 且警耗日至,连秦州也难保守,没奈何再退至兴州。或谓兴州也是危地,不如徙入蜀境,就夔州驻节,才有险阻可恃,永保无虞。浚与刘子羽商议,子羽勃然道:"谁创此议,罪当斩首! 四川全境,向称富庶,金人非不垂涎,徒以川口有铁山,有栈道,未易入窥,且因陕西一带,尚有我军驻扎,更不能飞越入蜀。今弃陕不守,纵敌深入,我却避居夔峡,与关中声援两不相闻,他时进退失计,悔将何及? 今幸敌方肆掠,未逼近郡,宣司但当留驻兴州,外系关中人望,内安全蜀民心,并急遣官属出关,呼召诸将,收集散亡,分布险要,坚壁以待,俟衅而动,庶尚可挽救前失,收效将来。"侃侃而谈,无一非扼要语。浚起座道:"参军所言甚是,我当立刻施行。"言下,即召诸参佐,命出关慰谕诸路将士。参佐均有难色,子羽竟挺身自请道:"子羽不才,愿当此任。"浚大喜,令子羽速往。子羽单骑径行,驰至秦州,檄召散亡各将士,将士因富平败后,惧罪而逸,几不知张浚所在。及奉命赦罪,仍复原职,自然接踵到来。不消数日,便集得十余万人,军势复振。子羽返报张浚,即请遣吴玠至凤翔,扼守大散关东的和尚原;关师古等聚

第六十八回　赵立中炮失楚州　刘豫降虏称齐帝

熙河兵,扼守岷州的大潭县;孙偓、贾世方等,集泾原、凤翔兵,扼守阶、成、凤三州。三路分屯,断敌来路,金兵始不敢轻进。且因娄室病死,兀术自觉势孤,暂且择地屯兵,俟养足锐气,再图进步,这且待后再表。

且说金挞懒略地山东,进陷楚州,且分兵攻破汴京,汴守上官悟出奔,为盗所杀。汴京系北宋都城,旧称东京,河南府称西京,大名府称北京,应天府称南京,至是尽为金有,金主晟本无意中原,从前遣粘没喝等南侵,曾面谕诸将道:"若此去得平宋室,须援立藩辅,如张邦昌故事。中原地由中原人自治,较为妥当。"粘没喝奉谕而出。及四京相继入金,复提及前议。刘豫闻这消息,亟用重金馈献挞懒,求他代为荐举。挞懒得了重赂,颇也乐从,遂转告粘没喝,请立刘豫为藩王。粘没喝不答。挞懒再致书高庆裔,令替刘豫作说客,庆裔受金命为大同尹,即就近至云中,谒见粘没喝道:"我朝举兵,只欲取两河,所以汴京既得,仍立张邦昌。今河南州郡,已归我朝,官制尚是照旧,岂非欲仿张邦昌故事么?元帅不早建议,乃令恩归他人,窃为元帅不取呢。"粘没喝听了此言,不由的被他哄动,遂转达金主。金主即遣使至东平府,就刘豫部内,咨问军民,应立何人?大众俱未及对。独豫同乡人张浃,首请立豫。众亦随声附和,因即定议,使人返报金主。挞懒亦据情上闻,金主遂遣大同尹高庆裔,及知制诰韩昉,备玺绶宝册,立刘豫为齐帝。豫拜受册印,居然在大名府中,耀武扬威的做起大齐皇帝来了。

高宗建炎四年九月,即金主晟天会八年,大名府中,也筑坛建幄,请出那位卖国求荣的刘豫,穿戴了不宋不金的衣冠,郊过天,祭过地,南面称尊,即伪皇帝位,用张孝纯为丞相,李孝扬为左丞,张柬为右丞,李俦为监察御史,郑亿为工部侍郎,王琼为汴京留守,子麟为大中大夫,提领诸路兵马,兼知济南府事。张孝纯尝坚守太原,颇怀忠义,后因粘没喝劝降,遂致失节。粘没喝遣他助豫,豫因拜为丞相。豫升东平府为东京,改东京为汴京,降南京为归德府,惟大名府仍称北京,命弟益为北京留守,且自以为生长景州,出守济南,节制东平,称帝大名,就四郡间募集丁壮,得数千人,号为云从子弟。尊母瞿氏为太后,姜钱氏为皇后。钱氏本宣和宫人,颇有姿色,并习知宫掖礼节。豫乃舍妻立妾,格外加宠。君国可背,遑问妻室!即位时,奉金正朔,沿称天会八年,且向金廷奉上誓表,世修子礼。嗣因金主许他改元,乃改次年为阜昌元年。嗣是事金甚恭,赠遗挞懒,岁时不绝。挞懒心下甚欢,寻又想了一法,特将一个军府参谋,纵使南归,令他主持和议,计害忠良,作了金邦的陪臣,宋朝的国贼。这人非别,就是遗臭万年的秦桧。大忠大奸,必用特笔。自徽、钦二帝被掳,桧亦从行,应六十二回。二帝辗转迁徙,至韩州时,桧尚随着。徽宗闻康王即位,作书贻粘没喝,与约和议,曾命桧润色书词。桧本擅长词学,删易数语,遂觉情文凄婉,词致缠绵。及粘没喝得了此书，转献金主，金主晟也加赞赏，因召桧入见，交与挞懒任用。挞懒本金主晟弟，颇握重权，及奉命南侵，遂任桧参谋军事，兼随军转运使。桧妻王氏，曾被金军掠去，同桧北行。桧既得挞懒宠任，王氏自然随侍军中。或说王氏与挞懒私通，小子未得确证，不愿形诸楮墨，《说岳全传》中谓王氏与兀术私通，尤属大谬。秦桧夫妇，并不在兀术军中，何从与私？后人恨他们同害岳飞，姑作快论，但究不免虚诬耳。惟制造军衣，充当厨役，王氏亦尝在列。挞懒因秦桧夫妇，勤劳王事，格外优待。桧夫妇亦誓愿报效，所以将前此拒立异姓的天良，已在幽、燕地方，抛弃得干干净净。挞懒相处已久，熟悉他两口儿的性情，遂与他密约，纵使还南。桧遂挈妻王氏航海至越州，诈言杀死监守，夺舟回来。廷臣多半滋疑，谓桧自北至南，约数千里，途中岂无讥察？就使从军挞懒纵令来归，亦必拘质妻属，怎得与王氏偕行？于是你推我测，莫名其妙。独参知政事范宗尹，同知枢密院事李回，素与桧善，力为析疑，并荐桧忠诚可任。高宗乃召桧入对，桧即首奏所草与挞懒求和书，并劝高宗屈从和议，为迎还二帝，安息万民地步。高宗甚喜，顾谓辅臣道："桧朴忠过人，朕得桧很是欣慰。既得二帝母后消息，又得一佳士，岂非是一大幸么？"要他来误国家，原是幸事。遂拜桧为礼部尚书，未几即擢为参知政事。小子有诗叹道：

> 围城守义本成名，何意归来志已更。
> 假使北迁身便死，有谁识是假忠贞？

桧既邀宠用，因请高宗定位东南。高宗升越州为绍兴府，且诏令次年改元绍兴，一切后事，详见下回。

赵立为知州，而忠义若此，刘豫为知府，而僭逆若彼，两相比较，愈见立之忠，与豫之逆。若张浚，若秦桧，亦足为比较之资。浚与赵立，名位不同，原其心，犹之立也，不得因其丧师，而遂目为不忠。桧与刘豫，行迹不同，原其心，犹之豫也，不得因无叛迹，而遂谓其非逆。故立与豫固本回之主也，而浚与桧亦本回之宾中主耳。一薰一莸，十年尚犹有臭，不期于此回两见之。

第六十九回　破剧盗将帅齐驱
　　　　　　败强虏弟兄著绩

却说建炎四年冬季，下诏改元，即以建炎五年，改为绍兴元年。高宗因秦桧南归，得知二帝消息，因于元旦清晨，率百官遥拜二帝，免朝贺礼。自从金

第六十九回　破剧盗将帅齐驱　败强虏弟兄著绩

人南下，骚扰中原，兵民困苦流离，多啸聚为盗，迭经各路将帅，剿抚兼施，盗稍敛迹。惟尚有著名盗目，忽降忽叛，为地方患，宋廷复设法羁縻，令为各路镇抚使，如翟兴、薛庆、陈求道、李彦先等，既食宋禄，颇知效力王事，甘为国死。独襄阳盗桑仲，江、淮盗戚方、刘忠、邵青，襄、汉盗张用，建州盗范汝为，未曾剿平。又有叛贼李成，本为江东捉杀使，建炎二年，叛据宿州，为刘光世所破，窜迹江、淮、湖、湘，横行十数郡，势最强横，且多造符谶，煽惑中外。高宗特命吕颐浩为江东安抚制置使，令讨李成，反为成部马进所败，且将江州夺去。<small>颐浩实属无能。</small>时王彦破桑仲，岳飞破戚方，戚至张俊处乞降，俊拜表奏闻，高宗乃授俊江、淮招讨使，岳飞为副，往讨李成。俊遂约飞会师，飞尚未至，忽得筠州急报，州城被马进破陷了。俊奋然道："江、筠迭失，豫章危了，我不可不先往。"遂麾兵急赴，驰入豫章，自喜道："我得入洪州，破贼不难了。"当下令军士，坚壁清野，固守勿动。一面檄飞到洪州。马进领着党羽，乘胜进犯，连营南昌山，声势锐甚，俊并不发兵，但饬军固守。相持旬余，进致书约战，书中字迹，写得很大。俊偏用着蝇头小楷，约略答复，也未尝说明战期。进以为怯，殊不设备。可巧岳飞领兵到来，入城见俊，问及战守情状。俊与言大略，飞接口道："现在却不妨出战了。贼势虽众，只顾前不顾后，若用奇兵，沿着江流截住生米渡，再用重兵潜出贼右，攻他无备，定可破贼。"俊极口称善。飞因自请为先锋，俊益大喜，遂令杨沂中带精骑数千，往截生米渡，更遣飞自率所部，掩击贼寨。

　　飞重铠跃马，直趋西山，行近贼营，便当先突入，部众一齐随上。马进急出营抵敌，甫至门首，见岳飞已挺枪刺来，慌忙用刀招架，战不数合，即被飞杀败，拖刀逃走。飞率众追杀，但见得人仰马翻，血飞尸积，不到一时，已将各座营盘，一律扫净，化为平地。<small>极写岳飞。</small>进奔还筠州。飞赶至城下，扎营城东，料进未敢出战，遂想了一个诱敌的法儿，用红罗为帜，中刺岳字，选骑兵二百人，拥帜巡行，自己却伏在城隅，令骑兵诱进来追，然后杀出。进在城楼瞭望，见骑兵拥着岳字旗帜，往来城东，军中又未见岳飞，还疑飞未曾亲到，但遣骑兵扬旗示威，恐吓城中，随即引兵杀出。骑兵见进出城，立刻返奔，进策马力追，驰过城隅，背后忽大呼道："狗强盗往哪里去？"进勒马回顾，大呼的不是别人，正是岳飞。他已与飞交过了手，自知不敌，又因飞拦住归路，不能回城，便弃城东走。飞复大呼道："不愿从贼的，快快坐着，我不杀汝。"贼众闻言，多半弃械就坐，由飞按名录簿，共得八万人，好言慰谕，遣归乡里。复率军追赶马进。进拚命奔驰，不意张俊、杨沂中也领兵杀到，前后夹击，把进困在垓心。进用尽气力，才杀开一条血路，向南康急奔。张、杨两军，刚欲追赶，乃值岳飞驰到，自愿前驱，乃让飞先行，两军随后策应。飞夤夜追进，到了朱家山，与进后队相遇,刺死贼目赵万成,余贼四窜。飞趁势再追,到了楼子寺,遥见尘头大起,李成引贼十余万,蜂拥而来。飞毫不畏怯,但舞动一杆长枪,迎头乱刺。霎时间,戳倒了数十人。贼众从未见过这般猛将,都各顾生命,倒退下去,反致冲动自己的后队,互相践踏,乱个不休。李成见部众捣乱,亟上前弹压,恰巧碰着岳飞杀入,便抖擞精神,舞刀接仗。谁料岳飞这支枪杆,与寻常大不相同,仅三五合,杀得李成一身臭汗,看看要败将下去,旁边闪出一骑,竟抢刀相助,双战岳飞。飞左挑右拨,纯任自然,三匹马盘旋片时,那来骑手下略松,竟被飞刺落马下。看官道是谁人?原来就是马进。不肯使一直笔。进坠马后,身尚未死,偏李成见他下马,纵辔返奔,岳家军随着主帅,一拥而上,马蹄杂沓,顿将马进踏得稀烂,名足符实。复追奔至十里外,斩馘至数千级,方下营待着后军。

　　张俊与杨沂中驰到,见飞已得胜,自然欢慰。俊语飞道:"岳先锋天生神力,无患不胜,但部众未免劳苦,应休息为佳,待我等追杀一阵,何如?"飞乃让两军前进,自就险要处驻营。俊与沂中引兵追成,约行十余里,为河所阻,对岸恰遍立贼营,蚁屯蜂集。杨沂中语俊道:"贼势尚众,不应力敌,须用智取,今夜由沂中从上流渡河,绕系贼后,制使可绝流径渡,腹背夹攻,必胜无疑。"俊称为妙计,当令沂中乘夜潜渡,越一二时,料知沂中已达对岸,也击鼓渡河。李成闻有鼓声,忙呼众迎敌,正在交锋,不防后面由沂中杀到,那贼众多半乌合,统是胜不相让,败不相救,一遇危急时候,便四面乱窜;其实是窜得越慌,死得越快。看似俚语,实是名言。十多万强盗,被张、杨二军,首尾截杀,伤毙了三四万,招降了两三万,逃去了一二万,可怜李成数年的积聚,一旦抛尽,单剩了三五千人,越江遁去。张俊也逾江穷追,至蕲州黄梅县,得及李成,成众看见张字旗号,好似老鼠遇猫,吓得魂不附体,且走且呼道:"张铁山到了! 张铁山到了!"俊面目黧黑,因呼他为张铁山。成复经此创,已是不能成军,只好走降刘豫。俊等乃还取江、筠诸州城,兴国军等处,伏盗闻风远遁。

　　惟张用自襄、汉东下,再袭江西,被岳飞探悉。飞与用同籍相州,即致书谕用道:"我与汝同里,能战即来,不能战即降。"用得书,知飞不可敌,即复书愿降。飞亲往慰抚,用等皆喜服。自是江、淮悉平。俊表奏飞功第一,有诏进飞为右军都统制,令屯洪州,弹压余贼。既而邵青为刘光世部将王德所擒,献诣行在,奉旨特赦,编入御前忠锐军。范汝为由韩世忠往剿,五日破灭,汝为自焚死,东南少定。可巧江东、陕西两处,亦陆续有捷报到来,江、浙益安。

　　金挞懒自攻陷楚州,进窥通、泰诸州,适有武功大夫张荣,在兴化缩头湖畔,联舟作寨,为自守计。挞懒欲渡江南侵,拟先破荣寨,荣遂率舟师迎战,见敌舰不多,但用小舟出击。会值天旱水涸,敌舰为泥淖所阻,不能前

第六十九回 破剧盗将帅齐驱 败强虏弟兄著绩

进,荣分军为二,一半用舟,一半登陆。舟师大呼前进,奋击敌舰,敌舰不能行驶,禁不住荣兵四至,只好从舟中跃出,褰裳登岸,急不暇择,脚忙手乱,往往溺毙水中,或陷入泥淖,不能自拔,即遭杀死。幸而得达彼岸,又被荣兵截住,乱杀乱剁,经挞懒指麾健卒,冲开血路,方才走脱。荣收军回营,检点俘馘,约五千余人,遂奉表告捷。荣本梁山泺渔人,聚舟数百,专劫金人。杜充驻师江、淮,曾借补荣为武功大夫。金人屡攻不克,至是以杀敌报功,遂擢荣知泰州。

挞懒奔至楚州,闻刘光世引兵来攻,遂不敢逗留,退屯宿迁,未几北去,光世遂进复楚州。*正好去凑现成。*高宗又欲起用汪伯彦,命为江东安抚大使,旋经侍御史沈与求论劾,才将他褫职,勒令回籍。江东已无金人,只有陕西一带,尚为金兀术所盘踞,连破巩、河、乐、兰、郭、积石、西宁诸州。熙河副总管刘惟辅被执,骂敌遇害。兀术又进陷福津,蹂躏同谷,入逼兴州。宣抚使张浚退保阆州,令张深为四川制置使,刘子羽同趋益昌,王庶为利夔制置使,节制陕西诸路,兼知兴元府。寻复用吴玠为陕西都统制,且召曲端至阆州,仍欲重用。端与吴玠、王庶,均有宿嫌,*选见前文*。玠遂入白张浚,谓端再起用,必与公不利。且在手中写着"曲端谋反"四字,密示张浚。王庶亦上言谮端,谓端尝作诗题柱,有"不向关中争事业,却来江上泛渔舟"两语,意在指斥乘舆。浚乃逮端下恭州狱。适夔路提刑康健,曾因事忤端,被端鞭背,至此正好因公报私,命狱吏把端縶住,用纸糊端口,外爇以火。端口渴求饮,给以烧酒,遂致七窍流血,死于狱中。端有马名铁象,日驰四百里,豢爱如子息。及被逮下狱,闻康健提刑,呼天长叹,自知必死,又连称铁象可惜。及端死,铁象亦毙。*端早有可诛之罪,惟浚不杀之于前时,独杀之于此日,殊为非法。*

时关、陇六路尽破,止余阶、成、岷、凤、洪五州,及凤翔境内的和尚原,陇州山内的方山原罢了。吴玠扼守和尚原,积粟缮兵,列栅固垒,为死守计。金兀术遣部将没立,*一译作默呼*。自凤翔出兵,乌勒折合*一译作额勒济格*。自大散关出兵,约会和尚原,夹攻吴玠。或劝玠退屯汉中,玠慨然道:"我在此,寇不敢越,保此地就是保蜀呢。"随即搜集兵甲,预备出师。旋有侦骑来报,金将乌勒折合已到北山,玠整军出发,严阵以待。乌勒折合贻书请战,玠不慌不忙,分军为前后二队,径逼北山。金兵沿山列阵。见玠军逼近,便麾众出战,玠怒马突出,劈头遇着金将,手起刀落,砍落马下,金兵为之夺气。玠率前队军杀入,与金兵鏖斗一场,自巳至午,杀伤过当。两军俱回阵午餐,餐毕复战。玠令前队休息,将后队抽出,与敌再斗。金兵已觉力乏,怎禁得一支生力军,杀将过来,顿时遮拦不住,逐步退后。玠督兵进逼,乌勒折合料难抵挡,就回马奔驰。主将一逃,无人不走,被吴玠驱杀数里,丧失无数。没立方攻箭笞关,玠复遣将往击,杀败没立。两军终不得合,急忙报知兀术。兀术大愤,会集诸将及兵卒十余万,亲自督领,就渭水上筑起浮梁,陆续渡兵,进抵宝鸡。当从宝鸡县起,结连珠寨,垒石为城,夹涧与玠军相拒,进薄和尚原。

玠闻金兵大至,恐部下骇愕,遂召齐将士,勉以忠义,并啮臂出血,与众设誓。众皆感泣,愿尽死力。玠弟名璘,亦在军中,玠与语道:"今日是我兄弟报国的日子,万一兵败,宁我兄弟先死,决不使将士先亡。"璘奋然应诺,诸将亦齐声道:"主将兄弟报国,我等亦愿报主将。"可见用兵全在主帅,主帅致命,将士自然随奋。玠大喜,遂与璘挑选劲弩,与诸将分番迭射,连发不绝,势如雨注,号为驻队矢,金兵少却。玠又分遣诸将,从间道绕出,断敌粮道,且令璘带弓弩手三千,往伏神岔沟,自度敌众,粮尽且走,竟纵兵夜击,连破敌营十余座,兀术仓皇败走,奔至神岔,一耳炮响,箭如飞蝗。兀术抱头前窜,身上还中了两箭,耳中且听得有人呼道:"兀术休走!"此时天色未明,不辨左右,兀术恐被敌认识,亟把须髯剃尽,飞马遁去。

嗣是知陕西地不易攻守,竟命归刘豫统辖,中原尽为豫有。豫遂于绍兴二年,徙居汴京,尊祖考为帝,就宋太庙立主。忽然间,暴风卷入,屋瓦皆振。豫所悬大齐旗帜,尽被狂飙卷去,竿亦吹折,宋祖有灵,胡不咸吓金人,而独咸吓刘豫耶?士民大惧,豫亦未免扫兴。时襄阳盗桑仲已就抚为襄阳镇抚使,上疏行在,请合诸镇兵复中原。吕颐浩正败贼饶州,进拜少保,入为尚书左仆射,见了仲奏,遂乞高宗准议,命仲节制军马,规复刘豫所置州郡,且令翟兴、解潜、王彦、陈规、孔彦舟、王亨等诸镇抚使,互为应援。仲受命后,至郢州调兵。知郢州霍明,疑仲有逆谋,诱他入门,击碎仲首。仲将李横,方任襄、邓统制,闻仲死耗,便起兵击明。明败走,横入郢州。既而河南镇抚使翟兴为裨将杨伟所戕,伟受豫重赂,因此杀兴,携首奔豫。横承仲志,闻这消息,即进兵阳石,破刘豫军,乘胜下汝州,破颍顺军,攻入颍昌府。豫接颍昌警报,遣降盗李成,率兵二万往援,并向金乞援。金调兀术救豫,两军同至牟驼冈,夹攻李横。横寡不敌众,只好退走,颍昌复失。

先是兀术在陕,因和尚原败退,不敢再行问津,诸将群以为怯。至兀术往援刘豫,吴玠闻信,留弟璘守和尚原,自率军驻河池,一面檄熙河总管关师古收复熙、巩诸州。金将撒离喝得报大怒,即命降将李彦琪驻秦州,窥仙人关,牵制吴玠,复令游骑出熙河,牵制关师古,自统兵从商、於进发,直捣上津,攻金州。金、均、房三州镇抚使王彦,迎战败绩,退保石泉,三州均被陷没。撒离喝乘胜而进,直趋洋汉。时刘子羽调知兴元府,闻王彦败退,急命田晟守饶凤关,并遣人召吴玠入援。玠自河池驰救,日夜趋三百里,至饶凤关,用黄柑遗金将,且致书道:"大军远来,聊用止渴。"撒离喝大惊,用杖击地道:"尔来何

第六十九回　破剧盗将帅齐驱　败强虏弟兄著绩

速,真令人不解呢。"当下督军仰攻,一人先登,二人拥后,前仆后继,更番迭上。玠军弓弩乱发,兼用大石推压,相持至六昼夜,尸如山积,关仍如旧。撤离喝更募死士,由间道出祖溪关,绕至玠后,乘高瞰饶凤关,诸军支持不住,相继溃去,金兵入洋州,玠邀子羽同去,子羽恰留玠同守定军山。玠以为难守,竟退保西县。子羽亦不得已,焚去兴元积贮,退屯三泉。撤离喝遂驰入兴元,进兵金牛镇,四川大震。子羽从兵不满三百,粮食复尽,但与士卒取草芽木甲,权作充饥,一面遗玠书,誓死诀别。子羽系刘韐长子,韐为国殉忠,应有是跨灶儿。玠已往仙人关,得子羽书,尚无行意,爱将杨政大呼道:"节使不可负刘待制,否则政等亦舍去节使,自去逃生了。"又声直达。玠乃从间道往会子羽,子羽因留玠共守三泉。玠答道:"关外为西蜀门户,不应轻弃。"乃留兵千人,助刘子羽守三泉,自己仍回守仙人关。

子羽既与玠别,即巡阅形势,设计保守。望见附近有潭毒山,峭壁斗绝,上面却宽平有水,乃督兵建设营垒。垒方筑就,金兵大至,相隔只数里。子羽据着胡床,危坐垒口,并没有慌张情状。诸将俱泣告道:"这非待制坐处。"子羽道:"死生有命,子羽命中该死,就死在这里,汝等不必惊慌,要死同死,或者倒未必死哩。"道言未绝,金兵蚁附而来,但仰见子羽戎服雍容,安然坐着,反令金人莫名其妙。撤离喝亲出觇视,也疑子羽是诱敌计,不敢近前,况又山势陡绝,不便援登,就使用箭上射,也万分吃力,未必能及,因即挥兵退去。子羽见金兵已退,方起兵回营。诸将均服他胆识,益加敬佩。撤离喝返至凤翔,复遣使十人,往招子羽。子羽将九人斩首,独放一人归去,且明谕道:"归语尔帅,欲来即来,我愿与死战,岂肯降汝?"使人吓得心胆俱裂,抱头驰还。撤离喝终不敢再进,并因饷运不继,杀马以食。子羽与玠复屡用游兵四扰,弄得撤离喝寝食不安,只好还军。子羽复约玠出师掩击,金兵统有归志,无心返战,徒落得堕溪坠涧,丧毙无算,所有辎重,尽行弃去。王彦乘势复金、均、房三州。

越年,金兀术、撤离喝及刘豫部将刘夔,三路连合,攻破和尚原,转趋仙人关,吴玠先命弟璘设寨关右,号为杀金平。金兵凿厓开道,循岭东下,誓破此关。吴玠守第一隘,吴璘守第二隘,金人用云梯,用铙钩,用火箭,想尽攻关的法儿,始终不能破入,反死了若干士卒。玠与璘且带领诸将,分紫白旗,捣入金营,金阵大乱。金将韩常被射中目,金人始宵遁。玠又遣王浚等埋伏河池,扼敌归路,复得一回胜仗。那兀术、撤离喝、刘夔等人,都垂头丧气,奔还凤翔去了。小子有诗咏吴玠兄弟道:

一门竟出两名臣,伯仲同心拒敌人。
莫怪蜀民崇食报,迄今庙貌尚如新。仙人关下有吴氏庙。

吴氏兄弟,名扬陇蜀、金、齐诸军,始不敢再犯,有诏授玠为川陕宣抚副使,璘为定国军承宣使,此外一切详情,容至下回续陈。

史称南渡诸将,莫如张、韩、刘、岳。张即张俊,非张浚也。俊与岳飞,同剿李成,遇事与商,言必听,计必从,同心破贼,让功与飞,告捷之时,推为第一,向使不变成心,协图恢复,无后来附桧之失,则名将之称,尚属无愧,惜乎其晚节不终也。韩世忠功虽逊岳,犹足副名,刘光世一庸将耳,毫不足道,或谓以刘锜当之,理或然欤?锜事见后。惟吴玠兄弟,保守陇蜀,迭建奇功,乃不与韩、岳并称,殊令后人无从索解。尽信书则不如无书,春秋以后,岂尚有董狐哉?

第七十回　岳家军克复襄汉
　　　　　　韩太尉保障江淮

却说张浚镇守关、陕三年,因刘子羽及吴玠兄弟,赞襄军务,虽未能规复关、陕,但全蜀赖以安堵;且以形势牵制东南,江、淮亦少纾敌患。自吕颐浩入相后,与张浚虽无宿嫌,恰也不甚嘉许,更有参政秦桧,阴主和议,当然是反对张浚。桧平居尝大言道:"我有二策,可安抚天下。"及问他何策,他又言:"未登相位,说亦无益。"高宗还道他果有奇谋,即拜为尚书右仆射。桧乃入陈二策,看官道是何计? 他说是:"将河北人还金,中原人还刘豫。"这等计策,却是言人所不敢言。高宗此时,还有些明白,却驳斥道:"桧言南人归南,北人归北,朕系北人,当归何处?"桧无词可对,复易说以进道:"周宣王内修外攘,所以中兴,今二相一同居内,如何对外?"此语是排挤吕颐浩。高宗乃命颐浩治外,秦桧治内。颐浩请高宗移趋临安,自至镇江开府,都督江、淮、荆、浙诸军事。高宗准如所请,移跸临安。会召胡安国为中书舍人,兼官侍读,专讲《春秋》。秦桧欲延揽名士,布列清要,藉作揄扬。既见安国入用,遂与他虚心论交。安国为所笼络,竟极力称桧,说他人品学术,在张浚诸人上。高宗亦颇信用。

会颐浩奉诏还临安,荐朱胜非代任都督,高宗遂起用胜非。安国劾胜非,附和汪、黄,尊视张邦昌,及苗、刘肆逆,又贪生畏死,辱及君父,此人岂可再用? 高宗乃收回成命,改任胜非为侍读。安国复持诏不下。颐浩特命检正黄龟年,另行草诏,颁示行阙。安国遂托疾求去。颐浩劝高宗降旨谴责安国,将他落职,只命提举仙都观。秦桧三上章,乞留安国,均不见报。侍御史江跻、左司谏吴表臣等二十余人,上言胜非不可用,安国不当责,均坐桧党落职,台

第七十回　岳家军克复襄汉　韩太尉保障江淮

省为之一空。颐浩又暗使侍御史黄龟年等,劾秦桧专主和议,阻挠恢复远图,且植党专权,罪应黜逐。乃罢桧相,榜示朝堂,永不复用。遂进朱胜非为右仆射,兼知枢密院事。胜非本与张浚有宿憾,因日言浚短,高宗乃遣王似为川、陕宣抚处置副使,名为辅浚,实是监浚。浚始不安于位,上疏辞职,且言似不胜任。看官你想吕、朱两相,左牵右掣,哪里容得住张德远?浚字德远。当下召浚至临安,但说要他入任枢密,及浚既奉命南还,即由中丞辛炳,侍御史常同等,劾浚丧师失地,跋扈不臣诸罪,竟将浚落职,奉祠居住福州,并安置刘子羽于白州,张浚已枉,子羽尤枉。擢王似为宣抚使,卢法原为副使,与吴玠并镇川、陕。既而辛炳、常同,又迭论颐浩过失,于是颐浩亦罢为镇南节度使,提举洞霄宫,命赵鼎参知政事,且授刘光世为江东、淮西宣抚使,屯兵池州,韩世忠为淮南东路宣抚使,屯兵镇江,王𤫉为荆、湖制置使,屯兵鄂州,岳飞为江西南路制置使,屯兵江州。

适刘豫将董质,以虢州归宋,由统制谢皋接收。刘豫复遣李成攻虢州,谢皋猝不及防,竟被执去。皋指腹示成道:"我腹中只有赤心,不似汝等鬼蜮哩。"言毕,自破心腹,肠出而死。李成进破邓州、襄阳府,豫更派兵陷伊阳,并与金人合兵图西北。熙河总管关师古拒战败绩,竟举洮、岷二州降豫。豫更联络洞庭湖贼杨么,令与李成合军,自江西趋浙。岳飞闻警,即奏请规复襄阳六郡,除心膂大患,先逐李成,次平杨么,然后进图中原。规画秩然,不等空谈。高宗语朱胜非、赵鼎,胜非言:"襄阳为江、浙上流,不可不急取。"鼎谓:"知上流厉害,无如岳飞,当令飞专任此事。"乃命飞兼荆南制置使,规复襄阳。飞既接诏,即日渡江,顾语僚属道:"飞不擒贼,誓不返渡。"大有祖逖击楫中流气象。遂长驱至郢州。郢州已为刘豫所有,遣部将京超拒守。超有勇力,素号万人敌,闻飞抵城下,登陴守御,自恃勇力,不甚设备。飞下令道:"先登者赏,退后者斩!"部将王贵、牛皋等,奋勇登城,飞麾众随上,前仆后继。霎时间拔去齐帜,换了宋帜。京超开城逃走,由飞遣将追蹑,超投崖死,郢州遂复。飞安民已毕,即进趋襄阳。李成率众迎战,分步骑为两队,步兵列平野,骑兵临襄江。飞视后,微哂道:"步兵利险阻,骑兵利平旷,今李成乃适与相反,显违兵法,虽有众十万,怕他甚么?"房在目中,何妨笑视。遂从马上举鞭指示王贵道:"尔可用长枪步卒,击他骑兵!"又指牛皋道:"尔可率骑兵,击他步卒!"两将奉令,分头前进。王贵杀入敌骑阵内,专用长枪,刺他坐马,马中枪即坠,骑贼纷纷落马,戳毙无数,余骑多逼入江中,也多半溺死。牛皋杀入步兵队里,怒马驰骋,锐不可当,步贼不遭刃毙,也被踏毙,又伤亡了无数。李成顾命要紧,也无心管及部下,只好飞马逃去。飞遂克复襄阳。还有刘豫部将,驻扎新野,收成溃众,准备再战。飞派牛皋攻随州,王贵攻唐州、邓州,张宪攻信阳军,自率裨将王万,分作左右两翼,掩击新野贼兵。成众已是虎口余生,早知岳家军厉害,一见岳字旗帜,早已魂胆飞扬,逃得不知去向,此外伪齐兵士,自觉形势孤单,当然溃散。被岳飞、王万两翼,痛剿一阵,徒落得尸横遍野,血流成渠。待岳飞回至襄阳,牛皋、王贵、张宪等,陆续报道胜仗,所有随州、唐州、邓州、信阳军,一律收复。于是襄、汉悉平。飞移屯德安,军声大振,当即露布告捷。高宗闻报大喜道:"朕素闻飞行军有律,不料他遽能破敌,竟成大功。"因下诏褒奖。飞疏陈恢复事宜,大旨略道:

  金人所爱,惟子女玉帛,志已骄惰。刘豫僭伪,人心终不忘宋,如以精兵二十万,直捣中原,恢复故疆,诚易为力。襄阳、随、郢地皆膏腴,苟行营田,其利甚厚,臣候粮足,即过江北剿敌,以慰宸廑。谨闻!

高宗得奏,乃命赵鼎知枢密院事,兼都督川、陕、荆、襄诸军事。鼎以不才辞,高宗面谕道:"四川全盛,财赋半天下,朕尽以付卿,可便宜黜陟,朕不遥制。"鼎乃条奏便宜行事等件,高宗颇欲听从,偏朱胜非从中阻抑,有意牵制。鼎复上书直陈,略云:

  顷者陛下遣张浚出使川、陕,国势百倍于今,浚有补天浴日之功,陛下有砺山带河之誓,君臣相信,古今无二,而终致物议,以被窜逐。夫丧师失地,浚则有之,然未必如言者之甚也。大抵专黜陟之典,受不御之权,则小人不安其分,谓爵赏可以苟求,一不如意,便生觖望,是时蜀士,至于酿金募人,诣阙讼之,以无为有,何以自明?故有志之士,欲为国立事者,每以浚为戒。今臣无浚之功,当此重任,去朝廷远,恐好恶是非,行复纷纷于阙廷之下矣。现臣所请兵,不满数千,半皆老弱,所赉金帛至微,荐举之人,除命甫下,弹墨已行,臣日侍宸衷,所陈已艰难,况在万里之外乎?所望悯臣孤忠,使得展布四体,少宽陛下西顾之忧,则不胜幸甚!

疏入未报,会霪雨连绵,诏求直言,侍御史魏矼劾奏朱胜非,说他:"蒙蔽主聪,致干天谴。"胜非亦自请去职,乃将胜非免官,左右两相,次第罢职。高宗正拟择人继任,忽闻刘豫向金乞援,金遣讹里朵、挞懒、兀术率兵五万人应豫。豫令子麟、侄猊与金兵会,分道南侵,骑兵自泗攻滁、步兵自楚攻承州,大有吞视江南的气象。高宗甚为焦急,适值赵鼎入朝辞行,拟赴川、陕。高宗道:"金、齐连寇,国势阽危,卿岂可离朕远去?当遂相卿。"鼎叩首而退。越日,即拜鼎尚书右仆射,兼知枢密院事,另命沈与求为参政。鼎决意主战,与求亦与鼎同意。鼎乃劝高宗特颁手诏,促韩世忠进屯扬州。是时世忠正搜剿江湖剧盗,降曹成,斩刘忠,受爵太尉,功高望重,既接高宗手谕,便感泣道:

第七十回　岳家军克复襄汉　韩太尉保障江淮

"主忧如此,臣子何可贪生?"遂自镇江济师,进屯扬州,使统制解元守承州,御金步卒,亲提骑兵驻大仪,抵挡敌骑。且伐木为栅,自断归路,誓与金、齐决一死战。会吏部员外郎魏良臣,奉使如金,途中与世忠相遇。世忠知良臣是主和派,故意撤去炊爨,然后与良臣会叙。且伪言已经奉诏移屯平江,<u>兵不厌诈,不得谓世忠无信。</u>良臣领首,匆匆驰去。世忠待良臣出境,即奋然上马,下令军中道:"视吾手中鞭,鞭指何处,即向何处,不得稽迟!"将士应令,随世忠出发。世忠相视形势,随地设伏,少约百人,多约千人,计自大仪以北,设伏二十余处。自置营五座,令各伏兵,闻营中鼓声,一同出击,违令者斩!筹画既定,专等金兵到来。<u>是谓好谋而成。</u>

金前将军聂儿孛堇<u>一译作聂呼贝勒</u>。正拟遣派侦骑,探悉宋军所向,巧值魏良臣驰至,即问明宋军消息。良臣自述所见,孛堇大喜,急引兵至江口,距大仪不过数里。别将挞不野<u>一译作托卜嘉</u>。拥着铁骑,骤马向前,经过韩世忠五营东首。世忠早已瞧着,忙令营中擂鼓,鼓声一响,伏兵四起,各奋力突入金兵阵中。挞不野虽然骁悍,怎奈一人不能四顾,东塞西决,南防北溃,霎时间四面八方,统夹入宋军旗帜,几乎目眩神迷,无从指挥。蓦见有一队健卒,横入阵中,人持一斧,斧柄甚长,上掐人胸,下斫马足,眼见得金兵大乱,人马迭仆。挞不野到了此时,也顾不得许多了。三十六着,走为上着,也想觅路逃生,偏偏退了数步,竟陷入泥淖中,怎禁得宋军四至,围裹与铁桶相似,所有骑士,统被擒去,挞不野也只好束手待毙,坐受捆缚罢了。世忠既擒住挞不野,再进军攻金兵,一面遣偏将成闵,率骑卒数千,往援解元。解元到了承州,也是设伏待着,且决河阻住金兵。金兵涉水攻城,将至北门,解元即放起号炮,呼召伏兵,伏兵一齐杀出,金兵怯退。既而又至,再战再却,却而又进,一日至十三次。解元也自觉疲乏,但总相持不退。<u>总算勍敌。</u>遥听东北角上,鼓声大震,一彪军远远杀到,解元疑是金军,却也未免心惊,忽见金兵阵脚已动,似有慌乱的情状。解元登高瞭望,见是韩字旗帜,便大呼道:"韩元帅到了!"大众闻韩元帅三字,仿佛是天兵天将,前来相助,顿时精神倍奋,统鼓勇杀上。金兵腹背受敌,当然支撑不住,一哄儿逃走了。解元追将过去,正遇着前来的援师,仔细一瞧,乃是统领成闵,便问道:"韩元帅到未?"成闵道:"元帅已亲追金兵去了,派我前来援应。"解元听着,已知成闵一军,是冒着韩字旗号,恐吓金人,明人不消细说,遂与成闵合军,追蹑金兵。沿途俘获甚多,直追到三十里外,方才回军。

成闵自往世忠处报捷,世忠已至淮上,大败金将聂儿孛堇等,金兵渡淮遁去。世忠得胜回营,见成闵进谒,方知承州并捷,遂将详情奏报行在。群臣相率称贺,高宗道:"世忠忠勇,朕知他必能成功。"沈与求奏道:"自建炎以来，我朝将士，未尝与金人迎敌，今世忠连捷，功勋卓著，要算是中兴第一功臣了。"高宗点首道："朕当格外优奖，卿可为朕拟赏哩。"与求奉命，将应赐世忠帛马，及世忠部将解元、成闵等，俱一一加秩。高宗自然照行。赵鼎更劝高宗亲征，藉作士气，高宗至此，也自觉胆大起来，居然下亲征诏命，孟庾为行宫留守，指日督兵临江。鼎退朝，僚属喻樗语鼎道："六龙临江，兵气百倍，但公自料此举，果否万全，还是孤注一掷呢？"鼎慨然道："中国累年退避，士气不振，敌情益骄，义不可以更屈，所以劝帝亲征。成败由天，非我所敢逆料。"樗答道："据此说来，公应先筹归路。张德远有重望，若令宣抚江、淮、荆、浙、福建，募诸道兵赴阙，他的来路，就是朝廷归路呢。"鼎不禁称善，乃入白高宗，请起用张浚。高宗准奏，召浚为资政殿学士。浚奉旨入朝，高宗与语亲征事，浚极力赞同，乃手诏为浚辩诬，复命知枢密院事。浚拜命退朝，往见赵鼎，与鼎握手道："此行举措，颇合人心。"鼎笑道："这是喻子才喻*樗字。*的功劳，他尚思推贤任能，难道鼎敢蒙蔽么？"归功喻樗，不愧相度。浚逊谢。鼎又道："公既复任，应即执殳赴敌，为王前驱。"浚即答道："明日即当陛辞，出赴江上。"鼎喜抚浚背道："如此才可杜人口呢！"浚遂告别。越宿入辞高宗，即赴江上视师。

　　高宗也启跸临安，刘锡、杨沂中率禁兵扈驾，赵鼎当然随行。途次饬刘光世移军太平州，为韩世忠声援。光世与世忠有私隙，不愿移兵，且遣人讽鼎道："相公既受命入蜀，何事为他人任患？"韩世忠也有传言，谓赵丞相真是敢为。鼎闻韩、刘等言，请高宗即日遣使劝勉韩、刘，并面奏道："陛下养兵千日，用兵一时，若少加退沮，人心立涣。长江虽险，不足恃了。"高宗乃命御史魏矼往谕韩、刘，刘光世乃移驻太平州，高宗亦进次平江，始下诏暴刘豫罪，整厉六师，且欲渡江决战。鼎恐胜负难料，不堪一挫，乃谏阻高宗道："敌众远来，利在速战，骤与争锋，恐属非计。且逆豫尚且遣子，陛下何必亲自临阵，但中途调度，已足声明天讨了。"高宗乃止。想是巴不得有此语。

　　会闻庐州告警，飞札令岳飞往援，岳飞提兵趋庐，命牛皋为先锋，徐庆为副。皋至庐州城下，见伪齐兵已围住城北，金兵且陆续继至，便一马当先，遥呼金将道："敌将听着！我乃岳元帅部下先锋牛皋是也！能战即来，可与我斗三百合。"仿佛《三国演义》中张翼德口吻。金将闻声相顾，果见岳字旗帜，飞扬城南，便语部众道："岳家军不可犯，我等不如退回罢！"言已遂去。伪齐兵见金人退走，也不战自溃。牛皋待岳飞到来，与飞相见。飞语皋道："快快追去！我若不追，便自回军，恐他又再来了。"皋乃追击三十余里，金、齐两军，还疑岳飞亲自追到，慌忙溃退，互相践踏，并被宋军杀死，不可胜计。

　　金兵返屯泗州竹墩镇。挞懒领泗州军，兀术领竹墩镇军，为韩世忠所扼，贻书币约战。世忠遣麾下王愈及两伶人，报以橘茗，且传言张枢密在镇江，已颁下文事，命决战期，兀术道："闻张枢密已贬岭南，何从在此？你不要欺我！"愈持浚文书出示，兀术不觉变色，半响才答道："汝国尝遣使议和，现在魏良臣方自北归南，曾由我朝与约，拟在建州以南，封汝国为藩属，免得争战不休，汝国尚以为未足，乃欲与我开战，将来兵败国亡，恐尺寸地，非汝有了。"魏良臣使事，即借兀术口中叙过。愈答道："我国非不愿与贵国议和，但贵国逼我太甚，夺我两河、三镇，羁我二帝，尚欲逞兵江、淮，册立叛逆，试问如何和得？自来国家存亡，半由天命，半由人事，人定亦能胜天，姑与贵国再决胜负，请看我朝，果毫无能为否？"理直气壮。兀术几无词可答，但说道："要战就战，难道我朝怕汝不成？"言毕遣还王愈等，世忠得愈归报，正拟调兵遣将，隔宿出发。到了翌晨，由侦卒来报，金兵已经夜遁，伪齐兵亦逃去了。世忠亟饬兵往追，途中只收得辎重若干，统是伪齐兵所弃，那人马早已去远，料知追赶不及，因即回营。看官道金、齐二军，何故速退？原来是时为绍兴四年暮冬，天大雨雪，饷道不通，军中杀马代粮，各有怨言，挞懒、兀术见部众已无斗志，宋军又防御甚严，料知不能深入，且因金主病笃，不得不赶紧退回。金兵一退，刘麟、刘猊哪里还敢独留，连辎重都不及携去，急急的遁走了。

　　世忠奏达平江，高宗喜语赵鼎道："各路将士，翕然效命，所以得却强敌，但皆由卿一人之力。"鼎拜谢道："事出圣断，臣何力可言？惟强寇今虽遁归，他日未必不来，须博采群言，为善后计。"实是要着。高宗称善。乃诏令宰执以下，会议攻战备御的方法。侍御史魏矼等，奏请罢"讲和"二字，代以"攻守"，饬厉诸将，力图攘敌。所以魏良臣持来金约，简直不复，命韩世忠屯镇江，刘光世屯太平，张俊屯建康，搜兵阅乘，协力防御。召张浚还行在，扈跸回临安，进赵鼎、张浚为左右仆射，并同平章事，兼知枢密院事，都督各路军马，时在绍兴五年二月。随时点清年月，以清眉目。小子有诗咏道：

　　　　将相同逢济世才，六飞一出敌人回。
　　　　当年庙算能长定，大业胡为不再恢？

　　嗣闻金主晟已殂，兄孙亶继立，免不得又要遣使了。欲知所使何人，待至下回再详。

　　得赵鼎、张浚为相，得岳飞、韩世忠为将，此正天子高宗以恢复之机，令其北向以图中原，不致终沦江左也。观岳飞之一出襄、汉，而六郡即平，观韩世忠之独扼江、淮，而二寇屡败，高宗亦尝褒奖岳飞，嘉许韩世忠，似非不知韩、岳之忠勇者。迨下诏亲征，出次平江，而金、齐二军，又即远飑，虽未必因战败而去，然亦可藉此以作士心，挽国脉，此后能决定庙谟，用贤御寇，安知中原之不可复？讵必鳃鳃然议和为哉？本回所叙，实南宋转捩之机关，宋之所以不即亡者，赖有此尔。一阳初长，剥极而复，奈何高宗之得此已足乎？

第七十一回　入洞庭擒渠扫穴
　　　　　　返庐山奉榇奔丧

　　却说绍兴五年，金主晟病殁，金人称他为太宗，当由粘没喝、兀术等，拥立金太祖孙合剌为主。合剌一作赫拉。合剌易名为亶，继立后，却也没甚变动。偏宋廷诸大臣以为金立新君，或肯许和，应遣使通问，藉觇情势。惟中书舍人胡寅，极力谏阻，高宗下诏褒谕。会张浚奏称："国家遣使，系兵家机权，将来能辟地复土，终归和好，未可遽绝。"乃遣忠训郎何藓使金。胡寅见所言不从，遂乞外调，因出知邵州。使臣非必不可通，但徒向虏廷乞和，殊属无益。

　　时洞庭贼杨么，异常猖獗，张浚以洞庭据长江上游，杨么为乱，不急讨平，恐滋蔓为害，乃自请视师江上。高宗准奏，命浚出视师，先至潭州，次至醴陵。沿途稽查狱囚，多系杨么部下的侦探，浚一一释出，好言抚慰，各给文牒，令他还招诸寨，各犯欢呼而去。自是贼寨，次第来降，惟么么抗命如故。么本名太，系鼎州盗钟相部党，相尝以左道惑众，胁聚至数千人，自称楚王，改元天载，尝攻陷澧州，嗣被降盗孔彦舟所袭，把相擒住，并获相子子昂，槛送行在，一律伏诛。独杨太竟得漏网，收集散贼，盘踞龙阳，渐渐的鸱张起来。楚人向称少年为么，因呼杨太为杨么。太自恃剽悍，亦即以么自号，立钟相少子子仪为太子，令部众臣事子仪，自己也算在子仪属下，但僭称大圣天王，一切兵权，掌在手中，他要做这样，子仪只好依他这样，他要做那样，子仪也只好依他那样，因此洞庭湖中，单晓得杨么，不晓得有钟子仪。实是杨么使刁，看官莫说是恋情故主。高宗令都统制王瓊，会兵往讨，瓊本是个没用人物，但遣忠锐军统制崔增等，进攻杨么。崔增等一去不回，后来接得军报，才知是全军覆没了。既而杨么乘着水涨，麾众出来，攻破鼎州杜木寨，守将许筌战死。王瓊却束手无策，不得已奏达败仗。

　　高宗既遣张浚视师，复封岳飞为武昌郡开国侯，兼清远军节度使，代王瓊招捕杨么。飞部下皆西北人，不惯水战，至是奉命即发。且下令军中道："杨么据住洞庭湖，出没水中，人家都说他厉害，不便往剿。其实用兵讨寇，何分水陆？但教将帅得人，陆战胜，水战亦胜，本使自有良法，破这水寇，诸将士不用担忧，总叫依我号令，齐心并力，看杨么能逃我手么？"看得真，拿得稳，并非

第七十一回 入洞庭擒渠扫穴 返庐山奉榇奔丧

大言不惭。大众被辖有年，早知岳元帅智勇，自然惟命是从。飞先遣使招谕么党，旋接来使还报，黄佐愿降。飞喜道："佐系杨么谋士，得他来降，尚有何说！"言毕，遂欲起身往抚。牛皋、张宪等，俱劝阻道："贼党来降，恐有诡计，不可不防！"飞笑道："古人有言，不入虎穴，焉得虎子？我欲破灭杨么，全在黄佐一人身上，难道真要用我陆师，攻他水寇么？"当下命前使导着，竟单骑出营，去见黄佐，驰至佐寨，令前使传语道："岳制使来。"几似郭子仪单骑见虏。黄佐问有若干人？去使道："只有岳制使一人。"佐即召语部下道："岳节使号令如山，若与他对敌，万无生理，所以我拟往降。今岳节使单骑自来，诚信可知，必善待我等，我等开寨迎接便了。"部下都无异言，遂开门迎见岳元帅，执礼颇恭。岳飞亦下马慰劳，且用手抚佐背道："汝晓明顺逆大义，深足嘉尚，此后诚能立功，封侯也是易事。"佐不待说毕，便道谢节使裁成，随即引飞至寨，令部目一一进谒。飞温言慰谕，众皆悦服。飞复语佐道："彼此俱中国臣民，并非金虏可比，我此来特宣示大义，俾大众革面洗心，同卫王室，剿除异族。现拟遣汝至湖中，代达我意，可劝则劝，偕彼同来，视有才能，定当保荐。不可劝，劳汝设法擒捕，我回营后，即当拜本上奏，先请朝廷奖赏，藉示鼓励。"恩威并济，何敌不克？佐不禁感泣，誓以死报，飞与佐握手为约，当即返营，立保佐为武义大夫，遣人报知，一面暂按兵不动，静待黄佐消息。

　　会值张浚至潭州，参谋席益疑飞玩寇，入语张浚，请浚上疏劾飞。浚摇首道："岳侯忠孝兼全，怎得妄劾？汝疑他玩寇，他何至若是？兵有深机，非常人所能预测呢。"席益被浚驳斥，自觉惭愧，因即退出。隔了数天，飞往见张浚，述及战事，且云："黄佐已袭破周伦寨，把伦击死，并擒伪统制陈贵等人，现已上表奏功，拟迁佐为武功大夫了。"浚答道："智勇如公，何愁水寇？"相知有素。飞又道："前统制任士安不服王瓘命令，因此致败，如欲申明军律，不能不加罪士安。"浚点首示意。飞又与浚密谈数语，浚益大喜。飞即告别，还至营中，传任士安入帐，诘责罪状，加鞭三十；并指士安道："限汝三日，便当平贼，否则斩首不贷。"士安唯唯而出，自率部下入湖，扬言岳家军二十万，朝夕可至。杨么素恃险固，尝大言道："官军从陆路来，我可入湖，从水路来，我可登岸，欲要破我，除非飞来。"隐伏言谶。因此并不在意。部众报岳军进攻，乃调拨水兵数艘，出去迎敌。湖中遇着士安，不过数千兵士，便一拥上前，围住士安战船，并力猛攻。士安恐退后被诛，也拚命死战。士安亦知拚命，无非惮岳忠勇，否则不几降寇耶？正酣斗间，东西两面，俱有岳家军杀到，贼舟大乱。士安趁势杀出，与援兵会剿一阵，击沉贼舟好几艘，余贼遁去。

　　岳军与士安等回营报功，飞闻捷，即拟亲捣贼巢，忽接到张浚手书，内言："奉旨防秋，即日入觐，洞庭事暂且搁置，俟来年再议。"飞览毕，忙驰见张浚，开口便道："都督且少留，待飞八日，决可破敌。"浚微哂道："恐没有这般容易哩。"飞袖出小图，指示张浚道："这是黄佐献来洞庭全势，及杨么平素守御，详列无遗，按图进攻，不出十日，可扫荡贼巢了。"浚尚以水战为难，飞答道："王四厢即王瓘。用王师攻水寇，所以难胜，飞用水寇攻水寇，自转难为易。水战我短彼长，我以短攻长，如何不难？若因敌将，用寇兵，蒭他手足，离他腹心，使他孤立无助，然后用王师捣入，一鼓可平，八日内当俘诸酋，献诸帐下。"胸有成竹。浚半晌才道："既如此，我权留八日，八日后恕不相待了。"飞应诺而出，遂督兵赴鼎州。

可巧黄佐求见，立即召入。佐禀道："现有杨钦愿降，佐特与俱来，进谒节使。"飞喜道："杨钦素称骁悍，今亦前来效顺，大事成了，快去引他进来！"佐领命召入杨钦。钦至案前下拜道："钦慕元帅盛名，久思拜谒，只因族兄倡逆，恐罪及同族，未蒙相容，所以不敢径投。今武功大夫黄佐，盛称元帅厚恩，不追既往，用特登门请罪，还乞元帅宽恕！"岳飞亲自下座，将钦扶起道："朝廷定例，自首减等，况汝能先自振拔，不甘从逆，理应赦免前愆，本使还要特别保举，表荐汝为武义大夫，汝可再归湖中，招抚同侪，按功加赏。"钦欢跃而去，黄佐也即走了。

越两日，钦引余端、刘诜等来降，总道此次入见，定邀奖叙，哪知行近案前，仰见岳飞面上已带怒容，真是摸不着头脑，没奈何对他行礼，详禀招降情状。忽闻惊堂木一拍，随着厉声道："我叫你尽招诸酋，你为何止招两三人，便来见我？显见你是乖刁得很。左右快拖他下去，杖责五十！"令人怪极！杨钦尚思分说，已被帐下健卒，七手八脚的牵了出去，揿倒地上，杖责了五十下。钦连声呼冤，那里面又传出号令，饬将士百人，押钦出湖，令他再往招抚。钦暗思岳飞如此糊涂，悔不该听了黄佐，前来投降，今着将士押我返湖，我当诱他深入，杀他一个精光，方泄我恨，随即与将士同行。已堕岳飞计中。时已天晚，湖上一带，烟波浩淼，暝色苍茫，更兼是仲夏天气，湖水为暑气所蒸，尤觉得烟雾迷濛，前后莫辨。岳飞既遣将士百名，押钦出湖，复嘱令牛皋、王贵等，率兵数千，随钦继进。钦不顾后面，只管前进，曲曲折折的导入深巢，有一绝大水寨，驻扎贼众约数万人，便传一口号，当有巡贼，前来迎接。钦引将士百人，正要入寨，忽听后面鼓角齐鸣，战船丛集，不由的吓一大惊，回头一望，见牛皋、王贵等，已从船头跃上水寨，眼见得不能对敌，只好把胸中所有盘算，一齐抛向湖水中去，便招呼牛皋、王贵一同入寨。牛皋、王贵已受岳飞密嘱，未敢造次随入，即问钦道："寨内人士，果尽降否？如欲不降，我等便当杀入了。"钦无可奈何，乃大声呼道："全寨兄弟们听着！现岳元帅有数万人来到此地，问你等愿否归降？愿降大宋，请即迎谒，不愿降，速即出战！"看官！你

第七十一回　入洞庭擒渠扫穴　返庐山奉榇奔丧

想寨众全未预备，如何可以出敌？况岳军来势甚盛，若要与战，有死无生，大家顾命要紧，乐得应了一声，保全性命。牛皋、王贵又令他全数投械，才引兵入寨，一面遣报岳飞。

　　飞遂航湖自至，见水寨正在君山脚下，甚得形势，便登山四望，见湖右尚有贼舟，舟下有轮，鼓轮激水，行驶如飞。两旁置有撞竿，所当辄碎，当下长叹道："怪不得前此官军，常被撞沉呢。"随命军士，斩伐君山大木，穿成巨筏，塞诸港汊，又命用腐木乱草，乘上流浮下，择水浅处，使兵士驾着小舟，前行诱敌，且行且骂。贼众听着骂声，争来追赶，那诱敌兵却徐徐驶去。贼舟鼓轮撑篙，费尽气力，偏偏驶不上去，好像胶住一般。原来舟轮都被败草壅住，并有腐木拦着，处处都是窒碍，所以不便行驶。不料官军这方面，恰有大股战船，一齐杀到，连这位白袍银铠的岳元帅，也亲自到来。贼众未免丧胆，要想倒退，又是万分为难，不得已奔至港中。及入港口，复连声叫苦，见里面都是巨筏塞住，筏上载着官军，统跃上贼船，乱砍乱戳，港外又有官军进来，正是哑子吃黄连，说不尽的苦楚。说时迟，那时快，贼众正在危急，那杨么引兵来援，港口的官军，又退去抵挡杨么，港内贼舟，总道有生路可望，也逃出港口。一到港外，见两下正杀得厉害，官军各张着牛皮，抵挡矢石，且举巨木横撞，把杨么的坐船，都撞成好几个窟窿。俄听得官军大叫道："逆渠杨么投水了！"俄又听得官军拍手道："好好！逆渠受擒了。"贼众探头遥望，果然自己的大圣天王被一黑面将军从水中擒出，跳上岳元帅船中去了。从贼众眼中，叙出杨么被擒，又是一种笔墨。贼众愈觉慌忙，继复听得官军大呼："降者免死！"这时候除了此法，不能再活，自然口称愿降。岳飞派牛皋等收抚降众，自率张宪突入贼巢。巢中尚有余贼守着，闻岳飞猝至，群惊为神，俱开了寨门，挟着钟子仪，迎拜马前。飞亲行诸寨，示以忠义，令老弱归田，籍少壮为军。除将杨么枭首外，余皆赦免。当遣部将黄诚，携杨么首，至张浚处报捷。

　　浚得捷报，屈指计算，适合八日期限，不禁惊叹道："岳侯真是神算，无人可及！"乃令黄诚返报，请飞屯兵荆、襄，北图中原，自启节由鄂、岳二州，转入淮东，至行在觐见高宗。高宗召对便殿，浚奏事毕，复进《中兴备览》四十一篇，经高宗褒奖数语，命置座隅。浚又荐李纲忠诚可以重任，高宗乃命纲为江西安抚制置大使。纲自罢相落职，至绍兴二年，曾起为湖广宣抚使，兼知潭州。荆、湖、江、湘一带，流民溃卒，不可胜数，闻纲就宣抚任，均附首帖耳，不敢为非。纲日思规复中原，迭陈大计，不下万言，偏抚臣与他反对，竟说他空言无补，且在任所，不闻善状，因又将他罢职，至是再命他安抚江西。纲入觐高宗，仍抱定规复宗旨，面陈金、齐两寇，屡扰淮、泗，非出奇无以制胜，应速遣骁将，自淮南进兵，约岳飞为犄角，东西夹击，方可成功。高宗颇为嘉许，纲告辞而去。

张浚因秋防紧要，拟再视师江、淮，锐图大举，当即入朝面请，且力保韩世忠、岳飞两人，可倚大事，高宗又一一照准。浚尚未出，已得韩世忠军报，略言："在淮阳杀退金兵，惟城尚未下。"看官道这淮阳城是归何国？原来是属刘豫管辖。豫聚兵淮阳，为南侵计，世忠欲先发制人，竟引兵渡淮，直薄淮阳城下，适值金兀术来会刘豫，世忠即督兵与战。金先锋牙合孛堇一译作叶赫贝勒。恃勇前来，由世忠部将呼延通与他搏斗，战至数十合，未分胜负。两人杀得性起，各将兵械弃去，徒手步战，终被呼延通扼吭擒住。世忠乘胜掩击，金人败去。既而兀术、刘猊复引兵来援，世忠向张浚求救，待久不至，世忠竟勒阵向敌，且遣人驰语道："锦衣骢马，儿立阵前，便是韩相公，汝等何人善战，便即过来，一决雌雄！"一身都是胆。既而果有两敌将冲来，世忠不待近身，奋戈直出，左右一挥，两敌将死了一双，余兵怯退。世忠乃奏报行阙。高宗与张浚商议，浚言："且会师镇江，再作计较。"乃下诏令世忠还屯楚州。及浚至镇江，诸将毕集，浚派张俊屯盱眙，韩世忠仍屯楚州，刘光世屯合肥，杨沂中为张俊后援，岳飞屯襄阳，令图中原。

飞自戡定洞庭，还军襄阳，每日枕戈待旦，以恢复中原为己任，自得张浚驰书奖勉，越发激昂鼓励，锐图恢复。未几，朝命又下，改授武胜定国军节度使，兼宣抚副使，命置司襄阳，且往武昌调军。飞即日部署，终朝毕事，越宿即趋往武昌。正在募兵集旅，忽接襄阳家报："姚太夫人病逝了。"飞不禁变色，只叫了"母亲"二字，便晕厥过去。左右忙将他掖住，齐声号呼，好容易唤醒了他，但见他仰天大恸道："上未能报国尽忠，下未能事亲尽孝，忠孝两亏，如何为臣？如何为子？"左右竭力解劝，乃星夜奔丧，驰回襄阳。小子于岳飞履历，第六十一回曾已略叙，此处更宜补述一段故事。飞幼失怙，全赖母亲姚氏饮食教诲，始得成人。飞年渐长，事母至孝，但经母命，无一敢违。母尝以忠义勖飞，且把飞背上，刺着"尽忠报国"四大字，深入肤理，用醋墨涂在字上，令他永久不变。所以飞一生记着，孝字以外，就是忠字。揭出忠孝，借古讽今。先是庐州解围，飞得优叙，貤封母为太夫人。飞感朝廷恩遇，拟俟规复中原，辞官终养。庐州解围，事见前回。经此骤闻母丧，如何不痛？既至襄阳，将母尸棺殓，扶榇至庐州守制，一面上报丁忧，且乞终丧。偏有诏令他墨绖从戎，起复为京、湖宣抚使。飞再四奏辞，未邀俞允，但责令移孝作忠。乃不得已，仍就原职。朝廷又命他宣抚河东，节制河北诸路。飞因遣牛皋复镇汝军，杨再兴复河南长水县，自督军攻克蔡州。又饬王贵、郝政、董先等，复虢州及卢氏县，获粮十五万石，降敌众数万，再进军唐州，毁去刘豫兵营，于是慨然上表，请进军恢复中原。小子有诗咏岳制使道：

一生系念只君亲,亲殁惟存报主身。
愿复国仇三上表,如公才不愧忠臣。

未知高宗曾否准奏,且看下回便知。

岳武穆之忠孝,备见本回,而智勇亦寓于其间。观其入洞庭,擒杨么,预定期限,不愆时日,此非料敌如神,因寇制寇,乌能得此奇捷耶?杨么谓除非飞来,不意果有此飞将军自天而下,恃险者卒以险亡,据险者不以险怯,此可知世无不可平之巨寇,视我之有以制寇否也。岳母姚氏,抱飞免厄,事载《宋史》本传,而背涅"尽忠报国"四字,见诸飞被诬对簿、裂裳示验之时,史虽不详为岳母所刺,而稗史所载,故老相传,当非无稽,故本回亦录及之。及母丧守制,屡诏起复,不得已墨绖从事,彼岂贪恋职位者比?殆激于忠义之忱,欲达恢复中原之本旨,因有此权宜之举耳。张浚称岳侯忠孝,诚然!

第七十二回　聱将军败敌扬威
　　　　　　　愚参谋监军遇害

却说岳飞奏请进取中原,诏饬从缓。飞乃召王贵等引还鄂州。张浚闻高宗未从飞奏,心甚怏怏,遂自淮上入觐,面请驾幸建康,奖励三军,力图恢复。高宗意尚迟疑,会闻刘豫复欲南寇,浚申请益力。赵鼎亦劝高宗,进幸平江。高宗与张、赵二人,商议启跸,且欲用秦桧为行营留守。桧被斥后,本有永不复用的榜示,偏高宗是个没有主张的主子,今日说他是恶人,明日又说他是善人。想是贵人善忘的缘故。因此罢桧逾年,又令他知温州,寻复令知绍兴府。桧性成奸诈,料知张、赵为相,和议必不可成,不若虚与周旋,暂将议和二字搁起,换了一副假面目,对待张浚、赵鼎。浚本戆直,遂以桧为可用,荐为醴泉观使,兼官侍读。至是高宗又欲留桧守临安,浚当然赞成。鼎未以为然,因经浚力保,也不便多口,遂以桧为行营留守,孟庾为副,并准参决尚书省枢密院事。

高宗乃启行至平江,浚先往江上,探察伪齐消息,谍报刘豫令子麟、侄猊,分道入寇,且有金人为助。浚半晌才道:"我料金人未必肯来,金人助豫数次,屡致失败,难道还欲相助么?"遂将此意入奏。嗣闻刘麟由寿春进犯合肥,刘猊由紫荆山出涡口,进犯定远。还有反复无常的孔彦舟,前已降宋,继复降豫,也由光州进犯六安。张俊、刘光世俱张大敌势,俊请益兵,光世欲退师,浚即贻书二将道:"贼豫以逆犯顺,若不剿除,何以立国?朝廷养兵,正为今日,只宜进战,不宜退保。"书发后,又接到赵鼎手书,令杨沂中急援张俊,同保合肥,于是促沂中趋濠州,与俊合兵,且特给手书道:"朝廷待统制甚厚,应及时立功,借报知遇。"这书发出,复接高宗手札,谓:"张俊、刘光世恐不足任,当令岳飞率兵东下,抵制逆豫。俊与光世等军,不如命他退守江滨。"浚不禁愤叹道:"这事怎可使得?赵丞相日侍帝侧,难道亦不加谏阻么?"遂援笔写了数语,令文牍员装着首尾,即遣参谋吕祉驰奏。看官道是何语?由小子节叙如下:

  俊等渡江,则无淮南,而淮南之险,与贼共有。淮南之屯,正所以屏蔽大江,使贼得淮南,因粮就运,以为久计,江南其可保乎?今正当合兵掩击,可保必胜,若一有退意,则大事去矣。且岳飞一动,襄、汉有警,何所恃乎?愿朝廷勿专制于中,使诸将有所观望也。

  奏入,又由庐州驰到军报,刘光世已退趋采石了。浚顿足道:"光世这般畏怯,如何对敌?"道言未绝,正值吕祉驰回,入报浚道:"上已有旨,诸从公议,如各将有不用命,听军法从事。"浚大喜,便命吕祉驰往光世军,传达谕旨。祉亟往采石,截住光世,且厉声语道:"诏命已下,如有一人渡江,即斩以徇。"光世不觉股栗,乃仍回庐州。逐节叙写,见得军务倥偬,非常危急,于此可窥笔法。刘猊进军淮东,为韩世忠所拒,转趋定远。刘麟从淮西架三浮桥,接连渡军,进次濠州、寿春交界。张俊出兵抵御,相持未决。刘猊自定远趋宣化,欲寇建康,至越家坊,适与杨沂中相遇,正待整军交锋,不意沂中已奋杀过来,连迎战都属无暇。猊料不可当,忙麾军退去,改向合肥进发,意欲与麟合兵,集众后进。甫抵藕塘,望见前面有官军拦住,大纛上书一杨字,猊惊忿道:"莫非又是这髯将军么?"原来沂中击退刘猊,料知猊军必趋合肥,遂从间道进军,赶过刘猊前面,立营待着。沂中多髯,猊因呼为髯将军,当下刘猊据山列阵,命骑士挽弓注射,矢下如雨。沂中令统制吴锡,率劲兵五千,先行突阵,自率大军为后应。吴锡奉令登山,前队多中箭倒退。锡怒马突出,左持刀,右执盾,飞步上冈,部兵见主将前进,也不管死活,拚命随上。猊众不及拦阻,阵势稍动。沂中纵军四击,并自麾精骑,横冲猊军,且大呼道:"贼破了!"猊不觉骇顾,部下亦错愕失色,顿时溃乱。可巧统制张宗颜,亦奉到张浚檄文,自泗州来援合肥,正当猊众背后,乘势夹攻,猊众大败,被杀无算。猊奔至李家湾,又值张俊统兵杀来,猊吓得魂胆飞扬,忙向前夺路,专想逃生。偏张俊不肯放他过去,指挥兵士,把他困住。猊左冲右突,不能脱身,亏得谋士李愕令猊卸甲弃盔,钻入步兵队里,方免官军注目,从斜刺里溜出重围,才得走脱。猊与愕狂奔数里,四顾无人,方敢少憩。事后愈觉凄惶,不由的痛哭起来,且用首触愕道:

第七十二回　髯将军败敌扬威　愚参谋监军遇害

"不意此次用兵,遇着一个髯将军,真正晦气,害得我全军覆没,真好苦呢!"愕问是何人?猊带哭带语道:"闻官军称他为杨殿前,大约是杨沂中哩。他真是厉害,锐不可当。"愕也自觉没颜,只好劝慰数语,猊才止哭。俄见有败军数十人,骑马逃来,已是盔甲不全,狼狈得很,喘息片刻,方语猊道:"此处非休息的地方,恐追兵又要到来了。"猊慌忙起立,向骑兵中牵得一马,扬鞭遁去。愕亦借马走脱。骑卒无马可乘,不免落后,嗣经杨沂中追到,大声呼叱,遂投械请降。沂中复赶了一程,不见刘猊,始收军退回。为这一役,把猊众杀死了好几万,收降了好几万,伪齐大为夺气。刘麟闻猊初败,已退军数十里,不敢与张俊相持,所以俊得转攻刘猊。至是闻猊众尽没,越觉丧胆,因即回去。孔彦舟也撤光州围,引众亟还。

是时,金兀术亦屯兵黎阳,作壁上观,未尝进援,看官道是何故?先是刘豫发兵南侵,曾向金乞师,金主亶召群臣会议,太宗长子蒲卢虎道:蒲卢虎一作博郭勒。"先帝前日立豫,无非欲借作屏藩,使为宋害,今豫进不能取,退不能守,兵连祸结,无日休息,若屡从豫请,得一胜仗,惟豫收利,不幸致败,我且受弊。况前年因豫出师,已遭挫损,难道尚可许他么?"金主亶因不肯发兵,但遣兀术驻兵黎阳,坐观成败。至麟、猊等败还,且遣使诘责,说他无能。至是刘豫进退两难,渐失金人欢心了。

张浚因刘豫各兵俱已败退,请乘势攻河南,且乞车驾速幸建康。偏赵鼎谓不如回跸临安。看官试想!高宗果欲图恢复,理应北进,不应南退,鼎亦南宋名相,与浚协力图功,为何浚请高宗幸建康,鼎反请回临安呢?这其间也有一段隐情。自浚视师江上,尝遣参谋吕祉奏事。祉与鼎言,即极力夸张,鼎不免沮抑。及返报浚时,每言鼎有意牵掣,浚信以为真,将所有愤懑,形诸奏牍。高宗尝语鼎道:"他日张浚与鼎不和,必出自吕祉一人,卿不可不防!"鼎答道:"臣与浚本如兄弟,毫无嫌怨,今既由吕祉离间,致启浚嫌,不若留浚专政,俾得尽展才具,臣愿告退。"高宗道:"俟浚归再议。"浚与鼎俱抱公忠,既知由吕祉启嫌,鼎何勿推诚相从?为高宗计,亦应剀切下谕,调和两相,乃鼎告退,高宗即有再议之言,君臣两失之矣。既而浚至平江,面请高宗进趋建康。又言:"刘光世骄情不战,请罢免军政。"时鼎亦在旁,奏言:"光世累代为将,无端罢免,恐将士离心,反滋不安。"浚奋然道:"朝廷方日图恢复,尚可令骄帅逍遥,自由往返么?现应严申赏罚,振作士气,庶可入攻河南,讨平逆豫。"鼎又答辩道:"河南非不可取,但得取河南,能保金人不内侵么?平豫尚易,敌金实难。"赵鼎两番奏辩,俱属未当,彼因与浚有嫌,故如是云云。浚复作色道:"逆豫不平,是多一重寇敌,且株守东南,金虏亦未必不来,试思近年以来,陛下一再临江,士气百倍,成效已经卓著,尚可退然自沮么?"高宗顾浚道："卿言甚是，朕当从卿。"浚乃趋退。鼎遂力求解职，因罢为观文殿大学士，知绍兴府。越年为绍兴七年，诏命陈与义参知政事，沈与求同知枢密院事。张浚复欲视师，不告与求，既得旨，与求叹息道："这是军国大事，我不得与闻，如何备位？"乃乞请辞官。高宗不许，未几病殁。与求遇事敢言，朝右颇倚以为重。病殁后，上下咸哀。

越数日，忠训郎何藓自金归来，报称道君皇帝及郑太后相继告崩，高宗不禁大恸道："隆祐太后爱朕如己出，不幸前已崩逝，就高宗口中，补叙隆祐之崩，亦一销纳笔法。所望太上帝后，得迎奉还朝，借尽人子孝思，哪知复崩逝异域，抱痛何如？"遂命持服守制。百官七上表，请以日易月，知严州胡寅，独请服丧三年，衣墨临戎，以化天下。高宗因欲行三年之丧，会张浚奏言："天子孝思，与士庶不同，当思所以奉宗庙社稷，不在缟素虚文。今梓宫未还，天下涂炭，愿陛下挥泪而起，敛发而趋，一怒以安天下，方为真尽孝道。"高宗乃命浚草诏，告谕群臣。外朝勉从众请，宫中仍服丧三年。看官听着！隆祐太后孟氏，崩逝在绍兴元年四月间，享年五十九，丧祭用母后临朝礼，所以追上尊谥，也用四字称为"昭慈献烈"皇太后。后来复改献烈为圣献，至道君皇帝去世，实在绍兴五年四月，郑太后去世，距道君只隔数月，年五十二，两人俱死于五国城。高宗服孟后丧，是临时即服的。服生父嫡母丧，直待何藓南归，才得闻知，因此距丧期已隔二年。当下追尊太上皇道君尊号曰徽宗，郑太后尊谥曰显肃。惟高宗生母韦贤妃，也从徽宗北徙，建炎初年，曾遥尊为宣和皇后。至是因郑太后已殁，又遥尊为皇太后。本文连类并叙，故于先后夹写中，仍标清年限。高宗且谕左右道："宣和太后春秋已高，朕日夜记念，不遑安处，屡欲屈己讲和，以便迎养，怎奈金人不许，令朕无法可施。今上皇太后梓宫未归，不得不遣使奉迎，如金人肯归我梓宫，并宣和太后等，朕亦何妨少屈呢！"言已，遂召王伦入朝，命为奉迎梓宫使，且语伦道："现在金邦执政，闻由挞懒等专权，卿可转告挞懒，还我梓宫，归我母后，当不惜屈己修和。且河南一带，与其付诸刘豫，不若仍旧还我，卿其善言，毋废朕命！"伦唯唯而出，即日北去。张浚闻高宗又欲议和，即入见高宗，请命诸大将，率三军发哀成服，北向复仇。高宗默然不答。浚退朝后，复上疏道：

陛下思慕两宫，忧劳百姓，臣之至愚，获遭任用，臣每感慨自期，誓歼敌仇，十年之间，亲养阙然，爱及妻孥，莫之私顾。其意亦欲遂陛下孝养之心，拯生民于涂炭。昊天不吊，祸变忽生，使陛下抱无穷之痛，罪将谁执？念昔陕、蜀之行，陛下命臣曰："我有大隙于此，刷此至耻，惟尔是属。"而臣终赝成功，使敌无惮。今日之祸，端自臣致，乞赐罢黜，以正臣罪，臣不胜惶恐待命之至！

这疏上呈,高宗乃下诏慰留。浚再疏待罪,高宗仍不许。浚乃请乘舆发平江至建康,随行奏对,始终不离"国耻"二字,高宗亦尝改容流涕。既至建康,申奏刘光世沉湎酒色,不恤国事,乃下诏罢光世为万寿观使,令部兵改隶都督府。浚命参谋吕祉,赴庐州节制刘军,枢密副使张守谏浚道:"光世既罢,军士未免觖望,必得一闻望素高,足以制服舆情,方可遣往,吕祉恐不可用呢。"浚不以为然。会飞自鄂入觐,高宗从容问道:"卿得良马否?"飞答道:"臣本有二马,材足致远,不幸相继以死,今所乘马,日行只百里,已力竭汗喘,实属驽钝无用。可见良材是不易得呢!"高宗称善,面授太尉,继除宣抚使,命王德、郦琼两军,受飞节制,且谕德、琼道:"听飞号令,如朕亲行。"飞又手疏,论规复大略,最关紧要的数语,节录如下:

金人所以立刘豫于江南,盖欲荼毒中原,以中国攻中国,粘罕即没粘喝。因得休兵观衅。臣欲陛下假臣日月,便则提兵趋京、洛,据河阳、陕府、潼关,以号召五路判将,判将既还,遣王师前进,彼必弃汴而走河北,京畿、陕右可以尽复,然后分兵浚、滑,经略两河,如此则刘豫成擒,金人可灭,社稷长久之计,实在此举。

高宗览奏,便批答道:"卿能如此,朕复何忧?一切进止,朕不遥制。"继复召飞至寝阁,殷勤面谕道:"中兴事一以委卿。"飞感谢而出,拟图大举。偏秦桧暗中忌飞,多方谗间,张浚又欲令王德、郦琼两人,往抚淮西,节制前时刘光世部军。高宗自觉为难,只得令飞诣都督府议事。于此可见高宗之庸。飞奉命见浚,浚与语道:"王德为淮西军所服,浚欲任他为都统,再命吕祉以督府参谋,助德管辖,太尉以为何如?"飞应声道:"德与郦琼素不相下,一旦德出琼上,定致相争。吕参谋未习军旅,恐不足服众。"浚又道:"张俊何如?"飞复道:"张宣抚系飞旧帅,飞本不敢多口,但为国家计,恐张宣抚暴急寡谋,尤为琼所不服。"浚面色少变,徐徐答道:"杨沂中当高出二人。"飞又道:"沂中虽勇,与王德相等,亦怎能控驭此军?"浚不禁冷笑道:"我固知非太尉不可。"飞正色道:"都督以正道问飞,不敢不直陈所见,飞何尝欲得此军哩!"浚终心存芥蒂,面上露着慢色。飞立刻辞出,即日上章告假,乞终丧服,令张宪暂摄军事,自己竟步归庐山,至母墓旁,筑庐守制去了。浚固不能无私,飞亦未免率真。

浚闻飞去,恨上加恨,竟命张宗元权宣抚判官,监制岳军,一面令王德为淮西都统,郦琼为副,吕祉为淮西军统制。王德等甫至任所,郦琼即与德龃龉,吕祉不能调和,便即还朝。德与琼各自列状交诉都督府及御史台,浚无可奈何,召德还建康,命祉复赴庐州,别命杨沂中为淮西置制使,刘锜为副,就庐州驻扎。祉先至庐州,琼又向祉讼德,祉语琼道:"张丞相但喜人向前,倘能立功,虽大过且不计较,况小小嫌疑呢?祉当为诸公力辩,保无他虞。"琼闻言感泣,军事少定。祉见军心已靖,恰密请罢琼等兵权。奏疏方发,偏有书吏漏口语琼。琼即令人遮祉所遣邮置,得祉奏折,果如书吏所言,遂大加忿恨。会闻朝廷已命杨沂中为制置使,且召已赴行在,又觉惊惧交乘,左思右想,只有谋叛一法。越宿,诸将谒祉,琼亦在列,亟从袖中取出吕祉奏牍,示中军统制张璟道:"诸军官有何罪状?琼亦自想无他,吕统制乃无端诬人,奏白朝廷,令人不解。"祉闻声欲走,被琼抢上数步,将祉握住两手,且喝令左右缚祉。张璟看不过去曰:"凡事总可妥商,奈何擅执命官?"琼厉声道:"朝廷如此糊涂,我还要在此何为?汝等欲死中求生,快随我投刘豫去!"璟叱道:"你降刘豫,便是叛贼!"统制刘永衡,及兵马钤辖乔仲福等,大呼道:"叛臣贼子,人人得诛,我等应为国讨贼。"言未毕,琼已拔剑出鞘,指令军士来杀张璟等人。张璟、刘永衡、乔仲福也拔剑奋斗,毕竟寡不敌众,斗了片刻,三人相继毙命。不愧为忠。琼遂率全军四万人,挟着吕祉,北趋至淮。祉抗声语琼道:"刘豫逆贼,我岂可往见?"琼众牵祉前行,祉怒骂道:"叛奴!我死就死,不愿北渡。"琼尚不欲杀祉,祉又大声谕众道:"刘豫逆臣,何人不晓?尔军中岂无英雄,乃愿随郦琼去么?"众颇感动,有千余人环立不行。琼恐摇动军心,竟用刀刺杀吕祉,策马先渡,竟投刘豫去了。祉死后,地上遗落括发帛,有人拾得,归至吴中,交付祉妻吴氏。吴氏向西恸哭一番,竟持帛自缢。小子有诗叹道:

> 宁死江头不渡淮,报君甘掷罪臣骸。
> 原心略迹应堪恕,难得闺魂亦与偕。

张浚闻吕祉被害,方悔不信岳飞,致有此变,乃引咎自劾。究竟高宗是否允准,待小子下回陈明。

将相和则士心附,此古今不易之至言。赵鼎、张浚为左右相,鼎居内,实握相权,浚居外,相而兼将者也。观刘豫之分道入寇,而鼎、浚二人,内外同心,因得奏绩,此非将相二人和衷之效乎?厥后以吕祉之谗间,即至成隙,鼎固失之,而浚亦未为得也。高宗因父母之丧,复欲议和,浚请举哀北向,誓报国仇,其志可嘉。刘光世军无纪律,遇敌不前,罢之亦非过甚。惟必欲重用吕祉,及擢王德统淮西军,良言不用,反且迁怒,何其昧于知人,愚而自用若此。郦琼谋叛,吕祉遇害,祉虽不失为忠,然激变之咎,祉实阶之,而浚亦与有过焉。要之私心一起,无事可成,鼎与浚为宋良臣,犹蹈此失,此宋之所以终南也。

第七十三回　撤藩封伪主被弑
　　　　　　拒和议忠谏留名

却说张浚因郦琼叛逆，引咎自劾，力求去职。高宗问道："卿去后，秦桧可否继任？"浚答道："臣前日尝以桧为才，近与共事，方知桧实暗昧。"高宗道："既如此，不若再任赵鼎。"浚叩首道："陛下明鉴，可谓得人。"及浚退朝，即下诏命赵鼎为尚书左仆射，兼枢密使，罢浚为观文殿学士，提举江州太平兴国宫，且撤除都督府。惟秦桧本望入相，偏经张浚奏阻，如何不恼？遂唆使言官，交章论浚。高宗又为所惑，拟加窜谪。会赵鼎乞降诏安抚淮西，高宗道："俟行遣张浚，朕当下罪己诏。"鼎即对道："浚母已老，且浚有勤王功。"高宗不待说完，便艴然道："功罪自不相掩，朕惟知有功当赏，有罪当罚罢了。"恐未能如此。至鼎退后，竟由内旨批出，谪浚岭南。鼎持批不下，并约同僚奏解。翌晨入朝，即为浚辩白。高宗怒尚未息，鼎顿首道："浚罪不过失策，天下无论何人，所有计虑，总想万全，若一挫失，便置诸死地，他人将视为畏途。即有奇谋秘计，谁复敢言？此事关系大局，并非臣独私浚呢。"浚荐鼎，鼎亦救浚，两人不念夙嫌，可谓观过知仁。张守亦代为乞免，乃只降浚为秘书少监，分司西京，居住永州。李纲再上疏营救，不复见答。

惟浚既去位，高宗复念及岳飞，促召还职。飞力辞，不许，乃趋朝待罪。高宗慰谕有加，命飞出驻江州，为淮、浙援。飞抵任，想了一条反间计，使金人废去刘豫，然后上疏请复中原。看官欲知飞策，待小子详细叙明。从前金立刘豫，系由挞懒运动粘没喝，因得成事。粘没喝尝驻守云中，及金主亶立，召入为相，高庆裔亦随他入朝，得为尚书左丞相。独蒲卢虎与二人未协，屡欲加害。高庆裔窥透隐情，劝粘没喝乘机篡立，兼除蒲卢虎，粘没喝惮不敢发。既而高庆裔犯贪赃罪，被逮下狱，粘没喝乞免高为庶人，贷他一死，金主不许。及高临刑，粘没喝亲至法场，与他诀别，高庆裔哭道："公若早听我言，岂有今日？"粘没喝亦相对呜咽。转瞬间高已枭首，粘没喝泣归。金主又将粘没喝党羽加罪数人，粘没喝悲闷得很，遂绝食纵饮而死。既有今日，何不当初宽宋一线？刘豫失一外援，并因藕塘败后，为金人所厌弃，金人已有废豫的意思，岳飞探得消息，正想设法除豫，凑巧获得金谍，飞强指为齐使，佯叱道："汝主曾有书约我，诱杀金邦四太子，奈何到今未见施行？今贷汝死，为我致书汝主，不得再延！"金使顾着性命，乐得将错便错，答应下去。飞遂付与蜡书，令还报刘豫,且戒他勿泄。装得像。金谍得了此书,忙驰报兀术。兀术览书,大惊又急,返白金主。适刘豫遣使至金,请立麟为太子,并乞师南侵。金主因与兀术定谋,伪称济师,长驱到汴。将抵城下,先遣人召刘麟议事。麟至军,兀术即指挥骑士,将麟擒住,随即率轻骑驰入汴城。豫尚率兵习射讲武殿,兀术已突入东华门,下马呼豫。豫出殿相见,被兀术扯至宣德门,喝令左右,将他拥出,囚住金明池。翌日,集百官宣诏废豫,改置行台尚书省,命张孝纯权行台左丞相,胡沙虎为汴京留守,李俦为副,诸军悉令归农,听宫人出嫁,且纵铁骑数千,围住伪宫,抄掠一空。挞懒亦率兵继至,豫向挞懒乞哀,挞懒责豫道:"昔赵氏少帝出京,百姓燃顶炼臂,号泣盈途,今汝被废,并无一人垂怜,汝试自想,可为汴京的主子么?"豫无词可对,只俯首涕泣罢了。福已享尽,势已行尽。兀术遂逼刘豫家属徙居临潢。

　　岳飞闻金已中计,即约韩世忠同时上疏,请乘机北征。哪知高宗此时,已受着秦桧的蒙蔽,一意主和,还想甚么北伐。可巧王伦自金归南,入报高宗,谓金人许还梓宫及韦太后,且许归河南地。高宗大喜道:"若金人能从朕所求,此外均无容计较哩。"已甘心臣虏了。越五日,复遣伦至金,奉迎梓宫,一面议还都临安。张守上言道:"建康为六朝旧都,气象雄伟,可以北控中原,况有长江天堑,足以捍御强虏,陛下席未及暖,又拟南幸,百司六军,不免勤动,民力国用,共滋烦扰,不如就此少安,足系中原民望"等语。看官!你想秦桧得志,高宗着迷,哪里还肯听信忠言? 当下自建康启跸,还都临安。首相赵鼎也受秦桧笼络,谓桧可大任,荐为右相。张守见朝局愈非,力求去职,竟出知婺州。秦桧居然得任尚书右仆射,兼枢密院使,吏部侍郎晏敦复道:"奸人入相,恢复无望了。"朝士尚谓敦复失言,不料桧一入相,竟将和议二字,老老实实的抬了出来。赵鼎初时,曾说秦桧奸邪,后来桧入枢密,惟鼎言是从,鼎遂深信不疑,极力举荐。桧既与鼎并肩,遂改了面目,与鼎龃龉。既而王伦偕金使南来,高宗命吏部侍郎魏矼馆待金使,矼见秦桧,极言敌情狡狯,不宜轻信。桧语道:"公以智料敌,桧以诚待敌。"矼冷笑道:"但恐敌不以诚待相公,奈何?"桧恨他切直,竟改命吴表臣为馆伴,导金使至临安,入见高宗,备述金愿修好,归还河南、陕西。高宗大悦,慰劳甚殷。

　　及金使已退,召谕群臣道:"先帝梓宫,果有还期,稍迟尚属不妨。惟母后春秋已高,朕急欲迎归,所以不惮屈己,期得速和。"廷臣多以和议为非,高宗不觉动怒,赵鼎进奏道:"陛下与金人,所谓君父之仇,不共戴天,今欲屈己讲和,无非为梓宫及母后起见,惟群臣愤懑情词,亦由爱君所致,不可为罪。陛下如将此意明谕,自可少息众议了。"高宗乃从鼎言,剀切下谕,廷臣才无异词。但鼎意是不愿主和,参知政事刘大中,亦与鼎同意。秦桧欲排挤二人,特

第七十三回　撤藩封伪主被縶　拒和议忠谏留名

荐萧振为侍御史，令劾大中，高宗竟将大中免职。鼎语同僚道："振意并不在大中，但借大中开手呢。"振闻鼎言，亦语人道："赵丞相可谓知几，不待论劾，便自审去就，岂非一智士么？"未几，殿中侍御史张戒，弹劾给事中勾涛。涛上疏自辩，内言张戒劾臣，由赵鼎主使，且诋鼎内结台谏，外连诸将，意不可测。鼎遂引疾求罢，高宗竟从所请，命为忠武军节度使，出知绍兴。桧率僚属饯行，鼎不与为礼，一揖而去。

桧益憾鼎，极力反鼎所为，决计主和。其实尚不止此，无非受挞懒嘱托耳。每当入朝，群臣皆退，桧独留对，尝言："臣僚首鼠两端，不足与议，若陛下果欲讲和，乞专与臣议，勿许群臣预闻。"高宗便道："朕独委卿何如？"桧复道："臣恐不便，望陛下三思！"越三日，桧复留身奏对，高宗仍主前说。桧答言如故。又三日，桧再留身奏对，高宗始终不变，乃始出文字，乞决和议。要结主心，一至于此。中书舍人勾龙如渊献策语桧道："相公为天下大计，偏中外不察，异议朋兴，为相公计，何不择人为台谏，令尽击去异党？那时众论一致，和议自可就绪了。"桧大喜，即保荐如渊为中丞，遇有异议，立上弹章。又引孙近参知政事，近一一承桧意旨，差不多与孝子顺孙一般。

会金主遣张通古、萧哲为江南招谕使，许归河南、陕西地，与伦偕来。既至泗州，传语州县须出城拜谒，知平江府向子諲不肯出拜，且奏言不应议和，竟乞致仕。及通古至临安，提出要求，须由高宗待以客礼，方宣布国书。桧疑国书中有册封语，劝高宗屈己听受。高宗道："朕嗣太祖、太宗基业，岂可受金人封册？"初意原有一隙之明。桧亦语塞。嗣由勾龙如渊想了一法，拟与金使婉商，将金书纳入禁中，免得宣布。给事中楼炤复举古人谅阴三年事，推秦桧摄行冢宰，诣馆受封。桧依计而行。通古尚欲百官备礼，桧乃使省吏朝服至馆，引金使纳书禁中，方模模糊糊的混了过去。掩耳盗铃。桧又令礼部侍郎兼直学士院曾开，草答国书，体制与藩属相似。开不肯起草，桧婉语道："主上虚执政待君，君尽可拟草。"开答道："开只知有义，不知有利，敢问我朝对待金人，果用何礼？"桧语道："如高丽待遇本朝。"开正色道："主上以盛德当大位，公应强兵富国，尊主庇民，奈何忍耻若此？"真是无耻。桧勃然怒道："圣意已定，还有何言！公自取盛名而去。桧但欲息境安民，他非所计。"开始终不肯草诏，自请罢职，且与同僚张焘、晏敦复、魏矼、李弥逊、尹焞、梁汝嘉、楼炤、苏符、薛徽言、御史方廷实，馆职胡珵、朱松、张扩、凌景、夏常明、范如珪、冯时中、许忻、赵雍等，联名具疏，极言不可和。又有枢密院编修胡铨，且请斩王伦、秦桧、孙近等，语尤激烈，时人称为名言。连金人都出千金买稿，真是南宋史上一篇大文章。曾记疏中有云：

臣谨按王伦本一狎邪小人，市井无赖。顷缘宰相无识，举以使房，专务诈诞，欺罔天听，骤得美官，天下之人，切齿唾骂。今者无故诱致虏使，以招谕江南为名，是欲刘豫我也。刘豫臣事丑虏，南面称王，自以为子孙帝王万世不拔之业，一旦豺狼致虑，捽而缚之，父子为虏。商鉴不远，而伦又欲陛下效之。夫天下者陛下之天下也。陛下所居之位，祖宗之位也。奈何以祖宗之天下，为金虏之天下，以祖宗之位，为金虏藩臣之位？陛下一屈膝，则祖宗庙社之灵，尽汙夷狄，祖宗数百年之赤子，尽为左衽，朝廷宰执，尽为陪臣，天下士大夫，皆当裂冠毁冕，变为胡服，异时豺狼无厌之求，安知不加我以无礼如刘豫也哉！夫三尺童子，至无识也，指犬豕而使之拜，则怫然怒；今丑虏则犬豕也，堂堂大国，相率而拜犬豕，曾童孺之所羞，而陛下忍为之耶？伦之议乃曰："我一屈膝，则梓宫可还，太后可复，渊圣可归，中原可得。"呜呼！自变故以来，主和议者，谁不以此说陛下哉？然而卒无一验，则虏之情伪，已可知矣。而陛下尚不觉悟，竭民膏血而不惜，忘国大仇而不报，含垢忍耻，举天下而臣之甘心焉。就令虏决可和，尽如伦议，天下后世，谓陛下何如主？况丑虏变诈百出，而伦又以奸邪济之，梓宫决不可还，太后决不可复，渊圣决不可归，中原决不可得，而此膝一屈，不可复伸，国势凌夷，不可复振，可谓痛哭长太息矣。向者，陛下间关海道，危如累卵，当时尚不忍北面称臣，况今国势稍张，诸将尽锐，士卒思奋，只如顷者，丑虏陆梁，伪豫入寇，固尝败之于襄阳，败之于淮上，败之于涡口，败之于淮阴，较之往时蹈海之危，固已万万。倘不得已而至于用兵，则岂遽出虏人下哉？今无故而反臣之，欲屈万乘之尊，下穹庐之拜，三军之士，不战而气已索，此鲁仲连所以义不帝秦，非惜夫帝秦之虚名，惜天下大势有所不可也。今内而百官，外而军民，万口一谈，皆欲食伦之肉，谤议汹汹，陛下不闻，正恐一旦变作，祸且不测，臣窃谓不斩王伦，国之存亡，未可知也。虽然，伦不足道也，秦桧以腹心大臣，而亦为之，陛下有尧、舜之资，桧不能致君如唐虞，而欲导陛下为石晋，孙近傅会桧议，遂得参知政事，天下望治，有如饥渴，而近伴食中书，不敢可否，桧曰虏可和，近亦曰可和，桧曰天子当拜，近亦曰当拜，臣尝至参事堂三发问，而近不答，但曰："已令台谏侍从议矣。"呜呼！参赞大政，徒取充位如此，有如虏骑长驱，尚能折冲御侮耶？臣窃谓秦桧、孙近亦可斩也。臣备员枢属，义不与桧等共戴天，区区之心，愿断三人头，竿之藁街，然后羁留虏使，责以无礼，徐兴问罪之师，则三军之士，不战而气自倍。不然，臣有赴东海而死耳，宁能处小朝廷而求活耶？冒死渎陈，伏维垂鉴。

看官！你想秦桧看到此奏，能不触目惊心，倍增忿恨。当下劾铨狂妄

第七十三回　撤藩封伪主被縶　拒和议忠谏留名

凶悖,鼓众劫持,应置重典。高宗下诏,除铨名,编管昭州。给舍台谏,多上章救解,桧亦为公论所迫,乃改铨监广州盐仓。宜兴进士吴师古,锓行铨疏,为桧所闻,坐流袁州。曾开也因是罢官。统制王庶,言金不可和,迭上七疏,且面陈六次,嗣因与桧辩论,笑语桧道:"公不记东都抗节,力存赵宗时么?"桧且怒且惭。庶因累疏求去,遂罢为资政殿大学士,出知潭州。李纲在福州,张浚在永州,先后上疏,请拒绝和议,均不见报。时岳飞已奉诏还鄂,上言:"金人不足信,和议不足恃,相臣谋国不臧,恐贻讥后世。"这语是明明指斥秦桧,桧当然引为恨事。未几,为绍兴九年正月,和议已成,布诏大赦,赦文到鄂,飞又上疏力谏,中有"愿策全胜,收地两河,唾手燕、云,终欲复仇报国,誓心天地,尚令稽首称藩"云云。桧益加愤恨,遂与飞成仇隙。_{为矫诏杀飞伏笔。}高宗进飞开府仪同三司,飞固辞,至奖勉再三,方才受命。史馆校勘范如珪,因金人已归河南地,疏请速派谒陵使,上慰祖灵。高宗乃遣判大宗正事士㒟,_{宗正一职,属诸皇室,故不书赵姓。}及兵部侍郎张焘,赴河南修奉陵寝。秦桧以如珪不先白己,将他罢免,命王伦为东京留守,周聿为陕西宣谕使,方庭实为三京宣谕使。伦至汴,金人归河南、陕西地,由伦接收。庭实至西京,见先朝陵寝,皆被发掘,哲宗陵且至暴露,_{北宋之亡,祸启哲宗,宜其暴露。}庭实解衣覆盖,还白高宗。桧亦因此嫉庭实,另派路允迪为南京留守,孟庾兼东京留守,李利用权留守西京。权吏部尚书晏敦复,与桧反对,桧以利禄为饵,敦复道:"性同姜桂,到老愈辣,请勿复言。"桧竟入白高宗,将他出知衢州。

　　会岳飞因士㒟谒陵,路过鄂州,请自率轻骑,随从洒扫。桧料飞有他谋,请旨驳斥。士㒟出蔡颍,河南百姓,夹道欢迎,且喜且泣道:"久隔王化,不图今日,复为宋民。"士㒟沿途慰谕。既至柏城披历榛莽,随宜葺治,遂向诸陵,一一祭谒,礼毕乃还。张焘亦随返入朝复命,焘面奏道:"金人入寇,祸及山陵,就使他日灭金,尚未足雪此仇耻,愿陛下勿恃和议,遂忘国仇。"高宗问诸陵寝,有无损动?焘叩首不答,但言万世不可忘此仇。_{不言甚于明言。}高宗默然。秦桧又恨他激直,出焘知成都府。既而吴玠卒于蜀,李纲卒于福州,皆追赠少师。玠疾亟时,任四川宣抚使,扶拜受命,未几去世。蜀人因保土有功,立祠祭享。纲忠义凛然,名闻遐迩,每有宋使至金,金人必问他安否?终以谗间见疏,赍恨以终。著有文章歌诗及奏议百余卷,无非光明磊落,慷慨激昂。高宗亦尝称他有大臣风度,但罢相以后,终未闻召置殿庭,这真所谓见贤而不能举呢。_{一言断尽。}金人既归还三京,要索日甚。议久未决,乃再遣王伦如金议事。权刑部侍郎陈橐,又疏驳和议,致遭罢斥。秦桧方得君专政,意气扬扬,但望梓宫太后归还,便算大功告成,可以受封拜爵。谁料一声霹雳,惊动奸魂。那位和事老王伦，竟被金人拿住，只遣副使蓝公佐回来。正是：

> 奸相主和甘卖国，强邻变计又生波。

欲知王伦被执情由，俟至下回再表。

金立刘豫，非有爱于豫也，借豫以制南宋耳。豫每寇宋，卒皆败北，金知其不可恃，乃从而废之，假使从岳飞、韩世忠之谋，乘间以捣中原，收复汴都，何难之有？高宗不信忠言，反从贼桧，甚至诏谕使自北而南，盈廷皆议拒绝，独桧劝高宗屈己听受，此可忍，孰不可忍乎？胡铨一疏，直足怵奸贼之胆，虽未邀听信，反遭贬谪，而正气自昭于天壤，南宋之不即亡，赖有此人，亦赖有此疏，读此可以起懦而警顽，令人浮一大白。

第七十四回　刘锜力捍顺昌城
　　　　　　　岳飞奏捷朱仙镇

却说王伦赴金议事，正值金蒲卢虎等谋反的时期，蒲卢虎自以太宗长子，跋扈日甚，遂与挞懒密谋篡弑，不幸事泄。蒲卢虎伏诛，挞懒以位处尊亲，更立有大功，特置不问，命为行台左丞相，杜充为行台右丞相。挞懒奋然道："我是开国功臣，奈何使与降臣为伍？"遂复谋反。先是与宋议和，许割河南、陕西地，多出挞懒、蒲卢虎主张，至是金主亶疑他阴结宋朝，故有此议，遂命捕诛挞懒。挞懒南走，为追兵所及，将他杀死，于是并执住王伦，令宣勘官耶律绍文审问私通情弊。伦答言无有。绍文复问及来意，伦答道："前贵使萧哲曾以国书南来，许归梓宫及河南地，天下皆知。伦特来通好申议，有甚么别情？"绍文道："你但知有元帅，尚知有上国么？"遂将伦拘住河间，但遣副使蓝公佐还，议岁贡、正朔、誓命等事。时高宗皇后邢氏，亦病殁五国城，金人亦秘不使闻。蓝公佐返报高宗，高宗用秦桧言，再擢桧党莫将为工部侍郎，充迎护梓官，及奉迎两宫使。

莫将方行，哪知金兀术、撒离喝已分道入寇。兀术自黎阳趋河南，势如破竹，连陷各州县，东京留守孟庾，南京留守路允迪，不战即降。权西京留守李利用弃城遁回，河南复为金有。撒离喝自河中趋陕西，入同州，降永兴军，陕西州县，亦相继沦陷，金兵遂进据凤翔。警耗迭传，远近大震。宋廷方遣胡世将为四川宣抚使，世将至河池，闻金人已入凤翔，忙召诸将会议。吴璘、孙偓、杨政、田晟等相继到会，偓言河池不可守，政与晟亦请退守险要。璘厉声道：

第七十四回　刘锜力捍顺昌城　岳飞奏捷朱仙镇

"懦语沮军,罪当斩首！璘愿誓死破敌。"吴氏兄弟,迥异寻常。世将起座,指帐下道:"世将亦愿誓死守此。"好世将。遂遣诸将分守渭南。寻接朝廷诏命,饬世将移屯蜀口,以璘同节制陕西诸路军马。璘既得节制全权,即令统制姚仲等,进兵至石壁寨,与金兵相遇。仲麾旗猛进,将士都冒死直前,立将金兵击退。撒离喝复使鹘眼郎君率精骑三千,从间道趋入,来击璘军。璘早令统制李师颜在途候着,见鹘眼郎君到来,突然杀出,鹘眼郎君猝不及防,竟被师颜军冲入队中,分作数橛,眼见得不能取胜,只好且战且逃,抛下许多兵杖,一溜烟的走了。撒离喝连接败报,顿时大怒,自督兵至百通坊,与姚仲等战了一仗,又是不利,只好退回。金人先在扶风,筑城设兵驻守,复被璘军攻入,擒住三将,及队目百余人。撒离喝自此夺气,仍返凤翔,不敢越陇行军了。了过陕西一方面。

只有河南一方面,金兀术已据东京,且派兵南下,适刘锜奉命为东京副留守,行至涡口,方会食,忽西北角上刮到一阵暴风,把坐帐都吹了开去,军士皆惊。锜从容道:"这风主有暴兵,系贼寇将来的预兆,我等快前去抵御便了。"不识天文者不可为将。遂下令兼程前进,至顺昌城下,知府陈规出迎,且言金兵将至。锜即问道:"城中有粮食否？"规答言:"有米数万斛。"锜喜道:"有米可食,便足战守。"遂偕规入城,为守御计,检点城中守备,一无可恃,诸部将相率怯顾,多说应迁移老稚,退保江南。惟一将姓许名清,绰号夜叉,挺身出语道:"太尉奉命副守汴京,军士扶携老幼而来,一旦退避,欲弃父母妻孥,情有不忍,欲挈眷偕逃,易为敌乘,不如努力一战,尚可死中求生。"锜大悦道:"我意亦是如此,敢言退者斩！"原来刘锜曾受爵太尉,部下多是王彦八字军,因往守东京,所以俱携带家属,连刘锜亦挈眷同行。锜既决计守城,遂命将原来的各舟,击沉江底,示无去意;并就寺中置居家属,用薪积门,预戒守吏道:"脱有不利,即焚吾家属,无污敌手。"于是军士争奋,男子备战守,妇人砺刀剑,各踊跃奋呼道:"平时人欺我八字军,看我此番杀贼哩。"行军全在作气。锜取得伪齐所造痴车,以轮辕埋城上,又撤民户扉作为屏蔽,焚去城外民庐数千家,免为敌有。

阅六日,整缮粗竣,便有敌骑驰至。锜预设伏兵,骤然突出,获住骑士二人,当由刘锜讯问,一不肯答,为锜所杀,剩下一人,叫作阿黑,一译作阿哈。见同党被戮,不敢不据实相告。但说韩将军驻营白沙窝,距城三十里。看官道韩将军为谁？便是金将韩常。锜即夜遣锐卒千人,往捣韩营。韩常仓猝拒战,禁不住来军勇猛,更兼月黑灯昏,自相攻击,冤冤枉枉的死了数百人,不得已退兵数里。那来军却得着胜仗,全师自归,韩常只好自认晦气。涉笔成趣。既而金三路都统葛王乌禄率兵三万,与龙虎大王又出一个龙虎大王,未知是否前时龙虎大王之子？合兵薄城。锜却大开城门，似迎接一般，乌禄等反不敢进城，猛闻城楼上一声梆响，箭似飞蝗般射来。金兵多中箭落马，渐渐退走。锜亲督步兵，从城中杀出。可怜金兵落荒而逃，被锜军蹙至河边，溺毙无数。锜回军入城，休息二日，闻金兵又进驻东村，距城二十里，乃复遣部将阎充募敢死士五百人，乘夜袭敌。可巧是夕天雨，电光四闪，阎充领壮士突入金营。从电光影下，见有辫发兵，立即杀毙，金兵又骇退。锜闻阎充获胜，又募百人往追，每人各给一踊，同叫。如市中儿戏的叫子，作为口号，且嘱他见电起击，电止四匿，百人受计而去。金兵正被阎充击却，退走十五里，正思下寨，蓦听得踊声四起，不由的慌乱起来，那电光忽明忽灭，电光一明，便有刀光过来，飕飕的好几声，有几个好头颅，被它斫去，电光一灭，刀光也没有了，头颅也不动了。金兵疑神疑鬼，起初尚不敢妄动，等到队中兵士，多做作无头鬼，忍不住奋起乱击。哪知击了一阵，统是自家人相杀，并没有宋军在内。统将命各爇火炬，偏是大风乱吹，随点随熄。俄顷踊声又起，飞刀复至，害得金兵扰乱终宵，神情恍惚，自思站留不住，再退至老婆湾。锜军百人，一个儿也不少，金兵却积尸盈野，多向枉死城中叫冤去了。阎罗王恐也不管。

兀术在汴，屡得败警，即率兵十万来援，锜又会诸将计议，或云今已屡捷，可全师南归。陈规道："朝廷养兵十年，正所以备缓急，况已挫敌锋，军声少振，就使寡不敌众，也当有进无退。"锜接入道："府公是个文人，尚誓死守，况汝等本为将士呢？试思敌营甚迩，兀术又来，若我军一动，为敌所追，反致前功尽废，金虏得侵轶两淮，震惊江浙，我辈报国忠诚，岂不是变成误国大罪么？"将士闻言，方齐声道："惟太尉命！"于是军心复固，专待兀术到来。兀术抵城下，严责部将丧师，大众俱答道："南朝用兵，非前日比，元帅临城，自知厉害。"兀术不信，适锜遣耿训约战，兀术怒道："刘锜怎敢与我战？我视此城，一靴尖便可趯倒呢。"兀术亦成骄帅。训微哂道："太尉不但请战，且谓四太子必不敢渡河，愿献浮桥五座，令贵军南渡，然后接战。"兀术狞笑道："我岂畏刘锜么？你回去报知刘锜，休得误约！"耿训自回。锜即于夜间，使人至颍，置毒颍水上流，及水滨草际，戒军士毋得饮水。待至黎明，竟就颍水上筑五座浮桥，令敌得渡。时当盛夏，天气酷暑，兀术率兵渡颍，人马多渴，免不得饮水食草，人中毒辄病，马中毒辄死，兀术尚未知中计，渡颍薄城，列阵以待。锜以逸待劳，按兵不动。至日已过午，天气少凉，乃遣数百人出西门，与敌对仗。兀术见锜兵甚少，毫不在意，但令前军接战。锜军统制赵撙、韩直麾兵奋斗，身中数矢，并不少却。兀术再遣兵助阵，把赵、韩两将围住。谁知城内发出一彪人马，从南门杀来，口中并没有呼喊声，但持巨斧乱斫，将金兵冲作数截。兀术见不可挡，亲督长胜军前进。什么叫作长胜军？军士皆着铁甲，戴铁鍪，三

第七十四回　刘锜力捍顺昌城　岳飞奏捷朱仙镇

人为伍,贯以韦索,每进一步,即用拒马随上,可进不可退,以示必死。兀术屡恃此得胜,此次复用出故技来斗锜军。锜早已预备,即率长枪手、刀斧手两大队,亲自督战。长枪手在前,乱挑金兵所戴的铁鍪,刀斧手继进,用大斧猛劈,不是截臂,就是碎首。兀术复纵出铁骑,分左右翼,号为拐子马,前来抵敌。锜仍命长枪大斧,驱杀过去,拐子马虽然强健,也有些抵挡不住,逐步倒退。忽然大风四起,斜日无光,锜恐为金军所乘,亟用拒马木为障,阻住敌骑,且高呼兀术道:"金太子兀术听着!两军已斗了半日,想尔军亦应饥馁,不如彼此少休,各进夜餐,再行厮杀!"兀术也自觉腹饥,巴不得有此一语,遂应声允诺。锜即命军士入城担饭,须臾持至饭羹,分饷军士。锜亦下马进餐,从容如平时。是谓好整以暇。兀术也命部众饱食干粮,两下食竟,风势稍减,锜军复乘着上风,撤去拒马木,再行接仗。锜见兀搐身披白袍,骑马督阵,便奋呼道:"擒贼先擒王,何不往擒兀术?"军士闻命,都拚命上前,向兀术立马处杀入。兀术手下的亲兵,不及拦阻,只好拥着兀术,倒退下去。为这一退,阵势随动,顿时大乱,遂四散奔窜,兀术亦即退走。刘锜乘势追杀,但见道旁弃尸毙马,血肉枕藉,车旗器甲,积如山阜,好容易搬徙两旁,金兵已逃得很远,料知追赶无益,乐得将道旁弃物,搬凑数车,打着得胜鼓回城。是夕,大雨如注,平地水深尺余,兀术退军二十里外,仍然立足不住,竟率败军回汴去了。锜报称大捷,高宗甚喜,授锜武泰军节度使,兼沿淮置制使,将士等亦赏赉有差。了过顺昌战事。

　　岳飞闻刘锜奏捷,遂遣王贵、牛皋、杨再兴、李宝等经略西京,及汝、郑、颍昌、陈、曹、光、蔡诸州郡,又命梁兴渡河,纠合河北忠义社,分徇州县,一面上表密奏,请长驱以图中原。高宗进飞少保衔,授河南府路兼陕西,河东北招讨使,且传命道:"设施之方,一以委卿,朕不遥度。"寻复改授河南北诸路招讨使。飞遂誓师大举,进兵蔡州,一鼓入城。再遣张宪往颍昌,击败金将韩常,收复淮宁府,郝晸复郑州,张应、韩清复西京,杨遇复南城军,乔握坚复赵州,他将所至,无不得利。河南兵马铃辖李兴,也纠众应飞,收复伊阳等八县,并及汝州。金河南尹李成,弃城遁去。飞遂荐兴知河南府,且遣张应会兴复永安军。捷报屡达临安,秦桧反引为深忧。既而韩世忠又收复海州,张俊部将王德又收复宿州、亳州,金人大震,募死士致书秦桧,责他负约。桧益愧恨。得胜而忿,不知是何肺肠? 先是金人败盟,桧恐为高宗所责,私谕给事中冯檝,令他密探上意。檝入奏道:"金人长驱犯顺,势必兴师,为国家计,不如起用张浚,付以兵权。"高宗正色道:"朕宁覆国,不用此人。"请问与浚挟何深仇? 檝退报秦桧,桧窃自喜,自是又嗾中丞王次翁等诬劾赵鼎罪状,鼎被贬为清远军节度副使,安置潮州。桧因引次翁为参政,次翁乘间入奏道:"前日国是,初无主议,事有小变,改用他相,恐后来继任,未必皆贤。且将排黜异党,纷更朝局,靖康已事,可为殷鉴,愿陛下引为至戒!"高宗顿首称善,因此任桧益坚。

桧遂复主和议,遣司农少卿李若虚驰抵飞营,劝他班师。看官!你想这赤胆忠心的岳少保,正当逐节进攻,逐节得胜的时候,肯半途回军么?当下谢绝若虚,一意进剿,留大军驻守颍昌,命诸将分道出战,自率轻骑赴郾城。兵势锐甚,兀术大惧,召集诸将拟并力一战。飞闻报大喜道:"越来得多,越是好的,我能乘此杀败了他,免得他再觊中原。"正说着,又有钦使到营,传读谕旨,令飞自行审处,不得轻进。飞受诏后,语钦使道:"金人伎俩已穷,飞自足破敌,请钦使回奏皇上,保毋他虞。"钦使自去。飞遂令游击日出挑战,兼加痛詈,兀术大怒,即会集龙虎大王、盖天大王及将军韩常等兵,直逼郾城。飞召子岳云入帐,嘱使出战,且与语道:"如若不胜,先当斩汝!"云领命而退,便领精骑数千,出城搦战。从前云年十二,已从张宪出征,手握两铁锤,重八十斤,所向无前,辄立战功,军中呼为赢官人,至是又越十年,受官防御使,尝统数千骑兵,自成一队。叙岳云履历,亦万不可少。至是开城出斗,突入金兵阵内,鏖战数十合,杀伤甚众。兀术见岳云这般厉害,便又放出拐子马来,抵御岳云。这回的拐子马,约有一万五千骑,互相钩连,逐排驰骤,马上骑士,俱着重铠,连面上亦用铁皮为罩,只露出一双眼睛,所有刀剑等械,不能刺入,他却手执利器,随心刺击,这是兀术手下最强的雄兵,一向横行中原,没人敢挡。只颍昌一战,为刘锜所败,但彼时尚只有数千骑,面上且不罩假面,但戴着铁胄,所以被锜军枪挑斧斫,转致挫失。此次越加精练,补隙增兵,竟在郾城濠外,一齐驱出来困岳云。云也不管死活,抖擞精神,与他厮杀,复冲突了一小时,身上已中数创,尚是勉力支撑。兀术见岳云被围,心下大喜,忽城中冲出一队藤牌军,到了阵前,左手用藤牌蔽体,右手各执麻扎刀,蹲身向地,专斫马足。拐子马互为连贯,一马倒仆,二马不能行,霎时间,人仰马翻,一万五千骑拐子马,都变做四分五裂,七颠八倒。实在是笨东西。岳云乘势杀出,岳飞又纵军奋击,杀得金兵大败亏输,向北遁去。兀术逃了一程,见岳军收回,方敢下营,忍不住大恸道:"我自海上起兵,均赖拐子马得胜,今被岳飞破灭,从此休了。"韩常等劝解数语,乃转悲为恨道:"我再添兵与战,誓决雌雄。"于是收集败兵,再从汴京调到生力军,复来决战。飞止率四千骑士,出摩敌垒,又将兀术杀败。兀术愤甚,复会师十二万众,转趋临颍。杨再兴正率骑兵三百,巡至此地,望见金兵到来,也不顾敌多我少,即突入敌阵,左挑右拨,杀死金兵二千人,及金万户撒八字董千户百人,兀术见来势甚猛,麾兵佯退,诱再兴至小商桥,一阵乱箭,将再兴射死。再兴本剧盗曹成部将,归降岳飞,屡破寇虏,及射死小商河,张宪驰救不及,但将兀术击走,觅得再兴尸骸,检拔箭镞,共得二升，不觉为之泪下，驰报岳飞。飞亦悲悼不已，止哀后，见岳云在侧，忙与语道："兀术虽败，必还攻颍昌，那边只有王贵一人把守，恐遭挫衄，汝可速往援应！"云应声即行，甫抵颍昌，果见金兵大至，云与王贵左右夹击，十荡十决。兀术婿夏金吾握刃相迎，战未数合，被岳云一锤打死，金兵又骇奔十五里。云与贵既得全胜，方才收兵。

会太行忠义两河豪杰，与岳飞部将梁兴，连败金兵，夺回怀、卫诸州，太行道绝，金人大恐。飞遂进军朱仙镇，距汴四十五里，与兀术对垒列阵。飞但遣背嵬军五百骑，北人呼酒瓶为嵬，大将之酒瓶，必令亲信人负之，故韩、岳皆取为亲随军之名。先驱杀入，已将兀术阵势冲动，再经岳飞挺枪跃马，驰入阵内，众将各奋勇向前，任你兀术是百战强寇，到此也没法遮拦，真个似猛虎入山，犬羊立靡，神龙搅海，虾蟹当灾。金兵十毙六七，兀术亦几乎丧命，幸亏转身得快，一口气跑回汴京，才得保全性命。岳飞遣使修治诸陵，一面联络河北义士李通等，克日会师，直捣黄龙，小子有诗咏岳武穆道：

> 丹忱誓欲保王家，忠勇完名震迩遐。
> 十万虏兵齐弃甲，千秋谁似岳爷爷。

岳飞正拟扫北，兀术意欲逃归，偏奸相秦桧，私通金虏，竟请旨促飞班师。究竟班师与否，下回再行叙明。

刘锜、岳飞，忠勇相似，锜力守顺昌，连败金兵，飞进军郾城，直抵朱仙镇，又连败金兵，是时，金将之能军者，莫如兀术，兀术既不能敌锜，复不能敌飞，得毋所谓强弩之末，不能穿鲁缟者耶？况有韩世忠等之为后劲，克复中原，不啻反手，设无贼桧，中兴自肇，安见梓宫之不可还，韦后之不复归也？本回前半叙刘锜之战，后半叙岳飞之战，写得奕奕有光，正为宋室恢复之兆。尤妙在演写正史，并无一语虚诬，然则作历史小说者，就事叙事，何尝不令人刮目，岂必凭空架造为哉？

第七十五回　传伪诏连促班师　设毒谋构成冤狱

却说兀术败回汴京，再议整军迎敌，偏诸将垂头丧气，莫敢言战。兀术复传檄河北，调集诸路兵士，亦没人到来。是时，中原一带，如磁、湘、泽、潞、晋、泽、汾、隰诸境，多响应岳家军，遍悬岳字旗帜，父老百姓，争备糗粮，馈送义军。就是金陵将乌陵噶思谋,及统制王镇、统领崔庆、偏将李凯、崔虎、叶旺等,俱有意降宋。还有龙虎大王以下的将官忔查、一译作噶克察。千户高勇等,亦密受飞旗榜,连韩常也欲率众内附。兀术自知危急,便长叹道:"我自带兵以来,从未有这等败衄,今已至此,还有何言!"随即带领亲卒,乘马欲奔;方拟出城,忽有一书生,叩马谏道:"太子毋走!岳少保且退!"兀术在马上答道:"岳少保只用五百骑,能破我兵十万,汴京人士,日夕望他到来,我难道坐待俘囚,不管生死么?"书生笑道:"太子说错了。从古未有权臣在内,大将能立功于外。岳少保尚且不免,怎得成功哩?"这书生不知谁氏,可惜姓名不传。这数语,提醒兀术,使返辔回入,仍留汴京。

那时气吞金虏的岳元帅,正召谕诸将,整装出发,且传语道:"直抵黄龙府,与诸君痛饮。"言未已,忽有朝使到来,促飞班师。飞问朝使道:"这是何故?"朝使答道:"秦丞相与金议和,已有头绪,所以请少保还朝。"飞愤然道:"恢复中原,十得七八,奈何中道班师?"朝使默然而去。飞即日上疏,略言:"金人丧胆,尽弃辎重,疾走渡河,现在豪杰向风,士卒用命,正当猛进图功,时不再来,机难轻失"云云。桧得飞奏,非常懊恼,他想了一个釜底抽薪的计策,先致书张俊、杨沂中等,令他速回,然后上言:"飞只孤军,不应久留。"高宗也糊糊涂涂的应了一声。桧遂连下十二道金牌,催飞速归。看官道什么叫作金牌?乃系牌上写着金字,凡遇紧急命令,即用此牌。飞一日接奉金牌十二道,不觉悲愤交集,向东再拜道:"十载功劳,一旦废弃,奈何奈何?"拜毕泣下,阅至此,令人亦废书三叹。遂下令班师。百姓遮马挽留,且泣且诉道:"我等戴香盆,运粮草,迎接官军,金人早已知晓。相公若去,我辈无噍类了。"飞亦悲泣,取金牌指示道:"我食君禄,尽君事,既奉君命,不敢擅留。"百姓听了飞言,顿时哭声震野。飞乃下令道:"愿从我去,速即整装,我当再待五日。"大众齐声应命。飞复下马暂留,至五日期满,因即启程。百姓随军南行,仿佛如市。飞亟从途次拜本,请将汉上六郡闲田,俾民暂住,总算复旨允准。

兀术闻飞已退军,复分道出兵,把江南新复州郡,尽行夺去。及飞至鄂,闻知寇警,越加愤悒,因奏请罢免兵权,高宗不许。嗣由庐州入觐,经高宗问及战状,兼慰谕数语。飞惟叩头拜谢,并不道及自己战功。退朝后,仍静待后命。秦桧复遣使谕韩世忠等,罢兵还镇,且贬秘阁修撰张九成等官阶。九成素不主和议,至是与同僚喻樗、陈刚中、凌景夏、樊光远、毛叔度、元盥等六人,一同降黜,专意与金人议和。偏金兀术留屯京亳,出入许、郑各州,调集两河军与旧部,凡十余万,再图大举。撒离喝攻泾州不克,转破庆阳、河东。经略使王忠植率兵往援,为叛将赵惟清所执,送至金军,忠植不屈遇害。兀术闻庆阳得手,也南向出师,攻陷寿春,且渡淮入庐州。有诏令张俊、杨沂中驰救淮

第七十五回 传伪诏连促班师 设毒谋构成冤狱

西,岳飞进驻江州,且饬韩世忠、刘锜亦督兵出援。既招之来,胡为麾之使去?张俊部将王德,闻兀术前锋已至历阳,将到江上,急率所部,渡采石矶,夜入和州。俊督军继进,兀术退保昭关,寻复来争和州,为俊所败。王德又追击兀术,连获胜仗,收复含山及昭关。时刘锜亦自太平渡江,与张俊、杨沂中会议,谋复庐州。锜先引兵出清溪,两战皆捷。兀术率骑兵十万,驻扎柘皋,柘皋地面广坦,利于驰骤,所以兀术驻着,专待宋师。锜进兵石梁河,与兀术夹水列阵,河通巢湖,广约二丈,锜命曳薪垒桥,顷刻即成,遂遣甲士数队,逾桥卧枪而坐。且遣使促张俊、杨沂中,赶即进军。翌日,杨沂中及王德、田师中等,率军驰至,惟俊独后期。锜与诸将分军为三,渡河击敌,师中欲俟俊至,德奋然道:"事当乘机,何必再待!"当下与锜上马临河,沂中继进。兀术将骑兵分为两翼,夹道而阵,德语锜道:"敌骑右阵较坚,我独先击敌右。"遂麾军径渡,首犯敌锋。一敌将被甲跃马,出迎王德,德引弓注射,一发即殪,因大呼直前,冲入敌阵。诸军亦鼓噪而进,敌众辟易。兀术复用拐子马来战,不怕前时麻扎刀耶?德率众鏖斗,沂中道:"虏恃弓矢,我有一法,可以制敌。"因令万人各持长斧,排列如墙,一鼓齐上,各斫马足。敌骑东倒西歪,当然不能成列,便即溃乱。锜、德、沂中三路并击,杀得金人积尸如山,流血成渠。金兵溃至东山,正思小憩,忽后面追兵又至,回头一瞧,乃是刘字及王字旗号,不禁大惊道:"这是顺昌旗帜,还有王夜叉同来,如何可当?快避走罢!"随即退保紫金山。

看官阅过上文,应知刘锜力卫顺昌,杀败金兵,应为金人所惧,如何复夹出王夜叉来?原来王德在钦宗时,曾领十六骑,入隆德府,缚献金守臣姚太师。姚谓就缚时,只见夜叉,因此军中呼王德为王夜叉,连金人也闻他大名。嗣兀术复迎战店步,又为杨沂中所败,捷闻于朝。高宗急欲退敌,复札饬岳飞即日进兵。前日何故,召他回朝?飞方苦寒嗽,力疾启行。将至庐州,兀术正为沂中所窘,又闻岳家军到,便弃城遁去。飞乃回驻舒城,高宗以飞小心恭谨,国尔忘身,一再褒奖。独秦桧硬欲讲和,复促张俊、杨沂中、刘锜等班师。张俊首先退兵,杨沂中、刘锜亦只得退还,行才数里,谍报金人出攻濠州。俊驻军黄连镇,不敢往援。沂中进薄城下,遇伏败还,濠城被陷。高宗又促岳飞应援,飞至濠州,兀术又遁,渡淮北去。桧用给事中范同言,乘敌退还,召韩世忠、张俊、岳飞入朝,只说是柘皋得胜,论功行赏。于是世忠、俊同时入觐,独飞后至。桧又请旨敦促,及飞到来,遂拜世忠、俊为枢密使,飞为副使,各至枢密府治事,加杨沂中开府仪同三司,赐名存中。王德为清远军节度使。看官道是何意?无非是阳示推崇,隐夺兵柄,免得他在外作梗,好一心一意的与金议和了。一语道破。

岳飞在诸将中,年龄最少,三十岁即统领一军,独当方面,且累立战功,诸将多积不能平。张俊初时,颇盛称飞勇,及飞与并肩,也阴怀猜忌,淮西一役,即上文庐、濠二州战事。张俊曾逐步缓进,每战愆期,回朝后,反诬飞逗留中道,托词乏饷,有观望意。飞虽闻知,也不与计较。及既入枢密,俊与飞奉诏至楚州阅军,乘便抚韩世忠旧部。俊欲分韩背嵬军,飞顾友谊,不肯从俊,俊尤失望。会世忠军吏景著与总领胡昉言:"二枢密若分世忠军,恐致生事。"俊以告桧,桧因世忠不从和议,本与有隙,至是捕著下大理狱,将假谋变二大字,中伤世忠。飞得信,驰书向世忠报知,世忠即入白高宗,自明心迹,桧计因是不行,惟恨飞益甚。兀术复私遗桧书道:"汝朝夕请和,奈何令岳飞掌兵,日图河北?汝必杀飞,然后可和。"桧至是极力营谋,必欲置飞死地,乃偿私愿,试问汝何德于金?何仇于宋?遂讽中丞何铸,侍御史罗汝楫,谏议大夫万俟卨,交章论飞,劾他"逗留舒州,不援淮西,近与张俊视兵淮上,复欲弃去山阳,居心殆不可问"云云。这种弹文,若经那明眼人瞧着,早知是挟嫌诬奏,应该反坐,偏高宗心地糊涂,瞧了这种奏章,又有些疑惑起来。岳飞满腔忠义,动遭谗谤,如何忍得下去?便累表请罢枢柄,高宗居然准奏,罢飞为万寿观使,出奉朝请。

　　桧因初次下手,即已得利,索性得步进步,陷飞至死,好拔去那眼中钉。当下与张俊密谋,诱飞部曲能告飞过,优与重赏。怎奈此令一出,没人应命。俊闻飞尝欲斩统制王贵,且屡加刑杖,乃诱贵讦飞罪状。贵摇首道:"大将手握兵权,总不免以赏罚使人,若以此为怨,将怨不胜怨了。"言之甚是。俊以私事劫贵,贵不禁胆怯,勉强相从。是何私事?甘心从贼。桧又闻飞部将王俊,绰号雕儿,素性奸贪,屡受张宪抑制,遂阴加唆使,令他告讦。张俊自为讦状,交给王俊,王俊即向枢密府投诉。两俊相耦,飞命终矣。那状中捏造呈词,只说是:"副都制张宪,谋据襄阳,还飞兵柄。"俊收了讦状,即遣王贵捕宪,亲行鞫炼。属吏王应求白俊,谓枢院无审讯权,俊叱退应求,竟高坐堂上,传宪对簿。宪极口呼冤,俊拍案骂道:"飞子云与汝手书!教汝谋变,为飞图复兵权,汝尚得抵赖么?"宪答道:"云书何在?"俊叱道:"云书交与汝手,汝何故不先自首,反向我索书么?"宪抗声道:"何人见有岳云的手书?"俊狞笑道:"我料汝不受刑,汝亦未肯实供。"遂喝左右,先杖五十。左右一声吆喝,便将张宪拖了下去,重杖五十,打得鲜血淋漓,仍叫他上堂供状。宪大呼道:"宪宁受死,不敢虚供。"俊又命重杖五十,左右照前动手,这次更是厉害,可怜宪身无完肤,已死复醒,仍然不肯伏罪。俊械宪入大理狱,自己捏造一纸口供,送交秦桧。张俊何苦?桧即入朝请旨,乞召飞父子,证明宪事。高宗道:"刑以止乱,倘妄加追证,反至摇动人心。"桧默然趋出,竟假传诏旨,逮飞父子下狱,立命中丞何铸,大理卿周三畏讯问。飞见了二人,便道:"皇天后土,可表此心。"言毕,即

第七十五回　传伪诏连促班师　设毒谋构成冤狱

解衣露背，请何、周两人审视。两人望将过去，乃是"尽忠报国"四大字，深入肤理。周三畏不觉起敬，就是与桧同党的何铸，也居然良心发现，说了一个"好"字，当下命飞还狱，即往白秦桧，言飞无辜。桧只摇首徐语道："这是上意。" 吾谁欺，欺天乎？ 铸即接口道："铸亦何敢左袒岳飞，不过强敌未灭，无故戮一大将，恐士卒离心，非国家福。"桧亦不能答，支吾了一会，铸乃退出。周三畏挂冠自去。

桧遂命谏议大夫万俟卨，办理此案。卨素与飞有隙，审问数次，也经过几番拷讯，害得岳飞死去活来，始终不肯承认。万俟卨也自作供状，诬飞曾令于鹏、孙革致书张宪、王贵，令虚报敌至，耸动朝廷。云亦与宪通书，令宪设法，还飞兵柄。且云："书已被焚，无从勘证，应再求证人，以便谳狱。"桧又悬赏募集人证，悬宕了两个月，并无人出证飞罪。桧也没法，只好责成万俟卨。卨多方商榷，有人与卨定计，谓不如将淮西逗留事，作为证据。卨遂白桧，向飞家搜查得所赐御札，与往来道途日月，皆历历登录，并无逗留事迹。桧竟将御札等件尽行藏匿，为灭迹计，一面使于鹏、孙革证飞受诏逗留，且令评事元龟年取行军时日，颠倒窜改，附会成狱。那时恼了一班朝右忠臣，如大理卿薛仁辅，寺丞李若朴、何彦猷等，均为飞呼屈。判宗正寺士衮，且愿以百口保飞，并言："中原未靖，祸及忠义，是不欲中原恢复，二圣重还，如何使得？"偏这人面兽心的贼桧，除"飞死"二字外，没一语不是逆耳。韩世忠心怀不平，向桧诘问飞罪。桧答道："飞子云与张宪书，虽未得实据，恐怕是莫须有的事情。"世忠忿然道："莫须有三字，奈何服天下？丞相须审慎为是。"桧不与再言。

世忠还第，尚带怒容，梁夫人问着何事，世忠为述飞冤，梁夫人道："奸臣当道，尚有何幸？妾为相公计，不如见机而作，明哲保身罢！" 好智妇。 世忠道："我亦早有此意，只因受国厚恩，不忍遽去。目今朝局益紊，徒死无益，也只得归休了。"随即上书辞职。初不见允，及再表乞休，乃罢为醴泉观使，封福国公。自是世忠杜门谢客，绝口不言兵事，有时跨驴携酒，带着一二奚童，纵游西湖，在家与梁夫人小饮谈心，自得乐趣，这真所谓优游卒岁，安享余生了。算是有福。

惟岳飞自绍兴十一年十月被系，迁延到了年底，尚未决案。十二月二十九日，桧偕妻王氏在东窗下，围炉饮酒，忽由门卒传进一书，桧瞧着书面，乃是万俟卨投来，启封谛视，系由建州布衣刘允升，汇集士民，上讼飞冤。卨恐久悬未决，反生他变，特请示办法等语。桧眉头一皱，似觉愁烦。王氏惊问何故？桧将原书递交王氏阅看，王氏笑道："这有什么要紧？索性除灭了他，免得多口。" 世间最毒妇人心。 桧尚在沉吟，王氏复道："缚虎容易纵虎难。"桧闻此言，私计遂决，当即取过纸笔，写了数语，折成方胜，遣干仆密付狱吏。是夕，即报飞死，或云被狱吏勒毙风波亭，或云由狱吏佯请飞浴，拉胁而殂，享年三十九岁。岳云、张宪同时毕命。狱卒隗顺，痛飞无罪致死，负尸出葬栖霞岭下。

飞家无姬妾，亦乏产业，吴玠素来敬飞，愿与交欢，曾饰名姝以进。飞怫然道："主上宵旰焦劳，难道是大将安乐时么？"即令来使挈还名姝，玠益敬服。高宗欲为飞营第，飞辞谢道："金房未灭，何以家为？"或问天下何时太平？飞答道："文官不爱钱，武官不惜死，天下自然太平。"名论不刊。平时待驭军士，严而有恩，部兵或取民束刍，立斩以殉。兵有疾苦，亲为调药，诸将远戍，尝遣妻慰问家属。朝廷颁给犒赏，立刻分给，秋毫不私。遇有将士死事，必替他抚孤育雏。因此军心爱戴，遇敌不挠。敌常为之语道："撼山易，撼岳家军难。"张俊尝问以用兵要术，飞谓："仁、信、智、勇、严，阙一不可。"自飞统军后，无战不胜，上章报捷，辄归功将士。子云因功受赏，屡次乞辞，云以左武大夫终身，死时仅二十三岁，余四子雷、霖、震、霆均被窜岭南。有女痛父冤，抱银瓶投井自尽，后人因呼为银瓶小姐，号井为孝娥井。秦桧且遣吏抄没岳家，只得金玉犀带数条，及锁铠兜鍪，南蛮铜弩，镔刀弓剑鞍辔，及布绢若干匹，粟麦若干斛罢了。直至孝宗嗣立，诏复飞官，以礼改葬，相传尚尸色如生，还可更殓礼服，这也是忠魂未散的凭证。至淳熙六年，追谥武穆，嘉定四年，追封鄂王，曾记清人袁子才有岳王墓吊古诗数首，小子节录二绝云：

灵旗风卷阵云凉，万里长城一夜霜。
天意小朝廷已定，岂容公作郭汾阳？

远寄金环望九哥，事见后文。一朝兵到又回戈。
定知五国城中泪，更比朱仙镇上多。

岳飞已死，还有代飞诉冤的人物，也一律坐罪，待小子下回报明。

岳飞奉诏班师，而中原无恢复之期，人皆惜之，至有以不能达权病飞者，是实不然。飞若孤军深入，内外乏援，亦安能长保必胜？知难而退，实飞之不得已耳。惟飞既明知秦桧专政，势无可为，何不效韩蕲王之乘时谢职，口不谈兵，免致奸党侧目？且年甫强壮，来日方长，或者天意祚宋，炀蔽无人，再出而图恢复，亦未为晚。乃见机不早，坐堕奸谋，忠有余而智未足，此则不能不为岳武穆惜也。若夫凶狡如秦桧，党恶如张俊、万俟卨等，皆不足诛，而高宗构固识飞忠，固不欲妄加追证者，胡飞死而并未闻诘及贼臣，为飞诛贼也？王之不明，岂足福哉？观此回而不禁长太息矣。

第七十六回　屈膝求和母后返驾
　　　　　　刺奸被执义士丧生

　　却说岳飞死后,于鹏等亦连坐六人,薛仁辅、李若朴、何彦猷等,亦皆被斥,刘允升竟被拘下狱,瘐死囹圄。连判宗正寺齐安王士㒟也谪居建州。非高宗昏庸,何至若此?桧遂通书兀术,兀术大喜,他将俱酌酒相贺,乃遣宋使莫将先归通意,嗣令审议使萧毅、邢具瞻同至临安,萧毅等入见高宗,议以淮水为界,索割唐、邓二州及陕西余地,且要宋主向金称臣,岁纳银币等物。高宗令与秦桧商议,桧一律承认。金使许归梓宫及韦太后,当下议定和约,共计四款:

一、东以淮水、西以商州为两国界,以北为金属地,以南为宋属地。
二、宋岁纳银绢各二十五万。
三、宋君主受金封册,得称宋帝。
四、宋徽宗梓宫及韦太后归宋。

　　和议已成,即命何铸为签书枢密院事,充金国报谢使,赍奉誓表。一面令秦桧祭告天地社稷,即日遣何铸偕金使北行。萧毅等入朝告辞,高宗面谕道:"若今岁太后果还,自当遵守誓约,如或逾期,这誓文也同虚设哩。"萧毅乐得答应,启行至汴,铸与兀术相见,兀术索阅誓表,但见表文有云:

　　　臣只此一字,已把宋祖宋宗的威灵,扫地无余。构言:今来画疆,以淮水中流为界。西有唐、邓州,割属上国,自邓州西南属光化军,为敝邑沿边州城。既蒙恩造,许备藩方,亏他说出。世世子孙,谨守臣节。连子孙都不要他挣气。每年皇帝生辰并正旦,遣使称贺不绝。岁贡银绢二十五万匹,自壬戌年为首。即绍兴十二年。每岁春季,搬送至泗州交纳。有渝此盟,明神是殛,坠命亡氏,踣其国家。臣今既进誓表,伏望上国早降誓诏,庶使敝邑,永为凭焉。

　　兀术阅毕,一无异言,喜可知也。当令铸及萧毅等,共往会宁。金主看过誓表,即檄兀术向宋割地。兀术贪得无厌,且遣人要求商州及和尚、方山二原。秦桧也不管甚么,但教金人如何说,他即如何依,遂将商州及和尚、方山二原,尽行割畀,退至大散关为界。于是宋仅有两浙、两淮、江东西、湖南北、西蜀、福建、广东西十五路,余如京西南路,止有襄阳一府,陕西路,止有阶、成、和、凤四州。金既画界，因建五京，以会宁府为上京，辽阳府为东京，大定府为中京，大同府为西京，大兴府为南京。寻复改南京为中都，称汴京为南京。

知商州邵隆在任十年，披荆榛瓦砾，作为州治，且招徕商民，屡败金人。自被割后，隆徙知金州，居常怏怏，尝率兵出境，意图规复，金人因此责桧。桧复迁他知叙州。未几，隆竟暴卒，共说由桧使人鸩死。凶焰滔天，令人发指。金主尚不肯归还韦太后，经何铸再三恳请，始归徽宗及郑后、邢后棺木，与高宗生母韦氏。韦太后颇有智虑，既得许还消息，恐金人反复无常，待役夫毕集，始启攒宫。钦宗卧泣车前，并对韦太后道："归语九哥与宰相，高宗系徽宗第九子，故呼九哥。为我请还。我若回朝，得一太乙宫使，已满望了，他不敢计。"韦太后见他泪容满面，心殊不忍，遂满口应许。钦宗复出一金环，作为信物。还有徽宗贵妃乔氏，与韦太后曾结为姊妹，送行时，携金五十两，赠金使高居安道："薄物不足为礼，愿好护送姊还江南。"复举酒钱韦太后道："姊途中保重！归即为皇太后，妹谅无还期，当老死沙漠罢了。"巫峡猿啼，无此哀苦。韦太后与她握手，恸哭而别。时当盛暑，金人惮行，沿途逐节逗留。韦太后防有他变，托词称疾，须待秋凉进发，暗中却向高居安借贷三千金，作为犒赏。高居安肯贷多金，想尚不忘乔贵妃语。役夫得了犒金，连天热也忘记了，总是阿堵物最灵。便即趱程前进。行至楚州，由太后弟安乐郡王韦渊，奉诏来迎，姊弟相见，悲乐交并。及抵临安，高宗以下，俱在道旁伫候。宋奉迎使王次翁，金扈行使高居安，先白高宗。高宗慰劳已毕，遂前迎徽宗帝后梓宫。拜跪礼成，然后谒见韦太后。母子重逢，喜极而泣。嗣复迎邢后丧柩，高宗也不禁泪下，且语群臣道："朕虚后位以待中宫，已历十六年，不幸后已先逝，直至今岁，始得耗闻，回念旧情，能不增痛。"妻室可念，兄弟乃可忘怀么？秦桧等劝慰再三，悲始少解。乃引徽宗帝后两梓宫，奉安龙德别宫，并将邢后柩，祔殡两梓宫西北，然后奉韦太后入居慈宁宫。徽宗帝后，前已遥上尊谥，惟邢后未曾易名，因追谥懿节。

是时，金已遣左宣徽使刘筈赍着衮冕圭册，册高宗为宋帝，高宗居然北面拜受且御殿召见群臣，行朝贺礼。何贺之有？晋封秦桧为秦、魏两国公。桧嫌与蔡京同迹，辞不肯受，乃只封他为魏国公，兼爵太师。余官亦进秩有差。惟刘锜已早罢兵权，出知荆南府，王庶且安置道州。何铸自金还后，桧恨他不附飞狱，谪居徽州。张俊本附桧杀飞，不意亦为桧所忌，竟令台臣江邈劾俊，俊遂罢为醴泉观使，惟封他一个清河郡王虚衔，算是酬他杀飞的功劳。独刘光世早解兵柄，随俗浮沉，素与桧无嫌隙，总算保全禄位，奄然告终。既而徽宗皇帝、显肃皇后均安葬永固陵，懿节皇后亦就陵旁祔葬。秦桧等累表请立继

第七十六回　屈膝求和母后返驾　刺奸被执义士丧生

后,韦太后亦以为然。这时后宫的宠嫔,第一个是吴贵妃,她本是有侍康的瑞兆,更兼才艺优长,性情委婉,自韦太后南归后,亦能先意承旨,侍奉无亏,所以韦太后亦颇垂爱,高宗更不必说,即于绍兴十三年闰四月,册立吴贵妃为皇后。后初与张妃并侍高宗,每遇晋封,两妃名位相等,不判低昂。绍兴二年,张氏因元懿太子夭逝,后宫未得生男,特请诸高宗,召宗子伯琮入宫,育为养子。伯琮系太祖七世孙,为秦王德芳后裔,父名子偁,曾封左朝奉大夫。伯琮入宫时仅六岁,越年授和州防御使,赐名曰瑗。吴氏亦欲得一养子,因选宗室子伯玖为螟蛉,系太祖七世孙,子彦子,年七岁,赐名曰璩。绍兴十二年,张妃病殁,瑗与璩并为吴氏所育。瑗性恭俭,尤好读书,高宗爱他勤敏,累岁加封。至吴氏立后时,已封瑗为普安郡王。吴后语帝道:"普安二字,系天日之表,妾当为陛下贺得人了。"

先是同知枢密院事李回,及参知政事张宇,均上言:"艺祖传弟不传子,德媲尧、舜,陛下应远法艺祖,庶足昭格天命。"高宗颇为感动。所以于瑗、璩二人内,拟择一人为皇嗣。独秦桧献媚贡谀,特为高宗代画二策。第一策,是教高宗不必迎还渊圣,免致帝位摇动;第二策,是劝高宗待生亲子,才立储贰,免得传统外支。叫高宗无祖无兄,确是个好宰相。高宗闻此二策,深合私衷,因此韦太后还朝,本带着钦宗金环,转遗高宗,高宗面色不怿,连韦太后也不便多言。了过钦宗卧泣之言。就是立嗣问题,亦累年延宕过去。

还有行人洪皓、张邵、朱弁三使,自金释归,三使留金多年,未尝屈节,及归朝,高宗俱欲加官封秩,偏三人辞旨愤激,语多忤桧。皓言金人素惮张浚,宜即起用。邵言金人有归还钦宗及诸王后妃意,应遣使奉迎。弁言和议难恃,当卧薪尝胆,图报国仇。这种论调,都是秦桧所厌闻,就是高宗,亦不愿入耳。于是皓出知饶州,邵出为台州崇道观使,弁仅易官宣教郎,入直秘阁,抑郁以终。桧且欲中伤赵鼎,兼及张浚,平时检鼎疏折,有请立皇储语,遂嗾中丞詹大方,劾鼎尝怀诡计,妄图侥福。有诏徙鼎至吉阳军。鼎出知绍兴府后,屡为桧党所劾,累贬至潮州安置,闭门谢客,不谈世事,至是复移徙吉阳。鼎上谢表,有"白首何归,怅余生之无几;丹心未泯,誓九死以不移"等语。桧览表,冷笑道:"此老倔强犹昔,恐未必能逃我手呢。"

未几,有彗星出现东方,选人康倬上书,谓彗现乃历代常事,毫不足畏。桧特擢倬为京官,且请高宗仰体天意,除旧布新,颁诏大赦。高宗当然听从,偏恼了一位被黜复进的旧臣,竟上疏极陈星变,应先事豫备,任贤黜邪,以固社稷等语。桧见此疏,不禁大怒道:"我正要与他拚命,他却敢来虎头上搔痒么?"看官道此疏是何人所奏? 原来就是故相张浚。浚谪居永州,因赦还朝,提举临安府洞霄宫。绍兴十一年,改充万寿观使,越年,因和议告成,太后回銮,推恩加封为和国公。浚嫉桧揽权,屡欲奏论时弊,只缘母计氏年老,恐言出祸随,致贻母忧。计氏窥知浚意,特诵浚父咸对策原文,中有二语云:"臣宁以言死斧钺,不忍不言以负陛下。"好浚母。浚意乃决,即上疏直陈。桧知浚有意斥己,怎肯干休?立令中丞何若等,联名劾浚。诏放浚出居连州,寻复徙至永州。仍回原处。自是朝廷黜陟,俱自桧出,但教阿顺桧意,无不加官,稍一忤桧,就使前时与桧同党,亦必罢斥。万俟卨附桧杀飞,得列参政,嗣因桧除拜私人,卨不肯署名,立即罢退。楼炤、李文会均得桧援,入副枢密,后来皆稍稍忤桧,相继被斥。高宗且待桧益厚,宠眷日隆,封桧母为秦魏国夫人,养子熺举进士,授秘书少监,领国史。桧妻系王晌妹,无出,熺系王瓛庶子,桧被金掳去,瓛妻出熺为桧后,名目上是为桧承宗,暗地里是因瓛妒宠。不愧为长舌妻之嫂。至桧自金归,即率熺见桧,桧心颇喜,遂命熺为继子。熺既掌国史,进建炎元年至绍兴十二年日历,凡五百九十卷,所有前时诏书章疏,稍侵及桧,即改易焚弃。且自诵桧功德,约二千余言。逸著作郎王扬英、周执高呈献高宗。王、周俱得显秩。桧又禁私家著述,遇有守正辟邪诸学说,辄视为曲学旁门,一律查毁,不得梓行。到了绍兴十五年,熺升任翰林学士,兼官侍读。未几,赐桧甲第,并缙钱金帛。又未几,高宗亲幸桧第,凡桧妻以下,皆加恩驰封。又未几,御书"一德格天"四字,赐桧家立匾阁中。又未几,许桧立家庙,御赐祭器,真是恩遇优渥,享尽荣华,比那徽宗时代的蔡京,且有过无不及哩。

当时中外官吏,揣摩迎合,竞称桧为圣相,几乎皋、夔、稷、契,尚不足比。自是称祥言瑞,诸说又复纷起。雨雪称贺,海清称贺,日食不见又称贺。知虔州薛弼上言,朽柱中忽现文字有"天下太平年"五字。五字出于朽柱,就使真确,亦不足谓祥瑞。桧执奏以闻,诏付史馆。高宗越发偷安,视临安为乐国,不再巡幸江上了。桧又窜洪皓,流胡铨,贬郑刚中,且必欲害死赵鼎,令吉阳军随时检察,每月俱报赵鼎存亡。鼎遣人至家,遗书嘱汾道:"秦桧必欲杀我,我死汝辈尚可无虞,否则恐祸及全家了。"书发后,复自书墓石,记乡里及除拜岁月,且写了联语十四字,作为铭旌。上联云:"身骑箕尾归天上",下联云:"气作山河壮本朝"。又作遗表乞归葬,遂绝粒而死。总计南宋贤相,赵鼎称首。鼎既殁,远近衔悲。参政段拂闻讣叹息,为桧所闻,竟降拂为资政殿大学士,旋且褫职,谪居兴国军。

至绍兴十八年,有诏令秦熺知枢密院事,桧问僚属胡宁道:"儿子近除枢密,外议何如?"宁答道:"外议谓公相谦冲,必不效蔡京所为。"桧听了此语,心中虽很是怀怨,口中却不能不道一"是"字。归与子熺商议,只好由熺具疏乞辞,掩饰耳目。熺因罢为观文殿学士,位次右仆射,寻又加授少保。桧心犹

第七十六回　屈膝求和母后返驾　刺奸被执义士丧生

未怿,欲将生平反对的人物,一网打尽,直教他子子孙孙,永远不能翻身,然后可泄尽宿忿,任所欲为。就使将南宋半壁篡取了来,也是唾手的事情。直揭桧意,并非虚诬。筹画已定,便按次做去。先是绍兴八年,第一次与金议和,廷臣啧有烦言,桧独引吏部尚书李光,入为参政,并署和议。光始为桧所欺,因和图治,后见桧撤守备,黜诸将,才知桧纯是歹意,入朝时,面与桧争。桧大为佛然,光遂去职。桧余怒未息,累谪光至藤、琼诸州。至绍兴二十年,由两浙转运副使曹泳,讦称光次子孟坚,录记父光所作私史,语涉讥讪,请即查办。桧入朝奏白高宗,乞惩光父子罪,光遇赦不赦。孟坚流戍峡州,又有胡寅、程瑀、潘良贵、宗颖、张焘、许忻、贺允中、吴元许八人,均坐光私党,一应黜逐。此时的高宗,已被桧欺诈胁迫,毫无主意,简直是木偶一般,便即唯唯听从。桧大踏步,趋出朝堂,登舆而归。

　　行至中途,忽有一壮士突出,遮住秦桧肩舆,从腰间拔出利刃,向桧刺去。偏桧命未该死,连忙把身一闪,这刀锋只戳入舆中坐板,并不伤及桧身。那壮士拔刀费事,旁边走过秦氏家将,七手八脚,把壮士打倒,上前捉住壮士。可惜当时没有炸弹。桧虽幸免害,这一惊也是不小,当命左右带着刺客,随舆至家。惊魂少定,叫左右将壮士牵到阶前,厉声问道:"你是何人?擅敢大胆行刺!想总有人主唆,快说出来,我便饶你!"那壮士面不改色,也抗声怒骂道:"似你这般奸贼,欺君误国,哪个不想食你肉?寝你皮?我姓施名全,现为殿前小校,意欲为天下除奸,生前不能诛你,死后必为厉鬼,勾你奸魂,看你逃到哪里去!"虽不能杀桧,恰也骂得爽快。桧被他痛詈,气得发抖,急命将施全拿交大理狱中,越宿全被磔死。桧经此一吓,派家将五十名,各持长梃,作为护卫,居则司阍,出必随护。但自此梦寐不安,时觉冤魂缠绕,免不得酿成一种怔忡病症,整日里延医调治,参茸等物,服了无数,才觉有点起色。高宗特地赐假,且诏执政赴桧第议事。桧因病已少愈,乃肩舆入朝,有诏令桧孙埙堪扶掖升殿,免拜跪礼。还第以后,复思大兴党狱,诛锄善类。念念不忘。

　　凑巧太傅韩世忠病殁,桧心中益欢。从前韦太后南还,因金人畏惮韩、岳,很加器重,岳已遇害,惟韩尚存,迎銮时,即特别召见,慰劳备至,后来且时加慰问,令高宗垂念功臣,晋封他为咸安郡王。韩虽不预政事,桧因两宫向他敬礼,尚有所惮。至韩已去世,无一足畏。闻王庶病死贬所,庶子之奇、之荀抚棺恸哭,曾有"誓报父仇"等语,遂命将之奇流戍海州,之荀流戍容州。且因赵鼎虽死,子侄尚多,竟欲斩草除根,藉杜后患,密谋了好几载,苦被老病侵寻,屡致中辍,直延到绍兴二十五年,潭州郡丞汪召锡,密告知泉州赵令衿,太祖五世孙。曾观桧家庙记,口诵:"君子之泽,五世而斩"二语。桧即谪令衿至汀州。嗣闻赵鼎子汾饮饯令衿,因大喜道:"此次在我手中了。"遂暗嘱侍御史徐哲,劾奏赵汾与令衿饮别厚贶,必有奸谋。有诏逮汾与令衿至大理鞫问。汾等被逮下狱,桧嗾狱吏胁汾自诬,与张浚、李光、胡寅、胡铨等五十三人,共谋大逆。狱吏承旨,不管汾诬供与否,竟捏造了一篇供状,献与秦桧。桧坐一德格天阁下,瞧到此状,喜欢的了不得,当下取过笔来,意欲加入数语,格外锻炼,不意这笔杆竟会作怪,好似有千钧力量,手力几不能胜。桧大为惊诧,向上一瞧,忽不觉大叫一声道:"阿哟,不好了!"道言未绝,身子往后一仰,随椅倒地。正是:

  恶贯已盈褫巨魄,忠臣有后庆更生。

  毕竟秦桧是否死去,容待下回续详。

  高宗不忘母后,因欲屈己求和,无识者或以为孝。亦思二帝未归,中原陆沉,恝情于父兄,而独眷怀于一母,尽孝者固如是乎?况朱仙镇之捷,兀术胆落思归,两河人士,翘待王师,设无金牌之召,而令岳武穆即日渡河,韩、刘等相继并进,安知不可直捣黄龙,迎还父母兄妻耶?顾乃听信贼桧,谗害忠良,向虏称臣,仅归一母,甚且今日封桧,明日赐桧,凡桧家妻妾子孙,无不累邀荣典,高宗犹有人心,应不至愚昧若此。其所以与桧相契者,贪位苟安,拒兄攘国,为贼桧逆揣而知,有以劫持于无形耳。忠哉施全,舍生取义,虽不即诛桧,而桧之魂魄,已因之沮丧。厥后大狱之不成,未始非一击一詈之阴为所怵也。桧死而南宋少宁,天不欲亡艺祖之后,乃为之绵延一线也欤。

第七十七回　立赵宗亲王嗣服
　　　　　　弑金帝逆贼肆淫

  却说秦桧晕倒地上,顿时昏迷过去,不省人事。桧妻王氏及家人仆役等,疑他中风,慌忙扶救,一面召医灌药,好容易才得救醒。王氏将廷吏叱去,私问桧身所苦。桧不肯直说,但嘱道:"快备后事,我已不能复活了。"到死不肯自陈罪恶,真是大奸。言已,又复晕去。再经王氏等极力呼号,方见他四肢颤动,与杀鸡相似,口中模模糊糊的,说了几声饶命。王氏亦不禁毛骨俱悚,贼胆心虚。当令家人往延御医。医师王继先,本是秦桧心腹,尝在宫中伺察动静,至是闻病,亟至就榻诊治。秦桧忽双目圆睁,呼他为岳少保,又忽呼他为施义士,既而又把赵鼎、王庶等官职名号,都叫了出来,连王继先都吓得心惊胆落,勉强拟了一方,慌忙趋出。桧服继先药,愈觉沉重,不是连声呼痛,就是满口

第七十七回　立赵宗亲王嗣服　弑金帝逆贼肆淫

呼冤,那身上的皮肤,忽红忽青,随时变色。王氏等正在着忙,有门役报称御驾到来,急命秦熺出外迎驾。至高宗入内问疾,桧稍觉清醒,想是皇帝到来,众鬼退避。但口中已不能出词,只对着高宗,流了几点鼻涕眼泪。高宗便语秦熺道:"卿父病休,势已垂危,看来是不能挽救了。"熺跪奏道:"臣父倘有不测,他日继臣父后任,应属何人?"居然想代父职。高宗摇首道:"这事非卿所应预闻。"言讫拂袖出室,乘辇还宫,当命直学士沈虚中草制,令桧父子致仕。表面上却加封桧为建康郡王,熺为少师。熺子埙、堪并提举江州、太平兴国宫。是夕,桧嚼舌而死。

桧居相位十九年,除一意主和外,专事摧残善类,所有忠臣良将,诛斥殆尽。凡弹劾事件,均由桧亲手撰奏,阴授言官。奏牍中罗织深文,朝臣多知为老秦手笔。一时辅政人员,不准多言。十余年间,参政易至二十八人,而且贿赂公行,富可敌国,外国珍宝,死犹及门。高宗初奇桧,继恶桧,后爱桧,晚复畏桧,一切举措,辄受桧劫制。桧党张扶请桧乘金根车,吕愿中献秦城王气诗,桧窃自喜,几欲效王莽、曹操故事。至暴死后,高宗语杨存中道:"朕今日始免靴中置刀了。"然尚赠桧申王,赐谥忠献。至宁宗开禧二年,始追夺王爵。改谥缪丑。

张俊于桧死前一年,已经病死。桧妻王氏未几亦死。独万俟卨失秦桧欢,累贬至沅州。高宗因桧死择相,还疑卨非桧党,召为尚书右仆射,并同平章事,汤思退知枢密院事,张纲参知政事。汤思退向来附桧,桧卧病时,曾召嘱后事,赠金千两,思退不受。高宗闻却金事,遂加拔擢。其实思退却金,是怕桧故意尝试,所以谢却,并不是有心立异哩。沈该已列参政,本是个随俗浮沉的人物,惟张纲曾为给事中,嫉桧乞休,家居已二十余年,至是召为吏部侍郎,立升参政,颇有直声。御史汤鹏举等,得他为助,因累劾秦桧病国欺君、党同伐异诸罪状,乞黜退桧家姻党。于是户部侍郎曹泳谪窜新州,端明殿学士郑仲熊,侍御史徐嘉,右正言张扶,及待制吕愿中等,相继斥逐。赵汾、赵令衿免罪出狱,李孟坚及王之奇兄弟,许令自便。复张浚、胡寅、洪皓、张九成等原官,迁还李光、胡铨于近州,又追复赵鼎,郑刚中等官爵。

浚既复官,拟因丧母归葬,适值高宗因彗出求言,浚不待启行,即上言:"沈该、万俟卨、汤思退等,未餍众望,难胜相位。且金人无厌,恐又将启衅用兵,宜亟任贤才,以期安攘"云云。此老也算好事。看官你想沈该、万俟卨、汤思退三人能不动恼么?万俟卨尤为忿懑,亟嗾台官劾浚,说他煽惑人心,摇动国是,因复将浚安置永州。三次至永,莫非有缘。既而卨亦暴死。卨与张俊,均附桧杀飞,所以后世于岳王墓前,特铸铁人四个作长跪状,男三女一,三男即秦桧、张俊、万俟卨,一女即桧妻王氏。时人咏岳王墓诗有云:"青山有幸埋忠骨，白铁无辜铸佞臣"，二句脍炙人口。桧墓在江宁，至明成化年间，为盗所发，窃得珍宝，值资巨万。盗被执，有司饬吏往验，见桧与妻王氏，各僭用水银为殓，面色如生。当下碎尸投厕，且减轻盗罪，大众称为快事。千百年后，犹令人恨视逆桧夫妇，贼男贼女，其可为乎？

闲文少表，且说万俟卨既死，汤思退继代卨任，张纲罢职，用吏部尚书陈康伯为代。思退主和固位，与秦桧、万俟卨相同。沈该无所建白，旅进旅退，朝廷幸还无事。至绍兴二十九年，该以贪冒被劾，落职致仕。思退转左仆射，康伯进右仆射。是年为韦太后八十寿期，行庆祝礼，不意祝嘏方终，大丧继起。太后不豫数日，竟崩逝慈宁宫。高宗事母甚谨，自迎归后，先意承志，惟恐不及，及居丧悲恸不已，谥曰显仁，葬永佑陵旁。时高宗年已五十有余，仍无子嗣，高宗意早属瑗，起初为秦桧所制，故尔迁延。桧死后，复恐母意未合，且有吴后养子璩同时长养，亦加封恩平郡王。东西开府，左右两难，所以仍然延宕。及母后既崩，密问吏部尚书张焘，求定大计。焘逆揣上意，便进言道："立储为国家大事，今日国计，无过于此。请早就两邸中，择人建立！"高宗喜道："朕亦早有此意，俟来春饬议典礼。"焘顿首而退。高宗已明知璩不及瑗，惟恐吴后尚有异言，无以杜口，特出宫女二十人，分给普安、恩平两邸中。璩得十女，左抱右拥，其乐陶陶。瑗得十女，却仍令给役，毫不相犯。过了一年，高宗调回宫女，在瑗邸内十人，均尚完璧，在璩邸内十人，尽已破瓜。遂与吴后言及，决意立瑗。高宗择嗣，亦可谓历试诸艰。巧值利州提点刑狱范如圭，掇拾至和、嘉祐间名臣章奏，凡三十六篇，合为一编，囊封以献。高宗知他有意讽谏，即日下诏，立普安郡王瑗为皇嗣，更名为玮，加封璩开府仪同三司，判大宗正寺，改称皇侄，仍将宫女一律给还。册储礼成，中外大悦。

忽由左相陈康伯入报高宗道："陛下应亟筹边，防金人要败盟了。"汤思退在侧，便怫然道："去岁王伦使金，曾还言邻国恭顺，和好无他，不知今日有什么败盟消息？臣意以为沿边将吏，贪功觊权，所以有此讹言。"康伯微笑道："恐此番未必是讹传了。"高宗道："且待探问确实，再行计较。"陈、汤两人，依次退出。已而败盟警耗，日紧一日，侍御史陈俊卿，劾论思退巧诈倾邪，有意蒙蔽，思退因即免职。康伯转任左仆射，参政朱倬，进任右仆射。饬利州西路都统吴拱，知襄阳府，派部兵三千戍边，兵备始逐渐讲求，南北又要开战了。暂作一束。

看官！欲知金人败盟的原故，说来又是话长，待小子补述出来。原来金主亶嗣位后，颇好文学，有志修文，在上京建立孔庙，求孔子支派四十九代孙偕，封为衍圣公。惟孔氏嫡派，从宋南渡，寓居衢州。今有衢州孔氏学。金干本、兀术两人，内外夹辅，初政清明，吏民安堵，后来亶后裴满氏一译作费摩氏

第七十七回　立赵宗亲王嗣服　弑金帝逆贼肆淫

干政，朝臣多购通内线，得叨荣宠。亶欲立继嗣，为后所制，心怀抑郁，因纵酒自遣。哪知杯中物足以消愁，亦足以惹祸。亶嗜酒无度，往往因醉使性，妄杀大臣，连宋使王伦，亦为所戮。自是上下离心，国势渐衰。挞懒遗子胜花都郎君，挞懒被诛见七十五回。逃往西北，连结蒙古，屡寇金边。蒙古民族，就是唐朝的室韦分部，向居斡难河、克鲁伦河两流域，游牧为生。初属辽，继属金，至哈不勒有众数千，帮助挞懒遗胤，与金为敌。兀术自汴京回国，特带兵往剿，屡战不胜，没奈何与他讲和，册封哈不勒为蒙兀国王，蒙兀一作蒙辅。把西平、河北二十七团寨，尽行割畀，方得罢兵息民。插此数语，为蒙古肇兵张本。兀术班师，未几病逝。金主亶用从弟迪古乃平章政事。迪古乃改名为亮，自以为派衍九潢，与金主同为太祖孙，有觊觎帝位的思想。平居阴结党羽，揽窃大权，且与裴满后有勾通情事，金主亶茫无所闻，且进亮为右丞相。亮生辰受贺，金主亶赐亮玉叶鹘厩马，及宋司马光画像。后来闻裴满后亦有私馈，因大起猜嫌，夺回赐物。亮本怀怨望，哪堪金主如此慢待，免不得挟恨愈深。金主亶弟常胜曾封胙王，颇有权力，亮日加谮间，只说胙王阴谋篡立，惹动主怒，立逮胙王下狱。可怜胙王不明不白，竟受了大逆不道的冤诬，活活处死。胙王妻名撒卯，本拟连坐，偏金主亶爱她美丽，竟赦罪入宫，令她侍寝。裴满后顿怀醋意，诘问金主。金主方宠撒卯，视裴满后如眼中钉，不待三言两语，便拔出腰剑，把后砍死。又将德妃乌古论氏、一译作乌库哩氏。夹谷氏、一译作瓜尔佳氏。张氏等，一并杀毙，居然把弟妇撒卯册为中宫。已开逆亮先声。于是怨声四起，物议沸腾，亮得乘间逞谋，暗结金主侍卫，作为内应。金主有护卫十人，卫长叫作仆散忽土，旧受干本厚恩，干本即亮父，亮遂倚为心腹。尚有卫士徒单，一作徒克坦。及阿里出虎，一作额勒楚克。与亮有姻戚谊，亦愿为亮臂助。内侍大兴国，及尚书省令史李老僧，也与亮联合一气，亮遂秘密合谋，竟做出一出谋王杀宫的把戏来了。

金主亶皇统九年，即宋高宗绍兴十九年十二月丁巳日，仆散忽土与阿里出虎，入值宫中，待至二鼓，大兴国盗出符钥，偷启宫门，亮与妹婿徒单贞，一作图克坦贞。及平章政事秉德，左丞唐古辨，大理卿乌达、李老僧等，各怀利刃，鱼贯而入。秉德、唐古辨曾受杖刑，怨恨金主，古辨本尚金主女，至此也为了私恨，竟欲刲刃乃翁。乌达系亮爪牙。当时守门禁卒，以古辨是国婿，亮系皇弟，俱属至亲懿戚，有何可疑？遂任他进去，直达寝殿，破扉径入。金主惊起，索刀四觅无着，不由的慌了手脚。阿里出虎拔刀先刺，仆散忽土随后继进，立把金主砍翻地上。亮上前一刀，血溅满面，称帝十四年的金主亶，呜呼告终！咎由自取。亮麾众出宫，诈传金主诏旨，夜召群臣议事。群臣尚未闻耗音，错疑有特别大故，统共赶到。及至朝堂，方知亮欲称帝。曹国王宗敏，左丞相宗贤,稍有异言,均被杀死。群臣相顾错愕,莫敢再言。亮遂上登御座,竟自称帝,命秉德为左丞相,唐古辨为右丞相,乌达为平章政事。废故主亶为东昏王,独谥裴满后为悼平皇后,不忘旧情,惟撒卯不知如何处置?大赦国中,改元天德。何不改称暴德。追尊父干本为帝,庙号德宗。嫡母徒单氏一作徒克坦氏。及生母大氏,俱为太后。徒单氏居东宫,大氏居西宫,两氏向来辑睦,毫无间言。及亮弑亶,徒单氏语亮道:"主虽失道,人臣究不应如此。"亮引为深憾。及徒单氏生日,宫中大开筵宴,酒至半酣,大氏起座,跪进寿觞。徒单氏方与诸公主宗妇笑谈,未及下视,大氏长跪片时,始为徒单氏所见,亟起身受觞。亮疑为故意,怀怒而出。次日,传召诸公主宗妇,诘问何故笑语,一一加杖。大氏闻知,慌忙出阻。亮忿然道:"今日儿为皇帝,岂尚同前日么?"及公主宗妇等忍痛而去,亮反大笑道:"好教她们知我厉害呢。"既而大杀宗室,把太宗子孙七十余人,粘没喝子孙三十余人,一并屠戮,无一孑遗。诸宗室亦杀死五十余人,又杀宗室左副元帅撒离喝等,夷灭家族,并因左丞相秉德,不先劝进,也将他一刀两段,连亲属尽行骈诛。杀人之父,人亦杀其父,杀人之兄,人亦杀其兄,天道不为无知。

自是大兴土木,留意声色,遣左丞相张浩、右丞相张通古,调集诸路匠役,改筑燕京宫室,一切制度,俱依汴京程式。宫殿遍饰黄金,加施五采,金屑在空中飞舞,几如落雪。每殿需费以亿万计,稍不合意,即令拆造,务极华丽。金屋既成,当然要选集娇娃,贮为妃妾。第一着下手,见叔母阿懒,饶有姿色,他即将叔父阿鲁补杀死,据阿懒为己妾,封为昭妃。继而一美不足,再求众美,遂命徒单贞语宰辅道:"朕嗣续未广,前所诛党人诸妇,多朕中表亲,可尽令入宫,备朕选纳。"张浩等奉命维谨,即搜得罪妇百余人,送入宫中。亮仗着一双色眼,东瞧西望,就中美丽,恰也不少,惟有四妇,尤为妖艳。一个是阿鲁子莎鲁啜妻,莎鲁啜一译作莎罗绰。一个是胡鲁一译作华喇,与阿鲁皆太宗子。子胡里剌妻,胡里剌一译作华喇。一个是胡里剌弟胡失打妻,胡失打一译作呼达。一个是秉德弟嘉哩妻,四妇收入后宫,轮流取乐。嘉哩妻尤工淫媚,封为修仪。正在寻欢纵乐的时候,忽由乌达妻唐括定哥一译作唐古定格。遣侍婢来朝,亮猛然记忆道:"不错不错,唐括定哥,我本与她约为夫妇,只因乌达有功,我不忍杀他,特调他为崇义军制度使,令挈妻同去,免我眷恋。今唐括定哥愿践旧约,我也顾不得许多了。"遂宣来婢入见,且面谕道:"你归报主母,她能自杀乌达,我定当纳她为后,否则将族灭她家。"婢领命而去。

不到半月,唐括定哥果盛妆前来。亮见她杏脸桃腮,比前更艳,不由的搂抱入怀,笑颜问道:"你夫乌达现尚存否?"唐括定哥道:"上命难违,妾已将他缢死了。"亮大喜道:"好好!"随即拥入帏中,重续旧欢。次日即封为贵妃,大

第七十七回　立赵宗亲王嗣服　弑金帝逆贼肆淫

加宠幸。偏唐括定哥素不安分，在家时与俊仆私通，唐括定哥入宫，俊仆亦随入。亮虽宠幸唐括定哥，究竟有许多妃妾，总不免随时应酬，唐括定哥不耐孤寂，乘隙与俊仆叙情，不料为亮所闻，立将俊仆杖死，连唐括定哥亦令自尽。淫妇该有此结果。唐括定哥既死，亮又不觉追悔，闻唐括定哥有妹，名叫唐括石哥，亦颇姣好，曾为秘书监完颜文妻，当即颁诏下去，令完颜文将妻献出。完颜文只好奉诏，把唐括石哥献将上去。亮见她绰约风流，不亚乃姊，即面授为丽妃，列入嫔嫱。已而亮忆及姊女蒲察义察，一作富察彻辰。也有美色，惟已嫁乙剌补，一作伊里布。当令乙剌补出妻献纳，乙剌补亦不敢有违。嗣复闻济南尹葛王乌禄一作乌鲁。妻乌林苔氏，一译作乌凌噶氏。仪容秀整，又遣使召令入宫。乌林苔氏泣语乌禄道："我若不行，上必杀王，我当自勉，不致相累。"乌禄也不禁泪下。乌林苔氏复召王府臣仆道："为我往祷东岳，皇天后土，明鉴我心，我誓不失节哩。"言已，即与乌禄诀别，上车北行。到了良乡，南向洒泪，暗中低语道："我今日与大王长别了。"遂袖出一剪，刺喉殉节。难得有此贞媛。亮闻报，迁怒乌禄，竟将他降为曹国公，且大括宗室美妇，无论亲戚姊妹，但有三分姿色，一古脑儿收入宫中，供他受用。

寿宁县主什古，一作什贵。系干离不女；静乐县主蒲剌一作希拉。及习拈一作希延。系兀术女；师古儿一作锡古兰。系讹鲁观女；混同县君莎里古贞一作苏垿和琛。与妹余都，一作伊都。系阿鲁女，都是亮的从姊妹。郧国夫人崇节，一作重节。系蒲卢虎女孙，是亮侄女；张定安妻奈剌忽，一作鼐喇固。系太后大氏的兄嫂；蒲卢胡只一作富鲁和琛。系丽妃石哥妹，均已适人。亮毫无忌耻，一律召入，逼与之淫。起初尚令她出入，随后留在宫内，日夕淫恣。尤可怪的，是与妇女交合，必奏乐撒帏，令妃嫔列坐旁观，且于卧榻前，遍设地衣，令各妇裸逐为戏。至淫兴一发，即抱卧地上，赤体交欢。可怜这班含羞忍耻的妇女，只因一念贪生，没奈何玉体横陈，任他糟蹋。亮意尚未足，闻江南多美妇人，且有一刘贵妃宠冠宋宫，色艺无双，意欲兴兵南下，为劫掠计，不料太后大氏，一病不起，弥留时，召亮至榻前，泣嘱道："我与徒单太后，始终和好，汝迁都燕京，独将她留着会宁，未曾迎来，今我将死，不能见她一面，殊为可恨。此后汝须迎她到此，事她如事我一般，休要忘记！切嘱切嘱！"亮总算应命。及大氏已殂，丧葬礼毕，便亲自往迎，命左右持杖二束，跪语徒单太后道："亮自知不孝，久疏温清，愿太后惩罪加答。"是一条苦肉计。徒单太后究是女流，见他这般认过，自然软了心肠，便亲掖亮起，且道："百姓有克家子，尚不忍加答，我有子如此，宁忍答么？"随叱左右携杖退去。当下偕亮至燕，入居寿康宫。亮貌极恭顺，后出必随，后起必扶，后有所需，尝亲自供奉。宫廷内外，盛称亮孝。连徒单氏，亦喜慰非常。满身作伪。绍兴三十一年，钦宗病死五国城,亮秘不报丧,但令签书枢密院事高景山,右司员外郎王全,至宋贺天中节。临行时,亮语王全道:"汝见宋主,可面责他沿边买马,招致叛亡,且毁去南京宫室,阴怀异志,如诚心修好,可速割汉、淮地畀我,方好赎罪。"全唯唯而出。到了临安,入见高宗,即将亮言转达。高宗道:"公亦北方名家,奈何出言背理。"全厉声道:"汝国君臣,莫非因赵桓已死,敢生变志么?"高宗闻此二语,立即起座入内,令辅臣询明渊圣死耗,全答言死了数日。于是诏令举哀,持服三年,尊谥渊圣,庙号为钦宗。总计钦宗在位仅二年,被掳后,居金三十余年,寿六十有一,小子有诗叹钦宗道:

> 卧车泣语已嫌迟,老死冰天苦自知。
> 和房已成身不返,九哥毕竟太营私。

毕竟宋廷如何对付金使?且至下回表明。

高宗一生行事,惟择立储贰,最称公允,其可以质天地告祖宗者,止此而已。然亦未始非由艺祖传弟,不私神器,彼苍者天,为艺祖后裔计,特隐牖高宗之私衷,令其独断不惑耳。不然,胡崇信奸邪,屈害忠良,甘为小朝廷以求活耶?金主亶始勤终怠,酗酒好色,身死亮手,实其自取。然族灭之惨,毋乃太酷。意者,由其父吴乞买灭辽侵宋,虐焰已甚,天特假手逆亮,以为好杀之报欤。且粘没喝、干离不席卷汴京,兀术、撒离喝尽锐南牧,金源将帅,为宋害者,无逾四人,亮或族其家,或淫其女,自来夷狄烝报,未有如此之横逆者也。天道岂果无凭乎?

第七十八回　金主亮分道入寇
　　　　　　虞允文大破敌军

却说钦宗死耗,传至宋都,廷议拟俟金使北还,然后治丧。左史黄中入语宰执道:"这是国家大故,臣子至痛,奈何尚可失礼?"陈康伯即答道:"左史言是。"当即日奏请治丧。中退后,康伯入奏照准,宫廷内外,相率举哀。一连数日,把金使要索条件,搁置不提。金使迫不及待,转问宰臣。康伯道:"天子居丧,尚有何心议及此事?贵国如仍顾旧约,幸勿败盟,否则且俟缓议。"金使再欲争论,康伯不与一言,累得金使没趣,悻悻自去。康伯亟奏白高宗,有诏召同安郡王杨存中,及三衙帅赵密,同至都堂,共议军事。又令侍臣台谏,一并集议。康伯首先提议道:"今日不必论和与守,但当论战。"存中接入道:"强

第七十八回　金主亮分道入寇　虞允文大破敌军

虏败盟，曲在彼，不在我，自应主战为是。"独赵密不发一言，右仆射朱倬亦未闻置议。康伯见二人作壁上观，便语存中道："现在国势虽弱，并非不足一战，但必须君臣上下，一德一心，方可制胜，我且入朝申请，俟上意坚定，然后再议，何如？"存中也即赞成，大众遂退。

康伯仔细探听，才知内侍省都知张去为，阴阻用兵，且有劝幸闽、蜀消息，于是手缮奏牍，极陈："金敌败盟，天人共愤，事已有进无退，请圣意坚决，速调三衙禁旅，出扼襄、汉，观衅后动，勿再迁延"等语。殿中侍御史陈俊卿，也上疏乞诛张去为。杨存中又上备敌十策，乃命主管马军司成闵，率兵三万，出戍鄂州，与前时调守襄阳的吴珙，犄角相应。且将金使王全所述，遍谕诸路统制，郡守监司，令他随宜应变。命吴璘宣抚四川，与制置使王刚中措置边防。起刘锜为江淮、浙西制置使，屯驻扬州，节制诸路军马。杨存中、刘锜二人，可谓当时的硕果。这边方慎修武备，那边亦妄动干戈。金主亮因高、王两使，返报宋事，顿时无名火高起三丈，勃然道："朕举兵灭宋，易如反手，此时讨平高丽、西夏，合天下为一家，才算得是一统哩。"以若所为，求若所欲，犹缘木而求鱼也。参政敬嗣晖、李通等俱献谀贡媚，怂恿起兵。亮遂修战具，造兵船，括民马，指日南下。独徒单太后屡次劝阻，亮遂因是挟嫌，并且征兵愈亟，使掌牌印官燿合一译作素赫。赴西北路，募故辽兵。辽人不愿行，偏燿合挟势逞威，鞭笞交下。该死的暴徒。西北路招讨使译史萨巴乘辽人怨望，攻杀燿合及招讨使完颜沃侧，沃侧一作乌色。遂集众叛金，立故辽遗族老和尚一译作楞华善。为招讨使，联合咸平府穆昆括里，有众数万，声焰日张。金主亮令仆散忽土西征，忽土陛辞，且入谒徒单太后。太后忽颦眉道："国家世居上京，既徙中都，今又欲往汴，且闻将兴兵渡江，往伐南宋，恐人民疲敝，将生他变。我尝好言谏阻，不闻见允，今辽人又复叛乱，为之奈何？"忽土劝慰数语，出宫西去。哪知徒单太后这番言论已有人向亮报知。这人为谁？就是太后的侍婢高福娘。自徒单太后至燕后，尝令福娘问候起居，福娘面目妖娆，居然为亮所赏识，与她私通，因此太后言动，无不传报。亮闻此言，不禁忿怒道："这老妪又来絮聒，她想阻我，我偏要徙汴，偏要伐宋。"当下传令迁都，即日登程。徒单太后以下，均从行至汴，太后入居宁德宫。亮又命搜捕宋、辽宗室，共得一百三十余人，均先时被掳至金，至此一律处死。且密嘱福娘道："此后宁德宫中，倘再有违言，我与她不两立了。"

福娘本已有夫，叫作特末哥。一作特默格。尤生得狡猾异常，福娘将亮语转告乃夫，特末哥道："你何不借此立功哩？"纵妻肆淫，还要导主弑母，想是别有心肝。福娘乃时进谗言，只说太后有废立意。亮益怒道："怪不得她私养郑王充，现在充四子已长大了，她想抬举他做皇帝么？"借亮口中，叙出徒单氏被弑原因。遂召点检大怀忠等入内,特给一剑道:"你去杀了宁德宫老妪,回来报我!"怀忠持剑而去,至宁德宫,适值徒单太后作樗蒲戏。怀忠叱太后道:"快跪接诏敕!"太后莫名其妙,愕然问道:"何人使我下跪?"言未已,那怀忠背后,已突出一人,乃是尚衣局使虎特末,一作华特默。贸然上前,捽后令跪,且向她背后连击三拳。后再起再仆,已是气息奄奄,势将垂毙。高福娘手持一绳,套入后颈,可怜这位金邦嫡母,双足一伸,呜呼哀哉!阅至此,令人发指。还有太后左右数人,亦一并杀死。怀忠等返报,亮命焚太后尸,弃骨水中。穷凶极恶。并拿捕郑王充子二人,一名檀板,一作塔纳。一名阿里白,一作阿里布。立即杀毙。郑王充及余二子,想已逃去,故不见史乘。且恐仆散忽土在外拥兵,蓄有异图,特召他还朝,结果性命。仆散忽土有弑君罪,死已晚矣。封高福娘为郧国夫人,特末哥为泽州刺史。何不封他为元绪公?一面大举南侵,分诸道兵为三十二军,置左右大都督及三道都统制府,总率师干。命奔睹一译作璞都。为左大都督,李通为副。纥石烈良弼一作吓舍哩良弼。为右大都督,乌延蒲卢浑为副。蒲卢浑一作富埒绎。苏保衡为浙东道水军都统制,完颜郑家奴家奴一作嘉努。为副,由海道趋临安。刘萼为汉南道行营兵马都统制,自蔡州进瞰荆、襄。徒单合喜一作图克坦喀尔喀。为西蜀道行营都统制,由凤翔趋大散关。左监军徒单贞别将兵二万入淮阴。亮召诸将授方略,赐宴尚书省,命皇后徒单氏,与太子光英居守,张浩、萧玉、敬嗣晖留治省事,自己戎服整装,跨马启程,后宫妃嫔,一律随行。一班娘子军,只余肉战,不耐兵战,奈何?

先是亮尝遣使赴宋,令画工偕往,描写临安湖山,持归作屏。且命绘入己像,立马吴山顶上,自题一诗,有"立马吴山第一峰"七字。至是语侍臣道:"朕此次南行,要实践图中绘事了。"要向鬼门关去了。亮众约六十万,号称百万,毡帐相望,旗鼓连绎不绝。徒单合喜长驱西进,直抵大散关,令游骑攻黄牛堡。守将李彦坚告急,人情汹汹,制置使王刚中乘快马驰二百里,突入吴璘营中。璘尚高寝,刚中呼璘速起,正色与语道:"大将与国家同休戚,奈何敌已侵边,尚是高枕安卧?"璘大惊道:"有这般事么?"随即率帐前亲卒,披甲上马,与刚中驰至杀金平,扼守青野原,益调内省兵,分道并进,援黄牛堡。徒单合喜见宋师四集,不敢进攻,退驻桥头寨。吴璘遣裨将彭青率兵夜进,劫破徒单合喜,退还凤翔。在黄牛堡的金兵,亦被守将李彦坚用神臂弓射退,西路金兵已退。川边解严。璘又遣彭青复陇州,他将刘海复秦州,曹休复洮州,西北已无虞了。东北的大名府,早已属金,至是有高平人王友直少谙兵法,志复中原,闻金亮渝盟,遂联络豪杰,权称河北等路安抚制置使,遍谕州县勤王。未几,得数万人,分为十三军,进攻大名,一鼓即克,抚定众庶,令奉绍兴正朔,并遣人入朝奏事。后自寿春来归,诏授忠义都统制。又有宿迁人魏胜,素号智

第七十八回 金主亮分道入寇 虞允文大破敌军

勇，应募为弓箭手，及金亮南侵，跃然而起，立聚义士三百，渡淮取涟水军，进攻海州，遍张旗帜，举烟火为疑兵，又使人招降守卒，谕以金人败盟兴兵，朝廷特兴师问罪，如能开门迎降，秋毫无犯。城中人闻言甚喜，即开城相迓。魏胜驰入城中，擒住金知州高文富，阵毙文富子安仁，其余不戮一人。复招谕朐山、怀仁、沭阳、东海诸县，一律平定。胜蠲租税，释罪囚，发仓库，犒战士，驰檄远近，四方响应。居然有大将风。乘势进拔沂州，得甲具数万。金将蒙恬、镇国领万人来争海州，胜设伏以待，待金兵近城，伏兵猝发，击死镇国，余众遁去。淮南总管李宝，代奏胜功，诏命胜知海州事。

金主亮闻数路警报，亟拟渡淮南进，命李通至清河口，筑梁济师。且恐魏胜袭他后路，即分兵数万，往围海州。胜遣使向李宝乞援，宝正率师航海，拟从海道拒敌胶西。既得魏胜急报，即带着手下兵士，往援魏胜。适值金兵到了新桥，距海州城仅十余里，宝麾兵迎击，战斗方酣，魏胜也出城夹攻，金兵腹背受敌，顿时溃走。胜还守北关，金兵又进，复被胜击退。既而金兵再攻东门，胜单枪匹马，出城呵叱，敌皆骇散。翌晨，阴雾四塞，金兵四面薄城，仍不能入，乃拔寨驰去。

李宝既解海州围，遂引舟师赴胶西白石岛。会值金将完颜郑家奴驱战舰出海口，泊陈家岛，相距仅一山。宝祷诸石臼神，北风骤起，正好乘风出战，霎时间过山薄敌，鼓声震荡，海波腾跃，敌众大惊，连忙掣碇举帆，怎奈风浪卷聚，帆不得驶，反害得心慌意乱，无复行列。宝用火箭注射，火随风炽，延烧敌舟数百艘；尚有未曾被火的敌舟，还思向前迎敌，宝叱壮士跳跃而过，各用短刀四斫，金兵手足无措，但见得头颅乱滚，血肉横飞。完颜郑家奴无处奔避，也做了刀头面。余将倪询等情愿乞降。宝将降将絷献，降兵收留，夺得统军符印，及文书器甲粮斛，数以万计，余物不便载还，尽行焚毁。火光熊熊，历四昼夜才熄。海上亦报肃清。*航海金兵又尽覆殁。*

金主亮连得警报，忧怒交并，拟即向清河口济师。偏有宋老将刘锜用兵扼住，水中暗伏水手，遇有敌舟，用钉凿沉。亮又不敢径渡，没奈何改趋淮西。淮西守将王权，由锜所遣，独不从锜命，闻得金兵大至，即弃了庐州，退屯昭关。金主亮渡淮入庐州，权又自昭关退保和州。未几，又退屯采石。锜闻亮已渡淮，也只得引还扬州。亮进陷和州，又遣高景山率兵攻扬州，锜适患病，自扬州退驻瓜州，扬州被陷，沿江上下，难民塞途。锜力疾趋皂角林，收抚流民，并命步将吴超、员琦、王佐等，整军御敌。金将高景山领兵前来，气势锐甚，锜跃马径出，麾军突阵。金兵分作两翼，来围锜军。锜左驰右骤，督众死斗，约有两个时辰，马受伤致蹶，锜遂下马步战，杀开一条血路，回趋本营。高景山从后追蹑，约半里许，道旁列有丛林，一声号炮，林中突出许多弓箭手，攒射金兵，金兵多半中箭，只好退去。这弓弩手系王佐步卒，佐见主帅被围，一面设伏，一面往援，可巧锜退敌进，遂督弓弩手，射退敌兵。锜回营易马，复招集各将，追击高景山。景山不及预防，被锜一马冲入，手起刀落，砍落马下，余众大溃，锜乃收兵回营。为此一战，锜病益剧，乃上疏求代。

时两淮警耗，迭至临安，高宗召杨存中至内殿，商议避敌，且命转询陈康伯。康伯闻存中到来，从容延入，解衣置酒，与商大计。存中道："主上又思航海去了。"想是还有余味。康伯道："我已闻有这般消息，明晨入朝，当极力谏阻。"存中意亦相同，尽欢而散。康伯于次日入奏，极陈航海非计，高宗亦颇感悟，康伯乃退。不意隔了一夕，忽接到高宗手诏，内有"敌若未退，当散百官"等语。专想逃走。康伯愤甚，竟取了一火，将手诏焚去，且驰奏高宗道："百官岂可散得？百官一散，主势益孤，臣请陛下发愤亲征，前时平江一役，陛下曾记忆否？"应七十回。高宗被康伯一激，方有些振作起来。仍是一种侥幸思想。乃命知枢密院事叶义问，督师江、淮，往视锜疾。中书舍人虞允文，参赞军事，杨存中为御营宿卫使，择日亲征。殿中侍御史陈俊卿上言："张浚忠荩，决可起用。"高宗因复浚原官，召判建康，并褫王权职，编管琼州，命都统制李显忠往统权军。召刘锜还镇江养疴，兼顾江防。

锜留侄汜，率千五百人扼瓜州。都统制李横，率八千人为援应。金主亮陷没两淮，分兵犯瓜州。汜用克敌弓，接连发矢，金兵却退。叶义问到了镇江，见锜正病剧，未便与论战事，但令李横暂统锜军，督兵渡江，且饬刘汜继进。横以为未可，独汜颇欲出战，入问诸锜。锜意亦与汜相反，但摇手示意。汜尚未信，拜家庙而行。义问复促横并进，横不得已，与汜同时渡江。甫登对岸，蓦见敌骑奄至，似狂风骤雨，迎头冲来。汜不禁胆怯，下舟返奔。少年使气，往往如是。横孤军当敌，眼见得不能支持，左军统制魏俊，右军统制王方，陆续战死。横慌忙却走，连所佩都统制印，俱致失去，部军十死七八，徒落得血满长江罢了。

义问自得败耗，亟走建康。遣虞允文驰往芜湖迎李显忠，交代王权军，乘便犒师。允文到了采石，王权已去，显忠未来，军士三五星散，均解鞍束甲，坐列道旁。及见了允文，方起立行礼，通报各队将弁。统制时俊等出迓允文，允文才入帐中，忽有侦卒来报，金主亮已渡江前来了。令人愕然。原来亮闻瓜州大捷，即筑台江上，自披金甲登台，杀马祭天，并用一羊一豕，投入江中。下令全军渡江，先济有赏。蒲卢浑进谏道："臣观宋舟甚大，行驶如飞，我舟既小，行驶反缓，水战非我所长，恐不可速济。"亮怒道："汝昔从梁王疑指兀术。追赵构至海岛，曾有大舟么？"侍卫梁汉臣道："诚如陛下所言，此时若不渡江，尚待何时？"亮转怒为喜，即在岸上，悬设红旗、黄旗，号令进止。长江上下，舳舻

第七十八回　金主亮分道入寇　虞允文大破敌军

如织,亮独乘龙凤大船,绝流而渡,采石矶头,钲鼓相闻。各将都面面相觑,不发一言。独虞允文慨然起座,语诸将道:"大敌当前,全仗诸公协力同心,为国杀敌。现在金帛诰命,均由允文携带至此,以待有功。允文一介书生,未娴戎事,亦当执鞭随后,看诸公杀贼建功哩。"诸将经此数语,也一齐起立道:"参军且如此忠勇,某等久效戎行,且有参军作主,敢不誓死一战。"正要汝等出此一语。允文大喜,惟随从允文的幕僚,掣允文衣,密语道:"公受命犒师,不受命督战,若他人败事,公忍受此咎么?"允文怒叱道:"危及社稷,我将奚避?"乃命诸将严阵以待,分戈船为五队,两队分列东西两岸,作为左右军,一队驻中流,作为中军,还有两队,潜伏小港,作为游兵,防备不测。部署甫毕,敌已大呼而至,亮在后面,自执红旗,麾舟数百艘,鱼贯前来。霎时间,已有七十艘渡至南岸,猛薄宋师。宋师见来势甚猛,稍稍退却。允文督战中流,拊统制时俊背上,婉颜与语道:"将军胆略,素传远迩,今退立阵后,反似儿女子一般,威名宁不扫地么?"遣将不如激将。时俊闻言,即跃登船头,手挥双刀,拚命相搏。军士亦努力死战,两下里相持不舍。允文复召集海鳅船猛冲敌舟,敌舟不甚坚固,被海鳅船锐角相撞,沉没了好几艘。他尚仗着多舟,半死半战,直至日暮,尚不肯退。允文也觉焦灼,遥见西岸有许多官兵,陆续到来,便即驶舟拢岸,登陆招呼,约略询问,方知是光州溃卒。眉头一皱,计上心来,遂与语道:"你等到此,正好立功,我今授你旗鼓,绕道从山后转出,敌必疑为援兵,定当骇走了。"大家依计,受了旗鼓,欢跃而去。允文复下舟督战,不到片刻,那受计的军士,已绕出山后,携着大宋旗号,踊跃前进。金主亮果疑是援军,抛去红旗,改用黄旗,麾兵退去。允文又命强弓劲矢,尾击追射,把金兵射毙无算。直至金兵均退至北岸,方才收兵。亮还至和州,检点兵士,丧失甚多,遂迁怒各将,捶杀了好几人。

蓦有警信传至,曹国公乌禄,已即位东京,改元大定。亮不禁拊髀长叹道:"朕本欲平江南,改元大定,不料乌禄先已如此,这难道是天意不成?"因从文牍箧中,取出改元拟诏,有"一戎衣天下大定"等语,指示群臣,并与语道:"乌禄既叛,朕只好北归,平定内乱,再来伐宋了。"李通接着道:"陛下亲入宋境,无功即归,若众溃在前,敌乘诸后,大事去了。"亮又道:"既如此,且分兵渡江,朕当北返。"李通复道:"陛下北去,就使留兵渡江,恐将士亦皆懈体。为陛下计,不若令燕北诸军,先行渡江,免得他有异志,且敛舟自毁,绝他归望,那时众知必死,锐意南进,不怕宋室不灭。灭宋以后,陛下威灵大振,回旗北指,平乱如反掌了。"不如是,何由致毙?亮大喜道:"事贵神速,明日再行进兵。"乃传谕诸将,越宿进发。到了次日,亮督军再进,甫至杨林河口,见已有海舟,排列非常严肃,不由的惊诧起来。看官道海舟里面,系是何人?原来是宋将盛新。他受虞允文命令，料知亮必复来，已于夜半驶舟直上，整备着许多火箭，来烧金船。亮还道宋军无备，因此诧异，正拟上前突阵，忽闻鼓声一响，宋船中的火箭，好似万道金光，一齐射至。天空中的风伯，也助宋逞威，把金舟尽行延烧。亮亟督兵扑救，偏宋师四面驶集，都来纵火，连亮自坐的龙凤舟，也被燃着。亮且扑且遁，好容易奔回北岸，龙头也焦了，凤尾也黑了，其余三百号战船，只剩了一半，还都是残缺不全，不能再驶。亮遭此大败，急得暴躁不堪，便欲将各舟尽行毁去。还是蒲卢浑献上一策，请招降宋将王权，为疑间计。仍似做梦。亮依计而行，遣使持诏至宋营。允文得书，微笑道："这明明是反间计，敢来欺我吗？"遂亲作复书，交来使去讫。金使持书回报，亮拆书阅读道："权因退师，已置宪典，新将李显忠也愿再战，以决雌雄。"亮读毕，旁顾诸将道："我只知南宋老将，有一刘锜，怎么又有一个李显忠，也这般厉害？"诸将多不知显忠履历，无词可对，惟有一偏校道："莫非就是李世辅？"亮闻言益怒，遂召入梁汉臣，厉声叱道："你首先劝朕渡江，难道不知有李世辅么？"言未已，拔剑一挥，把汉臣斩作两段。并命将龙凤舟毁去。连造舟工役，亦杀死两人，自率兵趋向扬州去了。正是：

一鼓竟能褫逆魄，六军从此服儒生。

看官欲问李显忠履历，待小子下回表明。

历代无道之主，莫如金亮，亮之罪上通于天，大举伐宋，正天益之疾而夺其魄耳。假使高宗构有恢复之志，声其罪而加之讨，则南北义士，奋起讨逆，大憝授首，炎宋中兴，宁非快事？乃闻寇南来，即思退避，愚弱不振，一至于此。幸陈康伯劝阻于内，虞允文达权于外，始得侥幸一胜，保全东南。论者谓以弱制强，以寡败众，允文之功居多。夫允文诚有功，然安知非天之嫉亮已甚，特借义士忠臣以诛逐之耶？故予谓采石一役，盖犹有天幸云。

第七十九回　　诛暴主辽阳立新君
　　　　　　　　隳前功符离惊溃变

却说李显忠原名世辅，系绥德军青涧人，父名永奇，为本军巡检使。显忠年十七，即随父出入行阵，颇有胆略，积功至武翼郎，充副将。至金人陷延安，授显忠父子官，永奇私语显忠道："我为宋臣，乃可为金人用么？"显忠尝念父言，每欲乘间归宋，嗣兀术令显忠知同州，适金将撒离喝到来，显忠用计擒住

第七十九回　诛暴主辽阳立新君　骧前功符离惊溃变

撒离喝，急驰出城，拟赴宋献功。偏为金人所追，至沿河，又无舟可渡，乃与撒离喝折箭为誓，一不准杀同州人，二不准害永奇等，方准释还。撒离喝情愿如约，因放他北还，一面急遣人告知永奇。永奇挈眷南行，途次被金人追及，家属三百口皆遇害。显忠西奔至夏，乞师复仇，愿取陕西五路。夏主令为延安经略使。显忠至延安，适延安复为宋有，遂有意归宋，执住夏将王枢，夏人用铁鹞子军来取显忠，被显忠一阵击退，获马四万匹，因用绍兴年号，揭榜招兵，匝旬得万余名，缉得杀父仇人，碎尸泄愤。四川宣抚使吴璘，遣使宣抚，谕以南北议和，毋多生事。显忠乃往见吴璘，璘送显忠至行在，高宗抚劳再三，赐名显忠，寻授为都统制。显忠上恢复策，为秦桧所忌，复至落职。桧死，显忠得复原官。叙入显忠履历，亦善善从长之意。

金主亮南侵，王权败退，因命显忠代将。显忠颇为金人所惮，所以虞允文虚声扬威，金主亮亦有戒心。已而显忠果至，允文接见甚欢，且与语道："敌入扬州，必与瓜州舟兵合，京口无备，我当往守，公能分兵相助么？"显忠道："同是朝廷军吏，有何不可？"遂分兵万六千人与允文。允文即日至京口，且谒刘锜问疾。锜执允文手道："疾何必问。朝廷养兵三十年，一技不施，大功反出一儒生，真令我辈愧死了。"言甫毕，有诏传入，召锜还朝，提举万寿观，别命成闵为淮东招讨使，李显忠为淮西招讨使，吴拱为湖北、京西招讨使。锜既接诏，遂与允文告别而去。未几，杨存中奉诏，来守京口，与允文临江阅兵，命战士试船中流。三周金山，往来如飞。适金主亮至瓜州，命部众持矢射船，船疾矢迟，俱不能中，众皆骇愕。亮狞笑道："恐怕是纸船哩。"恐是你死在目前，眼先昏花了。言未已，有一将跪白道："南军有备，不可轻敌，陛下不如回驻扬州，徐图进取。"亮怒叱道："汝敢慢我军心么？"喝令左右，把该将杖责五十，随即召集诸将，限令三日渡江，否则尽杀不贷。自此令一下，军士都有变志，骁骑高僧一译作喝山。欲诱私党亡去，为亮所觉，命将高僧乱刀分尸。且下令军士逃走，应杀弁目，弁目逃走，应杀总管。众闻令，益加危惧。嗣又运鸦鹘船至瓜州，约期次日渡江，敢后者斩。自期速死，所以申令激变。军中遂私自会议，想出一条最后的计策，商诸浙西都统制耶律元宜等。元宜问明计议，大众齐声道："宋军尽扼淮渡，若我等渡江，个个成擒了。近闻辽阳新天子即位，不若共行大事，然后举军北还，免得同死江南。"元宜迟疑半响，方道："诸位果齐心否？"众复应声道："大众同心。"元宜道："既已齐心，事不宜迟，明晨卫军番代，即当行事。"众复允诺。

到了翌晨，元宜即会同各将，齐薄亮营。亮正驻龟山寺，闻变遽起，还疑是宋兵猝至，即令近侍大庆山出召军士迎敌。庆山将行，忽有一箭射入，被亮接住。顾视箭枝，不禁大骇道："这箭是我军所射，并不是宋军。"道言未绝，闻外面喧噪道："速诛无道昏君！"大庆山忙语亮道："事已急了，请陛下急走！"亮接口道："走将何往？"遂转身取弓，哪知背后有丛矢攒射，贯入项颈，禁不住一声叫痛，晕倒地上。延安少尹纳合千鲁补一作纳哈塔千喇布。首先抢入，持刀径下，砍了数刀，但见他手足尚动，遂取带将他勒死。弑君弑母，还令自受。众将士陆续趋进，先将李通、郭安国、徒单永年、梁琉、大庆山等次第拿下，然后再把所有妃嫔，一古脑儿牵将出来，捆在一处。大众各呼道："速杀速杀！"霎时乱刀齐下，凡助亮为虐的从臣，及供亮宣淫的妖娆，统变作血肉模糊，几成菹酱。为妃嫔计，若知有这般结果，不若从前死节。再取骁骑指挥使大磐衣巾裹了亮尸，厝薪纵火，焚骨扬灰。应该如此。元宜自为左领军副大都督，派兵至汴，杀毙亮后徒单氏。及亮子光英，一面退军三十里，遣使持檄诣镇江军议和。杨存中拒绝来使，金使驰去。嗣闻荆、襄、江、淮一带所有金兵，尽行北去。

先是亮发汴京，将士已有二心，易苏一译作和硕。馆猛安福寿、一作明安完颜福寿。高忠建、卢万家、婆娑一作博索。路总管谋衍，一作默音即娄室子。东京穆昆金住等皆举部亡归，且在路中扬言道："我辈今往东京去立新天子了。"原来东京留守曹国公乌禄，素性仁孝，向得士心，自妻乌林荅氏被召殉节，未免怨亮，且闻亮有弑母屠族等情，恐祸及己身，更怀忧虑。兴元少尹李石，本乌禄舅，劝乌禄先发制人，乌禄因将副留守高存福擒住，适值福寿等拥入东京，愿戴乌禄为主，乌禄遂杀高存福，御宣政殿，即位大赦，易名为雍，改元大定，下诏数亮罪恶数十事，饬部众截亮归路，追尊父讹里朵为帝，讹里朵系太祖子。号为睿宗。至亮已被杀，遂自辽阳入燕京，召归南征诸将士，追废亮为海陵炀王，斥退萧玉、敬嗣晖等，诛特末哥及高福娘，以张浩有贤名，仍任为尚书令。寻又复故主亶帝号，尊为熙宗，且讨弑熙宗罪，再废亮为庶人，一面令高忠建为招谕宋国使，并告即位。

时高宗已启跸至建康，由张浚迎拜道左，卫士见浚，俱以手加额，欢跃异常，高宗亦温言抚慰。入城后过了残年。即绍兴三十一年之末。虞允文自京口来朝，高宗语陈俊卿道："允文文武兼全，差不多是朕的裴度呢。"遂命他为川陕宣谕使。允文陛辞，面奏道："金亮既诛，新主初立，正天示我恢复的机会，若再主和，海内气沮，不如主战，海内气伸。"高宗道："朕知道了，卿且去，与吴璘经略西陲！"允文乃行。高宗仍欲还临安，御史吴芾，请驾留建康，北图恢复，高宗不从，只托言钦宗神主应祔太庙，随即启行，返至临安。适刘锜呕血而亡，因诏赠开府仪同三司，赐锜家银三百两，帛三百匹，寻谥武穆。锜系德顺军人，慷慨沉毅，有儒将风，为金人所敬畏。至是以刘锜败绩，病不能报，赍恨以终，远近叹息。

惟金使高忠建，已到临安，廷议当遣使报聘，且贺即位。工部侍郎张阐，请慎择使臣,正敌国礼,庶可复我声威,高宗也以为然,乃谕诸执政道:"向日主和,本为梓宫太后,虽屈己卑词,亦所不顾,今两国已经绝好,宜正名分,画境界,改定岁币朝仪。"陈康伯奉命转告金使,高忠建不肯如约,且闻两淮州郡,由成闵、李显忠等依次收复,便因是抗言相责。康伯谓弃好背盟,咎在金,不在宋,说得忠建无词可答,只好默然。高宗乃遣洪迈为贺登极使,并用手札赐迈道:"祖宗陵寝,睽隔三十年,不得按时祭扫,朕心甚痛。若金人能以河南见归,或可仍遵前约,否则非改议不可。"语意仍不免畏葸。当下给交国书,改去臣构字样,直称宋帝。迈赍书至燕,金阁门见国书不依前式,令迈改草,且令自称陪臣。朝见礼节,概用旧仪。迈坚执不允,被金人锢使馆中,三日水浆不通,迈不屈如故。金廷欲将迈拘住,独张浩谓使臣无罪,不如遣还,迈才得南归。惟和议仍无头绪,南北尚不能无争。

四川宣抚使吴璘,出屯汉中,复商、虢诸州,分兵收大散关,又遣姚仲攻德顺军,四旬不克。璘用李师颜代将,师颜子珽出战百亭,大败金兵,擒金将耶律九斤等百三十七人。金兵悉锐趋德顺,璘亲往督师,又与金人大战,仍得胜仗。金兵入营固守,会天大风雪,乃拔营遁去。璘遂整军入城,再派严忠取环州,姚仲、耿巩、王彦等,复兰、会、熙、巩等州及永兴军。虞允文至陕,与吴璘会同规画,次第进行,西陲好算顺手,东土亦得捷音。金遣豆斤太师一作乌珍太师。发诸路兵二十路,进攻海州,先派骑兵绕出州城西南,阻截饷道。知州魏胜,择劲悍三千余骑,往拒石闸堰,金军不能进,只得退还。胜留千骑扼守险要,金兵十余万来争,胜率众往援,杀死金兵数千人,余众遁去。及胜还城中,金兵复乘夜薄城,围至数匝,胜竭力守御,且缒兵向李宝告急。宝飞章奏闻,高宗命镇江都统张子盖驰援。子盖发兵至石湫堰,见河东列着敌阵,即率精骑冲击。统制张汜,奋勇先驱,甫入敌阵,被流矢射中要害,倒毙马下。子盖大呼道:"张统制殉难了,此仇岂可不报?"道言未绝,已跃马直前。部兵一并随上,纵横驰骤,锐不可当。金兵正苦难支,又见魏胜统军杀来,也似生龙活虎一般,那时如何招架,便相率奔溃。后面阻着石湫河,急切无从逃避,多半拥入河中。能泅水的,还侥幸逃生,不能泅水的,当然毙命。海州自是解围,魏胜收军还城,子盖亦带兵回镇。李显忠闻海州围解,金兵又败,拟乘势规复中原,奏请出师西向,自宿、亳趋汴京,直通关、陕。关、陕既通,鄜延一路,素知臣名,必皆响应,然后招集部曲,转取河东云云。哪知高宗非但不从,反下诏撤销三招讨使,召显忠主管侍卫军马司,成闵主管殿前衙司,吴拱主管侍卫步军司。显忠不得已,奉命还朝,又是枉费心机。途次接得内禅诏旨,亟驰贺新主去了。

当金亮入寇时,群臣多劝高宗避敌,皇子玮不胜忿懑,入白高宗,愿率师御寇。高宗亦颇感动,乃下诏亲征。玮扈跸同行,及还临安,高宗以年老倦勤,意欲禅位。仍然不脱主和故智,因此得休便休。陈康伯密赞大计,乞先正名,因立玮为太子,更名为昚。音慎。且追封太子父子偁为秀王。未几,由高宗降诏,令太子即皇帝位,自称太上皇帝,后称太上皇后,退居德寿宫。太子偁固辞不受,高宗勉谕再三,又出御紫宸殿,面谕群臣,嗣即入内,由侍臣拥太子出殿,至御座旁,侧立不坐。侍臣扶掖至七八次,乃略就座。宰相率百僚拜贺,太子又遽起立。辅臣升殿固请,太子愀然道:"君父有命,本诸独断,自恐无德,未克当此大位。"辅臣免不得恭维数语。于是草草成礼,片刻退班。高宗移驻德寿宫,太子自整袍履,步出祥曦门,冒雨扶辇随行。及宫门尚未止步,高宗一再麾退,并令左右扶掖以进,因顾群臣道:"付托得人,我无忧了。"越日,颁诏大赦。又越日,以即位礼成,告天地宗庙社稷,是为孝宗皇帝。定五日一朝德寿宫,旋因上皇未允,改为每月四朝。

　　孝宗闻张浚重名,既即位,即召浚入朝。浚至拜谒已毕,孝宗赐他旁坐,且改容与语道:"久闻公忠勇过人,今朝廷所恃惟公,幸有以教朕!"浚从容对道:"人主所恃,以心为本,一心合天,何事不济?古人所谓天即是理,秉理处事,使清明在躬,自然赏罚举措,毋有不当,人心皆归,敌仇亦服。"孝宗悚然道:"当不忘公言!"遂加浚少傅,封魏国公,宣抚江淮。浚一再进谒,极陈:"和议非计,请遣舟师,自海道捣山东。命诸将出师犄角,进取中原。"孝宗颇也称善。无如当时,有个潜邸旧臣,姓史名浩,曾任翰林学士,时预枢密。他是秦缪丑的流亚,专讲和议,从中掣肘,这也是天意已定,无可挽回,因此出了一位孝宗,复出一个史浩,实仍由孝宗用人不明。浩上言:"官军西讨,东不可过宝鸡,北不可过德顺,若离蜀太远,恐致敌人潜袭,保蜀反以亡蜀。"孝宗竟为所惑,遂拟弃秦陇三路。虞允文遥谏不从,反将他罢知夔州,并诏吴璘班师。璘此时已收复十三州三军,正与金将阿撒相持,既接诏命,乃下令退兵。僚属交谏道:"将在外,君令有所不受,此举所关甚重,奈何退师?"璘慨然道:"璘岂不知此!但主上新政,璘远握重兵,若不遵诏,岂非目无君上么?"遂退师还河池。自是秦凤、熙河、永兴三路,新复十三州三军,又皆为金人夺去。及虞允文自川、陕还朝,入对时,以笏画地,极言弃地利害,且云今日有八可战,孝宗始叹谓史浩误朕,这是后话慢表。

　　且说孝宗于绍兴三十二年六月即位,越年改元隆兴,进史浩为尚书右仆射,同平章事,兼枢密使。备叙官衔,见孝宗之倚畀非人。且诏宰执以下,各陈应敌定论以闻。廷臣多半主战,独史浩主守。守字即和字之变相。正争议间,忽由张浚呈入金将来书,系索海、泗、唐、邓、商各州地,所有往来通问,悉如金熙宗时旧约,否则请会兵相见云云。原来金主雍称帝以后,本已诏罢南征,惟遣右副元帅谋衍等,往讨西北乱党。应前回萨巴之乱。时萨巴已为党羽移剌窝干

第七十九回　诛暴主辽阳立新君　隳前功符离惊溃变

所杀,老和尚亦就缚,移剌窝干自称都元帅,寻且僭号皇帝,改元天正,兵势颇强。谋衍等师久无功,因遣他将仆散忠义一作布萨忠义。及纥石烈志宁,一作赫舍哩志宁。往代谋衍。两将驱兵深入,连败移剌窝干。移剌窝干北走沙陀,被党徒执献金军,枭首以殉,余党悉平。金主遂进仆散忠义为都元帅,赴汴京节制诸军。纥石烈志宁为副元帅,驻军淮阳,为南攻计。纥石烈志宁贻书张浚,求如故约,且遣蒲察徒穆一作富察图们。大周仁屯虹县,萧琦屯灵璧,积粮修城,准备出发。浚既将来书呈入,又极力主战,劝孝宗临幸建康,鼓动士气,勿堕敌诈谋。孝宗览后,手诏召浚入议。浚仍执前说,且请乘敌未发,先捣虹县及灵璧。孝宗点头会意,独史浩进奏道:"帝王出师,当策万全,岂可冒昧尝试,侥幸图逞?"浚与他力辩,并奏言:"浩意主和,恐失机会。"孝宗道:"魏公既锐意恢复,朕难道独甘偷安么?"浚拜谢而退。李显忠时已在朝,兼任淮西招抚使,亦请出师,愿为前驱。建康都统邵宏渊,复献捣虹县、灵璧的计策。孝宗遂决意兴师,且语陈俊卿道:"朕倚魏公如长城,不容浮言摇夺。"当下将兵马大权,付与张浚。

　　浚至建康,开府江淮,遣李显忠出濠州,趋灵璧。邵宏渊出泗州,趋虹县。这次出师的旨意,并不由三省枢密院决议。及兵已调发,浩始得闻,心中很是不平,面请辞职。侍御史王十朋劾浩怀奸误国等八罪,浩遂罢知绍兴府。十朋再疏劾浩,复斥令奉祠。李显忠自濠梁渡淮,直抵陡沟,金右翼都统萧琦,用拐子马来拒,金人只有此技。显忠麾众猛击,萧琦败走,遂克灵璧。惟宏渊围攻虹县,旷日不下,显忠遣灵璧降卒,至虹县开谕祸福。金守将蒲察徒穆、大周仁俱出降,连萧琦亦情愿投诚。偏宏渊自耻无功,阴怀妒忌,这种人最属可恨。会值显忠降将,入诉显忠,谓被宏渊部卒,夺去佩刀,显忠即向宏渊索得罪人,讯明属实,竟喝令斩首。宏渊愈加衔恨。显忠乘胜至宿州,大败金兵,追奔二十余里,至收军回营,方见宏渊到来。两下相见,宏渊微笑道:"招抚真关西将军呢。"言下有不满意。显忠道:"公既远来,请闭营休士,明日并力攻城。"宏渊默然。显忠知宏渊不可恃,独于次日誓众登城。军士血薄上登,城已垂破,见宏渊军尚列立濠外,大呼促进,方渡濠过来。及显忠已入城,宏渊才到,巷战逾时,寻斩数千人,宿州遂复。捷报到了临安,孝宗大喜,授显忠为淮南、京东、河北招讨使,宏渊为副。宏渊欲发仓库犒士,显忠不可,止以现钱为赏,士卒始有怨词。显忠此举,未免失策。

　　会闻金副元帅纥石烈志宁自睢阳引兵来攻,部众约万余人,显忠道:"区区万人,怕他甚么?当令十人执一人。"日与降人置酒高会。亦渐骄了。到了翌晨,金兵蚁附而至,显忠登城远视,差不多有十万。便道:"这何止万人呢?"嗣得侦卒入报,来将系金帅索撒一作博索。自汴京率步骑十万,前来攻城。显忠乃往语宏渊，合力出击，宏渊道："敌势甚锐，不如退守。"显忠勃然道："我只知有进，不知有退。"遂亲督部众，开南门出战。战未数合，统制李福、统领李保，忽然倒退。显忠大怒，驰到二李面前，拔刀挥去，左斩右劈，二李头颅依次落地。显忠宣示道："将士们瞧着！如不前进，请视此二人。"诸将不觉股栗，遂拚死向前，击退孛撒。翌日，孛撒复益兵进攻，显忠驻军城外，用克敌弓注射，一鼓退敌。时方盛夏，炎日当空，军士多解甲喘息，汗出不休。宏渊从容巡视，顾语大众道："天气酷暑，寻一清凉处，摇扇纳凉，尚且不堪，况蒸炙烈日中，被甲苦战呢。"可杀。看官你想！行军全靠着鼓气，怎可作此等语，令人懈休？于是人心遂摇，无复斗志。到了夜间，中军统制周宏，鸣鼓大噪，佯言敌至，自与邵世雍、刘侁等，率部下遁去。继而统制左士渊，统领李彦孚又遁。显忠急移军入城，统制张训通、张师颜、荔泽、张渊又一并遁去。金人乘虚薄城，显忠尚竭力抵御，斩首虏二千余人。忽见东北角上，有敌人架梯登城，急忙自执长斧，砍断云梯。梯间数十人坠下，尽行毙命，敌始退却。显忠太息道："若使诸军相与犄角，自城外掩击，敌兵可尽，敌帅可擒，奈何离心离德，自失机会呢？"宏渊闻言，竟收军自去。临行时，入语显忠道："闻敌人又添生力军二十万，来此攻城了。若再不退兵，恐变生不测。"显忠正欲答言，那宏渊已转身去了。显忠仰天长叹道："苍天苍天，尚未欲平中原么？为何阻挠至此？"乃待夜引还，退至符离，全军大溃。小子有诗叹道：

　　两将离心至覆兵，大功竟尔败垂成。
　　阜陵孝宗崩，葬永阜陵。空作长城倚，德远即张浚，注见前文。原无择将明。

　　显忠驰至盱眙，见了张浚，纳印待罪。欲知张浚如何处置，待至下回表明。

　　逆亮诛，乌禄立，国势未定，正天予宋以恢复之机会，虞允文之言当矣。高宗内禅，孝宗嗣位，当时以英明称之，有相如陈康伯，有帅如张浚，宜若可锐图恢复矣。显忠勇号无敌，尤一时干城选，而西北且有吴璘、王刚中等人，济以虞允文智勇兼优，俱足深恃，奈何内厕一史浩，外厕一邵宏渊，西北十三州三军，既得而复弃之，灵璧、虹县及宿州相继收复，淮西一带，将成而又隳之。盖忠奸不并容，邪正不两立，未有奸邪在侧，而忠正之士能竟大功者也。惟西北事误于史浩，而邵宏渊之忌李显忠，则张浚不能无咎。孝宗既以全权付浚矣，彼邵、李二人之龃龉，宁不闻之？不预察于几先，致隳功于事后，自是恢复之机遂绝，读宋史者盖不能无憾焉。

第八十回　废守备奸臣通敌
　　　　　申和约使节还朝

　　却说张浚见了李显忠,闻知符离兵溃,所有军资器械,抛弃殆尽,免不得抚膺太息,乃改命刘宝为镇江军都统制,自渡淮入泗州,招抚将士,复退还扬州,上疏自劾。朝右一班主和党,纷纷论浚,孝宗尚不为所动,且赐浚手书道:"今日边事,倚卿为重,卿不可遂畏人言,朕当与卿全始全终。"浚得此书,乃令魏胜守海州,陈敏守泗州,戚方守濠州,郭振守六合,在淮阴聚水军,在寿春屯马军,大修两淮战备。孝宗复召浚子栻,入问守御情形。浚附呈奏折,略言:"自古明良交会,必协谋同志,藉成治功。今臣孤踪外寄,动辄掣肘,陛下亦无所用臣,臣愿乞骸骨归里"等语。孝宗览奏,顾语栻道:"朕信任魏公,不当令退。"既而和议复兴,汤思退复入为醴泉观使,右正言尹穑,遂附思退劾浚。孝宗亦未免动疑,竟降授浚为特进枢密使,宣抚江、淮东西路,贬显忠为果州团练副使,安置潭州。邵宏渊虽降官阶,仍任建康都统制。贬李显忠,仍任邵宏渊,以此为明,谁其信之?参知政事辛次膺,前因力阻和议,触忤秦桧,落职至二十年,自孝宗召入枢密,寻擢参政,至是劾论汤思退,情愿免官,遂罢为奉祠。思退竟进任尚书右仆射,兼枢密使。

　　思退当然主和,去一史浩,复来一汤思退,如何恢复中原?独陈俊卿上疏抗章,谓和议必不可成,张浚仍当复用。孝宗乃仍令浚都督江、淮军马。未几,复得金帅纥石烈志宁来书,大旨仍如前言。思退劝孝宗和金,参政赵葵亦附思退议。工部侍郎张阐奋进道:"敌来议和,畏我呢,爱我呢?恐怕是款我呢?臣意谓决不当和。"恰是个硬头子。孝宗道:"朕意也是如此。且随宜应付,再作计较。"乃遣卢仲贤如金师,赍交复书。仲贤陛辞,孝宗谕以海、泗、唐、邓诸州,不宜轻许。仲贤应命而出。偏汤思退伫待朝堂,私语仲贤道:"如果可和,四州亦不妨许金。"必欲割地,是何用意?

　　是时,金都元帅仆散忠义已进据宿州,仲贤至宿州,进见仆散忠义,恫喝多端,吓得仲贤不敢措词,但答言归当禀命。忠义乃再给文书,要索四事:一、南北通书,改称叔侄;二、割让海、泗、唐、邓四州;三、岁纳银币如旧额;四、须送交叛臣,及还中原归附人民。仲贤匆匆还朝,把来书献入。孝宗颇悔遣仲贤,张浚也遣子栻入奏,谓仲贤辱国无状。孝宗遂下仲贤狱,责他擅许四州罪状。镌夺三阶,寻复除名,窜往郴州。偏汤思退急欲求和,又奏遣王之望充金国通问使，龙大渊为副，暗中嘱之望许割四州，惟求减岁币的半数。之望等去后，右正言陈良翰始得闻知，亟奏言："朝议未决，之望遽行，恐辱国不止仲贤，应追还之望，先遣一使往议，改定原约，然后通问未迟。"张浚亦上言："金未可和，请车驾亟幸建康，锐图进兵。"孝宗乃诏饬之望等待命境上，毋得亟往，改命胡昉为金国通问所审议官，一面命廷臣会议和金得失。陈康伯谓："金人要索四事，最关重大的条目，便是欲得四州。我朝以祖宗陵寝，及钦宗梓宫为言，因此未决，乞召张浚还朝，悉心咨议。"汤思退等俱言和为上计。时虞允文已调任湖北京西宣谕使，胡铨已召为起居郎，还有监察御史阎安中，皆力阻和议。又有监南岳庙朱熹应召入对，谓非战无以复仇，非守无以制胜，孝宗默然不答。其意可知。汤思退又从中谗间，止除熹为武学博士，熹辞职告归。康伯与思退不合，亦上章求去，孝宗准奏，竟调思退为左仆射，另授张浚右仆射，仍都督江、淮军马。

越年，接得边报，使臣胡昉被金人执去，孝宗不禁叹息道："和议不成，大约是有天意呢。"遂召王之望等回朝，且命张浚巡视江、淮，整缮兵备。汤思退暗地焦灼，奏请孝宗禀达上皇，再定大计。孝宗亲自批答道："金人无礼如此，卿尚欲议和么？况今日敌势，非秦桧时比，卿乃日夕言和，比秦桧尚且不如。"思退得批大骇，可巧胡昉自金遣还，于是思退又得借口，振振有词了。原来胡昉至金，金人责宋失信，把他拘留。嗣由金主雍释归，令昉传报宋廷，妥商和议。思退遂暗唆王之望及户部侍郎钱端礼等，奏称守备未固，国帑已虚，愿以符离为鉴，易战言和。孝宗乃令之望、端礼两人，宣谕两淮，且召张浚入供相职。浚此时正大治战舰，号令两河豪杰，锐意兴师，并令降将萧琦，统领降众，檄谕辽人，约为声援。偏钱端礼到了淮上，竟遣人入奏，有"名曰守备，守未必备，名曰治兵，兵未必治"等语。看官！你想张浚如何不愤？如何不恼？还至平江，上表乞休，共至八次。孝宗乃授浚少师，兼保信军节度使，南判福州。侍御史周操，乞请留浚，反遭罢斥。且撤退两淮边备。浚行次余干，积郁成疾，寝至弥留，遗书嘱二子栻、构道："我尝相国，不能恢复中原，湔涤国耻，死后不当葬我先人墓侧，但葬我衡山下便了。"既而讣闻于朝，孝宗颇思浚忠，初赠太保，进赠太师，予谥忠献。浚，绵竹人，夙具大志，终身不主和议。孝宗即位，颇加倚畀，称魏公不称名。所惜忠勇有余，才智不足，符离师溃，几令孝宗绝望，所以忽战忽和，终无定见。论断精当。

自浚殁后，又少了一个反对和议的健将，当由思退奏请，派遣宗正少卿魏杞使金，拟定国书称，侄大宋皇帝眘再拜奉书于叔大金皇帝，岁币二十万。孝宗又面谕杞道："今遣卿赴金议和，一正名，二退师，三减岁币，四不发还归附人。"杞又条陈十七事，由孝宗随事许可，乃叩首辞别道："臣奉旨出疆，怎敢不勉？万一敌人无厌，愿速加兵。"孝宗称善。杞乃退朝，整装北去。

胡铨又上疏极陈，谓："和议成，有十可吊，不成有十可贺。"且有"再拜不已，必至称臣，称臣不已，必至请降，请降不已，必至纳土，纳土不已，必至舆榇，舆榇不已，必至如晋怀帝青衣行酒，然后为快。今日举朝大臣，类似妇人，臣情愿放流窜殛，不愿朝廷再辱"云云。孝宗见疏，并不批答，也不加罪。最可恨的是汤思退，恐和议不成，竟遣私党孙造，潜往金军，劝他用重兵胁和。真是秦桧不若。于是金元帅仆散忠义等，复议渡淮南侵。宋廷闻警，又不觉惶急起来。汤思退尚嗾令御史尹穑，劾罢反对和议的官吏，多至二十余人。忽有诏旨发下，命他都督江淮军马。他是个和事佬，若叫他卖国求荣，倒是好手，怎么要他去做元帅呢？孝宗亦觉昏愦。当下入朝固辞，乃改命杨存中代任。存中甫受职，忽闻金兵已攻陷楚州，魏胜战死。那时存中亟驰至淮，连防守几来不及了。

看官道魏胜如何战死？原来魏杞奉使如金，由金帅仆散忠义求观国书。杞答言书经御封，须见过金主，方可廷授。忠义料不如式，又求割商秦各州，及岁币二十万。杞遣人奏闻孝宗，从思退议，许割四州，岁币如二十万数目，再易国书，交杞赍去。哪知仆散忠义已与纥石烈志宁自清河口攻楚州，都统制刘宝，闻风出走，独魏胜领忠义军往拒河口，拟截击金兵饷道。偏刘宝檄止胜军，谓不应自挠和议。金既入侵，尚欲顾全和议，非痴即呆。胜只好按兵不动。及金兵渡淮而南，已入宋境，胜急往抵御，彼此交锋，自卯至申，未决胜负。不意金将徒单克宁带了数万生力军，自斜刺里杀到，眼见得众寡不敌，主客悬殊，胜尚率众死战，至矢尽力疲，自知必死，乃顾亲卒道："我当死此，尔等如得脱归，可上报天子。"言已，令步卒居前，骑兵殿后，且战且走。至淮阴东十八里，中箭身亡，楚州遂破。江淮又震，幸杨存中星夜驰到，檄调诸将，令互相援应，稍固边防。怎奈金兵得步进步，入濠州，拔滁州。都统制王彦又复南遁，朝议至欲舍淮渡江。想又是思退主张。独杨存中坚持不可。且追咎两淮守备，无端撤去，致有此变。孝宗始悔用思退言，台官仰窥上意，交劾思退。思退因得罪落职，谪居永州。太学生张观等七十二人，复伏阙上书，极言："思退及王之望、尹穑二人，奸邪误国，招致敌人，乞速诛以谢天下！"孝宗虽不见从，这消息已传达远方，思退行至信州，闻信变色，发颤了好几日，当即死了。还是侥幸。孝宗复召陈康伯为尚书左仆射，进钱端礼签书枢密院事，虞允文同签书枢密院事，三人中又夹一奸党。并命王之望劳师江上。之望系思退爪牙，当然奉着衣钵，专以割地啗金为得计。钱端礼与之望同谋，仍奏遣国信所大通事王抃，至金军议和。之望益檄令诸将，不得妄进。至言官劾罢之望，王抃已得金帅复书，核准和议了。这次和议的大纲，共计三条：

一、两国境界如前约。

二、宋以叔父礼事金。宋主得自称皇帝。

三、岁纳银币,照原约各减五万,计银二十万两,绢二十万匹。

和议既成,进钱端礼参知政事,兼知枢密院事,虞允文同知枢密院事,王刚中签书院事,且下诏肆赦道:

> 比遣王抃远抵颍滨,得其要约,寻澶渊之信,仿大辽书题之仪,正皇帝之称,为叔侄之国,岁币减十万之数,地界如绍兴之时,怜彼此之无辜,约叛亡之不遣,可使归正之上,咸起宁居之心,重念数州之民,罹此一时之难,老稚有荡析之灾,丁壮有系累之苦,宜推荡涤之宥,少慰凋残之情。所有沿边被兵州军,除逃遁官吏不赦外,杂犯死罪情轻者减一等,余并放遣。此诏。

这篇诏命,相传系洪适所草,适亦主和党人,从前宋廷贬节求和,四方尚未尽闻知,自有此诏,才知朝廷近事。时论统咎洪适失词。其实南北两宋,均为和字所误,既已言和,还有甚么掩耳盗铃呢?*评论亦是。*且说孝宗嗣位之年,因南北修和,改元乾道,罢江、淮都督府,授杨存中为宁远、昭庆节度使,又撤销两淮及陕西、河东宣抚招讨使。未几,陈康伯病殁,赐谥文恭。康伯,弋阳人,器识恢宏,临事明断,孝宗尝称他可比谢安。至陈康伯既殁,一时继相乏人,只命虞允文参知政事,王刚中同知枢密院事。既而刚中又殁,擢洪适为签书枢密院事。

到了暮春,魏杞自金归来,入谒孝宗,谓已与金正敌国礼了。先是杞至燕山,金馆伴张恭愈,见国书上列着大宋字样,便胁杞除去大字。杞毅然道:"南朝天子,不愧圣神,现今豪杰并起,共思敌忾,北朝用兵,能保必胜么?不过为生灵计,能彼此息兵安民,方免涂炭,所以命杞前来修好,若北朝果允践盟,幸勿再加指摘,迫人所难。"张恭愈入白金主,金主御殿见杞,杞仍如前言。金主雍方道:"朕亦志在安民,所以谕令息兵,此后当各照新约,固守勿替,朕不再苛求了。"杞才称谢,乃彼此签定和约,既不发还叛人,也没有再受册封,再上誓表。惟海、泗、唐、邓四州,及大散关外新得地,一律归金。杞告别南还,孝宗闻他详报,自然心喜,慰藉甚厚。金主雍召还仆散忠义等,只留六万人戍边,且将宋国岁币,分赏诸军。仆散忠义先还,拜为左丞相,寻召左副元帅纥石烈志宁入见,授平章政事,仍令他还镇南京。仆散忠义越年病逝,纥石烈志宁又越十年乃殁,《金史》上称为贤将相,这也毋庸细表。

单说宋廷自议和后,国家无事,孝宗乃立邓王愭为皇太子。愭系故妃郭氏所出,郭氏生四子,长即愭,次名恺,又次名惇,又次名恪,既而薨逝。及孝宗即

第八十回　废守备奸臣通敌　申和约使节还朝

位,追册郭氏为皇后,封愭为邓王,恺为庆王,惇为恭王,恪为邵王,一面续立贤妃夏氏为皇后。夏氏为袁州宜春人,生时有异光穿窒,及长,姿貌秀丽,父协因将女纳宫中,得为吴太后阁中侍御。太后因郭妃去世,特以夏氏赐孝宗,寻受册为正宫。*叙两后事,乃是插笔*。及愭为皇储,愭妻钱氏,当然为太子妃。看官道钱氏为谁?乃是参政钱端礼的女儿。*正意在此*。端礼倚着贵戚,早已觊觎相位,至是因宰执久虚,女且益贵,满拟宰辅一席,在掌握中。偏侍御史唐尧封上言,端礼帝姻,不应执政,有诏迁尧封为太常少卿,朝右大哗。吏部侍郎陈俊卿,又面陈:"本朝故事,从未闻帝戚为相,愿陛下谨守家法!"孝宗颇以为然。端礼阴怀私怨,出俊卿知建宁府,自己亦奏请避嫌,不意孝宗已批答出来,罢端礼为资政殿大学士,兼提举万寿观使。端礼没法,只好怏怏受命。又越数月,竟令洪适为右仆射,兼枢密使,适自中书舍人,半岁四迁,骤登右相,廷臣又不免生议。适亦无所建白,不安于位,至乾道二年春季,以霪雨引咎乞休,乃命参政叶颙为左仆射,魏杞为右仆射,蒋芾参知政事,陈俊卿同知枢密院事,当时号为得人。

不幸宫廷内外,迭遭大丧,几乎老成凋谢,懿戚沦亡的痛苦,接踵而来。乾道二年十一月,宁远节度使杨存中卒,存中出入宿卫四十年,大小二百余战,未尝大衄,人共称为忠义。殁时,举朝震悼,予谥武恭。越年三月,秀王夫人张氏卒。秀王早薨,至是夫人张氏又殁,孝宗笃念本生,成服后苑,又不免一番哀戚。越两月,太傅四川宣抚使新安王吴璘又卒,遗疏请:"毋弃四川,毋轻出兵。"孝宗览疏,也不禁泪下,追赠太师,加封信王。又越月,皇后夏氏崩,又越月,皇太子愭亦逝世,后谥安恭,太子谥庄文。孝宗哀上加哀,痛中增痛,还赖内外臣工,多方劝慰,才觉少解悲怀。不如意事,杂沓而来,却是难为孝宗。惟左右两相,随时变更,叶颙、魏杞罢相后,专任蒋芾。芾以母丧去位,改任陈俊卿、虞允文。允文拟遣使如金,以陵寝为请,俊卿以为未可,谓使节不应轻遣。孝宗方向用允文,罢俊卿,判福州。遣起居郎范成大为金国祈请使,求陵寝地,及更定受书礼。先是绍兴年间,金使至宋,捧书升殿,宋帝必降榻受书,转授内侍。至孝宗初年,陈康伯执政,每值金使到来,但令伴使取书以进。及汤思退为相,复寻绍兴故事,孝宗渐有悔心,乃令成大口请。成大密草章牍,怀诸袖中,当入谒金主时,先进国书,辞意慷慨。金君臣方倾听间,成大忽奏道:"两国既为叔侄,受书礼尚未合式,外臣有章疏具陈。"言至此,即从袖中出疏,搢笏以进。金主雍愕然道:"这岂是献书处么?"掷疏不受。成大拾疏再进,毫不动容。金太子允恭侍金主侧,禀金主道:"宋使无礼,应加死罪。"金主雍不从,令退居馆所。越宿,发交复书,遣令南归。复书有云:

　　和好再成,界河山而如旧。缄音遽至,指巩、洛以为言。既云废祀,欲申追远之怀,正可奉还,即俟刻期之报。至若未归之旅榇,亦当并发于行涂,抑闻附请之辞,欲变受书之礼,于尊卑之分何如?顾信誓之诚安在?此复。

孝宗得书,心尚未死,复遣中书舍人赵雄往贺金主生辰,别函仍申前请。金主不许,至雄辞归,因语雄道:"汝国为何舍去钦宗,专请巩、洛山陵呢?如不欲钦宗归榇,我当为汝国代葬。"诘得有理。雄不便答词,但说当禀命再达。金主待了一年,杳无音信,遂用一品礼,葬钦宗于巩、洛之原。小子有诗叹道:

五国城中怨别离,生还无望死犹羁。
祖宗可念兄甘拒,莫怪南朝动虏疑。

嗣是允文所建两议,迄无成功,孝宗因建储立后,未遑顾及此事,暂从搁置。欲知建储立后等情,容待下回说明。

议战议和,迄无定见,盖犹是高宗朝之故态耳。史浩去,汤思退来,一意主和,无异史浩,甚且阴遣心腹,令敌以重兵胁宋,是贼桧之所不敢为者,而思退竟为之。孝宗既明知思退之奸,为贼桧所不若,何以胡昉一还,复依思退原议,拱手称侄,甘与敌和耶?人谓孝宗英明,远过高宗,谁其信之?魏杞第争一大字,有名无实,与宋何裨?范成大、赵雄一再至金,祈请陵寝,及改受书礼,终无成效,反滋敌笑。当日者,幸金主雍之亦欲罢兵耳。假使乘宋无备,席卷长驱,几何而不蹈靖康之祸也。然则为国家者,其顾可临事寡断,任人不明乎哉?

第八十一回　朱晦翁创立社仓法
　　　　　　　宋孝宗重定内禅仪

却说太子愭殁后,庆王恺依次当立,孝宗因第三子惇,英武类己,竟越次立为太子。孝宗自己亦未见若何英武,所以子更不逮,后且为悍妻所制。惟进封恺为魏王,判宁国府,命宰执设饯玉津园。宴毕,送恺登车。恺顾语虞允文道:"还望相公保全!"允文当然劝慰,恺乃挈眷而去。既而吴太后妹夫张说,攀援亲属,竟擢为签书枢密院事。诏命下后,朝议大哗。左司员外郎兼侍讲张栻,遂上疏切谏,且诣朝堂责虞允文道:"宦官执政,自京、黼始。近习执政,自相公始。"允文不禁惭愤,入白孝宗,孝宗乃收回成命。至乾道八年,改左右仆射为左右丞相,左相仍属虞允文,右相任用梁克家,嗣复出张栻知袁州,仍命张说入枢密院。侍御史李衡,右正言王希吕,又上书谏阻,直学士院周必大,不肯

第八十一回 朱晦翁创立社仓法 宋孝宗重定内禅仪

拟诏,给事中莫济,封还录黄,孝宗将他四人一齐罢免,都人士称为四贤。虞允文因谏院乏人,特荐用李彦颖、林光朝、王质三人,孝宗不报,独用幸臣曾觌所荐的人员,于是允文力求去位,孝宗竟调他宣抚四川,但进封雍国公。允文莅任逾年,即疾终任所,诏赠太傅,赐谥忠肃。他本隆州仁寿县人,夙具智略,采石一战,遂得成名。入相后,遇事纳忠,知无不言,也是一位救时良相。梁克家外和内刚,自允文去后,独相数月,旋与张说论及外交,语多未合,亦乞外调,遂出知建宁府。说好为欺罔,渐被孝宗察觉,才加罢斥。

乾道八年残腊,又拟改元,越日元旦,改为淳熙元年,左相虚位不设,右相亦屡有变更。曾怀、叶衡等,忽进忽退,多半是庸庸碌碌,没甚建树。叶衡且荐举左司谏汤邦彦,为金国申议使。邦彦至金,为金所拒,旬余乃得引见,两旁列着卫士,统是控弦露刃,耀武扬威,吓得邦彦心惊胆战,一语都不能发,竟匆匆辞归。孝宗恨他辱命,流戍新州。自是申请陵寝的朝议,乃不再提及了。徒向他人乞怜,究竟无益。是年冬季,立贵妃谢氏为后,后本丹阳人氏,幼年丧父,寄养翟氏,因冒姓为翟。及长,颇有容色。入宫侍吴太后,太后转赐孝宗,封为婉容,越年晋封贵妃。淳熙三年,孝宗挈妃至德寿宫,谒见上皇,上皇见她端肃恭谨,因谓可继位中宫。孝宗仰承亲命,乃立贵妃为后,复姓谢氏。孝宗不喜渔色,宫闱里面,除谢后外,只有蔡、李两妃,此外不载史乘,小子据实叙明,不必多表。

惟当时有一位道学先生,远师孔、孟,近法周、程,专讲正心诚意的功夫,称为南宋大儒,看官欲知此人姓名,就是上回叙及的朱熹。郑重出之。从前北宋年间,有周敦颐、张载、邵雍及程颢、程颐等人,均以道学著名。程门中有谢良佐、游酢、吕大临、杨时四子,俱宗师说,称为河南程氏学。杨时授学罗从彦,从彦授学李侗。婺源人朱松,曾为吏部员外郎,生子名熹,字元晦,幼即颖悟,甫能言时,松指天示熹道:"这就是天呢。"熹问道:"天上尚有何物?"松不觉惊异。及就傅,授以《孝经》,熹题注书上,有"不若是非人也"六字。暇时与群儿出游,诸儿在沙上嬉嬲,独熹择僻处端坐,用手画沙。至群儿过视,乃画的先天八卦图,及后天八卦图,大家有笑他的,有敬他的,他毫不动容。叙熹幼时所为,可作儿童教育一则。松与李侗本同学友,因遣熹从学,熹尽得师传。绍兴十八年登进士第,任泉州同安县主簿,日与秀民讲论圣道,未几卸职,改监潭州南岳庙。孝宗践阼,诏求直言,熹上陈圣学,且力排和议。孝宗颇为嘉纳,拟加擢用。汤思退等暗地阻挠,止授武学博士,熹即辞归。见前回。后来陈俊卿、胡铨、梁克家等,相继荐引,屡征不至。会孝宗复怀念史浩,召为醴泉观使,兼侍讲,孝宗复召史浩,仿佛高宗再用秦桧。浩欲延揽名人,借塞众口,遂荐熹知南康军。熹再辞不许,没奈何受命赴任。适值南康大旱,乃力行荒政,民赖以生。暇辄与士子讲学,且访唐李渤白鹿洞书院,奏复旧规。儒学大兴,一时称最。及史浩复入为相、曾觌、王抃、甘昪等,联作党援,招权纳贿,任意黜陟。继而浩亦与抃有嫌,竟至罢相。淳熙六年,夏日亢旱,又有诏访求直言,朱熹自南康上疏道:

> 臣闻天下之务,莫大于恤民,而恤民之本,在人君正心术以立纪纲,盖纪纲不能以自立,必人主之心术,公平正大,无偏党反侧之私,然后有所系而立。君心不能以自立,必亲贤臣,远小人,讲明义理,闭塞私邪,然后可得而正。今宰相台省师傅宾友谏诤之臣,皆失其职,而陛下所与亲密谋议者,不过二三近习之臣,上以蛊惑陛下之心志,使陛下不信先王之大道,而悦于功利之卑说,不乐庄士之谠言,而安于私昵之鄙态,下则招集士大夫之嗜利无耻者,文武汇分,各入其门,所喜则阴为引援,擢置清显,所恶则密行訾毁,公肆挤排。交通货赂,所盗者皆陛下之财,命卿置将,所窃者皆陛下之柄。陛下所谓宰相师傅宾友谏诤之臣,或反出其门墙,承望其风旨,其幸能自立者,亦不过觑觑自守,而未尝敢一言以斥之。其甚畏公论者,乃能略警逐其徒党之一二,既不能深有所伤,而终亦不敢正言,以捣其囊橐窟穴之所在。势成威立,中外靡然。向之使陛下之号令黜陟,不复出于朝廷,而出于一二人之门,名为陛下独断,而实此一二人者,阴执其柄,盖其所怀,非独坏陛下之纪纲而已,并与陛下所以立纪纲者而坏之,使天下之忠臣义士,深忧永叹,不乐其生,而贪利无耻,敢于为恶之人,四面纷然,攘袂而起,以求逞其所欲,然则民安得而恤?财安得而理?军政何自而修?土宇何自而复?宗社之仇耻,又何自而雪耶?臣且恐莫大之祸,必至之忧,近在朝夕,而陛下尚可不悟乎?臣应诏直陈,不知忌讳,幸乞睿鉴。

孝宗览到此疏,不禁大怒道:"这是讥我为亡国主呢。"幸枢密使赵雄在侧,上前奏解道:"士人多半好名,若直谏被斥,反增其誉,不若格外包容,因长录用,看他措置,是否合宜,那时优劣自见了。"孝宗才觉霁颜,乃诏令熹提举常平茶盐。未几,即调任浙东。浙右大饥,熹单车入阙,复面奏灾异由来,请孝宗修德任人,且指陈时弊凡七事。孝宗改容静听,并褒他切直。熹乃陛辞至浙,甫下车,即移书他郡,募集米商,蠲免赋税,米商大集,浙民始无忧乏食。熹遂钩访民隐,按行境内,轻车简从,所经各处,往往为属吏所不及知。郡县有司,多惮他丰采,不敢为非。才阅半年,政绩大著。乃进熹入直徽猷阁。时各地尚旱蝗相仍,民多艰食,熹尚在浙,上言:"乾道四年间,曾在乡请诸官府,得常平米六百石,赈贷乡民,夏受粟,冬加息,计米以偿,逐年敛散,岁歉蠲半息,大饥将岁息尽蠲,先后历十四年,除原数六百石还官外,积得三千一百石,立为社仓,不复收息,每石止收耗米三升,所以一乡四十五里间,虽值荒年,民

第八十一回 朱晦翁创立社仓法 宋孝宗重定内禅仪

不歉食,此法可以推行"云云。孝宗闻言称善,因命熹草定规则,颁诏各路,一律仿行,当时号为社仓法,大略如下:

  法以十家为甲,每甲推一人为首,五十家则推一人通晓者为社首。其逃军及无行之士,与有税粮暨衣食者,并不得入甲。其应入甲者,又问其愿与不愿,愿者开其一家大小口若干,大口一石,小口五斗,五岁以下者不预,置籍以贷之。其以湿恶不实还者有罚。

  越年,熹按行至台州,适知州唐仲友为民所讼,熹察得实情,确系仲友贪妄,进上章弹劾,接连三疏,并不见答。原来金华人王淮,累擢至左丞相,仲友与王淮同里,且有戚谊,因此暗中庇护,所有朱熹奏本,概行藏匿,但调仲友为江西提刑。熹不肯徇情,索性贻书王淮,但说是要入朝面陈,淮知不可匿,乃将熹疏进呈,仲友亦上疏自辩。<small>恐亦由王淮指导。</small>偏淮想了一法,竟将江西提刑一职,转授朱熹,不令仲友莅任,一面擢大府寺丞陈贾为监察御史,令他与熹反对。<small>阳示德,暗报怨,却是个好法儿。</small>贾受职入朝,即奏言:"道学二字,无非假名售奸,愿陛下悉心察察,摈弃勿用,免为所欺。"这数语虽不指名斥熹,其实是为熹而发。还有吏部尚书郑丙,亦迎合淮意,力诋二程学说。<small>借程倾朱,也是良策。</small>看官!你想朱晦翁并非笨伯,闻得这种蜚语,怎肯贸然拜受新命?遂累乞奉祠,诏令他主管台州崇道观。右文殿修撰张栻,幸与熹学说相合,甚为投契。淳熙七年病殁,世称为南轩先生。熹与友书,谓为吾道益孤。著作郎吕祖谦,为吕夷简五世孙,与张栻、朱熹为友,熹尝谓学如伯恭,方是能变化气质。伯恭即祖谦别字。淳熙八年去世,世称为东莱先生。尚有婺州人陈亮,字同父,才气豪迈,议论风生。隆兴初,曾上中兴五论,未蒙见答。淳熙中又诣阙上书,极言时事,孝宗拟加擢用,亮慨然辞归。尝自言涵养功夫,应让道学诸儒,惟推倒一世智勇,开拓万古心胸,颇有所长。后来策试进士,御笔擢为第一,授签书建康判官,寻即病殁,也可谓一位志士了。

  且说高宗自退居德寿宫后,自安颐养,不闻朝政。经孝宗始终侍奉,未尝失礼,颇也优游自适,乐享天年。至淳熙十四年间,已享寿八十一岁了。秋季遇疾,孝宗辍朝入侍。越月,高宗驾崩,孝宗号痛擗踊,二日不进膳,并谕宰相王淮道:"从前晋孝武、魏孝文二主,均实行三年丧服,素衣听政。司马光通鉴中,纪载甚详,朕亦欲遵行此制呢。"淮答道:"晋孝武虽有此意,嗣在宫中,也止用深衣练冠。"孝宗道:"当时群臣不能顺上美意,所以见讥后世。"淮不便再言,孝宗乃下诏道:

  大行太上皇帝,奄奄至养,朕当衰服三年,群臣自遵易月之令。<small>特载此诏,以明孝宗之孝。</small>

总计高宗在位，两次改元，凡三十六年。内禅后，安居德寿宫，又历二十五年。翰林学士洪迈，请庙号世祖。直学士院尤袤，谓汉光武为长沙王后，布衣崛起，不与哀平相继，所以称祖无嫌。上皇中兴，虽同光武，实继徽宗正号，以子继父，非光武比，乃定号高宗。高宗素性恭俭，器具服饰，概从简省。就是晚年受宠的刘贵妃，恃色好奢，亦尝阴加抑制。刘贵妃系临安人，初入宫为红霞帔，系宋宫女使之称。艳丽轶群，大得宠幸，累迁婕妤、婉容。绍兴二十四年，进为贤妃，嗣封贵妃。从前金亮入寇，意图掠取，便是这位刘丽妃。补前文所未详。妃尝因盛夏天署，用水晶作为脚踏，高宗取以作枕，妃乃稍加儆惕，不敢再蹈旧饰。但高宗宠眷，至老未衰。贵妃去世，就在淳熙十四年间，高宗悲泣逾恒，因此得病，旋亦崩逝。也算一对比翼鸟。后人谓高宗偷安忍耻，愿怨忘亲，初为汪、黄所惑，终为秦桧所制，李纲、赵鼎、张浚相继被斥，岳飞父子冤死狱中，有可用的将相，有可乘的机会，终至臣事仇雠，残喘苟延，这也所谓愚不可及哩。总结高宗一朝行事。

孝宗次子魏王恺，先高宗数年病殁，孝宗尝泫然道："前时越次立储，正为此儿福薄，不料他果然早世了。"究竟不足为训。因追赠徐、扬二州牧，谥惠宁。恩平王璩，后高宗一年病殁，孝宗本待他甚厚，每召入内宴，呼官不呼名。殁后追封信王，累赠太保、太师。这俱是销纳文字。孝宗居高宗丧，白衣布袍，视事内殿，朔望诣德寿宫，仍然衰绖持杖，且诏皇太子参决庶务。既而王淮罢相，右相周必大，仍荐朱熹为江西提刑。熹奉诏入朝，有熹友在途中相遇，语熹道："正心诚意，上所厌闻，君此去幸勿再言！"熹慨然道："我生平所学，只此四字，奈何入白大廷，反好隐默呢？"及入对，即极言天理人欲，不能并容，孝宗也不加可否，徐语道："久不见卿，浙东事朕早闻知，今当处卿清要，不再以州县相烦了。"时曾觌已死，王抃亦逐，独内侍甘昪尚在，熹谓昪不应任用。孝宗谓昪曾侍奉上皇，颇有才识，熹对道："小人无才，怎能动人主欢心？"孝宗默然。越日，改授熹为兵部郎官，熹以足疾乞祠。兵部侍郎林栗，劾熹托名道学，自高声价，应亟予罢斥。孝宗得栗言，顾语周必大道："林栗所言，亦未免太甚了。"必大道："熹上殿时，足疾未瘳，勉强登对，并非敢托词欺上呢。"孝宗道："朕亦见他跛曳，所以谓栗言过甚。"左补阙薛叔似，太常博士叶适，均誉熹毁栗，陆续上奏。侍御史胡晋臣，复劾栗喜同恶异，妄毁正士，乃出栗知泉州，改命熹主管西京嵩山崇福宫。越月，复召熹为崇政殿说书。熹仍固辞不受，孝宗也不复勉强，只命他奉祠罢了。

淳熙十六年，孝宗调周必大为左丞相，擢留正为右丞相。必大入见，孝宗密给一绍兴传位亲札。留正愕然，孝宗道："礼莫如重宗庙，朕当孟享，尝因病分诣，孝莫若执丧，朕不得日至德寿宫，欲不退休，尚可得么？卿可预拟草诏，择日传位。"必大见上意已决,不再劝阻,遂退拟诏命。过了数日,改德寿宫为重华宫,移吴太后居慈福宫。必大进呈诏草,孝宗即命颁诏,传位太子。届期由孝宗吉服御紫宸殿,行内禅礼。太子惇出殿受禅,大致与孝宗受禅时,约略相同。礼毕,孝宗入内,仍易丧服,退居重华宫。太子惇即位,是为光宗皇帝,尊孝宗为寿皇圣帝,皇后谢氏为寿成皇后,皇太后吴氏为寿圣皇太后,大赦天下。立元妃李氏为皇后,后系安阳人,庆远军节度使李道中女,生时有黑凤集道营前,因名凤娘。道尝以为异,闻道士皇甫坦善相术,特邀令入相诸人。及凤娘出见,坦惊起道:"此女当母天下,非善为抚视不可。"后来坦入白高宗,高宗遂聘凤娘为恭王妃,生嘉王扩,旋立为皇太子妃。哪知这位凤娘,貌虽轶群,性却妒悍,尝在高、孝二宫前,挑是翻非,屡言太子左右过失。高宗不怿,私语吴后道:"是妇将种,不识柔道,我为皇甫坦所误,悔无及了。"谁叫你信方士。孝宗亦屡加训敕,令以皇太后为法,否则将要废汝。凤娘不但不戒,反引为深恨。及立为皇后,她遂一飞冲天,放出一番手段来了。小子有诗咏道:

　　　　　闺范无如宋六宫,刑于犹有圣王风。
　　　　　何来黑凤娇痴甚,方士虚言误阿蒙。

　　看官不必过急,还有金邦一段遗闻,须要先叙明白,然后述及李后凤娘事,一切情迹,均至下回表明。

　　孝宗称南宋贤辟,而求治不力,任人不专,较之高宗,不过五十里与百里之比,相去盖有限耳。观其践阼以后,所用诸相,贤否不一,且无数年不易之宰辅,其猜疑之私,已可见矣。朱熹为一代名儒,既知其贤,何不留侍经筵,常使启沃?乃第用一社仓法,而此外所言,未闻采纳,且迭置之于奉祠之列,一官冷落,虽有若无,于朝廷何裨乎?高宗因畏事而内禅,孝宗因居丧而内禅,情迹若异,而究其退避之心,实同一辙。人臣或以恬退为知几,人君系国家之大,宁亦可以恬退为智耶?故观于此回,而孝宗之为国,亦可得而论定矣。

第八十二回　揽内权辣手逞凶
　　　　　劝过宫引裾极谏

　　却说孝宗末年,金主雍亦病殂,号为世宗。这金世宗却是一个贤主,即位后,以故妃乌林苔氏死节,终身不立后,已好算作世界上的义夫。至南宋讲和,偃武修文,与民休息,所用人士,多半贤良;性尤俭约,命宫中饰品,毋得用黄金；稍有修筑，即以宫人所省的岁费，移作工资，因此薄赋宽征，家给人足。刑部每岁录囚，死罪不过十余人，国人称为小尧舜。夏相任得敬，胁迫夏主，割界土地，且为已向金请封。金世宗料事独明，谓必由权奸所逼，定非夏主本意，遂却还来使，并赐谕夏主道："祖宗世业，汝当固守，今来请命，事出非常，如系由奸人播弄，不妨直陈，朕当为尔兴师问罪。"得敬接到此谕，始有戒心。嗣夏主诛死得敬，因遣使申谢。未几，高丽国王睍，为弟皓所废，皓上表乞请册封，但说是由兄所让。世宗疑皓篡国，更令有司详问。至得睍表文，谓遵父遗训，传与弟皓，乃不得已遣使册封。既而高丽西京留守赵位宠，占据四十余城，奉表降金，世宗义言："朕为共主，岂助叛臣为虐？"执位宠使付高丽，高丽王遂讨平位宠。世宗又兴太学，求直言，所有宋、辽宗室，寓死金邦，悉移葬河南广宁旧陵旁。在位二十九年，远近讴歌，逝世时悲声彻野。太子允恭早卒，孙璟嗣立，不逮乃祖，金邦自是经衰了。插入此段，隐仿孔子夷狄有君之义，且以见金主贤明，尚非孝宗所可及。惟南北两朝，吊死问生，已成常例，不必细叙。

且说光宗受禅后，改元绍熙，废补阙拾遗官，罢周必大，用留正为左丞相，王蔺为枢密使，葛邲参知政事，胡晋臣签书枢密院事。四大臣同心辅政，还算是黼黻承平，没甚弊政。无如宫中有个妒后李凤娘，不肯安分，日思离间三宫，乘间窃柄，偏光宗又懦弱不振，对了这位女娘娘，好似晋惠帝碰着贾南风，唐高宗碰着武则天，唯唯承命，不敢忤旨；但心中颇有一些浏亮，明知李后所恃，全仗宦官，欲要釜底抽薪，须将宦官一律诛逐，免得老虎添翼。只是计画虽良，一时又未敢实行，偏宦官已窥知上意，按日里谀媚李后，求她庇护。李后一力担承，每遇光宗憎嫌宦官，她即极口包庇，害得光宗有口难言，渐渐的酿成一种怔忡病。英武何在？寿皇闻光宗得着心疾，当然怀忧，随时召御医入问，拟得一个良方，好容易合药成丸，欲俟光宗问安时，教他试服。何不叫御医往诊，偏要这般鬼祟？不料光宗并不来朝，这合药的消息，却已传遍宫中。宦官乘此生风，便入诉李后道："太上皇合药一大丸，拟俟宫车往省，即当授药，万一不测，岂非贻宗社忧？"李后闻言，便深信不疑。非惟不疑，且将深幸。等到光宗稍稍痊可，即用出一番狐媚手段，暗嘱宦官备了可口的膳馐，搬入宫中，请光宗上面坐着，自己旁坐相陪，与光宗浅斟低酌，小饮谈心，席间语光宗道："扩儿年已长成了，陛下已封他为嘉王，何不就立为太子，也好助陛下一臂之力？"隐恨寿皇，偏从此处用计，正是奇想。扩封嘉王，即从李后口中带过。光宗欣然道："朕亦有意，但非禀明寿皇不可。"李后道："这也须禀明寿皇么？"光宗道："父在子不得自专，怎得不先行禀明？"李后默然。

可巧过了两三天，寿皇闻光宗少痊，召他内宴。李后竟不使光宗闻知，乘辇自往重华宫。既至宫门，乃下辇入见寿皇，勉强行过了礼。寿皇问及光宗

第八十二回　揽内权辣手逞凶　劝过宫引裾极谏

病状，李后道："昨日少愈，今日又不甚适意，特嘱臣妾前来侍宴。"寿皇皱眉道："为之奈何？"你道他英武类己，如何这般模样？李后即接口道："皇上多疾，据妾愚见，不如亟立嘉王扩为太子。"寿皇摇首道："受禅甫及一年，便要册立太子，岂不是太早么？且立储亦须择贤，再待数年未迟。"李后不禁变色道："古人有言，立嫡以长，妾系六礼所聘，嘉王扩又是妾亲生，年已长了，为何不可立呢？"振振有词，可谓悍妇。看官！试想这几句话儿，不但唐突寿皇，并唐突寿成皇后，寿成皇后谢氏，系是第三次的继后，并且世系寒微，本非名阀，光宗又是郭后所生，并非出自谢后。李凤娘有意嘲笑，所以特出此言。惟寿皇听了此语，忍不住怒气直冲，便叱道："汝敢来揶揄我么？真正无礼！"李后竟转身退出，也不愿留侍内宴，即上辇还宫。冤冤相凑，一入寝室，恰不见了光宗，诘问内侍，才知到黄贵妃宫内去了。

黄贵妃本在德寿宫，光宗为皇太子时，旁无姬侍，孝宗因内禅在迩，移徙德寿宫，入见黄氏体态端方，特赐给光宗。光宗格外爱宠，即位后便封为贵妃，惟李后妒悍性成，平时见了黄贵妃，好似一个眼中钉，此次往重华宫，正被寿皇斥责，又闻光宗去幸黄贵妃，教她如何不气？如何不恼？当下转至黄贵妃处，不待内侍通报，便闯将进去。蓦见光宗与黄贵妃，正在促膝密谈，愈不禁醋兴勃发，就在门首大声道："皇上龙体少愈，应节除嗜欲，奈何复在此处调情？"光宗见了，连忙起立。黄贵妃更吓得魂不附体，不由的屈膝相迎。李后竟不答礼，连眼珠儿都不去瞧她。光宗知已惹祸，不便再留，便握住李后的手，同往中宫，心中还似小鹿儿相撞。待至宫中，但见李后的眼眶内，簌簌的流了许多珠泪。光宗大惊，只好加意温存。李后道："妾并不为着黄贵妃，陛下身为天子，止有几个妃嫔，难道妾不肯相容么？不过陛下新瘥，未便纵欲，妾是以冒昧劝谏。此外还有一种特别事故，要与陛下商议。"黄贵妃是掌中物，不妨暂置，要是立储要紧。言至此，更呜呜咽咽的大哭起来。亏她做作。光宗摸不着头脑，再三婉问，她嘱内侍召入嘉王扩，令跪伏帝前，自己亦陡的下跪道："寿皇要想废立了，妾与扩儿两人，将来不知如何结局，难道陛下尚不知么？"光宗听了，越觉惊得发抖，再加询问。李后才将寿皇所说，述了一遍，更添了几句不好听的话儿。光宗到了此时，自然被她引入迷团，便道："朕不再往重华宫了。汝等起来，朕自有计较！"李后方挈嘉王扩起身，彼此密谈多时，无非是说抵制寿皇的计策。李后又欲立家庙，光宗也是允从，偏枢密使王蔺，以为皇后家庙，不应由公费建筑，顿忤了后意，立请光宗将他罢职，进葛邲为枢密使。

一日，光宗在宫中盥洗，由宫人奉匜进呈，光宗见她手如柔荑，禁不住说了一个"好"字。适被李后听闻，怀恨在心。越日，遣内侍献一食盒，光宗亲自揭启，总道是果铺等物，哪知盒中是一双血肉模糊的玉手，令人惨不忍睹，那时又不好发作，只得自怨自悔，饬内侍携了出去。忍哉李后！懦哉光宗。自是心疾复作，梦寐中尝哭泣不休。至绍熙二年十一月，应祭天地宗庙。向例由皇帝亲祭，光宗无从推诿，没奈何出宿斋宫。这位心凶手辣的李凤娘，趁着这个空隙，召入黄贵妃，责她蛊惑病主，不异谋逆，竟令内侍持入大杖，把黄贵妃重笞百下。可怜她玉骨冰姿，哪里熬受得住？不到数十下，已是魂驰魄散，玉殒香消。李后见她已死，令内侍拖出宫外，草草棺殓，一面报知光宗，诡说她暴病身亡。光宗非常惊骇，明知内有隐情，断不至无端暴毙，可奈身为后制，不敢诘问，并且留宿斋宫，不能亲视遗骸，抚棺一诀，悲从中来，解无可解。是夕，在榻中翻去覆来，许久不曾合眼，直至四鼓以后，蒙眬睡去，突见黄贵妃满身血污，泪眼来前，此时也顾不得什么，正要与她抱头大哭，忽外面一声怪响，顿将睡魔儿吓去，双眸齐启，并没有什么爱妃，但听得朔风怒号，檐马叮当，窗棂中已微透曙色了。急忙披衣起床，匆匆盥洗，连食物都无心下咽。外面早已备齐法驾，由光宗出门登辇，直抵郊外，天色已经大明，只是四面阴霾，好似黄昏景象。下辇后步至天坛，蓦觉狂风大作，骤雨倾盆，就使有了麾盖，也遮不住天空雨点，不但侍臣等满身淋湿，就是光宗的祭服上面，也几乎湿透。到了坛前，祭品均已摆齐，只是没法燃烛，好容易爇着烛光，禁不起封姨作对，随爇随灭。天亦发怒。光宗本已头晕目眩，又被那罡风暴雨，激射下来，越觉站立不住，勉强拜了几拜，令祝官速读祝文。祝官默承意旨，止念了十数句，便算读完，即由侍臣掖帝登辇，跟踉回宫。嗣是终日奄卧，或短叹，或长吁，饮食逐日减少，渐渐的骨瘦形枯。

李后却乘此干政，外朝奏事，多由她一人作主，独断独行。事为寿皇所闻，轻车视疾，巧值李后出外，遂令左右不必通报，自己悄悄的径入殿幄，揭帐启视，见光宗正在熟寐，不欲惊动，仍敛帐退坐。既而光宗已醒，呼近侍进茗，内侍因报称寿皇在此，光宗矍然惊起，下榻再拜。寿皇看他面色甚癯，倍加怜恤，便令他返寝。一面问他病状，才讲得三两语，外面即趋入一人，形色甚是仓皇，寿皇瞧将过去，不是别人，正是平日蓄恨的李凤娘。李后闻寿皇视疾，不觉惊讶，便三脚两步的赶来，既见寿皇坐着，不得不低头行礼。寿皇问道："汝在何处？为什么不侍上疾？"李后道："妾因上体未痊，不能躬亲政务，所有外廷奏牍，由妾收阅，转达宸断。"寿皇不觉哼了一声，又道："我朝家法，皇后不得预政，就是慈圣、指曹太后。宣仁指高太后。两朝，母后垂帘，也必与宰臣商议，未尝专断。我闻汝自恃才能，一切国事，擅自主张，这是我家法所不许哩。"李后无词可对，只好强辩道："妾不敢违背祖制，所有裁决事件，仍由皇上作主。"寿皇正色道："你也不必瞒我，你想上病为何而起？为何而增？"

李后便呜咽道："天有不测风云，人有旦夕祸福，奈何推在妾一人身上？"寿皇道："上天震怒，便是示儆。"说至此，闻光宗在卧榻上，叹了一声，触着心病了。因即止住了口，不复再言。父母爱子之心，无所不至。只劝慰光宗数语，即起身出去。光宗下榻送父，被李后竖起柳眉，瞋目一瞧，顿时缩住了脚。如此怕妻，真是可怜。李后俟寿皇去远，免不得带哭带骂，又扰乱了好多时。光宗只好闭目不语，听她咒诅罢了。

　　自光宗增病后，经御医多方调治，服药数十百剂，直至三年三月，才得告痊，亲御延和殿听政。群臣请朝重华宫，光宗不从，从前寿皇诞辰，及岁定节序，例应往朝，只因光宗多疾，辄由寿皇降旨罢免。至是群臣因请朝不许，再联络宰辅百官，以及韦布人士，伏阙泣谏。光宗始勉强允诺。谁知一过数日，仍然不往。宰执等又复奏请，方于夏四月间，往朝一次，自后并不再往。到了五月，光宗旧病复发，朝政依旧不管，哪里还顾及重华宫。及长至节相近，病已痊可，逐日视朝。节前一日，丞相留正等，面奏光宗，请次日往朝寿皇，光宗不答。留正只好约同百官，于翌晨齐集重华宫，入谒称庆，礼毕退归。兵部尚书罗点，给事中尤袤，中书舍人黄裳，御史黄度，尚书左选郎官叶适等，复上疏请朝重华宫，仍不见报。秘书郎彭龟年，更上书极谏，略云：

　　　　寿皇之事高宗，备极子道，此陛下所亲睹也。况寿皇今日，止有陛下一人，圣心惓惓，不言可知。特遇过宫日分，陛下或迟其行，则寿皇不容不降免到宫之旨，盖为陛下辞责于人，使人不得以窃议陛下，其心非不愿陛下之来。自古人君处骨肉之间，多不与外臣谋，而与小人谋之，所以交哄日深，疑隙日大，今日两宫万万无此。然臣所忧者，外无韩琦、富弼、吕诲、司马光之臣，而小人之中，已有任守忠者在焉。宰执侍从，但能推父子之爱，调停重华，台谏但能仗父子之义，责望人主，至于疑间之根，盘固不去，曾无一语及之。今内侍间谍两官者，实不止一人，独陈源在寿皇朝，得罪至重，近复进用，外人皆谓离间之机，必自源始。宜亟发威断，首逐陈源，然后肃命銮舆，负罪引慝，以谢寿皇，使父子欢然，宗社有赖，讵不幸欤！

　　是时，吏部尚书赵汝愚，未曾入奏，龟年责他谊属宗卿，何故坐视？汝愚被他激动，遂入奏内廷，再三规谏。光宗乃转告李后，令同往朝重华宫。李后初欲劝阻，继思自己家庙，已经筑成，不若令光宗朝父，然后自己可归谒家庙，免致外廷异言，于是满口应允。长至节后六日，光宗先往重华宫，后亦继至。此次朝谒，父子间甚是欢洽，连李凤娘也格外谦和，对着寿皇夫妇，只管自认罪愆。寿皇素来长厚，还道她知改前非，也是另眼相看。又被她瞒过了。因此欢宴竟日，才见帝后出宫。都下人士，欣然大悦。哪知才过两日，即有皇后归谒家庙的内旨，斯时无人可阻，礼部以下，只好整备凤辇，恭候皇后出宫。

李凤娘凤冠凤服，珠玉辉煌，装束与天仙相似，由宫娥内侍等人，簇拥而出，徐徐的登了凤舆，才经大小卫役，呵道前行。及至家庙门内，凤娘始从容下辇。四面眺望，觉得祠宇巍峨，规模崇敞，差不多与太庙一般，心下很是喜慰。并因高祖以下，均已封王，殿中供着神主，居然玉质金相，异常华丽。那时喜上加喜，说不尽的快乐，瞻拜已毕，当有李氏亲属，入庙谒后，由凤娘一一接见，除疏戚外，计得至亲二十六人，立即推恩颁赏，各亲属不胜欢谢。无如驹光易过，未便留恋，没奈何辞庙回宫。是夕，即传出内旨，授亲属二十六人官阶，并侍从一百七十二人，俱各进秩。甚至李氏门客，亦得五人补官，这真是有宋以来特别的旷典。雌凤儿毕竟不凡。

转眼又是绍熙四年，元旦这一日，光宗总算往朝重华宫，到了暮春，再与李后从寿皇、寿成后，幸玉津园，自是由夏及秋，绝迹不往。至九月重明节，光宗生辰。群臣连章进呈，请光宗朝重华宫，光宗不省，且召内侍陈源为押班。中书舍人陈傅良，不肯草诏，并劾源离间两宫，罪当窜逐。给事中谢深甫，亦上言："父子至亲，天理昭然，太上皇钟爱陛下，亦犹陛下钟爱嘉王。太上皇春秋已高，千秋万岁后，陛下何以见天下？"光宗闻得此言，始传旨命驾往朝，百官排班鹄立，待了多时，见光宗已趋出御屏，大众上前相迎，不料屏后突出李凤娘，竟揽住光宗手，且作媚态道："天气甚寒，官家且再饮酒！"老脸皮。光宗转身欲退，陈傅良竟跑上数步，牵光宗背后的衣裾，抗声道："陛下幸勿再返！"李后恐光宗再出，复用力一扯，引光宗入屏后。傅良亦大着胆，跟了进去。李后怒叱傅良道："此处是何地？你秀才们不怕斫头么？"傅良只好放手，退哭殿下。李后遣内侍出问道："无故恸哭，是何道理？"傅良答道："子谏父不听，则号泣随之，此语曾载入礼经。臣犹子，君犹父，力谏不从，怎得不泣？"内侍入报李后，李后愈怒，竟传旨不复过宫。群臣没法，只好再行上疏。怎奈奏牍呈入，好似石沉大海，毫无转音。直待了两阅月，仍然没有影响，于是丞相以下，俱上疏自劾，乞即罢黜。嘉王府翊善黄裳，且请诛内侍杨舜卿，秘书郎彭龟年，又请逐陈源，均不见批答。太学生汪安仁等二百十八人，联名请朝重华宫，亦不见从。至十一月中，工部尚书赵彦逾，复入内力请，才得一回过宫。既而五年元日，也由光宗往朝寿皇，越十二日，寿皇不豫，接连三月，光宗毫不问疾，群臣奏请不报。父疾不视，光宗全无人心了。立夏后，光宗反偕李后游玉津园，兵部尚书罗点，请先过重华宫，光宗不允，竟与后游幸终夕，尽兴始归。彭龟年已调任中书舍人，三疏请对，概置不答。会光宗视朝，龟年不离班位，伏地叩额，血流满地。光宗才问道："朕素知卿忠直，今欲何言？"龟年奏道:"今日要事,莫如过宫。"同知枢密院事余端礼随奏道:"叩额龙墀,曲致忠恳,臣子至此,可谓万不得已了。"光宗道:"朕知道了。"言毕退朝,仍无过宫消息。群臣又接连进奏,方约期过宫问疾。届期由丞相以下,入宫候驾,待至日昃,才见内侍出报道:"圣躬抱恙,不便外出。"群臣懊怅而返。到了五月,寿皇疾已大渐,竟欲一见光宗,每顾视左右,甚至泣下。这消息传入大廷,陈傅良再疏不答,竟缴还告敕,出城待罪。丞相留正等,率辅臣入宫谏诤,光宗竟拂衣入内。正引帝裾极谏,罗点也泣请道:"寿皇病势已危,若再不往省,后悔无及。"光宗并不答言,尽管转身进去。留正等随着后面,至福宁殿,光宗趋入殿中,忙令内侍阖门。正等不能再进,恸哭出宫。越二日,正等又请对。光宗令知阁门事韩侂胄侂音托。传旨道:"宰执并出。"正等闻旨,遂相率出都,至钱塘江北岸的浙江亭待罪去了。正是:

> 人纪无存胡立国?忠言不用愿辞官。

光宗闻正等出都,尚不为意,独寿皇闻知,忧上加忧,遂召韩侂胄入问。欲知侂胄如何对答,且看下回表明。

孝宗越次立储,已为非法,顾犹得曰:"光宗即位以前,魏王已殁,福薄之说,信而有征。"尚得为孝宗解也。至悍后专权,阉人交构,过宫礼阙,定省久疏,悍后不足责,光宗犹有人心,宁至天良汨尽乎?且宫人断臂,贵妃被杀,光宗应亦愤恨,愤之而不能斥,恨之而不能制,以天子之尊,不能行权于帷帟间,英武果安在乎?且因畏妻而成疾,因疾深而远父,甚至孝宗大渐,不敢过问,吾不知光宗何心?李后何术?而致演此逆伦之剧也。语有之:"知子莫若父",其然岂其然乎?

第八十三回　赵汝愚定策立新皇　韩侂胄弄权逐良相

却说韩侂胄入重华宫,见了寿皇,请过了安,寿皇问及宰臣出都事,侂胄奏对道:"昨日皇上传旨,命宰执出殿门,并非令他出都,臣不妨奉命传召,宣押入城。"寿皇称善。侂胄遂往浙江亭,召回留正等人。次日,光宗召罗点入对,点奏请道:"前日迫切献忠,举措失礼,陛下赦而不诛,臣等深感鸿恩;惟引裾也是故事,并非臣等创行。"光宗道:"引裾不妨,但何得屡入宫禁?"点引魏辛毗故事以谢,且言寿皇止有一子,既付神器,宁有不思见之理?光宗为之默然。嗣由彭龟年、黄裳、沈有闻等，奏乞令嘉王诣重华宫问疾，总算得光宗允许。嘉王入省一次，后亦不往。至六月中，寿皇竟崩逝重华宫。宫中内侍，先奔讣宰执私第，除留正外，即至赵汝愚处。汝愚时已知枢密府，得了此讣，恐光宗为后所阻，不出视朝，特持讣不上。翌晨入朝，见光宗御殿，乃将哀讣奏闻，且请速诣重华宫成服。光宗不能再辞，只好允诺，随即返身入内。谁知等到日昃，尚未见出来。*父死之谓何？乃尚坐视耶？* 留正、赵汝愚等，只得自往重华宫，整备治丧。惟光宗不到，主丧无人，当由留正、赵汝愚，议请寿圣吴太后，暂主丧事。吴太后不许。正等申奏道："臣等连日至南内，请对不获，屡次上疏，又不得报，今当率百官再行恭请，若皇上仍然不出，百官或恸哭宫门，恐人情骚动，为社稷忧，乞太后降旨，以皇帝为有疾，暂就宫中成服。惟临丧不可无主，况文称孝子嗣皇帝，宰臣何敢代行？太后系寿皇母，不妨摄行祭礼。"太后乃勉从所请，*有子而令母代，亦旷古所未有。* 发丧太极殿。计自孝宗受禅，三次改元，共历二十七年，至光宗五年乃终，享寿六十有八。孝宗为南宋贤主，但也未免优柔寡断，用舍失宜，不过外藩入继，奉养寿皇，总算全始全终，毫不少忤。庙号曰孝，尚是名实相副呢。

治丧期内，由光宗颁诏，尊寿圣皇太后为太皇太后，寿成皇后为皇太后，惟车驾仍称疾不出。郎官叶适，语丞相留正道："皇上因疾，不执亲丧，将来何辞以谢天下？今嘉王年长，若亟正储位，参决大事，庶可免目前疑谤，相公何不亟图？"留正道："我正有此意，当上疏力请。"于是会同辅臣，联名入奏道："皇子嘉王仁孝夙成，应早正储位，借安人心。"疏入不报。越宿复请，方有御批下来，乃是"甚好"二字。又越日，再拟旨进呈，乞加御批，付学士院降诏。是夕，传出御札，较前批多了数字，乃是"历事岁久，念欲退闲。"正得此八个大字，不觉惊惶起来，急与赵汝愚密商。汝愚意见，谓不如请命太皇太后，竟令光宗内禅嘉王。正以为未妥，只可请太子监国。两下各执一词，正遂想了一法，索性辞去相位，免得身入漩涡。次日入朝，佯为仆地，装出一般老迈龙钟的状态，及卫士扶回私第，他即草草写了辞表，命卫士带回呈入。表中除告老乞休外，有"愿陛下速回渊鉴，追悟前非，渐收人心，庶保国祚"等语。至光宗下札慰留，他已潜出国门，竟一溜烟似的走了。*留正意议，较汝愚为正，但因所见未合，即潜身遁去，毋乃趋避太工。*

正既出都，人心益震，会光宗临朝，也晕仆地上，*莫非也学留正么？* 亏得内侍掖住，才免受伤。赵汝愚情急势孤，仓皇万状。左司郎中徐谊，入讽汝愚道："古来人臣，不外忠奸两途，为忠即忠，为奸即奸，从没有半忠半奸，可以济事。公内虽惶急，外欲坐观，这不是半忠半奸吗？须知国家安危，关系今日，奈何不早定大计？"汝愚道："首相已去，干济乏人，我虽欲定策安国，怎奈孤掌难鸣,无可有为。"徐谊接口道:"知阁门事韩侂胄,系寿圣太后女弟的儿子,何勿托他禀命太后,即行内禅呢?"汝愚道:"我不便径托。"谊又道:"同里蔡必胜,与侂胄同在阁门,待谊去告知必胜,要他转邀侂胄,何如?"汝愚道:"事关机密,请小心为是!"谊应命而别。是夕,侂胄果来访汝愚,汝愚即与谈及内禅事,面托代达太后。侂胄许诺。太后近侍,有一个张宗尹,素与侂胄友善,侂胄既辞别汝愚,即转至张宗尹处,嘱令代奏。宗尹入奏二次,不获允。适侂胄待命宫门,见了内侍关礼,问明原委。关礼道:"宗尹已两次禀命,尚不得请,公系太后姻戚,何妨入内面陈,待礼为公先容便了。"侂胄大喜。礼即入见太后,面有泪痕。小人惯作此态。太后问他何故?礼对道:"太皇太后读书万卷,亦尝见有时事若此,能保无乱么?"太后道:"这…这非汝等所知。"礼又道:"事已人人知晓,怎可讳言?今丞相已去,只恃赵知院一人,恐他亦要动身了。"言已,声泪俱下。太后愕然道"知院同姓,与他人不同,乃亦欲他往么?"礼复道:"知院因谊属宗亲,不敢遽去,特遣知阁门事韩侂胄,输诚上达。侂胄令宗尹代奏二次,未邀俯允,赵知院亦只好走了。"太后道:"侂胄何在?"礼答道:"小臣已留他待命。"太后道:"事果顺理,就命他酌办。"礼得了此旨,忙趋出门外,往报侂胄,且云:"明晨当请太皇太后在寿皇梓宫前,垂帘引见执政,烦公转告赵知院,不得有误。"侂胄闻命,亟转身出宫,往报汝愚。天色已将晚了,汝愚得侂胄报闻,也即转告参政事陈骙,及同知院事余端礼,一面命殿帅郭杲等,黄夜调集兵士,保卫南北大内。关礼又遣阁门舍人傅昌朝,密制黄袍。是夕,嘉王遣使谒告,不再入临。汝愚道:"明日禫祭,王不可不至。"来使应命而去。

翌日为甲子日,群臣俱至太极殿,嘉王扩亦素服到来。汝愚率百官至梓宫前,隐隐见太后升坐帘内,便再拜跪奏道:"皇上有疾,未能执丧,臣等曾乞立皇子嘉王为太子,蒙皇上批出'甚好'二字,嗣复有'念欲退闲'的御札,特请太皇太后处分。"太后道:"既有御笔,相公便可奉行。"汝愚道:"这事关系重大,播诸天下,书诸史策,不能无所指挥,还乞太皇太后作主。"太后允诺。汝愚遂袖出所拟太后指挥以进,内云:"皇帝抱恙,至今未能执丧,曾有御笔,欲自退闲,皇子嘉王扩可即皇帝位,尊皇帝为太上皇帝,皇后为太上皇后。"太后览毕,便道:"就照此行罢!"汝愚复奏道:"自今以后,臣等奏事,当取嗣皇处分,但恐两宫父子,或有嫌隙等情,全仗太皇太后主张,从中调停。且上皇圣体未安,骤闻此事,也未免惊疑,乞令都知杨舜卿提举本宫,担负责任。"太后乃召杨舜卿至帘前,当面嘱讫,然后命汝愚传旨,令皇子嘉王扩嗣位。嘉王固辞道:"恐负不孝名。"汝愚劝谏道:"天子当以安社稷定国家为孝,今中外人人忧乱,万一变生,将置太上皇于何地?"遂指挥侍臣,扶嘉王入素幄,被服黄袍，拥令即位。嘉王尚却立未坐，汝愚已率百官再拜。拜毕，由嗣皇诣几筵前，哭奠尽哀，百官排班侍立殿中。嗣皇衰服出就东庑，内侍扶掖乃坐。百官谨问起居，一一如仪。嗣皇乃起行禫祭礼，礼毕退班，命以光宗寝殿为泰安宫，奉养上皇。民心悦服，中外晏然，这总算是赵知院的功劳了。计下有未足意。

越日，由太皇太后特旨，立崇国夫人韩氏为皇后。后系故忠献王韩琦六世孙，初与姊俱被选入宫，事两宫太后，独后能曲承意旨，因此归嘉王邸，封新安郡夫人，晋封崇国夫人。后父名同卿，侂胄系同卿季父，自后既正位，侂胄兼得两重后戚，且自居定策功，遂渐渐的专横起来。为后文写照。汝愚请召还留正，命为大行攒宫总护使，留正入辞，嗣复出城。太皇太后命速追回，汝愚亦入请帝前，乃特下御札，召留正还，仍命为左丞相，改令郭师禹为攒宫总护使。一面由嗣皇带领群臣，拜表泰安宫。光宗方才闻知，召嗣皇入见。韩侂胄随嗣皇进谒，光宗瞪目视道：“是吾儿么？”光宗已死了半个。复顾侂胄道：“汝等不先报我，乃作此事，但既是吾儿受禅，也无庸说了。”嗣皇及侂胄均拜谢而退，自是禅位遂定，历史上称为宁宗皇帝，改元庆元。

韩侂胄欲推定策功，请加封赏，汝愚道：“我是宗臣，汝是外戚，不应论功求赏。惟爪牙人士，推赏一二，便算了事。”侂胄怏怏失望，大为不悦。汝愚但奏白宁宗，加郭杲为武康节度使。还有工部尚书赵彦逾，定策时亦曾预议，因命为端明殿学士，出任四川制置使，兼知成都府。侂胄觊觎节钺，偏止加迁一官，兼任汝州防御使。徐谊往见汝愚道：“侂胄异时，必为国患，宜俾他饱欲，调居外任，方免后忧。”汝愚不从，错了。别欲加封叶适。适辞谢道：“国危效忠，乃人臣本务，适何敢徼功？惟侂胄心怀觖望，现若任为节度，便可如愿以偿，否则怨恨日深，非国家福。”汝愚仍然不允。适退后自叹道：“祸从此始了，我不可在此遭累呢。”遂力求外补，出领淮东兵赋。见机而作，不俟终日。宁宗拜汝愚为右丞相，汝愚不受，乃命为枢密使。既而韩侂胄阴谋预政，屡诣都堂，左丞相留正，遣省吏与语道：“此间公事，与知阁无与，知阁不必仆仆往来。”侂胄怀怒而退。会留正与汝愚，议及孝宗山陵事，与汝愚未合。侂胄遂乘间进谗，竟由宁宗手诏，罢正为观文殿大学士，判建康府，授汝愚为右丞相。汝愚闻留正罢官，事出侂胄，不禁愤愤道：“我并非与留相有嫌，不过公事公议，总有未合的时候，为甚么侂胄进谗，竟请出内旨，将留相罢去？若事事统照此办法，恐谗间日多，大臣尚得措手足么？”你何不从徐、叶之言，将他调往外任？签书枢密院事罗点在侧，正要接入论议，忽报韩侂胄来谒相公。汝愚道：“不必进来！”吏役即传命出去，罗点忙语汝愚道：“公误了！”汝愚不待说毕，却也省悟，再命吏役宣侂胄入见。侂胄闻汝愚拒绝，正拟转身出门，嗣又闻吏役传回,乃入见汝愚。两下会面,各没情没绪的谈了数语,侂胄即辞去,自此怨恨越结越深了。

侍御史章颖,劾论内侍陈源、杨舜卿、林亿年等十人,离间两宫的罪状,乃将诸人贬官斥外。复因赵汝愚奏荐,召朱熹为焕章阁待制,兼官侍讲。熹奉命就道,途次即上陈奏牍,请斥近幸,用正士。及入对时,复又劝宁宗随时定省,勿失天伦。宁宗也不置可否,由他说了一通。熹见宁宗无意听从,复面辞新命,宁宗不许。汝愚又奏请增置讲读诸官,有诏令给事中黄裳,及中书舍人陈傅良、彭龟年充选,更有祭酒李祥,博士杨简,府丞吕祖俭等,均由汝愚荐引。在汝愚的意思,方以为正士盈朝,可以无恐,哪知挟嫌衔忿的韩侂胄,已日结奥援,千方百计的谋去汝愚。宁宗复向用侂胄。看官试想这赵丞相,还能长久在位么?已而罗点病逝,黄裳又殁,汝愚入朝,泣语宁宗道:"黄裳、罗点相继沦谢,这非官的不幸,乃是天下的不幸呢。"宁宗也没甚悲悼。但听了韩侂胄说话,用京镗代罗点后任。镗本任刑部尚书,宁宗欲命他镇蜀,汝愚道:"镗望轻资浅,怎能当方面重任?"宁宗乃留诏不发。镗闻汝愚言,当然怀恨,侂胄遂联为知交,荐镗入枢密院,日夜伺汝愚隙,以快私图。

知阁门事刘弼,即古弼字。自以不得预定策功,心怀不平,因语侂胄道:"赵相欲专大功,君非但不得节钺,恐且要远行岭海了。"侂胄愕然道:"这且奈何?"弼答道:"只有引用台谏,作为帮手。"侂胄又道:"倘他又出来阻挠,将奈何?"弼笑道:"从前留丞相去时,君如何下手?"侂胄亦自哂道:"聪明一世,懵懂一时,我已受教了。"过了一天,即有内批发出,拜给事中谢深甫为中丞,嗣复进刘德秀监察御史,也由内批授命。继而刘三杰、李沐等,统入为谏官,弹冠相庆。朱熹见小人幸进,密约彭龟年同劾侂胄,偏龟年奉命,出伴金使,遂不果行。熹乃转白汝愚,谓:"侂胄怨望已甚,应以厚赏酬劳,出就大藩,勿使在朝预政。"汝愚道:"他尝自言不受封赏,有甚么后患呢?"至此犹且不悟,汝愚真愚。熹遂自去进谏,面陈侂胄奸邪,宁宗不答。右正言黄度,将上疏论侂胄罪,偏被侂胄闻知,先请御笔批出,除度知平江府。度愤然道:"从前蔡京擅权,天下遂乱,今侂胄假用御笔,斥逐谏臣,恐乱端也将发作了。我岂尚可供职么?"遂奏乞归养,飘然径去。

熹见黄度告归,因上疏极谏,略言:"陛下即位未久,乃进退宰臣,改易台谏,均自陛下独断,中外人士,统疑由左右把持,臣恐主威下移,求治反乱"云云。这疏呈入,侂胄大怒,会值宁宗召优入戏,侂胄暗嘱优人峨冠阔袖,扮大儒像,演戏上前,故意把性理诸说,变作诙谐,引人解颐。侂胄因乘此进言,谓:"朱熹迂阔,不可再用。"宁宗点首,俟看戏毕,即书手诏付熹道:"悯卿耆艾,恐难立讲,当除卿宫观,用示体恤耆儒之至意。"这诏颁出,应先经过都堂,赵汝愚见是御笔，即携藏袖中，入内请见。且拜且谏，并将御批取出缴还。宁宗不省，汝愚因求罢政。宁宗摇首不许。越二日，侂胄乞得原诏，用函封固，令私党送交朱熹。熹即上章称谢，出都自去。中书舍人陈傅良、起居郎刘光祖、起居舍人邓驿、御史吴猎、吏部侍郎孙逢吉、登闻鼓院游仲鸿，交章留熹，均不见报，反将傅良、光祖落职，特进侂胄兼枢密院都承旨。

侂胄势焰益张，彭龟年以劾奸致罢。陈骙谓龟年不应罢职，也坐罪免官。用余端礼知枢密院事，京镗参知政事，郑侨同知枢密院事。京镗两次迁升，统由侂胄一力保举，他心中非常感激，每日至侂胄私第，商量私计。侂胄欲逐赵汝愚，苦无罪名，镗即献策道："他系楚王元佐七世孙，本是太宗嫡派，若诬他觊觎神器，谋危社稷，岂不是一击即中么？"奸人之计，煞是凶狡。侂胄欣然道："君也可谓智多星了。"镗复道："汝愚尝自谓梦见孝宗，授以汤鼎，背负白龙升天，是辅翼今皇的预兆，我等何妨指他自欲乘龙，假梦惑人。"汝愚履历，及自言梦事，均借京镗口中叙告，省笔墨。侂胄鼓掌道："甚善，我便嘱李沐照奏一本，不怕此人不去。"李沐尝向汝愚求节钺，汝愚不许，侂胄遂荐引李沐，入为右正言。至此召沐与商，教他劾奏汝愚。李沐极口应允，即日具疏入奏，略称："汝愚以同姓为相，本非祖宗常制，方上皇圣体未康时，汝愚欲行周公故事，倚虚声，植私党，定策自居，专功自恣，似此不法，亟宜罢斥，以安天位而塞奸萌"云云。汝愚闻得此疏，亟出至浙江亭待罪。有旨罢免右相，授观文殿学士，出知福州。中丞谢深甫等又上言："汝愚冒居相位，今既罢免，不应再加书殿隆名。帅藩重寄，乞收回出守成命。"于是又将汝愚降职，只命提举洞霄宫。祭酒李祥、博士杨简、府丞吕祖俭等，连章请留汝愚，俱遭内批驳斥。祖俭疏中，有侵及侂胄语，侂胄更入诉宁宗，加诬祖俭罪状，说他朋比罔上，窜往韶州。太学生杨宏中、周端朝、张衜、林仲麟、蒋传、徐范六人，不由的动了公愤，伏阙上书道：

> 近者谏官李沐，论罢赵汝愚，中外咨愤，而李沐以为父老欢呼，蒙蔽天听，一至于此。陛下独不念去岁之事乎？人心惊疑，变在旦夕，是时非汝愚出死力，定大议，虽百李沐，罔知攸济。当国家多难，汝愚位枢府，据兵柄，指挥操纵，何尝不可？不以此时为利，今天下安恬，乃独有异志乎？章颖、李祥、杨简，发于中激，力辩前非，即遭斥逐，李沐自知邪正不两立，思欲尽覆正人以便其私，必托朋党以罔陛下之听。臣恐君子小人之机，于此一判，则靖康已然之验，何堪再见于今日耶？伏愿陛下念汝愚之忠勤，察祥简之非党，窜沐以谢天下，还祥等以收士心，则国家幸甚！天下幸甚！特录此疏，以示学风。

看官！你看这书中所言，也算明白彻底，偏此时的宁宗，已被侂胄蛊惑成癖,把所有七窍灵气,尽行蔽住,辨不出甚么是奸,甚么是忠,看了此疏,反惹懊恼,即援笔批斥道:"杨宏中等罔乱上书,煽摇国是,甚属可恨,悉送至五百里外编管。"这批发出,杨宏中等六人,呼冤无路,只好屈体受押,随吏远徙去了。

侂胄尚未快意,必欲害死汝愚,再令中丞何澹,监察御史胡纮,申行奏劾,只说:"汝愚倡引伪徒,谋为不轨,乘龙授鼎,假梦为符,暗与徐谊造谋,欲卫送上皇过越,为绍兴皇帝等事。"宁宗也不辨真假,竟谪汝愚为宁远军节度副使,安置永州。徐谊为惠州团练副使,安置南安军。汝愚闻命,从容就道,濒行语诸子道:"侂胄必欲杀我,我死后,汝辈尚可免祸哩。"至此才知为侂胄所害,毋乃已迟。果然行至衡州,衡守钱鍪,受侂胄密谕,窘辱百端,气得汝愚饮食不进,竟至成疾,未几暴卒。是时正庆元二年正月中了。当有敖陶孙题诗阙门,隐寓感慨,小子止记得二句云:

一死固知公所欠,孤忠赖有史长存。

汝愚已死,后事如何,且待下回再叙。

光、宁授受,事出非常,留正以疑惧而去,独赖赵汝愚定策宫中,始得安然禅位,汝愚之功,固不可谓不大矣。然汝愚固非能成此举也。创议赖徐谊,成议赖韩侂胄,事定以后,自当按功论赏,岂可因己不言功,遂谓人之欲善,谁不如我乎?侂胄所望,不过一节钺耳,苟请命宁宗,立除外任,则彼已餍望,应不致遽起邪心。小人未尝无才智,亦未必不可用,在驭之有道而已。乃靳其节使,反使居内,徐谊、叶适、朱熹等,屡谏不从,反自言乘龙授鼎诸梦兆,使奸人得援为口实,忠有余而智不足,古人之论汝愚也,亶其然乎?若第以功成不退,为汝愚咎,汝愚固贵戚之卿,非异姓之卿也,异姓可去,贵戚不可去,子舆氏有明训矣。然则汝愚之不早退,犹可自解,误在刋印不封,无以塞小人之望耳。故观于汝愚之行谊,殆不能无叹惜云。

第八十四回　贺生辰尚书钻狗窦
　　　　　　　侍夜宴艳后媚龙颜

却说赵汝愚既死,擢余端礼为左丞相,京镗为右丞相,谢深甫参知政事,郑侨知枢密院事,何澹同知院事。端礼本与汝愚同心辅政,及汝愚窜逐,不能救解,未免抑郁不平,并因中外清议,亦有谤词,遂称疾求退。宁宗初尚不允,及再表乞休,乃罢为观文殿大学士,提举洞霄宫。京镗遂得专政,他想把朝野正士,一网打尽,遂与何澹、刘德秀、胡纮三人,定出一个伪学的名目,无论是道学派,非道学派,但闻他反对侂胄,与攻讦自己,统说他是伪学一流。他才算是真小人。刘德秀首先上言,愿考核真伪,辨明邪正,宁宗即颁发原疏,令辅臣复议。京镗遂搜取正士姓名,编列伪籍,呈入宁宗,拟一一窜逐。太皇太后吴氏,闻这消息,劝宁宗勿兴党禁。宁宗乃下诏道:"此后台谏给舍论奏,不必更及往事,务在平正,以副朕建中至意。"这诏一下,京镗等当然愤闷,韩侂胄愈加忿怒,国子司业汪逵,殿中侍御史黄黼,吏部侍郎倪思,均因推尚道学,先后被斥。又有博士孙元卿、袁燮、国子正陈武等,统皆罢去。端明殿学士叶翥,严斥伪学,得入枢密。御史姚愈,尝劾倪思倚附伪学,得擢为侍御史。太常少卿胡纮复极陈:"伪学误国,全赖台谏排击,得使元恶殒命,群邪屏迹,今复接奉建中诏命,恐将蹈建中靖国的覆辙,宜严行杜绝,勿使伪学奸党,得以复萌"等语。大理司直邵褒然亦上言:"伪学风行,不但贻祸朝廷,并且延及场屋,自后荐举改官,及科举取士,俱应先行申明,并非伪学,然后可杜绝祸根"云云。宁宗居然准奏,命即施行。

先是朱熹奉祠家居,闻赵汝愚无辜被逐,不忍默视,因手草封事数万言,历陈奸邪欺主及贤相蒙冤等情,拟即缮录拜发。惟子弟诸生,更迭进谏,俱言此草一上,必且速祸,熹不肯从。门人蔡元定请卜易以决休咎,乃揲蓍成爻,占得遁及同人卦辞。熹亦知为不吉,因取稿焚毁,只上奏力辞职衔。有诏命仍充秘阁修撰,熹亦不至。当胡纮未达时,尝至建安谒熹,熹待学子,向来只脱粟饭,不能为纮示异,纮因此不悦。及为监察御史,即意图报复,以击熹为己任,只因无隙可寻,急切无由弹劾。至伪学示禁,便以为机会已至,乐得乘此排斥,草疏已成,适改官太常少卿,不便越俎言事;可巧来了一个沈继祖,因追论程颐为伪学,得任御史,纮遂把疏草授与继祖,令他奏陈,谓可立致富贵。继祖是抱定一条升官发财的宗旨,偶然得此奇缘,仿佛是天外飞来的遭际,遂把草疏带回寓中。除录述原稿外,再加添几条诬陷的话儿,大致是劾熹十罪,结末是熹毫无学术,惟剽窃张载、程颐的余论,簧鼓后进,乞即褫职罢祠。熹徒蔡元定,佐熹为妖,乞即送别州编管。果然章疏朝上,诏令暮发,削秘阁修撰朱熹官,窜蔡元定至道州。已而选人余纮上书,乞诛熹以绝伪学,谢深甫披阅纮书,看是一派狂吠,遂将书掷地道:"朱熹、蔡元定,不过自相讲明,有甚么得罪朝廷呢?"还是他有点天良。于是书不得上,众论稍息。蔡元定,字季通,系建阳人氏。父名发,博学群书,尝以程氏《语录》、邵氏《经世》、张氏《正蒙》等书,授与元定,指为孔、孟正脉。元定日夕研摩,通晓大义,嗣闻朱熹名,特往受业。两下晤谈,熹惊诧道:"季通你是我友,不当就弟子班列。"元定仍奉熹

第八十四回　贺生辰尚书钻狗窦　侍夜宴艳后媚龙颜

为师。尤袤、杨万里等，交相荐引，屡征不起。会伪学论起，元定叹道："我辈恐不免哩。"及道州遭谪，有司催迫甚急，元定毫不动容，即与季子沈徒步就道，驰行三千里，足为流血，无几微怨言，且贻书诫诸子道："独行不愧影，独寝不愧衾，勿因吾得罪，遂懈尔志。"逾年病殁，当世称为西山先生。

庆元三年冬季，太皇太后吴氏崩，遗诏谓："太上皇帝，疾未痊愈，应由承重皇帝服齐衰五月。"宁宗改令服丧期年，尊谥为"宪慈圣烈"四字，攒袝永思陵。越月诏籍伪学，列籍凡五十九人，一并坐罪。试录述姓氏如下：

赵汝愚　留正　周必大　王蔺以上曾居宰辅。
朱熹　徐谊　彭龟年　陈傅良　章颖　薛叔似
郑湜　楼钥　林大中　黄由　黄黼　何异
孙逢吉以上曾任待制以上官职。
刘光祖　吕祖俭　叶适　杨芳　项安世　李垕
沈有开　曾三聘　游仲鸿　吴猎　李祥　杨简
赵汝谠　赵汝谈　陈岘　范仲黼　汪逵　沈元卿
袁燮　陈武　田澹　黄度　张体仁　蔡幼学
黄颖　周南　吴柔胜　王厚之　孟浩　赵巩
白炎震以上曾任散官。
皇甫斌　范仲壬　张致远以上曾任武官。
杨宏中　周瑞朝　张衜　林仲麟　蒋傅　徐范
蔡元定　吕祖泰以上俱士人。

党禁既兴，《六经》、《论语》、《孟子》、《中庸》、《大学》诸书，亦垂为世禁。朝右无一正士，所有宰辅以下，统是韩家门内的走狗，侂胄亦早封保宁军节度使，寻复加官少傅，封豫国公。吏部尚书许及之，谄事侂胄，无所不至，每思侂胄援引，得预枢要，偏待了两年有余，望眼将穿，一些儿没有佳报，他心中是说不出的苦楚，没奈何静俟机缘，再行乞请。想是官运未通。可巧侂胄生日，开筵庆寿，群臣各敬送寿仪，届期往祝。及之也硬着头皮，割舍千金，备得一分厚礼，先日恭送，到了往拜的时候，日未亭午，总道时候尚早，不妨迟迟吾行，谁知到了韩宅，阍人竟掩门拒客。他惊惶得了不得，轻轻的敲了数下，但听门内竟呵叱出来。再自述官衔，乞求放入，里面又厉声道："什么里部吏与里字同音。外部？如来祝寿，也须清早恭候，现在是甚么时候了。"及之心下益慌，情愿厚赠门金，恳他容纳。已是临渴掘井。阍人方指示一条门径，令他进去。看官道是何路？乃是宅旁一扇偏门，凡奴隶及狗，由此进出。及之已喜出望外，便向偏门中伛偻而入。那阍人已经待着，由及之馈他多金，方引入正厅拜寿。及之到寿坛前，恭恭敬敬的行了三跪九叩礼，然后转入客座，但见名公巨卿，统已先在座中。你会巴结，谁知别人比你还要巴结。自己愈觉懊悔，及酒阑席散，先抢步上前谢宴，最后方才退出。过了两日，再去拜见侂胄，寒暄已毕，便历叙知遇隆恩与自己衰癃情状，甚至涕泪满颐。侂胄慢腾腾的答道："我也念汝衰苦，正想替汝设法呢。"及之听得此语，好似恩纶下降，自顶至踵，无不感悦，不由的屈膝下跪道："全仗我公栽培！"侂胄微笑道："何必如此，快请起来！当即与君好音。"及之又磕了几个响头，才自起立，口中谢了又谢，始告别而去。不到两天，即有内批传出，令及之同知枢密院事。都下有知他故事的，遂赠他两行头衔，一行是"由窦尚书"四字，一行是"屈膝执政"四字，及之并不自惭，反觉意气扬扬，入院治事。笑骂由他笑骂，好官我自为之。

　　同时还有天潢贵胄，叫作赵师𢍰，古作择字。是燕王德昭八世孙，曾举进士第，累任至大府少卿，自侂胄用事，更加意献媚，得擢司农卿，知临安府。当侂胄庆寿时，百官争馈珍异金珠等类，不胜枚举。师𢍰独袖出小盒，呈与侂胄道："愿献小果核贿觞。"大众都疑是甚么佳果，至开箧出视，乃是粟金蒲萄小架，上缀大珠百余粒，都是精圆秀润，烨烨生光。众人齐声称赏，侂胄却不过说了"还好"二字，顿使人人惭沮，自觉礼仪太轻，赧然而退。侂胄有张、谭、王、陈四妾，均封郡夫人。三夫人绰号满头花，妖冶异常，尤得宠幸。其次又有十婢，也是日抱衾裯，未曾失欢。适有趋炎附热的狗官，献入北珠冠四顶，侂胄分给四夫人，惟十婢统是向隅。十婢且羡且妒，自相告语道："我等未尝非人，难道不堪一戴么？"自是对着侂胄，不是明讥，便是暗讽，添了侂胄一桩心事。这消息传至师𢍰耳中，亟出钱万缗，购得北珠冠十枚，瞰得侂胄入朝，径自献入。十婢大喜，分持以去。至侂胄退归，十婢都来道谢，侂胄也是心欢。过了数日，都市行灯，十婢各带珠冠，招摇过市，观者如堵，无不称羡。十婢返语侂胄道："我辈得赵太卿厚赠，光价十倍，公何不酬给一官呢？"侂胄允诺，次日即进师𢍰为工部侍郎。侂胄又尝与客饮南园，师𢍰亦得列座，园内装点景色，精雅绝伦，就中有一山庄，竹篱茅舍，独饶逸趣。侂胄顾客道："这真田舍景象，但少鸡鸣犬吠呢。"客方谓鸡犬小事，无关轻重，不料篱间竟有狺狺的声音，震动耳鼓，侂胄未免惊讶。及仔细审视，并不是韩卢晋獒，乃是现任工部侍郎赵师𢍰，确是狗官。侂胄不禁大笑。师𢍰益摇头摆尾，作乞怜状，他客虽暗暗鄙薄，但也只好称他多能，取悦侂胄。侂胄益亲信师𢍰，太学诸生有六字诗道："堪笑明廷鹓鹭，甘作村庄犬鸡。一日冰山失势，汤烊镬煮刀刲。"这真是切实描写，差不多似当头棒喝呢。

　　且说伪学禁令，愈沿愈严，前起居舍人彭龟年，及主管玉虚观刘光祖，俱追夺官职。京镗调任左丞相，谢深甫进任右丞相，何澹知枢密院事，韩侂

第八十四回　贺生辰尚书钻狗窦　侍夜宴艳后媚龙颜

胄竟晋授少师，封平原郡王。京镗、何澹、刘德秀等，尚日日排击善类，唯恐不尽，独朱熹在籍，与诸生讲学不休。或劝熹谢遣生徒，熹但微笑不答。至庆元三年六月，老病且笃，尚正座整衣冠，就寝而逝，年七十一。熹著述甚富，有《周易本义》《启蒙》《著卦考误》《诗集传》《大学中庸章句或问》《论语孟子集注》《太极图通书》《西铭解》《楚辞集注辨正》《韩文考异》诸书，至若编次成帙，有《论孟集义》《孟子指要》《中庸辑略》《孝经刊误》《小学书》《通鉴纲目》《宋名臣言行录》《家礼》《近思录》《河南程氏遗书》《伊洛渊源录》《仪礼经传通解》，无不原原本本，殚见洽闻。门人不可胜计，如黄干、李燔、张洽、陈淳、李方子、黄灏、辅广、蔡沈诸子，最为著名。干尝述熹行状，谓："道统正传，自周、孔以后，传诸曾子、子思、孟子，孟子以后，得周、程、张诸子，继承绝学。周、程、张以后，要算朱夫子元晦。"看官不要说他阿私所好呢。惟同时有金溪陆氏兄弟，以儒行著，与朱子学说不同，常相辩难。陆氏有兄弟三人，长名九龄，字子寿，次名九渊，字子静，又次名九韶，字子美。九龄曾知兴国军，九渊亦知荆门军，俱有政绩，因此声名益著，学徒号为二陆。九韶隐居不仕，惟著有《梭山文集》，流传后世。九渊尝至鹅湖访朱熹，互谈所学，宗旨各殊。及熹守南康，九渊又往访，熹邀九渊至白鹿洞，九渊对学徒演讲，为释《论语》中君子喻义，小人喻利一章，说得淋漓透彻，听者甚至泣下。熹亦佩服，叹为名论，足药学士隐痼。惟无极太极的论解，始终龃龉，辩论不置。杨简、袁燮、舒璘、沈焕等，均传陆学，称九渊为象山先生。后来韩侂胄遭诛，学禁悉弛，追赠朱熹宝谟阁直学士，赐谥曰文。理宗宝庆三年，晋赠太师，封徽国公。陆九龄亦得追赠朝奉郎，予谥文达，九渊得谥文安，朱子为道学名家，故特详述，二陆亦就此插叙，仍不没名儒之意。这也不必细表。

单说太上皇后李氏，自宁宗受禅后，却还安分守己，没甚做作。至庆元六年，一病即逝，尊谥慈懿。仅逾两月，太上皇亦崩。庙号光宗，合葬永崇陵。既而皇后韩氏亦殁，谥为恭淑。后父同卿，曾知泰州事，因后既正位，累迁至庆远军节度使，加封太尉。他却持盈保泰，不敢自恣，所以中外人士，但知侂胄为后族，不知同卿为后父。同卿先后一年卒，后殁后，侂胄仍骄横如故，引陈自强为签书枢密院事。自强为侂胄童子师，闻侂胄当国，乃入都待铨。侂胄即令从官交章论荐，不次超迁，计自选人至枢府，才阅四年。侂胄荐引陈自强，我谓其尚知有师。处士吕祖泰，即祖俭弟，击鼓上书，请诛韩侂胄，宫廷中诧为奇事，相传书中有警语云：

道学，自古所恃以为国者也。丞相汝愚，今之有大勋劳者也。立伪学之禁，逐汝愚之党，是将空陛下之国，而陛下尚不知悟耶？陈自强，韩侂胄意稚之师，躐至宰辅，陛下旧学之臣彭龟年等，今安在耶？侂胄徒自尊大，而卑陵朝廷，一至于此。愿急诛侂胄，而逐罢自强之徒，故大臣在者，独周必大可用，宜以代之。不然，事将不测矣。

未几诏下，谓："祖泰挟私上书，语言狂妄，着拘管连州。"右谏议大夫程松，与祖泰为总角交，闻祖泰得罪，恐自己不免被嫌，遂独奏称："祖泰应诛，且必有人主使，所以狂言无忌，就使圣恩宽大，待以不死，亦当加以杖黥等罪，窜逐远方。"殿中侍御史陈谠，亦以为言，乃杖祖泰一百，发配钦州收管。周必大虽早罢相，尚存太保官衔，至是也为监察御史林采等所劾，贬为少保，侂胄反得加封太傅。至庆元七年，改元嘉泰，临安大火，四日乃灭，焚烧民居至五万三千余家，宁宗虽下诏罪己，避殿减膳，但侂胄仍然专权，进陈自强参知政事，程松同知枢密院事。松初知钱塘县，不到二年，即为谏议大夫，看官不必细问，便可知他是谄事侂胄，所以官运亨通。既而满岁未迁，特出重价购一美姝，取名松寿，送与侂胄，不怕四夫人吃醋么？侂胄问松道："奈何与大谏同名。"松答道："欲使贱名常达钧听呢。"侂胄不禁加怜，因令松升入枢府。越年，复以苏师旦兼枢密院都承旨，师旦本侂胄故吏，尝司笔札，侂胄爱他敏慧，特将师旦姓名，参入嘉王邸中，目为从龙旧臣，于是权势日盛。惟是时京镗早死，何澹、刘德秀、胡纮三人，亦渐失侂胄欢心，相继罢职。侂胄颇自悔党禁，意欲从宽。从官张孝伯、陈景思等，亦劝侂胄勿为已甚，乃追复赵汝愚、留正、周必大、朱熹等官。

会值继后议起，杨贵妃与曹美人，均得宠宁宗，各有册立的希望。杨性机警，颇涉猎书史，知古今事，曹独柔顺，与杨不同。平时韩家四夫人，出入宫闱，尝与杨、曹二妃，并坐并行，不分尊卑。杨心中颇存芥蒂，未免露诸词色，曹却和颜相待，毫不争论。四夫人转告侂胄，侂胄因劝宁宗册曹置杨，毕竟杨妃心灵，早有所觉，她与曹阳示和好，爱同姊妹，平居道及心事，尝谓："此后中宫，不外你我二人，应各设席请幸，觇知上意，以决此举。"曹当然应允。惟设席时须分迟早，杨却让曹居先，自愿落后。曹不知是计，反窃自欣幸，只面子上不得不推逊一番。偏杨氏决意照议，曹欢然如约而去。届期这一日，曹美人先邀帝饮，待至日旰，才见车驾到来，当由美人接入，请帝上坐，自己检点酒肴，侧坐相陪。酒甫二巡，忽有宫女入报道："贵妃娘娘来了。"曹美人只好起座，延令入室，邀她同席。杨妃对宁宗道："陛下一视同仁，此处已经赏光，应该转幸妾处。"宁宗闻言，便欲起身，急得曹美人连忙遮拦，再求宁宗加饮几杯。杨妃复道："曹姊何必着急，陛下到妾处一转，仍可回至姊处。"宁宗也连声称善，便挈杨妃竟行。既至杨妃宫内，杨妃放出一番柔媚手段，笼络宁宗，银釭绿酒，问夜未央，宝髻红妆，似花解语。睹娇姿兮如滴，觉酒意之更醲。

等到霞觞催醉，玉山半颓，那边是倦眼微饧，留髡欲睡，这边是余情缱绻，乘势乞求，宁宗也不遑细想，便令杨妃取过纸笔，写了数字，乃是贵妃杨氏可立为皇后一语。够了。杨妃大喜，惟还要宁宗再书一纸，仍然照前语写就。于是屈膝谢恩，一面细嘱近侍，把御笔分发出去，一面撤去残肴，卸了晚妆，并替宁宗解去龙衣，拥入寝中，这一夕的龙凤交欢，比寻常侍寝的时候，更增十倍。小子有诗咏道：

> 到底名花不让人，一枝竟占六宫春。
> 深宵侍宴承恩泽，雨露从来不许匀。

翌晨，百官入朝，但见一位椒房贵戚，匆匆登殿，从袖中取出御笔，宣布杨氏为皇后了。欲知此人是谁，待至下回交代。

观许及之、赵师𥊽寿事，仿佛是一部《官场现形记》。观杨贵妃及曹美人事，仿佛一编宫闱夺宠录。而伪学之禁，与侂胄之横，均系本回中宾位文字。要之女子与小人，皆以为难养，小人未有不献谀者，女子亦未有不取媚也。吾谓女子犹不足责，以须眉而同巾帼，耻已极矣。甚至比巾帼之不如，可耻更何若耶？孟子谓人之求富贵利达者，其妻妾不羞且泣也几希，观此回而其言益信。

第八十五回　倡北伐丧师辱国　据西陲作乱亡家

却说后位已定，登殿宣布的贵戚，叫作杨次山，杨贵妃尝认他为兄，其实并不是至亲骨肉，但因他籍贯相同，彼此冒认。杨妃出身微贱，随母张氏，入隶德寿宫乐部，丽质聪明，闻声即悟，雏喉娇小，按节能歌，并且生就一副楚楚身材，亭亭玉貌，所有六宫妇女，自妃嫔以下，均觉相形见绌，因此都叹为尤物。未几母老归籍，独女留宫中，入侍吴太后，善承意旨。太后颇加怜爱，遂赐与宁宗。宁宗见她色艺过人，当然欣慰，遂封为婕妤，累迁至贵妃。此时与曹美人阴争后位，竟仗着心灵手敏，夺得锦标，又恐韩侂胄与她反对，或至封诏驳还，所以请宁宗书就两纸，一纸照常例颁发，一纸特交杨次山，嘱令先示朝堂，免致中变。确是智女。及侂胄闻知，没法变更，只好仰承上意，听百官准备册后隆仪，追吉举礼罢了。一着输与娘子军。

册后礼成，群臣多半加秩，侂胄竟进位太师，独谢深甫力求罢政，奉诏准奏，进陈自强为右丞相，许及之知枢密院事，自强性甚贪鄙，四方致书，必加馈遗，方才启视，否则概置不阅。且纵令子弟亲戚，关通货贿，凡仕途干进，必先讲定价值，然后给官。当都城大火时，自强所贮金帛，俱成煨烬，侂胄首赠万缗，辅臣以下，闻风致馈，不数月间，得六十万缗，比较前时所失，竟得倍偿。自强喜跃得很，尝语人道："自强只有一死，以报师王。"有时与僚属谈及，必称侂胄为恩主恩父，父生师教，故父与师尚得相连，从未有称徒为父者，有之，由自强始。苏师旦为叔，堂吏史达祖为兄。侂胄专揽国柄，自强与他表里为奸，朝政益不可问。只是恃宠生骄，久静思动，这个位极人臣的韩师王，居然欲整军经武，觊立大功，做一番掀天揭地的事业。看官道是何事？乃是恢复中原，北伐金邦的创议。是自寻死路了。

金自世宗殁后，嗣主璟沉湎酒色，不修朝政，内宠幸妃李师儿，外宠佞臣胥持国。师儿因父湘得罪，没入宫庭，寻以慧黠得幸，势倾后宫。胥持国曾与试童子科，以通经列选，为太子祇应司令。金主在东宫时，已加信任，及即位，遂召为参政。他与李师儿密通关节，相倚为援，金人为之语道："经童作相，监婢为妃。"自是政治大紊，兵刑废弛。北方鞑靼等部，屡来扰边，金廷遂连岁兴师，士卒疲敝，府库空匮，好容易击退外寇，又复内讧迭起，盗贼相寻，以是民不堪命，几无宁日。

韩侂胄闻这消息，以为有机可乘，乐得出些风头，自张权力。苏师旦更极力怂恿，于是聚财募卒，出封桩库金万两，待赏功臣。且市战马，造战舰，增置襄阳骑军，加设澉浦水军。安丰守臣厉仲方，上言淮北守臣，咸愿归附。浙东安抚使辛弃疾又入称金国必亡，愿属元老大臣，备兵应变。又有邓友龙自使金归来，具言金国困弱，反手可取状。侂胄大喜，决计用兵，并追崇韩、岳诸人，风厉将士。韩世忠已于孝宗庙，追封蕲王，独岳飞只予谥武穆，未得王爵，侂胄乃请命宁宗，追封岳飞为鄂王。寻夺秦桧官爵，改谥缪丑。封岳夺秦，似属快心之举，但不应出诸韩侂胄。当下与许及之商议，意欲令守金陵，这及之是个蔑片朋友，教他做个磕头虫，很是善长，若要他出守要塞，独当方面，他直是茫无所知，如何敢去，不得已坚辞不行。侂胄反懊恼起来，竟令致仕。这遭坏了，连磕头都没用了。惟陈自强却想出一条好计，请遵孝宗典故，创国用司，总核内外财赋，侂胄一力赞成，竟把这国用使职掌，令自强兼任，且命参政费士寅、张岩，同知国用事。这三人统是剥民好手，一齐上台，正好将东南元气，斫丧殆尽。一面劝宁宗下诏改元，振作士气，宁宗无不依从，遂命将嘉泰五年，改作开禧元年。适武学生华岳上书，谓："朝廷不宜用兵，轻启边衅，并乞斩韩侂胄、苏师旦等以谢天下。"侂胄大怒，下岳大理，旋编管建宁，命皇甫斌知襄阳府，兼七路招讨副使，郭倪知扬州，兼山东、京东招抚使。侂胄尚恐中外反对，特令陈自强、邓友龙等，代为奏请，劝宁宗委任重权，得专戎政。宁宗遂令侂

第八十五回　倡北伐丧师辱国　据西陲作乱亡家

胄平章军国事，三日一朝，赴都堂议政。且将三省印信，并纳侂胄私第中。侂胄益自恣肆，升黜将帅，往往假作御笔，绝不奏白。倚苏师旦为腹心，使为安远节度使，领阁门事。

是时，金主璟已闻宋将用兵，召诸大臣会议边防。诸大臣均奏对道："宋方败衄，自救不暇，恐未敢叛盟。"完颜匡独矍然道："彼置忠义、保捷各军，取先世开宝、天禧纪元，岂甘心忘中原么？"宁宗改元之意，却被完颜匡揭明。金主璟点首称是，乃命平章仆散揆，一译作布萨揆。会兵至汴，防御南军。仆散揆既至汴京，移文至宋，诘责败盟。宋廷诡言增戍防盗，并无他意。揆遂按兵不动，且入奏金主，不必加防。既而宋使陈景俊，往贺金主正旦，金主璟与语道："大定初年，我世宗许宋世为侄国，迄今遵守勿忽。岂意尔国屡犯我边，朕特遣大臣宣抚河南，尔国曾谓未敢败盟。朕念和好已久，委曲涵容。恐侄宋皇帝，未曾详悉，尔归国后，应详告尔主，谨守盟言！"景俊应命而归，先白陈自强，自强戒使勿言。嗣金使太常卿赵之杰来贺正旦，韩侂胄故意令赞礼官，犯金主父嫌名，挑动衅隙。之杰当然动怒，入朝相诘。侂胄请帝拒使，著作郎朱质且言："金使无礼，乞即斩首！"宁宗还算有些主意，不从质言，只令金使改期朝见。之杰忿恚自去。侂胄遂令邱崈为江、淮宣抚使，崈辞不就命，且手书切谏侂胄道："金人未必有意败盟，为中国计，当力持大体，平时申儆军实，常操胜势，待衅自彼作，庶彼曲我直，方可动兵。否则胜负难料，恐未免误国呢。"侂胄不悦，竟饬皇甫斌、郭倪等，就近规复。

至开禧二年，皇甫斌进兵唐州，郭倪进兵泗州，侂胄因再令程松为四川宣抚使，兴州都统制吴曦为副。曦系吴璘孙，节度使吴珽次子，本任殿前副都指挥，郁郁不得志，因纳赂宰辅，自求还蜀。陈自强为白韩侂胄，侂胄遂使为兴州都统制。曦即日出都，既至兴州，便谮去副统制王大节，收揽兵权，潜蓄异图。及程松入蜀，召曦议事，拟责曦廷参，曦半途折回。松用东西军千八百人自卫，又被曦抽调以去。松尚未悟，寻有诏令曦兼陕西、河东招抚使。知大安军安丙，屡向松发曦异谋，松仍不省。<small>献松寿时何其智？遇吴曦时何其愚？</small>就是朝内的韩侂胄，也还道他是一个将种，可为爪牙腹心，日夕望他建功，哪知他已令门客姚巨源，潜至金都，愿献关外阶、成、和、凤四州，求封蜀王了。侂胄闻泗州得利，新息、褒信、颍上、虹县，陆续克复，心下大喜，遂嘱直学士院李璧草诏伐金，略云：

> 天道好还，中国有必伸之理；人心效顺，匹夫无不报之仇。蠢尔丑虏，犹托要盟，胶生灵之资，奉溪壑之欲，此非出于得已，彼乃谓之当然。军入塞而公肆创残，使来廷而敢为桀骜，洎行李之继迁，复嫚词之见加；含垢纳污，在人情而已极，声罪致招，属胡运之将倾。兵出有名，师直为

壮，言乎远，言乎近，孰无忠义之心？为人子，为人臣，当念祖宗之愤。敏则有功，时哉勿失！

此诏一颁，即遣薛叔似宣抚京、湖，邓友龙宣抚两淮，按日里遣将调兵，逐队北伐。金主璟闻已宣战，仍遣仆散揆领汴京行省，尽征诸道籍兵，分守要塞；并因战事起自韩侂胄，恐人民发掘韩琦坟，特令彰德守臣，派兵守护。观金主此举，可见曲有攸归。侂胄尚未知金兵厉害，迭饬各路进兵，哪知金人已处处有备，无隙可击。郭倪遣郭倬、李汝翼等，进攻宿州，被金人杀得大败，遁还蕲州。金人追击郭倬，将倬围住，倬顾命要紧，竟把马军司统制田俊迈，执畀金人，只说是由他启衅。金人才放他一线生路，狼狈逃回。既而建康都统制李爽攻寿州，也为所败，皇甫斌又败绩唐州，江州都统王大节，往攻蔡州，金人开城搦战，大节部下，立即溃退。败报连达宋廷，韩侂胄方惊慌起来，没奈何请出邱崈，令代邓友龙职，往抚两淮。崈字宗卿，江阴军人，素怀忠义，他本主张恢复，只因宿将凋零，时不可战，所以前次辞职不就；至是闻两淮日急，不得不应命赴镇，崈非真将帅材，不过为当时计，尚算他是老成，故亦补叙履历。所有王大节、皇甫斌、李汝翼、李爽等，均皆坐贬。郭倬罪状较著，斩首镇江。侂胄也自咎轻举，悔为苏师旦所误，凑巧李璧入访，侂胄留与共饮，席间谈及师旦事，璧遂极言："师旦怙势招权，使公负谤，非窜逐不足谢天下。"侂胄因罢师旦官，籍没家资，谪令韶州安置。师旦罪固不贷，还问用师旦者为谁，如何不自知罪？

过了月余，忽有警报传入，金兵分九道南来了。原来仆散揆闻宋师败退，遂议定九道南侵的计策，自率兵三万出颍、寿，完颜匡率兵二万五千出唐、邓，纥石烈子仁纥石烈一作赫舍哩。率兵三万出涡口，纥石烈胡沙虎一译作赫舍哩呼沙呼。率兵二万出清河口，完颜充率兵一万出陈仓，蒲察贞率兵一万出成纪，完颜纲率兵一万出临潭，石抹仲温石抹一作舒穆噜。率兵五千出盐川，完颜璘率兵五千出来远。九路兵依次南下，急得韩侂胄寝食不安，只好重任两淮宣抚使邱崈，令签书枢密院事，督视江、淮军马。金将胡沙虎自清河口渡淮，进围楚州。淮南大震。或劝崈弃淮守江，崈怫然道："我若弃淮，敌便临江，是与敌共长江的险阻了，此事岂可行得？我当与淮南共存亡！"乃益增兵防守，日夕戒严。

偏金兵逐节进攻，势如破竹。完颜匡陷光化，入枣阳，江陵副都统魏友谅，突围南奔，招抚使赵淳，焚樊城夜遁。完颜匡更破信阳、襄阳、随州，进围德安府。仆散揆也引兵至淮，潜渡八叠滩。守将何汝励、姚公佐，仓猝溃走，自相践踏，死亡无数。仆散揆遂夺颍口，下安丰军，及霍邱县，围攻和州。还有纥石烈子仁一军，破滁州，入真州，郭倪遣兵往援，不战而溃，倪遂弃扬州遁去。亏得副将毕再遇，引兵趋六合，截住金兵。纥石烈子仁麾兵大至，再遇伏

第八十五回 倡北伐丧师辱国 据西陲作乱亡家

兵南门，自督弓弩手登城，掩旗息鼓，持满以待，至金兵临濠，一声梆响，万弩齐发，射毙金兵无数，再令伏兵出关，掩杀过去，金兵立即惊溃，再遇收兵回城。翌日，纥石烈子仁自来督攻，城中矢尽，不免惊惶。再遇道："不妨不妨，我自有借箭的法儿。"当下令步兵张盖，往来城上，金兵总道是统兵大员，挽弓争射，不到多时，城楼上面，集矢如猬。再遇令守兵拔矢还射，不下数万支，再用奇兵出击，敌复遁去。

仆散揆闻子仁不利，仍欲通好罢兵，觅得韩琦五世孙元靓，遣令渡淮，示意邱崈。崈问所由来？元靓谓："两国交兵，北朝皆谓韩太师意，今相州宗族坟墓，皆不可保，只得潜踪南来，走依太师。"崈复询及金人情势及和战大略。元靓始露讲解的意思。崈复使人护送北归，令他往求金帅文书，方可议和。未几，元靓复返，得仆散揆来函，约议和款。崈乃上表奏闻，侂胄已亟欲讲和，遂谕崈主持和约。崈乃遣刘佑持书贻揆，愿讲好息兵。揆谓："须称臣割地，献出首祸，才可言和。"刘佑返报，崈遣王文再往，言："用兵乃苏师旦、邓友龙、皇甫斌等所为，非朝廷意，今三人皆已贬黜，无庸再议了。"揆又道："侂胄若无意用兵，师旦等怎敢专权？此语未免欺人呢。"应有此语。仍遣文归报。崈复遣使继往，许还淮北流民，及本年岁币，揆乃暂许停战，自和州退屯下蔡，再行正式议和。

侂胄闻金人欲罪首谋，恐和议不成，尚遣人督促吴曦进兵，希冀一胜，或得容易言和。曦佯遣兵攻秦陇，暗待姚巨源还报消息。至巨源归来，报称金人许封蜀王，令他按兵闭境，曦遂令部将王喜等退师。金将蒲察贞入和尚源，陷西和州，乘势进大散关，曦节节退让，直至罝口，由金将完颜纲遣使与会，令曦献出诰敕。曦尽行交付，纲乃传金主诏命，遣马良显赍给书印，封曦为蜀王。曦秘密拜受，遂还兴州。是夕，天赤如血，光焰烛地，到了黎明，曦召僚属与语道："东南失守，车驾已幸四明，此地恐亦难保。现金已遣使招降，封我王蜀，我拟从权济事，免得蜀民涂炭呢。"明明叛逆，还要作甚么诳语？部吏王翼、杨之抗议道："东南并未有这般警信，副使从何处得来？就使东南危急，亦应戮力效忠，否则相公忠孝八十年门户，一朝扫地了。"曦奋然道："我意已决，尔等不必多言。"遂遣任辛奉表至金，献蜀地图及吴氏谱牒。一面致书程松，言金使欲得阶、成、和、凤四州，方肯许和。公可守则守，不可守则去。程松时在兴元，闻报大惊，想是没有耳目。仓皇无措。会报金兵大至，慌忙夜走，逾米仓山西行，道出阆州，顺流至重庆，贻书与曦，径称蜀王，求给路费。所志如此。曦用匣封致馈，松望见大恐，疑为藏剑，起身亟奔。来使追及松后，传言匣中乃是馈金，松始敢发。及开箧，果系黄白物，乃返使道谢，亟兼程出峡，西向掩泪道："我今始保住头颅了。"留下这个头颅，有甚么用处？

邱崈闻吴曦叛信，上疏请勉成和议，申讨叛逆，且言："金人既指韩侂胄为首谋，移书金帅时，请免系韩名。"侂胄大怒，竟罢崈职，令张岩往代崈任，且拟封曦为蜀王，令他反正御敌。诏尚未发，曦已自称蜀王，改开禧三年为元年了。曦既受金命，遂遣部将利吉，导金兵入凤州，付给四郡版图，表铁山为界，即以兴州为行宫，乘黄屋，建左纛，改元，置百官，遣董镇至成都，修筑宫殿，以便徙居；并遣人告知伯母赵氏。赵氏怒绝来使，不令进见，转告叔母刘氏。刘日夜号泣，骂不绝口，曦扶令她去。族子僎为兴元统制，接得伪檄，心甚不平。独曦自鸣得意，分部兵十万为十军，各置统帅，遣禄祈、房大勋戍万州，泛舟下嘉陵江，声言约金人夹攻襄阳。且传檄成都、潼川、利州、夔州四路，募兵图宋，改兴州为兴德府，召随军转运使安丙为丞相长史，权行都省事。丙阳奉阴违，俟隙以图。曦又召权大安军杨震仲，震仲不屈，饮药自尽。曦从弟晛，劝曦引用名士，笼络人心。曦迭下征命，士人多不屑就征。陈咸削发为僧，史次秦涂目为瞽，李道传、邓性甫等，均弃官潜走。又有权漠州事刘当可，简州守李大全，高州巡检郭靖，皆不屈自杀。孤忠可表。

知成都府杨辅，尝言吴曦必反，宁宗曾闻辅言，遂以为辅能诛曦，密授四川制置使，许他便宜行事。青城山道人安世通，遂劝辅仗义讨逆，辅自思不习兵事，且内郡无兵可用，因迁延不发。曦恐他有异谋，移辅知遂宁府，辅即以印授通判韩植，弃城自去。独监兴州、合江仓杨巨源，密谋讨曦，阴与曦将张林、朱邦宁及忠义士朱福等，深相结好，共图举义。眉州人程梦锡，探得密图，转告转运使安丙。丙方称疾不视事，嘱梦锡函招巨源，延入寝室。巨源道："先生甘为逆贼的丞相长史么？"丙流涕道："目前兵将，我所深知，多是酒囊饭袋，不足与谋。必得豪杰，乃灭此贼。"巨源竟起座道："非先生不能主此事，非巨源不足了此事。"丙转悲为喜，遂与巨源共议诛曦。会兴州中军正将李好义，亦结军士李贵、进士杨君玉、李坤辰、李彪等数十人，谋倡义举。好义语众道："此事誓死报国，救西蜀生灵，但诛曦后，若后任非人，恐一变未息，一变复生，终无了局。我意宜奉安运使主事，才保无虞。"大众同声赞成。好义遂使坤辰来邀巨源，巨源立刻往会，与他定约，即返报安丙。丙始出视事。杨君玉与白子申，共草密诏，中有数语云："惟干戈，省厥躬，既昧圣贤之戒，虽犬马识其主，乃甘夷虏之臣？邦有常刑，罪在不赦。"诏已草定，待至夜半，好义即率徒众七十四人，潜至伪宫。转瞬间晨光熹微，阍人启户，好义突然闯入，且大呼道："奉朝廷密诏，用安长史为宣抚，令我入诛反贼，敢抗命者族诛！"曦卫兵千余，闻有诏到来，皆弃梃四逸。巨源出会好义，持诏乘马，自称奉使入室，至曦寝门。曦正启门欲逸，李贵拔刀相向道："逆贼往哪里走？"言未已，刃中曦颊。曦忍痛反扑，与贵同时仆地。好义亟呼王换，用斧斫入曦腰，贵得跃起,再用刀猛斫曦首,一颗好头颅,遂与身体分作两截了。好义拾取曦首,驰报安丙,丙即出厅宣诏,军民拜舞,声动天地。又持曦首抚定城中,市不易肆。遂尽收曦党,一一枭斩。众推丙权四川宣抚使,巨源权参赞军事。丙函曦首,及违制法物,与曦所受金人册印,遣使赍送朝廷。且自称矫制平贼,应受处分等语。总计曦僭位至此,只四十一日。小子有诗叹道:

　　　　　西陲传首达行都,乱贼由来法必诛。
　　　　　为问吴家贤祖父,生前可有逆施无?

欲知宋廷如何处置,且看下回叙明。

　　光、宁以前误于和,光、宁以后误于战,要之皆幸臣用事之故耳。韩侂胄之奸佞,不贼桧若。桧主和,侂胄主战,其立意不同,其为私也则同。桧欲劫制庸主,故主和,侂胄欲震动庸主,故主战。桧之世,可战而和者也。侂胄之时,不可战而战者也。苏师旦笔吏进身,程松献妾求宠,以卑鄙龌龊之徒,欲令其运筹帷幄,决胜疆场,能乎否乎?盖不待智者而已知其必败矣。吴曦之叛,又下于刘豫,豫僭位有年,而曦仅得四十余日,且倡义者只数十人,直走伪宫,即斫逆首,须臾乱定。是而欲乘黄屋,建左纛,多见其不自量也。谚有之:"一蟹不如一蟹。"微特光、宁以后无大忠,即大奸亦已歇绝无闻,彼韩侂胄、吴曦诸徒,亦不过乘时以逞奸耳。故秦桧得善终,而侂胄遭殛,刘豫不伏法而吴曦竟诛。

第八十六回　　史弥远定计除奸
　　　　　　　铁木真称尊耀武

　　却说吴曦伏诛,函首至都,入献庙社,且徇市三日。诏诛曦妻子,家属徙岭南,夺曦父挺官爵,迁曦祖璘子孙出蜀,存璘庙祀。曦年十余岁时,父挺尝问曦志,曦已有不臣语,挺顿时发怒,蹴曦仆炉火中,面目焦灼,家人号为吴巴子。及出调至蜀,校猎塞上,戴月而归,仰见月中有人,亦骑马垂鞭,与自己面目相似。问诸左右,谓所见皆符,因私念道:"想我当大贵,月中人是我前身呢。"遂扬鞭作相揖状,月中人亦扬鞭作答,大约是魔眼昏花,误影作月,左右亦随口贡谀而已。于是异谋益决。从事郎钱巩之,夜梦曦祷神祠,用银杯为珓。甫掷地上,神忽起立与语道:"公何疑?公何疑?政事已分付安子文了。"曦似未解,神又道:"安子文有才,足能办此。"巩之醒后,遂以语曦。以子文即安丙别字,乃召丙用事。哪知为安丙所图,就此被诛,这也可谓妖梦是践哩。

时金主正遣术虎高琪，术虎一作珠赫呼。奉册至曦，尚未到蜀，曦已伏法。杨巨源、李好义与安丙道："曦死，敌已破胆了，何不亟复关外四州？否则必为后患。"安丙即遣好义攻西和州，张林、李简攻成州，刘昌国攻和州，张翼攻凤州，孙忠锐攻大散关，数路依次得手，金统将完颜钦遁去，四州及大散关，一并克复。宋廷命杨辅为四川宣抚使，安丙为副，许奕为宣谕使，改兴州为沔州。丙自恃功高，与辅未合，为政府所闻，乃复召辅南还，授知建康府，别授吴猎为四川置制使，李好义既复西和州，拟进取秦陇，牵制淮寇。偏为曦旧将王喜所忌，暗加媒蘖。安丙听王喜言，檄令停军，士气皆沮。金将术虎高琪，复调集各军，夺去大散关，孙忠锐败走。安丙闻忠锐退还，密嘱杨巨源、朱邦宁率兵往援，乘间诛忠锐。巨源至凤州，闻忠锐来迎，遂命壮士伏在幕后，待忠锐入帐，突发伏兵，拿下忠锐，把他斩首，并杀忠锐子㮣。丙以忠锐附金，奏闻朝廷，有诏仍奖丙有加。惟巨源前次诛曦，未得重赏，诏书中也无一字提及巨源，巨源疑丙掩功，颇有怨言。丙乃保荐巨源为宣抚使司参议官，至是掩杀忠锐，又不闻录叙。俄报王喜得任节度使，心益不平。喜为曦故将，贪淫狠愎，诛曦时不肯拜诏，且遣徒党入伪宫，劫掠几尽。又取曦姬妾数人，回家取乐。巨源与好义，统说他不法，独安丙不以为意。喜阴图陷害二人，特嘱令死党刘昌国，潜图好义。昌国投入好义军，佯与结欢，好义性情豪爽，不设城府，尝偕昌国畅饮。一夕，欢宴达旦，好义心腹暴痛，霎时晕毙。及入殓，口鼻爪指，均已青黑，往觅昌国，已早远飏。部众才知为昌国所毒，号恸如私亲。后来昌国报喜，喜极称其能，昌国也扬扬自得。偏偏忠魂未泯，竟来索命，昌国白日出游，忽见好义持刃相刺，遂至惊怖仆地，经旁人扶救回家，背中忽起一恶疽，痛不可忍，叫号数日，旋即死了。事见《宋史·李好义传》，可为下手毒人者戒。

巨源闻好义被害，愈滋不悦，便贻书安丙，斥喜主谋。丙但将喜奏调，移任荆、鄂都统制，始终不言喜罪。巨源抑郁不堪，作启与丙，内有数语道："飞矢以下连城，深慕鲁仲连之高谊；解印而去彭泽，庶几陶靖节之清风。"丙得书，已知巨源阴怀怨望，免不得猜忌起来。王喜且屡遣人诉丙，谓："巨源与私党米福、车彦威谋乱。"喜尚未去沔州，丙即令喜捕鞫车、米两人。看官！你想此事由王喜发起，至此又令他鞫治，就使事无佐证，也要锻炼成狱，眼见得米福、车彦威，冤枉就刑了。丙闻谋乱属实，密使兴元都统制彭辂，往逮巨源。巨源正在凤州附近的长桥旁，与金人交战，不利而还，途中与彭辂相值。辂询问数语，即令武士挽巨源裾，送至阆州对簿。舟行至大安龙尾滩，将校樊世显乘他不备，竟用利刃枭巨源首，不绝仅守。巨源既死，还说惧罪自到。过了数日，方由安丙下令瘗埋，蜀人都代他呼冤。剑外士人张伯威，作文相吊，尤为悲切。直至朝廷记念旧功，才赐庙褒忠，赠宝谟阁待制，予谥忠愍。李好义亦

第八十六回　史弥远定计除奸　铁木真称尊耀武

追谥忠壮，这且无暇细表。

且说金帅仆散揆退屯下蔡，专待和议，宋廷亦遣使与商。仆散揆定要加罪首谋，议卒未决。会揆病逝，金主命左丞相完颜宗浩，继揆后任，再与宋议和，仍然不成。韩侂胄特征求使才，选得萧山丞方信孺，令为国信所参议官，驰赴金军。信孺至濠州，金将纥石烈子仁责令缚送首谋，信孺不屈，子仁竟缚置狱中，露刃环守，断绝饮食，迫允五事。信孺神色不变，从容与语道："反俘归币，尚可相从，若缚送首谋，向来无此办法。至若称藩割地，更非臣子所敢言。"子仁怒道："你不望生还么？"信孺道："我奉命出国门时，已将死生置诸度外了。"子仁恰也没法，释信孺缚，令他至汴，见完颜宗浩。宗浩也坚持五议，信孺侃侃辩答，说得宗浩无词可对，但畀他复书，令返报朝廷，再定和战事宜。信孺持书还奏，廷议添派林拱辰为通谢使，与信孺持国书誓草，并许通谢钱百万缗，再行至汴，入见宗浩。宗浩怒道："汝不能曲折建白，骤执誓书前来，莫非谓我刀不利么？"信孺仍不为动，旁有将命官进言道："此事非犒军可了，须别议条款。"信孺道："岁币不可再增，故把通谢钱作代，今得此求彼，我惟有一死报国了。"会闻安丙出师，收复大散关，宗浩乃遣信孺等返宋，仍致复书道："若能称臣，印就江、淮间取中为界，欲世为子国，即尽割大江为界。且斩首谋奸臣，函首来献，并添岁币五万两疋，犒师银一千万两，方可议和。"信孺归见韩侂胄，侂胄问金帅作何语？信孺道："金人要索五事：一割两淮，二增岁币，三索归附人，四犒军银，还有第五条不敢明言。"侂胄道："但说何妨。"信孺踌躇片刻，竟脱口道："欲得太师头颅。"侂胄不禁变色，拂袖而起，竟入白宁宗，夺信孺三级官阶，居住临江军，奸臣当道，忠臣还有何用？一面再议用兵，撤还两淮宣抚使张岩，另任赵淳为两淮置制使，镇守江、淮。为了再战问题，复引出一个后来的奸臣，要与韩侂胄赌个死活，一判低昂。这人为谁？就是史浩子弥远。一奸未死，一奸又来。

弥远以淳熙十四年举进士，累迁至礼部侍郎，兼任资善堂直讲。侂胄轻开边衅，弥远独与反对，曾奏言不宜轻战。至是复密陈危迫，请诛侂胄以安邦，宁宗不省。可巧杨后闻知，也欲乘此报怨，暗嘱皇子荣王曮，弹劾侂胄。曮系燕王德昭九世孙，原名与愿，庆元四年间，丞相京镗等，因帝未有嗣，请择宗室子为养子，宁宗乃召入与愿，育诸宫中，赐名为曮，封卫国公。开禧元年，立曮为皇子，晋封荣王。荣王曮既奉后命，便俟宁宗退朝，当面禀陈，谓："侂胄再启兵端，将危社稷。"宁宗尚叱他无知，杨后复从旁进言，宁宗意仍未决。想是前生与侂胄有缘。杨后道："宫廷内外，哪个不知侂胄奸邪？只是畏他势力，不敢明言，陛下奈何未悟呢？"宁宗道："恐怕未确，且待朕查明，再加罢黜。"杨后道："陛下深居九重，何从密察？此事非嘱托懿亲不可。"宁宗方才首肯。后恐事泄,急召杨次山入商,令密结朝右大臣,潜图侂胄。次山应命而出,转语弥远。弥远遂召钱象祖入都,象祖曾入副枢密,因谏阻用兵,忤侂胄意,谪置信州,至是奉召即至,与弥远定议。弥远又转告礼部尚书卫泾,著作郎王居安,前右司郎官张镃,共同决策。继复通知参政李璧,璧亦认可。弥远往来各家,外间已有人滋疑,报知侂胄。侂胄一日至都堂,忽语李璧道:"闻有人欲变局面,参政知否?"李璧被他一诘,禁不住面色发赤,徐徐答道:"恐无此事。"及侂胄退归,璧忙报弥远。弥远大惊,复商诸张镃。镃答道:"势必不两立,不如杀死了他。"弥远本未敢谋杀侂胄,既闻镃言,乃命主管殿前司公事夏震,统兵三百,候侂胄入朝,下手诛奸。侂胄三夫人满头花,适庆生辰,张镃素与通家,遂移庖韩第,佯送寿筵,与侂胄等酣饮达旦。是夕,有侂胄私党周筠,密函告变。侂胄方被酒,启函阅毕,摇首道:"这痴汉又来胡说了。"遂将来函付诸烛烬。俟至黎明,命驾入朝。筠复踵门谏阻,侂胄怒叱道:"谁敢谁敢!"天夺其魄,所以屡劝不信。遂升车而去。甫至六部桥,见前面有禁兵列着,便问为何事?夏震出答道:"太师罢平章军国事,特令震赍诏来府。"侂胄道:"果有诏旨,我何为不知?莫非矫旨不成!"你亦尝假托御笔,所以得此报应。夏震不待辩说,即挥令部下夏挺、郑发、王挺等,率健卒百余人,拥侂胄车,竟往玉津园。既入园中,把侂胄拖出,勒令跪读诏旨。震即宣诏道:

　　韩侂胄久任国柄,轻启兵端,使南北生灵,枉罹凶害,可罢平章军国事。陈自强阿附充位,可罢右丞相。

　　读至此,夏挺等转至侂胄背后,用锤一击,将侂胄头颅捣碎,一道魂灵,往阎王殿中报到去了。史弥远等久待朝门,至晚尚未得消息,几欲易衣逃去,可巧夏震驰到,报称了事,于是众皆大喜。惟陈自强踽踽不安,钱象祖从怀中出诏,授陈自强道:"太师及丞相,俱已罢职了。"自强道:"我得何罪?"象祖道:"你不看御批中说你阿附充位么?"自强乃退,登车自去。弥远、象祖等,遂入延和殿,以窜殛侂胄事奏闻。宁宗尚属未信,想尚未醒。及台谏交章论列,亦不加批。越三日,始知侂胄真死,乃下诏数侂胄罪恶,颁示中外,且令籍没侂胄家产。当下抄出物件,多系乘舆御服等类,惟各种珍宝,被侂胄宠姿张、王二夫人,自行击碎,因此二姿坐徒。侂胄无子,养子亦流配沙门岛。四妾十婢,尚未得一后嗣,天之报恶人也亦酷矣。越日,窜陈自强至永州,诛苏师旦于韶州,安置郭倪于梅州,邓友龙于循州,郭僎于连州,张岩、许及之、叶适、薛叔似、皇甫斌等,皆坐党落职,连李璧亦降夺官阶。立荣王眪为皇太子,更名为洵。授钱象祖为右丞相,兼枢密使,卫泾、雷孝友参知政事,史弥远同知枢密院事,林大中签书院事,杨次山晋封开府仪同三司,赐玉带。夏震亦得升任福州观察

第八十六回　史弥远定计除奸　铁木真称尊耀武

使。且改元嘉定,决计主和。时已遣右司郎中王珣如金军,请依靖康故事,以伯父礼事金,增岁币为三十万,犒军钱三百万贯。金将完颜匡,仍索韩侂胄、苏师旦首级,枏谓俟和议定后,当函首以献。完颜匡乃转奏金主,金主仍命匡移文宋廷,索侂胄首,且须改犒军钱为银三百万两。匡奉命后,正值宋相钱象祖,致书金军,述侂胄伏法事。遂召珣入问道:"韩侂胄贵显,已历若干年?"珣答道:"已十余年。平章国事,不过二年余。"匡又道:"今日可否除去此人?"珣尚未知侂胄死耗,便答道:"主上英断,除去何难!"匡不禁微笑,遂与语道:"侂胄已诛死了,汝回去,可亟令送首级来!"珣唯唯而出。还白朝廷,有诏令百官集议,吏部尚书楼钥道:"和议重事,待此乃决。况奸恶已诛,一首亦何足惜。"如不顾国体何？随命临安府斫侂胄棺。检取首级,再由韶州解到苏师旦首,一并畀金,仍遣王珣持送金都。金主御应天门,备黄麾,立杖钺,受二人首,并命悬竿示众,揭像通衢,令吏民纵观。然后漆首藏库,与王珣鉴定和约。条款如下:

一、两国境界仍如前。
二、嗣后宋以侄事伯父礼事金。
三、增岁币为银帛各三十万。
四、宋纳犒师银三百万两与金。

和议告成,是谓宋、金第五次和约。金主遣使归还侵地,命完颜匡等罢兵,王珣亦得南归,诏以和议已成谕天下,适形其丑。调钱象祖为左丞相,史弥远为右丞相,雷孝友知枢密院事,楼钥同知枢密院事,娄机参知政事。未几,象祖罢相,弥远以母忧去位,逾年即诏令起复。自是弥远遂得专国政了。嘉定元年,金主璟病殁,璟无子嗣,疏忌宗室,只有世宗第七子永济,素来柔顺,为所钟爱,特封他为卫王。会金主瘳疾,永济自武定入朝,遂留宫不遣。既而金主去世,元妃李氏、黄门李新喜、平章政事完颜匡等,定策奉永济即位,尊故主璟为章宗。永济闻章宗遗诏,曾谓:"妃嫔中有二人得孕,生男当立为储贰。"因此恐帝位不固,先事预防,当下令仆散端一译作布萨端。为平章政事,秘密与谋,仆散端遂奏称先帝承御贾氏,当以十一月分娩,今已逾期,还有范氏产期,合在正月,今医称胎形已失,愿削发为尼。永济即以贾氏无娠,范氏损胎,诏告中外。元妃李氏,与承御贾氏,因有违言,竟被永济鸩死,托词暴毙。永济实是阴险,安得称为柔顺。进仆散端为右丞相,军民自是不服。

那东北的斡难河旁,杭爱山下,已有一个蒙古部长,建九斿白旗,自称成吉思汗,一译作青吉思汗。为后来建立元朝的太祖,他名叫铁木真,一译作特穆津,铁或作帖。系是哈不勒汗的曾孙,哈不勒汗受金封册,为蒙兀国王。相传他始祖叫做乞颜,曾在阿儿格乃衮山麓,辟地居住,数十传后,出了一个朵奔巴延,一译作托奔默尔根。娶妻阿兰郭斡,一作阿兰果火。生下二子。朵奔巴延病死,阿兰郭斡寡居,夜寝帐中,梦白光自天窗中攒入,化为金色神人,来趋卧榻,与交有孕,复接连生了三子。季子名勃端察儿,状貌奇异,沉默寡言。后来子孙日蕃,各自为部,五传至哈不勒,就是蒙兀国主。见八十回。孙名也速该,并吞邻近诸部,威势颇盛。得妻诃额仑,一作谔楞。产下一男,手握凝血,色如赤石,巧值也速该攻塔塔儿部,擒住敌目铁木真,遂以铁木真名子。也速该被塔塔儿人毒死,铁木真母子相依,非常艰苦,幸赖诃额仑智艺轶群,抚育孤儿,得成伟器。好容易东剿西略,破了泰赤乌部,泰赤乌一作泰楚特。平了蔑里吉部,又灭克烈部及塔塔儿部。邻境乃蛮部最强,乃蛮一作奈曼。部酋太阳汗率众来争,复被铁木真擒住,杀死了事,以此远近诸部落,相率恐慌,争来归附,情愿奉他为大汗。汗字是外国主子的通称,取名成吉思汗,就是最大的意义。铁木真既即汗位,事在宁宗开禧二年。又用兵西南,出攻西夏。西夏自李乾顺殁后,子仁孝嗣。仁孝庸懦,为相臣任得敬所制,亏得金世宗扶助仁孝,讨平乱事,国乃不亡。仁孝遂一意服金,与南宋罕通往来。见八十二回。仁孝病殁,子纯佑继立,为从弟安全所篡,内乱相寻,势且衰弱,哪里敌得过威棱初震的铁木真?铁木真率兵亟进,连下数城,擒住夏将高令公,明威令公,及太傅西璧氏,长驱至夏都。李安全惶急万分,飞使至金邦乞援。偏偏援师不至,敌兵反昼夜猛攻,那时没有别法,只好城下乞盟。凑巧铁木真遣使额特,入城招谕,遂与他议定和约,并将爱女察合献与铁木真。铁木真平时最爱人家妇女,见察合妩媚可人,乐得卖些情谊,撤兵回国。叙入铁木真事,笔甚简约,盖此系《宋史》,不是《元史》,看官欲知详细,请阅作者所编之《元史演义》可也。李安全因金援不出,动了怒意,竟转攻葭州。葭州为金国边地,守将庆山奴,一鼓击退夏人,安全愤无可泄,因北诉蒙古,怂恿伐金。铁木真也想南下,造箭制盾,练兵养马,为攻金计。适值金主永济,遣使至蒙古,布即位诏敕,令铁木真南向拜受。铁木真先问金使道:"新天子是何人?"金使答是卫王。铁木真唾了一口,复正色道:"我道中原皇帝,是天上人做的,哪知此等庸奴,也做了皇帝,还想要我下拜么?"即令撵出金使,金使怏怏而返。先是永济为卫王时,铁木真曾至静州,献纳岁币,与永济相见,知他柔弱,所以藐视得很。此时既不受命,遂趁着秋高马肥的时候,带着长子术赤,一作卓齐特。次子察合台,一作察罕台。三子窝阔台,一作谔格德依。统兵数万,祃纛出发,浩浩荡荡的杀奔金国来了。小子有诗叹道:

> 金源浩荡契丹亡,谁料蒙人又代昌。
> 黄雀捕蝉方饱欲,他人弹雀已擎枪。

未知胜负如何，试看下回便知。

史弥远非可与有为者也，当其定计诛奸，一再被泄，非韩侂胄之恶贯满盈，应遭诛殛，则彼必先发制人，弥远等早身首异处矣。侂胄死而贪天之功，以为己有，滥叨厚赏，幸列高官，且函韩、苏二人之首，以献金人，试思侂胄系宋之罪臣，于金何与？刑赏乃宋之国典，于金何关？岂可冀和议之速成，不顾国威之亵辱耶？况蒙古初兴，金患方亟，控北且不暇，何暇南侵？诚能据理相争，亦何至再屈如此。故以诛奸和邻为弥远功，无惑乎奸伪益滋，而国且日弱也。彼铁木真崛起朔方，所向无敌，考其所为，徒以兵力屈人，绝无仁义之足言。而后来开国十传，混一区宇，岂真老氏所谓天道不仁耶？本书叙元事从略，已于细评中注明，姑不赘述云。

第八十七回　失中都金丞相殉节
　　　　　　获少女杨家堡成婚

却说铁木真率兵南下，特令部将哲别为先锋，径抵乌沙堡，金遣平章政事独吉千家奴，一译作通吉迁嘉努。及参政完颜胡沙，胡沙一作和硕。率兵抵御，未及设备，已被哲别掩至，顿时溃走。哲别遂拔乌沙堡及乌月营。铁木真也即继进，破白登城，进攻西京。留守纥石烈胡沙虎突围遁去，铁木真遂取西京及桓、抚各州，命三子各率一军，分道攻云内、东胜、武朔、丰靖诸州邑，所至皆下。金主永济再命招讨使完颜九斤，九斤一作纠坚。监军完颜万奴等，万奴一作鄂诺勒。统兵四十万，扼守野狐岭。这野狐岭势极高峻，相传雁飞过此，遇风辄堕，本是一个西北的要隘。完颜胡沙又奉诏为后应，端的是重兵扼境，飞鸟难行。九斤部将明安，劝九斤屯兵固守，九斤不从，再劝他发兵袭敌，又是不从。至铁木真进兵獾儿觜，与野狐岭只隔西冈，九斤乃遣明安至蒙古军，问他入寇的原因。真是笨鸟。明安恨九斤不从良言，竟降了铁木真，说明金军虚实。这也是个虎伥。铁木真遂乘夜进击，九斤毫不及防，顿时蒙古兵突入，一番蹂躏，大半伤亡。九斤、万奴等落荒而逃。蒙古兵乘胜追击，又杀伤了无数。完颜胡沙正来接应，闻败即走，至会河堡，为蒙古兵所追及，大杀一阵，全军覆没，胡沙仅以身免，逃入宣德州。铁木真攻克晋安县，分兵薄居庸关，守将完颜福寿，弃关遁去。蒙古兵驰入关中，径抵金都城下。金主永济，惶急失措。欲南徙汴京，幸得卫王誓死迎战，杀了一日一夜，才把蒙古兵杀退。铁木真闻金都不下，留兵守居庸关，自率三子回国，再图后举。

金都解严,征上京留守徒单镒徒单一作图克坦。为右丞相,纥石烈胡沙虎为右副元帅,胡沙虎自西京遁还,至蔚州,擅取官库金银衣物,入紫荆关,又擅杀涞水县令,金主并不问罪,反令他为副元帅。胡沙虎益无忌惮,自请兵二万北屯宣德。金主只与他五千,令屯妫州。胡沙虎遂移文尚书省道:"鞑靼兵来,时金人称蒙古为鞑靼。必不能支,一身不足惜,三千兵为可忧。且恐十二关及建春、万宁宫均将不保了。"金主始恨他跋扈,数责十五罪,罢归田里。会金益都防御使杨安儿,亡归山东,聚党横行,四出劫杀。千户耶律留哥哥一作格。本系辽人,降金得官,至是也归附蒙古,取金、辽东州郡,自立为辽王。金将完颜胡沙往讨留哥,大为所败。金主乃复胡沙虎为右副元帅,令将兵屯燕城北,徒单镒切谏不听。胡沙虎终日驰猎,不顾军事,金主以蒙古兵尚留居庸关,饬胡沙虎整兵往击。诏令中有诘责语,胡沙虎不但不悛,反暗生忿恨,竟与私党完颜丑奴、丑奴一作绰诺。蒲察六斤、一作富察呼尔锦。乌古论夺剌一作乌裤哩道喇。三人,私下定议,造起反来。他不说自己造反,反说人家造反,当下号令军中,诡言奉诏入讨知大兴府徒单南平。军士哪里知晓,便随他同入金都。胡沙虎屯兵广阳门,遣心腹徒单金寿往召南平,南平茫无头绪,奉召而至。胡沙虎乘马以待,见南平到来,大喝道:"你敢谋反么?"南平不觉惊愕,正要答辩,那胡沙虎已拔出腰刀,将南平劈落马下,死得不明不白。遂进至东华门。

护卫斜烈、一作色垪默。和尔一作纥儿。等,引他入宫,胡沙虎遂自称监国都元帅,陈兵自卫,遍邀亲党,置酒高宴,琼筵醉月,声伎侑觞,居然是酒地花天,流连忘倦。到了次日,用武士胁金主出宫,移居卫邸,留卫兵二百人监守,且令黄门入宫收玺。尚宫左夫人郑氏,执掌玺印,勃然愤道:"玺乃天子所掌,胡沙虎乃是人臣,取玺何用?"黄门道:"今时势大变,主上且不保,况一玺呢。御侍亦当为自免计。"郑夫人厉声叱道:"汝辈是宫中近侍,恩遇尤隆,主上有难,应以死报,奈何为逆臣夺玺呢?我可死,玺不可与。"不意金邦有此烈妇。遂瞑目不语。胡沙虎复遣人夺取宣命御宝,除拜乱党数十人。丞相徒单镒正坠马伤足,告假在家,胡沙虎意欲僭位,因镒为民望所关,特自行往访。镒从容答道:"翼王珣系章宗兄,众望咸归,元帅诚决策迎立,乃是万世功勋呢。"胡沙虎默然。乃令宦官李思中,就卫王邸中,鸩杀金主永济。另遣徒单铭等,至彰德迎升王珣,珣初封翼王,后封升王。诣燕京即位。立子守忠为太子,追废永济为东海郡侯。

胡沙虎因完颜纲将兵十万,在缙山领行省事,特诱他回来,设伏击死,复尽撤沿边诸军,尽令回郡。铁木真闻金防已撤,复进兵怀来。金元帅右监军术虎高琪,拒战败绩,蒙古兵乘胜薄中都。胡沙虎适患足疾,乘车督战,大败蒙古兵。惟足疾益剧,几乎不能行动,乃召高琪入卫,限次日到京。高琪逾期

第八十七回 失中都金丞相殉节 获少女杨家堡成婚

乃至,胡沙虎责他违令,意欲处斩,还是金主珣决意从轻,谕令免死。胡沙虎乃益高琪兵,令他出战,且面饬道:"胜乃赎罪,不胜立斩。"高琪驱军迎敌,自夕至晓,北风大作,吹石扬沙,不能举目。金兵正处下风,适为敌人所乘,眼见得支撑不住,只好败回。高琪谕军士道:"我等虽得脱归,仍然难免一死,不如往诛逆贼胡沙虎,再作计较。"军士齐声得令,一哄至胡沙虎第,将他围住。胡沙虎知事不妙,忙趋至后垣,逾墙欲遁,偏因足疾未瘥,扳登不便,急切里为衣所绊,坠落地上,竟至伤股,卧不能起。高琪率兵突入,见了胡沙虎,哪里还肯容情,手起刀落,分作两段,逆贼终没有好结果。随即取首诣阙,自请坐罪。金主珣反加慰抚,下诏暴胡沙虎罪恶,追夺官爵,且命高琪为左副元帅,一行将士,论功行赏。

惟蒙古兵恰四处分略,所向残破,连陷金九十余郡。两河、山东数千里,尸骸遍道,鸡犬为墟。再进兵攻中都,铁木真因遣使告金主道:"汝山东、河北郡县,统为我有,汝所守只有燕京,我不难一鼓踏平,但天既弱汝,我不忍再逼汝,汝可速行犒师,消我诸将怒气,我便当回国了。"金主珣犹豫未决。高琪主战,独右丞完颜承晖主和,金主乃遣承晖出城议款,铁木真道:"你主有子女么?何不遣来侍我?"专想人家的妇女。承晖无奈,还达金主,金主想得一法,把故主永济的少女,饰作公主,送给铁木真受用。他人女儿,乐得慷慨。并将金帛童男女各五百,马三千匹,作为犒师费。铁木真乃驱军北还,出居庸关,把所虏两河、山东少壮男女数十万,尽行杀毙,奏凯而去。真是一个杀星。

金主珣因国蹙兵弱,防敌再至,因欲迁都汴京,为苟安计。左丞相徒单镒进谏道:"銮舆一动,北路皆不守了。今已讲和,聚兵积粟,固守京都,乃是上策。若恃辽东为根本,倚山负海,备御一面,尚不失为中策。若迁至汴京,四面受敌,恐真是无策呢。"切要之言。金主珣只是不从,徒单镒忧郁而亡。金主珣遂命完颜承晖为都元帅,穆延尽忠为左丞,奉太子守忠留守中都,自率六宫启行赴汴。事为铁木真所闻,竟愤愤道:"既与我和,还要迁都,是明明疑嫌未释,不过借着和议,作个缓兵的计策,我难道为他所欺么?"遂大阅军马,再行南侵。会值金纠军纠音纠,纠军所收之军也。作乱,戕杀主帅索温,一作索衮。另推卓达等卓达一作卓多,一作斫答。为帅,击败金都防兵,遣使至蒙古乞降。铁木真遂遣降将明安等出助卓达,会兵围攻燕京。金主珣闻燕京被围,亟召太子守忠来汴。守忠一行,燕人益惧,蒙古将木华黎,复分徇辽西,攻金北京,守将银青,出战败还,为裨将完颜昔烈、高德玉等所戕,改推寅答虎为帅。寅答虎是个没用的家伙,见蒙兵势盛,当即出降。辽西诸郡,闻风归附,单剩了一座燕京城,就是铜浇铁铸,也是孤危万分。留守都元帅完颜承晖,因尽忠久在行阵,尽把兵权交付,自己得总揽大纲,飞书至汴,乞发援兵。金主珣命左监军永锡,率中山真定军,左都监乌古论庆寿乌古论一作乌库哩。率大名军,共约数万,驰援燕京。又命御史中丞李英主饷运,行省孛术鲁为后应。孛术鲁一作富珠哩。英赴大名,终日饮酒,蒙古兵竟来劫粮,英全然不觉,冒冒失失的到了霸州。途中正遇蒙古兵,大刀阔斧的冲杀过来,把所有粮车,尽行夺去。英尚是酒气醺醺,似醒非醒,被蒙古兵杀到马前,乱枪搠死,余众悉毙。庆寿、永锡闻粮已失去,如何行军?当然遁归。自是燕都援绝,内外不通。完颜承晖与尽忠会议死守,尽忠言语支吾,承晖自知必死,索性辞别家庙,自作遗表,付尚书省令史师安石,赍送至汴,大致论尽忠奸状,并及平章政事左副元帅高琪,谋国不忠。且自言不能保燕,死有余辜,恳主上速任贤去邪,整军经武,以保屏局等语。一面尽出私财,分给家人,阖家统是号泣。独承晖神色泰然,仰药以殉。有此忠臣,也足为《金史》光。尽忠决计南奔,束装至通元门,忽见妇女拥杂,呼令挈逃。尽忠瞧着,都是留住燕京的妃嫔,他却出言相绐道:"我当先出,与诸妃启途。"诸妃嫔乃让他出城,他带着爱妾,携着细软物件,竟急奔而去,毫不返顾。妃嫔等进退无路,正在惶急,被蒙古兵一拥杀入,老丑的死刀下,少壮的统被掳散,任情奸污去了。

　　燕都既陷,宫室被焚,府库财宝,搜括殆尽。金祖宗的神主,一古脑儿取掷坑中。至金主得承晖遗表,但赠他为尚书令,兼广平郡王,所有尽忠弃城的罪名,置诸不问,反令他为平章政事。也与永济一样糊涂。就是术虎高琪亦任职如故。蒙古兵进攻潼关,急切不能攻下,另由嵩山小路趋汝州,直赴汴京。金急召花帽军往阻,击败蒙古兵前队,蒙古兵乃还。金主因敌兵已退,特遣仆散安贞统领花帽军,往平山东。山东自杨安儿作乱,群盗响应,势甚猖獗。回应上文。安儿少无赖,以鬻马鞍为业,市人呼为杨鞍儿,他即自称为安儿。安儿有妹年约二十,膂力绝伦,能在马上舞双刀,人莫敢敌。以此兄妹二人,招募徒众,结寨自固,号为杨家堡。金行山东省事完颜霆遣使招抚,任安儿为防御使。及蒙古兵薄燕都,金人募军往援,令唐括合打一作唐古哈达。为都统,安儿为副,军至鸡鸣山,安儿亡归,攻劫州县,杀掠官吏。适潍州北海人李全,起自农家,锐头蜂目,颇善骑射,能运铁枪,人号为李铁枪,也招集无赖子弟,出没淄、青二州,寇掠州郡。徒党皆红衣衲袄以为识,因有红袄贼的名目。沿途所经,各村堡无不畏惧,各载牛酒往迎,期免抄掠。独杨家堡称霸一方,与李全分张盗帜,两不相容。李全径至杨家堡决斗,赌个强弱,安儿即带同徒众,出堡交锋。全大呼道:"你我统算好汉,还是两人自行厮杀,我输与你,我便让你为霸王,你输与我,须要让我。"安儿道:"我岂惧你,便和你战三百合。"言已,即抡刀出阵,与李全对杀。两边徒众,各退后作壁上观。二人战到四五十合,安儿刀法渐乱,几乎招架不住,忽后面有人娇声呼道:"哥哥少歇!

第八十七回 失中都金丞相殉节 获少女杨家堡成婚

我来了。"全溜眼一瞧,乃是一个红颜女子,挺着双刀,直奔前来。他即用枪架住安儿的刀,抗声道:"我有言在前,一个对一个厮杀,你为什么请出帮手来?"安儿道:"你果是好汉,赢得我妹子手中刀,那时我才服你。"全便道:"你且退去,我便与你妹子争个输赢。"安儿就退后数步,让妹子抢前角斗。一男一女,你枪我刀,大战了七八十合,不分胜负。全暗暗喝采,复抖擞精神,与她酣战,大约又是五六十合,仍然胜负不分。安儿恐妹子有失,便呼道:"李全!你可愧服否?"全应声道:"不服不服。"安儿道:"今日天晚,明日再战,可好么?"全答道:"我便让你等多活一夜罢!"言毕,彼此退回。

次日再战,全与杨家妹子,斗了一天,两下里全无破绽,端的是棋逢敌手,将遇良材。全且忿且惭,兼加爱慕,就是杨家妹回寨后,也称羡不置。为安儿许婚张本。越宿,全乘马至堡前讨战,杨家妹也怒马冲出,来与争锋。全问道:"你我战了两日,尚未问你闺名,请先道来!今日决要擒你。"杨家妹道:"我叫做四娘子。"全笑道:"好一个闺名,我便擒你去做娘子罢了。"杨氏不禁面赤,向李全瞅了一眼道:"休得胡说!"安儿在后掠阵,窥知妹子心事,便接入道:"李全!你如果能赢我妹子,我便把妹子嫁你为妻。"全答道:"甚好。"于是两人又奋力决战,约四五十合,全佯作力怯,虚晃一枪,拨马便走。杨氏还道他是真败,策马赶来,中计了。约数百步,两旁有竹篠夹杂,全跃马而前,杨氏亦驱马直进,相距不过数武,忽然踢踏一声,杨氏马失前蹄,把杨氏掀落马下。全回身下马,竟将杨氏擒挟而去。看官道是何因?原来李全战杨氏不下,特令二壮士夜伏篠中,用刀斫马足,杨氏不及防备,所以为全所擒。那时安儿也从后赶到,见妹子被擒,便呼李全道:"快快释我妹子,便邀你同至我堡,今夕成婚。"全答道:"你休得抵赖!"安儿道:"天日在上,如违此言,神明不佑。"全乃放下杨氏,招引徒党,一同入杨家堡。安儿宰牛设酒,大开筵宴,即于是夕令两人交拜,成为夫妇。枕席欢娱,自不消说。《宋史·李全传》中,谓与杨氏私通在安儿死后,惟弁阳周密所编《齐东野语》,系在安儿生时,两人交战结婚,今从之。

安儿既与李全和亲,威势益盛,遂僭号称王,分置官属,居然改元天顺,号令一方。金将仆散安贞,统花帽军至山东,与行省完颜霆,会师讨杨安儿。适值李全还归青州,惟安儿兄妹,与金人对敌,究竟乌合之众,不及纪律之师,连战连败,航舟入海。金人悬赏募李全首,有舟人曲成,袭击安儿,安儿投水自尽。惟四娘子仗着膂力,竟得逃生。安儿余党刘全等收拾散卒,权奉四娘子为主,号称姑姑,且召李全回援。全星夜驰至,与杨氏合军再战,又为完颜霆所败,退保东海。金兵复剿平他盗刘二祖等,余盗霍仪、彭义斌、石珪、复全、时青、葛德广诸人,穷无所归,混迹岛屿间,剽掠为生。李全夫妇,也只好做这桩买卖,聊且度日。会宋知楚州应纯之,令镇江武锋卒沈铎,定远民李先,招抚山东群盗,号为忠义军,分二道伐金。李全亦率五千人归附,与副将高忠皎合兵攻克海州。嗣因粮运不济,退屯东海。未几,李全又与兄李福,袭金莒、密、青州,相继攻克。纯之遂密奏:"山东群盗,均已归正,中原可复。且请授李全官阶,风厉余众。"于是宋廷遂授全为武翼大夫,兼京东副总管,时已在嘉定十一年正月中了。正是:

  失马非忧得马惧,引狼容易驭狼难。

当李全归附时,宋、金又复开战,欲知战事如何?且看下回表明。

  金主珣避敌迁汴,最为失策。敌既退矣,为亡羊补牢计,亟宜缮边备,修内政,而乃弃燕南行,苟安旦夕,亦思我能往,寇亦能往乎?完颜承晖留守中都,援城亡与亡之义,仰药自殉,不失为金之忠臣。然中都失而汴京亦不可保矣。李全亦小丑耳,盗弄潢池,擒杨安儿妹,据境称雄,嗣为金人所迫,归附宋朝,论者以宋人纳盗为非计,夫盗非不可抚,在驭之得其道耳。若恩威并济,使供奔走,则红袄诸贼,亦未始非吾爪牙也。顾抚盗有人,而驭盗无人,卒至养盗贻患,祸乱相寻,惜哉!

第八十八回　　寇南朝孱主误军谋
　　　　　　据东海降盗加节钺

  却说金主珣迁汴以后,曾遣使告达宋廷,且督催岁币。宁宗召辅臣会议,或主张绝金,或仍主和金,这是宋人故智。起居舍人真德秀,上疏请绝岁币,图自治,略云:

  女真以鞑靼侵陵,徙巢于汴,此吾国之至忧也。盖鞑靼之图灭女真,犹猎师之志在得鹿,鹿之所走,猎必从之,既能越三关之阻以攻燕,岂不能绝黄河之水以趋汴?使鞑靼遂能如刘聪、石勒之盗有中原,则疆场相望,便为邻国,固非我之利也。或如耶律德光之不能即安中土,则奸雄必得投隙而取之,尤非我之福也。今当乘虏之将亡,亟图自立之谋,不可幸虏之未安,姑为自安之计也。语语中的。夫用忠贤,修政事,屈群策,收众心者,自立之本。训兵戎,择将帅,缮城池,伤戍守者,自立之具。以忍耻和戎为福,以息兵忘战为常,积安边之金缯,饰行人之玉帛,女真尚存,则用之女真,强敌更生,则施之强敌,此苟安之计也。陛下不以自立为规

第八十八回 寇南朝屏主误军谋 据东海降盗加节钺

模,则国势日削,人心日偷,虽弱虏仅存,不能无外忧。盖安危存亡,皆所自取。若失当事变方兴之日,而示之以可侮之形,是堂上召兵,户内延敌也。微臣区区,窃所深虑,愿陛下详察。

宁宗得此疏后,遂罢金岁币。夏主李安全已殁,族子遵顼继立,贻书蜀中,请夹攻金人,同复故土。蜀臣以闻,宋廷不报。嗣复遣使贺金廷正旦,刑部侍郎刘钥等及太学诸生上章谏阻,亦皆不答。既而命真德秀为江东转运副使,德秀陛辞,奏陈五事:

（一）宗社之耻不可忘。<small>指报金仇。</small>（二）比邻之盗不可轻。<small>指鞑靼及山东二寇。</small>（三）幸安之谋不可恃。<small>指金衰不足为幸。</small>（四）导谀之言不可听。（五）至公之论不可忽。

五事以下,又历陈从前祸患,共有十失,反复约一二万言。宁宗也不置可否,随他说了一通,好似没有见闻一般,真德秀只好走了。嘉定十年,金主珣信王世安言,意图南侵,令为淮南招抚使。术虎高琪也劝金主侵宋,开拓疆土,金主即命乌古论庆寿、完颜赛不率兵渡淮,取光州中渡镇,杀死榷场官盛允升。庆寿复分兵犯樊城,围枣阳光化军,另遣完颜阿邻入大散关,攻西和、阶成诸州。宋廷闻警,亟命京、湖制置使赵方,江、淮制置使李珏,四川制置使董居谊,分御金人,便宜行事。赵方字彦直,衡山人氏,尝从张栻游,晓明大义,淳熙中举进士,授青阳县,政教卓著。尝谓:"催科不扰,是催科中抚字,罪罚无差,是刑罚中教化。"时人叹为名言。嗣累迁至京、湖制置使,闻金人入寇,召二子范、葵入语道:"朝廷忽战忽和,计议未定,徒乱人意,我惟有提兵决战,效死报国罢了。"遂率二子赴襄阳,檄统制扈再兴、陈祥、钤辖孟宗政等,往援枣阳;复分扼要塞,作为犄角。再兴等甫抵团山,遥见金兵疾趋而来,势如风雨。急命陈祥、孟宗政,设伏以待,自率部军迎敌,稍战即退。金兵追了一程,两旁炮响,伏兵骤发,陈祥自左杀来,孟宗政自右杀来,那时金兵三面受敌,招架不迭,顿时逃的逃,死的死,尸骸枕藉,血肉模糊。孟宗政乘胜前进,夤夜赴枣阳,驰突如神,围住枣阳的金兵,立刻骇退。<small>写扈、陈、孟三人,便是写赵方处。</small>宗政入枣阳城,报捷襄阳,赵方大喜,便令宗政权知枣阳军。未几京、湖将王辛、刘世兴,亦连败金人于光山、随州间,于是赵方遂请旨伐金,宁宗连闻胜仗,也激昂起来,当即下诏道:

朕励精更化,一意息民,犬羊跨我中原,天厌久矣,狐兔失其故穴,人竞逐之,岂不知机会可乘,仇耻未复？念甫申于信誓,实重起于兵端。今虏首败盟,敢行犯顺,彼曲我直,师出有名,偕作同仇,时不可失。合诏谕中原官吏军民,各申义愤,共讨逆胡。果有非常之勋,自有不次之赏。有能去逆效顺,倒戈用命者,亦当赦彼前愆,量能录用。朕有厚望焉!

这诏下后,两边备战日亟。李全适在是时破莒、密、青三州,应得任官。应前文。金完颜赛不复率众攻枣阳,号称十万。孟宗政修城掘濠,誓师守御,又约扈再兴为外应,与金兵相持三月,大小七十余战,无一挫失。赛不忿甚,仗着兵众,环濠筑垒。宗政乘间突击,垒不能成,复盛兵薄城。宗政随方力拒,城赖以全。随州守许国,率援军至白水,鼓声相闻,宗政遂统军出战,金兵披靡,相率遁去。惟金将完颜赟率步骑万人,西犯四川,破天水军,进窥大散关,入皂郊堡,利州统制王逸号召兵民,驱逐金兵,夺还大散关,追斩金统军完颜赟,复进秦州,至赤谷口。沔州都统制刘昌祖命退军,竟至全部溃散。金人又合长安、凤翔的屯卒,再攻入西和、成阶州,进薄河池。兴元都统吴政麾兵驰御,击退金兵,尽复所失土地。金兵已是强弩之末。金主珣闻各路将士,胜败无常,未免动了悔意。又兼河北郡县,多为蒙古所夺,腹背受敌,不便再战,乃遣开封府治中吕子羽为详问使,渡淮议和。中途为宋人所拒,因即折还。金主珣乃复遣仆散安贞为副元帅,辅太子守绪南侵,且令西路诸军,再攻西和、成、凤诸州,入黄牛堡。吴政拒战败绩,竟至阵亡。金兵长驱入武休关,破兴元府,陷大安军,直下洋州。沿途守将,望风奔溃,连四川制置使董居谊,也都逃走。亏得都统张威、令部将石宣等,至大安军邀截金兵,歼敌三千人,擒住金将巴土鲁安,巴土鲁一作巴图鲁。金兵乃退。

已而金兵复入洋州,焚掠而去。宋廷乃加罪董居谊,安置永州,改任聂子述为四川制置使。子述望浅资卑,不足镇压,兴元戍卒张福、莫简等作乱,头裹红巾为号,窜入利州,子述退保剑门。时故制置使安丙,早卸除兵柄,退为醴泉观使,只丙子癸仲知果州,子述檄令统兵讨贼,张福等竟转掠果州,并及阆州,四川大震。宋廷乃复起丙知兴元府,兼利州路安抚使,川民闻丙复至,私相庆慰,惟叛贼掠遂宁,入普州,负嵋茗山。丙自果州至遂宁,调集诸军,把茗山围住,绝贼樵汲。福众屡次冲突,均不能脱。沔州都统制张威,又奉檄到来,福穷蹙乞降。威执福献丙,丙斩福以徇。威又捕到莫简及贼众千三百人,尽行伏诛,红巾贼悉平,川境复安。丙乃班师还至利州,金人也不敢再进。

独金太子守绪等南侵,遣将完颜讹可等复围枣阳,讹可一作鄂和。孟宗政竭力拒守,且遣人至襄阳告急,乞请济师。赵方语二子道:"金人大举攻枣阳,唐、邓等处,势必空虚,尔等可会同许国、扈再兴两军,分攻唐、邓,令敌还救,枣阳自可解围了。"二子遵命启程。临行时,方又嘱道:"范可监军,葵可殿后,若不克敌,毋再相见!"言毕,又给札文两道,令分投许、扈两人。二子持札而去,当即与许、扈会师,遵札行事。国进攻唐州,再兴进攻邓州,两路锐进,焚敌粮储。敌人敛兵固守,两军各分驻城下,专待金兵还援,以便截杀。这时

第八十八回 寇南朝孱主误军谋 据东海降盗加节钺 457

候的淮西一方面,又由金左都监纥石烈牙吾答—译作赫舍哩要赫德。及驸马阿海,围攻安丰军,及滁、濠、光诸州。又分兵数路,一攻黄州的麻城,一攻和州的石碛,一攻滁州的全椒、来安,及扬州的天长,真州的六合,淮南大扰。江、淮制度使李珏,命池州都统制武师道,忠义军都统陈孝忠往援,皆畏金人声势,逗留不前。淮东提刑贾涉,继应纯之后任,权知楚州,节制京东忠义军,即山东降盗。闻江、淮危急,飞檄陈孝忠赴滁州,夏全、时青赴濠州,季先、葛平、杨德广赴滁、濠,李全兄弟断敌归路。全奉檄趋涡口,与金将纥石烈牙吾答等连战化湖陂,杀金将数人,得敌金牌。金人乃解诸州围,尽行北去。全追至曹家庄,复斩馘数百人,乃还军献俘,并缴上所获的金牌,向涉求赏。涉曾悬赏格,有条例数则,能杀金太子,赏节度使,能杀亲王,赏承宣使,能杀驸马,赏观察使。全只说杀死驸马阿海,请如约受赏,涉也不暇详查,竟替他奏请,授全广州观察使。其实阿海仍然活着,并没有死过呢。据此一端,已见李全刁诈。

且说许国、扈再兴两军,分攻了数十日,本意是望枣阳解围,来援唐、邓,所以不甚猛攻。偏金兵仍围住枣阳,未尝撤回。赵方迭接军报,令许国退回随州,扈再兴与二子移援枣阳。枣阳受攻已八十余日,金将完颜讹可百计攻扑,炮弩迭施,俱由孟宗政设法堵住。间出奇兵奋击,屡挫金兵。赵范、赵葵、扈再兴转战而南,连败金人,直抵枣阳城。孟宗政见援兵大至,亟自城中出击,内外合势,士气大振,自傍晚杀至三更,毙金兵三万人,余众大溃。完颜讹可单骑遁去,宗政等追到马磴寨,焚去城堡,夺得资粮器械,不可胜算,方才收军而还。金人自是不敢窥襄、汉、枣阳。中原遗民,陆续来归,宗政给以田庐,选择勇壮,号忠顺军,俾出没唐、邓间。金人惧宗政威名,争呼为孟爷爷。

赵方以金人屡败,必且复来,不若先发制人,藉沮敌谋。乃遣扈再兴、许国、孟宗政等,率兵六万,分三道伐金,戒以毋深入,毋攻城,但毁寨夺粮,撤彼守备,便足示威了。再兴、许国等遂分攻唐、邓,见金人有备,不过沿途抄掠,驰骤了好几日,随即退还。金人率众来追,径至樊城,赵方亲督诸军,击退金人。孟宗政复进破湖阳县,擒金千户赵兴儿。许国遣将耶律均,与金人会战北阳,杀金将李提控。扈再兴又攻入高头城。金兵连败,声势日蹙。新除观察使李全,因战胜化湖陂,渐萌骄志,佯与贾涉结欢,曲意趋承。涉已受朝廷命令,主管淮东制置司,节制京东、河北军马。分忠义军为两屯,都统仍属陈孝忠,更令季先为副。李全自为一军,营领五寨。季先素有豪侠名,为降众所敬服,全独怀妒忌,阴结涉吏莫凯,令谮季先。涉误信为真,诡遣季先赴枢密院议事,暗令心腹刺先道中,先不及防,竟被刺死。涉遣统制陈选代统先众。看官!你想先无辜被杀,含冤莫白,他的部下,肯俯首帖耳,不起怨言么?坐实贾涉罪状。当下有裴渊、宋德珍、孙武正、王义深、张山、张友六人，为先发丧，倡义拒选，潜迎旧党石珪为统帅。选还报涉，涉无法可施，只得再用羁縻计策，笼络石珪，保举珪为涟水忠义军统辖。益启盗心。李全以去一季先，来一石珪，仍然是一个敌手，复欲设法除珪，一面招降金益都守将张林，得青、莒、密、登、莱、潍、淄、滨、棣、宁、海、济南诸郡，奉表归宋，买动朝廷欢心，一面袭金泗州及东平，自夸威武。政府一再奖谕，贾涉亦一再慰劳，全志态益骄，降军多半不服。时青为金将所招，先行叛去，金命为济州宣抚使。蒙古帅木华黎，乘隙入济南，降将严实，亦至蒙古军前，奉款投诚。木华黎授实行尚书事，自是石珪亦渐萌异志，谋叛贾涉。李全以为时机已至，即向涉上书，自请讨珪。涉乃调全众至楚州，陈列南渡门，更移淮阴战舰至淮安，示珪有备。且诱招珪众，来者增粮，否则停饷。珪众逐渐解散。珪竟往降蒙古军。全复请诸涉，乞并统涟水军，涉不能却，竟以付全。全愈加骄悍，目空一切，旋假超度国殇为名，往金山寺作佛事。知镇江府乔行简用方舟迎全，舟中备设筵宴，并及女乐，全入舟高坐，畅饮尽欢，旁顾左右，满列吴姬，这几个是纤秾合度，那几个是妖冶绝伦，待至度曲侑觞，歌声迭起，一片娇喉，传入耳鼓，令人不禁销魂。比四娘子何如？只碍着行简面上，一时不便搂抱，只好硬着心肠，自存官体。及到了金山，入寺设坛，除开场主祭外，尽好出外游赏，触目无非妖娆，到眼总是佳丽，不由的叹美道："六朝金粉，名不虚传，我得志后，定当在此处营一菟裘，方不虚过一生哩。"究竟是个盗贼。既而佛事已竣，仍返故镇，遍语徒党道："江南繁丽无比，汝等也愿往游么？"大众当然赞成。全始造方舟，寄泊胶西，扼宁海冲要，令兄福守舟榷货，为窟宅计。时互市始通，北人尤重南货，价值十倍。全诱商人至山阳，舟载车运，与商分利。舟由李福主运，车归张林督办，林一无所得，已是不平。且林已受命总管京东，所恃盐场税则，作为军饷，福又欲与林分场，林不肯允。福怒道："渠忘吾弟恩德吗？待与吾弟商量，取渠首级。"林闻言益惧，同党李马儿劝林归蒙古，林遂以京东诸郡，向蒙古乞降。木华黎任林行山东东路都元帅府事，又激走了一个。福恐林袭击，遁还楚州，嗣由知济南府仲赟，往讨张林，林败走。李全乘间据青州，宋廷竟授全为保宁节度使，兼京东、河北镇抚副使。贾涉叹息道："朝廷但知官爵，可得士心，哪知愈宠愈骄，将来更不可制呢。"你也未尝无过。原来右丞相史弥远，早欲授全节钺，贾涉屡上书劝阻，至是骤然下诏，所以涉有此叹。涉知全必为变，不易控驭，因力求还朝，弥远不允。涉竟忧愤成疾，疾笃得请，卸任南归，竟在途中逝世了。

　　是时京、湖制置使赵方，及四川宣抚使安丙，相继沦亡，几不胜宿将凋零的感痛。方守襄、汉殆十年，以战为守，合官民兵为一体，知人善任，有儒

第八十八回　寇南朝孱主误军谋　据东海降盗加节钺

将风,所以金人扰边,淮、蜀皆困,独京西一境,安全无恙。嘉定十四年,在任病剧,召扈再兴等至卧室,勉以忠义。是夕,有大星陨襄阳,适与方死时相符。宋廷追封银青光禄大夫,累赠太师,谥忠肃。安丙再起抚蜀,转危为安,复遣夏人书,夹攻金边。夏遣枢密使宁子宁率众围巩州,丙亦命利州统制汪士信等,接应夏人。嗣由攻巩不克,双方退师。既而丙卒,讣闻于朝,追赠少师,立祠沔州,理宗朝赐谥忠定。丙颇有将材,为蜀人所畏服,惟杀害杨巨源、李好义,为世所诟,未免累德。后任为崔与之,拊循将士,开诚布公,蜀人亦安。

金主因侵宋无功,岁币复绝,尚不甘歇手,再命完颜讹可行元帅府事,节制三路军马,复出侵宋,以同签书枢密院事时全为副,由颍寿渡淮登陆。至高桥市,击败宋军,进攻固始县,破庐州将焦思忠援兵。嗣闻宋与蒙古通好,恐南北夹攻,无路可归,讹可乃定议北还,行至淮水,诸军将渡,偏时全矫称密旨,留军淮南,割取宋麦,令每人刈麦三石,作为军需。逗留三日,讹可语全道:"今淮水浅涸,可以速渡,倘或暴涨,将不便渡军,更虑宋师乘我后路,迫险邀击,那时转不能完归了。"全不肯从命,但说无妨。不意是夜即大雨滂沱,淮水骤涨,讹可乃决意渡淮,造桥济军。全亦不能独留,鱼贯而进。蓦闻炮声四响,鼓声随震,宋军从后杀来,全惶急无措,急乘轻舟先济,部卒不及随上,纷纷投水,多半溺死。尚有未投水的,留在岸上,被宋军杀了一阵,统作刀头之鬼。讹可遂归咎时全,禀白金主,金主下诏诛全,自是无南侵意。

蒙古帅木华黎,奉成吉思汗命令,受爵大师,晋封国王,经略太行山南,攻取河东诸州郡,又拔太原城。金元帅乌古论德升,及行省参政李革等皆自尽。蒙古降将明安,领偏师趋紫荆关,降金元帅左监军张柔。柔导蒙古军南下,攻克雄易、保安诸州,乘胜下河北诸郡。金主大封郡公,督令恢复,真定经略使武仙封恒山公,财富兵强,为各郡首,偏遇着蒙古将士,屡战屡败,竟举真定城出降,余郡更不消说得了。瓦解土崩,无可挽救。金主虽诛穆延尽忠,戮术虎高琪,去奸求贤,势已无及。屡次向蒙古求和,木华黎不允,且略山东,攻山西,直薄陕西凤翔府,累得金主珣昼夜不安,酿成心疾。到了宁宗嘉定十六年腊月,竟呜呼哀哉,伏维尚飨了。总计金主珣在位十一年,无岁不被兵,又无岁不弄兵,北不能御蒙古,南不能据宋境,徒落得跋前疐后,坐待衰亡。小子有诗叹道:

　　蒙儿势盛已堪忧,况复邦危主益柔。
　　北顾未遑南牧马,多招败辱向谁尤。

金主珣殁,太子守绪立,尊故主为宣宗。越年秋,宋宁宗也竟归天,为了嗣位问题，又酿成一场大变。看官欲知详细，试看下回便知。

金至宣宗之世，正蒙古勃兴，亟图南下之时，为宣宗计，正宜南和宋朝，北拒蒙古，备兵力于一方，或尚可杜彼强寇，固我边防，乃听高琪、王世安之邪言，以为取彼可以益此，亦思前门攘羊，后门进虎，羊未得而虎已先噬室人乎？况宋尚有赵方、安丙诸人，具专阃才，固不弱于完颜诸将也。然则金先败盟，宋乃北伐，直在宋而曲在金，原非开禧时比。惟淮西一带，降盗甚多，得良帅以驭之，容或收指臂相联之效，贾涉非其伦也。涉初任季先而招李全，旋信李全而杀季先，降盗因是离心，狡谋反且益逞，涉一举而蹈二失，其尚能坐镇淮西乎？及加授李全节钺，涉乃归咎于史弥远，夫弥远之谬，固不待言，然试问教猱升木者为谁？而顾欲以一去塞责，责其可塞否耶？语有之："父欲行劫，子必杀人。"无惑乎贾似道之再出误国也。

第八十九回　易嗣君济邸蒙冤　逐制帅楚城屡乱

却说宁宗本立荣王晌为皇子，改名为询，至嘉定十三年，询竟病逝，谥为景献，后宫仍然无出，免不得仍要另选。先是孝宗孙沂王柄无嗣，立燕王德昭九世孙均为后，赐名贵和，嘉定十四年，立贵和为皇嗣，改赐名为竑。惟竑已过继宁宗，是沂王一支，又要择人承继。宁宗曾命选太祖十世孙，年过十五，得储养宫中，如高宗择普安王故事。史弥远亦劝宁宗小心立嗣，不妨借沂王置后为名，多选一二人，以备采择。会弥远馆客余天锡，性甚谨厚，为弥远所器重，令为童子师。天锡，绍兴人，因欲还乡秋试，告假暂归。弥远密与语道："今沂王无后，君此去如得宗室中佳子弟，请挈他同来。"天锡应命而去。既渡浙江，舟抵越西门，天适大雨，不得已至全保长家，为暂避计。保长知为丞相馆师，当即杀鸡为黍，殷勤款待。席间有二少年侍立，天锡问为何人？保长道："此乃敝外孙与莒、与芮，系是天潢宗派，就是开国太祖的十世孙呢。"确是龙种。天锡不禁起座道："失敬失敬！"再问二人履历，始知父名希瓐，母全氏。还有一种奇怪的事情，与莒生时，室中有五采烂然，红光烛天，如日正中。既诞三日，家人闻户外车马声，出视无睹。及三五岁时，昼寝卧榻，身上隐隐有龙鳞，以此邻里争相诧异。平时令日者批命，亦谓与莒后当极贵，即与芮亦非凡品，天锡遂夸奖了一番。及还临安，具告弥远。弥远命召二子入见，全保长大喜，鬻田得资，为治衣冠，集姻党送行，几视为天外飞来的奇遇。弥远操相

第八十九回　易嗣君济邸蒙冤　逐制帅楚城屡乱

人术，既见二子状貌，亦暗暗称奇。嗣恐事泄干禁，遽使复归，全保长大失所望。既而弥远复嘱天锡，召入与莒，转白宁宗，立为沂王后，赐名贵诚，授秉义郎，时贵诚年已十七了。叙理宗皇帝出身，不得不格外从详。贵诚凝重端庄，洁修好学，每朝参待漏，他人或笑语，贵诚必整肃衣冠，不轻言动。弥远益叹为大器。

惟弥远秉政已久，内藉杨后为护符，外结私人为党助，台谏藩阃，多所引荐，莫敢谁何。惟皇子竑积不能平，隐与弥远有隙，弥远亦颇觉着。因竑好鼓琴，特购一善琴的美人，献入青宫，令伺竑动息。竑既得知音，复逢佳丽，就使明知弥远不怀好意，也被这情魔迷住，一时无从解脱；更兼那美人知书慧黠，事事称意，浸润既久，反把她视作贤妇，无论甚么衷曲，都与密谈。尝书杨后及弥远事于几上，后加断语道："弥远当决配八千里。"又尝指宫壁地图，指琼崖地示美人道："我他日得志，当置弥远于此地。"有时呼弥远为新恩，言不窜新州，必置恩州。何疏率乃尔？那美人曾受弥远嘱托，当然转告弥远，弥远不觉大惊。一日，弥远至静慈寺，为父浩建设经坛，期加冥福，百官等多来助荐，国子学录郑清之亦至，弥远独邀清之登慧日阁，私与语道："皇子不堪负荷，闻沂邸后嗣甚贤，今欲择一讲官，我意属君，请君善为训导。事成后，弥远的座位，就是君的座位。但语出我口，止入君耳，一或漏泄，你我皆族灭了。"清之唯唯从命。越日，即派清之教授贵诚。清之日教贵诚为文，又购高宗御书，令他勤习。贵诚本是灵明，功随时进，清之遂往谒弥远，出示贵诚诗文翰墨，誉不绝口，且说他品学醇厚，端的不凡。弥远于是迭奏宁宗，历言竑短，且极赞贵诚，宁宗尚莫明其妙。终身糊涂。

及宁宗不豫，弥远径遣郑清之往沂王府，密语贵诚以易储意。贵诚嗫不一言。清之道："丞相因清之从游有年，特将心腹语相告，今不答一言，教清之如何答复丞相？"贵诚始拱手徐言道："绍兴尚有老母，我何敢擅专？"不明言拒绝，只以老母为词，想寸心已默许了。清之转告弥远，因共叹为不凡。过了五日，宁宗疾笃，弥远竟假传诏旨，立贵诚为皇子，赐名昀，授武泰军节度使，封成国公。又越五日，宁宗驾崩，弥远遣杨后兄子谷石，将废立事入白皇后。杨后愕然道："皇子竑系先帝所立，怎敢擅变？"谷等出报弥远，弥远再令入请，一夜至往返七次，后尚未许。谷等泣拜道："内外军民，皆已归心成国，若不策立，祸变必生，恐杨氏无噍类了。"设词恫赫，易动妇女之心。后迟疑了好一歇，方徐徐道："是人何在？"四字够了。谷不待说毕，便三脚两步的跨出宫门，往语弥远。弥远立遣快足宣昀，且语去使道："今所宣召，是沂王府中皇子，不是万岁巷中皇子，汝苟误宣，立即处斩！"及昀入宫见后，后抚昀背道："汝今为吾子了。"昀未尝辞谢，其情可见。弥远引昀至枢前，举哀已毕，然后召竑。竑已闻讣，跂足待召，良久不至，乃开门待着。但见快足经过府前，并未入内，不由的疑虑交乘，待至日暮，似有数人策马驰过，也不辨为谁氏。至黄昏以后，始有人宣召，急忙带着侍从，匆匆入宫。每过一宫门，必有卫士呵止从吏，到了停柩的殿前，已只有单身一人。弥远出来，引入哭临。止哭后，复送他出帐，令殿帅夏震监守。竑心中大疑，无从索解。俄见殿内宣召百官，恭听遗诏。百官入殿排班，竑亦登殿，由传宣官引至旧列。竑愕然道："今日何日，还要我仍列旧班？"夏震佯说道："未宣制前，应列在此，已宣制后，才可登位。"竑始点首无词。须臾，见殿上烛炬齐明，竟有一少年天子，出登御座，宣即位诏。宣赞官呼百官拜贺，竑不肯拜，被震在后推腰挫首，没奈何跪拜殿下。拜贺礼成，又颁出遗诏，授皇子竑开府仪同三司，进封济阳郡王，判宁国府，尊杨后为皇太后，垂帘听政。于是这位成国公昀，安安稳稳的占了大位，是为理宗皇帝，大赦天下。寻复封竑为济王，赐第湖州，追封本生父希瓐为荣王，本生母全氏为国夫人，以弟与芮承嗣。明年改元宝庆，越三月，葬宁宗于永茂陵，总计宁宗在位三十年，改元四次，享年五十七岁。初任韩侂胄，继任史弥远，两奸专国，宋室益衰。

理宗幼在家中，与群儿戏，尝登高独坐，自称大王，群儿亦共呼为赵大王。至是居然登基，有志求贤，召知潭州真德秀，入直学士院，知嘉定府魏了翁，入为起居郎，两人皆理学名家，一时并召，颇孚众望。改元才数日，忽闻湖州不靖，有谋立济王消息，于是丞相史弥远，亟遣殿司将彭𫓧，率禁军驰赴湖州。湖州人潘壬，及从兄甫弟丙，闻史弥远擅行废立，心甚不平，关卿甚事？至济王奉祠就第，意欲就近奉立，成不世功，乃遣甫密告李全，求他援助。全欲坐观成败，佯与约期起兵，其实口是心非，毫无诚意。甫还报壬，壬遂部分众人，待全到来。及期不至，当然着急，且恐密谋被泄，必遭逮捕，遂招集杂贩盐盗千余人，结束如全军状，扬言自山东来，夜入州城，求见济王。济王闻变，奔匿水窦中，被壬觅着，拥至州治，用黄袍加王身上。专抄袭陈桥故事。王号泣不从，恐亦非真意。壬等齐声道："大王若不肯允，我等有进无退，将与大王同死了。"王不得已，乃与约道："汝等能勿害太后官家么？"壬等复同声如约。于是发军库金帛，犒赏众人。知州谢周卿率官属入贺，壬等复伪为李全榜文，揭示城门，声明史弥远废立罪状，且有"领精兵二十万，水陆并进"等语，州人均被耸动。及黎明出视城外，陆上只有巡尉兵卒，水中只有太湖渔舟，并没有什么李全，也没有李全的水陆人马。济王闻报，知难成事，亟与谢周卿商议，遣州吏王元春入报朝廷，自率州兵讨壬。壬变名走楚州，甫、丙皆死。及彭𫓧到来，乱事已平。已而淮右小校明亮，捕壬送临安，立即伏法。史弥远始终忌竑，诈言济王有疾，令余天锡挟医至湖州，暗中却嘱委天锡，假称谕旨，逼竑自缢，反

第八十九回　易嗣君济邸蒙冤　逐制帅楚城屡乱

以疾薨奏闻。天锡以谨厚闻,胡为亦作是事？寻诏追贬竑为巴陵郡公,又降为县公,改湖州为安吉州。真德秀、魏了翁及员外郎洪咨夔,共替济王竑鸣冤,理宗不省。

　　过了月余,接得淮东警报,制置使许国被李全所逐,窜死道中,楚州竟大乱了。许国曾为淮西都统,卸职家居,至贾涉死后,国上言：“李全必反,非豪杰不能弭患。”朝廷即以国为豪杰,令继贾涉后任。国奉命至镇,适李全趋山东,全妻杨氏出郊迎国。国拒不令见,杨氏怀惭而归。及视事,痛抑北军,犒赏银十减八九。全从青州致书称贺,国出示徒众道：“全仰我养育,我略示恩威,便竭诚奔走了。”谈何容易。遂复书邀全,令来相见。全诱约不至,国屡致厚馈,坚欲邀全。全党刘庆福,亦使人觇国意,知国无意加害,便请全见国。全集将校道：“我不往见制阃,未免理曲,我便一往便了。”乃径至楚州,入谒宾赞语全道：“节使当庭参,制使必令免礼。”全乃入拜,国端坐不动。全出语道：“全归本朝,未尝不拜人,但恨他非文臣,与我相等,他前以淮西都统谒贾制帅,亦免他庭参,他有何功业,一旦位出我上,便如许自大么？全赤心报朝廷,并不造反呢。”国闻全言,颇也自悔,乃设盛宴待全,慰劳加厚,全终未惬意,庆福谒国幕宾章梦先,梦先但隔幕唱喏,庆福亦怒。既而全欲往青州,恐国不允,遂自忖道：“渠不过欲我下拜呢,我能得志,何惜一拜。”因折节为礼。动息必请,下拜至再。国喜语家人道：“我已折伏此虏了。”一厢情愿。全请往青州,国即允诺,及全至青,即遣庆福还楚为乱。

　　庆福与杨氏谋,拟蓄一妄男子,指为宗室,潜约盱眙四军谋变。盱眙四将不从,庆福乃止欲除国。计议官苟梦玉侦得密谋,劝国预防。国大言道：“尽管令他谋变,变即加诛,我岂儒生不知兵吗？”梦玉见国不从,惧祸将及,因求檄往盱眙,且转告庆福道：“制使欲图汝。”庆福因迫不及待,胁众害国。适国晨起视事,庆福等挟刃而入,国料知有变,竟厉声道：“不得无礼！”言未毕,矢已及额,流血蔽面而走。庆福遂指挥乱党,闯入内室,将国全家杀害,且纵火焚署,抢劫库财。国狼狈出奔,由亲兵数十人,掖登城楼,缒下逃命。行至中途,自思家属被害,下无以保妻孥,上无以报国家,还有甚么生趣,索性解带自缢,了却残生。不死何为？章梦先被庆福杀死,独苟梦玉家,反由乱党保护。

　　楚州既乱,扬州亦震,史弥远闻变,尚欲含忍了事。默思大理卿徐晞稷,曾守海州,与李全友善,遂授他为制置使。晞稷至楚,李全亦到,全佯责庆福不能弹压,戮乱党数人,自己上表待罪,一面庭参晞稷。晞稷忙降等止参,全乃喜慰。嗣是全益骄纵,不可复制。晞稷却一意媚全,甚称全为恩府,全妻杨氏为恩堂,尊卑倒置,煞是可笑。实是无耻。全竟檄恩州,内有“许国谋反,已经伏诛,汝等军士,应听我节制”等语。那恩州守将,也是一个降盗,就是上文所说的彭义斌,见七十七回。他却有点忠心,不似李全狡诈,当下扯碎来书,奋然大骂道:"逆贼背国厚恩,擅杀制使,我必报此仇。"遂南向告天,誓师讨逆。全闻报大愤,即率众攻恩州。义斌出城迎战,击败李全,夺去马二十匹。刘庆福引兵救全,又为义斌所败,全不禁气馁,贻书晞稷,请代向义斌讲和。晞稷居然替他排解,义斌知晞稷无用,自与沿江制置使赵善湘书,愿共诛全。盱眙四总管,亦欲协力讨贼。知扬州赵范,又上书弥远,幸毋豢盗。偏弥远姑息偷安,禁止妄动,遂令狼心狗肺的李全,逍遥法外。

义斌以山东未定,拟先图恢复,后诛逆全,遂移兵攻东平。东平守将严实,已降蒙古,至是因兵少粮虚,阳与义斌连和,暗中却约蒙古将孛里海,一译作博勒和。共攻义斌。义斌全未闻知,竟转徇真定,道出西山,与孛里海军相值。两下交锋,未分胜负。不料严实从背后袭击,以致全军大乱,义斌马踬被擒。蒙古将史天泽,劝他投降,义斌厉声道:"我乃大宋臣子,岂降汝狡虏么?"随即遇害。降盗中要算此人。京东州县,接连被陷,蒙古复进围青州。李全挟青州为营窟,怎肯弃去?便与蒙古军鏖战数次,始终不利,因与兄福相商。福自愿居守,劝全从间道南归,乞兵赴援。全摇首道:"数十万劲敌,恐兄未能支持,不若留弟守城,兄去乞援便了。"福乃缒城夜出,自往楚州。史弥远闻全被困,乃欲乘间图全,调回徐晞稷,改任知盱眙军刘琸,为淮东制置使。琸赴任时,惟调镇江兵三万自随。盱眙忠义军总管夏全请从,琸料不易驭,令他留镇。偏镇江副都统彭忔,移住盱眙,也欲调开夏全,免为己患。乃语夏全道:"楚城贼党,不满三千人,健将又在山东,刘制使今日到楚,明日便可平楚,太尉何不继往,共成大功。"全欣然许诺,竟俟刘琸去后,率部众五千名,蹑踪前往。琸至楚城,夏全已随入。那时无法使回,只好留他自卫。

会李福回楚,拟分兵援青州,琸不肯从。福与全妻杨氏,遂嗾动部众,哗噪不休。琸令夏军驻扎楚城内外,严防兵乱,且限李福等三日出城。全妻杨氏,因想出一个离间的方法,密遣人告夏全道:"将军非自山东归附么?兔死狐悲,李氏灭,夏氏宁得独存?愿将军垂盼。"数语易入夏耳。夏全不禁心动,遂往杨氏宅中。杨氏盛饰出迎,由夏全瞧入眼波,但见她丰容盛鬋,华服凝妆,威武中寓妩媚态,几惹的目眩神迷。杨氏故意的卖弄风骚,留夏宴饮,自己侧坐相陪。夏全屡顾杨氏,杨氏亦眉目含情,待酒至数巡,杨氏竟娇声语全道:"人传三哥已死,三哥指李全,想是排行第三。我一妇人,怎能自立?便当事太尉为夫。子女玉帛,皆太尉物,且同出一家,何故相戕?若今日剿除李氏,太尉能自保富贵么?"原来夏全已受封太尉,所以前时的彭忔,此时的杨氏,均以太尉相呼。夏全闻到此语,喜出望外,几把那身都酥麻了半边,色之迷人,甚

第八十九回 易嗣君济邸蒙冤 逐制帅楚城屡乱

于盗贼。便斜着一双色眼道："姑姑！此语可当真吗？"杨氏索性进一步道："太尉若能诛逐刘琸，便即如约。"杨氏之狡，不亚李全。夏全大喜，召入李福，同谋逐琸。议既定，即于次日起事，合攻州署，焚官民舍，杀守藏吏，闹得天翻地覆，鬼哭神愁。琸赖镇江军保护，缒城而出。镇江军与贼夜战，将校多死，器甲钱粟，尽为贼有。夏全既将琸逐出，便跃马赴杨氏营，总道此夜是欢谐鱼水，颠倒鸳鸯，哪知到了营前，竟请他一碗闭门羹，而且满营兵士，列刃以待；当下策马回奔，招众出城，径趋盱眙，沿途大掠。盱眙将张惠、范成进已知夏全为乱，竟闭城拒全，且将全母及妻，在城内捕至，一律斩首，抛掷城下，气得夏全咬牙切齿，恨不得将盱眙城吞了下去。满望多增一妻，谁知反失一妻，哪得不恨？正欲麾众攻城，那城中竟驱兵杀出，反被他蹂躏一阵，丧失部众千人，一时无路可归，竟奔降金人去了。

宋廷严责刘琸，琸已至扬州，恐坐罪被诛，竟尔忧死。有诏令军器少监姚翀知楚州，兼制置使。翀毫无才略，也是徐晞稷一流人物，临行时，留母及妻子居都城，自己购得二妾，驾舟径往。枪刃之下，岂可作藏娇窟耶？至楚城东，翀舟治事。探得杨氏无害己意，乃入城往见，用晞稷故例，更加谄媚。杨氏乃许翀入城，翀见州署被毁，尚未修筑，急切无从托足，乃寄治僧寺中，苟延时日。幸有二妾侍奉，倒也不虑寂寞，整日里左拥右抱，乐得寻欢。既而李全守不住青州，竟降蒙古。刘庆福尚分守山阳，自知已为厉阶，惶惧不安，意欲杀李福以赎罪。李福已有所闻，亦欲将庆福杀害。二人互相猜忌，不复相见。一日，杨氏请姚翀议事，翀不敢却，只好前往，既入李营，见刘庆福亦即到来，杨氏开口道："哥哥有疾，军务不能主持，所以请姚制帅及刘总管，共议军情。"庆福道："李大哥何时得恙，我却未曾闻知？"杨氏正要回答，里面已有人传出，说要请刘总管入见。刘以李福有疾，料也没甚意外，遂随了传报的人，趋入内室，迂曲数四，才至李福卧处。遥见福卧不解衣，未免疑虑，不得已走近榻前，开口问道："大哥有恙么？"福答道："烦恼得恁地。"刘左右一顾，见榻旁有剑出鞘，益觉心动，亟忙退出。福竟跃起床上，持刀追杀庆福，庆福徒手不支，立被杀死。福竟携首出外堂，交与姚翀。翀大喜道："庆福首祸，一世奸雄，今头颅乃落措大手么？"能杀庆福，岂不能杀汝么？遂驰还寺中，立刻草奏，遣白朝廷。复旨到来，翀蒙优奖，福得增秩，杨氏竟进封楚国夫人。惟楚州自夏全乱后，库储俱尽，纲运不继，李福常向翀索饷。翀无从应付，只说待朝廷颁发，便当拨给。福屡催无着，私下动怒道："朝廷若不养忠义军，何必建阃开幕？今建阃开幕如故，独不给忠义军钱粮，是明借这阃帅，来制压我忠义军呢。"随即与杨氏密谋，邀翀过宴。翀昂然竟往，就坐客次，并不见杨氏出陪，须臾见自己二妾，也被召入内，他不知葫芦里面，卖什么药，俄见一班赳赳武夫，在客次外狞目探望,料知不是好兆,便起身急走,甫出客次,但听得一片喧声道:"姚制使走了! 姚翀逃了!"吓得姚翀无处躲避,几乎心胆俱碎。正是:

逐帅几同棋易子,抢头好似杖惊儿。

毕竟姚翀能逃得性命否? 待至下回再叙。

天下事莫不坏于一私字。私心一起,则内而作奸,外而犯科,皆因之而起。史弥远之擅谋废立,私也。杨后之允行废立,由恐无噍类之说所激,亦一私也。即济王竑之隐嫉弥远,形诸笔墨,亦无非一私也。即潘壬弟兄之欲奉济王,期建非常之业,亦何一非私也? 若夫许国、徐晞稷、刘琸、姚翀诸人,陆续被逐,均为一私字所致。许、徐二人欲制全,而反为所制,刘、姚二人尝媚全,而无益于媚,一念萦私,着着失败,彼夏全、刘义福辈,更不足道也。观此回,不禁为好私者慨矣。

第九十回 诛逆首淮南纾患
戕外使蜀右被兵

却说姚翀闻变,抱头出窜,见外面已露刃环列,几无生路可寻。还亏李全部下的郑衍德,挺身保护,翼他出围,沿途尚闻有哗噪声,连忙剃去须髯。缒城夜走,遁至明州,未几病死。二妾不知如何着落? 宋廷以淮乱相仍,再四逐帅,乃欲轻淮重江,楚州不复建阃,就用统制杨绍云兼制置使,改楚州为淮安军,命通判张国明权守。盱眙守彭忔,想乘此建功立业,潜遣张惠、范成进入淮安,语全将国安用、阎通道:"朝廷不降忠义军钱粮,无非因刘庆福、李福等,屡次生乱,所以停给。今庆福已除,李福尚在,何不一并除去,为朝廷弭患呢?"国、阎二人也以为然,并联络王义深、邢德一同举事。时张林又来降宋,亦欲除福复仇,遂与四人合议,同率众趋李福家。适李福出门,邢德兜头一刀,将福枭了首级,复闯入内室,杀死全次子通,并四觅杨氏,适得一妇人匿床下,便即牵出,杀死了事。遂将这妇人首,充作杨氏,与李福头颅,并至杨绍云处献功。绍云遣送临安,阃廷皆喜。看官试想! 这杨氏李姑姑,曾善用双刀,具有一身胆力,难道便畏匿床下,坐听枭首么? 原来这妇人首,乃是全妾刘氏,那杨氏早已轻装易服,逃往海州了。雌儿毕竟不凡。朝廷以功由彭忔,即令他经理淮东。张惠、范成进不得邀赏,又因粮饷缺乏,密约降金,拟执忔为赘仪,遂趋还盱眙,设宴邀忔。两人奉觞上寿,接连灌到数十杯,忔竟醉倒席上,被两人捆缚起来,竟渡淮降金去了。

第九十回 诛逆首淮南纾患 戕外使蜀右被兵

李全受蒙古命,经略山东,闻兄妾被害,当然不肯干休,便请诸蒙古元帅,愿报兄仇。蒙古元帅不肯遽从。全断指为示道:"全若再归南朝,有如此指!"于是蒙古帅命全下淮南。全服蒙古衣冠,移文两淮,自称山东淮南领行省事。杨绍云见了移文,便避往扬州,王义深也奔降金人。国安用独不奔避,诱杀张林、邢德,携首投全军,自行赎罪。全乃不杀安用,与他同入淮安,复移兵占住海州、涟水等处。全妻杨氏,又至淮安与全相会,仍然是夫妻完聚,骨肉团圆。史弥远尚专务招抚,使人说全,令毋用兵淮南,当仍加节钺。全以东南利用舟楫,急切里不得水师,不如阳顺朝命,阴习水战。绍定元年,即理宗四年,改颁正朔,李全广募水卒,不限南北,宋军多往应全募,遂增设战舰,与杨氏大阅海洋。一个是两邦阃帅,甲胄辉煌,一个是半老佳人,冠笄绚烂,好算作盗贼世界,儿女英雄。李全夫妇,不伦不类,故用笔亦若讽若刺。全又与金合纵,约把盱眙畀金,金封全为淮南王,全佯辞不受。自是盘踞淮境,对宋称臣,好索饷豢兵,对蒙古也称臣,就将淮南商税盐利,一并垄断,好作为蒙古岁贡,对金且虚与周旋,免他作梗。不愧狡兔。宋廷士大夫,都晓得全怀异志,只因弥远执政,专事羁縻,哪个敢来多嘴。全因节钺未加,复遣私人入都,请建阃山阳。一时未得所请,竟密令部将穆椿等,潜入皇城纵火,毁去御前军器库,把先朝庋藏的兵甲,尽付一炬。朝廷已明知由全所使,还是苟且偷安,不加责问。及全籴麦舟过盐城,知扬州翟朝宗,令尉兵出来夺麦,惹得全怒气冲天,立率水陆兵数万名,来捣盐城。戍将陈益、楼强皆遁,知县陈遇亦逾城逃去,公私盐货,皆为全有。朝宗忙遣干官王节至盐城,恳全退师,全哪里肯依,留郑祥、董友守盐城,自提兵还淮安,上表朝廷,只说"捕盗过盐城,县令等弃城遁去。全恐军民惊扰,所以入城安众,现已返楚"云云。弥远尚以全守臣节,授彰化、保康节度使,兼京东镇抚使,谕令释兵。全勃然道:"朝廷待我如小儿,啼乃授果,我要这节钺何用?"你明明是个宠儿,屡次变脸。弥远复为罢朝宗,命通判赵璞夫暂摄州事。

全造舟益急,历招沿海亡命,充作水手。又贻书璞夫,托词防备蒙古,须增给五千人钱粮,并求誓书铁券。政府尚遗饷不绝,他军士见淮海输粟,都窃议道:"朝廷唯恐贼不饱,教我辈何力杀贼?"射阳湖人至有养北贼戕淮民的谣言。时赵范、赵葵已接奉朝命,节制镇江、滁州军马,赵善湘为江、淮制置使。三赵俱嫉全如仇,力主用兵。会值弥远告假,诸执政不加可否,独参政郑清之深以为忧,遂与枢密袁韶、尚书范楷,力劝理宗讨逆。理宗准奏,清之又转告弥远。弥远乃亦改图,遂请旨削全官爵,并下诏谕道:

君臣天地之常经,刑赏军国之大柄,顺斯柔抚,逆则诛夷。惟我朝廷,兼爱南北,念山东之归附,即淮甸以绥来。视尔遗黎,本吾赤子,故给资粮而脱之饿莩,赐爵秩而示以宠荣,坐而食者逾十年,惠而养之如一日,此更生之恩也,何负汝而反耶?蠢兹李全,侪于异类,蜂屯蚁聚,初无横草之功,人面兽心,曷胜擢发之罪。谬为恭顺,公肆陆梁,因馈饷之富以啸聚俦徒,挟品位之崇以胁制官吏,凌蔑帅阃,杀逐边臣,虔刘我民,输掠其众,狐假威以为畏己,犬吠主旁若无人,姑务包含,愈滋猖獗,稔兹恣暴,用怨酬恩,舍是弗图,孰不可忍?李全可削夺官爵,停给钱粮,勅江、淮制臣,整诸军而讨伐,因朝廷佥议,坚一意以剿除。蔽自朕心,诞行天罚。肆予众士,久衔激愤之怀,暨尔边氓,期洗沉冤之痛。益勉思于奋厉,以共赴于功名。凡曰胁从,举宜效顺,当察情而宥过,庸加惠以褒忠。爰饬邦条,式孚众听,能擒斩全首者,赏节度使钱二十万,银绢二万匹,同谋人次第擢赏。能取夺现占城壁者,州除防御使,县除团练使,将佐官民兵,以次推赏。逆全头目兵卒,皆我遗黎,岂甘从叛?良由创制,必非本心,所宜去逆来降,并与原罪,若能立功效者,更加异赉。噫!以威报虐,既有辞于苗民,惟断乃成,斯克平于淮、蔡。布告中外,咸使闻知!

相传此诏即郑清之所草,诏下后,李全便率众至扬州湾头,来夺扬城,赵瓒夫惶急欲奔,为副都统丁胜所阻,乃闭城拒守。会瓒夫得史弥远书,许增全万五千人粮,劝归淮安,因即遣部吏刘易赴全营,持书相示。全笑道:"史丞相劝我归,丁都统与我战,非相绐么?"即掷书不受。易返报瓒夫,瓒夫亟发牌印,至镇江迎接赵范。范亦约葵同援。葵即率雄胜、宁淮、武定、强勇四军,共万五千名,驰赴扬州。全党郑衍德,劝全先取通、泰二州,再攻扬城,全乃引兵攻泰州。知州宋济迎降,全入掠子女货币,转趋扬州。途次闻范、葵已入扬城,便举起马鞭,挞郑衍德道:"我本欲先取扬州,汝等劝我取通、泰,今二赵已入扬州了,试问扬州易下否?"衍德无词可答。

全乃分兵守泰州,自率众攻扬州,进扑东门。赵葵出城搏战,拒濠问答。葵问全来何为?全答道:"朝廷动见猜疑,今复绝我粮饷,我并非背叛,但来索粮呢。"葵怒道:"朝廷视汝作忠臣孝子,汝乃反戈攻陷城邑,怎得不绝汝钱粮?汝云非叛,欺人呢?欺天呢?由汝道来!"揭破狡谋。全理屈词穷,竟弯弓抽矢,向葵射来。葵用枪拨矢,矢入濠中,遂驱军越濠,拟与全决战,全竟退去。翌日,全悉众攻城,也被葵击退。嗣是屡攻屡却,二赵更迭战守,并陆续有援军到来,无懈可击。全拟筑长围,困住守兵,自己跨马张盖,部下奏乐,督兵筑垒。范令诸门用轻兵牵缀,自领锐卒出堡寨,向西攻全。全亦分兵酣战,自辰至未,杀伤相当,两下方鸣金收军。越宿,范复出师大战,令偏将金玠,袭击全粮船,杀败全将张友,夺得粮船数十艘。又越宿,葵复出战,亦将全军杀败,惟全自恃兵众,始终不肯退去。

第九十回　诛逆首淮南纾患　戕外使蜀右被兵

　　自绍定三年冬季,相持至四年孟春,全尚欲浚堑固垒,范、葵遣诸将出城掩击,全不及防备,奔入土城,蹂溺甚众。范列阵西门,上马待战,偏全众闭垒不出。葵语范道:"贼俟我收兵,方来追击呢。"当下命将校李虎,伏骑破垣间,佯收步卒诱贼。贼果掩杀出来,李虎奋起力斗,城上亦矢石如雨,贼乃败回。到了上元,城中放灯张乐,故示整暇。全亦往海陵,召伎侑觞,张灯设宴。越日,复置酒高会平山堂,有堡寨候卒,识全枪上垂有双拂,便入报赵、范。范语葵道:"此贼好勇而轻,既出土城,定当成擒。"乃先授李虎密计,然后尽选精锐,西出攻全,却故意用羸卒旗号,诱他迎击。全望见旗帜,突斗而前,范麾兵并进,葵轻出搏战,各军俱踊跃上前,无一落后。全始知不可敌,且战且退,欲奔还土城,将至瓮门,忽有一彪军突出,阻住马前,为首一员统帅,跃马抡刀,大呼道:"贼全休走!李虎在此!"<small>不亚虎名。</small>全无心恋战,复拍马返奔。赵葵、李虎前后相迫,杀得全兵东倒西歪,十丧七八。全夺路北走,径趋新塘。新塘淖深数尺,适值久晴,浮尘如燥壤,全手下只有数十骑,拚命乱逃,急不择路,更兼天色将昏,前途难辨,扑通扑通的响了数声,那数十骑都陷入淖中,全亦当然被陷。官军从后追至,竞持长枪乱刺,全急呼道:"毋杀我,我乃头目。"官军闻得头目两字,越发奋力刺全,全立被刺毙,所从三十余人,也毋一得生。军士且支解全尸,分夺鞍马器械,回营报功。看官!你道全陷淖中,何故尚自称头目?他以为头目两字,乃是普通贼目的称呼,并非贼帅,意欲将此哄骗官军,幸图脱难。哪知官军里面的赏格,已有获一头目,应赏若干的条例,所以军士恐夺不调匀,索性把他支解,碎尸而去。<small>好诈者终以诈败。</small>全既死,余党欲溃,惟国安用不从,议推一人为首,莫肯相下,乃还趋淮安,欲奉全妻杨氏为主。赵范、赵葵追击,复大破贼党,方才四散。范葵收军还扬州,使人瘗新塘骸骨,检得一尸,左手无一指,方信全已真死。<small>李全断指见前文。</small>先是全祷茅司徒庙,不得应验,全怒,断神像左臂,或梦神语道:"全伤我,全死亦当如我。"至是果然。

　　扬州解严,赵善湘露布上闻,朝右相庆,诏加善湘为江淮制置大使,范为淮东安抚使,葵为淮西提刑,余将亦赏赍有差。范与葵再率步骑十万,直捣盐城,屡败贼众,复进薄淮安城,杀贼万计,焚二千余家,城中哭声震天,未几城破,烧寨栅万余。全妻杨氏语郑衍德道:"二十年梨花枪,天下无敌手,今事势已去,不能再支,汝等未降,想因我在的缘故。我今去了,汝等不妨出降呢。"遂带了亲卒百人,闯出城外,向北径去。<small>至此尚能漏网,好算是奇妇人。</small>贼党乃遣伪参议冯垍等,纳款军门,范准他降顺,淮安乃平。就是海州、涟水等处,也即收复。杨氏窜归山东,又数年乃毙。十年强寇,至此始扫荡无遗了。<small>归结李全。</small>

　　且说理宗初年,亲用儒臣,有心求治,只因弥远当国,邪正不能并容,且因真德秀、魏了翁等，尝讼济王竑冤，更为弥远所侧目。弥远遂引用三凶，并入谏院。三凶为谁？一是梁成大，一是李知孝，一是莫泽。成大尤谄事弥远，由知县骤任御史，以排斥正士为要旨。会太后撤帘归政，国事由理宗亲理，三凶遂交劾真、魏，说他私祖济王，朋邪误国。真、魏相继罢官，连员外郎洪咨夔，亦连坐被斥。魏了翁且谪居靖州。成大贻书亲友道："真德秀乃真小人，魏了翁为伪君子。"当时目为狂吠，因呼成大为犬。理宗录用名贤后裔，如程、朱、张、陆等子孙，均授官秩，并建昭勋崇德阁，图绘先朝功臣，共二十四人，赵普为首，赵汝愚为殿。但徒追既往，不顾目前，所有真、魏诸贤，黜逐殆尽，这真所谓叶公好龙，欲得反失呢。

是时蒙古主铁木真，与木华黎分略南北，木华黎略南方，铁木真略北方，适乃蛮部酋太阳汗子屈曲律，逃奔西辽。西辽据葱岭东西地，自辽人耶律大石即耶律达什。痛辽被灭，往走回疆，联合回纥诸部，成一大国，有志规复，未成而死，再传至孙直鲁克，君临如故。惟东方属部，多为蒙古所夺，国势渐衰。屈曲律奔投西辽，由直鲁克招为女夫，畀以大权。屈曲律竟篡了王位，东向袭蒙古属境。铁木真遣哲别往征，哲别率军直入，屈曲律战败西遁，至巴克达山，被哲别追获，一刀了事。西辽全土，尽归蒙古。哲别归国后，蒙古商人往花剌子模，被他杀掠。花剌子模在西辽西境，向奉回教，铁木真遣使诘问，又复被杀，乃亲督兵攻花剌子模。花剌子模王谟罕默德，敌不住蒙古军，窜死里海岛中。谟罕默德长子札兰丁，奔至哥疾宁，纠集余众，出御蒙古，战了两三仗，被蒙古军杀得人仰马翻，只剩札兰丁一人一骑，逃至印度河边，投河南渡。铁木真再拟南追，遇着了一个奇兽，名叫角端，文臣耶律楚材乘势劝主罢兵，只说："这兽是旄星精灵，好生恶杀，特来儆告主子，罢兵息民。"铁木真闻言，才准班师。尚有哲别、速不台二军，逾太和岭袭钦察部，阿罗思即俄罗斯。诸侯王，联兵援钦察，俱为哲、速二将所破，歼馘无算。哲别遇疾退军，铁木真班师命令，亦已颁到，乃收兵而回。

铁木真回国后，因西征时征兵西夏，夏主不从。再饬夏主遣子入质，夏主又不从。惹得铁木真非常恼恨，更兼木华黎病殁南方，缺一统帅，因拟南征西夏，乘便经略中原。西夏自李安全后，又易二主，安全传与从子遵顼，遵顼复传子德旺，德旺本庸弱无能，国是由悍臣阿沙敢钵处决。前此蒙古使至，征兵征子，都是他一人拒绝。此次铁木真决意出师，行至中途，忽然罹疾，乃只遣使诘责夏主。阿沙敢钵对着蒙使，又挺撞了好几语。蒙使返报铁木真，铁木真勃然起床，麾兵大进，直指贺兰山。阿沙敢钵居然率众迎击，哪知蒙古兵煞是厉害，任你阿沙敢钵如何大胆，至此全没用处，只好弃众逃走。也是一个景延广。铁木真遂下西凉，入灵州，破临洮，据洮河、西宁二州，进攻德顺。夏主

第九十回　诛逆首淮南纾患　戕外使蜀右被兵

李德旺,忧悸而死。弟子睍继立,睍尚幼弱,晓得甚么军务,官民统依山凿穴,偷避敌锋。及德顺被陷,敌逼夏都,夏主睍穷蹙出降,蒙古兵一齐入城,掳了财帛,劫了子女,所有夏主宫眷,一古脑儿牵扯了去,或杀或辱,自不消说。还有匿居土窟的官民,也被蒙古兵搜着,财物夺去,性命呜呼。总计夏自元昊称帝,共传十主,历二百有一年而亡。

铁木真养疾六盘山,病势日重,自知不起,语左右道:"西夏已灭,金势益孤,我本拟乘胜灭金,奈天命已终,势难再延,若嗣君能继我遗志,南略中原,最好是假道南宋,宋、金世仇,必肯假我,我下兵唐、邓,直捣大梁,不怕他不为我灭。比那取道潼关,难易相去十倍哩!"此即避坚攻瑕之计。言讫遂逝,年六十六。蒙古人称为太祖,遗旨命少子拖雷监国。拖雷亦作图类。越年,开蒙古大会,由诸王诸将等齐来会议,叫作库里尔泰会,推太祖第三子窝阔台为大汗。窝阔台既即汗位,承父遗志,一意攻金。宋理宗绍定三年冬月,偕弟拖雷等入陕西,连下山寨六十余所,进逼凤翔,分兵攻潼关。越年,凤翔被陷,惟潼关不下。窝阔台汗忆父遗言,命速不罕一作绰斯工。为行人,往宋假道,到了沔州,被统制张宣杀死。窝阔台汗得了此信,自然不肯干休,遂命拖雷率骑兵三万人,竟趋宝鸡,攻入大散关,破凤州,屠洋州,出武休东南,围住兴元。军民走死沙窝,约数十万。再遣别将入沔州,取大安军路,开鱼鳖山,撤屋为筏,渡嘉陵江,略地至蜀。四川制置使桂如渊逃归,被蒙古拔取城寨,共四百四十所。有诏令李㪯为四川制置使,知成都府,赵彦呐为副使,知兴元府。两使正在出发,那蒙古兵已饱掠蜀境,舍蜀而去,小子有诗叹道:

无端戕使怒邻邦,骄子雄心岂肯降?
虽是偏师攻蜀右,几多血岢淹西江。

欲知蒙古兵何故去蜀,俟至下回再详。

李全之骄,史弥远酿之也。李全之悍,亦史弥远纵之也。全无文才,无武略,徒恃诈术以欺人,掉而去之,一将力耳。况彼已败降蒙古,复入楚州以报私仇,甚至旁陷郡邑,四掠人民,是明明一宋之叛贼也,弥远尚欲授以节钺,真令人无从索解。且于全则豢之唯恐不优,于真、魏则屏之唯恐不远,是诚何心?得毋所谓方以类聚,物以群分者欤?非郑清之之决讨于内,二赵之力制于外,几何不糜烂江淮也。若蒙古主之灭西辽,平西域,亡西夏,皆元史中事。本回第撮举大要,惟假道南宋一节,为宋史中最关紧要之事。夫假道伐虢,虞随以亡,绳以唇亡齿寒之谊,宋固不宜假道,然辞其使可也,戕其使不可也。杀一人而丧千万人,其得失为何如耶?

第九十一回　约蒙古夹击残金
　　　　　克蔡州献俘太庙

　　却说蒙古太祖少子拖雷,分兵略蜀,拔取城寨四百四十所,因尚未遽绝宋好,但借偏师示威,即行召还。会兵陷饶凤关,渡汉江东行,将趋汴京。金主守绪急令诸将分屯襄、邓,行省完颜合达合达一作哈达。及移剌蒲阿,一作伊喇丰阿拉。率诸军入邓州,杨沃衍、陈和尚、一作禅华善。武仙等皆会,乃出屯顺阳。适蒙古兵渡过汉江,来袭金军背后,哈达见蒙兵势盛,拟从旁道走避,那敌骑已是驰至,几乎招架不住。还亏部将蒲察定住一作富察鼎珠。奋力截杀,敌骑始退。哈达屯留四日,不见敌兵,便引军还邓,不料行至半途,忽从林间突出敌骑,将他辎重劫去,金兵几不成列。幸敌骑得了辎重,即行远飏,军士才免丧亡。哈达返邓后,反称大捷,捏报汴都,金廷相率庆贺。
　　隔了数月,蒙古主窝阔台汗亲自督兵南下,由白坡镇渡河,进次郑州。遣速不台领兵攻汴。金主守绪不意北兵猝至,吓得手足无措,忙召合达、蒲阿还援。合达等奉命即行,偏拖雷又出来作对,自率铁骑三千,追尾金军。金军还击,他却退去,金军启程,他又来袭,害得金军不遑休息,且行且战,至黄榆店,天忽雨雪,不能前进。蒙古将速不台已派兵阻金援师,于是金军前后被阻。至雨雪少霁,接连得汴京来使,催他速援。合达不得已再行,至三峰山,蒙古兵已两路齐集,四面兜围。金兵无从得食,饿至三日,顿时大溃,武仙率三十骑先奔,杨沃衍等战死。合达知大势已去,忙邀蒲阿与商,拟下马死战。哪知蒲阿已杳如黄鹤,不知去向,只有陈和尚等,尚是随着,乃相偕突围,走入钧州。窝阔台汗复遣将接应拖雷,合攻钧州。钧州城内,只有败兵数千,哪里保守得住?眼见得被他攻入,合达、陈和尚皆被杀,连先行逃走的蒲阿,也被蒙古兵追获,结果性命。蒙古兵移攻潼关,守将李平迎降,转围洛阳。留守撒合辇一作萨哈连。背上生疽,不能出战,投濠自尽。兵民推警巡使强伸为府金事,死守三月,无隙可乘,敌始退去。
　　窝阔台汗意欲北归,遣使自郑州至汴,谕令速降。金主没法,乃封荆王守纯子讹可一作鄂和。为曹王,令尚书左丞李蹊,送往蒙古军前,纳质请和。仿佛徽、钦受围时情景,天道好还,一至于此。偏蒙古将速不台仍然攻城,连日不懈。幸汴城坚固,炮石迭下,一守一攻,相持至十六昼夜,内外积尸如山。速不台知不可下,乃与金议和。金主乃遣户部侍郎杨居仁,出犒蒙古兵,酒肉以外,

第九十一回　约蒙古夹击残金　克蔡州献俘太庙

并有金帛珍异等件。速不台乃麾兵退去，散屯河、洛间。已而蒙古行人唐庆等，来金通好，被金飞虎军头目申福等杀死，于是和议复绝。蒙古主窝阔台汗复议大举，特遣使臣王旻，南至京、湖，与宋京、湖制置使史嵩之，议协力攻金。史嵩之奏报宋廷，廷议统以为机不可失，应从蒙古所请，乘此复仇。独淮东安抚使赵范进言道："宣和时，海上定盟，初约甚坚，后卒取祸，不可不鉴。"理宗不从，命史嵩之遣使往报，愿出师夹攻金人。嵩之乃遣邹伸之往报蒙古，蒙古主许俟成功，当把河南地归宋。依然一约金灭辽的故辙。伸之乃还。

　　是时金主守绪因和议决裂，恐蒙古兵复来攻汴，遂募民为兵，括粟为粮，怎奈百姓多不愿充役，更兼民食缺乏，自己难谋一饱，哪里还有余粟可以接济军饷？左丞相李蹊及参政合周，一作哈准。不管人民死活，硬要他输粟入官，所括不满三万斛，已是满城萧索，死亡枕藉。金主守绪自思粮尽兵虚，汴城终恐难守，遂议徙都避难，命右丞相赛不，一作萨布。平章白撒，左丞相李蹊等，率军扈从。留参政奴申，一作讷苏肯。枢密副使习捏阿不一作萨尼雅不。等守汴，自与太后皇后妃主等告别，大恸而去。既出城，茫无定向，诸将请幸河朔，乃自蒲城渡河。适归德统帅石盏女鲁欢，一作什嘉纽勒珲。送粮至蒲城，留船二百艘，张布为幄，请金主乘船北渡，渡未及半，忽然大风四起，波浪沸腾，后军不能再济。冤冤相凑，蒙古将回古乃乘隙来追，金元帅贺喜力战捐躯，部兵溺死约千人。金主在北岸相望，吓得胆战心惊，亟奔往泅麻冈。嗣遣白撒领兵攻卫州，蒙古兵渡河来援，白撒急退，到了白公庙，被蒙古将史天泽，大杀一阵，弄得全军覆没，只剩白撒一人，狼狈遁还。金主大惧，忙趋往归德，遣人往汴京奉迎太后及皇后妃主等人。哪知汴京西面元帅崔立，因此作乱，竟杀死留守大臣，请故主永济子梁王从恪监国，自为太师都元帅尚书令郑王，输款蒙古举城降敌了。蒙古将速不台进军青城，立盛服往见，称速不台为父。速不台大喜，赐以酒宴，立酣醉而归。托词金主出外，索随驾官吏家属，征集妇女至宅中，名为待送行在，实则藉此图欢，见有姿色的丽姝，便牵入卧室，硬令受污，日乱数人，尚嫌不足；一面将天子衮冕后服，出献速不台，既而复劫金太后王氏，皇后徒单氏，梁王从恪，荆王守纯暨各宫妃嫔，统送至蒙古军前。宋有范琼，金有崔立，凶狡相同，立为尤甚。速不台杀死荆、梁二王，所有金太后以下，俱派兵监送和林。在途艰苦万状，比金人掳徽、钦二帝时，尤加虐待，可见祖宗行恶，子孙还报，天理原是昭彰呢。当头棒喝。速不台入汴城，蒙古兵一并随入，径往崔家，把崔立的妻女玉帛，也一并掳去。立尚在城外，闻报归来，已是空空洞洞，不留一物，免不得顿足大哭。转思汴京尚在我手，已失当可取偿，遂也罢了。休想！休想！

　　且说金主守绪，既到归德，闻汴城失守，两宫被掳，当然忧上加忧。元帅蒲察官奴，一作富察固纳。劝金主转幸海州，为石盏女鲁欢所阻。官奴竟率众攻杀女鲁欢，及左丞相李蹊以下凡三百人，且将金主锢禁照碧堂。金主愤甚，密与内侍局令宋珪、奉御女奚烈完出、一作纽祜禄温绅。乌古孙爱实一作乌克逊爱锡。等，同谋讨贼。适东北路招讨使乌古论镐，一作乌库哩镐。运米四百斛至归德，劝金主南徙蔡州。金主转谕官奴，即日南迁，偏是官奴不从，且号令军民道："敢言南迁者斩！"金主乃与宋珪等定计，令完出、爱实埋伏门间，佯召官奴议事。官奴昂然入门，完出、爱实左右杀出，刺伤官奴。官奴负伤出走，被二人追及，杀死了事。金主乃御门慰抚诸军，俾安反侧。留元帅王璧守归德，径往蔡州。

蒙古兵又进薄洛阳，城内粮尽，留守强伸力战被擒，不屈遇害。宋京西兵马钤辖孟珙，复自枣阳出师，与金唐州守将武天锡，交战光化，斩天锡首，俘将士四百余人，进拔顺阳，逐金帅武仙，追击至马蹬山，杀戮无算。武仙遁至石穴，珙冒雨前进，率锐攻入，仙又遁去。再追至鲇鱼寨，及银葫芦山，两战皆捷。那时武仙手下，只剩了五六骑，易服而逃，奔往择州，后为戍兵所杀。余众七万人，尽行降宋。珙乃收军还襄阳，方才解甲休息，接得史嵩之檄文，令速进兵攻蔡州。原来蒙古都元帅塔察儿，一作塔齐尔。复令王旻南来，与史嵩之约议攻蔡，嵩之允诺，即发兵先攻唐州。金将乌古论黑汉战死，城遂陷，乃拟进攻蔡州。适孟珙回至襄阳，乃令珙与统制江海，率兵二万，运米三十万石，向蔡州进发，往会蒙古军。

金主守绪尚似睡在梦中，反遣完颜阿虎带一作阿尔岱。至宋乞粮，且面谕道："我不负宋，宋实负我。我自即位以来，常戒饬边将，毋犯南界，今乘我疲敝，来夺我土，须知蒙古灭国四十，遂及西夏，夏亡及我，我亡必及宋，唇亡齿寒，势所必至，若与我连和，贷粮济急，为我亦是为彼，卿可将此言转告便了。"阿虎带到了宋廷，宋廷哪里肯依，顿时下逐客令。可怜阿虎带徒手而回，返报金主。金主无法可施，只得拜天祷祝，并赐宴群臣，谕他效力。酒尚未罢，侦骑已入奏道："蒙古兵到了！"武臣跃座而起，争愿出战。金主遂命诸将分为二队，一队守城，一队拒敌，果然出战的将士，踊跃异常，立将蒙古兵击退。塔察儿自来督攻，也致败却，蒙古兵不敢进逼，只分筑长垒，为围城计。可巧宋将孟珙、江海带了兵粮，驰至蔡州城下，与塔察儿相会。塔察儿很是喜欢，当下与孟珙互约分攻，蒙古军攻北面，宋军攻南面，南北军不得相犯。议约已定，遂各安排攻具，分头薄城。看官！你想金人到此，已是残局，一座斗大的孤城，怎经得起两国夹攻？分明是危如累卵，朝不及夕了。

金尚书右丞完颜忽斜虎，一作完颜呼沙呼，亦作完颜仲德。日把国家厚恩，君臣大义，激励军民，誓死固守。塔察儿遣张柔率精兵五千，缘梯登城，城上

第九十一回　约蒙古夹击残金　克蔡州献俘太庙

守将，用长矛钩去二卒，且接连射箭。柔身上齐集流矢，状甚危急，宋将孟珙，忙麾先锋往援，才得将柔挟出。次日，珙进攻柴潭，立栅潭上，命部将夺柴潭楼。金人忙来堵御，被宋军一拥而上，无法拦阻，只好倒退。那柴潭楼即由宋军占住。蔡州恃潭为固，外即汝河潭，高出河身五六丈，珙语部众道："金人全仗此水，若决堤注河，涸可立待了。"遂命众凿堤，堤防一溃，水即泄尽。乃命刘薪填潭，以便通道。蒙古兵亦决练江，两军并济，捣入外城。金统帅孛术鲁，一作富珠里。中娄室娄室一作洛索。两人，率精锐五百，夜出西门，每人负一束藁，藁上沃油，拟毁两军营寨。蒙古兵先已觉着，埋伏隐处，用强弩迭射。火甫及发，矢已先到，金兵伤毙甚众，只好退回。两军遂合攻西城，前仆后继，又复陷入。惟里面尚有内城，忽斜虎乃饬兵抵御，昼夜不懈。金主守绪自知不支，泣语侍臣道："我为金紫十年，太子十年，人主十年，自思无甚过恶，死亦何恨？所恨祖宗传祚百年，至我而绝，与古来荒暴的君主，等为亡国，未免痛心。但国君死社稷，乃是正义，朕决不受辱虏廷，为奴为仆呢。"还算有些志气。左右相率恸哭，金主乃取出御用器皿，分赏战士，并杀厩马犒军。无奈事势已去，无可挽回。已而金徐州复叛降蒙古，行省右丞相完颜赛不殉难，转瞬间已是理宗端平元年了。急点年月。

　　蔡州城内，人困马乏，粮绝援穷。孟珙见黑气压城，上日无光，因命诸军分运云梯，密布城下。金主守绪闻外攻益急，乃召东面元帅完颜承麟入见，谕令传位。承麟泣拜不敢受。金主叹道："朕实不得已的计策，朕身体肥重，不便鞍马驰突，卿平时矫捷，且有才略，若幸得脱围，保存一线宗祚，我死也安心了。"承麟乃起身受玺。翌日，承麟即位，百官亦列班称贺，礼甫毕，外面已有人入报道："宋军入南城了。"完颜忽斜虎忙出去巷战，但见宋军鼓噪而来，蒙古兵亦随至，自顾手下不过千人，就使以一当十，也觉众寡不敌，但到了此时，已是无可奈何，只得拚了命与他厮杀。奋斗多时，部下伤亡将尽，忽斜虎已蓄着死志，惟尚欲见金主一面，方才殉国。退至幽兰轩，闻金主守绪，已经自缢，遂语将士道："我主已崩，我尚在此做甚么？死也要死得明白，诸君可善自为计。"言讫，跃入水中，随流而没。将士皆道："相公能死，我辈独不能死吗？"于是兀术鲁、中娄室以下，统皆从死，共得五百余人。承麟退保子城，因金主自尽，偕群臣入哭，随语大众道："先帝在位十年，勤俭宽仁，图复旧业，有志未就，实是可哀，应追加尊谥为哀宗。"众无异议，乃酹卮为奠，奠尚未毕，子城又陷。奉御完颜绛山，绛山一作京锡。奉金主守绪遗命，急焚遗骸，霎时间兵戈四集，杀人盈城，承麟等无从脱逃，均死乱军中。宋将江海抢入金宫，正值金参政张天纲，便麾兵将他缚住。孟珙亦到，问天纲道："汝主何在？"天纲道："已殉国了。"殉国两字，声大而宏。珙令他引觅遗尸，到了幽兰轩，屋已尽毁，当命军士扑灭余火,检出金主尸骨,已是乌焦巴弓,不堪逼视。适蒙古统帅塔察儿亦至,乃拟把金主守绪余骨,析作两份,一份给蒙古,一份给宋,此外如宝玉法物,均作两股分派,且议定以陈蔡西北地为界,蒙古治北,宋治南,彼此告别,奏凯而回。总计金自太祖阿骨打建国,传至哀宗守绪,历六世,易九主,共一百二十年而亡。

孟珙还至襄阳,当将俘获等件,交与史嵩之。嵩之即遣使赍送临安,除金主遗骨及宝玉法物外,尚有张天纲、完颜好海等俘囚,一并押献。知临安府薛琼问天纲道:"汝有何面目到此?"天纲慨然道:"一国兴亡,何代没有?我金亡国,比汝二帝何如?"琼不禁惭赧,但随口叱骂数语。徒自取羞。次日,奏白理宗,理宗召天纲问道:"汝真不怕死吗?"天纲答道:"大丈夫不患不得生,但患不得死,死得中节,有甚么可怕?请即杀我罢了。"理宗却也嘉叹,令还系狱中。刑官复令天纲供状,令书金主为虏主,天纲道:"要杀就杀,要什么供状?"刑官不能屈,乃令随便书供。天纲但书称:"故主殉国。"余无他言,理宗乃献俘太庙,藏金主遗骨于大理寺狱库。朽骨何用?加孟珙带御器械,江海以下,论功行赏有差。

先是孟珙等出师攻蔡,外由史嵩之奏请,内由史弥远主持。至蔡城将下,弥远已晋封太师,兼任左丞相,郑清之为右丞相,薛极为枢密使,乔行简、陈贵谊参知政事。越数日,弥远因有疾乞休,乃准解左丞相职,加封会稽郡王,奉朝请。又越数日,弥远竟死。弥远入相,凡二十六年,理宗因他有册立功,恩宠不衰。二子一婿五孙,皆加显秩,初意颇欲收召贤才,力反韩侂胄所为,至济王冤死,廷臣啧有烦言,遂引用金壬,排斥五士,权倾中外,全国侧目。就是理宗也不能自主,一切尽归弥远主裁。弥远死,理宗始得亲政,改元端平。逐三凶,远四木,三凶已见前回,四木乃是薛极、胡榘、聂子述、赵汝述,均系弥远私党,名字上各系一木,所以叫作四木。召用洪咨夔、王遂为监察御史。咨夔语遂道:"你我既为谏官,须当顾名思义,愿勿效前此台谏,但知趋奉权相,徒作鹰犬呢。"遂很是赞成。于是献可赞否,荐贤劾邪,盈廷始知有谏官。至嵩之献俘,遂劾论嵩之,说他:"素不知兵,矜功自侈,谋身诡秘,欺君误国。在襄阳多留一日,即多贻一日忧。"疏上不报。咨夔又上言:"残金虽灭,邻国方强,加严守备,尚恐不及,怎可动色相贺,自致懈体?"这数语上陈,还算得了优奖的诏命。太常少卿徐侨,尝侍讲经筵,开陈友爱大义,隐为济王竑鸣冤。理宗亦颇感悟,复竑官爵,饬有司检视墓域,按时致祭。竑妻吴氏,自请为尼,特赐号慧净法空大师,月给衣资缗钱,朝政稍觉清明。忽由赵范、赵葵倡了一条守河据关、收复三京的计议,顿时兵衅复起,南北相争,惹出一场大祸祟来了。

燕、云未复虏南来，北宋沦亡剧可哀。
何故端平循覆辙，横挑强敌衅重开？

欲知二赵计画，且看下回说明。

本回文字，与作者所编之《元史演义》略有异同。《元史》以蒙古为主脑，故详蒙古军而略宋军，本书以宋为主脑，故详宋军而略蒙古军。即如金之失汴京，失蔡州，亦不及《元史演义》之详。盖金之被灭也，由于蒙古，而宋不过一臂之力，是书就宋论宋，故蒙古与金，皆从略叙而已。至若蒙古与金诸将帅，译名互歧，各史亦多歧出，本文均添附小注，以便与《元史演义》互相对证，非一手两歧，所以便阅者之互忆耳。惨淡经营，于此可见。

第九十二回　图中原两军败退
寇南宋三路进兵

却说赵范、赵葵，因蔡州已复，请乘时抚定中原，收复三京。廷臣多以为未可，就是赵范部下的参议官邱岳，亦以为不应败盟。史嵩之、杜杲等又均言宜守不宜战。参政乔行简时方告假，更上疏谏阻，所言最详。其辞云：

八陵有可朝之路，中原有可复之机，以大有为之资，当大有为之会，则事之有成，固可坐而策也。臣不忧师出之无功，而忧事力之不可继，有功而至于不可继，则其忧始深矣。夫自古英君，必先治内而后治外。陛下视今日之内治，其已举乎？其未举乎？向未揽权之前，其弊凡几，今既亲政之后，其已更新者凡几。欲用君子，则其志未尽伸，欲去小人，则其心未尽革。上有励精更始之意，而士大夫仍苟且不务任责，朝廷有禁苞苴禁贪墨之令，而州县仍黩货不知盈厌。纪纲法度，多废弛而未张，赏刑号令，皆玩视而不肃。此皆陛下国内之臣子，犹令之而未从，作之而不用，乃欲阖辟乾坤，混一区宇，制奸雄而折戎狄，其能尽如吾意乎？此臣之所忧者一也。自古帝王，欲用其民者，必先得其心以为根本。数十年来，上下皆怀利以相接，而不知有所谓义。民方憾于守令，缓急岂有效死勿去之人；卒不爱其将校，临阵岂有奋勇直前之士？蓄怒含愤，积于平日，见难则避，遇敌则奔，惟利是顾，遑恤其他。人心如此，陛下未有以转移固结之，遽欲驱之北向，从事于锋镝，忠义之心，何由而发？况乎境内之民，久困于州县之贪刻，陃于势家之兼并，饥寒之氓，尝欲乘时而报怨，茶盐之寇,尝欲伺间而窃发,彼知朝廷方有事于北方,其势不能以相及,宁不动其奸心,酿成萧墙之祸?此臣之所忧者二也。自古英君,规恢进取,必须选将练兵,丰财足食,然后举事。今边面辽阔,出师非止一途,陛下之将,足当一面者几人,非屈指得二三十辈,恐不足以备驱驰,陛下之兵,能战者几万,分道而趋京洛者几万,留屯而守淮、襄者几万,非按籍得二三十万众,恐不足以事进取。借曰帅臣威望素著,以意气招徕,以功赏激劝,推择行伍,即可为将,接纳降附,即可为兵,臣实未知钱粮之所从出也。兴师十万,日费千金,千里馈饷,士有饥色。今之馈运,累日不已,至于累月,累月不已,至于累岁,不知累几千金而后可以供其费也。今百姓多垂磬之室,州县多赤立之帑,大军一动,厥费多端,其将何以给之?今陛下不爱金帛,以应边臣之求,可一而不可再,可再而不可三,再三之后,兵事未已,欲中辍则弃前功,欲勉强则无多力,国既不足,民亦不堪,臣恐北方未可图,而南方已骚动矣。中原蹂躏之余,所在空旷,纵使东南有米可运,然道里辽远,宁免乏绝?由淮而进,纵有河渠可通,宁无盗贼劫取之患?由襄而进,必须负载三千钟而致一石,亦恐未必能达。千里之外,粮道不继,当是之时,孙、吴为谋主,韩、彭为兵帅,亦恐无以为策。他日粮运不继,进退不能,必劳圣虑,此臣之所忧者三也。愿坚持圣意,定为国论,以绝纷纷之议,毋任翘切之至!乔之行谊不足道,惟谏图汴不为无识,故录之。

这一疏很是详明,偏右丞相郑清之力主赵议,劝理宗立即施行。理宗也好大喜功,遂命赵范、赵葵移司黄州,刻日进兵。又令知庐州全子才,合淮西兵万人赴汴。汴京由崔立居守,都尉李伯渊、李琦等,素为立所轻侮,密图报怨,闻子才军至,通书约降,佯与立会议守城。立未曾戒备,乘马赴会,被伯渊拔出匕首,就马上刺立,穿入立胸,立倒撞下马,仆地即毙。伯渊将尸首系住马尾,号令军前道:"立杀害劫夺,烝淫暴虐,大逆不道,古今无有,应该杀否?"大众齐声道:"该杀!该杀!他的罪恶,寸斩还是嫌轻哩。"公论难逃。乃枭了立首,望承天门祭哀宗,尸骸陈列市上,一听军民脔割,顷刻即尽。伯渊等出迎宋军,全子才整军入城,屯留旬余,赵葵率淮西兵五万,自滁州取泗州,又由泗趋汴,与子才相见,即语子才道:"我辈始谋据关守河,汝师已到此半月,不急攻潼关、洛阳,尚待何时?"子才道:"粮饷未集,如何行兵?"葵忿然作色道:"现在北兵未至,正好乘虚急击,若待史制使发饷到来,恐北兵早南下了。"子才不得已,乃命淮西制置司机宜文字徐敏子,统领钤辖范用吉、樊辛、李先、胡显等,提兵万三千名,先行西上。别命杨谊率庐州强弩军万五千人,作为后应。两军只各给五日粮。

第九十二回　图中原两军败退　寇南宋三路进兵　479

徐敏子启行至洛，城中并无守兵，只有人民三百多家，即开城出降。敏子当然入城，次日军食便尽，惟采蒿和面，作饼充饥。那蒙古已调兵前来，与宋相争。适太常簿朱扬祖，奉命赴河南，谒告八陵，甫至襄阳，由谍骑走报，蒙古前哨，已至孟津、陕府、潼关、河南，皆增兵戍。且闻淮东驻扎的蒙兵，亦自淮西赴汴，扬祖不觉大惊，几至进退两难，忙与孟珙商议。珙答道："敌兵两路遥集，计非旬余不达，我为君挑选精骑，昼夜疾驰，不十日即可竣事。待敌至东京，君已可南归了。"扬祖尚是胆怯，珙愿与他同往，乃兼程而进，至陵下奉宣御文，成礼乃退。及返襄阳，来去都平安无恙。扬祖谢别孟珙，自回临安复旨去了。述此一事，应上文乔行简疏中语。惟杨谊为徐敏子后应，行至洛阳东三十里，方散坐蓐食，忽见数里以外，隐隐有麾盖过来，或黄或红，约略可辨。宋军方错愕间，不意胡哨一声，敌兵四至，杨谊仓猝无备，如何抵敌，急忙上马南奔，部众随溃。蒙古兵追至洛水，蹙溺宋军无数，谊仅以身免。行军怎可无备？杨谊也是一个饭桶。蒙古兵遂进迫洛阳城，敏子出城搦战，还幸胜负相当。无如士卒乏粮，万不能枵腹从戎，也只好弃洛退归。赵葵、全子才在汴，屡催史嵩之解粮，始终不至。蒙古兵又自洛攻汴，决河灌水，宋军既已苦饥，哪堪再行遭溺，索性丢去前功，引军南还。一番规画，都成画饼。赵范自觉没颜，上表劾全子才，连亲弟葵也挂名弹章，说他两人轻遣偏师，因致挠败。自己要想脱罪，同胞也可不管，此等行迹，恐没人赞成。有诏将葵与子才各削一秩，余将亦贬秩有差。郑清之力辞执政，优诏慰留。史嵩之亦上疏求去，准令免职。嵩之不肯转饷，罪尤甚于清之。即命赵范代任京、湖制置使。既而蒙古复使王㮣来宋，以"何为败盟"四字相责，廷臣无可答辩，悻悻而去。自是河、淮以南，几无宁日，南宋的半壁江山，要从此收拾呢。

当时宋朝的将才，第一个要算孟珙，珙系孟宗政子，智勇兼优，绰有父风，自留任襄阳，招中原健儿万五千名，分屯汉北、樊城、新野、唐、邓间，以备蒙古，名镇北军。诏命珙为襄阳都统制。珙赴枢密院禀议军情，乘便入对，理宗道："卿是将门子，忠勤体国，破蔡灭金，功绩昭著，朕深加厚望呢。"珙奏对道："这是宗社威灵，陛下圣德，与三军将士的功劳，臣有何力可言？"理宗道："卿不言功，益见德度。"遂授主管侍卫马军司公事，嗣复令出驻黄州。珙入陛辞行，理宗问他恢复的计策。珙对道："愿陛下宽民力，蓄人材，静待机会。"理宗又问道："议和可好么？"珙又对道："臣系武夫，理当言战，不当言和。"理宗点首称善，优给赐赍。珙谢赐后，即赴黄州驻扎，修陴浚隍，搜访军实，招辑边民，增置军寨，黄州屹成重镇。

理宗又欲俯从民望，召还真、魏二人，以真德秀为翰林学士，魏了翁直学士院。德秀入朝，将平时著述的《大学衍义》，进呈御览，且面言祈天永命,不外一"敬"字,如仪狄的旨酒,南威的美色,盘游弋射的娱乐,声色狗马的玩好,皆足害敬,请陛下详察!至了翁入对,亦以修身齐家,选贤建学为宗旨。理宗统敛容以听,温语相答。看官!你道真、魏所言,果真是纸上空谈,毫无所指么?原来理宗初年,议选中宫,其时曾选入数人,一系故相谢深甫侄孙女,一系故制使贾涉女。涉女生有殊色,为理宗所属意,即欲册立为后。独杨太后语理宗道:"谢女端重有福,宜正中宫。"理宗不好违拗,只得册立谢女,别封贾女为贵妃。谢皇后曾瞖一目,面且黧黑,父名渠伯,早已去世,家产中落,后尝躬视汲饪,至深甫入相,兄弟欲纳女入宫,叔父榉伯道:"看渠面目,只可做一灶下婢,就使有势可援,得入大内,也不过做个老宫人。况且当厚给装资,急切也无从筹措呢。"事乃中止。会元夕张灯,天台县中,有鹊来巢灯山,众以为后妃预兆,县中巨阀,首推谢氏,乃共为摒挡行装,送后入宫。榉伯不能止。后就道病疹,已而脱痂,面竟转白,肤如凝脂,复得良医治目去瞖,竟成好女。杨太后闻此异征,并因自己为后时,深甫亦阴为帮忙,乃决议册立谢后。但颦笑工妍,妩媚动人,究竟谢不及贾,所以谢正后位,左右共私语道:"不立真皇后,乃立假皇后么?"册立谢后,系绍定四年间事,本文借此补叙。惟谢后素性谦和,待遇贾妃,毫无妒意,太后益以为贤。理宗亦待后以礼。越年,杨太后崩,谥为恭圣仁烈。杨太后崩,亦就此叙过。贾贵妃益得专宠,弟名似道,素行无赖,竟得为籍田令。似道仍恃宠不检,每日纵游诸妓家,入夜即燕游湖上。理宗尝凭高眺望,远见西湖中灯火辉煌,便语左右道:"想又是似道狎游呢。"翌日,遣人探问,果如所料。乃令京尹史岩之戒饬似道,岩之奏对道:"似道落拓不羁,原有少年习气,但才可大用,陛下不应拘以小节。"无非谄事贾贵妃。理宗竟信以为真,自此有向用似道意。岩之可杀。贾贵妃外,还有宫人阎氏,也累封至婉容,美艳不亚贾女,竟得并宠后宫,与内侍董宋臣等,表里用事,因此真、魏二贤,一劝理宗远色,一劝理宗齐家,理宗虽然面从,但大廷正论,怎敌得床笫私情?内嬖当然如故,不过外面却虚示优容。论断确当。

当下进真德秀参知政事,德秀时已得疾,屡表辞职,乃改授资政殿学士,提举万寿宫,逾旬即殁。追赠光禄大夫,谥文忠。德秀,浦城人,长身玉立,海内俱以公辅相期,出仕不满十年,奏疏积数万言,均切当世要务,及宦游所至,惠政深洽,行不愧言。所著有《西山甲乙稿》《对越甲乙集》《经筵讲义》《端平庙议》诸书,后世号为真西山先生。真既病逝,与真同志的名士,只剩一魏了翁,理宗乃召崔与之参政。与之曾为四川制置使,抚字称能,嗣召为礼部尚书,他竟乞归广州,不肯受命,自是屡诏不起。会粤东摧锋军作乱,诏授他为安抚使,他即肩舆入城,叛兵皆俯伏听命,散归田里。嗣后仍返家治事,至此

第九十二回　图中原两军败退　寇南宋三路进兵

复召为参政,仍然力辞。惟疏请理宗进君子,退小人。理宗召命益力,辞书至十三上,寻又召他为右丞相,谢征如故。越二年疾终原籍,予谥清献,加封南海郡公。此段统是销纳文字。魏了翁在朝,声气益孤,连疏请促与之入朝,与之又不至,他亦只好不顾利害,直言无隐,先后二十余奏,洞中时弊。理宗顿欲令参政务,偏为执政所忌,暗暗排挤。

会值蒙古主窝阔台汗遣子阔端一作库腾,将塔海等侵蜀;忒木解、一作特穆德克。张柔等侵汉;温不花、一作琨布哈,亦作口温不花。察罕等侵江、淮,三路南侵,宋廷大震。郑清之已任左丞相,乔行简进任右丞相,两人会议军务,保荐了一个文臣,出握兵权。看官道是何人?原来就是魏了翁。明是排挤。理宗以执政所奏,说他知兵体国,遂授为端明殿学士,同签书枢密院事,督视京湖军马。又因江、淮督府曾从龙忧悸而死,遂并以江、淮事付了翁。廷臣大骇,多上书谏阻,偏理宗概不见从,已有先入之言。竟命了翁即日视师,并赐便宜诏书,如张浚故事。了翁五辞不获命,恐宰臣责他避事,因把这副重担子,勉力承挑。可算好汉。陛辞时,御书唐人严武诗,及"鹤山书院"四大字,作为特赐,此外无非是金带鞍马等物。又由宰臣奉命,饮饯关外。了翁出都,竟赴江州、开封视事,用吴潜为参谋官,赵善瀚、马光祖为参议官,申儆将帅,调遣援师,献边防十议,大有一番振作气象。

蒙古将温不花攻唐州,全子才等弃师而逃,幸由赵范往援,至上闸击败敌兵,敌始退去。阔端一军入沔州,知州事高稼,孤军失援,力战身亡。蒙古兵进围青野原,经利州统制曹友闻,黄夜赴救,方却敌围。嗣又转复大安,击败蒙古先锋汪世显。宋廷闻两路军报,还道蒙古兵不甚厉害,容易守御,转恐了翁因此得功,反被他占了便宜,不如调回了他,撤去军权,遂由两相建议,召了翁还,命签书枢密院事。了翁固辞不拜,乃改授资政殿学士,出任湖南安抚使,兼知潭州。了翁仍旧力辞,诏令提举临安府洞霄宫。未几复命知绍兴府,兼浙东安抚使。又未几,改知福州,兼福建安抚使。了翁累章乞休,理宗不许,寻即病逝。了翁,蒲江人,与真德秀齐名,著有《鹤山集》《九经要义》《周礼井田图》《说古今考》《经史杂抄》等书。理宗闻讣,以用才未尽为恨,特赠少师,赐谥文靖。

自了翁谢世,朝右乏敢言士,蒙古兵日益猖獗。赵范在襄阳,任北军将王旻、李伯渊、樊文彬、黄国弼等为腹心。北军权力出南军上,南军积不能平,遂致交讧。范抚驭失宜,旻与伯渊,竟纵火焚城郭仓库,走降蒙古。南军将李虎等,又乘火大掠,席卷而去。襄阳自岳飞收复以来,城高池深,生聚日蕃,至是城中官民,尚四万七千有奇,库中所贮财粟,不下三十万,军器约二十四库,金银盐钞,尚不在内。南北一场劫夺,遂把累年蓄积,荡得精光。范坐罪落职，以范弟葵为淮东制置使，兼知扬州。葵垦田治兵，严饬边防。惟襄、汉一带，由蒙古将忒木解等，长驱直入，破枣阳军及德安府，陷随、郢二州及荆门军。温不花也乘势入淮西，蕲、舒、光州诸守臣，皆弃城远遁。三州兵马粮械，均为蒙古兵所得。温不花直趋黄州，游骑自信阳趋合肥。还有阔端一路，攻武休，陷兴元，直入阳平关。利州统制曹友闻，与弟友万、友谅，率军驰援，适遇风雨骤至，为敌所乘，友闻与弟友万均战死。阔端遂麾兵入蜀，不到一月，凡成都、利州、潼川三路所属府州军，多被陷没。西蜀全境，唯夔州一路，及潼川路所属泸、合二州及顺庆府，还算保存。阔端居成都数日，复移师北攻文州，知州刘锐，通判赵汝芗，固守待援，逾月不至。锐自知不免，召集家人，尽令服药。家人素守礼法，不敢违慢。幼子才六岁，饮药时尚下拜而受。及合家尽死，锐聚尸付火，并所有公私金帛诰命，尽行一炬，然后自刎而亡。州城遂陷，汝芗被执，大骂敌人，竟遭惨死。军民同死约数万人。<small>碧血千秋。</small>

警报迭达宋廷，理宗颇悔前事，下诏罪己。郑、乔二相，俱上疏辞职，因一并免官。特起史嵩之为淮西制置使，进援光州，赵葵援合肥，沿江统制陈韡遏和州，为淮西声援。嵩之闻忒木解至江陵，亟檄孟珙往援。珙遣民兵部将张顺先渡，自率全军为后应，叠破蒙古二十四寨，援出难民二万余。既而蒙古将察罕攻真州，知州事邱岳，战守有方，连却敌军，复出战胥浦桥，设伏诱敌，俟敌来追，伏起炮发，击毙蒙古守将，敌乃引去。是年为端平四年，翌岁改元，号为嘉熙。理宗因继相乏人，仍用乔行简为左丞相，兼枢密使，郑清之知枢密院事，兼参知政事，邹应龙签书枢密院事，李宗勉同签书枢密院事，蒙古兵稍稍敛迹。至秋冬交季，温不花复率兵进攻黄州。正是：

嵩目边民遭惨劫，惊心虏骑又凭城。

毕竟黄州能否固守，待至下回申叙。

收复三京之议，廷臣多以为未可，言之固当。但吾以为三京非不可复，所误者将相之非人耳。赵范、赵葵，虽尚具将才，而恢复之责，不足以当之。清之夤缘权相，得秉大政，自问已属有愧，彼其果能立大功，建大业，得为中兴名佐乎？成事不足，贻祸有余，卒至强敌压境，风鹤频惊，推原祸始，清之何能辞焉？况贾、阎二妃，相继专宠，不闻有远色之言。真、魏二贤，同时就征，复至有遭忌之举。危不持，颠不扶，焉用彼相为哉？迨蒙古三路进兵，势如破竹，所恃者第一孟珙，天下事已岌岌矣。清之虽去，嵩之又来，有识者已知宋祚之将倾云。

第九十三回　守蜀境累得贤才　劝史氏力扶名教

却说蒙古主窝阔台汗，既发兵南侵，复遣将撒里塔东征高丽。高丽本为宋属，自辽、金迭兴，又转服辽、金，至蒙古盛强，复入贡蒙古。会高丽王曔嗣位，夜郎自大，杀死蒙使，因此撒里塔奉命东征。高丽屡战屡挫，不得不遣使谢罪，愿增岁币。撒里塔转报窝阔台汗，窝阔台汗令遣子入质，才许言和。高丽王只得应命。既而窝阔台汗，又遣将绰马儿罕，击死札兰丁，即模罕默德子，事见前文。荡平西域，再遣太祖孙拔都、速不台等，西征钦察，乘势攻入阿罗思部，北向屠也烈赞城，陷莫斯科，进兵欧洲，分入马札儿、即今匈牙利。孛烈儿即今波兰地。诸境，欧洲北部诸侯王，合兵迎击，俱遭杀败，仿佛似天兵下界，所向无前，全欧大震。捏迷思即今德意志。部民，均荷担遁去。窝阔台汗因从事西征，暂把南方军务，略从缓进。至西方接连报捷，才促南军进行。叙此数语，简而不漏，欲闻其详，请阅《元史演义》。

温不花进攻黄州，孟珙自江陵还援，仗着一股锐气，把温不花击退。温不花转攻安丰，知军事杜杲，缮城力守，城外炮声迭震，垣墙多被洞穿，杲随缺随补，始终不懈。敌复填濠为二十七坝，杲募壮士出夺坝路，踊跃死战。巧值池州都统制吕文德，也率军驰至，两下夹击，得将蒙古兵杀退，淮右粗安。越年，史嵩之奉命参政，督视京湖、江西军马，开府鄂州。蒙古将察罕入达庐州，嵩之急檄杜杲赴援，杲入城守御，望见蒙兵到来，差不多有数十万，所携攻具，比围安丰时，多至数倍。他却全不惧怯，看敌如何摆布，然后随宜抵拒。那蒙兵既薄城下，即搬运土木，赶紧筑坝，霎时间高埒城楼。杲用油灌草，以火爇着，纷掷坝下，坝遂被焚。杲又就串楼内筑立雁翅七层，堵御敌炮，敌开炮轰击，为雁翅所阻，反射敌营，敌众皆惊。杲趁这机会，开城出击，大败敌兵，追蹑至数十里乃还。且练舟师扼淮河，遣子庶及统制吕文德、聂斌等，分伏要隘，蒙古兵不能进，乃退去。杲以捷闻，有诏加杲淮西制置使，力写杜杲。并命孟珙为京湖制置使，规复荆、襄。珙谓必得郢州，乃可通馈饷，必得荆门，乃可出奇兵，于是檄江陵节制司，进捣襄、邓，自至岳州召集诸将，指授方略。各将依计深入，遂复郢州、荆门军。再遣将士分取信阳、光化军及樊城、襄阳，因上言保守方法，略云：

取襄不难，而守为难。非将士不勇也，非车马器械不精也，实在乎事力之不给尔。襄樊为朝廷根本,今百战而得之,当加经理,如护元气,非甲兵十万,不足分守。与其抽兵于敌来之后,孰若保此全胜,上兵伐谋,此不争之争也。

理宗得奏,当令珙便宜行事。珙乃编蔡、息降人为忠卫军,襄、郢降人为先锋军,择要驻扎,襄、汉以固。会蒙古将塔海,复率兵入蜀,制置使丁黼自誓死守,先遣妻子南归,然后登城拒敌。塔海自新井进兵,诈竖宋将旗帜,诱惑城中。黼果疑为溃卒,遣人招徕,及蒙古兵将到城下,方审知情伪,乃领兵夜出城南,至石笋街迎战,众寡不敌,兵败身亡。塔海复蹂躏汉、卬、简、眉、阆、蓬诸州,进破重庆、顺庆诸府,直达成都。再移趋蜀口,欲出湖市。孟珙探知消息,料他必道出施黔,亟请粟十万石,分给军饷,以三千人屯峡州,千人屯归州,命弟瑛率精兵五千驻松滋,为夔州声援,并增戍归州隘口万户谷,加派千人屯施州。嗣闻塔海渡江东下,忙分布战舰,增置营寨,且遣兵从间道抵均州,防遏要冲。及蒙兵渡万州湖滩,施夔震动,幸珙兄璟知峡州,出拒归州大垔寨,击退蒙古前哨兵,进战巴东,复得胜仗,夔州始得保全。珙复谍知蒙古军帅,就襄樊、信阳、随州等处,招集军民布种。又在邓州的顺阳境内,屯积船林,遂分兵讥察,且将蒙古所储材料,暗地焚毁。又遣兵潜入蔡州,烧去蒙古屯粮,蒙古兵乃不敢进窥襄、汉。

理宗因蜀事未平,特调珙为四川宣抚使,兼知夔州,节制归、峡、鼎、澧军马。珙受命至镇,招集散民为宁武军,用降人回鹘、爱里巴图鲁等为飞鹘军。适四川制置使陈隆之,与副使彭大雅不协,互相奏讦。珙贻书责二人道:"国事如此,合智并谋,尚恐不克,两司乃犹事私斗,岂不闻廉、蔺古风么?"不愧忠告。隆之、大雅得书,各自怀惭,因改怨为睦,不生龃龉。珙遂厘清宿弊,订立条目,颁发州县,最要数语,是"不择险要立寨栅,无从责兵卫民,不集流离安耕种,无从责民养兵"。此外如赏罚不明,减克军粮,官吏贪黩,上下欺罔等弊,均严行申诫。自是吏治一新,兵防亦密。寻复兼任夔州路制置、屯田两使,乃调夫筑堰。募农给种,自秭归至汉口,为屯二十,为庄百七十,为顷十八万八千二百八十。又创南阳、竹林两书院,居住襄、汉、四川流寓人士,用李庭芝权施州建始县。庭芝训农治兵,招选壮士,随时训练,甫至期年,士民皆知战守,无事服农,有事出战。珙将庭芝所行诸法,饬属遵行。珙不特长于武事,并且长于文教。

是时乔行简已为少傅,平章军国重事,李宗勉为左丞相,兼枢密使,史嵩之为右丞相,督视江、淮、四川、京、湖军马。这三相中,还算宗勉清谨守法,若行简遇事模棱,无好无恶,嵩之执拗任性,恶闻直言。当时谓乔失之泛,李失之狭,史失之专。已而行简告老,旋即病逝,宗勉亦卒,嵩之更独擅政柄,朝内正士，如杜范、游侣、刘应起、李韶、徐荣叟、赵汝腾等，多与嵩之不合，相继罢斥。惟孟珙一人，素为嵩之所推重，因此珙有所为，未尝牵制。

及嘉熙五年，又改元淳祐，会蒙古主窝阔台汗病殂，庙号太宗，第六后乃马真氏称制，乃马真一译作鼐玛锦。调回拔都等西征各军，应本回首文。独南军仍然未归。塔海部将汪世显等，再行入蜀，进围成都，制置使陈隆之固守经旬，誓与城同存亡。偏副将田世显送款蒙兵，乘夜开城。汪世显等立即突入，执住隆之。陈氏数百口皆死。隆之被执至汉州，世显命招守臣王夔降，隆之呼夔道："大丈夫当舍生取义，何畏一死，幸勿降房。"言至此，已被蒙古军一刀两段。夔率汉州兵三千出战，兵败遁去，城遂破陷，人民尽被屠灭，蒙古兵又回师出蜀。是时蒙古使王檝，已五入宋都议和，两下终相持不决。檝病殁宋境，宋廷送归檝柩。蒙古复遣月里麻思一作伊拉玛斯。来宋续议，从行约七十余人，甫至淮上，被守将阻住，劝令归降。月里麻思不从，被拘长沙飞虎寨。无故拘使，其曲在宋。于是蒙古复遣也可那颜、一作伊克那颜。耶律朱哥等，自京兆取道商房，直趋泸州。宋制置使孟珙，急分军往截，一军屯江陵及鄂州，一军屯沙市，一军自江陵出襄阳，与诸军会。又遣一军屯涪州，且下令出守兵官，不得失弃寸土。权开州梁栋，因乏粮还司，珙怒道："这便是违令弃城呢。"立斩以徇。诸将相率股栗，禀命惟谨。蒙古将士，闻守备甚严，当然畏惧三分，不复进窥。极写孟珙。

淳祐三年，宋廷又命余玠为四川制置使，兼知重庆府。玠系蕲州人氏，家世贫微，落拓不羁，尝谒淮东制置使赵葵，葵颇奇玠材，留置幕府，旋令率舟师羁淮，入河抵汴，所向有功，累推至淮东副使。自陈隆之死节，悬缺未补，玠入对称旨，遂授为四川宣抚使。未几，即加制置使。四川财赋，本甲天下，自宝庆三年，失去关外，端平三年，蜀地残破，所存州郡无几，国用益穷。历任宣抚、制置各使，均支绌万分，咸叹束手。监司戎帅，各自为令，官无法纪，民不聊生。玠莅任后，大改弊政，简选守宰，又重贤礼士，特就府左筑招贤馆，量能录用。播州冉琎及弟璞，具有文武才，隐居蛮中，前后阃帅辟召，皆坚辞不至，及闻玠贤，自诣府上谒。玠以上客礼相待，琎、璞留馆数月，毫无所陈，玠颇怀疑，遣人觇视。两人相对踞坐，终日用垩画地，或绘山川，或绘城池，非旁人所能解。玠亦莫名其妙。又隔旬余，始见他兄弟进谒，请屏左右。玠立即如教，冉琎乃献议道："为今日西蜀计，莫若徙合州城。"玠不禁起座道："玠也见到此着，但虑无处可迁。"琎复道："蜀口形胜，无过钓鱼山，请徙城该处，择人扼守，积粟以待，功可过十万师，巴、蜀自固若金汤了。"玠大喜道："玠固疑先生非浅士，今得此谋，玠不敢掠为己美，当上报朝廷，即日照行。"冉琎兄弟乃退。玠立刻拜表，照议陈请，并乞授二人官秩。真实爱才。诏命冉琎为承事郎，权发遣合州，璞为承务郎，权通判州事。徙城事悉委二人。阃府闻命，顿时大哗。玠忿然道："此城若成，蜀赖以安，否则玠独坐罪，与诸君无涉。"他人遂不敢再言。乃就青居、大获、钓鱼、云顶、天生各山，筑十余城，均因山为垒，棋布星分，当将合州旧城，移徙钓鱼山，专守内水。利戎旧城，移徙云顶山，藉御外水。表里相维，声势联络，各屯兵聚粮，为必守计。蜀民始有所恃，共庆安居。

只江、淮间仍遭寇掠，蒙古兵渡淮南指，攻入扬、滁、和各州，进屠通州。史嵩之以江、淮保障，首推江陵，即调孟珙知江陵府，以资守御，理宗自然准奏。会嵩之父弥远去世，嵩之应居庐守制，及数日诏令起复，仍为右丞相，兼枢密使，将作监徐元杰疏请收回成命，理宗不从。太学生黄恺伯等百四十四人，又叩阍上书道：

> 臣等窃谓君亲等天地，忠孝无古今。事亲孝，故忠可移于君。自古求忠臣必于孝子之门，未有不孝而可望其忠也。昔宰予欲短丧，有期年之请，夫子犹以不仁斥之。宰予得罪于圣人，而嵩之居丧，即欲起复，是又宰予之罪人也。且起复之说，圣经所无，而权宜变化，衰世始有之。我朝大臣若富弼，一身关社稷安危，进退系天下轻重，所谓国家重臣，不可一日无者也。起复之诏，凡五遣使，弼以金革变礼，不可用于平世，卒不从命，天下至今称焉。至若郑居中、王黼辈，顽忍无耻，固持禄位，甘心起复，灭绝天理，卒以酿成靖康之祸，往事可鉴也。彼嵩之何人哉？心术回邪，踪迹诡秘，曩者开督府，以和议惰将士心，以厚资窃宰相位，罗天下之小人，为之私党，夺天下之利权，归之私室。蓄谋积虑，险不可测。在朝廷一日，则贻一日之祸，在朝廷一岁，则贻一岁之祸，万口一辞，惟恐其去之不速也。嵩之亡父，以速嵩之之去，中外方以为快，而陛下乃必欲起复之者，将谓其有折冲万里之才欤？嵩之本无捍卫封疆之能，徒有劫制朝廷之术。将谓其有经理财用之才欤？嵩之本无足国裕民之能，徒有私自封殖之计。陛下眷留嵩之，将以利吾国也，殊不知适以贻无穷之害尔。嵩之敢于无忌惮，而经营起复，为有弥远故智，可以效尤。然弥远所丧者庶母也，嵩之所丧者父也，弥远奔丧而后起复，嵩之起复而后奔丧，以弥远贪黩固位，犹有顾恤，丁艰于嘉定改元十一月之戊午，起复于次年五月之丙申，未有如嵩之之匿丧罔上，殄灭天常，如此其惨也。且嵩之之为计亦奸矣！自入相以来，固知二亲耄矣，必有不测，旦夕以思，无一事不为起复张本。当其父未死之前，已预为必死之地，近畿总饷，本不乏人，而起复未卒哭之马光祖。京口守臣，岂无胜任？而起复未终丧之许堪。故里巷为十七字之谣曰："光祖作总领，许堪为节制，丞相要起复，援例。"

夫以里巷之小民，犹知其奸，陛下独不知之乎？台谏不敢言，台谏嵩之爪牙也。给舍不敢言，给舍嵩之腹心也。侍从不敢言，侍从嵩之肘腋也。执政不敢言，执政嵩之羽翼也。嵩之当五内分裂之时，方且擢奸臣以司喉舌，谓其必无阳城毁麻之事也；植私党以据要津，谓其必无惠卿反噬之虞也。自古大臣不出忠孝之门，席宠怙势，至于三代，未有不亡人之国者。汉之王氏，魏之司马氏是也。史氏秉钧，今三世矣，军旅将校，惟知有史氏，而陛下之前后左右，亦惟知有史氏，陛下之势，孤立于上，甚可惧也。天欲去之而陛下留之，堂堂中国，岂无君子？独信一小人而不悟，是陛下欲艺祖三百年之天下，坏于史氏之手而后已。臣方惟涕泣裁书，适观麻制有曰："赵普当乾德开创之初，胜非在绍兴艰难之际，皆从变礼，迄定武功。"夫儳人必于其伦，曾于奸深之嵩之，而可与赵普诸贤，同日语耶？赵普、胜非之在相位也，忠肝贯日，一德享天，生灵倚之以为命，宗社赖之以为安。我太祖高宗，夺其孝思，俾之勉陈王事，所以为生灵宗社计也。嵩之自视器局，何如胜非？且不能企其万一，况可匹休赵普耶？臣愚所谓擢奸臣以司喉舌者，此其验也。臣又读麻制有曰："谍报愤兵之聚，边传哨骑之驰，况秋高而马肥，近冬寒而地凛。"方嵩之虎踞相位之时，讳言边事，通州失守，至逾月而复闻，寿春有警，至危急而后告，今图起复，乃密谕词臣，昌言边警，张皇事势以恐陛下，盖欲行其劫制之谋也。臣愚所谓擢奸臣以司喉舌者，又其验也。臣等于嵩之本无私怨宿忿，所以争趋阙下，为陛下言者，亦欲揭纲常于日月，重名教于邱山，使天下为人臣，为人子者，死忠死孝，以全立身之大节而已。孟轲有言："学则三代共之，皆所以明人伦也。"臣等久被化育，此而不言，则人伦扫地，将与嵩之胥为夷矣。惟陛下裁之！

疏入仍不见报。武学生翁日善等六十七人，京学生刘时举、王元野、黄道等九十四人，又接连上书，始终未见听从。徐元杰再入朝面陈，略谓："嵩之起复，士论哗然，乞许嵩之举贤自代，免从众谤！"理宗谕道："学校虽是正论，但所言亦未免太甚。"元杰对道："正论乃国家元气，今正论犹在学校，要当力与保存，幸勿伤此一脉。"理宗嘿然。元杰因自求解职，理宗亦不允。至元杰退后，左司谏刘汉弼入奏，亦请听嵩之终丧。理宗稍稍感动。嵩之也自知众论难违，疏乞终制，才见诏旨下来，从嵩之所请，改任范钟、杜范为左右丞相，并兼枢密使。小子有诗咏嵩之道：

> 如何父死不奔丧？世道人心尽泪亡。
> 幸有儒生清议在，尚留天壤大纲常。

杜范，黄岩人，素有令望，既登相位，当有一番举措，俟小子后文再表。

国有良将，无不可治之土，亦无不可守之城。孟珙驻节京、湖而寇以却，移抚四川而寇又不敢近，诗所谓"公侯干城"，孟珙有焉。继以余玠镇蜀，礼贤下士，徙城设守，军民交安，是亦一干城选耳。乃外有将，内无相，史嵩之专政，第有器重孟珙之一长，此外则斥正士，引匪人，甚至父丧不欲守制，尚恋恋权位，阴图起复，吾不解理宗当日，何独于史氏有恩，而宠眷竟若是优渥也？夫史弥远有册立功，始终得邀上宠，犹为可说，嵩之何所恃而得君若此？父骨未寒，觍然起复，忍于亲者必忍于君，此岂尚堪重用耶？录黄恺伯等伏阙一书，所以揭嵩之无父之罪，即所以正天下后世忠孝之防，著书人固具有深心了。

第九十四回　余制使忧谗殒命　董丞相被胁罢官

却说杜范入相，即上陈五事：第一条是正治本；第二条是肃宫闱；第三条是择人才；第四条是惜名器；第五条是节财用；结末是应早定国本，藉安人心。理宗颇为嘉纳。继又上十二事：一、公用舍；二、储材能；三、严荐举；四、惩赃贪；五、专职任；六、久任使；七、杜侥幸；八、重阃寄；九、选军实；十、招土豪；十一、沟土田；十二、治边理财。各项都详细规画，悉合时宜，当时称为至论。孟珙正移节江陵，驻军上流，朝廷方疑他握权过重，将来恐不可制。以珙之忠勇，犹有功高震主之嫌，况不如珙者乎？至是珙贻书杜范，语多颂扬，范复书道："古人谓将相调和，士乃豫附，此后愿与君同心卫国，若用虚言相笼络，殊非范所屑为哩。"这数语复达孟珙，珙很是愧服。范复拔徐元杰为工部侍郎，一切政事，辄与咨议。元杰知无不言，多所裨益。都人士喁喁望治，谁料天不假年，老成遽谢，总计范在相位，只八十日而卒，追赠少傅，予谥清献。

过了月余，元杰当入值，先一日谒见左丞相范钟，在阁堂吃了午餐，下午归寓，忽觉腹中未快，一入黄昏，寒热交作，至夜四鼓，指爪暴裂，大叫数声而亡。三学诸生，均伏阙上书，略言："历朝以来，小人倾陷君子，不过令他远谪，触冒烟瘴以死，今蛮烟瘴雨，不在岭海，转在朝廷，臣等实不胜惊骇"云云。于是有诏令阁中役使，逮付临安府鞫治，怎奈狱无佐证，哪个肯来实供？临安府尹也知事关重大，乐得延宕了事，何苦结怨权奸。未几，刘汉弼又以肿疾暴亡。太学生蔡德润等百七十三人，又叩阍上书讼冤，理宗也弄得没法，只好颁

第九十四回　余制使忧谗殒命　董丞相被胁罢官

给徐、刘两家官田五百亩,钱五千缗,作为抚恤。众议越觉藉藉。有谓:"故相杜范,也是中毒。"大家惩前毖后,甚至堂食都不敢下箸,情愿枵腹从公。究竟是何人置毒,一时无从指定。惟史嵩之从子璟卿,因平日劝谏嵩之,也致暴毙,从此璟出毒谋,共谓由嵩之主使,范钟匿嫌。

既而知江陵府孟珙,因病乞休,诏授宁武军节度使,以少师致仕。使命才到江陵,珙已病殁任所,时当淳祐六年九月初旬。<small>珙卒而京、湖已不可保,故大书年月。</small>是月朔日,有大星陨境内,声崩如雷。珙死日,又有大风怒号,飞石拔木,讣达都中。理宗震悼辍朝,赙银绢各千匹,累赠至太师,封吉国公,谥忠襄,立庙享祀,号曰威爱。后任委了一个贾似道,似道行谊,略见上文,如此重任,却令此人担当,已可见理宗的昏庸了。<small>尚不止此。</small>左丞相范钟,屡乞归田,乃免相职,令提举洞霄宫,任便居住。召用郑清之为右丞相,兼太傅衔。中使及门,清之方放浪湖山,寓居僧寺,诘旦始还。乃随使入朝,力辞不允,勉膺简命。又授赵葵为枢密使,督视江、淮、京、湖军马,兼知建康府,陈韡知枢密院事,任湖南安抚大使,兼知潭州。

史嵩之时已服阕,觊觎复用,理宗亦有起用意。殿中侍御史章琰,右正言李昂英,监察御史黄师雍,劾嵩之无君无父,竟忤上旨,均致落职。翰林学士李韶,又与同官抗疏力阻,乃命嵩之致仕,示不复用。未几,升任贾似道为两淮制置使,兼知扬州;李曾伯为京、湖制置使,兼知江陵府。赵葵且因言官纠弹,上疏辞职,言官谓:"葵不由科目进身,难任枢密。"葵辞表中有俪语云:"霍光不学无术,每思张咏之语以自惭。后稷所读何书?敢以赵忭之言而自解。"四语流传人口,理宗竟改授葵为观文殿大学士,兼判潭州。<small>葵亦一专闱选,理宗因谗罢葵,反用贾、李等人,朝局可知。</small>

自淳祐纪元后,京、湖有孟珙,巴、蜀有余玠,淮西有招抚使吕文德,均能安排守备,无懈可击,所以蒙古兵屯留境上,未敢进行。但也由蒙古内乱未平,不遑外略,虽有游骑往来,毕竟没甚战事。看官道蒙古有何内乱?因六皇后乃马真氏称制,国内无君,竟历四年,宠用侍臣奥都剌合蛮,<small>一作谔多拉哈玛尔。</small>及回妇法特玛,内外勾通,斥贤崇奸,把朝右旧臣,黜去大半。中书令耶律楚材,竟致忧死。嗣因太祖弟帖木格大王,以入清朝政为名,竟自藩镇起兵,由东而西。乃马真后不免着急,乃召长子贵由入都,<small>贵由一作库裕克。</small>立为国主,藉此杜帖木格话柄,帖木格才收兵回去。贵由汗虽然嗣位,朝政犹归母后,过了数月,后已逝世,贵由汗乃将奥都剌合蛮,及法特玛等,一并处死,宫禁肃清,渐有起色。无如贵由汗素多疾病,自谓都城水土,未合养疴,不如往居西域,乃托词西巡,直至横相乙儿地方,<small>横相乙儿一译作杭锡雅尔。</small>一住经年,抱病益剧,竟尔毕命。皇后斡兀烈海迷失,尊贵由汗为定宗,自抱侄儿失烈门<small>一作锡哩玛勒,系太宗孙,</small>

父名曲出，亦作库春。听政，诸王大臣多半不服，别开库里尔泰大会，推戴拖雷子蒙哥一译作莽赉扣。为大汗，驰入都城。这时元都已奠定和林，都内官民，争出城相迓。及蒙哥正位，杀定宗后海迷失，及失烈门生母，徙太宗后乞里吉帖思尼一作克勒奇库塔纳。出宫，放失烈门至没脱赤，一作摩多齐。禁锢终身。

蒙哥汗有弟名忽必烈，一作呼必赉。佐兄定命，素有大志，至是遂总治漠南，开府金莲川，延聘藩府旧臣，及四方文学士，访求治道。如刘秉忠、姚枢、许衡、廉希宪等，皆一时贤豪，尽归录用。量能授官，京兆称治。元朝一统，定基于此。忽必烈遂锐意南略，遣将察罕等，窥伺淮、蜀，一面在汴京分兵屯田，俟机南下。宋廷尚姑息偷安，毫不为备。左丞相郑清之年力已衰，政归妻孥，免不得招权纳贿，为世诟病。既而告老乞休，命充醴泉观使，越六日即死。理宗又欲起用史嵩之，念念不忘此人。草诏已成，不知如何省悟，竟令改制，命谢方叔为左丞相，吴潜为右丞相，潜颇有贤名，方叔却意气用事，遂令蜀右长城，又要从此隳坏了。西蜀制置使余玠，镇守四川，边关无警，偏利州都统王夔，素性残悍，向不受制使节度，所至残掠，蜀民号为夜叉。玠因此阅边，到了嘉定，夔率部众迎谒，班声若雷，江水为沸，所张旗帜，俱写着斗方大的"王"字，非常鲜明。玠孤舟径入，左右皆为失色，独玠毫不改态，传夔入见，从容与语。夔亦不禁心折，出语人道："不意儒生间乃有此人。"玠命吏颁赏，事毕乃回，密语亲将杨成道："我看王夔骄悍，终非善类，但欲乘此诛夔，恐他部下或有违言，转致生变，此事颇费踌躇了。"成答道："今若勿诛，养成势力，愈觉难图。他日变动，西蜀定恐难保呢。"玠点首道："既如此，只可用计除夔。"遂与成附耳数语。成直任不辞，应声而去。玠乃夜召夔议事，夔甫离营，杨成已单骑直入，传玠军令，暂代夔职。比至翌晨，闻夔已为玠所斩，悬首桅樯，且揭示罪状，部众相率惊讶，惟尚不敢为乱。会统制姚世安，欲继夔任，暗中运动戎州都统，保荐自己。玠得书，以军中举代，最为弊害，特复书不允，且调三千骑至云顶山下，径遣都统金某往代世安。世安素与谢方叔子侄，互相结纳，遂遣使求援方叔，自拥兵拒绝来将。玠方欲进讨世安，不意有诏到来，竟召他入都，授为资政殿学士。看官不必细问，就可知是丞相方叔，阴援世安了。

玠治蜀后，任都统张实治军旅，安抚使王惟忠治财赋，监抚朱文炳治宾客，皆有常度。宝庆以来，蜀中阃帅，要推玠为巨擘。但久假便宜，不免专擅，所有平时奏疏，词意间亦多未谨，理宗已是不平，一经方叔谮间，当即召他回朝，另调知鄂州余晦为四川宣谕使。玠闻命，郁郁不欢，晦尚未到，玠竟暴卒。或谓系仰药自尽，亦未知是真是假，无从证实。蜀人多悲惜不置。侍御史吴燧反劾玠聚敛罔利共七罪，理宗也不加查察，竟令籍玠家资，犒师赈边。子若孙认钱三千万，征索累年，始得缴足。

第九十四回 余制使忧谗殒命 董丞相被胁罢官

及余晦至蜀,遣都统甘闰,率兵数万,筑城紫金山。蒙古将汪德臣,竟简选精骑,衔枚夜进,突击甘闰部卒,闰闻变即奔,全军大溃,所建新城,即被蒙古兵夺去。理宗方擢晦为制置使,接到甘闰败报,尚不欲将晦调开,参政徐清叟本与方叔同排余玠,至此又入奏道:"朝廷命令,不行西蜀,已是十有二年。今天毙余玠,正陛下大有为的机会,乃以素无行检,轻儇浮薄的余晦,充当制使,臣恐五十四州军民,将自此懈体。就是蒙古闻知,也窃笑中国无人了。"理宗乃召晦还,命李曾伯继晦后任。晦小名再五,安抚使王惟忠尝呼道:"余再五来了。真正可怪!"晦闻言大怒,竟诬奏惟忠,潜通北国。诏捕下大理狱,经推勘官陈大方锻炼成罪,斩首市曹。惟忠呼大方道:"我死当上诉天阍,看你能久生世上么?"果然惟忠死后,大方亦死。何苦逞刁。是时蒙古藩王忽必烈,命兀良合台即速不台子。统辖诸军,分三道攻大理,虏国王段智兴。进军吐蕃,国王唆火脱一作苏固图。惶恐乞降。忽必烈乃下令班师,转图西蜀。

理宗正改元宝祐,自庆升平。后宫贾贵妃殒命,阎婉容晋封贵妃,内侍董宋臣,因妃得宠,益邀主眷。理宗命他干办佑圣观,宋臣逢迎上意,筑梅堂、芙蓉阁、香兰亭,擅夺民田,假公济私。且引倡优入宫,蛊惑理宗,无所不至,时人目为董阎罗。监察御史洪天锡,弹劾宋臣,并不见报。还有内侍卢允升,也是夤缘阎妃,得与宋臣相济为奸。萧山县尉丁大全,本贵戚婢婿,面带蓝色,最善钻营,暗中与董、卢两宦官,勾通关节,托他在阎贵妃前,并作先容。董、卢所爱惟财帛,阎贵妃所爱惟金珠,经大全源源送去,自然极力援引,累迁至右司谏,拜殿中侍御史。适值四川地震,闽、浙大水,并临安雨土,洪天锡又不忍不言,力陈阴阳消息的理由,并申劾董、卢两内侍,疏至六七上,统如石沉大海一般,并不闻有复音。天锡竟解职自去。宗正寺丞赵宗𰚔,贻书责丞相谢方叔,说他不能救正,方叔因对人道:"非我不欲格君,实因上意难回,徒言无益呢。"这数语是自己解嘲,并非反对董、卢。偏被两人闻知,竟贿嘱台谏,力诋天锡,兼及方叔,无非说他朋奸误国,应加黜逐。这位好色信谗的理宗,竟将方叔、天锡免官。右丞相吴潜,已早卸职奉祠,两揆虚席,乃任参政董槐为右丞相。

槐系定远人,累任外职,素著政声,及入参内政,遇事敢言,既任右丞相,颇思澄清宦路,革除时弊。这时候的宫廷内外,已变做妇寺专横,戚幸交通的局面,单靠一个董丞相实心为国,如何行得过去?小人道长,君子道消。槐未免郁愤,入白理宗,极言三害:一是戚里不奉法,二是执法大吏擅威福,三是皇城司不检士,力请理宗除害兴利。理宗尚将信将疑,一班蝇营狗苟的小人,已是闻风生怨,视董丞相如眼中钉,丁大全尤为忧虑,密遣心腹至相府,与槐结欢。槐正色道:"自古人臣无私交,我只知竭诚事上,不敢私自结约,幸为我谢丁君！"待小人之法，也不能徒事守经。大全得报，变羞成怒，遂日夜隐伺槐短，槐复入劾大全，不应重任。理宗道："大全未尝毁卿，愿卿弗疑！"宰相有任贤退不肖之责，难道徒徇毁誉？这明是袒护大全语。槐对道："臣与大全何怨，不过因大全奸邪，臣若不言，是负陛下拔擢隆恩。今陛下既信用大全，臣已难与共事，愿乞骸骨归田里！"理宗竟怫然道："卿亦太过激了。"槐乃趋退。大全遂上章劾槐，尚未批答，那大全意擅用台檄，调兵百余人，露刃围槐第，并迫令出赴大理寺。槐徐步入寺中，宫内竟传出诏旨，罢槐相职。妇寺威幸，威权至此。于是士论大哗。三学生交章谏诤，乃诏授槐为观文殿大学士，提举洞霄宫。太学生陈宜中、黄镛、林则祖、曾唯、刘黻、陈宗六人，又联名攻大全，大全嗾使御史吴衍，劾奏六人妄言乱政，遂致六人削籍，编管远州，且立碑三学，戒诸生不得妄议国事。士论遂称宜中为六君子。大全反得迁任谏议大夫。惟右丞相一职，改任程元凤。未几，且命大全签书枢密院事，马天骥同签书院事。元凤谨饬有余，风厉不足，天骥与大全同党，也是因阎妃进用。朝门外发现匿名揭帖，上书八字道："阎马丁当，国势将亡。"大全等毫不为意。笑骂由他笑骂，好官我自为之。至宝祐五年，且任贾似道知枢密院事。越年，程元凤自请罢职，竟擢大全为右丞相兼枢密使。一丁一贾，并握枢机，宋室事可知了。不亡何待。

且说蒙古主蒙哥汗，闻前使月里麻思，锢死长沙，早欲兴兵报怨。且因兀良合台平西南夷，破交趾，宗王旭烈兀等前后略定西域十余国，威震中外，乃决拟自行南下。留少弟阿里不哥守和林。当下分军三路，自由陇州趋散关，诸王莫哥一作穆格。由洋州趋米仓，万户李里又一作布尔察克。由潼关趋沔州。一面令忽必烈率军攻鄂，且命兀良合台自交、广引兵北还，往应忽必烈军。东西并举，宋廷大震。当时四川制置使李曾伯早已还朝，后任为蒲择之，因蒙古入寇，亟遣安抚使刘整等，出据遂宁江箭滩渡，断敌东路。蒙古将纽璘一作耨埒。领兵到来，见宋军已截住渡口，遂麾兵大战，自旦至暮，刘整等支持不住，只好退回。纽璘长驱直进，径达成都。择之命杨大渊等守剑门及灵泉山，自率兵至成都城下。偏纽璘转袭灵泉山，大破杨大渊军，进围云顶山城，扼择之归路。择之军饷被断，顿时溃散。成都、彭、汉、怀、绵等州，及威、茂诸蕃，悉降蒙古。蒙哥汗闻前军得胜，遂渡嘉陵江，督军继进。行至白水，命总帅汪德臣造浮梁济师，进薄苦竹隘。守将杨立战死，张实被擒，亦为所害。蒙古兵直捣长宁山，守将王佐、徐昕，又相继阵亡。鹅顶堡不战即降，由是青居、大良、运山、石泉、龙州等处，望风输款，均向蒙古军投诚。惟运山转运使施择善，不屈被戕。

宋廷接连闻警，飞遣京湖制置使马光祖，移司峡州。六郡镇抚向士璧，移司绍庆，两军相会，合击蒙古兵。房州一战，总算奏捷。蒙哥汗转趋阆州，宋将杨大渊自灵泉山败奔至阆，闻敌兵又至，急整军守城。蒙哥汗督兵猛攻，炮石交射，泥堞齐飞，大渊不觉惊骇，因开城出降。推官赵广殉难，蒙哥汗进图合州，先遣降人晋国宝，招谕守将王坚，被坚叱出，还至峡口。又由坚遣将捕归，牵至阅武场，责他不忠不孝，枭首以殉。当下涕泣誓师，登陴死守。蒙哥汗乃自引兵攻合州，坚乘他初至，督军出战。将士都拼着死命，大刀阔斧，杀上前去。任你百战雄军，也觉见所未见，不由的步步退让，直至十里外安营。坚收兵入城，固守如故。蒙古兵复更迭来攻，终不得手。会宋廷调回蒲择之，令吕文德代任。文德领兵援蜀，攻破涪江浮桥，转战至重庆，遂率艨艟千余，溯嘉陵江上渡。蒙古将史天泽分军为两翼，顺流纵击，文德势处逆流，眼见得不能抵敌，被蒙古兵夺去战舰百余，自率残众奔回。蒙哥汗得天泽捷书，索性大集各军，围攻合州。偏王坚守御有方，相持数月，竟不能下。军中又复遇疫，十病六七，恼了前锋将汪德臣，募集壮士，夜登外城。坚忙麾兵堵截，战了一夜，杀伤相当。德臣单骑驰呼道："王坚，我来活汝一城，快早投降！"道言未绝，那面前忽来一大石，正要击中面目，慌忙一闪，已被飞石压中右肩，大叫一声，堕落马下。劝人不忠，应遭此击。正是：

　　　　巨石足倾胡虏命，孤城免被敌人屠。

未知汪德臣性命如何，且至下回交代。

　　宋廷非无贤将相，如杜范、吴潜、董槐等，皆相才也，孟珙、余玠、马光祖、向士璧、王坚等，皆将才也，若乘蒙古之有内乱，急起而修政治，整军实，勉图安攘，尚不为迟；乃嬖艳妃，昵腐竖，宠贵戚，引奸邪，即当承平之世，尚惧危亡，况强敌压境，触机立发，而可若是之颠顶乎？杜范殁矣，孟珙逝矣，内外已乏一贤将相；至谢方叔进而余玠蒙谗，丁大全用而董槐被逐，仅有二三材士以扶危局，反欲尽排去之，理宗之不知理国若此，几何而不沦胥也。然则淳宝之际，亡形已成，不过因蒙古大统，尚未遽集，故尚有合州之蹉跌，及蒙古君臣之沦谢耳。理宗之不为亡国主，幸哉！

第九十五回　　捏捷报欺君罔上
　　　　　　　拘行人弃好背盟

　　却说蒙古将汪德臣，被石击伤，坠落马下，当由蒙古兵救回，天意也未欲亡蜀，秋风秋雨，淅沥而来，竟致攻城梯折，蒙古兵愈觉气沮，遂相率退去。是夕，汪德臣伤重身亡，蒙哥汗顿兵城下，几及半年，又遇良将伤毙，免不得忧从中来，抑郁成疾。合州城外即钓鱼山，遂登山养疴，竟至不起。诸王大臣用二驴载尸，掩以绘帏，拥向北行，合州解围。王坚据实报闻，廷旨擢坚为宁远军节度使。坚益缮城凿濠，防敌再至，这且慢表。

惟蒙古将士，既已北还，因即治丧颁讣，尊蒙哥汗为宪宗。忽必烈方悉兵渡淮，自将兵进大胜关，令别将张柔进虎头关，分道并入，势如破竹。宋军皆闻风远飏。兀良合台亦引兵下横山，蹂躏宾州、象州，入静江府，连破辰沅，直抵潭州。还有李全子李璮，也受蒙古命，陷入海州涟水军。京、湖、江、淮，同时告急。宋廷改元开庆，专任一贾似道为长城，官爵职权，接连下逮。俄而令为枢使，兼两淮宣抚使，俄而令为京、湖南北四川宣抚大使，俄而令兼督江西、两广人马，南宋半壁江山，尽付这贾节使掌中，满望他旗开得胜，马到成功，可谓匪夷所思。其实他是个色中魔鬼，酒里神仙，要他选色征歌，倒是一个能手，欲令出司阃事，真是用非所学，学非所用。忽必烈已窥破情实，料知必胜，忽闻凶讣南来，召令北归，他不肯遽还，便语众将道："我奉命到此，岂可无功而退？"乃自登香炉山，俯瞰大江，大江北有武湖，武湖东有阳逻堡，南岸即浒黄洲。宋军用大舟济师，军容甚盛。忽必烈欷歔道："北人使马，南人使舟，此语原不可易哩。"正道着，旁闪出一将道："长江天险，宋恃此立国，势必死守，我军非破他一阵，不足扬威。末将愿前去一试！"忽必烈视之，乃是董文炳，便点首称善。文炳即自山趋下，令弟文忠、文用，带领敢死士数百，驾着艨艟大舰，鼓棹渡江，自率马军沿岸往战。宋军水陆驻扎，不下数万，遇着蒙古兵到来，好似羊入虎口，未斗先溃。文炳兄弟，水陆大进，杀得宋军东逃西躲，没命乱窜，霎时间两岸肃清，一任蒙古兵渡江。至忽必烈率兵接应，文炳等早已安渡了。翌日，全师毕济，进围鄂州，分兵破临江，知府事陈元桂死节。转入端州，知府事陈昌世，百姓素爱戴，不令殉难，拥他出城，向南逸去。

右丞相丁大全，初尚匿着军报，不令上闻，至都中人皆知，他无从壅蔽，始申奏军情，并附疏乞休。事宽则蒙蔽，事急则趋避，真好计算。理宗乃罢大全为观文殿大学士，判镇江府。中书舍人洪芹缴、御史朱貔孙、饶虎臣等，相继纠弹，先时何不弹劾。乃诏令致仕，召吴潜为左丞相，兼枢密使。大出内府银币，犒赏军士，令出御敌。并将右丞相一职，特给贾似道，令进军汉阳，为鄂外援。权阉董宋臣，因边报日急，竟请理宗迁都四明，藉避敌锋。惟小人最怕死。军器太监何子举，转报吴潜道："若銮舆一出，都中百万生灵，何所依赖？"潜即入廷谏阻，朱貔孙亦上书切谏，理宗意尚未决，经谢皇后坚请留跸，以安人心，才将迁都事罢议。宁海军节度判官文天祥，上疏乞斩宋臣，留中不报。鄂州副都统张胜，日坐围城，望援不至，乃登城给敌兵道："这城已为汝军所有，但子

第九十五回　捏捷报欺君罔上　拘行人弃好背盟

女玉帛,尽在将台,可往彼取给便了。"蒙古兵信为真言,遂焚城外民居,移师自去。

会襄阳统制高达,引兵来援,贾似道亦进驻汉阳,遥为声应。张胜复缮城为备,蒙古将苦彻拔都儿一作昔辰巴图鲁。又领兵进攻,先遣使入鄂州城,诘他违约。张胜将来使杀死,竟出袭蒙古营。谁知苦彻拔都儿已先防备,等到张胜杀到,竟张军两翼,把他围住。胜左冲右突,不能脱身,自知不免一死,遂刎颈而亡。幸各路重兵,都来援鄂,如吕文德、向士璧、曹世雄等,陆续至城外,请贾似道督战。似道闻各军云集,才放胆前来。高达自恃武勇,尝轻视似道,每语众将道:"渠但峨冠博带,晓得甚么军情,也好来督制军马么?"因此开营接战,必须似道先自慰遣,然后出兵,否则常使军士哗噪军门。吕文德谄事似道,辄使人呵止道:"宣抚在此,尔等何得乱哗?"由是似道亲吕恨高。还有曹世雄、向士璧两人,也瞧不起似道,一切举动未尝关白,似道亦暗中怀恨。为后文张本。方在抵拒敌军,忽有廷寄到来,乃是诏似道移军黄州。看官道是何因?原来蒙古将兀良合台进攻潭州,江西大震。左丞相吴潜用御史饶应予言,以鄂州已集重兵,当可无虑。不如令似道改防黄州。黄州在鄂州下流,正当两湖及江西要冲,蒙古兵若渡湖出江,黄州就要吃紧。似道明知冒险,但已接朝旨,不得不去。统制孙虎臣率精骑七百,送似道至苹草坪,俄接侦骑入报道:"北兵来了。"似道吓得发抖,顾语虎臣道:"怎么好?怎么好?"虎臣道:"使相不必着急!待末将去抵挡一阵,再作计较!"总是武臣有胆。似道支吾道:"我军只有七百骑,恐不足赴敌。"虎臣见他面如土色,料知不能督战,便道:"使相且暂退一程,由我去拦截罢!"似道尚抖着道:"你……你须小心!"虎臣带兵自去。似道奔回数里,拣一幽僻的地方,暂且躲避,还带抖带语道:"死了死了!可惜死得不明白哩。"待至日昃,尚未见有音信,好容易到了黄昏,才敢出头探望;嗣见有数骑驰到,报称:"孙统制已经得胜,擒住敌将一人,现已先往黄州,候使相入城!"似道方转忧为喜,黉夜赶至黄州,由虎臣迎入。当下禀白似道,北兵系是游骑,劫掠民间,由叛将储再兴为首领,现已将再兴擒住,候使相发落。似道大悦,夸奖数语,便令将再兴牵入,乐得摆些威风,叱骂一番,才命推出斩首。描摹丑态,惟妙惟肖。

过了两日,鄂州、潭州的警报,接沓而来,一些儿没有放松。心中又非常焦灼。没奈何想了一条下计,密令私人宋京,诣蒙古大营,情愿称臣纳币。忽必烈尚不肯允,遣还宋京。会合州守将王坚,使阮思聪兼程来鄂,以蒙古主讣闻,谓敌当自退,尽可放心。偏贾似道似信非信,再遣宋京往蒙古军求和,忽必烈尚坚持未决。部下郝经谏道:"今国遭大丧,神器无主,宗族诸王,莫不窥伺,倘或先发制人,据有帝位,恐大王且腹背受敌,大事去了。现不如与宋议和,立即北归,别遣一军逆先帝灵舆,收皇帝玺,召集诸王发丧,议定嗣位,那时大宝有归,社稷自安,岂不善么?"忽必烈大悟,遂与宋京定议,令纳江北地,及岁奉银绢各二十万,乃退兵北去。并檄兀良合台,解潭州围,留偏将张杰、阎旺,至新生矶赶筑浮桥,渡兀良合台还师。

兀良合台奉檄,趋至湖北,由新生矶渡兵,不意后面却有宋军杀到,斯时蒙古兵已无心恋战,赶紧飞渡,只有殿卒百数十人,不及随行,被宋军攻断浮桥,一律杀死。看官道这宋军从何而来?乃是贾似道用刘整计,命将夏贵蹑敌归路,侥幸图功,偏偏迟了一步,只杀毙了一百多人,还报似道。似道想入非非,竟将称臣奉币的和议,隐匿不报,反捏称诸路大捷,鄂围始解,江、汉肃清,宗社危而复安,实万世无疆的幸福。理宗览表大喜,以似道有再造功,召令还朝。及似道将至,诏百官郊劳,如文彦博故事。既入觐,面奖再三,进封少师,爵卫国公。吕文德功列第一,授检校少傅,高达为宁江军承宣使,刘整知泸州,兼潼川安抚副使。夏贵知淮安州,兼京东招抚使。孙虎臣为和州防御使,范文虎为黄州武定诸军都统制。向士璧、曹世雄以下,各加转有差。

似道既得售欺,入操巨柄,第一着即从事报复,闻前时移节黄州,议出吴潜,累得惶恐终日,至此即欲将潜捽去,聊以泄愤。适值皇储问题,延案未决,似道遂得乘机下手,设法倾陷。先是理宗嗣位,曾追封本生父希瓐为荣王,母全氏为夫人,以母弟与芮承嗣袭爵,理宗有子名缉,早年夭逝,后来妃嫔虽多,始终无子。至宝祐元年,理宗年逾半百,仍然乏嗣,乃令与芮子孜入宫,作为皇子,赐名曰禥,封永嘉郡王。越年,进封忠王。至鄂州解围,贾似道以大捷入奏,理宗接连改元;出兵时已纪元开庆,回兵时又纪元景定,趁这贺捷的时候,便欲立忠王禥为太子。吴潜独密奏道:"臣无弥远才,忠王无陛下福。"理宗年力已衰,立储原系要务,若忠王不足主器,何妨劝帝改立,吴潜乃出此语,殊属未当。这两语已忤上旨。似道就进陈立储大计。并阴令侍御史劾潜谓:"册立忠王,足慰众望,潜独倡为异议,居心殆不可问"云云。理宗遂罢潜相位,竟令似道专政。似道遂申请立储,即于景定元年六月,立忠王禥为皇太子。相传禥母黄氏,系湖州德清县人,与似道母胡氏,本属同邑,相去仅数里。两妇皆系出寒微,均生贵子。黄氏以媵仆入荣邸,适与芮苦未生男,见她面目韶秀,乃密令侍寝,一索得男,就是忠王禥,黄氏卒得封为隆国夫人。但自处极谦,每遇邸第亲戚,辄以禥子自称,人颇誉她盛德。似道母胡氏,为民家妇,尝出浣衣,遇似道父贾涉渡河,偶顾胡氏,不觉触起情感,胡氏亦眉目含情,浅挑微逗,涉遂随胡至家,问伊夫何在?胡答以未归,两下里互相问答,间及谐亵,胡氏竟半推半就,一任涉搂抱入床,宽衣解带,成就好事。一度春风,竟结蚌胎。及伊夫回来,涉尚在妇家,向伊夫购妇。伊夫询明底细,知涉已任朝官,自想势不可敌,乐得做个人

第九十五回　捏捷报欺君罔上　拘行人弃好背盟　497

情，受了金钱，将妇给涉。涉竟携妇归任，妇已失节，自不如受金弃妇，伊夫可谓智民。未几产下一子，名叫似道。既而胡色已衰，又被涉斥出，嫁为民妻。始爱终弃，涉亦负心。及似道年长，始觅母归养，性极严毅，似道颇加畏惮。当景定、咸淳系度宗年号见后。年间，胡氏已受封秦、齐两国夫人，屡入禁中，至与隆国夫人，尝同寝处，恩宠甚渥。年至八十三乃卒，赐谥柔正，柔则有之，正则未也。赙赠无算。当时以一邑产两贵妇，传为奇事。事见《齐东野语》。

话休叙烦，且说忽必烈北还，到了开平，诸王莫哥合丹、一作哈丹。塔察儿等来会，愿戴忽必烈为大汗，忽必烈佯不敢受。旭烈兀方镇守西域，亦遣使劝进，忽必烈遂允所请，不待库里尔泰会推许，竟登大位，即于宋理宗景定元年五月中，建元为中统元年。命刘秉忠、许衡等改定官制，立中书省总理政务，设枢密院掌握兵权，置御史台管理黜陟，以下有寺、监、院、司、卫、府等名目，外官有行省、行台、宣抚、廉访诸官，牧民有路有府，有州有县，一代规模，创始完备。命王文统为中书平章政事，统领众官。授廉希宪为陕西、四川宣抚使，商挺为副。

希宪方就道，闻阿里不哥也称帝和林，遣部下刘太平、霍鲁怀等，至燕京慰谕人民。他即倍道前进，到了京兆，遣人诱执太平、鲁怀，锢毙狱中。六盘守将浑塔海，正起兵应和林，和林守将阿蓝答儿一作阿拉克岱尔。也领兵往会浑塔海。希宪亟令总帅汪良臣，率秦、巩诸军往讨，再命别将八春，一作边崇。领蜀卒四千为后援。忽必烈汗亦遣诸王合丹，统兵来会，三路俱进，与浑塔海等大战甘州东。浑塔海败死，阿蓝答儿亦被杀，关、陇悉平。

忽必烈汗因遣郝经为国信使，至宋修好，通告即位，并促践前日和约。经本任翰林侍读学士，非行人职，因为王文统所忌，特地请遣，一面阴嘱李璮，潜师侵宋，为假手害经计。李璮不待经行，便出兵袭击淮安，幸主管制置司事李庭芝，先事预防，把璮击退。庭芝得升任淮东制置使，贾似道正令门客廖莹中等，撰《福华编》，称颂鄂功，忽接宿州来报，蒙古遣使郝经南来，请求入国日期。似道一想，经若入都，前议必将败露，此事如何使得？随即飞使止住郝经。偏郝经贻书三省及枢密院，且转告淮东制置使李庭芝，欲指日入都。似道既接经书，复得李庭芝报闻，自思一不休，二不息，索性拘住了他，再作计较。只管眼前，不管日后。便命真州忠勇军营，将经拘住。经上表有云，"愿附鲁连之义，排难解纷，岂如唐俭之徒，款兵误国？"最后又上书数千言，无非以弭兵靖乱为宗旨，由小子节述如下云：

贵朝自太祖受命，建极启运，创立规模，一本诸理。校其武功，有不逮汉、唐之初，而革弊政，弭兵凶，弱藩镇，强京国，意虑深远，贻厥孙谋，有盛于汉、唐之后者。尝以为汉似乎夏，唐似乎商，而贵朝则似乎周，可以为后三代。夫有天下者,孰不欲九州四海,奄有混一,端委垂衣,而天下晏然穆清也哉?理有所不能,势有所难必,亦安夫所遇之理而已。贵朝祖宗,深见夫此,持勒捏约,不肯少易。是以太祖开建大业,太宗不承基统,仁宗治效浃洽,神宗大有作为,高宗坐弭强敌,皆有其势而弗乘,安于理而不妄为者也。今乃欲于迁徙战伐之极,三百余年之后,不为扶持安全之计,反断生民之余命,弃祖宗之良法,不以理以势,不以守以战,欲收奇功,取幸胜,为诡遇之举,不亦误乎?伏惟陛下之与本朝,初欲复前代故事,遣使纳交,越国万里,天地神人,皆知陛下之仁,计安生民之意,而气数未合,小人交乱,虽行李往来,徒费道路,迄无成命,非两朝之不幸,生民之不幸也。有继好之使,而无止戈之君;有讲信之名,而无修睦之实;有报聘之名,而无输平之纳;是以藉藉纷纷,不足以明信,而适足以长乱。我主上即位之初,推诚相与,唯恐不及,不知贵朝何故接纳其使,拘于边郡?蔽幂蒙覆,不使进退,一室宛转,不睹天日。试问经有何罪,而窘迫至此耶?或者以为本朝兵乱,有隙可乘,必有如范山语楚子,以为晋君不在诸侯,而北方可图,愚请以贵朝之事质之!熙丰之间,有意于强国矣,而卒莫能强,宣政之间,有意于恢复矣,百年之力,漫费于燕山九空费,而因以致变;开禧之间,又有意于进取矣,而随得随失,反致淮南之师;端平之间,再事夫收复矣,而徒敝师,徒失蜀、汉。是皆贵朝之事,且有为陛下所亲见者。况本朝立国,根据绵括,包括海宇,未易摇荡。太祖皇帝倡义漠北,一举而取燕、辽,再举而取河、朔,又再举而取西夏,遂乃掇拾秦、雍,倾覆汴、蔡,穿漱巴、蜀,绕出大理,东西北皆际海,西南际江淮,自周、汉以来,未有大且强若是者。而其风俗淳厚,禁网疏阔,号令简肃,是以夷夏之人,皆尽死力,岂得一朝变故,便致沦弃者乎?事至今日,贵朝宜皇皇汲汲,以应我主上美意,讲信修睦,计安元元,而乃仍自置而不问,实有所未解者。抑天未厌乱,由是以缔造兵祸耶?抑别有所蕴蓄耶?皆不可得而知也。窃谓必有构议之人,将以敝贵朝误陛下者。就令贵朝所举皆中,图维皆获,返旧京,奄山东,取河朔,划白沟之界,上卢龙之塞,而本朝亦不失故物。若为之而不成,图之而不获,复欲洗兵江水,挂甲淮墙,而遂无事,殆恐不能?一有所失,后将若何?且贵朝光有天下,三百有余年矣,举祖宗三百年之成烈,再为博者之一掷,遂以干戈为玉帛,杀戮易民命,战争易礼乐,窃为陛下不取。或稽留使人,不为无故,或别有盖藏之迹,亦宜明白指陈,不宜摈而不问,陈说不答,表请不报,嘿嘿而已,殆非贵朝之长策也。南望京华,无任待命!

这书上后,又不见报。驿吏反棘垣钥户,昼夜巡逻,欲以慑经。经语从人道:"我若受命不进,负罪本国,今已入宋境,死生进退,惟彼所命,我岂肯屈身辱国?汝等从我南来,亦宜忍死以待,揆诸天时人事,宋祚殆不远了。"经实蒙古第一流人物。理宗闻有北使,语辅臣道:"北朝使来,应该与议。"似道奏称:"和出彼谋,不应轻徇所请,倘以交邻礼来,令他人见未迟。"看你能瞒到何时?理宗也即搁过一边。蒙古遣官访问经等所在,且以稽留信使,侵扰疆场两事,来诘宋吏。制置使李庭芝奏称北使久留真州,应如何发落?偏宋廷一味延宕,毫无复音。小子有诗叹道:

    北来信使为寻盟,累表修和愿息争。
    怪底权奸不解事,欺心敢把赵宗倾。

  似道拘住郝经,已开敌衅,还要报复私仇,变更成法,眼见得灾害并至了。欲知后事,再阅后文。

  宋至贾似道专政,虽欲不亡,不可得矣。似道无专阃才,自知不足胜任,何不面请辞职?乃贪权忘位,谬膺节钺,逗留汉阳,狼狈黄州,所有丑态,尽情毕露。且既知蒙古之遭丧,忽必烈之将退,而犹必遣使乞和,称臣奉币,果何为耶?胆怯若此,不应诡词报捷,既讳败以欺君,复拘使以怒敌,天下事岂有长令掩饰者?况郝经再三上书,志在靖乱,不务游说,若令其入见,婉词与商,未始非弭兵息民之道,而乃幽之真州,自速其祸,谬误至此,而理宗乃终不察也,如之何而不亡?

第九十六回　史天泽讨叛诛李璮
贾似道弄权居葛岭

  却说贾似道既拘住郝经,仍然把前时和议,一律瞒住。他尚恐宫廷内外,或有漏泄等情,因此把内侍董宋臣,出居安吉州。卢允升势成孤立,权势也自然渐减;阎贵妃又复去世,宦寺愈觉无权;似道又勒令外戚不得为监司,郡守子弟门客,不得干朝政,凡所有内外政柄,一切收归掌握,然后可任所欲为,无容顾忌。他前出督师,除吕文德外,多半瞧他不起,如高达、曹世雄、向士璧等,更对他傲慢不情。见前回。他遂引为深恨,先令吕文德摭拾曹世雄罪状,置诸死地;高达坐与同党,亦遭罢斥。潼川安抚副使刘整,抱了兔死狐悲的观感,也觉杌陧不安。会值四川宣抚使,新任了一个俞兴。整与兴具有宿嫌,料知兴一到来,必多掣肘,心中越加顾虑。果然兴莅任后,便托贾丞相命令,要会计边费，限期甚迫。整表请从缓，为似道所格，不得上达；自是虑祸益深，索性想了一条狗急跳墙的法儿，把泸州十五郡、三十万户的版图，尽献蒙古，愿作降臣。似道固有激变之咎，若刘整背主求荣，罪亦难逭。参谋官许彪孙不肯从降，阖门仰药，一概自尽。整遂受蒙古封赏，得为夔路行省兼安抚使。俞兴督各军往讨，进围泸州，日夕猛攻，城几垂拔。蒙古遣成都经略使刘元振，率兵援泸，兴与元振大战城下，胜负未分。偏整出兵夹击，害得兴前后受敌，顿时败走。宋廷以兴妒功启戎，罢任镌职，也是罚非其罪。改命吕文德为四川宣抚使。

　　文德入蜀，适刘整往朝蒙古，他得乘虚掩击，夺还泸州，诏改为江安军，优奖文德。贾似道意中只以文德媚己，恃作干城，他将多拟驱逐，乃借着会计边费的名目，构陷诸将。赵葵、史岩之等皆算不如额，坐了"侵盗掩匿"四字，均罢官索偿。向士璧已挂名弹章，被窜漳州，至是又说他侵蚀官帑，浮报军费，弄得罪上加罪，拘至行部押偿。幕属方元善，极意逢迎似道，欺凌士璧，士璧不堪凌辱，坐是殒命。还要拘他妻妾，倾产偿官，才得释放。似道又忌王坚，降知和州，坚亦郁愤而亡。良将尽了。理宗毫不觉察，一味宠任似道，到了景定三年，复赐给缗钱百万，令建第集芳园，就置家庙。

　　似道益颐指气使，作福作威。忽报蒙古大都督李璮，举京东地来归，似道大喜，即请命理宗，封璮为齐郡王。璮本陷入海州、涟水军，迭下四城，杀宋兵几尽，淮、扬大震。自蒙古主蒙哥卒，忽必烈嗣位，璮始欲叛北归南，前后禀白蒙古凡数十事，统是虚声恫吓，胁迫蒙主。寻又遣使往开平，召还长子行简，修筑济南、益都等城壁，即歼蒙古戍兵，举京东地归宋。反复无常，酷肖乃父。宋既封他为王，复令兼保信、宁武军节度使，督视京东、河北路军马，并复璮父李全官爵，改涟水军为安东州。璮潜通蒙古宰相王文统，诱作外援，文统亦遣子荛向璮通好，偏为忽必烈汗所觉，拿下文统，按罪伏法。璮失一援应，亟引兵攻入淄州。蒙古遂令宗王哈必赤，一作哈必齐。总诸道兵击璮，兵势甚张，因复丞相史天泽出征，诸道兵皆归节制。天泽至济南，语哈必赤道："璮心多诡计，兵亦甚精，不应与他力战。我军可深沟高垒，与他相持，待至日久，他自然疲敝，不患不为我所擒了。"哈必赤称善，乃就济南城下，筑起长围，只杜侵突，不令开仗。璮屡出城挑战，无一接应。及冲击敌营，恰似铜墙铁壁，丝毫不能得手。璮才知利害，遣人至宋廷乞援。宋给银五万两犒璮军，且遣提刑青阳梦炎，青阳复姓。领兵援璮。梦炎至山东，惧蒙古兵强，不敢进军。蒙古且添遣史枢阿术，一作阿珠。各将兵赴济南，璮率兵出掠辎重，被北兵邀击，杀得大败，逃回城中。史天泽因来兵大集，遂四面筑垒，环攻孤城。璮日夜拒守，待援不至，渐渐的粮尽食空，因分军就食民家。既而民粟又罄，乃发给盖

第九十六回　史天泽讨叛诛李璮　贾似道弄权居葛岭

藏，数日复尽，大家饥饿不堪，甚至以人为食。璮知城且破，不得已手刃妻妾，自乘舟入大明湖。主将一去，城即被陷。蒙兵到处索璮，追至大明湖中，璮自投水间，水浅不得死，被蒙古兵擒住，献与史天泽。那时还有甚么侥幸，当然一刀两段，并把他尸骸支解，号令军前。

次日，蒙古兵东行略地，未至益都，城中人已开门迎降，三齐复为蒙古所有。蒙古主命董文炳为经略使。文炳本在军营，受命后，轻骑便服，到了益都，既入府，不设警卫，召璮故将吏抚谕庭下，所部大悦。先是璮兵有沂、涟二军，数约二万，哈必赤欲尽行屠戮，文炳面请道："若辈为璮所胁从，怎可俱杀？天子下诏南征，原为安民起见，若妄加屠戮，恐大将亦不免罪哩。"哈必赤乃罢，班师而回，留文炳居守。宋廷闻璮已败死，赠璮检校太师，赐庙额曰显忠。

蒙古主忽必烈汗因宋先败盟，拘郝经，纳李璮，理屈情虚，乃决意南侵，授阿术为征南都元帅，调兵南下。宋廷尚不以为意，贾似道既排去故将，且必欲杀故相吴潜，迭令台官追劾，窜谪循州。似道遥令武人刘宗申监守，伺间下毒，潜亦自知预防，凿井卧榻下，自作井铭，毒无从入。宗申苦难复命，乃托词开宴，邀潜赴席。潜一再不赴，宗申竟移庖至潜寓，强令潜饮。潜不能辞，筵宴已毕，宗申别去，潜即觉腹痛，便长叹道："我的性命休了，但我无罪而死，天必怜我，试看风雷大作，便是感及天心呢。"是夕，潜竟暴亡，果然风雷交至，如潜所言。潜字毅夫，宁国人，夙怀忠悃，两次入相，均不久即罢，至是中毒丧身，免不得有人惋惜。似道恐不容众议，竟归罪宗申，将他罢职。受人唆使者其鉴诸。且许潜归葬，暂塞众口。是时，丁大全迭次落职，安置贵州，州将游翁明，诉大全阴招游手，私立将校，造弓矢舟楫，势将通蛮为变。当由广西经略朱祀孙转达朝廷，诏命改窜新州，拘管土牢。似道以大全素有奸名，乐得下石投阱，买个为国诛奸的美名，遂贻书朱祀孙，令他下手。你自己思量，与大全能判优劣否？祀孙得书，召部将毕迁，授以密计，阳遣他护送大全，及舟过藤州，毕迁请大全登舱，玩景解闷，自己立在大全背后，把手一推，大全立刻落水，谒见河伯去了。大全尚得全尸，还是他的侥幸。迁返报祀孙，祀孙申报似道，也是应有的手续，无庸絮述。

且说贾似道报怨已毕，乃有意敛财，知临安府刘良贵，浙西转运使吴势卿，希承凤旨，想了一条买公田的计议，上献枢府。似道以为奇计，亟令殿中侍御史陈尧道，右正言曹孝庆，监察御史虞悰、张希颜等，上疏请行。书中大意，是："规仿祖宗限田制度，请将官户田产逾限的数目，抽出三分之一，买回以充公田，计得田一千万亩，每岁收米六七百万石，可免和籴，可作军粮，可停造楮币，可平物价，可安富室，一举能得五利，是当今无上良法"云云。看官！你想井田制度，久已不行，各田早成为民有，豪民田连阡陌，穷民贫无立锥，虽是穷富不均，但由大势所迁，非一时所可补救。西汉、北魏，屡有限田诸说，终究不能推行。就使豪贵不法，所有田产，籍没入官，也只可听民佃买，较为便民。南宋建炎初年，籍蔡京、王黼等庄，作为官田，诏仍令佃户就耕，每岁减税三分。绍兴二年，以福建八郡官田，听民请买，岁入七八万缗，补助军衣，民皆称便。可见得置官领田，不若听民自为。此次贾似道妄信计臣，反欲将官田买回作公，已是违反人情的计画，而且种种弊害，均从此而起。给事中徐经孙条陈弊端，反被御史舒有开劾令罢职。于是诏令置官田所，收买公田，命刘良贵为提领，通判陈訔为副，当下立一定额，每亩折价四十缗，不分肥硗。浙西田亩，或值百缗，数百缗，至千缗不等，经刘良贵等硬令抑买，民间当然大哗。安抚使魏克愚上疏谏阻，并不见从。未几，由理宗手诏，谓："永免和籴，原不若收买公田。但东作方兴，且俟秋成后续议施行。"这数语触怒似道，竟奏乞归田，暗中却讽令言官，抗章请留；并劝理宗下诏慰勉。统是他手做成。理宗乃促似道仍然任职，且因似道入朝，温颜与语道："收买公田，当自浙西诸路开手，作为定则。"似道具陈私议，理宗一律照行，三省奉命惟谨。

　　似道先把浙西私产万亩，为公田倡。荣王与芮，也卖出私田千亩，赵立奎且自请投卖，自是朝野无人敢言。刘良贵等又增立条款，硬为敷派，凡宦家置田二百亩以上，概令出卖三分之二。后因公田尚未足额，就是家止百亩，亦勒令卖出若干。现钱不敷，改给银绢各半。又或奖给虚荣，如度牒告身等类，充当缗钱。百姓失去实产，只换了一个纸上的诰封，试问他有甚么用处？可怜民间破家失业，怨苦连声，稍有良心的官吏，不愿操切从事，俱被刘良贵劾罢，且追毁出身，永不叙用。那时有司多半热中，只好掩了天良，争图多买。不到数月，浙西六郡，买就公田三百余万亩，诏进良贵官两阶，他官亦进秩有差。

　　似道谓公田已成，当派立四分司，分领浙西公田。这四分司派将出去，便将所买公田原额，照数征收。那时买入多虚报斛数，凡六七斗均作一石，遂致原数多亏，四分司无从交代，不得不取偿田主，甚至以肉刑从事。人怨激成天怒，遂于景定五年，彗星出现，光焰烛天，长至数十丈，自四更现东方，日高始灭。有诏避殿减膳，许中外直言。台谏士庶上书，以为公田扰民，致遭天变。似道因上书力辩，并乞避位。理宗又面慰似道，引"礼义不愆，何恤人言"二语，曲为譬解，似道方有喜色。太学生叶李、萧规等应诏陈言，极诋似道专权，害民误国。似道令刘良贵陷害二人，锻炼成罪，黥配叶李至漳州，萧规至汀州。建宁府教授谢枋得，摘似道政事为问目，有"权奸擅国，敌兵必至，赵氏必亡"等语。漕使陆景思将原稿呈与似道，似道即令左司谏舒有开，劾枋得怨望腾谤，犯大不敬罪，遂窜枋得至兴国军。似道又创行推排法，凡江南土地，尺寸皆有租税，民力益困。又因南宋初年，广行交子、会子等楮币，就是今世的

第九十六回 史天泽讨叛诛李璮 贾似道弄权居葛岭

钱票、钞票等类。交子、会子,系各票名目。楮多钱少,遂致楮贱物贵。似道更造银关,仍然用票代银,每票用一钤印,如贾字状,掉换旧楮。其实是改头换面,毫无实益,反致物价愈昂,楮价愈贱,民间非常痛苦,那似道却视为良谋。理宗老昏颠倒,但教似道如何说,他即如何行。

至景定五年十月,理宗不豫,下诏征医,如能疗治上疾,自身除节度使,有官及愿就文资,并与比附推恩,仍赐钱十万,田五百顷。始终没人应命。未几,理宗驾崩,太子禥受遗诏即位,尊皇后谢氏为皇太后,以次年为咸淳元年,是为度宗皇帝。元年元旦,适逢日食,时人目为不祥。越三月,葬理宗于永穆陵。总计理宗在位四十年,改元凡六次,享寿六十二岁。史臣谓理宗继位,首黜王安石从祀孔庙,升濂、洛九儒,表章朱熹四书,士习不变,有功理学,应该庙号为理。哪知他阳崇理学,阴多私蔽,在位四十年间,连用奸相三人,令他窃弄威福,搅坏朝纲。史弥远、丁大全,已是善蛊主心,再继一只手蔽天的贾似道,内逐正士,外怒强邻。看官!试想这积弱不振的宋室,到此还能久存么?评议甚当。

度宗以自己得立,功出似道,更大加宠眷,特授似道为太师,封魏国公。每当似道入朝,必起座答拜,称为师臣,不直呼名。廷臣吹牛拍马,均称似道为周公。理宗安葬,似道以首相资格,兼任总护山陵使,及山陵告竣,即弃官还越,密令吕文德诈报寇至,已攻下泸,朝中大骇。度宗急召似道,他尚摆着架子,不肯应召,再经谢太后手诏敦促,方昂然入都。既谒见度宗,仍声声口口的要辞职还乡,急得度宗惶恐万状,竟起身向他下拜,求他留任。参知政事江万里,旧居似道幕下,至此也看不过去,便上前数步,掖住度宗道:"自古到今,无君拜臣礼,陛下不应出此。似道亦不可一再言去。"这数语说出,似道也难乎为情,急趋下殿,且举笏谢万里道:"非公此言,似道几为千古罪人。"万里还疑似道知过,才有此谢,不意似道偏暗恨万里,经万里窥出隐情,乃拜表告归,疏至再四,诏命为湖南安抚使,兼知潭州。

越年,册妃全氏为皇后。后会稽人,系理宗母慈宪夫人侄孙女,幼从父昭孙知岳州,开庆初年,秩满回朝,道出潭州,适蒙古将兀良合台,率兵围潭。见前回。后与父避难入城,旋因兀良合台解围而去,潭人谓有神人护卫,因得保全。皇帝且被人掳,何论一后?况后日固与度宗同为敌俘耶?无稽之言,不宜轻信。嗣返至临安,昭孙复出调外任,病殁治所。先是理宗从丁大全言,为太子选妃,聘定知临安府顾岩女,及大全被斥,岩亦罢去,台臣谓宜别选名族,以配皇储。理宗顾念母族,乃召后入宫,且问后道:"汝父曾病殁王事,至今追念,尚觉可哀。"后答道:"妾父可念,淮、湖人民,更可念哩。"理宗闻言,暗自诧异。越日,出语辅臣道:"全氏女言辞甚善,宜妃冢嫡以承祭祀。"辅臣等并无异词,遂册全氏为太子妃，至是乃立为皇后，并选杨氏为美人，寻封淑妃。即后文帝昰生母。册后礼定，晋上皇太后尊号为寿和，一面推恩锡类，加封贵戚勋臣。

贾似道又上疏乞归，专用此策要君。度宗命太臣侍从，传旨固留，每日必四五至，中使加赐，每日且十数至，到了夜间，饬侍臣交守第外，只恐似道潜逸，他若肯去，赵宗或尚可多延数年。且特授平章军国重事。一月三赴经筵，三日一朝，治事都堂，赐第西湖的葛岭。葛岭在西湖北，相传晋葛洪尝在此炼丹，所以有这名目。似道遂鸠工庀材，大起楼阁亭榭，最精雅的堂宇，取名半间堂，塑一肖像，供诸神龛，并延集羽流，喋经礼忏，为来生预祝福禄。自己却采花问柳，日访艳姝，无论歌楼娼妓，及庵院女尼，但有三分姿色，便令仆役召她入第，供他淫污。甚至宫中有一叶氏女，妙年韶秀，亦被他逼出宫中，充作小星。度宗虽然知晓，也是无可如何。而且召集旧时博徒，作樗蒲戏，日夕纵博，男女杂集，谑浪笑傲，无所不至。每到秋冬交界，捉取蟋蟀，观斗赌彩，狎客尝与戏道："这难道是军国重事么？"他的技艺，只能如此。似道却不以为忤，也对他谈笑开心，整日里兴高采烈，酒地花天，从此把朝政尽行搁置。起初尚届期五日，乘湖船入朝，就便至都堂小憩，把内外要紧公牍，约略展览，后来竟深居简出，所有军国重事，令堂吏就第呈署，他也不遑审视，都委馆客廖莹中及堂吏翁应龙代理。惟该谏弹劾，与诸司荐辟，暨京尹畿漕一切事情，非经贾第关白，得了取决，宫廷不敢径行。所有正人端士，排斥殆尽，一班贪官污吏，觊得美职，都夤缘贿托，贡献无算。似道建一多宝阁，储藏馈物，日必登楼一玩，不忍释手；就是门下食客，也多借此发财，连阍人都做了富家翁。似道又私下禁令，饬人民不准擅窥私第，如因事出入，必须先由门卒通报。一日，有妾兄入第，门卒因他谊关亲戚，不先入白，便放他进去，将至厅门，为似道所见，即喝令左右，缚投火中。及妾兄自道姓名，大声呼救，方得牵出，但已是焦头烂额，苦痛不堪。有妾足供淫乐，妾兄原无用处，不妨投诸煨烬。似道反申斥门卒，如何不报？门卒只好磕头认罪。嗣是管钥愈严，好令似道放胆纵欢，无拘无束。谁知蒙古征南都元帅阿术，已带同降将刘整等，南下攻襄阳了。小子有诗叹道：

无赖居然作太师，狎游纵博算敷施。
强邻南下襄樊震，尚是湖山醉梦时。

欲知襄阳被围情事，且至下回再详。

南宋之纳李璮，犹北宋之纳张觉，觉归宋后，因金人责盟，乃函觉首以畀之，于是金人遂生轻视，纵兵南来，遂亡北宋。璮为逆贼李全子，既降蒙古，复来归宋，宋廷不惩前辙，且封为郡王，贪目前之小利，忘日后之大患，试思蒙古方强，岂肯坐视不讨，一任叛命乎？况北使郝经，被拘有年，彼方调兵遣将，为南下之谋，璮之降宋，不啻害宋，蒙古益振振有词，几何而不大举南侵也。璮既败死，宋君若臣方旰食之不遑，乃大丧忽兴，嗣君新立，国势益形岌岌，而犹用一欺君误国、纵欲败度之贾似道，宋其尚可为乎？古人谓小人之使为国家，菑害并至，虽有善者，亦无如何，观于贾似道而益信云。

第九十七回　援孤城连丧二将　　宠大憝贻误十年

　　却说蒙古主忽必烈，早拟侵宋，因阿里不哥抗命，自督军往讨，至昔木土一作锡默图。地方，交战一场，阿里不哥败遁，追北五十里，敌将多降。忽必烈乃引还，尚恐死灰复燃，未敢南牧。及中统五年，阿里不哥自知穷蹙，不能再振，乃与诸王玉龙答失，一作玉陇哈什。及谋臣不鲁花等，不鲁花一作布拉噶。同至上都，即开平。悔过投诚。忽必烈汗赦阿里不哥，惟归罪不鲁花等数人，说他导王为恶，处以死刑。当命刘秉忠为太保，参领中书省事。秉忠请迁都燕京，忽必烈准如所请，就在燕京缮城池，营宫室，择日迁都，并改中统五年为至元元年。又越四年，方命征南都元帅阿术，与刘整等经略襄阳。阿术驻马虎头山，顾汉东白河口，不禁欣然道："若就白河口筑垒，断宋粮道，襄阳不难攻取哩。"遂督兵兴役，筑城白河口。时知襄阳府为吕文焕，闻蒙古兵在白河口筑城，料知不妙，亟通报乃兄宣抚使吕文德。先是忽必烈用刘整计，馈文德玉带，求在襄阳城外，建立榷场。文德好利贪饵，请诸朝廷，许开榷场于樊城外，于是就鹿门山筑起土墙，外通互市，内筑堡壁。蒙古兵也在白鹤山设寨，控制南北要道，且常出哨襄、樊城外，大有反客为主的情状。互市之弊，非自今始。文德弟文焕，知乃兄堕入敌计，贻书谏阻，已是不及。文德尚没甚着急，及白河口筑城一事，文焕很是惶恐，文德反谩骂道："汝勿妄言徼功，就使有了敌城，也不足虑。襄、樊城池坚深，储粟可支十年，叛贼刘整，若果来窥伺襄、樊，但叫汝等能坚守过年，待春水一涨，我顺流来援，看逆整如何对待？恐他就要遁走呢！"狂言何益。文焕无可奈何，只得缮城兴甲，为固守计。

　　转瞬间已是来春，刘整复献计阿术，造战船五千艘。招募水军，日夕操练，风雨不懈。渐得练卒七万人，遂自白河口进兵，围攻襄阳。警报迭达临安，都被贾似道匿住，不得上闻。宁海人叶梦鼎素有令誉，曾以参政致仕，似道亦欲从众望，特别荐引，召他为右丞相。梦鼎初辞不至，经似道再三劝驾，不得已入朝就职。未至数日,因利州路转运使王价子,诉求遗泽,梦鼎查例合格,便准给荫。似道以恩非己出,即罢斥省部吏数人,梦鼎愤激求去。似道母胡氏,闻知此事,召似道责问,带着怒容道:"叶丞相本安家食,未尝求进,汝强起为相,又复牵制至此,我看汝所为,终要得祸,我宁可绝食而死,免同遭害。"老妇恰还有识。似道素来惮母,乃出留梦鼎,梦鼎知不可为,求去益力,度宗不许。嗣闻襄阳警信,被似道格住,遂长叹数声,单车宵遁。

蒙古复遣史天泽等益兵围襄阳。天泽至襄阳城下,添筑长围,自万山至百丈山,俱用重兵扼守,令南北不得相通。又筑岘山、虎头山为一字城,联亘诸堡,决拟攻取。又分兵围樊城,更城鹿门。京、湖都统制张世杰,本蒙古将张柔从子,从柔戍杞,有罪来奔。吕文德召至麾下,见他忠勇过人,累擢至都统制,他即率兵往援樊城,至赤滩圃,为蒙古兵所遮。两下交战,蒙古兵非常精悍,世杰孤军不支,只得败退。度宗至此,始闻襄、樊告急,命夏贵为沿江置制副使,进援襄、樊。贵乘春水方涨,轻兵裹粮,到了襄阳。恐蒙古兵出来掩袭,只与吕文焕问答数语,立即引还。至秋间天大霖雨,汉水涨溢,贵乃分遣舟师,出没东岸林谷间。蒙古帅阿术望见,语诸将道:"这是兵志上所说的疑兵,不应与战,我料他必来攻新城,且调集舟师,专行等着便了。"原来蒙古兵围攻襄阳,共筑十城,新城就在其列。待至翌晨,夏贵果舣舟趋新城,甫至虎尾洲,那蒙古水军,已两路杀出,截击夏贵。贵不意敌兵猝至,仓皇失措,眼见得不能抵敌,掉舟急奔,被蒙古兵追杀一阵,贵军多溺入水中,丧失了若干性命。都统制范文虎率舟师援贵,正值贵兵败还,蒙古兵追击前来,文虎本是个没用人物,见蒙古兵这般强悍,吓得胆战心惊,忙乘轻舟遁去。部众亦相率惊溃,冤冤枉枉的做了好千百个鬼奴。虎而称文,宜乎没用。

吕文德闻援师连败,方自悔轻许榷场,不禁叹恨道:"我实误国,悔无及了。"晓得已迟。因发生背疽,称疾乞休。诏授少师,兼封卫国公,应封他为误国奴。未几即死。他的女夫,就是范文虎,贾似道升他为殿前副都指挥使,令典禁兵。阿翁误国,尚嫌未足。反要添入一婿,何苦何苦!一面调两淮制置使李庭芝,转任两湖,督师援襄、樊。文虎恐庭芝得功,自愿再援襄阳,因贻书似道,谓:"提数万兵入襄阳,一战可平,但不可使受京阃节制。若得托恩相威名,幸得平敌,大功当尽归恩相"云云。似道大喜,即提出文虎一军,归枢府节制,不受庭芝驱策。庭芝屡约文虎进兵,文虎只推说尚未奉旨,自与妓妾嬖幸,击鞠蹴球,朝歌夜宴,任情取乐。吕文焕日守围城,专待援音,哪知都中的权相,阃外的庸将,统在华堂锦帐中,寻些风流乐事,管甚么襄阳不襄阳。似道还再四称疾,屡请归田,度宗苦口慰留,甚至泣下。初诏六日一朝,一月两赴经筵,继复诏十日一朝,似道尚不能遵限。间或入谒度宗,度宗必起身避座。及似道

第九十七回　援孤城连丧二将　宠大憝贻误十年

退朝，又目送出殿，始敢就坐。似道益傲慢无忌，甚至累月不朝。度宗闻襄阳围急，屡促入朝议事，似道尚延宕不至。一日，似道与群妾踞地斗蟋蟀，方在拍手欢呼的时候，忽报有钦使到来，似道转喜为怒道："甚么钦使不钦使？就令御驾亲临，也须待我斗完蟋蟀哩。"也算督战。言已，仍踞地自若。良久方出见钦使，钦使传度宗命，极力敦劝，似道方允于次日入觐。翌日，入朝登殿，度宗慰问已毕，方语道："襄阳被围，已近三年，如何是好？"似道佯作惊愕道："北兵已退，陛下从何处得此消息？"度宗道："近有女嫔说及，朕所以召问师相。"似道不禁懊恼，半响才答道："陛下奈何听一妇人？难道举朝大臣，统无耳目，反使妇人先晓么？"你只能骗朝廷，不能骗宫禁，手段尚未绵密。度宗不敢再言，似道悻悻退出。后来盘诘内侍，方知女嫔姓氏，竟诬她有暧昧情事，硬要度宗赐死。度宗硬了头皮，令女嫔勒帛自尽。可怜红粉佳人，为了关心国事，系念民瘼，竟平白地丧了性命。可惜史不书氏。

似道才促范文虎统中外诸军，往救襄阳。襄阳虽已被围，尚有东西两路可通，由京东招抚使夏贵，累送衣粮入城，城内守兵，幸免冻馁。蒙古将张弘范，即张柔子。献计史天泽，谓："宜筑城万山，断绝襄阳西路，立栅灌子滩，断绝襄阳东路，东西遏绝，城内自坐毙了。"天泽依计而行，即令弘范驻兵鹿门，襄、樊自是益困。范文虎带领卫卒，及两淮舟师十万，进至鹿门。蒙古帅阿术，夹江列阵，别令军趋会丹滩，犯宋军前锋。文虎督着战船，逆流而上，好容易到了会丹滩畔，猛听得鼓声大震，喊杀连声，连忙登着船楼，向西望去，但见来兵很是踊跃，已恐慌到五六分；且远远看着大江两岸，统是蒙古兵队，旌旗蔽日，戈铤参天，几不知他有若干人马，愈觉心胆欲碎。说时迟，那时快，蒙古兵已鼓噪突阵，顺流冲击，他还未曾鸣鼓对仗，竟先饬舟子返戈数步。看官！你想行军全靠锐气，有进无退，乃能制敌。主将先已退缩，兵士自然懈体，略略交战，便已弃甲抛戈，向东逃走。文虎逃得愈快，所弃战船甲仗，不可胜计。

李庭芝闻文虎败还，上表自劾，请择贤代任，有诏不许，且令移屯郢州。庭芝侦知襄阳西北，有水名青泥河，源出均房，当命就河中筑造轻舟百艘，每三舟联成一舫，中间一舟，装载兵器，两旁舟有篷无底。悬揭重赏，募善战善泅的死士，得襄、郢、山西民兵三千人，用张顺、张贵为统辖。两张俱有智勇，素为民兵所服，号贵为矮张，顺为竹园张。二人即奉命，便号令部众道："此行是九死一生，汝等倘尚惜死，宁可退伍，毋败我事。"三千人齐称愿死，无一求去。适汉水方生，两张遂发舟百艘，由团山进高头港门联结方阵，夜漏下三刻，拔椗出江，用红灯为号，贵先登，顺继进，乘风破浪，径犯重围，至磨洪滩上，敌兵布舟蔽江，无隙可入。贵驶舟直进，令顺率善泅水卒，自船底下水，就波流中斫断敌舟铁絙，复凿通敌舟底面。敌舟半解半沉，当然惊惶。贵乘势杀开血路，且战且进，黎明抵襄阳城下。城中久已绝援，闻贵等到来，喜出望外，大家开城迎贵，勇气百倍，战退敌军。及收兵入城，独失张顺。越数日，有浮尸溯流上来，被甲胄，执弓箭，直抵浮梁。城中遣人审视，不是别人，正是张顺，身中四创六箭，怒气勃勃如生。军士惊以为神，结冢殓葬。曾记宋江部下有一张顺，战死涌金河，此处复得一张顺，战死襄阳城下，同姓同名，煞是一奇。

贵入襄阳，文焕留与共守，贵奋然道："孤城无援，不战亦毙，看来只好向范统帅处求救，俟援军到来，内外夹击，或可退敌。"文焕也无词可说，乃令贵设法乞援。贵募得二士，能伏水中数日不食，乃付以蜡书，令泅水赍往范文虎军前。范得书，许发兵五千，驻龙尾洲，以便夹攻，仍令二士持书还复。贵既得还报，即别文焕东下，检视部众登舟，独缺一人，系先前有罪被笞，因致亡去。贵大惊道："我谋被泄了，应赶紧起行，敌或未知，尚可侥幸万一。"乃举炮发舟，鼓楫破围，乘夜顺流断絙，竟得杀出险地。驶至小新河，见敌兵分舣战舰，前来截击。贵正麾众死斗，望见沿岸束荻列炬，火光烛天，隐隐间见有来船，旗帜纷披，此时已近龙尾洲，正道是范军来援，喜跃而前。哪知来舟俱系敌兵，由阿术、刘整两路杀来。及两舟相近，贵始知不是宋军，一时不及趋避，被他困在垓心，杀伤殆尽。贵身受数十创，力尽被执，不屈遇害。原来范军本到龙尾洲，因风狂水急，退屯三十里。阿术得亡卒密报，遂先据龙尾洲，以逸待劳，遂得擒贵。贵已被杀，由敌兵舁尸至城下，呼守兵道："识得矮张都统么？"守兵见是贵尸，不禁大哭，顿时全城丧气。敌兵弃尸而退。文焕出城收尸，附葬顺冢，立双庙以祀二忠，都是范文虎害他。再誓众死守。

到了咸淳九年，襄阳已被围五年，樊城亦被围四年了。襄、樊两城，本相倚为犄角，中隔汉水，由文焕值木江中，锁以铁絙，上造浮桥，借通援兵。敌帅阿术督兵将值木锯断，并用斧劈开铁絙，将桥毁去。文焕不能往援。阿术更用兵截江，防襄阳援兵，自出锐师薄樊城。城中支持不住，遂被陷入。守将范天顺仰天叹道："生为宋臣，死为宋鬼。"遂悬梁自缢。别将牛富，尚率死士百人巷战，敌兵死伤甚多。富亦身被重伤，用头触柱，赴火捐躯。裨将王福见富死，不觉泣下道："将军死国事，我岂可独生？"亦赴火死。襄阳失去犄角，愈加危急，守兵至撤屋为薪，缉关会为衣。文焕每一巡城，南望痛哭而后下，尚日望朝廷遣援。贾似道至此，也瞒不过去，上书自请防边，阴令台谏上章留己，度宗遂不令亲出。群臣多保荐高达，谓可援襄，御史李旺，亦入白似道。似道摇首道："我若用达，如何对得住吕氏？"旺出叹道："吕氏得安，赵氏危了。"似道再请启行，事下公卿杂议。监察御史陈坚等以为："师臣行边，顾襄未必及淮，顾淮未能及襄，不若居中调度，较为得当。"度宗遂从坚议，留似道在都。似道仍然歌舞湖山，暂图眼前的快乐，把襄阳置诸度外。

第九十七回　援孤城连丧二将　宠大憝贻误十年

　　襄阳愈觉孤危，吕文焕日夕登城，防守不懈。一日，正在城楼指挥军士，忽闻城下有人叫他姓名，急垂目俯视，乃是敌将刘整，来劝出降。文焕不与多言，暗令弓弩手射下一箭，整不及防备，适中右肩，亏得甲坚不入，才得免害。当下飞马退回，痛恨不休。他将阿里海涯，一作阿尔哈雅。曾得西域人所献新炮法，造炮攻破樊城，至是又移攻襄阳。接连弹放，一炮击中谯楼，声如震雷，城中汹汹，守卒多越城出降。刘整欲立碎襄城，入擒文焕，报一箭仇，阿里海涯道："且慢！待我再去招降。他若知惧投诚，何必多害生灵。且将军亦不应常记宿嫌，彼此各为其主，何足介意？"阿里海涯系畏吾儿，人颇具有仁心，不应轻视。言毕，即身至城下，招呼文焕道："尔等拒守孤城，迄今五年，为主宣劳，亦所应尔。但已势穷援绝，徒苦城中数万生灵。若能纳款出降，悉赦勿治，且加迁擢，这是我主的诏命，由我代宣，决不相欺。"文焕听着此言，也觉有理，不觉踌躇起来。阿里海涯见他俯首沉思，料已有点说动，索性再进一步，折箭与誓道："我若欺你，有如此箭！"文焕乃应允出降，先纳管钥，次献城邑。阿里海涯先入城中，邀文焕出迎阿术，待阿术进城，文焕交出图籍，即与阿里海涯同往燕都。

　　是时蒙古主忽必烈，已改国号为大元，小子此后叙述，亦改称蒙古为元朝。特别点明。文焕入朝元主，元主如阿里海涯言，依诏迁擢，拜文焕为襄、汉大都督。文焕遂自陈攻郢计议，且愿为先驱。前时固守五年，可谓坚忍，奈何一变至此。元主称善，暂命休息，再图大举。这消息传报宋廷，贾似道且入对度宗道："臣始屡请行边，不蒙陛下见许，若早听臣言，当不至此。"看你后来如何？度宗亦觉自悔。文焕兄文福知庐州，文德子师夔知靖江府，均上表待罪，当由似道庇护，概置勿问。度宗曾召用江万里、马廷鸾为左右丞相，万里数月即去，廷鸾逾年亦归。朝中只知有似道，不知有度宗。度宗尝有事明堂，命似道为大礼使，礼毕幸景灵宫，适逢天雨，似道请诸度宗，俟雨止乘辂。度宗自然允诺，偏偏雨不肯停，滂沱终日。胡贵嫔兄显祖，侍度宗旁，请如开禧故事，乘逍遥辇还宫。度宗道："恐平章未必允行。"显祖诳言平章已允，度宗乃乘辇还宫。似道闻知，顿时大怒，便入奏道："臣为大礼使，陛下举动，不得预闻，臣尚在此何用？"说着，即大踏步出朝，竟向嘉会门去了。全是撒赖。度宗惊惶万状，忙遣人慰留，似道不允。度宗不得已，罢显祖官，涕泣出胡贵嫔为尼，似道乃还。此段是补述。及襄、樊俱失，又上言："事势如此，非臣上下驱驰，联络情势，将来恐不堪设想。"度宗道："师相岂可一日离左右？"似道乃奏请建机速房，藉革枢密院漏泄兵事，及稽迟边报的弊端。还要欺人。

　　旋有诏令中外大小臣僚，密陈攻守事宜。四川宣抚司参议官，上陈救危三策，一系锁汉江口岸，二系城荆门军当阳界的玉泉山，三系峡州、宜都以下，联置堡寨，保聚流民，且屯且耕。并绘筑城寨形势图，连章并献。似道匿不上闻。陈宜中已任给事中，言："襄、樊失守，均由范文虎怯懦所致，宜斩首以申国法！"似道不许。只降文虎一官，调知安徽府，反将李庭芝罢职，改任汪立信为京、湖制置使，赵溍为沿江制置使。

潜系赵葵子，少年昧事，监察御史陈文龙，谓潜乃乳臭小儿，不足胜阃外任，顿时触怒似道，把他斥退。嗣复用李庭芝为淮东制置使，兼知扬州，夏贵为淮西制置使，兼知庐州；陈弈为沿江制置使，兼知黄州。弈毫无韬略，谄事贾似道，玉工陈振民，呼他为兄，因得贪缘干进，躐登显要，竟握重兵。咸淳十年似道母死，归越治丧，诏命用天子卤簿送葬，筑墓拟山陵。百官亦奉诏襄事，立大雨中，终日无敢易位。葬毕，即起复入朝。

越数月，度宗竟崩，遗诏令皇子㬎即位。总计度宗在位十年，寿三十五岁。度宗为太子时，以好内闻，既即位，益耽酒色，向例召幸妃嫔，次日必诣阁门谢恩，书明月日。度宗朝，每日谢恩，多至三十余人，卒至峨眉伐性，逾壮即崩。子㬎年仅四岁，为全后所出，庶兄名昰，年龄较长，众议嗣立长君，独贾似道主张立嫡，乃以㬎嗣帝位，奉谢太后临朝称制，封兄昰为吉王，弟昺为信王，命贾似道独班起居，尊谢太后为太皇太后，全皇后为皇太后，小子有诗咏度宗道：

> 误国何堪至十年，暗君奸相两流连。
> 从知兴替由人事，莫谓苍苍自有天。

帝㬎即位以后，宋事益日急了。欲知一切情形，再阅下文便知。

襄、樊扼南北咽喉，二城俱失，蒙古兵可顺流而下，江淮即不能守。故宋之存亡，关系于襄、樊之得失，范天顺、牛富等之战死，贾似道实使之，吕文焕之叛主降房，亦贾似道实使之。似道不死，宋其尚有幸乎？度宗念册立功，始终宠任似道，又每日召幸嫔御，至三十余人，岂以宗社将亡，聊作醇酒妇人之想欤？史谓度宗无大失德，夫色荒已足亡国，况拱手权奸，凡一切黜陟举措，俱受制于大憝之手，不亡亦胡待也。彼如帝㬎以下，更不足讥矣。

第九十八回　报怨兴兵蹂躏江右
　　　　　　丧师辱国窜殛岭南

却说帝㬎嗣位，尚未改元，元主忽必烈已谕诸将大举南侵，历数贾似道拘使败盟的罪状，谕中有云：

第九十八回　报怨兴兵蹂躏江右　丧师辱国窜殛岭南

自太祖皇帝以来,与宋使介交通。宪宗之世,朕以藩职,奉命南伐,彼贾似道复遣宋京诣我,请罢兵息民,朕即位之后,追忆是言,命郝经等奉书往聘,盖为生灵计也。而乃执之以致师出,连年死伤相藉,系累相属,皆彼宋自祸其民也。襄阳既降之后,冀宋悔祸,或起令图,而乃执迷,罔有俊心,所以问罪之师,有不能已者。今遣汝等水陆并进,布告遐迩,使咸知之!无辜之民,初无与焉,将士毋得妄加杀掠!有去逆效顺,别立奇功者,验等第迁赏。其或固拒不从,及逆敌者,俘戮何疑!录此谕以甚贾似道之罪。

当下任命两个大元帅,一是史天泽,一是伯颜,一译作巴延。总制诸道兵马,用降将刘整、吕文焕为向导,出兵二十万南行。宋廷上面,小儿为帝,妇人临朝,晓得甚么军国大事?挟权怙势,贪财好色的贾似道,正配那八字头衔。依然歌舞湖山,粉饰承平。京、湖制置使汪立信,闻元朝又有出兵消息,免不得忧愤交迫,遂献书宋廷道:

今天下大势,十去八九,而君臣宴安,不以为虞。夫天之不假易也,从古已然,此诚宜上下交修,以迓续天命之机,重惜分阴,以趋事赴功之日也。而乃酣歌深宫,啸傲湖山,玩岁愒日,缓急倒施,卿士师师非度,百姓郁怨,欲上以求当天心,俯遂民物,拱揖指挥,而折冲万里者,不亦难乎?为今日之计者,其策有二:夫内郡何事乎多兵?宜尽出之江干,以实外御,算兵帐,现兵可七十余万人,而沿江之守,则不过七千里,若距百里而屯,屯有守将,十屯为府,府有总督,其尤要害处,辄三倍其兵,无事则屯舟长淮,往来游徼,有事则东西齐奋,战守并用,刁斗相闻,馈饷不绝,互相应援,以为联络之固,选宗室大臣有干用者,立为统制,分东西二府以莅任之,成率然之势,此上策也。久拘聘使,无益于我,徒使敌得以为辞,请礼而归之,许输岁币以缓归期,不二三年,边运稍休,藩垣稍固,生兵日增,可战可守,此中策也。二策果不得行,则天败我也,衔璧舆榇之礼,请备以俟。

贾似道接阅此书,勃然大怒,将书掷地道:"瞎贼敢这般狂言么?"原来立信一目微眇,因诟他为瞎贼,当即请旨罢斥立信,改用朱祀孙为京、湖制置使,兼知江陵府。元兵渡河南下,将至郢州,史天泽遇疾北还,诸军并归伯颜节制。伯颜遂分大军为两道,自与阿术由襄阳入汉济江,令吕文焕率舟师为先锋,别命博罗欢一作博啰干,系忙兀人。由东道取扬州,监淮东兵,由刘整率骑兵为先行,两个虎伥。水陆并进,旌旗延袤数百里。伯颜直抵郢州,在城西立营。宋都统制张世杰,正将兵屯郢,郢在汉北,叠石为城,另有新郢城筑置汉南,中横铁𠮟,锁住战舰。水中密植木桩,夹以炮弩,要津亦皆设守,无隙可乘,元兵进薄郢城下,都被世杰击退。阿术获住侦卒,好言抚慰,问他有无间道可出？俘卒谓宜出黄家湾堡,由河口拖船入藤湖,转向下江,取道最便。阿术乃转告伯颜,伯颜复问吕文焕,文焕亦以为然。于是分兵攻拔黄家湾堡,荡舟自藤湖入汉,进至沙洋。沙洋曾设守城,伯颜遣俘卒持檄招降。守将王虎臣、王大用斩俘焚檄,登陴拒守。文焕复至城下招谕,亦不见应。会日暮风起,伯颜命军士放炮纵火,顺风焚城外庐舍,顿时烟焰蔽天,迷乱人目,守卒看不清楚,那元兵已缘梯登城,一拥而入。虎臣、大用力战不支,均为所擒。

元兵遂进薄新郢城。文焕缚大用等至城下,令他招降,都统边居谊不答。次日,大用等又至,居谊答道:"我欲与吕参政语,可请他来面谈！"文焕闻言,即纵马临城,但听得一声梆响,城门陡启,伏弩自城内乱射,几似飞蝗。文焕亟欲回走,右臂已中了一箭,勉强忍住了痛,亟用左手挥鞭策马,那马又中箭蹶地,身亦随仆。城中驱出健卒,各挟长矛来钩文焕,文焕险些儿着手,经元兵齐来相救,急将文焕挟起,改乘他马,疾驰得脱。为宋人大呼可惜。城卒已失去文焕,只得走回,城门复闭。元兵奋怒攻城,居谊督众坚守,相持不下。伯颜增兵猛攻,一面射书城中,以爵禄诱降,总制黄顺及副将任宁,为所诱惑,竟缒城出降。部下守卒,亦多缒城随出。居谊开城驱出,悉数斩首。文焕乘隙来攻,居谊用火箭射退敌兵,不意入城休息,未及一时,城上已鼓声大震,元兵蚁附而上,守卒不是被杀,就是却走。居谊自知不支,拔剑自刎,偏锋钝不能断喉,那时急不暇择,竟投火自尽,新郢遂陷。伯颜以居谊忠烈,收尸瘗葬,遂进军蔡店,大会诸将,指日渡江。

宋淮西制置使夏贵,正调集汉、鄂水师,分据要害,都统制王达守阳逻堡,京、湖制置使朱祀孙,用游击军扼住中流,元兵不得前进。伯颜乃用声东击西的计策,往围汉阳,阳言将自汉口渡江,暗中恰遣别将阿剌罕,率奇兵袭取沙芜口。夏贵果为所欺,专援汉阳,那沙芜口竟被阿剌罕夺去。伯颜解汉阳围,自沙芜口入江,战舰数千艘,进泊沦河湾口,遣使招降阳逻堡,被他拒回,进攻亦不克。伯颜又抄袭旧法,佯遣阿里海涯,再攻阳逻堡,暗令阿术率四翼军,溯流渡青山矶。阿术夤夜潜进,适值风雪大作,宋军未及预防,元兵安然上溯。到了天晓,阿术见南岸多露沙洲,即登舟指麾诸将,命他速渡,并载马后随。万户史格即天泽子,奉命飞驶,将达青山矶,为荆、鄂都统程鹏飞所阻,逆战失利,阿术率军继进,大战中流。鹏飞抵当不住,退登沙岸。阿术也薄岸进逼,纵马登击。鹏飞复败,负创奔鄂,失船千余艘。元兵遂据住青山矶,径向伯颜报捷。伯颜大喜,挥诸将急攻阳逻堡。夏贵正率舟师往援,闻阿术已经飞渡,竟尔大骇,遽引麾下三百艘,沿流东还,并纵火焚掠西南岸,退屯庐州。

第九十八回　报怨兴兵蹂躏江右　丧师辱国窜殛岭南

阳逻堡孤立失援，王达领所部八千人及定海水军统制刘成，陆续战死。伯颜遂渡江与阿术会，进趋鄂州。

朱祀孙方领兵援鄂，闻阳逻堡败没，也不禁惊惧起来，连夜奔还江陵府。吕文焕传檄劝降，于是知汉阳军王仪，举城降元。鄂州权守张晏然，与都统程鹏飞，也开城纳伯颜军。惟幕僚张山翁不屈，元诸将竞欲杀张，伯颜独称为义士，释令自便。山翁乃去。伯颜遂令阿里海涯率四万人守鄂，且规取荆、湖，自与阿术领大军南下，直捣临安。宋廷闻报大惊，连集群臣会议，大众俱属望贾师相，请他督兵，连三学生也如是云云。贾似道有何能力可督兵拒元？群臣及学生等俱请他督兵，无非嫉他权奸误国耳。贾似道至此，没法推诿，只好允议，遂有诏令他都督诸路军马，开府临安，用黄万石等参赞军机，所辟官属，均得先命后奏。当就封桩库内，拨金十万两，银五十万两，关子一千万贯，充都督府公用。王侯邸第，皆令输助军饷，并核僧道租税，收供各饷，一面诏天下勤王。是时已是咸淳十年的暮冬，似道且在葛岭私第中，与妻妾等围炉守岁，还是花团锦簇，酒绿灯红，快快活活的过了残年。只此一遭了。

越日，为帝㬎嗣位第一年，纪元德祐，宫廷里面，尚循例庆贺。是夕，即有警报到来，元兵入黄州，沿江制置使陈奕出降，元令为沿江都督。奕子岩守江东州，亦随父降元，知蕲州管景模，又遣人迎降元兵。似道未免着急，亟召吕师夔参赞都督府军事，任中流调遣。师夔不肯受命，竟与江州钱真孙，迎纳元军。伯颜命师夔知江州，师夔因就庚公楼，开设盛筵，请伯颜入宴，且献宗室女二人侑酒。良心丧尽。伯颜赴宴入座，见二姝侍侧，不禁发忿道："我奉天子命，兴仁义师，问罪宋廷，怎么用女色蛊我？我岂为区区所动么？"说得师夔满面含羞，慌忙谢罪，即将二女遣出。伯颜喝过杯酒，便离座自去，师夔徒叫着几声晦气罢了。还是运气，不致饮刃。知安庆府范文虎闻师夔降元，也起了异心，遣使至江州迎伯颜。伯颜先令阿术至安庆，自率大兵继往，文虎出城恭迓，敬礼备至。伯颜乃授文虎为两浙大都督，独通判夏倚仰药自杀。吕、范本皆贾氏党羽，接连叛去，急得似道不知所为。忽闻刘整病死无为城下，似道竟喜跃道："刘整一死，敌失向导，这是上天助我呢。"叫你速死。原来元人南侵，本恃刘整、吕文焕为导引，旋由伯颜发令，遣整别将兵出淮南，整自请乘虚捣临安，伯颜不从。整乃率骑兵攻无为军，日久不克。闻文焕入鄂捷音，顿时失声道："首帅束我，使我功落人后。"因郁愤而死。死已晚了。贾似道偏视为奇遇，竟上表出师，抽诸路精兵十三万人启行。金帛辎重，统满载舟中，舳舻相衔，几达百里。到了芜湖，遣人通问吕师夔，令调停和议，师夔不答。

既而夏贵引兵来会，从袖中取出一书，指示似道，谓宋历只三百二十年，似道也不多辩，但俯首叹了两声，暗思夏贵等人都不可恃，乃复起汪立信为江、淮招讨使，令就建康募兵。立信闻命，即日就道，与似道会晤芜湖。似道拊立信背道："不用公言，因致如此，今将若何措置？"急时抱佛脚，还有何益？立信道："目今还有何策！寇已深入，江南无一寸干净土，立信此来，不过欲寻一片赵家地上，拚着一死，死要死得分明，方不失为赵家臣子呢。"光明磊落之言。似道暗暗怀惭，勉强对付数语，立信便告别而去。似道自知不妙，再遣宋京至元军请称臣奉币，如开庆原约。伯颜答书道："我军未渡江时，尚可议和入贡，今沿江州郡，尽为我属，还有甚么和议可言？必欲求和，请自来面议！"两语甚妙。看官！你想似道得此复书，敢去不敢去么？

元兵进犯池州。知州王起宗遁去，通判赵卯发权摄州事，缮壁聚粮，为固守计。都统张林，屡讽卯发出降，卯发忠愤填胸，瞠目视林，林不敢复言。已而林率兵巡江阴，纳款元军，阳助卯发为守，守兵俱为林属。卯发知事不济，乃置酒会宴亲友，与诀死别，且对妻雍氏道："城已将破，我为守臣，不当出走，汝可先去避难。"雍氏道："君为忠臣，我独不能为忠臣妇么？"卯发道："妇人女子，也能解此么？"雍氏遂请先死，卯发怡然道："既甘同死，何必求先？"明日元兵薄城，卯发晨起书几上道："国不可背，城不可降，夫妇同死，节义成双。"书毕，即与雍氏对缢室中。张林开门迎降，伯颜入城，问太守所在。左右以死事对，伯颜很是叹惜，命具棺合葬，亲自祭墓而去。忠信可格豚鱼，况乎伯颜。宋廷追赠卯发为华文阁待制，谥文节，妻雍氏为顺义夫人。

似道闻池州又陷，乃简精锐七万余人，尽属孙虎臣，令截击元军，又命夏贵率战舰二千五百艘，陆续继进，自率后军驻鲁港，作为援应。虎臣有一爱妾，随身不离，至是亦令乘舟相随。身当大敌，尚携爱妾，安能成事？甫至池州下流的丁家洲，望见敌舟相近，即舣舰待战。猛闻炮声迭震，弹火喷薄前来，所当辄靡。虎臣不觉惊愕，勉强麾兵对击，哪知元将阿术，复督划船数千艘，乘风疾至，呼声动天地。宋前锋统领姜才颇怀忠勇，挺身奋斗，偏虎臣胆战心惊，忙向姜舟上跃入，部众顿时哗噪道："步帅遁了！"遂相率溃乱。夏贵因虎臣新进，权出己上，本已事前观望，此时即不战而奔，径驶扁舟掠似道船，大呼道："彼众我寡，势不可支，请师相速自为计！"似道大惧，慌忙鸣钲收军。舳舻簸荡，忽分忽合，元将阿术，乘间横扫，伯颜复指挥步骑，夹岸助击，宋军不死刀下，也死水中，江水为之尽赤。所有军资器械，统被元兵劫去。

似道奔至珠金沙，夜召夏贵等议事，适虎臣驰至，抚膺恸哭道："我兵无一人用命，奈何？"但叫爱妾保全，他何足计。贵微笑道："我从前与他血战，倒也有几次了。"似道因问及御敌事宜，贵答道："诸军已皆胆落，不堪再战，师相惟有速入扬州，招集溃兵，迎驾海上，我当死守淮西便了。"言已，解舟自去。似道与虎臣单舸奔还扬州，次日，见溃卒蔽江而下，似道令队目登岸，扬旗招

第九十八回　报怨兴兵蹂躏江右　丧师辱国窜殛岭南

致，均不见应，或反用恶语相侵，害得似道无法可施。嗣是镇江、宁国、隆兴、江阴守臣，皆弃城遁走，太平、和州无为军，复相继降元。元军趋陷饶州，知州事唐震不屈被害，阖家殉难。故相江万里在籍，曾凿池芝山后圃，署名止水，至是即自投水中。左右及子镐，依次投入，积尸如叠。翌日，万里尸犹浮出水上，由从役替他殓埋，入告宋廷，追封太傅、益国公，赐谥文忠。唐震亦得谥忠介。历详忠节，力阐潜光。

似道上书请迁都，太皇太后不许。殿帅韩震，系似道爪牙，复以为请，乃下宰臣等详议。当似道出师时，曾用李爓、章鉴为左右丞相，爓尝力辞不允，至此主张固守，为韩震等所反对，竟自遁去。旋经京学生上疏，谏止迁都，因即罢议，再诏令各路勤王。先是勤王诏下，诸将多观望不前，惟李庭芝尝遣兵入援，此时又来了一个张世杰。参政陈宜中，还疑他自元军来归，把他部众易去，另调一支新军，归他统带。江西提刑文天祥，湖南提刑李芾，从前统忤似道意，贬窜出外，及闻临安危急，文天祥募郡中豪杰，并结溪峒山蛮万余人入卫。芾亦招集壮士三千人，选将统辖，促令勤王。但大局已被似道搅坏，都中风鹤频惊，单靠一、二忠臣义士，徒手募兵，奋身卫国，已是势成弩末，不足有为。宋廷追回王爓，仍令辅政，右丞相章鉴却托故径归，有诏进陈宜中知枢密院事。适值郝经弟郝庚奉元主命，来宋访允，宜中疏请礼遣经归，乃令总管段佑，送经出境。经留宋十六年，归至燕都，遇病即殁。元主谥为文忠，惋惜不置，因屡促伯颜进兵。伯颜遂进薄建康。江、淮招讨使汪立信，自与似道别后，向建康进发，但见守兵悉溃，四面统是北军，乃折回高邮，意欲控引淮、汉，作为后图。嗣闻似道师溃，江、汉守臣，望风降遁，不禁长叹道："我今日犹得死在宋土了。"因置酒诀别宾僚，自作表报谢三宫，且与从子书，属以后事。夜半起步庭中，慷慨悲歌，握拳击案，接连三响，以致失声三日，竟扼吭而终。及元兵至建康，立信爱将金明，挈立信家人走避。或以立信三策告伯颜，请戮立信妻孥。伯颜叹息道："宋有是人，能为是言，如果宋廷采用彼策，我怎得率兵到此？这是宋朝忠臣，奈何可戮及妻孥呢？"遂命访求立信家属，恤以金帛。金明扶立信榇，归葬丹阳。建康都统徐旺荣迎伯颜入建康城，伯颜复遣兵四出，收降广德军，宋廷益震。似道穷迫无计，因缴还都督府印。

陈宜中问堂吏翁应龙，谓似道现在何处？应龙答以不知。宜中疑他已死，即上疏乞诛似道。太皇太后谢氏道："似道勤劳三朝，不忍因一朝失算，遽置重刑。"乃诏授贾似道醴泉观使，罢免平章都督。凡似道所创弊政，次第革除，将公田给还田主，令率租户为兵，放还窜谪诸人。并复吴潜、向士璧等官职，刺配翁应龙至吉阳军，贬廖莹中、王庭、刘良贵、陈伯大、董朴等官。既而三学生及台谏侍臣，复连章请诛似道，太皇太后尚不肯从。似道亦上表乞求保全，且言为夏贵、孙虎臣所误。有旨令李庭芝资遣似道归越，守丧终制。似道尚留扬不归。意欲何为？王𤋮复上论："似道既不死忠，又不死孝，乞下诏严加谴责。"及颁诏下去，似道乃还绍兴府。绍兴守臣闭城不纳。王𤋮复入白太后道："本朝权臣稔祸，从没有如似道的厉害，缙绅草茅，叠经弹论，陛下统搁置不行，如此不恤人言，将何以谢天下？"太皇太后乃降似道三官，居住婺州。婺人闻似道到来，争作露布，驱逐出境，不准容留。监察御史孙嵘叟等又均上言罪重罚轻，更流窜至建宁府。国子司业方应发、中书舍人王应麟均谓："必须远投四裔，以御魑魅，且应重惩奸党，藉申国法。"乃下诏斩翁应龙，籍没家产。廖莹中、王庭均除名，窜逐岭南。二人皆畏罪自尽。似道再被谪为高州团练使，安置循州，籍产充公。荣王与芮已晋封福王，素恨似道，募人作监押官，令他途次除奸。会稽县尉郑虎臣欣然请行。这一番有分教：

    作恶从无良结果，丧身徒博丑声名。

欲知似道如何了局，且看下回说明。

  南宋之亡，事事蹈北宋覆辙，外有强元，犹女真也，内有贾似道，犹蔡京也。女真侵宋，势如破竹，强元亦然。北宋失守中原，尚有江南半壁，可以偏安，韩、岳、张、刘诸将，各任阃帅，兵力俱足一战。故高宗南渡，传祚犹百余年。至南宋则仅恃江、湖；襄、鄂陷，江、淮去，诚如汪立信所云："无赵氏一寸干净土。"有相与沦胥已耳。贾似道为祸宋罪魁，一死诚不足蔽辜，但宋廷诸臣，不于事前发其覆，徒于事后摘其奸，国脉已伤，大奸虽去，亦何益乎？故蔡京死而北宋随亡，贾似道死而南宋亦继之，权奸之亡人家国，固如此其烈哉！

第九十九回　屯焦山全军告熸
　　　　　　陷临安幼主被虏

  却说会稽县尉郑虎臣，奉福王与芮命，愿充监押官。看官道是何因？原来虎臣父曾为似道所倾，刺配远方，虎臣久欲报怨，凑巧遇着这个差使，当然奉命维谨，遂往押似道启行。似道正寓建宁府开元寺中，侍妾尚数十人。虎臣到后，命将侍妾屏逐，即令似道登程，令舆夫撤去舆盖，使曝行秋日中。且嘱唱杭州歌为谑。每斥似道名，窘辱备至。一日入古寺，壁上有吴潜南行时所题诗句，虎臣因指示道："贾团练！吴丞相何故至此？"似道惭不能答。既而舍陆登舟，进次南剑州的黯淡滩，虎臣复令似道观水，谓此水甚清，可以就死。似道以未接诏命对。再行至漳州木绵庵,虎臣道:"我为天下杀似道,虽死何恨?"竟就厕上拉似道胸,折骨而死。先是似道柄国,位极人臣,尝梦金紫人引到一客,语似道云:"此人姓郑,能制死公命。"时大珰郑师望方用事,似道疑是师望,且姓与梦合,因假他故勒令外舅,不意后来竟死郑虎臣手中,可见存亡皆有定数,非人力所能强避哩。冥冥间虽有定数,然如似道之怙恶不悛,不死何待?

宋廷命王爚平章军事,陈宜中、留梦炎为左右丞相,并兼枢密使,都督诸路军马。宜中在太学时,与黄镛等纠劾丁大全,编管远州,当时曾号为六君子,应九十四回。后来大全被逐,宜中释归,夤缘似道,渐跻显职。至芜湖丧师,宜中疑似道已死,乃疏请正似道罪名,本来是个反覆刁诈的小人,且因郑虎臣擅杀似道,立捕虎臣下狱,置诸死地。嗣复许似道归葬,赐还田庐。太皇太后谢氏,还道他是存心忠厚,事事依从,又是一个贾似道。一面命张世杰总都督府诸军,分道拒元。怎奈元兵日逼日近,临安一夕数警,不得不格外戒严。同知枢密院事曾渊子,左司谏潘文卿,右正言季可,两浙转运使许自,浙东安抚使王霖龙,侍从陈坚、何梦桂、曾希颜等数十人,皆遁去。签书枢密院事文及翁,同签书院事倪普,故意令台谏劾己。章尚未上,已出关潜逃。花样翻新。太皇太后闻知此事,特下诏戒禁,榜示朝堂云:

> 我朝三百余年,待士大夫以礼,吾与嗣君,遭家多难,尔大小臣工,未尝有出一言以救国者。内而庶僚畔官离次,外而守令委印弃城。耳目之司,既不能为吾纠击,二三执政,又不能倡率群工,方且表里合谋,接踵宵遁。平时读圣贤书,自许谓何?乃于此时作此举措,生何面目对人,死亦何以见先帝?天命未改,国法尚存,其在朝文武官,并转二资,其畔官而遁者,令御史台觉察以闻,量加惩谴!

这诏虽下,朝中百官,尚不免有逃逸等情。大家顾命要紧,能有几个忠君爱国的志士,肯出来支撑危局?最可笑的是边境守将,还是仗着一柄利剑,乱杀外使,一误不足,至再至三,哪得不益挑敌怒,自速危亡呢?元礼部尚书廉希贤及工部侍郎严忠范,赍奉国书,南抵建康,与伯颜相见。希贤请兵自卫,伯颜道:"行人恃言不恃兵,兵多反致增疑哩。"希贤固请,伯颜乃遣兵五百人送行。到了独松关,宋守将张濡不管甚么利害,竟遣部曲袭杀忠范,并执希贤送临安。希贤病疮道死,宋廷才知惹祸,亟使人移书元军,略言:"戕使事系边将所为,朝廷实未预知,当依法按诛,还乞贵国罢兵修好!"伯颜因再遣议事官张羽,偕宋使还临安,途过平江,又被守将杀死。真是野蛮举动。于是伯颜怒上加怒,遣兵四出,收降常州。阿里海涯又攻入岳州,安抚使高世杰战败降元,为阿里海涯所杀,总制孟之绍举城迎降。再进破沙市城，监镇司马梦求自缢。京、湖宣抚使朱祀孙及副使高达，闻元兵连陷州城，已是忐忑不安，及阿里海涯转攻江陵，达累战累败，竟与祀孙等输款元军。阿里海涯入江陵城，命祀孙移檄部属，劝使归附。湖北诸郡，如归峡、郢、复、鼎、澧、辰、沅、靖、随、常德、均、房、施、荆门诸城，相继皆降。荆南已为元有，伯颜无西顾忧，安心东下。

阿术前驱至真州，遣弁目李虎持招降书入扬州城，宋制置使李庭芝焚书杀虎，遣统制张俊出战。俊反持元降臣孟之缙书，回城招降。庭芝复毁去来书，枭俊首级示众；一面出金帛牛酒，宴犒将士。人人感愤涕泣，誓同死守。真州守将苗再成，与宗室子赵孟锦，迎击元兵于老鹳嘴，失利而还。阿术乘胜趋扬州，庭芝令统制姜才出战，才赴三里沟，布三叠阵，击败敌众。阿术佯退，诱才往追，至扬子桥，径还兵再战，两军夹水列阵。元将张弘范率二十骑，绝流南渡，来冲宋军，才坚壁不动。弘范屡突不入，又佯为趋避。才将回回跃马出阵，挺着大刀，去追弘范。弘范待他追近，陡然回马，运动手中长枪，把回回刺落马下。回回以骁悍闻，忽被刺死，吓得宋军一齐胆落，竟尔溃退。阿术、弘范后先驰击，宋军自相践踏，伤毙甚众。姜才肩上亦被流矢所中。才大吼一声，拔矢挥刀，回截元兵，剁死了好几人，元兵才不敢逼，由才收溃军入城。

阿术又进薄扬州南门，庭芝登城堵御，一攻一守，还算旗鼓相当，没甚胜败。宋将刘师勇，本自民兵进身，积功至濠州团练使，至是克复常州，升任和州防御使，助知州事姚訔守城，兵威少振。浙右诸军，亦渐来援助。张世杰乃召刘师勇、孙虎臣等，大集舟师，进次焦山，为扬州声援，途次，闻成都安抚使昝万寿，举嘉定诸城降元，两川郡县，亦多叛去。两川事用简笔带叙。世杰愈觉孤危，定计与元兵死战，决一胜负，令以十舟为方，碇江中流，非有号令，无得发碇，示以必死。世杰计议多迂，实非将才。元阿术登石公山，望见阵势，便微笑道："这军可烧而走呢。"遂选弓弩手千人，用巨舟装载，分作两翼，夹射宋师。阿术由中路进战，方与宋师接仗，即用火箭接连注射。宋师碇舟为阵，无从散驶，徒落得篷樯俱毁，烟焰蔽江。大众进退两难，除投江自尽外，竟无别法。元将张弘范、董文炳等，复用锐卒横击，杀得宋师七零八落。张世杰不复能军，只好奔回圌山，弃去黄白鹞船七百余艘。刘师勇还常州，孙虎臣还真州。

世杰表请济师，适宋廷执政，互生意见，你排我挤，还有甚么心思去顾世杰？先是世杰出师，平章王爚上言："陈、留二相，宜出一人督师吴门，否则自己请行。"陈宜中阴怀忮忌，暗沮爚议。至世杰败绩焦山，爚复入请道："今二相并建都督，庙算指授，臣不得预知，近因六月出师，诸将无统，臣岂不知吴门去京，为路不远？不过因大敌在前，非陛下自将，即大臣出督，方能事专责成，可望却敌。今世杰因诸将离心，遂至失败，试问国家今日，尚堪几败么？

第九十九回　屯焦山全军告熸　陷临安幼主被虏

臣既无职可守,有言不从,自愧素餐,乞罢平章重任。"太皇太后不许。既而京学生刘九皋等,又伏阙上书,历数陈宜中擅权误国,不亚似道,疏入不报。宜中竟悻悻自去,太皇太后遣使召还,累征不至。没奈何捕刘九皋等下狱,罢爚平章军国重事。爚寻病卒。宜中归至温州,仍不造朝,太皇太后自作手书,遗宜中母杨氏,令转促宜中入都。宜中尚乞以祠官入传,进拜醴泉观使。是时左相虚席,太皇太后欲召李庭芝入相,因加夏贵为枢密副使,兼两淮宣抚大使,令与淮东制置副使知扬州朱焕互调。贵不受命,焕仍回扬州,连李庭芝亦不能离任。

会文天祥提兵入卫,久留不遣,至宜中还朝,乃令天祥知平江府,与李芾知潭州的诏命,同日颁行。天祥临行时,特上疏请建四镇,略云:

本朝惩五季之乱,削藩镇,建都邑,一时虽足以矫尾大之弊,然国以寖弱,故敌至一州则一州破,至一县则一县残,中原陆沈,痛悔何及?令宜分天下为四镇,建都督统御于其中,以广西益湖南,而建阃于长沙。以广东益江西,而建阃于隆兴。以福建益江东,而建阃于番阳。以淮西益淮东,而建阃于扬州。责长沙取鄂,隆兴取蕲黄,番阳取江东,扬州取两淮。地大力众,乃足以抗敌,约日齐奋,有进无退,日夜以图之。彼备多力分,疲于奔命,而吾民之豪杰者,又伺间出于其中,如此则敌不难却也。

汪立信沿江之计,文天祥四镇之谋,俱属当时要计,故备录之。

宋廷方用留梦炎为左丞相,再任陈宜中为右丞相,并兼枢密使,都督诸路军马。两相见了此疏,俱以为迂阔难行,搁置不答。天祥叹息而去。

元统帅伯颜方自建康渡江,分兵三路,同时东下,阿剌罕、一作阿楼罕。奥鲁赤一作鄂啰齐。率右军出广德四安镇,趋独松关;董文炳、姜卫率左军出江并海,取道江阴,趋澉浦、华亭,用范文虎为先锋;伯颜自将中军,趋常州,用吕文焕为先锋,水陆并进,期会临安。文天祥至平江,正值常州被围,亟遣部将尹玉、麻士龙、朱华,与陈宜中遣援的张全,会师赴援。士龙与玉陆续战死,全与华不战即还,常州援绝势孤,知州事姚訔,通判陈炤,都统王安节,与刘师勇协力固守。伯颜遣使招降,譬喻百端,终不见听。因遂役城外居民,运土为垒,连人带土,一并填筑,且杀民煎膏取油,作炮轰城。城中危急万状,訔等守志益坚。伯颜乃督帐前诸军,奋勇争先,四面并进,城遂被陷,姚訔、陈炤皆战死,王安节被擒,亦骂敌死节。全城屠戮殆尽。惟刘师勇用八骑突围,奔往平江。元将阿剌罕亦攻克广德军四安镇,还有别将苏都尔岱、李恒等,又进军隆兴,连拔江西十一城,直逼抚州。安抚使黄万石奔建昌,都统密佑,麾众逆战集贤坪,兵败被执,从容就刑。元兵复进取建昌,万石入闽,寻且降元,统制米立,迎战江坊,亦为元军所获。阿剌罕令万石谕降，立始终不屈，杀身全忠。

宋廷令谢枋得招谕江西，其实江西诸郡县，已大半没入敌军，枋得本与吕师夔友善，欲贻书相勉，令介绍和议，适师夔北去，不及而返，因请命改知信州。元将阿剌罕略定江西，进攻独松关，守将张濡闻风遁去。宋廷太惧，促文天祥入卫。天祥与张世杰会商，以为："淮东坚壁，闽、广全城，若与敌血战，万一得捷，又命淮师截敌后路，国事或尚可为。"世杰甚以为善，入奏宋廷，偏陈宜中入白太皇太后，谓王师务宜慎重，竟将他奏议打消。慎重慎重，坐待敌军深入，束手就擒而已。左丞相留梦炎且不告而去。宜中没有他法，只有求和一策，当遣工部侍郎柳岳，至元军通好。岳至无锡见伯颜，且泣且请道："嗣君幼冲，尚在衰绖，自古礼不伐丧，贵国为何兴师？况前此失信背盟，俱出贾似道一人，今似道伏诛，贵国亦可恕罪了。"伯颜艴然道："汝国执戮我行人，所以兴师问罪。从前钱氏纳土，李氏出降，俱系汝国成制。况汝国得诸小儿，今亦应失诸小儿，天道好还，何必多言！"回应首文。岳无词可对，只好退还。及伯颜入平江，宜中复奏遣宗正少卿陆秀夫，及兵部侍郎吕师孟，与柳岳再赴元军，情愿称侄纳币，否则降称侄孙。且嘱吕师孟转达文焕，乞他通好罢兵。师孟系文焕犹子，满望就此成议，哪知伯颜仍然不许。秀夫等还报，宜中再白太皇太后，愿奉表求封为小国。太皇太后只泣涕涟涟，毫无成算，一任宜中取决。宜中乃命直学士院高应松草表，应松不允，改命京局官刘褒然属草，再遣柳岳赍表前往，行至高邮秸家庄，被土民秸耷杀死。

元兵逐渐进逼，宋廷惶急得很。好容易度过残年，算作德祐二年的元旦，宫廷内外，统是食不甘，寝不安，也无心行庆贺礼。过了一日，忽接湖南警耗，潭州失守，湖南镇抚大使兼知州事李芾死难。原来潭州为阿里海涯所围，已三阅月，由李芾竭力拒守，大小数十战，无从却敌。阿里海涯督攻益急，且决水灌城，城中大困，力不能支。诸将泣白李芾道："事已急了，我等当为国死，但百姓不堪残虐，奈何？"芾怒叱道："国家平时，厚养汝等，正为缓急起见，汝等但务死守，若再敢多言，我先斩汝。"诸将无言而退。元旦这一日，天尚未晓，元兵蚁附登城。知衡州尹谷，时寓城中，料知事不可为，即与家人自焚死。芾正留宾佐会饮，尚手书"尽忠"二字，作为军号。及宾佐出署，城已被陷，参议杨霆投水自尽。芾坐熊湘阁，召帐下沈忠与语道："我已力竭，义当死国，我家人亦不可为敌所辱，汝可尽杀我家，然后杀我。"忠泣谢不能。芾坚令照行，忠乃勉允。当下召集家人，取酒与饮，大众尽醉，乃由忠一一下手。芾亦引颈受刃，合家俱死。忠遂纵火焚室，复还家杀死妻孥，再至火所大恸，举身投地，随即自刎。烈哉烈哉！幕僚陈亿孙、颜应焱皆自尽。潭民亦多举家殉难，城无虚井，林间悬尸相望。阿里海涯入城

第九十九回　屯焦山全军告燔　陷临安幼主被虏

后,传檄诸郡,袁、连、衡、永、郴、全道、桂阳、武冈诸州县,望风降附。惟宝庆通判曾如骥,不屈而死。

宋廷闻警,赠苎端明殿大学士,予谥忠节。都城戒备愈严,讹言益甚。参知政事陈文龙,同签书枢密院事黄镛,又相继遁去。确是三十六策的上策。有旨命吴坚为左丞相,常楙参知政事。日午宣诏慈元殿,文班止到六人,未几楙又潜遁。旋闻嘉兴知府刘汉杰,举城降元,安吉州戍将吴国定,复输款元军,知州赵良淳与提刑徐道隆先后死事,诸关兵尽溃。太皇太后日夕惶惶,便欲向元称臣,奉表乞和。陈宜中颇有难色。何必做作?太皇太后泫然道:"苟存社稷,称臣亦不足惜呢。"乃遣监察御史刘岊,如元军奉表称臣,上元主尊号,愿岁贡银绢二十五万,乞存境土,聊奉烝尝。伯颜尚不肯允,必欲宋君臣出降。岊无奈返报,太皇太后召群臣会议,文天祥请命吉王、信王,出镇闽、广,徐图恢复。议上未决,宗室大臣,申请如天祥议,乃晋封吉王昰为益王,出判福州,信王昺为广王,出判泉州。二竖子亦不足济事。陈宜中恰率群臣入宫,面请迁都。太皇太后不许,宜中恸哭以请,乃命具装待发。及暮,宜中不入,太皇太后怒道:"我本不欲迁,经大臣固请,才有是命。哪知竟来诳我呢?"遂脱簪珥抛掷地上,闭阁而泣。全是一村妇俗态。其实宜中尚非面欺,不过因诸事仓皇,未及预奏时期,才有此误。越宿,闻元伯颜已至皋亭山,阿剌罕、董文炳各军皆会,前锋直抵临安府北新关。文天祥、张世杰联名上请,愿移三宫入海,自率众背城一战。宜中视为危事,入定秘谋,竟遣监察御史杨应奎,赍奉传国玺及降表,往投元军。降表有云:

> 宋国主臣㬎,谨百拜奉表言:臣眇然幼冲,遭家多难,权奸贾似道,背盟误国,至劳兴师问罪,臣非不能迁避以求苟全,只以天命有归,臣将焉往?谨奉太皇太后命,削去帝号,以两浙、福建、江东西、湖南、二广、四川、两淮,现存州郡,悉上圣朝,为宗社生灵祈哀请死。伏望圣慈垂念,不忍臣三百余年宗社,遽至陨绝,曲赐存全,则赵氏子孙,世世有赖,不敢弭忘!

伯颜受了玺表,遣还杨应奎,令传语首相陈宜中,出议降事。不料宜中竟于是夕遁归。宗社已拱手让人,乐得逃回。张世杰、刘师勇等因朝廷不战即降,愤愤入海。元遣都统卞彪,劝世杰降,世杰割断彪舌,磔死中子山。师勇忧患成疾,纵酒而亡。太皇太后至此,只好就出降问题,做将下去,遂命文天祥为右丞相,与左丞相吴坚偕赴元军,会议降约。天祥辞职不拜,即与吴坚同行。及见了伯颜,遂进言道:"北朝若以宋为与国,请退兵平江或嘉兴,然后议岁币与金帛犒师,北朝得全师而还,最为上策。若必欲毁宋宗社,恐淮、浙、闽、广,尚多未下,兵连祸结,利钝难料,请执事详察!"伯颜因他语言不逊,留置军中,只遣坚还都。当即改临安为两浙大都督府,命将忙兀台一作蒙固岱。及降臣范文虎入城治事,再命张惠、阿剌罕、董文炳、张弘范、唆都一作索多。等,入封府库,收史馆礼寺图书及百司符印告敕,罢官府及侍卫军,寻复索宫女内侍及诸乐官,宫女多赴水死节。太皇太后尚命贾余庆为右丞相,刘岊同签书枢密院事,与左丞相吴坚、签书枢密院事家铉翁等,并充祈请使如元。先至伯颜军营,伯颜引文天祥与坚等同坐,贾余庆语多诪諛,天祥即斥余庆卖国,并责伯颜失信。吕文焕从旁劝解,天祥起身叱文焕道:"君家受国厚恩,不能以死报国,尚合族为逆,夫复何言!"文焕语塞,伯颜竟拘住天祥,令随祈请使北行,一面进驻钱塘江沙上。钱江本有大潮,每日两至,临安人方望波涛大作,一洗而空,谁知潮竟三日不至,舆论以为天数,相率咨嗟罢了。

伯颜闻益王、广王已出临安,复遣范文虎率兵南追。驸马都尉杨镇本随二王同行,闻报反驰还临安,与二王作别道:"我将就死该处,藉缓追兵。"途次遇着文虎,伪言二王已往就镇。文虎乃执镇还报,伯颜因入临安城,建大将旗鼓,率左右翼万户巡城,观潮浙江,又登狮子门览临安形胜。部分诸将适福王与芮,自绍兴至,伯颜好言抚慰,令随帝㬎及全太后,入觐元都。且遣使入宫宣诏,免牵羊系颈礼。德祐二年三月丁丑日,伯颜劫帝㬎及全太后,并福王与芮、沂王与檡、度宗母隆国夫人黄氏、驸马都尉杨镇等,一律北去。小子有诗叹道:

　　　　残局由来未易支,六龄天子更何知?
　　　　岂真天道无差忒,得失都应自小儿!

帝㬎北去,南宋已亡,尚有一段亡国尾声,容至下回续叙。

　　宋多贤母后,而太皇太后谢氏实一庸弱妇,以之处承平之世,尚或无非无议,静处宫闱,若国步方艰,强邻压境,岂一庸妪所能任此?观其初信贾似道,及继任陈宜中,而已可知谢氏之不堪训政矣。似道为祸宋之魁,夫人知之,宜中之罪,不亚似道,当元兵东下之时,如文天祥四镇之谋,及其后血战之策,俱属可行。即至元兵已薄临安,文、张请三宫移海,背城一战,利钝虽未可必,宁不胜于束手就俘乎?宜中一再阻挠,必欲以国授房而后快,是似道所不敢为者,而宜中竟为之。赵氏何负于宜中,顾忍出此谋?太皇太后何爱于宜中,顾宁受此辱?要之似道误国,宜中卖国,谢后妇人,偷生惜死,卒为所欺,盖亦一亡国奴也。灵鹊之祥,何足信哉。

第一百回　拥二王勉支残局
　　　　　覆两宫怅断重洋

　　却说帝㬎被虏，除全太后、福、沂二王及隆国夫人、驸马都尉外，庶僚谢堂、高梦松、刘褒然暨三学生等皆从行。独太学生徐应镳，与二子琦、崧，及一女元娘，皆赴井殉难。太皇太后谢氏，因病不能行，暂留临安。元伯颜留阿剌罕、董文炳等经略闽、浙，自劫帝㬎等北去。时知信州谢枋得为元兵所逐，窜往建宁山中，妻子皆被执，江东陷没。制置使夏贵又以淮西降元。知镇巢军洪福为贵所杀。惟淮东、真、扬、泰各州，尚为宋土。孙虎臣已经忧死，李庭芝、姜才、苗再成等，各死守不去。会文天祥北行至镇江，与幕客杜浒等十二人，乘夜亡入真州。苗再成迎入，与天祥共图恢复。天祥贻书李庭芝，令同时举兵，扼敌归路。不意庭芝误信溃卒，传言元遣宋相说降真州，因疑天祥有诈，密嘱再成亟杀天祥。再成不忍，绐天祥出阅城垒，才把庭芝文书相示。天祥愤甚，愿往扬州自诉。再成乃遣兵二十人送往扬州，夜抵城下，闻门卒宣言，谓奉制置使令，捕文丞相甚急。天祥知事不妙，因变易姓名，沿东入海。途中饥寒交困，幸得樵夫相救，挈往高邮。嵇家庄民嵇耸迎天祥至家，遣子德润护送至泰州，遂由通州泛海至温州，访求二王。还要访求二主，恋主真诚，可谓仅有。途次闻益王昰已嗣立福州，改元景炎，乃自温州再行航海，奔赴福州。

　　原来益王昰与弟广王昺，自渡浙南行，由昰母杨淑妃及淑妃弟亮节，并昺母俞修容弟如珪，及宗室秀王与檡，拥护同往，途中为元兵所追，徒步匿山中七日。亏得统制张全，率数十骑走卫，乃同往温州。适宋臣陆秀夫、苏刘义等，亦接踵前来，乃议召陈宜中于清澳。召他何为？张世杰于定海，两下遣使去讫。未几陈、张俱至，因奉益王昰为都元帅，广王昺为副，发兵除吏，命秀王与檡为福建察访使，先入闽中，抚吏民，谕同姓，檄召诸路忠义，同谋兴复。闽人颇多响应。于是陈宜中等，奉二王至福州，立益王昰为帝，改号景炎元年，尊杨淑妃为皇太妃，同帝听政。遥上帝㬎尊号为恭帝，加封广王昺为卫王，授陈宜中左丞相兼枢密使，都督诸路军马。卖国贼臣，尚堪重任么？李庭芝为右丞相，陈文龙、刘黻参知政事，张世杰为枢密副使，陆秀夫签书枢密院事，苏刘义主管殿前司。命旧臣赵溍、傅卓、李班、翟国秀等，分道出兵，改福州为安福府，温州为瑞安府，循例大赦。是日有大声出府中，众多惊怵。

　　越数日，文天祥来谒，廷议以李庭芝扼守淮东，不便至闽，右相尚是虚席，应授天祥为右相,兼知枢密院事。天祥不悦宜中,固辞不拜,乃改授枢密使,同都督诸路军马。天祥请还温州,藉图进取,偏宜中欲倚用张世杰,规复两浙,自盖前愆,特命天祥开府南剑州,经略江西。江西由吴浚出兵,克复南丰、宜黄、宁都三县,翟国秀亦进取秀山。傅卓至衢信,诸县民亦多起应,偏元将唆都率兵拔婺州,复进陷衢州,故相留梦炎降元。唆都遣兵进击吴浚,浚战败引还,国秀不战即遁,傅卓亦为元兵击败,径诣元江西元帅府乞降。还有广东经略使徐直谅,初遣部将梁雄飞,奉款元军,元将阿里海涯,授雄飞招讨使,使徇广东。自益王昰立,檄至广州,直谅变计拒雄飞,令李性道、黄俊等扼守石门。雄飞甘作虎伥,竟引元兵来攻,性道不战先走,俊战败退归,直谅弃城遁。雄飞竟入广州,全城皆降,独俊不降被杀。赣、粤事皆失败,淮东又报沦亡。制置使李庭芝与姜才协守扬州,元将阿术屡攻不下。自临安被陷,元伯颜迫令太皇太后谢氏,手诏谕庭芝降,诏至阿术军前。阿术使人至城下宣诏,庭芝登城与语道:"我只知奉诏守城,未闻有诏谕降。"阿术没法,仍然再攻,依旧不克。及帝㬎等被虏北去,庭芝涕泣誓师,尽散金帛犒士,令姜才率四万人截击瓜洲,谋夺两宫。接战至三时,元兵拥帝㬎避去,才追战至浦子市,遇阿术督兵夹击,料知不能取胜,只好退还。阿术令人招才,才慨然道:"我宁死,肯作降将军么?"真州苗再成,亦欲出兵夺驾,均不能如愿。

帝㬎与全太后等至燕都,祈请使贾余庆已先病死,高应松亦绝食而亡,惟吴坚及家铉翁迎谒,伏地流涕,自言奉使无状,不能保存宗社,全太后等相对唏嘘。及帝㬎进见元主,元主怜他幼弱,封为瀛国公,全太后自愿为尼,乃令出居正智寺,嗣复命帝㬎为僧。㬎时年仅六岁,后来竟病终沙漠。太皇太后谢氏,本留居临安,过了数月,被元兵从宫中舁出,北至燕都,降封为寿春郡夫人,留燕七年乃殁。了过帝㬎及全太后。福王与芮,亦受元封为平原郡公。家铉翁不就元官,自号则堂,馆河间教授弟子,为诸生谈宋兴亡,常至泣下。至元成宗时,放还眉州原籍,赐号处士,赠金不受,卒以寿终家中。特提出家铉翁以表节义。这是后话。

且说太皇太后谢氏,未发临安,再遣数使谕李庭芝降元,庭芝不答,命发弩射死一使,余使奔去。元阿术遣兵守高邮、宝应,阻绝扬州粮道,复索得帝㬎谕旨,遣使招降。庭芝开壁纳使,将他杀死,焚诏陴上。既而淮安、盱眙、泗州,均因粮尽出降,庭芝尚力战不屈,粮尽继以牛皮曲蘖,甚至兵民易子相食,尚无叛志。会福州使命至扬,召庭芝为右相,庭芝令制置副使朱焕守扬城,自与姜才率兵七千趋泰州。不意庭芝甫出,朱焕即献城出降。元阿术分道追庭芝,庭芝驰入泰州。泰州裨将孙贵、胡惟孝,潜开北门纳元兵。姜才适背上生疽,不能迎战。庭芝亟投莲池中,水浅不死,致为元兵所缚。姜才亦被执,由

第一百回　拥二王勉支残局　覆两宫恨断重洋

元兵押送扬州。阿术责他不降，姜才愤叱道："我是第一个不降，要杀就杀，何庸多言！"言下犹痛骂不已。阿术爱他才勇，不忍加刃，偏降将朱焕入请道："扬州自用兵以来，积骸满野，统是李、姜二人所致，不杀何待？"丧尽良心。阿术乃将李庭芝、姜才同时杀害，扬民莫不泣下。

　　元兵转攻真州，守将赵孟锦乘雾出袭，及日出露消，元兵见来骑不多，鼓噪往逐，孟锦登舟失足，至堕水溺死。未几城陷，苗再成亦死难。淮东州县，尽归元属。元再遣阿剌罕、董文炳、忙兀台、唆都等，领舟师出明州。搭出、一译作达春。李恒、吕师夔等，领骑兵出江西，水陆南下，分徇闽、广，复檄阿里海涯率兵略广西。先是东莞民熊飞起兵，联络宋制置使赵溍，攻入广州，元降将梁雄飞遁去。熊飞又进取韶州，新会令曾逢龙亦率兵来会，元将吕师夔越梅岭，径达南雄。赵溍令熊飞、曾逢龙拒战，逢龙败死，飞走还韶州。师夔攻韶，守将刘自立以城降，飞巷战不支，赴水自尽。赵溍窜出广州，不知去向。元阿剌罕、董文炳入处州，宋秀王赵与檡，适出兵浙东，往截元兵，逆战瑞安，败绩被杀。弟与虑、子孟备，及观察使李世达、监军赵由噶、察访使林温皆从死。元兵长驱至建宁府，执守臣赵崇钒，知邵武军赵时赏等，均弃城逸去，福州震动。陈宜中、张世杰，亟备海舟，奉帝昰及杨太妃、卫王昺，登舟西走。

　　福建招抚使王积翁，送款元军，导阿剌罕等至福州。知州王刚中举城降元。泉州招抚使蒲寿庚，至泉州港迎谒帝昰，请就州治驻跸。张世杰以为非计，并取寿庚舟西行。寿庚大为怨望，竟把泉州城内的皇亲国戚，搜杀多人，自与知州田子真，举城降元。元阿剌罕收降泉州，遣使至兴化军劝降，宋正命参政陈文龙，知兴化军事，当下斩了来使，饬部将林华出战。华反引元兵至城下，通判曹澄孙开门迎敌，文龙无从脱身，骤被执去。阿剌罕胁令归降，文龙用手指腹道："此中皆节义文章，怎得为汝胁迫呢？"也是个硬颈子。乃械送杭州，文龙竟绝粒而死。元将阿里海涯一军，趋入广西，知邕州马墍屯兵静江，前后数十战，死伤相藉。阿里海涯贻书招墍，许为江西大都督，又请元主降诏劝谕。墍焚诏斩使，阿里海涯泄濠傅陴，督众登城。墍犹率死士巷战，臂伤被获，断首后，尚握拳奋起，逾时才仆。兵民多被坑死。元兵遂分取郁林、浔、容、藤、梧等州。宋广西提刑邓得遇闻静江已破，朝服南望拜辞，投南流江自尽。

　　那时赤胆忠心的文天祥，尚奔走汀、漳间，专想从江西进兵。汀州守将黄去疾，已与吴浚叛宋降元，浚且至漳州游说天祥。天祥以大义相责，斩浚示众，即引兵自梅州出江西，拔会昌，下雩都，又使赵时赏等分道取吉、赣诸县，进围赣州，自居兴国县调度。广东制置使张镇孙复克广州，张世杰奉帝昰至潮州，又还军讨蒲寿庚。寿庚闭城自守，世杰传檄诸路，攻取邵武军。陈文龙犹子名瓒，也举兵杀林华，夺还兴化。又有淮人张德兴、傅高，用宋景炎年号，举民兵攻入黄州及寿昌军,杀元宣慰使郑鼎。四川制置副使张珏,自合州进兵,规复泸、涪诸州。一隅残宋,大有勃兴的气象。大约是回光返照。看官道是何因？原来元诸王昔里吉一译作锡喇勒济。叛据北平,元主因调回南方诸将,改图北方,残宋因得乘隙进兵,略得各地。嗣由元伯颜讨平昔里吉,乃更命塔出、吕师夔、李恒等,率步卒出大庾岭,忙兀台、唆都、蒲寿庚及元帅刘深等,率舟师下海,合追二王。李恒方遣兵援赣,自至兴国县袭击天祥。天祥不意恒兵猝至,与战失利,往就永丰。永丰守将邹沨兵先溃,乃改趋方石岭。恒督兵追及,天祥部将巩信、张日中皆战死,余卒尽溃。天祥妻欧阳氏,及二子佛生、环生,俱被元兵掳去。天祥脱身急走,赵时赏坐着肩舆,在后徐行。追兵问时赏姓名,时赏诡说姓文,遂为追兵所拘,天祥乃得与长子道生及杜浒、邹沨等,乘骑奔循州。李恒既拿住时赏,令俘卒审视,才知是假冒天祥。时赏奋骂不屈,竟为所害。恒送天祥妻子家属至燕,二子病死道中。元将唆都进援泉州,宋张世杰只好解围,于是邵武复失,兴化随陷。陈瓒为唆都所获,镮裂毕命。唆都再取漳州,转至惠州,与吕师夔合军趋广州。张镇孙又以城降元,就是淮西的义民张德兴,亦被元宣慰使昂吉儿攻杀。傅高变姓名出走,终遭捕戮。黄州寿昌军又陷。到了景炎三年,四川制置副使张珏,被元将不花、一作布哈。汪良臣等,分道掩击,合州失守,走至涪州,遇伏被执,解弓弦自经死。满盘失去。

各路宋师,倏起倏灭,单剩张世杰一军,奉帝昰走浅湾,又遇元将刘深来袭,不得已趋避秀山,转达井澳。老天也助元为虐,陡起了一夜狂风,竟把帝昰坐舟,掀翻海滩,可怜冲龄孱主,溺入水中,经水手急忙救起,已是半死半活,好几日不能出声。刘深又率元兵追袭,张世杰再奉昰入海,至七里洋,欲往占城。陈宜中托名招谕,先至占城达意,竟做了一去不还的壮士。世杰更迁帝昰至硇州,帝昰疾尚未愈,禁不起东西簸荡,出入洪波,急惊慢惊诸风症一并上身,两眼一翻,呜呼死了。年仅十一,名目算作三年的小皇帝。不堪卒读。群臣多欲散去,签书枢密院事陆秀夫道:"度宗皇帝一子尚存,何妨嗣立。古人一成一旅,尚致中兴,今百官有司皆具,士卒尚有数万。天意若未绝宋,难道竟不可为国么？"乃与众人共立卫王昺,年方八岁。适有黄龙现海中,因改元祥兴,升硇州为翔龙县。杨太妃仍同听政。适都统凌震与转运判官王道夫,复取广州,张世杰遂择得广州外海的厓山,以为天险可恃,奉主移驻。遣士卒入山伐木,筑行宫军屋千余间,造舟楫,制器械,忙碌了好几月,即就厓山瘗葬帝昰,号为端宗,进陆秀夫为左丞相。秀夫正色立朝,尚日书《大学》章句,训导嗣君。其行似迂,其志可哀。文天祥因母与弟均在惠州,复收集散卒,奉母携弟,同出海丰,进次丽江浦,且上表厓山,自劾兵败江西的罪状。诏加

第一百回　拥二王勉支残局　覆两宫怅断重洋

天祥少保衔，封信国公，张世杰为越国公。可巧湖南制置使张烈良等，也起兵应厓山，雷、琼、全、永与潭州人民周隆、贺十二等，同时举义，大群数万，小群数千。元主命张弘范为都元帅，李恒为副，再下闽、粤，一面促阿里海涯，速平湖、广。阿里海涯兼程至潭州，周隆、贺十二等不及防备，均被擒斩。张烈良等逆战皆死。阿里海涯进略海南，招宋琼州安抚赵与珞降。与珞不从，率兵拒白沙口，偏偏州民作乱，执与珞降元，与珞被磔。海南一带，相率归元。

李恒由梅岭袭广州，凌震、王道夫累战皆败，弃城奔厓山。张弘范由海道进兵，袭击漳、潮、惠三州。适文天祥屯兵潮阳，与邹㳯、刘子俊等，剿海盗陈懿、刘兴。兴伏诛，懿遁走，竟以海舟导元兵入潮阳。天祥率麾下走海丰，母与长子已遇疫皆亡，他尚始终为宋，心总不死，方至五坡岭造饭，与众共餐，突由元先锋将张弘正，领兵追到，众皆骇散，单剩天祥、刘子俊、邹㳯、杜浒等数人，尽为元兵拘住。天祥吞脑子不死。邹㳯自刭。刘子俊冀免天祥，佯说天祥是假天祥，自云是真天祥，彼此互争一番，毕竟有人认识，子俊以欺诳被烹，杜浒忧愤不食，未几身死。弘正执天祥至潮阳，与弘范相见，左右叱天祥拜谒，天祥毅然不屈。弘范欲羁縻天祥，亲为解缚，待以客礼。天祥一再请死，弘范不许，令处舟中。凡天祥族属被俘，概令还伴天祥。天祥早具死念，因尚存一死灰复燃的希望，聊且在舟中寓着，满腔忠愤，尽付诗歌。后世有文信国专集，小子不及细述。

惟张弘范进攻厓山，尝使张世杰甥，三次招降，世杰不从。弘范令天祥作书相招，天祥道："我不能扞父母，乃教人叛父母，如何使得？"弘范固令作书，天祥提笔写就八句，乃是过零丁洋感怀诗，着末一韵道："人生自古谁无死，留取丹心照汗青。"弘范览毕，付诸一笑，遂督兵攻厓山。张世杰又用联舟为垒的法儿，结大舶千余，作一字阵，碇泊海中，中舻外舳，四周起楼棚如城堞，奉帝昺居中，为必死计。将士多以为非策，我亦云然。世杰慨然道："频年航海，何时得休？不若与决胜负，胜乃国家幸福，败即同归于尽罢了。"厓山两门如对立，北面水浅，舟不能进。弘范绕舟大洋，转入南面，用锐卒薄世杰舟，坚不可动。再用茅茨沃膏，乘风纵火，偏世杰已早防着，舟上皆涂水泥，经火不爇，弘范倒也没法，遣人语宋军道："汝陈丞相已去，文丞相已执，尚欲何为？"宋军置诸不答。弘范乃用舟师据海口，断宋军樵汲要路，宋军遂困。元将李恒又率舟师来会，弘范命守山北，自分部下为四军，相去里许，下令诸将道："宋舟西舣厓山，潮至必遁，宜乘潮进攻，闻我作乐乃战，违令立斩！"祥兴二年二月六日，大书特书。晨间有黑气出山西，早潮骤涨。李恒先乘潮进攻，世杰率兵死战，相持至午，胜负未分。俄闻南军乐作，弘范督军继进，世杰南北受敌，军士皆疲，不能再战。但见旗靡樯倒，波怒舟摇，翟国秀、凌震等，俱解甲降敌,世杰兀自支持。战至日暮,值风雨大作,昏雾四塞,咫尺不辨南北。料知大势已去,竟与苏刘义断缆出港,带着十六舟径去。陆秀夫走至帝昺舟上,帝昺已惊作一团,秀夫见诸舟环结,度不能脱,乃先驱妻子入海,随语帝昺道:"国事至此,陛下当为国死。德祐皇帝受辱已甚,陛下不可再辱。"遂负帝昺同投海中。后宫诸臣,从死甚众。杨太妃闻昺死耗,抚膺大恸道:"我忍死至此,单为赵氏一块肉,今还有甚么余望。"也赴海而死。

世杰舟至海陵山下,适遇飓风大作,将士劝他登岸,世杰太息道:"无须无须。"因自登柁楼,焚香祷天道:"我为赵氏,已力竭了,一君亡,又立一君,今又亡,我尚未死,还望敌兵退后,别立赵氏以存宗祀。今风涛若此,想是天意应亡赵氏,不容我再生呢。"祷毕,风愈大,波愈涌,竟覆世杰舟。世杰堕水溺死。苏刘义出海洋,为下所杀。无一非可怜事。南宋乃亡。自高宗至帝昺凡九主,历一百五十二年,若与北宋合算,共得三百二十年。文天祥被执至元都,越三年,受刑燕市,由妻欧阳氏收尸,面目如生。张毅甫负天祥骸骨,归葬吉州原籍。又越七年,谢枋得被胁北行,绝食死义,子定之护骸骨归葬信州。二人为故宋遗臣,所以并志死节。宋事至此已终,后事备见《元史演义》,小子无庸申述了。爰赋二绝,作为《宋史演义》全部的收场。

    黄袍被服即当阳,三百年来叙兴亡。
    一代沧桑说不尽,幸存三烈尚流芳。

    北朝无将南无相,华胄夷人混一朝。
    写到厓山同覆日,不堪回首忆陈桥。

  本回叙南宋残局,一气赶下,几似山阴道上,目不暇接。然每段恰自有线索,阖阖呼应,无一罅漏,是叙事文绵密处,亦即叙事文收束处。至若写二王之殂逝,及文、张、陆三人之奔波海陆,百折不回,尤为可歌可泣,可悲可慕。六合全覆而争之一隅,城守不能而争之海岛,明知无益事,翻作有情痴,后人或笑其迂拙,不知时局至此,已万无可存之理,文、张、陆三忠,亦不过吾尽吾心已耳。读诸葛武侯《后出师表》,结末云:"鞠躬尽瘁,死而后已,成败利钝,非所逆睹。"千古忠臣义士,大都如此,于文、张、陆何尤乎?宋亡而纲常不亡,故胡运不及百年而又归于明,是为一代计,固足悲,而为百世计,则犹足幸也。

中国历朝通俗演义

元史演义

《元史演义》自序

古史之美备者多矣，而元史独多缺憾，非史官之失职也，文献不足征耳。元起朔漠，本乏纪录，开国以后，即略有载籍，而语不雅驯，专属蒙文土语，搢绅先生难言之。逮世祖朝，始有实录，相沿至于宁宗，共十有三朝。然在世祖以前，仍多阙略；世祖以后，则往往详于记善，略于惩恶，史为国讳，无足怪也。元亡明兴，洪武二年，得元十三朝实录，命修《元史》，以李善长为监修，宋濂、王祎为总裁，二月开局，八月书成。惟顺帝一朝，史犹未备。又命儒士欧阳佑等，往北平采遗事。明年二月，重开史局，阅六月书成，颁行后，已有窃窃然滋议者。盖其时距元之亡，第阅二、三年，私家著述，鲜有所闻，无由裒合众说，核定异同。观徐一夔与王棉书，谓："考史莫备于日历及起居注，元不置日历，不设起居注，惟中书时政科，遣一文学掾掌之，以事付史馆，即据以修实录，其于史事已多疏略。至顺帝一朝，且无实录可据，唯凭采访以足成之，恐事未必核，言未必驯，首尾未必贯穿"云云。然则元史之仓卒告成，不克完善，在徐氏已豫知之矣。厥后商辂等续撰《纲目》，薛应旗复作《通鉴》，陈邦瞻又著《纪事本末》，体制不同，而所采事实，不出正史之外，其阙漏固犹昔也。他若《皇元圣武亲征录》，记太祖、太宗事；《元秘史》亦如之，语仍鄙俚，脱略亦多。《丙子平宋》，记世祖事；《庚申外史》，记顺帝事，一斑之窥，无补全史。而《元朝名臣事略》，暨《元儒考略》等书，更无论已。自明迄今，又阅两朝，后人所作，可为《元史》之考证者，惟《蒙鞑备录》、《蒙古源流》及《元史译文证补》等书。《元史译文证补》，出自近年，系清侍郎洪钧所辑，谓从西书辗转译成，其足正《元史》之阙误者颇多，至仅顾定、宪二宗而止。《蒙鞑备录》及《蒙古源流》亦一秘史类耳。明清二代多宿儒，容有钩隐索沉，独成善本，惜鄙人见闻局隘，未能一一尽窥也。本年春，以橐笔之暇，偶阅东西洋史籍译本，于蒙古西征时，较中史为详，且于四汗分封，及其存亡始末，亦足补中史之阙，倘所谓礼失求野者非耶？不揣谫陋，窃欲融合中西史籍，编成元代野乘以资参考。寻以材力未逮，戏成演义，都六十回。事皆有本，不敢臆造；语则从俗，不欲求深。而于元代先世及深宫轶事，外域异闻，凡正史之所已载者，酌量援引，或详或略；正史之所未载者，则旁征博采，多半演入。茶余酒后，取而阅之，非特足供消遣，抑亦藉广见闻。海内大雅，其毋笑我芜杂乎？是为序。中华民国九年一月，古越蔡东藩自识于海上寓庐。

元代世系图

第一回　感白光孀妹成孕
　　　　劫红颜异儿得妻

　　"成则为王,败则为寇",无论古今中外,统是这般见解,这般称呼,这也是成败衡人的通例。起语已涵盖一切。惟我中国自黄帝以后,帝有五,王有三,历秦、汉、晋、南北朝及隋、唐、五季、南北宋,虽未尝一姓,毕竟是汉族相传,改姓不改族。其间或有戎狄蛮貊,入寇中原,然亦忽盛忽衰,自来自去,如獯鬻,如狎狁,如匈奴,不过侵略朔方,没有甚么猖獗。后来五胡、契丹、女真铁骑南来,横行腹地,好算得威焰熏天,无人敢当,但终不能统一中国。几疑天限南北,地判华夷,中原全境,只有汉族可为君长,他族不能羼入的。谁知南宋告终,厓山尽覆,赵氏一块肉,淹入贝宫,赤胆忠心的陆秀夫、张世杰、文天祥,或溺死,或被杀,荡荡中原,竟被那蒙古大汗囊括以去。一朝天子一朝臣,居然做了八十九年的中国皇帝,这真是有史以来的创局!有的说是天命,有的说是人事,小子也莫名其妙,只好就史论史,把蒙古兴亡的事实,演出一部元朝小说来。诸君细阅一周,自能辨明天命人事的关系了!暗中注重人事,为现今国民下一针砭,是有心爱国之谈。

　　且说蒙古源流,本为唐朝时候的室韦分部,向居中国北方,打猎为生,自成部落。嗣后与邻部构衅,屡战屡败,弄到全军覆没,只剩了男女数人逃入山中。那山名叫阿儿格乃衮,层峦叠嶂,高可矗天,惟一径可通出入,中有平地一大方,土壤肥美,水草茂盛。不亚桃源。男女数人,遂借此居住,自相配偶,不到几年,生了好几个男女。有一男子名叫乞颜,生得膂力过人,所有毒虫猛兽遇着了他,无不应手立毙。他的后裔,独称繁盛。有此大力,宜善生殖。土人叫他作乞要特,"乞要"即"乞颜"的变音,特字便是统类的意义。种类既多,转嫌地狭,苦于旧径芜塞,日思开辟,为出山计。辗转觅得铁矿,洞穴深邃,大众伐木炽炭,篝火穴中,又宰了七十二牛,剖革为简,吹风助火,渐渐的铁石尽熔。前此羊肠曲径,坍的坍,塌的塌,忽变作康庄大道,因此衢路遂辟。不借五丁,竟辟蚕丛,蜀主不能专美于前。

　　数十传后,出了一个朵奔巴延,《元史》作托奔默尔根,《秘史》作朵奔蔑儿干。尝随乃兄都蛙锁豁儿出外游牧。一日到了不儿罕山,但见丛林夹道,古木参天,隐隐将大山笼住。都蛙锁豁儿向朵奔巴延道:"兄弟!你看前面的大山,比咱们居住地,好歹如何?"朵奔巴延道:"这山好得多哩。咱们趁着闲暇,去逛一会子何如?"都蛙锁豁儿称善。遂携手同行,一重一重的走将进去。到了险峻陡峭的地方,不得已援着木,扳着藤,猱升而上,费了好些气力,竟至山巅。兄弟两人拣了一块平坦的磐石,小坐片刻。四面了望,烟云缭绕,岫屿回环,仿佛别有天地。俯视有两河萦带,支流错杂,映着那山林景色,倍觉鲜妍。好一幅画图。

朵奔巴延看了许久,忽跃起道:"阿哥!这座大山的形势,好得很!好得很!咱们不如迁居此地,请阿哥酌夺!"说了数语,未闻回答,朵奔巴延不觉焦躁起来,复叫了数声哥哥,方闻得一语道:"你不要忙!待我看明再说!"

朵奔巴延道:"看甚么?"都蛙锁豁儿道:"你不见山下有一群行人么?"朵奔巴延道:"行人不行人,管他做甚!"都蛙锁豁儿道:"那行人里面,有一个好女儿!"朵奔巴延不待说毕,便说道:"哥哥痴了!莫非想那女子作妻室么?"都蛙锁豁儿道:"不是这般说,我已有妻,那女儿若未曾嫁人,我去与她说亲,配你可好么?"朵奔巴延道:"远远的恰有几个人影,如何辨别妍媸?"都蛙锁豁儿道:"你若不信,你自去看明!"朵奔巴延少年好色,闻着有美女子,便大着步跑至山下去了。

看官到此,未免有一疑问,都蛙锁豁儿见有好女,何故朵奔巴延独云见得不清?原来都蛙锁豁儿一目独明,能望至数里以外,所以部人叫他一只眼。他能见人所未见,所以命弟探验真实,自己亦慢步下来。

那时朵奔巴延,一口气跑到山下,果见前面来了一丛百姓,内有一辆黑车,坐着一位齐齐整整、嫋嫋婷婷的美人儿。想是天仙来了。不由的瞅了几眼,那美人似已觉着,也睁着秋波,对朵奔巴延睐了一睐。像煞吊膀子,可想这美人身品。朵奔巴延竟呆呆立住。等到美人已近面前,他尚目不转睛,一味的痴望。忽觉得背后被击一掌,方扭身转看,击掌的不是别人,就是那亲哥哥都蛙锁豁儿。他也不遑细问,复转身去看着美人,但听得背后朗声道:"你敢是痴么!何不问她来历?"朵奔巴延经这一语,方把痴迷提醒,忙向前问道:"你们这等人,从哪里来的?"有一老者答道:"我等是豁里剌儿台蔑儿干一家。当初便是巴儿忽真地面的主人。"朵奔巴延道:"这年轻女子,是你何人?"那老者道:"是我外孙女儿。"朵奔巴延道:"她叫甚么名字?"那老者道:"我名巴尔忽歹篾尔干。只生一个女儿,名巴儿忽真豁呵,嫁与豁里秃马敦的官人。"朵奔巴延听了这语,不觉长叹道:"晦气!晦气!"便转身向都蛙锁豁儿道:"这事不成,咱们回去罢!"活绘出少年性急。

都蛙锁豁儿道:"你听得未曾清楚,为何便说不成?"朵奔巴延道:"他说的名字,什么巴儿豁儿,我恰记不得许多,只他女儿确曾嫁过了。"都蛙锁豁儿道:"瞎说!他说的是他女儿,并不是他外孙女儿!"朵奔巴延想了一想,才觉兄言果确,便道:"阿哥耳目聪明,还是请阿哥问他为是。"于是都蛙锁豁儿前

第一回　感白光孀姝成孕　劫红颜异儿得妻

行一步，与老者行了礼，问明底细，方知美人的名字，叫作阿兰郭斡。旧作阿兰果火，《元史》作阿伦果斡，《秘史》作阿兰豁阿。且由老者详述来历。因豁里秃马敦地面，禁捕貂鼠等物，所以投奔至此。都蛙锁豁儿道："这山已有主人么？"那老者道："这山的主人，叫作晒赤伯颜。"都蛙锁豁儿道："这也罢，但不知你外孙女儿曾否字人？"老者答称尚未，都蛙锁豁儿便为弟求亲。老者约略问了姓氏家居，去对那外孙女儿说明。

这时候的朵奔巴延，眼睁睁望着美人儿，只望她立刻允许，谁知这美人偏低头无语。故作反笔，妙。寻由老者说了数语，那美人竟脸泛桃花，越觉娇艳，好一歇，急杀朵奔巴延。方蒙这美人点首。蒙字妙。朵奔巴延喜出望外，不待老者回报，急移步走至老者前，欲向老者行甥舅礼，不意被乃兄伸手拦住。朵奔巴延退了一二步，心中还恨着阿哥。嗣经老者与都蛙锁豁儿说明允意，才由都蛙锁豁儿叫过朵奔巴延谒过老者。复订明迎婚日期，方分手告别。

朵奔巴延在途次语兄道："他既肯把好女儿嫁我，为何今日不缴与我们，恰还要挨延日子？"急色儿。都蛙锁豁儿道："你不是强盗，难道便抢劫不成！"朵奔巴延才噤口无言。

过了数天，都蛙锁豁儿捡出鹿皮二张，豹皮二张，狐皮二张，鼠獭皮数张，装入车中，令朵奔巴延着了喜服，率着车辆仆役，至不儿罕山迎婚。自昼至夕，已将美人儿迎回，对天行过夫妇礼，拥入房帏。这一夜的欢娱，不消细述。嗣后一索得男，再索复得男，长子取名布儿古讷特，次子取名伯古讷特。《元史》作布固合塔台及博克多萨勒，《蒙古源流》作伯勒格特依及伯袞德依。两儿尚未长成，不意乃兄都蛙锁豁儿竟一病身亡。

都蛙锁豁儿生有四子，统是倔强得很，不把那朵奔巴延作亲叔叔般看待。朵奔巴延气愤填胸，带着一妻二子，至兄墓前哭了一场，便往不儿罕山居住。昼逐牲犬，夜对妻孥，倒也快活自由。老天无意做人美，偏偏过了数年，朵奔巴延受了感冒，竟尔卧床不起。临终时，与娇妻爱子诀了永别，又把那善后事宜嘱托那襟夫玛哈赉，一声长叹，奄然逝世了。人人有此结果，何苦贪色贪财。

朵奔巴延既死，那阿兰郭斡青年寡偶，寂寂家居，免不得独坐神伤，唏嘘终日。幸亏玛哈赉体心着意，时常来往，所有家事一切，尽由他代为筹办，所以阿兰郭斡尚没有什么苦况，做日和尚撞日钟，也觉得破涕为笑了。寓意于微。

转瞬一年，阿兰郭斡的肚腹居然膨胀起来，俄而越胀越大，某夕，竟产下一男。说也奇怪，所生男子，尚未断乳，阿兰郭斡腹胀如故，又复产了一男。旁人议论纷纷，那阿兰郭斡毫不在意，以生为养，与从前夫在时无异。偏这肚中又要作怪，膨胀十月，又举一男。临产时，祥光满室，觉有神异，乳儿啼声，亦异常人。阿兰郭斡很是欣慰，头生子名不衮哈搭吉，次生子名不固撒儿只，第三子名孛端察儿。蒙古人种目睛多作栗黄色,独孛端察儿灰色目睛,甫越周年,即举止不凡,所以阿兰郭斡格外钟爱。

独古讷特两兄弟,年已长成,背地里很是不平,尝私语道:"我母无亲房兄弟,又无丈夫,为何生了这三个儿子?家内独有襟丈往来,莫不是他生的么?"说着时,被阿兰郭斡闻知,便叫二子一同入房,密语道:"你等道我无夫生子,必与他人有私情么?哪里知道三个儿子,是从天所生的!我自你父亡后,并没有什么坏心,惟每夜有黄白色人,从天窗隙处进来,将我腹屡次摩挲,把他的光明,透入我腹,因此怀着了孕,连生三男。看来这三子不是凡人,久后他们做了帝王,你两人才识得是天赐!"欺人乎?欺己乎?

吉讷特两兄弟彼此相觑,不出一词。阿兰郭斡复道:"你以为我捏谎么?我如不耐寡居,何妨再醮,乃作此暧昧情事!你若不信,试伺我数夕,自知真假!"古讷特兄弟应声而出。是夕,果见有白光闪入母寝,至黎明方出。于是古讷特兄弟也有些迷信起来。我却不信。

到了孛端察儿已越十龄,阿兰郭斡烹羊炰羔,斗酒自劳,一面令五子列坐侍饮。酒半酣,便语五子道:"我已老了,不能与你等时常同饮,但你五人都是我一个肚皮里生的,将来须要和睦度日,幸勿争闹!"语至此,顾着孛端察儿道:"你去携五支箭来!"孛端察儿奉命而往,不一刻即将五支箭呈奉。阿兰郭斡即命余子起立,教他各折一箭,五人应手而断。阿兰郭斡复令把五支箭幹,束在一处,更叫他们轮流折箭。五人按次轮着,统不能折。阿兰郭斡微笑道:"这就是单者易折、众则难摧的语意。"魏书《吐谷浑传》,其主阿豺曾有此语,不识阿兰郭斡何亦知此。五子拱手听命。

又越数年,阿兰郭斡出外游玩,偶然受了风寒,遂致发寒发热。起初还可勉强支持,过了数日,已是困顿床褥,羸弱不堪。阿兰郭斡自知不起,叫五人齐至床侧,便道:"我也没有甚么嘱咐,但折箭的事情,你等须要切记,不可忘怀!"言讫,瞑目而逝。想是神人召去。

五子备办丧礼,将母尸敛葬毕,长子布儿古讷特,创议分析,把所有家资,作四股均派,只将孛端察儿一人搁起,分毫不给。孛端察儿道:"我也是母亲所生的,如何四股统有家产,我独向隅!"布儿古讷特道:"你年尚少,没有分授家产的资格。家中有一匹秃尾马,给你就是!你的饮食,由我四家担任。何如?"孛端察儿尚欲争论,偏那诸兄齐声赞同,料知彼众我寡,争亦无益。

勉强同住了数月,见哥嫂等都甚冷淡,不由的懊恼道:"我这里长住做甚么?我不如自去寻生,死也可,活也可!"颇有丈夫气。遂把秃尾马牵出,腾身上马,负着弓矢,挟着刀剑,顺了斡难河流扬长而去。

到了巴尔图鄂拉,鄂拉,蒙古语,山也。望见草木畅茂,山环水绕,倒也是个幽静的地方。他便下了骑，将秃尾马拴着树旁，探怀取刀，顺手斩除草木，用木作架，披草作瓦，费了一昼夜工夫，竟筑起一间草舍。腰间幸带有干粮，随便充饥。次日外出了望，遥见有一只黄鹰，攫着野鹜，任情吞噬。他眉头一皱，计上心来，就拔了几根马尾，结成一条绳子，随手作圈，静悄悄的蹑至黄鹰背后；巧值黄鹰昂起头来，他顺手放绳，把鹰头圈住，牵至手中，捧住黄鹰道："我子身无依，得了你，好与我做个伙伴，我取些野物养你，你也取些野物养我，可好么？"黄鹰似解他语言，垂首听命。孛端察儿遂携鹰归来，见山麓有一狼，含住野物，跟踉奔趋。他就从背后取出短箭，拈弓搭着，飕的一声，将狼射倒。随取了死狼，并由狼吃残的野物，一并挟着，返至草舍。一面用薪煨狼，聊当粮食，一面将狼残野物，豢给黄鹰。这黄鹰儿恰也驯顺，一豢数日，竟与孛端察儿相依如友。有时飞至野外，搏取食物，即衔给孛端察儿。孛端察儿欣慰非常，与黄鹰生熟分食。

转瞬间已过残冬。到了春间，野鹜齐来，多被黄鹰搏住，每日可数十翼，吃不胜吃，往往挂在树上，由他乾腊。只有时思饮马乳，一时无从置办。孛端察儿登高遥望，见山后有一丛民居，差不多有数十家，便徒步前行，径造该处乞奶浆。该处的人民，起初不肯，嗣经孛端察儿与他熟商，愿以野物相易，因得邀他应允。自是无日不至该地，只两造名姓，彼此未悉。

适同母兄不衮哈搭吉忆念幼弟，前来寻觅。先至该地探问，居民说有此人，惜未识姓氏住址。不衮哈搭吉尚在盘诘，不期有一伟少年，臂着鹰，跨着马，得得而至。那居民哗然道："来了，来了！"不衮哈搭吉回首一望，那少年不是别人，便是幼弟孛端察儿。当下两人大喜，握手相见，各叙别后情形。不衮哈搭吉劝弟回家，孛端察儿先辞后允，遂与不衮哈搭吉返至草舍，约略收拾，即日起行。自此该地无孛端察儿踪迹。

谁知过了数日，该地有一怀妊妇人正在河中汲水，忽见孛端察儿带了壮士数名，急行而来，妇人阻住道："你莫非又来吃马奶么？"孛端察儿道："不是，我邀你到我家去。"妇人道："邀我去做什么？"正诘问间，不防孛端察儿伸出两手，竟将她抱了过去，那时连忙叫喊，已是不及。奇兀得很。小子尝吟成一诗道：

> 天道非真善者昌，胡儿得志便猖狂；
> 强权世界由来久，盗贼居然育帝王！

未知这妇人性命如何？且看下回分解。

本回为全书弁冕，叙述蒙古源流，为有元之所自始。按《元史·太祖本纪》，载阿抢果斡（即阿兰郭斡）事，谓其夫亡寡居，夜寝帐中，梦白光自天窗入，化为金色神人，来趋卧榻，惊觉遂有娠。产一子名孛端察儿。《源流》谓梦一伟男与之共寝，久之生三子。《秘史》谓黄白色人，将肚皮摩挲。是姑勿论，惟史家于帝王肇兴，必述其祖宗之瑞应。姜嫄履敏，刘媪梦神，真耶幻耶？未足尽信。本书即人论人，就事叙事，言外寓意，不即不离，至描摹朵奔巴延，暨孛端察儿处，尤觉得一片天真，口吻俱肖。庸庸者多厚福，意者其或然欤！末后一结，兔起鹘落，益令人匪夷所思。

第二回　拥众称尊创始立国　班师奏凯复庆生男

　　却说孛端察儿抱住该妇，疾行而归。该地居民，闻有暴客，竞来趋视，不意强人蜂拥到来，各执着明晃晃的刀仗，大声呐喊，动者斩，不动者免死。居民见这情形，都错愕不知所为。有几个眼快脚长，转身逃走，被那强人大步赶上，刀剑齐下，统变作身首两分。大众格外惧，只好遵令不动。强人遂把他们一一反剪，复将该民家产牲畜，劫掠殆尽，方带了人物一概回寨。

　　看官到此，几不辨强徒何来，待小子一一交代。原来孛端察儿随兄归去时，途次语兄道："人身有头，衣裳有领，无头不成人，无领不成衣。"奇语。不衮哈搭吉茫然莫辨，待孛端察儿念了好几遍，方诘问道："你念什么咒语？"孛端察儿答道："我说的不是咒语，乃是目前的好计。"不衮哈搭吉续问底细，孛端察儿道："哥哥你到过的地方，虽有一丛百姓，恰无头领管束。若把他子女财产，统去掳来，那时有妻妾，有奴隶，有财宝，岂不是快活一生么！"确是盗贼思想。不衮哈搭吉道："你说亦是，待回去与弟兄商量。"

　　孛端察儿非常高兴，与阿哥急趋到家。既入门，见了布儿古讷特等人，不但忘却前仇，便提议抢劫的事情。布儿古讷特素性嗜利，连忙称善。顿时兴起家甲，命孛端察儿做头哨，不衮哈搭吉及不固撒儿只做二哨，自己与同父弟伯古讷特做后哨，陆续前进。孛端察儿趋入该地，先将一孕妇抢劫归来；至不衮哈搭吉兄弟，暨布儿古讷特兄弟扫尽民居，返入寨中。检点手下从人，不缺一名，只少了孛端察儿。当下问明妻女，方知孛端察儿早已驰归，与抱住的妇人入帐取乐去了。

　　布儿古讷特道："且暂由他，现在是发落该民要紧。"当下命家役牵入俘虏，问他愿充仆役否。该民被他威吓，统已神疲骨软，只好唯唯听命。布儿古讷特便命放绑，令他散住帐外，静候号令。该民含泪趋出。复将抢来的家产牲畜，安置停当。

第二回　拥众称尊创始立国　班师奏凯复庆生男

是时孛端察儿方慢慢的踱将出来。大约是疲倦了。布儿古讷特道："你好！你好！青天白日，便做那鸳鸯勾当！"孛端察儿道："哥哥等都有嫂子，难道为弟的不能纳妇？"布儿古讷特正思回答，忽见一妇人徐步至前，红颜半晕，绿鬓微松，只腹间稍稍隆起，未免有些困顿情状。布儿古讷特道："好一个妇人，不愧做我弟妇！"言下便问她名氏，那妇人便喘呼呼的答道：喘呼呼三字，摹绘最佳。"我叫作勃端哈屯，是札儿赤兀人氏。"说着时，已由孛端察儿叫她拜见诸兄，妇人勉强行过了礼，即返入后帐。

布儿古讷特道："你有这个美妇，我等没有，奈何！"孛端察儿道："俘虏中也有几个好妇女，何不叫她入侍？"布儿古讷特道："不错！"便与兄弟四人，出了帐，拣了几名美人儿带回侍寝。几个妇女，本没有甚么名节，况经他威胁势迫，哪里还敢抗拒，只好由他拥抱寻欢。可见世人不能独立，做了他族的奴隶，男为人役，女为人妾，是万万不能逃避的！暮鼓晨钟，请大众听着。

这且休表。且说孛端察儿的妻室，怀孕满月，生下一子，名札只剌歹。《源流》作斡齐尔台。旋由孛端察儿所产，再生一男，名巴阿里歹。两男生后，那妇人华色已衰，孛端察儿又从他处娶了一妇，复把那陪嫁来的女佣据为己妾。任情纵欲，有何道德。后妻生子合必赤，妾生子沾兀列歹。合必赤子名土敦迈宁。《秘史》作篾年土敦。土敦迈宁生子甚多，约有八九人，《元史》谓八子，《译文证补》谓九子。嗣是滋生日蕃，氏族愈众。五传至哈不勒，拓土开疆，威势颇盛，各族推他为蒙古部长，称名哈不勒汗。

是时金邦全盛，并有辽地，复兴兵南下，据三镇，中山、太原、河间三镇。入两河，直捣宋都，掳徽、钦二帝，且追宋高宗至杭州，一意前进，不暇后顾。哈不勒汗乘这机会，拥众称尊，隐隐有雄长朔方的意思。金主晟闻他英名，遣使宣召，命他入朝。哈不勒汗遂带着壮士数名，乘了骏马，趋入金京。谒见毕，金主晟见他状貌魁梧，颇加敬礼。每赐宴，饬臣下殷勤款待。哈不勒汗恐饮食中毒，尝托词沐浴，离席至他处，呕吐食物，乃复入席。因此百觥不醉，八筵无余。金人多豪饮善啖，非常诧异。

一日在殿上筵宴。哈不勒汗连飞数十觞，遂有醉意，不觉酒兴大发，手舞足蹈起来。舞蹈才罢，复大着步直至帝座，捋金主须。不脱野蛮习尔。那时廷臣都欲来杀哈不勒汗的呼叱声、剑佩声，杂沓一堂。亏得金主度量过人，和颜悦色道："你且去入席，不要上来！"哈不勒汗方才知过，惶恐谢罪。金主复谕道："这是小小失仪，不足为罪。"当下赐他帛数端，马数匹，令即返辔。哈不勒汗称谢而出，便扬鞭就道，直回故寨。无如金邦的大臣，统说哈不勒汗怀有歹意，此时不除，必为后患。金主初欲怀柔远人，厚赠遣归，嗣被廷臣怂恿，众口一词，也未免有些怀疑，遂遣将士兼程前进，追还哈不勒汗。哪知哈不勒汗已有戒心,早风驰电掣的回到寨中。待至金使到来,他却抗颜对使道:"你国是堂堂的大国,你主是堂堂的君长,昨日遣我归,今又令我去,出尔反尔,是何道理!这等叫做乱命,我不便依从!"这言颇有至理。金将见他辞意强横,只好怏怏而归。

不数日,金使又到,适值哈不勒汗出猎未返,他妇翁吉拉特氏率众欢迎,把自居的新帐,让金使暂住。至哈不勒汗归来,闻着这事,便语他妻室及部众道:"金使到此,定是又来召我,欲除我以绝后患,我与他不能两立,有他无我,有我无他;为今日计,不如将他杀却,先泄我忿!"部众不答,哈不勒汗道:"你等莫非怀有异心么?你等若不助我杀金使,我当先杀你等!"言毕,怒发直竖,须眉戟张,部众忙称遵命。哈不勒汗遂一马当先,驰入帐中,手起刀落,把金使砍为两段。金使的侍从,出来抗拒,被部众一同赶上,杀得一个不留。先下手为强。

这消息传达金廷,金主大怒,遣万户胡沙虎率兵往讨。胡沙虎本是个没用的家伙,一入蒙古境内,不谙道里,不知兵法,只是一味的乱撞。那哈不勒汗很是能耐,率部众避伏山中,坚壁不出。胡沙虎往来蒙地,不见一人,日久粮尽,只好勒兵回国。不意出了蒙境,那蒙兵却漫山遍野的追来。看官,你想这时的胡沙虎还有心恋战么?当时你逃我窜,被蒙古兵大杀一阵。可怜血流山谷,尸积道途,胡沙虎勒马先逃,还算保全首领。金人出手就是献丑,已为金亡元兴张本。哈不勒汗得此大胜,遂仇视金邦,益发秣马厉兵,专待金兵再到,与他厮杀。会金主晟谢世,从孙亶嗣位,因从叔挞懒专权,与叔父兀术密谋,诱杀挞懒。挞懒遗族逃往漠北,至哈不勒汗处乞师复仇。哈不勒汗有隙可乘,自然应允。嗣是连寇金边,把西平、河北二十七团寨,陆续攻取。金主亶闻边疆被侵,遂与南宋议和,催归将士,专顾北防。螳螂捕蝉,不知黄雀已在其后。其时金邦的百战能臣,要算皇叔兀术。自南归国,奉了主命,出征蒙古,满望马到成功,谁知大小数十战,迁移一二年,犹是胜负未分,相持莫决。语所谓强弩之末,不能穿鲁缟者,兀术是已。兀术恐师老财匮,致蹈胡沙虎覆辙,遂决计议和;把西平、河北二十七团寨,尽行割与,又每岁给他牛羊若干头,米豆若干斛,并册哈不勒为蒙兀国王,方得罢兵修好。这是宋高宗绍兴十七年间的事情。有史可考,乃编年以清眉目。

哈不勒汗生有七子,到年老病危时,偏叫他从弟俺巴该进来,奉承国统,又嘱诸子敬奉从叔,不得违命。诸子一律遵嘱,哈不勒汗才瞑目去世了。

俺巴该嗣立后,国势如旧。会哈不勒汗的妻弟,名叫赛因特斤,偶罹疾病,往邻近塔塔儿部,聘一巫者疗治,日久无效,竟至殁世。家众因巫者无灵,将他斩首。塔塔儿人不肯干休,遂兴兵复仇。哈不勒汗七子,闻母族被兵,立

第二回　拥众称尊创始立国　班师奏凯复庆生男

率部众往援。两下酣斗起来，哈不勒汗第六子合丹，《秘史》作合答安。骁健善战，手持长枪一杆，所向无前。塔塔儿酋木秃儿不及防备，竟被合丹刺于马下，幸部众奋力抢救，方得暂保性命。医治一载，才得痊愈，再发兵进攻，鏖战两次，丝毫不能取胜。到着末的一战，塔塔儿部大败，木秃儿仍死于合丹手下。

塔塔儿人阴图雪愤，阳为乞和，一味甘言重币，来哄这俺巴该。俺巴该信以为真，竟与塔塔儿结亲，愿将爱女嫁与该部嗣酋，仇人之子，招为女夫，俺巴该也太不小心。自己送女成礼，到了塔塔儿部，不防伏兵四起，将父女一概掳去。哈不勒汗长子斡勤巴儿哈合闻俺巴该被抢，忙至塔塔儿部索还，并责他无礼。塔塔儿部不由分说，复将斡勤巴儿哈合拘住，一并送与金邦。

金人正怀宿怨，将俺巴该钉住木驴背上，令他辗转惨毙。俺巴该令从人布勒格赤，告金主道："你不能以武力获我，徒借他人手下置我死地；又用这般惨刑，我死，我的子侄很多，必来复仇。"金主大怒，把斡勤巴儿哈合亦加死刑。并纵布勒格赤使还，令他归告族众，速即倾国前来，决一雌雄。

布勒格赤归国，会议复仇，立哈不勒第四子忽都剌哈为汗，合寨齐起，攻入金界。金人杀他不过，高垒固守。忽都剌哈汗屡攻不克，方大掠而归。蒙俗以尚武为本旨，忽都剌哈汗勇武绝伦，力能折人为两截，每食能尽一羊，声大如洪钟，每唱蒙兀歌，隔七岭犹闻彼声，因此嗣位数年，威名益振。他于子侄辈中，独爱也速该，《元史》作伊苏克依。尝谓此儿英武，不亚自己，遂有传统的意思。

也速该父名把儿坛把阿秃儿，系哈不勒汗次子，忽都剌哈汗仲兄。把儿坛生四男，长名蒙格秃乞颜，次名捏坤太石，三子即也速该，最幼的名答里台斡勒赤斤。也速该少有膂力，善骑射，能弯七石弓，也是个杀人不翻眼的魔星。他平时尝在斡难河畔游猎，所得禽兽，比他人为多。到年将弱冠时，想得个美貌妇女作为配偶，无如部落中少有丽姝，所以因循迁延。

一日，又往斡难河放鹰，遇着一男骑马，一妇乘车，从河曲行来。那妇人生得秋水为眉，芙蓉为骨，映入也速该眼中，确是生平罕见。冶容诲淫。他即迎上前道："你等是何方的人民？来此做甚？"那男子道："我是蔑里吉部人，《元史》称蔑里吉为默尔奇斯。名叫客赤列都。"也速该复指着妇人道："这是你何人？"那男子道："这是我的妻室。"也速该怀着鬼胎，便撒谎道："我有话与你细说，你且少待，我去去就来。"那男子正要问他缘故，他已三脚两步似飞的去了。

不一刻，遥见也速该率着壮士两人疾奔而来。那男子不觉心慌，忙语妇人道："他有三人同来，未知吉凶若何？"妇人远远一瞧，也觉得着急起来，便道:"我看那三人的颜色,好生不善,恐要害你性命,你快走去!你若有性命呵,似我这般妇女很多哩,将来再娶一个,就唤做我的名字便是。"说罢,就脱下衣衫,与男子做个纪念。那男子方才接着,也速该三人已到,男子拨马就走。也速该令弟守着妇人,自与仲兄捏坤太石赶这男子,跑过七个山头,那男子已去远了。

也速该偕兄同返,牵住妇人的乘车,令兄先行,饬弟后随。那妇人带哭带语道:"我的丈夫向来家居,不曾受着什么惊慌。如今被你等逐走,扒山过岭,何等艰难。你等良心上如何过得去!"也速该笑道:"我的良心是最好的,逐去你的丈夫,再还你的好丈夫!"调侃得趣。那妇人越加号啕,几乎把河内的川流,山边的林木都振动了。答里台斡勒赤斤道:"你丈夫岭过得多了,水也渡得多了,你哭呵,他也不回头寻你,就使来寻,也是不得见了。你住声,休要哭!咱们总不亏待你!"妇人方渐渐止啼。

到了帐中,也速该便去禀知忽都剌哈汗。忽都剌哈汗道:"好!好!就给你为妻罢。"那妇人又哭将起来,忽都剌哈汗道:"我是此处国王,他是我的爱侄,将来我死后,他便接我的位置,你给他为妻,岂不是现成的夫人么!"妇人闻着夫人两字,心中也转悲为喜,眼中的珠泪,立刻停止。到底水性杨花。当下忽都剌哈汗,令该妇人后帐整妆,安排与也速该成婚。也速该喜不自禁,至与该妇交拜后,挽入洞房,灯下细瞧,比初见时更为美艳。那时迫不及待,便拥该妇同寝。欢会后问妇姓名,方知叫作诃额仑。《元史》作谔楞,《源流》作乌格楞。自此朝欢暮乐,几度春风,竟由诃额仑结下珠胎,生出一个大名鼎鼎的人物来。迤逦写来,与朵奔巴延暨字端察儿得妇时,又另是一种笔墨。

忽都剌哈汗因伐金无功,复思往讨塔塔儿部。也速该愿为前锋,当即点齐部众,浩浩荡荡的杀奔塔塔儿部。塔塔儿部恰也预防,闻报也速该到来,忙令帖木真兀格及库鲁不花两头目率众抵御。也速该怒马直前,无人敢当。帖木真出来阻拦,与也速该战了数合,一声吆喝,已被也速该只手擒来。库鲁不花急忙趋救,也速该故意奔还,等到库鲁不花追至马后,他却扭转身来,将手中握定的长枪,刺入库鲁不花的马腹,那马受伤坠地,眼见得库鲁不花也随扑地下。蒙古部众,霎时齐集,将库鲁不花活擒了去。那时塔塔儿部大加悔惧,忙选两员健将前来抵敌。一个名叫阔湍巴剌合,一个名叫扎里不花,两将颇有智勇,料知也速该艺力过人,不可小觑,便用了坚壁清野的法子,来困也速该。的是好计。也速该无计可施,愤急得了不得,会后队兵到,又会同进攻,也是没效。俄闻忽都剌哈汗罹疾,只得奏凯班师。

到了迭里温盘陀山,见他阿弟到来向也速该贺喜。也速该道:"出师多日,只拿住敌酋两名,不能报我大仇,有何足贺!"阿弟道:"擒住敌人,已是可

喜,还有一桩绝大的喜事,我的嫂子已产下一个麟儿了!"也速该道:"果真么?"小子又有一诗道:

> 天生英物正堪夸,铁血只凭赤手拿。
> 古有名言今益信,深山大泽出龙蛇。

欲知也速该得子情形,且由下回交代。

抢掠劫夺,是蒙族惯技,如孛端察儿以下,何一不作如是观!唯哈不勒汗粗豪阔达,颇有英雄气象,所以蒙兀得以建国。也速该劫妇怀胎,偏产出一大人物,岂朔方果为王气所钟耶?本回夹叙夹写,斐然成章,而命意则全为成吉思汗蓄势,如看山然,下有要穴,则上必有层峦叠嶂;如观水然,后有洪波,则前必有曲涧重溪。大笔淋漓,不落小家气象。

第三回　女丈夫执旗招叛众
　　　　小英雄逃难遇救星

却说也速该班师回国,也速该的兄弟及妻室诃额仑,统远道出迎。至迭里温盘陀山前,诃额仑忽然腹痛,料将生产,遂就山脚边暂憩。不多时,即行分娩,产了一个头角峥嵘的婴儿,大众都目为英物。还有一种怪异,这婴孩初出母胎,他右手却握得甚紧,由旁人启视,乃是一握赤血,其色如肝,其坚如石,大家莫识由来,只说他是吉祥预兆。分明是个杀星。是儿生后,巧值也速该到来。由他阿弟详报,也速该似信非信,忙即过视诃额仑母子。诃额仑虽觉疲倦,犹幸丰姿如旧,及瞧这婴儿形状,果然奇伟异常,双目且炯炯有光。也速该不禁大喜,便道:"我此番出征,第一仗便擒住帖木真,是我生平第一快事。今得此儿,也不妨取名帖木真,亦作铁木真,《元史》作特种津。留作后来纪念。"大众很是赞成。

当下挚眷同归,省视忽都剌哈汗疾病,已觉危急万分,也速该不觉泪下。就是喜极生悲的影子。忽都剌哈汗执也速该手,凄然道:"我与你要永诀了!国事待你作主,你不要畏缩,也不要莽撞,方好哩!"也速该应允了,复将俘敌及产子情状,略略陈明,忽都剌哈汗也觉心慰。也速该暂行退出,忽都剌哈汗即于是夕死了。

丧葬已毕,也速该统辖各族,远近都惮他威武,不敢妨命。因此也速该逍遥自在,闲着时,尝左拥娇妻,右抱雏儿,享这人间幸福。诃额仑此时,想只有笑无哭了。陆续生下三男,一名合撒儿,一名合赤温,一名帖木格。后复生了一女,取名帖木仑。也速该自合撒儿生后,曾别纳一妇,生一男子,名别勒古台,因此也速该共有五儿。

至帖木真九岁时,也速该引他出游,拟往诃额仑母家,拣一个好女郎,与帖木真订婚。行至扯克撒儿山及赤忽儿古山间,遇着弘吉剌族人德薛禅,《源流》作岱物辰。两下攀谈,颇觉投契。也速该便将择妇的意思与他表明。德薛禅道:"我昨夜得了一梦,煞是奇异,莫非应在你的郎君!"语甚突兀。也速该问是何梦,德薛禅道:"我梦见一官人,两手擎着日月,飞至我手上立住。"愈语愈奇。也速该道:"这官人将日月擎来,料是畀汝,汝的后福不浅哩。"德薛禅道:"我的后福,要全仗你的郎君。"也速该惊异起来,德薛禅道:"你不要怪我说谎,我梦中所见的官人,状貌与郎君相似。如蒙不弃,我有爱女孛儿帖,愿为郎君妇。他日我家子孙,再生好女,更世世献与你皇帝家,怕不做后妃不成!"说得也速该笑容可掬,便欲至他家内,亲视彼女。

当由德薛禅引路,导入家中。德薛禅即命爱女出见,娇小年华,已饶丰韵。也速该大喜,即问她年龄,比帖木真只大一岁。当命留下从马,作为聘礼。叙帖木真聘妇事,笔法又一变。便欲率子告辞,德薛禅苦苦留住,宿了一宵。

翌日,也速该启行,欲挈他爱女同去。德薛禅道:"我只有一二子女,现时不忍分离,闻亲家多福多男,何不将郎君暂留这里,伴我寂寥?亲家若不忍别子,我亦何忍别女哩!"也速该被他一激,便道:"我儿留在你家,亦属何妨!只年轻胆小,事事须要照管哩。"德薛禅道:"你的儿,我的女婿,还要什么客气!"

也速该留下帖木真,上马即行。回到扯克撒山附近,见有塔塔儿部人,设帐陈筵,颇觉丰盛。正在瞧着,已有塔塔儿人遮住马头,邀他入席。也速该生性粗豪,且因途中饥渴,遂不管什么好歹,竟下马入宴,酒酣起谢,跨马而去。途次觉隐隐腹痛,还道是偶感风寒,谁知到了帐中,腹中更搅痛的了不得。一连三日,医药无效。可为贪食者戒。不觉猛悟道:"我中毒了!"至此才知中毒,可谓有勇无智。忙叫族人蒙力克进内,与他说道:"你父察剌哈老人,很是忠诚,你也当似父一般。我儿子帖木真,在弘吉剌家做了女婿,我送子回来,途中被塔塔儿人毒害。你去领回我儿,快去!快快去!"

蒙力克三脚两步的去召帖木真,至帖木真回来,可怜也速该已早登鬼箓,只剩遗骸!史称帖木真十三岁遭父丧,此本《秘史》叙述。当下号啕大哭。他母亲诃额仑,本哭个不休,又要哭了,毕竟红颜命薄。至此转来劝住帖木真。殓葬后,嫠妇孤儿,空帏相吊,好不伤心!各族人且欺她孤寡,多半不去理会;只有蒙力克父子,仍遵也速该遗言,留心照拂。诃额仑以下,很是感激。一死一生,乃见交情。

是时俺巴该派下,族类蕃滋,自成部落,叫作泰赤乌部。《元史》作泰楚特,《秘史》泰亦赤兀惕姓氏。也速该在时,尚服管辖,祭祀一切,彼此皆跻堂称觥,不分畛域。也速该殁后一年,适遇春祭,诃额仑去得落后,就被他屏斥回来,连胙肉亦不给与。诃额仑愤着道:"也速该原是死了,我的儿子怕不长大么?为甚把胙肉一份子也不给我?"这语传到泰赤乌部,俺巴该尚有两个妻妾,竟向着部众道:"诃额仑太不成人!我等祭祀,难道定要请她!自今以后,我族休要睬她母子,看她母子怎生对待!"活肖妇女口吻。嗣是与诃额仑母子绝对不和,并且笼络也速该族人,叫他弃此就彼。各族统趋附泰赤乌部,也速该部下,也未免受他羁縻。

时有哈不勒汗少子脱朵延,《元史》作托乡呼尔察。系帖木真叔祖行,向为也速该所信任,至此亦叛归泰赤乌部。帖木真苦留不从,察剌哈老人亦竭力挽留。脱朵延道:"水已乾了,石已碎了,我留此做甚?"察剌哈尚揽袪苦劝,恼动了脱朵延,竟取了一柄长枪,向察剌哈乱戳。察剌哈急忙避开,背上已中了一枪,负痛归家。脱朵延率众自去。

帖木真闻察剌哈受伤,忙至彼家探视。察剌哈忍着痛,对帖木真道:"你父去世未久,各亲族多半叛离。我劝脱朵延休去,被他枪伤。我死不足惜,奈你母子孤栖,如何过得下去!"说着,不禁垂泪。伤心语,我亦不忍闻。

帖木真大哭而出,禀告母亲诃额仑。诃额仑竖起柳眉,睁开凤目,勃然道:"彼等欺我太甚!我老娘虽是妇女,难道真一些儿没有么!"便携着帖木真,出召族众,尚有数十人,勉以忠义,令他追还叛人。

诃额仑亲自上马,手持旄纛一大杆,在后压队,并叫从人携了长枪,准备厮杀。说时迟那时快,脱朵延带去的族众,已被诃额仑追着。诃额仑大呼道:"叛众听着!"其声喤喤。脱朵延等闻声转来,见诃额仑面带杀气,妩媚中现出英武形状,想是从也速该处学来。不由得惊愕起来,诃额仑遥指脱朵延道:"你是我家的尊长,为什么舍我他去?我先夫也速该不曾薄待你,我母子且要仗你扶持!别人可去,你也这般,如何对我先人于地下!"脱朵延无言可答,只管拨马自走,那族众也思随往。诃额仑愈加性起,叫从人递过了枪,自己加鞭驰上,冲入叛众队间,横着枪杆,将叛众拦住一半,好一个娧婳将军,所谓一夫拚命,万夫莫当者是也,妇女且然,况乎男子汉。喝声道:"休走!老娘来与你拚命!"那叛众不曾见诃额仑有此胆力,还道她藏着不用,此次方出来显技,几吓得面面相觑。诃额仑见他有些疑惧,又略霁怒颜道:"倘你等叔伯子弟们尚有忠心,不愿向我还手,我深是感念你们!你休与脱朵延同一般见识,须知瓦片尚有翻身日子,你不记念先夫也速该情谊,也须怜我母子数人,效力数年,待我儿郎们有日长成,或者也与先夫一般武艺,知恩必报,衔仇必复。你叔伯子弟们,试一细想,来去任便!"说罢,令帖木真下马,跪在地上,向众哭拜。临之以威,动之以情,不怕叛众不入彀中。叛众睹这情状,不由得心软神移,也答拜道:"愿效死力!"于是前行的已经过去,后行的统同随回。

到家后,闻察哈剌老人已死,母子统去吊丧,大哭一场。族众见她推诚置腹,方渐渐有些归心诃额仑。怎奈泰赤乌部聚众日多,仇视诃额仑母子,亦日益加甚。诃额仑恐遭毒手,每教她五子协力同心,缓缓儿的复仇雪恨。她尝操作蒙语道:"除影儿外无伴党,除尾子外无鞭子。"两语意义,是譬如影不离形,尾不离身,要她五子不可拆开。因此帖木真兄弟时常忆着,很是和睦,同居数年,内外无事。

一日,兄弟妹六人同往山中游猎,不料遇着泰赤乌部的伴当,如黄鹰捕雀一般,来拿帖木真。别勒古台望见了,连忙将弟妹藏在壑内,自与两兄弯弓射斗。泰赤乌人欺他年幼,哪里放在心上,不防弦声一响,为首的被他射倒,余众望将过去,这放箭的不是别人,就是别勒古台。写别勒古台智勇,为后文立功张本。众人都向他摇手,大声叫着:"我不来掳你,只将你哥哥帖木真来!"帖木真闻他指名追索,不禁心慌,忙上马奔去。

泰赤乌人舍了别勒古台等,只望帖木真后追。帖木真逃至帖儿古捏山,钻入丛林,泰赤乌人不敢进蹑,只是四围守着。帖木真一住三日,只寻些果实充饥。当下耐不住饥渴,牵马出来,忽听得扑塌一声,马鞍坠地。帖木真自叹道:"这是天父止我,叫我不要前行!"可见蒙人迷信宗教。复回去住了三日。又想出来,行了数步,蓦见一大石挡住去路,又踌躇莫决道:"莫非老天还叫我休出么?"又回去住了三日。实饥渴得了不得,遂硬着心肠道:"去也死,留也死,不如出去!"遂牵马径出,将堵住的大石,用力拨开,徐步下山。猛听得一声胡哨,顿时手忙脚乱,连人带马跌入陷坑,两边垂下铙钩,把他人马扎起,待帖木真张目旁顾,已是身子被缚,左右都是泰赤乌人。一险。捕一孩童如搏虎一般,并非泰赤乌人没用,实为帖木真隐留声价。

帖木真叹了口气,束手待毙。可巧时当首夏,泰赤乌部依着故例,在斡难河畔筵宴,无暇把帖木真处死,只将他枷住营中,令一弱卒守着。帖木真默想道:"此时不走,更待何时。"便两手捧着了枷,突至弱卒身前,将枷撞去。弱卒不及预防,被他打倒,就脱身逃走。绝处逢生。一口气奔了数里,身子疲乏不堪,便在树林内小坐。嗣怕泰赤乌人追至,想了一计,躲在河水内溜道中,只把面目露出,暂且休息。正倦寐间,忽有人叫道:"帖木真,你为何蹲在水内?"帖木真觉着,把双眼一擦,启目视之,乃是一个泰赤乌部家人,名叫锁儿罕失剌,不由得失声道:"呵哟!"二险。还是锁儿罕失剌道:"你不要慌!你出来便是。"帖木真方才动身,拖泥带水的走至岸上。锁儿罕失剌愀然道:"看你这童儿,煞是可怜,我不忍将你加害。你快去!自寻你母亲兄弟,若见着别人,休说与我相见!"言讫自去。

帖木真暗想:自己已困惫异常,不能急奔,倘或再遇泰赤乌人,恐没有第二个锁儿罕,不如静悄悄的跟着了他,到他家里,求他设法救我。主见已定,便蹑迹前行。锁儿罕才入家门,帖木真也已赶到。锁儿罕见了帖木真,大惊道:"你为何不听我言,无故到此?"帖木真垂泪道:"我肚已饿极了,口已渴极了,马儿又没有了,哪里还能远行!只求你老人家救我!"

锁儿罕尚在迟疑,室内走出了两个少年,便问道:"这就是帖木真么?雀被鹯逐,树儿草儿,尚能把它藏匿,难道我等父子,反不如草木!阿爹须救他为是。"锁儿罕点着了头,忙唤帖木真入内,给他马奶麦饵等物。帖木真饱餐一顿,竭诚拜谢。问了两少年名字,长的名沈白,次的名赤老温。《源流》作齐拉滚,即后文四杰之一。帖木真道:"我若有得志的日子,定当报答老丈鸿恩,及两位哥哥的大德。"志不在小,的是奇童。

言未已,忽又有一少女来前,由锁儿罕命她相见。帖木真见她娇小可人,颇生爱慕。只听锁儿罕道:"这是我的小女儿,叫作合答安,你在此恐人察觉,不如暂匿在羊毛车中,叫我小女看着。如有饥渴事情,可与我女说明。"又转向女子道:"他如要饮食,你可取来给他。"女子遵嘱,导帖木真至羊毛车旁,开了车门,先搬出无数羊毛,方令帖木真入匿,再将羊毛搬入,把他掩住。这时天气方暑,帖木真连声呼热。女子恰娇声嘱道:"休叫,休叫!你要保全性命,还须忍耐方好!"帖木真闻言,才不敢出声。

到了夜间,女子取进饮食,将羊毛拨开,俾他充腹,那时彼此问答,很觉投机。帖木真忽叹道:"可惜!可惜!"女子道:"你说甚么?"帖木真道:"可惜我聘过了妻!"言下有垂涎意,暗为后文伏线。那女子听了,垂着脸道:"你不要乱想!今夜想无人来此,便可卧在羊毛上面,我与你车门开着,小觉凉快。"帖木真应着,看那女子徐步而去;辗转凝思,几难成寐,未曾脱险,遽思少艾,可见胡儿好色。后勉抑情肠,方蒙眬睡去。约莫睡了三四个时辰,猛听鸡声报晓,未免吃了一惊,静候了好一刻,忽见那女子踉跄奔来道:"不好了!不好了!外面有人来捉你了!快快将羊毛掩住!"三险。小子述此,曾有一诗咏帖木真云:

> 不经患难不成才,劳饿始邀大任来。
> 试忆羊毛车上苦,少年蹉跌莫心灰。

未知帖木真果被捉住否,且至下回说明。

是回为寡妇孤儿合传,见得孤寡之伦,易受人欺,可为世态炎凉,作一榜样。惟寡妇孤儿之卒被人欺者,虽由人情之叵测,亦缘一己之庸愚。试看诃额仑之临危思奋,居然截住逃亡;帖木真之情急智生,到底得离险难。人贵自立,如寻常儿女之哭泣穷途,自经沟渎而莫之知者,果何补耶!读此应为之一叹,复为之一奋。

第四回　追失马幸遇良朋
　　　　　喜乘龙送归佳耦

却说帖木真匿身羊毛车内,被那女子一吓,险些儿魂胆飞扬,忙向女子道:"好妹子!你与我羊毛盖住,休被歹人看见,我心内一慌,连手足都麻木不仁了。"应有这般情景,但也亏了作书人描摹。女子闻言,急将羊毛乱扯,扯出了一大堆,叫帖木真钻入车后,外面即将羊毛堵住,复将车门关好,跑着腿走了。女子方去,外面已有人进来,大声道:"莫非藏在车内?快待我一搜!"话才毕,车门已被他开着,窸窸窣窣的掀这羊毛。四险,我为帖木真捏一把汗。帖木真缩做一团,屏着气息,不敢少动,只听着锁儿罕道:"似这般热天气,羊毛内如何藏人!热也要热死的了。"

语后片刻,方闻得大众散去。从帖木真耳中听出,用意深入一层。帖木真默念道:"谢天谢地谢菩萨!"谚语。念了好几遍,又闻有人唤他出来,声音确肖那女子,才敢拨开羊毛,下车出见。锁儿罕也踅入道:"好险吓!不知谁人漏着消息,说你躲住我家,来了好几个人,到处搜索,险些儿把我的父子性命,也收拾在你手里!幸亏天神保佑,瞒过一时。看你不便常住我家,早些儿去寻你母亲兄弟去!"又叫他次子入内,嘱道:"马房内有一只没鞍的骡子,你去牵来,送他骑坐,可以代步。"复命那女儿道:"厨下有煮熟的肥羔儿,并马奶一盂,你去盛在一皮筒内,给他路上饮食。"两人遵命而出,不一时,陆续取到。锁儿罕又命长子取弓一张,箭两支,交给帖木真道:"这是你防身的要械,你与那皮筒内的食物,统负在肩上。就此去罢!"帖木真扑身便拜,锁儿罕道:"你不必多礼,我看你少年智勇,将来定是过人,所以冒险救你。你不要富贵忘我!"帖木真跪着道:"你是我重生的父母,有日出头,必当报德,如或负心,皇天不佑!"说罢,复拜了数拜。有此义人,我亦愿为叩首。锁儿罕把他扶起,他又对着赤老温弟兄屈膝行礼。起身后,复向女子合答安也一屈膝,并说道:"你

第四回　追失马幸遇良朋　喜乘龙送归佳耦　551

为我提心吊胆，愁暖防饥，我终身不敢忘你！"女子连忙避开，当由帖木真偷眼瞧着，桃腮晕采，柳眼含娇，不由得恋恋不舍。是前生注就了姻缘，统为后文伏笔。还是锁儿罕催他速行，才负了弓箭等物，一步一步的挨出了门，跨上骡子，加鞭而去。

　　行了数步，尚勒马回头，望那锁儿罕家门。见那少女也是倚门望着，描摹殆尽。硬着头皮与她遥别。顺了斡难河流，飞驰疾奔，途中幸没遇着歹人，经过别帖儿山，行到豁儿出恢山，只听有人拍手道："哥哥来了！"停鞭四望，遥见山南有一簇行人，不是别个，就是他母亲兄弟。当即下了骡子，相见时，各叙前情，母子相抱大哭。合撒儿劝阻道："我等记念哥哥，日日来此探望，今日幸得相见，喜欢得了不得，如何哭将起来！"母子闻言，才止住了哭声。

　　数人相偕归来，至不儿罕山前，有一座古连勒古岭，内有桑沽儿河，又有个青海子，与泊同义。貔狸甚多，形似鼠，肉味很美。帖木真望着道："我等就在这里居住，一则此地不让故居，二则也可防敌毒害。"蒙俗逐水草而居，所以随地可住。诃额仑道："也好！"便寻了一块旷地，扎住营帐，把故居的人物骡马，都移徙过来。也速该遗有好马八匹，帖木真很是爱重，朝夕喂饲，统养得雄骏异常。

　　某日午间，那马房内的八匹好马，统被歹人窃去，只有老马一匹，由别勒古台骑去捕兽，未曾被窃。帖木真正在着忙，见别勒古台猎兽回来，忙与他说明。别勒古台道："我追去！"合撒儿道："你不能，我追去！"帖木真道："你两人都尚童稚，不如我去！"手足之情可见。就携了弓箭，骑着那匹老马，蹑着八马踪迹，向北疾追。行了一日一夜，天色大明，方遇着一少年，在旷野中挤马乳。便拱手问道："你可见有马八匹么？"那少年道："日未出时，曾有八匹马驰过。"帖木真道："八匹马是我遗产，被人窃去，所以来追。"那少年把他注视一回，便道："看你面色，似带饥渴，所骑的马，也已困乏，不如少歇，饮点马乳，我伴着你一同追去。何如！"

　　帖木真大喜，下了骑，即在少年手中，接过皮筒，饮了马乳。少年也不回家，就将挤乳的皮筒，用草盖好，把帖木真骑的马放了。自己适有两马，一匹黑脊白腹的，牵给帖木真骑住，还有一匹黄马，作了自己坐骑，一先一后，揽辔长驱。途次由帖木真问他姓氏，他说我父名纳忽伯颜，我名博尔术，亦四杰之一，《秘史》作孛斡儿出。乃孛端察儿后人。帖木真道："孛端察儿是我十世前远祖，我与你恰同出一源，今日又劳你助我，我很是感谢你！"博尔术道："男子的艰难，都是一般，况你我本出同宗，理应为你效力！"以视同室操戈者相去何如？两人有说有话，倒也不嫌寂寞。

　　行了三日，方见有一个部落，外有圈子，羁着这八匹骏马。帖木真语博尔术道："同伴，你这里立着，我去把那马牵来。"博尔术道："我既与你作伴来了，如何叫我立着！我与你一同进去。"说着，即抢先赶入，把八匹马一齐放出，交给帖木真。帖木真让马先行，自与博尔术并辔南归。

甫启程，那边部众来追，博尔术道："贼人到了，你快将弓箭给我，待我射退了他。"帖木真道："你与我驱马先行，我与他厮杀一番！"曲写二人好胜心，然临敌争先，统是英雄的气概。博尔术应着，驱马先走。是时日影西沉，天色已暝，帖木真弯弓而待。见后面有一骑白马的人，执着套马竿，大呼休走，声尚未绝，那帖木真的箭干，早已搭在弓上，顺风而去，射倒那人。帖木真拨马奔回，会着博尔术，倍道前行。

又越三昼夜，方到博尔术家。博尔术父纳忽伯颜正在门外了望，见博尔术到来，垂着泪道："我只生你一个人，为甚么见了好伴当，便随他同去，不来通报一声？"博尔术下马无言，帖木真忙滚鞍拜谒道："郎君义士，怜我失马，所以不及禀明，同我追去。幸得马归来，我愿代他受罪！"纳忽伯颜扶着帖木真道："你不要错怪，我因儿子失踪，着急了好几日，今见了面，由喜生怨，乃有此言，望你见谅！"帖木真道："太谦了！我不敢当！"随顾着博尔术道："不是你呵，这马如何可得？我两人可以分用，你要多少？"博尔术道："我见你辛苦艰难，所以愿效臂助，难道是羡你的马么！我父亲只生了我，所有家财，尽够使用，我若再要你的马，不就如那贼子不成！"施恩不望报，固不愧为义士。帖木真不敢再言，便欲告辞，博尔术挽着了他，同赴原处，将原盖下的皮筒，取了回去，到家内宰一肥羔，烧熟了，用皮裹着，同皮筒内的马奶，一并送给帖木真，作为行粮。

看官，前叙锁儿罕送帖木真时，也是赠他马奶儿、肥羔儿，今番博尔术送行，又是如此，莫不是蒙人只有这等礼物么？小子尝阅《蒙鞑备录》，方知蒙地宜牧羊马，凡一牝马的乳，可饱三人，出行时止饮马乳，或宰羊为粮。本书据实叙录，因复有此复笔。看官休要嫌我陈腐哩。百忙中叙此闲文，这是作者自鸣。

闲文少表。且说帖木真接受厚赠，谢了又谢，即与他父子告辞，抽身欲行。纳忽伯颜语博尔术道："你须送他一程。"帖木真忙称不敢，纳忽伯颜道："你两人统是青年，此后须互为看顾，毋得相弃！"纳忽伯颜也是识人。帖木真道："这个自然！"那时博尔术已代为牵马，向前徐行，帖木真也只好由他。遂别了纳忽伯颜，与博尔术徒步相随，彼此谈了一回家况，不觉已行过数里。帖木真方拦住博尔术，不令前进，两人临歧握手，各言珍重而别。惺惺惜惺惺。

博尔术去后，帖木真就从八马中选了一匹，跨上马鞍，跑回桑沽儿河边的家中。他母亲兄弟，正在悬念，见他得马归来，甚是欣慰。安逸了好几年，诃

第四回　追失马幸遇良朋　喜乘龙送归佳耦　　553

额仑语帖木真道："你的年纪也渐大了,曾记你父在日,为了你的婚事,归途中毒,以致身亡,遗下我母子数人,几经艰险,受尽苦辛,目下还算无恙。想德薛禅亲家,也应惦念着你,你好去探望他呵。若他允成婚礼,倒也了结一桩事情;且家中多个妇女,也好替我作个帮手。"语未毕,那别勒古台在旁说道:"儿愿随阿哥同去。"异母兄弟,如此亲热,恰是难得。诃额仑道:"也好,你就同去罢。"

次日,帖木真弟兄,带了行粮,辞别萱帏,骑着马先后登途。经过青山绿水,也不暇游览,专望弘吉剌氏住处,顺道进发。约两三日,已到德薛禅家。德薛禅见女夫到来,很是喜悦,复与别勒古台相见。彼此寒暄已毕,随即筵宴。德薛禅向帖木真道:"我闻泰赤乌部尝嫉妒你,我好生愁着,今得再会,真是天幸!"帖木真就将前时经过的艰苦,备述一遍。德薛禅道:"吃得苦中苦,方为人上人,你此后当发迹了。"别勒古台复将母意约略陈明。德薛禅道:"男女俱已长大了,今夕就好成婚哩。"北人心肠,恰是坦率。便命他妻室搠坛出见。帖木真弟兄又避席行礼。搠坛语帖木真道:"好几年不见,长成得这般身材,令我心慰!"复指别勒古台,与帖木真道:"这是你的弟兄么? 也是一个少年英雄!"两人称谢。席散后即安排婚礼。到了晚间,布置已妥,德薛禅即命女儿孛儿帖换了装,登堂与帖木真行交拜礼。礼成,夫妇同入内帐,彼此相觑,一个是雄纠纠的好汉,气象不凡;一个是玉亭亭的丽姿,容止不俗。两下里统是欢洽,携手入帏,卿卿我我,大家都是过来人,不庸小子赘说了。

过了三朝,帖木真恐母亲悬念,便思归家。德薛禅道:"你既思亲欲归,我也不好强留。但我女既为你妇,亦须同去谒见你母,稍尽妇道,我明日送你就道好了。"帖木真道:"有弟兄同伴,路上可以无虞,不敢劳动尊驾!"搠坛道:"我也要送女儿去,乘便与亲家母相见。"帖木真劝他不住,只得由他。

翌晨,行李办齐,便即启程。德薛禅与帖木真兄弟骑马先行,搠坛母女,乘骡车后随。到了克鲁伦河,距帖木真家不远,德薛禅就此折回。搠坛直送至帖木真家,见了诃额仑,不免有一番周旋,又命女儿孛儿帖行谒姑礼。诃额仑见她戴着高帽,衣着红衣,楚楚丰姿,不亚当年自己,心中很是喜慰。那孛儿帖不慌不忙,先遵着蒙古俗例,手持羊尾油,对灶三叩头,就用油入灶燃着,叫作祭灶礼;然后拜见诃额仑,一跪一叩。诃额仑受了半礼。复见过合撒儿等,各送一衣为贽。就蒙古俗例作为点缀语,小说中固不可少。另有一件黑貂鼠袄,也是孛儿帖带来,帖木真见了,便去禀知诃额仑道:"这件袄子,是稀有的珍品。我父在日,曾帮助克烈《元史》作克埒。部恢复旧土,克烈部汪罕《元史》作汪汗。与我父很是莫逆,结了同盟。我目下尚在穷途,还须仗人扶持,我想把这袄献与汪罕去。"《本纪》汪罕之父忽儿扎卒。汪罕嗣位,多杀戮昆弟,其叔父菊儿逐之于哈剌温隘，汪罕仅以百骑走奔也速该。也速该率兵逐菊儿，夺还部众，归汪罕，汪罕德之，遂与同盟。诃额仑点头称善。

至掤坛归去后，帖木真复徙帐克鲁伦河，叫兄弟妻室奉着诃额仑居住，自己偕别勒古台，携着黑貂鼠袄，竟往见汪罕。汪罕脱里，晤着他兄弟二人，颇表欢迎。帖木真将袄子呈上，并说道："你老人家与我父亲从前很是投契，刻见你老人家与见我父亲一般！今来此无物孝敬，只有妻室带来袄子一件，乃是上见公姑的贽仪，特转奉与你老人家！"措词颇善。脱里大喜，收了袄子，并问他目前情状。待帖木真答述毕，便道："你离散的百姓，我当与你收拾；逃亡的百姓，我当与你完聚；你不要担忧，我总替你帮忙呢！"帖木真磕头称谢。一住数天，告辞而别，脱里也畀他赆仪，在途奔波了数日，方得回家休息。忽外边走进一老媪道："帐外有呼喊声、蹴踏声，不知为着甚事？"帖木真惊起道："莫非泰赤乌人又来了？如何是好！"正是：

一年被蛇咬，三年烂稻索；
厄运尚侵寻，剥极才遇复。

毕竟来者为谁，且着下回分解。

霸王创业，必有良辅随之，而微贱时所得之友，尤为足恃。盖彼此情性，相习已久，向无猜忌之嫌，遂得保全后日，如帖木真之与博尔术是也。但博尔术初遇帖木真，见其追马情急，即愿与偕行，此非有特别之远识，及独具之侠义，亦岂肯骤尔出此？至德薛禅之字女于先，嫁女于后，不以贫富贵贱之异辙，遂异初心，是皆所谓久要不忘者，谁谓胡儿无信义耶？读此回，殊令人低徊不置！

第五回　合浦还珠三军奏凯　穹庐返幕各族投诚

却说帖木真闻帐外有变，料是歹人到来，忙令母亲兄弟等暂行趋避。仓猝不及备装，大家牵了马匹，跨鞍便逃。诃额仑也抱了女儿，上马急行。帖木真又命妻室孛儿帖，与进报的老妇同乘一车，拟奔上不儿罕山。谁知一出帐外，那边来的敌人，已似蜂攒蚁拥，辨不出有若干名。帖木真甚是惊慌，只护着老母弱妹，疾走登山，那妻室孛儿帖的车子，竟相离得很远了。仿佛似刘先主之走长坂坡。孛儿帖正在张皇，已被敌人追到，喝声道："车中有甚么人？"那

第五回　合浦还珠三军奏凯　穹庐返幕各族投诚

老妇战兢兢的答道："车内除我一人外，只有羊毛。"一敌人道："羊毛也罢。"又有一人道："兄弟们何不下马一看！"那人遂下了骑，把车门拉开，见里面坐着一个年轻妇人，已抖做一团，不由得笑着道："好一团柔软的羊毛！"说未毕，已将孛儿帖拖出，驼在背上，扬长去了。帖木真的祖父，专掳人妻，不料他子孙的妻室，亦遭人掳。

那时帖木真尚未知妻室被掳，只挈了母亲兄弟，藏在深林里面，只听山前山后，呼喊声接连不断。等到天色将昏，方敢探头出望，才一了着，见敌人正在斜刺里趋过。还幸他已背着，不为所见，但闻得喧嚷声道："夺我诃额仑的仇恨，至今未忘！可恨帖木真那厮，窜伏山中，无从搜获，现在只拿住他的妻，也算泄我的一半忿恨！"说讫，下山去了。只可怜这帖木真，如鸟失侣，似兽失群，还要藏头匿脑，一声儿不敢反唇。

是晚在丛林中歇了一宿。次日，方令别勒古台，在山前后探察。返报敌人已去，帖木真尚不敢出来。正是惊弓之鸟。接连住了三日，探得敌人果已去远，方才与母亲兄弟整辔下山。到了山麓，捶着胸哭告山神道："我家神灵庇护，得延性命，久后当时常祭祀，报你山神大德！就是我的子子孙孙，也应一般祭祀。"说着，已屈膝跪拜，拜了九次，跪了九次，又将马奶子洒奠了。

看官，你道这敌人究是何人？听他的语意，便可晓得是蔑里吉部人。帖木真的母亲诃额仑，本是蔑里吉人客赤列都妻，由也速该抢劫得来，此次特纠众报复，掳了孛儿帖去讫。

帖木真穷极无奈，只有去求克烈部长救他妻室。当下与合撒儿、别勒古台两弟，倍道至克烈部，见了部长脱里，便哭拜道："我的妻被蔑里吉人掳去了！"脱里道："有这等事么？我助你去灭那仇人，夺还你妻。你可奉了我命，去通知札木合兄弟，他在喀尔喀河上流，你去教他发兵二万，做你左臂；我这里也起二万军马，做你右臂，不怕蔑里吉不灭，你妻不还！"

帖木真叩谢而出，即语合撒儿道："札木合也是我族的尊长，幼小时与我作伴过的；且他与汪罕邻好，此去乞救，想必肯来助我。"合撒儿道："我愿去走一遭，哥哥不必去！"言毕，挺身欲走。好弟兄。帖木真又语别勒古台道："看来这番动众，不灭蔑里吉不休，我的好伴当博尔术，你可替我邀来，做个帮手！"别勒古台应命，临行时，帖木真示他路径，当即去讫。

帖木真走回家内候着。不两日，别勒古台已与博尔术同来，帖木真正在接着；见合撒儿亦到，便向帖木真道："札木合已允起兵，约汪罕兵及我等弟兄，在不儿罕山相会。"帖木真道："照这般说，须要去通报汪罕。"合撒儿道："我已去过了。汪罕大兵，也即日就到哩。"帖木真大喜道："这么快！我有这般好弟兄，总算是天赐我的！倘得你嫂子重还，我夫妇当向你磕头。"兄弟同心，不患不兴。合撒儿道："哪有兄嫂拜弟叔的道理！这且休谈，我等快带了粮械，去会两部的大军。"

于是帖木真、合撒儿、别勒古台三人，整鞭前往，令博尔术为伴。到了不儿罕山下停了一宿，但见风飘飘的旗影，密层层的军队，自北而来，忙上前欢迎，乃是札木合兄弟率着大军，兼程而至。两下相见，很是欢洽，只汪罕兵马，尚未见到。过了一日，仍是杳然。又过一日，还是杳然。帖木真非常焦急，直至第三日午间，方有别部兵到来。札木合恐是敌军，饬军士整槊立着。那边过来的军士，也举着军械，步步相逼，及相距咫尺，才都认得是约会的兵士。札木合见了汪罕，便嚷道："我与你约定日期，风雨无阻，你为何误限三日？"脱里道："我稍有事情，因此逾限！"札木合道："这个不依，咱们说过的话儿，如宣誓一般，你误期应即加罚！"脱里有些不悦起来。纠集时已伏参商之意，隐为下文伏线。还是帖木真从旁调停，才归和好，于是逐队进发。

札木合道："蔑里吉部共有三族，分居各地：住在布拉克地方的头目，叫作脱黑脱阿；住在斡儿寒河的头目，叫作歹亦儿兀孙；住在合剌只旷野的地方，叫作合阿台答儿马剌。我闻得脱黑脱阿，就是客赤列都的阿哥，他为弟妇报怨，所以与帖木真为难。查布拉克卡伦蒙古屯戍之所曰卡伦。就在这不儿罕山背后，我等不如越山过去，潜兵夜袭，乘他不备，掳他净尽，岂不是好计么！"帖木真欣然答道："果然好计。我弟兄愿充头哨！"实是寻妻性急。札木合道："很好！"帖木真弟兄，遂与博尔术控马登山，大众跟着。

不一日，尽到山后，削木为筏，渡过勤勒豁河，便至布拉克卡伦，乘夜突入，将帐内所有的大小男妇，尽行拿住。天明检视俘虏，并没有脱黑脱阿，连帖木真的妻室孛儿帖也不见下落。帖木真把俘虏唤来，挨次讯明，问到一个老妇，乃是脱黑脱阿的正妻，她答道："夜间有打鱼捕兽的人前来报知，说你等大军，已渡河过来，那时脱黑脱阿忙至斡儿寒河，去看歹亦儿兀孙去了。我等逃避不及，所以被掳。"可见札木合的计尚未尽善。帖木真道："我的妻子孛儿帖，你见过么？"老妇道："孛儿帖便是你妻么？日前劫到此处，本为报客赤列都的宿仇。因客赤列都前已亡过，所以拟给他阿弟赤勒格儿为妻。"帖木真惊问道："已成婚么？"我亦要问。老妇半晌道："尚未。"以含糊出之，耐人意味。帖木真复道："现在到哪里去了？"老妇道："想与百姓们同走去了。"

帖木真匆匆上马，自寻孛儿帖。这边两部大军，先到斡儿寒河，去拿歹亦儿兀孙，谁知已与脱黑脱阿作伴逃走，只遗下子女牲畜，被两军抢得精光。转入合剌只地方，那合阿台答儿马剌才闻着消息，思挈家属遁逃，不意被两军截住，凭他如何勇悍，也只好束手成擒。家族们更不必说，好似牵羊一般，一古脑儿由他牵出。两军欢跃回营，独帖木真未到。

第五回　合浦还珠三军奏凯　穹庐返幕各族投诚

且说帖木真上马加鞭，疾趋数里，沿途遇着难民逃奔，便留心探望。眼中只有那蓬头跣足的妇女，并没有娇娇滴滴的妻室，他心里很是焦急。不知不觉的行了多少路程，但见遍地苍凉，杳无人迹，不禁失声道："我跑得太快，连难民统已落后了，此地荒僻得很，鬼物都找不出一个，哪里有我的娇妻，不如回去再寻！"

当下勒马便回，行到薛凉格河，又遇见难民若干，仍然没有妻儿形迹。他坐在马上，忍不住号哭道："我的妻，你难道已死么？我的妻孛儿帖，你死得好苦！"随哭随叫，顿引出一个人来，上前扯住缰绳，俯视之，乃是一个白发皤皤的老妪。总道是孛儿帖，谁知恰还未是，这是作者故作跌笔。便道："你做甚么？"老妪道："小主人，你难道不认得我么！"帖木真拭目一看，方认得是与妻偕行的老媪，忙下骑问道："我的妻尚在么？"老妪道："方才是同逃出来的，为被军民一挤，竟离散了。"帖木真跌足道："如此奈何！"老妪道："总在这等地方。"

帖木真也不及上马，忙牵着缰随老妪同行。四处张望，见河边坐着一个妇人，临流啼哭。老妪遥指道："她可是么？"帖木真闻言，舍了马，飞似的走到河旁，果然坐着的妇人，是日夜思念的孛儿帖！便牵着她手道："我的妻，你为我受苦了！"

孛儿帖见丈夫到来，心中无限欢喜，那眼中的珠泪，反较前流得越多了。应有此状，亏他摹写。帖木真也洒了几点英雄泪，便道："快回去罢！"遂将孛儿帖扶起，循原路会着老妪。幸马儿由老妪牵着，未曾纵逸，当将孛儿帖搀上了马，自与老妪步行回寨。

这时候，合撒儿等已带部众数十名，前来寻兄，途次相遇，欢迎回来。脱里、札木合接着，统为庆贺。帖木真称谢不尽。是日大开筵宴，畅饮尽欢。夜间便把那掳来的妇女，除有姿色的，归与部酋受用，其余都分给两部头目，好做妻的做了妻，不好做妻的做了奴婢。蔑里吉的妇女，不知是晦气，抑是运气？只帖木真恰爱着一个五岁的小儿，名叫曲出，乃是蔑里吉部酋撒下的小儿子，面目皓秀，衣履鲜明，口齿亦颇伶俐。帖木真携着他道："你给我做了养子罢！"曲出煞是聪明，便呼帖木真为爷，孛儿帖为娘，这也不在话下。

次日，札木合、脱里合议，把所得的牲畜器械等，作三股均分，帖木真应得一股。他恰嚷着道："汪罕是父亲行，札木合是尊长行，你两人怜我穷苦，兴兵报仇，所以蔑里吉部被我残毁，我的妻也得生还；两丈鸿恩，铭感无已，何敢再受此物！"札木合不从，定要给他，帖木真辞多受少，方无异言。于是拔寨起行，把合阿台以下的仇人，统行剪缚，带了回去。行至忽勒答合儿崖前，旷地甚多，就将大军札住。札木合语帖木真道："我与你从幼相交，曾在这处，同击髀石为戏，蒙俗多以髀石击兽。我给你一块麏子髀石，你与我一个铜铸的髀石，现虽相隔多年，你我交情，应如前日！回应帖木真前言。我就在这处设下营帐，你也去把母亲兄弟接来，彼此同住数年，岂不是好！"帖木真大喜，便令合撒儿兄弟，去接他母亲弟妹，惟汪罕部长脱里，告辞回去。

过了两日，合撒儿等，奉着诃额仑到营。嗣是与札木合同帐居住，相亲相爱，住了一年有余。时当孟夏，草木阴浓。札木合与帖木真揽辔出游，越山过岭，到了最高的峰峦，两人并马立着。札木合扬鞭得意道："我看这朔漠地方，野兽虽多，恰没有绝大貔貅，若有了一头，怕不将羊儿羔儿吃个净尽！"自命非凡。帖木真含糊答应，回营后对着母亲诃额仑，把札木合所说的话，述了一遍，随道："我不晓得他是甚么意思？一时不好回答，特来问明母亲。"诃额仑尚未及答，孛儿帖道："这句话，便是自己想作貔貅哩。有人曾说他厌故喜新，如今咱们与他相住年余，怕他已有厌意。听他的言语，莫非要图害咱们。咱们不如见机而作，趁着这交情未绝的时候，好好儿的分手，何如？"也有见识。诃额仑点头称善。帖木真听了妻言，隔宿便去语札木合道："我母亲欲返视故帐，我只好奉母亲命，伴着了去。"札木合道："你想回去么！莫非我待慢你不成！"言下有不满意。帖木真忙道："这话从何处说来？暂时告别，后再相见！"札木合道："要去便去！"

帖木真应声而出，随即点齐行装，与母妻弟妹等，领了数十名伴当，即日启程，从间道回桑沽儿河。途遇泰赤乌人，泰赤乌人疑帖木真进攻，慌忙散走，撇下一个叫阔阔出名字的小儿，由帖木真伴当牵来。帖木真瞧着道："这儿颇与曲出相似，好做第二个养子，服侍我的母亲。"当下禀知诃额仑，诃额仑倒也心喜。到了桑沽儿河故帐，那时伴当较多，牲畜亦众，帖木真遂蓄着大志，整日里招兵养马，想建一个大部落起来。稍稍得手，便思建竖，自古英雄，大抵如此。自是从前散去的部众，亦逐渐归来。帖木真不责前愆，反加优待，因此远近闻风，争相趋附。到三四年后，帖木真帐下各部族，差不多有三四万人，比也速该在日倍加兴旺了。大众遂推戴帖木真为部长，分职任事，居然一王者开创气象。小子有诗赞他道：

> 有基可借即称雄，豪杰凡庸迥不同；
> 大好男儿须自立，莫将通塞诿天公！

欲知此后情事，且至下回表明。

汪罕、札木合助帖木真袭蔑里吉部，不可谓非厚谊，然汪罕误期三日，已是未足践信。若札木合遵约而来，报捷而返，及至中途设帐，与帖木真同居年余，厚谊如此，宜可历久不渝矣。乃得志即骄，片言肇衅，以致帖木真怀疑自去,卒致凶终隙末。为札木合计,毋乃拙欤!或谓帖木真之去,由于孛儿帖之一言,妇言是用,不顾友谊,幸其后侥幸战胜,才得自固;否则未有不因此偾事者。是说虽似,然寄人篱下,何时独立,有忽勒答、合儿崖之走,而后有桑沽儿河畔之兴,是妇言亦非全未可从者。要之求人不如求己,他乡何似故乡,丈夫子发愤其所为天下雄,安在无土不王,观此而古语益信。

第六回　帖木真独胜诸部
　　　　札木合复兴联军

　　却说帖木真为部长后,招携怀远,举贤任能,命汪古儿、雪亦客秃、合答安答勒都儿三人司膳;元重内膳之选,非笃敬素著者不得为之,语见《元史·石抹明里传》。迭该管牧放羊只;古出沽儿修造车辆;朵歹管理家内人口;忽必来、赤勒古台、脱忽剌温同弟合撒儿带刀;合勒剌夕同弟别勒古台驭马;阿儿该、塔该、速客该、察兀儿罕主应对;速别额台勇士掌兵戎;又因博尔术为患难初交,始终相倚,特擢为帐下总管。处置已毕,遂遣答该、速客该往见汪罕,合撒儿阿儿该、察兀尔罕往见札木合。及两处回报,汪罕却没甚异言,不过要帖木真休忘前谊。独札木合语带蹊跷,尚记着中道分离的嫌隙。帖木真道:"由他罢,我总不首去败盟。倘他来寻我起衅,我也不便让他,但教大家先自防着,随机应变方好哩。"预备不虞,实是要诀。

　　大众应命,各自振刷精神,缮车马,搜卒乘,预防不测。果然不出两年,撒阿里地方,为了夺马启衅,伤着两边和谊,竟闯出一场大战祸来。笔大如橡。原来撒阿里地以萨里河得名,在蔑里吉部西南境,旧为忽都剌哈汗长子拙赤所居。忽都剌哈汗为也速该之叔,则其长子拙赤,应即为帖木真之叔父行。他尝令部众牧马野外,忽来了别部歹人,将他马夺去数匹,部众不敢抵敌,前去报知拙赤。拙赤愤甚,忙出帐外,也不及跨马,竟独自一人,持着弓箭,追赶前去。胡儿大都有胆。自朝至暮,行了数十里,天已傍晚,方见有数人牵马前来,那马正是自己的牧群。因念众寡不敌,静悄悄的跟着后面,等到日色昏黑,他却抢上一步,弯弓搭箭,把为首的射倒。蓦然间大喊一声,山谷震应,那边的伴当,不知有若干追人,霎时四散。拙赤将马赶回。拙赤颇能。

　　看官,你道射倒的乃是何人!便是札木合弟秃台察儿。札木合闻报,不禁悲愤道:"帖木真背恩负义,我已思除灭了他。今他的族众,又射杀我阿弟,此仇不报,算甚么人!"随即四处遣使,约了塔塔儿部、泰赤乌部,及邻近各部落,共十三部,塔塔儿、泰赤乌两部为帖木真世仇,所以特书。合兵三万,杀奔至桑沽儿河来。

帖木真尚未闻知，亏得乞剌思种人孛徒，先已来归。他父捏坤，闻着札木合出兵消息，忙遣木勒客脱、塔黑两人，由僻径奔报帖木真。帖木真正在古连勒古山游猎，古连勒古山，即桑沽儿河所出。得这警报，连忙纠集部众，把所有的亲族故旧，侍从仆役，统行征发，共得了三万人，分作十三翼。以三万人对三万人，以十三翼敌十三部，这是开卷以后第一次大战。连老母诃额仑，也著了戎服，跨着骏马，偕帖木真起行。老英雌，又出风头。

到了巴勒朱思的旷野，遥见敌军已逾岭前来，如电掣雷奔一般，瞬息可至。帖木真忙饬各军扎住阵脚，严防冲突。说时迟，那时快，这边的部众，方才立住，那边的敌军，已是趋到。两边仓猝交绥，凭你帖木真甚么能耐，抵不住那锐气勃张、蛮触敢死的敌人。帖木真知事不妙，且战且退，不意敌人紧紧随着，你退我进，直逼至斡难河畔。帖木真各军，驰入一山谷中，由博尔术断后，堵住谷口，方得休兵。当下检点部众，伤亡的恰也不少，幸退兵尚有秩序，不致纷散。帖木真怏怏不乐，还是博尔术献议道："敌人此来，气焰方盛，利在速战，我军只好暂让一阵，休与角逐，待他师老力衰，各怀退志，那时我军一齐掩杀，定获全胜！"不愧为四杰之一。

帖木真依了他计，便集众固守，相戒妄动。札木合数次来争，都被博尔术选着箭手，一一射退。凡胡俗行兵，不带粮饷，专靠着沿途掳掠，或猎些飞禽走兽充做军食。此时札木合所率各部，无从抢夺，军士未免饥饿，遂四处去觅野物，整日里不在营中。博尔术登高了望，只见敌军相率游猎，东一队，西一群，势如散沙，随即入帐禀帖木真道："敌人已懈散了，我等正好乘此掩击哩。"帖木真遂命各翼备好战具，一律杀出。

这时札木合正在帐中，遥听得胡哨一声，忙出帐探视，只见侦骑来报道："帖木真来了！"先声夺人。札木合急号令军士，速出抵御，怎奈部下多四出猎兽，一时不及归来。那帖木真的大军，已如秋日的大潮，汹涌澎湃，滚入营来，弄得札木合心慌意乱，手足无措，余十二部中的头目，也不知所为。朵儿班部、散只兀部、哈答斤部，先自奔溃，就是札木合的部众，也被他摇动，窜去一半。看官，你想此时的札木合，还能支持得住么？三十六着，走为上着，忙拣了一匹好马，从帐后逃去。札木合一逃，全军无主，还有哪个向前抵挡！霎时间云散风流，只剩了一座空帐。帖木真部下十三翼军，已养足全力，锐不可当，将敌帐推倒后，尽力追赶，碰着一个杀一个，打倒一个捆一个，那札木合带来的十三部众抱头鼠窜，只恨爹娘生了脚短，逃生不及，白白的送了性命！趣语！

帖木真赶了三十里，方鸣金收军。大众统来报功，除首级数千颗外，还有俘虏数千名。帖木真圆着眼道："这等罪犯，一刀两段，还是给他便宜，快去拿

第六回　帖木真独胜诸部　札木合复兴联军

鼎镬来，烹杀了他！"蒙俗最喜烹人。他部下的士兵奉了这命，竟去取出七十只大锅，先将兽油煮沸，然后把俘虏洗剥，一一掷入，可怜这种俘虏随锅旋转，不到一刻，便似那油炸的羊儿羔儿！羔羊是宰后就烹，人非禽兽，乃活遭烹杀，胡儿残忍，可见一斑。大众还拍手称快。俘虏烹毕，都唱着凯歌，同返故帐。于是威声大振，附近的兀鲁特、布鲁特两族，亦来投诚。

一日，帖木真率领侍从，至西北出猎，遇泰赤乌部下的朱里耶人。侍从语帖木真道："这是咱们的仇人，请主子出令，捕他一个净尽。"帖木真道："他既不来加害咱们，咱们去捕他做甚？"朱里耶人初颇疑惧，嗣见帖木真无心害他，也到围场旁参观。帖木真问道："你等在此做甚么？"朱里耶人道："泰赤乌部尝虐待我等，我等流离困苦，所以到此。"帖木真问有粮食否？答云不足。及问有营帐否？答云没有。帖木真道："你等既无营帐，不妨与我同宿，明日猎得野物，我愿分给与你。"朱里耶人欢跃应命。帖木真果践前言，且教侍从好生看待，不得有违。于是朱里耶人非常感激，都说泰赤乌无道，惟帖木真衣人以己衣，乘人以己马，真是一个大度的主子，不如弃了泰赤乌，往投帖木真为是。这语传入泰赤乌部，赤老温先闻风来归。帖木真感念旧谊，应第三回。待他与博尔术相似。还有勇士哲别，素称善射，当巴勒朱思开战时，曾为泰赤乌部酋布答效力，射毙帖木真的战马，至是亦因赤老温为先容，投入帖木真帐下。哲别亦元朝名将，故特表明。帖木真不念前嫌，推诚相与。齐桓公用管仲，唐太宗用魏征同是此意。此后邻近的小部落，多挈了妻孥，投奔帖木真。帖木真很是喜慰，便命在斡难河畔，开筵庆贺。

先是巴勒朱思开仗，帖木真的从兄弟薛撒别吉，亦从战有功。薛撒别吉有两母，大母名忽儿真，次母名也别该，帖木真俱邀她们与宴，伴着那母亲诃额仑。司膳官失乞儿，于诃额仑前奉酒毕，次至也别该前行酒，又次至忽儿真，但觉扑剌一声，失乞儿面上已着了一掌。失乞儿莫名其妙，只见忽儿真投着袂道："你为何不先至我处行酒，却谄奉那小娘子？"真是妒妇的口角。失乞儿大哭而出，诃额仑嘿然无言，帖木真从旁解劝，才算终席。

不料一波未平，一波又起。薛撒别吉的侍役，从帐外私盗马缰，别勒古台见了，把他拿住。忽斜刺里闪出一人，拔剑砍来，别勒古台连忙躲让，那右肩已被斫着，鲜血直流，便忍痛问那人道："你是何人？"那人道："我叫播里，为薛撒别吉掌马。"别勒古台的左右，闻了这语，都嚷道："如此无礼，快杀了他！"别勒古台拦住道："我伤未甚，不可由我开衅；我且去通知薛撒别吉，教他辨明曲直。"言未已，薛撒别吉已出来了。别勒古台正思表明，他却不分皂白，大声喝道："你何故欺我仆从？"说得别勒古台气愤填胸，便去折着一截树枝，来与薛撒别吉决斗。薛撒别吉也不肯稍让，拾着一条木棍，抵敌别勒古台。酗斗了好一歇,薛撤别吉败下了,夺路而去。别勒古台走入帐中,又闻忽儿真掌挞司厨,便阻住忽儿真,不容他回去。

正争论间,忽有探马入报,金主遣丞相完颜襄去攻塔塔儿部。帖木真道:"塔塔儿害我祖父,大仇未报,如今正好趁这机会前去夹攻。"正说着,薛撤别吉遣人议和,并迎忽儿真。帖木真语来使道:"薛撤别吉既自知罪,还有何说?他母便偕你同回。你去与薛撤别吉说明,我拟攻塔塔儿部,叫他率兵来会,不得误期!"使者奉命,偕忽儿真去讫。

帖木真待至六日,薛撤别吉杳无音信,便自率军前往。至浯勒札河,与金兵前后夹攻,破了塔塔儿部营帐,击毙部酋摩勒苏里徒。金丞相完颜襄嚷着道:"塔塔儿无故叛我,所以率兵北征。今幸得汝相助,击死叛酋。我当奏闻我主,授你为招讨官。你此后当为我邦效力!"帖木真应着,金丞相自回去了。帖木真复入塔塔儿帐中,搜得一个婴儿,乘着银摇车,裹着金绣被,便将他牵来。见他头角峥嵘,命为第三个养子,取名失吉忽秃忽。《元史》作忽都忽。随即凯旋。不期薛撤别吉潜兵来袭,把那最后的老弱残兵杀了十名,夺了五十人的衣服马匹扬长去了。

帖木真闻报,大怒道:"前日薛撤别吉在斡难河畔与宴,他的母将我厨子打了;又将别勒古台的肩甲斫破了,我为他是同族,格外原谅,与他修和,叫他前来合攻塔塔儿仇人。他不来倒也罢了,反将我老小部卒,杀的杀,掳的掳,真正岂有此理!"遂带着军马,越过沙漠,到客鲁伦河上游,攻入薛撤别吉帐中。薛撤别吉已挈眷属逃去,只掳了他的部众,收兵而回。

越数月,帖木真余怒未息,又率兵往讨,追薛撤别吉至迭列秃口,把他擒住,亲数罪状,推出斩首,并杀其弟泰出勒;惟赦他家属;又见他子博尔忽,《秘史》作孛罗兀勒。少年英迈,取为养子,后以善战著名。亦四杰之一。归途遇着札剌赤儿种人,名叫古温豁阿,《元史》作孔温窟哇。引着数子来归。有一子名木华黎,《秘史》作木合黎,《源流》作摩和赉,《通鉴辑览》作穆呼哩,亦为四杰之一。智勇过人,嗣经帖木真宠任,与博尔术、赤老温等一般优待。这且慢表。

且说札木合自败退后,愤闷异常,日思纠合邻部,再与帖木真决一雌雄。闻西南乃蛮部土壤辽阔,独霸一方,遂去纳币通好,愿约攻帖木真。乃蛮部在天山附近,部长名太亦布哈,《通鉴辑览》作迪延汗。曾受金封爵,称为大王。胡俗呼大王为汗,因连类称他为大王汗,蒙人以讹传讹,竟叫他作太阳汗。太阳汗有弟,名古出古敦,与兄交恶,分部而治,自称不亦鲁黑汗。会札木合使至,太阳汗犹迟疑未决,不亦鲁黑汗愿发兵相助,出师至乞湿勒巴失海子。海子亦称淖尔,为蒙古语,犹华人之言湖也。帖木真闻报,用了先发制人的计策,邀集汪

第六回 帖木真独胜诸部 札木合复兴联军

罕部落,从间道出袭不亦鲁黑汗,不亦鲁黑仓猝无备,全军溃散。帖木真等得胜告归。

那时哈答斤部、散只兀部、朵鲁班部、弘吉剌部闻帖木真强盛,统怀恐惧,大会于阿雷泉,杀了一牛一羊一马,祭告天地,歃血为誓,结了攻守同盟的密约。札木合乘机联络,遂由各部公议,推札木合为古儿汗。还有泰赤乌、蔑里吉两部酋,以及乃蛮部不亦鲁黑汗,也思报怨,来会札木合,就是塔塔儿部余族,另立部长,趁着各部大会,兼程赶到,大众齐至秃拉河,由札木合作为盟主,与各部酋对天设誓道:"我等齐心协力,共击帖木真,倘或私泄机谋,及阴怀异志,将来如颓土断木一般!"誓毕,共举足踏岸,挥刀斫林,作为警戒的榜样。是谓庸人自扰。遂各出军马,衔枚夜进,来袭帖木真营帐。

偏偏豁罗剌思种人豁里歹,与帖木真出自同族,驰往告变。帖木真连忙戒备,一面遣使约汪罕,令速出师,同击札木合联军。汪罕脱里率兵到客鲁伦河,帖木真已勒马待着,两下相见,共议军情。脱里道:"敌军潜来,心怀叵测,须多设哨探方好哩。"帖木真道:"我已派部下阿勒坛等去做头哨了。"脱里道:"我也应派人前去。"当下叫他子鲜昆为前行,带领部众一队,分头侦探,自与帖木真缓缓前进。

过了一宿,当由阿勒坛来报道:"敌兵前锋,已到阔奕坛野中了。"帖木真道:"阔奕坛距此不远,我军应否迎战?"脱里道:"鲜昆不知何处去了?如何尚未来报?"阿勒坛道:"鲜昆么?闻他已前去迎仗了!"帖木真急着道:"鲜昆轻进,恐遭毒手,我等应快去援他!"脱里不信阿勒坛,帖木真独急援鲜昆,后日成败之机,已伏于此。于是两军疾驰,径向阔奕坛原野进发。

这时候,札木合的联军已整队前来。乃蛮部酋不亦鲁黑汗,仗着自己骁勇,充作前锋统领,你前时如何溃散,此时恰又来当冲。望见汪罕前队军马,只寥寥数百人,便是鲜昆军。不由得笑着道:"这几个敌兵,不值我一扫!"慢着!正拟遣众掩击,忽望见尘头大起,脱里、帖木真两军滚滚前来,又不禁变喜为惧,愕然道:"我等想乘他不备,如何他已前知?"忽喜忽惧,恰肖莽夫情状。

方疑虑间,札木合后军已到,不亦鲁黑忙去报闻。札木合道:"无妨!蔑里吉部酋的儿子忽都能呼风唤雨,只叫他作起法来,迷住敌军,我等便可掩杀了!"不亦鲁黑汗道:"这是一种巫术,我也粗能行使。"札木合喜道:"快快行去!"不亦鲁黑汗遂邀同忽都,用了净水一盆,各从怀中取出石子数枚,大的似鸡卵,小的似棋子,浸着水中,两人遂望空祷诵。不知念着什么咒语,咕哩咕噜了好一回,果然那风师雨伯,似听他驱使,霎时间狂飙大作,天地为昏,滴滴沥沥的雨声也逐渐下来了!各史籍中,曾有此事,不比那无稽小说,凭空捏造。小子恰为帖木真等捏一把汗,遂口占一绝云:

祷风祭雨本虚词，谁料胡巫果有之！
可惜问天天不佑，一番祈祷转罹危。

毕竟胜负如何？且看下回续表。

札木合两次兴师，俱联合十余部，来攻帖木真，此正帖木真兴亡之一大关键。第一次迎战，用博尔术之谋，依险自固，老敌师而后击之，卒以致胜，是所赖者为人谋。第二次迎战，敌人挟术以自鸣，几若无谋可恃，然观下回之反风逆雨，而制胜之机，仍在帖木真，是所赖者为天意。天与之，人归之，虽欲不兴得乎？本回上半段，叙斡难河畔之胜，归功人谋，故中间插入各事，所有录故释嫌，赦孥恤孤之举，俱一一载入，以见帖木真之善于用人；下半段叙阔奕坛之战，得半而止，独见首不见尾，此是作者蓄笔处，亦即是示奇处。名家小说，往往有此。否则，便无气焰，亦乌足动目耶！

第七回　报旧恨重遇丽姝
　　　　复前仇叠逢美妇

却说不亦鲁黑汗等用石浸水，默持密咒，果然风雨并至。看官到此，未免怀疑。小子尝阅方观承诗注，谓蒙古西域祈雨，用楂达石浸水中，咒之辄验。楂达石产驼羊腹内，或圆或扁，色有黄白。驼羊产此，往往羸瘦，生剖得者尤灵。就是陶宗仪《辍耕录》，也有此说。原原本本，殚见洽闻，是小说中独开生面。小子未曾见过此石，大约如牛黄、狗宝等类，独蕴异宝，所以有此灵怪。

闲文少表。单说札木合见了风雨，心中大喜，忙勒令各军静待，眼巴巴的望着对面。一俟帖木真等阵势自乱，便掩杀过去，好教他片甲不回。那边帖木真正思对仗，忽觉阴霾四布，咫尺莫辨，骤风狂雨，迎面飘来，免不得有些惊慌，只饬令部众严行防守。那汪罕部下，却有些鼓噪起来，脱里禁止不住。帖木真也恐牵动全军，急上加急。蓦然间风势一转，雨点随飞，都向札木合联军飘荡过去。札木合正在得意，不防有此变幻，忙与不亦鲁黑汗等商议。怎奈不亦鲁黑汗等只能祈风祷雨，恰不能逆雨反风，只得呆呆的望着天空，一言不答。无如对面的敌军，已是喊杀连天，摇旗疾至。札木合满腹喜欢都变作愁云惨雾，不禁仰天叹道："天神呵！何故保佑帖木真那厮，独不保佑我呢？"言未毕，见军中已皆倒退，料已禁止不住，只好拨马而逃。幸亏得是逃惯，倒还没有甚么。那时各部酋都已股栗，还有何心恋战，自然一哄儿走了。于是全军大溃，有被斫的，有受缚的，有坠崖的，有落涧的，有互相践踏的,有自相残杀的,统共不知死了若干,伤了若干。

帖木真想乘此灭泰赤乌部,便请脱里追札木合,自率众追泰赤乌人。泰赤乌部酋阿兀出把阿秃儿走了一程,见帖木真追来,复收拾败残兵马返身迎战。怎奈军心已乱,屡战屡败,只得顾着性命,乘夜再走。那部众不及随上,多被帖木真军掳掠过来。

帖木真忽忆着锁儿罕情谊,自去找寻。到了岭间,驀听得有一种娇音,在岭上叫道:"帖木真救我!"帖木真望将过去,乃是一个穿红的妇人。忙饬随身的部卒上前讯明,回报是锁儿罕女儿,名叫合答安。帖木真闻着合答安三字,抢步行去。到了合答安前,见她形神虽改,丰采依然。便问道:"你何故在此?"合答安道:"我的夫被军人逐走了,我见你跨马前来,所以叫你救我!"帖木真大喜道:"快随我前去!"邂逅相逢,适我愿兮。说着,便叫部卒牵过一骑,自扶合答安上马,并辔下山。合答安在途间,尚口口声声叫帖木真饬寻丈夫。帖木真含糊应着,一面令部卒传着军令,饬大众就此下营。

设帐已毕,却无心检点俘虏,只令部众留意巡逻,严防不测。是晚在后帐备好酒筵,挽合答安并坐畅饮。合答安不好就坐,只在帖木真座旁侍着。帖木真情不自禁,竟将她搂入怀中,令坐膝上,低声与语道:"我从前避难你家,承你殷勤侍奉,此心耿耿不忘!早思与你结为夫妇,只因我那时艰险万状,连一聘就的妻室,尚不知何日可娶,所以不敢启口。目今我为部长,又与你幸得再逢,看来这夙世姻缘,总当配合哩!"合答安道:"你已有妻,我已有夫,如何配合?"帖木真道:"我为一部主子,多娶几个夫人,算做甚么?你的丈夫,闻已被军人杀死了,剩你孤身只影,正好与我做个第二夫人!"合答安闻丈夫已死,不禁泪下。帖木真道:"你记念着丈夫么?人死不能重生,还要念他做甚!"眼前的丈夫比前日的丈夫好得许多,合答安真是多哭。说着时,并替她拭泪。合答安心中好似小鹿儿乱撞,不知所为。帖木真恰欢饮了数大觥,乘着酒兴,拥合答安入寝。昔与共患难,今与共安乐,总算是有情有义的好男儿。意在言外。

翌日,合答安的父亲锁儿罕也入帐来见。来做国丈了。帖木真迎着道:"你父子待我有恩,我日夕厪念,你如何此时才来?"锁儿罕道:"我心早倚仗着你,所以命次儿先来归附。我若也是早来,恐此间部酋不依,戮我全家,所以迟迟吾行。"帖木真道:"昔日厚恩,今当图报!我帖木真不是负心人,教你老人家放心!"子为人臣,女为人妾,好算是知恩报恩。锁儿罕称谢,帖木真命拔帐齐回。

到了客鲁伦河上流,饬部卒探听汪罕消息。及返报,方知札木合被追,穷蹙无归,已投降汪罕,汪罕收兵自回去了。帖木真道:"他何不遣人报我!"言下有不悦意。别勒古台在旁说道："汪罕既已回兵，咱们也不必过问。惟塔塔儿是我世仇，我正好乘胜进攻，除灭了他！"帖木真道："且回去休息数日，往讨未迟！"

过了一月，帖木真发兵攻塔塔儿部。塔塔儿部已早防着，纠集族众决一死战。帖木真闻知敌人势众，倒也不敢轻敌，当下号令诸军，约法三章。第一条，临战时不得专掠财物；第二条，战胜后亦不得贪财，待部署妥定，方将敌人财物，按功给赏；第三条，军马进退，都须遵军帅命令。不奉命者斩，既退后，再令翻身力战，仍须前进；有畏缩不前者斩。军令既肃，壁垒一新，接连与塔塔儿部战了数次，塔塔儿人虽然奋力上前，怎奈寡不敌众，弱不敌强，终被那帖木真占了胜着，弄到一败涂地。塔塔儿部酋，依然逃去，<u>塔塔儿前已屡败，势不能敌帖木真，所以叙笔从略。</u>帖木真军追赶不及，方才收军。检查帐下，只阿勒坛、火察儿、答力台三人违令，私劫财物。帖木真愤甚，命哲别、忽必来两将，把他三人传入，申明军法，拟令加刑。部下都屈膝哀求，代他乞免。帖木真道："你三人与我祖父，同出一源，我也何忍罪你，但你等既立我为部长，并誓遵我令，我自不敢以私废公。现由大众替你乞免，你等应悔过效诚，将功赎罪！"言讫，又命哲别、忽必来道："你去把他所得财物取来充公，休得代他隐饰！"哲别、忽必来依令而行，阿勒坛等亦退出帐外，未免怏怏失望。<u>为后文往投汪罕张本。</u>原来阿勒坛系忽都剌哈汗次子，是帖木真从叔；火察儿系也速该亲侄，是帖木真从弟；答力台系也速该胞弟，是帖木真叔父。帖木真做部长时，阿勒坛等首先推戴，顾遵命令，所以帖木真记在胸中，有此劝勉。那三人颇自恃功高，背誓负约，这也是人心难料，防不胜防了。<u>实是胡俗素乏礼义，所以致此。</u>

帖木真召集宗族，与他密议道："塔塔儿的仇怨，我所切记，今幸战胜了他，他所有的百姓，男子尽行诛戮，妇女各分做奴婢使用，方可报仇雪恨。"族众相率赞成。议定后，别勒古台出来，塔塔儿人也客扯连与别勒古台向颇认识，便问商议何事，别勒古台把真情说了，也客扯连便去传报塔塔儿人。塔塔儿人自知迟早一死，索性拚着了命，来攻帖木真营帐，亏得帖木真尚有防备，急命部下出来敌住，塔塔儿人杀他不过，复一哄儿走到山边，倚山立寨，负嵎死守。帖木真率军进攻，足足相持两日，方将山寨攻破。那时，塔塔儿人除妇女外，各执一刀，乱斫乱砍，彼此杀伤，几至相等。<u>所谓困兽犹斗。</u>及至塔塔儿的男子，丧亡殆尽，那时帖木真部下，也好多死伤了。

帖木真查得泄漏军机，乃是别勒古台一人所致，便命别勒古台去拿也客扯连。别勒古台去了半响，返报也客扯连查无下落，大约已死在乱军中，只有他一个女儿，现已掳到。帖木真不待说毕，便怒道："为你泄了一语，累得军马

第七回　报旧恨重遇丽姝　复前仇叠逢美妇

死伤,此后会议大事,你不准进来!"别勒古台唯哺遵命。帖木真复道:"你掳来的女子现在何处?"别勒古台道:"在帐外,我去押她进来。"

当下把那女押入帐中,衣冠颠倒,发鬓蓬松,战兢兢的跪在地上。帖木真喝声道:"你父陷死咱们多人,就是碎尸万段,不足偿我部下的生命。你既是他的女儿,也应斩首!"那女子更觳觫万状,抖做一团,勉强说了饶命二字。谁知才一开口,那种天生的娇喉,已似笙簧一般,送入帖木真耳中。帖木真不禁动了情肠,便道:"你想我饶命么？你且抬起头来!"那女子闻言,慢慢儿的举首,由帖木真瞧将过去。只见她愁眉半锁,泪眼微抬,仿佛是带雨海棠,约略似欺风杨柳。便默想道:"似这般俊俏的面庞,恐我那两个妻室也不能及她。"随语道:"要我饶你的命,除非做我的妾婢!"那女道:"果蒙赦宥,愿侍帐下!"此女无耻。帖木真喜道:"很好! 你且至帐后梳洗去罢。"

说至此,当有帐后婢媪,前来搀扶那女,冉冉进去。帖木真才命别勒古台退出,复将营中应办的事情嘱咐诸将,然后至帐后休息。才入后帐,那女子已前来迎着,由帖木真携住她的纤手,赏鉴了好一回,只觉得丰容盛鬋,妆抹皆宜,新妆如绘。因柔声问着道:"你叫什么名字?"那女子道:"我叫做也速干。"帖木真道:"好一个也速干!"那女子把头一低,拈着腰带,一种娇羞的态度,几乎有笔难描。是一种淫妇腔。帖木真携她并坐,便道:"你的父亲,实是有罪,你可怨我么?"比初见时言语如出两人。也速干答称不敢。帖木真笑道:"你若做我的妾婢,未免有屈美人,我今夜便封你作夫人罢!"也速干屈膝称谢。绝不推辞,想是待嫁久矣。帖木真即与她开饮,共牢合卺,情话喁喁,自傍晚起,直饮到昏黄月上,刁斗声迟,随令婢役等撤去酒肴,催也速干卸了艳妆,同入鸳帏,饱尝滋味。写也速干共寝时,与合答安不同,是为各人顾身分。

翌晨,也速干先行起来,安排妆束。帖木真也醒着了,也速干过去侍奉,但见帖木真睁着两眼,觑着自己的面庞,一声儿不出口。情魔缠住了。也速干不觉嫣然道:"看了一夜,尚未清楚么?"恐不止相看而已。帖木真道:"你的芳容,令人百看不厌!"也速干道:"堂堂一个部长,眼孔儿偏这么小,对我尚这般模样,若见了我的妹子也遂,恐怕要发狂了!"帖木真忙道:"你的妹子在哪里?"也速干道:"才与她夫婿成亲,现不知何处去了?"背父事仇,已是靦颜,还要添个妹子,不知她是何心肝! 帖木真道:"你妹子果有美色,不难找寻。"当即出帐命亲卒去寻也遂,嘱咐道:"你如见绝色的妇女,便是那人。"

去了半日,那亲卒已牵一美妇进来。帖木真瞧着,芙蓉为面,秋水为眸,肤如凝脂,领如蝤蛴,状貌颇肖也速干,至绰约轻盈,又比也速干似胜一筹。便问道:"你可名也遂么?"那妇答声称是。帖木真道:"妙极了! 你姊已在后帐,可进去一会。"也遂便入晤也速干,也速干便邀她同嫁帖木真。也遂道:

"我的丈夫,被他军人逐走了,我很是怀念,你为何叫我嫁那仇人?"也速干道:"我塔塔儿人先去毒他父亲,所以反受其毒。他现在富贵得很,威武得很,嫁了他,有什么不好?胜似嫁那亡国奴哩!"也遂默然无语。已动心了。也速干又劝她数语,也遂道:"他既为部长,年又盛强,料他早有妻子,我如何做他妾媵?"心已默许,不过想做正妻耳。也速干道:"闻他已有一两个妻室。别人的心思,我不能料,若我的位置,情愿让与阿妹!"也遂徐答道:"且待再商!"

语未毕,只听得一人接着道:"还要商议甚么?好一位姊姊,位置且让与妹子,做妹子的总要领情哩。"我亦云然。说至此,帐已揭开,龙行虎步的帖木真已扬眉进来。也遂慌忙失措,忙避至阿姊背后,不意阿姊反将她推出,正与帖木真撞个满怀,帖木真顺手揽住,也速干乘隙走出。看官,你想一个怯弱的妇女,如何能抗拒强人?若非殉节丧身,定然是随缘凑合,任人戏弄了。又是一种笔墨。

越日,帖木真升帐,令也遂侍右,也速干侍左,欲要好,大做小,也速干想明此理。各部众都上前庆贺。帖木真很是欣慰,不意也遂独短叹长吁,几乎要流下泪来。帖木真顾着,暗暗生疑,随叫木华黎传令,饬大众分部站立。众人依令行着,只有一个目光灼灼的少年,形色仓皇,孑身立着。怪不得他。帖木真问他是甚么人?那人道:"我是也遂的夫婿。"直言不讳,难道想还你妻儿?帖木真怒道:"你是仇人子孙,我倒不来拿你,你反自来送死,左右将他推出去,斩首完结!"不一刻,已将首级呈上。也遂从旁窥着,禁不住泪珠莹莹,退入后呜呜咽咽的哭了片刻,由也速干从旁婉劝,方才止泪。后来境过情忘,也乐得安享荣华了。这是妇女最坏处。

帖木真凯旋后,复思讨蔑里吉部。忽有人报蔑里吉人已由汪罕部下自行剿捕,把他部酋脱黑脱阿逐去,杀了他长子,掳了他妻孥,并人物牲畜,满载而归了。帖木真迟疑半晌,方道:"由他去罢!"第二次生嫌。小子有诗咏道:

　　交邻有道莫贪财,利欲由来是祸胎。
　　谁酿厉阶生衅隙,蒙疆又复起兵灾。

后来帖木真与汪罕曾否失和,且至下回分解。

前回多叙战事,写得如火如荼,本回多述私情,写得又惊又爱。此如戏角登台,有武戏又有文戏;武戏必用几个武生,文戏必杂几个旦角,英雄儿女,陆续演出,方能使阅者餍目。小说亦然,然或词笔复沓,连篇一律,则味同嚼蜡,亦乏趣味,作者于帖木真得三美时,词意迭变,为个人各占身分,即为本书焕出精神,是即文字夺色处。

第八回　四杰赴援以德报怨
一夫拚命用少胜多

却说汪罕大掠蔑里吉部,得了无数子女牲畜回去享受,并没有遗赠帖木真,也未尝遣使报闻。帖木真尚是耐着,约汪罕去攻乃蛮。汪罕总算引兵到来,两军复整队出塞。闻不亦鲁黑汗在额鲁特地方,当即杀将过去。不亦鲁黑汗料不能敌,竟闻风远飏,越过阿尔泰山去了。帖木真麾众穷追,擒住他部目也的脱孛鲁,讯知不亦鲁黑已是远遁,只得收队回营。谁知甫到半途,突来了乃蛮余众,由曲薛吾、撒八剌两头目统带,掩袭帖木真。帖木真驰入汪罕军,与汪罕再约迎战,汪罕自然应允。因天色已晚,两军各分驻营中,按兵静守了。

次日黎明,帖木真部下齐起,整备开仗,遥望汪罕营帐,上面有飞鸟往来,不觉惊诧异常。急命军士探明,返报汪罕营内,灯火犹明,只帐下却无一人!怪极!帖木真道:"莫非他去了不成,我与他联军而来,他弃我远适,转足扰我军心,我不如暂行退兵,待探听确实,再来未迟!"是亦所谓临事知惧者。嗣后探得汪罕系信札木合谗言,谓帖木真后必为变,因此不谋而去。回应札木合投降汪罕事。帖木真虽恨那汪罕,然犹因他误信谗人,曲为含忍。这是第三次生嫌。

未几,忽有人报称汪罕的部众,被乃蛮、曲薛吾等从后追袭,掠去辎重,连那儿子鲜昆的妻孥也被劫去了。帖木真道:"谁叫他弃我归去?"言未已,又有人来报,汪罕遣使乞援。帖木真道:"着他进来!"汪罕使入见,详述本部被掳情形,并言蔑里吉酋两子,先已作本部俘虏,今亦逃去。现虽遣将追击乃蛮,终恐不足胜敌。且闻贵部有四良将,所以特来求援,请速令四将与我同去!帖木真笑道:"前弃我,今求我,是何用心?"来使道:"前日误信谗言,所以速返,若贵部肯再发援兵,助我部酋,此后自感激不浅,就使有十个札木合,也无从进谗了。"来使颇善辞令。帖木真道:"我与你部酋,情谊本不亚父子,都因部下谗间,因此生疑。现既情急待援,我便叫四良将与你同去。何如?"来使称谢。于是命木华黎、博尔术、赤老温、博尔忽四杰,带着军马,随使同去。

行到阿尔泰山附近,遥闻喊声震地,鼓角喧天,料知前途定在开仗。登山了望,见汪罕部兵,被乃蛮军杀得大败亏输,七零八落的逃下阵来。木华黎等急忙下山,率兵驰去。那时汪罕已丧了二将,首领鲜昆,马腿中箭,险些儿被敌人擒去。正危急间,木华黎等已到,便救出鲜昆,上前迎战。乃蛮头目曲薛吾等，虽已战胜，也未免乏力，怎经得一支生力军，似生龙活虎一般，见人便杀，逢马便刺！不到几合，曲薛吾部下，渐渐却退，木华黎等愈战愈勇，把敌人杀得四散奔逃。曲薛吾等管命要紧，也只得弃了辎重，落荒遁去。鲜昆的妻子，及一切被掠人物，统已夺转，交鲜昆带回。

鲜昆返报脱里，脱里大喜道："从前帖木真的父亲，尝救我的危难，今帖木真又差四杰救我，他父子两个，真是天地间的好人！我今年已老了，此恩此德，如何报得！"本心未尝糊涂，如何后复变计。随命使召见四杰，只博尔术前往，脱里奖他忠义，赠他锦衣一袭，金樽十具，复语道："我年已迈，将来这百姓，不知教谁人管领！我诸弟多无德行，只有一子鲜昆，也如没有一般。你回去与你主说，倘不忘前好，肯与鲜昆结为兄弟，使我得有二子，我也好安心了！"博尔术奉命返报，帖木真道："我固视他为父，他未必视我如子，既已感恩悔过，我与鲜昆做弟兄，有何不可！"遂遣使再报汪罕，约会于土兀剌河岸，重修和好。脱里如约守候，帖木真当即前去，便在土兀剌河岸，置酒高会，两下欢饮，甚是和洽，遂双方订约，对敌时一同对敌，出猎时一同出猎，不可听信谗言！必须对面晤谈，方可相信。约既定，帖木真遂认脱里为义父，鲜昆为义弟，告别而回。

既而帖木真欲与汪罕结为婚姻，拟为长子术赤，求婚脱里女抄儿伯姬。帖木真既认脱里为父，如何求其女为子妇？胡俗之不明伦序，于此可见。鲜昆子秃撒哈，亦欲求帖木真长女火真别姬为妻。帖木真以他女肯为子妇，己女亦不妨遣嫁。独鲜昆不乐，勃然道："我的女儿到他家去，向北立着；他的女儿到我家来，面南高坐，这如何使得。"于是婚议未谐。第四次生嫌。

札木合又乘隙思逞，密通阿勒坛、火察儿、答力台三人，令他们背叛帖木真，归顺汪罕。三人素怀怨望，应上回。竟听了札木合的哄诱，潜归汪罕去讫。札木合遂语鲜昆道："帖木真为婚事未谐，与乃蛮部太阳汗私相往来，恐将图害汪罕。"鲜昆初尚不信，经阿勒坛等三人来作口证，鲜昆遂差人告脱里道："札木合闻知帖木真将害我等，宜乘他未发，先行除他！"脱里道："帖木真既与我为父子，为甚么反复无常？若果他有此歹心，天亦不肯佑他！札木合的说话，不可相信的！"

越数日，鲜昆又自陈父前，谓他的部下阿勒坛等前来投诚，亦这般通报，父亲何故不信？脱里道："他屡次救我，我不应负他。况我来日无多，但教我的骸骨，安置一处，我死了亦是瞑目！你要怎么干，你自去干着，总要谨慎方好哩！"既云不应负他，又云你自去干着，真是老悖得很。

鲜昆便与阿勒坛等，商量一条毒计出来。看官，你道是甚么毒计？原来是佯为许婚，诱擒帖木真的法儿。既定议，即差人去请帖木真前来与宴，面订

第八回　四杰赴援以德报怨　一夫拼命用少胜多

婚约。帖木真坦然不疑，只带了十骑，即日起行。道过明里也赤哥家中，暂时小憩。明里也赤哥尝隶帖木真麾下，至是告老还乡，与帖木真会着。帖木真即述赴宴的原因，明里也赤哥道："闻鲜昆前日妄自尊大，不欲许婚，今何故请吃许婚筵席，莫非其中有诈？不若以马疲道远为词，遣使代往，免致疏虞！"幸有此谏。

帖木真许诺，乃遣不合台、乞剌台两人赴席，自率八骑径归，静待不合台、乞剌台返报。孰意两日不至，乃复率数百骑西行，至中途候着。忽来了快足一名，说有机密事求见。当由部众唤入，那人向帖木真道："我是汪罕部下的牧人，名叫乞失里，因闻鲜昆无信，阳允婚事，阴设机谋，现已留下贵使，发兵掩袭。我恨他居心叵测，特来告变。贵部快整备对敌，他的军马就要到了！"帖木真惊着道："我手下不过数百人，哪能敌得住大队军马，我等回帐不及，快至附近山中，避他兵锋！"言毕，即刻拔营。行里许，至温都尔山，登山西望，没有甚么动静，稍稍放心。是晚便在山后住宿。

天将明，帖木真侄儿阿勒赤歹，合赤温子。正在山上放马，适见敌军大至，慌忙报知帖木真。帖木真等住宿山后，所以未曾闻知。帖木真仓猝备战，恐寡不敌众，特集麾下商议。大众面面相觑，独畏答儿奋然道："兵在精不在多，将在谋不在勇，为主子计，急发一前队，从山后绕出山前，扼敌背后；再由主子率兵，截他前面，前后夹攻，不患不胜！"帖木真点首，便命术撒带做先锋，叫他引兵前去。术撒带置若罔闻，只用马鞭擦着马鬣，嗫不发声。畏答儿从旁瞧着，便道："我愿前去！万一阵殁，有三个黄口小儿，求主子格外抚恤！"帖木真道："这个自然！天佑着你，当亦不至失利。"蒙古专信天鬼，所以每事称天。畏答儿正要前行，帐下闪出折里麦道："我亦愿去。"折里麦素随帖木真麾下，也是一个患难之交，至此愿奋勇前敌，帖木真自然应允。并语他道："你与畏答儿同去，彼此互为援应，我很为放怀。到底是多年老友，安危与共呢！"遣将不如激将。两将分军去讫。

帐下闻帖木真夸他忠勇，不由得愤激起来，大家到帖木真前，愿决死战，连术撒带也摩拳擦掌，有志偕行。正要你等如此。帖木真即命术撒带辖着前队，自己押着后队，齐到山前立阵。

是时畏答儿等已绕出山前，正遇汪罕先锋只儿斤，执着大刀，迎面冲来。畏答儿也不与答话，便握刀与战。只儿斤是有名勇士，刀法很熟，畏答儿抖擞精神，与他相持，正在难解难分的时候，那畏答儿部下的军士，都大刀阔斧，向只儿斤军中，冲杀过去。只儿斤军忙来阻挡，不料敌人统不畏死，好似疯狗狂噬，这边拦着，冲破那边，那边拦着，复冲破这边，阵势被他牵动，不由得退了下去。只儿斤不敢恋战，也虚晃一刀走了。畏答儿不肯舍去，策马力追。折里麦亦率众随上,那汪罕第二队兵又到,头目叫作秃别干。只儿斤见后援已到,复拨转马头,返身奋斗。折里麦恐畏答儿力乏,忙上前接着。秃别干亦杀将上来,当由畏答儿迎战。汪罕兵势越盛,畏答儿尚只孤军,心中一怯,刀法未免一松,被秃别干举枪刺来,巧中马腹,那马负痛奔回,畏答儿驾驭不住,被马掀倒地上。秃别干赶上数步,便用长枪来刺畏答儿,不防前面突来一将,将秃别干枪杆挑着,豁剌一响,连秃别干一支长枪,竟飞向天空去了。句法奇兀。秃别干剩了空手,忙拨马回奔。那将便救起畏答儿,复由敌人中夺下一马,令畏答儿乘着。畏答儿略略休息,又杀入敌阵去了。看官,你道那将是甚么人,便是术撒带部下的前锋,名叫兀鲁,力大无穷,所以吓退秃别干,救了畏答儿。兀鲁去追秃别干,汪罕第三队援兵又到,为首的叫作董哀。当下来截住兀鲁,又是一场恶战,术撒带驱兵进援,大家努力,把董哀军杀退。董哀方才退去,汪罕勇士火力失烈门,复领着第四队军来了。句法又变。术撒带大喝道:"杀不尽的死囚!快上来试吾宝刀!"火力失烈门并不回答,便恶狠狠的携着双锤,来击术撒带。术撒带用枪一挡,觉来势很是沈重,料他有些勇力,遂格外留神,与他厮杀,大战数十合,不分胜负。兀鲁见术撒带战他不下,也拨马来助。火力失烈门毫不畏怯,又战了好几合,忽见对面阵中,竖着最高的旄纛,料知帖木真亲自到来,他竟撇下术撒带等,来捣中军。术撒带等正思转截,那汪罕太子鲜昆,又率大军前来接应。这时术撒带等,只好抵敌鲜昆,不能回顾帖木真。帖木真身旁,幸有博尔术、博尔忽两将,见火力失烈门踹入,急上前对仗。两将是有名人物,双战火力失烈门,尚不过杀个平手,恼了帖木真三子窝阔台,也奋身出斗,把他围住。火力失烈门恐怕有失,眉头一皱,计上心来,竟向博尔忽当头一锤,博尔忽把头避开,马亦随动,火力失烈门乘这机会,跳出圈外,望后便走。博尔术等哪里肯舍,相率追去,那火力失烈门引他驰入大军,复翻身来战,霎时间各军齐上,把博尔术等困住垓心。博尔术等虽知中计,无如事到其间,无可奈何,只得拚命鏖战,与他争个你死我活!逐层写来,变幻不测。于是两军齐会,汪罕的兵胜过帖木真军五六倍,帖木真军,人自为战,不管甚么好歹,统将爹娘所生的气力,一齐用出,尚杀不退汪罕军。

鲜昆下令道:"今日不擒住帖木真,不得退军!"语才毕,忽有一箭射来,不偏不倚,正中鲜昆面上。鲜昆叫了一声,向后便倒,伏鞍而走。这支箭系由术撒带发出,幸得射着,遂趁势追赶鲜昆。鲜昆军恰尚不乱,且战且走。术撒带追了一程,恐前途遇伏,中道旋师。帖木真望见敌兵渐退,亦遣使止住各将,不得穷追。于是各将皆敛兵归还。畏答儿独捧着头颅,狼狈回来。帖木真问他何故,畏答儿道:"我因闻旋师的命令,免胄断后,不意脑后中了流矢,痛不可忍,因此抱头趋归。"帖木真垂泪道:"我军这场血战,全由你首告奋勇,激动众心,因得以寡敌众,侥幸不败。你乃中着流矢,教我也觉痛心!"遂与并辔回营,亲与敷药,令他入帐卧着。自己检点将士,伤亡虽有数十人,还幸不至大损。惟博尔术、博尔忽及窝阔台三人,尚未见到,忙令兀鲁、折里麦等带着数十骑,前去找寻。

看官,上文说他三人,被火力失烈门率军围着,两下恶斗。这时两军皆退,三人尚没有回营,莫非阵殁了不成?看官不要性急,待小子补叙出来。原来博尔术、博尔忽及窝阔台三人,被火力失烈门引兵围住,正在万分危急的时候,幸亏术撒带射中鲜昆,各军多已退去,火力失烈门亦被牵着,不免顾此失彼,三人遂并力上前,夺路而走,及至杀出重围,人已困了,马也乏了,窝阔台且项上中箭,鲜血直流,由博尔忽将他颈血咂去,拣一僻静的地方,歇了一宿,方才回来。那时兀鲁、折里麦等,足足找寻了一夜,始得会着。小子有诗叹道:

> 天开杀运出胡儿,奔命疆场苦不辞。
> 待到功成身已老,白头徒忆少年时!

欲知后事如何,且由下回交代。

帖木真之待汪罕,不可谓不厚,而汪罕则时怀猜忌,谋害帖木真,天道有知,宁肯佑之!当鲜昆妻子被掠之时,若非四杰赴援,则被掠者何自归还?乃不思报德,阳许婚而阴设阱,诱帖木真而帖木真不至,鲜昆当日,宜亦因计之未成,而幡然悔悟,借以弭衅可也,不此之图,犹欲潜师掩袭,出其不备,彼自以为得计,而其如天意之不容何哉!史称温都尔山之役,为帖木真一生有名战事,蒙古人至今称道之。作者叙述此战,亦觉精警绝伦,文生事耶,事生文耶!有是事不可无是文,读罢当浮一大白!

第九回　责汪罕潜师劫寨
　　　　杀脱里恃力兴兵

却说博尔术、博尔忽及窝阔台三人回营,由帖木真慰劳毕,博尔忽道:"汪罕的兵众,虽已暂退,然声势尚盛,倘若再来,终恐众寡不敌,须要别筹良策为是!"帖木真半晌无言,木华黎道:"咱们一面移营,一面招集部众,待兵势已厚,再与汪罕赌个雌雄。若破了汪罕,乃蛮也独立不住,怕不为我所灭!那时北据朔漠,南图中原,王业亦不难成呢!"志大言大,后来帖木真进取之策,实本此言,可见兴国全在得人。帖木真鼓掌称善,当即拔营东走,竟至巴勒渚纳,即班珠尔河。暂避军锋。天寒水涸,河流皆浊,帖木真慷慨酌水,与麾下将士设誓河旁,悽然道:"咱们患难与共,安乐亦与共,若日久相负,天诛地灭!"将士闻言,争愿如约,欢呼声达数里。

当下命将士招集部众,不数日,部众渐集,计得四千六百人。帖木真分作两队,一队命兀鲁领着,一队由自己统带。整日里行围打猎,贮作军粮。畏答儿疮口未痊,亦随着猎兽,帖木真阻他不从,积劳之下,疮口复裂,竟致身亡。帖木真将他遗骸葬在呼恰乌尔山,亲自致祭,大哭一场。军士见主子厚情,各感泣图报。帖木真见兵气复扬,遂令兀鲁等出河东,自率兵出河西,约至弘吉剌部会齐。

既到弘吉剌部,便命兀鲁去向部酋道:"咱们与贵部本属姻亲,今如相从,愿修旧好;否则请以兵来,一决胜负!"那部酋叫作帖儿格阿蔑勒,料非帖木真敌手,便前来附。帖木真与他相见,彼此叙了姻谊,两情颇洽。这姻谊出自何处?原来帖木真的母亲诃额仑及妻室孛儿帖,统是弘吉剌氏,所以有此情好。弘吉剌部在蒙古东南,他既愿为役属,东顾可无忧了。帖木真便率领全军向西进发,至统格黎河边下营,遣阿儿孩、速客该两人,驰告汪罕,大略道:

> 父汪罕!汝叔古儿罕即《本纪》菊儿。尝责汝残害宗亲之罪,逐汝至哈剌温之隘,汝仅遗数人相从。斯时救汝者何人?乃我父也。我父为汝逐汝叔,夺还部众,以复于汝,由是结为昆弟,我因尊汝为父。此有德于汝者一也!父汪罕!汝来就我,我不及半日而使汝得食,不及一月而使汝得衣。人问此何以故?汝宜告之曰:在木里察之役,大掠蔑里吉之辎重牧群,悉以与汝,故不及半日而饥者饱,不及一月而裸者衣。此有德于汝者二也!曩者我与汝合讨乃蛮,汝不告我而自去,其后乘我攻塔塔儿部,汝又自往掠蔑里吉,虏其妻孥,取其财物牲畜,而无丝毫遗我,我以父子之谊,未尝过问。此有德于汝者三也!汝为乃蛮部将所掩袭,失子妇,丧辎重,乞援于我。我令木华黎、博尔术、博尔忽、赤老温四良将,夺还所掠,以致于汝。此有德于汝者四也!昔者我等在兀剌河滨两下宴会,立有明约:譬如有毒牙之蛇,在我二人中经过,我二人必不为所中伤,必以唇舌互相剖诉,未剖诉之先,不可遽离。今有人于我二人构谗,汝并未询察,而即离我,何也?往者我讨朵儿班、塔塔儿、哈答斤、散只兀、弘吉剌诸部,如海东鸷鸟之于鹅雁,见无不获,获则必致汝。汝屡有所得而顾忘之乎?此有德于汝者五也!父汪罕!汝之所以遇我者,何一可如我之遇汝?汝何为恐惧我乎?汝何为不自安乎?汝何为不使汝子汝妇得宁寝乎?我为汝子,曾未嫌所得之少,而更欲其多者;嫌所得之恶,而更欲其

第九回 责汪罕潜师劫寨 杀脱里恃力兴兵

美者。譬如车有二轮,去其一则牛不能行,遗车于道,则车中之物将为盗有;系车于牛,则牛困守于此将至饿毙;强欲其行而鞭箠之,牛亦惟破额折项,跳跃力尽而已!以我二人方之,我非车之一轮乎?言尽于此,请明察之!

又传谕阿勒坛、火察儿等道:

汝等嫉我如仇,将仍留我地上乎?抑埋我地下乎?汝火察儿,为我捏坤太石之子,曾劝汝为主而汝不从;汝阿勒坛,为我忽都剌哈汗之子,又劝汝为主而汝亦不从。汝等必以让我,我由汝等推戴,故思保祖宗之土地,守先世之风俗,不使废坠。我既为主,则我之心,必以俘掠之营帐牛马,男女丁口,悉分于汝;郊原之兽,合围之以与汝,山薮之兽,驱迫之以向汝也。今汝乃弃我而从汪罕,毋再有始无终,增人笑骂!三河之地,三河指土拉河、鄂尔昆河、色楞格河,皆为汪罕所居地。汝与汪罕慎守之,勿令他人居也!

又传语鲜昆道:

我为汝父之义儿,汝为汝父之亲子,我父之待尔我,固如一也,汝以为我将图汝,而顾先发制人乎?汝父老矣!得亲顺亲,惟汝是赖,汝若妒心未除,岂于汝父在时,即思南面为王,贻汝父忧乎?汝能知过,请遣使修好;否则亦静以听命,毋尚阴谋!

汪罕脱里见着二使,倒也不说甚么,只说着我无心去害帖木真。阿勒坛、火察儿等模棱两可。惟鲜昆独愤然道:"他称我为姻亲,怎么又常骂我?他称我父为父,怎么又骂我父为忘恩负义?我无暇同他细辩,只有战了一仗罢!我胜了,他让我;他胜了,我让他!还要遣甚么差使,讲甚么说话!"真是一个蛮牛。

言毕,即令部目必勒格别乞脱道:"你与我竖着旄纛,备着鼓角,将军马器械,一一办齐,好与那帖木真厮杀哩!"

阿儿该等见汪罕无意修好,随即回报帖木真。帖木真因汪罕势大,未免有些疑虑起来,木华黎道:"主子休怕!我有一计,管教汪罕败亡。"帖木真急忙问计,木华黎令屏去左右,遂与帖木真附耳道:"如此!如此!"不说明妙。喜得帖木真手舞足蹈,当下将营寨撤退,趋回巴勒渚纳,途遇豁鲁剌思人搠干思察罕等叩马投诚;又有回回教徒阿三亦自居延海来降,帖木真一律优待。

到了巴勒渚纳,忽见其弟合撒儿狼狈而来。帖木真问故,合撒儿道:"我因收拾营帐,迟走一步,不料汪罕竟遣兵来袭,将我妻子掳去;若非我走得快,险些儿也被掳了。"帖木真奋然道:"汪罕如此可恶!我当即率兵前去,夺回你的妻子，何如？"旁边闪出木华黎道："不可！主子难道忘记前言么？"帖木真道："他掳我弟妇，并我侄儿，我难道罢了不成！"木华黎道："咱们自有良策，不但被掳的人可以归还，就是他的妻子，我也要掳他过来。"帖木真道："你既有此良谋，我便由你做去。"木华黎遂挽了合撒儿手，同入帐后，两人商议了一番，便照计行事。葫芦里卖什么药。

不数日，闻报答力台来归，帖木真便出帐迎接。答力台磕头谢罪，帖木真亲自扶着，且语道："你既悔过归来，尚有何言？我必不念旧恶！"答力台道："前由阿儿该等前来传谕，知主子犹念旧好，已拟来归，只因前叛后顺，自思罪大，勉欲立功折赎。今复得木华黎来书，急图变计，密与阿勒坛等商议，除了汪罕，报功未迟，不意被他察觉，遣兵来捕，所以情急奔还，望主子宽恕！"木华黎之计，已见一斑。帖木真道："阿勒坛等已回来么？"答力台道："阿勒坛、火察儿等恐主子不容，已他去了。只有浑八邻与撒哈夷特部、呼真部随我归降，诸乞收录！"帖木真道："来者不拒，你可放心！"当下见了浑八邻等，都用好言抚慰，编入部下。一面整顿军马，自巴勒渚纳出师，将从斡难河进攻汪罕。

甫到中途，忽见合里兀答儿及察兀儿罕两人，跨马来前，后面带着一个俘虏，不由得惊喜起来，便即命二人就见。二人下骑禀道："日前受头目合撒儿密令，叫我两人去见汪罕。汪罕信我虚言，差了一使，随我回来，我两人把他擒住，来见主子。"帖木真道："你对汪罕如何说法？"二人道："合撒儿头目想了一计，假说是往降汪罕，叫我先去通报，汪罕中了这计，所以命使随来。"

言未已，那合撒儿已从旁闪出，便向二人道："叫来人上来！"二人便将俘虏推至。合撒儿问道："你叫什么名字？"那人道："我叫亦秃儿干。"说到干字，已由合撒儿拔刀出鞘，砉然一声，将那人斩为两段。奇极怪极。

帖木真惊问道："你何故骤斩他人？"合撒儿道："要他何用，不如枭首！"帖木真道："你莫非想报妻子的仇么？"合撒儿道："妻子的仇怨，原是急思报复，但此等举动，统是木华黎教我这般的。"帖木真道："木华黎专会捣鬼，想其中必有一番妙用！"合撒儿道："木华黎教我遣使伪降，捏称哥哥离我，不知去向；我的妻子，已被父汪罕留着，我也只可来投我父，若能念我前劳，许我自效，我即束手来归。谁意汪罕竟中我诡计，叫了这个送死鬼到来见我，我的刀已闲暇得很，怎么不出出风头？"言毕大笑。木华黎之计，于此尽行叙出。

帖木真道："好计！好计！以后当如何进行？"木华黎时已趋至，便道："他常潜师袭我，我何不学他一着？"总算还报。合里兀答儿道："汪罕不防我起兵，这数日正大开筵席，咱们正好掩袭哩。"木华黎道："事不宜迟，快快前去！"于是不待下营，倍道进发，由合里兀答儿为前导，沿客鲁伦河西行。将至温都儿山，合里兀答儿道："汪罕设宴处，就在这山上。"木华黎道："咱们潜

第九回　责汪罕潜师劫寨　杀脱里恃力兴兵

来,他必不备,此番正好灭他净尽,休使他一人漏网!"帖木真道:"他在山上,闻我兵突至,必下山逃走,须断住他的去路方好哩。"木华黎道:"这个自然!"当下命前哨冲上山去,由帖木真自率大队,绕出山后,扼住敌人去路。计画既定,随即进行。是时汪罕脱里正与部众筵宴山上,统吃得酩酊大醉,酒意醺醺,猛听得胡哨一声,千军万马,杀上山来。大众慌忙失措,人不及甲,马不及鞍,哪里还敢抵御敌军!霎时间纷纷四散,统向山后逃走。甫至山麓,不意伏兵齐集,比上山的兵马,多过十倍,大众叫苦不迭,只得硬着头皮,上前厮杀。谁知杀开一层,又是一层,杀开两层,复添两层,整整的打了一日夜,一人不能逃出,只伤亡了好几百名。次日又战,仍然如铜墙铁壁一般,没处钻缝。到了第三日,汪罕的部众,大都困乏,不能再战,只好束手受缚。帖木真大喜,饬部下把汪罕军一齐捆缚定当,由自己检明,单单少了脱里父子。再向各处追寻,茫如捕风,不知去向。又复讯问各俘虏,只有合答黑吉道:"我主子是早已他去了!我因恐主子被擒,特与你战了三日,教他走得远着。我为主子受俘,死也甘心,要杀我就杀,何必多问!"帖木真见他气象纠纠,相貌堂堂,不禁赞叹道:"好男子!报主尽忠,见危授命!但我并非要灭汪罕,实因汪罕负我太甚,就使拿住汪罕脱里,我也何忍杀他!你如肯谅我苦衷,我不但不忍杀你,且要将你重用!"说着,便下了座,亲与解缚,合答黑吉感他情义,遂俯首归诚了。<u>帖木真善于用人。</u>此时合撒儿的妻子,早由合撒儿寻着,挈了回来。还有一班被虏的妇女,由帖木真检阅,内有两个绝代丽姝,乃是汪罕的侄女,一名亦巴合,一名莎儿合。亦巴合年长,帖木真纳为侧室;莎儿合年轻,与帖木真四子年龄相仿,便命为四子妇。<u>姊做庶母,妹做子妇,绝好胡俗。</u>其余所得财物,悉数分给功臣。大家欢跃,自在意中,不消细说。<u>是亡国榜样。</u>

且说汪罕脱里领着他儿子鲜昆,从山侧逃走,急急如漏网鱼,累累如丧家狗,走到数十里之遥,回顾已静无声响,方敢少息。脱里仰天叹道:"人家与我无嫌,我偏要疑忌他,弄得身败名裂,国亡家破,怨着谁来!"悔已迟了。鲜昆闻言,反怪着父亲多言,顿时面色改变,双目圆睁。脱里道:"你闯了这般大祸,还要怪么?"鲜昆道:"你是个老不死的东西!你既偏爱帖木真,你到他家去靠老,我要与你长别了!"<u>该死!</u>言讫自去。剩得脱里一人,孑影凄凉,踽踽前行。走至乃蛮部境上,沿鄂昆河上流过去,偶觉口渴,便取水就饮。谁知来了乃蛮部守将,名叫火力速八赤,疑脱里是个奸细,把他拿住,当下不分皂白,竟赏他一刀两段!还有鲜昆撇了脱里,自往波鲁土伯特部,劫掠为生,经部人驱逐,逃至回疆,被回酋擒住,也将他斩首示众。克烈部从此灭亡。<u>可为背亲负义者鉴。</u>

单说乃蛮部将火力速八赤杀了脱里,即将他首级割下,献与太阳汗。太阳汗道:"汪罕是我前辈,他既死了,我也要祭他一祭。"遂将脱里头供在案上，亲酹马奶，作为奠品，复对脱里头笑道："老汪罕多饮一杯，休要客气！"语未毕，那脱里头也晃了一晃，目动口开，似乎也还他一笑。太阳汗不觉大惊，险些儿跌倒地上。帐后走出一个盛妆的妇人，娇声问道："你为什么这般惊慌？"太阳汗视之，乃是爱妻古儿八速，便道："这，这死人头都笑起我来，莫非有祸祟不成！"*实是不祥之兆。*古儿八速道："好大一个主子，偏怕这个死人头，真正没用！"说着，已轻移裙履，走近案旁，把脱里头携在手中，扑的一掷，跌得血肉模糊。太阳汗道："你做甚么？"古儿八速道："不但这死人头不必怕他，就是灭亡汪罕的鞑子，也要除绝他方好！"*乃蛮素遵回教，所以叫蒙人为鞑子。*太阳汗被爱妻一激，也有些胆壮起来，便将脱里头踏碎。一面向古儿八速道："那鞑子灭了汪罕，莫不是要做皇帝么？天上只有一个日，地上如何有两个主子！我去将鞑子灭了，可好么？"古儿八速道："灭了鞑子，他有好妇女，你须拿几个给我，好服侍我洗浴，并替我挤牛羊乳！"*慢着，恐怕你要给人。*太阳汗道："这有何难！"遂召部将卓忽难入帐，语他道："你到汪古部去，叫他做我的右手，夹攻帖木真。"卓忽难唯唯遵命，忽有一人入帐道："不可，不可！"正是：

毕竟倾城由哲妇，空教报国出忠臣。

欲知入帐者为谁，且至下回表明。

《元史》称汪罕为克烈部，所居部落，即唐时回纥地，是汪罕非部名，乃人名也。然《本纪》又云，汪罕名脱里，受金封爵为王，则汪罕又非人名；若以汪王同音，罕汗同音，疑汪罕为称王称汗之转声，则应称克烈部汪罕，何以史文多单称汪罕，未尝兼及克烈乎？《太祖纪》又云："克烈部札阿绀孛者，部长汪罕之弟也。"即云部长，又云汪罕，词义重复。要之蒙汉异音，翻译多讹，本书以汪罕为统称，以脱里为专名，似较明显，非谬误也。

汪罕之亡，为子所误；乃蛮之亡，为妇所误。妇子之言，不可尽信也如此！然脱里未尝不负恩，太阳汗未尝不好战。祸福无门，人自召之，读此可以知戒，文字犹其余事耳。

第十回　纳忽山屠主亡身　斡难河雄酋称帝

却说太阳汗欲攻帖木真，遣使卓忽难至汪古部，欲与夹击，帐下有一人进谏道："帖木真新灭汪罕，声势很盛，目下非可力敌，只宜厉兵秣马，静待时衅，

第十回　纳忽山孱主亡身　斡难河雄酋称帝

万万不可妄动呢！"太阳汗瞧着，乃是部下的头目，名叫可克薛兀撒卜剌黑，不禁愤愤道："你晓得什么？我要灭这帖木真，易如反掌哩！"好说大话的人，多是没用。遂不听忠谏，竟遣卓忽难赴汪古部。

看官，这汪古部究在何处？上文未曾说过，此处如何突叙！原来汪古部在蒙古东南，地近长城，已与金邦接壤，向与蒙古异种，世为金属，至是乃蛮欲联为右臂，乃遣使通好。难道是远交近攻之计么？汪古部酋阿剌兀思，既见了卓忽难，默念蒙古路近，乃蛮路远，远水难救近火，不如就近为是。主见既定，遂把卓忽难留住，至卓忽难催索复音，恼动了阿剌兀思，竟把他缚住送与帖木真，随遣使赍酒六樏，作为赠品。帖木真大喜，优待来使，临别时，酬以马二千蹄，羊二千角，并使传语道："异日我有天下，必当报汝！汝主有暇，可遣众会讨乃蛮。"来使奉命去讫。

帖木真便集众会议，拟起兵西攻乃蛮。部下议论不一，有说是乃蛮势大，不可轻敌；有说是春天马疲，至秋方可出兵。帖木真弟帖木格道："你等不愿出兵，推说马疲，我的马恰是肥壮，难道你等的马恰都瘦弱么？况乃蛮能攻我，我即能攻乃蛮，胜了他可得大名，可享厚膊，胜负本是天定，怕他甚么！"还有别勒古台道："乃蛮自恃国大，妄思夺我土地，我苟乘他不备，出兵往攻，就是夺他土地，也是容易哩！"此时木华黎如何不言？帖木真道："两弟所见，与我相同，我就乘此兴师了。"遂整备军马，排齐兵队，克日起行。汪古部亦来会，既到乃蛮境外，至哈勒合河，驻军多日，并没有敌军到来。

一年容易，又是秋风，帖木真决议进兵，祭了旄纛，命忽必来、哲别为前锋，攻入乃蛮。太阳汗亦发兵出战，自约同蔑里吉、塔塔儿、斡亦剌、朵尔班、哈答斤、撒儿助等部落，及汪罕余众，作为后应。两军相遇于杭爱山，往来相逐。适帖木真前哨有一部役，骑着白马，因鞍子翻堕，马惊而逸，突入乃蛮军中，被乃蛮部下拿去。那马很是瘦弱，由太阳汗瞧着，与众谋道："蒙古的马瘦到这般，我若退兵，他必尾追，那时马力益乏，我再与战，定可制胜。"部将火力速八赤道："你父亦难赤汗，生平临阵，只向前进，从没有马尾向人；你今做主子，这般怯敌，倒不如令你妻来，还有些勇气！"对主子恰如此说，可见胡俗又无君臣。太阳汗的儿子，名叫屈曲律，也道："我父似妇人一般，见了这等鞑子，便说退兵，煞是可笑！"又是一个鲜昆。太阳汗听着，老羞成怒，遂命部众进战。

帖木真命弟合撒儿管领中军，自临前敌，指挥行阵。太阳汗登岭东望，但见敌阵里面，非常严整，戈铤耀日，旗旄蔽天，不由得惊叹道："怪不得汪罕被灭，这帖木真确是厉害呢！"正说着，只听得鼓角一鸣，敌军排墙而出，来攻本部，本部前哨各军，也出去迎战。你刀我剑，你枪我矛，正杀得天暗地昏，忽又闻了一声胡哨，那敌阵中拥出一大队弓箭手，向本部乱射，羽镞四飞，当者立靡。自己正在惊惶,蓦来了一个部酋,猛叫道:"太阳汗快退!帖木真部下的箭手,向是有名,不可轻犯的。"看官,你道这是何人?便是那先投汪罕后投乃蛮的札木合。原来札木合因汪罕败亡,转奔乃蛮部,此时见帖木真势盛,料知乃蛮必败,所以叫太阳汗退走。太阳汗闻言,越发惊心,哪里还忍耐得住,自然麾众西奔。为这一走,遂令军心散乱,被帖木真追杀一阵,竟至七零八落,亏得日色已暮,帖木真已鸣金回军,方才收集败兵,暂就纳忽山崖扎住。此段叙述战事,与前数次又是不同。

是晚太阳汗正思就寝,忽报敌营中火光四起,了如明星,恐怕要来劫营,须赶紧防备。太阳汗急忙发令,饬部众严装以待。到了夜半,毫无影响,又思解甲息宿,那军探复来报道:"敌营中又有火光哩。"太阳汗不能再睡,只好坐以待旦,营中也扰乱了一夜,片刻未曾合眼。

一到天明,闻报帖木真已率军前来,太阳汗急带了札木合,上山了望,眼光中惟映着敌军杀气,前队有四员大将,威武逼人,差不多如魔家四将一般,便问札木合道:"他四将是甚么人?"札木合道:"他是帖木真部下著名的四狗:一叫忽必来,一叫哲别,一叫折里麦,一叫速不台,统是铜额凿齿,锥舌铁心,专会噬人的。"太阳汗道:"果真么?应离远了他!"遂拾级上升,又是数层,回望来军气焰越盛,为首的一员大将,骑着高头骏马,追风般的过来。又问札木合道:"那后来的是何人?"札木合道:"他叫兀鲁,有万夫不当之勇。帖木真临阵冲锋,常要靠着他哩。"太阳汗道:"这也须离远了他,方好!"又走上几层山峦。返顾敌人,最后的押队大帅,龙形虎背,燕颔虬髯,相貌堂堂,威风凛凛,不由得惊叹道:"好一个主帅!莫非就是帖木真么?"札木合道:"不是帖木真,是哪个!"太阳汗不待说毕,即转身再上,几已走到山峰,方才立着。如此胆小,安能却敌?本段文字实从《左传》楚共王问伯州犁语脱胎而来,然亦可见札木合之心术。

札木合尚未随上,语左右道:"太阳汗初拟举兵,看蒙古军似小羔儿一般,方谓可食他的肉,剥他的皮;一经瞧着,便吓得甚么相似,步步倒退,这等形状,定要被帖木真破灭了。我等须赶紧逃生,免与他一同受死!"说罢,遂率着左右下山,复差人至帖木真军,报称太阳汗实无能为,你等乘此上山,便好把他歼灭了。反复小人,我所最恨。

帖木真闻报,心中大喜,重赏来人去讫。原来帖木真本意,正要吓退太阳汗,所以夜间立营,专在营外放火,使他疑虑。日间却耀武扬威,摆着模样,令太阳汗不敢轻视。此时得了札木合的密报,正拟乘机进攻,大众统踊跃得很,巴不得立刻上山。独木华黎进言道:"且慢!待至夜间未迟。我军且堵住山口,防他逸出便好哩。"帖木真便在山下,扎营布阵。乃蛮兵也来争着,都被帖

第十回　纳忽山屏主亡身　斡难河雄酋称帝

木真军杀回。当下恼了乃蛮将火力速八赤，一口气跑上山顶，向太阳汗道："帖木真来了，你为何不下山督战？"问了数声，并不见他回答，反叉着腰坐倒地上。火力速八赤道："不能下山督战，只好上山固守，奈何噤不发声？"太阳汗仍然不答。火力速八赤又高声道："你妇古儿八速，已盛妆待你凯旋，你快起来杀敌罢！"借古儿八速以激之，可见太阳汗平日之怕妻。语至此，方闻太阳汗缓语道："我、我疲乏极了！明、明日再战。"等你不得奈何？火力速八赤摇头而返，只令部众上山守着。转瞬间，夕阳西下，夜色微茫，帖木真营内，毫无动静，乃蛮军因昨宵失睡，未免神志昏迷，多半卧着山前，到黑甜乡去了。不意睡魔未去，强敌纷乘，有几个不曾起立，已做了无头之鬼，有几个方才动身，便做了无足之夫。只有火力速八赤，带着几名勇士，前来拦截，与帖木真军混战多时，恰也丝毫不让，怎奈众志已离，土崩瓦解，单靠这几个力士，济甚么事，眼见得力竭身亡，同登鬼籙了。火力速八赤实是一个莽夫，乃蛮之亡，彼实主之，惟一死报主，情尚可恕。

帖木真瞧着道："乃蛮部下，有此勇夫，若个个如此，咱们何能取胜？可惜我不能生降他呢！"言下黯然。那时部下争逐乃蛮军，乃蛮军都上山逃走，欲向山顶绕越山后，不防山后统是峭崖，前无去路，后有追兵，只好拚着命逃将下去，十个人跌死八九个，就是侥幸不死，也是断胫折胫了。太阳汗尚在山上卧着，缩做一团，被帖木真部下搜着，好似老鹰捕小鸡，一把儿将他抓去。还有杀不尽的乃蛮军士，统跪地乞降。余如朵儿班、塔塔儿、哈答斤、撒儿助诸部落，亦俱投诚。只太阳汗子屈曲律，及蔑里吉部酋脱黑脱阿，即《元史》脱脱。相偕遁去。帖木真率兵穷追，顺道至乃蛮故帐，把子女牲畜，尽行夺取，连太阳汗妻古儿八速亦一并拿住。当下升帐，先将太阳汗推入，约略问了数声，太阳汗觳觫万状。帖木真笑道："这等没用的家伙，留他何用！"命即斩讫，次将古儿八速献上。用一献字妙。她不待帖木真开口，便竖着柳眉，振起珠喉道："可恨你这鞑子！灭我部落，杀我夫主，我也为你所擒，有死而已，何必多问。"说着，把头向案撞去。如果撞死，也好保全名节。不意帖木真已举起双手，顺势把她头托住，偶觉得一种芬芳沁入心脾，凝眸细盼，蝉鬓鸦鬟，光采可鉴，再举起她的面庞儿，益发目眩神迷，眼如秋水，脸似朝霞，虽带着几分颦皱，愈觉得楚楚可怜。不禁失声道："你恨着咱们鞑子，我偏要你做个鞑婆！"调侃语不可少。古儿八速把头移开，垂泪答道："我是乃蛮皇后呵！怎肯做你妾媵？"语已软了。帖木真道："你不肯做妾媵，也有何难！我便教你做皇后何如？"古儿八速闻了这语，随把帖木真瞟了一眼，复低着首道："我却不愿！"这是假话。帖木真知她芳心已动，便命投降的妇女拥她入内，一面发落余虏，一面安排牲醴，与古儿八速成婚。是夕，在乃蛮故帐中，同古儿八速行交拜礼，仪制如蒙古例。礼毕,大开筵席,与众共欢。只有一个古儿八速,是独享的权利。酒阑席散,帖木真步入帐后,就搂住古儿八速同入寝帏。古儿八速已不如从前的抗命,半推半就,又喜又惊,一夜的枕席风光,似比故夫胜过十倍。<small>以太阳汗比帖木真,强弱迥殊,宜乎胜过十倍。</small>嗣是死心塌地,侍奉那帖木真,帖木真也格外爱宠,比也速干姊妹等,尤加亲昵,这且慢表。

且说帖木真既灭了乃蛮,复西追蔑里吉部酋脱黑脱阿。到了喀喇喀拉额西河,见脱黑脱阿背水而阵,即麾众杀去。战了数十回合,脱黑脱阿败走。帖木真军赶了一程,擒不住脱黑脱阿,只虏了他的子妇,及他部众数百人。帖木真见被虏的妇人颇有姿色,问明底细,乃是脱黑脱阿子忽都的妻室,便唤第三子窝阔台入见,把妇人给他,窝阔台自然心喜,不在话下。<small>蒙俗专喜纳再醮妇,不知何故?</small>正拟率兵再进,忽有蔑里吉部人,来献一个女子,父名答亦儿兀孙,女名忽阑。帖木真道:"你为何今日才行献女?"答亦儿兀孙道:"途次为巴阿邻种人诺延所阻,留我住了三宿,因此来迟。"帖木真道:"诺延在哪里?"答亦儿兀孙道:"诺延也随来投诚。"帖木真怒道:"诺延留你女儿,敢有什么歹心?"便命左右出帐,去拿诺延,那女子忽阑道:"诺延恐途中有乱兵,所以留住三日,并没有意外邪心。我的身体,原是完全,若蒙收为婢妾,何妨立即试验!"<small>胡女无耻如此,可叹。</small>言未毕,诺延已由左右推入,也禀着道:"我只一心奉事主人,所有得着美女好马,一律奉献,若有歹心,情愿受死!"帖木真点首,便命答亦儿兀孙及诺延出帐,自己挈着女子忽阑,亲加试验去了。过了半日,帖木真复召诺延入见,与语道:"你果秉性忠诚,我当给你要职。"诺延称谢而出。独答亦儿兀孙未得赏赐,不免失望,暗中联络蔑里吉降众,叛走色楞格河滨,筑寨居住。嗣由帖木真遣将往讨,小小一个营寨,不值大军一扫,霎时间踏成平地。所有叛众,尽作鬼奴。答亦儿兀孙也杳无下落。<small>最不值得。</small>帖木真闻叛徒已平,遂进兵追袭脱黑脱阿。到了阿尔泰山,岁将残腊,便在山下设帐过年。<small>既有古儿八速,复有忽阑女子,途中颇不寂寞。</small>

越岁孟春,闻脱黑脱阿已逃至也儿的石河上,与屈曲律会合,当即整治军马,逐队进发。适斡亦剌部酋忽都哈别乞,穷蹙来降,遂令他作为向导,直至也儿的石河滨。脱黑脱阿等仓猝抵御,战了半日,部下已杀伤过半,势将溃散。那帖木真军恰是厉害,一阵乱箭,竟将脱黑脱阿射死。只有他四子逃免。屈曲律亦带了蔑里吉部余众,及乃蛮部遗民,投奔西辽去了。西辽国的源流,后文再详,今且慢表。

且说帖木真既逐去屈曲律等,恐道远师劳,不欲穷追,便下令旋师。临行时忽闻札木合被人拿到,当由帖木真召见来人。来人进告道:"我是札木合的伴当,因惧主子天威,不敢私匿,所以将他拿来!"帖木真尚未回答,只

第十回　纳忽山屏主亡身　斡难河雄酋称帝

听帐外有喧嚷声,便喝问何事？左右道:"札木合在外面说话哩。"帖木真道:"他说甚么？"左右道:"他说老鸦会拿鸭子,奴婢能拿主人。"帖木真点头道:"说的不错!"便命左右将来人绑出,叫他在札木合面前杀讫,并着合撒儿传语道:"札木合,你我本系故交,我先曾受你的惠,不敢相忘,你何故离了我去？如今既又相合,不妨做我的伴当,我却不是记仇忘恩的!况我与汪罕厮杀,你也曾与汪罕离开,及与乃蛮厮杀,你又将乃蛮实情通告我军,我亦时常惦念,劝你不要多心,留在我帐下罢!"札木合叹道:"我前时与汝主相交,情谊很密,后因被人离间,所以彼此猜疑,我今日羞与汝主相见。汝主已收服各部,大位子定了,从前好做伴时,我不与做伴;如今他为大汗,要我做伴甚么？他若不杀我呵,似肤上虮蝨,背上芒刺一般,反教汝主不得心安!天数难逃,大福不再,不如令我自尽罢!"合撒儿入报帖木真,帖木真道:"我本不忍杀他,他欲自尽,依他便了!"猫哭老鼠假慈悲。札木合即日自杀,帖木真命用厚礼葬了。当下奏凯东还,到了斡难河故帐,与母妻欢叙,大家畅慰。恐孛儿帖未免吃醋。宋宁宗开禧三年冬月,大书年月。帖木真大会部族于斡难河,建着九斿白旗,顺风荡漾,上面坐着八面威风的帖木真,两旁侍从森列,各部酋先后进见,相率庆贺。帖木真起坐答礼,各部酋齐声道:"主子不要多礼,我等愿同心拥戴,奉为大汗!"帖木真踌躇未决,合撒儿朗声道:"我哥哥威德及人,怎么不好做个统领？我闻中原有皇帝,我哥哥也称着皇帝,便好了!"快人快语。部众闻言,欢声雷动,统呼着皇帝万岁!只有一人闪出道:"皇帝不可无尊号,据我意见,可加'成吉思'三字!"众视之,乃是阔阔出,平时好谈休咎,颇有应验,遂同声赞成道:"很好!"帖木真也甚喜欢,遂择日祭告天地,即大汗位,自称成吉思汗。"成吉思"三字的意义:成者大也,吉思,最大之称。《元史》作青吉斯。嗣复在杭爱山下,建了雄都,审度形势,地名叫作喀喇和林。小子叙述至此,只好把帖木真三字搁起,以后均名成吉思汗,且系以俚句道:

　　旄纛居然建九斿,朔方气象有谁侔？
　　岂真王气钟西北,特降魔王括九州!

欲知以后情形,容至下回再述。

　　乃蛮势力,过于帖木真,卒因主子孱弱,部将粗鲁,以致灭亡。古儿八速激成兵衅,被虏以后,初意尚欲殉节,似非他妇女比,迨闻作皇后,即降志相从,长舌妇之不可恃也如此!以视古力速八赤犹有惭色。可见家有哲妇,尚不若夫若也。若札木合之反复无常,死当其罪,史录谓札木合权略,次于项籍、田横，而胜于袁绍、公孙瓒，毋乃过于重视耶！惟不愿再事帖木真，较诸奴颜婢膝，犹差一间。作者抑扬尽致，褒贬得宜，而于描摹处尤觉逼真，是小说家，亦良史家也！

第十一回　西夏主献女乞和　蒙古军入关耀武

却说成吉思汗即位后，大封功臣，除兄弟封王外，以木华黎为首功，博尔术次之，封他为左右万户；其余诸将，按功给赏，共九十五人，各封千户。又因术撒带临敌敢先，得平汪罕、乃蛮两大部，特命他世统兀鲁兀四千人，又赏他一个特别的禁脔。看官！你道这禁脔是什么东西？就是前回说起的汪罕女子亦巴合。亦巴合自被掳后，曾为成吉思汗的侧室，至是不知什么缘故，赐与术撒带。相传亦巴合出帐时，成吉思汗曾语她道："我不是嫌你无性行，无颜色，亦不曾说你身体不洁，不过因术撒带从征有功，所以将你赐他。"亦巴合嘿然趋出，成吉思汗命将奁资家产，一律带去，只留下一只金杯作为纪念。自是亦巴合与术撒带遂做长久夫妻了。或说成吉思汗得一噩梦，以亦巴合为不祥，所以拨给，小子终不敢妄断，只就事叙事罢了。*想是亦巴合不善房术之故。*

封赏既毕，再宰牛杀马，大飨群臣。饮至半酣，成吉思汗问木华黎等道："人生世上，何事算为最乐？"木华黎道："荡平世界，统一乾坤，这是人生第一乐事。"成吉思汗道："是的，但尚知其一，不知其二。"博尔术道："臂名鹰，控骏骑，御华服，乘着暮春天气，出猎旷野，这也是人生乐事呢。"成吉思汗不答。博尔忽道："鹰鹯在天空搏击飞禽，凭骑仰观，倒也是人生一乐。"成吉思汗仍是不答，忽必来道："围猎的时候，众兽惊突，瞧着很是一乐。"成吉思汗摇头道："你等所说，统不及木华黎的志愿，但我与木华黎有同处，亦有异处。"群臣道："愿闻主子的乐事！"成吉思汗道："人生至乐，莫如杀灭仇敌，似摧枯木，夺他的骏马，得他的财物，并把他妻女掠了回来，教他伴着寝室，这是最快乐的事情！"实是一个强盗思想，不知老天何故佑他？言毕，掀髯大笑。

嗣复语木华黎、博尔术道："平定朔漠，实是汝等功劳。我与汝等，譬如车有辕，身有臂，汝等宜善体我心，始终勿替方好！"木华黎遂进规取中原的计议。成吉思汗点首道："规划中原，须仗着你呢！"木华黎道："先图西夏，次图金，再次图宋，逐渐进行，总有成功的日子哩！"*名论不刊。*成吉思汗道："就从西夏开手罢！"政策既定，举酒尽欢。看官记着，是年岁次丙寅，即为成吉思汗

第十一回　西夏主献女乞和　蒙古军入关耀武

即位之元年,历史上就称为元太祖元年。蒙古人以寅年肖虎,称为虎儿年,点醒眉目。这且按下。

且说西夏建国,源流甚远,始祖拓跋思恭,乃朔方党项部后裔。唐末黄巢作乱,拓跋思恭入援,以功封夏国公,赐姓李,世称夏州,就在蒙古南境。传至元昊,拓地渐广,僭号称帝,定都兴庆,有雄兵五十万,屡寇宋边。金兴以后,西夏渐衰,且屡有内乱,当李仁孝嗣位时,奸臣擅权,国势岌岌,幸亏金世宗发兵扶助,削平乱事,国乃不亡,只以后专为金属。仁孝殁后,子纯祐嗣,仁孝从弟李安全篡位自主,国中又复不靖。适成吉思汗混一蒙古,有志南下,于是气息奄奄的西夏国,遂首当其冲了。叙明西夏始末,为致亡之因。成吉思汗本拟即日发兵,因初登大位,不免有一番经营,如筑宫室,设堡寨,定官制,正陛仪,统是创始举行,不是一月两月可办就的。光阴易过,又是一年,拟整顿军马,南攻西夏,俄闻吐麻部作乱,乃命博尔忽率兵往讨。吐麻部在额尔齐斯河附近,系属蒙古东北境。从前成吉思汗族人豁儿赤,自小作伴,尝语成吉思汗道:"你若得做大汗,我要在你的部属内,拣美女三十人,作为妻妾,你休忘怀!"此次成吉思汗果然登位,便命他在降服百姓中,挑选妇女三十个,以践前言。前言原是要践,但以三十人为妻,未免不端。

豁儿赤奉命而行,访得美貌女子,以吐麻部为最多,遂令吐麻部人忽都合别乞,到部中去选美女。谁知部民不肯服从,竟将他拿住,送与部酋。适值部酋都剌莎合儿病重去世,由其妻孛脱灰塔儿浑代为管辖,当下将忽都合别乞拘住。豁儿赤闻报,自然去报成吉思汗。成吉思汗即遣博尔忽率兵西征。博尔忽藐视吐麻部,行军时不曾戒备,将到吐麻部,日色已晚,便在林深径杂处,扎住营寨。夜间忽起伏兵,竟将博尔忽军冲散,博尔忽措手不及,被吐麻部人杀死。四杰中死了一个。

警报传达成吉思汗,成吉思汗怒气勃勃,便欲自行往讨。木华黎、博尔术齐声谏阻,别荐都鲁伯为大将,引兵再发。都鲁伯惩着前辙,自然格外小心,他在博尔忽殉难地方,设着空营,虚张旗帜,自己却领了健卒,由间道绕入吐麻部。那吐麻部内的女酋,闻知博尔忽杀死,喜得什么相似,在帐中摆着筵席,与众饮酒。想是再嫁的预兆。正在兴高采烈的时候,突被那都鲁伯军一拥而入,大家吓得魂飞天外,连躲避都来不及,个个束手就缚。女酋孛脱灰塔儿浑逃入帐后潜藏,正遇那忽都合别乞。由都鲁伯军放出,导入搜寻,四面一瞧,已被窥着,当由忽都合别乞把女酋牵出,拦腰一抱,大踏步去了。得趣。此外如帐外的百姓,统由都鲁伯军一并拿住,驱至斡难河。成吉思汗遂命豁儿赤就掳来的妇女中,挑了三十人,轮流伴宿。夜夜换新人,豁儿赤不怕死么?只女酋孛脱灰塔儿浑赏给了忽都合别乞。忽都合自然称心,女酋亦不得已相从，总算是怨女旷夫，各得其所了。总算成吉思惠泽。

于是往攻西夏，连拔数城。会闻西北吉里吉思荒原，有二部遣使通好，一部名伊德尔讷呼，一部名阿勒达尔，皆与乃蛮部接壤，因乃蛮被灭，是以通诚。成吉思汗领兵归国，接见来使。二使献上名鹰，并白骟马、黑貂鼠等，成吉思汗大悦，殷勤款待，遣令去讫。是时成吉思汗已有数女，长女火真别姬，曾议配鲜昆子秃撒哈，见第八回。嗣因婚议未谐，别适亦乞剌思人孛徒。次女名扯扯干，年已长成，因忽都阿别乞先来归附，有子名脱亦列赤，令他与次女作配，算作报酬。三女名阿勒海别姬，许字汪古部酋的侄儿镇国。这三女中，要算阿勒海别姬最称明慧，至遣嫁后，镇国多得其助，毋庸细表。

兔年过去，龙蛇年顺次相继，成吉思汗威名，震耀西域，回疆的畏兀儿部，亦通使输诚。《元史》称畏兀儿为辉和尔。成吉思汗遣使答好，并征他贡献方物。畏兀儿部酋亦都护，遂收集金珠缎匹，差使臣阿惕乞剌黑等随来谒见，且向成吉思汗道："咱们听得皇帝的声名，如云净见日，冰消见水一般，好生喜欢了。若蒙皇帝恩赐，许做藩属，我部主情愿拜为义儿，始终效力！"成吉思汗道："你主既肯归我，我愿收他做第五个义儿罢。我还有一个好女儿，给他为妻，叫他快来谒我！"阿惕乞剌黑等奉命去后，亦都护果然亲来，成吉思汗便命将庶出女子阿勒敦，许给亦都护。亦都护也不推辞，只说于回国后，差人来迎，至亦都护归去，杳无音信。看官道是何故？乃因亦都护正室怀着妒忌，不令迎娶，所以蹉跎过去，至窝阔台嗣位，亦都护的正妻已死，方完结嫁娶的事情。人家的妇女硬夺来做妻妾，自己的女儿偏要给人家作妻妾，我正不解其意？

这且搁下不提。且说成吉思汗既收服畏兀儿部，遂一心一力的去攻西夏。夏主李安全，不得不发兵抵敌，令长子做了元帅，部将高令公做了副手，率兵拒守乌梁海城。蒙古兵一到城下，高令公出城迎战，不到数合，已被蒙古兵活捉了去。余众败入城中，怎禁得敌军猛攻，昼夜不绝，吓得李安全的儿子，屁滚尿流，乘夜开了后门，抱头窜去。还有一个西壁氏，系西夏太傅，走迟了一步，又被蒙古军生擒了去。蒙古军夺了乌梁海城，进攻克夷门，如入无人之境。夏将明威令公不管死活，居然带了兵马，前来拦阻，一仗鏖战，复被拿去。虎头上抓痒。嗣是无人敢当，竟由蒙古军长驱直入，围攻夏都。李安全惶急得很，一面遣使至金邦乞援，一面召集全国人马，守着城池。蒙古军攻了数次，因城颇坚固，急切不能下，成吉思汗想了一策，命掘坏河防，将城外的河水，灌入城中。不意堤防一溃，大水奔流，城中未曾漂没，城外先已泛滥，成吉思汗只得撤围，别遣文臣额特入都招谕。李安全待援未至，不得已与他议款，并把亲生爱女察合，献与成吉思汗。成吉思汗得了美女，便命她侍寝，枕席之

第十一回　西夏主献女乞和　蒙古军入关耀武

间,欢爱非常,乃暂准西夏和议,撤兵而还。美人计大有用处。

　　李安全迁怒金人,出师攻金邦的葭州,被金将庆山奴所败,遂北诉蒙古,怂恿伐金。名谓安全,好构兵衅,是谓名不副实。成吉思汗正拟南略,得了此信,遂练兵豢马,造箭制盾,指日兴师南下。可巧金使到来,说是新君嗣位,特来颁敕,成吉思汗道:"新君是何人?"金使道:"就是卫王永济。"成吉思汗道:"我道中原皇帝,是天上人做的,似这般庸碌人物,也想做着皇帝,真正怪极!"金使道:"你曾受大金封爵,今日颁敕到此,理应竭诚拜受,怎么说出这般话来?"成吉思为招讨官,见前第六回。成吉思汗怒道:"我宗亲俺巴该汗,被你金人活活处死,我正思发兵报仇,你反要我拜受诏敕,忘八混帐,快与我滚出去罢!"俺巴该事见前第二回。金使怏怏去讫。原来金主永济,是熙宗亶的侄儿,金主亶亦见第二回。其间经过三传,废帝亮,世宗雍,章宗璟。始由永济嗣立。他本没有甚么威望,从前成吉思献金岁币,曾至静州,与永济相见,因永济孱弱得很,向存轻视,至是闻他嗣位,料他无能为力,不由得笑骂起来。

　　至金使去讫,遂乘着秋高马肥的时候,率着长子术赤、《元史》作卓齐特。次子察合台、《元史》作察罕台。三子窝阔台、《元史》作谔格德依。统兵数万,祭旗出发。前队由哲别领着,将到乌沙堡,闻报金将通吉迁、嘉努、完颜和硕亦率兵到来。哲别兼程前进,掩入金营,金将不及设备,纷然溃散,哲别遂拔了乌沙堡,遣人至后队报捷。成吉思汗闻前锋得胜,也急趋而至,会同前队军马,径攻金国西京。守将胡沙虎,硬支持了七日,率麾下突围东走,被蒙古兵大杀一阵,伤亡无数。成吉思汗遂取了西京及抚州,复遣他三子分兵略地,把金邦所有的西北诸州,陆续攻下。

　　金主永济,闻胡沙虎败还,别遣招讨使完颜纠坚、监军完颜鄂诺勒等,带着四十万大军,出屯野狐岭,防御成吉思汗。这野狐岭系西北要隘,势甚高峻,雁飞过此,遇风辄堕,俗称此岭隔天,只十八里。金兵就此驻扎,本有一夫当关,万夫莫开的形势,只完颜纠坚恰仗着一点气力,硬要与蒙古军对垒。麾下有将名明安,进谏道:"蒙古势盛,锐不可当,不如屯兵固守,休与他开战!"完颜纠坚道:"我奉命退敌,如何不战!"明安道:"既欲开仗,宜速进兵至抚州,攻他不备。"完颜纠坚道:"我有马兵二十万,步兵二十万,堂堂正正,与他厮杀一场,免他再来滋扰!"仿佛春秋时的宋襄公。言毕,叱退明安。俄报蒙古兵已到岭西,复叫明安进见,令他诘责蒙古,何故兴兵犯界?迂腐极了。明安趋出,即驰至蒙古营中,入见成吉思汗,自称愿降,把金军虚实,详细上陈。成吉思汗便率领精锐,乘夜进击。那时完颜纠坚,尚眼巴巴待着明安回信,不防蒙古兵已经杀到,迅雷不及掩耳,凭你带着四十万大兵,简直是没人中用;况且日落天昏,连自己的军马都分辨不清,接仗的人,自相屠戮，逃走的人，自相践踏，蒙古兵趁势乱杀，闹到天明，已是积尸满野，金兵一个儿都不见了。完颜纠坚固自取其咎，明安为虎作伥，罪更难辞。

成吉思汗乘胜驰追，到了宣德州，一鼓而下，复遣前锋哲别，去夺居庸关。这关凭山建筑，是一座天险。哲别到了关下，相度形势，望见山路崎岖，整守完固，倒也不敢轻意，先猛攻了一阵，不损分毫，他却拔寨退去。守将还道他力怯，出兵追袭，谁知半途遇伏，杀得大败回来。及到关前，见关上已插着蒙古旗帜，顿时逃的逃，降的降，看官不必细问，便可晓得是哲别的诡计了。一语表明，省却无数笔墨。

哲别既得了居庸关，遂迎成吉思汗入关驻扎。成吉思汗又进兵中都，沿途杀戮甚惨。既到都下，金主永济大恐，欲南徙汴都，亏得卫兵誓死决战，出城鏖斗，战了一日一夜，竟把蒙古兵杀退。成吉思汗乃回驻居庸关，是年已是羊儿年了。元太祖六年。居关数旬，因天已隆冬，免不得人马疲乏，遂留兵守关，自率三子等旋国，再图后举。

越年为猴儿年，金降将耶律留哥，故辽人。纠集故辽遗众占踞辽东州郡，自称都元帅，遣使归附蒙古。成吉思汗命居广宁，坐伺金衅。到了夏季，得着军报，金主永济被弑，改立升王珣，成吉思汗大喜道："这是天假机缘，不可坐失哩。"原来金主被弑的逆臣，就是西京失守的胡沙虎。自胡沙虎败还，金主把他革职，放归田里，寻复召为右副元帅，整日驰猎。金主遣使诘责，他便挟嫌倡乱，逼金主永济出宫，把他酖死，另立升王珣。于是成吉思汗复分兵三道，浩浩荡荡，杀奔金都。

金左副元帅高琪，拒战失利，蒙古兵进薄中都。胡沙虎方染足疾，乘车督战。金卫卒本有些能耐，更兼胡沙虎严厉异常，自然格外奋勇，争先杀敌。蒙古兵虽是厉害，却被他杀死多人，退至十里下寨。翌日，胡沙虎又拟出战，召高琪兵不至，遂矫诏去杀高琪，不料高琪反率兵进来，围住胡沙虎居宅。胡沙虎逾垣欲走，衣襟被墙角牵住，坠地伤股，由高琪兵突入，乱刀砍死。为弑主者鉴。高琪取胡沙虎首，诣阙待罪。金主珣下诏特赦，并宣布胡沙虎罪状，追夺官阶，所有兵士，都归高琪统带，固守都城。成吉思汗也不去力攻，只遣兵分略东南，所至郡邑皆下，凡破金九十余郡，两河山东数千里，尸骸累累，鸡犬为墟。惨不忍闻。

蒙古兵将拟再攻中都，成吉思汗不从。只遣使告金主道："汝山东、河北郡县，尽为我有，汝只有一个燕京，难道我不能踏平么！但天既弱汝，我复迫汝，未免助天为虐，汝能感我仁慈，速发金帛犒军，我亦当归去了！"金主珣犹豫未决，右丞完颜承晖道："天佑蒙儿，不若与他议和，待他回军，再图补救。"金主珣乃遣承晖乞和，成吉思汗道："金珠财帛，我军已够用了，只你主有子女，何不遣来侍我。"故态复萌。承晖唯唯听命，返报金主珣。没奈何将故主永济的女儿,饰为公主,送与成吉思汗;又将金帛童男女各五百,马三千匹,作为犒劳费;再命完颜承晖送蒙古军出居庸关。小子有诗咏道:

> 一成一败本无常,弱国求和总可伤!
> 帝女作奴男作仆,空劳秤史记兴亡。

欲知成吉思汗后事,请至下回再阅。

成吉思汗之野心,无非欲多得金帛,多得子女而已!而迫之规取中原者,实出是木华黎。是木华黎之大志,实出成吉思上。乃天偏令成吉思为主,木华黎为臣,无怪老子谓天道不仁,以万物为刍狗也!西夏方衰,金邦又弱,成吉思汗乘机而起,本即可灭夏亡金,乃以献女之故,俱允和议,是其所耽耽逐逐者,尤在美妇人,天亦何苦令强暴之徒,糟蹋若干妇女耶!读此回,令人疑愤交集,几欲向天阍而一问之!

第十二回 拔中都分兵南略
立继嗣定议西征

却说成吉思汗得了金公主,出关回国。金公主姿色,不过平常,成吉思汗因她是大邦女子,待以后礼。且金公主年甫及笄,成吉思汗年周花甲,成吉思即位之年,已五十二岁,此时已逾八年,正六十岁了。老夫配少女,不得不格外爱宠,令她感恩知报,勉侍巾栉,话休叙烦,单说金主珣闻蒙古兵还,拟迁都汴京,防敌再至。左丞相图克坦镒等力谏不从,遂命完颜承晖为都元帅,与左丞穆延尽忠,奉太子守忠,驻守中都,自率六宫启行。事为成吉思汗所知,愤然道:"他既与我修和,何故南徙?我想他必挟嫌怀恨,不过借着和议,作个缓兵的计策,我偏要先发制人,破他诡计呢!"明明是有意为难。于是大阅军马,择日启行。巧值金糺军糺即纠字,音纠。糺军,所收之军也,《金史兵志》有此名。卓多等,戕杀主帅,击败金都防兵,北走蒙古,遣使请降,成吉思汗命萨木哈、舒穆噜、明安等率兵相会,由卓多导入长城,再围中都。

金太子守忠走汴,留完颜承晖及穆延尽忠固守,蒙古兵不能拔。成吉思汗复遣木华黎为后援,率兵南下。先是木华黎随征金都,曾收降史天倪兄弟。天倪,永清人,有从兄名天祥,弟名天安、天泽,皆智勇深沉,足为大用,木华黎倚为心腹,曾荐举天倪为万户,余亦擢为队长。至是又奉命南征,带着天倪等出发,天倪语木华黎道:"金弃幽燕,迁都汴梁,最是失算,辽水东西,系金邦咽喉地，我不若夺他北京，略定辽东西诸郡，塞住他的咽喉，那时中都孤立，自然唾手可得了。"

木华黎称善，便引兵趋辽西，攻金北京。金守将银青，领兵二十万，出御于和托戍堡，被蒙古兵一阵杀败，逃入城中。部将完颜昔烈、高德玉等，不服银青节制，因将银青杀死，改推寅答虎为帅。木华黎探知消息，遂令史天祥进攻，寅答虎遂以城降。北京既下，辽西诸郡，闻风归附，眼见得中都岌岌，危在旦夕了。史天倪之计验矣，然亦未免为虎作伥耳。

金留守完颜承晖，焦急非常，遣人向汴京告急。金主珣命御史中丞李英等，率师驰援，与蒙古兵遇于霸州。英素嗜酒，驭军无纪，至两下对垒，英尚饮酒百觥，临阵时，骑着马上，东倒西歪，麾下多相视而笑。看官，你想蒙古初兴，军锋甚锐，就使兵精将勇，也恐不能胜他，况遇这个酒糊涂，哪里支撑得住！蒙古兵冲杀过来，势如虓虎，金将遮拦不住，被他杀入中军，李英酒尚未醒，在马上晃了数晃，突然坠地，蒙古兵将，眼明手快，就将他一枪刺死！一道魂灵驰入酒乡去了。

军中失了主帅，当即溃归，自是中都援绝，内外不通。完颜承晖与穆延尽忠商议，决计死守。尽忠目动言肆，满口糊涂，承晖自知不妙，即辞家庙作遗表，抗论穆延尽忠及左副元帅高琪罪状。付尚书省令史师安石，赍送汴都，自别家人，仰药以殉。表扬忠节，不没幽光。穆延尽忠整装南行，将出通元门，金妃嫔等统相率候着，请他挈归。尽忠道："我当先出，与诸妃启途。"诸妃嫔信为真言，让尽忠先出，尽忠带着爱妾等，飘然出城，绝不返顾，可怜众妃嫔进退无路，仓皇失措，待蒙古兵一拥杀入，老丑的俱死刀下，有几个容色美丽的，统被他扯的扯，抱的抱，调笑取乐去了！中都一破，宫室被焚，府库财宝，搜掠殆尽，金祖宗的神主，一古脑儿弃掷粪坑，阿骨打有灵，应亦泪下。算作金都燕京的结束。

那时安石赍表至汴，尽忠亦即到来。金主阅表，只追封完颜承晖为广平郡王，赦尽忠不问，反命他作平章政事。失刑如此，安得不亡！嗣后尽忠谋逆，方才伏法。

话分两头。且说成吉思汗闻燕都得手，遂自率精兵趋潼关。潼关为汴京西塞，势甚险峻，屡攻不下，别遣将由间道入关，为金花帽军所败，乃北还。寻命木华黎统辖燕云，建设行省，并封他为国王，职兼太师，赐誓券金印，且语他道："我略北方，汝略南方，分途进取，勉立大功！"木华黎应命，遂自中都调遣兵卒，攻取河东诸州郡，并拔太原城。金元帅乌库哩德升力竭身亡。金降将明安，领偏师趋紫荆关，擒金元帅张柔。柔素任侠，乡曲多慕义相从，金中都副经略苗道润，深加器重，荐为昭义大将军，权署元帅府事。道润为其副贾瑀

第十二回 拔中都分兵南略 立继嗣定议西征

所害,柔率众报仇,途次忽遇蒙古兵,逆战狼牙岭间,马蹶被执。明安闻其名,劝之投诚,柔乃降,更招集部曲,下雄、易、安、保诸州,进兵攻贾瑀。瑀据孔山台坚守,柔围攻兼旬,断其汲道,乃破台获瑀,剖瑀心祭道润,尽有其众,徙治满城。金真定帅武仙,会兵数万来攻。张柔全军适出,帐下只数百人,乃令老弱妇女登城。自率壮士潜出,突攻武仙背后,毁敌攻具。仙军猝不及防,还疑是援兵大至,相率惊愕,旋见后山旗帜飞扬,愈加退缩,遂四散奔逃。柔乘胜追击,伏尸数千,自是威震河朔,凡深、冀以北,镇、定以东,三十余城,次第收取;武仙率兵来争,匝月间经十七战,都得胜仗。张柔算是好汉,然总未免为金室贰臣。武仙穷蹙,又因木华黎遣将夹攻,遂把真定城奉献,乞降军前。木华黎命史天倪权知河北西路兵马事,武仙为副,事且按下再表。为后文武仙戕史天倪张本。

且说乃蛮部被灭后,太阳汗子屈曲律逃奔西辽。西辽国据葱岭东西地,系耶律大石所建,一名黑契丹。从前辽为金灭,余众随皇族耶律大石西走回疆,联合回纥诸部,成一大国,有志恢复,未成而死。再传至孙直鲁克,君临如故,惟东方属部,多判入蒙古,国势渐衰。适屈曲律奔至,进谒直鲁克,泣请规复。直鲁克正仇视蒙古,且闻屈曲律熟谙东土,因留为帮手,并允乘间出师。直鲁克妃子格儿八速,有女名晃,年才十五,姿首颇佳,屈曲律瞧着,很是艳羡,便格外献媚,日夕趋承;直鲁克年老好谀,渐加宠爱,嗣因屈曲律露求婚意,遂把女儿给他为妻。下手便骗了王女,小人心术可怕。

屈曲律既得了王女,权力日盛,暗思东收旧部,袭夺西辽。一层进一层。便入见直鲁克道:"我父虽亡,旧部尚众,目今蒙古侵略南方,无暇西顾,我正可出招溃卒,相率同来,一则可卫我妇翁,二则可报我父仇。"直鲁克大喜,便令屈曲律东行。又中他的诡计了。

屈曲律到了东方,乃蛮旧众,果来归附,遂乘势劫掠各部。道遇花剌子模王遣使通好,因邀他密议,使共谋西辽。约以东西夹攻,如获成功,东方归屈曲律,西方归花剌子模。议既定,花剌子模使臣归去,报知国主,兴师前来。看官,你道花剌子模乃是何国?便是唐书所称的货利习弥国,国主名谟罕默德,系突厥后裔,素奉回教,其父伊儿亚尔司兰在日,为西辽所败,岁奉贡币,至谟罕默德嗣立,虽照旧贡献,心中很以为辱。既得屈曲律的密约,哪有不允之理。屈曲律即带领遗众,入攻西辽国都。直鲁克遣将塔尼古,出城迎战,把屈曲律一阵杀退。会花剌子模酋长谟罕默德已到西辽,屈曲律与他会着,再行前进。西辽将塔尼古,又出来接仗,谟罕默德与屈曲律前后夹击,杀败塔尼古,并将他生生擒住。

西辽都内的守卒,闻报大惧,顿时溃乱,屈曲律乘机杀入,直鲁克不及逃遁，被众围住。屈曲律恰向众人道："直鲁克是我妇翁，不得加害！"浑身是假。于是留住部众，在外守着，自率数骑入内，谒见直鲁克。直鲁克惊惶无措，便道："你不要害我，我便让位罢！"屈曲律道："你是我妻的父亲，就与我父亲一般，怎么教你让位？"好听。直鲁克道："你不要我让位，如何纠众围我？"屈曲律道："部众因你年迈，不便行政，教我帮你办事哩。"直鲁克道："既如此，你去安抚叛众，我便依你说话！"

屈曲律遂出抚众人，并与谟罕默德会议，将西部西尔河以南地，让与花刺子模，并除免岁币。谟罕默德如愿而去。屈曲律遂自执国事，阳尊直鲁克为主，所有政务，概不令直鲁克闻知。直鲁克忧恚成病，越岁死了。屈曲律遂继了主位，闻故相女有美色，娶为妃子。这妃子不信回教，劝他从佛，屈曲律方加爱宠，言无不从，便令民间奉佛，不得仍信回教。回教徒阿拉哀丁抗词不屈，屈曲律大怒，把他手足钉住门首，威吓众人。又复暴敛横征，派兵监谤，民间痛苦异常，恨不得有人除他。

这消息传到蒙古，成吉思汗遂差哲别前征。哲别到了西辽，先饬民间各仍旧教，毋庸改易，并将所有苛敛，一律撤免，民间很是欢跃，统来迎接。屈曲律料不能敌，预率眷属遁去。哲别长驱直入，追屈曲律至巴克达山，径路狭隘，苦无可寻，适有牧人前来，询知屈曲律踪迹，便令他前导，搜出屈曲律，请他饮刀，所有眷属，尽作俘虏。于是西辽全土，统为蒙古属部，西境即与花刺子模接壤了。

哲别归国后，蒙古商人往花刺子模，被讹答刺城主掠去金银，一一杀死。成吉思汗遣使诘问，又复被杀，因下令亲征。

是时为成吉思汗十四年六月，成吉思汗将西行，与各皇后话别，只命忽阑夫人从行。忽阑见第十回。也遂皇后道："主子年已老了，天方盛暑，何苦涉历山川，倒不如遣各皇子去！"也遂岂有妒意耶？抑欲长图快乐耶？成吉思汗道："我不在军中，总难放心，况我筋力尚强，一时应不至就死，就是死了，也不枉创业一场。"也遂含泪道："诸皇子中，嫡出的共有四人，主子千秋万岁后，应由何人承统？"成吉思汗半晌道："你说也是，我宗族大臣，都未曾提起，所以我也蹉跎过去。我去问明皇子再说！"

当下出召四子，先问术赤道："你是我的长子，将来愿否继统？"立嫡以长，古有常经，成吉思汗乃胸无主宰，先行详问，是始基未慎，何以图终。言未毕，察合台勃然道："父亲何故问他？莫不是要他继统么？他是蔑里吉种带来的，我等如何叫他管辖！"成吉思汗道："胡说。"察合台道："我母不是被蔑里吉掳去么？后来返归，途中便生了术赤，父亲可否记得？"补第五回所未及，惟从察合台口中叙出，彰母之丑，可见蒙儿不情。成吉思汗尚未答话，那术赤已奋然跃起，突将察合台衣领

第十二回 拔中都分兵南略 立继嗣定议西征

揪住，厉声道："我父亲未曾分拣，你敢这般说么？你不过强硬些儿，此外有何技能！我今与你赛射，你若胜我，我便将大指剁去；我与你再赛斗，我若被你击倒，我便死在地下，不起来了！"察合台不肯少让，也把术赤衣领揪住。

正喧嚷间，宗族都前来劝解。阔阔搠思道："察合台，你为何着忙？你未生时，天下扰扰，互相攻劫，人不安生，所以你贤明的母，不幸被掳！似你这般说，岂不伤着你母的心？你父初立国时，与你母亲一同辛苦，将你儿子们抚养成人，你母如日同明，如海同深，你尚未报亲恩，怎么出言不逊！"成吉思汗接着道："察合台，你听着么？术赤明是我的长子，你下次休这般说！"恐怕做元绪公，所以如此抵赖。察合台微笑道："似术赤的气力技能，也不用争执，我与术赤，只愿随父亲效力便了。我弟窝阔台，敦厚谨慎，可奉父教！"成吉思汗闻言，复问术赤。术赤道："察合台已说过了，我照允便是！"成吉思汗道："你兄弟须要亲昵，勿再吵闹，被人耻笑！我看天高地阔，待大功成后，各守封国，岂不更好！"二人无语，成吉思汗又问窝阔台道："你两兄教你继统，你意如何？"窝阔台道："承父亲恩赐，并二兄抬举，但做儿子的也不能遽允！自己没有甚么智力，还好小心行去，只恐后嗣不才，不能承继，奈何？"窝阔台言语近情，较诸两兄粗莽，似胜一筹，但自己未曾自立，先已顾到后嗣，虑亦深了。成吉思汗道："你既能小心行事，还有何说！"又问四子拖雷道："你承认否？"拖雷道："我只知饥着便食，倦着便睡，差去征战时便行，此外无他志了！"

成吉思汗便召合撒儿，别勒古台，帖木格及侄儿阿勒赤歹道："我母已经去世，我弟合赤温，亦已病亡，母弟之殁，俱从成吉思汗口中叙明，无非为省文计耳。目下只有三弟，及我弟合赤温子阿勒赤歹，算是最亲骨肉，我今与你等说明：我第三子窝阔台将来接我位子；当使术赤、察合台、拖雷三人各有封土，自守一方。我子原不应违我，但愿你等亦永记勿忘！倘若窝阔台子孙，没有才能，我的子孙，总有一两个好的，可以继立，大家能秉公去私，同心协力，自然国祚延长，他日我死后，也瞑目了！"

合撒儿等应着。成吉思汗因立储已定，遂命哲别为先锋，速不台继之，自率四子及忽阑夫人统着大军为后应，即日启程。又遣使至西夏，命他会师西征。及去使还报，西夏不肯发兵。成吉思汗怒道："他敢小觑我么！待我征服西域，再去剿灭了他！"为后文灭夏张本。于是排齐军马，祭旗启行。祝告甫毕，忽觉狂风骤起，黑云密布，转瞬间大雪飘飘，飞舞而下，不到半日，竟着地三尺。成吉思汗怏怏道："现在时当六月，天应炎热，为什么下起雪来？"忽从旁闪出一人道："主子休疑，盛夏时候骤遇严寒，这是上天肃杀气象，正要吾主奉天申讨哩！"成吉思汗闻言大喜。正是：

天道无端开杀运，雪花先已报功成。

毕竟何人作此慰语，俟至下回表明。

金主珣自燕徙汴，固为失算，我能往，寇亦能往，徙都何为者？然成吉思汗之辈好兴师，反借徙都为口实，是所谓欲加之罪，何患无辞，非真由徙都而致也。若屈曲律之诱人女，胁人主，种种权术，无非狡诈，及得国以后，且借势横行，以滋众怒，盖不啻为丛驱雀，而导蒙古以西略者。成吉思汗武力有余，文教不足，观其立储贰时，已开兄弟阋墙之渐，信乎以马上得天下者，不能以马上治也。本文依事直叙，文似拉杂，而暗中恰隐寓线索，阅者可于夹缝中求之！

第十三回　回酋投荒窜死孤岛　雄师追寇穷极遐方

却说夏天雨雪，煞是奇怪，独有人谓系杀敌预兆。这人为谁？乃是辽皇族耶律楚材。楚材曾仕金员外郎，博览群书，旁通天文、地理、律历、术数。至蒙古南征，中都残破，适楚材在中都，为成吉思汗所闻知，召为掾属。每有谘询，无不通晓，令他占兆，尤为奇验。成吉思汗称为天赐，言听计从，至是谓雪兆瑞征，自然信而不疑。耶律楚材为蒙古良辅，故叙述独详。

当下令楚材随行，发兵西进，楚材复订定军律，所过无犯。至也儿的石河畔，柯模里、畏兀儿、阿力麻里诸部落，皆遣使来会，愿发兵随征。成吉思汗便就此屯驻。过了残腊，至各部兵会齐，方命进兵，直指讹答剌城。城主伊那儿只克，《元史》作哈济尔济兰图。有众数万，缮守完备。成吉思汗屡攻不下，顿师数月；将要破城，又来了花剌子模援军，头目叫作哈拉札，入城助守，城复完固。成吉思汗以顿兵非计，拟分军四攻，乃留察合台、窝阔台一军，围攻讹答剌城；别遣术赤一军，向西北行，攻毡的城；阿剌黑、速客图、托海一军，向东南行，攻白讷克特城；自率第四子拖雷，带着大军，向东北渡忽章河，即西尔河。趋布哈尔城，横断花剌子模援军。

四路并举，小子只有一支秃笔，不能兼叙，只好依次写来。察合台、窝阔台一军，奉命留攻，又是数月，城中粮尽援绝，哈拉札意欲出降，伊那儿只克自知万无生理，誓死坚守。两人异议，哈拉札遂夜率亲军，突围出走。察合台奋力穷追，竟将哈拉札擒住。询得城内虚实，立将他斩首示众。当下督兵猛攻，前仆后继，顿把城堞攀毁，鱼贯而入。伊那儿只克巷战不胜，退守内堡，尚相持了一月。怎奈部众食尽力乏，一半饿死，一半战死，只余二卒，还登屋揭瓦，

第十三回　回首投荒窜死孤岛　雄师追寇穷极遐方

飞掷蒙古军。察合台、窝阔台并马突入，见伊那儿只克握着双刀，单身出来，两人忙将他截住，并饬各兵重重围住。任你伊那儿只克如何凶悍，终被蒙古兵射倒，擒入囚笼，押送至成吉思汗大军，命把生银熔液，灌他口耳，报那杀商戕使的仇怨。用银液杀人，亦未曾有，想是因他贪银，故用此刑。世之拜金主义者，亦当以此刑待之。

是时术赤徇师西北，先至撒格纳克城，遣畏兀儿部人哈山哈赤入城谕降，被他杀死。术赤大愤，力攻七昼夜，破入城中，屠戮殆尽，留哈山哈赤子为城主。复西陷奥斯恳、八儿真、遏失那斯三城，行近毡的，守将先遁，术赤兵傅城而上，城即被陷。再西拔养吉干城，各置守吏。前叙攻讹答剌军，此叙攻毡的军。

惟阿剌黑三将至白讷克特城，一攻即下，随驱城中壮丁，进攻忽毡城。城主帖木儿玛里克守河中小洲，矢石不能及，与城守遥为犄角，并造舟十二艘，裹毡涂泥，抵御火箭。蒙古三将，与他战了六七次，不能取胜，且伤亡兵卒千余名。于是遣了急足，向成吉思汗处乞师。适成吉思汗收降布哈城、塔什干城，进兵布哈尔。途次得阿剌黑等军报，遂拨偏师赴援。师至忽毡，阿剌黑等兵力复盛。再督壮丁运石填河，筑堤达洲。玛里克荡舟来争，俱被蒙古兵杀败，没奈何返至洲中，招集各舟，将所有兵士辎重，乘夜装载，拟运往白讷克特城中。谁知阿剌黑等先已防着，用铁索锁住河间，阻他前进。一闻有挺撞声，斫击声，便举起胡哨，号召各军，霎时间两岸军马，齐集如蝟，都用强弩猛箭，攒射过来。玛里克料难入城，便舍舟登陆，且战且行。蒙古兵一同赶上，乱戳乱劈，杀伤殆尽，只玛里克走脱。叙阿剌黑等一军。

各路军共报大捷，次第进行，来会大军。那时成吉思汗已拔布哈尔城，追溃卒至阿母河，除投降免死外，一体枭首。成吉思汗亲登回教讲台，传集民人，谕以背约杀使，起兵复仇等情形，并令富民出资犒军。回民力不能抗，只好应命。会闻花剌子模王谟罕默德引兵驻撒马耳干，《元史》作薛迷思干。遂返旆东征。原来撒马耳干在阿母河东，所以成吉思汗大军又自西转来。谟罕默德闻大军将至，先期逃去。城中尚有兵四万，墙堞高固，守具完备，成吉思汗料不易攻，令先围城。既而术赤等三路军马，共集城下，遂四面围攻。城中守兵出战，被成吉思汗用了埋伏计，诱他入险，尽行杀毙。守将阿儿泼引亲卒突围出走，城中无主，只好乞降。成吉思汗佯许免死，至兵民出来，叫各兵薙发结辫，令入军籍，民仍旧制，到了夜间，潜命部下搜杀降兵，没一个不死刃下。随俘工匠三万名，分隶各营，壮丁三万名，充当奴隶；余民五万，令出金钱二十万，始得安居。部署既定，即命哲别、速不台二将，各率万人追谟罕默德。二将领命去了。

当谟罕默德出走时，因母妻居乌尔鞬赤城，《元史》作玉龙杰赤。与撒马耳干仅隔一阿母河,恐罹兵锋,乃遣使劝母妻速遁。成吉思汗也探悉他的母妻住址,令部下丹尼世们,至乌尔鞑赤,语其母道:"你儿子谟罕默德开罪我邦,我所以发兵来讨。你所主地,我不相犯,速遣亲信人前来议和!"那母亲名支尔干,置之不理,将丹尼世们逐出,自领妇女西走。支尔干,故康里部人,康里部旧在阿拉海 即忽章西尔两河潴集处。 东北岸,为突厥种族的支部。花剌子模将士多属康里部人,平时仗着母后威势,专横无度,不奉谟罕默德命令。谟罕默德自知力弱,因望风溃去。长子札兰丁随父出奔,愿号召部民扼守阿母河,谟罕默德不从。札兰丁复请自任统帅,任父他避,谟罕默德又不许。其次子屋克丁,向驻义拉克,至是遣人迎父,报称有兵有饷,可以固守,谟罕默德遂决计西进。从兵皆康里人,阴谋叛乱,幸亏谟罕默德先时戒备,宿辄易处,一夕已经他徙,所留空帐,被丛矢攒射,几无遗隙。寻为谟罕默德闻知,心益悚惧,托词出猎,仅带札兰丁及心腹数人,潜往义拉克去了。内部已溃,即从札兰丁言,亦属无补。

哲别、速不台二将昼夜穷追,兵至阿母河,无舟可渡,便下令伐木编簏,内置辎重器械,外裹牛羊兽皮,就马尾系着,驱马泅水,得不沉没。将士攀援以随,全军遂渡。既渡河,分道巡行,哲别趋西北,速不台趋西南,沿路招抚,将至宽甸吉思海滨, 即里海。 两军复会。谟罕默德已至义拉克,闻蒙古军将到,立即西走。屋克丁差人侦探,据报蒙古军沿海南来,距义拉克不过数十里,他也心惊肉跳,坐立不安,竟行了三十六着中的上着。 统是饭桶。

谟罕默德遁至伊兰,住了数日,复东遁马三德兰,行李尽失。马三德兰旧有部酋为谟罕默德所杀,地亦被并。其子闻仇人到来,纠众报复,杀入谟罕默德帐中,不图谟罕默德已先遁去。 可谓善逃。 追至宽甸吉思海,见谟罕默德登舟离岸,有三骑踊跃入水,竟至溺毙。在岸上的人,用箭射去,那舟行驶如飞,任他有穿杨百步的能力,也是无从射着。谟罕默德得了生命,亟至东南隅小岛中居住,可怜胸胁中寒,忧悸成疾。濒危时,遗命札兰丁嗣立,把自己的佩剑解下,令他系在腰中。嘱咐已毕,两眼一翻,呜呼哀哉! 保全首领,还算幸事。

札兰丁把父尸槀葬,再自岛中潜出,东回乌尔鞑赤。这时候,支尔干早遁,尚有守兵六万,大半是康里部人,欲加害札兰丁,札兰丁闻风又遁。道遇帖木儿玛里克,率三百骑西行,遂与他会合,绕道东南,至哥疾宁地方去了。

哲别、速不台两军,至马三德兰,探知谟罕默德已窜死海岛,遂勒兵不追。只在马三德兰一带,搜剿余众。忽闻左近伊拉耳堡有谟罕默德母妻等,避匿不出,二将遂率军围堡。堡在万山中间,丛林深箐,阴翳晦暗,两军不便骤进,各远远的围着,只令它水泄不通。这老天亦似助强欺弱,竟尔匝月不雨,堡民无处汲水,口渴欲死,各思出外逃生,无如出来一人,一人被捉,出来两人,一双被捉,及至纷纷出来,二将知已内乱,引军直入堡中,把谟罕默德的母妻女

第十三回 回首投荒窜死孤岛 雄师追寇穷极遐方

孙一并拿住，当即槛送成吉思汗军前。成吉思汗赦了支尔干，不令她侍寝，想是嫌她老了。只杀了她的幼孙。所有女子四人，一个给了丹尼世们，前日出使一场，总算不枉跋涉。两个给了察合台。察合台留下一女，一女给了部将。颇为慷慨。还有一个，给了前时被杀商人的儿子。以父易妻，也还值得。算是谟罕默德家眷的结局。

哲别、速不台方拟回军，忽接成吉思汗命令，宽甸吉思海北面，有钦察部，曾收纳蔑里吉部的溃卒，应前往致讨，毋遽班师等语。二将不好违慢，只得再接再厉，复向西北杀入。所有战事，容待下文再详。

单说成吉思汗自平定撒马耳干后，驻跸多日，复至渴石避暑，直到秋季，自率拖雷略南方，别命术赤、察合台、窝阔台，往征乌尔鞑赤。

乌尔鞑赤无主帅，由兵民公推，以康里人库马尔为首领，防御蒙古军。术赤等军将到城下，前哨劫掠牛马。守兵出城抗御，被诱至数里外，中伏败溃。嗣是城内兵民，一意坚守，不复出战。城跨阿母河，垣堞坚厚无匹，猝不可拔。术赤先遣使招降，因城主库马尔不从，乃伐木为桥，令兵三千进攻。不意守兵大出，把三千人困在垓心，杀得片甲不留。术赤急发兵往援，怎奈桥已被毁，前后隔断，只好双眼睁着，静看这三千人，做了无头之鬼！想是屠城之报。

察合台欲乘风纵火，毁他城堞，偏术赤思王此土，不许焚掠，由是兄弟不和，你推我诿。仍是前日积怨。迁延至七阅月，尚是未下，使人禀报成吉思汗，成吉思汗询得实情，颁敕诘责，改命窝阔台统领诸军。窝阔台即至两兄处，极力和解；乃并力亟攻，数日罔效。寻决河水灌城，城中不免惊忙。窝阔台遂督军掩入，将城攻陷。城主库马尔，犹带领守兵死战七昼夜，至力尽身亡，方才罢手。兵民多被屠戮，只工匠妇女幼稚，算是幸免。术赤留驻城中，察合台、窝阔台赴成吉思汗军去了。

成吉思汗此时正略定阿母河两岸，渡河指塔里寒山，所向征服。分军给拖雷带领，命往呼罗珊地方，荡平各寨，作哲、速二将后援，拖雷自去。成吉思汗进攻塔里寒寨，寨极坚固，四面皆山，士兵非常悍鸷，遇着敌军，统是拚命杀来。蒙古军虽经百战，到底也怕死贪生，战了数仗，一些儿没有便宜，反伤亡了无数。成吉思汗亲自督攻，也被寨兵战退。乃就山下扎营，召回拖雷军合攻，待久未至。原来拖雷军北往呼罗珊，沿阿母河西岸进发，所过城寨，剿抚兼施，倒也觉得顺手。既至呼罗珊西北隅，接着成吉思汗召还消息，乃从宽甸吉思海东岸绕还。海南有木乃奚国，素崇回教，由拖雷军大掠一番，再从东南回趋，冲破匿察兀儿及也里等城，方到塔里寒山，与成吉思汗军相会。成吉思汗已待了好几月了，遂合兵再攻坚寨，接连数日，方得毁坏城垣，杀败守卒，步兵尽死，惟骑兵奔溃。约计攻寨起讫日子，共七阅月。大众休息寨中，兼且避暑。与上文渴石避暑又隔一年。察合台、窝阔台,亦领军到来。术赤等攻乌尔鞑赤亦经七月,两两相对,前后接笋。

凉风一至,暑气渐消。看似寻常叙景,实则为过脉要诀。成吉思汗接到侦报,谟罕默德长子札兰丁,在哥疾宁纠集余众,与班里《元史》作班勒纥。城主蔑力克汗,《元史》作灭里可汗。联合,声势颇盛;又札兰丁兄弟屋克丁,亦出屯合儿拉耳地方,有众千人。于是再议亲征,南下攻札兰丁;遥命哲别等分兵攻屋克丁。哲别奉谕,遣裨将台马司、台纳司二人往攻合儿拉耳。屋克丁在合儿拉耳地方尚没有甚么兵力,闻蒙古军又至,便遁入苏吞阿盆脱堡,经台马司等率兵追入,围攻半年,堡破被杀。随笔了结。只札兰丁整备年余,集众六七万,又得蔑力克汗相助,有恃无恐,遂出御蒙古军。成吉思汗统兵南征,逾巴达克山,至八米俺城,围攻未下,乃令养子失吉忽秃忽名见第六回。领前哨军,先向东南进发。忽秃忽到了喀不尔,一作可不里,即今阿富汗都城。正遇着札兰丁,两军会战,自昼至暮,互有杀伤。次日再战,忽秃忽虑众寡不敌,密令军中缚毡像人,置在军后,仿佛似援军一般。临阵时,前面的军士,仍照常厮杀,战至半酣,将毡像载着马上,从后推至。札兰丁军果疑有后援,渐渐退却。独札兰丁奋然道:"我众甚盛,怕他甚么?"随即分士卒为三队,自率中军,令蔑力克汗率右翼,邻部阿格拉克率左翼,两翼包抄,将忽秃忽军围住。忽秃忽知计已被破,忙令军士视旗所向,冲突敌阵。谁知敌众已四面攒集,似铜墙铁壁一般,来困忽秃忽,那时忽秃忽顾命要紧,只好拏着大旗,率众猛突,冲开一条血路,向北而逃。敌骑乘势追杀,死亡无算,军械马匹,亦被夺去不少。自蒙古军出征西域。这次算是第一遭损失。

败报至八米俺,成吉思汗正因爱孙莫图根一作莫阿图堪。攻城中箭,身死含哀。莫图根系察合台子,少年骁勇,骑射皆精。此次阵亡,不但察合台恸哭不休,就是成吉思汗也悲泪不止。忽又接到忽秃忽败报,不禁咬牙切齿,誓将八米俺城攻下,以便赴援。即日督军力攻,亲负矢石,察合台报仇心切,不管什么厉害,只麾军士登城,城上城下,积尸如山,蒙古兵只是不退。当即移尸作梯,奋勇杀入,把城中所有老幼男女一律杀死,连牛羊犬马,统共刹毙,并将城垣尽行拆毁,至今斯地尚无人烟,可算得一场惨劫了! 太属不顾人道。

成吉思汗不待部署,亟麾军南行,军不及炊,只啖米充饥。途次遇着忽秃忽败军,责他狃胜轻敌,并令忽秃忽导至战处,追溯前日列阵形状,指示阙失,更命倍道进行。到了哥疾宁,闻札兰丁已奔印度河,乃舍城不攻,引军疾追。

看官,这札兰丁已战胜忽秃忽军,为甚么先期远飏,竟往印度河奔去?原来忽秃忽败北时,曾有骏马一匹为敌所夺,蔑力克与阿格拉克二人皆欲得此马,相争不下,恼得蔑力克性起,突执马鞭,将阿格拉克面上挥了一下,阿格拉克大愤,竟率部众自去。札兰丁失了左臂,未免惶惧,及闻成吉思汗亲来报复,所以先自南奔,蔑力克汗亦随往。

距河里许,回顾后面尘头大起,料是成吉思汗军赶到,自知不及西渡,只好列阵以待,一决雌雄。那成吉思汗大军,煞是厉害,甫经交绥,即握着大刀阔斧,突入阵中。忽秃忽奉了密谕,猛攻右翼蔑力克军。蔑力克支持不住,向后倒退,退至印度河畔,不料蒙古军已绕至前面,阻住去路,一时措手不及,被蒙古军刺于马下,眼见得不能活了。

札兰丁又失右臂,势孤力弱,进退徬徨,自晨战至日中,手下仅数百人,幸成吉思汗意欲生擒,饬禁军士放箭,因得突围而出。奔到河边,复被忽秃忽军堵住,顿时上天无路,入地无门,他却穷极智生,竟纵马上一高崖,复将马缰扯起,扑的一跳,连人带马,投入印度河中去了!小子诌着俚句,成七绝一首云:

> 全军弃甲复抛戈,奔命穷途可奈何?
> 尽说悬崖宜勒马,谁知纵辔竟投河!

未知札兰丁性命如何?请看官续阅下回。

本回叙成吉思汗西征事,皆在今中央亚细亚境内。《元史》所载甚略。余如《亲征录》、《元秘史》、《元史》、《译文证补》等书,亦皆错杂不明,令阅者茫如测海,几有望洋之叹。一经作者叙述,逐层分析,依次表明,自觉井井有条,不漏不紊。若并是书而以为难阅,则从前史乘,更不必过问矣! 本书所载地理,南北东西各有分别,阅《元史》地图自知。看似容易恰艰辛,阅者幸勿滑过!

第十四回　见角端西域班师　破钦察归途丧将

却说札兰丁投入印度河,蒙古军瞧着,总道他身入水中,一落数丈,不是跌死,也是淹死,谁料他却不慌不忙,从水中卸了军装,凫水逸去。诸将以穷寇被逃,不禁气愤,争欲赴水追捕,还是成吉思汗力阻,并语诸子道:"好一个健儿,是我生平所未曾见过的,若竟被他漏网,必有后患!"部将八剌愿渡河穷追,成吉思汗允他前行。八剌遂役令兵丁,斩木为筏,渡河南去。成吉思汗复返攻哥疾宁城,城中守将,早已遁去,兵民开城迎降。窝阔台奉成吉思汗密谕,伪查户口,教兵民暂住城外,工匠妇女,不得同居。到了晚间,潜带麾下出城,把哥疾宁的兵民,一一戮毙,只工匠妇女,留作军中使用。专用此计,毋乃残酷。

成吉思汗再沿印度河西岸北行，捕札兰丁余党，闻阿格拉克与他族寻仇，已被杀死，遂乘机荡平各寨，所有丑类，无一子遗。又因西域一带，叛服无常，索性遣将分兵，四处巡行，遇着携贰的部落，统加屠戮，共杀一百六十万人，方才收刀！民也何辜，遭比荼毒。

嗣得八剌军报，破壁耶堡，进攻木而摊城，因天气酷暑，一时不便开仗，只好扎住营寨，静待秋凉，札兰丁不知去向，俟探实再报等语。成吉思汗道："我意在一劳永逸，所以征战数年，并无退志。现在余孽在逃，不得不再行进取，为山九仞，功亏一篑，如何使得！"耶律楚材婉谏道："札兰丁孤身远窜，谅他亦没有甚么能力，况我军转战西陲，越四五年，威声已经大震，得休便休，还求主子明察！"成吉思汗道："我进彼退，我退彼进，奈何？"耶律楚材道："坚城置吏，要隘屯兵，就使死灰复燃，亦属无妨！"成吉思汗半晌道："且待哲别等军报，再作计较。"耶律楚材不便再说。大众休息数日，接到哲别军消息，已西逾太和岭，即高加索山。战胜钦察援军，进兵阿罗思即俄罗斯。去了。成吉思汗道："哲别等远征得手，一时总未能回来，我军守着这地，做甚么事，不如渡河南行，接应八剌，平定印度方好哩！"随即下令再进。

时方盛夏，暑气逼人，印度地方，又在赤道下，益加炎燸，军行数里，便觉气喘神疲，汗流不止。既到印度河，遥见水蒸气磅礴天空，日光被它遮住，对面迷濛，不见有什么影子。军士各下骑饮水，那水的热度似沸，几难入口，都皱着眉，蹙着额，恨不得立刻驰归。耶律楚材复思进谏，忽见河滨来一大兽，身高数丈，形似鹿，尾似马，鼻上有一角，浑身绿色，不觉暗暗惊异。成吉思汗也已瞧着，便语将士道："这等大兽，见所未见，你等快用箭射它！"将士奉令，统执着弓矢，拟向大兽射去。蓦听得一声响亮，酷肖人音，仿佛有"汝主早还"四字。耶律楚材即出阻弓箭手，令他休射，一面到成吉思汗面前。方欲启口，成吉思汗已问道："这是何兽？"耶律楚材道："名叫角端，能作人言，圣人出世，这兽亦出现，它能日驰万八千里，灵异如鬼神，矢石不能伤它。"语至此，成吉思汗复问道："据你说来，这可是瑞兽么？"耶律楚材道："是的！这兽系旄星精灵，好生恶杀，上天降此，所以儆告主子。主子是上天的元子，天下的百姓，统是主子的儿子，愿主子上应天心，保全民命！"楚材所说，未必果真，但借异兽以规人主，可谓善谏。成吉思汗方欲答言，又见大兽叫了数声，疾驰而去。随向耶律楚材道："天意如此，我亦不便进行，不若就此班师罢。"耶律楚材道："主子奉天而行，便是下民的幸福！"语虽近谀，然谀言最易动听，善谏者宜知之。

当下命师返旆，并遣人渡印度河，促八剌旋师。八剌即日北归，想已眼望久了。会着大军，由北趋东，过阿母河，历布哈尔，回民多叩谒马首。成吉思

第十四回　见角端西域班师　破钦察归途丧将

汗召主教入见。主教名曷世哀甫，谒见毕，详述教规。成吉思汗道："所言亦是，但我闻回民礼拜，必须赴教祖墓所，回教祖名摩罕默德墓在麦加城。这也未免太拘。上帝降鉴，何地不明，为甚么限着地域呢？"曷世哀甫不复再辩，唯唯听命。成吉思汗复道："我已征服此处，此后祈祷，可用我名。你为主教，还有各处教士，尽行豁免赋役，你可替我申谕！"因势利导，谅亦由耶律楚材所教。成吉思汗便在布哈尔暂驻，一面遣使召术赤来会，一面遣使召哲别、速不台班师。

一住数日，复起行东归，经撒马尔干，渡忽章河，令谟罕默德母妻，辞别故土。两妇不能抗命，只好向着西方恸哭一场，复随大军东行。到了叶密尔河，皇孙忽必烈，《元史》作呼必赉。旭烈兀《元史》作辖鲁。来迎。成吉思汗大喜，命二孙侍着行围。二孙皆拖雷子，忽必烈才十一岁，旭烈兀才九岁，随成吉思汗入围场，统能骑马弯弓，发矢命中，忽必烈射杀一兔，旭烈兀射杀一鹿，奉献成吉思汗。成吉思汗喜上添花，遂命将捕获各兽，及西域所得的财宝，大犒三军。嗣复住了数日，待长子术赤及哲别、速不台，均尚未至，方徐徐的回国去了。归结成吉思汗西征。

且说哲别、速不台二将，北讨钦察，引兵绕宽甸吉思海辗转至太和岭，凿山开道，俾通车骑，适遇钦察部头目玉里吉，及阿速、撒耳柯思等部，集众来御，仓猝间不及整阵，几被敌军迫入险地。哲别、速不台商定一策，遣西域降将曷思麦里至玉里吉军，说是"我等同族，无相害意，不过西征到此，闻岭北有数大部落，特来通好，请勿见疑！"玉里吉等信以为真，麾兵退去。哲、速二将，引军出险，登高遥望，犹隐隐见阿速部旗旄。速不台语哲别道："敌军信我伪言，统已退归，在途必不防备，若就此掩将过去，杀他一个下马威，可好么？"哲别连称妙计，便饬兵士尾追前军。疾行数里，已至阿速部背后，一声呼啸，好似电劈雷轰，猛扑前去。阿速部后队，方欲返顾，不料身上都受着急痛，霎时晕厥，纷纷落马。力避俗套。前队尚莫明其妙，等到硬箭飞来，长枪戳入，始知有敌到来。正欲拔剑弯弓，那头颅不知何故，已歪倒肩上，手臂不知何故，分作两段，顿时你忙我乱，只好鞭着马，飞着腿，四散奔逃！语语新颖。阿速部已经溃散，前面就是钦察部众。玉里吉闻着后面呐喊，惊问何事？大众都摸不着头脑，便命子塔阿儿领着数骑，向后探望，冤冤相凑，与蒙古军相值。方开口问着，已被一枪洞胸，坠骑死了。余骑不值一扫，统赴枉死城中。此时玉里吉待子未回，就勒马悬望。突然间来了蒙古军，错疑塔阿儿导他来会，笑颜迎着，蒙古军不分皂白，枪起刀落，又将玉里吉杀死。父子同归冥途，不寂寞了。余众大骇，急忙奔溃，已被蒙古军杀了一半。蒙古军再追数里，前面已寂无一人，料得撒耳柯思部已自飏去，略去撒耳柯思部，烦简得宜。当即择地下营。

哲、速二将，虽已得胜，终恐深入重地，寡不敌众，遂遣使至术赤处告捷，并请济师。术赤方攻下乌尔鞑赤城，驻军宽甸吉思海东部，俱回应前回。闲暇无事，即分兵大半往援。

哲别等既得援师，北向至浮而嘎河，入里海。适值河冰凝冱，遂履冰徒涉，攻下阿斯塔拉干大埠，纵兵焚掠。会得探报，钦察部酋霍脱思罕，领着部众来了。原来霍脱思罕系玉里吉兄长，闻知弟侄阵亡，倾寨前来，意图报复。哲别命曷思麦里诱敌，只准败，不准胜，自与速不台分军埋伏，专候钦察兵到，奋起厮杀。说时迟，那时快，曷思麦里方才出发，钦察兵已是驰到，望见曷思麦里麾下不过数千人，衣履不整，器械无光，统呵呵大笑，不把他望在眼里。曷思麦里恰突出阵前，指挥士卒与钦察前队酣战一场，不分胜负。霍脱思罕见前队战敌不下，便督军齐上，拟包围曷思麦里军，曷思麦里恐陷入重围，乃率兵退走。曷思麦里之徐徐退走，为哲、速二将埋伏起见，非违命也。

钦察部众只道是蒙古军败退，大众赶先争功，已无军律，曷思麦里令部下抛甲弃杖，惹得追军眼热，统下骑拾取，曷思麦里复回军来争，与钦察部众略斗，便又退走。恐他不追，所以回军。此退彼进，到了一座大山，峰崖险峻，岭路崎岖，曷思麦里麾军径入，霎时间都进去了。霍脱思罕报仇心切，又不防有他变，奋力追入。到了山间，峰转路迷，不辨去向。正疑虑间，山上号炮齐起，矢石雨下，忙即下令退军，把后队当作前队，觅路而出。将出山口，被速不台一军堵住，尚没有甚么恐慌，当下麾众夺路，与速不台军鏖战起来，颇也有些起劲。谁知曷思麦里军已从他背后杀到，霍脱思罕顾了前面，不能顾后，顾了后面，不能顾前，才觉手忙脚乱，只好拚了老命，冲开一条血路，出山急走。前后夹攻的蒙古军，只在山内屠杀敌兵，一任霍脱思罕走脱。霍脱思罕急行数里，才敢喘息，检阅兵马，十成中少了六七成，便垂头丧气，向前再行。途穷日暮，夜色凄其，猛听得喊声复起，前后左右，又是蒙古军杀到，险些儿吓落马下！亏得手下尚有健卒数百，尽力保护，以一当百，等到杀透重围，已经十有九死。看官欲问这支蒙古军，只教再阅前文，便自分晓。不言而喻。

且说霍脱思罕走脱后，回入本部，恐蒙古军进攻，无兵可敌，没奈何遁入阿罗思境内。阿罗思就是俄罗斯，唐懿宗初，在北海立国，拓地渐广；北宋时，创行封建制度，分七十部，子孙相继，日事争夺。南俄列邦，有哈力赤部，酋长名密只思腊，系霍脱思罕女夫，粗知兵事，尝战胜同族，意气自豪。闻妻父远来，迎入城中，问明底细，即投袂道：" 偌大蒙古，敢如此强横！待我出兵与战，怕不把它踏平呢。" 喜说大话的人，最不可靠。霍脱思罕道："蒙古将士，很有蛮力，并且诡计多端，防不胜防。幸亏我走得快，才得保全性命，与你重逢。" 密只思腊笑道："他来的只是孤军，我等邻部甚多，一经号召，立集千万，总要与妇翁报仇哩！"于是遣使四出，召集各部酋长会议发兵。计掖甫部酋罗慕，扯耳尼哥部酋司瓦托司拉甫，与密只思腊最是莫逆，一闻消息，赶先驰到。南方各部长，也陆续趋至。大众开议，定计出境迎击，毋待敌至。并遣告阿罗思首邦物拉的迷尔部，请他出师协助，分运军粮。部酋攸利第二，也即照允。

不到数日，各部兵均已会齐，共得八万二千人，仗着一股锐气，趋入钦察部。复由霍脱思罕收集残兵，专待蒙古军至，一齐掩杀。那时哲、速二将，已得知阿罗思会师来御，也未免有些胆怯。是谓临事而惧。想了一计，复遣十人至阿罗思军，由密只思腊召入，问明来意。十人道："钦察部容纳叛众，所以我军前来，声罪致讨。若与阿罗思诸部素无衅隙，定不相犯；况我国敬信天神，与阿罗思宗教相似，何不助我共敌仇人！"言未毕，霍脱思罕闪出道："从前我弟玉里吉也信了他的诡话，遭他毒手，我婿千万不可再信！"密只思腊道："如此可恶，杀了来使再说！"便喝令左右，缚住八人，立即斩首，只令二人回报。

哲别又命二人至阿罗思军，说是两国相争，不斩来使，今无端杀我行人，上天必不眷佑，速即约定战期，与你决一胜负。霍脱思罕又欲杀他，还是密只思腊道："杀他一二人何用，不如借他的口，回报战期！"随命二使道："饶你狗命！快叫你主将前来受死！"二使抱头趋归。想是二人命不该绝，故一再得脱，不然，哲别前次已欺玉里吉，此次又欲欺密只思腊，安得令人信用耶！

密只思腊遣还来使，即麾兵万骑，东渡帖尼博耳河，巧值蒙古裨将哈马贝，沿河探望，手下只带数十骑，被密只思腊军一鼓掩来，逃避不及，个个受缚，个个饮刀。哲别闻报，亟命全军东退，伪耶？真耶？那时密只思腊越发趾高气扬，追逼蒙古军直至喀勒吉河，遇见蒙古军列营东岸，便在河北扎住阵脚。霍脱思罕亦引兵来会，还有计掖甫扯耳尼哥诸部众，到了河滨，与密只思腊南北列阵。密只思腊轻敌贪功，并未与南军计议，独率北军渡河，来杀蒙古军。蒙古军如何肯让，就在铁儿山附近，枪对枪，刀对刀，大战起来。自午至申，杀伤相当。速不台见钦察军也在敌阵，竟带着锐卒，突入钦察军中，去杀霍脱思罕。钦察军惩着前辙，未战先慌，蓦见蒙古军冲入，立即惊溃。霎时间阵势大乱，密只思腊禁止不住，也只得奔还，急忙渡河西走，令将船只凿沉，人马溺毙，不计其数，后队兵士，不及渡河，眼见得是身首两分，到鬼门关上挂号去了！妙语解颐。

蒙古军乘势渡河，径攻计掖甫扯耳尼哥等部。各部尚未知密只思腊的胜负，毫不设备，被蒙古军掩至，把他围住，冲突不出。哲、速二将，料他窘迫，诱令纳贿行成，暗中恰四面埋伏，待他出营，却令伏兵齐起，见人便捉，捉不住的，便乱戳乱斫，俘获甚众，歼馘无算。总计各部酋长，伤亡六人，侯七十，兵士十死八九。于是蒙古军置酒欢宴，把生擒的头目，缚置地上，覆板为坐具，哲别、速不台以下将领，统在板上高坐，饮酒至数小时，至兴阑席散，板下的俘虏，已多压死，只扯耳尼哥部酋，尚是活着，哲别令曷思麦里，押送至术赤处，斩首示众。想是命中注定，必须过刀。

阿罗思首部攸利第二汗，正遣侄儿康斯但丁引兵南援，行至扯耳尼哥部，闻各部统已战败，慌忙逃归。阿罗思境内，全土震动。哲别再拟进兵，不意二竖为灾，竟染重疾。何止二竖，恐各部枉死鬼都来缠扰。不得已屯兵休养，适成吉思汗遣使亦至，促他班师，当即奉令回辕。到了宽甸吉思海东部，将术赤部兵尽行交还，别后登程，哲别病势越重，竟在中途谢世了！小子有诗咏哲别道：

百战归来力已疲，叙功未及竟长辞；
男儿裹革虽常事，死后酬庸总不知！

哲别逝世，速不台命部下舁尸。率众东归，欲知后事，请阅下回。

《元史》太祖十九年，帝至东印度国，角端见，班师。《耶律楚材》传，亦载及之，别史多辨其讹，且谓太祖未渡印度河，何由至东印度？是皆史家饰美之词，不足为信。本书两存其说，谓见角端时，适在印度河滨，角端之能作人言与否，不下考实语，独归美于楚材之善谏。是盖独具卓见，较诸坊间所行诸小说，于无可援证之中，且任情捏造者，固大相径庭矣！下半回叙哲、速二将征钦察事，亦考据备详，不稍夸诞，而演笔则又奇正相生。作者兼历史家小说家之长，故化板为活，不落恒蹊。

第十五回　灭西夏庸主覆宗　遭大丧新君嗣统

却说速不台班师回国，由成吉思汗接着，闻知哲别已殁，悲悼不置，便命哲别子生忽孙为千户，承袭父祀。再遣使颁谕术赤，命他就钦察以东，忽章河以北，新定各部，俱归镇治。至西北未定地方，亦须随时勘定。术赤虽曾奉谕，恰不愿再出征战，只在宽甸吉思海北岸萨莱地，设牙驻帐，游猎度日，一面遣使返报，只称得病，不便他征。成吉思汗亦暂置不问。威及退方，独不能驭众子弟，这是历代雄主通病。

惟因西征时曾征师西夏，夏师不至；至此复饬夏主遣子人质，夏主又不从；且闻汪罕余众，多逃匿西夏，心中愈愤，遂议下令亲征，也遂皇后闻着征夏信息，又来劝阻。总是她来出头。成吉思汗不从，也遂道："南方已设国王，为

第十五回 灭西夏庸主覆宗 遭大丧新君嗣统

甚么还劳圣驾？"成吉思汗道："国王木华黎已早死了，嗣子孛鲁，虽命他袭封，究竟经验尚少，不及乃父。况现在降将武仙，又复叛我，都元帅史天倪被杀，孛鲁方调兵遣将，出讨叛贼，还有甚么余力去平西夏？"也遂道："主子西征方归，又要南征，虽是龙马精神，不致劳瘁，但士卒亦恐疲乏，总须略畀休息，方可再用！"语颇近理，我亦服之。成吉思汗屈指道："我即大位，已二十年，西北一带，总算平定，只南方尚未收服，必须亲往一遭，就使今冬不征，明春定要往讨哩。"木华黎之殁，武仙之乱，及成吉思汗所历年月，俱就此带出，是即行文时销纳之法。也遂道："明岁主子亲征，须要准我随行哩。"成吉思汗道："忽兰随我西征，尝自谓困乏得很；似你这般身躯，比她还要娇怯，何苦随我南下呢？"也遂道："主子栉风沐雨，妾等安坐深居，自问良心，亦觉愧赧，若蒙慨许随行，侍奉左右，就使跋涉闲关，亦所甚愿，怕甚么劳苦呢？"成吉思汗喜形于色，且语道："你的阿姊很是谦恭，你又这般忠诚，好一对姊妹花，同侍着我，也算是我的艳福，死也甘心呢！"说一死字，为下文隐伏谶语。说着时，已将也遂抱入怀中，亲狎了一回。是晚并召也速干作伴，做个联床大会，云雨巫山，双双涉历，彼此都极尽欢娱，不劳细说。插入一般艳情，隐寓乐极悲生之意。

小子叙到此处，又不得不将木华黎去世，及武仙再叛等情，再行表明。应十一回。木华黎自得真定后，复连岁出兵，尽得辽河东西、黄河东北诸郡县；复东下齐鲁，西入秦晋，把金邦所有土地，占去大半，《元史》推为开国第一功臣。惟屡攻凤翔未下，还至解州，遂有疾，以成吉思汗十八年三月卒。时成吉思汗尚在西域，闻报大恸，追赠鲁国王，谥忠武，其子孛鲁嗣爵。详叙木华黎生死，以其为第一功臣也。木华黎既殁，山东州县，复起叛蒙古，武仙亦怀着异心，诱杀都元帅史天倪。天倪弟天泽，方奉母归燕，闻变折还，遂遣使至孛鲁处，乞师讨逆。孛鲁命天泽嗣兄统师，并遣兵赴援，与天泽军会，击败武仙。武仙与宋将彭义斌连和，再攻天泽，天泽复发兵与战，擒斩义斌，武仙遁去，后事慢表。纳入此段，庶不阙略。

且说成吉思汗过了残腊，转瞬孟春，元宵一过，即下令南征，从新整点军马，陆续起行。也遂皇后也着了戎装，铁甲蛮鞾，黑骊雕鞍，随在戎辂后面，缓辔行着。仿佛出塞明妃。成吉思汗却骑着一匹红鬃马，红黑相间，煞是好看。由大众簇拥前去。既到郊外，命部众就地设围，亲自行猎。忽一野豕突出，奔至马前，成吉思汗不慌不忙，仗着平生射技，拈弓搭箭，一发毙豕。心中正在得意，突觉马首昂起，马足乱腾，一时羁勒不住，竟将成吉思汗掀翻马下。不祥之兆。

部将忙来救护，扶起成吉思汗，易马上坐，尚有些头昏目眩，神志不安，随命大众罢猎，扎住军营。看官，这马无端腾踔，恰是何故？原来被大豕所惊，因致骇跃。惟成吉思汗南征北讨,纵辔多年,已不知驾驭若干马匹;就是所骑的红鬃马,定然天闲上选,偏偏为豕所惊,以致失驭,这也是天不永年的预兆!是晚成吉思汗即身体违和,生起寒热病来。

翌晨,也遂皇后向众将道:"昨夜主子罹疾,南征事不如暂罢,还请大家商议方好。"大众计议一回,自然依了也遂意见,入内奏知成吉思汗。成吉思汗道:"西夏闻我回去,必疑我是怕他,我现在这里养病,先差人到西夏,责他不纳质子,擅容逃人,看他有何话说?"

当下遣使至夏,语夏主道:"你前时与我议款,情愿归降,我军出征西域,你却不从;近又不遣子入质,并擅纳汪罕余众,你可知罪么?"是时夏主李安全早死,族子遵顼嗣立,复传位于子德旺。德旺本庸弱无能,闻蒙古使臣诘责,战栗不能言,旁闪出一人道:"都是我的主使!要与我厮杀时,你到贺兰山来战;要金银缎匹时,你到西凉来取,此外不必多说,快快走罢!"好大胆。

蒙古使回报,成吉思汗勃然起床,喝令大军速进。左右都来谏阻,成吉思汗怒道:"他说这般大话,我怎么好回去?就是死了,魂灵儿也要去问他,况我还未曾死哩!"遂扶病上马,直指贺兰山。贺兰山在河套附近,距宁夏府西六十里,夏人倚以为固,树木青白,望如骏马,北人呼骏马为贺兰,所以借此名山。大军到了山前,见夏兵已在山麓扎住,问他领兵的头目,便是前说大话的阿沙敢钵。我见前文,早欲问他姓名,至此才出现,作者未免促狭。

阿沙敢钵见有蒙古军,便率众下山,来冲头阵。谁知蒙古兵全然不动,只把硬箭射住,没些儿缝隙可寻,只得退回。好一歇,又复前来冲突,蒙古兵仍用老法子,依旧无效。直至第三次冲突,方听得喇叭一号,营门陡辟,千军万马,如怒潮一般,锐不可当。那边气焰已衰,这边气势正盛,任你阿沙敢钵如何能言,如何大胆,至此阻不胜阻,拦不胜拦,没奈何逃上山寨。蒙古军哪肯干休,就奋力上山,一哄儿杀入寨中,又将阿沙敢钵部下斫死了一大半,阿沙敢钵落荒走了。彼竭我盈,战无不克,可见成吉思汗善于用兵。

成吉思汗据了贺兰山,便进拔黑水等城,嗣因天热体衰,在珲楚山避暑。至暑往寒来,复转攻西凉府及绰罗和拉等县,所过皆克,遂逾沙陀至黄河九渡,取雅尔等县,再围灵州。夏主遣兵来援,又被蒙古军击退。陷入灵州城,进次盐州川,天气凛冽,雨雪载涂,乃命在行帐度年。转眼间腊尽春回,已是成吉思汗二十二年了。复书岁次,为成吉思汗道殂张本。

河冰方泮,成吉思汗即率师渡河,下积石州,破临洮府,据洮河、西宁二州,进攻德顺。西夏节度使马肩龙正坐镇德顺城,颇有威名,闻蒙古兵至,居然开城出战,酣斗三日,蒙古兵受伤不少,马肩龙部下,也死了好几百名。因遣人报知夏主,即请济师。时夏主李德旺忧悸成疾,已经去世。还是侥幸。国人立他犹子,单名只一睍字。睍尚幼弱,晓得甚么军政,各将士统得过且过,专务趋避,大家穿凿山谷,藏匿财物,行个狡兔营窟的法儿,愚甚痴甚,无怪国亡。便把马肩龙军书搁起。

马肩龙待援不至,自叹道:"城亡与亡,尚有何说?"复坚守了数日,禁不住敌军猛攻,自率左右出城,舍命死斗,至蒙古兵围绕数匝,尚拔刀瞋目,斫死蒙古兵数名,后来箭如飞蝗,身中数矢,遂大叫一声,呕血而亡。不没忠臣。肩龙一死,城中无主,自然被陷。

成吉思汗得了德顺州,复至六盘山避暑,遣将直逼夏都。夏主睍惊惶失措,急召文武会议,哪知所有臣民,统向土窟中避难去了。嗣闻土窟中的臣民,又被蒙古兵搜着,财物夺去,身命了结,国亡身亡,土窟非真安乐窝,请后人听者。满野都成白骨,料知都城难保,只好把祖宗传下金佛一尊,并金银器皿,及男女马驼等物,皆以九九为数,赍献军前。成吉思汗闻报,定要夏主睍亲自出降。睍已束手无策,复泣告宗庙,出城至六盘山,谒见成吉思汗。成吉思汗止令门外行礼。行礼毕,将他系住帐下,饬将士入徇夏都。将士一入都城,掠了财物,掳了子女,见有美色的佳人,当即恣情污辱,不由她不忍受,连夏主睍的宫眷,也只得横陈榻上,任他戏弄一番。独耶律楚材,取书数部,驼两足,大黄数担,饬兵役携回。后来军士途中遇疫,亏得大黄救命,所活至万人。

闲文休表。且说夏主睍被絷三日,由成吉思汗令他改名,叫作失都儿。夏主睍不敢不从,又越日,传令将夏主睍杀了,并把他父母子孙亦命一律处死。夏自元昊称帝,共传十主,历二百有一年而亡。

成吉思汗正欲班师,忽觉寒热交作,哮喘不休。也遂皇后日夕侍奉,所有军医,统来诊视,怎奈寿命已终,参苓罔效。弥留时,见也遂皇后在旁,挈她的纤手道:"你侍我有年,没甚错处,今又随我远征,灭了西夏,只望归国以后,与你等再聚数年,共享荣华,不意病入膏肓,无可救药。我死后,你回去告知各皇后,及你阿姊,须要节哀,不必过悲!"也遂不待说毕,早已扑簌簌的垂下泪来。成吉思汗也忍着泪,强说道:"人生如朝露,有甚么伤心处?你与我叫大臣进来!"也遂便传集群臣,各至榻前问疾。成吉思汗道:"我病是不起的了,可惜诸皇子都未随着!术赤在西域死了,我教察合台前去视丧,尚未回来;窝阔台呢,我叫他去攻金国,责贡岁币;拖雷又监守故都,不能远离。目今惟你等随着,算来也都是亲戚故旧,后事全仗你等辅助!窝阔台谨厚性成,我前已命他嗣位,只一时未能回都,你等替我传谕,叫拖雷暂行监国罢了!"诸子远离,统借成吉思汗口中叙出,无非节省闲文,但戎马一生,送终无子,也是可叹!又指也遂皇后道:"她随我征夏,又侍我疾病,劳苦极了,我也无可报她,只西夏的子女玉帛,多分给她一份,不枉她辛苦一场!"群臣齐声遵嘱,成吉思汗静养片刻,复顾群臣道："还有一桩大事,为我传谕嗣君:西夏已灭,金国势孤,但金国精兵,西集潼关,南据连山,北限大河,此后我军往攻,就使战胜攻取,也恐不能速灭;计惟假道南宋,宋、金世仇,必肯许我,我下兵唐、邓,直捣大梁,金都被困,定要征兵潼关,那时缓不济急,已成无用,就使他兵远来,千里赴援,人马疲敝,也不是我的对手,灭金很容易哩!"到死不忘拓地,真不愧为雄主。言讫,遂瞑目不视,悠然而逝了。

总计成吉思汗出世以来,享寿六十六岁。即大汗位,凡二十二年。南征北讨,所向克服,如近今内外蒙古,辽东二省,及中国西北部,并天山南北两路,暨中央亚细亚,阿富汗斯坦,波斯东半部,与高加索山附近部落,俱为成吉思汗所有。史家称其用兵如神,所以灭国四十,遂平西夏。其实是西北一带,各族散处,既没有独立的精神,又没有永久的团体,彼此猜忌,互为仇敌,就使勉强联络,总不免凶终隙末,因此成吉思汗乘时崛起,削平各部。武如四杰,文如耶律楚材,又皆任用得当,就是所立兵制,亦比众不同,小子尝考得大略,随录如下:

(一)蒙古人自幼临狩猎,习骑射,所以骑兵尤精;此等骑兵,每人有乘马三四头,可彼此互代,终日驰骋。

(二)骑兵远行,遇紧急军事,只用马奶及干酪为食;或刺马出血,吞食充饥,可支十日,所以进行甚速。

(三)编定军队,以十递进,每十人为一队,队长叫作十户;十户以上有百户,统十户百人;百户以上有千户,统百户千人;千户以上有万户,万户直隶大汗。此等大小部长,对他部下,各有无限权力,部下无论何事,统须禀命后行,一经驱遣,不得迟诿,否则无论贵贱,必加刑罚。

(四)蒙古兵虽经出阵,仍须纳税,必令他妻儿守家,岁完税额,因之频年兴兵,军饷仍不缺乏。

这且慢表。且说成吉思汗逝世后,就借行在举丧。窝阔台夤夜奔至,察合台、拖雷等亦陆续到来,三子毕集,乃由蒙古诸王诸将等,大会于吉鲁尔河,承认成吉思汗遗命,奉窝阔台为大汗。看官,这窝阔台嗣统,早经成吉思汗亲口布告,为甚么要开着大会,经过公认呢?这也有个缘故,因成吉思汗在日,也有一条特立的法制:凡蒙古大汗,如当新旧绝续的时候,必须由诸王族诸将,及所属各部酋长,特开公会,议定嗣续,方得继登汗位,这会叫作"库里尔泰会。"自有此制,所以窝阔台虽承遗命,也要经"库里尔泰会"通过呢。详哉言之,实为后文伏线。窝阔台既即位,重用耶律楚材,楚材以旧制简率,未足表示尊严,更请窝阔台汗增修朝仪。窝阔台汗自然乐允,遂由楚材参订仪注,令皇族诸王尊长,皆列班罗拜,共效嵩呼。这就是俗语所谓前人承粮,后人割稻哩。《元史》尊成吉思汗为太祖,窝阔台为太宗,这都是统一中国以后追加的庙号。小子有诗咏成吉思汗道:

开邦端仗出群材,基业全从百战来;
试向六盘山下望,一回凭吊一低徊!

欲知以后情形,且至下回再表。

西夏与金,唇齿之邦也,唇亡齿必寒,夏亡则金曷能保!成吉思汗之南征,志不徒在灭夏,盖已视金为囊中物矣。观其临殁之时,犹嘱及攻金遗策,是可知其成算在胸,预图吞并。脱令稍假以年,则灭金固易易也。不然,窝阔台承父遗嘱,约宋灭金,何以相应如响乎?本回叙成吉思汗事,为成吉思汗衰年之结局,实括成吉思汗毕生之隐衷,彼固一世之雄也,而今安在哉!著书人述元代史,于成吉思汗较详,我知其固有所感矣。

第十六回　将帅迭亡乞盟城下
后妃被劫失守都中

却说窝阔台嗣位为汗,颁定法令,比成吉思汗在日,体制益崇。复承父遗志,以西域封察合台,令他坐镇。西顾既可无忧,乃一意攻金。适金国遣使吊丧,并赠赙仪,窝阔台汗语来使道:"汝主久不归降,今我父赍志以殁,我方将出师问罪,区区赙仪,算作甚么!"金尚立国,遣使吊丧遗赙,亦是应有之仪文,窝阔台汗乃强词夺理,卒以灭金。强国之无公理也久矣,可慨可叹!随命发还赙仪,遣归来使。金主珣时已去世,子守绪嗣立,得使人回报,未免悒惧。复遣人赍送金帛,至蒙古庆贺新君。窝阔台汗又不受。至金使去讫,遂召集诸王大臣议事,定计伐金。先是成吉思汗连年出征,所得财物,立即分散,并无丝毫储积;蒙古诸将,尝谓得了人民,毫无用处,不若尽行杀戮,涂膏衅血,灌润草木,作为牧场。独耶律楚材以为未然,至此因伐金议定,遂奏立十路课税所,以充军饷,每路设副使二员,悉用士人。楚材复进陈周、孔道德,且谓以马上得天下,断不可以马上治。窝阔台汗深服是言,由是尚武以外,稍稍尚文,这也不在话下。

且说窝阔台汗既整兵储饷,秣马积刍,遂于即位二年春季,偕皇弟拖雷,及拖雷子蒙哥,《元史》作莽赉扣。率众入陕西,连下诸山寨六十余所,进逼凤翔。金主遣平章政事完颜哈达,及伊喇丰阿拉引军赴援,行至中道,闻蒙古兵势甚强,料非敌手,竟逗留不进。至金主屡促进兵,哈达、丰阿拉只是因循推诿。嗣闻蒙古兵分攻潼关,乃禀称潼关被攻,较凤翔为尤急,不如先救潼关,次及凤翔。金主无可奈何,只得依他。他二人便引军赴潼关。潼关本系天险,且早有精兵屯驻,可以固守,哈达等避难就易,所以改道出援。于是凤翔空虚,守了两三月,终被蒙古兵攻陷,只潼关依然未下,拖雷自往督攻,亦不克。

部下有降将李国昌道:"金迁汴将二十年,全仗这潼关、黄河,倚为天险,我军若从间道出宝鸡,绕过汉中,沿汉江进发,直达唐邓,那时攻汴不难了。"拖雷点头称善,便返报窝阔台汗,窝阔台汗道:"从前父亲遗命,曾令我等假道南宋,下兵唐邓,我且遣使至宋邦,向彼假道:彼若允我,进取尤便,否则再用此计未迟。"于是命绰布干为行人,往宋假道。到了沔州,谒见统制张宣,一语不合,竟被张宣杀死。窝阔台汗得着此信,乃命拖雷率骑兵三万人,竟趋宝鸡,攻入大散关,破凤州,屠洋州,出武休东南,围兴元军;复遣别将取大安军路,开鱼鳖山,撤屋为筏,渡嘉陵江,略地至蜀。蜀系宋地,宋制置使桂如渊逃去,被蒙古兵拔取城寨,共四百四十所。拖雷尚不欲绝宋,召使东还,会兵陷饶风关,飞渡汉江,大掠而东。

警报如雪片一般,递入汴都,金主守绪,急召宰执台谏入议。大众都说北军远来,旷日需时,劳苦已极,我不如在河南州郡,屯兵坚守,且由汴京备粮数百斛,分道供应;北军欲攻不能,欲战不得,师老食尽,自然退去。看似好计,奈各处不能坚守何。金主守绪叹道:"南渡二十年来,各处人民,破田宅,鬻妻子,豢养军士,只望他杀敌御侮,保卫邦家;今敌至不能迎战,望风披靡,直至京城告急,尚欲以守为战,如此怯弱,何以为国!我已焦思竭虑,必能战然后能守。存亡有天命,总教不负吾民,我心才少安哩!"所言亦是,可惜无补国亡。乃诏诸将出屯襄邓,并促哈达、丰阿拉两帅,速即还援。哈达、丰阿拉驰归。至邓州,别将杨沃衍、禅华善,及前被史天泽杀败的武仙,俱率兵来会。哈达胆子稍壮,麾诸军出,屯顺阳。嗣探悉蒙古兵方渡汉江,部将急欲往截,为丰阿拉所阻。至蒙古兵毕渡,乃进至禹山,分据地势,列阵以待。蒙古兵到了阵前,不发一矢,骤然退去,哈达亦下令收军。诸将请追蒙古军,哈达道:"北军不战自走,定怀诡谋,我若追去,正中彼计!"料敌亦明,无如尚差一着。遂勒马南归,返行里许,忽觉尘雾蔽天,呼啸不绝;哈达忙觅一小山,登冈了望,但见蒙古军骑、步相间,分作三队,迅奔前来。哈达叹道:"绕我背后,潜来袭我,正是变生不测,我看他军伍严肃,行列整齐,定是不可轻敌呢!"急忙下山麾兵,拟从旁道走避,怎奈蒙古军已是到来,只好与他对仗。两下厮杀,蒙古军少却,丰阿拉驱兵追去,谁知蒙古军复回马驰突,十荡十决,几乎被他蹂躏,亏得部将富察鼎珠,奋力截杀,蒙古兵始退。哈达便沿山扎营,语丰阿拉道:"北兵号三万名,辎重要居一成,今相持二三日,若乘他退兵,出军奋击,不患不胜!"丰阿拉道:"江路已绝,黄河不冰,彼入重地,已无归路,我等可待他自毙,何用追击!"想已被前日吓慌,故胆怯乃尔。

翌日,蒙古兵忽不见。逻骑谓已他去,哈达、丰阿拉遂欲返邓州。正在前行,忽斜刺里闪出敌军,竟将金军冲作两截。哈达、丰阿拉忙分兵接战,等到敌军杀退,后面的辎重,已是不见。哈达顿足不已,丰阿拉谈笑自若,与哈达并入邓州,收集部兵,伪称大捷。总是丰阿拉奸猾。金廷百官,上表庆贺。丑甚。

民堡城壁,皆散还乡社,满望烽烟无警,鸡犬不惊。哪知拖雷军尚自留着,窝阔台汗且自河清县白坡镇渡河,进次郑州,遣速不台攻汴城。城中兵民,不意北兵猝至,惊愕万分,金主也惶急异常,忙命翰林学士赵秉文,草旨罪己,改元施赦,文中大意,说得声情兼至,凄楚动人,闻者为之泣下。徒有文辞,何济于事。

时京城诸军,不盈四万,城周百二十里,未能遍守,只得飞召哈达、丰阿拉军还援汴城。哈达、丰阿拉一行,拖雷即用铁骑三千,追尾金军;金军还击,他偏退去,金军启行,他又来袭,弄得金军不遑休息,且行且战。至黄榆店,雨雪不能进。蒙古将速不台,已派兵阻金援师,于是哈达、丰阿拉军,前后被蒙古军遮断。会雪已稍霁,又得汴京危急消息,不得已引军再行。途次遇大树塞道,费着无数兵力,始得通途。既到三峰山,蒙古兵两路齐集,四面蹙围。相持数日,料得金军困惫,恰故意开了一面,纵他奔走。金军果然中计,甫经逸出,被蒙古军夹道奋击,顿时大溃,声如崩山。武仙率三十骑先走,杨沃衍等战死,哈达知大势已去,忙邀丰阿拉面商,拟下马死战,孰料丰阿拉已杳如黄鹤,不知去向!只有禅华善等尚是随着,乃相偕突围,走入钧州。

窝阔台汗在郑州,闻拖雷与金相持,遣琨布哈、齐拉衮等,作为援应。至则金军已溃,遂会兵到钧州城下,合力攻击。未几城陷,哈达匿窟室中,由蒙古军寻着,牵出杀死。且下令招降道:"汝国所恃,地理惟黄河,将帅惟哈达,今哈达被我杀了,黄河被我夺了,此时不降,更待何时!"金军降者半,死者半,独禅华善先匿隐处,至杀掠稍定,竟自至蒙古军前,大声道:"我金国大将,欲进见白事。"蒙古军将他牵住,入见拖雷。拖雷问他姓名,禅华善道:"我名禅华善,系金国忠孝军统领,今日战败,愿即殉国。只我死乱军中,人将谓我负国家,今日明白死,还算得轰轰烈烈,不愧忠臣!"恰是好汉。拖雷劝他投降,他却眦裂发指,痛口叫骂。恼得拖雷性起,命左右斫他足胫,戳他面目,他尚嚛血大呼,至死不屈。蒙古将悲他死义,用马奶为奠,对尸祝道:"好男儿,他日再生,当令与我作伴!"奠毕,将尸掩埋,不在话下。

只丰阿拉先已远走,被蒙古兵追获,押见拖雷。拖雷亦迫他投诚,反复数百言,丰阿拉恰慨然道:"我是金国大臣,只宜死在金国境内!"余无他言,亦被杀死。丰阿拉实是误金,只为金死义,尚堪曲恕。自是金国的健将锐卒,死亡殆尽,汴京已不可为了。潼关守将纳哈塔赫伸,闻哈达等战殁,很是惊慌,竟与秦蓝守将完颜重喜等,率军东遁。裨将李平,以潼关降蒙古。蒙古兵长驱直入,追金军于卢氏县。金军已无战志,且因山路积雪,跋涉甚艰,随军又多妇女,哀号盈路,至是为蒙古兵追及,未曾接仗,重喜先下马乞降。蒙古将以重喜不忠,把他斩首。该杀。乌登赫伸引数十骑走山谷间,亦被追骑搜获,一概祭刀。蒙古兵进围洛阳,留守萨哈连背上生疽,不能出战,投濠自尽。兵民推警巡使强伸,登陴死守,历三月余,无懈可击,蒙古军乃退去。

金主守绪因汴城围急,没奈何遣使请和。蒙古将速不台道:"我受命攻城,不知他事。"是时蒙古已创制石炮,运至城下,每城一角,置炮百余,更迭弹击,昼夜不息。幸汴城垣堞坚固,相传五季时周世宗修筑,用虎牢土叠墙,坚密如铁,虽受炮石,不过外面略损,未尝洞穿。金主又募死士千人穴城,由濠径渡,烧他炮座。蒙古兵虽曾防着,究未免百密一疏,因此攻城历十六昼夜,内外死伤,约数十万名,城仍兀然岿峙,不能攻陷。会窝阔台汗欲自郑州还国,因遣使谕金主降,并饬速不台缓攻。速不台乃语城守道:"你主既欲讲和,可出来犒军!"金主乃遣户部侍郎杨居仁出城,带着牛羊酒炙,并金帛珍异,犒给蒙古军,且愿遣子入质蒙古。于是速不台许即退兵,散屯河、洛间,金主封荆王守纯子鄂和为曹王,遣他为质。鄂和不好违慢,涕泣辞去。

金参政喀齐喀以守城为己功,欲率百官入贺。历代亡国,多被若辈所误。金内族思烈道:"城下乞盟,春秋所耻,何足言贺!"喀齐喀反怒道:"社稷不亡,君臣免难,难道不是喜事么?"嗣因金主守绪亦不欲受贺,因而罢议。汴京总算解严。

一波才平,一波又起。蒙古行人唐庆等来答和议,暂就客馆,竟被金飞虎兵头目申福,驰入馆内,将唐庆杀死,并及随官三十余人。和议复绝,蒙古兵又长驱而至,招之使来,曲在金国,政刑如此,安得不亡。金主守绪,复飞檄各处勤王。时武仙遁驻留山,收集溃兵十万人,奉檄援汴。还有邓州行省完颜思烈,巩昌统帅完颜仲德,也引兵入援。甫至京水,不虞蒙古兵已先候着,呐一声喊,似狼虎攒羊一般,乱突乱杀,吓得金军胆战心惊,没一个不退走了。

且说窝阔台汗返国后,以金主背和杀使,复亲自出师至居庸关,为拖雷后援。忽得暴疾,昏愦不省人事,乃召师巫卜祝。巫言金国山川神祇,为了军马掳掠,尸骨堆积,以此作祟,应至各山川祷祀,或可禳灾。既而命巫往祷,病仍不愈,且反加重。巫返谓祈祷无益,必须由亲王代死,方可告痊。正说着,窝阔台汗忽开眼索饮,神气似觉清醒,左右以巫言告,窝阔台汗道:"哪个亲王,可为我代?"言未已,忽报拖雷驰来问疾。由窝阔台汗召入,与述巫言。拖雷

第十六回　将帅迭亡乞盟城下　后妃被劫失守都中

道:"我父亲肇基择嗣,将我兄弟内,选你做了大汗,我在哥哥跟前,忘着时要你提说,睡着时要你唤醒。如今若失了哥哥,何人提我?何人唤我?且所有百姓,何人管理?不如我代了哥哥罢!我出征数年,屠掠蹂躏,造成无数罪孽,神明示罚,理应殛我,与哥哥无涉!"遂召师巫入告道:"我代死罢,你祷告来!"师巫奉命出去。过了片晌,又取水入内,对水诵咒毕,即教拖雷饮讫。拖雷饮着这水,好似饮酒一般,觉得头晕目昏,便向窝阔台汗道:"我若果死,遗下孤儿寡妇,全仗哥哥教导!"窝阔台汗应着,拖雷便出宿别寝,是晚竟逝世了。本段文字,从《秘史》采来,并非著书人捏造,但事之真伪,不可考实,而蒙俗信巫,或有此离奇之史。拖雷生有六子,长即蒙哥,次名末哥,一作默尔根。三名忽都,一作瑚图克图。四即忽必烈,五即旭烈兀,六名阿里不哥。一作阿里克布克。后来蒙哥、忽必烈,皆嗣大汗位,忽必烈且统一中原,待后慢表。

且说拖雷死后,蒙古兵经略中原,要推速不台为主帅。速不台尚未至汴,金主守绪,先已东走。原来汴京城内,食粮已尽,括粟民间,不及三万斛,已经满城萧索,饿莩载途。兼且城中大疫,匝月间死数十万人。金主知大势已去,乃集军士于大庆殿,谕以京城食尽,今拟亲出御敌;遂命右丞相萨布,平章博索等,率军扈从,留参政讷苏肯、枢密副使萨尼雅布居守,自与太后皇后妃主等告别,大恸而去。既出城,茫无定向。诸将请往河朔,乃自蒲城东渡河,适大风骤起,后军不能济,蒙古将辉尔古纳追至,杀毙无算,投河自尽者六千余人。金元帅贺德希战死。

金主渡河而北,遣博索攻卫州,不意蒙古将史天泽复自真定杀到。博索连忙遁还,走告金主,请速幸归德。金主遂与副元帅阿里哈等六七人,乘夜登舟,潜涉而南,奔归德府。诸军闻金主弃师,沿路四溃。归德总帅什嘉纽勒绰,迎见金主,禀告各军怨愤情形,乃归罪博索,枭首伏法。跋胡疐尾,亡象已见,即杀博索,亦属无益。嗣遣人至汴京,奉迎太后及后妃,谁知汴京里面,又闹出一桩天大的祸案。

先是金主守绪出走时,命西面元帅崔立驻守城外。崔立性甚淫狡,潜谋作乱,闻归德有使来迎两宫,他即带兵入城,问讷苏肯及萨尼雅布道:"京城危困已极,你等束手坐视,做甚么留守?"二人尚未及答,他即麾兵将二人杀死。随即闯入宫中,向太后王氏道:"主子远出,城中不可无主,何不立卫王子从恪?他的妹子,曾在北方为后,应十二回。立了他,容易与北军议和。"太后战栗不能答,崔立遂矫太后旨,遣迎从恪,尊为梁王监国。自称太师都元帅尚书令郑王,兄弟党羽皆拜官。并托辞金主出外,索随驾官吏家属,征集妇女至宅中,有姿色者迫令陪寝,每日必十数人,昼夜裸淫,尚嫌未足。且禁民间嫁娶,闻有美女,即劫入内室,纵情戏狎,稍有不从,立即加刃。百姓恨如切骨,只有他的爪牙,说他功德巍巍,莫与比伦。名教扫地。正欲建碑勒铭,忽报速不台大军到了。诸将问及战守事宜,他却从容谈笑道:"我自有计!"是晚,即出诣速不台军前,与速不台议定降款。还城后,搜括金银犒军,胁迫拷掠,惨无人道,甚至丧心昧良,卖国求荣,竟把那金太后王氏,皇后图克坦氏,以及梁王从恪、荆王守纯,暨各宫妃嫔,统送至速不台军,作为犒军的款项。看官,你想毒不毒,凶不凶呢?史称荆、梁二王,为速不台所杀,其余后妃人等,押送和林,在途艰苦万状,比金掳徽、钦时为尤甚。小子叙此,不禁潸然,有诗为证:

岂真天道好循环?北去和林泪血斑。
回忆徽钦当日事,先人惨刻后人还。

汴京失陷,后事如何,俟小子下回交代。

金至哀宗,已不可为矣。哈达名为良将,而临阵多疑,不能决断,欲以之敌蒙古军,勇怯悬殊,宜乎其有败无胜也!金主守绪,城下乞盟,遣子入质,应亟筹生聚教训之道,外慎邦交,内固国事,则金虽残弱,尚可图存。乃议和之口血未干,而戕使之衅端又启;申福擅杀,不闻加罪,卒之寇氛又逼,汴京益危,日暮途穷,去将焉适!加以逆臣叛国,背主求荣,后妃可作犒款,都城可作赘仪,虽曰天道好还,前之迫人也如此,后之迫于人也亦如此;然亦何尝非人事致之耶?本回全叙亡金事迹,而金之所以致亡,已跃然纸上。徒谓其录述之详,犹皮相之见也。

第十七回　南北夹攻完颜赤族　东西遣将蒙古张威

　　却说金叛臣崔立,既劫后妃等送蒙古军,遂迎速不台入汴城。速不台遣使告捷,且以攻汴日久,士卒多伤,请屠城以雪愤。窝阔台汗欲从其请,亏得耶律楚材多方劝阻,乃令除完颜氏一族外,余皆赦免。是时汴城民居,尚有百四十万户,幸得保全。速不台检查完毕,出城北去。崔立送出城外,及还家,想与妻妾欢聚,谁知寂无一人,忙视金银玉帛,亦已不翼而飞!方知为蒙古兵所劫,顿时大哭不已。妻妾金银,是身外之物,失去尚不足忧,恐怕你的头颅也要失去,奈何!转思汴京尚在我手,既失可以复偿,遂也罢了。慢着!

　　且说金主守绪,既到归德,总帅什嘉纽勒绰与富察固纳不合。固纳谓不如北渡,好图恢复。纽勒绰从旁力阻,被固纳麾兵杀死,又将金主幽禁起来。

第十七回　南北夹攻完颜赤族　东西遣将蒙古张威

金主愤甚,密与内侍局令宋珪,奉御纽祜禄温缂、乌克逊爱锡等,谋讨固纳。适东北路招讨使乌库哩运米四百斛至归德,劝金主南徙蔡州。金主与固纳商议,固纳力陈不可,且号令军民道:"有敢言南迁者斩!"于是金主与宋珪定计,令温缂、爱锡埋伏左右,佯邀固纳入内议事。固纳不知是计,大踏步进来,甫入门,温缂、爱锡两边杀出,立将固纳刺死。固纳系忠孝军统领,闻固纳被诛,攌甲谋变。嗣由金主抚慰,总算暂时安静。金主遂由归德赴蔡州。途次遇雨,泥泞没胫,扈从诸臣,足几尽肿。至亳州,父老拜谒道左,金主传谕道:"国家涵养汝辈,百有余年,我实不德,令汝涂炭,汝等不念我,应念我祖功宗德,毋或忘怀!"父老皆涕泣呼万岁。君臣上下,统是巾帼妇人,济甚么事?

留驻一日,又复启行,天气尚是未霁,但觉得风雨沾衣,蒿艾满目。两语已写尽凄凉状况。金主不禁太息道:"生灵尽了!"为之一恸。及入蔡,仪卫萧条,人马困乏。休息数旬,乃令完颜仲德为尚书右丞,统领省院事务。乌库哩镐为御史大夫、富珠哩洛索为签书枢密院事。仲德有文武材,事无巨细,必须躬亲,尝选士括马,缮甲治兵,欲奉金主西幸,依险立国。奈近侍以避危就安,多半娶妻成家,不愿再徙;商贩亦逐渐趋集;金主又得过且过,也命拣选室女,备作嫔嫱,且修建山亭,借供游览。本是卧薪尝胆之时,乃作宫室妻妾之计,谁谓守绪非亡国主耶!仲德屡次切谏,虽奉谕褒答,究竟良臣苦口,敌不过孱王肉欲,所以形式上虽停土木,禁选女,暗中且仍然照行。仲德无可如何,只得勉力招募,尽人事以听天命。乌库哩镐也怀着忠诚,极思保全残局。无如忠臣行事,往往招忌,媚子谐臣,不免在金主面前播弄是非,以致金主将信将疑,日益疏远。镐忧愤成疾,辄不视事。千古同慨。

蒙古将塔察尔布展陷入洛阳,执中京留守强伸。伸不屈被杀。会窝阔台汗遣王楫至京湖,议与南宋协力攻金,许以河南地为报。宋京湖制置使史嵩之以闻。是时宋理宗昀嗣立,以金为世仇,正可乘此报复,遂饬史嵩之允议,发兵会攻。王楫返报窝阔台汗,即命塔察尔布展,顺道至襄阳,约击蔡州。金主守绪,反遣完颜阿尔岱至宋乞粮,临行时语阿尔岱道:"我不负宋,宋实负我!我自即位以来,常戒边将无犯南界,今乘我疲敝,与我失好。须知蒙古灭国四十,遂及西夏。夏亡及我,我亡必及宋,唇亡齿寒,理所必然;若与我连和,贷粮济急,我固不亡,宋亦得安。你可将我言传达,令宋主酌夺!"言虽近理,然不忆你的先人也曾约宋灭辽么?

看官,你想这时的宋朝,方遣将兴师,志吞中原,难道凭金使数语,就肯改了念头么?阿尔岱奉命而去,自然空手而回。金主无奈,只好誓守孤城,听天由命。蒙古将布展,先到蔡州,前哨薄城下,被金兵出城奋击,纷纷退去。后队再行攻城,又被金兵杀退。布展不敢进逼,只分筑长垒,为围城计。嗣由宋将孟珙等，率兵二万，运米三十万石，来赴蒙古约。布展大喜，与孟珙议定南北分攻，两军各不相犯。于是蒙古兵攻打北面，南宋军攻打南面。城内虽尚有完颜仲德、富珠哩、洛索等人，仗着一股血诚，誓师分御，怎奈北面稍宽，南面又紧，南面稍宽，北面又紧，防了矢石，难防水火，防了水火，难防钩梯；况且外乏救兵，内乏粮草，单要靠这兵民气力，断没有永久不敝的情理。两军分攻不下，复合兵猛攻西城，前仆后继，竟被陷入，幸里面还有内城，由完颜仲德纠集精锐，日夜战御。金主见围城益棘，镇日里以泪洗面，且语侍臣道："我为人主十年，自思无大过恶，死亦何恨！只恨祖宗传祚百年，至我而绝，与古时荒淫暴乱的君主，等为亡国，未免痛心！但古时亡国的主子，往往被人囚絷，或杀或奴，我必不至此，死亦可稍对祖宗，免多出丑。"语语呜咽，然自谓无甚罪恶，实难共信。侍臣俱相向痛哭。金主复以御用器皿赏战士，既而又杀厩马犒军，无如势已孤危，无可图存。

　　勉强支持了两月，已是残年。越宿为金主守绪着末的一年，就是蒙古窝阔台汗嗣位之第六年。百忙中又点醒岁序，是年为宋理宗端平元年。蔡城上面，黑气沉压，旭日无光。守城的兵民统已面目枯瘠，饥饿不堪，俯视敌军，会饮欢呼，越觉得凄惶万状。金主晨起，巡城一周，咨嗟了好一回，到了晚间，召东西元帅承麟入见，拟即禅位与他。承麟泣拜不敢受，金主道："我把主座让汝，实是不得已的计策！我看此城旦夕难保，自思肌体肥重，不便鞍马驰突，只好以身殉城。汝平日矫捷，且有将略，万一得免，保全宗祚，我死也安心了！"亡国惨语，我不忍闻。承麟尚欲固辞，金主复召集百官，自述己意，大众颇也赞成，于是承麟不得不允，起受玉玺。

　　翌日，承麟即位，百官亦列班称贺。礼未毕，忽报南城火起，宋军已入城了，完颜仲德忙出去巷战，奈蒙古军亦相继杀到，四面夹攻，声震天地。仲德料不可敌，复返顾金主守绪，但见已悬着梁上，舌出身僵。他即拜了数拜，出语将士道："我主已崩，我将何去？不如赴水而死，随我君于地下！诸君其善为计！"言讫，跃入水中，随流而逝。将士齐声道："相公能死，难道我辈不能么？"由是参政富珠哩、洛索以下，共五百余人，统望水中投入，与河伯结伴去了。承麟退保子城，闻金主自尽，偕群臣入哭，因语众道："先君在位十年，勤俭宽仁，图复旧业，有志未就，终以身殉，难道不是可哀么？宜谥曰哀！"史家因称为金哀宗。哭奠甫毕，子城又陷。遂举火焚金主尸。霎时间刀兵四至，杀人如麻，可怜受禅一日的金元帅承麟，亦死于乱军中，连尸骸都无着落！金自阿骨打建国，传六世，易九君，凡百二十年而亡。

　　蒙古将布展，与宋将孟珙，扑灭余火，捡出金主守绪余骨，析为两份，一份给蒙古，一份给宋；此外如宝玉法物，一律均分；遂议定以陈、蔡西北地为界，

第十七回　南北夹攻完颜赤族　东西遣将蒙古张威

蒙古治北，宋治南，两军分道而回。

约过半年，忽南宋会兵攻汴，窝阔台汗怒道："汴城分为我属，宋兵何故犯我，自败前盟？"遂欲下令伐宋。王族扎拉呼请行，遂发兵数万，使他统率南下。

时宋将赵范、赵葵，拟收复三京，因请调兵趋汴。宋臣多言非计，不见从，竟命赵葵统淮西兵五万人，会同庐州全子才，会攻汴城。蒙古方盛，非孱宋敌，是谓之不量力，贪利忘义，败盟挑衅，是谓之不度德。汴京都尉李伯渊，素为崔立所侮，密图报怨，闻宋兵将至，通使约降，佯邀崔立商议守备，崔立至，伯渊即阴出匕首，刺入立胸，立猛叫而死。从骑为伏兵所歼。伯渊把立尸系着马尾，出徇军前道："立杀害劫夺，烝淫暴虐，大逆不道，古今无有，是否当杀？"大众齐声道："把他寸磔，还未蔽辜！"乃枭斩立首。先祭哀宗，嗣把尸首陈列市上，一任军民脔割，须臾而尽。叙崔立伏辜事，所以正贼子之罪。

宋兵既入汴，师次半月，赵葵促子才进取洛阳。子才以粮饷未集，尚拟缓行，葵督促益急，乃檄淮西制置司徐敏子统兵万人趋洛阳。登程时仅给五日粮，别命杨谊统庐州兵万五千作为后应。徐敏子至洛，城中毫无兵备，一拥而入。既入城，只有穷民三百余户，毫无长物。宋兵一无所得，自顾粮食又尽，不得已采蒿和面，作为军食。杨谊军至洛阳东，方散坐为炊，突闻鼓角喧天，喊声动地，蒙古大帅扎拉呼竟领军杀到。杨谊仓猝无备，哪里还敢抵敌，只好上马逃走，军遂溃散。扎拉呼进薄城下，徐敏子却出城迎战，厮杀一番，倒也没有胜负。无如粮食已罄，士卒呼饥，没奈何班师东归。赵葵、全子才在汴，所复州郡，统是空城，无食可因，屡催史嵩之运粮济军，日久不至。蒙古兵又来攻汴，决河灌水，宋军多被淹溺，遂皆引师南还。于是一番计议，都成画饼。蒙古使王檝至宋，严责负约，河淮一带，从此无宁日了！咎由自取，于敌何尤。

窝阔台汗七年，命皇子库腾及察塔海等侵四川，特穆德克及张柔等侵汉阳，琨布哈及察罕等侵江淮，分道南下。师方进发，忽接东方探报，高丽国王杀死使臣，遂又派撤里塔为大将，统兵东征。原来高丽国在蒙古东，本为宋属，辽兴，屡寇高丽，高丽不能御，转服于辽。及辽亡，复属于金。至蒙古攻金的时候，故辽遗族，乘隙据辽东，入侵高丽，高丽北方尽陷。会蒙古部将哈真东来，扫平辽人，把高丽故土，仍然给还，高丽因臣服蒙古。窝阔台汗遣使征贡，时值高丽王㬚嗣位，夜郎自大，竟思拒绝蒙古。使臣与他争辩，他却恼羞变怒，杀死来使，因此构怨开衅。迨至蒙古兵到，居然招集军马，与他开仗。看官，你想一个海东小国，向来为人役使，至此忽思发愤，欲与锐气方张的蒙古军争一胜负，岂不是螳臂当车，自不量力么？后来屡战屡挫，终弄得兵败地削，斗大的高丽城，也被撤里塔攻入。国王㬚带领家眷，遁匿江华岛，急忙遣使谢罪，愿增岁币。撒里塔报捷和林，且请后命。窝阔台汗以西南用兵，无暇东顾，乃允高丽的请求，命他遣子入质，不得再叛。高丽王曒，只得应命，才算保全残喘，幸免灭亡。

话分两头，且说蒙古兵东征的时候，西域亦扰乱不靖，倡乱的人，就是前次凫水西遁的札兰丁。札兰丁自逃脱后，溃卒亦多渡河，沿途掠衣食以行。嗣闻八剌渡河追来，复避往克什米尔西北，及八剌军还，成吉思汗亦退兵，乃回军而西，复向北渡河，收拾余众，占据义拉克、呼罗珊、马三德兰三部。复北入阿特耳佩占部，逐其酋鄂里贝克，将他妃子蔑尔克掳了回来，作为己妻。又北侵阿速、钦察等部，未克而回。适邻部凯辣脱人侵入阿特耳佩占属地，并挟蔑尔克而去。札兰丁大愤，遂纠众围凯辣脱城。城主阿释阿甫因其兄谟阿杂姆在达马斯克地病殁，往接兄位，留妃子汤姆塔及部众居守，相持数年，竟被攻陷，部众多半溃遁。只汤姆塔不及脱逃，被札兰丁截住，牵入侍寝。去了蔑尔克，来了汤姆塔，也算损害赔偿。阿释阿甫闻故部陷没，竟邀集埃及国王喀密耳、罗马国王开库拔脱，联兵东来攻击札兰丁。札兰丁寡不敌众，竟致败走，载汤姆塔回原部。阿释阿甫不欲穷追，反遣使报札兰丁，令其东御蒙古，毋再相扰，此后各罢兵息民。想是得了蔑尔克，不欲汤姆塔回去，因有此举。

札兰丁许诺，甫欲议和，忽报蒙古窝阔台汗，遣将绰马儿罕，统三万人到来。此处叙蒙古遣将，从札兰丁处纳入，免与上文重复。时适天寒，札兰丁方在饮酒，想是汤姆塔作陪。闻了军报，毫不在意，只道是天气凛冽，敌军不能骤进，因此酣饮如故，饮毕鼾睡。到了次日，蒙古前锋已到，未及调兵，只好舍城远遁。汤姆塔不及随去，以其城降。札兰丁奔至途中，拟西入罗马，乞师御敌，不意蒙古兵又复追至，被杀一阵，只剩了一个光身，逃入库尔忒山中，为土人劫住，送至头目家，结果是一刀两段！相传札兰丁身材，不逾中人，寡言笑，饶胆略，临阵决机，虽当众寡不敌，也能意气自如。只自恃勇力过人，好示整暇，往往饮酒作乐，以致误事，而且驭下太严，将士多怨，因此转战数年，终致败没。断制谨严。

绰马儿罕既平札兰丁，飞章告捷，由窝阔台汗优词嘉奖，并令他留镇西域，后来绰马儿罕荡平各部，并遣汤姆塔及各部降酋入朝。窝阔台汗以他知礼，厚抚令归，且谕绰马儿罕尽返侵地，每岁除应贡岁币外，不得额外苛敛。于是里海、黑海间，统已平定了，惟钦察以北，尚未归服。

窝阔台汗欲乘机进讨，遂复起兵十五万，令拔都为统帅，速不台为先锋，继以皇子贵由、皇侄蒙哥等，陆续进发。拔都系术赤次子，与兄鄂尔达相友爱，从父驻西北军中。术赤既殁，鄂尔达以才不如弟，情愿让位，乃定拔都为嗣。补前文所未及。拔都既受命，俟大军齐到，即遣速不台前行，自率军继进。

速不台至不里阿里城,其城昔已降服,至此复叛,经速不台一到,众不能御,复缴械乞降,转攻钦察。遇别部酋八赤蛮,屡次抗拒,与速不台战了数仗,杀伤相当。蒙哥等率军大进,乃败走。追军分道搜捕,他却狡猾得很,一日数迁,往避敌踪。蒙哥令众军兜围,仍然不能捕获。嗣搜得病妪一名,讯问八赤蛮下落,方知他已逃入海中去了。

当下麾军亟追,南至宽甸吉思海,擒得八赤蛮妻子,又不见八赤蛮,料他必避匿近岛。正苦海面镜平,茫无涯岸,忽觉大风刮起,水势奔流,海中陡浅数尺,连海底的蕴藻,都望得明明白白。蒙哥令军士试涉,仅没半身,不禁大喜道:"这是上天助我,替我开道呢!"便即麾兵徒涉,去捉八赤蛮。正是:

    河伯效灵应顺轨,悍渠奔命且成擒。

毕竟八赤蛮曾受擒否?试看下回便知。

  南宋约元灭金,与北宋约金灭辽相类,史家早有定评,无庸絮述,且本书以《元史》为主脑,故于宋事从略;宋人攻汴一段,不过为崔立伏诛,借以声罪耳。看下文蒙古攻宋,都约略叙过,可知本书之或详或简,自有深意,非徒事补叙也。至若征高丽,灭札兰丁,非一二年间事;第为便利阅者起见,不得不事从类叙。证诸正史,或年限稍有参差,亦不应指为疵累也。

第十八回　阿鲁思全境被兵
　　　　　　欧罗巴东方受敌

  却说八赤蛮避匿海岛,总道可以安身,谁知蒙古军又复追到,他只赤手空拳,何能抗拒,生生的被他擒去。到了蒙哥前,立而不跪,蒙哥喝他跪下,八赤蛮笑道:"我也是一国的主子,兵败被擒,一死罢了;且身非骆驼,何必跪人。"

  蒙哥见他倔强,遂令絷入囚车,饬部卒监守。八赤蛮语守卒道:"我窜入海岛,与鱼何异,不意仍然被擒,料是天意绝我,我死无恨,只风力一息,海水便回,你等若不早归,也要被水淹没哩!"八赤蛮之意,欲借是言以冀赦宥,非惊服蒙古之得天助也。守卒传报蒙哥,蒙哥道:"杀了八赤蛮,当即旋师!"遂命将八赤蛮斩讫,率军离了宽甸吉思海,复北向攻入阿罗思部,直至也烈赞城。《元史》作额里齐。城主幼里,急着人至首邦乞援,自率子妇出战。蒙哥躬亲督阵,与幼里战了半日,不能取胜,便即收兵。

  次日复战,蒙哥令速不台接仗。两下酣斗,速不台见幼里背后,立着一位年少妇人，身长面白，跨着征鞍，眉目间隐带杀气，私下夸美不已。便麾兵猛斗，自辰至午，竟将幼里兵杀败，退入城中。速不台心思美妇，恨不得立时踏破，黉夜进攻。三日未下，复佯诱幼里出降，令出民赋十分之一，作为岁贡，幼里不从。速不台愤极，纠军合围，亲自督兵猛攻。城内待援不至，未免惊惶，略一疏懈，竟被速不台攻入，把幼里的儿子拿住，幼里逃入土阐，登楼固守。速不台审问幼里子，才知前日所见的美妇，乃是他的妻室，便向幼里子道："你去叫你妻出来，我便饶你。"幼里子无法，只好至土阐下叫他妻室。速不台在后待着，好一歇，见楼上有美妇出现，双眉耸竖，凛若寒冰，俯视幼里子道："你叫我做甚么？你殉城，我殉夫罢了！"速不台道："你若出来谒我，我总恕你夫妇，且叫你得着好处！"有什么好处？我要问速不台。那妇却冷笑道："鞑狗！你当我作甚么看？别人由你凌辱，我却不能，我死也要杀你鞑子！"速不台大怒，把刀一挥，竟把幼里子杀死。猛听得扑塌一声，那美妇亦从楼上跃落，跌得血肉模糊，芳容狼藉，一道贞魂，已随那丈夫同逝了。烈哉西妇，亟宜表扬。

幼里见子妇俱死，也即自刎。速不台因欲壑难偿，愤无从泄，竟下令屠城，将城内所有兵民，一律杀尽。为一妇人故，致全城被屠，此尤物之所以招祸也。复攻邻近的克罗姆讷城，城主罗曼阵殁。阿罗思首邦攸利第二汗遣子务赛服洛特来援，正遇着蒙古军。一阵截杀，务赛服洛特大败逃归。蒙古兵长驱前进，至莫斯科城。城建甫百年，守具未备，攸利第二汗的长孙，正在城中，被蒙古兵突入，将他挈住。移军趋阿罗思首都，攸利第二汗令子务赛服洛特及木思提思拉甫守城，自引兵北驻锡第河，招集各部，准备抵御。蒙古兵到城下，令攸利第二汗长孙招降。城中不肯听命，蒙古军将他砍死，便合力围城。数日城陷，两王子巷战而死，妃嫔官绅，统入礼拜堂拒守，礼拜堂颇坚固，经蒙古军纵火焚烧，烟焰熏天，墙垣尽赤。看官！你想堂内的居人，还能苟延残喘么？未经烧着，已先熏死。差不多做了烧烤。

蒙古军复分着数道，攻掠附近各部落，又合兵趋锡第河，正值攸利第二汗纠集各部兵马，来敌蒙古军。那蒙古军煞是厉害，不管什么死活，总是碰着就砍，见着就杀，一味的横冲直撞。等到敌军溃乱，他却变了战式，套成一个圆圈儿，把敌军团团围住。攸利第二汗从没有见过这般凶勇，忙带了两个侄儿，突出重围。行不到数十步，却被蒙古军射倒，眼见得丧了性命。攸利第二汗，《元史》作也烈班。

蒙古兵再向北进发，只见林木荫翳，道路泥泞，骑兵步兵，统不便行走。于是中道折回，转入西南，至秃里思哥城。城主瓦夕里倒是个血性男儿，他闻蒙古军将到，早已广浚城濠，增筑城堞，安排着强弓毒矢，秣马以待。至蒙古兵已逼濠外，他便带兵冲出城来，不待蒙古兵接近，就令弓弩手一齐放箭，箭

第十八回　阿鲁思全境被兵　欧罗巴东方受敌

头有毒，射入肌肤，凭你是条铁汉，也落得一命身亡。速不台兵先到，被城卒一鼓射退；蒙哥兵继至，又遇着这条老法儿，仍被射退。各军只好筑起长围，堵住他的出入，令他自乱。约已过了两三旬，那城中依然镇静，毫不见有恐慌情状，蒙哥欲退军他去，速不台不从，复督军逾濠力攻。谁料城上掷下大石，每块约重数十斤，杂以火箭，把逾濠的蒙古军，都打得伤头烂额。速不台料难攻入，急忙鸣金，已伤亡了一二千人。

话休叙烦。惟自围城起手，一日过一日，此攻彼守，已五六十日，蒙古军约死了七八千名。速不台很是郁愤，一面向大营乞援，一面与蒙哥定计，引军骤退。瓦夕里见敌军退去，出城追赶。那蒙古兵如风扫残云，瞬息百里，任他如何力追，总是赶他不上，没奈何返入城中。过了两日，蒙古兵又到城下。瓦夕里忙登城守御，望将过去，兵马比前时尤多。他知敌人得了援兵，又来攻城，且恐城中有歹人混入，饬兵民小心防着。也是乖刁。接连守了三日，蒙古兵虽然来攻，恰幸守备无疏，不曾失手。到了夜间，因两宵未睡，觉着疲乏，略思休息一时。方欲就寝，忽城内火起，连忙出来巡阅，不意城门大启，蒙古兵已蜂拥进来。当下拦阻不及，只好拚命死斗。杀到天明，部众已是零落，举目四望，血流成渠。正思跃马逃走，猛听得弓弦一响，躲闪不及，已被中肩，便翻身落马。来了一蒙古兵头目，将他擒住，他却突出刺刀，戳入敌手，竟尔挣脱。至蒙古兵一齐追上，自知不免，便投入血渠，死于非命！死有余勇，不愧血性男儿。

小子于上文中，曾叙过速不台乞援，及与蒙哥定计，此处再行补入。原来拔都未曾亲到，因速不台乞援，令合丹不里率兵往助，途中与速不台军会合，速不台恰先令军士易装，混入城中。只因城内昼夜严查，不便下手，过了三日，城守渐懈，遂纵火开城，放入蒙古军。《元史》所以有三日下城之语。

屠城已毕，复南下钦察。时霍都思罕已还，一闻蒙古军至，遁入马加部。马加即今之匈牙利。余众多降，遂平撒耳柯思、阿速等部，并拔灭怯思城，直至高加索山西北地。大众休养一月，进略南俄。计掖甫系南俄大城，先时曾建都于此，历三百年，乃以物拉的迷尔为首邦。攸利第二汗既战殁，计掖甫城主雅洛斯拉甫往援不及，乘蒙古军南下，入首都为酋长，扯耳尼哥城主米海勒，转据计掖甫城。蒙古军先攻扯耳尼哥，守卒用沸汤泼下，攻城人多被泡伤。退谕计掖甫城，令其速降，不意去使被杀。惹得拔都恼恨，驱动全军，昼夜围攻。米海勒料不能守，逃往波兰，留部将狄米脱里居守。狄米脱里出战受伤，乃乞降。拔都因他忠勇可嘉，免他死罪。狄米脱里遂献议拔都，劝他西征。速不台道："他恐我蹂躏这处，所以劝我西行。"狄米脱里意旨，就速不台口中叙出，可见他为国尽忠。

拔都道："霍都思罕逃入马加，米海勒逃入波兰，我何妨乘胜长驱，声罪致讨哩。"当下议定，于是派速不台军入波兰，自率军入马加。速不台有子兀良合台，骁勇不亚乃父，自请为前锋。当由速不台允从，攻入波兰。

波兰时分四部，一部名撒洛赤克，酋长叫作康拉忒；一部名伯勒斯洛，酋长叫作亨力希；一部名克拉克，酋长叫作波勒司拉弗哀；一部名拉低贝尔，酋长叫作米夕司拉弗哀。蒙古军先薄克拉克城，波勒司拉不能御，遂遁去，城被焚毁。进攻拉低贝尔城，米夕司拉亦望风北遁。亨力希闻两部败溃，急邀集各部，来拒敌军，共得三万人，分作五军。第一军系日耳曼人，第二、第三军统系波兰人，第四军亦日耳曼人，亨力希自统所部，作为第五军。

日耳曼人恃勇轻进，至勒基逆赤城，遇着兀良合台。兀良合台未与交锋，先登高遥望，见前面来兵甚多，络绎不绝，他便下山收军，向后倒退。一面遣人飞报速不台。速不台引军趋前，兀良合台麾军退后，父子会着，两下定计，速不台自去。那边日耳曼军还道兀良合台怯敌，争先追来。兀良合台恰勒马待着，一俟追军近前，便奋呼搏战。此时日耳曼军，锐气正盛，也各上前奋斗，彼此搅做一团，约有两小时，蒙古兵弃甲抛戈，一哄而逃，兀良合台也落荒走了。明明是诈。日耳曼军如何肯舍，自然尽力追上，蒙古军走得很快，日耳曼军亦追得起劲。约行数十里，速不台从旁杀到，放过兀良合台军，竟与日耳曼军厮杀。日耳曼军虽然惊愕，却还有些余勇，兀自招架得住。不意战了片刻，兀良合台已绕出背后，所率铁骑，横厉无比，与前次大不相同，杀得日耳曼人没处躲闪。忽觉炮声迭响，四面都是大石飞来，日耳曼人走投无路，霎时间尽殁阵中。速不台父子，整军复进，巧值波兰军又到。兀良合台乘他初至，忙麾骑突入，大众一齐随着，将波兰军冲作数段。波兰军向北败走，天色已晚，前面正撞着第四军日耳曼人，两边不及招呼，竟自相厮杀起来，迨至彼此说明，蒙古军已经杀到。那时日耳曼军，闻得前队战殁，统已魂飞天外，还有何心对仗，自然纷纷逃去。亨力希带着后军，因天时昏黑，不敢骤进，只探听前军下落。及得败溃消息，方拟退回，已被蒙古军赶到。勉强前来抵敌，哪禁得蒙古军的势力，荡决无前，不到半时，已被杀得人仰马翻，零零落落。亨力希知是不妙，亟思逃走，身上中着一矛，顿时昏晕坠地，残众欲来救护，怎奈蒙古军东驱西逐，无从下手。突然间火炬齐明，仰见蒙古军的大纛旗上，悬着一颗血淋淋的首级。看官不必细猜，便可晓得是亨力希头颅。万众骇逃，五军齐殁，叙述五军战事，逐段变化，便似五花八门，不致呆板。只米海勒查无去向。

蒙古军复分掠四乡，连下各寨，遂向东南绕行，去接应拔都军。是为承上起下之笔。拔都将入马加部，先遣使谕降，并教他执送霍脱思罕，免得进兵。马加部长贝拉《元史》作恢怜。正容纳霍脱思罕，得了四万户人民，勒令改从天

第十八回　阿鲁思全境被兵　欧罗巴东方受敌

主教,方自以得众为幸,哪里肯归附蒙古?当下拒绝来使,遣将士守住山隘,伐木塞途。拔都闻马加抗命,遂令军士斩木开路,顺道而入。守兵闻风溃去,贝拉亟下令征兵,兵尚未集,蒙古军头哨,已到城下。天主教士乌孤领,请命贝拉,愿率教徒及兵士出战。贝拉不允,乌孤领自恃勇敢,竟出城开仗,被蒙古军迫入淖中,教徒尽殪,只乌孤领遁归。

城内兵民大哗,统归咎贝拉纳降构衅。贝拉不得已,将霍脱思罕处置狱中,嗣又把他处死,遣告拔都。拔都军只是不退。贝拉坚守数日,兵已渐集,便来战蒙古军。蒙古军屡胜而骄,不免疏忽,骤遇贝拉出来,一时未及招架,竟被贝拉冲破阵角,杀毙多人。拔都亟引兵东退,贝拉又大驱人马,追杀过来。看官须知行军的道理,总要随时小心,有备无患;若一经挫退,如水东流,断没有挥戈再奋的情事。至理名言,颠扑不破。拔都军正在危急,忽东北角上击着鼓鼙,扬着旌纛,又是一彪军驰到,吓得拔都叫苦不迭。及瞧着旗上大字,才知是速不台父子的兵马。从此处接入速不台父子,也有声色。心中大喜,便驱军杀回,贝拉见拔都得援,也收兵归去。拔都也不追赶,与速不台父子会叙,彼此谈及兵事,拔都道:"贝拉兵势方强,未可轻敌。"速不台道:"待我去窥度形势,再定行止。"

翌日,速不台挈数骑出营。约半日,方回见拔都道:"此去有漷宁河,上流水浅可渡,中复有桥,若渡过此河,便是马加城。我军不若诱敌出来,佯与上流争杀,我恰从下流结筏潜渡,绕出敌后,绝他归路;他既腹背受敌,哪得不败!"拔都点头道:"此计甚善,明日即行!"速不台道:"事不宜迟,我去黉夜结筏便是,大约明日下午,上流也好进兵了。"拔都应允,速不台引兵自去。

翌晨,拔都即升帐点兵,未午饱食,便出军至漷宁河。贝拉得了侦报,果然发兵来争,此时蒙古兵见他中计,越发耀武扬威,乱流争渡。到了桥边,贝拉兵杂集如蚁,枪刀并举,弓箭齐施,蒙古兵连番夺桥,统被杀退。恼动猛将八哈秃,左手持盾,右手执刀,大声喝道:"有胆力的随我来!"声甫绝,得敢死士百人,跟着八哈秃上桥,只向敌兵多处杀入。余众亦从后随上。待杀过了桥,八哈秃身上,矢如猬集,狂叫而死,敢死士亦亡了三十名。一将功成万骨枯。贝拉退回城中,速不台方才渡河。拔都恼怅异常,便欲还军。速不台道:"王欲归自归,我不拔马加城,誓不收兵!"遂引兵进攻马加城,拔都不欲同往,便在河滨扎营。惟诸将争请进攻,乃拨兵相助。贝拉自争桥后,颇畏蒙古军凶猛,及速不台兵到,益加悔惧。嗣见蒙古兵越来越多,竟从夜间潜遁,城遂陷。速不台及诸将,返报拔都。拔都尚有余愤,语诸将道:"漷宁河战时,速不台误约迟到,致丧我良将八哈秃!"速不台道:"我曾说下午发兵,乃午前已经进攻,彼时我结筏未成,何能渡河相救?"诸将亦各为解免,且谓现已夺得马加城,不必追忆前事,拔都方才无言。

越数日,复分军追贝拉,闻贝拉逃入奥斯,蹑迹而进,所过杀掠,欧罗巴洲全土震动,捏迷思即今之德意志。诸部民均欲荷担远遁。忽蒙古军中,传到急讣,乃是窝阔台汗逝世,第六后乃马真氏称制了。拔都急遣贵由先归奔丧,一面部署军马,班师东还。小子有诗咏蒙古西征道:

> 欧亚风原等马牛,兵锋忽及尽成愁。
> 若非当日鼎湖讣,战祸已教遍一洲!

欲知窝阔台汗临殁情形,且从下回说明。

拔都西征钦察,即今俄罗斯东部,至分军入波兰,入马加,则已在东欧地矣。波兰近为俄、奥、德三国所分,近自欧洲大战,德败俄乱,欧洲各国始许波兰独立。马加即匈牙利也,匈牙利之北,即奥大利亚国,亦称奥斯,向与匈牙利国,或合或分,今则合为一国,故又名奥斯马加。蒙古军亦曾至奥斯地,奥斯马加之西,即德意志联邦,日耳曼与捏迷思,皆德国联邦之一部分也。明宋濂等修《元史》因欧、亚间之地理未明,故于拔都西征事,多略而不详。近儒所译西史,亦人地杂出,名称互歧,本回参考中西史乘,两两对勘,择要汇叙;而于烈妇之殉夫,猛将之死义,且衷辑遗闻,力为表彰,是足以补中西史乘之阙,不得以小说目之!

第十九回　姑妇临朝生暗衅　弟兄佐命立奇功

却说窝阔台汗晚年,溺情酒色,每饮必彻夜不休。耶律楚材屡谏不从,至持酒槽铁口以献,且进言道:"这铁为酒所蚀,尚且如此,况人身五脏,远不如铁,宁有不损伤的道理?"忠言逆耳利于行。窝阔台汗虽亦觉悟,然事过情迁,总不免故态复萌。即位至十三年二月,因游猎归来,多饮数觥,遂致疾笃。召太医诊治,报称脉绝,六皇后不知所为,急召楚材入议。楚材推"太乙数",谓主子命数未终,只因任使非人,卖官鬻爵,囚系无辜,因干天谴,宜颁诏大赦,以迓天庥。六皇后亟欲颁敕,楚材道:"非主命不可!"少顷,窝阔台汗复苏,后以为言,乃允下赦旨。既而疾愈,楚材奏言此后不宜田猎,窝阔台汗倒也静守数旬。

转瞬隆冬,草萎木枯,又欲乘时出猎,只恐旧疾复作,未免踌躇。左右道:"不骑射何以为乐?况冬狩本系旧制,何妨循例一行!"窝阔台汗遂出猎五日,还至谔特古呼兰山,在行帐中纵情豪饮,极夜乃罢。次日迟明,尚未起床,

第十九回　姑妇临朝生暗衅　弟兄佐命立奇功

由左右进视,已不能言。亟昇还宫中,已是呜呼哀哉!

窝阔台汗初政时,颇能励精图治,勉承先业,及夏、金灭亡,渐成荒怠。七年时曾大兴土木,筑和林城,并建万安宫;九年时筑璨林城,并建格根察罕殿;十年时筑托斯和城,并建迎驾殿。于是广采美女,贮入金屋,后宫妃嫔,不下数百,称皇后者六人。第六后乃马真氏,貌既绝伦,才尤迈众,蛾眉不肯让人,狐媚偏能惑主。用徐敬业檄中语,颇合身分。因此窝阔台汗很是宠信,宫中一切,都由乃马真氏主持,别人不得过问。她生下一子,名叫贵由,就是随军西征,尚未归国。乃马真后便与耶律楚材商议立后事宜,楚材道:"这事非外姓臣子,所敢与闻!"乃马真后道:"先帝在日,曾令皇孙失烈门《元史》作锡哩玛勒。为嗣,但失烈门年幼,嗣子贵由,在军未归,一时却难定议。"楚材道:"先帝既有遗命,应即遵行。"言未已,忽闪出一人道:"嗣子未归,皇孙尚幼,何不请母后称制!"楚材视之,乃是窝阔台汗生前嬖臣,名叫奥都剌合蛮。一作谔多拉哈玛尔。楚材道:"这事还须审慎!"乃马真后笑道:"暂时称制,谅亦无妨!"楚材尚欲再谏,只见奥都剌合蛮怒目而视,便也默然。

看官!欲知奥都剌合蛮的来历,待小子补叙明白。原来奥都剌合蛮是回回国商人,从前窝阔台汗西征掳获回来,因他心性敏慧,善于推算,特命为监税官。嗣复擢掌诸路税课,置诸左右,他便曲承意旨,日夕逢迎,尝侍窝阔台汗作长夜饮,窝阔台汗固非他不欢,就是六皇后乃马真氏,也爱他便佞,异常信任。曾否与为长夜欢?至是创议母后称制,耶律楚材不敢与辩,只好办理国丧,再作计较。窝阔台汗在位十三年,享寿五十六,庙号太宗。

丧葬事毕,乃马真后遂临朝听政,擢奥都剌合蛮为相国,无论大小政务,悉听裁决。还有一个西域回妇,名叫法特玛,亦由窝阔台汗西征所得,选入后宫,作为役使,乃马真后也很宠爱。奥都剌合蛮与她勾通,遇有反对的官僚,辄令法特玛从旁进谗,内外蒙蔽,斥贤崇奸,以此朝右旧臣,黜去大半。也好唤作回回国。

耶律楚材很是郁闷,有时入朝谏争,听者一二,不听者八九。一日,闻乃马真后以御宝空纸付奥都剌合蛮,令他遇事自书,遂勃然进谏道:"天下是先帝的天下,朝廷诏敕,自有宪章,奈何得以御宝空纸,竟畀相臣!臣不敢奉诏!"乃马真后虽命收还,心中很是不乐。过了数日,又降下懿旨,凡奥都剌合蛮所建白,令史若不为书,罪应断手。时楚材为中书令,又进谏道:"国家典故,先帝悉委老臣,于令史何与?且事若合理,自当奉行,如不可从,死且不避,何况截手呢!"乃马真后不禁气愤,喝令退出。楚材大声道:"老臣事太祖、太宗三十余年,无负国家,后岂能无罪杀臣么?"言毕,免冠自去。奥都剌合蛮在旁,即语乃马真后道:"躁妄如此,理应加罪。"乃马真后道:"他是先朝功臣,我所以格外优容,今日却再行恕他,日后再说。"

自是楚材常称疾不朝,乃马真后也乐得清静。忽接东方密报,帖木格大王带兵来了。时成吉思汗兄弟皆殁,惟帖木格尚存,先曾封镇东方,至是闻权奸蠹国,因率兵西来。乃马真后不禁大骇,忙召奥都剌合蛮商议。奥都剌合蛮道:"可战便战,不可战便守;不可守,便西迁,怕他甚么!"开口便想西奔,真是一个好相国!

乃马真后闻言,暗令左右甲士,预备西迁,心中恰未免徬徨。猛然记起耶律楚材,遂饬内臣宣召。楚材既至,便与述及西迁事。楚材道:"朝廷乃天下根本,根本一摇,天下将乱。臣观天道,当无他虞。若恐帖木格大王入京,何不令他子前往诘问,教他留兵中道,入朝面陈?"乃马真后道:"他子曾在都内么?"楚材答一是字。乃马真后道:"你替我传敕,遣他子速往何如?"楚材即前去照行。

帖木格在途中,闻皇子贵由带领西北凯旋军将到和林,又经自己的儿子,奉敕诘问,乐得顺水推船,便道:"我来视丧,没有他意!"饬子归报,自率兵东归。贵由既至,乃马真后欲立他为汗。独奥都剌合蛮及法特玛两人,以新君嗣立,定失权势,便在乃马真后前,说要俟拔都回国,方可定议,免有后言。乃马真后听信了他,趣召拔都还朝,偏偏拔都心怀不平,只是托故推病,屡愆行期。奥都剌合蛮权势益盛,招摇纳贿,无所不至,耶律楚材竟以忧卒。他既知太乙数,为何不谢职归隐?乃马真后以旧勋谢世,例加赙赠。奥都剌合蛮以为未然,并说楚材历事两朝,全国贡赋,半入伊家,还要甚么抚恤?乃马真后将信将疑,命近臣麻里札往视,只有琴玩十余,及古今书画金石遗文数千卷,乃据实还报,才给赙赠如例。后到至顺元年,方追封广宁王,赠太师,予谥文正。意在尚贤,所以备录。这且按下不提。

且说乃马真后临朝,倏忽间将及四年,西征军早已尽归,独拔都不至。会后罹重疾,几致不起,乃亟召集诸王大臣,开库里尔泰会,立贵由为大汗。即位之日,边远属国,多来朝贺,所得赏赐,备极优渥。贵由汗在位一月,已查悉海内炀蔽,夤缘为奸,只因母后尚在,不便骤发。过了数月,乃马真后竟病逝了,奥都剌合蛮方才倒运,被贵由汗执置诸狱,加以大辟;嗣又查得回妇法特玛,行巫蛊术,害皇弟库腾,遂把她裹入毡内,投诸河中。随从妇女多处死,惟拖雷妃唆鲁禾帖尼,向在宫中静居,不作私弊,贵由汗遂敬礼有加。所有内外事宜,亦时与商议,拖雷妃遂渐渐干政。

贵由汗在位二年,除整饬宫禁外,无甚大政,且因手足有拘挛病,尝不视事。秋间西巡,至叶密尔河,沿路犒赏无算。居西数月,自谓西域水土与身体相宜,颇有恋恋不舍的意思。拖雷妃唆鲁禾帖尼还道贵由汗与拔都有隙,久

第十九回　姑妇临朝生暗衅　弟兄佐命立奇功

停西域,必有他图,遂遣心腹密告拔都,令他善自为备。谁知贵由汗并无意见,不过在外养疴。一过残年,病竟大渐,遽尔去世。

皇后斡兀立海迷失曾随驾西幸,至此秘不发丧,先遣人赴告拖雷妃及拔都处,自请摄国以待立君。拔都得拖雷妃密报,正启程东行,来见贵由汗,剖明心迹。途次接着耗闻,并皇后摄国的意旨,权词应允。于是皇后乃发丧回宫,号贵由汗为定宗,自抱犹子失烈门,临朝视事。

是年国内大旱,河水尽涸,野草自焚,牛马多死亡,民不聊生。诸王及各部,群言失烈门无福,不宜为汗,因此人人觖望,咸怀异心。拔都在阿勒塔克山待着,拟召集诸王,开库里尔泰大会。迨及会期,只术赤、拖雷后裔赴议,他如察合台已死,其子也速、蒙哥未到;窝阔台汗诸子,也都裹足不前,仅由皇后海迷失,遣使巴拉与会。各人都依次坐定,巴拉起坐道:"从前太宗在日,命以皇孙失烈门为嗣,谅诸王百官,亦曾闻着,今由皇后抱失列门听政,实是遵着太宗遗嘱,诸王百官,应无异议。"正说着,忽听有一人高声道:"太宗既欲立失烈门,应该早立,何故太宗崩后,别立定宗,难道也有太宗遗命么?"巴拉视之,乃是拖雷子忽必烈,便道:"太宗崩逝,失烈门甚幼,国家不可无长君,所以改立定宗;今定宗复崩,失烈门稍长,自应遵着太宗遗命!"言至此,拖雷第二子末哥失笑道:"太宗遗命,何人敢违?只六皇后乃马真氏及汝等大臣,前时立定宗,已违遗嘱,今日反教我等遵着,岂不是自相矛盾么?"一唱一和,无非为自己兄弟计。大众鼓掌如雷,弄得巴拉面红颊赤,无词可答。*这使本是难为,何故独来献丑。*

是时速不台亦已殁世,其子兀良合台在会,亦起座道:"据巴拉说,国不可无长君,我意亦是云然;现在年长望重,诸王中莫如拔都,何不推他继立呢!"*又是一派。*拔都道:"我无才德,不愿嗣位!"大众齐声道:"王既不自立,惟王审择一人,早决大计!"拔都道:"我国幅员甚广,若非聪明睿智,似太祖一般人物,不能继立,我意不如蒙哥!"*推重蒙哥,殆隐受拖雷妃之运动耶!*大众道:"就此定议!"蒙哥起座固辞,末哥道:"大众都要拔都选择,哥哥前无异言,今选了哥哥,奈何不从!"拔都道:"末哥言是!"

议既定,巴拉返报,皇后海迷失及诸子等,很是不悦。复遣使告拔都,以会议应在东方,不应在西土;且宗王未集,义不能从。拔都复称祖宗大业,未可轻授,今已推立蒙哥为主,请屈意相从;如必须开会东方,亦可照允等语。遂令蒙哥东行,由拔都弟伯尔克率着大军拥卫。拔都仍自驻西方,作为外援。于是东方又拟开会,由拖雷妃唆鲁禾帖尼为主,再召诸王大臣与议。奈太宗、定宗后裔,仍然未至,拔都着人往劝,亦不见答。当下拔都大愤,申令各地,决立蒙哥为主,宗亲中如或梗议,有国法在,不得相贷。诸王大臣,惧拔都威势,再开大会于斡难河,除太宗、定宗子孙,及察合台后王不至外,统推戴蒙哥,择日即位。即位之日,亲王列右,妃主列左,末哥、忽必烈等列前,武臣以忙哥撒儿为首,文臣以孛鲁合为首。孛鲁合一作博勒和。礼成,追尊拖雷为皇帝,庙号睿宗,命大众均筵宴七日。

正宴飨时,忽有御者克薛杰告变,说是失骠出觅,途中遇有来车,一乘折辕,露出兵械,恐来车不怀好意,特来预告云云。忙哥撒儿闻言道:"待我出去查问,便可分晓。"蒙哥汗允着,便令忙哥撒儿去讫。过了半日,忙哥撒儿带着二十人进来,由蒙哥汗问悉,为首的名叫按赤台,系奉失烈门命,特来谒贺。内有几名武士,据说是也速蒙哥遣至,也是谒献贡物的。蒙哥汗笑着道:"既蒙兄弟们雅谊,所来人士,统应令他与宴。"忙哥撒儿答道:"来人不止此数,我叫他留着一大半,在途候着。"蒙哥汗复笑道:"你何不叫他同来!"暗中已是窥破,看官莫被瞒过。忙哥撒儿无言。

及至宴罢,蒙哥汗即与忙哥撒儿密谈数语。忙哥撒儿应着,当夜即将二十名拏下,并遣兵将途中卫士,尽行捉到。次日由蒙哥汗亲鞫,按赤台等俱连声呼冤,再令忙哥撒儿审讯,加以严刑。失烈门的差官,不堪受虐,遂放声痛骂,自刭以死。

蒙哥因新近践祚,不欲多行杀戮,大众多以为未然。正犹豫间,有西域人牙剌挖赤立在门外,向在蒙哥麾下,服役甚勤,蒙哥汗便问道:"你是个老成人,阅历已多,可为我解决疑团!"牙剌挖赤道:"我是西域人,只晓得西域故事:从前希腊王阿来三得已灭波斯,欲入印度,将领中多异议,令出不行。阿来三得遣使谘其傅阿里斯托忒尔,阿里斯托忒尔并不回答,只与差人游园中,遇着荆棘当道,悉令从人芟刈无遗,另种新株。差人已悟,即返报阿来三得,乃将异议的将领,尽行诛逐,立发兵平定印度。主子可照此参观哩!"蒙哥汗点头称善,遂命将按赤台等一律枭首,复查出那知情不报的官吏,杀死数人。于是改更庶政,分命职官,禁诸王征求货财,驰使扰民;免耆老丁税,及释道等教徒服役,所有蒙古汉地民户,就令忽必烈领治,乃乘辇赴和林,和林官民,多来迎接。

及入城,复查究定宗党派,或杀或逐。定宗后海迷失及失烈门生母系太宗侄库春之妃。在宫中怀着愤恨,时有怨言。蒙哥汗就命忙哥撒儿带兵入宫,将她两人拖出,尽法鞫治。忙哥撒儿何苦专作虎伥。可怜这两人蓬头跣足,熬受苦刑,结果是屈打成招,只说是有心厌禳,置定宗后于死罪。将失烈门生母裹毡投河,失烈门兄弟等,悉加贬置,移至摩多齐处禁锢,不准居住和林。连太宗故后乞里吉帖忽尼也徙出宫中,令居和林西北;凡太宗后妃家资,尽行抄没,分赐诸王,并遣贝喇往察合台藩地,严究违命诸臣。自是太宗子孙与拖雷

第十九回　姑妇临朝生暗衅　弟兄佐命立奇功

子孙永成仇敌，一个蒙古大帝国，就不免隐生分裂了。<u>为后文埋根。</u>

且说忽必烈以佐命大功，得受重任，总理漠南军事。开府金莲川，召用苏门隐士姚枢，河内学子许衡，及辉和尔部人廉希宪，讲求王道，体恤民艰。京兆的劝农使委任姚枢，宣抚使委任廉希宪，提学使委任许衡。三人皆一时名宿，感怀知己，各展才能，京兆大治。<u>一统之基亦兆于此。</u>忽必烈乃一意略地，命兀良合台统辖诸军，分三道攻大理。大理即唐时的南诏，国王段智兴偏据一方，与中原不通闻问。至是遇蒙古兵三路夹攻，吓得脚忙手乱，不知所为，勉强召集数千兵民出城抵敌，被蒙古兵一扫而空。智兴愈加惶急，再四踌躇，毫无良策，只落得肉袒牵羊，出城乞降。

蒙古兵分略鄯善、乌爨等部，进入吐蕃。吐蕃即今西藏地，唐时曾与中国和亲，宋以后亦间或入贡，惟俗尚佛法，尊信喇嘛。喇嘛二字，指高僧言，乃无上的意义。其祖师名巴特玛撒巴巴，当唐玄宗时，自北印度入吐蕃，倡行喇嘛教，风靡全土，嗣是喇嘛势力凌驾国王。蒙古兵入吐蕃，所向无敌，且随地颁谕，降者免死，所有旧教，概行仍旧。喇嘛扮底达迎谒蒙古军，兀良合台以礼相待，扮底达遂导入都城，谕酋长唆火脱降，<u>唆火脱一作苏固图。</u>唆火脱不得已归命。

是时忽必烈自为后应，亦驱军入吐蕃，与扮底达相见，优礼有加。扮底达有从子拔思巴，<u>一作帕思巴。</u>年甫十五，善诵经咒，忽必烈爱他颖慧，命侍左右。会蒙哥汗有敕召还，乃令兀良合台进军西南，自挈拔思巴北旋，后来忽必烈即位，拜拔思巴为帝师。小子有诗咏道：

> 建牙开府耀雄威，转战西南血染衣；
> 不解枭雄何佞佛？偏教释子北随归。

欲知忽必烈归后情事，且至下回分解。

"牝鸡司晨,惟家之索"，古人之所以垂戒者，非他，由妇人心性，专图近利，未识大局，不至乱家败国不止也。观太宗、定宗两后，相继临朝，卒至奸邪用事，宗亲构衅，乃马真后尚获幸免，而定宗后则不得令终，咸本自贻，咎由己取，不得专为他人责也。惟蒙哥汗自戕宗族，亦属太过，作法于凉，弊将若之何！厥后同族阋墙，始终为患，兵争凡数十年，而国家之元气斲矣！忽必烈开府漠南，用姚枢、许衡、廉希宪诸贤，似属究心治道；而信任释教，挈释子拔思巴北归，后且尊为帝师，酿成末世演撰之祸，贻谋不臧，卒致荒亡。观此回，可知祸为福伏，福为祸倚之渐，而世之为子孙谋者，应知所审慎矣。

第二十回　勤南略赍志告终
　　　　　据大位改元颁敕

却说忽必烈奉敕北归,至京兆地方,闻有阿拉克岱尔及刘太平二人,奉蒙哥汗命,钩考诸路财赋,京兆所属官吏,相率得罪。忽必烈道:"此处官属,归我管辖,大半是我所派遣,难道都贪婪不成?这次我出师西南,距主太远,朝右定有谗佞,说我短处,我却要入朝辩白,力除奸蔽哩!"适劝农使姚枢进见,闻忽必烈言,遂进谏道:"大王虽为皇弟,究竟是个人臣,不应与主子争辩。现不若挈王邸妃主,尽归朝廷,示无他意,庶几谗间无从,疑将自释!"调停骨肉,无逾此言。忽必烈道:"你言亦是。"及归入和林,谒见蒙哥汗,遂将姚枢所说的大意,约略禀陈。蒙哥汗道:"我恐皇弟远征,日久身劳,是以召归休养;此外别无他意。"忽必烈又欲续陈,只见蒙哥汗目中含泪,也不觉悲从中来,为之涕下。两人对泣了一回,彼此不作别语。

到了次日,兄弟复会,蒙哥汗欲另建城阙宫室,作一都会,忽必烈遂保荐一人,叫作刘秉忠。秉忠邢台人,英爽不羁,因家贫为府令史,嗣即弃业为僧。会忽必烈召僧海云,邀秉忠与俱,应对敏捷,尤长易理及邵康节经世书,大得忽必烈称赏,因此忽必烈就事举荐。随命秉忠相度地宜,择定桓州东面、滦州北面的龙冈,作为吉地,督工经营,定名开平府。蒙哥汗尝移居于此,免不得采选妃嫔,增修朝市。国家方隆,喜气重重,兀良合台的捷书,又奏闻阙下;还有皇弟旭烈兀,前时奉命西征,也驰书报捷。所有战胜情形,待小子叙明大略。兀良合台自吐蕃进攻白蛮、乌蛮及鬼蛮诸部,皆在今云南省境。所过风靡,罗罗斯及阿伯两国,统大惧乞降。又乘胜攻下阿鲁诸酋,西南夷悉平。复南下侵入交趾。交趾即安南地,唐时曾设安南都护府,故名安南,世为中国藩属。蒙古兵南下,其主陈日煚防战不利,走入海岛,都城被屠。陈日煚遣使议和,蒙古兵亦患天热,乃约定岁币若干,准他和议,留九日而还。其时西域适有回乱,皇弟旭烈兀自和林发兵,沿天山北麓,经阿力麻里,直至阿母河畔,招致西域诸侯王,合军西进,侵入木乃奚国。木乃奚在宽甸吉思海南,前时拖雷引军过境,只在城外大掠一番,应第十三回。未曾侵入城内。此次旭烈兀以回徒所集,实在该城,因分军三路,同时进攻。左军命布喀帖木儿、库喀伊而喀统带,右军命台古塔儿怯的不花统带,旭烈兀自将中军,杀奔木乃奚城。木乃奚主兀克乃丁,遣弟萨恒沙至军前,情愿求和。旭烈兀谓须尽隳城堡,亲来归

第二十回　勤南略赍志告终　据大位改元颁敕

降，方可恕罪等语。萨恒沙归去数日，未见动静，乃驱军捣入，连下数堡。兀克乃丁复遣使求宽限一载，当自来谒。旭烈兀不从，且语来使道："你主愿降，速即遵约，待以不死！"来使去后，仍复杳然，恼得旭烈兀性起，饬三路大军，昼夜围攻。兀克乃丁无法延宕，乃出降，即将城外五十余堡，尽行毁去。旭烈兀因兀克乃丁诱约多端，不无反侧，意欲将他诛戮，奈已有约在前，未便食言，遂劝令入朝，就途中刺死。且下令屠城，无论少长，一概杀死。于是木乃奚都内，变作一个血肉模糊的枉死城。有几个死里逃生的人，潜出城外，联络回教徒，逃往八哈塔等国。八哈塔在今阿剌伯东岸，系回教祖谟罕默德降生地，著有《可兰经》，为人民所信仰，夙称天方教。嗣后教旨盛传，主教的人叫作哈里发，译以华文乃代天治事的意义。至蒙古平西域，哈里发属地，所存无几。其时正当木司塔辛嗣位，庸懦无能，只喜听乐观剧，国事皆由臣下主持。旭烈兀乘势进军，先贻木司塔辛书，责以延纳逃人，能战即来，不能战即降。木司塔辛复书不逊，旭烈兀遂西渡波斯湾，遇八哈塔军，前锋少挫，后军继进，背水列阵，竟日无胜负。两军分驻河滨，蒙古军夜决河堤，灌水敌营，复引兵进袭。八哈塔军未曾防着，蓦闻敌至，急起捍御，不料脚下统是大水，霎时间半身淹没，溺毙大半，就是逃脱的人，也被蒙古军杀尽。旭烈兀又合军攻城，城甚坚固，旭烈兀命军士筑垒，四面合围，撤民居屋甓，遍设炮台，上面密布巨炮，向城弹放，劈劈拍拍的声音，昼夜不绝，木司塔辛惧甚，遣使乞降。何前倨而后恭。旭烈兀不从，只令猛攻，木司塔辛又遣长子次子出见，皆被拒绝，不得已自缚出降。旭烈兀入城屠戮，凡七日，始下令停刃。被杀者约八十万人，惟天主教徒，及他国人居屋不入。哈里发宫内，金宝充斥，悉数被掠。还有妇女七百人，内监千人，杀的杀，留的留，回民已尽成鬼莩，蒙古军反喜跃异常。无恻隐之心，非人也！旭烈兀以城中伏尸积秽，移驻乡间，命军士将木司塔辛推至，责他傲慢不恭，词甚严厉，木司塔辛自知不免，请沐浴后乃毕命。还有长子及内监五人，亦愿从死，旭烈兀命将数人同裹毡内，置诸大路，驱战马往来蹴踏，辗转就毙。如此惨无人道，自古罕有！

次日复将木司塔辛次子及他亲族故旧，尽行杀死。只幼子谟拔来克沙，总算蒙恩赦宥，后娶蒙古女，生二子，保存一脉，不没宗祀。想是教祖有灵，所以子遗。遂一面飞章告捷，一面分军为二，遣大将郭侃东略印度，自率军西略天方即阿剌比亚。去了。

蒙哥汗闻西南连捷，心中甚慰，遂欲大举灭宋。先是乃马真后称制时，曾遣使月里麻思，一作伊拉玛斯。赴宋议和，至淮上，为守将所囚。于是蒙古兵又尝侵宋，淮蜀一带，兵革不息。只因蒙古屡有内讧，未发大军，所以宋将尚能守御。迨蒙哥汗嗣位，闻月里麻思已死，早思南侵，至是遂举军而南，留少弟阿里不哥守和林。是时川陕一带，虽有宋将蒲择之、刘整、杨立、张实、杨大渊等，据险防守，奈遇着蒙古军马，无不披靡。蒙哥汗南渡嘉陵江，入剑门，守将杨立战死，张实被擒，蒲择之、刘整等守成都，亦被蒙古前锋纽璘一作㺷㺷。攻陷，择之等败溃。及蒙哥汗入阆州，守将杨大渊以城降。进围合州，先遣宋降将晋国宝，招谕守将王坚，坚不从。国宝还次峡口，被王坚遣将追还，执至阅武场，说他负国求荣，罪在不赦，当即传令斩首。便涕泣誓师，开城出战，将士无不感奋，争出死力相搏。战至天晚，蒙哥汗不能取胜，退军十里下寨。阅数日，复进薄城下，又被坚军击退。自是一攻一守，相持数月不下。蒙古前锋将汪德臣，挑选精锐，决计力攻，当下缮备攻具，誓以必死，遂于秋夜督兵登城，王坚亦饬军力御。鏖战一夜，直至天明，城上下尸如山积。汪德臣愤呼道："王坚快降！"语未毕，猛见一大石从顶击下，连忙将首一偏，这飞石已压着右肩，连手中所握的令旗，都被击落。蒙古军见主将受伤，自然缓攻，适值大雨倾盆，攻城梯折，只好相率退去。是夕，汪德臣毙命。适应前誓。

蒙哥汗因顿兵城外，将及半年，复遇良将伤毙，郁怒中更带悲伤，遂致成疾。合州城外有钓鱼山，蒙哥汗登山养病，竟致不起。左右用二驴载尸，蒙以绘椁，北行而去，合州解围。

蒙哥汗在位九年，沉毅寡言，不乐宴饮，宫禁亦严，虽后妃不得过制。遇有诏敕，必亲自起草，数易乃定，因此群臣不得擅政。素精骑射，好畋猎，只酷信卜筮，不无缺点，庙号宪宗。

亲王末哥等遂以凶闻讣中外。时忽必烈方将兵渡淮，直至黄坡，接着宪宗死耗，诸将请北还。忽必烈道："我前时受先皇敕命，东西并举，今已越淮南下，岂可无功即还？从忽必烈口中叙出宪宗敕命，亦是补前文之阙。况兀良合台已平交趾，应前文。正好约他夹击，就使不能灭宋，也好叫他丧胆呢？"正说着，旁有人进言道："长江向称天险，宋恃此立国，势必死守，我军非破他一阵，不足扬威，末将愿当此任！"忽必烈视之，乃是大将董文炳，便道："很好！你就引左哨军前去。"文炳领命，与弟文用等去讫。

忽必烈乃遣人赍书，往送兀良合台，一面统带全军，出应董文炳。文炳令弟文用等，驾着艨艟大舰，鼓棹渡江，自率马军在岸搏战。宋军沿江扼守，倒也不少，江中亦有大舟扎住，奈都是酒囊饭袋，遇着蒙古军来，未战先怯，就使勉强接仗，也没有一些勇气。文炳兄弟水陆大进，杀得宋军东倒西歪，望风股栗。至忽必烈驱军进发，文炳军已过江了。

次日全师毕济，破临江，入瑞州，合军围鄂。南宋大震，用了一个奸邪贪佞的贾似道，集军汉阳，为鄂州援，似道毫无胆略，逗留中道，诸将亦不遵约束。会闻鄂州守将张胜败死，城中死伤至万三千人，似道大惧，密遣心腹将王

第二十回　勤南略赍志告终　据大位改元颁敕

哀,诣蒙古营,请称臣纳币。忽必烈不许,部下郝经谏道:"今国遭大丧,神器无主,宗族诸王,孰不窥伺。倘或先发制人,抗阻大王,势且腹背受敌。不如与宋议和,即日北归,别遣一军迎先帝灵舆,收取帝玺,召集诸王会丧,议定嗣位,那时大王应天顺人,自可坐登大宝了。"忽必烈之得嗣为君,恃此一谏。

忽必烈大悟,遂与宋京定议,令纳江北地,及岁奉银绢各二十万,乃退兵北旋。兀良合台方东应忽必烈军,引师攻潭州,嗣得议和消息,移师而东,及至鄂,闻忽必烈已还,遂亦北去。贾似道反令夏贵等,杀他殿卒百余人,诈称诸军大捷,献俘宋廷。昏头磕脑的宋理宗,竟信他有再造功,召使还朝,封卫国公,大加宠眷,真正奇事!不是奇事,实是呆鸟。

话分两头,且说忽必烈北还燕京,闻途中方括民兵,托词宪宗遗命。忽必烈道:"我兵已足,何用括民。此必和林阴图变乱,所以有此创举。"随出示纵还民兵,人心大悦。进至开平,诸王末哥、哈丹、塔齐尔等俱来会,愿戴忽必烈为大汗。忽必烈辞不敢受,嗣接西域旭烈兀来书,内称西征军已振旅班师,应上文。并殷勤劝进。忽必烈遂允所请,不待库里尔泰会推许,竟登大位。是时姚枢、廉希宪等,方膺重任,上马杀贼,下马能文,乃承旨草诏,颁告天下道:蒙古文与汉文不同,在忽必烈即位前,惟太祖与汪罕书载史乘中,然亦不甚雅驯,至此始尚文律,故特录之。

> 朕惟祖宗肇造区宇,奄有四方,武功迭兴,文治多缺,五十余年于此矣。盖时有先后,事有缓急,天下大业,非一圣一朝所能兼备也。先皇帝即位之初,风飞雷厉,将大有为。忧国爱民之心,虽切于己,尊贤使能之道,未得其人。方董夔门之师,遽遗鼎湖之泣。岂期遗恨,竟勿克终。肆予冲人,渡江之后,盖将深入焉。乃闻国中重以签军之扰,黎民惊骇,若不能一朝居者。予为此惧,驲骑驰归。目前之急虽纾,境外之兵未戢,乃会群议,以集良规。不意宗盟辄先推戴,左右万里,名王巨公,不召而来者有之,不谋而同者皆是。咸谓国家之大统,不可久旷,神人之重寄,不可暂虚。求之今日太祖嫡孙之中,先皇母弟之列,以贤以长,止予一人。虽在征伐之中,每存仁爱之念,博施济众,实可为天下主。天道助顺,人谟与能,祖训传国大典,于是乎在,孰敢不从!朕峻辞固让,至于再三,祈恳益坚,誓以死请。语太过分。于是俯顺舆情,勉登大宝。自惟寡昧,属时多艰,若涉渊冰,罔知攸济。爰当临御之始,宜新弘远之规。祖述变通,正在今日,务施实德,不尚虚文。虽承平未易遽臻,而饥渴所当先务。呜呼!历数攸归,钦应上天之命;勋亲斯托,敢忘列祖之规?体极建元,与民更始,朕所不逮,更赖我远近宗族,中外文武,同心协力,献可替否之助也!诞告多方,体予至意。

此旨下后，又仿中夏建元的体例，定为中统元年。其敕文云：

祖宗以神武定四方，淳德御群下。朝廷草创，未遑润色之文，政事变通，渐有纲维之目。朕获缵旧服，载扩丕图，稽列圣之洪规，讲前代之定制。建元表岁，示人君万世之传；纪时书王，见天下一家之义。法《春秋》之正始，体大易之乾元，炳焕皇猷，权舆治道，可自庚申年五月十九日建元为中统元年。惟即位体元之始，必立经陈纪为先，故内立都省以总宏纲，外设总司以平庶政。仍以兴利除害之事，补偏救弊之方，随诏以颁。于戏！秉箓握枢，必因时而建号，施仁发政，期与物以更新。敷宣恳恻之辞，表著忧劳之意。凡在臣庶，体予至怀！

建元既定，乃敕修官制。先是成吉思汗起自朔方，部落野处，设官甚简，最重要的叫作断事官，兼掌政刑；统兵官叫作万户，余无别称。后仿金制置行省，及元帅、宣抚等官。至忽必烈即位，命刘秉忠、许衡酌定内外官制：总政务的叫作中书省，握兵权的叫作枢密院，司黜陟的叫作御史台；其次有寺、监、院、司、卫、府。外官有行省、行台、宣抚、廉访，牧民长官，有路有府，有州有县；官有常职，食有常禄，大约以蒙古人为长，汉人南人为副，一代规模，创始完备。此段文字似无关紧要，不知下文叙述各官，便可就此分晓。正在百度纷纭的时候，忽报少弟阿里不哥，也居然称帝和林了。原来阿里不哥闻宪宗已殂，遂分遣心腹，易置将佐，并联络宪宗诸子，及定宗察合台子弟，开库里尔泰会，自称大汗，命部下刘太平、霍鲁怀等，乘传至燕京。不意廉希宪已先至京兆，遣人诱执太平、鲁怀，毙诸狱中。六盘守将浑塔噶，正举兵应和林，希宪不待请旨，即遣总帅汪良臣，率秦、巩诸军往讨。忽必烈亦遣诸王哈丹，率军来会，击毙浑塔噶。希宪乃自劾擅命遣将诸罪。忽必烈下敕嘉奖，反赐他金虎符，行省秦蜀，自统军攻阿里不哥，与战于锡默图地方。阿里不哥败遁，忽必烈乃引军还，嗣从刘秉忠请迁都燕京，在位五年，复改中统为至元。后又建国号曰元，也是秉忠所拟定的。曾记得有一敕云：

诞膺景命，奄四海以宅尊；必有美名，绍百王而纪统。肇从隆古，匪独我家。且唐之为言荡也，尧以之而著称；虞之为言乐也，舜因之而作号。驯至禹兴而汤造，互名夏大以殷中，世降以还，事殊非古。虽乘时而有国，不以利而制称。为秦为汉者，著从初起之地名；曰隋曰唐者，因即所封之爵邑。且皆徇百姓见闻之偶习，要一时经制之权宜，概以至公，不无少贬。我太祖圣武皇帝，握乾符而起朔土，以神武而膺帝图，四震天声，大恢土宇，舆图之广，历古所无。顷者耆宿诣庭，奏草申请，谓既成于大业，宜早定于鸿名。在古制以当然，于朕心乎何有！可建国号曰大元，盖取《易经》乾元之义,兹大冶流形于庶品,孰名资始之功。予一人底宁于万邦,尤切体仁之要,事从因革,道协天人。于戏!称义而名,固非为之溢美;孚休惟永,尚不负于投艰。嘉与敷天,共隆大号!

小子此后叙述,称蒙古为元朝,又因至元十六年,忽必烈汗灭宋,奄有中国,殁后庙号世祖,所以后文亦竟称元世祖。阅者不要误会,说我称号两歧。爰系以七绝一首道:

> 华夏由来属汉家,何图宋后遍胡笳?
> 史官据事铺扬惯,我亦随书不避瑕。

欲知元朝混一情形,请看官续阅下回。

本回叙蒙哥、忽必烈之绝续,而首插两军远征一段,所以承前回之末,接入本回正传,非好为芜杂也。有兀良合台之平西南,有旭烈兀之平西域,于是蒙哥汗决意侵宋。著书人详于西征,略于南下,盖因《宋史》当自成演义,不必琐述,蛮戎各方,他处罕见,即《元史》亦多从略,悉心裒录,正所以示特长耳。忽必烈班师称汗,改元立号,虽隐启纷争之祸,而化野为文,入长中原,实于此基之。迻录原敕,未始非保存国粹之意。主非汉人,而文则从汉,故宋亡而文不亡,用夏变夷,此之谓欤?

第二十一回　守襄阳力屈五年
　　　　　覆厓山功成一统

却说元世祖即位,曾遣翰林侍读学士郝经为国信使,翰林待制何源、礼部郎中刘人杰为副,赴宋修好。宋少师卫国公贾似道,以前时称臣纳币,乃是权宜之计策,未曾禀闻理宗,此次北使到来,定要机关败露,瞒了一日好一日,不如将来使幽禁,省得漏泄奸谋,掩耳盗铃,终归失败。遂将郝经等数人,幽住真州忠勇军营。郝经屡上书宋帝,极陈和战利害,且请入见及归国,统被贾似道一手抹煞,并不见报。元世祖待使未归,复遣人质问宋帅李庭芝。庭芝据实奏闻,也似石沉东海,毫无影响。于是元世祖拟举兵攻宋,颁谕各路将帅道:

> 朕即位之后,深以戢兵为念,故前年遣使于宋,以通和好。宋人不务远图,伺我小隙,反启边衅,东剽西掠,曾无宁日。朕今春还宫,诸大臣皆以举兵南伐为请,朕重以两国生灵之故,犹待信使还归,庶有悛心,以成和议。留而不至者,今又半载矣,往来之礼遽绝,侵扰之暴不已,彼尝

以衣冠礼乐之国自居,理当如是乎?曲直之分,灼然可见!今遣王道贞往谕卿等,当整尔士卒,砺尔戈矛,矫尔弓矢。约会诸将,秋高马肥,水陆分道而进,以为问罪之师。尚赖宗庙社稷之灵,其克有勋!卿等当宣布腹心,明谕将士,各当自勉,毋待朕命!曲直有归,故全录诏敕。

是时阿里不哥虽已败遁,尚有余党未靖,且因元江淮都督李璮,居心反复,尝把恫疑虚吓的言词,入奏世祖,因此攻宋的诏敕,颁发于中统二年,各路兵马,尚未大举。三年春季,李璮竟以京东降宋。世祖大怒,立遣史天泽总诸道兵,攻李璮于济南,长围数月,破城擒璮,支解以徇。五年,世祖复改元,称为至元。阿里不哥率众来降,世祖以兄弟至亲,格外赦宥,免他罪名。由是内讧悉平,一意对外。

适宋潼川副使刘整,为贾似道所嫉忌,籍泸州十五郡,归降元朝。又是贾贼殴使。整系南宋骁将,且尽知国事虚实,至此为元所用,授夔路行省,兼安抚使。整遂与元帅阿术,同心筹画,议筑白河口城,断宋饷道,进规襄阳。宋四川宣抚使吕文德,阿附似道,好为大言,闻刘整筑城消息,毫不介意。且谓襄阳城池坚深,兵储可支十年,元兵即来,亦不足惮。襄阳守将吕文焕,遣人报知文德,请先事预防,反见斥责。待刘整筑城已就,遂与阿术合兵攻襄阳。文焕登陴固守,数月未下,元世祖复遣史天泽等,督师援应。天泽到襄阳,见城高濠阔,料非旦夕可破,遂筑起长围,联络诸堡,把一座襄阳城围得铁桶相似,水泄不通。

那时宋理宗已经归天,太子禥循例嗣统,号为度宗。度宗昏庸,过于乃父,一经登基,便封贾似道为太师,倍加宠眷。似道入朝,度宗必答拜,有所谘询,必称师相;因此这位贾太师,越加尊严,一班蝇营狗苟的贼臣,且拍马吹牛,称似道为周公。似道益发刁狡,屡求辞职,甚至度宗拜留,为之泣下。且恐他不别而去,令卫卒夜卧第外,监住行踪。后复命他三日一朝,治事都堂,且就西湖中的葛岭,替他筑起大厦,以资休养,总道他是擎天柱石,保国元勋。若不如此,赵氏何致即亡。他遂颐指气使,无论军国重事,总须先行关白,方可举行,朝右大臣,偶或龃龉,立加窜逐;或因度宗稍有可否,即称疾求去,以故言路壅塞,苞苴公行。这度宗也全然昏迷,整日里宴坐深宫,与妃嫔等饮酒调情,乐得将国家政务,付于师相。师相恰日居葛岭,起楼阁亭榭,作半闲堂,筑多宝阁,取了一个宫人叶氏,作为己妾。他尚嫌不足,常令手下密访美姝,如果姿色可人,任她是娼妓,是尼觋,一古脑儿招入宅中,日夕肆淫。这叫作盲子吃蟹,只只道鲜。还有一桩最喜欢的事情,乃是与群妾斗蟋蟀儿。大约是寓意教战。自是累日不出,有诏令六日一朝,继复令十日一朝,他还是不能遵旨,阳奉阴违。那时襄阳日危,吕文焕连岁支持,很是惶急,一面向吕文德乞援,一面请贾似道济师。吕文德疽发背死,女夫范文虎代任,与乃翁同一糊涂,哪里肯发兵往援。贾似道没有别策,总教瞒着一个主人翁,便算妙计。

一日入朝,度宗问道:"襄阳被围,已是三年,如何是好?"似道佛然道:"北兵已退,这语从何处得来?"度宗道:"日前有女嫔言及,因此怀疑。"似道问女嫔姓氏,度宗不答。似道又要求去,经度宗固留不从。度宗没法,只好将女嫔遣出,活活赐死。可怜这红粉佳人,只为了一句话儿,平白地丧了性命!冤乎不冤。廷臣见这般情形,哪个敢再言边事。

既而似道良心发现,饬李庭芝往援襄阳,又被这范文虎从旁阻挠,多方牵掣。后来文虎奉旨促师,没奈何督兵十万,进至鹿门,被元将阿术截杀一阵,吓得心胆俱裂,连忙逃走。李庭芝闻文虎败还,特遣勇将张顺、张贵,率锐卒往襄阳。两将乘汉水方涨,鼓舟而进,至高头港口,满江扎着敌舰,几乎无缝可钻。张贵冒险杀入,张顺后继,竟冲开一条走路,直抵襄阳城下。城卒出来接应,把张贵迎入,独不见张顺,过了数日,江上始浮出顺尸,身中四枪六箭,怒气勃勃如生,方知张顺已死了。张贵见城中大困,募死士二人,遣赴范文虎处乞援。返报如约,贵遂辞别文焕,突围东行。既出险地,已是天晚,望见前面来了无数军舰,总道是援军过来,急忙欢迎。谁知来舟统是元军,一时不能趋避,被他困在垓心,杀伤殆尽。张贵身受数十创,力尽被执,不屈而死。嗣是襄阳绝援。

未几,樊城又失。樊城与襄阳为犄角,守将范天顺、牛富,本与吕文焕誓约死守。至是两将战死,襄阳益孤,元兵复用西域人所献新炮,攻破襄阳外郭,内城益急。文焕每一巡城,南望恸哭而后下。元将阿里海涯复招谕城中道:"尔等拒守孤城,至今五年,为主尽忠,也是应分的事情;但势孤援绝,徒害生灵,尔心何忍?若能纳款归降,悉赦勿治,且加迁擢,凭你等酌择!"又折矢与文焕为誓。文焕乃出降,偕阿里海涯朝燕,元主以文焕为襄、汉大都督,与刘整一体重用。文焕之罪,似减于整。

襄樊既失,江南失险,警报连达宋廷。给事中陈宜中上疏,归咎范文虎,乞即行正法。贾太师暗中庇助,止降一官。就是度宗优礼似道,也始终勿衰。似道母死,诏用天子卤簿饰葬,并令似道墨绖还朝。师相的气焰未衰,主子的福寿已尽。度宗病逝,子㬎立,年仅四龄,由太后谢氏临朝听政,仍把那元恶大憝,倚作长城。想尚有一块干净土耳。惹得元主连番下诏,数贾似道背盟拘使的罪名,饬史天泽、伯颜总诸道兵,与阿术、忙兀、逊都思塔出等,及降将刘整、吕文焕,大举南侵。途次天泽遇病,有旨召还,饬各军统归伯颜节制。伯颜遂分各军为两道,自与阿术由襄阳入汉济江,以吕文焕将舟师为前锋;别命忙兀东出扬州,以刘整将骑兵为先行,旌旗招飐,戈戟纵横。看官!你想这区区南宋,还能保得住么？伯颜军顺汉水南下,屠沙洋镇,擒守将王虎臣；破新郢城,杀都统边居谊；进拔阳逻堡,走淮西置制使夏贵；取鄂州,降城守张晏然、程鹏飞。

宋廷大惧,只得请出这三朝元老,督领诸路军马,抵御元军。可奈诸路将士,统已离心,陈奕以黄州叛,吕师夔以江州叛,都奉款降元,连贾太师极力庇护的范文虎也居然反颜迎敌,叩首阿术军前。这等小人最不足恃,然安富尊荣,偏在若辈,令人恨恨！元朝虽亡了史天泽,死了刘整,锐气仍然未衰。贾似道闻刘整死,还自称天助,调集精兵十三万人,陆续起行。前哨委了孙虎臣,中权委了夏贵,自己带着后军,出驻江上。元伯颜率同阿术,渡江南来,与虎臣军遇着。两下接战,炮声如雷,虎臣惧甚,忙过其妾所乘舟。出战时带着美妾,究属何用。岂亦学韩蕲王之梁夫人耶！大众疑他遁走,顿时散乱。夏贵以虎臣新进,权出己上,本已事前观望,此时亦不战而奔。剩了似道一军,还有什么能耐,索性也走了他娘,管什么国计民生！

元兵趁势残杀,江水尽赤。于是镇江、宁国、江阴守臣,皆弃城遁去,上行下效,捷如影响。太平、和州、无为军,俱相继降元。似道还想奉币请和,遣使至元军,被伯颜拒绝。奔至扬州,束手无策,只上书请迁都。太皇太后谢氏不许。廷臣窥见微旨,遂连劾似道,陈宜中初得似道援,骤登政府,至是也奏请诛逐。乃罢似道平章都督,并遣元使郝经等北归；已无及了。一面下诏勤王。诸将多不至,只鄂州都统张世杰,率师入卫；江西提刑文天祥起兵赴难；湖南提刑李芾,也募壮士三千人,令将吏统带,东出勤王。无如大势已去,无可挽回。建康守将赵溍,弃城先遁,元伯颜安然入城。宋江淮招讨使汪立信,闻建康被陷,料知宋不可为,扼吭而死。宋吭已被元扼,汪公也只好绝吭了。元兵遂长驱入常州,下无锡,宋廷亟命张世杰总统人马,分道拒敌,稍稍得手。

元世祖复遣尚书廉希宪、工部侍郎严忠范,奉国书南来,还有意与宋议和。希宪至建康,与伯颜会晤,请兵自卫。伯颜道：“行人在言不在兵,兵多反招疑忌。”嗣经希宪固请,发兵五百名送行。到了独松关,宋守将张濡部曲,不分皂白,竟袭杀忠范,执希宪送临安。及伯颜遣书诘责,宋廷遣使答报,只说是边将所为,未曾禀报。伯颜再遣议事官张羽,同宋使返临安,不意到了平江,又被杀死。还要乱杀使人,真是坏事！

元兵愈加气愤,直逼扬州。李庭芝遣将苗再成、姜才等,率兵阻截,皆败绩。接连是荆南被陷,嘉定诸城叛去。军报日紧一日,于是张世杰大出舟师,与刘师勇、孙虎臣等屯驻焦山,连舟为垒,示以必死。元阿术登高遥望,想了一个火攻的计策,遂精选弓弩手,载舸直进,连发火箭,迭射宋军。霎时间烟焰蔽江,篷樯俱焚,宋军进退两穷,相率赴水,师勇、虎臣等都截舟自遁。单剩

第二十一回 守襄阳力屈五年 覆厓山功成一统

了张世杰,已不能军,只得奔回圌山,再请济师。坚壁中流,并非万全之策,即非火攻,亦难持久,张世杰殆忠有余而识不足者。

是时王爚、陈宜中,并为丞相,意见不协,各自求去。至世杰败溃,王爚以二相在朝,反多顾忌,不如遣一人出督吴门。太后不从,爚遂乞罢,因免相,未几遂卒。还是死得干净。文天祥到临安,上疏请分建四镇,各专责成,亦不报。此时虽有明主,亦未能转败为胜,况妇人秉国乎!只把贾似道贬置循州,被监押官郑虎臣拉死,总算为天下雪愤!罪不容于死。嗣是泰州失守,孙虎臣自杀;常州被屠,知州姚訔等战死;刘师勇逸去,独松关也被残破,张濡不知去向。既而知州李芾,复殉难潭州;都统密佑,又遇害抚州。湖南、江西,尽为元有。宋廷又遣工部侍郎柳岳,赴元军请和。伯颜愤然道:"汝国执戮我行人,所以兴师问罪。从前钱氏纳土,李氏出降,统是汝国祖制。汝国何不遵行?况汝国得天下于小儿,今亦由小儿失国,天道不爽,何必多言?"柳岳不得已还朝。复遣宗正少卿陆秀夫,再至元军,求称侄纳币。伯颜不从。降称侄孙,亦不见许。陆秀夫还,陈宜中奏白太后,请再使元军,求封为小国。太后依议,仍令柳岳赍表前行。到高邮,被民人嵇耸所杀。太后妇人,尚不足责,陈宜中堂堂宋相,厚颜如此,实是可杀。

元兵进降嘉兴,陷安吉,直捣临安。文天祥、张世杰请移三宫入海,自率众背城一战。陈宜中不以为然,商诸太后,遣监察御史杨应奎,奉了传国玺印,出降元军。伯颜受玺,并召宜中出议降事。宜中惶惧,夜遁温州。张世杰愤甚,与刘师勇、苏刘义等率所部入海。只文天祥尚是留着,太后令为右丞相,如元军议降。天祥辞去相职,竟赴元军面责伯颜。伯颜将他拘住,遂遣将入临安府,封府库,收图籍符印,并胁宋太皇太后手诏谕降。

过了数日,遂掳帝㬎及皇太后全氏、福王与芮等北去。只太皇太后谢氏,因疾暂留,后来亦被元兵舁出,送至燕都。惟度宗尚有二子,长名昰,封益王,年十一岁;次名昺,封广王,年六岁。当临安紧急时,与母杨淑妃潜行出城,奔至温州。陈宜中迎着,同航海赴福州,奉为嗣皇帝,尊杨淑妃为太后,同听政。张世杰、苏刘义、陆秀夫等继至,复组织朝堂,仍命陈宜中为左丞相,都督诸路军马。还要用他,可笑可恨。张世杰等任官有差。那时文天祥亦自镇江逃归,浮海至闽,杨太后令为右丞相。嗣与宜中议事未协,出督南剑州。

元兵一面入广州,摧锋军将黄俊战死,一面破扬州,宋右丞相李庭芝、指挥使姜才被执,劝降不从,俱被害。闽中因此被兵,任你文天祥开府招军,张世杰传檄勤王,都弄得落花流水,不见成功。帝昰与太后杨氏,舍陆登舟,今日走这里,明日走那里,受尽惊风骇浪,支持到两年有余,可怜那十余岁的小皇帝,已受了急惊病,到了碙州,一命呜呼!再立其幼弟昺,年仅八龄。陈宜中遁死海南,用陆秀夫为左丞相,与张世杰共秉朝政。秀夫正笏垂绅,犹把那《大学》章句,训导嗣君。未免迂腐。

嗣闻元兵又至,复逃至厓山。元将张弘范潜师至潮阳,先袭执了文天祥,复进兵厓山。张世杰又用这联舟为垒的法儿,守住峡口,复用水泥涂舰,防备火攻。张弘范倒也没法,只遣人招降,世杰不许。弘范分兵堵截,断宋军樵汲孔道。宋军大困。元兵复四面攻击,不由宋军不走,就是赤胆忠心的张世杰,也只好断维突围,带着十六舟,夺港自去。陆秀夫先驱妻子入海,自负幼帝同溺。太后杨氏抚膺大恸道:"我忍死至此,无非为了赵氏一块肉,今还有甚么望头?"也赴海死。世杰至海陵山下,适遇飓风大作,遂焚香祷天道:"我为赵氏,也算竭力,一君亡,又立一君。今又亡了,我尚未死,还望敌军退后,别立赵氏以存宗祀。若天意应亡赵氏,风伯有灵,速覆我舟!"言已,舟果覆,世杰亦溺死。

宋自太祖至帝昺,共三百二十年,若从南渡算起,共一百五十二年。小子走笔至此,也觉满腹凄怆,欲做一首吊宋诗,想了半晌,竟无一字,只记得文信国文天祥封信国公。目击厓山诗,很是沉痛,诸君试一阅看,其诗曰:

> 长平一坑四十万,秦人欢欣赵人怨。大风吹砂水不流,为楚者乐为汉愁。兵家胜负常不一,干戈纷纷何时毕?必有天吏将明威,不嗜杀人能一之。我生之初尚无疚,我生之后遭阳九。厥角稽首二百州,正气扫地山河羞!身为大臣义当死,城下师盟愧牛耳。闲关归国洗日光,白麻重拜不敢当!出师三年劳且苦,咫尺长安不可睹!非无虓虎士如林,一日不戒为人擒。楼船千艘下天角,两雄相遭相喷薄。古来何代无战争,未有锋猬交沧溟。游兵日来复日往,相持一月为鹬蚌。南人志欲扶昆仑,北人气欲河带吞。一朝天昏风雨恶,炮火雷飞箭星落。谁雄谁雌顷刻分,流尸浮血洋水浑。昨朝南船满崖岸,今朝只有北船在。昨夜两边桴鼓鸣,今夜船船鼾睡声。北家去军八千里,椎牛酾酒人人喜。惟有孤臣泪两垂,明明不敢向人啼。六龙杳霭知何处,大水茫茫隔烟雾。我期借剑斩佞臣,黄金横带为何人?

欲知文信国后事,试看下回便知。

本回叙南宋亡国,独于攻守襄阳事,叙述较详,盖襄阳为南宋咽喉,襄阳一失,南宋之亡,可翘足待也。此外俱从简略,随笔叙上,此由《宋史》当有专属,不必于《元史》中详述。惟于贾似道、陈宜中之误国,文天祥、张世杰、陆秀夫之尽忠,仍行表白。彰善瘅恶,史家之责,著书人夙存此志,不嫌烦复也。且观其全回用笔,一气赶下,"嘈嘈切切错杂弹,大珠小珠落玉盘",此文似之。

第二十二回　渔色徇财计臣致乱　表忠流血信国成仁

却说元将张弘范,既破厓山,置酒大会,邀文天祥入座,语他道:"汝国已亡,丞相忠孝已尽,若能把事宋的诚心,改作事元,难道不好作太平宰相么!"天祥流涕道:"国亡不能救,做人臣的死有余辜,况敢贪生事敌么! 天祥不敢闻命!"弘范也称他忠义,遣使送天祥赴燕,弘范亦率军北还。只有一个西僧杨琏真珈,曾掌教江南,借了元兵势力,到处奸淫妇女,并发掘宋朝陵寝,及大臣坟墓,凡一百余所,陵墓里面的金玉,尽行掠取,不必说了,他还想将诸陵尸骨,与牛马枯骼,聚作一堆,作为镇南浮屠。亏得会稽人唐珏,目不忍睹,典鬻借贷,凑得百金,阴召诸恶少饮酒,席间泣语道:"你我皆宋人,坐看陵骨暴露何以为情? 我拟窃取陵骨,易以他骨,望诸君助我臂力!"诸恶少许诺,乃于夜间易取陵骨,邀与唐珏。珏已造石函六具,刻纪年一字为号,随号收殡,瘗葬兰亭山后;又移宋故宫冬青树,植立冢上,作为标识,后人才晓得宋帝遗骸,不与畜类为伍,这也可谓宋祖有灵了。皇帝尸骸,几侪牛马,后世枭雄,何苦再作皇帝梦耶!

张弘范北还后,未几病卒,此外开国功臣,或亦因百战身疲,相继谢世。还有一位贤德皇后,也于灭宋后两年,抱病而终。后弘吉剌氏系德薛禅的孙女,父名按陈,从前太祖后孛儿帖,与按陈为姊弟行。太宗时,曾赐号按陈为国舅,封王爵,令统弘吉剌部,且约生女为后,生男尚公主,世世不绝,所以有元一代的皇后,多出自弘吉剌氏。世祖后天性明敏,晓畅事机,宋帝㬎被虏,入朝燕都,宫廷皆欢贺,惟后不乐,世祖道:"我今平江南,从此不用兵甲,众人皆喜,尔何为独无欢容!"后跪奏道:"从古无千年不败的国家,我子孙若能幸免,方为可贺!"世祖默然,又尝把南宋珍宝,聚置殿廷,令后遍视,后一览即去。世祖徐问所欲,后复答道:"宋祖历年积蓄,留与子孙,子孙不能守,为我朝有,难道我忍私取吗?"是时宋太后全氏至京,不服水土,后尝代她乞奏,遣回江南。世祖不允,且语道:"你等妇人,没有远虑,今日若遣她南归,倘或浮言一动,反令我没法保全,倒不如留她在此,时加存恤,令她安养便罢。"后闻言,格外厚待全太后。此外如婉言进谏,随时匡正,恰非小子所能尽述。

自后殁后,继后系故后从侄女,仍是弘吉剌氏,虽史家也称她贤德,究竟不及故后；且因世祖年迈，辄预闻朝政，未免贻诮司晨。世祖待遇继后，亦不及从前的爱敬，所以采选民女，时有所闻，又尝游幸上都，托词避暑，其实是纵情声色，借此图欢。上都就是开平府，世祖称燕京为中都，所以号开平为上都。上都里面，旧有妃嫔等人，未曾南徙。蒙古以往的陋俗，做阿弟的可收兄妻，做儿子的可烝父妾，就是淫奔苟合，易妻掠妇的事情，也是数见不鲜，很少顾忌。这元世祖粗豪豁达，哪里愿作柳下惠、鲁男子，看了前朝的妃嫔，多半年轻守嫠，寂寂寡欢，乐得与之解闷，做一个风流天子。这妃嫔们见主子多情，自然顺水使舟，迎云作雨，还管甚么名分不名分，节烈不节烈，所以羊车望幸，百转柔肠，麀聚为欢，五伦废置。古人说得好，上行下必效！元世祖既这般同乐，那皇亲国戚，公主驸马，文臣武将中间，自有不肖之徒，怎么不相率效尤，上烝下淫，习成风气！民间有奸淫等情，有司也不欲过问，且闻于岁首元宵，纵民为非，淫渎宸极，秽渎闺门，自古以来，也是罕见呢！*始谋不臧，奚怪子孙。*

还有一桩连带的关系，好色的人主，大率好财。世祖在位三年，就用了回人阿合马专理财赋。阿合马竭智尽能，想出了两条计策：一条是冶铁；一条是榷盐。从前河南钧徐等州，俱有铁矿，官吏随铁多寡，作为税额。阿合马欲大兴鼓铸，遂括民三千，日夕采冶，每岁输铁，定要他一百三万七十斤，不准短少。于是冶铁的民工，无论曾否如额，只好照数补足，这叫作整顿铁冶的效果。河东素多盐池，小民越境私贩，价值较廉，竟相买食，以此官盐滞销，岁课短绌，每年止七千五百两。阿合马请岁增五千两，不问诸色兵民，皆要出税，这叫作增加盐课的效果。*名为理财，实是硬派，且恐贪吏中饱尚是不少，历代财政，多蹈此弊，可叹！*

世祖称他为能，遂擢为平章政事。阿合马得势益横，竟欲罢御史台及诸道提刑司，还是廉希宪面折廷争，方才罢议，嗣复添立江南榷官，什么榷茶运司，什么转运盐使司，什么宣课提举司，多至五百余人，大半是阿合马的爪牙。他的子侄，不做参政，就做尚书，恼了廷臣崔斌，把他参奏一本，说他设官害民，一门悉处要津，有亏公道。世祖虽略加采纳，裁并冗吏，奈始终宠任阿合马，不以为罪。寻迁斌为江淮行省左丞，阿合马遂乘机报复，遣使清算江淮钱谷，捏称左丞崔斌，与平章阿里伯、右丞燕铁木儿，私自勾结，盗取官粮四十万，及擅易命官八百余员，应命官查勘治罪。世祖准奏，令都事刘正往验，查无实证，参政张澍等，奉旨再往，迎合阿合马微意，竟将崔斌等锻炼成狱，置诸死刑。

皇太子真金*一作精吉木*。素怀仁孝，闻崔斌等已定死罪，方食投箸，急遣快足止住，已是不及。于是远近咸愤，民怨沸腾，益都千户王著，密铸大锤，与妖人高和尚谋，拟击杀阿合马。适皇太子从帝赴上都，留阿合马守燕京，著遂

第二十二回　渔色徇财计臣致乱　表忠流血信国成仁

遣二僧至中书诈称太子还都作佛事。被禁卫高觿、张九思盘诘，仓猝失对，遂将二僧拘讯，尚未得供，不意枢密副使张易，又受了伪太子命，率兵至东宫。高觿问他来意，易与附耳道："太子有敕，速诛左相阿合马。"这语一传，弄得各人似信非信，不得不遣使出迎。王著令党人冒称太子，见一个，杀一个，夺马驰入建德门。时已二鼓，至东宫前，传呼百官，阿合马扬鞭而来，被王著手下的党羽，推坠马下，责他欺君害民，立出铜锤，击他脑袋，甫一下，即脑浆迸出，仆地死了。民脂民膏，吸得太多，所以叫他迸出。又杀死中书郝镇，拘执右丞张惠。顿时禁中大闹，秩序紊乱。高觿、张九思开门呼道："这是贼人倡乱，哪里是真皇太子？"便叱卫士速捕乱党。留守布敦，持梃击倒伪太子，乱党遂奔，被擒数十名。高和尚逃去，惟著挺身请囚。高觿等亟遣报上都，世祖闻报，立命和尔郭斯驰归讨逆，拿住高和尚及张易与王著，皆弃市。著临刑大呼道："王著为天下除害，今日虽死，他日必令人纪念，我死也值得了！"王著虽自称除害，然矫令擅杀，不为无罪。

乱已定，世祖已返燕都，还道阿合马等冤死，拟加抚恤。枢密副使孛罗一作博罗。历陈阿合马罪状，方大怒道："该杀！该杀！只难为了王著。"复命剖棺戮尸，纵犬拖食，人民聚观，无不称快。阿合马家产，籍没充公，复逮其子忽辛一作湖逊。至。忽辛时为江淮右丞，既被逮，敕廷臣杂问，忽辛历指道："汝等曾受我家钱财，怎么问我？"嗣至参知政事张雄飞，先问忽辛道："我曾受过你家钱财否？"忽辛答称没有，雄飞道："如此说来，我应当问你！"遂审实忽辛的罪名，正法伏辜。世祖复闻郝镇党恶，亦令戮尸。还有右丞耿仁，与郝镇同罪，下狱论死。其余奸党，一律罢黜，并汰冗官七百十四人，罢官署二百余所，内外总算一清。

世祖乃加意求治，遣都实一作笃什。穷探河源，命郭守敬定授时历，焚毁道书，创始海运，诏诸路岁举儒吏，蠲免燕南、河北、山东逋赋；招衍圣公孔洙，为国子祭酒，提举浙东学校，统是一时美政，传播人口。

忽有闽僧上言，报称土星犯帝座，防有内变。世祖本尊崇僧侣，曾拜拔思巴为帝师，皈依释教。至是闻闽僧告变，自不免迷信起来。且因平宋以后，江南多盗，漳州民陈桂龙及兄子陈吊眼，起兵据高安砦。建宁路总管黄华，叛据崇安、浦城等县，自号头陀军，称宋祥兴年号，福州民林天成，也揭竿相应。又有广州民林桂方、赵良钤等，拥众万余，号罗平国，称延康年号。虽经诸路元帅，剿抚兼施，或杀或降，然大势尚未平定。各处小丑未为小害，故随笔略过。自闽僧告变后，复闻有中山狂人，自称宋主，有众千人，欲取丞相。京城亦得匿名揭帖，内言某日烧蓑城苇，率两翼兵起事，定卜成功，愿丞相无忧等语！先是帝㬎被虏，至燕京，降封瀛国公，令与宋宗室大臣，寓居蓑城苇。既得揭帖,乃将蓑城苇撤去,迁瀛国公及宋宗室至上都。疑丞相为文天祥,有旨召见。

天祥初入燕,至枢密院,见使相孛罗。孛罗欲使拜,天祥长揖不屈,仰首自言道:"天下事,有兴有废,自帝王以及将相,灭亡诛戮,何代没有?天祥今日,愿求早死!"孛罗道:"汝谓有兴有废,试问从盘古至今,有几帝几王?"天祥道:"一部十七史,从何处说起?我今日非应考博学鸿词,何必泛论?"孛罗道:"汝不肯说兴废事,倒也罢了,但汝既奉了主命,把宗庙土地与人,何故复逃?"天祥道:"奉国与人,是谓卖国,卖国的人,只知求荣,还愿逃去么?我前除宰相不拜,奉使军前,即被拘执,已而贼臣献国,国亡当死;但因度宗二子,犹在浙东,老母亦尚在粤,是以忍死奔归!"侃侃而谈,纯是忠孝。孛罗道:"弃德祐嗣君,德祐系帝㬎年号。别立二王,好算得忠么?"天祥道:"古人有言,'社稷为重,君为轻。'我别立君主,无非为社稷计算!从怀、愍而北,非忠,从元帝为忠;从徽、钦而北,非忠,从高宗为忠。"孛罗几不能答。忽又道:"晋元帝、宋高宗,皆有所受命,你立二王,并非正道,莫不是图篡不成?"天祥大声道:"景炎帝㬎年号。乃度宗长子,德祐亲兄,难道是不正么?德祐去位,景炎乃立,难道是图篡么?陈丞相承太皇命,奉二王出宫,难道是无所受命么?"说得孛罗面赤颊红,变羞成怒道:"你立二王,究有何功?"遁辞知其所穷。天祥道:"立君所以存宗社,存一日,尽臣子一日的责任,管甚么有功无功?"孛罗复道:"既知无功,何必再立?"天祥亦愤愤道:"汝亦有君主,汝亦有父母,譬如父母有疾,明知年老将死,断没有不下药的道理!总教吾尽吾心,才算无愧,若有效与否,听诸天命!天祥今日,一死报国,便算了事,何必多言!"义正词严,足愧孛罗。

孛罗即欲杀天祥,还是世祖及廉、许各大臣,悯他孤忠,不欲用刑。至谣言迭起,召谕天祥,要他变志事元,即拜丞相,天祥答道:"天祥系宋朝宰相,不能再事二姓,请即赐死,便算君恩!"世祖心犹未忍,麾之使下,经孛罗等进谏,不如从天祥志,免生谣诼,世祖乃下诏杀天祥。

天祥被押至柴市,态度从容,语吏卒道:"吾事毕了。"南向再拜,乃就刑,年四十七岁。忽又有诏敕传到,令停刑勿杀,事已无及。返报世祖,并呈天祥衣带赞,大书三十二字,分作八句。看官记着,首二句是:"孔曰成仁,孟曰取义。"中二句是:"惟其义尽,是以仁至。"末四句是:"读圣贤书,所学何事?而今而后,庶几无愧!"世祖连读连叹,且太息道:"好男子!好男子!可惜不肯为我用,现已死了,奈何!"能令雄主赞惜,毕竟忠义动人。乃赠天祥卢陵郡公,谥忠武,命王积翁书神主,设坛祭酹,饬孛罗行奠礼。孛罗方临坛奠爵,忽然狂飙大作,烛灭烟销,上面摆着的神主,好似生有两翼,陡然腾起,卷入云中。此事见诸正史,并非作者捏造。孛罗大惊,乃令改书神主,写着前宋少保右丞相信国公数字,仓皇祭毕,天始开霁。燕京人民,相率骇异。

天祥卢陵人,所居对文笔峰,因自号文山。平生作文,未尝属草,一下笔,便数千言。流离中感慨悲悼,一发为诗,阅者见之,莫不流涕。其妻欧阳氏收天祥尸,面色如生,义士张毅甫,给资归葬,适母夫人曾氏遗柩,亦由家人自粤奉归,同日至城下,相传为忠孝的报应。后儒有挽文丞相诗二首道:

尘海焉能活壑舟? 燕台从此筑诗囚。雪霜万里孤臣老,光狱千年正气收。诸葛未亡犹是汉,伯夷虽死不从周。古今成败应难论,天地无穷草木愁。

徒把金戈挽落晖,南冠无奈北风吹。子房本为韩仇出,诸葛安知汉祚移? 云暗鼎湖龙去远,月明华表鹤归迟。何人更上新亭饮? 大不如前洒泪时。

天祥一死,谣言渐靖。不意辽东来一警报,说是十多万大兵,俱死在日本海中了。是何原因,请看下回。

读元奸臣阿合马传,令人生恨,莫不欲举刀斫之。读宋忠臣文天祥传,令人起敬,莫不欲顶礼奉之。可见天道虽或无凭,人心尚有公理。是回前叙阿合马事,后叙文天祥事,一则显揭其奸,一则详述其忠,语浅意深,老妪都解,较诸史传之饾饤,为益尤大。史传非尽人能读,且非尽人得读,获此一编,非举两弊而悉去之耶! 此外杂以他事,有美有恶,虽循史家依事毕书之例,而盛衰之感,隐寓其中,不特简略之分已也。

第二十三回　征日本全军尽没　讨安南两次无功

却说中国海东,有一日本国,与高丽国仅隔海峡,以其地近日出,故名日本。唐时曾遣使入贡,至元代征服高丽,与日本尚未通使。世祖至元二年,高丽人赵彝等,来元修好,奏称日本可通,请世祖遣使东往。世祖本是个好大喜功的雄主,好大喜功四字,是世祖一生注脚。一闻赵彝等言,自然乐从。当于次年秋季,命兵部侍郎赫德,充国信使,礼部侍郎殷弘为副,赍国书东行。至高丽,国王王禃,亦遣使为导,航海至日本。既抵岸,未见有人出迎,只得西归。世祖又命起居舍人潘阜等,持书复往,留居日本六月,全然不得慰问,也只好回来。

至元六年,高丽权臣林衍作乱,倡议废立,国王禃情急入朝,乞为援师。

世祖乃发兵万人,送禃回国。会林衍已死,乱党闻元军大至,相率远窜。禃复王位,高丽无事。乃复命秘书监赵良弼东往,并饬高丽王禃,派人送至日本,期在必达。良弼到了日本,始终不见国王,只与日本官吏弥四郎相见,弥四郎引他至太宰府西守护所。据守吏言及,从前被高丽所绐,屡云上国要来伐我,所以不接来使。今闻上国好生恶杀,实出意料。可惜我国王京,去此尚远,只好先遣人从使回报,他日再当通好等语。良弼无奈,乃遣从官张锋,先偕日使二十六人,驰还燕京。世祖召姚枢、许衡等入见,并问道:"日使此来,恐是受主差遣,来窥我国强弱,他称由守护所差来,不尽确实,卿等以为何如?"姚枢、许衡齐声道:"诚如圣虑,现不应准他入见,只宜待他宽仁,看他以后作何对待,再作计较。"以人治人,计非不是,然怀柔之道究不在此。世祖点头称善。

姚、许退后,留日使居住客舍,兼旬不得召见。日使索然无味,即乞归。赵良弼闻日使返国,也即启程回来,嗣后良弼复往返一次,仍是徒劳跋涉。看官!这日本是东方旧国,也有君主臣民,为什么元朝行人,往来如织,他竟置诸不理,似痴聋一般哩!我亦要问。说来话长,小子不遑细叙,只好略说数语,令看官粗识原因。原来日本当日,藩臣擅权,方主闭关政策,首藩北条时宗尤为顽固,无论何国使臣,一概拒绝。元使入境,还算格外客气,任他来去自由。至若遣使偕行,虚与周旋,是第一等好意。偏偏元主不明情由,硬要向他絮聒,反令他恼恨起来,决计谢绝。

至元十一年,高丽王王禃殂,世子晭袭爵。世祖以高丽归顺有年,把皇女忽都鲁揭里迷失遣嫁嗣王,并命他发兵五千,助征日本。于是命凤州经略使实都,及高丽军民总管洪茶邱,率大小舟九百艘,载水师一万五千,会同高丽兵士,航海入日本境。日本闻元兵到来,也不遣将出战,只令兵民守住要隘,坚壁以待。元兵路陌生疏,不敢卤莽进攻,耽延了好几日,费了若干粮饷,若干弓箭。迨至矢尽粮竭,不得已掳掠四境,捉住几个日人,夺了一些牛马,便算了事,回来报命。日境虽是难攻,元将恰也没用。

越年,世祖又遣礼部侍郎杜世忠,兵部侍郎何文著等,往使日本,被他拒绝。到了至元十七年春间,再命杜世忠等东行,只知遣使,何益于事,反要送他性命。所赍国书,未免说得严厉,恼动了日本大臣,竟将杜世忠等杀死。那时世祖闻报,自然大怒,遂命右丞相阿喇罕,右丞范文虎,及实都、洪茶邱等,调兵十万,浩荡东征。

阿喇罕年老力衰,无志远行,只因君命所委,不敢推辞,没奈何硬着头皮,率师东指。途中屡次延宕,及到高丽,竟逗留不进,只说是风水不利,未便行军。嗣后接连会议,或说宜进兵壹岐岛,可扼日本要口;或说宜先取平壶岛,作屯兵地,然后转攻壹岐。阿喇罕茫无头绪,未免心绪不宁,自是食不安,寝不眠,遂致老病复发,拜表辞职。未几死于军中。

世祖令左丞相安塔哈往代,尚未到军,范文虎志欲图功,从前受制阿喇罕,不能自专,尝讥他老朽无用,至阿喇罕死后,军中要推他为统帅,一朝权在手,便把势来行,当下出令发兵,竟往平壶岛进发。平壶岛四面皆水,日本人称为悬海,西面有五岛相错,叫作五龙山。元兵既到平壶岛,一望无垠,方拟觅地寄泊,俄觉天昏地黑,四面阴霾,那车轮般的旋风,从海面腾起,顿时白浪翻腾,啸声大作。各舟荡摇无主,一班舵工水手,齐声呼噪,舟内的将士,东倒西歪,有眩晕的,有呕吐的,就是轻举妄动的范文虎,也觉支持不定。当下各舟乱驶,随风飘漾,万户厉德彪,招讨王国佐,水手总管陆文政等,统是逃命要紧,不管甚么军令,竟带着兵船数十艘,乘风自去。

范文虎见各船散走,心中焦急起来,忙饬大众趋避五龙山。既到山下,检点各舟,十成中已散去三四成。留着的兵舰,多半是帆折樯摧,篷倾舵侧。可见海军不可不练,轮船不可不制。叹息了一回,只得令兵士休息数天,将船中所有器械,渐渐修整。可奈海上的风势,接连不断,稍静片刻,又是怒号。况此时正值凉秋天气,商飚司令,不肯遽停。到了仲秋朔日,飓风复至,范文虎以下各将,惩着前辙,统吓得魂不附体,三十六计,走为上计,慌忙拣择坚船,解缆西遁。虎是文的,无怪外强中干。

军中失了主帅,又没有完善的舟楫,进退无据,只有一个张百户,算做最高的官长,当由军士推戴,号为张总管,听他约束。张总管乘风势少铩,令军士登山伐木,修造船只,意图归还。不料日本兵舰,竟从岛中驶出,来杀元军。看官!你想元军虽有数万,到此还能厮杀么?你推我让,彼惊此骇,结果是上天无路,入地无门,有二三万人丧身刃下,有二三万人溺毙海中,还有二三万人,作日本俘囚。日本问是蒙古兵、高丽兵,尽行杀死,惟赦南人万余名,令作奴隶,后来逃还中国,只有三人。中国向迷信星命,未知这三人命中究属何如?那时这位张总管不知下落,想总是与波臣为伍了。

范文虎逃归后,报称败状,并归咎厉德彪、王国佐等,先自遁还,不受节制。诿过于人,庸夫长技。嗣经安塔哈调查,厉德彪等逃至高丽,将部兵遣散,自己也隐姓埋名,避匿他方,一时捕获不着,遂成悬案。世祖复命安塔哈为日本行省丞相,与右丞彻尔特穆尔,左丞刘二巴图尔,募兵造舟,再图大举。中丞崔彧及淮西宣慰使昂吉尔,都上书谏阻,世祖不从,可巧占城抗命,有事南征,只好将东征问题,暂时搁起一边。

且说占城在交趾南方,旧称占婆国。自兀良合台征服交趾后,曾遣使招致占城,未得实报。世祖令右丞唆都,一作索多。引兵南下,就国立省。占城王子补的,负固不服,遂命唆都进讨。唆都率战船千艘,道出广州,浮海至占城。占城发兵迎战,号称二十万,两军在南海中,鏖斗起来,鱼龙避匿,鲸鳄潜踪,自辰牌杀到午牌,未分胜负。唆都大愤,带着敢死士数百名,鼓舟直进,各军亦不敢怠慢,鱼贯而入,顿将敌舰冲开,趁势掩杀。占城兵不能抵御,立刻奔溃,被杀及被溺的兵卒,共五万人。唆都复进兵大浪湖,与占城兵再战,又斩首数万级,遂乘势薄城。王子补的遁入山谷,城中乞降。

唆都入城抚民,拟穷追补的,忽来了占城大吏,名叫宝脱秃花,说是奉王子命,纳款输诚。唆都道:"既愿归降,应即来见!"宝脱秃花只称贡品未备,须延期数日,唆都照允,遣他归去,转瞬经旬,杳无音信。唆都方知是诈,引兵深入。转战至木城下,四面都是堡砦,不由唆都不惧,下令还军。行未数里,斜刺里忽闪出占城人马,来截归路,唆都猝不及防,几乎被他蹂跞。亏得众军死战,方得走脱。检点军士,已是一半伤亡,只得退出占城,奏请济师。唆都亦非将材。

世祖封第九子脱欢为镇南王,令与左丞李恒,领兵南下,往会唆都军。脱欢欲假道安南,乘便出占城,并命安南国王陈日烜,接济军粮。去使还报,日烜愿随力助饷,但不肯假道。脱欢不问允否,只管前进,行入安南,见境上俱有重兵扎住,拒绝元军,乃扎住大营,整备与战。安南管军官阮盝,竟出兵接仗,不到数合,阮盝败走。元军奋勇驱入,杀得安南兵七零八落,擒住安南将杜伟、杜祐。当下审问,始知日烜从兄陈峻,职封兴道王,扼守界上,不许通道。脱欢遂行文招谕,教他退兵开路,未见答复。乃再麾兵深入,迭破要隘,获安南大将段台,兴道王陈峻遁走。

元军在途中,拾得遗弃文字二纸,乃日烜致脱欢公文。内称:"前奉诏敕,军不入境,今因占城抗命,大军经过本国,残害百姓,是太子所行违误,本国不能任咎。伏望仍遵前诏,勒回大军,本国当具贡物驰献"等语。脱欢阅毕,即令书状官复文,略说:我朝命讨占城,曾移文汝国,命汝开路备粮,不意汝违朝命,使兴道王等提兵迎敌,射伤我军。我军不得已接战,是祸及汝民,实由汝自己开衅。今与汝约,即日收兵开道,安谕百姓,各务生理,我军所过,秋毫无犯,否则蹂躏汝国,毋贻后悔云云。恃强胁迫,未免不情。

这书方发,忽由侦探来报,安南王日烜,调集军船千余艘,来助兴道王拒战了。脱欢道:"他既如此倔强,不如从速进兵。"遂督师亲往,直抵富良江,只见江中排着一字儿战船,高悬兴道王旗帜,彩色鲜明。徒有形色。乃命将士驾筏前攻,大小并进,四面驶击,夺得敌船二十余艘,兴道王复败走。元军缚筏为桥,渡过江北,岸上统竖着木栅,由元军用炮猛攻,守兵亦发炮还击,声震天地。到了晚间,来了安南使臣阮效锐,奉书谢罪,且请班师。脱欢不允,次日复攻木栅,栅内已寂无一人。即令军士拆卸,通道进兵,径薄安南城下。日

第二十三回　征日本全军尽没　讨安南两次无功　　649

烜已弃城遁去，其弟益稷，率属迎降。脱欢入城，搜查宫内，毫无珍物，只留文牍等件，亦尽行抹毁，料知日烜已尽室而去。亟遣将士追袭，获住官吏多人，惟日烜不知去向。是时唆都已引兵来会，奉脱欢命，亦穷追日烜，向南去讫。

脱欢寓居安南城，无粮可因，军士亦多劳瘁，加以水土不服，瘴疠交侵，未免日有死亡，不得已议定退兵。于是出城北旋，仍抵富良江口，方登山伐木，以便筑桥通渡，不防山林里面，统是安南兵伏着，一声呼啸，伏兵四起，都恶狠狠地来杀元军。元军仓猝迎战，纪律不整，军械不全，眼见得为敌所乘，有败无胜。脱欢一面督战，一面令军役速筑浮桥，等到桥可通人，岸上的元军，已有一半受伤。脱欢先自过桥，留李恒断后。顾己不顾人，好一个大元帅。那安南兵见元军渡江，索性用着毒箭，顺风四射。元军且战且行，桥狭人多，不堪普济。更兼毒矢飞来，左右闪避，就使幸免箭镞，也要失足落水。因此元军各队，不是中箭，就是被溺，好多时才得渡完。李恒亦带队过来，右颊已受箭伤，血流满面。安南兵尚思追逐，亏得元军手快，把桥拆断，方能止住追兵。这一番厮杀，元军吃亏不小，狼狈入思明州，李恒创重死了。还有唆都一军，与脱欢相去二百里，追寇不及，中道折回。总道脱欢尚在故处，仍由原路还军，谁知到了乾满江，前后左右，统是安南兵杀到。唆都无从趋避，拚着命与他奋斗。可奈杀开一重，又是一重，杀开两重，又有两重，等到杀透重围，手下已是零落，身上亦受重伤，看看前面又是江流，无桥可渡，后面的呼杀声，尚是不绝，进退无路，投江而死。残众亦都随着，扑通扑通的数十响，葬身鱼腹去了。统是枉死。

世祖闻报，愤急得了不得，更发蒙古军千人，汉军新附四千人，南往思明，归镇南王节制，再讨安南。复命左丞相阿尔哈雅等，大征各省兵，陆续接济。吏部尚书刘宣，奏称安南臣事已久，岁贡并未愆期，似在可赦之列。且镇南王出兵方回，疮痍未复，若再令进讨，兵士未免寒心。况且南交一带，蛮瘴甚深，不如少缓时日，徐作后图。世祖览奏，乃遣使往谕脱欢，令其自筹行止。脱欢复称从缓进行，惟曰烜弟益稷，为兄所逐，自拔来归，应如何处置？请旨遵行云云。世祖乃令脱欢还军，并居益稷于鄂州，容图后举。

至元二十三年，诏封益稷为安南国王。复命镇南王脱欢，统率江淮、江西、湖广三省蒙古军，及汉军七万人，云南军六千人，海外四州黎兵万五千人，再伐安南，并纳益稷。所有右丞阿八赤，程鹏飞暨参政樊楫以下，统归镇南王调遣，于是水陆并举，分道南进。安南王陈日烜，闻元兵大举，也分道防守。元兵锐气大张，逢关即破，遇险即登，大小十七战，都得胜仗，遂深入国都。日烜仍用旧法，弃城入海，脱欢再入城中，仍令将士航海追寻。看官！你想，这大海茫茫，渺无津涯，凭你东寻西觅，哪里获得住日烜？不过徒然跋涉，多劳军士罢了。前详后略，用笔得体。用兵数月，已是至元二十五年仲春，右丞阿八赤语脱欢道："敌弃巢穴，远窜入海，意将待吾疲敝，再出争战。我军统是北人，到了春夏交季，瘴疠将作，何能支持！敌弗就擒，吾粮且尽，不如退归为是！"脱欢迟疑未决，会日烜复遣使请降，仍是缓兵之计。乃顿兵待着。相持有日，仍无音耗。脱欢遣阿八赤等沿海巡查，返报海口有安南兵。正拟遣兵往攻，奈天气日炎，疫疠又作，所得险隘，连报失守，不得不率众退还。那陈日烜恰是厉害，从海上集众三十万，绕出安南国北方，到了东关，截住元军归路，连营以待。元军也自防着，步步为营。变换前文，不特免复沓之病，且揆情度理，亦应如此。不然脱欢为元帅，岂竟不戒覆辙耶！既近东关，侦知安南兵在前，各怀着小心，上前夺路。安南兵初次接战，倒也不甚起劲，只沿途散处，日与元军战数十合，他惟抢夺军械，任他自走。迨元军行至东关，面面皆山，安南兵都占住山脚，差不多如蚂蚁一般。元军正在骇愕，不期敌军队里，鼓声一响，千万杆箭镞，复扑面飞来。正是：

　　　　日暮途穷天地黑，风凄血薄鬼神愁。

　　毕竟元兵如何抵御？且看下回便知。

　　元世祖即位以后，统一中原，宜乘此休养士民，修文偃武，古人放牛归马之风，何不可遵而行之？况元自太祖称尊，至世祖灭宋，相传其屠戮人数，共一千八百四十七万有奇。既已统一海内，更宜止杀行仁，乃复穷兵东伐，黩武南征，天道恶盈，宁肯令其常胜耶？故无论阿喽罕等之不足将兵，皇子脱欢等之未克料敌，而揆诸理数，亦断无永久不败之理。本回虽第述战事，而于篇首之"好大喜功"四字，已评定世祖人品。以下逐节写来，处处寓着讥刺，知寓戒之意深矣！

第二十四回　海都汗连兵构衅　乃颜王败走遭擒

　　却说元军至东关遇敌，被安南兵连放毒箭，将士又复遭伤，当下裹疮力战，还是杀不退敌兵。阿八赤、樊楫两人，保住脱欢先行，只望突过东关，便好脱险。那安南兵偏专望大纛杀来，势不可当，任你阿八赤、樊楫等努力冲突，总是无路可走。阿八赤遂语脱欢道："王爷顾命要紧，须扮做兵士，莫令敌军注目，方可逃生。我等愿誓死报国了！"脱欢闻言，便卸下战袍，带着亲卒，混入各军队里,伺隙逃走。曹阿瞒割须弃袍,倒被他模仿得来。阿八赤、樊楫两人,竟尔战死。脱欢正偷出重围,安南兵又复追上。幸前锋苏都尔领了健卒,回身奋战,才将安南兵截住。可笑这位镇南王脱欢,穷极智生,不敢径行大道,只望僻处奔逃,亏此一着,保全性命。要算大幸。

到了思明州,败军始陆续奔来。仔细检查,十死五六,比前次损失,还要加倍。脱欢恼丧异常,只好据实奏闻。世祖以脱欢两次败还,勃然震怒,便下诏切责,令他留镇扬州,终身不准入觐。一面拟另简良将,指日再征。

寻得安南来使,贡入金人一座,且卑词谢罪,方把南征事暂行搁置。是时连岁用兵,多半无功。只诸王相答吾儿一作桑阿克达尔。及右丞台布等,分道攻缅国,还算得手,收降西南夷十二部,直指缅城。缅国即今缅甸,与云南接壤,役属附近各部落,声焰颇盛。至是为元兵所败,遁入白古。嗣复遣人乞降,愿纳岁币,元军方还。所有印度、暹罗及南洋群岛诸部落,亦闻风入贡,元威算遍及西南了。

世祖雄心未已,复拟敛财储饷,再征日本及安南。卢世荣以官利邀宠,尝自谓生财有法,不必扰民,可以增利。因即擢他为右丞。他遂滥发交钞,妄引匪人,专权揽势,毒害吏民。嗣经陈天祥奏弹,方召世荣入朝对质,由世祖亲自鞫讯,一一款服,才命正法。

天下事福无双至,祸不单行。卢计臣方才伏辜,皇太子偏又病剧。这皇太子便是真金,起病的原因,自王著矫杀阿合马,真金心中,已不自安。到至元二十二年,忽有南台御史,奏请内禅。台臣以世祖精神矍铄,定不准奏,遂将原奏搁起。其时卢世荣未戮,引用阿合马余党,竟借公济私,奏称太子阴谋禅位,台臣擅匿奏章;那时世祖未免忿怒,只因太子素来尽孝,还算勉强容忍,不加诘责。嗣被太子闻知,忧惧成疾,医药罔效,竟与老父长别,仙逝去了。真金以仁孝闻,所以转笔加褒。

世祖方悲悼未休,忽西北一带,警耗迭传,竟有同族相残的祸案,酿成分裂。于是接连用兵,扰扰了好几十年。这乱源早已伏着,小子久思叙入,因恐文字夹杂,转眩人目,不如总叙一回,省得枝枝节节。看官阅着,由小子一一叙来。原来,元太祖即大汗位,至世祖统一神州,先后不过七十年,除亚细亚洲极北部,及亚细亚洲极南部外,全洲统为元有,就是欧洲东北土,亦为元威所及,真是一个大帝国,自中国黄帝以来,所绝无仅有的。当时蒙古诸王族,各有分土,最大者有四国,分述如下:

(一)伊儿汗国　自阿母、印度两河以西,凡西方亚细亚一带地,统归管领,亦称伊兰王国。旭烈兀子孙,君临于此,都城在玛拉固阿。

(二)钦察汗国　在伊儿汗国北方,东自吉利吉思荒原,西至欧洲马加境,举秃纳河即多瑙河。下流,及高加索以北地,统归管领,或称金党汗国。拔都子孙,君临于此,都城在萨莱。

(三)察合台汗国 阿母河东面,及西尔河东南,凡天山附近的西辽故土,统归管领。察合台子孙,君临于此,都城在阿力麻里。

(四)窝阔台汗国 凡阿尔泰山附近的乃蛮故土,统归管领。窝阔台即太宗。子孙,君临于此,以也迷里附近,作为根据地。

这四汗国就封后,一切内政,由他自理,名义上仍由元主统驭。世祖乃建阿母河行省,监制伊儿、钦察两汗国;置岭北行省,监制窝阔台汗国;设阿力麻里及别失八里两元帅府,监制察合台汗国。还有一班皇族宗亲,分镇满洲,因立辽阳行省,作为监督。总道是内外相维,上下相制,好作子孙帝王万世的基业。秦始皇以郡县治天下,元世祖以分封治天下,俱欲长治久安,后来都生祸乱,可知徒法不能自行。无如法立弊生,福兮祸倚。窝阔台汗国,自宪宗嗣位后,早怀不平。应第十九回。至世祖入继,阿里不哥构衅,太宗孙海都为窝阔台汗国首领,曾隐助阿里不哥,谋倾世祖。阿里不哥败亡,海都汗静蓄兵力,志图大逞。

是时察合台早死,其从孙亚儿古为察合台汗,与海都联盟。世祖探知底细,遣使至察合台汗国,黜逐亚儿古,别立察合台族曾孙八剌为汗。且命连结钦察汗国,与拔都孙蒙哥帖木儿彼此相倚,共制海都。谁知八剌不怀好意,反嗾使海都,合图钦察汗国。海都引兵入钦察境,蒙哥帖木儿已早闻知,潜出兵袭击海都后面。海都还军抵敌,八剌又背了海都,竟将海都所侵地,占据了去。杨畏三变,尚愧勿如。海都愤不可遏,卑辞向钦察汗乞和,且得钦察援兵,杀退八剌。八剌很是刁狡,贻书海都,只说要乞师燕都,与他拚命。海都正防这着,不得已与他讲和。由是三汗勾连,同会于怛罗斯河畔,模仿库里尔泰会,推海都为蒙古大汗。

海都传檄伊儿汗国,令他一同推戴,共抗燕都。伊儿汗国的始祖,是旭烈兀,系世祖亲弟,向来服从世祖。旭烈兀殁后,他子阿八哈,承父遗志,不肯附和海都。海都遂与八剌联兵,攻入伊儿汗国东境,一面约钦察汗、蒙哥帖木儿侵略伊儿汗国西北。阿八哈颇有父风,熟娴兵事,竟调集部众,逆击海都、八剌的联合军。两军相遇,阿八哈略战即退,诱敌兵深入险地,用四面埋伏计,冲破敌兵。海都八剌几乎被擒,幸亏逃走得快,方得保命。

阿八哈既战退联合军,复去迎截钦察兵。这钦察兵颇是厉害,闻着阿八哈到来,他竟退归,至阿八哈回去,他复出来,弄得阿八哈疲于奔命,积劳成疾,未几身死。子阿鲁浑嗣立。阿八哈弟阿美德不服,屡与相争。阿鲁浑虽尚能支持,究竟内乱未平,不暇对外,所以海都的势焰,愈加鸱张,竟欲入逼燕都。

元廷早议往讨,世祖以谊关宗族,不忍发兵,只遣使招谕。假惺惺。海都

第二十四回　海都汗连兵构衅　乃颜王败走遭擒

不肯应诏,乃遣皇子耶木罕为大帅,与宪宗子昔里吉,及木华黎孙安童,统兵防御。不意昔里吉反叛应海都,竟将耶木罕、安童两人,拘禁营中。那时世祖闻报,急令右丞相伯颜,率兵往救耶木罕等。伯颜兼程而进,闻昔里吉已导海都部众,将入和林。于是火速进兵,遇昔里吉于鄂尔坤河畔,麾众直前,攻破昔里吉营帐,救出耶木罕、安童。昔里吉遁走。正拟乘胜穷追,忽来了燕都钦使,促伯颜还朝。

伯颜班师南归,入见世祖,世祖语伯颜道:"海都未平,乃颜一作纳延。又复谋逆,所以促卿归来,商决军事。"伯颜道:"乃颜也敢谋逆么?究竟有无实据?"世祖道:"乃颜屡次征兵,朕命行省阇里帖木儿不得辄发,闻他时出怨言,将来必要为逆了。"伯颜道:"西北诸王,多得很哩。若乃颜一反,胁从王族,恐怕乱祸蔓延。现不如乘他未发,遣使宣抚为是。"世祖问何人可遣?伯颜自请一行,遂奉旨去讫。

看官,你道乃颜究属何人?原来就是太祖弟别勒古台的曾孙。别勒古台曾受封广宁路、恩州二城,以斡难、克鲁伦两河间为驻牙地,子孙世袭为王。传至乃颜,适当海都倡乱,受他运动,遂思征兵助逆。叙述明晰。

伯颜既奉命北行,车中满载衣裘,每至一驿,辄把衣裘颁给,驿吏很是感激。为大事者,不惜小费。及与乃颜相见,反复慰谕,乃颜含糊答应。伯颜窥出私意,料非口舌所能挽回,竟不待告辞,夤夜出走。驿吏争献健马,遂得速遁。至乃颜发兵来追,已是驰出境外。

迨返报世祖,很是忧虑。宿卫使阿沙不花道:"欲讨乃颜,须先安抚诸王,诸王归命,乃颜势孤,不怕不受擒了!"世祖称善,便命他往说诸王。阿沙不花有口辩才,一入西北境内,就扬言乃颜投诚。诸王闻言,为之气沮,自是所如无阻,把诸王说得屏足敛容,不敢抗衡。可见应对之长,断不可少。

至阿沙不花归还,世祖遂决议亲征,用桑哥一作僧格。为尚书,敛财助饷。桑哥本卢世荣余党,一握政权,免不得暴敛横征。世祖急于讨逆,哪里管得许多。将要启跸,先遣谕北京等处宣慰司,令与乃颜部民,禁绝往来。所有京内兵吏,不得持弓挟矢,于是乘舆北发,肃静无哗。

既入乃颜境内,见麾下将校,多与乃颜部兵,立马相向,释仗对语。世祖很以为忧。左丞叶李密启道:"兵贵奇不贵众,临敌当用计取。现看蒙古将士,与乃颜部多是亲昵,哪个还肯为陛下出力?徒然劳师糜饷,不见成功。臣请令汉军列前,用汉法督战,再用大军断他后路,示以死斗。乃颜玩视我军,必不设备,待我大军冲入,无虑不胜!"元代尝重用蒙古军,所以叶李有此计议。

世祖依言,谕左丞李庭等,部勒汉军,充作前锋。至撒儿都鲁地方,见前面尘飞沙起,料知叛兵到来,便下令布阵,列马以待。乃颜兵如排墙,号称十万,前哨头目,名叫塔布台,随后的头目,名叫金嘉努。乃颜自领中军,疾驰而至。世祖麾军与战,厮杀了一日,未分胜败,薄暮收军。

次日世祖再督军逆战,乃颜坚壁不出,当即还军。两下相持数日,彼此没甚动静,司农卿铁哥献议道:"乃颜不来出战,明是有意顿兵,他欲待我师老,方来邀击,若与他相持,正中诡计。现请布一疑阵,淆乱敌心,令他自行退去,才可用奇兵制胜哩。"世祖问,计将安出?由铁哥附耳道,如此如此!世祖大喜,依计行事。

乃颜虽然坚守,每日侦探元军。一夕,得侦骑来报,说是元主据着胡床,张盖饮酒,态度很是从容,旁有大臣陪着,很是闲适,莫非长此驻扎不成。密计从侦骑叙出。乃颜忙与塔布台等商议,塔布台道:"元主如此闲暇,定是兵粮饶足,我若与他久持,反受牵制,不如乘夜退去,据险扼守罢了。"乃颜被他一语,倒也心动,便令部众潜退。部众得了归命,巴不得即日回去,顿时收拾行装,全营忙乱。

事被李庭探悉,即请世祖发令,引敢死士十余人,执着火炮,夜入敌阵。乃颜部众,正要奔走,不防炮火射入,声如震雷,斯时大众无心恋战,便一哄儿的逃散。李庭遂率汉军奋击,继以玉昔帖木儿所领的蒙古军,先后追杀,如虎逐羊。汉军向被蒙古轻视,至此格外猛厉,显些威风。蒙古军见汉军奋勇,也有争功思想,顾不得甚么情谊,况已得了胜仗,乐得乘势驱逐,杀个爽快。遣将不如激将,便是此意。只乃颜部众,确是晦气,走到东遇着汉军,跑到西碰着蒙古军,更且黑夜迷濛,辨不出道路高低,就是幸免锋刃,也因心慌脚乱,随地乱仆。塔布台受创身死,金嘉努不知去向。乃颜抱头乱窜,已达数里,正虑元军追着,喘吁吁的纵辔急逃。不意道路崎岖,马行未稳,猛觉得一声崩蹋,那马足陷入泥淖中,竟将乃颜掀翻地下。残众只管自逃,一任元军追到,将他擒去。看官,你想叛逆不道的罪犯,还能保全性命么?枭首以后,还要分尸,这也毋庸琐述。

世祖班师而回,既到燕京,忽由辽东宣慰使塔出,飞驿驰奏,略说乃颜余党失都儿等,入犯咸平,请速济师。世祖遂令皇子爱牙赤,领兵万人,驰驿往援。时咸平东北一带,多与乃颜连结,塔出恐他蔓延,急与麾下十二骑,星夜前行,沿途征集数百人,直抵建州。适遇失都儿前军,约有数千名,头目叫做大撒拔都儿,来攻塔出。塔出毫不畏怯,当先陷阵,麾下数百人,也各自为战,以一当十,竟将大撒拔都儿杀退。

塔出两中流矢,仍指挥自如,与未受痛楚一般。忽得侦报,叛党从间道西出,将袭皇子爱牙赤军,遂又调兵千名,绕道遮截。至懿州附近,与叛党帖古歹相遇,两阵对圆,只见帖古歹执旗麾众,意气扬扬,塔出拈弓搭箭,飕的一声,穿入敌阵,不偏不倚的中了帖古歹口中,镞出项间,顿时坠马身死,余众不战自溃。塔出追至阿尔泰山,方才收兵。

回至懿州,懿州人民焚香罗拜道旁,都涕泣道:"非宣慰公到此,吾辈无噍类了!"塔出下马慰谕道:"今日逐出叛党,上赖皇帝洪福,下赖将士勇力,我有甚么功绩,劳汝等敬礼?"劳谦君子有终吉。遂慰谕人民,令他们归去;一面露布告捷,世祖下诏嘉奖,赏他明珠虎符,充蒙古兵万户。皇子爱牙赤亦引还,无如乃颜余党,尚是未靖,海都又屡寇和林,于是令皇孙铁木耳,一作特穆尔。巡守辽河,右丞相伯颜,出镇和林。小子有诗叹道:

胡人好杀本无亲,构怨连年杀伐频。
为语前车宜后鉴,莫教骨肉未停匀!

毕竟叛党能否平靖?容俟下回续陈。

　　海都构乱,两汗响应,即西北诸王如乃颜者,亦起而响应,是为元代分裂之原因,即为蒙俗残忍之报应。宪宗蒙哥不经库里尔泰会通过,即窃据大位,妄肆杀戮。彼非应承大统之人,乃恃强称帝,自残同类,亦何怪宗族之解体乎?世祖得国,与乃兄无异,加以穷兵黩武,暴敛横征,外患未靖,而内乱迭作,谁为为之,以至于此!幸其时犹称全盛,不致遽亡;然履霜坚冰,其象已见,读此回应为之黯然!

第二十五回　明黜陟权奸伏法
　　　　　　　慎战守老将骄兵

　　却说乃颜余党,尚出没西北,头目为火鲁火孙及哈丹等,攻掠边郡未下。经皇孙铁木耳北巡,遣都指挥土土哈等击破火鲁火孙,复战胜哈丹,收复辽左,置东路万户府,嗣是西北稍安。哈丹虽屡来扰边,终被守兵击退;只海都屡寇和林。伯颜尚未出发,世祖命皇孙甘麻剌一作葛玛拉,系铁木耳长兄。往征,会同宣慰使怯伯等军,共击海都,一面命土土哈移军接应。怯伯阳迓甘麻剌,阴与海都勾通,军至杭爱山,怯伯反引海都部众,来击甘麻剌,将他困在垓心。甘麻剌左冲右突,卒不得脱,心中焦急万分。幸土土哈率军杀到,突入围中,将甘麻剌翼出,令他先行,自率军断后,敌众不肯就舍,统跨马追来。土土哈挑选精锐,依山设伏,俟追军将近,先与截杀,佯作败走形状,诱敌众入山,呼令伏兵齐起,一律杀出。敌兵腹背受敌,几乎败溃,亏得人数众多,分队抵敌。杀了一场，究竟有输无赢，只好夺路遁去。

世祖闻报，复议亲征，师至北方，土土哈率军来会，由世祖抚背慰谕道："从前我太祖经营西北，与臣下誓同患难，尝饮班珠尔河流水，作为纪念。今日得卿，不愧古人，卿其努力，毋负朕意！"应第九回。土土哈拜谢。海都闻世祖亲到，不战自退。

世祖回军，适福建参知政事，执宋遗臣谢枋得，送至燕京。枋得天资严厉，素负奇气，尝为宋江西招谕使。宋亡，枋得遁入建阳，卖卜驿桥，小儿贱卒，亦知他为谢侍御。至元二十三年，世祖遣御史程文海，访求江南人才，文海博采名士，选得赵孟𬳽、叶李、张伯淳，及宋宗室赵孟頫等，赵孟頫字子昂，为宋秦王德芳后裔，善书画，冠以宋宗室三字，所以愧之。共二十人，枋得亦列在内。时枋得方居母丧，遣书文海，力辞当选。嗣宋状元宰相留梦炎，亦已降元，复荐枋得，枋得复致书痛责，极言江南士人，不识廉耻，非但不及古人，即求诸晚周时候，如瑕吕饴甥，及程婴、杵臼厮养卒，亦属没有，令人愧煞等语。梦炎见书，未免心恧，亏得脸皮素厚，乐得做我好官，由他笑骂。谁要你做过前朝的状元宰相！此编大书前朝头衔，已足令羞。会天祐闻元廷求贤，佯召枋得入城卜易。既至，劝他北行。枋得不答，再三慰勉，乃嫚词谯诃。天祐曲为容忍，偏枋得愈加倨肆，令他难堪。有意为此。遂反唇相讥道："封疆大臣，当死封疆。你为宋臣，何故不死？"枋得道："程婴、公孙杵臼，两人皆尽忠赵氏，程婴存孤，杵臼死义。王莽篡汉，龚胜饿死。汉司马子长尝云：死有重于泰山，或轻于鸿毛。韩退之亦云，盖棺方论定，参政何足语此？"天祐道："这等都是强辞！"枋得道："从前张仪尝对苏秦舍人云：'苏君得志，仪何敢言？'今日乃参政得志时代，枋得原不必多言了！"天祐愤甚，硬令役夫舁他北行，临行时，故友都来送别，赠诗满几。独张子惠诗最切挚，中有一联佳句道："此去好凭三寸舌；再来不值半文钱！"确是名言。枋得览至此句，叹息道："承老友规我，谨当铭心！"遂长卧眠箨中，任之昇行。途中有侍从进膳，他却不食半菽，饿至二十余日，尚是未死。既渡江，侍从屡来劝食，乃踌躇一番，何故踌躇？看官试猜。复少茹蔬果。及到燕京，已是困惫不堪。勉强起身，即问故太后攒所，及瀛国公所在地，见二十二回。匆匆入谒，再拜恸哭。所以踌躇者，只为此耳。归寓后，仍然绝粒。留梦炎使医持药，杂米饮以进。枋得怒，掷诸地上，过了五日，奄然去世。世祖闻枋得死节，很是叹息，命他归葬。其子定之，遂往奉骸骨，还葬信州。忠臣足以服枭雄。

还有一位庸中佼佼的处士，姓刘名因，系保定容城人。他并未受职宋朝，只因蒙儿得国，不愿委贽，专力研究道学，笃守周、邵、程、朱学说，并爱诸葛孔明静以修身一语，表所居曰静修。嗣经尚书不忽木举荐，有诏征辟，乃不得已

第二十五回　明黜陟权奸伏法　慎战守老将骄兵

入朝。世祖擢为右赞善大夫。他敷衍了数日，奏称继母年老，乞归终养，遂辞职去。所给俸禄，一律缴还。后复征为集贤学士，仍以疾辞，世祖称他为不召之臣，由他归休。旋于至元三十年去世。赠翰林学士，封容城郡公，谥文靖。刘因有知，恐不愿受。

刘因以外，第二个要算杨恭懿，他籍隶奉元。至元初年，与许衡俱被召，屡辞不起。太子真金，用汉聘四皓故事，延他入朝，与定科举制度，及考正历法。至历成，授他为集贤学士，兼太史院事。恭懿辞归，寻又召他参议中书省事，仍不就征，与刘因同年告终。

元初大儒，应推这两人为巨擘了。特别揄扬。此外要算国子监祭酒许衡。只许衡久食元禄，老归怀孟，至七十三岁寿终。尝语诸子道："我为虚名所累，不能辞官，死后慎勿请谥，勿立碑，但书许某之墓四字，使子孙知我墓所，我已知足了！"隐有愧意。及死后，世祖加赠司徒，封魏国公，谥文正。衡虽悔事元朝，究竟有功儒教，元制有七匠、八娼、九儒、十丐等阶级，幸有许衡维持，方将周、孔遗泽，绝而复续，略迹原心，功不可没，这且按下不提。

且说世祖自西北还师，驻跸龙虎台，忽觉空中有震荡声，地随声转，心目为之眩晕，不觉惊讶异常。越日得各处警报，地震为灾，受害最剧，要算武平路，黑水涌出地中，地盘突陷数十里，坏官署四百八十间，民居不可胜计。于是命左丞阿鲁浑涯里一作谔尔根萨里。召集贤、翰林两院官，询及致灾的原因。各官都注意桑哥，只是怕他势大，不敢直言。地震之灾，未必由桑哥所致，然桑哥虐民病国，诸臣不敢直言，伏马寒蝉，太属误事。独集贤直学士赵孟𫖯，因桑哥钩考钱谷，有数百万已收，未收还有数千万，纵吏虐民，怨苦盈道，遂奏请下诏蠲除，借弭天灾。世祖遂命草诏，适为桑哥所见，悻悻道："此诏必非上意。"孟𫖯道："钱谷悬宕，历征未获，此必由应征人民，死亡殆尽，所以不曾奉缴，若非及时除免，他日民变骤起，廷臣得便上书，怕不要归咎宰辅么？"桑哥嘿然无言，方得颁诏。

后来世祖召见孟𫖯，与言叶李、留梦炎优劣。孟𫖯道："梦炎是臣父执，操行诚实，好谋能断，有大臣风。叶李所读的书，臣亦读过，所知所能，臣亦自问不弱。"世祖笑道："你错了！梦炎在宋为状元，位至丞相，当贾似道执政时，欺君误国，他却阿附取容，毫无建白。李一布衣，尚知伏阙上书，难道不远胜梦炎么？"

孟𫖯撞了一鼻子灰，免冠趋出。乃与奉御彻里相遇，便与语道："上论贾似道误宋，责留梦炎不言，今桑哥误国几过似道，我等不言，他日定难逃责！但我是疏远的臣子，言必不听，侍御读书明义，又为上所亲信，何不竭诚上诉，拚了一人的生命，除却万民的残贼，不就是仁人义士么！"你于宋亡时何不拚命，至此却教人拚命，自己又袖手旁观，好个聪明人，我却不服。彻里不觉动容，答称如命。

一日，世祖出猎潮北，彻里侍着，乘间进言，语颇激烈，世祖黜他诋毁大臣，命卫士用锤批颊，血流口鼻，委顿地上。少顷，复由世祖叫问，彻里朗声道："臣与桑哥无仇，不过为国家计，所以犯颜进谏。若偷生畏死，奸臣何时除？民害何时息？今日杀了桑哥，明日杀臣，臣也瞑目无恨了！"如彻里者，不愧忠臣。世祖大为感动，遂召不忽木密问，不忽木数斥桑哥罪恶多端，乃降敕按验。廷臣遂相率弹劾，你一本，我一折，统说桑哥如何不法，如何应诛。世祖召桑哥质辩。那时台臣百口交攻，任你桑哥舌吐莲花，也是辩他不过。况且事多实据，无从抵赖，没奈何俯伏请罪。世祖遂把他免职，一面命彻里查抄家产，所积珍宝，差不多如内藏一般。返奏世祖，世祖愤愤道："桑哥为恶，始终四年，台臣宁有不知的道理？知而不言，应得何罪？"御史杜思敬道："夺官追俸，惟上所裁！"你前时何亦溺职。于是台臣中斥去大半，阿鲁浑涯里与桑哥同党，亦夺职抄家。叶李同任枢要，一无匡正，亦令罢官。先是桑哥专宠，一班趋炎附势的官员，称颂功德，为立辅政碑，奉谕俞允；且命翰林学士阎复撰文，说得非常赞美。至是已改廉访使，亦坐罪免官。未免冤枉。

世祖欲相不忽木，与语道："朕过听桑哥，以致天下不安，目下悔之无及，只可任贤补过！朕识卿幼时，使从学政，正为今日储用，卿毋再辞！"不忽木道："桑哥忌臣甚深，幸蒙陛下圣鉴，谅臣愚忠，得全首领。臣得备位明廷，已称万幸，若再不次擢臣，无论臣不敢当，就是朝廷勋旧，亦未必心服呢！"世祖道："据你看来，何人可相？"不忽木道："莫如太子詹事完泽。《元史》作旺札勒。曩时籍阿合马家，抄出簿籍，所有赂遗近臣，统录姓氏，惟完泽无名。完泽又尝谓桑哥为相，必败国事，今果如彼所料，有此器望，为相定能胜任了！"不忽木有让贤之美。世祖乃命完泽为尚书右丞相，不忽木平章政事，朝右一清。

会中书崔彧，奏劾桑哥当国四年，卖官鬻爵，无所不为，亲戚故旧，尽授要官，宜令内外严加考核，凡属桑哥党羽，统应削职为民云云。真是打落水狗。有旨准奏，遂彻底清查，把京内外官吏，黜逐无数。有湖广平章政事要束木，一作约苏穆尔。系桑哥妻舅，尤为不法，系逮至京，籍没家产，得黄金四千两，遂将他正法。今之官吏拥资数千万，比要束木为何如？自是穷凶极恶的桑哥，也被拘下狱，无可逃免，结果是推出朝门，斩首示众。贪官听着。嗣又有纳速剌丁、忻都、王巨济等亦被台臣纠参，说他党附桑哥，流毒江南，乞即加诛以谢天下。世祖以忻都长于理财，欲特加赦宥，经不忽木力争，一日连上七疏，乃一并伏

第二十五回　明黜陟权奸伏法　慎战守老将骄兵

罪，与桑哥的鬼魂，携手同去了。生死同行，可谓亲昵。

小子把朝事叙毕，又要回顾前文，把海都的乱事，接续下去。世祖自亲征回跸后，因穷究桑哥余党，不遑顾及外务。且因江南连岁盗起，如广东民董贤举，浙江民杨镇龙、柳世英，循州民钟明亮，江西民华大老、黄大老，建昌民邱元，徽州民胡发、饶必成，建平民王静照，芜湖民徐汝安、孙惟俊等，先后揭竿，更迭起灭，看似随笔叙过，实是隐咎元朝。累得世祖宵旰勤劳，几无暇晷。还要开会通河，凿通惠渠，沟通南北，累兴大役，因此把北方军务，都付与皇孙甘麻剌，及左丞相伯颜。

伯颜出镇和林，威望素著，海都有所顾忌，不敢近边。会诸王明里铁木儿被海都唆使，来攻和林。伯颜出兵阻截，至阿撒忽突岭，已见敌军满布，倚险为营。当下举着令旗，当先陷阵，任他矢下如雨，只管冒险前进。各军望风争奋，顿时闯入敌营。明里铁木儿忙来拦阻，看伯颜军似潮涌入，锐不可当，料知抵敌不住，索性回转营后，扒山逃去。伯颜令速哥梯迷秃儿等追杀敌军，自引兵徐徐退还。

到必失秃岭，夕阳下山，伯颜仰望岭上，飞鸟回翔，仿佛似怕惧蛇蝎，不敢投林；遂令军士向山扎营，严装待命。诸将入禀伯颜，愿即回军。伯颜道："你等不见岭上的飞鸟么？天色已晚，不敢归巢，岂不是内有伏兵！若卤莽前进，正中他计！"老成持重，何至败衄。诸将道："主帅既料有伏兵，何不上山搜寻，痛剿一番！"伯颜道："夜色苍茫，不便搜剿。"诸将再欲有言，被伯颜叱退，并下令军中道："违令妄动者斩！"成竹在胸。已而暮夜沉沉，连营寂寂，猛听岭上四起胡哨，不待侦卒还报，就令各营坚壁固守，遇有敌兵冲突，只准在营放箭，不得出营接仗，如有擅动，虽胜亦斩！是谓军令如山。吓得将士战战兢兢，谨守号令，果然敌兵来袭数次，统被飞箭射退。守至天明，军令复下，饬各将士越岭速追，迟缓者斩！叠写斩字，威声凛凛。当下将士遵令，立刻拔营登山，遥望敌兵，已向山后退去，便摇旗呐喊，纵辔奔驰。敌兵前行如飞，伯颜军后追如电。将要追着，只见敌兵后队停住，前队纷乱，便即乘势杀入。看官，你道敌兵何故失律？原来速哥梯迷秃儿追赶明里铁木儿，未及而还，从间道来会伯颜军，巧遇敌兵遁走，就此截住。这时敌兵穷蹙异常，怎禁得两路夹攻，有几十百个生得脚长，还算侥幸逃生，此外都作刀头之鬼。

伯颜扫尽敌兵，当即收军。各将士都将首级报功，共得二千数百颗，遂打着得胜鼓，回至和林。会侦骑获到间谍一名，由伯颜召入慰问，赐他酒食。诸将争欲杀他，伯颜不许，放他归去。临行时，给发回书，并赏以金帛，谍使感谢而去。过了数日，得明里铁木儿复音，情愿率众归降，诸将方知伯颜妙用，胜人一筹。始惧以威，继感以德，确是大将权谋。

是时海都闻明里铁木儿败还,大举入寇,伯颜只令各处要隘,严守不战。元廷还道伯颜怯敌,遂劾他久镇北方,观望迁延,无尺寸功,甚或说他通好海都。信而见疑,忠而被谤,无怪豪杰灰心。世祖半信半疑,遂诏授皇孙铁木耳军符,统握北方军务,以太傅玉昔帖木儿—作约苏特穆尔。辅行,召伯颜还居大同,静待后命。

伯颜闻旨,并无愠色,诸将却很是不平,咸请发兵对敌,先除海都,后接钦使。伯颜笑道:"要除海都,也没甚难事,只恐诸君不听我命。"诸将齐声遵约,伯颜道:"既如此,且遣人止住钦使,待我除灭海都。"诸将喜甚,遂遣使止住铁木耳等,一面麾军出境,既遇敌营,伯颜令各军往战,只准败,不准胜,违者斩。又出奇谋。诸将闻令,疑惑得很,奈因前誓遵令,不敢有违。便出与海都交绥,略略争锋,当即败退。伯颜亦退军十里下寨。次日便齐集听令,见伯颜号令如故,仍复照行。伯颜复退军十里下寨。一连五日,交战五次,连败五阵,退军至五十里。诸将忍耐不住,都交头接耳的谈论伯颜。到第六日,伯颜下令,仍然照旧。诸将遂齐声禀道:"连日退兵,长他人锐气,灭自己威风,莫怪逸人鼓舌!还求改令方好!"伯颜道:"我与诸君定有前约,如何违慢?多言者斩!"复出二斩字,煞是奇异。诸将忍气吞声,不敢不去,不敢不败。接连又是两日,复退军二十里,一边着着退步,一边着着进行,恼得诸将性起,不管甚么死活,又来与伯颜争辩。伯颜道:"这便所谓骄兵之计,你等哪里知道!"诸将齐声道:"战了七日,败了七阵,退了七十里,骄兵计也用得够了,难道还要这般么!"伯颜不禁长叹。诸将复道:"我等愿出灭海都,如或不胜,甘当重罚!"伯颜道:"诸君少安,待我说明。"正是:

老将骄兵操胜算,武夫好斗骧奇功。

毕竟伯颜说出甚么话来?看下回明白交代。

谢枋得为宋尽忠,气节不亚文山,足为后人圭臬。刘因、杨恭懿等,未曾仕宋,亦能高尚志节,许莫庐对之,应有愧色,此著书人之所以亟亟表彰也。世祖名为重儒,实是好武,因用兵而敛财,因敛财而任佞,阿合马、卢世荣后,复有桑哥,三奸肆恶,元气斫丧,虽先后伏诛,而民已不胜困敝矣。伯颜为元室良将,匪特用兵如神,即谨守不战,亦为休养兵民起见,乃谗口嚣嚣,媒蘖其短,卒至瓜代之使,奉敕遥来,雄主好猜,老臣蒙谤,乃知刘因、杨恭懿之屡征不至,固有特识,非第华黎之防已也。阅者于夹缝中求之,庶识著书人深意。

第二十六回　皇孙北返灵玺呈祥
　　　　　　母后西巡台臣匿奏

　　却说伯颜因诸将争议,复说明本意道:"海都悬军入寇,十步九疑,我若胜他一仗,他即遁去。我拟诱他入险,使他自投罗网,然后一战可擒。诸君定欲速战,倘或被他逃走,哪个敢当此责?"诸将还是未信,复道:"主帅高见,原是不错,但皇孙及太傅等,停止中道,彼未知我密计,又向朝廷饶舌,恐多未便,所以利在速战。主帅若虑海都脱逃,当由末将等任责!"伯颜复长叹道:"这也是海都的侥幸,由你等出战罢!"一声令下,万众欢跃,便大开营门,联队出去。

　　海都因连日得胜,满怀得意,毫不防着。正在饮酒消遣,侦卒来报,敌军来了。海都笑道:"不过又来串戏。"随即整队上马,出营督战。说时迟,那时快,伯颜军已踹入营盘,似生龙活虎一般,无人可当。海都部众,纷纷退下,究竟海都老于戎事,见伯颜军此次来攻,与从前大不相同,料得前番屡退,明是诱敌,遂招呼部众,且战且走。幸喜尚未入险,归路平坦可行,不过兵马受些损伤,自己还算幸脱。伯颜军力追数十里,只夺了些军械,抢了些马匹,杀伤了几百个敌兵,看着海都远飏,不能擒获,没奈何收军而回!伯颜道:"我说何如?"诸将惶恐请罪。徒勇无益。伯颜道:"此后你等出兵,须要审慎,有主帅的总须奉命;自己做了主帅,越宜小心,老夫年迈力衰,全仗你等努力报国,今日错误,他日可以改过,我也不愿计较了!"言下感慨不尽。诸将感谢。

　　伯颜遂遣人往迓钦使。俟铁木耳等到来,置酒接风,谈了一番国务。次日即将印信交与玉昔帖木儿,告别欲行。铁木耳亦还酒相饯,举杯问伯颜道:"公去何以教我?"伯颜亦举杯还答道:"此杯中物请毋多饮!还有一着应慎,就是女色二字!"名论不刊。铁木耳道:"愿安受教!"只恐受教一时,未必时时记着。饮毕,伯颜自赴大同去讫。

　　是年已是至元三十年,安南遣使入贡,有旨拘留来使,再议南征。看官道是何故?原来至元二十八年,世祖曾遣吏部尚书梁曾,出使安南,征他入朝。这时安南王陈日烜已死,其子日燇袭位,闻元使到来,拟自旁门接诏。梁曾以安南国原有三门,舍中就偏,明是怀着轻视的意思,遂寓居安南城外,致书诘责。三次往还,始允从中门接入。相见毕,曾复劝日燇入朝。日燇不从,只遣臣下陶子奇偕曾入贡。曾进所与日燇辩论书,世祖大喜,解衣为赐。廷臣见了，未免嫉忌，只说曾受安南赂遗。妒功忌能之臣何其多乎？世祖又召曾入问，曾答道："安南曾以黄金器币遗臣，臣不敢受，交与来使陶子奇。"世祖道："有人说你受赂，朕却不信；但你若禀过朕躬，受亦何妨。"恐亦是现成白话。廷臣又以日烜终不入朝，请拘留陶子奇。世祖允他所请，复命诸王亦里吉鹘等，整兵聚粮，择日南征。

师尚未发，忽彗星出现紫微垣，光芒数尺。似为世祖殂逝之兆。世祖颇为忧虑，夜召不忽术入禁中，问如何能弭天变？不忽术道："天有风雨，人有栋宇；地有江河，人有舟楫；天地有所不能，须待人为。古人与天地参，便是此意。且父母发怒，人子不敢嫉怨，起敬起孝；上天示儆，天子亦宜恐惧修省。三代圣王，克谨天戒，未有不终。汉文帝时，同日山崩，多至二十有九，就是日食、地震，也是连岁频闻，文帝求言省过，所以天亦悔祸，海内承平。愿陛下善法古人，天变自然消弭了！"善补衮阙。世祖闻言，不觉悚然，不忽术复诵文帝《日食求言诏》。世祖道："古语深合朕意。"复相与讲谈，直至四更方罢。是冬蠲赋赈饥，大赦天下。

越年元旦，世祖不豫，停止朝贺。次日，召丞相知枢密院事伯颜入京。越十日，伯颜自大同归。又越七日，世祖大渐。伯颜与不忽术等入承顾命。又三日，世祖崩于紫檀殿，在位三十五年，享寿八十。亲王诸大臣，发使告哀于皇孙。知枢密院事伯颜，总百官以听。兵马司请日出鸣晨钟，日入鸣昏钟，借防内变。伯颜叱道："禁内何得有贼？难道你想作贼吗？"会有役夫至内库盗银，被执，宰执欲立置死地，伯颜道："嗣皇未归，禁中无主，理应镇静为是！寻常小窃，稍稍加惩，便可了事，不宜施用大刑，自示张皇！且杀人必须主命，目今何命可承？"可谓得大臣之度。说得宰执哑然无语，自是宫廷肃静，一如平时。过了数日，灵驾发引，葬起辇谷，从诸帝陵。总计世祖一生，功不补过，如迭任贪佞，屡兴师徒，尊崇僧侣，污乱宫闱四大件，最为失德。史臣称他度量洪广，规模宏远，未免近于谀颂，小子也不必细辩了。

且说皇孙铁木耳闻讣，从和林还朝，将至上都，遇着右丞张九思率兵迎驾，并奉上传国玺一枚。这传国玺并非世祖御宝，乃是历代相传的玺印。先是木华黎曾孙硕迪，已死而贫，其妻出玉玺一枚，鬻诸市间，为中丞崔彧所得。彧召秘书监丞杨桓，辨认印文，说是"受命于天，既寿永昌"八大篆字。彧惊异道："这莫非是秦玺不成！"秦玺早付灰炉，如何复能出现，况木华黎系元代世臣，既得此玺，安敢藏匿不献，这是明明赝鼎，借此以献谀耳。遂献诸故太子妃弘吉剌氏。皇孙铁木耳，系故太子真金第三子，是弘吉剌妃所生。妃得此玺，遂遍示群臣，丞相以下，次第入贺，俱称世祖晏驾以后，方出此玺，明是上天留赐皇太孙，真可谓绝大喜事。乃遣右丞张九思，率禁卒数百名，赍玺迎献。皇孙铁木

第二十六回　皇孙北返灵玺呈祥　母后西巡台臣匦奏

耳受玺后，喜形于色，慰劳有加。遂驰入上都，诸王宗亲，文武百官，同日毕至，议奉皇孙为嗣皇帝。亲王中或有违言，时太傅玉昔帖木儿亦随皇孙同还，遂与晋王甘麻剌道："宫车晨驾，神器不可久虚，曩日天赐符玺，已有所归，王系宗亲首领，何不早言？"甘麻剌点头，正欲发言，见伯颜带剑上殿，宣扬顾命，备述选立皇孙的意旨。甘麻剌遂乘势附和，决立皇孙铁木耳。诸王至此，不敢不从，遂皆趋殿下拜。铁木耳乃南面即尊，下诏大赦，其辞道：

> 朕惟太祖圣武皇帝，受天明命，肇造区夏，圣圣相承，光熙前绪。迨我先皇帝体元居正以来，然后典章文物大备，临御三十五年，薄海内外，罔不臣属，宏规远略，厚泽深仁，有以衍皇元万世无疆之祚。我昭考早正储位，德盛功隆，天不假年，四海缺望。顾维眇质，仰荷先皇帝殊眷，往岁之夏，亲授皇太子宝，付以抚军之任。今春宫车远驭，奄弃臣民，乃有宗藩昆弟之贤，戚畹官僚之旧，谓祖训不可以违，神器不可以旷，体承先皇帝凤昔付托之意，合词推戴，诚切意坚。朕勉徇所请，于四月十四日即皇帝位，可大赦天下，尚念先朝庶政，悉有成规，惟慎奉行，罔敢失坠。更赖祖亲勋戚，左右贤良，各尽乃诚，以辅台德。布告远迩，咸使闻知！

是诏下后，复上大行皇帝尊谥曰圣德神功文武皇帝，庙号世祖。追尊故太子真金为裕宗皇帝，生母弘吉剌氏为皇太后，改太后所居旧太子府为隆福宫。以玉昔帖木儿为太师，伯颜为太傅，月赤察尔一作伊彻察喇。为太保，并封赏各宗亲百官有差。又放安南使陶子奇归国，罢伐安南兵。朝政大定，乃移驾入燕都。铁木耳后号成宗，小子依前文世祖故例，以下就改称成宗了。

成宗即位后，河东守臣使献嘉禾，称为瑞征。平章政事不忽术问道："汝境内所产，是否皆同？"来使答道："只此数茎。"不忽术笑道："照此说来，于民无益，有甚么好处？"遂搁置不提。又西僧作佛事，每请释放罪囚，谓可祈福，梵语叫作"秃鲁麻"。豪民犯法，统纳赂西僧，乞他设法免罪；甚至奴仆戕主，妻妾弑夫，亦往往呼吁西僧，但教西僧答应，无论弥天罪恶，亦可邀免。有时西僧且为代请，被罪犯以帝后服，乘坐黄犊，款段出宫门，即谓增福消灾，得度一切苦厄，帝后亦深信不疑。据这般法制，无罪的人，不如有罪的好。不忽术却愤愤道："赏善罚恶，是政治的根本，今第据西僧一言，便将罪犯赦免，就使逆伦伤化，也不足责，自古以来，无此法度呢！"成宗闻言，责丞相完泽道："朕尝有言戒汝，毋使不忽术知道，今他退有后言，转令朕生惶愧！"欲要不知，除非莫为，况王道荡荡，岂可无故纵恶，讳莫如深耶！成宗之所以为成者，恐第成人之恶，非成人之美也。又使人语不忽术道："卿且休言，朕今听卿！"

未几有奴告主人，主已坐罪被诛，诏令将主人官爵，给奴承袭。不忽术又进奏道："奴可代主，大坏天下风俗，将来连君臣上下，都可不管，请即收回成命！"成宗悔悟，乃将前旨取消。视国事如儿戏，元政之颠倒可知。完泽以不忽木位在己下，特膺宠眷，且遇事直言，不少回护，心中未免衔恨。不忽木曾保荐完泽，今反恨他直言，人心之难料如此！廷臣亦多与不忽木有嫌，怂恿完泽。直道难行，令人浩叹。完泽遂请不忽木外用，调授陕西行省平章政事，成宗亦以为然。无非恐他多言。诏已下，被太后弘吉剌氏闻知，呼帝入内，与语道："不忽木系朝廷正人，先皇帝所付托，汝奈何令他外用？我实不解。"成宗乃留使在京，仍供原职。

是年十二月，有大星陨于西北，声如雷鸣。廷臣共以为不祥，但未知有何变故。越数日，忽报太傅知枢密院事伯颜病殁，备书官职，一如史家书法。成宗悲悼辍朝。伯颜智勇深沉，曾将二十万军伐宋，如将一人，诸将仰之如神明。元将最喜屠戮，伯颜亦时申禁令，还朝未尝言功，嗣后出御外务，入靖内讧，朝廷倚作长城，中外推为柱石，好算是一位出将入相的全材。卒年五十九，赠太师，谥忠武。

越年即成宗元年，年号元贞，寰宇承平，宫廷静谧，没有大事可表，惟授嗣汉三十八代天师张与材，为太素凝神广道真人，管领江南道教。信释及道，所以特书。又册立驸马托里斯女伯岳吾氏为皇后，伯岳吾一作巴约特。后有才略，册立后，成宗颇加敬惮，因此渐预外事，容后再表。暗伏下文。

元贞二年，赣州民刘六十，聚众万余，私立名号。成宗遣将往征，多半退缩不前，匪势益盛。亏得江淮行省左丞董士选，亲自往讨。至兴国，距贼营百里，命将校分守待命，先把奸吏贪民，查实正法。百姓很是感奋，争出投效，遂导兵入贼寨，一鼓荡平，六十就擒。士选拜表奏捷，但请黜赃吏数人，并不言杀贼功绩。舆论称他不伐，这也可谓元室良臣了。不没善人。

越年，复改元大德，五台山佛寺告成。山在山西五台县东北，五峰耸立，高出云表，山上无林木，状如台然，因名五台。先是世祖在日，深信佛教，尝推拔思巴为帝师，尊信备至。凡西域郡县土番地方，设官分职，尽归帝师管辖。每遇大朝会，百官班列，帝师独专席座旁，以此朝右大臣，莫得与帝师敌体。甚且帝后妃主，亦须向帝师前受戒，膜拜顶礼，帝师居然受拜。拔思巴又靠着些小才，创制蒙古新字，字仅千余，字母四十有一，世祖令颁行天下，与梵文并重。升号拔思巴为大宝法王。至拔思巴死，赠他嘉号，几乎记不胜记。看官记着，乃是皇天之下，一人之上，宣文辅治，大圣至德，普觉真智，佑国如意，大宝法王，西天佛子，大元帝师。奇称怪号，自古罕闻。其弟亦怜真嗣职，亦怜真殂逝，西僧答儿麻八剌乞列承袭，权力如故。

世祖殂后，宫廷中迷信益深，成宗母弘吉剌氏，因饬建五台山佛寺，命司程陆信等统率工役，驱役民夫，冒险入山谷，伐木运石，压死至万余人。寺既

第二十六回　皇孙北返灵玺呈祥　母后西巡台臣匦奏

成，弘吉剌太后，备驾临幸，惹动了监察御史李元礼，竟草奏数百言，力为谏阻。中有扼要数语，录述如下道：

五台山创建寺宇，工役俱兴，供亿烦重，民不聊生。伏闻太后临幸五台，尤不可者有五：盛夏禾稼方茂，民食所仰，骑从经过，不无蹂躏，一也。亲劳圣体，经冒风日，往复数千里山川之险，万一调养失宜，悔之何及！二也。天子举动，必书简策，以贻万世，书而不法，将焉用之，三也。财非天降，皆出于民，今日支持调度，百倍曩时，而又劳民伤财，以奉土木，四也。佛以慈悲为教，虽穷天下珍玩供养不为喜，虽无一物为献亦不怒，今太后欲为兆民求福，而亲劳圣体，使天子旷定省之礼，五也。伏望回辇中道，端处深宫，上以循先皇后之懿范，次以尽圣天子之孝诚，下以慰元元之望；如此，则不祈福而福自至矣！

奏上，中丞崔彧见他言词鲠直，不敢上闻，遂将原奏搁起。于是慈舆西幸，千乘万骑，前后拥护，说不完的热闹，写不尽的庄严。所过地方，供张浩繁，有司一律跪迎，盛称太后仁慈，为民祈福。只河东廉访使王忱，独述建工时的损害，并谓建寺所以福民，福尚未及，害已先受，恐朝廷初意，未必如是云云。太后亦为动容，令颁给国帑，抚恤工役家属。迨到了五台，拈香已毕，赏赐僧侣也费了巨万，实则统是民膏民脂。为了泥塑木雕的佛像，吸尽万民血液，这又何苦呢！*当头棒喝。*

太后回銮后，忽侍御史万僧，取元礼封章入奏，略称崔中丞私昵汉人，李御史大言谤佛，俱应坐罪。惹得成宗恼恨起来，令完泽、不忽术逮讯。完泽道："往时臣亦入谏，太后谓先皇帝已有此心，非臣所知。"不忽术恰云："他御史惧不敢言，独一元礼直谏，不特无罪，还当加赏！"两人枉直，可于言下见之。成宗沉吟半晌，瞿然道："御史元礼说的很是。"遂任元礼原职，万僧罢职。*弄巧成拙，世之好讦人者，俱应如此处置。*小子有诗咏道：

害人反把自身当，天道原来善恶彰。
我佛有灵应亦笑，痴迷唤醒即慈航。

五台事了，八邻又来警报，说是海都复猖獗得很，已由钦察都指挥使床兀儿领兵抵敌去了。事详下回，请看官续阅。

故太子真金已死，世祖之意，将递授皇孙，不应出使镇边，致有绝续之虑；况世祖年已八十，宁能长生不死乎？宫车晏驾，方遣使告哀，直至三月无君，幸有伯颜总己以听，方得无事，否则殆矣！然犹须假玺愚民，带剑宣命，以定策之大政，凭诸神道武力，侥幸成功，是固不足为后世训，宜乎后嗣之奇变迭出也。成宗嗣立，佞佛如故。太后虽贤，卒不能脱妇人之见，以致亲幸五台。李元礼一谏，千古不朽，崔彧之匿不上闻，果奚为者？元之兴不恃僧侣，元之衰亡，实自僧侣贻之。上昏下蔽，何以为国耶？惩前毖后，请鉴是书！

第二十七回　　得良将北方靖寇
　　　　　　信贪臣南服丧师

却说海都被伯颜战退，两年不敢入寇。嗣闻世祖已殂，伯颜随殁，复乘隙进兵，即将八邻据去。八邻亦称巴林，在今阿尔泰山西北，势颇险要。钦察都指挥使床兀儿，一作绰和尔。系土土哈三子，曾以从征有功，封昭勇大将军，出镇钦察。既闻海都袭据八邻，遂一面驰驿奏闻，一面率北征军越过金山，即阿尔泰山。攻八邻地。

八邻南有答鲁忽河，两岸宽广。海都将帖良台阻水扎营，伐木立栅，把守得非常严密。俟床兀儿师驰至，命将士下马跪坐，持着弓矢，一排儿的待着。床兀儿本欲渡河，看他这般严备，不敢轻渡，但矢不能及，马不能前，如何可以进攻！他竟想出一法：命麾下吹起铜角，清音激越，又令举军大呼，声震林野。这也是疑兵计。帖良台部下，大吃一惊，不知所措，相率起身上马。床兀儿趁他慌乱，立即麾军齐渡，涌水拍岸，木栅为之浮起。守军失恃，吓得脚忙手乱，所持弓矢，不是呆着，就是乱放，经床兀儿奋师驰击，已没有招架能力。帖良台拨马先逃，余众四散奔逸。床兀儿追奔五十里，不及乃还，把他人马庐帐，一律搬回。

行至雷次河，遥见山上有大旗招展，料是海都遣来的援军，当下挑选精锐，作为前锋，由自己带着，径自渡河，奔山上冈。那山上的敌将，名叫孛伯，刚思下山对仗，不防床兀儿已经上山，执着令旗，舞着短刀，纵辔跃马而来。孛伯亦仗胆上前，与他接战，两马方交，床兀儿部下，已大呼杀入。那时不及争锋，急忙领兵拦截，无如顾彼失此，阻不胜阻，未到一时，已是旗靡辙乱，无可约束。大众沿山奔窜，马多颠踬，被床兀儿痛杀一阵，十死八九。只无从追寻孛伯，想是乘间脱逃，穷寇勿追，收军回营，复遣使奏捷。成宗闻报，免不得有一番奖赏。

是时诸王也不干，系太宗庶孙，也叛应海都。驸马阔里吉思，袭父高唐王孛要合封爵，叠尚公主。至是自请往讨，成宗不许。三请乃允行，命大臣出都饯别。阔里吉思酹酒誓道："若不平定西北，誓不南还！"又是死谶。遂慷慨北行。

第二十七回　得良将北方靖寇　信贪臣南服丧师

　　至伯牙思地方，突遇敌军前来，差不多有数万人，即欲上前争杀。部将谓寡不敌众，应俟各军齐集，方可与战，阔里吉思道："大丈夫矢志报国，临难尚且不避，况我奉军命北征，正为杀敌而来，难道定要靠人么？"语虽不错，然徒恃勇力，究嫌卤莽。当下激厉孤军，鼓噪前进，敌兵欺他兵少，未曾防备，被他杀得大败亏输。阔里吉思当即奏捷，由成宗赏他貂裘宝鞍，统是世祖遗物。

　　嗣至隆冬，诸王将帅，谓去岁敌兵未出，不必防边。阔里吉思独毅然道："宁可多防，不可少防，今秋敌中候骑，来的很少，是如鸷鸟一般，将要击物，必先遁形，奈何不加防备！"此说很是。诸王将帅，反以为迂。阔里吉思不暇与辩，只整顿兵备，严行防守。到了残腊，果然敌兵大至。阔里吉思即与接仗，三战三胜，乘胜追杀过去，直入漠北。道旁多山泽，坳突不平，各军随行稍缓，独阔里吉思策马当先，不管甚么利害，只自前进。谁知敌兵掘有陷坑，一不小心，竟尔失足，马蹶身仆，被伏兵活捉了去。后骑赶紧驰援，已是不及。

　　敌兵执送至也不干，也不干劝他归降。阔里吉思不答，也不干道："你若肯投顺了我，我有爱女，愿给你为妻。"阔里吉思抗声道："我乃天子婿，无天子命，令我再娶，岂可使得！况你身为王族，天子待你不薄，你何故背叛天子，私通海都？我今日被执，有死无降，你也不必笼络我了！"也不干怜他骁勇，不肯即诛，将他拘住别室。

　　成宗得知消息，令他家臣阿昔思特，赴敌探视。阔里吉思只问两宫安否，次问嗣子何如？余不多言。次日复与相见，阔里吉思复语道："归报天子，我捐躯报国了！"死得有名，但穷追致死，未免不智。

　　阿昔思特尚未归国，阔里吉思已经毕命。至阿昔思特返报，成宗追封为赵王。其子术安尚幼，令其弟木忽难袭爵。木忽难才识英伟，谨守成业，抚民御众，境内乂安。才过乃兄。至术安年已成人，即将王爵让还。孝友可风。术安尚晋王甘麻刺女，且请旨迎父尸归葬，这是后话不提。

　　且说海都频年寇边，互有胜负，未能得志，至此又欲再举，因察合台汗八刺去世，遂令其子都哇一作都干。承袭为汗，并令他出兵为助，合军南侵。成宗命叔父宁远王阔阔出，一作库克楚。总兵北边，防御海都。阔阔出怯弱无能，只连日奏闻警耗，乃改命兄子海山一作海桑。往代。海山有智略，既至军，即简练士卒，壁垒一新。会闻海都军已至阔别列地方，忙督兵出战，奋斗一昼夜，竟杀退海都军。

　　海都回军休息，养足锐气，过了一年有余，复与都哇合兵，倾寨前来。海山早已探悉，急檄令诸王驸马各军，会师迎敌。都指挥使床兀儿，闻命前来。海山闻他智勇过人，即迎入帐下，慰劳毕，即与商军事。床兀儿道："用兵无他道，只张吾锐气，毋先自馁，总可望胜。"言已，遂自请为先锋。海山应允，即令各军分为五队,向金山进发。时海都军已越山而南,至迭怯里古地,两军相遇,海都军倚山自固,声势锐甚。床兀儿引着精锐,向前突阵,左右奋击,所向披靡,海山麾军接应,海都收队退去。床兀儿奋勇欲追,由海山止住,方回军下寨。

次日,都哇引兵挑战,床兀儿复跃马出营。海山忙出督阵,见床兀儿挥刀前进,势不可当,约一时许,已连斩敌将数员,不禁惊叹道:"好壮士!我自出阵以来,从没有见过这般力战。"方欲驱兵援助,那都哇兵已纷纷败去,乃鸣金收军。床兀儿还语海山道:"我正欲追杀都哇,王爷何故鸣金?"海山道:"海都此次入寇,闻他倾寨而来,其志不小,为甚么不耐久战?想必别有诈谋!"料事颇明。床兀儿道:"王爷所虑甚是。"海山道:"我想明日出战,令诸王驸马,先与接仗,我与你从后接应何如?"床兀儿应命。

翌晨,进兵合剌合塔,由诸王驸马各军,前去攻击,与海都军混战一场。海都麾兵徐退,诸王驸马,一齐追上,忽敌军分作两翼,海都率右,都哇率左,从两面包抄过来,将诸王驸马各军,围住中心。顿时喊声震地,呼杀连天,几乎要把诸王驸马,都吞将下去。诸王驸马,知已中计,急欲突围逃命,偏偏敌军死不肯放,后来且箭如飞蝗,死伤甚众,任你如何能耐,一些儿都没用。方在惊惶失措,忽见敌军左翼,纷纷自乱,有一大将舞刀突阵,带着锐卒千名,随势扫荡,竟入垓心。大将非别,就是钦察亲军都指挥使床兀儿!一语千钧。诸王驸马大喜,便欲随他杀出。床兀儿道:"且慢!"言未已,敌军右翼,复鼓噪起来,外面又闯入无数健卒,拥着一位大帅海山,联辔入阵,把敌军杀得东倒西歪。笔法又变。当下号召诸王驸马,分队驰杀,大败敌军。海都、都哇统行逃去,海山方整军回营。

是晓复与床兀儿密议,守至黎明,即令各军出营攻敌,自与床兀儿领着精锐,从间道去讫。此处用虚写,待后叙明。各军与海都交战,只恐蹈着前辙,不敢奋勇争先,海都军反得乘间掩杀,恃众横行。正在兴高采烈的时候,忽后面有两军杀到,一是元都指挥使床兀儿,一是元帅海山。海都见前后受敌,知难取胜,忙督军夺路,向北遁去。都哇迟了一步,被海山部将阿什,发矢中膝,号哭而逃。海山追了一程,夺得无数辎重,方才班师。这一次大战,方将海都的雄心,收拾了一大半,怅怅的回至本国去了。都哇亦负创自去。

海山连章报捷,盛称床兀儿战功,并使尚雅思秃楚王女察吉儿。成宗亦非常欣慰,遣使赐以御衣。嗣因海都积郁病亡,乃征使入朝。成宗亲谕道:"卿镇北边,累建大功,虽以黄金周饰卿身,尚不足尽朕意,况穷年叛逆,赖卿得除,不惟朕深嘉慰,就是先帝亦含笑九泉了。"遂赐以衣帽金珠等物,拜骠骑卫上将军,仍使回镇钦察部。

第二十七回　得良将北方靖寇　信贪臣南服丧师

海都死后，子察八儿嗣，一作彻伯尔。都哇因惩着前败，劝察八儿降成宗。察八儿不得不从，遂与都哇同遣使请降。钦察汗忙哥帖木儿势孤，也束手听命。于是西北四十余年的扰攘，总算暂时安靖，作一段大结束。

后事慢表，且说缅国服元后，岁贡方物。大德元年，缅王的立普哇拿阿迪提牙，遣子僧合八的奉表入朝，并请岁增银帛。成宗嘉他恭顺，赐以册印，并命僧合八的为缅国世子，给赏虎符。未几，缅人僧哥伦作乱，缅王发兵往讨，执其兄阿散哥也，系诸狱中。寻将他释出，不复问罪。阿散哥也偏心中怀恨，竟归结余党，突入缅都，将缅王拘禁豕牢。旋且弑王，并害世子僧合八的，独次子窟麻剌哥撒八，逃诣燕京。成宗乃命云南平章政事薛绰尔，发兵万二千人往征。

薛绰尔奏报军务，言缅贼阿散哥也倚八百媳妇为援，气焰颇盛，应再乞济师。云南行省右丞刘深，且贻书丞相，备言八百媳妇应讨状。是时不忽术已卒，完泽当国，以刘深言为可信，遂入朝劝成宗道："世祖聪明神武，统一海内，功盖万世。今陛下嗣统，未著武功，现闻西南夷有八百媳妇叛顺助逆，何不遣兵往讨？彰扬休烈！"言未毕，中书省臣哈喇哈孙，出班奏道："山峤小夷，远距万里，若遣使招谕，自可使之来廷，何必远勤兵力！况目今太后新崩，大丧才毕，尤宜安民节饷，毋自贻忧。"从哈喇哈孙奏中归结太后，亦是省文。成宗不从，竟发兵二万，属刘深节制，往征八百媳妇。御史中丞董士选，复入朝力谏，大略谓轻信一人，劳及兆民，实是有损无益。成宗变色道："兵已调发，还有何言？"说罢，即麾他出朝。士选怏怏趋出。

看官，你道八百媳妇究属何国？相传是西南蛮部，为缅国西邻，其酋有妻八百，各领一寨，因名八百媳妇。荒诞无稽，不能尽信。刘深既奉命南征，取道顺元。时适盛暑，蛮瘴横侵，士卒死丧，十至七八，驱民运饷，跋涉山谷，一夫负米数斗，数夫为辅，历数十日乃达，死伤亦数十万人。于是中外骚然。刘深复发奇想，欲胁求蛮妇蛇节，作为己妾。蛇节系水西土官妻，素有艳名，且矫健多力，喜着红衣，土番号为红娘子。大约是美女蛇所变。土官闻刘深硬索己妻，哪里就肯缴出，遂去连结蛮酋宋隆济，抗拒元军。

隆济捏词谕众道："官军将征发尔等，剪发黥面，作为兵役，身死行阵，妻子为虏，尔等果情愿否？"大众齐称不愿。隆济道："如果不愿，如何对付官军？"大众呼嚷道："不如造反！"正要他说此语。隆济道："造反如何使得？"大众道："同是一死，如何不造反！"隆济道："造反须有头领。"大众道："现在眼前，何必另举？"遂推隆济为头目，隆济复令水西土官，去挈蛇节。至蛇节到寨，果然美貌绝伦，武艺出众。名不虚传。隆济遂拨众千名，令她带看。夜间却召入蛇节，只说是密商兵事，谁知他已暗地勾通，肉身演战。水西土官，因要靠着隆济，不敢发言，隆济反得坐拥娇娃，先尝滋味。世之娶美妇者其慎诸。

不到数日，已胁从苗、獠诸蛮数千人，破杨、黄诸寨，进攻贵州。知府张怀德力战败死。刘深闻警赴援，恰巧狭路逢着冤家。看官道是何人？就是朝思暮想的红娘子。那时刘深拚命与战，恨不得立刻抱来，同她取乐，偏偏这个红娘子，狡猾异常，出阵打了个照面，偏回马逃走。刘深哪里肯舍，下令军中，生擒蛇节者赏金千两。于是各军力追，直至深山穷谷中，转了几个湾头，蛇节不知去向。偏来了数千名土番，面目狰狞，状貌可怖。一班罗刹鬼。他却不知阵法，一味的跳来跳去，乱斫乱砍，弄得军士手足无措，左支右绌。正惊愕间，蛮酋宋隆济，复率众驰到，将刘深军拦入洞壑，四面用蛮众围住。为了小洞，反入大洞。刘深陷入绝地，只好束手待毙。还是此时死了，省得后来枭首。亏得镇守云南的梁王阔阔，恐刘深穷追有失，率兵接应，方杀退隆济，将他救出。

隆济复进围贵州，刘深整兵再战，只是不能取胜。相持数月，粮尽矢穷，引兵退还，反被隆济追击，把辎重尽行委弃，又丧失了数千兵士，狼狈逃归。败耗传至燕京，成宗乃改遣刘国杰为帅，杨赛因不花原名汉英，其先太原人，自唐时平播州，世有其地，元时其父纳土，乃赐名杨赛因不花，一作杨赛音布哈。为副，率四川、云南、湖广各省兵，分道进讨诸蛮。

是时征缅统帅薛绰尔亦受缅人金赂，率兵遽退。元廷尚未闻知，封窟麻剌哥撒八为缅王，赐以银印，令他回国。方要出发，缅贼阿散哥也，已遣弟者苏入朝，自陈弑主罪状，乞加宽宥，并愿奉窟麻剌哥撒八回缅。至此讯悉征缅军，已退回云南。

那时薛绰尔奏报亦到，只托词炎暑瘴疠，不便进兵，还师时反被金齿蛮邀击，士多战死等语。成宗大愤，遣吏按验，查得薛绰尔围缅两月，缅城薪食俱尽，将要攻陷，云南参知政事高庆，及宣抚使察罕，受纳缅金，怂恿薛绰尔还军，以致功败垂成。于是高庆、察罕正法，免薛绰尔为庶人。独刘深受完泽庇护，未曾加罪。南台御史陈天祥，遂抗词上奏，大旨是参劾刘深殃民激变，非正法无以弭祸。小子阅着原奏，不禁技痒起来，即信笔成诗道：

尧阶干羽化苗日，元室兵戈酿乱时。
谁是圣仁谁是暴？兴衰付与后人知。

欲知原奏详细，请看下回叙明。

海都肇乱四十年，战杀相寻，几无宁日，幸出镇有人，或善攻，或善守，以此北方千里，尚未陷没。海都不获逞志，抑郁以死。自是都哇倡议归降，察八儿等同时听命，三汗投诚，兵祸少弭；然劳师靡饷，已不知几许矣！为成宗计，当口不言兵,专谋富教,庶乎承平之治,可以期成。乃复征缅国,征八百媳妇,愤兵不戢,必致自焚。追悍酋妖妇,连结构兵,扰扰云、贵者有年,刘深之肉,其足食乎? 本回于北方之战,归功床兀儿;南征之役,归罪刘深,而隐笔仍注意成宗,皮里阳秋,可与言史矣。

第二十八回　　蛮酋成擒妖妇骈戮
藩王入觐牝后通谋

却说御史陈天祥,因刘深未曾加谴,抗疏严劾,说得洋洋洒洒,为《元史》中仅见文字。小子不忍割爱,节录如下:

臣闻八百媳妇,乃荒裔小夷,取之不足以为利,不取不足以为害。而刘深欺上罔下,远劳大众,经过八番,纵横自恣,中途变生,所在皆叛,不能制乱,反为乱众所制,食尽计穷! 仓皇退走,丧师十八九,弃地千余里,朝廷再发四省之兵,以图收复。比闻从征者言经过之地,皆重山复岭,陡涧深林,其窄隘处仅容一人一骑,贼若乘险邀击,我军虽众难施。或诸蛮远阻险隘,以老我师! 进不能前,退无所掠,将不战自困矣! 且自征伐诸夷以来,近三十年,未尝有尺土一民之益,计其所费,可胜言哉! 去岁西征,及今此举,何以异之? 乞早正深罪,乃下明诏招谕,彼必自相归顺,不须远劳王师,与小丑夺一朝之胜负也。苟谓业已如此,欲罢不能,亦当详审成败,算定后行。彼诸蛮皆乌合之众,必无久能同心捍我之理。但急之则相救,缓之则相疑,以计使之互相仇怨,待彼有隙可乘,徐命诸军数道俱进,服从者怀之以仁,抗敌者威之以武,恩威兼济,功乃可成。若复舍恩任威,深蹈覆辙,恐他日之患,有甚于今日者也! 谨奏。

奏入不报。只缅国嗣王,许者苏奉回为主,把征缅事搁置不提。于是天祥托病辞去,成宗也不慰留。

忽西南紧报,杂沓而来,如乌撒、乌蒙、东川芒部及武定、威楚、普安诸蛮,统托辞供亿烦劳,不堪虐苦,这边发难,那边响应,攻掠州县,焚烧堡砦,几乎闹得一团糟。成宗乃急命陕西行省平章政事伊逊岱尔,统师往讨,并令会同刘国杰,以资策应。国杰方讨宋隆济等,不及来会。成宗命他兼顾,原是无谓。伊逊岱尔督军前进,分道驱杀,那蛮民本系乌合,趁着一时愤激,遽尔倡乱,一闻官军骤至,既无统领,又无机谋,仓猝对敌,被官军杀得大败。顿时逃的逃,降的降,不到一月,已奏报肃清了。

只蛮酋宋隆济,已猖獗年余,集党数万人,肆行无忌,他竟自称为王,每日驱众四掠,自己恰与蛇节宣淫。蛇节妖媚得很,一心一意的从着隆济,要他封为王妃。水性杨花。隆济因她有夫,倒也碍着面目,不好发表。偏蛇节设心狡毒,竟唆隆济杀死土官,实足副名。那时隆济受她蛊惑,只说水西土官违命,将他斩首。家家床头有蛇节,幸勿轻意。越宿,遂命蛇节正式为妃。这一宿间兴味何如?

嗣是朝欢暮乐,两口儿非常愉快。忽闻元将刘国杰,带领数省大兵,前来征剿,不免忧虑起来。蛇节道:"无妨,只教给我五千人,便杀他片甲不回。"恃有前胜。隆济大喜,便整备兵械,着于次日起程。是夜把蛇节竭力奉承,不消细说。翌晨,便拨众万名,令蛇节带着,先行起马,自率万人为后应。

蛇节闻官军自广西进兵,遂向东进发,行至播州,方遇着官军,她即抖擞精神,来与官军接战。刘国杰前军接着,望见敌队中的大旗随风飘荡,露着数个大字,什么南蛮王妃字样。各军早闻蛇节美名,都睁着眼望那蛇节,但见蛇节跨着绣鞍,裹着铁甲,面上不涂脂粉,自然白中带红,兼且眉似初月,唇若朝霞,妖艳中露出三分杀气,越觉宜笑宜嗔,蛮妇中有此艳妇,真是尤物。顿时齐声喝采,不由的目眙神呆。孰意蛇节竟挥着弯刀,驱杀过来,官军无心恋战,竟被冲动阵角,往后倒退。蛮众个个奋勇,愈逼愈紧,有好几个晦气的官军,早已身首分离。幸刘国杰督军继至,一阵力战,才把蛮众驱退。收军后,察知前队情形,即把将士训斥一番,令他见敌即杀,不得为色所迷。

是夕无话。越日,两军复战,国杰令兵士不得退后,只向前进。蛇节不能抵御,败退十里。越日又战,蛇节复败走,官军追将过去,偏值隆济杀到,蛇节亦转身前来,合力奋斗,杀败官军。国杰忙鸣金收军,亲自断后,才得徐徐退回。入营检查,已伤亡千人。

当下与杨赛因不花共同商议,想了一策:令军士各在盾上加钉,准备要用。军士得令,统摸不着头脑,只能遵令办就。翌日,军士将盾献上,国杰传令道:"今日出战,前队携盾对敌,稍战即走,将盾弃地,不得取回;后队整械听令!"军士奉命,即如法施行。将近敌营,隆济、蛇节,并辔出来,蛮骑争先驰突,官军弃盾即走。隆济见部众得胜,忙令他前追,谁知地上都是弃盾,盾上有钉,马足蹀躞不稳,多半颠踬,骑马的人,自然随仆。原来如此,的是奇想。国杰麾军齐上,如削瓜砍菜一般。隆济、蛇节,慌忙走脱,部众已死了一半。

国杰得胜回营,只令坚壁弗动,过了数日,隆济、蛇节,又邀合蛮众,复来攻击。国杰仍令固守,不准出阵。隆济、蛇节无可奈何,收众回去。接连数日,不发一兵。隆济、蛇节更迭挑战,只是不应。国杰又要作怪。军士也不知何故,惟有严装待命。

第二十八回　蛮酋成擒妖妇骈戮　藩王入觐北后通谋

一夕见侦骑入营密报，即由国杰发令，教杨赛因不花率军五千，夤夜去讫。越日仍无动静，直到天晚，方下令夜薄敌营。时至三更，淡月迷濛，国杰令军士出营，亲自押队，衔枚疾走。行近隆济寨前，突发火炮，麾军直入。那时隆济正抱着蛇节，酣寝帐中，蓦闻炮声震天，方才惊醒，还道营内失火。揭帐一望，只闻一片喊杀声，吓得心惊胆落，连忙扯起蛇节，连外衣都不及穿着，飞步逃至寨后，觅得战马两匹，与蛇节跨鞍逃走。营内的蛮众，都从梦中惊醒，伸了足即被斫去，展了手又被戳断，大家是亲亲昵昵，同赴鬼门关。只营后守卒数百名，还有逃走工夫，拚命奔去。国杰扫尽敌营，天已黎明，即下令回军。

将士因渠魁脱走，禀请追赶。国杰道："不必，自有人擒来！"妙极！回营甫一小时，果有军士入见，已将蛮妇蛇节擒到。国杰问道："杨副帅来未？"军士答道："隆济涉河遁走，杨副帅追觅去了。"

看官，你道这蛇节如何得擒？原来国杰计获叛蛮，先时曾遣人探路，料知隆济杀败，必往墨特川，方可归巢。因先命杨赛因不花率军绕道，截住川滨。隆济、蛇节果然中计，奔至川旁，被杨军截杀，隆济投入水中，凫水逃生。偏蛇节不能泅水，单身孤骑，如何对仗，只好下马乞降，所以先被拿到。国杰即命推入，军士见蛇节只着衵衣，云鬟半坠，面色微青，睡容中又带惊容，好一幅美人图。喘呼呼的下跪案前。国杰拍案道："你是妖妇蛇节么？"蛇节凄声答道："是！"国杰复怒道："你擅拒天讨，加害生灵，曾否知罪？"蛇节复流泪答道："已经知罪！若蒙赦宥，恩同再造，就是收为奴妾，也所甘心！"国杰厉声道："好没廉耻的蠢妇！左右与我斩讫！"你若不要她作妾，何不送与刘深？将士闻了这令，都想求他释放，赏做小老婆，怎奈国杰满面杀气，不敢率请，眼见得一个美妇，倏忽间化作两段了。实是可惜。

又过一天，杨赛因不花回营，已将隆济获到，说是由他兄子宋阿重絷送，当问了数语，囚入槛车，一面请旨处置，旋奉诏就地正法。蛮境敉平，云、贵总算安靖，连八百媳妇，也不再征。惟刘深免官，嗣被哈喇哈孙再行奏弹，说他徼名首衅，丧师辱国，非正法不可，乃将刘深伏诛，南征事因此结局。暂作收束。

完泽也为台官所劾，且有纳赂嫌疑，几乎被谴，成宗格外包荒，释置不问。独冥官不肯饶他，偏叫二竖为灾，一病长逝。嗣职的便是哈喇哈孙。副相令阿忽台继任。阿忽台一作阿呼岱。两相为武宗继统所系，故特表明。且复征召陈天祥，授集贤院大学士。天祥再起就职，怀着一片忠心，屡欲畅陈时弊，偏成宗燕昵宫闱，常不视朝，后且时患寝疾，内政决于皇后，外政委诸廷臣。惹起天祥烦恼，忍不住意中郁勃，便极陈阴阳反复，天地易位，是今时大弊。且因宗庙被火，两浙大饥，河东地震，太白经天，种种灾祲，统陈列在内，说是咎由人致，很为切直。看官，你想这道奏疏，明明是内讥牝后，外斥权臣，难道能邀批准么？果然奏入留中，付诸冰搁，天祥复谢病去了。

大德九年，成宗以寝疾难瘳，立子德寿为太子。德寿非元后亲出，乃是次后弘吉剌氏所生。元室宫闱，并后匹嫡，成为常例，所以皇后不止一人。弘吉剌氏性安简默，一切政务，俱由元后伯岳吾氏主持。太子德寿，立未数月而卒。或言由伯岳吾后暗中谋害，事无左证，不便直指。惟成宗从子爱育黎拔力八达，一作阿裕尔巴里巴特喇。及其母弘吉剌氏，为伯岳吾后所忌，令他出居怀州。爱育黎拔力八达，就是海山的母弟。海山时封怀宁王，出镇青海，闻知此事，颇怀不悦。奈因道途修阻，鞭长莫及，不得已静待后命。

是冬，成宗老病复发，且比从前加甚，伯岳吾后恐有不测，密令心腹去召安西王阿难答，一作阿南达。及诸王明里帖木儿。阿难答系世祖庶孙，与成宗为兄弟行，接着密使，遂于次年正月，偕明里帖木儿入朝。伯岳吾后即阴令进见，与语道："皇帝病日加重，恐不日就要宾天，我召你等来京，无非为嗣位问题，须要密商。现在太子已逝，爱育黎拔力八达从前颇觊觎神器，我所以令他出居怀州。若召立海山，他必为弟报怨，诸多不利。你等试为我一决！"明里帖木儿素与阿难答莫逆，便接着道："何不就立安西王？"伯岳吾后以目视阿难答，端详一会，恰故作踌躇状。明里帖木儿复道："皇后莫非虑嫂叔的嫌疑么？须知嫂溺援手，道贵从权，若安西王得立，想必感恩图报，皇后尽可临朝称制呢！"黜去从子，偏立皇叔，就是愚妇人亦不至出此，此中或有暧昧，何怪致人借口！伯岳吾后尚在沉吟，阿难答也说道："这事恐怕未便。"明里帖木儿道："有了，皇后临朝，皇叔摄政，还有何人可说？"伯岳吾后道："此议甚是，你去预告宰辅罢。"二王便辞别出宫。

越数日，成宗病殂，在位十三年，寿四十二。伯岳吾后即下敕垂帘，命安西王阿难答辅政。右丞相阿忽台奉敕，集群臣商议祔庙及摄政事。太常卿田忠良、博士张昇道："先帝祔庙，神主上应书嗣皇帝名，今书谁人？"一语便即驳煞，如何可以有成。阿忽台道："他日续书，有何不可？况先帝即位时，非亦三月无君么？"亏他寻出故例。御史中丞何玮道："世祖驾崩，中外属意先帝，祔庙时已书就嗣君，何尝是没有呢？"阿忽台变色道："法制并非天定，全由人事主张，你等独不怕死么？敢阻国家大事！"何玮道："不义而死，恰是可怕；若舍生取义，怕他何为！"倒是硬汉。

是时右丞相哈喇哈孙未至，不好率行定议，当即散会。随由内旨去召哈喇哈孙，他却收拾百司符印，封储府库，自己守宿掖门，只是称疾未赴。阿忽台与明里帖木儿等密议，想寻隙谋害哈喇哈孙，然后奉皇后正式临朝。哈喇

第二十八回　蛮酋成擒妖妇骈戮　藩王入觐北后通谋

哈孙早已防着,适怀宁王遣康里脱脱在京,急命返报,一面遣使至怀州,迎爱育黎拔力八达入都。

爱育黎拔力八达闻报,怀疑未决,询其傅李孟。李孟道:"支子不嗣,系世祖遗典,今宫车晏驾,怀宁王远居万里,请殿下急速入宫,借安众心。"爱育黎拔力八达乃奉母返燕都。行至中道,先遣李孟问哈喇哈孙。正要进去,不防有人兜头出来,见了李孟,停足不行。李孟面不动容,反上前问讯,那人说是奉后所遣,来此视疾。李孟道:"丞相安否？我正为诊疾而来。"妙有急智。便即趋入,见了哈喇哈孙,长揖不拜,即引哈喇哈孙右手,作诊脉状,哈喇哈孙觑破情形,自然与他谈病,不及国政。至后使去后,乃与密言宫禁事,且令促爱育黎拔力八达入都。李孟返报爱育黎拔力八达,尚欲问卜,经李孟暗语卜人,教他言吉不言凶。卜人入筮,果得吉爻,李孟道:"筮不违人,是谓大同。"遂拥爱育黎拔力八达上马,驰至燕京。诸臣皆步从,入临帝丧,哭泣尽哀,复出居旧邸。

伯岳吾后闻知,忙与安西王阿难答、左丞相阿忽台密商。阿忽台道:"闻得三月三日,系爱育黎拔力八达生辰,可托词庆贺,逼他出见,凭老臣一些手力,立可扑杀此獠,并可除他党羽。"原来阿忽台素有勇力,人莫敢近,因此自信不疑。计画已定,便遣人通知哈喇哈孙,预约届期同往,庆贺生辰。

哈喇哈孙满口答应,密遣使报爱育黎拔力八达,并函授秘计。爱育黎拔力八达阅函毕,忙令都万户囊加特,去邀诸王秃剌。一作图剌。秃剌系察合台四世孙,力大无穷,见了囊加特,叙谈一番,允为臂助。囊加特归报。于是先二日率卫士入内,诈称怀宁王有使到来,请安西王、左丞相入邸议事。

安西王颇怀疑惧,阿忽台道:"不妨,有我在此！"复邀同明里帖木儿,并马偕行。既至爱育黎拔力八达邸中,甫行交谈,那爱育黎拔力八达忽拂袖起坐,抢步出外,大呼道:"卫士何在？"言未已,外面走进如虎如狼的卫卒,来拿安西王等。阿忽台亦即离座,扬眉大呼道:"来！来！你等莫非来送死么？"旁有一人接着道:"你自来送死！还敢妄言！"阿忽台瞧将过去,便失声叫着,"不好了！安西王快走！"正是:

　　　　弄巧不成反就拙,恃强无益适遭殃。

毕竟阿忽台瞧见何人？容俟下回续叙。

隆济一蛮酋,蛇节一番妇,何敢叛？乃以苛求胁迫故,揭竿而起,猖獗异常,可见怨不可丛,丛怨必生祸；戎不可启,启戎必罹殃。微刘国杰,云、贵陆沉矣！然因蛇节而隆济致叛,因隆济而刘深伏诛,妇人之害,一至于此,可胜慨哉!下半回叙牝后称制事,亦由妇人生事,蔑祖制,蓄异谋,酿成巨衅,故天下不能无妇人,而断不能授权于妇人。妇祸之兴,人自启之耳,于妇人乎何诛?

第二十九回 诛奸慝怀宁嗣位
　　　　　　耽酒色嬖幸盈朝

　　却说阿忽台正欲抵敌,猛见一赳赳武夫,才知不是对手。这人为谁?就是诸王秃剌。秃剌指挥卫士,来擒阿忽台。阿忽台只怕秃剌,不怕卫卒,卫卒上前,被他推翻数人,即欲乘间脱逃。秃剌便亲自动手,把他截住。阿忽台至此,虽明知不敌,也只好拚命与斗。俗语说得好,棋高一着,缚手缚脚,况武力相角,更非他比,不到数合,已被秃剌揿住,饬卫士用铁索捆好。那时安西王阿难答,及诸王明里帖木儿,向没有甚么本领,早被卫士擒住。缚扎停当,押送上都,一面搜杀余党,一面禁锢皇后。

　　事粗就绪,诸王阔阔、一作库库。牙忽都一作呼图。入内,语爱育黎拔力八达道:"罪人已得,宫禁肃清,王宜早正大位,安定人心!"现成马屁。爱育黎拔力八达道:"罪人潜结宫闱,乱我家法,所以引兵入讨,把他伏诛,我的本心,并不要作威作福,窥伺神器呢。怀宁王是我胞兄,应正大位,已遣使奉玺北迎。我等只宜静等宫廷,专待吾兄便了。"

　　当下哈喇哈孙议定八达监国,自统卫兵,日夕居禁中备变,并令李孟参知政事。李孟损益庶务,裁抑侥幸,群臣多有违言。于是李孟叹息道:"执政大臣,当自天子亲用,今銮舆在道,孟尚未见颜色,原不敢遽冒大任。"遂入内固辞,不获奉命,竟挂冠逃去。

　　是时海山已自青海启程,北抵和林,诸王勋戚,合辞劝进。海山道:"吾母及弟在燕都,俟宗亲尽行会议,方可决定。"乃暂行驻节,专候燕都消息。

　　先是海山母弘吉剌氏,尝以两儿生命付阴阳家推算。阴阳家谓"重光大荒落有灾","旃蒙作噩长久"。小子尝考据《尔雅》,大岁在辛曰:"重光",在巳曰"大荒落",是重光大荒落的解释,就是辛巳年。又在乙曰"旃蒙",在酉曰"作噩",是旃蒙作噩的解释,就是乙酉年。海山生年建辛巳,爱育黎拔力八达生年建乙酉。弘吉剌妃常记在心,因遣近臣朵耳往和林,传谕海山道:"汝兄弟二人,皆我所生,本无亲疏,但阴阳家言,运祚修短,不可不思!"

　　海山闻言,嘿然不答。既而召康里脱脱进内,语他道:"我镇守北方十年,序又居长,以功以年,我当继立。我母拘守星命,茫昧难信,假使我即位

第二十九回　诛奸慝怀宁嗣位　耽酒色嬖幸盈朝

后,上合天心,下顺民望,虽有一日短处,亦足垂名万世。奈何信阴阳家言,辜负祖宗重托！据我想来,定然是任事大臣,擅权专杀,恐我嗣位,按名定罪。所以设此奸谋,借端抗阻。你为我往察事机,急速报我！"星命家言原难尽信,但也未免急于为帝。

康里脱脱奉命至燕,禀报弘吉剌妃。弘吉剌妃愕然道:"修短虽有定数,我无非为他远虑,所以传谕及此。他既这般说法,教他赶即前来罢。"

当下遣回脱脱,复差阿沙不花往迎。适海山率军东来,途次遇着两人。阿沙不花具述安西谋变始末,及太弟监国,与诸王群臣推戴的意思。脱脱复证以妃言。海山大喜,即与二人同入上都,命阿沙不花为平章政事,遣他还报母妃又母弟。爱育黎拔力八达遂奉母妃至上都,诸王大臣亦随至,当即定议,奉海山为嗣皇帝。

海山遂于上都即位,追尊先考答剌麻八剌为顺宗皇帝,母弘吉剌氏为皇太后。一面宣敕至燕京,废成宗后伯岳吾氏,出居东安州,又将安西王阿难答,及诸王明里帖木儿,与左丞相阿忽台等,一并处死。嗣以安西王阿难答与伯岳吾后同居禁中,嫂叔无猜,定有奸淫情弊,所以不立从子,反欲妄立皇叔,业已秽乱深宫,律以祖宗大法,罪在不赦,应迫她自尽。诏书一下,伯岳吾后无术可施,只好仰药自杀了。<small>垂帘亦无甚乐趣,为此妄想,弄得身名两败,真是何苦！</small>

海山后号武宗,因此小子于海山即位后,便称他为武宗。当时改元至大,颁诏大赦。其文道:

昔我太祖皇帝以武功定天下,世祖皇帝以文德洽海内,列圣相承,丕衍无疆之祚。朕自先朝肃将天威,抚军朔方,殆将十年,亲御甲胄,力战却敌者屡矣,方诸藩内附,边事以宁。遽闻宫车晏驾,乃有宗室诸王,贵戚元勋,相与定策于和林,咸以朕为世祖曾孙之嫡,裕宗正派之传,以功以贤,宜膺大宝。朕谦让未遑,至于再三,<small>早已蓄谋为帝,偏说谦让再三,中国文字之欺诈,多半如此,可叹！</small>还至上都,宗亲大臣,复请于朕。间者奸臣乘隙,谋为不轨,赖祖宗之灵,母弟爱育黎拔力八达,禀命太后,恭行天罚。内难既平,神器不可久虚,宗祚不可乏嗣,合词劝进,诚意益坚,朕勉徇舆情,于五月二十一日即皇帝位。任太守重,若涉渊冰,属嗣服之云初,其与民更始,可大赦天下,此诏。

嗣是驾还燕京,论功封赏,加哈喇哈孙为太傅,答剌罕<small>一作达尔罕</small>。为太保,并命答剌罕为左丞相,床兀儿、阿沙不花并平章政事。又以秃剌手缚阿忽台,立功最大,封为越王。哈喇哈孙谓祖宗旧制,必须皇室至亲,方可加一字的褒封,秃剌系是疏属,不得以一日功,废万世制。武宗不听,秃剌未免挟恨,暗中进谗,说是安西谋变,哈喇哈孙亦尝署名,自是武宗竟变了初志,将哈喇

哈孙外调，令为和林行省左丞相，仍兼太傅衔，阳似重他，阴实疏他。浸润之谮，肤受之愬。一面立弟爱育黎拔力八达为皇太子，授以金宝，以弟作子，煞是奇闻。在武宗的意思，还道是酬庸大典，格外厚施。既欲酬庸，不妨正名皇太弟，何必拘拘太子二字耶！又令廷臣议定祔庙位次，以顺宗为成宗兄，应列成宗右，乃将成宗神主，移置顺宗下。成宗虽为顺宗弟，然成宗为君时，顺宗实为之臣，兄弟不应易次，岂君臣独可倒置耶？胡氏粹中谓如睿宗，裕宗，顺宗，皆未尝居天子位，但当祔食于所出之帝，其说最为精当。配以故太子德寿母弘吉剌后，因后亦早逝，所以升祔，这且不必细表。

单说武宗初，颇欲创制显庸，重儒尊道，所以即位未几，即遣使阙里，祀孔子以太牢，且加号"大成至圣文宣王"，赦全国遵行孔教。中书右丞孛罗铁木儿，用蒙古文译《孝经》，进呈上览，得旨嘉奖，并云《孝经》一书，系孔圣微言，自王公至庶人，都应遵循，命中书省刻版模印，遍赐诸王大臣。宫廷内外，统因武宗尊崇圣教，有口皆碑。既而武宗坐享承平，渐耽荒逸，每日除听朝外，好在宫中宴饮，招集一班妃嫔，恒歌酣舞，彻夜图欢。酒色二字，最足蛊人。有时与左右近臣，蹴鞠击球，作为娱乐，于是媚子谐臣，陆续登进，都指挥使马诸沙一作茂穆苏。善角牴，伶官沙的一作锡迪。善吹笙，都令他平章政事。角牴吹笙的伎俩，岂关系国政乎？乐工犯法，刑部不得逮问；宦寺干禁，诏旨辄加赦宥，而且封爵太盛，赏赉过隆，转令朝廷名器，看得没甚郑重。

当时赤胆忠心的大臣要算阿沙不花，见武宗举动越制，容色日悴，即乘间进言道："陛下身居九重，所关甚大，乃惟流连曲蘖，昵近妃嫔，譬犹两斧伐孤树，必致颠仆。近见陛下颜色，大不如前，陛下即不自爱，独不思祖宗付托，人民仰望，如何重要！难道可长此沉湎么？"武宗闻言，倒也不甚介意，反和颜悦色道："非卿不能为此言，朕已知道了！卿且少坐，与朕同饮数杯。"大臣谏他饮酒，他恰邀与同饮，可谓欢伯。

阿沙不花顿言谢道："臣方欲陛下节饮，陛下乃命臣饮酒，是陛下不信臣言，乃有此谕，臣不敢奉诏！"武宗至此，方沉吟起来。左右见帝有不悦意，遂齐声道："古人说的主圣臣直，今陛下圣明，所以得此直臣，应为陛下庆贺！"言未毕，都已黑压压的跪伏地上，接连是蓬蓬勃勃的磕头声。绘尽媚子谐臣的形状。武宗不禁大喜，立命阿沙不花为右丞相，行御史大夫事。阿沙不花道："陛下纳臣愚谏，臣方受职。"武宗道："这个自然，卿可放心！"

阿沙不花叩谢而出，左右又奉爵劝酒。武宗道："你等不闻直言么？"左右道："今日贺得直臣，应该欢饮，明日节饮未迟！"明日后，又有明日，世人因循贻误，都以此言为厉阶。武宗道："也好！"遂畅怀饮酒，直至酩酊大醉，方才归寝。越日，又将阿沙不花的言语，都撇在脑后了。可谓贵人善忘。

第二十九回　诛奸愿怀宁嗣位　耽酒色嬖幸盈朝

太子右谕德萧㪺，前曾征为陕西儒学提举，固辞不至。武宗慕他盛名，召侍东宫，乃扶病至京师。入觐时，奉一奏折，内录尚书酒诰一篇，余无他语。<small>别开生面。</small>嗣因武宗未严酒禁，谢病乞归。或问故，萧㪺道："朝廷尊孔，徒有虚名，以古礼论，东宫东面，师傅西面，此礼可行于今日么？"遂还山。㪺奉元人，操行纯笃，教人必以小学为基，所著有《三礼说》诸书。嗣病殁家中，赐谥贞献。元代儒臣，多不足取，<small>如萧㪺者亦不数觏，故特书之。</small>过了数月，上都留守李璧，驰至燕都，入朝哭诉。由武宗问明原委，乃是西番僧强市民薪，民至李璧处诉状，璧方坐堂审讯，那西僧率着徒党，持梃入署，不分皂白，竟揪住璧发，按倒地上，捶扑交下。打到头开目肿，还将他牵拽回去，闭入空室，甚至禁锢数日，方得脱归。李璧气愤填胸，遂入朝奏报武宗。武宗见他面有血痕，倒也勃然震怒，立命卫士偕璧北返，逮问西僧，械系下狱。孰意隔了两日，竟有赦旨到上都，令将西僧释出。李璧不敢违命，只好遵行。

未几僧徒龚柯等，与诸王合儿八剌妃争道，亦将妃拉堕车下，拳足交加。侍从连忙救护，且与他说明擅殴王妃，应得重罪等语。龚柯毫不畏惧，反说是皇帝老子，也要受我等戒敕，区区王妃，殴她何妨！这王妃既遭殴辱，复闻讥詈，自然不肯干休，遣使奏闻。待了数日，并不见有影响。嗣至宣政院详查，据院吏言，日前奉有诏敕，大略谓殴打西僧，罪应断手，詈骂西僧，罪应断舌，亏得皇太子入宫奏阻，始将诏敕收回等语。

看官阅此，总道武宗酒醉糊涂，所以有此乱命，其实宫禁里面，还有一桩隐情，小子于二十六回中，曾叙及西僧势焰，炙手可热，为元朝第一大弊。然在世祖、成宗时代，西僧骚扰，只及民间，尚未敢侵入宫禁。至武宗嗣位，母后弘吉剌氏，建筑一座兴圣宫，规模宏敞得很，常延西僧入内，讽经建醮，祷佛祈福，不但日间在宫承值，连夜间也住宿宫中。那时妃嫔公主，及大臣妻女，统至兴圣宫拜佛，与西僧混杂不清。这西僧多半淫狡，见了这般美妇，能不动心？渐渐的眉来眼去，同入密室，做那无耻勾当。渐被太后得知，也不去过问，自是色胆如天的西僧，越发肆无忌惮，公然与妃嫔公主等，裸体交欢，反造了一个美名，叫作"舍身大布施"。<small>元宫妇女最喜入寺烧香，大约是美慕此名。</small>自从这美名流传，宫中旷女甚多，哪一个不愿结欢喜缘？只瞒着武宗一双眼睛。武宗所嗜的是杯中物，所爱的是床头人，灯红酒绿之辰，纸醉金迷之夕，反听得满座赞美西僧，誉不绝口，<small>都受和尚布施的好处。</small>未免信以为真。谁知已作元绪公。所以李璧被殴，及王妃被拉事，统搁置一边，不愿追究。就是太后弘吉剌氏，孀居寂寞，也被他惹起情肠，后来忍耐不住，也做出不尴不尬的事情来。<small>为下文伏脉。</small>

武宗忽明忽暗，宽大为心，今日敕造寺，明日敕施僧，后日敕开水陆大会，西僧教瓦班,善于献谀,令他为翰林学士承旨。并儒佛为一途,也是创闻。还有宦官李邦宁,年已衰迈,巧伺意旨,亦蒙宠眷。他的出身,是南宋宫内的小黄门,从瀛国公赵㬎北行,得入元宫。世祖留他给事内廷,至此已历事三朝,凡宫廷中之大小政事,他俱耳熟能详。武宗嘉他练达,命为江浙平章。邦宁辞道:"臣本阉腐余生,蒙先朝赦宥,令承乏中涓,充役有年,愧未胜任。今陛下复欲置臣宰辅,臣闻宰辅的责任,是佐天子治天下,奈何以刑余寺人,充任此职,天下后世,岂不要议及圣躬么!臣不敢闻命!"武宗大悦,擢他为大司徒,兼左丞相衔,仍领太医院事。邦宁竟顿首拜谢,受职而退。江浙平章,与大司徒同为重任,辞彼受此,何异以羊易牛,此皆小人取悦惯技,武宗适堕其术耳。

越王秃剌自恃功高,尝出入禁中,无所顾忌,就是对着武宗,亦惟以尔我相称。武宗格外优容,不与计较,后来益加放肆,尝语武宗道:"你的大位,亏我一人助成;倘若无我,今日阿难答早已正位,阿忽台仍然柄政,哪个来奉承你呢?"武宗不禁色变,徐答道:"你也太啰唣了,下次不要再说!"秃剌尚欲有言,武宗已转身入内,那时秃剌恨恨而去。

后来武宗驾幸凉亭,秃剌随着,将乘舟,被秃剌阻住,语复不逊,自此武宗更滋猜忌。及宴万岁山,秃剌侍饮。酒半酣,座中俱有醉意,秃剌复喧嚷道:"今日置酒高会,原是畅快得很,但不有我,哪有你等。你等曾亦忆及安西变事么?"念兹在兹,可见小人难与图功。武宗怫然道:"朕教你不要多言,你偏常自称功。须知你的功绩,我已酬赏过了,多说何为?"秃剌闻言,将身立起,解了腰带,向武宗面前掷来,并瞋目视武宗道:"你不过给我这物,我还你便罢!"言毕,大着步自去。

武宗愤甚,便语左右侍臣道:"这般无礼,还好容他么?"侍臣统与秃剌有嫌,哪里还肯劝解,自然答请拿问。当即命都指挥使马诸沙等,率着卫士五百名,去拿秃剌。好在秃剌归入邸中,沉沉的睡在床上,任他加械置锁,如扛猪一般,舁入殿中。迨至酒醒,由省臣鞫讯,尚是咆哮不服。省臣乃复奏秃剌不臣,阴图构逆,宜速正典刑,有诏准奏。秃剌遂处斩,一道魂灵,驰入酆都,与阿忽台等鬼魂,至阎王前对簿去了。小子有诗咏道:

> 褒封一字费评章,祖制由来是善防。
> 谁谓滥刑宁滥赏,须知恃宠易成狂!

欲知后事如何,且看下回分解。

本回全为武宗传真,写得武宗易喜易怒,若明若昧,看似寻常叙述,实于武宗一朝得失,俱隐括其间,较读《元史本纪》,明显多矣。夫以武宗之名位论,孰不谓其当立,然吾谓其得之也易,故守之也难。嗣位未几,即耽酒色,由是嬖幸臣,信淫僧,种种失政,杂沓而来。书所谓位不期骄,禄不期侈者,匪特人臣有然,人主殆尤甚焉!故武宗非一昏庸主,而其后偏似昏庸,为君诚难矣哉!读史者当知所鉴矣。

第三十回　承兄位诛逐奸邪
　　　　　重儒臣规行科举

　　却说元武宗至大八年,复议立尚书省,分理财帛。先是世祖嗣位,审定官制,以中书省为行政总枢。长官称中书令,副以左右二丞相。中书令不常置,往往以右丞相兼摄。自阿合马、桑哥等相继用事,恐中书干涉,故特立尚书省,专握政柄。自是廷臣保八、乐实等,请复立尚书省,旧政从中书,新政从尚书,并推举乞台普济脱、一作奇塔特伯奇。脱虎脱一作托克托。为丞相。武宗准奏,乃命乞台普济脱为右丞相,脱虎脱为左丞相,三宝奴、一作三布干。乐实为平章政事,保八为右丞,蒙哥铁木儿为左丞,王罴参知政事。这一班新任大臣,统是阿合马、桑哥流亚,好言理财,其实并没有甚么妙法,只管从交钞上着想,滥发纸币,充作银两。从前中统交钞及至元交钞,统由计臣创议,颁行天下,民间只有纸币,并没有现银,以致物价日昂,民生日困。行钞无准备金,必受其弊,元代覆辙,今又将蹈之矣。乐实言旧钞未良,应改用新钞,方昭画一。乃改造至大银钞,凡十三等,每一两准至元钞五贯,白银一两,黄金一钱,随路立平准行用库,及常平仓以权物价,毋令沸腾。元代钞法,经此三变,无如有钞无银,总难信用,难道改造至大二字,便可作为金钱么?那计吏上下其手,从中刻削盘剥,却中饱了不少,只百姓又重重受苦了!言之痛心。

　　武宗反以脱虎脱、三宝奴两人,格外出力,加脱虎脱为太师,封义国公;三宝奴为太保,封楚国公。嗣又以乐实为尚书左丞相,封齐国公,这也不在话下。只武宗嗣位数年,已当壮岁,六宫妃嫔,罗列数百,却未曾正式立后,这也是史鉴上所罕闻的。想因妃嫔统得宠幸,一时难分差等耳。会皇太子举荐李孟,遣使访求,得孟于许昌陉山,征为中书平章事,集贤大学士。孟入见,首请立后以正阴教,乃立真哥皇后。后亦弘吉剌氏所出,才色轶群。真哥有从妹,名速哥失里,亦得武宗宠幸,武宗又称她为后。不立后则已,立后则必使匹嫡,元制之不经可知。还有妃子二人,一系亦乞烈氏,一系唐兀氏。亦乞烈氏实生和世㻋,后为明宗,唐兀氏实生图帖睦尔,后为文宗,后文再表。

　　单说太后弘吉剌氏,颐养兴圣宫,除饬行佛事外,没甚事情,未免安闲得很。她忽然动了一种邪念,暗想妃嫔公主等人,多与僧徒结欢喜缘,只自己身为帝母，不便舍身布施，欲保全名节，又是意马心猿，按捺不住。武宗年已及壮，太后应亦将半百矣，乃犹因逸思淫，求逞肉欲，此逸豫之萌所以最足误人也。她本是青年守孀，顺宗于二十九岁去世，其时两孤尚幼，嫠妇在帏，孤帐凄清，韶光辜负。亏得同族周亲，有个铁木迭儿，常相往来，随时抚恤，每当花晨月夕，独居无聊时，得铁木迭儿与为谈心，倒也解闷不少。恐不止谈心而已。后为成宗后伯岳吾氏所忌，出居怀州，遂与铁木迭儿疏远。嗣成宗复令铁木迭儿为云南行省左丞相，路隔万里，一在天涯，一在地角，就是忆念着他，也只好付诸长叹，无可奈何。此次长子为帝，尊作太后，一切举动，无人监制，正好召幸故人，重寻旧约。当下遣一密使，遥征铁木迭儿。看官，你想这铁木迭儿得此机会，哪有不来之理？一鞭就道，两月至京，太后已待得不耐烦，追见了面，如获异珍。既见君子，我心则降。那铁木迭儿向来巧佞，善承意旨，至此越发效力，竟在兴圣宫中，盘桓了好几天，杜门不出。云南行省不见了铁木迭儿，遂禀报政府，说他擅离职守，应加处分。尚书省即据实奏陈，武宗尚莫名其妙，将奏牍批发下来，令尚书省访查下落，以便定罪。谁知他早入安乐窝中，穿花度柳，快活得很。吕不韦故事复见元宫。

过了数日，尚书省复接诏敕，说是奉皇太后旨意，援议亲故例，赦铁木迭儿罪名。亲若皇父，安得不赦。尚书省中，统是一班狐群狗党，管甚么宫内勾当，自然搁起不提。武宗还想恣意游幸，令筑城中都，饬司徒萧珍监工，调发兵役数万名，限五阅月告竣，逾期加罪。无如福已享尽，天不假年，至大四年正月元旦，百官俱入殿朝贺，待了半日，竟由宫监传旨，帝躬不豫，免行大礼。廷臣始知武宗有疾，相率退班。过了七日，武宗竟崩于玉德殿，在位五年，寿只三十一。先是宦官李邦宁曾乘间入告武宗，谓陛下春秋日富，皇子渐长，自古以来，只有父祚子续，未闻有子立弟，应酌量裁断等语。武宗不悦，并叱邦宁道："朕志已定，你不必与我多言，可自去禀闻东宫。"武宗友于之心，也不可没。

邦宁碰了这大钉子，自然不敢再说。皇太子爱育黎拔力八达方得保全储位。至武宗殂后，遂入理大政，第一着下手，便饬罢尚书省，把丞相脱虎脱、三宝奴、平章乐实、右丞保八、左丞蒙哥帖木儿、参政王罴，一律免官，逮禁狱中。命中书右丞相塔思不花，知枢密院事，铁儿不花等参鞫。讯得脱虎脱等殃民误国，种种不法等情，遂命将脱虎脱、三宝奴、乐实、保八、王罴诸人，即日正法；蒙哥帖木儿犯罪较轻，杖了数百，充戍海南。第二着下手，罢城中都，追夺司徒萧珍符印，把他拘禁起来。凡中都所占民田，尽行发还。第三着下手，召还先朝通达政务，及素有闻望的老臣，如前平章程鹏飞、董士选，前太子少傅李谦，少保张闾，右丞陈天祥、尚文、刘正，前左丞郝天挺，前中丞董士珍，前太

第三十回　承兄位诛逐奸邪　重儒臣规行科举

子宾客萧斛、前参政刘敏中、王思廉、韩从益、前侍御赵君信、前廉访使程文海、前杭州路达鲁噶齐等十六人统令诣阙议政。只陈天祥、刘敏中、萧斛不至。一面重用李孟，欲授为中书右丞相，偏皇太后已经降旨，将中书右丞相的职任付与铁木迭儿。皇太子不便违命，只好顺从母意。<small>敝筍之诗，宁尚未读。</small>太后且信阴阳家言，命太子即位隆福宫。御史中丞张珪，以嗣君正位，应在正殿，乃于大明殿即皇帝位，受诸王百官朝贺。并下诏大赦道：

> 惟昔先帝事皇太后，抚朕藐躬，孝友天至，由朕得托，顺考遗体，重以母弟之嫡，加有削平内难之功，于其践阼，曾未逾月，授以皇太子宝，领中书令枢密使，百揆机务，听所总裁，于今五年。先帝奄弃天下，勋戚元老，咸谓大宝之承，既有成命，非与前圣宾天，而始征集宗亲，议所宜立者比，当稽周、汉、晋、唐故事，正位宸极。朕以国恤方新，诚有未忍，是用经时。今则上奉皇太后勉进之命，下徇诸王劝戴之情，三月十八日，于大都大明殿即皇帝位，凡尚书省误国之臣，先已伏诛，同恶之徒，亦已放殛，百司庶政，悉归中书，命丞相铁木迭儿、平章政事李道复等，从新拯治，可大赦天下。此诏！

诏中所言李道复，就是李孟。孟字道复，因前时翊戴功深，并调停母子兄弟间，格外尽力，所以特别推重，称为道复而不名。即位礼毕，复谕以次年改元，议定皇庆二字。小子披览元史，武宗以后，就是仁宗，仁宗即爱育黎拔力八达的庙号，因此小子于他嗣位后，仍循例称作仁宗了。仁宗以脱虎脱等虽已伏诛，党羽尚多，拟尽加鞫讯。延庆使杨朵儿只<small>一作杨多尔济。</small>上书谏阻，大旨以帝王为治，不嗜杀人，今当嗣服初年，尤以省刑为要，应寓恩于威，以敦治道等语。仁宗感悟，乃改从宽大，只拟用陕西平章孛罗铁木儿、江浙平章乌马儿、甘肃平章阔里吉思、河南参政塔失铁木儿、江浙参政万僧，俱由台官纠参，奉旨罢黜，不准再举。

于是尊重文教，优礼师儒，先命释奠先师孔子，行祭丁制，只主祭的人，却遣了一个宦官李邦宁。邦宁曾在武宗前劝易皇太子，至仁宗登基，左右亦奏述前言，请即加罪。还是仁宗宽弘大量，谕以帝王历数，自有天命，不足介懔，乃置不复问。此次命他为集贤院大学士，且饬释奠先师，<small>褒圣甚矣。</small>那邦宁竟尔受命，摆着仪仗，入大成殿行礼。看官，你想大成至圣文宣王，愿受他拜跪么？太牢方设，鼎俎杂陈，邦宁整肃衣冠，向案前就位。忽然狂风大起，卷入殿中，两庑烛尽吹灭，烛台底下的铁镡，陷入地中尺许，吓得邦宁魂飞天外，慌忙屈膝俯伏，执事诸人，统伏地屏息。约过了几小时，风始停止，才勉强成礼，邦宁惭悔数日。就是仁宗闻知，也悚然起敬，由是益敬礼儒臣。

平章政事李孟,幼擅文名,博学强记,贯穿经史,尝开门授徒,远近争至。嗣入东宫为太子师傅,与仁宗很是契合。至此君臣相得,如鱼投水,尝谕他道:"卿系朕的旧学,朕有不及,全仗卿忠心辅佐。"孟受命后,也深感知遇,力以国事为己任,节滥费,汰冗员。贵戚近臣,多言不便,奈因帝眷方隆,无隙可乘,也只好忍耐过去。君子小人,总不相容。

孟又因大德以后,封拜繁多,释道二教,俱设官统治,权抗有司,挠乱政事,大为时害,遂奏请信赏必罚,赏善惩恶,并罢免僧道各官。至若风俗日靡,车服僭拟,上下无章,尊卑无别,孟复请严加限制。仁宗一一准奏,且与之立约道:"朕在位一日,卿亦宜在中书一日。"遂赐爵秦国公,命画师图像,词臣加赞。入见必赐坐,与语必称卿,或称字,一面增国子生,为三百人,令孟督率。孟因上言老成凋谢,亟应求材。四方儒士,如有德成艺进,请擢任国学翰林秘书太常,或儒学提举等职,以昭激劝。且谓人材所出,不止一途,汉、唐、宋、金,尝行科举,得人称盛,今欲兴贤举能,不如用科举取士,较诸多门干进,似胜一筹。惟必先德行经术,次及文辞,然后可得真才。仁宗乃决意进行,命中书省臣,规定条制。

先是世祖尝议立科举法,未及举行。至是乃命中书省颁定科条,科场每三岁一次,以皇庆三年八月为始,从士人本籍官司,于诸色户内推举,年及二十五,有孝行可称,信义足述,以及经明行修的士子,以次敦遣。其或徇私滥举,并应举不举的有司,监察御史、肃政廉访司,应体察究治。考试程式,蒙古、色目人,第一场经问五条,《大学》《论语》《孟子》《中庸》内设问,用朱氏章句集注,遇有义理精明,文词典雅,乃算中选。第二场,策一道,以时务出题,限五百字以上。汉人、南人第一场,明经、经疑二问,《大学》《论语》《孟子》《中庸》内出题,并用朱氏章句集注,结以己意,限三百字以上。经义一道,各治一经,《诗》以朱氏为主,《尚书》以蔡氏为主,《周易》以程朱为主,以上三经,兼用古注疏,《春秋》许用三传,及胡氏传,《礼记》用古注疏,限五百字以上,不拘体格。第二场,古赋,诏诰,章表。内科一道,古赋、诏诰用古体,章表四六,参用古体。第三场,策一道,经史、时务内出题,不矜浮藻,惟务直述,限一千字以上。蒙古、色目人,愿试汉人、南人科目,中选者加一等注授。蒙古、色目人作一榜,汉人、南人作一榜,第一名赐进士及第,从六品。第二名以下,及第二甲,皆正七品,三甲皆正八品,两榜并同,乃即下诏道:

> 惟我祖宗以神武定天下,世祖皇帝设官分职,征用儒雅,崇学校为育材之地,议科举为取士之方,规模宏远矣。朕以眇躬,获承丕祚,继志述事,祖训是式。若稽三代以来,取士各有科目,要其本末,举人宜以德行为首,试艺则以经术为先,词章次之,浮华过实,则所不取。爰命中书

参酌古今，定其条制，其以皇庆三年八月为始。天下郡县，兴其贤者能者，充试有司。次年二月，会试京师，中选者朕将亲策焉。

到了皇庆三年，改元延祐，八年开试举人，至次年廷试，赐护都沓儿、张起岩等五十六人及第出身有差，分为两榜。蒙古、色目人为右，汉人、南人为左，嗣是垂为常例。元代之有科举，自延祐始，故详记之。仁宗复用齐履谦、吴澄为国子司业。履谦字伯恒，汝南人，幼习推步星历诸术，及稍长，读洙泗、伊洛遗书，穷理格物。至元二十九年，授为星历教授，大德二年，擢任保章正，至大三年，升授侍郎，兼领冬官正事。仁宗即位，以履谦学行纯笃，命教国学子弟。与吴澄并司教养。每五鼓入学，风雨寒暑，未尝少怠。

吴澄字幼清，抚州人，宋末举进士不第，隐居布水谷，读书著述，夙负盛名。至元中曾召至燕京，欲授以官，澄乞归养母，遂辞去。至大元年，复召为国子监丞，皇庆元年，授为司业，澄用宋程颢学校奏疏，胡瑗六学教法，朱熹学校贡举私议，约为教法四条：一经学，二行实，三文艺，四治事，逐条规勉，不惮求详。嗣因履谦改金太史院事，澄以同学乏人，托病归籍，学制稍废。

仁宗复调履谦为司业。履谦律己益严，教道益张，尝立升斋、积分等法。每季考生徒学行，以次递升，既升上斋，逾再岁，始与私试。词理俱优为满分，词平理优为半分，岁终积至八分，得充高等，以四十人为额，然后集贤院及礼部岁选六人，充作贡。三年不通一经，及在学不满一年，定章黜革，所以人人励志，士多通材。元朝学术，惟皇庆延祐时，推为极盛。师道立则善人多，观此益信。

仁宗又尝将《贞观政要》《大学衍义》，并程复心所著《四书集注》，陆淳所著《春秋纂例》《辨微疑旨》，及《资治通鉴》《农桑集要》等书，悉令刊布，颁行学宫。复以宋儒周敦颐、程颢、程颐、张载、邵雍、司马光、朱熹、张栻、吕祖谦，暨元儒许衡，学宗洙泗，令从祀孔子庙廷，重儒尊道，也可谓元代第一贤君了。小子有诗咏道：

大元制典太荒唐，竟把儒生列匄倡！
幸有后王能干蛊，莘莘学子尚成行。

仁宗方有心求治，雅意得人，偏偏铁木迭儿，得宠太后，从中播弄，举佞斥贤，这也是元朝的气数。欲知详细，下回再述。

武宗在位四年，秕政甚多，惟孝友性成，不私天下，较之曹丕、萧绎，相去远矣！仁宗嗣服，首斥憸壬，召用老臣，并尊师重儒，兴学育才，不愧为守文之主。至若科举一端，以一日之长，即第其高下，似不得为良法。然旷观古代，因选举之穷,继以科举,殆亦有不得已之意,存于其间者。况科目亦曷尝不得人乎?即如今日之废科目,复选举,弊端百出,罄竹难书,是选举且不科目若也。元素贱儒,惟仁宗始注意及此,善善从长,故本回特备录之。

第三十一回　上弹章劾佞无功　　信憸言立储背约

却说铁木迭儿奉太后弘吉剌氏敕旨,得居相位,起初还算守法,没甚举动。惟仁宗巡幸上都,留铁木迭儿等留守,铁木迭儿援丞相留治故例,出入张盖,颇为烜赫。廷臣不甚注目,统以为故例如此,不足为怪。越年铁木迭儿偶然得病,自请解职,昼值朝房,夜值宫禁,宜其劳病。乃以秃忽鲁代相。至延祐改元,秃忽鲁免官,仁宗拟命左丞相哈克缴继任,哈克缴自言非世勋族姓,不足当国,请再任铁木迭儿。仁宗乃复拜他为开府仪同三司,录军国重事。居数月,仍进为右丞相,他即想出一条理财政策,毅然上奏道:

> 臣蒙陛下垂怜,复擢首相,依阿不言,诚负圣眷。比闻内传隔越奉旨者众,倘非禁止,致治实难,请敕诸司,自今中书政务,毋辄干预。又往时富民往诸番商贩,率获厚利,商者益众,中国物轻,番货反重,今请以江、浙右丞曹立领其事,发舟十纲,给牒以往,归则征税如制,私往者没其货,又经用不给,苟不豫为规画,必至愆误。臣等集诸老议,皆谓动钞本则钞法愈虚,加赋税则毒流黎庶,增课额则比国初已倍五十矣,惟预买山东河间运使来岁盐引,及各冶铁货,庶可以足今岁之用。又江南田粮,往岁虽尝经理,多未核实,可始自江浙以及江东西,宜先事严限格,信罪赏,令田主手实顷亩状入官。诸王驸马学校寺观,亦令如之,仍禁私匿民田,贵戚势家,毋得阻挠,请敕台臣协力以成,则国用足矣。谨奏。

据奏中所言,不过清厘宿弊,澈查私贩,有益国用,无损平民,看似正当不易的政策。无如中国官吏,多是贪财黩货,凡遇计臣当道,变更旧制,往往被贪官污吏,乘间营私,无论若何良法,总归弊多利少,结果是民生受苦,国库仍枵,所得金钱,都入一班狗官的囊橐。历代以来,俱蹈此辙,惟前代贪官中饱之资,尚在本国流通,所谓楚得楚失,把彼注兹,犹不足患,今则多寄存外国银行,自涸财源,其患益甚。做皇帝的身居九重,哪里晓得许多弊窦,即如元代仁宗,好算一个明主,览了铁木迭儿奏牍,也道是情真语当,立准施行。铁木迭儿遂分遣属吏,循行各省,括田增税,苛急烦扰,江西使臣昵匝马丁,酷虐尤甚,信丰一县,撤

第三十一回　上弹章劾佞无功　信憸言立储背约

民庐千九百区,夷墓扬骨,作为所增田亩,居民怨恨入骨。

赣州土豪蔡五九,素有武力,且颇任侠,乡民推为首领,抗拒官长。一夫作难,万众响应,顿时江漳诸路,四起为乱,蔡五九乘此机会,占夺汀州宁化县,戕杀有司,居然称王建号,号令四方。夺了一县,就想为王,器量如此,安能成事。江浙行省平章张闾,奉旨往剿,五九也率着众人,前来抵敌,究竟一时乌合,敌不住多大官军,战了数次,弄得十人九死,那时五九势穷力蹙,逃入山谷,被官军蹑迹追寻,生生拿住,讯实正法,做了无头之鬼。

张闾上章奏捷,仁宗才觉心慰。惟台臣上言五九作乱,由括田增税所致,乞罢各省经理,有旨准奏。只铁木迭儿揽权如故,反且贪虐加甚,凶秽愈彰,朝野虽然侧目,可奈铁木迭儿气焰熏天,欲要把他弹击,好似苍蝇撞石,非但不能动他,而且还要灭身,大家顾命要紧,自然相率箝口。

寻复由太后下旨,令铁木迭儿为太师。中书平章政事张珪,向来嫉恶如仇,至此不禁进言道:"太师论道经邦,须有才德兼全的宰辅,方足当此重任,如铁木迭儿辈,恐不称职!"仁宗本器重张珪,奈因迫于母命,不便违悖,只好不从珪言,加铁木迭儿为太师,兼总宣政院事。中国古典,夫死从子,况仁宗身为人主,岂可依徇母后,专擅权奸,是殆徒知有顺不知有孝者。会仁宗如上都,徽政院使失列门一作锡哩玛勒。传太后旨,召珪切责。珪抗论不屈,惹得失列门性起,竟喝令左右加杖,可怜这为国尽忠的张平章,平白无辜的受了一顿杖责!古时刑不上大夫,张珪身为平章,乃遭幸臣杖责,可叹可恨!皮开血出,奄奄归家。次日即缴还印信,挈了家眷,径出国门。珪子景元,随驾掌玺,宿卫左右,闻父因杖创乞休,遂奏请父病垂危,恳即赐归。仁宗惊问道:"卿别时,卿父无病,怎么今称病笃了?"景元顿首涕泣,不敢言父被杖事。仁宗心知有异,乃遣使赐珪酒,进拜大司徒。珪已回籍养疴,上表陈谢便罢。

至仁宗还都,并未追究失列门,廷臣心益不平。会上都富人张弼杀人系狱,纳贿铁木迭儿,铁木迭儿遂密遣家奴,胁上都留守贺巴延,令他释弼。巴延不肯,据实陈奏。侍御史杨朵儿只,已升任中丞,与平章政事萧拜住蓄志除奸,遂邀同监察御史四十余人,联衔抗奏道:

> 铁木迭儿桀黠奸贪,阴贼险狠,蒙上罔下,蠹政害民,布置爪牙,威詟朝野,凡可以诬害善人,要功利己者,靡所不至;取晋王田千余亩,兴教寺后墙园地三十亩,卫兵牧地二十余亩,窃食郊庙供祀马,受诸王哈喇班第使人钞十四万贯,宝珠玉带氍毹币帛,又值钞十余万贯,受杭州永兴寺僧章自福赂金一百五十两,取杀人囚张弼钞五万贯。且既已位极人臣,又领宣政院事,以其子巴尔济苏为之使。诸子无功于国,尽居贵显,纵家奴凌虐官府,为害百端,以致阴阳不和,山移地震,灾异数见,百姓流亡。已

乃恬然略无省悔，私家之富，在阿合马桑哥之上，四海疾怨已久，咸愿车裂斩首，以快其心，如蒙早加显戮，以示天下，庶使后之为臣者，知所警戒，臣等不胜迫切待命之至！

仁宗览了这奏，震怒有加，立即下诏，逮问铁木迭儿。铁木迭儿至此，也不免惶急起来，忙跑到兴圣宫内，向太后下跪，磕着响头，如同捣蒜。<small>如摇尾乞怜一般。</small>太后惊问何事，铁木迭儿道："老臣赤心报国，偏遭台臣嫉忌，诬臣重罪，务乞太后为臣剖白，臣死且感恩！"<small>赤体报后则有之，赤心报国则未也。</small>太后道："皇儿难道不知么？"铁木迭儿道："皇上已有旨，逮问老臣。"太后道："何故这般糊涂！"<small>如非糊涂，恐不令太后胡行。</small>铁木迭儿道："台臣联衔奏请，怪不得皇上动怒。"太后道："你且起来，无论甚么大事，有我作主，怕他甚么！"铁木迭儿碰头道："圣母厚恩，真同再造，但老臣一时无可容身，奈何？"太后笑道："你这老头儿，也会放刁，你在宫中时常进出，今日便住在宫内，自然没人欺你。"铁木迭儿道："明日呢？"太后道："明日也住在这里，可好么？"铁木迭儿道："老臣常住宫中，不更要被人议论么？"太后把他瞅了一眼，便道："你怕议论，快些出去，休来惹我！"那时铁木迭儿故作惊慌，抱住太后玉膝，装出一副泪容，<small>夫是之谓奸臣。</small>果然太后俯加怜恤，用手把他扶起，并命贴身侍女，整备酒肴，替他压惊，是夕，命铁木迭儿匿宿兴圣宫。<small>一语够了。</small>

越日，杨朵儿只复入朝面奏，略说铁木迭儿匿居禁掖，非皇上亲自查拿，余人无从逮问，说得仁宗动容。退了朝，竟踱入兴圣宫来，侍女得知消息，忙去通报太后。太后即命铁木迭儿，避匿别室。待仁宗进来，佯若无事，仁宗谒母毕，由太后赐坐，略问朝事，渐渐说到铁木迭儿。仁宗遂启奏道："铁木迭儿擅纳贿赂，刻剥吏民，御史中丞杨朵儿只等，联衔奏劾，臣儿令刑部逮问，据言查无下落，不知他匿在何处？"太后闻言，怫然道："铁木迭儿是先朝旧臣，现在入居相位，不辞劳怨，所以我命你优待，加任太师。自古忠贤当国，易遭嫉忌，你也应调查确实，方可逮问，难道凭着片言，就可加罪么？"仁宗道："台臣联衔，约有四十余人，所陈奏牍，历叙铁木迭儿罪名，想总有所依据，不能凭空捏造。"太后怒道："我说的话，你全然不信，台臣的奏请，你却作为实据，背母忘兄，不孝不义，恐怕祖宗的江山，要被你送脱了！"<small>强词夺理。</small>说至此，便扑簌簌的流下泪来。<small>老妇也会撒娇。</small>仁宗素具孝思，瞧这形状，心中大为不忍，不由的跪地谢罪。太后尚唠唠叨叨的说了许多，累得仁宗顿首数次，方才趋出。

越日诏下，只罢铁木迭儿右相职，令哈克缴代任，又迁杨朵儿只为集贤学士，台臣相率叹息，无可如何。

会接陕西平章塔察儿急奏，报称周王和世㻋，勾结陕西，变在旦夕了。原来和世㻋系武宗长子，从前武宗嗣位，既立仁宗为太子，丞相三宝奴，欲固位

第三十一回　上弹章劾佞无功　信憸言立储背约

邀宠，曾与康里脱脱密谈，拟劝武宗舍弟立子。康里脱脱道："太弟安定社稷，已经正式立储，入居东宫，将来兄弟叔侄，世世相承，还怕倒乱次序么？"持正不阿，难为脱脱。三宝奴道："今日兄已授弟，他日能保叔侄无嫌么？"康里脱脱道："古语尝云：'宁人负我，毋我负人！'我不负约，此心自可无愧；人若失信，自有天鉴。所以劝立皇子，我不便赞成！"三宝奴嘿然而退。

　　至延祐改元，欲立太子，仁宗颇觉踌躇，以情理言，当立和世㻋，何待踌躇。铁木迭儿窥透上旨，便密奏道："先皇帝舍子立弟，系为报功起见，若彼时陛下在都，已正大位，还有何人敢说！就是先皇帝亦应退让。今皇嗣年将弱冠，何不早日立储，免人觊觎呢？"仁宗道："侄儿和世㻋，比朕子年龄较长，且系先帝嫡子，朕承兄位，似宜立侄为嗣，方得慰我先帝。"铁木迭儿道："宋太宗舍侄立子，后世没有訾议，况宋朝开国，全由太祖威德，太宗无功可录；加以金匮誓言，彼此遵约，他背了前盟，竟立己子，尚是相安无事。今如陛下首清宫禁，继让先皇，以德以功，应传万世，难道皇侄尚得越俎么？"仁宗闻言，尚是沉吟，铁木迭儿又道："陛下让德，即始终相继，恐后代嗣君，亦未必长久相安。老臣为陛下计，并为国家计，所以不忍缄口，造膝密陈。"仁宗不待说毕，便问道："你说舍子立侄，不能相安，莫非是争位不成？"铁木迭儿道："诚如圣论！自古帝王，岂必欲私有天下！特以储位未定，往往有豆萁相煎，骨肉相残的祸端。即如我朝开国，君位相传，非必父子世及，所以海都构衅，三汗连兵，争战数十年，至今尚未大定，陛下何不惩前毖后，妥立弘规，免得后嗣争夺呢？"佞臣之言，最易入耳，非明目达聪之圣主，鲜有不堕入彀中，试观铁木迭儿之反复陈词，何一非利害关系，动人听闻，此谗口之所以可畏也。仁宗矍然道："卿言亦是，容俟徐图。"已入迷团。铁木迭儿乃退。

　　静候年余，未见动静，不免暗中惶急，遂私与失列门商议。看官，你道失列门是何等人物？就是前日传太后旨，擅杖张珪的徽政院使。原来太后老而善淫，因铁木迭儿年力垂衰，未能逞欲，有时或出言埋怨。铁木迭儿善承意旨，遂荐贤自代。仿佛吕不韦之荐嫪毐。太后得了失列门，甚为合意，大加宠幸。因此失列门的权势，不亚铁木迭儿。铁木迭儿与他晤谈，叙述前日密陈事，失列门笑道："太师的陈请，还欠说得动人！"铁木迭儿道："据你的意思，应如何说法？"失列门道："太师才高望重，难道不晓得釜底抽薪的计策么？目今皇侄在都，无甚大过，你教主子如何处置！在下恰有一法，先将他调开远道，那时疏不间亲，自然好立皇子了。"铁木迭儿喜动颜色，不禁拱手道："这还要仰仗你呢！"失列门道："太师放心！在下有三寸舌，不怕此事不行。"一蟹胜似一蟹。果然过了数日，有旨封和世㻋为周王，赐他金印，出镇云南。失列门之入谗用虚写。

过了一年，复立皇子硕德八剌一作硕迪巴拉。为太子，兼中书令枢密使。和世㻋在云南，已置官属。闻仁宗已立太子，颇滋怨望，遂与属臣秃忽鲁、尚家奴及武宗旧臣鳌日、沙不目丁、哈八儿、秃教化等会议。教化即常侍嘉珲。道："天下是我武宗的天下，如王爷出镇，本非上意，大约由逸构所致。请先声闻朝廷，杜塞逸口，一面邀约省臣，即速兴兵，入清君侧，不怕皇上不改前命！"密谋胁君，亦非臣道。大众鼓掌称善。教化复道："陕西丞相阿思罕，前曾职任太师，被铁木迭儿排挤，把他远谪；若令人前去商议，定可使为我助。"和世㻋道："既如此，劳你一行。"

教化遂率着数骑，驰至陕西，由阿思罕问明情形，很是赞成。当下召集平章政事塔察儿，行台御史大夫脱里伯，中丞脱欢，共议大事。塔察儿等闻命后，口中甚表同情，还说得天花乱坠，如何征兵，如何进军，不由阿思罕不信，议定发关中兵卒，分道自河中府进行，谁知他暗地里写了奏章，飞驿驰报，俗语说得好：

画虎画龙难画骨，知人知面不知心。

未知元廷如何宣敕，请看下回表明。

铁木迭儿之奸，中外咸知，仁宗亦岂不闻之？况台官劾奏，至四十余人之众，即贤明不若仁宗，亦不至袒庇权奸，违众愎谏如此；就令重以母意，不忍遽违，而左迁杨朵儿只、果胡为者，读史者或以愚孝讥之，实则犹未揭仁宗之隐，迨观舍侄立子之举，出自铁木迭儿之密陈，乃知仁宗之心，未尝不以彼为忠。私念一起，宵小得而乘之，是殆所谓木朽而虫生者。然则仁宗之心，得毋谓妇人之仁耶！前回叙仁宗之善政，不忍没其长；此回叙仁宗之失德，不敢讳甚短，瑕不掩瑜，即此可见矣。

第三十二回　争位弄兵藩王两败
　　　　　　挟私报怨善类一空

却说陕西平章塔察儿，驰奏到京，当由仁宗颁发密敕，令他暗中备御。塔察儿奉旨遵行，佯集关中兵，请阿思罕、教化两人带领，先发河中，去迎周王和世㻋，自与脱欢引兵后随，陆续到河中府。待与周王相遇，托词运粮犒云南军，求周王自行检查，周王偏委着阿思罕、教化两人，代为察收。不防车中统藏着兵械，一声暗号，军士齐起，都在车中取出凶器，奔杀阿思罕等。阿思罕、

第三十二回　争位弄兵藩王两败　挟私报怨善类一空

教化手下，只有随骑数十名，哪里抵敌得住，一阵乱杀，将阿思罕、教化两人，已剁作数十段。塔察儿遂麾军入周王营，谁知周王命不该绝，已得逃卒禀报，从间道驰去。后来入都嗣位，虽仅半年，然究系一代主子，所以得免于难。塔察儿搜寻无着，还道他奔回云南，饬军士向南追赶，偏周王往北急奔，待至追军回来，再拟转北，那时周王已早远飏了。塔察儿一面奏闻，一面再发兵北追，驰至长城以北，忽遇着一支大军，把他截住，以逸待劳，竟将塔察儿军，杀死了一大半，剩得几个败残兵卒，逃回陕西。

看官！你道这支军从何而来？原来是察合台汗也先不花，遣来迎接周王的大军。也先不花系笃哇子。笃哇在日，曾劝海都子察八儿共降成宗，事见前文。应二十七回。嗣后察八儿复蓄异谋，由笃哇上书陈变，请元廷遣师，夹击察八儿。时成宗已殂，武宗嗣立，遣和林右丞相月赤察儿发兵应笃哇，至也儿的石河滨，攻破察八儿，察八儿北走，又被笃哇截杀一阵，弄到穷蹙无归，只好入降武宗。窝阔台汗国土地，至是为笃哇所并。笃哇死后，子也先不花袭位，又反抗元廷。初意欲进袭和林，不料弄巧成拙，反被和林留守，将他东边地夺去。他失了东隅，转思西略，方侵入呼罗珊，适周王和世㻋，奔至金山，驰书乞援。于是返斾东驰，来迎和世㻋。既与和世㻋相会，遂驻兵界上，专待追军，果然塔察儿发兵驰至，遂大杀一阵，扫尽追兵，得胜而回。和世㻋随他入国，与定约束，彼此颇是亲昵，安居了好几年。元廷也不再攻讨，总算内外静谧。

无如一波未平，一波又起，周王和世㻋，已经北遁，魏王阿木哥，却又东来。这阿木哥是仁宗庶兄。顺宗少时，随裕宗即故太子真金。入侍宫禁，时世祖尚在，钟爱曾孙，特赐宫女郭氏，侍奉顺宗。郭氏生子阿木哥，顺宗以郭氏出身微贱，虽已生子，究不便立为正室，乃另娶弘吉剌氏为妃，便是武宗仁宗生母，颐养兴圣宫中，恣情娱乐的皇太后。屡下贬辞，惩淫也。仁宗被徙怀州时，阿木哥亦出居高丽，至武宗时，遥封魏王。到了延祐四年，忽有术者赵子玉，好谈谶纬，与王府司马脱不台往来，私下通信，说是阿木哥名应图谶，将来应为皇帝。脱不台信为真言，潜蓄粮饷，兼备兵器，一面约子玉为内应，遂偕阿木哥率兵，自高丽航海，通道关东，直至利津县。途次遇着探报，子玉等在京事泄，已经伏法，于是脱不台等慌忙东逃，仍至高丽去了。

仁宗因两次变乱，都从骨肉启衅，不禁忆起铁木迭儿的密陈，还道他能先几料事，思患预防，幸已先立皇子，方得臣民倾响，平定内讧，事后论功，应推铁木迭儿居首，因此起用的意思，又复发生。这铁木迭儿虽去相位，仍居京邸，与兴圣宫中嬖幸，时通消息。大凡谐臣媚子，专能窥伺上意，仁宗退息宫中，未免提起铁木迭儿的大名。那班铁木迭儿的旧党，自然乘机凑合，撺掇仁宗，复用这位铁太师。仁宗尚有些顾忌，偏偏这兴圣宫中的皇太后，又出来帮忙，可谓有情有义。传旨仁宗，令起用铁木迭儿再为右相。仁宗含糊答应，暗思复相铁木迭儿，台臣必又来攻讦，不如令为太子太师，省得台臣侧目。主意已定，便即下诏。

越日即有御史中丞赵世延，呈上奏章，内陈铁不迭儿从前劣迹，凡数十事，仁宗不待览毕，就将原奏搁起。又越数日，内外台官，陆续上奏，差不多有数十本，仁宗略一披览，奏中大意，无非说铁木迭儿如何奸邪，不宜辅导东宫，当下惹起烦恼，索性将所有各奏，统付败纸篓中。适案上有金字佛经数卷，遂顺手取阅，展览了好几页，觉得津津有味，私自叹息道："人生不外生老病苦四字，所以我佛如来，厌住红尘，入山修道。朕名为人主，一日万几，弄到食不得安，寝不得眠，就是任用一个大臣，还惹台臣时来絮聒，古人说得天子最贵，朕想来有甚么趣味！倒不如设一良法，做个逍遥自在的闲人罢。"说毕，复嘿嘿的想了一番，又自言自语道："有了，就照这么办。"便掩好佛经，起身入寝宫去了。故作含蓄。

小子录述至此，又要叙那金字佛经的源流。这金字佛经，就是《维摩经》。仁宗尝令番僧缮写，作为御览，共糜金三千余两。一部《维摩经》，需费如此，元僧之多财可知。此时已经缮就，呈入大内，所以仁宗奉若秘本，敬置览奏室内，每于披览奏牍的余暇，讽诵数卷，天子念佛，实是多事。这且不必细表。

且说仁宗有心厌世，遂诏命太子参决朝政。廷臣见诏，多半滋疑，统说皇上春秋正富，为何授权太子，莫非铁木迭儿从中播弄不成？当下都密托近侍，微察上旨。侍臣在仁宗前，尝伺候颜色，一时恰探不出甚么动静。只仁宗常与语道："卿等以朕居帝位，为可安乐么？朕思祖宗创业艰难，常恐不能守成，无以安我万民，所以宵旰忧劳，几无暇晷，卿等哪里知我苦衷呢？"仁宗之心，不为不善，但受制母后，溺爱子嗣，终非治安之道。侍臣莫名其妙，只好面面相觑，不敢多言。过了数天，复语左右道："前代尝有太上皇的名号，今太子且长，可居大位，朕欲于来岁禅位太子，自为太上皇，与尔等游观西山，优游卒岁，不更好么？"想了多日，原来为此。左右齐声称善，只右司郎中月鲁帖木儿道："陛下年力正强，方当希踪尧舜，为国迎麻，为民造福，若徒慕太上皇的虚名，实属无谓。如臣所闻，前代如唐玄宗、宋徽宗皆身罹祸乱，不得已禅位太子，陛下为甚么设此念头？"这一席话，说得仁宗瞠目无词，才把内禅的意思，打消净尽。嗣是复勤求治道，所有一切佛经，也置诸高阁，不甚寓目。

会皇姊大长公主祥哥剌吉，令作佛事，释全宁府重囚二十七人，事为仁宗所闻，怫然道："这是历年弊政，若长此不除，人民都好为恶了。"想是回光返照，所以有此清明。遂颁发严旨，按问全宁守臣阿从不法，仍追所释囚，还置狱中。

第三十二回　争位弄兵藩王两败　挟私报怨善类一空

既而中书省臣奏参白云宗总摄沈明仁,强夺民田二万顷,诳诱愚俗十万人,私赂近侍,妄受名爵,应下旨黜免,严汰僧徒,追还民田等语。仁宗一一准奏,并诏沈明仁奸恶不法,饬有司逮鞫从严,毋得庇纵,违者同罪。这两道诏敕,乃是元代未曾见过的事情,不但僧侣为之咋舌,就是元廷臣僚,亦是意料不及。

到了延祐七年元旦,日食几尽,仁宗斋居损膳,命辍朝贺。甫及二旬,仁宗不豫,太子硕德八剌,焚香祷天,默祝道:"至尊以仁慈御天下,庶绩顺成,四海清晏。今天降大厉,不如罚殛我身,使至尊长为民主。天其有灵,幸蒙昭鉴!"叙及此语,不没多思。祝毕,又拜跪了好几次。次夕,拜祝如故。无如人生修短,各有定数。既已禄命告终,无论如何祈祷,总归没有效验,太子祷告益虔,仁宗抱病益剧。正月二十一日驾崩光天宫,寿三十有六,在位十年。元世祖殂于正月,成、武、仁三宗亦然,这也是元史中一奇。史称仁宗天性慈孝,聪明恭俭,通达儒术,妙悟释典,不事游畋,不喜征伐,不崇货利,可谓元代守文令主。小子以为顺母纵奸,未免愚孝;立子负兄,未免过慈;其他行迹,原有可取,但总不能无缺点呢!得春秋责备贤者之义。

仁宗已殂,太子哀毁过礼,素服寝地,日歠一粥。那时太后弘吉剌氏,便乘机宣旨,令太子太师铁木迭儿为右丞相。越数日,复命江浙行省黑驴一作赫噜。为中书平章政事。黑驴平时没甚功绩,且亦未有令望,只因族母亦列失八,在兴圣宫侍奉太后,颇得宠信,因此黑驴迭蒙超擢,骤列相班。为下文谋逆张本。自是铁木迭儿一班爪牙,又复得势。

参议中书省事乞失监,素谄事铁木迭儿,至是倚势鬻官,被台臣劾奏,坐罪当杖,他即密求铁木迭儿到太后处说情。太后召太子入见,命赦乞失监杖刑。太子不可,太后复命改杖为笞。太子道:"法律为天下公器,若稍自徇私,改重从轻,如何能正天下!"卒不从太后言,杖责了案。

徽政院使失列门,复以太后命,请迁转朝官。太子道:"大丧未毕,如何即易朝官!且先帝旧臣,岂宜轻动,俟即位后,集宗亲元老会议,方可任贤黜邪。"失列门惭沮而退。

于是宫廷内外,颇畏太子英明。独铁木迭儿以太子尚未即真,应乘此报怨复仇,借泄旧恨。当下追溯仇人,第一个是御史中丞杨朵儿只,第二个是前平章政事萧拜住,第三个是上都留守贺巴延,第四个是前御史中丞赵世延,第五个是前中书平章政事李孟。上都距京稍远,不便将贺巴延立逮,赵世延已出为四川平章政事,李孟亦已谢病告归,独杨朵儿只、萧拜住两人,尚在都中供职,遂矫传太后旨,召二人至徽政院,与徽政使失列门、御史大夫秃秃哈,坐堂鞫问,责他前违太后敕命,应得重罪。杨朵儿只勃然大愤,指铁木迭儿道:"朝廷有御史中丞,本为除奸而设,你蠹国殃民,罪不胜言，恨不即斩你以谢天下！我若违太后旨，先已除奸，你还有今日么？"铁木迭儿闻言，又羞又恼，便顾左右道："他擅违太后，不法已极，还敢大言无忌，藐视宰辅，这等人应处何刑？"旁有两御史道："应即正法。"杨朵儿只唾两御史道："你等也备员风宪，乃做此狗彘事么？"萧拜住对杨朵儿只道："豺狼当道，安问狐狸？我辈今日，不幸遇此，还是死得爽快。只怕他也是一座冰山了！"两御史不禁俯首。

铁木迭儿怒形于色，顿起身离座，乘马入宫。约二时，即奉敕至徽政院，令将萧拜住、杨朵儿只二人处斩。左右即将二人反剪起来，牵出国门。临刑时，杨朵儿只仰天叹道："天乎！天乎！我朵儿只赤心报国，不知为何得罪，竟致极刑？"萧拜住也呼天不已。元臣大率信天。

既就戮，忽然狂飚陡起，沙石飞扬，吓得监刑官魂不附体，飞马逃回。都人士相率叹息，暗暗称冤。

杨朵儿只妻刘氏，颇饶姿容，铁木迭儿有一家奴，曾与觌面，阴加艳羡，至此禀请铁木迭儿，愿纳为己妇。铁木迭儿即令往取。那家奴大喜过望，赶车径去，至杨宅，假太师命令，胁刘氏赴相府。刘氏垂泪道："丞相已杀我夫，还要我去何用？"家奴见她泪珠满面，格外怜惜，便涎着脸道："正为你夫已死，所以丞相怜你，命我来迓，并且将你赏我为妻，你若从我，将来你要什么，管教你快活无忧。"此奴似熟读嫖经。

刘氏不待言毕，已竖起柳眉，大声叱道："我夫尽忠，我当尽义，何处狗奴，敢来胡言？"说至此，急转身向案前，取了一剪，向面上划裂两道，顿时血流满面。复将髻子剪下，向家奴掷去，顿足大骂道："你仗着威势，敢来欺我！须知我已视死如归，借你的狗口，回报你主，我死了，定要伸诉冥王，来与你主索冤，教老贼预备要紧！"骂得痛快，我亦一畅。家奴无可奈何，引车自去，既返相府，适铁木迭儿在朝办事，便一口气跑至朝房，据实禀陈。铁木迭儿大怒道："这般贱人，不中抬举，你去将她拿来，令她入鬼门关，自去寻夫便了。"旁有左丞张思明闻着这言，便向铁木迭儿道："罪人不孥，古有明训。况山陵甫毕，新君未立，丞相恣行杀戮，万一诸王驸马等，因而滋疑，托词谋变，丞相还能诿咎么？"铁木迭儿沉吟半晌，方悟道："非左丞言，几误我事。"遂叱退家奴，家奴怏怏自回，杨妻刘氏，才得守节终身。张左丞保全不少。

铁木迭儿毒心未已，复奏白太后，捏造李孟从前过失，诽谤宫闱，不由太后不信，遂命将前平章政事李孟封爵，尽行夺去，并将李孟先人墓碑，一律扑毁，总算为铁师相稍稍吐气。只赵世延出居四川，一时无隙可寻，他就百计图维，阴令党羽贿诱世延从弟，前来诬告世延。世延从弟胥益儿哈呼，利令智昏，竟诣刑部自首，只说世延如何贪婪，如何诞妄，其实统是无中生有，满口荒

唐。刑部早承铁木迭儿微意,据词陈请,诏旨不得不下,饬缇骑至四川,逮问世延。小子有诗刺铁木迭儿道:

> 贤奸自古不相容,欲吁君门隔九重!
> 尤恨元朝铁师相,贪残已甚且淫凶。

未知世延曾否被害,且至下回表明。

仁宗本一守文主,其不能无失德者,类由铁木迭儿一人,炀蔽而成。大奸似忠,大诈似信,非中智以上之君,未由烛其奸诈。仁宗第一中智者耳! 故一用不已,至于再用;再用不已,犹且令为太子太师。虽曰太后之主使,要亦仁宗之偏听不明,有以致之也! 两藩之变,幸而即平,否则喋血宫门,宁俟他日耶! 至仁宗崩逝,铁木迭儿更出为首相,睚眦必报,妄戮忠良,英宗虽明,内迫于太后,外制于师傅,且因居丧尽礼,无暇顾及,是英宗之纵奸,情可曲原,而仁宗之贻谋不臧,未能诿咎可知也,读此回犹慨然于仁宗之失云。

第三十三回 隆孝养迭呈册宝
泄逆谋立正典刑

却说赵世延为四川平章政事,虽经逮问,究竟燕蜀辽远,往返需时,未能刻日到京。京中帝位已虚,太子应承大统,自然择日登陛,遂于三月十一日即帝位于大明殿。循例大赦,当即颁诏道:

> 洪维太祖皇帝,膺期抚运,肇开帝业;世祖皇帝,神机睿略,统一四海,以圣继圣;迨我先皇帝至仁厚德,涵濡群生,君临万国,十年于兹。以社稷之远图,定天下之大本,协谋宗亲,授予册宝。方春官之与政,遽昭考之宾天,诸王贵戚,元勋硕辅,咸谓朕宜体先帝付托之重,皇太后拥护之慈,既深系于人心,讵可虚于神器? 合词劝进,诚意交孚,乃于三月十一日即皇帝位于大明殿,可大赦天下,咸与维新! 此诏。

即位后,追号先帝为仁宗皇帝,尊皇太后弘吉剌氏为太皇太后,皇后鸿吉哩氏为皇太后。先是皇太后拟专国政,以和世㻋少有英气,恐不易制,不若太子硕德八剌,较为谦和,因此亦劝仁宗舍侄立子。仁宗既受权奸之怂恿,复承母后的劝告,所以决定主意,立硕德八剌为太子。

至仁宗殂后,太子居丧,所有政务,太后拟专任铁木迭儿,独断独行,偏太子尝出来干涉,免不得有些介意,到了即位的日子,太后也算来贺。太子见了太后,词色少严。太后回至兴圣宫,暗自悔恨道:"我不该命立此儿!"死多活少,亦可少休。嗣是太后变喜成忧,渐渐的酿成疾病了。惟太皇太后册文,元代未有此举,乃由词臣珥笔,敬谨撰成。其文云:

> 王政之先,无以加孝,人伦之本,莫大尊亲,肆予临御之初,首举推崇之典。恭维太皇太后陛下,仁施溥博,明烛幽微,爰自居渊潜之宫,已有母天下之望。方武宗之北狩,适成庙之宾天,旋克振于乾纲,谅再安于宗祐,虽有在躬之历数,实司创业之艰难,仪式表于慈闱,动协谋于先帝,莫究补天之妙,尤如扶日之升。位履至尊,两翼成于圣子;嗣登大宝,复拥佑于藐躬,矧德迈涂山,功高文母,是宜加于四字,或益衍于徽称。谨奉玉册玉宝,加上尊号,曰:仪天兴圣慈仁昭懿寿元全德泰宁福庆徽文崇祐太皇太后。于戏!兹虽涉于虚名,庶庸申于善颂。九州四海,养未足于孝心;万岁千秋,愿永膺于寿祉。录太皇太后册文,所以愧之也。

又有皇太后册文一篇,亦写得玉润珠圆。其文云:

> 坤承乾德,所以著两仪之称;母统父尊,所以崇一体之号。故因亲而立爱,宜考礼以正名。恭惟圣母温慈惠和淑哲端懿,上以奉宗祧之重,下以叙伦纪之常,恢王化于二南,嗣徽音于三母,辅佐先考,忧勤警戒之虑深,拥佑眇躬,抚育提携之恩至。迨于今日,绍我丕基,规模一出于慈闱,付托益彰于祖训。致天下之养以为乐,未足尽于孝心;极域中之大以为尊,庶可尊其懿美。式遵贵贵之义,用罄亲亲之情,谨遣某官某奉册上尊号曰皇太后。伏维周宗绵绵,长信穆穆,备洛书之锡福,粲坤极之仪天,启佑后人,永锡胤祚!元代之立皇太后,莫如仁宗后之正,且亦获令终,故亦举册文并录之。

太皇太后及皇太后,递受诸王百官朝贺,说不尽的繁文缛节,小子也不必细叙。

单说太子硕德八剌既已嗣位,因身后庙号英宗,小子此后遂沿称"英宗"二字。英宗大赦后,复封赏群臣,特进铁木迭儿为上柱国太师,并诏中外毋沮议铁木迭儿敕令。铁木迭儿愈加横行,降李孟为集贤侍讲学士,召他就职。在铁木迭儿的意思,逆料李孟必不肯来,就好说他违旨不臣,心怀怨望,大大的加一罪名。不料李孟闻命,欣然就道。途次遇着翰林学士刘赓,正来慰问,遂与偕行至京,立赴集贤院中。

宣徽使以闻,并奏请李孟到任,例应赐酒。英宗愕然道:"李道复乃肯俯就集贤么?"适铁木迭儿子巴尔济苏在侧,便与语道:"你等说他不肯奉命,今果何如?"巴尔济苏俯首无言。英宗复召见李孟,慰劳有加,由是谗不得行。

第三十三回　隆孝养选呈册宝　泄逆谋立正典刑

李孟尝语人道："老臣待罪中书，无补国事，圣恩高厚，不夺俸禄，今已老了，欲图报称，恐亦无及了！"英宗闻言，格外称善。未几卒于官，御史累章辨诬，有旨复职，寻复追赠太保，进封魏国公，谥文忠。史称皇庆、延祐时，每一乱命，人必谓由铁木迭儿所为，得一善政，必归李孟，所以中外知名。可奈母后擅权，悭人用事，以致怀忠未遂，赍志以终，这也真是可惜呢！究竟流芳百世，不同遗臭万年，人亦何苦为铁木迭儿，不为李道复耶。

是年五月，英宗幸上都，铁木迭儿随驾同去。他想中害留守贺巴延，使人往报，故意迟延一日。巴延计算道里，须五日方到，不料第四日午后，车驾已抵上都，累得巴延手忙脚乱，不及衣冠，先迎诏使，随后方穿了朝服，出迎英宗。俟英宗入居行宫，铁木迭儿即劾奏巴延便服迎诏，坐大不敬罪，请即严惩。英宗不欲究治，偏铁木迭儿抗声道："如此逆臣，还好姑息么？此时不严行究办，将来臣工玩法，如何处治？"说得英宗不能不从。遂将贺巴延褫职，下五府杂治。铁木迭儿密嘱府吏，令将巴延置死，可怜秉正不阿的贺留守，为了张弼一案，触怒权奸，竟被他倾陷，冤冤枉枉的惨毙狱中。府吏报称巴延病死，由铁木迭儿作证，就使英宗知他舞弊，也只好模糊过去。

嗣铁木迭儿闻知赵世延已械系至都，飞饬刑部从严审讯。刑部又暗嘱世延从弟，教他坚执前言，不得稍纵，于是世延从弟胥益儿哈呼，与世延对簿，全不管弟兄情谊，一味瞎造，咬定世延罪状。货利之坏人心术，至于如此！世延先与争辩，嗣见刑部左袒从弟，转忿为笑道："我的弟兄，从前还是安分，不敢如此撒谎，今日骤然昧良，必是有人导坏。我想你等官吏，也须存点公道，明察曲直，不要专附权奸，构陷善类。须知天道昭彰，报应不爽，一时得势，能保得住将来么？"刑部犹大声呵叱，世延道："何必如此！铁太师仇我一人，只教我死便休，必导人为非，嗾吏作奸，计亦太拙呢！"胥益儿哈呼闻着兄言，倒也自知理屈，寂然无语，偏刑部锻炼成狱，奏请置诸极典。会英宗已返燕都，览刑部奏牍，批谕世延犯法，已在赦前，现经大赦，毋庸再议等语。

看官！你想这铁木迭儿，用尽心思，想害世延，如何就肯干休？当下入奏英宗，以世延罪符十恶，不应轻赦。英宗不从，铁木迭儿复命刑部属吏，威吓世延，逼令自裁。世延道："我若负罪，应该明正典刑，借申国法，何必要我自尽！"刑部亦弄得没法，寻思暗杀世延，偏英宗下诏刑部，饬他慎重羁囚，不得私自用刑，想亦由巴延毙狱之故。世延乃得安住狱中。铁木迭儿复令侍臣伺间奏请，会英宗出猎北凉亭，台官或上书谏阻，英宗不允。侍臣遂乘间进言道："狝狩是我朝祖制，例难废辍。台臣无端谏阻，借此邀名，此风殊不可长，即如前御史中丞赵世延，遇事辄言，朝右都称他敢谏，其实都是沽名钓誉，舞文弄法呢。"英宗道："你等为铁木迭儿作说客么？世延忠诚，先帝尚敬礼有加，只铁木迭儿与他有嫌,定欲加他死罪,朕岂肯替铁木迭儿报复私仇？你等亦不必向朕饶舌？"英宗不愧英明,但既明知世延无罪,何不即为昭雪,立命释放,想是明哲有余,刚断不足,所以后卒遇弑。侍臣被英宗窥破私情,不禁面颊发赤,忙跪下叩首,齐称万岁。借此遮羞,亦是一法。

嗣后世延从弟,自思言涉虚诬,不敢再质,竟尔逃去。后来世延尚囚系两年,至拜住入相,代他伸冤,方得释放,这且按下。

再说铁木迭儿欲杀世延,始终不得英宗听信,心中很是愤闷,随入见太皇太后,适太皇太后抱病,奄卧在床,由铁木迭儿慰问一番。太皇太后也无情无绪的答了数语。铁木迭儿复与谈起朝事,太皇太后长叹数声,铁木迭儿道:"嗣皇帝很是英明,慈躬何故长叹？"太皇太后道:"我老了,你亦须见机知退,一朝天子一朝臣,休得自罹罗网！"为铁木迭儿计,恰是周到。铁木迭儿闻了这语,恍似冷水浇头,把身上的热度降至冰点以下,顿时瞠目无言。

忽闪出一老妇道:"太皇太后慈体不宁,正为了嗣皇帝！"语未说完,已被太皇太后听着,便瞋目视老妇道:"你亦不必多说了,我病死后,你等不必入宫,大家若有良心,每岁春秋,肯把老身纪念,奠杯清酒,算不枉伴我半生！"言至此,潸然下泪。这等情形,都是激动人心,后来谋逆,不得谓非彼酿成。那老妇亦陪着呜咽。铁木迭儿也不知不觉的凄楚起来。看官欲知老妇名氏,由小子乘暇补出,此妇非别,就是上文叙过的亦列失八。

亦列失八呜咽了一回,便对着铁木迭儿以目示意,铁木迭儿即起身告别。亦列失八也随了出来,邀铁木迭儿另入别室,彼此坐定。亦列失八道:"太皇太后的情状,太师曾瞧透么？"铁木迭儿无语,只用手理须,缓缓儿的拂拭。绘出奸状。惹动亦列失八的焦躁,不禁冷笑道:"好一位从容坐镇的太师！事近燃眉,还要理须何用？"铁木迭儿道:"国家并没有乱事,你为何这般慌张？"亦列失八道:"太皇太后的病源,实从嗣皇激成。太皇太后要做的事,嗣皇帝多半不从,太师身秉国钧,理应为主分忧,奈何袖手旁观,反不若我妇人小子呢？"亦列失八也是一长舌妇。铁木迭儿道:"据你说来,教我如何处置？"亦列失八道:"这是太师故作痴呆哩。"再激一语。铁木迭儿道:"我并非痴呆,实是一时没法。既蒙指示,还须求教！"亦列失八道:"我一妇人,何知国计！就使有些愚见,太师亦必不见从。"又下激语。铁木迭儿道:"古来智妇,计画多胜过男子,彼此相知,何必过讳！"亦列失八欲言又默,沉吟了好一歇,铁木迭儿起坐,密语亦列失八道:"有话不妨直谈,无论甚么大事,我誓不漏风声！"亦列失八道:"果真么？"铁木迭儿道:"有如天日！"亦列失八正要吐谋,复出至门外,四顾一周,然后转入室内,与铁木迭儿附耳密语。铁木迭儿先尚点首,继即摇头,又继即发言道:"我却不能！"

第三十三回　隆孝养迭呈册宝　泄逆谋立正典刑

亦列失八道："太师不泄秘谋,料可行得。"铁木迭儿道："我已宣誓,你休疑心！只我不便帮忙,你等须要谅我！"置身局外,刁狡尤甚。亦列失八道："事若得成,太师亦与有力,但未知天意何如？"铁木迭儿道："我不任咎,何敢任功！"随即辞出。

亦列失八遂与平章政事黑驴,徽政使失列门,及平章政事哈克缴,御史大夫脱武哈,密议了许多次,专待机会到来,以便发作。不意英宗运祚未终,偏出了一位开国元勋的后裔,翊佐新君,窥破奸谋,令一场弑逆大案,化作雾尽烟消。这人为谁？名叫拜住,乃是木华黎后嗣安童之孙。每叙大忠大奸,必郑重出名,此是作者令人注目处。

拜住五岁丧父,赖母教养成人。母怯烈氏年二十二,寡居守节,拜住有所动作,必禀承母训,偶一越礼,母即谯诃不少贷,以此饬躬维谨,炼达成材。不没贤母。初袭为宿卫长,寻进任大司徒,熟谙掌故,饶有声望。英宗在东宫时,已闻拜住名,遣使召见。拜住道："嫌疑所关,君子宜慎！我掌天子宿卫,私自往来东宫,我固得罪,皇太子亦干不便,请为我善辞！"来使返报英宗,英宗称善不置。

既即位,即擢拜住平章政事,且随时召见,令他密访奸党。拜住日夕留意,既略闻黑驴等事,便入奏英宗。英宗命内外官吏设法侦查,果得黑驴等谋变详情。原来英宗有心报本,拟四时躬享太庙,命礼部与中书翰林等集议典礼。议毕复奏,无非蹖事增华,所有法驾祭服,应格外修备,先祭三日,宜出宿斋宫,表明诚洁等情,英宗自然准奏。黑驴等既已闻命,便与失列门商议,将乘英宗出宿斋宫,遣盗入刺。会英宗复擢拜住为左丞相,把哈克缴罢职,命出任岭北行省。哈克缴悻悻不平,走告失列门,失列门即引为同志,复阴报亦列失八,决议提早行事,改图废立,谁知谋变益亟,漏泄愈快。

英宗既知此事,立召拜住入议。拜住道："这等奸人,擅权已久,早应把他诛黜；今幸上天瘅恶,得泄逆谋,及此不除,更待何时！"英宗尚未及答,拜住复道："当断不断,反受其乱。万一奸党生疑,弄兵构祸,恐怕都门以内,必致大乱。"英宗动容道："朕志已决,卿为我效力,擒此奸邪！"拜住即退,召集卫士千名,四处擒拿,不到一日,已将黑驴、失列门、哈克缴、脱忒哈等,一律拿到,复把亦列失八,亦擒出宫中。罪人既得,即复奏英宗,请交刑官鞫问。英宗道："他若借太皇太后为词,朕反措词为难,不如速诛为是！"此言甚是。拜住领命,即饬将四男一妇,如法捆绑,推出国门外,斩首伏法。小子有诗咏此事道：

　　　　上苍覆帱本无私,莫谓天心不一知！
　　　　祸福惟凭人自召,及身戮没悔嫌迟。

五犯伏法以后，未知铁木迭儿有无获罪！容至下回叙明。

本回赓续前文，仍是叙述奸党，肆行不法事。开首录太皇太后册文，所以明祸阶之有自。太皇太后为顺宗正妃，母以子贵，筑宫颐养，二子一孙，皆为天子，自来后妃之极遇，鲜有逾此者。乃东朝既正，淫恣无忌，内则亦列失八用事，外则铁木迭儿、失列门、哈克缴等，朋比为奸，至于宫廷谋变，几成大逆，微丞相拜住，不待南坡之弑，而英宗已饮刃矣。故本回为群奸立传，实不啻为太后立传，宫闱浊乱之弊，固有若是其甚者！

第三十四回　满恶贯奸相伏冥诛
　　　　　　进良言直臣邀主眷

却说铁木迭儿，于黑驴等谋变事，本是置身局外，坐观成败。因此黑驴等同日授首，铁木迭儿不遭牵累，反得了许多赏赐。这赏赐从何而来？因黑驴、失列门、哈克缴家产，尽付查抄，不得藏匿。各家拥资甚富，失列门平日仗着太后宠幸，所有内府珍玩，统移置家中。最宝贵的禁脔，犹令尝试，何况珍玩。此外如金银钞币，裘马珠宝，几不胜数。此次经拜住督率卫士，一律抄出，半充国帑，半给功臣。铁木迭儿身居首辅，所得赏给，自然较多。又是他的运气。拜住以下，颁赐有差，奸党失势，正士扬眉，这也不在话下。

到了冬季，英宗始被服衮冕，亲祀太庙，先期斋戒，临事斋皇，这是元代第一次盛典。礼毕还宫，鼓吹交作，道旁人民，莫不耸观，英宗即下诏改元，年号至治。其文道：

朕祗承贻谋，获承丕绪，念付托之维重，顾继述之敢忘，爰以延祐七年十一月丙子，被服衮冕，恭谢于太庙。既大礼之告成，宜普天之均庆，属兹逾岁，用协纪元，于以导天地之至和，于以法春秋之谨始。可以明年为至治元年，特此布敕，宣告于众。特录英宗改元诏，因其在亲祀宗庙之后，报本反始，嘉其知礼也。

至治元年元旦，英宗御大明殿，受诸王百官朝贺。越日，即令僧侣在文德殿修佛事。朝右诸臣，已有异议，只因元代素重佛教，不便奏阻。兼且英宗嗣位，曾饬各郡建帝师拔思巴殿，规制视孔庙有加，大家微窥上意，哪个肯来抗争，转瞬间已近元宵，英宗欲张灯禁中，叠成鳌山，于是礼部尚书兼参议中书省事张养浩，忍耐不住，缮具奏疏，亲至左丞相拜住宅中，托拜住入陈，拜住先

展开奏牍,略去起首套语,览读要文道:

  世祖临御三十余年,每值元夕,间阎之间,灯火亦禁,况阙庭之严,宫掖之邃,尤当戒慎!

读至此,顾张养浩道:"你思奏阻张灯么?闻主子已命筹办,恐怕未必照准。"随又读下道:

  今灯山之构,臣以为所玩者小,所系者大,所乐者浅,所患者深。伏愿以崇俭虑远为法,以喜奢乐近为戒,国家幸甚!臣民幸甚!

拜住又道:"说的痛切!"张养浩接着道:"大事多从小事起,今日张灯,明日酣歌,色荒酒荒,不期自至。公为大臣,蒙主亲信,所以养浩特来亲托。若主子肯纳刍言,就是杜渐防微的至计。公意以为何如?"拜住道:"此等美举,自当玉成,我当即刻进去,奏闻主子便了。"养浩称谢而别。

拜住果即袖疏入宫,由英宗特别命见,问他何事,拜住即陈上养浩奏章。经英宗览毕,勃然道:"朕以为什么要政,区区张灯的事情,也来谏阻,难道做主子的只可日日愁劳,连一日消遣,都动不得么?"拜住免冠叩首道:"孔子说的为君难,为君有甚么难?只因一举一动,史官必书,宁善毋恶,宁得毋失,所以称作难为。张灯虽是小事,怎奈一夕消遣,千载遗传,倘后王因此借口,以致纵欲败度,岂不是贻讥作俑么?还求陛下明察!"英宗乃改怒为喜道:"非张希孟不敢言,非卿亦不能再谏,朕即命他停办罢。"拜住复叩首而退。希孟系养浩字,呼字不呼名,系特别敬重的意思。

越宿,又诏赐张养浩尚服金织币帛各一袭,旌他忠直。君明臣良,故特书之。未几,复饬改建上都行宫。拜住又进谏道:"北地苦寒,入夏始种粟麦,陛下初登大宝,未曾轸恤民瘼,先自劳动大役,恐妨害农务,致失民望,不如宽待数年,再议兴工。"英宗点首称善,亦命停止工役。惟敕建万寿山大刹,驱役数万人,并治铜五十万斤,铸造佛像。

监察御史观音保、锁咬儿哈的迷失及成珪李谦亨等,上书直谏,大旨以连岁洊饥,宜休民力,且时当春季,东作方兴,更不应病民动众。这书入奏,偏恼动英宗性子,把书驳斥,适铁木迭儿次子锁南,为治书侍御史,与观音保等有隙,密奏他讪上沽直,坐大不敬罪。英宗便饬逮观音保等,亲加鞫讯,观音保道:"谏诤是人臣的职务,臣甘为龙逢、比干,不愿陛下为桀纣!"锁咬儿哈的迷失道:"辇毂以下,僧侣横行,陛下还要这般迷信,难道靠着这班秃头,果可治国安家么?如治书侍御史锁南,劾臣等讪上不敬,锁南专逢君恶,臣等愿格君非,孰为有罪?孰为无罪?就使一时不明,后世自有公论呢。"英宗道:"你等谤朕犹可,诋僧及佛,实是有罪,朕不便宽恕!"僧徒比皇帝尤大,无怪不宜谤毁。便命交刑部谳罪，刑部复称应加大辟，遂诏杀观音保及锁咬儿哈的迷失，只成珪、李谦亨两人，罪从末减，杖徙辽东奴儿干地。

铁木迭儿以锁南得宠，自己亦好乘此图谋笼络英宗，左思右想，复将从前做过的把戏，再演一出。看官曾记忆周王和世㻋么？仁宗为了铁木迭儿一言，把和世㻋调往云南，激成变衅，逐出漠北。还有和世㻋胞弟图帖睦尔，安居燕都，未曾受累。偏铁木迭儿暗里藏刀，又想将他驱逐出去，当下与中政使咬住商议，咬住本是个簧片朋友，见了铁木迭儿，非常奉承。至谈及图帖睦尔事，咬住道：「不劳师相费心，但教晚辈一言，包管他徙谪远方。」铁木迭儿大喜，拱手告别。

咬住即密上奏疏，果然一牍甫陈，诏书即下，命图帖睦尔出居琼州。琼州系南海大岛，属粤东管辖，与京师相距七千余里，地多蛮瘴，炎燠逼人。廷右诸臣，尚不知图帖睦尔犯了何罪，充放到这般远地，嗣复接读诏敕，系禁术士交通诸王驸马，并掌阴阳五科吏士，不得妄泄占候，大众才有些觉悟起来。嗣复侦得咬住密奏，系说图帖睦尔与术士往来，恐将谋为不轨，魏王覆辙，可为前鉴，应三十二回。请先事预防，毋致噬脐等语。看官！你想九五之尊，谁人不欲？英宗的位置，本是从武宗两子中，攘夺而来，他在位一日，防着一日，此次得咬住密疏，比枪矢还要厉害，不论他是真是假，究不若先发制人，因此把图帖睦尔充发远方，免得他在京作梗。这是人情同然，不要怪这英宗呢！讽刺得妙。

铁木迭儿以事事得手，复思专宠，并引参知政事张思明为左丞，作为臂助。思明忌拜住方正，每与党人密谋，设计构陷。或告拜住预为戒备，拜住慨然道：「我祖宗为国元勋，世笃忠贞，百有余年，我今年少，叨受宠命，无非因皇上念我祖功，俾得相承勿替。每念国家大利，莫如大臣协和。今若因右相仇我，我便思报，是朝局水火，自召纷争，非但吾两人不幸，就是国家亦必不利。我惟知尽我心力，上不负君父，下不负士民，此外一切功怨，非我思存，死生凭诸命，祸福听诸天，请你等不必多言！」言固甚是，然杀机已伏于此。自是拜住愈加效力，张思明等亦无隙可乘。会铁木迭儿奏请杀平章王毅，右丞高昉。英宗密问拜住，是否当诛。拜住惊问何事？英宗道：「据原奏言在京诸仓，粮储亏耗，王、高两臣，责任清理，负恩溺职，罪在不赦，所以应加严刑！」拜住道：「平章右丞，统是宰臣的副手，宰相应论道经邦，不应责他钱榖琐务。况且王、高二臣，曾由右相奏委，莫非他不善逢迎，因成嫌隙，否则，何故出尔反尔，前日奏委，今日奏诛？」料事如见。英宗沉思良久道：「卿言亦是！」遂不从铁木迭儿言。

铁木迭儿大为失望，便奏请病假，数日不朝。英宗亦未尝慰问，只册立皇

第三十四回 满恶贯奸相伏冥诛 进良言直臣邀主眷

后亦启烈氏，命他持节往迎，专授册宝。立后礼成，铁木迭儿仍称疾不出。会拜住奉旨，回范阳原籍，为祖安童立忠宪王碑。铁木迭儿竟乘舆入朝，至内门，英宗遣左丞速速，赐以酒道："卿年老，宜自爱重！待新年入朝，亦未为晚。"铁木迭儿怏怏退出。

是时奸党布满朝端，遇有政务，必至铁木迭儿家，禀陈底细，铁木迭儿屡思倾陷拜住，无如拜住方得重用，任他百计营谋，终不得遂，因此这位铁师相，也弄得神志懊丧，咄咄书空。不到数旬，竟尔疾病缠身，卧床不起。假病弄成真病。偏偏不如意事，杂沓而来，他的心腹张思明，随英宗至上都，被拜住奏了一本，杖责数十，逐回原籍。铁木迭儿闻着，已经不安，不意拜住又叠奏两案，都牵连铁木迭儿，那时铁太师不是病死，也要气死。一案是司徒刘夔夔买田数千亩，赂宣政使八剌吉思，托词买给僧寺，矫诏出库钞六百五十万贯，偿付田直。八剌吉思免不得与铁木迭儿商量，铁木迭儿父子，及御史大夫铁失，共得赃巨万，经拜住讦发，刘夔夔、八剌吉思自然坐罪，不得复活，只赦了铁失一人。何不将他并诛。一案是术士蔡道泰，私通良家妇女，妒奸杀人，狱已备具，道泰论抵，他偏私赂铁木迭儿，打通关节，运动狱官，改供缓狱，又经拜住讦发，立诛道泰，狱官亦坐罪。铁木迭儿虽未曾拿问，毕竟贼胆心虚，又惊又愧，又恨又悔，恹恹床蓐，服药无灵，结果是一命呜呼，魂登鬼箓。不服明刑，难逃冥戮。

事有凑巧，那太皇太后弘吉剌氏，亦病势沉重，奄然逝世。距铁木迭儿病死，不过一二十日。总算亲昵。原来太皇太后自英宗即位后，便已得病，接连是失列门伏诛，失了一个贴肉的幸臣，亦列失八骈戮，又少了一个知情的伴媪，一枕凄凉，万般苦楚，且又不便说明，好似哑子吃黄连，只有自知，无人分晓，亏得参苓等物，朝晚服饵，总算勉勉强强的拖了一年，嗣复闻得铁木迭儿身死，不禁唏嘘道："痴儿负我！痴儿负我！"嗣是病益加重，困顿了十数日，也即告终。英宗仍照例举丧，追谥昭献元圣皇后。特录谥法，与上叙述册文意同。

礼官以十月有事太庙，奏请国哀期以日易月，待旬有二日后，乃行祀事。英宗道："太庙礼不可废，迎香去乐便了。"冬祭后，特授拜住为右丞相，兼监修国史。拜住辞不敢受，英宗道："卿佐朕二年，不避权贵，敢任劳怨，朕看满廷王公，无出卿右，意欲授卿公爵，为卿酬劳，至若右相一职，除卿外还有何人？卿毋再辞！"拜住顿首道："陛下必欲以右相授臣，臣敢不祗遵上命，若三公秩位，所以崇德报功，臣无功德，何堪当此？"英宗道："朕知道了。"

越日，即以立右丞相拜住，颁诏天下。惟左丞相一缺，不另设人。在英宗的意见，实是倚畀独专，不使掣肘，拜住亦感激图报，首荐张珪，令复为平章政事，并召用旧臣王约、韩从益等，令他食禄家居，每日一至中书省议事。又起吴澄为翰林直学士。澄年已老,因闻拜住求贤若渴,乃杖策入朝。

会英宗命写金字藏经,令左丞速速代传诏旨,饬澄为序,澄瞿然道:"主上写经,为民祈福,原是盛举;若用以追荐,臣所未解,如佛氏好言轮回,不过谓善人死去,上通高明,光齐日月,恶人死去,下沦汙秽,微等虫沙。徒侣不明此旨,反谓诵经设醮,可以超荐灵魂。试思我朝的列祖列宗,功德盖世,何用荐拔?且自国初以来,写经追荐,已不知若干次,若谓未效,是为蔑佛;若谓已效,是谓诬祖,是此两难,教臣如何下笔?就使遵旨撰就,也是一时欺人,不能示后,请左丞为我复奏罢!"至理名言。

速速据实奏陈,适拜住在侧,便道:"吴学士的言语,很是有理,从古以来,帝王得天下,总以得民心为本,失民心便失天下,若徒索虚无,何关实际?梁武帝以佞佛亡国,愿陛下详察!"英宗道:"近有人谓佛教可治天下,难道此言不确么?"拜住道:"清净寂灭,只可自治;若要治天下,除仁义道德外,殊无他法!陛下试想佛教宗旨,无君臣,无父子,无兄弟夫妇,天下若照此通行,人种都要灭绝,还有什么纲常呢!"剀切详明。英宗道:"唐太宗时有魏征,不愧谏臣,卿亦可算一魏征了!"拜住道:"槃圆水圆,盂方水方,有纳谏的太宗,自有敢谏的魏征,陛下能从谏如流,台官中不乏忠臣,何止一臣呢!"英宗道:"卿言甚善!朕当听卿,所有政务,亦愿卿熟虑慎行!"拜住遵旨而退。

越数日,监察御史盖继元、宋翼,奏言铁木迭儿奸贪负国,生逃显戮,死有余辜!应追夺官爵,籍没家资等语。英宗复问拜住,拜住道:"诚如御史等言。"英宗便诏夺铁木迭儿原官,并一切封赠,又令卫士查抄家产,金珠玉帛,价值累万。于是铁木迭儿的遗党,人人自危,朝思夜想,彼等此画,遂闹出一场天大的逆案。小子有诗咏道:

芟恶宜如芟草严,胡为奸党未全歼?
须知蜂蠆犹留毒,一误何堪再误添!

欲知逆案详细,请看下回便知。

英宗之失德,莫如杀观音保等一事。然观音保等之死,实铁木迭儿父子构成之。元自世祖以来,阿合马、卢世荣、桑哥等,相继为奸,累遭显戮。至如铁木迭儿之贪淫忮虐,较阿合马等为尤甚,而乃权宠终身,安死牖下,后虽夺官籍产,而放恣一生,竟逃国法,未始非仁、英二宗之失刑也!拜住专任相职,不可谓不得君,观其任贤去邪,陈善纳诲,亦不可谓不尽忠,然朝右奸党,未尽戮逐,死灰尚且复燃,能保奸党之不肆反噬乎?故本回为英宗君相合传,而褒中寓贬,自有微意,读者可于言外见之,毋徒视作断烂朝报也!

第三十五回　集党羽显行弑逆
　　　　　扈銮跸横肆奸淫

　　且说御史大夫铁失，本是铁木迭儿的走狗，尝拜铁木迭儿为义父，自称干儿。至铁木迭儿夺官籍爵，其子锁南亦免职，两人很是怨愤，恨不得将英宗、拜住两人，立刻摔去。无如君臣相得，如漆投胶，拜住说一事，英宗依一事，拜住说两事，英宗依两事，铁失、锁南只恐拜住再行奏劾，重必授首，轻必加谴，因此日夜筹谋，时思下手。还有知枢密院事也先铁木儿、大司农失秃儿、前平章政事赤斤铁木儿、前云南平章政事完者、典瑞院使脱火赤、枢密院副使阿散、金书枢密院事章台、卫士秃满及诸王按梯不花、孛罗月鲁不花、曲吕不花、兀鲁思不花及铁失弟索诺木等，统联结一气，伺机待发。巧值英宗幸上都，拜住随去，奸党或从或不从，内外煽谋，势愈急迫。
　　一夕，英宗在行宫，忽觉心惊肉跳，坐立欠安，上床就寝，仿佛似有神鬼在侧，倏寐倏醒。为被弑预兆。自思夜睡不宁，莫非有魔障不成，遂于次日起床，饬左右传旨，命作佛事。拜住闻命，即入奏道："国用未足，佛事无益，请陛下收回成命。"英宗迟疑半响，方道："不作佛事，也属无妨。"拜住退后，不到半日，又有西僧进奏，略言陛下惊悸，国当有厄，非大作佛事，及普救罪囚，恐难禳灾徼福。英宗道："右相说佛事无益，所以罢休，你去与右相说知，再作计较。"
　　西僧奉旨，即往与拜住商议。拜住瞋目道："你等专借佛事为名，谋得金帛，这还可以曲恕；惟一作佛事，便赦罪犯，你想朝廷宪典，所以正治万民，岂容你僧徒弄坏？纵庇一囚，贻害数十百人，以此类推，酿恶不少，你等借此敛财，佛如有灵，先当诛殛！我辅政一日，你等一日休想，快与我退去，不必在此哓舌！"
　　西僧撞了一鼻子灰，便出去通知奸党。原来西僧进言，实是奸党主使，意欲借此赦罪，免得遣戮。偏偏拜住铁面无私，疾词呵斥。那时奸党愤不可遏，齐声呼道："不杀拜住，誓不干休！"铁失时亦在场，便道："你等亦不要瞎闹，须计出万全，方可成功。今日的事情，只杀一个拜住，也恐不能成事，看来须要和根发掘呢！"恶人除善，唯恐不尽，故小则废主，大则弑君。大众连声道："甚好！这等主子，要他何用？不如并杀了他。"铁失道："去了一个主子，后来当立何人？"这一语却问住众口。铁失笑道："我早已安排定当了！晋王现镇北边，何妨迎立？"大众都齐声赞成。铁失道："晋王府史倒剌沙，与我往来甚密，他子哈散，曾宿卫宫中，我前已令哈散回告乃父，继复使宣徽使探忒密语晋王，诸已接洽,总教大事一成,便可往迎。"大众道:"嗣皇已有着落,大事如何行得?"铁失道:"闻昏君将回燕京,途次便可行事。好在我领着阿克苏卫兵,教他围住行幄,不怕两人不入我手,就使插翅也难飞去!"言毕,呵呵大笑。大众道:"好极!好极!但也须遣人密报,免得临事仓皇。"铁失道:"这个自然,我便着人去报便了。"当下派遣斡罗思北行。

斡罗思即日趣程,一行数日,方到晋王府中。闻晋王出猎秃剌,只探忒留着,两下接谈。探忒道:"我与倒剌沙已议过数次,倒剌沙很是赞成。只王意尚是未定。"斡罗思道:"倒剌沙内史,想伴王同去。"探忒道:"是的!"斡罗思道:"事在速行,我与你同去见王,何如?"探忒应着,便跑至秃剌地方,入见晋王。

晋王问有何事?斡罗思道:"铁御史令我前来,致词王爷,现已与也先铁木儿、失秃儿、哈散等,谋定大事。若能成功,当推立王爷为嗣皇帝!"这语说出,总道晋王笑脸相迎,不意晋王颜色骤变,大声叱道:"你敢教我谋死皇侄么?这等奸臣,留他何用,快推出斩讫!"斡罗思被他一吓,身子似杀鸡般抖将起来,但见旁边走过一人,跪禀晋王道:"王爷如诛斡罗思,转使皇帝疑为擅杀,不如囚解上都,使证逆谋,较为妥当。"晋王视之,乃是府史别烈迷失,便道:"你说得很是!便命你押解去罢。"于是命左右抬过槛车,把斡罗思加上镣铐,推入车内,由别烈迷失,带了卫卒百名,解送上都。

看官欲知晋王为谁?待小子补叙详明。晋王名也孙铁木儿。一作伊逊特穆尔。系裕宗真金长孙,晋王甘麻剌嫡子。甘麻剌曾封镇漠北,管辖太祖发祥的基址,领四大鄂尔多地,蒙语称为四大斡耳朵。世祖殂时,甘麻剌闻讣奔丧,至上都,拥立成宗。大德二年,甘麻剌殁,子也孙铁木儿袭位,仍镇北边。武宗、仁宗先后嗣立,也孙铁木儿统共翊戴,立有盟书。至是不愿附逆,因囚遣斡罗思赴上都。偏值英宗南还,祸机已发,好好一位英明皇帝,及一个忠良右相,竟被铁失兄弟等害死南坡。一声河满子。

原来南坡距上都约百余里,英宗自上都启跸,必至南坡暂驻。这日夜间,铁失已密命阿克苏卫兵,守住行幄,他即率领奸党,持刀而入。拜住正要就寝,蓦听外面有喧嚷声,即持烛出来,只见铁失弟索诺木,执着明晃晃的刀,首先奔至。拜住厉声喝道:"你等意欲何为?"言未已,索诺木已抢前一步,手起刀落,将拜住持烛的右臂,剁落地上,拜住大叫一声,随仆于地,逆党乘势乱砍,眼见得不能活了。拜住已死,铁失复带着逆党,闯入帝寝。英宗时已就卧,闻声方起,正在披衣下床,逆党已劈门而入。英宗忙叫宿卫护驾,谁知卫士统不知去向,那罪大恶极的铁失,居然走至榻前,亲自动手,把刀一挥,将英宗杀死。英宗在位三年,年仅二十一,天姿明睿,史称他刑戮太严,奸党畏诛,因构大变。小子以为铁失、锁南早罹罪案,若英宗先已加诛,便是斩草除根,难道还能图变么？这是史官论断太偏，不足凭信。小说中有此评笔，方合历史演义本旨。

这且休表，且说铁失等已杀了拜住，弑了英宗，便推按梯不花、也先铁木儿为首，奉着玺绶，北迎晋王也孙铁木儿。也孙铁木儿闻着此变，一时不好究治逆党，就在龙居河即克鲁伦河。旁，设起黄幄，受了御宝，先即皇帝位，布告天下。这诏敕却用蒙文，很足发噱，抄录如下道：

薛禅皇帝！蒙语尊称，世祖为薛禅皇帝，薛禅云者，聪明天纵之谓。可怜见嫡孙裕宗皇帝长子，我仁慈甘麻剌爷爷，根底封授晋王，统领成吉思皇帝四个大斡耳朵，及军马达达达达即鞑子。国土都付来，依着薛禅皇帝圣旨，小心谨慎。但凡军马人民的，不拣甚么勾留里，遵守正道行来的。上头数年之间，百姓得安业，在后完泽笃皇帝，蒙语称成宗为完泽笃皇帝，完泽笃者，有寿之谓。教我继承位次，大斡耳朵里委付了来，已委付了的大营盘看守着。扶立了两个哥哥，曲律皇帝，蒙语称武宗为曲律皇帝，曲律者，杰出之谓。普颜笃皇帝，蒙语称仁宗为普颜笃皇帝，普颜笃者有福之谓。侄硕德八剌皇帝。我累朝皇帝根底，不谋异心，不图位次，依次本分，与国家出气力行来。诸王兄弟每，众百姓每，也都理会的也者。今我侄的皇帝，升天了也么，道迤南诸王大臣军士的，诸王驸马臣僚达之百姓每，众人商量著大位次不宜久虚，惟我是薛禅皇帝嫡派，裕宗皇帝长孙，大位次里合坐体例有，其余争立的哥哥兄弟也无有。这般晏驾，其间比及整治以来，人心难测，宜安抚百姓，使天下人心得宁，早就这里即位。提说上头，从著众人的心，九月初四日，于成吉思皇帝的大斡耳朵里大位次里坐了也，交众百姓每心安的，上头敕书行有。此诏录诸《元史》，系是蒙文，原底未曾就译，故有数语在可解不可解之间，中国近日欲通行白话，恐其弊亦必至此，迁乔入谷，令人不解！

是日，即命也先铁木儿为中书右丞相，倒剌沙为中书平章政事，铁失知枢密院事，余如失秃儿、赤斤铁木儿、完者秃满等，俱授官有差。晋王初因斡罗思，遣别烈迷失首告逆谋，可谓守正不及，及闻英宗遇弑，不思入朝讨贼，即受玺践位，加封逆党，是毋亦利令智昏耶？当下遣使赴上都，祭告天地宗庙社稷；一面令右相也先铁木儿准备法驾，调集侍从，择日启程，向京师进发。

也先铁木儿自恃功高，又得大位，心中欣慰异常，便致书铁失，教他前来迎驾。铁失以京师重地，不便轻离，彼非有意留守，实是固位希宠。只遣完者、锁南、秃满等，驰奉贺表，且表欢迎。完者等到了行在，谒见嗣皇，奉谕优奖，喜得心花怒开，欢跃得很！慢着！至与也先铁木儿相见，彼此道贺，大家都说铁失妙策，赞扬不尽。也先铁木儿掀着短须道："老铁的功劳，原是不可没的；但非我帮助老铁，恐怕老铁也不能成事的。况现在的嗣皇帝，前已因解斡罗思，拟告逆谋,后来我奉着玺绶,驰到此处,他还出言诘责,亏我把三寸妙舌,说得面面俱到,方得他应允即位,各给封赏,列位试想,我的功绩,比老铁何如?"言毕,呵呵大笑。完者等本是拍马长技,至此见也先铁木儿位居首辅,权势烜赫,乐得见风使舵,曲意奉承,且齐声说的是"全仗栽培"四字。那时也先铁木儿笑容可掬道:"诸君是我知己,我在位一日,总冀诸君安乐一日,富贵与共,子女玉帛亦与共,诸君以为好否?"你的相位,不过数日可保,奈何? 完者等复连声称谢。也先铁木儿便命摆酒接风,大家吃得酩酊大醉,方才散去。

越数日,车驾扈从等,都已备齐,就禀闻嗣皇帝,启跸登程。沿途侍卫人员,统归也先铁木儿节制,跋山涉水,不在话下。只也先铁木儿行辕,比嗣皇帝的行幄,几不相上下。所有命令,反较嗣皇帝为尊严。看官试想:这时的也先铁木儿,你道他荣不荣呢,乐不乐呢? 层层翻跌,亦文中蓄势之法。

既到上都,留守官吏,都出城迎接,谒过嗣皇帝,复谒右丞相,也先铁木儿只在马上点首。写尽骄态。入城后,免不得有一番筵宴。嗣拟留驻数日,再行启銮。上都旧有行宫,及中书行省各署,彼此都按着职掌,分班列居。是时正当秋暮,气候本尚未严寒,偏是年格外凛冽,朔风猎猎,雨雪霏霏,官吏拥着重裘,尚觉冷入肌骨。大宁、蒙古等地方,尤为奇冷,牛羊驼畜等,大半冻毙。疑是小人道长之兆。嗣皇帝念切民依,令发京米赈饥。朔方正在施赈,南方又报水灾,漳州、南康诸路,霪雨连旬,洪波泛滥,庐舍漂没,不计其数。当由中书省循例请赈,即奉旨照准,帝泽虽是如春,百姓终难全活。独也先铁木儿意气自豪,毫不把民生国计系在心上,镇日里围炉御冷,饮酒陶情。

一日天气少暖,与完者、锁南等,并仆役数人,出门闲逛。只见盈山皆白,淡日微红,一片萧飒景象,无甚悦目。约行里许,愈觉寒风侵袂,景色苍凉。也先铁木儿便道:"天寒得很,不如回去罢!"完者等自然遵谕,便循原路回来。将到门首,忽有两舆迎面而至,当先的舆内,坐着一位半老佳人,红颜绿鬓,姿色未衰,也先铁木儿映入眼波,已是暗暗喝采。随后的舆中,恰是一个娉婷妙女,艳如桃李,嫩若芙蕖,望将过去,差不多是破瓜年纪,初月丰神。便失声道:"好一个女郎! 不知是谁家掌珠?"

锁南道:"何不问他一声!"完者即命仆役,询问舆夫,舆夫答是朱太医家眷。也先铁木儿闻着,也只好站住一旁,让他过去。一面低语完者道:"想她们总是母女,若得这般佳人,作为眷属,也不枉虚过一生了!"完者道:"相爷的权力,何事不可行?"也先铁木儿道:"难道去抢劫不成?"完者道:"这亦何妨!"也先铁木儿道:"她是宦家妻女,比不得一个平民,如何可以抢劫?"难道平民的妻女,便可抢劫么? 锁南道:"朱太医是一个微员,相爷若取他女为妾,还是把他赏收哩!"完者道:"我却去问他允否? 再作计较。"也先铁木儿道:"也好!"

完者即领着仆役,抢前数步,喝舆夫停舆。舆夫尚不肯从,偏如虎如狼的仆役,将舆揿住,口称相爷有命,教你回舆,你敢不从么?舆夫无奈,把舆抬转至中书省门前,勒令停住,叫妇女二人下舆,吓得朱家母女,呆坐无言,只簌簌的乱抖。完者道:"装什么妇女腔?相爷要女郎为妾,你等快即下舆!"二人仍是坐着,完者叱仆役道:"快拽她出来!"仆役闻言,就一齐动手,把母女两人拽出,送入也先铁木儿寝所。也先铁木儿并未命他强取,由完者等助成之,可见助纣为虐,罪尤甚于桀也。遂随也先铁木儿入门,并拱手作贺道:"相爷今日入温柔乡,明日要赏我等一杯喜酒哩!"

　　也先铁木儿道:"事已如此,倘她母女不从,奈何?"完者、锁南齐声道:"相爷这么权力,不能制此妇女,如何可以制人?"说得也先铁木儿无词可答。二人遂告别欲行,也先铁木儿道:"且慢,你等且为我劝此母女,何如?"完者奉命入也先铁木儿寝室,好一歇,方出来道:"她母女并不发言,想已是默许了!我等且退,何必在此观戏。"当下挈锁南手,与也先铁木儿告别。

　　也先铁木儿送出两人,竟入寝室,来视朱太医妻女。但见她二人相对坐着,玉容惨澹,珠泪双垂,不由的淫兴勃发,竟去抱这少女。谁知少女未曾入怀,面上已扑的一声,竟着了一掌。正是:

　　　　弑逆已难逃史笔,奸淫尚不顾刑章。

　　毕竟掌声从何而来?且至下回续叙。

　　英宗之被弑,人以为英宗之过严,吾以为英宗之过宽,其评已见上回。惟晋王即位,不先声明讨贼,且令也先铁木儿为首相,试思彼能弑英宗,独不能弑自己乎?且自漠北入上都,一切命令,皆出也先铁木儿之手,以致威权愈甚,肆意妄行,甚至太医家眷,亦可强拽入门,恣情奸宿,前如阿合马、卢世荣等,尚不若此凶横。国家愈衰,奸恶愈滋,读史者能无废书三叹乎!虽然,弑君之罪,尚可幸逃,强奸之罪,亦奚惮乎?大憝不诛,天下固无宁日也。

第三十六回　　正刑戮众恶骈诛　　纵奸盗百官抗议

　　却说也先铁木儿欲拥着少女寻欢,面上忽被击一掌。这掌非少女所击,乃是这半老佳人旁击过来的。当下恼了也先铁木儿,出外呼婢媪多人,将她母女褫去衣裳,赤条条的系住床上,覆以重衾。一面煨着炉炭,借御寒气,一面煮着春酒,狂饮了几大觥。乘着酒兴,揭被探娇,先采老阴,后及少阴。朱家母女没法可施,口中虽是痛骂,奈身子不得动弹,只好任他淫污。事毕,就覆衾拥卧,呼呼的睡去了。令人发指。

次日起床,仍把她母女系住不放,只令侍媪强给饮食。到了晚间,依着昨夕的老法儿,复去奸淫两次。可怜这朱家母女,求生不得,求死不能,满望朱医设法相救,谁知望眼将穿,毫无音耗。只见这穷凶极恶的奸贼,日夕淫嬲,直至三日将尽,方有侍媪进来,令母女穿好衣服,把她梳洗,拥出省门,勒上便舆,由舆夫抬还朱家去了。看官,试想朱家母女,得邀释放,不是朱太医从中运动,哪里有这般容易。原来朱太医闻妻女被留,早知情势不佳,先至中书省中,挽人设法,一些儿没有效果,转身去吁请留守。留守以新皇继统,方宠任也先铁木儿,不便在虎头搔痒。况他是随驾大臣,扈从人员,统归节制,亦非留守所得越俎劾奏,因此反劝朱太医得休便休,省得弄巧成拙。此何事也,乃便休乎! 朱太医焦急万分,抓头挖耳的思想,竟没有头路可钻。哪里晓得天道祸淫,奸人数绝,竟来了一个大大的救星,不但拔出朱太医妻女,并且将元恶大憝,及一班狐群狗党,尽行伏法! 这也是绝大的快事。好笔仗。那位救星恰是何人? 乃是元朝宗室中一位王爷,名叫买奴。一作满努。这买奴前曾随着英宗,自上都扈跸还京。至南坡变起,买奴孤掌难鸣,竟奔投晋邸,愿效力讨逆。偏晋王急于嗣位,将讨逆事暂搁不提,且命他在晋邸中,收拾简牍等件,自己启跸先发。及新皇帝寓上都,他方趱程到京。朱太医曾与相识,忙去谒见,求他怜救妻女。买奴闻言,不由得怒发冲冠,指天示朱太医道:"我誓不与逆贼共戴此天! 你回去候着消息,待我入见新帝,总有回报。"朱太医拜谢欲去,买奴复道:"奸淫事尚小,弑逆事实大,我为你计,亦不应说及奸淫,且与你面子上,亦过不下去,不如仍从讨逆入手,方好一网打尽哩。"买奴计画,很是妥当。朱太医道:"全凭大力!"于是朱医归家,买奴入觐。经新皇帝慰劳毕,买奴乞屏去左右,以便密陈。新帝照准,立命侍从退出,买奴遂密启道:"陛下嗣位,应天顺人,奈何命也先铁木儿作为首相呢?"新帝道:"他有奉玺的功劳,所以命为右相。"买奴道:"他若可自立为帝,早已黄袍加身了,还肯来奉玺么? 他与奸贼铁失,合谋图逆,共弑英宗,陛下首宜把他正法,方觉名正言顺哩!"新帝默然不答,买奴道:"逆贼等忍弑先皇,岂真愿事陛下? 他因陛下前镇漠北,恐声罪致讨,无术自全,所以奉上玺绶,请驾入都。若权归他手,陛下转成傀儡,此后一举一动,反被逆党所制,他得安享荣利,陛下反蒙恶名,天下后世,将疑陛下为篡国哩!"理正词醇,真好口才。新帝愕然道:"朕何尝有心篡逆? 据汝说来,是朕且与彼受过,朕亦不得不急图讨逆了!"买奴道:"前后左右,多是逆贼心腹,陛下既决意讨逆,事不宜迟,便在今夕,休使他狗急跳墙!"

新帝道:"甚善,劳汝替朕拿斩逆党。"买奴请即书诏。新帝即手写数行,给了买奴,并命遣晋邸卫兵,即夕前拿也先铁木儿等。买奴趋出,立即召集卫士,至中书省。此时也先铁木儿,已有人报知买奴密奏状,他只道是奸淫事泄,但发放朱医妻女,勒令归家,便好消灭证据,洗释罪恶;且可劾奏买奴诬妄,反坐罪名。因此将朱家母女逼归后,把酒浇愁,从容自在。偏偏不由你算,奈何?买奴率着卫士,急驰而入,见他兀坐自斟,便笑着道:"右相在此独酌么?何不令朱医妻女陪饮,格外欢畅哩!"也先铁木儿起座,佯作惊讶道:"王爷说甚么?何来朱医妇女,休要含血喷人!"买奴道:"朱家事不遑追究,有旨拿你逆贼!"也先铁木儿道:"我是保主功臣,何贼可言! 敢是你思谋逆么?"买奴道:"我不暇与你辩论,叫你去见先皇罢!"随喝令卫士快行动手。也先铁木儿尚欲抵拒,怎禁得卫士齐上,把他反剪起来,上了镣械,牵出省门,一面将完者、锁南、秃满等尽行拿到。也先铁木儿请入见嗣皇,面陈委曲。买奴道:"你是先皇的旧臣,应在先皇前自伏,何必再觐新帝!"当下设着御案,上供先皇帝灵牌,令也先铁木儿等,就案跪着,然后由买奴朗声宣诏道:

也先铁木儿、完者、锁南、秀满等,合谋弑逆,神人共愤,饬王买奴带领卫卒,即夕密拿。该逆等凶恶昭彰,罪在不赦;拿住后,着即斩首以谢天下,毋庸再鞫!

宣诏毕,即将也先铁木儿等绑出,一声炮响,刽子手刀随声落,统是身首两分! 何苦为恶。当下奏闻新帝,遂改命宣政院使旭迈杰为中书右丞相,陕西行中书左丞秃鲁,及通政院使纽泽,并为御史大夫,速速为御史中丞,并令旭迈杰、纽泽率兵至京师,搜除逆党。旭迈杰恐铁失在京,抗命作乱,遂夤夜前进,既到京城,先遣使人报铁失,暨失秃儿、赤斤铁木儿、脱火赤、章台等,令他出城迎驾。铁失等曾邀封赏,至此不防有诈,便坦然出迎。旭迈杰、纽泽早已密嘱兵士,令他列队站着。待铁失等下骑相见,便命跪听诏敕。当由旭迈杰宣诏道:

先皇帝御宇三年,未闻失德,而铁失、也先铁木儿等,敢行大逆,竟有南坡之变,骇人听闻! 朕因诸王大臣推戴,嗣登宸极,若非首除奸恶,既无以妥先帝之灵,并无以泄天下之愤,为此甫抵上都,即将也先铁木儿等,声罪正法。惟在京逆党,如铁失辈,尚逍遥法外,特命中书右丞相旭迈杰、御史大夫纽泽,率兵到京,立将铁失、失秃儿、赤斤铁木儿、脱火赤、章台等,拿下正法,余如逆党爪牙,亦饬令旭迈杰、纽泽,彻底查拿,毋得瞻徇,应加刑法,候复奏定议。

铁失等听着旭迈杰宣诏,开口便抬出先皇帝三字,已是魂魄飞扬;及读到

"拿下正法"四字,越吓得心惊胆战,意欲起身逃窜,只见两边排着卫士,好似天罗地网一般,插翅难飞。旭迈杰读罢诏敕,即叫卫士过来,将铁失等除去冠带,命即正法。霎时间头都落地,数道灵魂,入阿鼻地狱中去了。若有地狱,当为此辈特设。

铁失等既伏诛,旭迈杰即刻进城。搜拿诸王月鲁不花、按梯不花、曲吕不花、孛罗兀鲁思不花,及铁失弟索诺木,一并发交法司,并查得御史台经历朵儿只班、御史撤儿塔罕、兀都蛮郭、也先忽都等,素依附铁失,朋比为奸,遂并行奏复。月鲁不花等拟赐死,朵儿只班等拟充戍,至复诏到来,俱减罪一等,拟赐死的减为充戍,拟充戍的减为免官。

时中书平章政事张珪,闻得此诏,独勃然道:"国法上强盗不分首从,发冢伤尸者亦死;索诺木尝从弑逆,亲斫丞相拜住右臂,乃反欲保他生命么?"遂缮就奏牍,遣陈行在,略称贼党不宜逭诛,索诺木加刃故相,亲与逆谋,乞速付显戮以快人心等语。于是新帝准奏,即将索诺木枭首,流月鲁不花于云南,按梯不花于海南,曲吕不花于奴儿干,孛罗及兀鲁思不花于海岛,朵儿只班等皆褫职为民,一场逆案,总算处置明白,内外肃清。

新帝乃启驾入京,亲御大明殿,受诸王百官朝贺。礼成,追尊皇考晋王为皇帝,庙号显宗,皇妣弘吉剌氏为宣懿淑圣皇后。嗣复上先皇尊谥为睿圣文孝皇帝,庙号英宗。拟定次年改元,号为泰定元年。

台官复奏言曩时铁木迭儿专政,诬杀杨朵儿只、萧拜住、贺伯颜、观音保、锁咬儿哈的迷失,杖窜李谦亨、成珪,罢免王毅、高昉、张志弼,天下咸知蒙冤,请旨昭雪。随即颁诏,命存者召还录用,死者赠官有差。旭迈杰又上言逆党作乱,诸王买奴赶赴晋邸,愿效死力,且言不除元凶,陛下美名不著,天下后世,无从察知。圣衷嘉纳,屡承奖谕,令臣等考查懿戚,能自拔逆党,为国效忠,莫如买奴一人,应加封赏,以示激劝。因此买奴将赏泰宁县五千户,受爵泰宁王。又颁赏讨逆功臣,赐旭迈杰金十锭,银三十锭,钞七十锭;倒剌沙为中书左丞相;倒剌沙曾与铁失密议,理应加罪,胡反得迁擢,其私可知!知枢密院事马某沙、御史大夫纽泽、宣政院使锁秃,应加授光禄大夫,各赐金银钞有差;追赠故丞相拜住为太师,爵东平王,谥忠献,称为清忠一德功臣,授其子答儿麻失里为宗仁卫亲军都指挥使,赏功录旧,恤死褒生,泰定初政,人民称美。转瞬间已是元年,小子因新帝殁后,未得立谥,史家亦称为泰定帝,所以后此称帝,我亦云然。上文统称新帝,与前数帝继位时名号不同,即是此意。元夕御殿,朝贺礼仪,悉如旧制,不必赘述。惟敕诸王各还本部,并召还图帖睦尔于琼州,阿木哥于大同。会浙江行省左丞赵简,能开经筵,及择师傅,令太子及诸王大臣子孙受学,泰定帝乃命平章政事张珪,翰林学士承旨忽都儿都鲁迷失,学士

第三十六回　正刑戮众恶骈诛　纵奸盗百官抗议

吴澄，集贤直学士邓文原，以《帝范》《资治通鉴》《大学衍义》《贞观政要》等书，指日进讲。一面册定皇后弘吉刺氏，名叫巴巴罕，特书其名，一正《元史本纪》误名为氏之讹，一正后来下嫁燕帖木儿之罪。并立皇子阿速吉八一作阿苏奇布。为皇太子。册立之日，天大风雨，四面晦霾，官民颇为惊愕。已兆不祥。泰定帝不以为意，复选了两个丽姝，作为妃嫔，一名必罕，一名速哥答里，皆出弘吉刺氏，且系一对姊妹花。父名买住罕，曾封衮王，这且按下慢表。都为后文埋根。

且说泰定帝即位改元后，有事太庙，忽然庙内神主，失去两座，一是仁宗神主，一是仁宗后神主。先是太常博士李好文，曾建议在庙神主，应用木制，不宜金饰，所有金玉祭器，须贮诸别室，免致遗失等语。无如元代定制，神主概制以金，当时以李博士议论近迂，不足采用，况且宗庙社稷，各有守官，何人敢来盗窃，因此率由旧章，并未改革。至此竟有神主被盗一事，当令守京各官，派捕缉获，偏偏追索十日，毫无赃证。监察御史宋本、赵成庆、李嘉宾等，奏言盗窃太庙神主，由太常守卫不谨，应即议罪。奏入不报。是时参知政事马刺，兼领太常礼仪使，且有升迁左丞消息。恼动了平章政事张珪，抗言太常奉守宗祐，责有攸归，今神主被窃，应待罪而反迁官，赏罚不明，纪纲倒置，上何以谢祖灵，下何以惩盗风，应持以宸断，严核功过，方可报本追远，黜贪惩邪。这数语说得详明痛切，总道泰定帝准词究办，不料待了数日，也无批敕，只马刺升迁事，才算打消。

还有武备卿即烈，故太尉不花，受家吏撒梯贿托，强收寡妇古哈。古哈系郑国宝妻，曾为命妇。国宝死后，遗产颇多，撒梯阴加艳羡，且见古哈尚在中年，自己又值丧偶，遂浼人往讽古哈，劝她再醮。古哈以门阀相沿，颇欲守节，拒绝不从。偏这撒梯贪财恋色，定欲取她到手，就去请托即烈、不花两人，硬行出头，逼她改嫁撒梯。古哈仍不肯允，即烈等骑虎难下，诈称奉旨令古哈再嫁。逼令再嫁之旨，虽是诈传，然亦由元代之不尚节烈，致有此弊。看官！你想古哈是一介孀妇，哪里抗得过圣旨？只好除了丧服，改着艳装，乘舆至撒梯家，与他成婚。何不就死，但死节最难，到欢娱时，或亦感念帝德。撒梯得了古哈，欢爱非常，并将她家人畜产一并取来。偏台官不肯玉成，竟尔据实陈奏，殊杀风景。并劾即烈、不花矫旨的罪状，有旨令刑部讯鞫。即烈、不花无从图赖，暗中恰向左丞相倒刺沙处，奉送金银钞若干，托他挽回。果然钱神有灵，可以买命，不消两日，竟下了一道赦诏，只说是世祖旧臣，加恩贷罪。

又有辽王脱脱，镇守辽东，乘泰定帝新立，颁诏大赦以前，竟报复私仇，妄杀亲王妃主百余人，占夺羊马畜产。经台官奏请废徙，亦不见报。会值山崩地震，雷迅风烈诸灾异，泰定帝只令番僧大作佛事，以期禳解。且令在寿安山寺,集僧讽经,约以三年,自己却巡幸上都,备驾前去。于是平章政事张珪,邀集枢密院御史台、翰林集贤两院官,会议时弊,决计谏净。适上都亦有诏到来,戒饬百官,并命大都守臣,详言利病,各官遂公推张珪主稿。珪正满怀痛愤,即草就数千言,成了一篇旷前绝后的大奏章,拟亲至上都面奏。大众见了,无不称为大手笔,小子有诗咏道:

> 事君无隐由来久,千古争传谏士言。
> 留得一编遗草在,大元久邈直声存。

欲知奏疏中如何措词,待下回觇缕陈明。

泰定帝至上都,从买奴之请,诛也先铁木儿等,看似锄凶罚恶,足快人心,实则仍为一己计,欲自免助逆之名,不得不讨除逆党。《春秋》之法在诛心,桃园之弑,史书赵盾,泰定帝虽稍差一间,其心固不可问也。况倒剌沙亦与逆谋,卒因前时私宠,不加其罪,反擢其官;盗神主者得逃法外;逼再嫁者且恕罪名;藩王有辜不之问;佛事屡修不之省,种种失政,安知不由倒剌沙辈,从中蛊惑乎?是回叙述,已将泰定帝之心迹,揭明纸上,史称其能守祖宪,号称治平,岂其然乎!

第三十七回　众大臣联衔入奏　老平章嫉俗辞官

却说平章政事张珪,既拟就奏稿,出示百官,由员外郎宋文瓒,代读奏稿,其词云:

国之安危,在乎论相。昔唐玄宗前用姚崇、宋璟则治,后用李林甫、杨国忠,天下骚动,几致亡国,虽赖郭子仪诸将,效忠竭力,克复旧物,然自是藩镇纵横,纪纲亦不复振矣。良由李林甫妒害忠良,布置邪党,奸惑蒙蔽,保禄养祸所致,死有余辜。如前宰相铁木迭儿,奸狡险深,阴谋丛出,专政十年,凡宗戚忤己者,巧饰危间,阴中以法,忠直被诛,窜者甚众。始以赃败,谄附权奸失列门,及嬖幸也里失班之徒,苟全其生。寻任太子太师。未几仁宗宾天,乘时幸变,再入中书。当英庙之初,与失列门等恩义相许,表里为奸,诬杀萧、杨等以快私怨,天讨元凶,失列门之党既诛,坐邀上功,遂获信任。诸子内布宿卫,外据显要,蔽上抑下,杜绝言路,卖官鬻狱,威福已出,一令发口,上下股栗,稍不附己,其祸立至,权势日炽,

第三十七回　众大臣联衔入奏　老平章嫉俗辞官

中外寒心。由是群邪并进,如逆贼铁失之徒,名为义子,实其腹心,忠良屏迹,坐待收系,先帝悟其奸恶,仆碑夺爵,籍没其家,终以遗患,搆成弑逆。其子锁南,亲与逆谋,所由来者渐矣。虽剖棺戮尸,夷灭其家,犹不足以塞责。今复回给所籍家产,诸子尚在京师,夤缘再入宿卫,世祖时,阿合马贪残败事,虽死犹正其罪,况如铁木迭儿之奸恶者哉!臣等宜遵成宪,仍籍铁木迭儿家产,远窜其子孙于外郡,以惩大奸。

君父之仇,不共戴天,所以明纲常,别上下也。铁失之党,结谋弑逆,君相遇害,天下之人,痛心疾首,所不忍闻,比奉旨以铁失之徒,既伏其辜,诸王按梯不花、孛罗、月鲁不花、曲吕不花、兀鲁思不花,亦已流窜,逆党胁从者众,何可尽诛,后之言事者,其勿复举。臣等议古法弑逆,凡在官者杀无赦,圣朝立法,强盗劫杀庶民,其同情者犹且首从俱罪,况弑逆之党,天地不容,宜诛按梯不花之徒以谢天下。

书曰:惟辟作福,惟辟作威,臣无有作福作威。臣而有作福作威,害于而家,凶于而国。盖生杀予夺,天子之权,非臣下所得盗用也。辽王脱脱,位冠宗室,居镇辽东,属任非轻。国家不幸有非常之变,不能讨贼,而乃觊幸赦恩,报复仇怨,杀亲王妃主百余人,分其羊马畜产,残忍骨肉,盗窃主权,闻者切齿。今不之罪,乃复厚赐放还,仍守爵土,臣恐国之纪纲,由此不振,设或效尤,何法以治。且辽东地广,素号重镇,若使脱脱久居,彼既纵肆,得无忌惮;况令死者含冤,感伤和气,臣等议累朝宪典,闻赦杀人,罪在不原,宜夺削其爵土,置之他所,以彰天威。

刑以惩恶,国有常宪。武备卿即烈,前太尉不花,以累朝待遇之隆,俱致高列,不思补报,专务奸欺,诈称奉旨,令撒梯强收郑国宝妻古哈,贪其家人畜产,自恃权贵,莫敢如何,事闻之官,刑曹逮鞫服实,竟原其罪,辇毂之下,肆行无忌,远在外郡,何事不为!夫京师天下之本,纵恶如此,何以为政?古人有言:"一妇衔冤,三年不雨。"以此论之,即非细务。臣等议宜以即烈、不花,付刑曹鞫之中卖宝物,世祖时不闻其事,自成宗以来,始有此弊。分珠寸石,售直数万,当时民怀愤怨,台察交言。且所酬之钞,率皆天下穷民膏血,锱铢取之,从以箠挞,何其用之不吝!夫以经国有用之宝,而易此不济饥寒之物,是皆时贵与斡脱中宝之人,妄称呈献,冒给回赐,高其值且十倍。蚕蠹国财,暗行分用,如沙不丁之徒,顷以增价中宝事败,具存吏牍。陛下即位之初,首知其弊,下令禁止,天下欣幸。臣等比闻中书,乃复奏给累朝未酬宝价四十余万锭,较其元值,利己数倍。有事经年远者,计三十余万锭。复令给以市舶番货。计今天下所征包银差发,岁入止十一万锭,已是四年征入之数,比以经费弗足,急于科征。臣等议番舶之货,宜以资国用,纾民力,宝价请俟国用饶给之日议之。

太庙神主,祖宗之所妥灵。国家孝治天下,四时大祀,诚为重典。比者仁宗皇帝皇后神主,盗利其金而窃之,至今未获,斯乃非常之事,而捕盗官兵,不闻杖责。臣等议庶民失盗,应捕官兵,尚有三限之法,监临主守,倘失官物,亦有不行知觉之罪。今失神主,宜罪太常,请拣其官属免之。

国家经费,皆出于民。量入为出,有司之事。比者建西山寺,损军害民,费以亿万计,刺绣经幡,驰驿江浙,逼迫郡县,杂役男女,动经年岁,穷奢致怨。近诏虽已罢之,又闻奸人乘间,奏请复欲兴修,流言喧播,群情惊骇。臣等议宜守前诏。示民有信,其创造刺绣事,非岁用之常者悉罢之。

人有怨抑,必当昭雪;事有枉直,尤宜明辨。平章政事萧拜住,中丞杨朵儿只等,枉遭铁木迭儿诬陷,籍其家以分赐人,闻者嗟悼。比奉明诏,还给原业,子孙奉祀家庙,修葺苟完,未及宁处,复以其家财仍赐旧人,止酬以直,即与再雁断没无异。臣等议宜如前诏,以原业还之,量其直以酬后所赐者,则人无冤愤矣。

德以出治,刑以防奸。若刑罚不立,奸宄滋长,虽有智者,不能禁止。比者也先铁木儿之徒,遇朱太医妻女,过省门外,强拽以入,奸宿馆所。事闻有司,以扈从上都为解,竟勿就鞫。元恶虽诛,羽翼未戢。臣等议宜遵世祖成宪,凡助恶为虐者,悉执付有司鞫之。臣等又议天下囚系,不无冤滞,方今盛夏,宜命省台选官审录,结正重刑,疏决轻系,疑者申问详谳。

边镇利病,宜命行省行台,体究兴除。广海镇戍卒更病者给粥食药,力死者人给钞二十五贯,责所司及同乡者归骨于其家。岁贡方物有常制,广州东莞县大步海,及惠州珠池,始自大德元年,奸民刘进、程连言利,分蜑户七百余家官给之粮,三年一采,仅获小珠五六两,入水为虫鱼伤死者众,遂罢珠户为民。其后同知广州路事塔察儿等,又献利于失列门,创设提举司监采。廉访司言其扰民,复罢归有司。既而内正少卿魏暗都刺,冒启中旨,驰驿督采,耗廪食,疲民驿,非旧制,请悉罢遣归民。

善良死于非命,国法当为昭雪。铁失弑逆之变,学士不花,指挥不颜忽里,院使秃古思,皆以无罪死,未得褒赠。铁木迭儿专权之际,御史徐元素以言事锁项死东平,及贾秃坚不花之属,皆未申理。巨等议宜追赠死者,优恤其子孙,且命刑部及监察御史体勘,其余有冤抑者具实

第三十七回　众大臣联衔入奏　老平章嫉俗辞官

以闻。

政出多门,古人所戒。今内外增置官署,员冗俸滥,白丁骤升,出身入流,壅塞日甚,军民俱蒙其害。夫为治之要,莫先于安民,安民之道,莫急于除滥费,汰冗员。世祖设官分职,俱有定制。至元三十年以后,改升创设,日积月增,虽尝奉旨取勘减降,近侍各私其署,夤缘保禄,姑息中止。至英宗时,始锐然减罢崇祥寿福院之属十有三署,徽政院断事官江淮财赋之属六十余署,不幸遭罹大故,未竟其余。比奉诏凡事悉遵世祖成宪,若复寻常取勘调虚文,延岁月必无实效,即与诏旨异矣。臣等议宜敕中外军民,署置官吏,有非世祖之制,及至元三十年已后,改升创设员冗者,诏至日悉减除之。

自古圣君,惟诚于治政,可以动天地,感鬼神,初未尝徼福于僧道,以厉民病国也。且以至元三十年言之,醮事佛事之目,止百有二,大德七年,再立功德使司,积五百有余。今年一增其目,明年即指为例,已倍四之上矣。僧徒又复营干近侍,买作佛事,自称特奉传奉,所司不敢致问,供给恐后。夫佛以清净为本,不奔不欲,而僧徒贪慕货利,自违其教,一事所需,金银钞币,不可数计,岁用钞数千万锭,数倍于至元间矣。凡所供物,悉为己有,布施等钞,复出其外,生民脂膏,纵其所欲,取以自利,畜养妻子,彼既行不修洁,适足亵慢天神,何以邀福?比年佛事愈繁,累朝享国不永,致灾愈远,事无应验,断可知矣。臣等议宜罢功德使司,其在至元三十年以前,及累朝忌日醮祠佛事名目,止令宣政院主领修举,余悉减罢。近侍之属,并不得巧计擅奏,妄增名目。若有特奉传奉,从中书复奏乃行。

古今帝王治国理财之要,莫先于节用。盖侈用则伤财,伤财必至于害民。国用匮而重敛生,如盐课增价之类,皆足以厉民矣。比年游惰之徒,妄投宿卫部属,及官者女红太医阴阳之属,不可胜数。一人收籍,一门蠲复,一岁所请衣马刍粮,数十户所征入,不足以给之,耗国损民,莫此为甚。臣等议诸宿卫宦女之属,宜如世祖时支请之数给之,余悉简汰。

阔端赤牧养马驼,岁有常法,分布郡县,各有常数。而宿卫近侍,委之仆御,役民放牧,始至即夺其居,俾饮食之,残伤桑果,百害蜂起,其仆御四出,无所拘钤,私鬻刍豆,瘠损马驼。大德中始责州县正官监视,盖暖棚团糟枥以牧之。至治初复散之民间,其害如故。监察御史及河间路守臣屡言之。臣等议宜如大德团糟之制,正官监临,阅视肥瘠,拘钤宿卫仆御,著为令。

兵戎之兴,号为凶器,擅开边衅,非国之福。蛮夷无如,少梗王化,得之无益，失之无损。至治三年，参卜郎盗劫杀使臣，利其财物而已，至用大师，期年不戢，伤我士卒，费国资粮。臣等议好生恶死，人之恒性，宜令宣政院督守将，严边防，遣良使抵巢招谕，简罢冗兵，明敕边吏，谨守御，勿生事，则远人格矣。天下官田岁入，所以赡卫士，给戍卒。自至元三十一年以后，累朝以是田分赐诸王公主驸马，及百官宦者寺观之属，遂令中书酬直海漕，虚耗国储。其受田之家，各任土著，奸吏为赃官，催甲斗级，巧名多取，又且驱迫邮传，征求氕廪，折辱州县，闭偿逋负。至仓之日，变鬻以归，官司交忿，农民窘窜。臣等议惟诸王公主驸马寺观，如所与公主桑哥剌吉，及普安三寺之制输之公廪，计月直折支以钞，令有司。兼令输之省部，给之大都。其所赐百官及宦者之田，悉拘还官，著为令。

　　国家经费，皆取于民。世祖时，淮北内地，惟输丁税。铁木迭儿为相，专务聚敛，遣使括勘两淮、河南田土，重并科粮，又以两淮、荆襄沙碛，作熟收征，微名兴利，农民流徙。臣等议宜如旧制，止征丁税，其括勘重并之粮，及沙碛不可田亩之税悉除之。世祖之制，凡有田者悉役之民，典卖田随收入户。铁木迭儿为相，纳江南诸寺贿赂，奏令僧人买民田者，毋役之以里正主首之属，逮今流毒细民。臣等议惟累朝所赐僧寺田，及亡宋旧业，如旧制勿征；其僧道典买民田，及民间所施产业，宜悉役之，著为令。

　　僧道出家，屏绝妻孥，盖欲超出世表，是以国家优视，无所徭役。且处之官寺，宜清净绝俗为心，诵经祝寿。比年僧道，往往畜妻子无异常人。如蔡道泰、班讲主之徒，伤人逞欲，坏教干刑者，何可胜数？俾奉祠典，岂不亵天渎神！臣等议僧道之畜妻子者，宜罪以旧刑，罢遣为民。

　　赏功劝善，人主大柄，岂宜轻以与人？世祖临御三十五年，左右之臣，虽甚爱幸，未闻无功而给一赏者。比年赏赐泛滥，盖因近侍之人，窥伺天颜喜悦之际，或称乏财无居，或称嫁女取妇，或以技物呈献。殊无寸功小善，递互奏请，要求赏赐，奄有国家金银珠玉，及断没人畜产业。似此无功受赏，何以激劝？既伤财用，复启幸门。臣等议非有功勋劳效，著明实迹，不宜加以赏赐，乞著为令。

　　臣等所言弑逆未讨，奸恶未除，忠愤未雪，冤枉未理，政令不信，赏罚不公，赋役不均，财用不节，民怨神怒，感伤和气，惟陛下裁择，以答天意，消弭灾变。臣等不胜翘切待命之至！

　　宋文瓒一气读毕，枢密院御史台翰林集贤两院官，统鼓掌道："近今弊窦，统由张平章说尽。若此奏上去，能邀圣上允准，一一施行，乃是国家的大幸了！"张珪道："我拟亲至上都，面陈此疏，免得内臣沮格。"宋文瓒道："晚生愿随老平章同去,何如?"张珪道:"好极!但缮录奏稿,还仗大笔!我已老朽,不愿作蝇头小楷了。"文瓒道:"晚生理当效劳。"

当下百官散归,文瓒亦回寓,把奏稿恭楷录正,差不多至半日余,方才告竣。并将会议各官,联衔署名。到了次日,便偕张珪赴上都。珪即入觐泰定帝,递上奏疏。泰定帝展览多时,似乎有些讨厌的神气。张珪呕尽心血,不值泰定帝一顾奈何?淡淡的答道:"朕知道了!卿自京至此,未免劳顿,且在行辕休息,再作区处。"张珪叩谢而出。

待了两日,并不见有诏敕下来,转增烦闷。适宋文瓒亦来谒谈,张珪道:"我等奏议,共有数条,偏似大石沉海,一条未蒙敕行,难道就此过去,便好治国么?"文瓒道:"老平章何不再行谒奏?总要宸衷酌行,方可渐除时弊。"张珪点头。次晨复至行宫朝泰定帝,行礼毕,复启奏道:"臣闻日食修德,月食修刑。应天以实不以文,动民以行不以言。目今刑政失平,所以天象垂变,陛下仰承天心,务乞矜察,臣等逐条奏议,即请施行!"泰定帝答道:"待朕返京师后,择要施行便了。"珪不便再陈,只得告退。

既而御史台臣秃忽鲁、纽泽等,复奏陈灾异屡见,宰相宜避位以应天变,可否仰自圣裁。且言臣等为陛下耳目,不能纠察奸吏,慢官失守,宜先退避以授贤能。泰定帝览了此奏,便批谕:"御史所言,失在朕躬,卿等不必辞职。"台官等无可奈何。只丞相旭迈杰、倒剌沙两人,心中未安,也递呈一疏。略说天象告儆,陛下以忧天心为心,反躬自责,谨遵祖宗圣训,修德慎行,饬臣等各勤乃职。手诏至大都,居守省臣,皆引罪自劾,臣等为左右相,才下识昏,当国大任,无所襄赞,以致灾祲迭见,罪在臣等,理应退黜。此外诸臣,各勤职守,无罪可言!语中带刺。泰定帝仍批谕道:"卿等若皆辞避,国家大事,谁与共理?总教靖供尔职,勉迪百工,自可徐回天变,不必再辞!"嗣是以后,不闻再诏,连回跸京师的期限,也悬宕过去。

张珪愤闷得很,遂托称老病,上表辞职。有诏常见免拜跪,并赐小车,得乘至殿门下。珪复请克日还京,总算邀准。回銮后,只望泰定帝践着前言,如议施行,偏诏旨下来,一道是禁言赦前事,一道是将赦前籍没的家产,如数给还。看官,你想此时的张平章,还肯在朝委蛇么?当下奏陈病势日剧,非扶掖不能行,恳即日放归,得返首邱,死且感恩云云。小子有诗咏张平章道:

忠臣不肯效阿容,可奈良言未见从!
从此挂冠林下隐,白云深处住行踪。

未知泰定帝曾否允准,且至下回叙明。

张珪一疏，为《元史》中仅见之文，列传中备录无遗。本回亦就此采入，一以扬张平章之忠，一以明泰定帝之失。泰定以旁支入承大统，龙飞九五，仰荷天休，不于此时从贤纳谏，除害兴利，何以孚舆望而贻孙谋乎？辛致晏驾以后，即滋内变，生无德政，殁无美谥，一代嗣君，反成闰位，是不得谓非咎由自取也！张珪屡谏不从，即托病乞归。古人云，以道事君，不可则止，吾于珪殆遇之焉。

第三十八回　信佛法反促寿征　迎藩王入承大统

却说张珪辞职甚力，泰定帝尚是未允，只命养病西山，并加封蔡国公，知经筵事，别刻蔡国公印作为特赐。<small>不听良言，留他何用？</small>张珪移居西山，过了残腊，复上疏乞归，乃蒙允准，解组归里，还我自由。未几复接朝旨，召他商议中书省事。珪不肯就征，引疾告免，至泰定四年卒于里，遗命上蔡国公印。珪系弘范子，字公端。少时从父灭宋，宋礼部侍郎邓光荐将赴水死，为弘范所救，待以宾礼，命珪就学。光荐乃以平生所得，著成相业一书，授珪熟读，珪因此成文武材。元朝中叶，要推这位老平章是一位纯臣了。<small>补叙履历，所以旌善，且亦是文中绵密处。</small>

这且休表。单说张珪回籍，朝右少一个直臣，泰定帝朝罢无事，一意佞佛。每作佛事，辄饭僧数万人，赐钞数千锭，并命各处建寺，雕玉为楹，刻金为像，所费以亿万计，毫不知惜。泰定帝又亲受佛法于帝师，连皇后弘吉剌氏以下，也都至帝师前受戒。这时候的帝师，名叫亦思宅卜，每年所得赏赐，不可胜计。帝师弟衮噶伊实戬，自西域远来，诏令中书持酒效劳，非常敬礼。帝师兄索诺木藏布，领西番三道宣慰司事，封白兰王，赐金印，给圆符，使尚公主。僧可尚公主，<small>大约亦舍身大布施耳</small>。僧徒多号司空、司徒、国公，佩带金玉印章，因此气焰薰灼，无所不为。在京尚敢横行，出都愈加恣肆，见有子女玉帛，无不喜欢，所求不遂，即大肆咆哮。西台御史李昌，尝痛心疾首，据实抗奏道：

　　臣尝经平凉府、静会、定西等州，见西番僧佩金字圆符，络绎道途，驰骑累百。传舍至不能容，则假馆民舍，因而迫逐男子，奸污妇女。奉元一路，自正月至七月，往返百八十五次，用马至八百四十余匹，较之诸王行省之使，十多六七，驿户无所控诉，台察莫得谁何。且国家之制圆符，本为边防警报之虞，僧人何事而辄佩之？乞更正僧人给驿法，且得以纠察

第三十八回　信佛法反促寿征　迎藩王入承大统

良莠，毋使混淆。是所以肃僧规，即所以遵佛戒也，伏乞陛下准奏施行！

奏入不报，后闻僧侣扰民益甚，乃颁诏禁止，其实仍是一纸空文，敷衍了事。未几又命建显宗神御殿于卢师寺。这卢师寺在宛平县卢邱山，向称大刹，此次奉安御容，大兴土木，役卒数万人，糜财数百万两，装饰得金碧辉煌，一时无两。然后另建显宗神主，奉置殿中，悬额署名，号为大天源延圣寺。赐住持僧钞二万锭，并吉安、临江二路田千顷。中书省臣，未免看不过去，又联名奏道：

> 臣等闻养给军民，必借地利。地之所生有限，军民犹惧不足，况移供他用乎？昔世祖建大宣文、弘教等寺，赐僧永业，当时已号虚费。而成宗复构天寿万宁寺，较之世祖，用增倍半。若武宗之崇恩、福元，仁宗之承华、普庆，租榷所入，益又甚焉。英宗凿山开寺，损兵伤农，而卒无益。夫土地祖宗所有，子孙当共惜之，臣恐兹后借为口实，妄兴工役，徼福利以逞私欲，福未至而祸已集矣。唯陛下察之！

泰定帝得此奏后，却也优诏旌直。但心中总是迷信，遇着天变人异，总令番僧虔修佛事，默祈解禳。番僧依着故例，请释赦囚，所以赦诏叠见。凡有奸盗贪淫诸罪，统得遇赦邀恩，一律洗刷；就是出狱重犯，再被逮系，转瞬间又得释放。看官试想，天下有几个悔过的罪人？愈宽愈坏，辇毂之下，尚无王法，外省更不必论了。屡言佞佛之弊，是为痴人说法。

泰定帝始终未悟，并因次子诞生，疑为佛佑，甫离襁褓，即令受戒。为了拜佛情殷，反把郊天禘祖的大礼，搁过一边。监察御史赵思鲁，以大礼未举，奏言天子亲祀郊庙，所以通精诚、迎福厘，生蒸民，阜万物，历代帝王，莫不躬亲将事，应讲求故例，虔诚对越，方可隐格纯嘏。泰定帝不以为然。有了佛佑，自可不必郊祀。全台大哗，复入朝面陈。泰定帝道："世祖成宪，不闻亲祀郊庙。朕只知效法世祖，世祖所行的事件，朕必遵行；世祖未行的事件，朕也不愿增添。此后郊天祭庙，可遣大臣恭代便了。"台官还想再陈，泰定帝竟拂袖退朝。

嗣因帝师圆寂，大修佛事，命塔失铁木儿、纽泽监督，召集京畿僧侣，诵经讽咒，差不多有数十天；一面另延西僧藏班藏卜为帝师，赍奉玉印，诏谕天下。又命作成宗神御殿于天寿万宁寺，一切规模，与显宗神御殿相似。

正在百堵皆兴的时候，忽由太常入奏，宗庙中的武宗金主，及所有祭器，统被盗窃去了。前时盗窃仁宗神主，至此又窃武宗神主，堂堂太庙，窝留盗贼，令人不解。泰定帝命再作金主，奉安庙中，应行捕盗等情，也模糊过去。后复因台官劾奏，才酌斥太常礼仪等官，只神主不翼而飞，终无下落。

会扬州路崇明州、海门县海溢，汴梁路畎沟、兰阳河溢，建德、杭州、衢州属县水溢，还有真定、晋宁、延安、河南等路屯田遇了旱灾，大都河间、奉元、怀庆等路遇了蝗灾，巩昌府通渭县山崩，硐门地震，有声如雷，昼色晦暝，天全道山亦爆裂，飞石毙人，凤翔、兴元、成都、峡州、江陵同日地震。各处警报络绎。泰定帝只与西僧商量，教他朝晬梵语，暮鼓钟钹，膜拜顶礼，祈福消灾。且遍饬京内外各官，恭祀五岳四渎名山大川。总道是神佛有灵，暗中庇佑，谁料旱荒水荒，虫灾风灾，种种状况，杂沓而来。百姓报官长，官长报皇上，弄得泰定帝胸无定见，却想了一个法儿，下诏改元！祈佛无益，改元更属无谓。当由廷臣议定"致和"二字，于泰定五年春季，改泰定为致和。且仍诏告帝师，命各僧佛事加虔；并饬于沿海各地，建造浮屠二百一十六座，镇压海隘。真是捣鬼。

　　帝师藏班藏卜上言，皇帝虽已受佛法，但欲增福延寿，还须亲受无量寿佛戒，泰定帝当即允准。择日御兴圣殿，邀请帝师到来，督设经坛，上供无量寿佛金牌，下设幢幡宝盖，乐簴钟悬。当由帝师座下的僧徒，吹起法螺，摇动金铃，接着大锣大钹，敲击起来。帝师着红衣，戴毗卢帽，先至坛前焚香祷告，口中不知念着什么番语，嘛咪叭吽的说了一回，然后导引泰定帝至坛前跪着，帝师在旁庋诵祝词，复念了无数佛号，方令泰定帝学着僧规，膜拜受戒。是时后妃人等，亦群集坛前，兴圣殿内外，拥挤得什么相似。那一班僧侣，多是张头探脑，摇目擦睛，你说是那个美丽，我说是这个妖娆，彼此评头品足，觑艳偷香，就是口中所念的波罗蜜多，阿弥陀佛，也觉颠倒错乱，语无伦次。无量寿佛未曾请到，女观音等先已值坛，安得不令僧侣动心？至受戒礼毕，泰定帝出殿，大众散去，帝师亦回寺，僧徒等也都退归，饮酒拥娇去了。乐得过。

　　次日，由宫中发出金银钞，赏给僧徒，又费了若干万两。泰定帝以福寿双增，非常欣慰。会出猎柳林，偶受感冒，不怿累日，遂思巡幸上都，游春解闷。当命西安王阿剌忒纳失里，及签书枢密院事燕帖木儿，一作雅克特穆尔。留守京师，自率皇后、皇太子，及丞相倒剌沙等，命驾北去。自春至夏，留寓行宫，整日里流连酒色，不闻朝政。

　　会殊祥院使也先捏，自建康北来，密语丞相倒剌沙，以怀王将有他变，不可不防。倒剌沙立即奏闻，请旨徙怀王居江陵。这怀王却是何人？就是武宗次子图帖睦尔。先是泰定帝即位，召诸王还邸，图帖睦尔亦自琼州召归，见三十六回。受封怀王。泰定二年，命出居建康，以也先捏为怀王卫士。也先捏与怀王不协，乃私至上都，密进逸言。泰定帝不遑查察，竟照倒剌沙奏议，遣宗正扎鲁忽赤、雍古台南下，命怀王徙居江陵。怀王遵旨西迁，扎鲁忽赤等回报。时泰定帝已患疾病，日甚一日，竟于七月新秋，晏驾上都，寿仅三十六。无量寿佛戒之效何如？

第三十八回　信佛法反促寿征　迎藩王入承大统

丞相倒剌沙言太子年幼，不即拥立，竟擅权自恣，独行独断，于是天怒人怨，众叛亲离，国家大变，又复从此发生。倡难的人，便是留守京师的燕帖木儿。燕帖木儿是元季大蠹，所以特别点醒。

燕帖木儿是从前的钦察都指挥使床兀儿第三子，武宗镇朔方时，已备列宿卫，深得宠幸。床兀儿殁，承袭左卫亲军都指挥使。泰定二年，加授太仆卿，致和元年，进签书枢密院事，留守京都，实掌枢密院符印。自闻泰定帝罹疾，遂怀异谋，自思身受武宗宠遇，不能辅他二子，入承帝位，未免有负主恩。泰定帝亦擢你高官，何不自思图报。因此与继母察吉儿公主，族党阿剌帖木儿，及密友孛伦赤等商议，将乘泰定帝病殂后，迎立怀王图帖睦尔，篡承武宗遗统。

至泰定帝崩，皇后弘吉剌氏，遣使诣京，命平章政事乌都伯剌，一作额卜德呼勒。收掌百司印章，谕安百姓。燕帖木儿知势难再缓，即进语西安王道："故主已殂，太子尚幼，国家须择立长君，乃可无虞。况天下正统，应属武宗嗣子，英宗已不当立，大行皇帝，更出旁支，益加淆杂，今日宜正名定分，迎立武宗嗣子，时不可失，功在速成，王爷以为何如？"无非希定策功耳，遑期忠义。西安王阿剌忒纳失里道："言固甚是，但周王远居漠北，奈何？"燕帖木儿道："怀王曾居江陵，何不先行迎立？"西安王道："弟不先兄，此处还须商酌！"燕帖木儿道："先迎怀王入都，安定人心，然后再迓周王，仁宗故事，何妨踵行。"西安王道："上都方有命令，饬乌都伯剌收集印章，我欲举事，彼竟不从，这又未免为难了！"燕帖木儿道："昔人有言，先发制人，王爷果允行义举，只教募赏勇士，立可成功！"西安王点头道："你去妥行布置，我总无不赞成。"

燕帖木儿趋出，即日召集心腹，准备停当。翌日黎明，由西安王下令，召集百官至兴圣宫，会议要事。平章政事乌都伯剌、伯颜察儿，偕官属先到，西安王亦乘车而来。

既入座，乌都伯剌正要宣布后敕，令百官齐缴印章，忽见燕帖木儿，率着阿剌帖木儿、孛伦赤等十七人，带刀奔入，外面并有勇士数百人，趋立门外。乌都伯剌料知有变，遂叱问道："签书意欲何为？"燕帖木儿厉声道："武宗皇帝有子二人，孝友仁文，播名远迩，今乃一居朔漠，一处南陲，武宗有知，亦当深恫，况天下系武宗的天下，一误宁可再误？今日正统，应归还武宗嗣子，敢有再紊邦纪，不从义举，是与乱贼相等，例当处斩！"言毕，拔刀出鞘，怒目而立。仿佛强盗。

乌都伯剌、伯颜察儿两人，欲抗词答辩，偏燕帖木儿不容分说，竟令阿剌帖木儿、孛伦赤等，一齐动手，将他二人拿下。中书左丞朵朵等道："签书莫非造反不成？"言未已，已被燕帖木儿砍倒，顿时阖座大乱。燕帖木儿指挥勇士，缚住朵朵，并执参知政事王士熙，参议中书省事脱脱、吴秉道，侍御史铁木哥、邱士杰，治书侍御史脱欢，太子詹事丞王桓等，概置狱中，自与西安王入守内廷，分布腹心于枢密院，自东华门夹道，重列军士，使人传命往来，严防他变。一面再召百官，入内听命。即令前河南行省参知政事明里董阿，前宣政院使答剌麻失里，乘着快驿，迎怀王图帖睦尔于江陵。且使嘱河南行省平章伯颜，选兵扈驾，不得有误。

明里董阿等既去，遂封府库，拘百司印，遣兵守诸要害，推前湖广行省左丞相别不花为中书左丞相，詹事塔失海涯为平章，前湖广行省右丞速速为中书左丞，前陕西行省参政王不怜台吉为枢密副使，萧忙古解仍为通政院使，与中书右丞赵世延等，分典庶务。于是募死士，买战马，运京仓米，饷输士卒，复遣使至各行省征发钱帛兵器。

当时有卫军失统，暨谒选与罢退军官，俱发给符牌，静候调遣。诸人受命后，未知所谢，各瞪目立着。当由中书省官，指使南向拜谢，大众惊悚，毛发凛然，方知内廷意属怀王了。极写秘密。

燕帖木儿宿卫禁中，一夕数徙，莫知所处，有时或坐以待旦。你亦怕死么？暗思母弟撒敦，子唐其势，尚在上都，因密遣塔失帖木儿，召使归京。两人都弃了家眷，星夜奔还。是时京内无主，群议沸腾，燕帖木儿恐人心未安，诈令塔失帖木儿充作南使，只云怀王旦夕且至，民勿疑惧；又令乃马台诈为北使，称周王亦已南来。用心亦苦。复命撒敦率兵守居庸关，唐其势率兵屯古北口，抗御上都。一面再遣撒里不花、锁南班，往江陵促驾早发。

时董里明阿等早至河南，晤着平章伯颜，与语密谋，伯颜告知平章曲烈，右丞别铁木儿，令发兵南迎。偏两人不识时务，硬行阻拦，伯颜叹道："我本受武皇厚恩，委以心膂，今爵位至此，还有何望？只因大义相临，不敢推诿，所以为此转告，愿两公不要阻挠。"曲烈仍是不从，惹得伯颜性起，竟将两人杀毙，遂别募勇士五千人，令蒙哥不花带着，驰迎怀王。自己亦秣马厉兵，严装以俟。参政脱别台进谏道："今蒙古兵马，与卫卒同在上都，内地诸隘，守兵单弱，恐此事不易成功哩。"伯颜怒叱道："你敢挠乱士心么？违令者斩！"脱别台慌忙退出。是夕竟怀刃入刺伯颜，被伯颜察觉，拔剑砍死，并夺他所部军器，收马千二百骑。会怀王在江陵，经撒里不花等催促，即日动身。先令撒里不花往报伯颜，封为河南行省左丞相。至怀王到河南，伯颜属橐鞬，擐甲胄，率百官父老，肃迎郊外，既导入，复俯伏称万岁，并上前叩首劝进，怀王解金铠御服宝刀，亲赐伯颜，又命他扈从北行。正是：

    万骑遥从南陆发，六飞快向北郊来。

欲知入京后如何情状，容待下回表明。

元代之佞佛，自世祖始，后世子孙，益增迷信，此创业垂统之君，所由贵慎自贻谋者也。本回于泰定佞佛事，慨乎言之，至受无量寿佛戒一段，尤写出僧侣情弊。禹鼎铸奸，神犀照怪，无逾于此。此非著书人好为描摹，实因淫僧贼秃，大都尔尔，奉劝世间，善男信女，速即回头，毋为若辈播弄，其苦心固可见也。且泰定帝在位五年，乏善可述，所诛逆党，亦非本心，至其后好作佛事，意者其恐逆党之冥中报复，姑借此为忏悔计乎？晏驾以后，即生内变，佛其果有灵耶？抑无灵耶？彼如燕帖木儿之图立怀王，抗拒上都，尤足以见佞佛之主，非徒无益，反且速祸，读史者当亦知所戒矣。

第三十九回　大明殿称尊颁敕
　　　　　　　 太平王杀敌建功

却说怀王图帖睦尔，既至河南，令伯颜从行，以前翰林学士承旨阿不海牙，继伯颜后任，遣前万户字罗等将兵守潼关；并分道遣使，召宣靖王买奴，镇南王铁木儿不花，威顺王宽彻不花，高昌王铁木儿补化等，率属来会。诸王陆续到来，然后整驾北发。是时上都诸王满秃、阿马剌台，宗正扎鲁忽赤、阔阔出，前河南平章政事买闾，集贤侍读学士兀鲁思不花，太常礼仪院使哈海赤等十八人，已得燕帖木儿密函，令他即日起事，响应京师，正在暗中安排。不料事机漏泄，被倒剌沙闻知，竟亲率卫兵，各处搜拿，不到一日，竟将十八人捉住九双，请了泰定皇后命令，斥他谋逆，个个处斩。

倒剌沙自思逾月无主，究竟不妥，遂入谒泰定皇后，愿拥立皇太子阿速吉八为帝，克期登位。泰定皇后自然乐从，遂于致和元年八月，召集梁王王禅，_{一作旺辰。}辽王脱脱，右丞相塔什特穆尔，_{旧作塔失铁木儿，因与前大都使臣名重复，故用新名。}太尉不花，御史大夫纽泽等，奉皇太子阿速吉八即位上都，尊皇后弘吉剌氏为皇太后，拟定次年改元天顺。泰定帝在位五年，其子已早为储贰，依父终子及之例，则阿速吉八之嗣位，亦属正当，故特书改元，以存书法。天顺帝年才九龄，_{书天顺帝，亦有微意。}朝贺时统由倒剌沙护持，方得终礼。遂命诸王失剌，平章政事乃马台，_{此乃马台与上文异人同名。}詹事钦察，率兵袭京畿。巧值阿速卫指挥使脱脱木儿，由上都自拔来归，奉京师命令，驻守古北口。他已预知失剌等潜师进袭，遂领兵出据宜兴，四面埋伏。

失剌分军三队，先后南下。第一队归乃马台统率，第二队归钦察统率，第三队方由自己领着，乘着锐气，倍道而来。前军甫到宜兴，扎营造饭，炊烟甫起，号炮骤闻。大众正在四望，蓦见敌军蜂拥上前，连忙上马截杀。说时迟，那时快，众军未曾排齐，敌兵已经杀入，眼见得辙乱旗靡，人仰马翻，乃马台措手不及，被脱脱木儿刺落马下，生擒活捉去了。第一队已了。

脱脱木儿已扫尽前队，便趁着现成的饭锅，令军士饱餐一顿，前驱疾进。那边第二队兵士，由詹事钦察押队前来，途次接得溃卒败报，忙上前来援，未达数里，已与脱脱木儿军相遇。脱脱木儿握着一柄大刀，当先突阵，麾下军士，随势冲入，钦察不知好歹，也拨马舞刀，来战脱脱木儿，才数合，忽听脱脱木儿喝声道着，那钦察的头颅，不知不觉的滚落地上。奇语。俗语说得好，蛇无头不行，钦察已身首两分，还有何人敢来抵敌？霎时间纷纷逃溃，走得慢的一大半都做了矮脚鬼，暴骨沙场。第二队又了。

还有失剌所领的后军，悒悒南来，接连得着两队败耗，料知不能抵挡，忙令后队变作前队，前队变作后队，向北退还。待脱脱木儿赶去，失剌已逃得很远，只有殿卒数百名，被脱脱木儿军屠杀净尽，其余统侥幸生免了。失剌还算见几。

脱脱木儿追赶十余里，不及而还，当即报捷京师。燕帖木儿等属酒相贺。方在满座庆宴的时候，忽见撒里不花驰入，报称怀王已自河南登途，现距京师只百里了。燕帖木儿道："甚好！"撒里不花道："还有一事贺公，已奉命升公知枢密院事了！"燕帖木儿大喜，便于席间派使远迎。至宴飨毕后，即令太常礼仪使，整备法驾。

越两日，闻怀王驾已抵郊，遂偕诸王百官，恭奉法驾，出迎郊外。怀王慰劳有加，改乘法驾，驰入京师。燕帖木儿与西安王阿剌忒纳失里等，立即劝进。怀王道："大兄尚在朔方，我不得越次僭位，俟两都平靖，当遣使迎兄。目下暂由我监国，愿卿等勿生异议！"初意原是不错。燕帖木儿道："大王让德，卓越古今，惟时势相迫，亦贵从权，既承钧命，容后再议！"怀王乃入居宫中。

越宿命速速为中书平章政事，前御史中丞曹立为中书右丞，江浙行省参知政事张友谅为中书参知政事，河南行省左丞相伯颜为御史大夫，中书右丞赵世延为御史中丞，各官俱受职视事，不必细表。

又越两日，由侦骑入报，上都梁王王禅，右丞相塔什特穆尔，太尉不花，御史大夫纽泽等，又兴兵南犯了。怀王召燕帖木儿，商议军务，燕帖木儿自请效劳。怀王甚喜，遂发兵数万，供燕帖木儿调遣，命他便宜行事，不为遥制。燕帖木儿遂带兵至居庸关，由其弟撒敦迎入。燕帖木儿道："闻北兵已发上都，吾弟何不率兵急进，反在此游疑观望？难道待他自毙么？"撒敦道："闻兄拳命督师，所以静候调度，不敢妄进。"燕帖木儿道："我不害人，人将害我，你快率万人前去，截住北军，我当为你后应便了。"

撒敦依言，就率兵出关，浩浩荡荡的杀奔榆林。适值北军到来，也无暇答

第三十九回　大明殿称尊颁敕　太平王杀敌建功

话,即麾兵猛击。北军不及布阵,顿时被他踹入,乱砍乱戳,不消片时,已将北军杀得七零八落,往北奔逃。

撒敦乘胜长驱,直到怀来,才见燕帖木儿督军到来。当下叩马报捷,并请径攻上都。燕帖木儿道:"且慢前进,回关再商。"撒敦道:"兄前责弟,今弟将诘兄;北军既已败去,不乘此入捣上都,还待何时?"燕帖木儿道:"吾弟有所未知,兵以气动,气盛乃胜,气馁必败。我前日并非责你,实所以激动弟心,鼓气御寇。今已得胜,锐气将衰,若再进兵,顿师城下,那时再衰三竭,不要进退两难么?"论兵却是有识。撒敦无言,乃随返关中。燕帖木儿即驰书报捷。嗣得复命,令他即日还京,燕帖木儿乃留弟守关,奉命还朝。入京后,把前时拿下的乌都伯剌,及擒住的乃马台,统置大辟。一面约诸王大臣,伏阙上书,请早正大位,以安天下。怀王尚是固辞。燕帖木儿道:"人心向背,间不容发,现在兵戈扰攘,非速正大名,不足以系人心,万一中外失望,后悔何及?"怀王道:"必不得已,亦须将我的本意,明示天下,方可权摄帝位。"古时惟王莽称摄皇帝,怀王亦欲居摄,染鼎之意已动矣。乃命中书省臣,拟定诏旨,于九月十三日,即帝位于大明殿,受诸王百官朝贺,颁诏天下道:

　　洪维我太祖皇帝,混一海宇,爰立定制以一统绪,宗亲各受分地,勿敢妄生觊觎,此不易之成规,万世所共守者也。世祖之后,成宗、武宗、仁宗、英宗,以公天下之心,以次相传,宗王贵戚,咸遵祖训。至于晋邸,具有盟书,愿守藩服,而与贼臣铁失、也先铁木儿等,潜通阴谋,冒干宝位,使英宗不幸罹于大故。朕兄弟播越南北,备历艰险,临御之事,岂获与闻?朕以叔父之故,顺承惟谨。于今六年,灾异迭见,权臣倒剌沙、乌都伯剌等,专权自用,疏远勋旧,废弃忠良,变乱祖宗法度,空府库以私其党类。大行上宾,利于立幼,显握国柄,用成其奸。宗王大臣以宗社之重,统绪之正,协谋推戴,属于眇躬。朕以菲德,宜俟大兄,固让再三,宗戚将相,百僚耆老,以为神器不可以久虚,天下不可以无主,周王辽隔朔漠,民庶皇皇,已及三月,诚恳迫切,朕固从其请,谨俟大兄之至,以遂朕固让之心。已于致和元年九月十三日,即皇帝位于大明殿,其以致和元年为天历元年,可大赦天下。自九月十三日昧爽以前,除谋杀祖父母父母,妻妾杀夫,奴婢杀主,谋故杀人,但犯强盗印造伪钞不赦外,其余罪无轻重,咸赦除之。于戏!朕岂有意于天下哉!重念祖宗开创之艰,恐隳大业,是以勉徇舆请,尚赖尔中外文武臣僚,协心相予,辑宁亿兆,以成治功,咨尔多方,体予至意!

是日封赏群臣,并赐大都将士金银钞,多寡有差。流朵朵、王士熙、伯颜察儿、脱欢等于远州,各籍没家资,分给诸王大臣。忽警报自辽东传来,平章秃满迭儿,及诸王也先帖木儿等,率兵入迁民镇,进袭蓟州。怀王怀王已即帝位,本文仍称怀王,一因天顺正位,国无两君,一因周王在北,怀王暂摄帝位故也。乃封燕帖木儿为太平王,以太平路为食邑,并命为中书右丞相,兼知枢密院事,赐黄金五百两,白金二千五百两,钞万锭,金素织缎色缯二千匹,平江官地二百顷,即日诏促出师蓟州,拒辽东军。

燕帖木儿闻命即行,且调撒敦会师北进。方到三河,接着通州急报,梁王王禅等已入居庸关,不由得大惊道:"居庸被破,不特通州吃紧,连京师也要戒严。我军须回保京师,休被蹂躏为是!"乃留兵拒辽东军,自与撒敦星夜驰还。

既抵榆河关,闻怀王已出齐化门视师,益觉焦急万分。遂驱马直奔京城,谒见怀王,并面启道:"陛下何故亲自视师?"怀王道:"寇兵已入居庸关,将要来犯京师了。"燕帖木儿道:"陛下一出,民心必惊,凡御寇事尽可责臣。陛下亟宜还宫,安定人民,请勿轻动!"此时燕帖木儿确是怀王忠臣。怀王道:"待卿未来,所以躬自督师,今已到此,朕心安了,军事由卿作主,朕当从卿言,还宫安民。"言毕,即与燕帖木儿别去。

燕帖木儿复还至军中。梁王王禅等亦乘胜进逼,与燕帖木儿军遇于榆河。燕帖木儿升座誓师道:"寇已深入,大都戒严,孰胜孰负,在此一举。将士等为国前驱,理宜奋力杀敌,若有退避不前,本爵帅只有军法从事,休得后悔!"将士等唯唯听命,燕帖木儿遂命开营逆战。

两下里交锋起来,正是棋逢敌手,将遇良材,一边是誓扶幼主,期立大功;一边是力保长君,目无全房,足足战了三四个时辰,不分胜败。燕帖木儿执旗当先,引军突阵。部下见主帅奋勇,格外效力,无不以一当十,以十当百,北军渐渐败却,退至红桥。

燕帖木儿步步进逼,一些儿不肯放松,恼动了梁王部将。一名阿剌帖木儿,曾为枢密副使,一名忽都帖木儿,曾为上都指挥,两人素称骁勇,至此气愤填胸,挺身还战,竟攻入燕帖木儿阵中。燕帖木儿正挥刀前进,适值阿剌帖木儿突至马前,挺戈刺来,亏得燕帖木儿眼明手快,将身闪过一边,右手用刀格住戈铤,左手拔剑砍去,不偏不倚,正中阿剌帖木儿左臂。阿剌帖木儿狂叫一声,拨马就逃。燕帖木儿紧紧追去,又来了忽都帖木儿,接住厮杀,奋斗了数十合,彼此尚不相让,仍恶狠狠的搏战。燕帖木儿手下,有一矮将名和尚,短悍绝伦,善使双锤,他恐主帅有失,忙拨马助战。忽都帖木儿欺他短小,不以为意,谁知这和尚煞是矫捷,左右驰击,防不胜防,忽都帖木儿方思退避,左臂上已着了一锤,几乎跌落马下,幸他将前来救护,才得走脱。两帖木儿不敌一帖木儿,无愧为太平王。北军见两将败衄,人人夺气,遂驰过红桥,阻水而阵。燕

第三十九回　大明殿称尊颁敕　太平王杀敌建功

帖木儿恐军士力疲,不欲再战,只命弓弩手用矢攒射,把北军一阵射退,然后收兵。

次日复分军为三队,令也速答儿率左,八都儿率右,进逼北军。时北军退至白浮,因燕帖木儿挑战,也出来对仗。燕帖木儿麾兵佯退,俟北军追来,命左右两队包抄过去。北军正杀得高兴,猛见也速答儿从右边杀来,忙分军抵敌。方在酣战,左边又遇着八都儿军,又分军敌住,不意燕帖木儿复转身杀到,所向披靡。那时北军招架不住,只好且战且走,复退十里下寨。燕帖木儿见北军虽败,行列尚是整齐,也即鸣金收军。

越宿复战,北军抖擞精神,前来冲突,燕帖木儿也不肯稍让,督军猛击,自辰至午,相持不下。蓦见燕帖木儿阵中,跳出锐卒数百名,由燕帖木儿亲自督领,冲杀过去。北军前来抵截,被燕帖木儿手刃七人,方才退却。燕帖木儿也即鸣金收军。

是夜二鼓,燕帖木儿召孛伦赤、岳来吉入帐,密议道:"连日酣战,两军俱疲,长此坚持,何以退敌?"孛伦赤道:"不如今夜发兵劫营,想寇兵应亦疲倦,定中我计!"燕帖木儿道:"我亦想及此着,但彼此对垒下营,岂有不防之理?从前甘宁百骑,夜劫曹营,我何不仿他一行,也可扰乱敌心,使他自退?"燕帖木儿想曾阅过《三国演义》。孛伦赤、岳来吉二人齐声道:"末将等愿效死力!"燕帖木儿大喜,便调集锐卒百骑,令各带弓箭,并持战鼓,随孛伦赤、岳来吉二人同去。临行时又吩咐道:"你等抵敌营时,只宜左右鼓噪,四面驰射,不必与他厮杀,但能使他惊扰,便算头功。"孛伦赤等领命去讫。燕帖木儿恰高枕自卧。

那边梁王王禅,正恐燕帖木儿劫营,令兵士小心严防。到了三鼓,突闻外面鼓声大震,忙令各营出战,兵士开营出去,只见来兵东驰西射,散无纪律。当下冒矢追杀,走到这边,他到那边;走到那边,他到这边。嗣后来兵越多,混战一回,互有杀伤。战到天明,彼此相见,才知所杀伤的统是自家人,不禁懊丧异常。这时的孛伦赤、岳来吉两人,早已收集百骑,回营报功去了。小子有诗赞燕帖木儿道:

　　　　力战何如智取工?榆关犹忆大王风。
　　　　须知兵事无嫌诈,燕邸当年固善攻。

毕竟北军曾否再退,请看官续阅下回。

怀王之立,不当立也。以泰定之正统言,则皇太子已即位上都,怀王固不当立;以武宗之正统言,则嗣位者应属周王和世㻋,怀王亦不当立也。燕帖木儿希宠取媚,南迎劝进;借使怀王正言抗斥,则燕帖木儿之志不得逞,而兵祸可立弭矣。乃江陵遽发，飘然入都，御殿即真，封王拜爵，彼已南面称尊，讵尚肯北面为臣耶？让兄之言，徒虚文尔。然发难之首，实出自燕帖木儿，故本回中叙述各事，皆以燕帖木儿为前提，西安以下，概置后列。至如出师战胜之举，尤写得机变神智，非称美燕帖木儿，实隐诛燕帖木儿也。曹阿瞒以知兵闻，阿瞒得谓汉之忠臣否耶？吾于燕帖木儿亦云。

第四十回　入长城北军败溃　援大都爵帅驰归

却说孛伦赤、岳来吉等，回营报功，燕帖木儿时已起床，即将二人功绩，书录簿上；并命撒敦带着偏师，出营巡哨。是日大雾迷濛，眼不见影，撒敦巡至敌营，已是空空洞洞，留着虚垒。走将进去，只有敌卒数名，尚在寨中收拾行李，见了撒敦等，一哄而逃，被撒敦兵追上，擒住二卒。经撒敦审讯，才知北军已窜匿山谷中。撒敦即将二卒带还，报知燕帖木儿。

燕帖木儿道："王禅未曾大挫，即行遁匿，我料他必有诈计，将乘我不备，前来掩击哩！"料事如神。便下令将士，教他裹粮坐甲，静待后命，不得私自出营，违令者斩！越夕，又命坚壁严装，如遇寇至，只准固守，不准出战，违令者斩！到了夜间，防备尤密，四面布着侦骑，探听消息。未几鸡声报晓，远远的接吹角声，燕帖木儿听着道："寇兵来了！"忙出升帐，见侦骑亦来禀报，说是北军成列出山，距此只数里了。燕帖木儿仍饬各军守着前令，不得有违。约一时许，北军鼓噪而至，冲突数次，坚不能入，没奈何退后下营。

燕帖木儿命撒敦、八都儿两人，各率一军，分授密计，命俟至天晚，分头趋出。两人依计而行。是夜天色愈暝，四面阴霾，北军也严行准备，不遑就寝。一更以后，但听后面有铜角声，吹得非常响亮，不由得慌忙起来，梁王王禅，惩着前辙，只令各营静守，不敢出头。忽前面又起角声，亦觉激越异常。时值深秋，塞外草衰，正是风声鹤唳，草木皆兵的时候，加以角声震荡，前后相应，益令军心胆怯，不寒而栗。梁王王禅，尚兀自守着，偏营内各兵，自相骚扰，不肯镇定。至三鼓以后，角声越吹得厉害，仿佛有千军万马，四面杀来，那时军心益乱，情势仓皇，任你王禅如何禁遏，也是弹压不住，遂不禁叹息道："罢了！罢了！看来幼主无福，偏遇这燕帖木儿，不如就此退兵罢！"你自己无将帅才，不足胜敌，反说看幼主无福，是谓肚痛埋怨灶司。当下撤营遁去。

看官道这铜角声如何而来？就是撒敦与八都儿，奉着燕帖木儿密计，虚吓敌兵。原来撒敦自营后出师，潜绕北军后部，吹角惧敌；八都儿自营前出师，直逼北军前面，鸣角相应。两军并不去厮杀，只仗这铜角为号，虚声恫喝，那北军竟堕计中，翕夜遁去。

撒敦等来报燕帖木儿，燕帖木儿即命倾寨穷追，直到昌平州，方见北军还在前面。一声鼓号，驱马杀去，北军心胆俱裂，哪个还敢拦阻？你奔我溃，彼跌此仆，被燕帖木儿军，乘势掩杀一阵，斩首约数千级，所有逃不及的北军，顾命要紧，管不得什么面子，只好匍匐乞降。燕帖木儿准他投诚，收降至万余人。

正拟饬兵再追，适值钦使到来，忙下马接旨。诏中所说，略称丞相亲冒矢石，恐有不测，万一受伤，朕恃谁人？自今以后，但教凭高督战，视察将士，用命行赏，不用命行罚，毋得再自冒险，以滋朕忧！燕帖木儿谢旨毕，即语来使道："我非好死恶生，但猝遇大敌，不得不身先士卒，为诸将法。现在寇已败退，自当遵旨小心，请钦使转达御前，免劳圣虑为是。"钦使应着，即行别去。

燕帖木儿麾军再上，杀得王禅等弃甲抛戈，抱头窜逸。于是燕帖木儿勒马中途，但令也速答儿、也不伦，及弟撒敦，率兵三万，再追北军，自率余军徐徐后行。将到居庸关，接也速答儿军报，北军已逃出关外去了。燕帖木儿即遣使上追，驰马入关，会也速答儿等亦已回军，遂命也速答儿居守，辅以金院彻里帖木儿，并就他统卒三万名，留供驱遣，自率得胜军南还。

至昌平南，来了古北口急报，上都军已入古北口，进掠石漕。燕帖木儿愤愤道："居庸关才得收回，古北口又闻失守，如何是好！"撒敦即上前进言道："水来土掩，兵来将挡，怕他何为？弟愿前去，杀他片甲不回！"燕帖木儿道："吾弟前去，须要小心！"撒敦应命，即领着万人，倍道去讫。燕帖木儿，率军后应，亦兼程而进。

撒敦驱军至石漕，不管甚么利害，竟上前掩击，敌军正在午炊，仓猝遇敌，不及拦阻，便向北窜去。撒敦追击数十里，杀毙敌军无数。

正拟下营，燕帖木儿大军亦到，两下相会，当由撒敦报明胜仗。燕帖木儿问敌军主将，系是何人？撒敦嘿然。燕帖木儿道："吾弟杀了一日，难道连敌将姓名，尚未查明么？"撒敦道："问他何为？我只知见敌就杀，得胜报功。"是一员莽将口吻。燕帖木儿微笑道："幸你所遇的都是庸将，倘使遇着将材，恐怕有败无胜哩！"

当下令侦骑探明，返报敌将姓氏，一个是驸马孛罗帖木儿，一个是平章答失雅失帖木儿，一个是院使撒儿讨温。此处叙敌将姓氏，恰从侦骑探报，无非避文笔复沓耳。燕帖木儿道："这等乳臭小儿，也来将兵，真是可羞！待我用一条小计，便好擒住三人。"撒敦道："用什么计？小弟出去，包管擒来。"燕帖木儿道："你只知力战，不知智取，难道他束着双手，任你擒获么？"言毕，便问侦骑道："我见前面有一大山,此山叫作何名?"为将须明地理,观此益信。侦骑道:"名叫牛头山。"撒敦道:"哥哥专会使刁,查了敌将姓氏,还要问着山名,有何用处?"燕帖木儿之狡,借撒敦口中叙出,映带无痕。燕帖木儿怒道:"你不要瞎说!我非顾着兄弟情谊,管教你一顿杖责。"从燕帖木儿口中自陈私弊,用笔尤妙。撒敦伸舌而退。燕帖木儿换了微服,带着侦骑数名,出营自去,直到天晚,方才回营。

次日升帐,召诸将面嘱道:"我昨晚登牛头山,望见敌营扎住山后,料他是倚山自固的意思,但山中有小路可通,我若乘高压下,便可踏破敌营,可奈敌营虽破,敌将必逃,若要追擒,也是难事,不若引他入山,使入陷穽,我却前后夹攻,令他无路可走,自然一鼓成擒了。"众将都拍手称善,燕帖木儿命八都儿道:"你今夜引兵千名,潜上牛头山,就小路中掘着陷坑,斩木掩覆,上表暗记,令我军便于趋避,敌兵易致误入,方好成功。至陷坑造就,你可越山劫营,准败不准胜,俟敌兵赶来,你却诱他入小路,我自有兵接应,休得违慢!"八都儿依令去讫。又命裨将亦讷思道:"你率兵千名,备着挠钩,就山上小路旁,左右伏着,待敌兵入穽,便好一一擒住哩。"亦讷思亦去。又命撒敦道:"你领兵万人,沿山绕转,就敌营左右埋伏,但听山上有号炮声,你便杀出,断他后路,不得有违!"撒敦亦领命去了。复命诸将道:"你等随我上山,视我大纛所向,奋力杀敌,明日可灭此朝食了。"众将唯唯听命。到了傍晚,命将士饱餐毕,随饬各带干粮火具,向牛头山进发。

是时八都儿已掘好陷坑,乘夜越山,去劫敌营。敌营中设有探马,侦得八都儿到来,便去禀报主将。驸马孛罗帖木儿,年轻好胜,就上马领兵,出营搦战。八都儿上前对仗,略战数合,佯作慌张的形状,弃戈退走。孛罗帖木儿不知是计,即趋马奋追,平章答失雅失帖木儿,与院使撒儿讨温,亦出营接应,撒儿讨温道:"驸马追去,恐防有失,况夜色凄其,山岭狭隘,倘有不测,必致败挫,不如遣人禁他前进,方可无虞。"答失雅失帖木儿闻言,便遣使去讫,俄得去使回报,驸马言月色甚明,可以夜战,请平章院使速即接应,可以杀尽敌人。撒儿讨温复道:"营寨亦是要紧,请平章守住勿动,我带兵接应便了。撒儿讨温,亦颇仔细。答失雅失帖木儿应着,便分兵与撒儿讨温,长驱进发。

时孛罗帖木儿已被八都儿诱进山中,走入间道,猛听得一声鼓响,山冈上火炬齐明,竖着一面大纛,上书"太平王右丞相"等字样。孛罗帖木儿道:"燕帖木儿在此,我等快上冈去,刺杀了他。"言未毕,山上已驰下将士,来敌孛罗帖木儿。孛罗帖木儿尚不畏怯,奈因岭路逼窄,不便战斗,只好勒马退回,不期扑塌一声,连人带马,跌入陷坑去了。亦讷思早已留意,便命军士钩起孛罗帖木儿,捆绑而去。

孛罗帖木儿部下士卒,争思来救,无如走近一个,陷落一个,走近两个,陷

第四十回 入长城北军败溃 援大都爵帅驰归

落两个，那时也只好寻路逃走。偏偏燕帖木儿的将士，四面杀来，心中一慌，足下更走立不稳，一半跌入陷坑，一半死于刃下。

此时的撒儿讨温，尚未知前军败状，领兵入山，步步为营。一入间道，已望见大纛飞扬，料知孛罗帖木儿必遇伏兵，前去定必无幸。奈又不能不急急驰救，只好硬着头皮，驱马进去，一面令左右分射，以备不虞。谁知山上的喊杀声，渐渐逼紧，虽是严行备御，究竟不免心虚。转瞬间敌已四至，任你如何放箭，总是射他不住。撒儿讨温，命军士随射随退，未及数武，见军士都钻入地中，慌忙察视，自身亦随马而陷。几似《封神传》中的土行孙。两旁突出亦讷思军，又被他搭上挠钩，捆缚去了。余众走投无路，只得大呼乞降。

答失雅失帖木儿坐守营盘，专听军报。远远的闻有炮声，心中正志忑不定，忽营外有兵到来，还道是撒儿讨温等回营。正欲出来探问，不意来兵很是凶猛，如搅海龙一般，捣入营中。答失雅失帖木儿急上马抵敌，凑巧遇着撒敦，一枪刺来，正中左腕，倒仆马下。撒敦麾下的军士，便来抓住，拖了过去。

北军顿时骇散，由撒敦追击一阵，杀死多名。是时天尚未明，撒敦即缚送答失雅失帖木儿，上山报命。燕帖木儿复命他追赶溃卒，他即回马下山，逐溃卒出古北口，然后回军。

这边的燕帖木儿，收集各军，整辔回营。时方天晓，由军士推上孛罗帖木儿及撒儿讨温、答失雅失帖木儿。燕帖木儿拍案道："你等助逆叛顺，死有余辜，本爵帅不便饶你！"孛罗帖木儿等亦大声诟詈，即由燕帖木儿申明军法，喝令斩首。须臾，已将首级三颗，呈上帐前。

燕帖木儿方遣人奏捷，帐外又递到紧急文书，由燕帖木儿展阅一周，即语诸将道："叛王也先帖木儿，与秃满迭儿，又陷通州，将到京师。京中已召我还援，我等勤王要紧，速即启程。"*此处北军，借燕帖木儿叙明，又是一种笔法。*诸将不敢有慢，当即随燕帖木儿拔营而南。趱途两日，即到通州，时已日色衔山，晚烟四起。诸将请择地立营，燕帖木儿道："寇敌将近，不驰去杀他一阵，还待何时！"说着，已挥兵疾进，约数里，即遇敌兵。敌兵未曾防备，狼狈奔趋，燕帖木儿追杀里许，因天色昏暮，才命下营。

次日黎明，复整兵追敌，西至潞河，见北军已在河北，列阵以待，人如排墙，燕帖木儿倒也不敢进逼。至夜间，欲渡河击敌，奈隔岸火光透澈，映入河流，好似掣电空中，群芒四射，因此按兵不动。待到黎明，遥望敌营中已无声响，只有人影模糊，尚是沿河立着。此时也无暇细辨，便麾兵结筏渡河，各军安然西渡。及达彼岸，各持刀砍人，不意统是黍稭做成，上披毡衣，地土积草，尚有余焰未熄，才晓得敌已夜遁，但放火植秸，作为疑兵罢了。*燕帖木儿也有被欺之时。*

燕帖木儿愤甚，复率兵穷追，将抵檀子山，四面都是枣林。这枣林中恰有敌兵伏着，陡从斜刺里杀出，亏得燕帖木儿军律素严，不为所迫，猛见也速帖木儿、秃满迭儿纠合阳翟王太平、国王朵罗台、平章塔海军踊跃前来，差不多有五六万人。燕帖木儿不敢轻敌，只先令军士列好阵势，前面持弓矢，后面执刀盾，又后面挺戈矛。直待敌兵逼近，一声令发，万矢齐射，势似飞蝗，偏敌兵持盾而前，冒死上来。燕帖木儿复令止射，驱刀盾、戈矛两队，直前抵格。两军混战一场，互有死伤，看看红日将落，敌兵毫不退却，只管舍命相持。

燕帖木儿子唐其势，见各军战敌不下，恼动性子，拨马临阵。阳翟王太平，挺枪来战，唐其势大吼一声，吓得太平倒退。未及数步，已被唐其势用戈刺着，翻身落马。军士乘势蹴踏，把太平肉体变作烂屎相似了。敌兵见太平被杀，顿时惊溃。燕帖木儿就此赶上，杀得尸横遍野，血流成渠。方欲收军，巧值撒敦到来，得了一支生力军，便命引兵再追，自率大军南归。撒敦追了数十里，见敌兵四散逃去，杀毙了数百名，也即回来。

会上都诸王忽剌台、指挥阿剌铁木儿及安童等，复攻入紫荆关，进犯良乡，游骑径逼京南。此处用直叙法，视前又变。燕帖木儿闻警，即循北山西行，令将士脱衔系囊，盛垩豆饲马，且行且食。晨夜兼程，至芦沟河，并不见敌。嗣得探报，忽剌台等已闻风西窜了。

燕帖木儿因已抵京师，遂入觐怀王，甫至肃清门，都人士焚香迎接，罗拜马前。燕帖木儿辞不敢受，都人齐声道："非王爷忠诚报国，民等何能更生？此恩此德，敢不拜谢！"燕帖木儿下马慰劳道："此皆天子威灵，我有何力可言？"此时的燕帖木儿，几似古之名将，无以加之。及至内城，怀王亲出迎师。燕帖木儿下马行礼，由御手扶起，相偕入城。随即赐宴兴圣殿，赏给无算，亲授太平王黄金印，尽欢乃散。燕帖木儿拟休息数日，再行出兵，忽接撒敦军报，古北口又被陷了。正是：

> 两都军报无虚日，万里烽烟未靖时。

未知何人陷入古北口，且看下回分解。

本回纯叙燕帖木儿战事，见得上都各军，均不足与燕帖木儿相敌，燕帖木儿，信一元代之枭雄哉？读《元史·燕帖木儿列传》，未尝不胪叙战迹，而写生妙手，却不若此书之为良。盖彼第直录事实，而此且曲为描摹；不特渲染战争，并举燕帖木儿之权诈，亦揭露纸上，吴道子之手笔，亦无以过之。且旋师入京时，卑以自牧，让美君王，处处似忠，实处处是诈；周公恐惧流言日，王恭谦恭下士时，读此益无限生感矣。

第四十一回　倒剌沙奉宝出降
　　　　　泰定后别州安置

却说燕帖木儿得撒敦来文，报言古北口复陷，心中大愤，即日召集各军，出京北去。途次又接紫荆关急报，苦难分身，只得遣快足至辽东，飞调脱脱木儿西援。看官！你道陷古北口及紫荆关的兵马，从何而来？原来就是秃满迭儿，及忽剌台、阿剌铁木儿等军。秃满迭儿等被燕帖木儿杀败，逃出口外，会集散卒，定议分攻，秃满迭儿自率一军袭古北口，忽剌台、阿剌铁木儿、安童、朵罗台、塔海等，联军袭紫荆关，意欲两面夹攻，令燕帖木儿无暇兼顾，可以转败为胜。计非不佳，奈庸驾何？不意燕帖木儿煞是神勇，秃满迭儿方入古北口，燕帖木儿已到檀州，两军南北各进，即行对垒，一场大战，秃满迭儿复败，溃走辽东。后军被燕帖木儿截住，无处投奔，统军的头目，乃是东路蒙古万户哈剌那怀，看得兵势垂危，只好束手乞降。燕帖木儿收了降众，共得万人，也不暇悉心检查，只留部将数人，约束士卒，守住古北口，自率健卒兼程西进，去援脱脱木儿。余勇可贾。

脱脱木儿前奉调发兵，只带着四千人，到紫荆关，与忽剌台等对阵。两造人数，相去甚远，北军约三四万名，脱脱木儿与关上守将相合尚不达万人。暗思众寡不敌，恐遭败仗，不如固关严守，还好勉力支持。至燕帖木儿星夜赶到，很是喜慰。燕帖木儿查明情形，便与脱脱木儿道："我兵远来，敌人尚未知晓，你且开关搦战，诱他入关，我出大军伏在关内，他若冒昧进来，便好闭住关门，杀他一个精光哩。"

脱脱木儿领命，即率本部四千人，大开关门，来战北军。北军逗留关外，已是数日，猛见脱脱木儿出战，倒也吃了一惊；及见出关的兵士，不过数千人，顿觉胆大起来，当下分作两翼，来围脱脱木儿。脱脱木儿不及退还，已被敌军裹住，他本恃有后援，一些儿没有害怕，便奋起精神，驰突围中。

燕帖木儿在关内觑着，见脱脱木儿不能脱身，恰变了一计，令关上故意鸣金，促脱脱木儿退归，一面命关吏虚掩半扉照燕帖木儿原计故意参换，是文中化板为活法。敌军里面的阿剌铁木儿，望着关中的模样，大叫道："此时不急抢关，尚待何时？"言未毕，已挺戈跃马，奔入关中。自来寻死。忽剌台、安童、朵罗台、塔海等，只恐阿剌铁木儿占着头功，也即策马随入。一入关门，见守卒在前散走，还道他是避锋逃命，又紧紧的追了一程。蓦然间四面八方，互发炮声,伏兵一时齐起,统行杀到。忽剌台、安童、朵罗台、塔海等,知事不妙,忙即退回,奈后面的兵士,相率入关。前后挤紧,运动不灵。待退近关门,已是多半被杀。那时忽剌台、安童等,如漏网鱼,如丧家狗,只想跑出关外,逃脱性命,偏偏关门已闭得很紧。这一吓非同小可,险些儿连三魂六魄,都飞至鬼门关!如果吓死,或得保全首领。忙麾兵斩关欲遁,忽关门左右,又闪出无数健卒,大刀阔斧,前来阻住。背后又是燕帖木儿领军追来,忽剌台等只是哭不出的苦,勉强驰突,不消片刻,安童、塔海两人马首被刺,俱堕马下,活活的被人擒去。忽剌台、朵罗台急得没法,左右乱撞,骤被流矢射着,一同坠马,也只得闭目就擒了。

是时的阿剌铁木儿,尚似疯犬一般,东冲西突。燕帖木儿知他骁悍,但令部将缠住了他,与他车轮般的厮杀。至忽剌台等俱已擒住,便一拥上前,任他力大如牛,也被众人牵倒。待捆缚停当,已是身受数创,奄奄一息。燕帖木儿宣令道:"降者免死。"于是入关的北军,都做了矮人儿,情愿投诚。

当下重开关门,接应脱脱木儿,谁知关门外已虚无一人。惊人之笔。看官道是何故?原来阿剌铁木儿等入关时,各军俱随着主帅,一拥入关,外面与脱脱木儿相持,也不过数千人。脱脱木儿见北军中计,格外奋勇,一枝大戟,随手飞舞,触着他原是丧生,让他还要颠仆,敌军正支持不住,又见关门忽闭,越加惊慌,一古脑儿向北遁去。脱脱木儿驱军力追,复斩杀了一大半,只有寥寥数百人,命不该死,四散逃脱。叙得明净。

脱脱木儿已经回军,方遇着大军接应,彼此说明,统喜欢的了不得,大家奏着凯歌,陆续归营。燕帖木儿休兵两日,即亲押囚车,送至京师。怀王迎入,又有一番宴赏,无庸细说。

先是燕帖木儿曾遣人召陕西平章探马赤,行台御史马扎儿台,皆不至。及怀王即位,颁诏陕甘,复被他焚毁诏纸,执使送上都。既而浙江省臣,亦拒绝诏使。由使臣还报,怀王大怒,即与燕帖木儿商议,欲一律诛戮。燕帖木儿模棱两可,因此诏尚未下。左司郎中自当,闻着此信,谒见燕帖木儿道:"云南、四川,今尚未定,若复杀行省大臣,转恐激变,不如俟上都平定,再议降罚未迟!"燕帖木儿尚沉吟未决,俄得河南警报,靖安王阔不花等,一作库库布哈。叛应上都,自陕西破潼关,克阌乡、陕州,复分兵北渡河中,趋怀孟,南过武关,逼襄阳,猖獗的了不得了。燕帖木儿阅毕,便进谒怀王,详述河南军事,并把自当所说的言语,亦复陈一遍。怀王道:"上都未平,原是可虑,看来又要劳卿一行。"燕帖木儿道:"毋劳圣虑,臣已密令齐王月鲁帖木儿,及东路蒙古元帅不花帖木儿,进攻上都去了。"遣齐王等攻上都,原是燕帖木儿妙算,但怀王尚未闻知,已见燕帖木儿擅权之渐。怀王道:"卿算无遗策,料必成功。"燕帖木儿谢奖而

第四十一回　倒剌沙奉宝出降　泰定后别州安置

退。过了旬日，果然红旗报捷，上都已降服了。

自梁王王禅等败回上都，声势日衰，幸都城尚未被兵，所以残喘苟延。至齐王月鲁帖木儿、元帅不花帖木儿等，受燕帖木儿密令，举兵趋上都，于是都城受围。王禅等率兵出战，屡为所败，人心大骇。且因秃满迭儿逃还辽东，忽剌台等统已败没，城孤援绝，士无斗志。独倒剌沙谈笑自若，恰似没事一般。存心已坏，自可无忧。王禅与他会议数次，也不见有什么法儿，自思身陷围城，危险万状，不若乘夜逃走，还是三十六计中的上计。主意已定，便于夜间托词巡城，登陴四望，叹息了一口气，竟缒城自去了。

城中失了王禅，越加惶惧，倒剌沙竟暗中遣使，通款齐王，约定次日出降。齐王月鲁帖木儿自然准约。越日迟明，果见南门大启，任他进去。月鲁帖木儿等，即麾兵入城，倒剌沙奉着御玺，伺候道旁，由齐王接着，他即屈膝请安，把玺呈上，且口称请死。齐王道："这事我难作主，须候大都裁夺！"遂令左右带着倒剌沙，一面将御玺藏好。方思驱马再进，忽见辽王脱脱，领着数十骑，持刀前来。齐王望将过去，不是来降的情状，即整备迎敌。脱脱到了齐王马前，竟用刀刺入，亏得齐王早已防着，也用刀相抵，不到数合，齐王麾下的将士，都上前效劳，你一枪，我一刀，兵锋环绕，将脱脱剁成数段，其余数十骑，统死于乱军之中。脱脱还不愧为忠。齐王驰入行宫，查明后妃人等，俱还住着，只小皇帝阿速吉八，不知去向。及诘问泰定皇后，但有满面泪痕，呜呜哭泣，反令人厌烦得很，遂抽身外出，只命部兵监守宫门，盘查出入罢了。阿速吉八想为倒剌沙杀毙。

上都已定，当由齐王饬使赍奉御宝，及诸王百司符印，概携送入京。还有倒剌沙等一班俘虏，也派兵押解京师。怀王闻上都捷音，快慰异常，诸王百官等统上表庆贺。中书省臣且奏言上都诸王大臣，不思祖宗成宪，遽被倒剌沙所惑，屡犯京畿，幸赖陛下神武，王禅等相继败亡，今上都亦已平靖，所有俘囚，应明正典刑，传首四方，借示与众共弃之意。奏入照准，先将阿剌帖木儿、忽剌台、安童、朵罗台、塔海等，斩首示众。一面御门受俘，命将倒剌沙等，暂羁狱中，自登兴圣殿受了御宝，分檄行省内郡，罢兵安民。

是时靖安王阔不花，方大破河南守兵，获辎重数万，进拔虎牢，转入汴梁。忽闻上都被陷，咨嗟不已。嗣又得怀王诏谕，料知独木难支，乃逡巡引去。惟四川平章政事囊嘉岱，自称镇西王，以左丞托克托为平章，前云南廉访杨静为左丞，烧绝栈道，独霸一隅。其余行省各官，都随风转篷，但教禄位保存，无不拱手听命。一班饭桶。

怀王又封赏功臣，以燕帖木儿为首功，赐号答剌罕，子孙世袭，又赐他珠衣两件，七宝带一条，白金瓮一，黄金瓶二，还有海东白鹘青鹘，及白鹰文豹等物，不计其数；寻设大都督府，令他统辖，饬佩第一等降虎符，并命他驱至上都，迁置泰定后妃，并料清军务。

至燕帖木儿出发后，又下诏悬赏，购缉逃犯。于是王禅、纽泽撒的迷失、也先铁木儿及倒剌沙兄马某沙等，尽被拿到。还有湘宁王八剌失里，曾附和忽剌台等南侵冀宁，至是被元帅也速答儿捕获，械送京师。怀王命将倒剌沙磔死，王禅赐自尽，纽泽撒的迷失、也先铁木儿、马某沙等皆弃市。*倒剌沙最不值得，若早知如此，想亦不愿奉宝出降了！*并将罪犯的妻孥家产，分给功臣。只八剌失里，罪从末减，留锢狱中，总算还保全首领，九死一生，这且慢表。

且说燕帖木儿到了上都，由齐王月鲁帖木儿，及元帅不花帖木儿，出城迎入，彼此叙过寒暄，方谈及迁置后妃的命令。月鲁帖木儿道："我早已饬兵守宫，除阿速吉八不知下落外，所有泰定后妃以下，尽行锢着，一个儿不曾放脱。"燕帖木儿点首称善。随即起身离座道："我且入宫传旨，令他整备行装，以便迁置。明日就可要他动身了。"月鲁帖木儿道："甚好！请公自便。"

燕帖木儿别了齐王，遂入行宫，早有宫女报知泰定后妃，泰定后闻知此信，恐有不测的命令，急得面色仓皇，形神黯淡。还有妃子必罕，及速哥答里两姊妹，统是娇躯发颤，带哭带抖，缩做一团。燕帖木儿到了宫门，守兵早已分队站着，让开正路，由燕帖木儿趋入。燕帖木儿一入宫中，见后妃等并不相迎，未免怀着懊恼。方欲瞋目呵叱，忽眼帘中映入红颜，不觉为之一迷。寻见泰定后欠身欲起，悲惨中带着数分袅娜，正是徐娘半老，犹存丰韵，已令人怜惜不禁。背后又立着一对姊妹花，绿鬓高拥，粉颈低垂，凤目中统含着一泡珠泪，尤觉楚楚可怜。*是所谓尤物移人。*

当下站着一旁，向泰定后道："皇后不必惊慌！大都也没有严命，不过因皇后在此，殊多不便，所以暂令移居，一切服食，尽可照常，毋庸耽忧！"泰定后潸然道："先皇殁后，拥立皇子，统是倒剌沙的主意，我辈女流，并无成见，目今嗣子已亡，大势一变，剩我嫠妇数人，备尝苦况，也是够了，还要移居何处？"*只诿罪倒剌沙，不用正词驳诘，已见其志在偷生。*燕帖木儿道："无非移居东安州，途程尚近，无虑艰阻，诸请放心！"泰定后复道："今日要我迁居，他日即索我性命，始终总是一死，不如死在此处！"燕帖木儿不待说毕，忙婉言慰劝道："皇后后福正长，休要自寻烦恼，*将来要做太平王妃，自然有福。*若虑有意外情事，但教我燕帖木儿存着，都可挽回。明日请皇后暂赴东安，所有宫中侍从，尽可带去，途中自有妥卒保护；如有人敢来欺凌，我燕帖木儿誓不与他干休！"*独力爱护，泰定后妃应该以身报德。*

泰定后方转悲为喜道："既有太平王照拂，我等如命起程便了。"一面说着，一面命两妃向前拜谢。此时一对姊妹花，也渐觉开颜，遵着泰定后嘱咐，分花拂柳的走近燕帖木儿前一同敛衽。急得燕帖木儿答礼不及,忙避开一旁,连称不敢。并将那一双色眼,细瞧两妃,两妃也似觉着,抬起头来,向他微笑。这样情景,几乎无可摹拟,只小子曾记有两句古诗,彼此凑合,颇得神似,其词云:

    目含秋水双瞳活,心有灵犀一点通。

  毕竟泰定后妃,何日登程,容待下回说明。

  上都沦陷,天顺帝不知所终,著书人依史叙录,原不能凭空捏造,构一死证。但奉宝出降者为倒剌沙,则幼主之死,出自倒剌沙之手,应无疑义。倒剌沙始以宠利自私,致偾国事,及势处穷蹙,乃戕主夺玺,出降军前,是殆人类所不齿,较诸王禅等之临难遁去,尤觉死有余辜!大都磔尸,身名两裂,后世臣子,可作炯戒!若夫泰定后之身遘忧危,稍具节烈,应即捐躯以殉。况移置东安之命,接踵而来;燕帖木儿又为发难之首领,平昔未曾厚遇,能望其竭诚保护,不作他想乎?是回叙移置后妃事,已将燕帖木儿心迹隐约表明,匣剑帷灯之妙,可即于本回中见之。追阅至后文,图穷匕见,更知伏笔之不虚设矣。

第四十二回 四女酬庸同时厘降
二使劝进克日登基

  却说泰定二妃与燕帖木儿打了照面,一笑传情,这时候的燕帖木儿,心痒难搔,恨不得将两个丽姝,吞下肚去。只因众目共睹,不便动手蹑脚,没奈何定一回神,站定身躯。待两妃复了原处,方向泰定后道:"明日后如动身,当备辈派兵,护送至东安州。"泰定后应着,燕帖木儿方出行宫。

  是夕,竟不成寐,默默筹画,想定了一个法儿,方才有些疲倦。曚眬片刻,便闻鸡声,当即披衣起床,俟盥洗进膳后,就跑入行宫。见过泰定后妃,复代为收拾行装,连脂盝粉函等件,无不凝神检点,亲手安排。至料理清楚,方出来面嘱亲兵,教他途中伺候后妃,须格外周到,不得有误。吩咐毕,再入宫导引后妃,出宫驾舆,自己亦上马扬鞭,送她们出城。

  正启行间,对面来了京使,不得不下马相见。当由京使宣诏,命他即日入朝。燕帖木儿很是懊丧,奈不好当面直言,只得与京使敷衍数语,要他入城待着,以便偕行。

  京使驱马自入,燕帖木儿加鞭疾出,赶至泰定后妃舆旁,和颜悦色的说道：" 今日后妃东去，本拟护送出境，奈大都又颁敕召回，不好迟慢，万望此去自爱，切勿苦坏玉躯！他日相见有期，决不负言！"好一个有情有义的真男子！泰定后也即称谢，两妃亦从旁插口道："王爷亦须珍握！我姊妹二人，得仗庇护，也不忘恩！"此心已许君矣。说着，又觉得四目盈盈，泪珠欲下。燕帖木儿几不忍舍，无如此时只好暂别，乃凄然语着道："我去了！前途保重！"好似长亭送别。于是勒马而回。临别时，犹返顾去车，怅望不已，直至去车已远，才纵马入城。

是日午后，即与京使并辔还朝，入见怀王，报明迁置后妃事，并问怀王何故立召。怀王道："上都平定，余孽扫除，这般大功，统由卿一人造成，朕所深感。但朕的本意，帝位须让与长兄，所以召卿还商，即拟遣使北迎。"燕帖木儿闻言，一时竟难置词，句中有眼。好一歇不答怀王。怀王复道："卿意如何？"燕帖木儿道："自古立君，有立嫡、立长、立功三大例。以立长言，陛下应让位长兄；以立功言，陛下亦不妨嗣位。唐太宗喋血宫门，后世尚称为贤君呢。"引唐太宗故事，直是教怀王杀兄。怀王道："说虽如此，然朕心终属未安，宁可让位朕兄，兄如不受，再作计较！"着眼在末二句。燕帖木儿道："今岁已值隆冬，漠北严寒，未便行道，俟来春遣使未迟。"怀王道："朕兄还京师，不妨以来春为期；惟朕处遣使，应在今冬，免得朕兄怀疑。"燕帖木儿道："但凭陛下裁处！"

怀王道："社稷已安，宗庙无恙，朕与卿亦可稍图娱乐。闻卿家只有一妃，何勿再置数人？宗室中不乏良女，由卿自择；朕可即日诏遣。"燕帖木儿道："陛下念臣微劳，竟替臣想到这层，天恩高厚，何以为报？但陛下且未册定正宫，臣何敢竟尚宗女，请陛下收回成命！"怀王道："朕及大兄生母，尚未追尊，如何便可立后？"怀王尚知有母，较燕帖木儿心术略胜一筹。燕帖木儿道："追尊皇妣，原是要紧，册立皇后，亦难从缓，上承庙祀，下立母仪，两事并重，应请同日举行。"怀王既欲让兄，何必骤立皇后，此由燕帖木儿乘隙蛊君，欲立后为内间耳，看官莫被瞒过。怀王道："且待来春举行。"燕帖木儿才退。

过了一日，竟由怀王下诏，赐燕帖木儿以宗女四人。燕帖木儿道："我昨日已经面辞，如何今日邀赐？这事却使不得！我当入朝固谢。"意中已有他人，所以欲去固辞。便命役夫整舆，甫出大门，猛听得一阵弦管声，由风吹至，不禁惊讶起来。寻见有绣幰四乘，导以鼓乐，护以侍从，车马杂沓，冉冉来前。不由得失声道："啊哟！公主等已来了，如何是好？"正说着，宣敕官已加鞭至门，下马与燕帖木儿相见。燕帖木儿不得不敛容迎入。当由宣敕官恭读诏书，令燕帖木儿接旨。燕帖木儿照例跪听，诏中无非是盛叙功劳，合颁优赐，特遣宗女四人，侍奉巾栉，并媵女若干名，该王毋得固辞！

燕帖木儿谢恩而起，接过诏轴，悬挂中堂，宣敕官又向他贺喜。燕帖木儿

第四十二回　四女酬庸同时厘降　二使劝进克日登基

道："这事从何说起？我已陛辞盛赐，今反命尚四公主，自问何德何能，敢邀厘降！还请公传语折回，我即来朝面奏，断不使公为难！"宣敕官笑道："王爷未免太迂！圣旨岂可违得？况四位公主，已经厘降，也不便中道折回，请王爷不必迟疑！今日系黄道良辰，即可谢恩成礼呢。"言毕，即命侍从等导入绣幰，停住大厅。一面令从人治外，媵女治内，所有铺设等件，除太平王邸现成布置外，其余尽出帝赐。

太平王邸本阔大得很，从前罪犯第宅，大半拨给，京师里面，几乎占了半城。邸中仆从如云，更兼四公主带来的侍从，又不下千名，内外陈设，众擎易举，不消一二时，即已措办整齐。当请燕帖木儿祭告天地，并向北阙谢恩，然后请四公主下舆，先行了君臣礼，后行了夫妇礼。此时的燕帖木儿，又惊又喜，又喜又忧，但已事到其间，无从趋避，乐得眼前受享，再作区处。夫妇礼成，又请出继母公主察吉儿，再行子妇相见礼，然后洞房合卺。此时的太平王妃不知哪里去了。诸王百官，复陆续趋贺，绿酒红灯，大开绮席，琼浆玉液，尽是奇珍，说不尽的繁华，写不完的喜庆。

到了黄昏席散，宣敕官与贺客等，俱已散去，那时燕帖木儿返入洞房，由四公主列坐相陪，霞觞对举，绮穀生香，酒不醉人人自醉，色不迷人人自迷，况燕帖木儿本是个色中饿鬼，见这如花似玉的佳人，哪有不移篙相接？左拥右抱，解带宽衣，夜如何其，其乐无极！设非有牛马精神，安能当此。

次日，复入朝面谢。退朝后，又与那四位公主，把酒言欢。方在十目调情的时候，突见侍女中有一淡装妇人，年可花信，貌独鲜妍，比较四位公主，色泽不同，恰另有一种的天然丰韵。当下触目动心，未免呆定了神，连公主等与他谈话，也不暇理睬。公主等动了疑衷，殷勤动问，他自觉好笑，遂打着谎语道："我适记起一桩国事，拟于今晚草奏，适与公主等饮酒谈心，几致忘却，所以一经想着，不觉驰神。"四公主齐声道："王爷既有军国重事，何不早说？免得以私废公。"燕帖木儿道："不妨！晚间起稿未迟。现在有花有酒，不如再饮数樽。"于是复同酌了一回，始命撤席。乘着酒兴，别了绣闼，竟踉跄至书斋，密命心腹小厮，潜召这淡装小妇。

不一时，小厮导着少妇，亭亭而至。见了燕帖木儿，便上前请安。燕帖木儿命她起立，仔细瞧着，眉不画而翠，唇不脂而红，颜不粉而白，发不膏而黑，秀骨天成，长短合度。俗所谓本色货。那少妇从旁偷觑，见燕帖木儿身材，长逾七尺，虎头猿臂，燕颔豹颈，精神充满，气宇深沉，似乎人间男子，要算他一时无两。妇人窥男子，较诸男子窥妇人，尤进一层。两下相对，脉脉含羞，又被这燕帖木儿钉住双目，顿觉桃花面上，愈映绯红，遂俯着首拈那腰带。燕帖木儿乃启口问道："你是何处人氏？"连询数声，竟不见答。

燕帖木儿不禁惊讶,猛见小厮尚站着一旁,就命他退去,然后再问少妇。只见少妇颦着双眉,呜呜咽咽的说道:"承蒙见问,言之可愧,妾数年前亦为命妇,今则家亡身辱,充没官掖,随着公主前来,尚算皇恩高厚,命该如此,还有何说!"燕帖木儿见她愁容惨淡,口齿清明,益觉由怜生羡,由羡生爱,遂堆着满面笑容,婉词再诘。嗣经少妇说明,方知少妇不是别人,乃是前徽政院使失列门的继妻。闻名之下,我亦一惊。燕帖木儿太息道:"宦途危险,家室仳离,失列门亦不必说了;累你青年少妇,寂守孤帏,岂不可痛?"少妇听了此言,禁不住泪下两行。燕帖木儿复语道:"你既到了我家,我不愿辱没你!"如何叫作辱没。少妇道:"全仗王爷庇护。"说至"护"字,已被燕帖木儿揽住娇躯,拟把她置诸膝上。看官!你想燕帖木儿膂力过人,虽明知少妇乏力,轻轻一扯,奈少妇已倒入怀中,仿佛如小儿吃奶一般,紧贴住燕帖木儿胸前。燕帖木儿替她拭泪,又温存了一番,情投意合,男贪女爱,竟携手入帏,同赴阳台去了。好一件军国重事。公主等只道出草奏牍,不去惊动,直至更深人静,方令侍女促眠。那时两人早云收雨散,一同起床,订了后约,各归内寝,这且慢表。

且说时光易过,残猎复催,转瞬间已是天历二年,怀王册妃弘吉剌氏为皇后。后名卜答失里,系鲁国公主桑哥吉剌女,曾与怀王出居建康,并徙江陵,至怀王入京,也随驾同行。怀王以艰苦同尝,应该安乐与共,因册立为后。为后文谋杀明宗后及安置东安州张本,所以特书其名。一面追尊生母唐兀氏,及兄母亦乞列氏,为武宗皇后。再遣使臣撒迪哈散等,驰赴漠北,恭迓周王。

撒迪等至周王行在,由周王召见,问明大都情状。撒迪一一陈明,并启周王道:"大王以德以长,应有天下;况臣奉命前来,原是请大王早正帝位,一则安天下的人心,二则成皇弟的让德,事机相迫,幸勿迟疑!"周王道:"平定上都,统是吾弟一手安排,且已称帝改元,君臣分定;我若再即尊位,岂不是多了一帝么?"周王自知亦明。撒迪道:"仁宗靖变,迎立武宗,至武宗宾天,仁宗始承大统,故例犹在,尽可踵行。"周王道:"据你说来,我即位后,可规仿前制,立朕弟为皇太子么?"撒迪道:"这个自然,兄弟禅让,仁德两全,颇不是追美尧舜么?"援仁宗故例,已是不符,又云可追美尧舜,尤属牵强。周王意尚未决,复集府史等商议。府史等侍从多年,遇着这桩绝大的喜庆,哪个不想攀龙附凤,做个册命功臣?既遇周王谘询,自然极力赞成,殷殷劝进。周王乃决计即位,遂于天历二年春正月,设帝幄于和宁北陆,礼仪仍旧,气象式新。漠北诸王大臣及撒迪、哈散等,相率入贺。大出怀王意料。越日,又有两使自燕都到来,系辇奉金银币帛,进供御用。两使为谁?一是前翰林学士不答失里,一是太府太监沙剌班。既到行幄,即入帐觐贺。是时周王和世㻋,已即位为帝,小子不得不改称;因他后来庙号,叫作明宗,自然遵例称明宗了。明宗见过两使,慰问数言,当由两使赍呈贡物。明宗很是心喜,便命撒迪等还京师。并谕撒迪道:"朕弟向览书史,近时得毋废弃否?听政有暇,总宜与贤士大夫常相晤对,讲论史籍,考察古今治乱得失。卿等至京师,当将朕意转告,毋违朕命!"令尹子围故事,明宗胡未之读,乃亟亟于为帝耶?撒迪等唯唯而返。

到了京师,即将明宗面命,传告怀王,怀王嘿然不答。已具异心。是夕,即召燕帖木儿入议。燕帖木儿进谈多时,左右大都屏退,无从闻悉秘言。为下文伏线。次晨,便遣燕帖木儿奉皇帝宝赴漠北,以知枢密院事秃儿哈帖木儿,御史中丞八即刺,翰林直学士马哈某,瑞典使教化的,宣徽副使章吉,金中政院事脱因,通政使那海,大医使吕廷玉,给事中咬驴,中书断事官忽儿忽答,右司郎中李别出,左司员外郎王德明,礼部尚书八刺哈赤等从行。复命有司奉金千五百两,银七千五百两,币帛各四百匹,及金腰带二十,备行在赏赐之用。怀王又饬在京诸臣道:"宝玺既已北上,继今国家政事,应遣人奏闻行在,我不便专擅了。"廷臣都赞扬怀王让德,冠绝古今。正是:

有口皆碑周泰伯,昧心谁识楚灵王?

欲知后事如何,请看下回分解。

读《燕帖木儿列传》,前后尚宗室女,至四十人,本回第称四公主,是举其最先厘降者而言。若失列门妻一段,观《文宗本纪》,亦曾有其事,并非著书人好为捏造。是燕帖木儿荒淫之渐,固自怀王导成之。其余所述大政,概见正史,惟经著书人略为渲染,则当时所行之政迹,俱属有隙可寻,谓之演义也可,谓之评史,亦无不可也。夫怀王袭位,本其初志,所谓让兄者,特其矫情耳。燕帖木儿知之最深,故受赐最厚。周王和世㻋未曾入京,遽正大位,曾不知他人已眈眈其旁,欲以之为尝试地,而在己且愿供玩弄而不之悟也。哀哉!

第四十三回　中逆谋途次暴崩
　　　　　得御宝驰回御极

却说明宗即位后,饬造乘舆服御,及近侍诸服用,准备启行。且命中书左丞跃里帖木儿,筹办沿途供张事宜。行在人员,俱忙个不了。未曾讲求初政,但从外观上着想,即令为君得久,亦未必德孚民望。适燕帖木儿奉宝来辕,率随员进谒明宗。明宗嘉奖有差,并封燕帖木儿为太师,仍命为中书右丞相,其余官爵，概从旧例。且面谕道："凡京师百官，既经朕弟录用，并令仍旧，卿等可将朕意转告。"燕帖木儿道："陛下君临万方，人民属望，惟国家大事，系诸中书省、枢密院、御史台三阶，应请陛下知人善任，方免丛脞。"

明宗称善，乃用哈八儿秃为中书平章政事，伯帖木儿知枢密院事，孛罗为御史大夫。这三人统是武宗旧臣，明宗以为不弃旧劳，所以擢居要职。既而宴诸王大臣于行殿，特命台臣道："太祖有训：美色名马，人人皆悦，然方寸一有系累，即要坏名败德。卿等职居风纪，曾亦关心及此否？恐非燕帖木儿所乐闻。世祖初立御史台时，首命塔察儿、奔帖杰儿两人，协司政务，纲纪肇修。大凡天下国家，譬诸一人的身子，中书乃是右手，枢密乃是左手，左右手有疾，须用良医调治，省院阙失，全仗御史台调治。自此以后，所有诸王百官，违法越礼，一听举劾，风纪从重，贪墨知惧，犹之斧斤善运，入木乃深；就使朕有缺失，卿等亦当奏闻，朕不汝责，毋得面从！"台臣等统齐声遵谕。

越日，又命孛罗传谕燕帖木儿等道："世祖皇帝，立中书省、枢密院、御史台，及百司庶府，共治天下，大小职掌，已有定制。世祖又命廷臣集议律令章程，垂法久远，成宗以来，列圣相承，罔不恪遵成宪。朕今承太祖、世祖的统绪，凡省院台百司庶政，询谋佥同，悉宣告朕；至若军务机密，枢密院应即上闻；其他事务，有所建白，必先呈中书省台，以下百司及近臣等，毋得隔越陈请，宜宣谕诸司，咸俾闻知。倘违朕意！必罚无赦！"注重中书省台，其如权臣雍蔽何？又越数日，遣武宁王彻彻秃及哈八儿秃至京，立怀王为皇太子。仍蹈武宗当日之弊。并命求故太子宝，缴给怀王。嗣闻故太子宝已失所在，乃申命重铸，姑不必细表。

且说彻彻秃等既到京师，传达行在诏命，怀王敬谨受诏。一面驰使行在，请明宗启跸。一面亲自出京，就中道恭迎。会陕西大旱，人自相食，太子詹事铁木儿补化等，请避职禳灾。太子亲谕道："皇帝远居沙漠，未能即至京师，所以暂摄大位。今亢阳为灾，皆予阙失所致，汝等应勉尽乃职，祗修实政，庶可上达天变，辞职何为？"乃起前参议中书省事张养浩，为陕西行台御史中丞，命往赈饥。先是养浩辞官家居，七征不起，至是闻命，登车即行，见道旁饿夫，辄施以米，沟前饿殍，辄掩以土，迨经华山，祷西岳祠，泣拜不能起。忽觉黑云四布，天气阴翳，点滴淅沥诸甘霖，一降三日。及到官，复虔祷社坛，又复大雨如注，水盈三尺，始见天霁。陕西自泰定二年，至天历二年，其间更历五六载，只见日光，不闻雨声，累得四野槁裂，百草无生。这时遇了这位张中丞，泣祷天神，诚通冥漠，居然暗遣了风师雨伯，来救陕民，那时原隰润膏，禾黍怒发，一片赤地，又变青畴。看官！你想这陕西百姓，还有不感泣涕零，五体投地么？其时斗米值十三缗，百姓持钞出籴，钞色晦黑，即不得用，诣库掉换，刁吏党

第四十三回　中逆谋途次暴崩　得御宝驰回御极

蔽,易十与五,且累日不能得,人民大困。养浩洞察民艰,立检库中旧钞,凡字迹尚清,可以辨认的钞数,得一千零八十五万五千余缗,用另印加钤,颁给市中,以便通用。又刻十贯五贯的钱券,给散贫乏,命米商视印记出粜,诣库验数,易作现银。于是吏弊不敢行。又率富民出粟,请朝廷颁行纳粟补官的新令,作为奖励。因此富民亦慨然发仓,救济穷民。养浩又查得穷民乏食,至有杀子啖母的奇情,为之大恸不已。遂出私钱给济。且命出儿肉遍示属官,责他不能赈贷。到官四月,未尝家居,止宿公署,夜则祷天,昼则出赈,几乎日无暇晷,每念及民生痛苦,即抚膺悲悼,因得疾不起,卒年六十。陕民如丧考妣,远近衔哀,后追封滨国公,谥文忠。养浩为一代忠臣,所以始终全录。

话分两头,单说皇太子遣使施赈后,复将铁木儿补化辞职等情,报明行在。明宗谕阔儿吉思等道:"修德应天,乃君臣当尽的职务,铁木儿补化等所言,甚合朕意。皇太子来会,当与共议,如有泽民利物的事件,当一一推行,卿等可以朕意谕群臣,务期上下交儆,仰格天心。"

于是监察御史把的于思,奏言"自去秋命将出师,戡定祸乱,凡供给军需,赏赉将士,所费不可胜计。若以岁入经费相较,所出已过数倍。况今诸王朝会,旧制一切供亿,俱尚未给,乃陕西等处,饥馑荐臻,饿殍枕藉,加以冬春交际,雨雪愆期,麦苗槁死,秋田未种,民庶皇皇。臣窃以为此时此景,正应勉力撙节,不宜妄费。如果有功必赏,亦须视官级崇卑,酌量轻重,不惟省费,亦可示劝。其近侍诸臣,奏请恩赐,当悉饬停罢,借纾民力"云云。明宗览奏,为之动容,乃诏令上下节用,并启跸入京,所过地方,一切供张,俱宜从俭等语。有司虽都奉敕,究竟不敢过省,沿途供应,彼此争华。明宗虽明,仍是莫名其妙,无非以为例所当然,得过且过罢了。

这边按站登途,已到王忽察都地方,那边皇太子亦率着群臣,到了行辕。两下相见,握手言欢,名分上原隔君臣,情谊上终系骨肉。恐怀王不作是想。明宗格外欢慰,遂大开筵宴,畅谈了好多时,兴阑席散,大家归寝。只燕帖木儿来见太子,又密谈了半夜。到底为着何事。太子尚踌躇未决,一连三日,方才决议。天历二年八月六日,天已迟明,明宗尚高卧未起。皇后八不沙,只道明宗连日劳顿,不敢惊动,待到巳牌,尚不闻有觉悟声,才有些惊讶起来。近床揭帐,不瞧犹可,仔细一瞧,顿吓得面无人色。原来此时的明宗,已七窍流血,四肢青黑,硬挺挺的奄卧床中。八不沙皇后,究系女流,被这一吓,连话语都说不出来。幸有侍女在旁,急报知近臣,令传太子入寝。

太子正与燕帖木儿同坐一室,静待消息。得了此信,即相偕趋入,见了明宗的死状,太子情不能忍,恰也恸哭起来。良心原是未泯。燕帖木儿恰从容说道:"皇帝已崩,不能复生,太子关系大统,千万不可张皇,现在回京要紧，倘一有不测，岂非贻误国家么？"说着，已向御榻间探望，见御宝尚在枕旁，便伸手取来，奉与太子道："这是故帝留着，传与太子，太子不妨速受。况皇后亲在此间，论起理来，亦应命交太子，责无旁诿，何庸推辞！"无非为了*此者*。此时的八不沙皇后，只知恸哭，管甚么御宝不御宝。就是燕帖木儿一派言语，亦未曾闻着。太子瞧这情形，料知皇后无能，遂老老实实的将御宝受了，并止住了哭，想去劝慰皇后。经燕帖木儿以目示止，遂也不暇他顾，径出行宫。燕帖木儿当即随出，扶太子上马，疾驰而去。途次传命伯颜为中书左丞相，并封太保，钦察台、阿儿思兰海牙、赵世延，并为中书平章政事，朵儿只为中书右丞，前中书参议阿荣、太子詹事赵世安，并为中书参知政事，前右丞相塔失铁木儿知枢密院事，铁木儿补化及上都留守铁木儿脱并为御史大夫。御玺到手，即易大臣，可谓如见肺肝。于是明宗所用的一班旧臣，又复束诸高阁，归去来兮。

及太子既到上都，监察御史徐奭，遂上书劝进，略言天下不可一日无君，神器不可一夕虚悬，先皇帝奄弃臣庶，已逾数日，伏望皇上早正宸极，上奠宗社，下安兆民，俾中外有所依归等语。蓄志久矣，何庸尔请。乃复择吉登位，亲御大安阁，受诸王百官朝贺。免不得又有一道诏敕，其文云：

朕惟昔上天启我太祖皇帝，肇造帝业，列圣相承。世祖皇帝，既大一统，即建储贰，而我裕皇天不假年！成宗入继，才十余载。我皇考武宗，归膺大宝，克享天心，志存不私，以仁庙居东宫，遂嗣宸极。甫及英皇，降割我家。晋邸违盟构逆，据有神器，天示谴告，竟陨厥身。于是宗戚旧臣，协谋以举义，正名以讨罪，揆诸统绪，属在藐躬。朕兴念大兄播迁朔漠，以贤以长，历数宜归，力拒群言，至于再四。乃曰：艰难之际，天位久虚，则众志勿固，恐隳大业。朕虽从请而临御，实秉初志之不移，是以固让之诏始颁，奉迎之使已遣。寻命阿剌忒纳失里、燕帖木儿奉皇帝宝玺，远迓于途。受宝即位之日，即遣使授朕皇太子宝。朕幸释重负，实获素心，乃率臣民北迎大驾。而先皇帝跋涉出川，蒙犯霜露，道里辽远，自春徂秋，怀险阻于历年，望都邑而增慨。徒御勿慎，屡爽节宣。信使往来，相望于道路。彼此思见，交切于衷怀。八月一日，大驾次王忽察都，朕欣瞻对之有期，独兼程而先进。相见之顷，悲喜交集，何数日之间，而宫车勿驾，国家多难，遽至于斯，念之痛心，以夜继旦！欺人乎！欺己乎！诸王大臣以为祖宗基业之隆，先帝付托之重，天命所在，诚不可违，请即正位以安九有。朕以先皇帝奄弃方新，摧怛何忍，衔哀辞对，固请弥坚。执谊伏阙者三日，皆宗社大计，乃以八月十五日，即皇帝位于上都。可大赦天下，自天历二年八月十五日昧爽以前，罪无轻重，咸赦除之。于戏！

第四十三回　中逆谋途次暴崩　得御宝驰回御极

戡定之余,莫急乎与民休息;丕变之道,莫大乎使民知义,亦惟尔中外大小之臣,各究乃心,以称朕意!

即位诏下,又命中书省臣等,议定先帝庙号,叫作明宗。可怜明宗称帝,只七阅月,连改元的诏旨,都未及下,竟尔被人暗算,中毒身亡!年仅三十,空留了一个"明"字,作为尊号!其实这明字尚未张贴;若果甚明,何致为图帖睦尔及燕帖木儿两人一同谋毙呢?坐实两人谋毙,书法无隐。

话休叙烦,且说图帖睦尔既已正位,此次情形,与前次不同。前次犹称暂摄,此次正名定分,实行帝制,因他后来庙号,叫作文宗,小子不好仍称怀王,只得沿号文宗。划清眉目。文宗首命阿荣、赵世安两人,督建龙翔集庆寺于建康,又派台臣前往监工,南台御史恰联衔奏阻,说得剀切详明,不由文宗不从,其词道:

陛下龙潜建业,居民困于供给,幸而获睹今日,莫不跂望非常之思。今夺民时,毁民居,以创佛寺,台臣表正百官,委以监造,岂其礼哉?昔汉高祖复丰沛两县,光武帝免南阳税三年,今不务此,而隆重佛教,何以慰斯民之望?且佛教慈悲方便,今尊佛氏而害生民,无乃违其教乎!臣等心以为危,故不避斧钺,惶恐上陈!

寻得诏旨,罢免台臣监役,台臣方免得往返,也算文宗肯纳嘉言了。但文宗的心中,总想皈依佛教,忏除一切罪厄。推刃同胞,宜乎自慄。所以余政未修,先已建寺。并因帝师圆寂,改立西僧辇真乞剌思为帝师。新帝师自西域到来,文宗命朝臣出迎,凡位列一品以下,俱应此役。帝师却大模大样,乘车入都。既登殿,文宗亦恭立门内,亲揖帝师,帝师傲睨自若,不过略略合掌,便算答礼。及入座,由文宗饬谕,命大臣俯伏进觞,帝师又傲然不为动。恼动了国子祭酒富珠里翀,大踏步走至帝师座前,满满的斟了一觥,递与帝师道:"帝师祖奉释迦,是天下僧人的宗师,我祖奉孔子,是天下儒人的宗师,彼此各有所宗,各不为礼,想帝师亦应原谅!"帝师闻言,无从驳辩,却一笑起身,受觞卒饮,大众为之慄然。富珠里翀恰徐徐的退入班中去了。难倒帝师。

文宗也不加斥责,尽欢而罢。嗣以燕帖木儿功勋无比,追封三代,以他曾祖父班都察为溧阳王,曾祖妣王龙彻为溧阳王夫人,祖父土土哈为升王,祖妣太塔你,为升王夫人;父床兀儿为扬王,母也先帖你及继母公主察吉儿并为扬王夫人。又命礼部尚书马祖常,铺张燕帖木儿功绩,制文立石,矗峙北郊。嗣复因种种赏赐,未足报功,特命专任宰辅,改伯颜知枢密院事,罢设左丞相,并颁诏以示宠眷道:

燕帖木儿勋劳惟旧,忠勇多谋,奋大义以成功,致治平于期月,宜专独运以重秉钧，授以开府仪同三司上柱国太师太平王答剌罕中书右丞相，录军国重事，监修国史，提调燕王宫相府事，大都督领龙翊亲军都指挥使司事。凡号令、刑名、选法、钱粮、造作一切中书政务，悉听总裁。诸王公主驸马近侍人员，大小诸衙门官员人等，敢有隔越奏闻，以违制论，特诏。

自是燕帖木儿权势日隆，凡所欲为，无不如意，因此宫廷内外，只知有太平王，不知有文宗。正是：

拥戴功高无与匹，威权日甚易生骄。

欲知文宗此后行政，且从下回交代。

明宗即位和宁，观其所颁诏令，无非普通行政，并不闻有暴虐之行，致干民怨，而王忽察都之信宿，即致暴崩。值春秋鼎盛之时，遇此极大变故，而皇太子不加追究，右丞相亦未发言，且取得御宝，即上马南驰，此非太子、右相之暗中加毒，能如是之默尔而息乎？太子未曾登极，即易旧臣，机一至而即发，情欲盖而弥张。至于内省多疚，欲假佛事以忏过，佛果有灵，岂为乱贼呵护乎？获罪于天，祷亦何益，多见其不知量也。

第四十四回　　怀妒谋毒死故后
　　　　　　立储君惊遇冤魂

却说文宗天历三年，改元至顺。其时明宗后自漠北返京，文宗迎居宫中，敕有司供币帛二百匹，作为资用，并命明宗子懿璘质班一作额林沁巴勒。为鄜王。懿璘质班年才五岁，系明宗嫡子，乃八不沙皇后所出。还有一子名妥欢帖睦尔，一作托叹特穆尔。比懿璘质班年纪较长，其母名叫迈来迪，相传迈来迪系北方娼妇，前宋恭帝赵㬎，被虏至京，受封瀛国公，赵㬎安居北方，平日无事，未免寻花问柳，适见迈来迪姿容韶丽，遂与她结成外眷，产下一子，便是妥欢帖睦尔。嗣赵㬎病殁，迈来迪华色未衰，被明宗和世㻋所见，纳为侍妾，载与同归。妥欢帖睦尔随母入侍，子以母贵，居然为明宗长子。俗语所谓拖油瓶一般。因此明宗左右，啧有烦言，至是亦同入宫中。文宗却也不欲穷诘，待遇如犹子一般。任他出入宫禁，抚养成人。不过懿璘质班是嫡子，妥欢帖睦尔为庶子，嫡庶不能无别，所以一封王，一不封王，这且不必细表。

就中单说八不沙皇后，虽入宫中，受着文宗的敬礼，奈心中不无怨怼，有

第四十四回　怀妒谋毒死故后　立储君惊遇冤魂

时暗中流泪，有时对人微言，文宗虽略有所闻，倒也不暇理睬。只文宗后卜答失里与八不沙本不相亲，此时同住宫中，面上似属通融，意中不无芥蒂。这是娣姒常态。彼此相见，免不得暗嘲热讽，冷语交侵。看官！你想这八不沙皇后，本是没甚材干，遇着这等尴尬的遭际，又不能处之泰然，每不如意，辄迁怒左右，侍女们有何知识，得着主宠，便是喜欢，逢着主怒，便是懊恼，哪个肯体心贴意，曲意奉承？况八不沙是个过去的皇后，留住宫中，好似一个寄生虫，怎及得卜答失里系当时国母，节制六宫？所以八不沙一言一动，统由侍女们传报，卜答失里遂无乎不知。非平时揣摩世态，不能如此详明。

冤家有孽，偏出了一个太监，与八不沙硬做对头，这太监的名字，与英宗时的贤相拜住同一大名。这正是名同心不同呢。某日太监拜住，在宫中往来，巧遇着八不沙皇后，他也不上前请安，反在旁边立着，指手画脚，与小太监调笑。八不沙皇后，不禁气恼，便向他呵叱道："你是一个区区太监，也敢这般无礼！人家欺负我，是我命苦所致，似你这厮，也看我是奴仆一般！罢罢！你等仗着皇后威势，竟尔无法无天，须知我也是个皇后，不过先帝忠厚，不甚防着，反被那狗男女从中暗算，仓猝崩逝，难道皇天无眼，作善罹殃，作恶反得降祥？泰山有坍倒的日子，你等应留着余地，不要有势行尽呢！"妇女口吻，亏他描摹。说罢，负气竟去。

这太监拜住恰冷笑了几声，又慢腾腾地走入中宫，见了皇后卜答失里，便跪倒地上，呜呜咽咽的哭将起来。忽笑忽哭，写尽奸刁。卜答失里本宠爱拜住，瞧着这副情状，便问道："你受何人委屈，来到我处诉苦？"拜住道："奴婢不敢说！"卜答失里道："叫你说你却不说，你为何向我来哭？你莫非逗刁不成？"拜住磕头道："奴婢怎敢！只此事关系甚大，不说不可，欲说又不可。"卜答失里道："你尽管说来，有我作主何妨！"拜住才将八不沙皇后所言，转述一遍，且捏造几句詈词，惹动卜答失里盛怒，陡然起座，拟至八不沙皇后处，与她评理。拜住恰又劝阻。刁狡之极。

卜答失里顿足道："我与她势不两立，定要她死在我手，方出胸中恶气！"拜住道："这亦不难，总教禀明皇上，赐她自尽，便可了案。"卜答失里道："我也曾说过几次，奈皇上不肯见从，奈何！"拜住道："从太子入手，便好行事。"卜答失里沉吟道："你且起来，好好商酌为是。"拜住顿首起立。经卜答失里屏去侍女，密与拜住商量。拜住道："皇子虽幼，然将来总是储君，现在郴王已立，同处宫禁，势必从旁窥伺，倘或皇上舍子立侄，如皇子何！如皇后何！"卜答失里道："我亦防这一着，目今计将安出！"拜住道："只教禀闻皇上，但说明宗皇后潜结内外，谋立郴王为太子，不怕皇上不信！"卜答失里道："皇上曾有立侄的意思，倘若弄假成真，如何是好？"拜住道："明宗暴崩，谣言蜂起，多说太平王燕帖木儿主谋，连皇上亦牵累在内，就是明宗皇后，也怀着疑心，所以语中含刺，我想皇上让德昭彰，断不如群情所料，若把此言一一奏闻，管教皇上动气，早些斩草除根，免得后患！"卜答失里尚在摇头，拜住道："再进一层，竟说她谋为不轨，将不利皇上，皇上莫非再让不成！"谗人罔极。

卜答失里不禁点首，便令拜住暂退，自己待文宗入宫，便一层一层的详告。文宗虽是动怒，然不肯骤用辣手，经卜答失里婉劝硬逼，弄得文宗心思亦被她摇惑起来。俗语说得好，枕席之言易入，况加以父子夫妇，关系生死，就是铁石人也要动心。不由得叹息道："凡事不为已甚，我已为燕帖木儿所惑，做到不仁不义；且今又被势逼，教我再做一着，岂不是已甚么？但箭在弦上，不得不发，我只好将错便错罢了！"误尽世人，莫如此言。便语皇后卜答失里道："据你说来，定要处死八不沙皇后，但我心终属未忍。宁可由别人去处置她，我却不好自行赐死！"分明是教她矫诏。卜答失里无言。

到了次日，文宗自去视朝，卜答失里即召拜住密议，并将文宗语述毕。拜住道："皇上太属仁慈，此事只可由皇后作主。"卜答失里道："你叫我去杀她么？"拜住道："请皇后传一密旨，只说皇上有命，赐她自尽，她向何人去说，只好自死罢了。"卜答失里道："事果可行么？"拜住道："何不可行？皇上决不为难。"卜答失里道："你与我小心做去，何如？"

拜住遂出，拟好密旨，并亲携酖酒，径向八不沙皇后处行来。八不沙皇后梳洗才毕，骤见拜住入内，令她跪读诏旨，不禁战慄起来。拜住怒目道："快请受诏，以便复命！"八不沙皇后无可奈何，只得遵命跪着，由拜住宣读诏敕，乃说她私图不轨，谋立己子，应恩赐自尽等语。八不沙抚膺恸哭道："既杀我先皇，又要杀我，我死，必作厉鬼以索命！"言至此，即从拜住手夺过酖酒，一饮而尽。须臾毒发，身仆地上，拜住由她暴毙，竟回报卜答失里。卜答失里很是快慰。及文宗闻知，只说八不沙皇后，暴病身亡，文宗明知有变，但绝了后来的祸根，也是惬意的多，失意的少。既忍杀兄，遑问其嫂。

卜答失里遂欲正名定分，立子阿剌忒纳答剌一作喇特纳达喇。为太子，文宗倒也应允。先将八不沙皇后的丧葬，草草理毕，然后安排册命。正拟命太常各官，议定册立太子礼仪，偏皇后卜答失里，与太监拜住，计上生计，又复想出了一种毒谋。他想鄜王懿璘质班，与妥欢帖睦尔尚处宫中，究竟不是了局，拟将他驱逐出外，拔去了眼中钉，庶几始终无患，遂日向文宗前絮聒，把祸福利害的关系，反复密陈。文宗以两人年尚幼弱，不便遣发，只说是从缓再商。文宗尚有良心。卜答失里总不肯放手，暗中唆使妥欢帖睦尔的乳母，叫她告知其夫，入见文宗，略言妥欢帖睦尔实非明宗所出，娼妓杂种，如何冒充天潢，自乱血统？且明宗在日，已欲将他驱逐，此刻正宜慎重名义，休使一误再误呢。

第四十四回　怀妒谋毒死故后　立储君惊遇冤魂

于是文宗下令，将妥欢帖睦尔母子逐出，东戍高丽，幽居大青岛中，不准与人往来。去了一个。

妥欢帖睦尔既去，只有一个懿璘质班，孤苦伶仃，无人抚字。卜答失里还想将他调开，偏偏文宗不从。拜住复献计道："一个小孩子，晓得甚么计策？只教糕饵中间，稍置毒药，便可将他酖死。"言未毕，忽似有人从后猛击，竟致头晕目眩，跌仆地上。卜答失里大为惊讶，忙令侍儿挽扶拜住，不防拜住反瞋目怒叱道："哪个敢来救他？他是一个小太监，恃宠横行，谋死了我，还要谋死我子么？"这语一出，吓得卜答失里牙床打战，面色似灰。拜住又戟指痛詈道："都是你这狠心人，妄逞机谋，欲将我母子置诸死地，所以家奴走狗，亦得肆行无忌，巧图迎合。须知天下是我家的天下，你等害我先皇，夺我帝位，还嫌不足，又将我矫旨酖死，我死得好苦吓！"说至此，槌胸大哭。嗣复惨然道："可怜我夫妇两人，俱遭你等毒毙，现只剩了一个血块，年只四五龄，你等亦应存点天良，好好顾全了他。人生修短，就使有数，总不该死于你手！此语为后文埋根。你道害了我子，你子便得长寿延命，万岁为君么？你且看着，我先索了贼奴的性命，回去再说！"言毕，即寂然不动。至卜答失里渐定惊魂，再将拜住仔细一瞧，已经满口皆血，嚼舌而死。厉鬼未尝无有，并非作者迷信。

自是六院深宫，常带阴气，一班宫娥彩女，互相惊吓，不是说有鬼啸声，就是说有鬼履痕，白昼时结侣呼群，方敢进出，夜静时关门闭户，尚觉阴沉。这是疑心生暗鬼。卜答失里由惊生畏，由畏生忧，遂与文宗商议，欲向帝师前亲受佛戒。文宗本已心虚，又闻宫中时常见鬼，也觉毛发森然。至此闻皇后言，自然满口应允，当下告知帝师辇真乞剌思，择日受戒。辇真乞剌思无不从命。届期请帝师入兴圣殿，由文宗率着皇后，及皇子阿剌忒纳答剌，俱到坛前行受戒礼。好在一切仪制，都有成例可援，不过由太常官稍费手续，僧徒辈多念真言，便算大礼告成了。文宗又命懿璘质班，也受了佛戒。满望慈航普度，保合太和，宫内一切人等，也以为如来默护，可以消除魔障，纵有鬼物，不敢为殃，自此化怪为常，稍稍镇静。文宗遂封皇子阿剌忒纳答剌为燕王，立宫相府，命燕帖木儿总领府事。外无异议，内无妖孽，恰安安稳稳的度将过去。从此一心信佛，命西僧作佛事于明智殿，自四月朔日起，命至腊月方罢。

会故相铁木迭儿子锁住，复夤缘干进，得为将作使，他因将作使一职，位微秩卑，尚不满欲，因与弟观音奴，阴谋作乱。无如势孤力弱，一时无从发难，乃与姊夫太医使野理牙，暗谋镇魇。适闻宫中有鬼作祟，益滋迷信，以为乘机厌禳，应较灵验。野里牙姊阿纳昔木思，素信道教，遂向道教徒侣，乞得符箓数张，在庭中设起神坛，上供北斗星君牌位，朝夕顶礼，口中所祝，无非祈君相速死，另易真命天子，制治天下等语。可谓愚甚。还有前刑部尚书乌马喇，前御史大夫孛罗,及前上都留守马儿,统失职闲居,各怀怨望,这数人平日,与锁住等很是莫逆,至此闻锁住得了此法,相率赞成。哪知事机不密,竟被别人举发,当由燕帖木儿奏报文宗。看官!你想锁住等人,还能幸免么?缇骑一发,先将锁住、观音奴、野理牙三人逮问,中书省臣严刑审讯,后核得乌马喇、孛罗、马儿及野理牙姊阿纳昔木思等,一同与谋。随将他四人一并拿至,讯明属实,律以咒诅主上,大逆不道的罪名,便将他们推出正法。

一波未了,一波已起,知枢密院事阔彻伯、脱脱木儿,通政使只儿哈郎,翰林学士承旨伯颜也不干,燕王宫相斡罗思,中政使尚家奴秃乌台,右阿速卫指挥使那海察拜住等,以燕帖木儿专权自恣,不忍坐视。意欲兴甲问罪,入清君侧,偏被燕帖木儿的爪牙,名叫也的迷失脱迷,洞察异图,先行密报。燕帖木儿先发制人,即率兵掩捕,共获住十二人,尽行弃市,并将他家产籍没充公。*螳臂当车,自不量力。*

诸王大臣等,以内乱叠平,统向太平王处贺喜。燕帖木儿也率文武百官,暨耆老僧道,伏阙上书,请文宗宏加尊号。文宗也觉增欢,俯允所请,遂亲御大明殿,由燕帖木儿等奉玉册玉宝,上尊号曰"钦天统圣至德诚功大文孝皇帝"。*弑兄杀嫂的美名,何不加入。*御史台臣,又思踵事增华,请立燕王为皇太子。文宗道:"朕子尚幼,非裕宗为燕王时比,俟缓日再议。"

过了月余,复由诸王大臣,吁请立储。文宗又道:"卿等所言,未尝不是,但燕王尚幼,恐他识虑未弘,不堪负荷,稍从缓议,当亦未迟。"廷臣以再请未允,不欲再言,奈皇后卜答失里,急欲立子,暗中通知诸王大臣,令他续请,自己亦乘间力陈,请文宗速从群议,以餍舆望。*胆又放大了。*文宗不好固执成见,乃先令太保伯颜,祭告宗庙,然后立燕王阿剌忒纳答剌为皇太子,礼成逾日,忽皇太子生起病来,热了三日三夜,全身露出红斑,仿佛似痘疹一般,急得帝后日夕不安。正在床前视疾,蓦闻皇太子大叫道:"你想立太子么?我两人特来索命呢!"文宗闻着,不觉惊倒床上。小子有诗咏道:

> 弑兄杀嫂太无良,用尽机能反惹殃。
> 我劝世人休昧己,人谋不及鬼谋臧!

毕竟文宗性命如何,且从下回说明。

八不沙皇后之死,谁杀之?文宗后卜答失里,及宦者拜住杀之也。史家多归罪卜答失里;吾谓卜答失里之罪犹居其次,为罪首者实文宗耳。明宗后之为厉鬼,史笔虽无明文,然无辜被逼,饮酖以终,鬼而有知,能不为厉乎!郑人相惊以伯有,子产明其为厉。夫伯有雁可死之罪,犹且如此,况饮恨如明宗后,必谓其无能为厉,识者亦知其未然也。若以本回为无端臆造,荒诞不经,试观文宗崩后,燕王虽殇,次子犹在,皇后卜答失里,胡竟命立鄜王,甘舍己子？及鄜王骤薨,又命迎立妥欢帖睦尔,非彼此隐怀畏惧,能如是之改行为善乎？揆情度理,必由明宗帝后,暗中为祟,有以慑其魄而褫其神耳。从无生有,即似寓真,是谓之善演史。

第四十五回　平全滇诸将班师
　　　　　　避大内皇儿寄养

　　却说文宗被冤魂一吓,惊倒床上,几乎晕厥过去。慌得皇后卜答失里,没了主意,忙匍伏床前,口称该死,只求先皇先后,休念前嫌,保护太子性命要紧。但听太子冷笑道:"早知今日,何必当初？你夫妇瞒心昧己,毒死我等,今朝权在我手,看你等再能害我么？"卜答失里又跪求道:"如能保全太子,愿做佛事三年,超荐先灵。"全然妇女口吻。太子又冷笑道:"佛事么？只可欺人,不能欺鬼,我要索命,任你做佛事三十年,也无用处。"卜答失里又道:"先皇后如不肯饶恕,宁可将我作代,皇子无知,还乞矜宥!"太子又道:"似你狼心狗肺,自有现世的报应,不劳我辈出力。"隐伏后文。卜答失里还是磕头不已,太子复欷歔道:"你既撇不掉你子,且再宽假数日,再作区处。"言已寂然。

　　斯时文宗亦已起床,闻得一派鬼言,不禁自怨自悔。寻见卜答失里尚是跪着,乃流泪道:"你可起来,前事已经做错,跪求亦恐无益。"卜答失里方才起身,瞧着文宗下泪,也觉满腹悽惶。转抚太子身上,仍同火炭一般,似醒非醒,似寐非寐,叫了数声,亦不见回答,急得无法可施,与文宗泪眼相对。文宗道:"我初意原不欲立储,为了内外交迫,乃成此举。看来先兄先嫂不肯容我过去,我只好改立皇侄,隐妥先灵,或可保全儿命呢。"卜答失里道:"如果皇子病愈,总可改易前议。"

　　正商议间,忽外面呈入奏报,乃是豫王从云南发来,详述军情。当由文宗披阅,军事甚是得手,请皇上不必忧虑等语。文宗心下少慰,遂属皇后善视病儿,自出宫视朝去了。

　　先是上都告变,各省多怀贰心,至燕帖木儿等战胜上都,内地方称平静。四川平章囊嘉岱,前曾僭称镇西王,四出骚扰。应四十一回。至明宗即位,由文宗遣使诏谕,囊嘉岱方束手听命,削王称臣。及明宗暴崩,文宗又复登极,闻囊嘉岱又有违言,乃召他入朝,诡称朝廷将加重任,囊嘉岱信为真言,动身离蜀。一出蜀道,便由地方官吏,奉着密诏,将他擒住,槛送上都。由中书省臣案问,责他指斥乘舆,立即枭首,籍没家资。

这消息传到云南，诸王秃坚，大为不服，遂与万户伯忽、阿禾等谋变。传檄远近，声言文宗弑兄自立，及诱杀边臣等情弊；遂兴兵攻陷中庆路，将廉访使等杀死，并执左丞忻都，胁署文牍。一面自称云南王，以伯忽为丞相，阿禾等为平章等官，立城栅，焚仓库，拒绝朝命。

文宗闻警，乃以河南行省平章乞住，为云南行省平章八番顺元宣慰使，帖木儿不花为云南行省左丞，率师南讨，命豫王阿剌忒纳失里，监制各军。

时有云南土官禄余，骁勇绝伦，名震各部，文宗令豫王妥为招徕，夹攻秃坚。禄余初颇听命，招集各部蛮军，效力出征，连败秃坚军，有旨授他为宣慰使，并云南行省参知政事。不防秃坚亦暗中行赂，买嘱禄余，教他背叛元廷。禄余贪利如命，竟归附秃坚，率蛮兵千人，拒乌撒、顺元界，立关固守。

是时重庆五路万户军，奉豫王调遣，入云南境，为禄余所袭，陷入绝地，死得干干净净。千户祝天祥，本为后应，亏得迟走一步，得了前军败耗，仓猝遁还。事为元廷所闻，再遣诸王云都思帖木儿，调集江浙、河南、江西三省重兵，与湖广行省平章脱欢，合兵南下。诸路兵马，尚未入滇，帖木儿不花，又被罗罗思蛮，邀击途次，斩首而去，云南大震。

枢密院臣奏言秃坚、伯忽等势益猖獗，乌撒、禄余亦乘势连约乌蒙、东川、茫部诸蛮，进窥顺元，请严饬前敌各兵，兼程前进，并饬边境慎固防守云云。于是文宗又颁发严旨，命豫王阿纳忒剌失里等，亟会诸军进讨。且以乌蒙、乌撒及罗罗思地，近接西番，与碉门安抚司相为唇齿，应饬所属军民，严加守备。又命巩昌都总帅府分头调兵，戍四川开元、大同、真定、冀宁、广平诸路，及忠翊侍卫左右屯田。那时军书旁午，烽燧谨严，战守兼资，内外巩固。

云南茫部路九村夷人，闻大军陆续南来，料知一隅小丑，不足抵御，乃公推头目阿斡阿里，诣四川行省，自陈本路旧隶四川，今土官撒加伯，与云南连叛，民等不敢附从，情愿备粮四百石，丁壮千人，助大军进征。当由四川省臣据实奏闻，文宗以他去逆效顺，厚加慰谕。

自此遐迩闻风，革心洗面，豫王阿纳忒剌失里，及诸王云都思帖木儿，分督各军，同时并集。还有镇西武靖王搠思班，系世祖第六子，亦领兵来会，差不多有十余万人，四面进攻。

先夺了金沙江，乱流而渡，既达彼岸，遇着云南阿禾军，并力冲杀，阿禾抵敌不住，夺路溃退，官军哪里肯舍，向前急追。弄得阿禾无路可逃，只好舍命来争，猛被官军射倒，擒斩了事。

进至中庆路，又值伯忽引兵来战，两军相遇于马金山，官军先占了上风，如排山倒海一般，掩杀过去。伯忽虽然勇悍，怎禁得大军压阵，势不可当。又况所统蛮军素无纪律，胜不相让，败不相救。看看官军势大，都纷纷如鸟兽

第四十五回　平全滇诸将班师　避大内皇儿寄养

散。剩得伯忽孤军，且战且行，正在势穷力蹙的时候，斜刺里忽闪出一支伏兵，为首一员大将，挺枪入阵，竟将伯忽刺死马下。这人非别人，乃是太宗子库腾孙，曾封荆王，名叫也速也不干，他与武靖王搠思班，同镇西南。至是闻大军进讨，他竟带领亲卒，绕出伯忽背后，静悄悄的伏着，巧巧伯忽败走，遂乘机杀出，掩他不备，刺死伯忽。

当下与豫王等相会，彼此欢呼，合军再进，直入滇中。秃坚走死，禄余远遁。云南战事，无甚关系，所以随笔叙过。乃遣使奏捷，回应上文。且请留荆王镇守，撤还余军。

文宗视朝，与中书省臣等会议，佥云南征将士，未免疲乏，应从豫王等言。乃命豫王等班师还镇，留荆王屯驻要隘，另遣特默齐为云南行省平章，总制军事。

特默齐抵任后，复遣兵搜剿余孽，适值罗罗思土官撒加伯，潜遣把事曹通，潜结西番，欲据大渡河，进寇建昌。特默齐急檄云南省官跃里铁木儿，出师袭击，将曹通杀毙，又一面令万户统领周戡，直抵罗罗思部，控扼西番及诸蛮部。土官撒加伯，无计可施，竟落荒窜去。

既而禄余又出招余党，进寇顺元等路。云南省臣，以禄余剽悍异常，欲诱以利禄，招他归降。乃遣都事诺海，至禄余砦中，授以参政制命。禄余不受，反将诺海杀死。都元帅怯烈，素有勇名，闻诺海遇害，投袂奋起，贪夜进兵，击破贼砦，杀死蛮军五百余人。秃坚长弟必剌都古象失，举家赴水死，还有幼弟二人，及子三人，被怯烈擒住，就地正法。只禄余不知下落，大约是远奔西裔了，余党悉平，云南大定。了结滇事。

文宗以西南平靖，外患已纾，倒也可以放心。只太子阿剌忒纳答剌疹疾未痊，反且日甚一日，有时热得发昏，仍旧满口谵语，不是明宗附体，就是八不沙皇后缠身。太医使朝夕入宫，静诊脉象，亦云饶有鬼气，累得文宗后卜答失里祈神祷鬼，一些儿没有效验，她已智尽能索，只好求教帝师，浼她忏悔。帝师有何能力，但说虔修佛事，总可挽回，乃命宫禁内外，筑坛八所，由帝师亲自登坛，召集西僧，极诚顶礼。今日拜忏，明日设醮，琅琅诵经，喃喃咒咒，阖宫男妇，没一个不斋戒，没一个不叩祷，吁求太子长生。连皇后卜答失里，时宣佛号，自昼至暮，把阿弥陀佛及救苦救难观世音等梵语，总要念到数万声。佛口蛇心，徒增罪过。怎奈莲座无灵，杨枝乏力，任你每日祷禳，那西天相隔很远，何从见闻。

卜答失里无可奈何，整日里以泪洗面，起初尚求先皇先后保佑，至儿病日剧，复以祝祷无功，改为怨诅。一夕坐太子床前，带哭带詈，忽见太子两手裂肤，双足捶床，怒目视后道："你还要出言不逊么？我因你苦苦哀求，留你儿命，暂延数天，你反怨我骂我，真是不识好歹！罢罢！似你这等狠妇，总是始终不改，我等先索你长儿的性命，再来取你次儿，教你看我等手段罢！"原来文宗已有二子，长子名阿剌忒纳答剌，次子名古纳答剌，两子都尚幼稚。此次卜答失里闻了鬼语，急得甚么相似，忙遣侍女去请文宗。

文宗到来，太子又厉声道："你既想做皇帝，尽管自做便罢，何必矫情干誉，遣使迎我？我在漠北，并不与你争位，你教使臣甘言谀词，硬要奉我登基。既已忌我，不应让我，既已让我，不应害我，况我虽曾有嗣，也不忍没你功劳，仍立你为皇太子，我若寿终，帝位复为你有，你不过迟做数年，何故阴谋加害？害了我还犹是可，我后与你何嫌？一个年轻孀妇，寄居宫中，任她有甚么能力，总难逃你手中。你又偏信悍妇，生生的将她酖死，全不念同胞骨肉，亲如手足？你既如此，我还要顾着什么？"文宗至此，也不禁五体投地，愿改立鄜王为太子。只见太子哈哈笑道："迟了！你也隐受天谴了。善有善报，恶有恶报，积因成果，莫谓冥漠无知呢！"暗伏文宗崩逝之兆，然借此以唤醒世人，恰也不少！

文宗尚欲有言，太子已两眼一翻道："我要去了！你子随了我去，此后你应防着，莫再听那长舌妇罢！"这语才毕，文宗料知不佳，急起视太子，已经喘做一团，不消半刻，即兰摧玉折了。看官！你想此时的文宗，及皇后卜答失里心下不知如何难过。呼吁原是没效，懊悔也觉无益，免不得抚尸恸哭，悲痛一回。

文宗以情不忍舍，召绘师图画真容，留作遗念。兄嫂也是骨肉，如何忍心毒死！一面特制桐棺，亲自视殓，先把儿尸沐以香汤，然后着衣含玉，一切仪式，如成人一般。后命宫内广设坛场，召集西僧百人，追荐灵魂。忙碌了好多日，乃令宫相法里，安排葬事，发绋时，役夫约数千名，单是舁送灵舆人夫，也有五十八人，差不多如梓宫奉安的威仪。俟祔葬祖陵后，又饬营庐墓，即嘱法里等守护。一面将太子木主，供奉庆寿寺，仿佛与累朝神御相等。视子若祖考，慈孝倒置。

丧葬才毕，次儿古纳答剌，又复染着疹疾，病势不亚皇储。这一惊非同小可，不但文宗帝后，捏了一把冷汗，就是宫廷内外，也道是先皇先后不肯放手，顿时风声鹤唳，无在非疑，杯影蛇弓，所见皆惧。文宗图帖睦尔及皇后卜答失里凄凄惶惶，闹到发昏第一章，猛然记起太平王燕帖木儿足智多谋，或有意外良法，乃亟命内侍宣召。燕帖木儿如命即至，由文宗帝后与他熟商。奈燕帖木儿是个阳世权臣，不是冥中阎王，至此也焦思苦虑，想不出甚么法儿。及见帝后两人，衔着急泪，很是可悲，乃委婉进言道："宫中既有阴气，皇次子不应再居，俗语有道，趋吉避凶，据臣看来，且把皇次子避开此地，或可化凶为吉。"文宗道："何处可避？"燕帖木儿道："京中不乏诸王公主，总教老成谨慎，便可托付。"皇后卜答失里即插口道："最好是太平王邸中，我看此事只可托付了你，望你勿辞！"燕帖木儿道："臣受恩深重，敢不尽力！但在臣家内，恐怕有亵，还求宸衷再酌！"文宗道："朕子即卿子，说甚么亵渎不亵渎！"燕帖木儿又道："臣家居比邻，有一吉宅，乃是诸王阿鲁浑撒里故居，今请陛下颁发敕令，将此宅作为皇次子居第，俾臣得以朝夕侍奉，岂不两便！"文宗道："故王居宅，未便擅夺，不如给价为是。"燕帖木儿道："这是皇恩周浃，臣当代为叩谢。"说罢，便跪地叩首。文宗亲手搀扶，叫他免礼，且面谕道："事不宜迟，就定明日罢。"燕帖木儿领旨而出，即夕办理妥当，布置整齐。次日巳牌，又复入宫，当即备一暖舆，奉皇次子古纳答剌卧舆出宫。小子有诗咏道：

　　　　频年忏悔莫消灾，无怪皇家少主裁。
　　　　幸有相臣多智略，奉儿载出六宫来。

　　毕竟皇次子能否病愈，容俟下回续叙。

　　云南之变，声讨文宗，可谓名正言顺。事虽未成，亦足以褫文宗之魄，故本回于秃坚等有恕词。惟禄余反复无常，心怀叵测，且系群蛮首领，有志乱华，所以特别加贬耳。至于太子殁后，次子复遇疹疾，史称市阿鲁浑撒里故宅，令燕帖木儿奉皇子居之，后儒不察，以为遣子寄养，蹈汉覆辙。夫文宗溺爱情深，观于太子之逝，丧葬饰终，何等郑重，顾肯以子遗之次子，寄养他家乎？揆其原因，必由宫中遇祟，连日来安，一儿已殇，一儿又病，不得已而出此，著书人从明眼窥出，既足以补史阙，复足以儆世人。是固有心人吐属，非好谈鬼怪也。

第四十六回　　得新怀旧人面重逢
　　　　　　　　纳后为妃天伦志异

　　却说皇次子古纳答剌，由燕帖木儿护送出宫，当至阿鲁浑撒里故第，安居调养。随来的宫女，约数十人，复从太平王邸中，派拨妇女多名，小心侍奉，还有太平王继母察吉儿公主，及所尚诸公主等，也晨夕过从，问暖视寒，果然冤魂不到，皇子渐瘳。燕帖木儿奏达宫中，帝后很是心喜，立赐燕帖木儿及公主察吉儿各金百两，银五百两，钞二千锭。就是燕帖木儿弟撒敦，也得蒙厚赍。

又赐医巫乳媪宦官卫士六百人,金三百五十两,银三千四百两,钞三千四百锭。各人照例谢赏,正是天恩普及,舆隶同欢。

文宗又命在兴圣宫西南,筑造一座大厦,作为燕帖木儿的外第,并在虹桥南畔,建太平王生祠,树碑勒石,颂德表功。又宣召燕帖木儿子塔剌海,入宫觐见,赐他金银无算,命为帝后养子。一面令皇次子古纳答剌,改名燕帖古思,与燕帖木儿上二字相同,表明义父义子的关系。父子应避嫌名,元朝定例,偏以同名为亲属,也是一奇。燕帖木儿入朝辞谢,文宗执手唏嘘道:"卿有大功于朕,朕恨赏不副功;只有视卿如骨肉一般,卿子可为朕子,朕子亦可为卿子,彼此应略迹言情,毋得拘泥。"自己的亲兄,恰可毒死,偏引外人为骨肉,诚不知是何肺肝!燕帖木儿顿首道:"臣子已蒙皇恩,不敢再辞,若皇嗣乃天演嫡派,臣何人斯,敢认作义儿?务请陛下收回成命!"文宗道:"名已改定,毋庸再议!朕有易子而子的意思,愿否由卿自择。"燕帖木儿拜谢而出。

过了数日,太平王妃忽然病逝。文宗亲自往吊,并厚赠赗仪。丧葬才毕,复诏遣宗女数人,下嫁燕帖木儿,解他余痛。又因宫中有一高丽女子,名叫不颜帖尔,敏慧过人,素得帝宠,至此也割爱相赠。何不将皇后亦给了他?燕帖木儿辞不胜辞,索性制就连床大被,令所赐美女相夹而睡,凭着天生神力,一夕御女数人,巫峡作云,高唐梦雨,说不尽的温柔滋味,把所有鼓盆余戚,早已撇过一边。但正室仍是虚位,未尝许他人承袭,大众莫名其妙,其实燕帖木儿恰有一段隐情,看官试猜一猜,待小子叙述下去。

小子前时叙泰定后妃事,曾已漏泄春光,暗中伏线。应四十一回。燕帖木儿本早有心勾搭,可奈入京以后,内外多故,政务倥偬,他又专操相柄,一切军国重事,都要仗他筹画;因此日无暇晷,连王府中的公主等,都未免向隅暗叹,辜负香衾。既而滇中告靖,可以少暇,不意皇子燕帖古思,又要令他抚养,一步儿不好脱离。至皇子渐痊,王妃猝逝,免不得又有一番忙碌。正拟移花接木,隐践前盟,偏偏九重恩厚,复厘降宗女数人;穿花蛱蝶深深见,点水蜻蜓款款飞,又不得不竭力周旋,仰承帝泽。可谓忙极。

过了一月,国家无事,公私两尽,燕帖木儿默念道:"此时不到东安州,还有何时得暇?"遂假出猎为名,带了亲卒数名,一鞭就道,六辔如丝,匆匆的向东安州前来。既到东安,即进去见泰定皇后。早有侍女通报,泰定后率着二妃,笑脸出迎,桃花无恙,人面依然。燕帖木儿定睛细瞧,竟说不出甚么话来。泰定后恰启口道:"相别一年,王爷的丰采,略略清减,莫非为着国家重事劳损精神么?"出口便属有情。燕帖木儿方道:"正是这般。"二妃也从旁插嘴道:"今夕遇着甚么风儿,吹送王爷到此?"燕帖木儿道:"我日日惦念后妃!只因前有外变,后有内忧,所以无从分身,直至今日,方得拨冗趋候。"泰定后妃齐称不敢,一面邀燕帖木儿入室,与泰定后相对坐下。居然夫妻。二妃亦列坐一旁。居然妾媵。

泰定后方问及外变内忧情状,由燕帖木儿略述一遍,泰定后道:"有这般情事,怪不得王爷面上,清瘦了许多。"燕帖木儿道:"还有一桩可悲的家事,我的妃子,竟去世了!"泰定后道:"可惜!可惜!"燕帖木儿道:"这也是无可如何!"二妃插入道:"王爷的后房,想总多得很哩。但教王爷拣得一人,叫做王妃,便好补满离恨了。"轻挑暗逗,想是暗羡王妃。燕帖木儿道:"后房虽有数人,但多是皇上所赐,未合我意,须要另行择配,方可补恨。"二妃复道:"不知何处淑媛,凤饶厚福,得配王爷!"燕帖木儿闻了此言,却睁着一双色眼,觑那泰定后,复回瞧二妃道:"我意中恰有一人,未知她肯俯就否?"二妃听到"俯就"二字,已经瞧料三分。看那泰定后神色,亦似觉着,恰故意旁瞧侍女道:"今日王爷到此,理应杯酒接风,你去吩咐厨役要紧!"侍女领命去讫。

燕帖木儿道:"我前时已函饬州官,叫他小心伺候,所有供奉事宜,不得违慢,他可遵着我命么?"泰定后道:"州官供奉周到,我等在此尚不觉苦。惟王爷悉心照拂,实所深感!"燕帖木儿道:"这也没有甚么费心,州官所司何事?区区供奉,亦所应该的。"正说着,见侍女来报,州官禀见。燕帖木儿道:"要他来见我做甚?"言下复沉吟一番,乃嘱侍女道:"他既到来,我就去会他一会。"

侍女去后,燕帖木儿方缓踱出来。原来燕帖木儿到东安州,乃是微服出游,并没有什么仪仗。且急急去会泰定后妃,本是瞒头暗脚,所以州官前未闻知。嗣探得燕帖木儿到来,慌忙穿好衣冠,前来拜谒。经燕帖木儿出见后,自有一番酬应,州官见了王爷,曲意逢迎,不劳细说。待州官别后,燕帖木儿入内,酒肴已经安排妥当,当由燕帖木儿吩咐,移入内厅,以便细叙。伏笔。

入席后,泰定后斟了一杯,算是敬客的礼仪,自己因避着嫌疑,退至别座,不与同席。燕帖木儿立着道:"举酒独酌,有何趣味?既承后妃优待,何妨一同畅饮,彼此并非外人,同席何妨!"泰定后还是怕羞,踌躇多时,又经燕帖木儿催逼,乃命二妃入席陪饮。燕帖木儿道:"妃子同席,皇后向隅,这事如何使得?"说着,竟行至泰定后前,欲亲手来挈后衣,泰定后料知难却,乃让过燕帖木儿,绕行入席。拣了一个主席,即欲坐下,燕帖木儿还是不肯,请后上坐。泰定后道:"王爷不必再谦了!"于是燕帖木儿坐在客位,泰定后坐在主位,两旁站立二妃。燕帖木儿道:"二妃如何不坐?"二妃方道了歉,就左右坐下。

于是浅斟低酌,逸兴遄飞,起初尚是若离若合,不脱不粘,后来各有酒意,未免放纵起来。燕帖木儿既瞧那泰定后,复瞧着二妃,一个是淡妆如菊,秀色可餐，两个是浓艳似桃，芳姿相亚，不禁眉飞色舞，目逗神挑。那二妃恰亦解意，殷勤劝酢，脉脉含情，泰定后到此，亦觉情不自持，勉强镇定心猿，装出正经模样。

燕帖木儿恰满斟一觥，捧递泰定后道："主人情重，理应回敬一樽。"泰定后不好直接，只待燕帖木儿置在席上。偏燕帖木儿双手捧着，定要泰定后就饮，惹得泰定后两颊微红，没奈何喝了一喝。燕帖木儿方放下酒杯，顾着泰定后道："区区有一言相告，未知肯容纳否？"泰定后道："但说何妨！"燕帖木儿道："皇后寄居此地，寂寂寡欢，原是可悯；二妃正值青春，也随着同住，好好韶光，怎忍辜负！"泰定后听到此语，暗暗伤心，二妃更忍耐不住，几乎流下泪来。

燕帖木儿又道："人生如朝露，何必拘拘小节！但教目前快意，便是乐境。敢问皇后二妃，何故自寻烦恼？"泰定后道："我将老了，还想甚么乐趣？只两位妃子，随我受苦，煞是可怜呢！"燕帖木儿笑道："皇后虽近中年，丰韵恰似二十许人，若肯稍稍屈尊，我却要……"说到"要"字，将下半语衔住。泰定后不便再诘。那二妃恰已拭干了泪，齐声问道："王爷要甚么？"燕帖木儿竟涎着脸道："要皇后屈作王妃哩！"满盘做作，为此一语。泰定后恰嫣然一笑道："王爷的说话，欠尊重了！无论我不便嫁与王爷，就使嫁了，要我这老妪何用？"已是应许。燕帖木儿道："何尝老哩！如蒙俯允，明日就当迎娶哩。"泰定后道："这请王爷不必费心，倒不如与二妃商量啰！"燕帖木儿道："有祸同当，有福同享。皇后若肯降尊，二妃自当同去。"说着，见二妃起身离席，竟避了出去。那时侍女人等，亦早已出外。都是知趣。只剩泰定皇后，兀自坐着，他竟立将起来，走近泰定后旁，悄悄的牵动衣袖。泰定后慌忙让开，抽身脱走，冉冉的向卧室而去。逃入卧房，分明是叫他进来。

燕帖木儿竟蹑迹追上，随入卧室，大着胆抱住纤腰，移近榻前。泰定后回首作嗔道："王爷太属讨厌！不怕先皇帝动恼么？"燕帖木儿道："先皇有灵，也不忍皇后孤栖。今夕总要皇后开恩哩。"看官！你想泰定后是个久旷妇人，遇着这种情魔，哪得不令她心醉！当下半推半就，一任燕帖木儿所为，罗襦代解，芗泽犹存，檀口微开，丁香半吐，脂香满满，人面田田，谐成意外姻缘，了却生前宿孽。正在云行雨施的时候，那两妃亦突然进来，泰定后几无地自容。燕帖木儿却余勇可贾，完了正本，另行开场。二妃本已欢迎，自然次第买春，绸缪永夕。

自此以后，四人同心。又盘桓了好几天，燕帖木儿方才回京。临行时与泰定后及二妃道："我一入京师，便当饬着妥役，奉舆来迎。你三人须一同进来，休得有误！"三人尚恋恋不舍。燕帖木儿道："相别不过数日，此后当同住

第四十六回　得新怀旧人面重逢　纳后为妃天伦志异

一家,朝欢暮乐,享那后半生安逸。温柔乡里,好景正多,何必黯然!"只恐未必。三人方送他出门,咛叮而别。

　　燕帖木儿一入京师,即遣卫兵及干役赴东安州,去迎泰定后妃,嘱以途次小心。一面就在新赐大厦中,陆续布置,次第陈设,作为藏娇金屋。小子前时曾表明泰定后妃名氏,至此泰定后已下嫁燕帖木儿,二妃也甘心作媵,自不应照旧称呼。此后称泰定后,就直呼她芳名八不罕,称泰定二妃,亦直呼她芳名必罕及速哥答里。称名以愧之,隐寓《春秋》书法。

　　八不罕等在东安州,日日盼望京使。春色未回,陌头早待,梅花欲放,驿信才来。三人非常欢慰,即日动身。州官亟来谒送,并献上许多赠仪。是否查仪。八不罕也道一谢字。鸾车载道,凤翣呈辉,卫卒等前后拥护,比前日到东安州时,情景大不相同。

　　不数日即到京师,燕帖木儿早派人相接迎入别第。京中人士,尚未得悉情由,统是模糊揣测。只有燕帖木儿心腹,已知大概,大家都是蔑片,哪个敢来议长论短,只陆续入太平王府送礼贺喜。一传十,十传百,宫廷内外,都闻得燕帖木儿继娶王妃,相率趋贺。文宗尚未知所娶何人,至问及太保伯颜,才算分晓。蒙俗本没甚名节,况是一个冷落的故后,管她甚么再醮不再醮。当下也遣太常礼仪使,奉着许多赏品,赐与燕帖木儿。正是作合自天,喜从天降。

　　到了成礼的吉期,燕帖木儿先到新第,饬吏役奉着凤舆,及绣幰二乘,去迎王妃等人,八不罕等装束与天仙相似,上舆而来。一入新第中,下舆登堂,与燕帖木儿行夫妇礼,必罕姊妹,退后一步,也盈盈下拜,大家看那新娘娇容,并不觉老,反较前丰艳了些,莫不叹为天生尤物。大约夏姬再世。及与察吉儿公主相见,八不罕本是面熟,只好低垂粉颈,敛衽鸣恭。亏她有此厚脸。必罕姊妹,行了大礼,一班淫婢。方相偕步入香巢。

　　燕帖木儿复出来酬应一回,日暮归寝,八不罕等早已起迎。燕帖木儿执八不罕的手道:"名花有主,宝帐重春,虽由夫人屈节相从,然夫人性命,从此保全,我今日才得宽心哩!"八不罕惊问何故?燕帖木儿道:"明宗皇后,尚且被毒,难道上头不记着夫人么?我为此事,煞费周旋,上头屡欲加害,我也屡次挽回。只夫人若长住东安,终难免祸,现今做我的夫人,自然除却前嫌,可以没事哩。"占了后身,还想巧言掩饰,令她心感,真是奸雄手段。八不罕格外感激,遂语燕帖木儿道:"王爷厚恩,愧无以报!"以身报德,还不够么?燕帖木儿道:"既为夫妇,何必过谦!"复语必罕姊妹道:"你二人各有卧室,今夕且分住一宵,明日当来续欢罢了。"

　　二人告别而去。燕帖木儿乃与八不罕并坐,揽住髻云,搵住香腮,先温存了一番，嗣后宽衣解带，同入鸳帏，褥底芙蓉，相证无非故物；巢间翡翠，为欢更越曩时。一夜恩爱，自不消说。次夕，与必罕姊妹，共叙旧情，又另具一种风韵。小子有诗咏道：

纲常道义尽沦亡，皇后居然甘下堂。
万恶权臣何足责，杨花水性太荒唐！

未知事后如何，且至下回续叙。

本回表述风情，暗中恰深刺燕帖木儿及泰定后妃。泰定后虽迁置东安州，然名分犹在，不可得而污蔑也，燕帖木儿贪恋酒色，甚至占后为妻，任所欲为，而八不罕皇后等亦甘心受辱，屈尊下嫁，虽畏其权势之逼人，要亦由廉耻之扫地。盈廷大臣，唯唯诺诺，不闻有骨鲠之士，秉直纠弹，元其能不亡乎？故此回叙燕帖木儿事实，嫉其强暴，叙泰定后妃事实，恶其淫邪，幸勿视为香奁琐语也！

第四十七回　正官方廷臣会议　遵顾命皇侄承宗

却说燕帖木儿纳后为妃，又得了必罕姊妹，并有从前宗女等人，总计后房佳丽，已有二三十人，左拥右抱，夜以继日，正是快活得很。但女色一物，最足蛊人。寻常一夫一妇，尚宜节欲养精，不能旦旦而伐。况一个男子，陪着几十个妇人，若非自知节养，就使有牛马精神，也恐不能持久呢。至理名言。燕帖木儿日渐清羸，筋力已耗去大半，偏偏好色心肠，愈加炽张，得陇望蜀，厌故喜新，他若闻有美人儿，定要攫取到手。无论皇亲国戚，闺女孀姝，但教太平王一言，只可亲送上门，由他戏弄。自从至顺元年以及三年，这三年间，除所赐公主宗女，及娶纳泰定后妃外，复占夺了数十人，或有交礼三日，即便遣归。大众忍气吞声，背地里都祈他速死。他尚恃势横行，毫不知改，甚至后房充斥，不能尽识。天作孽，犹可违；自作孽，不可活，残喘虽尚苟延，死期已不远了。

话分两头。且说文宗登位以后，第一个宠臣是燕帖木儿，第二个就是伯颜。至顺元年，改任伯颜知枢密院事。应四十三回。文宗以未足酬庸，复命尚世祖子阔出女孙，名叫伯颜的斤，作为伯颜妻室。并赐虎士三百名，隶左右宿卫。嗣复给黄金双龙符，镌文曰："广宣忠义正节振武佐运功臣。"组以宝带，世为证券。又命凡宴饮视宗王礼。至顺二年，晋封浚宁王，加授侍正府侍正，

第四十七回　正官方廷臣会议　遵顾命皇侄承宗

追封其先三世为王,寻又加封昭功宣毅万户,忠翊侍卫都指挥使。三年拜太傅,加徽政使。是时燕帖木儿,深居简出,每日与妻妾寻欢,不暇问及国事。因此朝政一切,多由伯颜主持;伯颜的权力,也不亚燕帖木儿。一个未死,一个又起。于是一班趋势的官儿,前日迎合太平王,此日迎合浚宁王,朝秦暮楚,昏夜乞怜,但蒙浚宁王允许,平白地亦可升官。就使遇着亲丧,不过休假数日,即可衰绖供职,且给以美名,称为夺情起复。监察御史陈思谦,目击时艰,痛心铨法,因上言内外各官,若非文武全才,关系天下安危,尽可令他终丧,不许无端起复。文宗虽优诏允从,奈暗中有伯颜把持,总教贿赂到手,无人不可设法,陈思谦又抗词上奏道:

> 臣观近日铨衡之弊,约有四端:入仕之门太多,黜陟之法太简,州郡之任太淹,朝省之除太速。欲救四弊,计有三策:一曰,至元三十年以后,增设衙门,冗滥不急者,从实减并,其外有选法者,并入中书。二曰,宜参酌古制,设辟举之科,令三品以下,各举所知,得材则受赏,失责则受罚。三曰,古者刺史入为三公,郎官出宰百里,盖使外职识朝廷治体,内官知民间利病。今后历县尹有能声善政者,授郎官御史,历郡守有奇才异绩者,任宪使尚书。其余各验资品通迁,在内者不得三考连任京官,在外者须历两任,乃迁内职。绩非出类,守不败官者,则循以年劳,处以常调。凡朝缺官员,须二十月之上,方可迁除,庶仕路澄清,贤者益劝,而不肖者无从干进矣。臣为整顿铨法计,故冒昧上陈,伏乞采择!

其时河北道廉访副使僧家奴,亦遥上一疏,乞御史台臣代奏。略云:

> 自古求忠臣必于孝子之门,今官于朝者十年,不省觐者有之;非无思亲之心,实由朝廷无给假省亲之制,而有擅离官次之禁。古律诸职官父母在三百里外,三年听一给定省,假二十日;无父母者,五年听一给拜墓,假十日,以此推之,父母在三百里以至万里,宜计道里远近,定立假期。其应省觐,匿而不省觐者,坐以罪;若诈冒假期,规避以掩其罪,与诈奔丧者同科,则天下无背亲之人,亦即无背君之人!移孝作忠,端在此举,伏乞宸鉴。

御史台臣,恰也不好隐匿,便将原奏呈入,文宗与陈思谦奏折,一并发落,饬中书省、礼部、刑部,及翰林、集贤两院,详议以闻。各官明知所奏无私,因碍于伯颜情面,免不得模棱两可,参酌了一篇圆滑的奏章,复呈上去。文宗亦有诏下来,大旨须用人宜慎,临丧宜哀,说得理明词达,其实也是一纸具文,无补实际。下欺上,上欺下,此是中国积弊,不特元代为然。还有司徒香山,有意逢君,进陈符谶,援引陶弘景《胡笳曲》,有"负扆飞天历,终是甲辰君"二语,与皇上生年纪号,适相符合,足为受命的瑞征,乞录付史馆,颁告中外。有诏令翰林、集贤两院及礼部会议。此时文宗早改元至顺,如香山谰言,不值一辨,乃犹令群臣集议,真是好谀。嗣经翰林诸臣,以谓唐开元间,太子宾客薛让,进武后鼎铭云:"上玄降鉴,方建隆基。"隐为玄宗受命的庆兆。姚崇表贺,请宣示史官,颁告中外。至宋儒司马光,斥他强词牵合,以为符瑞,小臣贡谀,宰相证成,实是侮弄君上。今弘景遗曲,虽于生年纪号,似相符合,但陛下应天顺人,绍隆正统,于今四年,薄海内外,无不归心,何待旁引曲说,作为符命;若从香山言,恐启谶纬曲谈,反足以乱民志,淆政体,请毋庸议等语。文宗乃把此事搁起。

未几江浙大水,坏民田十八万八千七百三十八顷。越年,江西饥,湖广又饥,云南又大饥;既而荧惑犯东井,白虹并日出,长竟天。京师及陇西地震,天鼓鸣于东北,文宗一面遣赈,一面饬修佛事。始终佞佛,至死不悟。迨至梧桐叶落,天下皆秋,文宗帝运已终,竟染了一种奇症,整日昏昏,谵言呓语。皇后卜答失里,就榻侍疾,但听文宗所说,无非旧日阴谋,有时大声呼痛,竟似有人捶击一般。经医官朝夕诊视,也辨不出是甚么病症,所开药方,全是不痛不痒,无效可言。

一夕,卜答失里侍侧,忽被文宗牵住两手,大呼哥哥恕我!嫂嫂恕我!吓得卜答失里毛发皆竖。急时抱佛脚,又只得在旁哀求,嗣见文宗神志稍清,才敢问明痛苦。文宗不禁叹息道:"朕病将不起了,自思此生造了大孽,得罪兄嫂,目今悔不可追!惟朕殁后,这帝统须传与鄜王,千万勿可爽约!"卜答失里呜咽道:"皇侄登基,皇子奈何?"文宗道:"你还要顾全皇子么?恐你也保不住这性命!"卜答失里道:"且召太平王商议何如?"文宗道:"太平太平害死朕了!他也死在目前,召他何为?"卜答失里唯唯听命。嗣令太监密召燕帖木儿,果然抱病在床,溺血不起,乃改召伯颜入议。

伯颜到了御寝,闻文宗喃喃谵语,倒也未免心惊。及见过卜答失里,叙谈片时,卜答失里提及文宗身后,拟立鄜王事,伯颜道:"皇子年龄,也与鄜王相仿,何必另立皇侄?"卜答失里以手指床,似乎表明文宗的意思。伯颜不待明说,已经觉着,又悄语卜答失里道:"圣上不豫,或致心烦意乱,始有此说。且待圣躬康泰,再行定议未迟。"言尚未已,忽闻文宗噫声道:"你是太傅伯颜么?朕虽有疾,并不是时时昏乱,须知先皇即位,不过数月,我已御宇数年,倘有不讳,应把帝位传与鄜王,朕尚可见先皇于地下!你不要再生异议!"伯颜尚欲申说,文宗又向卜答失里道:"朕已决定意见,此后倘有改议,无论先帝后不依,我也死难瞑目呢!"这却是临终忏悔。伯颜又启奏道:"圣上春秋正富,稍稍违和,自能渐瘥,何必担忧!"文宗摇首道:"朕已不济了!少年种种,自悔已迟,今日天禄告终,无可挽回。太平亦应遭劫,将来国事,仗卿作主。卿须

第四十七回　正官方廷臣会议　遵顾命皇侄承宗

迁善改过,竭忠尽诚,莫效那贪淫狡诈哩!"人之将死,其言也善,可惜伯颜不遵。伯颜闻了此言,也觉为之悚然。既而告退出宫。

是夕,文宗病势骤剧,竟痰喘交作,一命呜呼。临终时,犹谆嘱皇后,毋忘遗嘱。统计文宗在位五年,寿只二十九岁。

燕帖木儿闻了这耗,也只得勉强起床,踉跄入宫。是时皇子燕帖古思,早召归宫内,倚榻送终。他本是乳臭小儿,晓得甚么悲戚!看看燕帖木儿到来,便跳跃而出,笑颜相迎。燕帖木儿便称他为小皇帝,拉住了手,入谒皇后。只见后妃以下,相率恸哭,不得已站住一旁,陪了数点眼泪。约一小时,后妃等哀尚未止,不禁烦躁起来,即大声道:"皇上大行,应由皇子嗣位!此时请皇后即颁遗诏,传位皇子为要!"皇后卜答失里也不回答,越加号咷不止。燕帖木儿很是惊讶,又只好婉言劝慰,至皇后哀声少辍,复将传位的问题,重行提起。皇后卜答失里道:"大行皇帝,已有遗嘱,命鄜王继承大统。"燕帖木儿顿足道:"传位鄜王么?臣不敢与闻!"卜答失里道:"这事不便改议。太傅伯颜,曾与先皇面洽,太平王可去问明,自然洞悉底蕴了。"燕帖木儿不好再说,就出宫而去。

当下安排丧葬,自有一番手续,不必细表。只是帝位虽定,鄜王年才七岁,不能亲听国政,当由太平王燕帖木儿召集诸王会京师,凡中书百司庶务,统须禀命中宫,方得决行。转瞬间已是十月,诸王毕会,由太师燕帖木儿及太傅伯颜奉鄜王即位于大明殿,大赦天下,循例下诏道:

洪维太祖皇帝,启辟疆宇;世祖皇帝,统一万方,列圣相承,法度明著,我曲律皇帝,即武宗。入纂大统,修举庶政,动合成法,授大宝位于普颜笃皇帝,即仁宗。以及格坚皇帝,即英宗,详注俱见上。历数之间,实当在我忽都笃皇帝,忽都笃三字,蒙古语,有禄之谓,即明宗尊号。扎牙笃皇帝,扎牙笃三字蒙古语,谓有天命,即文宗尊号。而各播越辽远。时则有若燕帖木儿建议效忠,戡平内难,以定邦国,协恭推戴札牙笃皇帝。登极之始,即以让兄之诏,明告天下,随奉玺绂,远迓忽都笃皇帝。朔方言还,奄弃臣庶,扎牙笃皇帝,荐正宸极,仁义之至,视民如伤,恩泽旁被,无间远迩,顾育眇躬,尤笃慈爱。宾天之日,皇后传顾命于太师太平王右丞相答剌罕燕帖木儿,太傅浚宁王知枢密院事伯颜等,谓圣体弥留,益推固让之初志,以宗社之重,属诸大兄忽都笃皇帝之世嫡,乃遣使召诸王宗亲,以十月一日来会于大都,与宗王大臣同奉遗诏,揆诸成宪,宜御神器。以至顺三年十月初四日,即皇帝位于大明殿,可大赦天下。自至顺三年十月初四日昧爽以前,除谋反大逆谋杀祖父母父母,妻妾杀夫,奴婢杀主,谋故杀人,但犯强盗,印造伪钞,蛊毒魇魅犯上者不赦外,其余一切罪犯,咸赦除之。大都、上都、兴和三路,差税免三年,腹里差发,并其余诸郡,不纳差发去处税粮,十分为率免二分,江淮以南,夏税亦免二分。土木工役,除仓库必合修理外,毋复创造,以纾民力。民间在前应有逋欠差税课程,尽行蠲免。监察御史肃政廉访司官,并内外三品以上正官,岁举才堪守令者一人,申达省部,先行录用。如果称职举官,优加旌擢,一任之内,或犯赃私者,量其轻重,黜罚其不贷。原免重囚淹禁三年以上,疑不能决者,申达省部详谳释放。学校农桑,孝弟贞节,科举取士,国学贡试,并依旧制。广海、云南梗化之民,诏书到日,限六十日内出官与免本罪,许以自新。于戏!肆予冲人,托于天下臣民之上,任大守重,若涉渊冰,尚赖宗王大臣百司庶府,交修乃职,思尽厥忠,嘉与亿兆之民,共保承平之治。咨尔多方,体予至意,故兹诏示,想知悉!

斯诏下后,又尊皇后卜答失里为皇太后,敕造玉册玉宝。又皇太后降旨,命作两宫幄殿车乘供帐,一面告祭南郊,及社稷宗庙。至太后册宝告成,复敬奉如仪,太后御兴圣殿受朝贺。宫廷内外,赏赉有差。还有一桩咄咄怪事,七龄的幼主,居然立起一位皇后。这皇后名叫也忒迷失,也系弘吉剌氏,与幼主年龄,也不相上下。小子有诗记此事道:

> 欲赋桃夭贵及时,成年方始叶婚期。
> 如何七岁冲人子,也咏周南第一诗?

欲知立后后如何情形,待至下回表明。

有元一代,权奸最多。至燕帖木儿之恃功专宠,可谓极矣;然继起者尚有伯颜。陈思谦等虽抗直敢言,然豺狼当道,安问狐狸。所传谏草,无非徒供后人之览诵,著书人不忍掩没,故特志之。至若鄜王之立,于伯颜无甚关系,而于燕帖木儿,则有所顾忌,舍子立侄之议,无怪其不乐赞成。而皇后卜答失里,必导扬末命,不从燕帖木儿之请,彼未能容明宗后,讵转能爱明宗子乎?是必由明宗帝后,从中示儆可知也,证以四十五回,前后联贯,阅者应益恍然。

第四十八回　迎嗣皇权相怀疑
　　　　　　遭冥谴太师病逝

却说鄜王于十月即位,阅十余日,即立了一个皇后。同处宫中,两小无猜,倒也是一段元史奇闻。是时天已隆冬,转眼间又要残腊,乃诏群臣会议改

第四十八回　迎嗣皇权相怀疑　遭冥谴太师病逝

元,并先皇帝庙号神主,及升祔武宗皇后等事。议尚未定,小皇帝又罹着绝症,不到数日,又复归天。

诸王大臣统惊异不置,独燕帖木儿喟然道:"我意原欲立皇子,不知先帝何意,必欲另立鄜王？太后又是拘泥得很,定要勉遵顾命。到底鄜王没福,即位不过六七十日,便已病逝,此后总应立皇子了。"乃复入宫谒见太后,先劝慰了一番,然后提及继位问题。

太后道:"国家不幸,才立嗣君,即行病殁,真令人可悲可叹!"燕帖木儿道:"这是命运使然,往事也不必重提了!国家不可一日无君,今日正当继立皇弟呢。"太后道:"据卿所说,莫非是吾子燕帖古思么?"燕帖木儿应声称是。太后道:"吾子尚幼,不应嗣位,还宜另立为是。"燕帖木儿道:"前日命立鄜王,乃是遵着遗嘱,化私为公。现在鄜王已崩,自然皇子应立,此外还有何人?"太后道:"明宗长子妥欢帖睦尔,前居高丽,现在静江,今年已十三岁了,可以迎立。"毕竟妇人畏鬼,还不敢立己子。燕帖木儿道:"先帝在日,曾有明诏,谓妥欢帖睦尔非明宗子,所以前徙高丽,后徙静江,今尚欲立他么?"太后道:"立了他再说,待他百年后,再立吾子未迟。"燕帖木儿道:"人心难料,太后优待皇侄,恐皇侄未必记念太后哩。"太后道:"这也凭他自己的良心,我总教对得住先皇,并对得住明宗帝后,便算尽心了。"燕帖木儿尚是摇首,太后道:"太平王,你忘却王忽察都的故事么？先皇帝为了此事,始终不安,我也吓得够了。我的长子,又因此病逝,现只剩了一个血块,年不过五六龄,我望他多活几年,所以宁立皇侄,无论妥欢帖睦尔是否为明宗自出,然明宗总称他为子,我今又迎他嗣立,阴灵有知,当不再怨我了!"燕帖木儿道:"太后也未免太拘!皇次子出宫后,由臣奉养,并不闻有鬼祟,怕他甚么?"太后道:"太平王,你休仗着胆力!先帝也说你不久呢。"燕帖木儿至此,也暗暗的吃了一惊,又默想了片时,方道:"太后已决议么?"太后道:"我意已决,不必另议!"燕帖木儿叹息而出。太后遂命中书右丞阔里吉思,速即驰驿,往广西的静江县,迎立妥欢帖睦尔。嗣主未来,残年已届,倏忽间已是元旦,仍依至顺年号,作为至顺四年。

过了数日,由阔里吉思遣使驰报,嗣皇帝将到京师了。太后乃命太常礼仪使,整具卤簿,出京迎接。文武百官皆往。燕帖木儿病已早愈,亦乘马偕行。既至良乡,已接着来驾,各官在道旁俯伏,只燕帖木儿自恃功高,不过下马站立。妥欢帖睦尔年才成童,前时曾见过燕帖木儿的威仪,至此又复晤着,容貌虽憔悴了许多,但余威尚在,未免可怕,竟尔掉头不顾。嗣经阔里吉思在旁密启道:"太平王在此迎驾,陛下应顾念老臣,格外敬礼。"妥欢帖睦尔闻言,无奈下马,与燕帖木儿相见。燕帖木儿屈膝请安,妥欢帖睦尔也答了一揖。阔里吉思复宣谕百官免礼,于是百官皆起。妥欢帖睦尔随即上马,燕帖木儿也上马从行。

既而两马并驰,不先不后。居然是并肩王。燕帖木儿扬着马鞭,向妥欢帖睦尔道:"嗣皇此来,亦知迎立的意思,始自何人?"妥欢帖睦尔默然不答。燕帖木儿道:"这是太后的意旨。从前扎牙笃皇帝遇疾大渐,遗命舍子立侄,传位鄜王,不幸即位未几,遽尔崩殂。太后承扎牙笃皇帝余意,以弟殁兄存,所以遣使迎驾,愿嗣皇鉴察!"妥欢帖睦尔仍是无言。燕帖木儿道:"老臣历事三朝,感承厚遇,每思扎牙笃皇帝,大公无我,很是敬佩,所以命立鄜王,老臣不敢违命;此次迎立嗣皇,老臣亦很是赞同。"借太后先皇折到自己,前是宾,此是主,无非为希宠邀功起见。语至此,眼睁睁的瞧着妥欢帖睦尔,不意妥欢帖睦尔仍然不答。燕帖木儿不觉动恼,勉强忍住,复语道:"嗣皇此番入京,须要孝敬太后。自古圣王,统以孝治天下,况太后明明有子,乃甘心让位,授与嗣皇,太后可谓至慈,嗣皇可不尽孝么?"语带双敲,明明为着自己。说至"尽孝"两字,不由得声色俱厉,那妥欢帖睦尔总是一言不发,好似木偶一般。燕帖木儿暗叹道:"看他并不是傀儡,如何寂不一言!莫非明宗暴崩,他已晓得我等密谋?看来此人居心,很不可测,我在朝一日,总不令他得志,免得自寻苦恼呢?"计非不佳,奈天不假年何!乃不复再言,惟与妥欢帖睦尔并驾入都。

至妥欢帖睦尔入见太后后,燕帖木儿又复入宫,将途次所陈的言语,节述一遍,复向太后道:"臣看嗣皇为人,年龄虽稚,意见颇深,若使专政柄,必有一番举动,恐于太后不利!"太后道:"既已迎立,事难中止,凡事只由天命罢!"燕帖木儿道:"先事防维,亦是要着。此刻且留养宫中,看他动静如何,再行区处。且太后预政有日,廷臣并无间言,现在不如依旧办理,但说嗣皇尚幼,朝政仍取决太后,哪个敢来反抗呢?"太后犹豫未决,燕帖木儿道:"老臣并非怀私,实为太后计,为天下计,总应慎重方好。"总是欺人。太后尚淡淡的应了一声。燕帖木儿告退。

越日,由太史密奏太后,略言迎立的嗣皇,实不应立,立则天下必乱。太后似信非信,召太史面诘,答称凭诸卜筮。于是太后亦迟疑不决,自正月至三月,国事皆由燕帖木儿主持,表面上总算禀命太后。妥欢帖睦尔留居宫中,名目上是候补皇帝,其实如没有一般,因此神器虚悬,大位无主。燕帖木儿心尚未慊,总想挤去了他,方得安心,奈一时无从发难,不得已迁延过去。

前平章政事赵世延,平时与燕帖木儿很是亲昵,燕帖木儿亦尝以心腹相待,日相过从。至此见燕帖木儿愁眉未展,也尝替他担忧,因当时无法可施,只好借着花酒,为他解闷。

第四十八回　迎嗣皇权相怀疑　遭冥谴太师病逝

一日，邀燕帖木儿宴饮，并将他家眷也招了数人，一同列席。又命妻妾等亦出来相陪。男女杂沓，履舄交错，开琼筵以坐花，飞羽觞而醉月，任你燕帖木儿如何忧愁，至此也不觉开颜。酒入欢肠，目动神逸，四面一瞧，妇女恰也不少，有几个是本邸眷属，不必仔细端详，有几个是赵宅后房，前时也曾见过，姿貌不过中人，就使年值妙龄，毕竟无可悦目。忽见客座右首，有一丽姝，豆蔻年华，丰神独逸，桃花面貌，色态俱佳。当醉眼模糊的时候，衬着这般美色，越觉眼花缭乱，心痒难搔，便顾着赵世延道："座隅所坐的美妇，系是何人？"世延向座右一瞧，又指语燕帖木儿道："是否此妇？"燕帖木儿点首称是。世延不禁微笑道："此妇与王爷夙有关系，难道王爷未曾认识么？"这语一出，座隅妇人，已经听着，嗤嗤的笑将起来。就是列坐的宾主，晓得此妇的来历，大都为之解颐，顿时哄堂一笑。燕帖木儿尚摸不着头脑，徐问世延道："你等笑我何为？"世延忍着笑道："王爷若爱此妇，尽可送与王爷。"燕帖木儿道："承君美意，但不知此妇究竟是谁？"世延道："王爷可瞧得仔细么？这明明是王爷宠姬，理应朝夕相见，如何转不认识？"燕帖木儿闻言，复抽身离座，至少妇旁端详一番，自己也不觉赧然，便对世延道："我今日贪饮数杯，连小妾鸳鸯，都不相识，难怪座客取笑呢？"人而无目，宜乎速死。世延道："王爷请勿动气！妇人小子，哪里晓得王爷苦衷！王爷为国为民，日夕勤劳，虽有姬妾多人，不过后房备数，所以到了他处，转似未曾相识哩。"善拍马屁。燕帖木儿也对他一笑，尽欢而罢。便挈鸳鸯同舆，循路而归。

是夕留鸳鸯侍寝，自在意中，毋庸细说。名曰鸳鸯，自应配对。只燕帖木儿忧喜交集，忧的是嗣皇即位，或要追究前愆；喜的是佳丽充庭，且图眼前快乐。每日召集妃妾，列坐宴饮，到了酒酣兴至，不管甚么嫌疑，就在大众面前，随选一妇，裸体交欢；夜间又须数人共寝，巫山十二，任他遍历。看官！你想酒中含毒，色上藏刀，人非金石，怎禁得这般剥削！况且杀生害命，造孽多端，相传太平王厨内，一宴或宰十二马，如此穷奢极欲，能够长久享受么？俗语说得好，铜山也有崩倒的日子，燕帖木儿权力虽隆，究竟敌不过铜山，荒淫了一二个月，渐渐身子尫瘵，老病复发，虽有参苓，也难收效！运退金失色，时衰鬼来欺，燕帖木儿从未信鬼，至此也胆小如鼷，日夜令人环侍，尚觉鬼物满前。

一日，方扶杖出庭，徐徐散步，忽大叫一声，晕倒地上。左右连忙扶起，舁入床中，他却不省人事，满口里胡言诞语，旁人侧耳细听，统是自陈罪状，悔泣不休。忙从太医使中，延请了数位名手，共同诊治。大众都是摇首，勉勉强强的公拟一方，且嘱王府家人道："此方照饮，亦只可少延数日，看来精神耗尽，脉象垂绝，预备后事要紧，我等是无可为力了！"

王妃八不罕以下，俱惶急异常。俟进药后，却是有些应验，燕帖木儿溺了一次瘀血，稍觉神气清醒。但见妃妾等环列两旁，还有子女数人，一并站着，便喘吁吁道："我与你等要长别哩。"八不罕接着道："王爷不要这般说。"燕帖木儿道："夫人！夫人！你负泰定帝，我负夫人！彼此咎由自取，尚复何言！"八不罕不禁垂泪，燕帖木儿复道："人生总有一死；不过我自问生平，许多抱歉，近报在身，远报在子孙，这是不易至理，悔我前未觉悟哩！"晓得迟了。

　　正在诉别的时候，外面已有无数官员，统来问疾。由燕帖木儿召入，淡淡的谈了数语。惟问及太傅伯颜，未见到来，他却自言自语道："一生一死，乃见交情，我前时尝替他出力，目今我病，他即视同陌路，可见生死至交，原是不易得呢！"暗伏下文。大众劝慰一番，告别而去。

　　燕帖木儿复召弟撒敦，及子唐其势、塔剌海嘱咐后事，教他勤慎保家。寻又自叹道："炎炎者灭，隆隆者绝。我、我……"说了两个"我"字，痰已壅上，竟接不下去。须臾面色转变，两目双睁，但听得二语道："先皇先后恕臣，臣去，臣去！"言毕遂逝。远远听得一片呼喝声，号惨声，阴气森森，令人发竖。

　　八不罕等又悲又惊，待惊魂少定，阖家挂孝治丧，不必絮述。惟八不罕身为皇后，曾已母仪八方，为了情根未断，甘心受辱，竟嫁燕帖木儿为妃；乃历时未几，又复守孀，总是一场别鹄离鸾，悔不该再行颠鸾倒凤！还有必罕姊妹，更不值得。可见妇人以守节为重，既以不幸丧夫，何必另图改醮呢！大声疾呼，有关名教。小子走笔至此，且暂作一束，缀以俚句一绝云：

《国风》犹忆刺"狐绥"，一念痴迷悔莫追。
尽说回头便是岸，谁知欲海竟无涯！

　　燕帖木儿已死，那时妥欢帖睦尔方得乘势出头，由太后卜答失里召集群臣，奉他即位，欲知嗣位情形，且看下回便知。

　　燕帖木儿大诈似忠，始仇泰定而迎二王，继助文宗以戕明宗，一再弑立，视君如弈棋。董卓、曹操之所不能为者，而燕帖木儿敢为之，一代奸雄，绝无仅有。惟文后初立郯王，继立妥欢帖睦尔，皆非燕帖木儿所赞成，彼挟震主之威，肆行无忌，讵不能抗违后命，另立嗣君乎？吾推其意，当郯王嗣立时，利其年幼，姑暂听之；至郯王夭逝，迎立妥欢帖睦尔，并马徐行，举鞭指示，而妥欢帖睦尔不答；燕帖木儿遂怀异志，暗中把持，三月无君，假使未死，则妥欢帖睦尔其能免彼暗算耶？乃溺之以酒，蛊之以色，俾其荒淫体羸，溺血以死，是殆天之福善祸淫，而阴夺其魄者？本书历叙权奸，而于燕帖木儿之生死，记载独详，其所以寓戒之意，昭然若揭，余事已见细评，要无非一儆世也。

第四十九回　履尊择配后族蒙恩
　　　　　犯阙称兵豪宗覆祀

却说妥欢帖睦尔留宫三月，因燕帖木儿已死，乃由太后与大臣定议，奉他即位，且约以万岁之后，传位燕帖古思，如武宗、仁宗故事。诸王宗戚，相率赞成，遂奉上玺绶，于至顺四年六月，赴上都即位，又有一道赦诏，其文云：

  洪维我太祖皇帝，受命于天，肇造区夏。世祖皇帝，奄有四海，治功大备。列圣相传，丕承前烈。我皇祖武宗皇帝，入纂大统，及致和之季，皇考明宗皇帝，远居沙漠，扎牙笃皇帝，戡定内难，让以天下。我皇考宾天，扎牙笃皇帝，复正宸极，治化方隆，奄弃臣庶。今皇太后召大臣燕帖木儿、伯颜等曰："昔者阔彻、脱脱木儿、只儿哈郎等谋逆，以明宗太子为名，又先为八不沙，始以妒忌妄构诬言，疏离骨肉，逆臣等既正其罪，太子遂迁于外。扎牙笃皇帝，后知其妄，寻至大渐，顾命有曰：朕之大位，其以朕兄子继之。"时以朕远征南服，以朕弟懿璘质班，登大位以安百姓，乃遽至大故。皇太后体承扎牙笃皇帝遗意，以武宗皇帝之玄孙，明宗皇帝之世嫡，以贤以长，在予一人，遣使迎还，征集宗室诸王来会，合辞推戴。今奉皇太后勉进之笃，宗亲大臣恳请之至，以至顺四年六月初八日，即皇帝位于上都。於戏！惟天惟祖宗，全付予有家，栗栗危惧，若涉渊冰，罔知攸济。尚赖宗亲臣邻，交修不逮，以底隆平。其赦天下，俾众周知！

诏书一布，帝位既定，这便是元朝末代皇帝。后来明兵入燕都，元主北去，明太祖以他知顺天命，退避朔漠，特加号曰顺帝。小子沿例乘便，从此就称为顺帝了。

顺帝有亲臣，名阿鲁辉帖木儿，上言天下事须委任宰相，庶有专责，可望成功；若亲目听断，必负恶名。恐由伯颜运动得来。顺帝信为真言，遂命伯颜为太师中书右丞相，监修国史，兼奎章阁大学士，领学士院、太史院回回、汉人司天监事。复置左丞相，令撒敦充任，并加号太傅。唐其势为御史大夫。

燕帖木儿有一女，名答纳失里，太后以燕帖木儿遗功卓著，遂将答纳失里纳入后宫，命顺帝册立为后。顺帝此时不敢专擅，自然遵命而行，一切仪注，悉循旧制。册文有云：

  天之元统二气，配莫厚于坤仪；月之道循右行，明同贞于乾耀。若昔帝王之宅后，居多辅相之世勋；盖选德于允宗，亦畴庸于先正；造周资任、姒之化，兴汉表马、邓之功。咨尔皇后钦察氏，雍肃慈惠，谦裕静淑，乃祖乃父，凤坚翼亮之心，于国于家，实获修齐之助，朕缵丕图之初载，亲承太后之睿谟，眷我元臣，简兹硕媛，相严禋而率典，奉慈极以愉颜，用彰祎翟之华，式著旂常之旧，爰授玉册宝章，命尔为皇后，备成嘉礼，宏赉大猷。於戏！嵩高生贤，予笃怀于良佐，关雎正始，尔勉嗣于徽音。永锡寿康，昭示悠久。录册后文，为下文被鸩张本。

立后以后，锡类推恩，复封撒敦为荣王，食邑庐州；唐其势袭爵太平王，进阶金紫光禄大夫。燕帖木儿的余荫，好算千古无两了。是谓天夺之鉴。又封伯颜为秦王，令与荣王左丞相撒敦，统理百官，总治庶政。一面定议改元，以至顺四年，改为元统元年。既而上札牙笃皇帝尊谥曰圣明元孝皇帝，庙号文宗，上鄜王尊谥曰冲圣嗣孝皇帝，庙号宁宗。鄜王庙号宁宗，特为补入，文笔不漏。惟升祔武宗皇后，议久未决。武宗正后真哥，未有子嗣；明宗母亦乞烈氏，文宗母唐兀氏，虽皆追尊为后，然原本返始，究系武宗妃嫔，太师右丞相伯颜，亦怀疑莫释，左右两难，因问太常博士逮鲁曾道："先朝以真哥皇后无子，不为立主，目今定议配飨，应属明宗母呢？抑系文宗母呢？"逮鲁曾道："真哥皇后在武宗朝，已膺宝册，名分已定，非文、明二母所比。文、明二母，位居妃妾，若以真哥皇后无出的缘故，遂将她废黜，竟以妾母为正，是为臣的人，敢废先君的嫡母！为子的人，私尊先君的妾媵，何以正名？何以传世？"

伯颜频频点首，适集贤学士陈颢，素与鲁曾未协，竟出来献议道："唐太宗时，尝册曹王明母为后，是古时亦有二后的成制；况文、明二母，各产英君，母以子贵，难道不可升祔么？"牵强得很。鲁曾正色道："尧母庆都，系帝喾庶妃，尧未尝以配喾，今不法尧舜，偏欲依唐太宗故例，殊不可解！"伯颜莞尔道："博士言是，我当依言奏闻，升祔真哥皇后便了。"

议既决，奏入照准。乃以真哥皇后，配飨武宗，立主升祔。复上皇太后尊号，再行大赦，并免民租之半。

会左丞相撒敦，因多病辞职，顺宗眷念后族，命唐其势代任，凡有中书省事，仍令撒敦会议。唐其势就任数日，屡与伯颜龃龉，奏乞罢职。顺帝慰留不允，只得仍召撒敦，再命为左丞相，并追赠燕帖木儿公忠开济弘谟同德翊运佐命功臣，仪同三司太师中书右丞相，加封德王，谥曰"忠武"。其余廷右各臣，亦多邀封赏。惟奎章阁侍书虞集，谢病乞归。

集学问赅博，有长者风。先是御史中丞马祖常，尝求集荐引乡人袭伯燧，集不从所请，因此挟嫌。顺帝赴上都时，曾召集随往，祖常使人告集道："御史已有后言，请公留意。"集知祖常有倾轧意，俟顺帝即位后，即托病谢归。看

第四十九回　履尊择配后族蒙恩　犯阙称兵豪宗覆祀

官！你道祖常如何寻隙,令集闻言即去？原来文宗尝命集书诏,言妥欢帖睦尔非明宗子,所以祖常乘隙而入,得肆挤排。不设暗箭,乃用明枪,令虞集归安故里,我谓马祖常还是好人。虞集去后,侍臣犹上启顺帝,谓虞集曾书旧诏,顺帝怅然道:"此朕家事,与他何涉？"顺帝初政,尚有一隙之明。说得侍臣失色而退。寻遣使赐他酒币,召使还朝,集终不起。阅十五年,卒于临川原籍,赐谥文靖,学者称为邵庵先生。这且搁过不提。

且说顺帝嗣位以后,天灾人异,相逼而至。京畿大水,黄河泛滥,两淮亢旱,徽州、秦州、凤州的大山,相继崩裂,至元统二年元旦,汴梁雨血,着衣皆赤。嗣到春季,彰德路雨白毛,继续似线,士人相率惊诧,或呼作菩萨线,或称为老君髯。既而民间编成歌谣,分作四句;首二句是"天雨线,民起怨",次二句是"中原地,事必变"。当时共议为不祥。未几水旱疾疫,及山崩地震诸怪异,所在迭见,太白星屡昼见经天,经太史按连报闻,顺帝只知加恩肆赦,凡所有修省事宜,未闻举行。时光易过,又是元统三年。顺帝欲出猎柳林,御史台联衔进奏道:"陛下春秋鼎盛,宜思文皇付托的重任,修德行仁,勉致太平。方今赤县民生,供给繁劳,农务方兴,日不暇给,陛下乃驰骋朔方,既需调发,又防衔橛,恐非上承宗庙,下奠黎庶的至意。"顺帝乃收回原议,罢猎不行。

会左丞相撒敦病殁,伯颜独秉政,唐其势心甚不平,尝语密友道:"天下本我家的天下,伯颜何人,位置偏居我上,煞是可恨！"这语传入伯颜耳中,伯颜心甚不悦,遂缮疏入奏,请以右丞相职位,让与唐其势。又是奸雄手段。奉诏不允,只命唐其势为左丞相,唐其势仍是怏怏。

撒敦弟答里,曾封句容郡王,与诸王晃火帖木儿数相往来。唐其势贻书答里,极言伯颜专权,顺帝昏庸,应入清朝右,且行废立故事。才力不及乃父,竟思效乃父故智,无怪弄巧成拙。答里遂与晃火帖木儿商议,晃火帖木儿也蓄异图,竟劝答里备兵举行。答里乃复告唐其势,约以内外夹应,指日图功等语,唐其势遂决意发难。郯王彻彻秃,伺得逆谋,首先密报。有诏召答里入朝,待久不至。顺帝乃密告伯颜,预行防备。

至六月晦日,唐其势伏兵东郊,自率勇士突进宫阙,甫入禁城,卫兵齐起,伯颜率着完者帖木儿等,大刀阔斧,前来掩杀。唐其势惘惘进来,总道是出人不意,可以唾手成功,谁知四面八方,统是敌兵,那时叫苦不迭,慌忙抵御,战了数合,毕竟寡不敌众,手下健卒,渐渐死亡。伯颜复下令道:"生擒唐其势者赏万金,立即升官！"卫士闻得此令,没一个不奋力上前,把唐其势围住。唐其势只有进路,没有出路,也只好拚命死斗,怎奈双手不敌四拳,渐渐支持不住,竟被卫士扯落马下,七扛八抬的拖入宫中。也算阔绰。

伯颜扫清叛卒,复引兵驰往东郊,唐其势弟塔剌海,尚未知乃兄被擒,竟挈着伏兵，前来对仗。无如伏兵也是不多，经伯颜麾兵猛击，一阵驱杀，已将塔剌海手下，杀得东逃西溃。塔剌海也回马急奔，被卫士射倒马下，活擒过去。

伯颜既执住唐其势兄弟，复驰入宫中，请顺帝登殿审讯，顺帝道："逆谋已著，何庸再鞫，卿可照律惩办便了！"伯颜遂命卫士动手，将唐其势兄弟牵出。唐其势攀住殿槛，且朗声道："陛下曾有明诏，宥臣父子孙九死，为何今日食言？"补前阙文。顺帝怒叱道："谁叫你谋逆，兴兵犯阙？尚欲保全首领么？"卫士闻旨，都来牵扯唐其势，甚至殿槛攀折，方将唐其势曳出，一刀两段。还有塔剌海少年胆怯，竟避匿皇后座下，皇后以情关手足，牵裙遮蔽。伯颜喝令卫士，从皇后座下，牵出塔剌海，自己拔剑出鞘，把手一挥，竟将塔剌海杀死，血溅后衣，吓得皇后答纳失里战兢兢的缩做一团。

伯颜复启奏道："皇后兄弟谋逆，皇后亦应有罪；况袒蔽兄弟，显系党恶，请陛下割情正法，为将来戒！"顺帝尚未回答，伯颜复叱卫士，牵皇后出宫。卫士未敢动手，伯颜大怒，竟走至后前，揪住皇后发髻，拖落座下。皇后号泣道："陛下救我！陛下救我！"顺帝至此，亦呜咽道："汝兄弟为逆，朕亦不能相救。"言未已，伯颜已将皇后牵去，交与卫士。伯颜可恶。卫士拥后出宫，到了开平民舍，暂令居住。伯颜不肯干休，竟遣人携了鸩酒，胁皇后饮讫。可怜皇后身入椒房，未满二载，为了兄弟谋逆，竟被伯颜鸩死！流水无情，落花有恨，这也由命数使然，徒令人叹息罢了！这是燕帖木儿害她，不专由她兄弟二人。逆党败奔答里，答里即举兵抗命。顺帝遣使臣哈儿哈伦阿鲁灰奉命招谕，答里不从，反将他捆缚起来，用以祭旗。顺帝再遣阿弼往谕，又被他杀死，于是命撒思监火儿灰、哈剌那海等，领兵前讨。答里亦率党和尚、剌剌等迎战，两军相遇，酣斗一场，和尚、剌剌等败走。答里亦遁，拟往投晃火帖木儿。不意行至中途，闪出了一支人马，主帅名叫阿里浑察，奉上都差遣，前来夹攻答里。答里正势穷力蹙，仓猝不及备战，被阿里浑察冲至马前，一戟剌下，把他擒住，押送上都，眼见得不能活了。

晃火帖木儿闻内外党羽，俱已败死，惊得甚么相似。忽又报元将亨罗晃火儿不花，引了万人，奔杀前来。不得已征兵数千，出去对阵，可奈兵心未固，遇了敌将，当即弃甲曳兵，纷纷溃散。晃火帖木儿自知难免，遂服毒自杀。

还有怯薛官阿察赤，也与唐其势勾连，欲杀伯颜。经伯颜调查确实，发兵掩捕，执付有司，统共伏辜。一场逆案，化作日出烟消。顺帝复将燕帖木儿及唐其势引用的人员，一并黜逐，并颁下一道谕旨，其文云：

  曩者文宗皇帝，以燕帖木儿尝有劳伐，父子兄弟，显列朝廷，而辄造事衅，出朕远方。文皇寻悟其妄，有旨传次于予。燕帖木儿贪利幼弱，复立朕弟懿璘质班,不幸崩殂;今丞相伯颜,追奉遗诏,迎朕于南。既至大都,燕帖木儿犹怀两端,迁延数月。天陨厥躬,伯颜等同时翊戴,乃正宸极。后撒敦、答里、唐其势相袭用事,交通宗王晃火帖木儿,图危社稷。阿察赤亦尝与谋。伯颜等以次掩捕,明正其罪。元凶构难,贻我皇太后震惊,朕用兢惕。永惟皇太后后其所生之子,一以至公为心,亲举大宝,畀予兄弟,迹其定策两朝,功德隆盛,近古罕比,虽尝奉上尊号,揆之朕心,犹未为尽,已命大臣特议加礼。伯颜为武宗捍御北边,翼戴文皇,兹又克清大憝,明伤国宪,爰赐答剌罕之号,至于子孙,世世永赖,可敕天下,俾众咸悉!

嗣是秦王伯颜,愈得宠任,遂命他独任中书右丞相,仿佛与前日燕帖木儿同一宠荣。一面将唐其势家产,尽行籍没。小子有诗咏道:

    追原祸始是骄盈,人事由来满必倾。
    若使权奸生令子,怎教善恶得分明!

欲知元廷后事,且从下回交代。

  燕帖木儿家族之亡,不由顺帝之追究前嫌,而由唐其势之自行谋逆,是正燕帖木儿生时之所不料,实即天道之巧于报应也。燕帖木儿贪淫骄恣,得保全首领以殁,可谓幸矣。厥后子封王,女册后,烜赫尊荣,一时无匹,乃曾几何时,子弟族诛,女后被鸩,遗资宿产,悉数籍没。乃知天之所以福彼者,不啻所以加祸,愚者特不自觉耳!虽然,燕帖木儿之后,尚有伯颜,未鉴前车,复循覆辙,胁主掊后,任所欲为,是殆愚之又愚者。传曰:其兴也暴,其亡也忽。观于此文益信!

第五十回　辱谏官特权停科举　尊太后变例晋徽称

  却说秦王右丞相伯颜,自削平逆党后,独秉国钧,免不得作威作福起来。小人通弊。适江浙平章彻里帖木儿,入为中书平章政事,创议停废科举,及将学校庄田,改给卫士衣粮等语。身非武夫,偏创此议,无怪后之顽固将官,痛嫉学校,动议停办。小子前述仁宗朝故事,曾将所定科举制度,一一录明,嗣是踵行有年,科举学校,并行不悖。彻里帖木儿为江浙平章时,适届科试期,驿请试官,供张甚盛。彻里帖木儿心颇不平,既入中书,遂欲更张成制。

御史吕思诚等，群以为非，合辞弹劾。奏上不报，反黜思诚为广西佥事。余人愤郁异常，统辞官归去。参政许有壬也代为扼腕。会闻停罢科举的诏旨，已经缮就，仅未盖玺，不禁忍耐不住，竟抽身至秦王邸中，谒见伯颜，即问道："太师主持政柄，作育人材，奈何把罢除科举的事情，不力为挽回么？"伯颜怒道："科举有甚么用处？台臣前日，为这事奏劾彻里帖木儿，你莫非暗中通意不成？"确是权相口吻。有壬被他一斥，几乎说不出话来，亏得参政多年，口才尚敏，略行思索，便朗声答道："太师擢彻里帖木儿，入任中书；御史三十人，不畏太师，乃听有壬指示，难道有壬的权力，比太师尚重么？"伯颜闻言，却掀髯微笑，似乎怒意稍解。奸相。

有壬复道："科举若罢，天下才人，定多觖望！"伯颜道："举子多以赃败，朝廷岁费若干金钱，反好了一班贪官污吏！我意很不赞成。"有壬道："从前科举未行，台中赃罚无算，并非尽出举子。"伯颜道："举子甚多，可任用的人材，只有参政一人。"有壬道："近时若张梦臣、马伯庸辈，统可大任，就是善文如欧阳元，亦非他人所及。"伯颜道："科举虽罢，士子欲求丰衣美食，亦能有心向学，何必定行科举？"有壬道："志士并不谋温饱，不过有了科举，便可作为进身的阶梯，他日立朝议政，保国抒才，都好由此进行呢。"

伯颜沉吟半晌，复道："科举取人，实与选法有碍。"本意在此，先时尚欲自讳，至此无从隐蔽，方和盘托出。有壬道："今通事知印等，天下凡三千三百余名，今岁自四月至九月，白身补官，受宣入仕，计有七十三人，若科举定例，每岁只三十余人，据此核算，选法与科举，并没有甚么妨碍；况科举制度，已行了数十年，祖宗成制，非有弊无利，不应骤事撤除。还请太师明察！"伯颜道："箭在弦上，不得不发，此事已有定议，未便撤消，参政亦应谅我苦心呢！"遁辞知其所穷。有壬至此，无言可说，只得起身告辞。

伯颜送出有壬，暗想此人可恨，他硬出头与我反对，我定要当着大众，折辱他一次，作为儆戒，免得他人再来掣肘。当下默想一番，得了计画，遂于次日入朝，请顺帝将停办科举的诏书，盖了御宝，便把诏书携出，宣召百官，提名指出许有壬，要他列为班首，恭读诏书。有壬尚不知是何诏，竟从伯颜手中，接奉诏敕。待至眼帘映着，却是一道停办科举的诏书，那时欲读不可，不读又不可，勉勉强强的读了一遍，方将此诏发落。

治书侍御史普化，待他读毕，却望着一笑，弄得有壬羞惭无地。须臾退班，普化复语有壬道："御史可谓过河拆桥了。"有壬红着两颊，一言不发，归寓后，称疾不出。原来有壬与普化，本是要好的朋友，前时尝与普化言及，定要争回此举。普化以伯颜揽权，无可容喙，不如见机自默，作个仗马寒蝉。保身之计固是，保国之计亦属未然。有壬凭着一时气恼，不服此言，应即与普化交誓,决意力争,后来弄到这般收场,面子上如何过得下去?因此引为大耻,只好托称有疾罢了。

伯颜既废科举,复敕所在儒学贡士庄田租改给宿卫衣粮。卫士得了一种进款,自然感激伯颜,惟一般士子,纷纷谤议,奈当君主专制时代,凡事总由君相主裁,就使士子交怨,亦只能饮恨吞声,无可如何。这叫作秀才造反。

这且慢表。惟天变未靖,星象又屡次示异,忽报荧惑犯南斗,忽报辰星犯房宿,忽报太阴犯太微垣,余如太白昼见,太白经天等现象,又连接不断,顺帝未免怀忧。辄召伯颜商议,伯颜道:"星象告变,与人生无甚关系,陛下何必过忧!"伯颜似预知西学。

顺帝道:"自我朝入主中夏以来,寿祚延长,莫如世祖。世祖的年号,便是至元,朕既缵承祖统,应思效法祖功,现拟本年改元,亦称作至元年号,卿意以为何如?"愚不可及。伯颜道:"陛下要如何改,便如何改,毋劳下问!"顺帝乃决意改元。

这事传到台官耳中,大众又交头接耳,论个不休。监察御史李好文,即草起一疏,大意言年号袭旧,于古未闻,且徒袭虚名,未行实政,亦恐无益。正在摇笔成文的时候,外面已有人报说,改元的诏旨,已颁下了。好文忙至御史台省,索得一纸诏书,其文道:

  朕祇绍天明,入纂丕绪,于今三年,夙夜寅畏,罔敢怠荒。兹者年谷顺成,海宇清谧,朕方增修厥德,日以敬天恤民为务,属太史上言,星文示徵,将朕德菲薄,有所未逮欤?天心仁爱,俾予以治,有所告戒欤?弭灾有道,善政为先,更号纪元,实惟旧典。惟世祖皇帝在位长久,天人协和,诸福咸至。祖述之志,良切朕怀,今特改元统三年,仍为至元元年。遹遵成宪,诞布宽条,庶格祯祥,永绥景祚,可赦天下。

好文览毕,哑然失笑,即转身返入寓内,见奏稿仍摆在案头,字迹初干,砚坳尚湿,他凭着残墨秃笔,写出时弊十余条,言比世祖时代的得失,相去甚远,结束是陛下有志祖述,应速祛时弊,方得仰承祖统云云。属稿既成,从头至尾的读了一遍,自觉言无剩意,笔有余妍,遂换了文房四宝,另录端楷,录成后即入呈御览。待了数日,毫无音信,大约是付诸冰搁了。

好文愈觉气愤,免不得出去解闷。他与参政许有壬,也是知友,遂乘暇进谒。时有壬旧忿已消,销假视事,既见了好文,两下叙谈,免不得说起国事。好文道:"目今下诏改元,仍复至元年号,这正是古今未有的奇闻。某于数日间曾拜本进去,至今旬日,未见纶音,难道改了'至元'二字,便可与全盛时代,同一隆平么?"

有壬道："朝政煞是糊涂，这还是小事呢。"好文道："还有甚么大事？"有壬道："足下未闻尊崇皇太后的事情么？"好文道："前次下诏，命大臣特议加礼，某亦与议一二次，据鄙见所陈，无非加了徽号数字，便算得尊崇了。"有壬道："有人献议，宜尊皇太后为太皇太后，足下应亦与闻？"此处尊皇太后事，从大臣口中叙出，笔法不致复沓。好文笑道："这等乃无稽谰言，不值一哂。"有壬道："足下说是谰言，上头竟要实行呢！"好文道："太皇太后，乃历代帝王，尊奉祖母的尊号，现在的皇太后，系皇上的婶母，何得称为太皇太后？"有壬道："这个自然，偏皇上以为可行，皇太后亦喜是称，奈何！"

好文道："朝廷养我辈何为？须要切实谏阻。"有壬道："我已与台官商议，合词谏诤，台官因前奏请科举，大家撞了一鼻子灰，恐此次又蹈覆辙，所以不欲再陈，你推我诿，尚未议决。"好文道："公位居参政，何妨独上一本。"有壬道："言之无益，又要被人嘲笑。"顾上文。好文不待说毕，便朗声道："做一日臣子，尽一日的心力；若恐别人嘲笑，做了反舌无声，不特负君，亦恐负己哩！"有壬道："监察御史泰不华也这般说，他已邀约同志数人，上书谏阻，并劝我独上一疏，陈明是非。我今已在此拟稿，巧值足下到来，是以中辍。"好文道："如此说来，某却做了催租客了。只这篇奏稿，亦不要甚么多说，但教正名定分，便见得是是非非了。"有壬道："我亦这般想，我去把拟稿取来，与足下一阅。"言毕，便命仆役去取奏稿。不一刻，已将奏稿取到，由好文瞧着，内有数语道：从好文目中述及许有壬奏稿，又是一种笔法。

皇上于太后，母子也；若加太皇太后，则为孙矣。且今制封赠祖父母，降父母一等；盖推恩之法，近重而远轻，今尊皇太后为太皇太后，是推而远之，乃反轻矣！

好文阅此数语，便赞着道："好极！好极！这奏上去，料不致没挽回了。"说着，又瞧将下去，还有数句，无非是不应例外尊崇等语。瞧毕，即起身离座，将奏稿奉还有壬道："快快上奏，俾上头早些觉悟。某要告别了。"

有壬也不再留，送客后，即把奏稿续成，饬文牍员录就，于次日拜发。监察御史泰不华亦率同列上章，谓祖母徽称，不宜加于叔母。两疏毕入，仍是无声无臭，好几日不见发落。有壬只咨嗟太息，泰不华却密探消息，非常注意。

一日到台办事，忽有同僚入报道："君等要遇祸了，还在此从容办事么！"泰不华道："敢是为着太皇太后一疏么？"那人道："闻皇太后览了此疏，勃然大怒，欲将君等加罪，恐明日即应有旨。"言未已，台中哗然，与泰不华会奏的人员，更是惶急，有几个胆小的，益发颤起来，统来请教泰不华想一条保全性命的法儿。挖苦得很。泰不华神色如故，反和颜慰谕道："这事从我发起，皇太

第五十回 辱谏官特权停科举 尊太后变例晋徽称

后如要加罪,由我一人担当,甘受诛戮,决不带累诸公!"于是大家才有些放心。

越日,也不见诏旨下来,又越一日,内廷反颁发金币若干,分赐泰不华等,泰不华倒未免惊诧,私问宫监,宫监道:"太后初见奏章,原有怒意,拟加罪言官,昨日怒气已平,转说风宪中有如此直臣,恰也难得,应赏赐金币,旌扬直声,所以今日有此特赏。"泰不华至此,也不免上书谢恩。许有壬不闻蒙赏,未免晦气。只是太皇太后的议案,一成不变,好似金科玉律一般,没人可以动摇,当由礼仪使草定仪制,交礼部核定,呈入内廷,一面饬制太皇太后玉册玉宝。至册宝告成,遂恭上太皇太后尊号,称为赞天开圣徽懿宣诏贞文慈佑储善衍庆福元太皇太后,并诏告中外道:

钦惟太皇太后,承九庙之托,启两朝之业,亲以大宝付之眇躬,尚依拥佑之慈,恪遵仁让之训。爰极尊崇之典,以昭报本之忱,用上徽号,宣告中外。

是时为至元元年十二月,距改元的诏旨,不过一月。小子前于改元时,未曾叙明月日,至此不能不补叙,改元诏书,乃是元统三年十一月中颁发,史家因顺帝已经改元,遂将元统三年,统称为至元元年。或因世祖年号,已称至元,顺帝又仍是称,恐后人无从辨别,于"至元"二字上,特加一"后"字,以别于前,这且休表。上文叙改元之举,不便夹入,至此才行补笔,亦是销纳之法。

且说太皇太后,于诏旨颁发后,即日御兴圣殿,受诸王百官朝贺。自元代开国以来,所有母后,除顺宗后弘吉剌氏外,见三十三回。要算这会是第二次盛举,重行旷典,增定隆仪,殿开宝翣,仰瞻太母之丰容;乐奏仙璈,不啻钧天之逸响。这边是百僚进谒,冠履生辉;那边是群女添香,珮环皆韵。太皇太后喜出望外,固不必说,就是宫廷内外,也没一个不踊跃欢呼,非常称庆。唯前日奏阻人员,心中总有些不服,不过事到其间,未便示异,也只有随班趋跄罢了。插写每为下文削去尊号,故作反笔。

庆贺已毕,又由内库发出金银钞币,分赏诸王百官,连各大臣家眷,亦都得有特赐。独彻里帖木儿异想天开,竟将妻弟阿鲁浑沙儿,认为己女,冒请珠袍等物。

一班御史台官,得着这个证据,乐得上章劾奏,且叙入彻里帖木儿平日尝指斥武宗为"那壁"。看官!你道"那壁"二字,是甚么讲解?就是文言上说的"彼"字。顺帝览奏,又去宣召伯颜,问他是否应斥。伯颜竟说是应该远谪,乃将彻里帖木儿夺职,谪置南安。相传由彻里帖木儿渐次骄恣,有时也与伯颜相忤,因此伯颜袒护于前,倾排于后。正是:

贵贱由人难自主,谄谀无益且招殃。

毕竟后事如何,且看下回分解。

科举之得失,前人评论甚详,即鄙人于三十回中,亦略加论断,毋容赘说。惟伯颜之主停科举,实有别意。一则因彻里帖木儿之言,先入为主;二则朝纲独擅,无非欲揽用私人,若规规于科举,总不无掣肘之虞,故决议罢免之以快其私,非关于得失问题也。其后若改元,若尊皇太后为太皇太后,俱事出创闻,古今罕有,伯颜下行私,上欺君,逢迎蒙蔽,借邀主眷,权奸之所为,固如是哉! 此回叙元廷政事,除罢免科举外,似与伯颜无涉,实则暗中皆指斥伯颜。项庄舞剑,意在沛公,阅者体会入微,自能知之。

第五十一回　妨功害能淫威震主
　　　　　竭忠报国大义灭亲

却说元顺帝宠用伯颜,非常信任,随时赏给金帛珍宝,及田地户产,甚至把累朝御服,亦作为特赐品。伯颜也不推辞,惟奏请追尊顺帝生母,算是报效顺帝的忠忱。顺帝生母迈来迪,出身微贱,小子于前册中,已略述来历。见四十四回。此次伯颜奏请,正中顺帝意旨,遂令礼部议定徽称,追尊生母迈来迪为贞裕徽圣皇后。追尊所生,未始非报本之意,惟出自伯颜奏请,不免贡谀。顺帝以伯颜先意承旨,越加宠眷,复将"塔剌罕"的美名,给他世袭,又敕封伯颜弟马扎尔台为王。马扎尔台夙事武宗,后侍仁宗,素性恭谨,与乃兄伯颜谦傲不同,此时已知枢密院事,闻宠命迭下,竟入朝固辞。顺帝问以何意,马扎尔台道:"臣兄已封秦王,臣不宜再受王爵,太平故事,可作殷鉴,请陛下收回成命!"善鉴前车,故不俱亡。顺帝道:"卿真可谓小心翼翼了!"马扎尔台叩谢而退。顺帝尚是未安,仍命为太保,分枢密院往镇北方。

马扎尔台只好遵着,出都莅任,蠲徭薄赋,颇得民心。惟伯颜怙恶不悛,经马扎尔台屡次函劝,终未见从,反且任性横行,变乱国法,朝野士民,相率怨望。广东朱光卿,与其党石昆山、钟大明聚众造反,称大金国,改元赤符。惠州民聂秀卿等,亦举兵应光卿。河南盗棒胡,又聚众作乱,中州大震。此为顺帝时代乱祸四起之肇始。元廷命河南左丞庆童往讨,获得旗帜宣敕金印,遣使上献。

伯颜闻报,即日入朝,命来使呈上旗帜宣敕等物。顺帝瞧着道:"这等物件,意欲何为?"瘟皇帝。伯颜奏道:"这皆由汉人所为,请陛下问明汉官。"参

第五十一回　妨功害能淫威震主　竭忠报国大义灭亲

政许有壬正在朝列,听着伯颜奏语,料他不怀好意,忙出班跪奏道:"此辈反状昭著,陛下何必下问,只命前敌大臣,努力痛剿便了!"顺帝道:"卿言甚是!汉人作乱,须汉官留意诛捕,卿系汉官,可传朕谕,命所有汉官等人,讲求诛捕的法儿,切实奏闻,朕当酌行。"诛捕汉贼,责成汉官,若诛捕蒙逆,必责成蒙官,此乃自分畛域,适足召亡。许有壬唯唯遵谕。顺帝即退朝还宫。伯颜不复再奏,快快趋出。看官!你道伯颜寓何意思?他料汉官必讳言汉贼,可以从此诘责,兴起大狱;孰知被有壬瞧透机关,竟尔直认,反致说不下去,以此失意退朝。

嗣闻四川合州人韩法师,亦拥众称尊,自号南朝越王,边警日有所闻。当由元廷严饬诸路督捕,才得兵吏戮力,渐次荡平。各路连章奏捷,并报明诛获叛民姓氏,其间以张、王、刘、李、赵五姓为最多。伯颜想入非非,竟入内廷密奏,请将五姓汉人,一律诛戮。亏得顺帝尚有知觉,说是五姓中亦有良莠,不能一律尽诛,于是伯颜又不获所请,负气而归。

转眼间已是至元四年,顺帝赴上都,次八里塘。时正春夏交季,天忽雨雹,大者如拳,且有种种怪状,如小儿环玦狮象等物,官民相率惊异,谣诼纷纷。未几有漳州民李志甫、袁州人周子旺,相继作乱,骚扰了好几月,结果是同归于尽,讹言方得少息。顺帝又归功伯颜,命在涿州、汴梁二处,建立生祠。嗣复晋封大丞相,加元德上辅功臣的美号,赐七宝玉书龙虎金符。元无大丞相名号,伯颜得此,可称特色。

伯颜益加骄恣,收集诸卫精兵,令党羽燕者不花,作为统领,每事必禀命伯颜。伯颜偶出,侍从无算,充溢街衢。至如帝驾仪卫,反日见零落,如晨星一般。天下但知有伯颜,不知有顺帝,因此顺帝宠眷的心思,反渐渐变做畏惧了。

会伯颜以郯王彻彻秃,颇得帝眷,与己相忤,暗思把他挤去,免做对头,遂诬奏彻彻秃隐蓄异图,须加诛戮。顺帝默忖道:"从前唐其势等谋变,彻彻秃先发逆谋,彼时尚不与逆党勾结,难道今反变志?此必伯颜阴怀嫉忌的缘故,万不可从。"乃将原奏留中不发。

次日伯颜又入内面奏,且连及宣让王帖木儿不花、威顺王宽彻普化,请一律诛逐。顺帝淡淡的答道:"这事须查有实据,方可下诏。"伯颜恰说了许多证据,大半是捕风捉影,似是而非,说得顺帝无言可答,只是默然。顺帝惯作此状。

伯颜见顺帝不答,忿忿的走了出去。顺帝只道他扫兴回邸,不复置念,谁知他竟密召党羽,捏做一道诏旨,传至郯王府中,把彻彻秃捆绑出来,一刀了讫。复伪传帝命,勒令宣让王、威顺王两人,即日出都,不准逗留。待至顺帝闻知,被杀的早已死去,被逐的也已撑出,不由得龙心大怒,要将伯颜加罪,立正典刑。怎奈顺帝的权力，不及伯颜，投鼠还须忌器，万一不慎，连帝位都保不住，没奈何耐着性子，徐图良策。然而恶人到头，终须有报，任你位高权重的大丞相，做到恶贯满盈的时候，总有人出来摆布，教他自去寻死。傲世名言。

这位大丞相伯颜的了局，说来更觉可奇，他不死在别人手中，偏偏死在他自己的侄儿手里，正是天网难逃，愈弄愈巧了。看官听着，他的侄儿，名叫脱脱，一作托克托。就是马扎尔台的长子。先是唐其势作乱时，脱脱尝躬与讨逆，以功进官，累升至金紫光禄大夫，伯颜欲令他入备宿卫，侦察起居，嗣因专用私亲，恐干物议，乃以知枢密院事汪家奴，及翰林院承旨沙剌班，与脱脱同入禁中。脱脱得有所闻，从前必报知伯颜，寻见伯颜揽权自恣，也不免忧虑起来。

时马扎尔台尚未出镇，脱脱曾密禀道：“伯父骄纵日甚，万一天子震怒，猝加重谴，那时吾族要灭亡了，岂不可虑！”马扎尔台道：“我也曾虑及此事，只我兄不肯改过，奈何！”脱脱道：“总要先事预防方好哩。”马扎尔台点头称是。至马扎尔台奉命北去，脱脱无可禀承，越加惶急，暗思外人无可与商，只有幼年师事的吴直方，气谊相投，不妨请教。

当下密造师门，谒见直方，问及此事，直方慨然道：“古人有言，大义灭亲，汝但宜为国尽忠，不要专顾甚么亲族！”脱脱拜谢道：“愿受师教！”言毕辞归。

一日，侍帝左右，见顺帝愁眉不展，遂自陈忘家殉国的意思。顺帝尚未见信，私下与阿鲁、世杰班两人述及脱脱奏语，令他密查。阿鲁、世杰班，算是顺帝心腹，做了数年皇帝，只有两人好算心腹，危乎危乎！至此奉顺帝命，与脱脱交游，每谈及忠义事，脱脱必披胆直陈，甚至歔欷涕泣，说得两人非常钦佩。遂密报顺帝，说是靠得住的忠臣。

会郯王被杀，宣让、威顺二王被逐，顺帝敢怒不敢言，只日坐内廷，咄咄书空。脱脱瞧着，便跪请为帝分忧。顺帝太息道：“卿固怀忠，但此事不便命卿效力，奈何！”脱脱道：“臣入侍陛下，总期陛下得安，就使粉骨碎身，亦所不恨。”顺帝道：“事关卿家，卿可为朕设法否？”脱脱道：“臣幼读古书，颇知大义，毁家谋国，臣不敢辞！”顺帝乃把伯颜跋扈的情迹，详述一遍，并且带语带哭，脱脱也为泪下，遂奏对道：“臣当竭力设法，务报主恩！”顺帝点头。

脱脱退出，复去禀告吴直方，直方道：“这事关系重大，宗社安危，在此一举，但不知汝奏对时，有无旁人听着。”脱脱道：“恰有两人，一为阿鲁，一为脱脱木儿，想此两人为皇上亲臣，或不致漏泄机密。”直方道：“汝伯父权焰熏天，满朝多系党羽，若辈苟志图富贵，竟泄秘谋，不特汝身被戮，恐皇上亦蹈不测了。”脱脱闻了此语，未免露出慌张情形。直方道：“时刻无多，想尚不致遽

第五十一回　妨功害能淫威震主　竭忠报国大义灭亲

泄,我尚有一计,可以挽回。"脱脱大喜,当即请教。直方与他附耳道:"如此如此!"此处为省文起见,所以含浑。喜得脱脱欢跃而出,忙去邀请阿鲁及脱脱木儿至家,治酒张乐,殷勤款待,自昼至夜,始终不令出门。自己恰设词离座,出访世杰班,议定伏甲朝门,俟翌晨伯颜入朝,拿他问罪。当下密戒卫士,严稽宫门出入,螭坳统为置兵,待晓乃发。

脱脱暂归,天尚未明,伯颜已遣人召脱脱,脱脱不敢不去。及见伯颜,竟遭诘责,说是宫廷内外,何故骤行加兵?消息真灵。那时脱脱心下大惊,勉强镇定了神,徐徐答道:"宫廷为天子所居,理宜小心防御;况目今盗贼四起,难保不潜入京师,所以预为戒严!"伯颜又叱道:"你何故不先报我?"脱脱惶恐,谢罪而去。料知事难速成,又去通知世杰班,教他缓图。果然伯颜隐有戒心,于次日入朝时,竟带卫卒至朝门外候着,作为保护。及退朝无事,又上一奏疏,请顺帝出畋柳林。

是时脱脱返家,已与阿鲁、脱脱木儿约为异姓兄弟,誓同报国。忽来宫监宣召,促脱脱入议,脱脱与二人相偕入宫。顺帝即将伯颜奏章,递与脱脱。脱脱阅毕,便启奏道:"陛下不宜出畋,请将原奏留中为是。"顺帝道:"朕意也是如此,只伯颜图朕日急,卿等务替朕严防!"言未已,宫监又呈进奏牍,仍是伯颜催请出猎。顺帝略略一瞧,即语脱脱道:"奈何?他又来催朕了。"脱脱道:"臣为陛下计,不妨托疾,只命太子代行,便可无虑。"顺帝道:"这计甚善,明晨就可颁旨,劳卿为朕草诏便了。"脱脱遵谕,即就顺帝前领了笔墨,写就数行,复呈顺帝亲览。由顺帝盖了御宝,于次日颁发出去。自此脱脱等留住禁中,与顺帝密图方法,三个缝皮匠,比个诸葛亮,这遭伯颜要堕入计中了。

伯颜接诏后,暗思太子代行,事颇尴尬,但诏中命大丞相保护,又是不好不去。默默的思索多时,竟想出废立的一条计策来,拟乘此出畋时候,挟了太子,号召各路兵马,入阙废君。又蹈唐其势覆辙,这正是暗中报应。计画已定,便点齐卫士,请太子启行,簇拥出城,竟赴柳林去讫。

看官!这太子却是何人,原来就是文宗次子燕帖古思。从前顺帝嗣位,曾奉太后谕旨,他日须传位燕帖古思,所以立燕帖古思为太子。应四十九回。

伯颜既奉太子出都,脱脱即与阿鲁等密谋,悉拘京城门钥。命所亲信布列城下,夤夜奉顺帝居玉德殿,召省院大臣,先后入见,令出五门听命。一面遣都指挥月可察儿,授以秘计,令率三十骑至柳林,取太子还都。又召翰林院中杨瑀、范汇二人,入宫草诏,详数伯颜罪状,贬为河南行省左丞相。命平章政事只儿瓦歹,赍赴柳林。脱脱自服戎装,率卫士巡城。俟诸人出城后,阖了城门,登陴以待。

说时迟,那时快,不到数时,月可察儿已奉太子回来,传着暗号,由脱脱开城迎入，仍将城门关住。原来柳林距京师，只数十里，半日可以往返。月可察儿自二鼓起程，疾驰而去，至柳林，不过夜半。当时太子左右，已由脱脱派着心腹，使为内应，及与月可察儿相见，彼此不待详说，即入内掣了太子，与月可察儿一同入都。

伯颜正在睡乡，哪里晓得这般计画。至五鼓后，睡梦始觉，方由卫士报闻太子已归，急得顿足不已。正惊疑间，只儿瓦歹又到，宣读诏敕。伯颜听他读毕，还仗着前日势力，不去理睬，竟出帐上马，带着卫士，一口气跑至都门。

时已天晓，门尚未辟，只见脱脱剑佩雍容，踞坐城上，他即厉声喝着，大呼开城。威权已去，厉声何益！城上坐着的脱脱，起身答道："皇上有旨，黜丞相一人，诸从官等皆无罪，可各归本卫！"伯颜道："我即有罪，被皇上黜逐，也须陛辞皇上，如何不令我入城？"脱脱道："圣旨难违，请即自便！"伯颜道："你是我侄儿脱脱么？你幼年的时候，我曾视若己子，如何抚养，你今日怎得负我？"脱脱道："为国家计，只能遵着大义，不能顾着私恩；况伯父此行，仍得保全宗族，不致如太平王家，祸及灭门，还算是万幸呢！"确是万幸。

伯颜尚欲再言，不意脱脱已下城自去。及返顾侍从，又散去了一大半，弄到没法可施，不得已回马南行。道出直定，人民见他到来，都说丞相伯颜也有今日。有几个朴诚的父老，改恨为悯，奉进壶觞。伯颜温言抚慰，并问道："尔等曾闻有逆子害父的事情么？"父老道："小民等僻处乡野，只闻逆臣逼君，不曾闻逆子害父！"伯颜被他一驳，未免良心发现，俯首怀惭。旋与父老告别，狼狈南下，途次又接着廷寄，略称伯颜罪重罚轻，应再行加罚，安置南恩州阳春县。看官！你想南恩州远在岭南，镇日里烟瘴薰蒸，不可向迩，如这位养尊处优的大丞相伯颜，此时被充发出去，受这么苦，哪里禁当得起！他亦明知是一条死路，今日挨，明日宕，及行抵江西隆兴驿，奄奄成病，卧土炕中。那驿官又势利得很，还要冷讥热讽，任情奚落，就使不是病死，也活活的气死了。争权夺利者，其鉴诸。

伯颜既贬死，元廷召马扎尔台还朝，命为太师右丞相，脱脱知枢密院事，余如阿鲁、世杰班等，俱封赏有差。嗣复加封马扎尔台为忠王，赐号答剌罕。马扎尔台固辞，且称疾谢职。御史台奏请宣示天下以劝廉让，得旨允从。台官又来拍马。乃诏令马扎尔台，以太师就第，授脱脱为右丞相，录军国重事。脱脱乃悉更伯颜旧政，复科举取士法，雪郯王彻彻秃冤诬，召还宣让、威顺二王，使居旧藩，又弛马禁，减盐额，蠲宿逋，并续开经筵，慎选儒臣进讲，中外翕然，称为贤相。小子也有诗咏脱脱道：

　　春秋书法本森严，公义私恩不两兼。
　　鸩死叔牙诛子厚，忠臣法古有谁嫌？

脱脱秉政后，元廷忽又发生一种奇闻。欲知详细情形，且待下回再表。

伯颜以平唐其势功，敢弑顺后，目无尊长，至专政以后，日益鸱张，生杀予夺，任所欲为，迫弑郯王，逐宣让、威顺二王，矫制罪人，不法盖已极矣，仅加贬逐，尚为失刑。然非脱脱之以公灭私，恐贬逐犹非易事也。脱脱大义灭亲，为《麟经》所特许，固无待言；但天娭伯颜之专擅，独假手于其犹子以报之，何其巧欤！本回依次铺叙，好似无数精彩，随笔而下，其实不过一叙事文而已。然读《元史》至伯颜、马扎尔台、脱脱诸传，不如读此一回文字，较有兴味，是非用笔之长，曷克臻此，阅者宁得徒以小说目之！

第五十二回　逐太后兼及孤儿
　　　　　　用贤相并征名士

却说顺帝既放逐伯颜，好似摔掉了一个大虫，非常喜悦，所有宫禁中一切近臣，俱给封赏，自不消说。惟顺帝是个优柔寡断的主子，每喜偏信近言，优柔寡断四字，是顺帝一生注脚。前此伯颜专政，顺帝无权，内廷一班人物，专知趋奉伯颜，买动欢心，每日向顺帝前，历陈伯颜如何忠勤，如何练达，所以顺帝深信不疑，累加宠遇。到了伯颜贬死，近臣又换了一番举动，只曲意逢迎顺帝。适值太子燕帖古思不服顺帝教训，顺帝未免忿懑，近臣遂乘隙而入，都说燕帖古思的坏处，且奏称他不应为储君。顺帝碍着太皇太后面子，不好猝然废储，常自犹豫未决。偏近臣等摇唇鼓舌，助浪生风，更把那太皇太后故事，及文宗当日情形，一古脑儿搬将出来，又添了几句诬陷话儿，不由顺帝不信。但顺帝虽是信着近臣，终因太皇太后内外保护，得以嗣位，意欲宣召脱脱，与他解决这重大问题。近臣恐脱脱进来，打断此议，又奏请此事当由宸衷独断，不必与相臣商量。并且说太皇太后离间骨肉，罪恶尤重，就是太皇太后的徽称，也属古今罕有，天下没有婶母可做祖母的事情，陛下若不明正罪名，反贻后世恶谤。因此顺帝被他激起，竟不及与脱脱等议决，为脱脱解免，似有隐护贤相意。只命近臣缮就诏旨，突行颁发，宣告中外。其诏云：

昔我皇祖武宗皇帝，升遐之后，祖母太皇太后惑于憸憸，俾皇考明宗皇帝出封云南。英宗遇害，正统寖偏，我皇考以武宗之嫡子，逃居朔漠，宗王大臣，同心翊戴。于是以地近先迎文宗，暂总机务。继知天理人伦所在，假让位之名，以宝玺来上。皇考推诚不疑，即授以皇太子宝。文宗稔恶不悛，当躬迓之际，乃与其臣月鲁不花、也里牙、明里董阿等谋为不轨，使我皇考饮恨上宾。归而再御宸极，又私图传子，乃构邪言，嫁祸于八不沙皇后，谓朕非明宗之子，遂俾出居遐陬，祖宗大业，几于不继。内怀愧慊，则杀也里牙以杜口。上天不佑，随降殒罚，叔婶卜答失里，怙其势焰，不立明考之冢嗣，而立孺稚之弟懿璘质班。奄复不年，诸王大臣，以贤以长，扶朕践位。每念治必本于尽孝，事莫先于正名，赖天之灵，权奸屏黜，尽孝正名，不容复缓，永惟鞠育罔极之恩，忍忘不共戴天之义？既往之罪，不可胜诛，其命太常脱脱木儿，撤去文宗图帖睦尔在庙之主。卜答失里本朕之婶，乃阴构奸臣，弗体朕意，僭膺太皇太后之号。迹其闺门之祸，离间骨肉，罪恶尤重，揆之大义，削去鸿名，徙东安州安置。燕帖古思昔虽幼冲，理难同处，朕终不陷于覆辙，专务残酷，惟放诸高丽。当时贼臣月鲁不花、也里牙已死，其以明里董阿等，明正典刑。以示朕尽孝正名之至意！此诏。

这诏颁发，廷臣大哗，公举脱脱入朝，请顺帝取消前命。脱脱却也不辞，便驰入内廷，当面谏阻。顺帝道："你为了国家，逐去伯父。朕也为了国家，逐去叔婶；伯父可逐，难道叔婶不可逐么？"数语调侃得妙，想是有人教他。说得脱脱瞠目结舌，几乎无可措词。旋复将太皇太后的私恩，提出奏陈，奈顺帝置诸不理！又做哑子了。脱脱只好退出，众大臣以脱脱入奏，尚不见从，他人更不待言，一腔热忱，化作冰冷。太皇太后卜答失里，又没有甚么能力，好似庙中的城隍娘娘一般，前时铸像装金，入庙升殿，原是庄严得很，引得万众瞻仰，焚香跪叩，不幸被人侮弄，异像投地，一时不见甚么灵效，遂彼此不相敬奉，视若刍狗，甚至任意蹴踏，取快一时，煞是可叹！此附确切。且说文宗神主，已由脱脱木儿撤出太庙，复由顺帝左右奉了主命，逼太后母子出宫。太后束手无策，唯与幼儿燕帖古思相对，痛哭失声。怎奈无人怜惜，反且恶语交侵，强行胁迫，太后由悲生忿，当即草草收拾，挈了幼儿，负气而出。一出宫门，又被那一班狐群狗党，扯开母子，迫之分道自去，不得同行。古人有言，生离甚于死别，况是母子相离，惨不惨呢！适为御史崔敬所见，大为不忍，忙趋入台署中，索着纸笔，缮就一篇奏牍，大旨说的是：

> 文皇获不轨之愆，已撤庙祀；叔母有阶祸之罪，亦削鸿名，尽孝正名，斯亦足矣。惟念皇弟燕帖古思太子，年方在幼，罹此播迁，天理人情，有所不忍；明皇当上宾之日，太子在褓褓之间，尚未有知，义当矜悯！盖武宗视明、文二帝，皆亲子也，陛下与太子，皆嫡孙也，以武皇之心为心，则皆子孙，固无亲疏，以陛下之心为心，未免有彼此之论。臣请以世俗喻之：常人有百金之产，尚置义田，宗族困阨者为之教养，不使失所，况皇上

第五十二回　逐太后兼及孤儿　用贤相并征名士

贵为天子,富有四海,子育黎元,当使一夫一妇,无不得其所。今乃以同气之人,置之度外,适足贻笑边邦,取辱外国!况蛮夷之心,不可测度,倘生他变,关系非轻,兴言至此,良为寒心!臣愿杀身以赎太子之罪,望陛下遣近臣迎归太后母子,以全母子之情,尽骨肉之义。天意回,人心悦,则宗社幸甚!

缮就后,即刻进呈,并不闻有甚么批答,眼见得太后太子,流离道路,无可挽回。太后到了东安州,满目凄凉,旧有女侍,大半分离,只剩了老媪两三名,在旁服役,还是呼应不灵,气得肝胆俱裂,即成痨疾。临殁时犹含泪道:"我不听燕太师的言语,弄到这般结果,悔已迟了!"嗣复倚榻东望道:"我儿!我儿!我已死了!你年才数龄,被逸东去,料也保不全性命,我在黄泉待你,总有相见的日子!"言至此,痰喘交作,奄然而逝。阅至此,令人呜咽,然复阅四十四回鸩杀八不沙皇后时,则斯人应受此苦,反足称快!此时的燕帖古思,与母相离,已是半个死去,并且前后左右,没人熟识,反日日受他呵斥,益发啼哭不休。监押官月阔察儿,凶暴得很,闻着哭声,一味威喝。无如孩童习性,多喜抚慰,最怕痛詈,况前为太子时,何等娇养,没一人敢有违言,此时横遭惨虐,自然悲从中来。月阔察儿骂得愈厉,燕帖古思哭得愈高,及行到榆关外面,距都已遥,天高皇帝远,可恨这月阔察儿竟使出残酷手段,呵叱不足,继以鞭挞,小小的金枝玉叶,怎禁得这般蹂躏,几声长号,倒地毙命!惨极!月阔察儿并不慌忙,命将儿尸瘗葬道旁,另遣人驰报阙中,捏称因病身亡。顺帝本望他速死,得了此报。暗暗喜欢,还去究诘什么?从此文宗图帖睦尔的后嗣,已无孑遗了。害人者必致自害,阅者其鉴诸!顺帝既逐去文后母子,并杀了明里董阿等人,尚是余怒未息,再将文宗所增置的官属,如太禧宗禋等院,及奎章阁艺文监,皆议革罢,翰林学士丞旨嶸嶸。一作库库。奏言人民积产千金,尚设有家塾,延聘馆师,堂堂天朝,一学房乃不能容,未免贻讥中外。顺帝不得已,乃改奎章阁为宣文阁,艺文监为崇文监,余悉裁去。褊窄至此,宜其亡国。一面追尊明宗为顺天立道睿文智武大圣孝皇帝,亲祼太室。既而腊鼓频催,岁星又改,顺帝复想除旧布新,敕令改元。当由百官会议,把至元二字的年号,留一至字,易一正字。改元为正,有何益处?议既定,于次年元旦下诏道:

朕惟帝皇之道,德莫大于克孝,治莫大于得贤。朕早历多难,入绍大统,仰思祖宗付托之重,战兢惕厉,于兹八年。慨念皇考久劳于外,甫即大命,四海觖望,夙夜追慕,不忘于怀。乃以至元六年十月初四日,奉玉册玉宝,追上皇考曰顺天立道睿文智武大圣孝皇帝,被服衮冕,祼于太室,式展孝诚。十有一月六日,勉徇大礼庆成之请,御大明殿,受群臣朝贺。忆自去春畴咨于众，以知枢密院事马扎尔台为太师右丞相，以正百官，以亲万民，寻即陛辞，养疾私第。再三谕旨，勉令就位，自春徂秋，其请益固。朕悯其劳日久，察其至诚，不忍烦之以政，俾解机务，仍为太师，而知枢密院事脱脱，早岁辅朕，克著忠贞，乃命为中书右丞相；宗正扎鲁忽赤、帖木儿不花，尝历政府，嘉绩著闻，为中书左丞相，并录军国重事。夫三公论道，以辅予德，二相总政，以弼予治，其以至元七年为至正元年，与天下更始。前录改元诏，见顺帝之喜夸；此录改元诏，见顺帝之无恒。

自是顺帝乾纲独奋，内无母后，外乏权臣，所有政务，俱出亲裁。起初倒也励精图治，兴学任贤，并重用脱脱，大修文事。特诏修辽、金、宋三史，以脱脱为都总裁官，中书平章政事铁木儿塔识，中书右丞太平御史中丞张起岩，翰林学士欧阳玄，侍御史吕思诚，翰林侍讲学士揭傒斯为总裁官。先是世祖立国史院，曾命王鹗修辽、金二史，及宋亡，又命史臣通修三史。至仁宗、文宗年间，复屡诏修辑，迄无所成。脱脱既奉命，饬各员搜检遗书，披阅讨论，日夕不辍。又以欧阳玄擅长文艺，所有发凡起例，论赞表奏等类，俱令属稿，略加修正，先成辽史，后成金、宋二史，中外无异辞。脱脱又请修至正条格，颁示天下，亦得顺帝允行。

顺帝尝幸宣文阁，脱脱奏请道："陛下临御以来，天下无事，宜留心圣学，近闻左右暗中谏阻，难道经史果不足观么？如不足观，从前世祖在日，何必以是教裕皇！"顺帝连声称善。脱脱即就秘书监中，取裕宗所受书籍，进呈大内，又举荐处士完者图、执理哈琅、杜本、董立、李孝光、张枢等人，有旨宣召。完者图、执理哈琅、董立、李孝光就征到京，诏以完者图、执理哈琅为翰林待制，立为修撰，孝光为著作郎。唯杜本隐居清江，张枢隐居金华，固辞不至。不没名儒。顺帝闻二人不肯就征，很加叹息。

既而罢左丞相帖木儿不花，改用别儿怯不花继任，别儿怯不花与脱脱不协，屡有龃龉，相持年余，脱脱亦得有羸疾，上表辞职。顺帝不许，表至十七上，顺帝乃召见脱脱，问以何人代任。脱脱以阿鲁图对。阿鲁图系世祖功臣博尔术四世孙，曾知枢密院事，袭爵广平王，至是以脱脱推荐，乃命他继任右丞相。另封脱脱为郑王，食邑安丰，赏赍巨万，俱辞不受。阿鲁图就职后，顺帝命他为国史总裁，阿鲁图以未读史书为辞，偏顺帝不准所请。幸亏脱脱虽辞相位，仍与闻史事，所以辽、金、宋三史，终得告成。

至正五年，阿鲁图等以三史进呈，顺帝与语道："史既成书，关系甚重，前代君主的善恶，无不俱录。行善的君主，朕当取法，作恶的君主，朕当鉴戒，这是朕所应为的事情。但史书亦不止儆劝人君，其间兼录人臣，卿等亦宜从善戒恶，取法有资。倘朕有所未及，卿等不妨直言，毋得隐蔽！"如顺帝此言，虽历

第五十二回　逐太后兼及孤儿　用贤相并征名士

代贤君无以过之,奈何有初鲜终,行不顾言耶？阿鲁图等顿首舞蹈而出。

会翰林学士承旨巎巎卒于京,顺帝闻讣,嗟悼不已。巎巎幼入国学,博览群书,尝受业于许衡,得正心修身要旨。顺帝初年,曾为经筵官,日劝顺帝就学。顺帝欲待以师礼,巎巎力辞不可。一日,侍顺帝侧,顺帝欲观画,巎巎取比干剖心图以进,且言商王纣不听忠谏,以致亡国。顺帝为之动容。又一日,顺帝览宋徽宗画图,一再称善,巎巎进奏道:"徽宗多能,只有一事不能。"顺帝问是何事,巎巎道:"独不能为人君！陛下试思徽宗当日,身被虏,国几亡,若是能尽君道,何致如此！可见身居九五的主子,第一件是须能为君,外此不必留意。"巎巎随事箴规,可谓善谏,其如顺帝之亦蹈前辙何？顺帝亦悚然道:"卿可谓知大体了。"后来如何失记？至正四年,出拜江浙平章政事,次年,复以翰林院承旨召还。适中书平章阙员,近臣欲有所荐引,密为奏请。顺帝道:"平章已得贤人,现在途中,不日可到了。"近臣知意在巎巎,不敢再言。巎巎到京,遇着热疾,七日即殁。旅况萧条,无以为殓,顺帝闻知,赐赙银五锭,并令有司取出罚布,代偿巎巎所负官钱,又予谥文忠,这也不在话下。

且说左丞相别儿怯不花,与阿鲁图同掌国政,彼此很是亲昵,有时随驾出幸,每同车出入。时人以二相协和,可望承平,其实统是别儿怯不花的诡计。别儿怯不花欲倾害脱脱,不得不联络阿鲁图作为帮手。待至相处既洽,遂把平日的私意,告知阿鲁图。阿鲁图偏正色道:"我辈也有退休的日子,何苦倾轧别人！"这一语,说得别儿怯不花满面怀惭,当下恼羞成怒,暗地里风示台官,教他弹劾阿鲁图。阿鲁图闻台官上奏,即辞避出城,亲友均代为不平。阿鲁图道:"我是勋臣后裔,王爵犹蒙世袭,偌大一个相位,何足恋恋！去岁因奉着主命,不敢力辞,今御史劾我,我即宜去。御史台系世祖所设,我抗御史,便是抗世祖了。"言讫自去,顺帝也不复慰留,竟擢别儿怯不花为右丞相。所有左丞相一职,任用了铁木儿塔识。别儿怯不花也伪为陛辞,至顺帝再行下诏,乃老老实实的就了右相的位置,大权到手,谗言得逞,故右相脱脱一家,免不得要遭祸了。正是:

>黜陟无常只自扰,贤奸到底不相容。

欲知脱脱等遭祸情形,待小子下回续表。

是回叙顺帝故事,活肖一庸柔之主,忽而昧,忽而明,明后而复昧；庸柔者之必致覆国,无疑也！太后卜答失里,虽未尝无过,然既自悔前愆,舍子立侄,又始终保护顺帝,俾正大位。人孰无良,乃竟忘德思怨,骤行迁废耶！且上撤庙主,下戮皇弟,反噬不仁,莫此为甚,其所为忍而出此者,由有浸润之谮,先入为主也。改元至正，与民更始，观其任贤相，召儒臣，勉阿鲁图之交儆，惜巉巉之遽殁，亦若有一隙之明。乃天日方开，阴霾复集，可见小善之足陈，卒无补于大体，特揭录之以垂炯戒，俾后世知一节之长，殊不足道云。

第五十三回　宠女侍僭加后服　闻母教才罢弹章

却说别儿怯不花执政，以与脱脱有宿憾，遂一意排挤，屡入内廷，密陈脱脱过失。顺帝尚疑信参半，嗣由别儿怯不花，陈请脱脱父马扎尔台，佯称就第养疾，意实结党营私，暗图不轨。于是顺帝转疑为信，竟下了一道严谕，放逐马扎尔台，安置西宁州。马扎尔台奉诏欲行，脱脱愿随父同往，即拜疏上陈，力请与俱。得旨准奏，乃整装出都，时马扎尔台已老，状态龙钟，起居服食，随在需人。亏得脱脱随着，寸步不离，朝视寒，夕问暖，一切供应，俱小心监察，极至膏车秣马，亦必亲自检点，因此出都以后，沿途奔走，虽未免风雨交侵，独马扎尔台一人，毫不觉苦，竟安安稳稳的到了西宁。书此以见脱脱之孝。

别儿怯不花闻马扎尔台父子，安抵戍地，心中尚是未快，复唆使省台各员，上书告变，牵及马扎尔台。顺帝时已着迷，不辨真伪，竟接连下诏，徙马扎尔台至西域，地名撒思，乃是一个著名的苦地。马扎尔台父子不敢违旨，又只好冒险起行！到了途中，复接诏召回甘州，免他远戍。原来别儿怯不花专政后，河决地震的变异，时有所闻；河南、山东，盗贼蔓延；江淮一带，亦多暴徒，四出劫掠；湖广又遭徭乱。有几个刚正不阿的台官，劾奏宰辅非人，以致调燮失宜，乱端屡见等语，别儿怯不花也觉不安，入朝辞职。有诏令以太师就第，御史大夫亦怜真班趁着这个机会，保奏脱脱父子；略称马扎尔台谦让可风，脱脱为国宣劳，有功无过，奈何谪戍远方，迫入险地！于是顺帝稍稍觉悟，又有召回甘肃的谕旨。孱主寡断，于此益见。

马扎尔台从中道折回，途次不免受些感冒，及抵甘州，病日加剧，脱脱衣不解带，服侍了好几日，毕竟天定胜人，寿难再借，苟延数夕，竟尔去世。脱脱经此变故，悲愤交集，恨不得将朝右佞臣，一概除灭，抵那老父的生命。暗伏后来报怨事。

可巧别儿怯不花又遭台官弹击，贬戍渤海，得病而死。这也是冥中报应。左丞相铁木儿塔识，也殁于任中，元廷用了朵儿只一作多尔济。为右丞相，太平为左丞相。朵儿只系元勋木华黎六世孙，即故丞相拜住从弟，初为御史大夫，因铁木儿塔识病殁，升任左丞相，旋即调任右丞相，性颇宽简，务存大体。

第五十三回　宠女侍僭加后服　闻母教才罢弹章

太平本姓贺,名惟一,至正四年,为中书平章政事,六年,超拜御史大夫。元制重蒙轻汉,凡省院台三署正官,非国姓不得授,惟一援例固辞,顺帝不允,特赐国姓,并改名太平。太平与脱脱父子,本来是没甚友谊,因闻马扎尔台身死甘州,不能归葬,未免存一兔死狐悲的观念,遂上疏力请,令脱脱奉柩归都,以全孝道。疏入不报,太平竟入廷面奏道:"脱脱尽忠王室,大义灭亲,今父已病殁,不许归葬,将来忠臣义士,宁不灰心?乞陛下特恩赦还,为善者劝!"顺帝踌躇不答,太平又道:"陛下曾亦记及云州故事么?"顺帝不待说毕,便道:"非卿言,朕几忘怀。脱脱确系忠臣,卿即传朕面谕,遣使召归。"太平叩谢而出。

看官!这云州故事,前文未曾叙及,此次突由太平口中说出,转令阅者无从捉摸,诸君不要性急,待小子补叙出来。借此一段文字补叙宫闱事实,即是文中销纳处。原来元统三年,顺帝后钦察氏答纳失里,因兄弟谋逆,被迁出宫,鸩死民舍。应四十九回。答纳失里无出,越二年,改册皇后弘吉剌氏,名伯颜忽都,系真哥皇后侄孙女,父名孛罗帖木儿,曾封毓德王。后既册立,旋生一子,名真金,二岁而殀。

先是徽政院使秃满迭儿,曾进高丽女子奇氏入宫,作为服役。奇氏名完者忽都,秀外慧中,善伺主意,顺帝爱她秀媚,又因她善于烹茗,命司饮料,好似一个党家奴。她遂日夕侍侧,眉目传情,引得顺帝欲心渐炽,竟与她同入龙床,做一对鸾交凤友。酒色二字,本系相连,不意司茶女亦邀王眷。事为正宫皇后钦察氏所悉,怒召奇氏,箠辱了好几次。答纳失里之不得令终,于此事亦有关系。至后被鸩死,顺帝已欲立奇氏为继后。大约是怜她箠辱耳。偏偏大丞相伯颜,硬行谏阻,又是一个奇氏对头。弄得顺帝没法,只得改立弘吉剌后。这位弘吉剌后与前мест大不相同,性本节俭,量独宽宏,不愿与奇氏争夕,所以奇氏仍得专宠。时来福凑,又产下一个麟儿,取名爱猷识理达腊,一作阿裕锡哩达喇。益得顺帝欢心。那时奇氏因宠生骄,因骄成妒,除皇后弘吉剌氏无所嫌怨,不与计较外,凡内如太后母子,外如权相伯颜,俱视若眼中钉,尝在顺帝前说他短处。后来伯颜被黜,太后母子被逐,虽有种种原因牵涉,然大半由奇氏暗中媒糵,所以先后发生变端,几致出人意外。加罪奇氏,不特补前文所未及,且足发正史所未明。

奇氏私愿既偿,遂与嬖臣沙剌班秘密商量,欲乘此升为皇后。不过因皇后待她有恩,恩将仇报,未免心怀不忍,因此不能决议。奇氏还是好良心。沙剌班情急智生,猛记起先代皇后曾有数人,此时援着祖制,奏请一本,何人敢有异言!祖宗贻谋不臧,转使若辈借口。当下禀知奇氏,奇氏大喜,便命他即日上奏。果然数语入陈,纶音立下,即命册立奇氏为第二皇后。大礼已成,奇氏居然象服委佗,安居兴圣西宫。

转眼间,皇子爱猷识理达腊已离怀抱,渐渐的长大起来,顺帝爱母及子,辄令皇子随侍，凡有巡幸，亦令偕行。时脱脱尚秉国钧，为顺帝所亲信，所以脱脱入内廷时，顺帝曾饬皇子拜他为师，并命他随时教育。脱脱受命不忘，格外注意，有时皇子出游脱脱家，一留数日，稍遇疾病，脱脱即亲为煎药，先尝后进。

一日，顺帝幸上都，皇子随行，脱脱亦从驾。道过云州，猝遇烈风暴雨，山水大至，车马人畜，多被漂溺，顺帝不及提携皇子，只顾着自己性命，即登山避水。脱脱见顺帝自去，忙涉水至御辇旁，抱出皇儿，负在背上，跣着足奔上山冈。顺帝正系念皇子，在山盼望，但见脱脱负子而来，好似得了活宝贝一般，即趋前抱下皇子，一面慰抚脱脱道："卿为朕子，勤劳至此，朕必不忘！"未必未必。脱脱当即谢恩，谁知过了一两年，顺帝竟信了谗言，将脱脱父子谪戍，所以太平为之不平，提出云州故事，教顺帝自己反省。顺帝被他一说，也自悔食言，遂命脱脱奉父柩还葬。

脱脱既还京师，葬父毕，拜表谢恩，复得旨命为太子太傅，综理东宫事宜。脱脱受命后，默念此次起复，定是有人从中调停，不可不密图酬报。凑巧来了侍御史哈麻，一作哈玛尔。由脱脱延入，与谈年余阔别情状，甚是欢洽。看官！你道这哈麻是何等人物？他是宁宗乳母的儿子，父名图噜，受封冀国公。哈麻与母弟雪雪，早备宿卫，两人均得主宠，唯哈麻口材尤捷，益为顺帝所褒幸，累次超擢，得任殿中侍卫史。亡元者哈麻之力，故出名时不嫌求详。当脱脱为首相时，哈麻日事过从，曲意趋附，至脱脱罢职，随父出戍，哈麻在顺帝前，稍稍替他缓颊。至是与脱脱叙旧，自然把前日营护的功劳，一一说明，且添了许多诡话，说是如何记念，如何排解，小人专会捣鬼。脱脱秉性忠厚，总道他语语是真，非常感激。哈麻说一句，脱脱谢一声，至哈麻去后，脱脱还称他是第一个好人。独太平秉公办事，把保奏脱脱的事情从未提起，所以脱脱全然不知。

会太平以哈麻在宫，导帝为非，意欲将他驱逐，商诸御史大夫韩嘉纳。嘉纳很是赞成，便授意监察御史沃呼海寿，教他弹劾哈麻，历陈罪状。第一款，是在御幄后僭设帐房，犯上不敬。第二款，是出入明宗妃子脱忽思宫闱，越分无礼。还有私受馈遗，妄作威福诸条款，亦列入奏中。尚未拜发，偏已漏泄消息，传入哈麻耳中，哈麻即至顺帝前哭诉，略称太平、韩嘉纳有意构陷，唆使海寿出头，将臣劾奏，即乞解臣职以谢二人等语。顺帝摸不着头脑，只说是并无奏章，何必着急，哈麻复称海寿已缮就奏牍，明日即要进呈。看官！你想台官的疏奏尚未上陈，那哈麻已先闻知，预为哭诉。若使明白的主子，见哈麻如此狡黠，定要疑他潜布爪牙，暗通声气，所以事前侦悉，先使机诈。这种鬼蜮伎俩，一加斥责，便无遁形。怎奈顺帝昏愦得很，平时甚宠爱哈麻，掷骰击毬，联为狎侣，此次闻他辞职，如何肯依，免不得温语慰留。

第五十三回　宠女侍僭加后服　闻母教才罢弹章

次日视朝，果然由韩嘉纳代呈奏章，内系沃呀海寿署名，劾哈麻数大罪，顺帝不待瞧毕，便掷诸案上，悻悻退朝。韩嘉纳料知不佳，忙与太平计议。太平到了此时，也不禁气愤道："有哈麻，无太平，有太平，无哈麻，明晨当入朝面奏。"

翌日昧爽，即偕韩嘉纳入朝，俟顺帝登殿，便直陈哈麻兄弟，盘踞宫禁，权倾内外的罪状。顺帝徐徐答道："哈麻罪状，当不至此。"太平道："历代以来的奸臣，若非显行构逆，定是献媚贡谀，表面上很是爱君，暗地里都是罔上，齐桓公宠用三竖，终致乱国，宋徽宗信任六贼，遂以丧身。陛下试借鉴前车，便可知哈麻兄弟，实兆祸阶，理应即日黜逐！"太平有识。顺帝默然不答，韩嘉纳复出班叩首道："左相太平的奏请，关系国家兴亡，幸陛下采纳施行。"顺帝艴然道："卿何量狭，不肯容这哈麻兄弟！"明是自己左袒哈麻，偏说他人量狭难容，令人一叹。嘉纳复顿首道："臣非为一身计，实为天下国家计；似哈麻兄弟欺君误国，所以请陛下斥逐。陛下果立斥哈麻兄弟，臣亦甘心受罪，以谢哈麻！"嘉纳有胆。顺帝尚是不悦，太平复启奏道："陛下如信用哈麻兄弟，臣愿解职归田！"顺帝道："朕知道了，卿毋多言！"说毕，拂袖还宫。

是时哈麻已详闻消息，复至顺帝前吁请罢官，惹得顺帝厌烦起来，索性一概黜退。当命侍臣拟定两道诏旨，一道是免哈麻及雪雪官职，出居草地；一道是罢左丞相太平，降为翰林学士承旨，出御史大夫韩嘉纳，为江浙行省平章政事，谪沃呀海寿为陕西廉访副使。诏既下，朵儿只亦不安于位，奏请免官。顺帝准奏，遣他出镇辽阳。仍任脱脱为右丞相，赐上尊名马，袭衣玉带，复令他管理端本堂事。端本堂系皇子肄业处，顺帝曾命李好文为谕德，归旸为赞善，教导皇子，开堂授书。

脱脱既兼握大权，尊荣如旧，闻哈麻兄弟被黜，未免代为扼腕。脱脱丞相，私心萌矣。适哈麻至脱脱处辞行，并诉太平攻讦状，脱脱劝慰道："我若在朝，必不使若辈得志！你且出居数日，得有机会可乘，便当代请复官，幸勿过忧！"哈麻欢谢而去。脱脱遂将中书省内属员，一一稽考，查得参政孔思立等，俱由太平荐拔，竟不问贤否，坐罪黜退，改用乌古孙良桢、龚伯遂、汝中柏等为僚属。汝中柏系左司郎中，素与太平有隙，至是即入语脱脱，捏称太平罪恶，并言太平子也先忽都，僭娶宗女，勾结诸王，觊觎要职等情。

脱脱正私憾太平，遂将汝中柏所言，列入奏稿。正待拜发，适为老母蓟国夫人所见，即语脱脱道："我知太平是好人，你何故谎言诬奏，指善为恶？"脱脱道："是由郎中汝中柏所言，想系调查确实，不致说谎。"蓟国夫人道："无论是真是假，尽可听他自由，他与你何嫌何怨，必欲将他加害！"脱脱被母一诘，转有些嗫嚅起来。蓟国夫人怒道："你如不听吾言，从此休认母了！"脱脱本具孝思,见老母含有怒色,忙跪称不敢。蓟国夫人复取了奏稿,信手撕毁,于是一场弹案化作冰消。不没贤母。

不意太平、嘉纳等人,正交晦运,一降一谪,尚似未足,不到半年,又有严谕颁下,削沃咿海寿官,流韩嘉纳于尼噜罕,并放太平归里。太平即襆被出都,故吏田复,劝他自裁,太平道:"我本无罪,当听天由命;若无故自尽,转似畏罪而死,死亦蒙羞。"言已,即踯躅而去,径归奉元原籍。韩嘉纳秉性刚直,未免丛怨,被戍诏下,又经仇人诬奏赃罪,加杖一百,才令起行,途中受了无数苦楚,杖疮复溃烂不堪,竟致殒命。小子有诗咏道:

> 千秋忠骨瘗荒原,地下犹含不白冤。
> 休怪盈廷多仗马,由来乱世莫危言。

当时廷臣等还疑脱脱主使,其实内中尚有隐情,不得归咎脱脱。欲知详细,请阅下回。

元季贤相,莫若脱脱,著书人于脱脱多誉辞,非轻袒脱脱也。自古忠臣必出于孝子之门,脱脱随父出戍,尽心侍奉,其孝可知;厥后拟劾奏太平等人,卒以老母一言,撤消奏牍,非夙具孝思者其能若是乎?或谓哈麻为佞人之尤,而脱脱信之,汝中柏为谗夫之尤,而脱脱昵之,至若皇子爱猷识理达腊,为奇氏所出,脱脱乃竭力保护,取悦宠妃。是而谓贤,孰非贤臣?不知贤者未尝无过,观过益足以知仁。脱脱之信哈麻,昵汝中柏,实为老父被戍而起,父谪远方,因而病殁,脱脱以为终天之恨,而太平等适当其冲,太平有德于脱脱,脱脱固未之闻也,未闻太平之有德,反疑太平之不仁,于是哈麻之佞,汝中柏之谗,得以乘隙而入。虽曰比之匪人,然略迹原心,尚堪共谅。若谓皇子为宠妃所出,不应视若储君,似矣;然钦察后无子,弘吉剌后有子而殁,当时顺帝膝下,只有此儿,奉命教养,自应效忠,安能遽论嫡庶乎?故本回所叙,实以脱脱为主,余人皆宾也,借宾定主,而他事皆借此销纳。尤见其天衣无缝云。

第五十四回　治黄河石人开眼　聚红巾群盗扬镳

却说太平归田,韩嘉纳贬死,沃咿海寿削职为民,这事从何而起?原来由脱忽思皇后泣诉帝前,致有此诏。脱忽思皇后,系明宗妃,即顺帝庶母。顺帝嗣位,尝尊称脱忽思为皇后,海寿奏劾哈麻时,曾说他出入无忌,越分无礼。

第五十四回　治黄河石人开眼　聚红巾群盗扬镳

应上回。此语被脱忽思皇后闻知，想是由哈麻报闻。哪里禁受得起，况哈麻复被迁谪，更觉与之有嫌，卿试自问，曾与哈麻相昵否？当下入白顺帝，只说海寿等挟嫌诬控，含血喷人，一面说着，一面流泪。妇人常态。顺帝见她凄楚情状，自然怒上加怒，遂颁发一道严厉的诏敕，这且按下不提。

且说右丞相脱脱，仍执朝政，复经顺帝亲信，其弟也先帖木儿，亦得任御史大夫。兄弟同据要津，一班大小臣工，免不得又来迎合。适中统、至元等钞币，流通日久，致多伪钞，脱脱欲另立钞法，吏部尚书偰哲笃，遂建言更造至正交钞，以钞为母，以钱为子。是之谓巧于迎合。脱脱集台省两院诸臣，共议可否，众皆唯唯如命。独国子祭酒吕思诚道："钱为本，钞为辅，母子并行，奈何倒置？且人民皆喜藏钱，不喜藏钞，今如历代钱，为至正钱，及中统钞，至元钞，交钞分为五项，钱钞相等，民尚喜钱恶钞；如更增新钞一种，钞愈多，钱愈少，下必病民，上必病国。"偰哲笃道："至元钞多伪，所以改造。"思诚道："至元钞何尝是伪？乃是奸人牟利仿造，以致伪钞日多。公试思旧钞流通有年，人已熟睹，尚有伪钞搀杂，若骤行新钞，人未及识，伪且滋多，岂不可虑！"偰哲笃道："钱钞兼行，便无此弊。"思诚正色道："钱钞兼行，轻重不论，何者为母？何者为子？汝不明财政，徒然摇唇鼓舌，取媚大臣，如何使得！"义正词严，为《元史》中所仅见。偰哲笃被他驳斥，由羞成愤道："汝有何议？"思诚道："我只知有三个大字。"偰哲笃复问何字？思诚却厉声道："行不得！行不得！"脱脱在座，见两人争论起来，便出为解劝，但说是容后缓图，思诚乃退。

脱脱弟也先帖木儿道："吕祭酒的议论，也有是处；但在庙堂中厉声疾色，未免失体。"脱脱也为点头。台官瞧着脱脱情形，遂于会议散班后，草就一篇奏牍，竟于次日进呈，奏劾思诚狂妄。毕竟直道难行。有旨迁思诚为湖广行省左丞。未几，即造至正新钞，颁行全国。钞多钱少，物价腾踊，至逾十倍，所在郡县，均以物质相交易，由是公私所积的钞币，一律壅滞，币制大坏，国用益困。近今亦有此弊，恐将循元覆辙。

会黄河屡决，延及济南、河间，大为民害。脱脱复集群臣会议。大众议论纷纷，莫衷一是，独工部郎中贾鲁，方授职都水监，探察河道，留意要害。至是便议称塞北疏南，使复故道，方可无虞。看官！这贾鲁所说的黄河故道，究在何处？小子欲详叙巅末，很觉烦杂，只好胪举大略，俾人人一览了然，方不至辞烦义晦，取厌诸君呢。原来黄河发源昆仑山，曲折东流，入中国甘肃境，道出长城，由北趋东，由东折南，成一大曲，名为河套，自是南下，行壶口、龙门两山谷中，为山西、陕西两省的界线，复东折入潼关，经砥柱山麓，直入河南省，始由高地陡落平原，地势散漫，迁流无定。从古时大禹治河以后，河不为患，约八百年，殷代已屡有河患，嗣后屡次横决，忽北忽南，总计自殷、周起，至元朝顺帝年间，河流变迁，不可胜纪，惟大变迁共有五六次。大禹治水，就大陆以北，分为九河，合于天津入海。大陆即今直隶省西北的宁晋泊。至周定王五年河徙，由运河达天津入海。新莽始建国三年又徙，由徒骇达利津入海，宋仁宗庆历八年又徙，又由今运河达天津入海。金章宗明昌五年又徙，分为南北两派，北派合济水入海，南派合淮水入海。元世祖至元二十五年又徙，两派河流，总合淮水入海，就是今江苏省内的淤黄河。以上所述今字，俱就著本书时立说，盖至清季咸丰五年，河道又徙入山东，合大清河入海，咸丰以前之河流出海，实在江苏省东北旧淮安府境内，至今陈迹犹留，称为淤黄河。世祖后，河又屡决，累岁筑防，终乏成效。顺帝至元元年，河决开封，至正四年，河决曹州，未几又决汴梁，五年又决济阴，乃立山东、河南等处行都水监，一意治河。贾鲁所说的塞北疏南，使复故道，就是要河流仍合淮水，照前出海的意思。原原本本，殚见恰闻。但欲依议而行，必须大兴工役，方可成事。脱脱令贾鲁估算，需用兵民二十万人，倒也未免吃惊。遂遣工部尚书成遵，与大司农秃鲁，先行视河，核实以闻。成遵等自京出发，南下山东，西入河南，沿途履勘，悉心规画，所有地势的高下，与水量的浅深，统已测量明白，绘就略图，附加臆说，于是相偕还都，径入相府，来见脱脱。脱脱立即延入，问明河道情形。成遵开口，便说河流故道，断不可复，贾鲁计议，断不可行。脱脱问是何故？成遵即将图说呈上，由脱脱阅了一周，置诸案上，大约是莫明其妙。淡淡的答道："汝等沿途辛苦，且休息一天，明日至中书省中核议便了。"两人辞去，翌晨，即赴省署中候着，不一时，脱脱到来，贾鲁亦随入，余如台省两院各官，亦先后会集。当下开议，成遵与贾鲁两人，意见互歧，彼此各主一说，免不得争论起来。各官吏等未曾亲历，兼以平日在都，也不暇留意河防，只好眼睁睁的看他辩论。一班行尸走肉的人物，乐得揶揄数语。自辰至午，两人争议未决，方由各官劝解，散坐就膳。膳毕，复行核议，仍是双方扞格。脱脱乃语成遵道："贾友恒的计画，实为一劳永逸起见，公何固执若是？"成遵道："河流故道，可复不可复，尚不暇辩；据国计民生上立论，府库日虚，司农仰屋，若再兴大工，尤恐支绌！是顾及国计。且如山东一带，连岁歉收，百姓困苦已极，倘调集二十万众，骚扰民间，是顾及民生。将来祸变纷乘，比河患还怕加重哩！"脱脱变色道："汝谓百姓将反么？"成遵道："恐防难免！"半语不让，恰也倔强。各官见成遵执性，竟与丞相斗起嘴来，未免不雅，遂将成遵劝开，令他归去。秃鲁何在，如何噤不一言？脱脱余怒未息，复语众官道："主上视民如伤，做大臣的应为主分忧。明知河流湍急，最不易治，但或迁延过去，他时为祸尤大；譬如人有疾病，迁延不治，终致毙命。黄河为中国大病，我欲将它治愈，偏有人硬来拦阻，奈何！"众官闻言，齐声答道："傅相首秉国钧，这事但凭钩裁，何庸他顾！"脱脱又道："好在今日得了贾友恒，使

第五十四回　治黄河石人开眼　聚红巾群盗扬镳

他治河,必能奏功。"原来友恒系贾鲁别字,脱脱契重贾鲁,所以称字不称名。补笔不漏。众官又齐声赞成。乐得逢迎。贾鲁独上前固辞。脱脱道:"此事非汝不办,明日入奏便了。"言已,命驾而去,众官陆续散归。

次日入朝,成遵亦到,有几个参政大员,与遵为友,密语遵道:"丞相已决计修河,且已有人负责,公此后幸毋多言。"成遵道:"腕可断,议不可易!"硬汉子。既而随班入朝。及顺帝升殿,脱脱即奏言贾鲁才可大用,令他治河,必能胜任。顺帝大悦,便宣召贾鲁。鲁奏对称旨,当命他退朝候敕。成遵不便出奏,只好一同退班。越宿有诏颁发,罢成遵官,出为河间盐运使,特授贾鲁为工部尚书,充总治河防使,进秩二品,赏给银章,发大河南北兵民十七万,令归节制,便宜兴缮。原来脱脱退朝后,又将贾鲁计画,详奏一本,并有成遵恇怯无能,大非鲁比等语,所以有此诏旨。

成遵奉诏,交卸原职,出都就任,自不消说。惟贾鲁受职治河,倒也竭诚行事,不敢少懈,当日出都就道,到了山东,一面征集工役,一面巡视堤防,某处派万人缮修,某处派万人增筑,统是主张障塞,不使泛溢。是塞北河。自山东驰入河南,由黄陵冈起,南达白茅,直抵黄固、哈只等口,见有淤塞地方,浚之使通,遇有曲折地方,导之使直,随地派工,锹锸兼施。又自黄陵冈西至杨青村,在北加防,在南施凿,通计修治地段,共二百八十里有奇。这位敏达干练的贾尚书,整日里往来跋涉,仆仆道旁,入夜又估工考绩,阅簿稽财,真是耐劳任怨,不惮勤劳;元廷虽派了中书右丞玉枢虎儿吐华,与知枢密院事黑厮,率兵弹压,作为贾尚书帮手,怎奈若辈只袖手旁观,不能为力,所以一切兴缮,全要贾尚书主持。归功贾鲁,亦是平允之论。至正十一年四月兴工,七月疏凿告竣,八月决水故河,九月舟楫通行。十一月诸埽堤亦成,河复故道,南汇淮水,东流入海。贾鲁以河平入告,顺帝欢慰异常,即遣使报祭河伯,并召鲁还都。鲁至京入朝,由顺帝温言慰谕,面授鲁为集贤大学士。并因脱脱荐贤有功,赐号答剌罕,令他世袭。他如从鲁治河各官,俱特旨迁赉。复敕翰林学士承旨欧阳玄,制河平碑,旌扬脱脱丞相,及贾尚书鲁功绩。真是一夫创议,万夫胪欢。

脱脱方私下告慰,不意河流方顺,兵变迭兴,有元一百数十年江山,一百数十年,指自太祖开国而言。竟从此土崩瓦解,化作乌有子虚。说也奇怪,那元代灭亡的应兆,偏似从贾鲁治河,开衅起来。语有分寸。先是至正十年,河南北已有童谣道:"石人一只眼,挑动黄河天下反!"当时有人闻着,大都不解所谓,及贾鲁治河,督工开凿黄陵冈,果从地下掘起一个石人,眼睛只有一只,作启视状。役夫相率惊讶,报知贾鲁,鲁出瞧石人,也觉暗暗称奇。只面上恰毫不动容,命役夫用锄击碎,搬开了案。嗣后功成返京,全未提及,偏偏汝、颍乱

起,应着童谣。小子欲历叙乱事。因头绪纷烦,只好编列一表,说明如下:

(一)颍州人刘福通奉韩山童子林儿为主,倡乱颍州。

韩山童系栾城人,其祖父以白莲会烧香惑众,谪徙永平,传至山童,诡言天下大乱,弥勒佛出世,河南及江淮间愚民,信为真言。颍州人刘福通,与其党杜遵道、罗文素、盛文郁、王显忠、韩咬儿等,复诡称山童系宋徽宗后裔,当为中国主,乃集众设誓,起乱京畿,地方官即饬兵搜捕,擒住山童,福通挈山童妻杨氏,及其子林儿,遁入河南,号召党羽,至数万人,均以红巾为号,称为红巾贼,横行河南。

(二)萧县人李二,倡乱徐州。

李二亦一无赖子,尝烧香聚众,联结党人赵均用、彭早住等,攻陷徐州,作为盘踞地。李二绰号芝麻李。

(三)罗田人徐寿辉,倡乱蕲水。

徐寿辉系一商人,素贩布。有僧彭莹玉,好言妖异,见寿辉以状貌魁奇,称为贵相,遂与党人邹普胜、倪文俊等奉寿辉为主,攻陷蕲水及黄州路,亦以红巾为号,时人也称为红军。

这三路寇乱,骚扰河南及江淮间,《元史》上称为汝、颍妖寇。还有先时发难的方国珍,后时响应的郭子兴、张士诚,倒也鼎鼎有名,小子也应把他来历,略述于下。

(一)台州人方国珍作乱,在至正八年十一月间。

方国珍素贩盐,浮海为业。时有蔡乱头为海盗,经有司缉捕,或告国珍亦尝通寇,国珍惧,遂航海为乱,劫掠漕运,执江、浙参政朵儿只班,胁使奏闻元廷,赦罪授官。诏授国珍为定海尉,国珍嫌官卑禄微,不肯受命,寻进攻温州,猖獗日甚。

(二)定远人郭子兴作乱,在至正十二年二月间。

郭子兴少有侠气,喜与壮士结交,及见汝、颍兵起,亦与其党孙德崖等,举兵作乱,自称元帅,攻陷濠州。

(三)泰州人张士诚作乱,在至正十三年三月间。

张士诚与弟士德、士信等,皆以操舟运盐为业,富家多视为贱役,动加侮弄,弓手邱义,窘辱尤甚。士诚大怒,率壮士十八人,杀邱义及诸富家;遂招集盐丁,占据泰州。嗣复陷高邮,戕知府李齐,自称诚王。

寇氛扰扰,战鼓咚咚,警报似雪片般飞达元廷,顺帝大惊,连忙调发兵马,分道出征。正是:

胜广揭竿秦社覆，窦杨起衅隋廷亡。

毕竟胜败如何，容俟下回再表。

秦亡于渔阳之戍，唐亡于桂林之卒，元亡于开河之役，论者多归咎贾鲁及脱脱，其实未然！元之乱，由上下宴逸所致，并不系于河之开不开。且治河所以保民，贾鲁塞北疏南之议，亦非全无识见，惟当时山东一带，连岁饥馑，何弗以工代赈，为一举两得之计，而乃徒发兵役，多至十七万人，未苏民困，转耗民食，此不得为无咎，而治河之得失无与焉。石人开眼，童谣本属无稽，贾鲁凿河，适与童谣相应，安知非草泽之徒，隐为埋藏，借此以图煽惑耶？本回叙治河事，词不厌详，而下语多有分寸，至于群盗之起，仅列表以明之，盖前应化简为繁，后应删繁就简，作者之着意在此，阅者之醒目亦在此，毋视为寻常铺叙也！

第五十五回　失军心河上弃师
　　　　　　　逐盗魁徐州告捷

却说顺帝迭闻警报，很是焦灼，忙与首相脱脱商议。脱脱道："中州为全国腹心，今红巾贼起，适在中州，中州即河南。实是腹心大患。臣拟先发大兵，剿红巾贼，肃清腹地，然后依次进兵，讨平余寇。"顺帝道："各处亦统来告急，奈何！"脱脱道："各地非无守将，请陛下分道颁诏，令他就近赴援，剿抚兼施，一俟中州平定，余寇自然瓦解。这是目前最要的计策。"顺帝道："何人可遣？"脱脱道："臣受恩深重，督师平寇，报答皇恩。"顺帝道："卿系朕股肱耳目，不可一日相离，朕闻卿弟亦有才名，何妨遣他讨贼？"脱脱道："臣弟可去，但必须添一臂助。"顺帝道："卫王宽彻哥何如？"脱脱道："宸衷明鉴，谅必得人。"脱脱议先剿河南，计非不是，惟乃弟素不知兵，如何说是可去？

计议已定，便命御史大夫也先帖木儿知枢密院事，与卫王宽彻哥，率诸卫兵十余万，出讨河南妖寇，一面颁诏各路就近剿抚。也先帖木儿奉命，即日会同卫王，调兵出都。

他本是个矜才使气的人物，握着了这么大权，益发趾高气扬，目无全虏。反射下文。到了上蔡，城已为寇党韩咬儿所据，当即在城下扎营，安排攻具，黾夜围城。韩咬儿登陴守御，见元兵四面攒聚，好似蜂蚁一般，顿吃了一大惊，怎奈事已到此，无可如何，只得带领党羽，勉强守着。元兵围了好几日，尚是不能攻入，也先帖木儿大怒，严申军令，限日破城，逾限立斩。将士闻命，相率惊惶，幸上蔡城池卑狭，寇党不过数千人，城外又无余寇接应，但教合力进攻，不难得手；当下将士效命，互约进行，四面布着云梯，冒死登城。韩咬儿顾此失彼，顿被元兵杀入，劈开城门，招纳大兵，与韩咬儿巷战起来，两下厮杀多时，把寇党大半屠戮，剩了韩咬儿孤身，还有甚么伎俩，自然被元兵擒住。

也先帖木儿大喜，便遣使报捷，并将韩咬儿囚解至京。顺帝诛了韩咬儿，传旨奖赏，颁给钞币数千锭。也先帖木儿得此快事，越加骄倨，小小一个孤城，且围攻了多日，方得幸胜，如何便骄倨起来？不但虐待军士，就是同行的卫王，也看他与傀儡相似，不屑协议，所有一切军政，统是独断独行。卫王以下，无人敬服，不过因受了主命，一时不便解散，没奈何随他前进。

刘福通闻咬儿被擒，忙分派死党，严守所得要害，阻住元兵。也先帖木儿麾下，虽有十多万人，大都观望不前，任你也先帖木儿如何严厉，总是不肯出力，或且潜行逃避，因此也先帖木儿无威可逞，只好逗留中道，待贼自毙。

偏偏杀运方开，寇焰愈炽。刘福通猖獗如故，固不必说；他如芝麻李等，亦相率横行；最厉害的莫如徐寿辉。寿辉据蕲水后，居然自称皇帝，僭号天完国，改元治平；以邹普胜为太师，出兵江西，攻陷饶州、信州，另派部将丁普郎等溯江而上，连陷汉阳、兴国、武昌等处，威顺王宽彻普化，及湖广平章政事和尚，弃城遁去。转陷沔阳，推官俞述祖被擒，怒骂寿辉，被他磔死。复陷安陆府，知府丑驴阵亡。寿辉又派别将欧祥等寇九江，沿江各兵，闻风宵遁。江州总管李黼，传檄兵民，募集丁壮，与寇众血战数仗，水陆获胜，嗣因附近城堡，多被陷落，寇众四集城下，昼夜环攻，平章秃坚不花，又缒城潜走，中外援绝，势难再守，李黼犹力捍数日，至寇入东门，尚挥剑斫数十人，与从子秉昭，一同殉难。不没忠臣。

江州既陷，袁州、瑞州等，接连失守，元廷连日闻警，免不得又开廷议。当由脱脱等议定各路进兵，责成统帅，以觇后效。其时授诏讨贼的官员，约有数处：

> 四川行省平章政事咬住，率兵徇荆襄。江西行省左丞相亦怜真班，率兵守江东西关隘。知枢密院事也先帖木儿，与陕西行省平章政事月鲁帖木儿，讨南阳、襄阳贼。刑部尚书阿鲁，讨海宁贼。江西右丞火尔赤，与参知政事朵觯，讨江西贼。江西右丞兀忽失等，讨饶信等处贼。

分派既定，宫廷少安。嗣闻方国珍兄弟，忽降忽叛，浙东道宣慰使都元帅泰不华战殁，泰不华见第五十回。乃复饬江浙左丞左答纳失里往讨国珍。

原来国珍入海，攻掠沿海州郡，官军多不战自溃。元廷遣大司农达什帖木儿等，南下黄岩，招之使降，国珍居然受命，挈二弟登岸罗拜道旁。达什帖木儿喜甚，遽授以官，国珍兄弟，欢跃而去。独浙东宣慰使泰不华，料其狡诈，

第五十五回　失军心河上弃师　逐盗魁徐州告捷

夜访达什帖木儿，拟命壮士袭杀国珍。达什帖木儿不从，且斥泰不华违诏喜功，计遂不行。及达什帖木儿还都，国珍果复率党羽，入海剽掠。泰不华遣义士王大用往谕，被国珍羁住，另遣戚党陈仲达报闻，如约愿降。泰不华乃率部下数十人，偕仲达乘舟，张受降旗，乘潮而前。舟触沙不能行，猛见国珍鼓棹前来，急呼仲达与伸前议，仲达目动气索，泰不华知有异谋，手刃仲达，即前搏国珍船，射死贼目五人。国珍船中尽藏伏兵，至是齐起，跃登泰不华舟，泰不华夺刀乱挥，复毙贼数人。贼攒槊竞刺，中泰不华颈，鲜血直喷，犹直立不仆，卒被贼投尸海中，余众皆战死。事闻于朝，追封魏国公，谥忠介，命左丞左答纳失里克日进讨，不得违慢。左答纳失里也奉命去讫。此段为说明文，亦为销纳文，因欲明泰不华之忠，方国珍立毙，所以插入。

元廷又颁下诏旨，令各路统帅，便宜行事。满望他旗开得胜，马到成功，不意第一路注意人马，竟无端溃散，自沙河退驻朱仙镇，几不成军。看官欲问这统帅姓氏，就是脱脱丞相的母弟，叫作也先帖木儿。加入脱脱丞相母弟六字，句中有刺。他自上蔡得胜后，进至沙河，驻扎了两三月，未曾对仗。忽军中自起讹言，竟称刘福通纠合众寇，前来劫营，累得也先帖木儿日夕防备，连寝食都是不安。忙乱了好几日，并不见一寇到来，顿时懊恼得很，把所有军官，斥辱一番，并令此后不得妄言，违令者斩。不把军官立斩，还算仁恕，但也亏有此着，才得逃命。一班军官，本已心怀怨望，又被他严加训斥，索性一哄而散，黈夜逃去。也先帖木儿并未预闻，到了日上三竿，升帐检阅，只有亲兵数百名，兀自守着，其余不知去向。慌忙去请卫王，卫王也骑马走了。那时也先帖木儿仓皇失措，也只好上马急奔，行了三十六策中的第一策。奔至朱仙镇，方遇卫王宽彻哥，带着一半散卒，在镇扎营。他尚莫明其妙，及与卫王相见，欲问底细，卫王又模模糊糊的说了数语，没奈何上书奏闻。嗣得诏敕，遣中书平章政事蛮子一作曼济。代为统帅，召他还京。他即将兵符缴与卫王，即日北归。

既到京师，仍受命为御史大夫。西台御史范文，抱着一腔忠愤，联络刘希曾等十二人，上书奏劾，说他丧师辱国，罪无可原。中台御史周伯琦，反劾范文等越俎上言，沽名钓誉。两篇奏章，先后进呈。顺帝竟从伯琦言，斥责范文等十二人，统降为各郡判官。又加罪西台御史大夫朵尔直班，说他授意属僚，好为倾轧，外徙为湖广平章政事。真是愦愦。朵尔直班素感风疾，及出都门，老病复发，行至黄州，又奉诏令他司饷，各路统帅，日来絮聒，总是迎合当道。卒至忧愤填胸，呕血而死。脱脱不能辞其咎。

盈廷人士，从此噤不敢言。惟脱脱虽多蒙蔽，心终忧国，默念各路已有重兵，只徐州被李二占据，尚未克复，决意自请出征，规复徐州。遂入朝面请，奉旨特许，命以答剌罕太傅右丞相，分省于外，总制各路军马，爵赏诛杀，悉听便宜行事。并命知枢密院事咬咬，中书平章政事搠思监，也可扎鲁忽赤此六字系元代官名。福寿，坊间小说有赤福寿，想系福寿以上误添一赤字，遂致以讹传讹。从脱脱出师。脱脱临行时，复奏请哈麻兄弟，可以召用。恩怨太明，反致自误。顺帝自然准奏，立召哈麻为中书右丞，雪雪为同知枢密院事。两人星夜进京，来送脱脱，脱脱以国事相托，教他尽职效忠。看错了人。两人唯唯听命。脱脱便麾兵出都，渡河而南，直抵徐州，于西门外安营。

李二本是剧盗，闻丞相脱脱亲自到来，便号召群盗，一齐杀出，冲突过去；亏得脱脱军律严明，一些儿不见慌忙，各自携械抵御。正交战间，但听李二阵内，梆声一响，飞箭便应声射来。元兵前队未曾预防，被射死了数十名。脱脱恐中军惊退，忙策马向前，领兵杀上，说时迟，那时快，脱脱所乘的马首，已中着一箭，箭镞甚长，饰以铁翎，这马负着痛楚，几乎支持不住，卫士忙来扶住脱脱。脱脱叱开卫士，下马易骑，仍旧麾旗前进。麾下见主帅拚命，哪个还敢退后，一阵冲杀，竟将李二部众，逼回城中；李二忙令闭城，方阖半扉，元兵已如潮涌入，势不可当。幸徐州尚有内城，外郭虽破，内城尚可自保。李二急呼众奔入，闭门固守。

脱脱乘胜攻城，城上矢石如雨，眼见得一时难下，方命各军休养一宵，越日复督军围攻，喊声如雷，震动天地。那李二恰也厉害，把平日积贮的守具，尽行取出，对付元兵。一连数日，相持未下，脱脱以李二负嵎，持久非计，遂令军士撤退西南，专攻东北，日间命他猛击，夜间更迭退休。城内的赵均用、彭早住二人，见元兵如此举动，遂向李二献计道："元兵远来，攻战数日，必致疲乏，所以锐气渐衰，撤围自固。我等可乘夜出兵，掩杀过去，必可获胜。"李二道："今夜已来不及了，明天夜半，我率众出南门，你两人率众出西门，左右夹攻，尤为妙计。"赵、彭二人鼓掌称善。计固妙矣，奈城内无人何。

到了次日，城上下攻守如旧，二更时候，李二与赵、彭二人，分头出城，竟来掩袭元营。营外有元兵站着，见李二等并力杀来，一声呐喊，纷纷四走，李二等便捣入营中，来擒脱脱，谁知营内只有灯烛，并无人马。至此才知中计，忙令退兵，忽听炮声四响，元兵尽行杀到，把李二等困在垓心。李二此时，也顾不及赵、彭二人，只好拚命杀出，奔回南门，举头一望，叫苦不迭。看官，你道何故？原来城楼上面，万炬齐明，火光中现出一位紫袍金带，八面威风的元丞相。突如其来，令人叫绝。惊得这个芝麻李，魂飞天外，回马急逃。元兵又复追至，杀得李二手下，七零八落，李二已无心恋战，只管夺路奔走。元军尚欲追赶，但闻城内已经鸣金，遂相率勒马，由他自去。此时彭、赵二盗，料无可归，早杀开血路，逃出外城，向濠州去讫。至李二出外城，二人已去得很远。李二垂头丧气，径投沔阳，后来不知下落，想是穷途致死了。芝麻变油，成了流

第五十五回　失军心河上弃师　逐盗魁徐州告捷

质，所以无从稽考。天已大明，各元将入城献功，斩首约数千级，并获得黄伞旗鼓等，由脱脱一齐检阅，录功行赏有差。脱脱复下令屠城，福寿上前谏阻道："剧盗如李二等，傅相尚不欲穷追，百姓何辜，偏令屠戮？"脱脱道："汝但知其一，不知其二。我围城数日，但见盗贼人民，齐心守御，料是不易攻入，所以我撤围西南，故意示懈，令他前来掩袭。我先授诸将密计，四处埋伏，截住他的归路，以便我乘隙入城。我入城时，百姓还来抗拒，被我杀退，嗣见李二等出走，尚有百姓随着，我恐城中再扰，所以鸣金收军。看来此等顽民，不便再留，一律屠戮，才无后虞。"攻城之计，从脱脱口中自叙，又开一补述文法。福寿不便再言，当由众将奉令，把城中老少男女，尽行杀讫。然后上书告捷。脱脱之罪，莫如此举。

顺帝闻报，立遣平章政事普化等，颁赏至军，且加封脱脱为太师，召使还朝，并改徐州为武安州，立碑表功。脱脱班师北归，由顺帝遣使郊迎，入见后，赏给上尊珠衣白玉宝鞍，一面赐宴私第，命皇太子亲去陪宴，这正是异数宠荣，一时无两。盛极必衰。

脱脱因东南盗起，漕运为难，复请于京畿立分司农司，自领大司农事，令右丞悟良哈台，左丞乌克孙良桢兼大司农卿，作为襄办。西至西山，东至迁民镇，南至保定、河间，北至檀顺州，均导引水利，立法耕种，不到一年，居然禾麦芃芃。收入京仓，可充食俸。顺帝以宰辅得人，一切国政，委他处理，自己恰日居宫中，恣情酒色，于是贡谀献媚的哈麻，又在宫中日夕伺候，想出了一条极乐的法儿，导帝肆淫。小子有诗咏道：

得人兴国失人亡，况复宫廷已色荒。
莫谓误君由嬖幸，君昏何自望臣良？

欲知哈麻所献何术，容待下回表明。

本回叙写战事，独于脱脱兄弟之出征，演述较详，其他随笔叙过，概行从简；非详于此而略于彼也；文法有宾主，上文已备言之。若不问主宾，依事类叙，徒使阅者眩目，毫无兴味，何足观乎？且不特法分宾主已也，又有宾中主，主中宾之法，如本回前半，叙也先帖木儿事，主中宾也，而脱脱实为宾中主；后半叙脱脱事，似为主文，然亦一主中宾，所足称宾中主者，实为顺帝。由是类推，则虽为夹叙之文，亦有主宾之分，与主中宾、宾中主之分，在阅者默揣而得耳。若论脱脱兄弟之战略，则乃弟远不及乃兄，文已叙明，毋庸赘说。惟著书人颇重视脱脱，故虽不掩脱脱之短，而独喜述脱脱之长。意者其亦善善从长之意乎？然元代贤相，绝无仅有，如脱脱者，固不容尽没其功也。

第五十六回　番僧授术天子宣淫
　　　　　嬖侍擅权丞相受祸

却说哈麻兄弟，得脱脱荐引，复召回重用，适顺帝厌心国事，寻乐解忧，哈麻遂引进一个番僧，日侍左右；这番僧无他技能，只有一种演揲儿法，独得秘传。什么叫做演揲儿？译作华文，乃是大喜乐的意义。"大喜乐"三字，尚是含糊，小子从《元史》上考查，实是一种运气的房术。顺帝正考究此道，得了番僧，如获圣师，当即授职司徒，令他在宫讲授，悉心练习，到了实地试行的时候，果然比前不同，就是六宫三院的妃嫔，也暗中欣慰。

哈麻有一妹婿，名叫秃鲁帖木儿，曾为集贤院学士，出入宫禁，甚得帝宠，至是亦密奏顺帝道："陛下虽贵为天子，富有四海，其实不过一保存现世罢了。臣闻黄帝以御女成仙，彭祖以采阴致寿，陛下若熟习此术，温柔乡里，乐趣无穷，并且上可飞升，下足永年。"顺帝不待说毕，便道："你难道不闻演揲儿么？朕已粗得此诀了。"秃鲁帖木儿道："尚有一双修法，比演揲儿尤妙，演揲儿仅属男子，双修法并及妇女，陛下试想房中行乐，阳盛阴不应，上行下不交，还是没甚趣味。"双修法得此解释，足补元史音注之阙。顺帝喜道："卿善此术否？"前称汝，后即称卿，其意可知。秃鲁帖木儿道："臣且不能，现有西僧伽璘真，一作结琳沁。颇善此术。"郎舅俱能荐贤，好算是顺帝功臣。顺帝道："卿速为朕宣召，朕当拜他为师。"可谓屈尊尽礼。

秃鲁帖木儿奉旨，立召伽璘真入宫。顺帝接见毕，敬礼有加，便命他传授秘诀。伽璘真道："这须龙凤交修，方期完美。"顺帝道："朕的正后，素性迂拘，不便学习，忽都皇后，史称其贤，所以借顺帝口中代为解免。其他后妃，或可勉学，但一时也恐为难呢。"伽璘真道："普天下的子女，何一非陛下的臣妾，陛下何必拘定后妃，但教采选良家女子，入宫演习，自多多益善了。"顺帝大喜，便面授为大元国师。一面亲受秘传，一面命秃鲁帖木儿督率宦官，广选美女入宫，演习种种秘术。

伽璘真一团和气，蔼然可亲，入宫数日，宫娥彩女们，无不欢迎。是谓无量欢喜佛。就是前次入宫的西番僧，也与他往来莫逆，联为知交。顺帝各赐他宫女三四人，令供服役，称作供养。二僧日授秘密法，夜参欢喜禅，无拘无束，逍遥自在。他又想出一法，令宫女学为天魔舞。每舞必集宫女十六人，列成一队，各宫女垂发结辫，首戴象牙佛冠，身披缨络大红销金长裙，云肩鹤袖,锦带凤鞋,手中各执乐器,带舞带敲,逸韵悠扬,仿佛月宫雅奏;霓裳荡漾,浑疑天女散花。临舞时先宣佛号,已舞后再唱曼歌,乐得顺帝心花怒开,趁着兴酣的时候,就随抱宫女数人,入秘密室,为云为雨,亲试这演揲儿法及双修法。佛法无边,乐何如之。两僧也乐得随缘,左拥右抱,肉身说法,还有一个亲王八郎,是顺帝兄弟行,乘这机会,也来窃玉偷香。又由秃鲁帖木儿联结少年官僚八九人,入宫伺候,分尝禁脔。秃鲁帖木儿也来偷香,不怕哈麻妹子吃醋么?顺帝赐他美号,叫作"倚纳"。倚纳共有十人,连八郎在内。得入秘密室。秘密室的别名,叫作"色济克乌格"。一作皆即几该。色济克乌格五字,依华文译解,系事事无碍的意思。后来愈加放恣,不论君臣上下,统在一处宣淫,甚至男女裸体,公然相对,艳话淫声,时达户外。两僧又私引徒侣,出入禁中,除正宫皇后外,统是一塌糊涂,不明不白。佛经所谓"皆大欢喜"者意在斯乎?

　　顺帝复敕造清宁殿,及前山、子月宫诸殿宇,令宦官留守也速迭儿,及都少水监陈阿木哥等监工。日夕赶造,穷极奢华。工竣后,遂于内苑增设龙舟,自制样式,首尾长一百二十尺,广二十尺,上有五殿,龙身并殿宇俱五采金装,用水手二十四人,皆衣金紫,自后宫至前宫,山下海子内,往来游戏。舟一移桩,龙首及口眼爪尾,无不活动,栩栩如生。又制宫漏高六七尺,阔三四尺,造木为匮。藏壶其中,运水上下,匮上设西方三圣殿,匮腰设玉女,捧腰刻筹,时至辄浮水上升,左右列二金甲神,一悬钟,一悬钲,夜间由神人司更,自能按更而击,不爽毫厘。鸣钟钲时,左狮右凤,自能翔舞。匮东西又有日月宫,设飞仙六人,序立宫前,遇子午时,又自能耦进,度仙桥,达三圣殿,逾时复退立如前,真是穷工极巧,异想天开。目今西人虽巧,尚不能有此奇制,不知顺帝从何处学来?岂西僧所教如演揲儿法及双修法中亦有此秘传耶?皇子爱猷识理达腊,日渐长成,见宫中如此荒淫,恨不将这班妖僧淫贼立加诛逐,可奈权未到手,力不从心,整日间忐忑不定,乃潜出东宫,往访太师脱脱。适脱脱自保定还京,得与皇子相见,叙过寒暄,即由皇子谈及宫闱近况。脱脱叹息道:"某为屯田足食起见,往来督察,已无暇晷;近且寇氛不靖,汝、颍、江、淮,日见糜烂,每日调遣将士,分守各处,尚且警报频来,日夜焦烦,五中如焚,所以并宫禁事情,无心过问了。"皇子道:"现在乱事如何?"脱脱道:"刘福通出没汝颍,徐寿辉扰乱江淮,方国珍剽掠温台,张士诚盘踞高邮,剧盗如毛,剿抚两难。近闻池州、太平诸郡,又被贼党赵普胜等陷没,江西平章星吉与战湖口,兵败身死。赵普胜作乱,星吉殉节事,从脱脱叙出,亦为省文计耳。某正拟上奏,再出督师,如何宫禁中闹得这般情形,难道哈麻等日侍皇上,竟不去规谏么?"皇子道:"太师休提起哈麻,他便是祸魁乱首哩。"脱脱大为惊异,复由皇子申述淫乱原因。脱脱道："哈麻如此为恶，不特负皇上，并且负某，某当即日进谏，格正君心。"皇子道："全仗太师！"脱脱道："食君禄，尽君事，这是人臣本分呢。"脱脱著元史，恃有此心。皇子申谢而别。脱脱还未免怀疑，再去私问汝中柏。汝中柏极陈哈麻不法，恼动了脱脱太师，立即命驾入朝。原来汝中柏得脱脱信用，由左司郎中，入为中书省参议。应五十三回。他仗着脱脱权力，遇事专断，平章以下，莫敢与抗，独哈麻不为之下，屡与龃龉。一恃相权，一恃主宠，安能协和？汝中柏衔恨已久，遂乘机发泄，极力指斥哈麻，这且不必絮述。

且说脱脱盛气入朝，至殿门下舆，大着步趋入内廷，不料被司阍的宦官，出来阻住。脱脱怒叱道："我有要事奏闻皇上，你为何阻我进去？"宦官道："万岁有旨，不准外人擅入！"脱脱道："我非外人，不妨入内。"宦官再欲有言，被脱脱扯开一旁，竟自闯入。这时候的元顺帝，正在秘密室演法，忽由秃鲁帖木儿报道："不好了！丞相脱脱来了！"顺帝喘着道：用一喘字妙。"我，我无暇见他！司阍，司阍何在？如何令他擅入！"顺帝行淫，秃鲁帖木得以入报，是回应事事无碍语。秃鲁帖木儿道："他是当朝首相，威焰熏天，何人敢来拦阻？"只此三语，脱脱已是死了。顺帝道："罢了！罢了！我便出来，你速去阻住，教他在外候着！"秃鲁帖木儿出去，顺帝方收了云雨，着了冠裳，慢腾腾的出来。只见脱脱怒目立着，所有秃鲁帖木儿以下，俱垂头丧气，想已受脱脱训责，所以致此。当下出问脱脱道："丞相何事到此？"脱脱听着，便收了怒容，上前叩谒。顺帝命他立谈，脱脱起身，谢过了恩，遂启奏道："乞陛下传旨，革哈麻职，逐西番僧及秃鲁帖木儿等，以杜淫乱！"顺帝道："哈麻等有何罪名？"脱脱道："古时所说的暴君，莫如桀纣，桀宠妹喜，祸由赵梁，纣宠妲己，祸由费仲，今哈麻等导主为非，也与赵梁、费仲相类，若陛下还要信任，不加诛逐，恐后世将比陛下为桀纣哩。"顺帝道："哈麻系卿所举荐，如何今日反来纠劾？"此语颇问得厉害。脱脱道："臣一时不明，误荐匪人，乞陛下一律加罪！"顺帝道："这却不必！朕思人生几何，不妨及时行乐，况军国重事，有卿主持，朕可无虞，卿且让朕一乐罢！"脱脱道："变异迭兴，妖寇日炽，非陛下行乐之时，陛下亟宜任贤去邪，崇德远色，方可拨乱致治，易危为安，否则为祸不远了！"顺帝道："丞相且退，容朕细思。"脱脱乃趋出内廷，守候数日，并不见有甚么诏旨。只各省警报，复陆续到来。先是张士诚据高邮，脱脱命平章政事福寿，发兵招讨，嗣得福寿禀报，士诚负固不服，且转寇扬州，杀败达什帖木儿军。于是脱脱上疏自请出兵，并再劾宫中嬖幸，冀清君侧。顺帝只左调哈麻为宣政使，余人不问。一面下诏命脱脱总制各路军马，克日南征。脱脱奉命即行，途次会齐各路来兵，次第南下。这番出师，比前番还要烜赫，所有省台院部诸司听选官属，一律随行，禀受节制。还有西域西番，亦发兵来助，旌旗蔽天，金鼓震野，数百里卷云

第五十六回　番僧授术天子宣淫　嬖侍擅权丞相受祸

扫雾,十万众掣电追风,真个是无威不扬,无武不耀。全为下文反射。脱脱到了济宁,遣官诣阙里祀孔子,过邹县又祀孟子。及达高邮,张士诚已遣兵抵御,两下不及答话,便即开仗,脱脱的兵将,仿佛如虎豹出山,蛟龙搅海,任你百战耐劳的强寇,也是抵挡不住,战了数合,士诚兵已是败退。脱脱率军进逼,直抵城下,士诚复自行出战,奋斗半日,也不能支持,退守城中。脱脱一面攻城,一面分兵西出,规复六合,绝他援应。士诚恐城孤援绝,如入阱中,千方百计的谋解重围,或率锐出斗,或缒师夜袭,都被脱脱麾兵杀退,急得士诚惊惶万状,无法可施。

脱脱正拟策励将士,指日破城,忽闻京中颁下诏敕,命河南行省左丞相太不花,中书平章政事月阔察儿,知枢密院事雪雪,代统脱脱所部兵。脱脱正在惊异,帐外守卒,又报宣诏使到来,军中参议龚伯遂,料知此诏必加罪脱脱,忙向脱脱密禀道:"将在外,君命有所不受,丞相只管一意进讨,休要开读诏书;若诏书一开,大事去了!"脱脱道:"天子有诏,我若不从,便是抗命;我只知有君臣大义,生死利害,在所不计。"言毕,遂延入宣诏使,跪听诏命。与宋时之岳忠武大致相同。诏中略称丞相脱脱,劳师费财,不胜重任,着即削去官爵,安置淮安。将吏闻诏皆惊,独脱脱面不改色,且顿首道:"臣本至愚,荷天子宠灵,委臣军国重事,早夜兢兢,惧弗能胜,今得释此重负,皇恩所及,也算深重了!"言毕而起,送归宣诏使。

当下召集将士,令各率所部,听后任统帅节制。又命出兵甲及名马三千,作为分赐。各将士一律垂泪,客省副使哈剌答,奋身跃起道:"丞相此行,我辈必死他人手中,今日宁死相公前,借报知遇。"言至此,即拔剑在手,向颈上一横。脱脱忙出座拦阻,已是不及,只见颈血四溅,倒仆地上。脱脱抚尸大恸,众将亦不胜悲感,哭声如雷。读至此我亦泪下。

嗣命将尸首安葬,并把军符封固,遣送太不花,自率数十骑径赴淮安。途次闻母弟也先帖木儿也削职出都,安置宁夏,虽是意料所及,究不免愁上加愁,况复时当岁暮,四野萧条,寒风惨惨,雨雪霏霏,百忙中叙入景色,殊有关系,不应作闲文看。脱脱被贬在至正十四年十二月中,故特书以揭之。人孰无情,谁能遣此!驿馆中过了除夕,至正月初始到淮安,才阅数日,又接到廷寄,命徙甘肃行省亦集乃路。脱脱又不能不行,甫启程,复来了一道严厉的诏敕,不但命他转徙云南,并将他弟也先帖木儿移徙四川,他长子哈剌章充戍肃州,次子三宝奴充戍兰州,所有家产,尽籍没入官。脱脱闻命太息道:"罢罢!哈麻,哈麻!你也太恶毒了。"就脱脱口中叙出哈麻,是行文过脉处。原来哈麻左迁,闻系由脱脱劾奏,气得三尸暴跳,七窍生烟,暗思脱脱如此可恶,定要将他处死,才肯干休。于是一面联结宠后奇氏,一面嘱托台官袁赛因不花,教他内外交谮,构陷脱脱全家,顺帝沉湎酒色,已是昏迷得很,且因前次脱脱强谏,暗怀忿怒。打断欢情,宜乎动气。至此内惑女蛊,外信憸言,如火添油,越加沸烈,遂不问是非,迭下乱命。补叙情由,言简而赅。

脱脱转徙云南,行次大理腾冲,遇着知府高惠,殷勤接见,盛筵款待,酒过数巡,高惠启口道:"公系国家柱石,偶遭晦塞,转瞬间就要光明,还请勿忧。"脱脱道:"某无状,已负国恩,皇上不赐某死,令某安置此方,尚称万幸。"高惠道:"这是太谦了。"

正谈话间,忽屏后有一妙年丽姝,冉冉出来,柳眉半蹙,杏脸微酡,此八字含有无数情绪,阅者接读下文,自知妙处。缩缩捏捏的,至高惠座旁站住。高惠命拜见脱脱,惊得脱脱连忙离座,答了半礼,一面忙问高惠道:"这是公家何人?"高惠道:"就是小女;因公不是常人,所以令小女拜谒。"脱脱愈觉怀疑,口中只连称不敢。

高惠乃令女入内,复请脱脱就座,再行斟酒道:"公此来不挈眷属,一切起居,诸多不便,小女蓬门陋质,虽不值一盼,然奉侍巾栉,倒还可以使用,鄙意拟即献纳,望勿却为幸!"脱脱惊答道:"某一罪人,何敢有屈名媛!"高惠不待说毕,便道:"公今日到此,明日即当起复,此后鸿毛遇顺,无可限量,鄙人等俱要托庇哩。"原来为此,不然,一知府女儿,何必下嫁罪人耶!

脱脱摇首道:"某自知得罪当道,区区生命,尚恐难保,还望甚么显荣?"高惠道:"不妨!当为公筑一密室,就使有人加害,有我在此,定可无虞。"脱脱只是固辞。教他金屋藏娇,尚不肯允,毋乃太愚。高惠不禁愤愤,俟脱脱别后,竟派铁甲军监察行踪,至阿轻乞地方,竟将他驿舍围住。是不中抬举之故。脱脱心中已横一死字,倒也没甚惊慌,怎禁得都中密诏又飞驿递到云南,这一番有分教:

巨栋自摧元室覆,大星陨落滇地寒。

欲知密诏内容,且看下回分解。

番僧进,房术行,上下宣淫,恬不知耻,脱脱在朝,宁无闻知,而《元史·脱脱列传》中,不闻其有进谏之举,是脱脱固未足道者,何以死后留名,即乡曲妇孺,亦啧啧称道之?且《列传》言脱脱信汝中柏之谮,改哈麻为宣政使,若仅缘此生隙,哈麻虽恶,度亦不过排挤出外,至于安置远方而止,胡心置诸死地,且敢冒大不韪之举,竟传矫诏乎?本回演述史事,已觉渲染生妍,至插入脱脱进谏一段,尤足补史之阙。揆情度理,应有此文,不得以虚伪少之。

第五十七回　朱元璋濠南起义
　　　　　　董搏霄河北捐躯

　　却说脱脱流徙滇边,忽又接到密诏,竟是要他的性命,还有一樽特赐的珍品。看官道是何物?乃是加入鸩毒的药酒,原来这道诏敕,实是哈麻假造出来,他此时已接连升官,进为左丞相,因脱脱未死,总是不安,所以大着胆子,假传上命,赐脱脱鸩酒,令他自尽。余少时阅坊间小说,至英烈传中载脱脱自尽事,由丞相撒敦及太尉哈麻主使,其实当时只有哈麻,并无撒敦,正史俱在,不应臆造一人。脱脱只知君命,辨什么真伪,竟遥向北阙再拜,接过鸩酒,一饮而尽,须臾毒发,呜呼哀哉!年仅四十二。强仕之年,正可为国出力,乃为贼臣害死,令人愤叹。

　　脱脱仪状雄伟,器宇深沉,轻货财,远声色,好贤下士,不伐不矜,且始终不失臣节,尤称忠荩,惟为群小所惑,急复私仇,报小惠,后来竟被构陷,流离致死,都人士相率叹惜。逮至正二十三年,监察御史张冲等,上书讼冤,乃诏复脱脱官爵,并给复家产,召哈剌章、三宝奴还朝,只也先帖木儿已死,无从召归。至正二十六年,台官等复上言奸邪构害大臣,以致临敌易将,我国家兵机不振从此始,钱粮耗竭从此始,盗贼纵横从此始,生民涂炭从此始;若使脱脱尚在,何致大乱到今,乞加封功臣后裔,并追赐爵谥,以慰忠魂。顺帝闻言,也觉追悔,立授哈剌章、三宝奴官职,且命廷臣拟谥。事尚未行,明师已至,连逃避都来不及,还有何心顾着此事,所以脱脱丞相的谥法,竟无着落!著书人深惜脱脱,所以详述始末。

　　闲文休提。单说河南行省左丞相太不花,本无军事知识,至代为统帅,尤骄蹇不遵朝命。部下兵士,看主帅如此怠玩,乐得四出劫掠,抢些子女玉帛,取快目前,还想夺甚么徐州。台官因劾他慢功虐民,应即黜退,另易统帅。顺帝乃命平章政事答失八都鲁,往代太不花,又削太不花官职,令他在军效力。军中一再易帅,头绪纷繁,自然无心攻贼,外如各路招讨的大员,也大半胆小如鼷,一些儿没有功绩。于是乱党愈炽,势益燎原。

　　河南盗刘福通,居然奉韩林儿为小明王,僭称皇帝,建都亳州,国号宋,改元龙凤,以林儿母杨氏为太后,自为丞相。当下分兵四出,焚掠河南郡县,大为民害。元廷即命答失八都鲁,引军往援。答失八都鲁奉命西行,驰至许州,适遇刘福通派来的兵队,一阵厮杀,竟大败亏输,逃得无影无踪。

　　答失先已遁去,到了中牟,溃卒方稍稍还集,忽又有一路兵马到来。慌忙着人探听，乃是都中遣来的援师，统领叫作刘哈剌不花。还好，还好。答失方才少慰，出营接见，叙及败溃情状。刘哈剌不花颇有些忠勇气象，便道："连年征战，并没有一处平靖，我辈身为将帅，宁不羞死！明日决去一战，我为前茅，公为后劲，若得着胜仗，还可为我辈吐气哩。"答失八都鲁也只好依从。

翌晨，刘哈剌不花誓师出营，仗着一股锐气，往扑敌寨。敌寨不及防备，猛被元兵攻入，车驰马骤，扫了一个精光。答失八都鲁麾军趋至，已是不见一敌，只觉水碧山清。当下两军并进，从汴梁直达太康，刘福通自行出战，又被刘哈剌不花杀退，乘胜抵亳州，昼夜攻击，吓得韩林儿魂胆飞扬，与刘福通潜开后门，遁走安丰。

刘哈剌不花等入城，即飞章告捷。元廷以亳州既破，召刘哈剌不花还都，猛将既去，寇众复张，刘福通又四处驰檄，勾结各路枭雄，作为犄角。于是潜龙起蛰，鸣凤朝阳，濠州大陆，竟出了一位不文不武，亦文亦武的真人，拨乱致治，诞膺天命。这位真人姓甚名谁？就是大明太祖朱元璋。<small>叙明太祖，下笔不苟。</small>

元璋先世居沛，再徙泗州，及父世珍复徙濠州，居钟离县。至元璋年十七，父母相继去世，孤苦无依，乃入皇觉寺为僧，游食诸州，寻复还寺。至郭子兴起兵濠州，民间不得安居，相率趋避。元璋亦思避难，卜诸神，去留皆不吉，不禁嬉笑道："莫非要我做皇帝不成？"再卜得吉占，遂决意弃僧投军。径入濠州谒郭子兴。子兴见他状貌魁奇，留为亲兵。会元将彻里不花，引兵来攻，元璋随子兴出战，格外奋勇，竟将元兵杀败。嗣元廷复遣贾鲁进围，城几被陷，亏得元璋募集死士，出城冲杀，才把贾鲁击退。子兴大喜，署为镇抚，复将养女马氏，给与元璋为妻。后来妻随夫贵，竟做了明朝第一代的皇后，这真所谓天生佳偶了。<small>同是出身微贱，所以称为佳偶。</small>

时李二余党赵均用、彭早住奔投子兴，所部暴横，几乎喧宾夺主。元璋以子兴懦弱，不足与共大事，乃自率里人徐达、汤和等南略定远，计降驴牌寨民兵三千。复东行，夜袭张知院于横冈山，收降卒三万人，道遇定远人李善长，与语大悦，遂用为谋士，进拔滁州。旋闻子兴为赵均用所困，以计救免，迎子兴入滁。另遣将张天佑攻陷和州，子兴即命元璋往守，总制诸军。

既而子兴病殁，子天叙嗣，得刘福通檄文，令为都元帅，张天佑及元璋为左右副元帅，元璋不受。继念伪宋主韩林儿，气焰方盛，暂可倚借，乃用龙凤年号，号令军中。<small>就刘福通事折入朱元璋，就朱元璋事带过郭子兴，此是文中绾合法。惟元璋为开国英雄，而叙次如此简略，盖由详细情形，应入《明史演义》中，故本文只从简略而已矣。</small>忽闻怀远人常遇春来归，元璋忙令延入，见他燕颔豹颈，相貌堂堂，立擢为帐下总兵，接连复报闻巢湖渠帅，有书到来，愿率水师千艘，前来投诚。

第五十七回　朱元璋濠南起义　董搏霄河北捐躯

元璋阅书毕,大喜道:"我正虑渡江无舟,今巢湖帅廖永忠、俞通海等,愿来归附,真是天赐成功了!"当下率兵至巢湖,与廖、俞等人相见,推诚接待,彼此欢洽。留驻三日,扬帆出发,至铜城闸,遇元中丞蛮子海牙军,阻住要口,舟不得出。会天雨水涨,得从小港纵舟,出袭元兵,一鼓退敌,遂顺风直抵牛渚。牛渚南岸有采石矶,向称要隘,与牛渚为犄角,两岸统有元兵扎住,刀枪森列,壁垒谨严。元璋命先攻牛渚,后攻采石矶,众将士应声齐出,争登牛渚渡。元兵也齐来抵御,禁不住这边奋勇,渐渐倒退。常遇春徒步挥戈,杀死元兵无数,元兵遂一律逃去。牛渚既下,复攻采石,采石矶高出水面,约有丈余,众将士舣舟进攻,都被矢石击退。常遇春左手持盾,右手持矛,一跃而登,刺死守矶头目老星卜喇,单身直入。各将士见遇春登矶,自然随势拥上,霎时间攻破采石,扫荡元兵,遂乘胜进拔太平,元总管靳义赴水死节。众将迎元璋入城,乃置太平兴国翼元帅府,自领元帅事。召当涂人陶安参议戎幕,进著儒李习为知府,揭榜安民,严申军禁,民心大悦。太平路真太平了。

休息数月,复率兵进侵集庆,连破元将大营,直逼城下。此时元将福寿为江南行台御史大夫,奉命守集庆路,屡督兵出战,终未获胜。至城陷,百司皆溃,福寿独踞床高坐,为乱兵所杀。不没忠臣。

元璋入城,慰抚吏民,改集庆路为应天府,自称吴国公。一面遣将四出,分徇邻郡,镇江、广德等处,相继攻下。

这时候的刘福通,招集亡命,势焰日张,分兵略地。遣毛贵出山东,李武、崔德出陕西,关先生、破头潘、冯长舅、沙刘二、王士诚出晋、冀,白不信、大刀敖、李喜喜出秦陇,自居河南调度,节制各军。毛贵颇有智勇,率众东趋,连陷胶州、莱州、益都、般阳诸郡县。济南路飞章告急,顺帝遣知枢密院事卜兰奚,率同董搏霄等,兼程往援。

援军既发,御史张桢,上书陈十祸,语语剀切,字字苍凉,好算元末一位大手笔。小子曾阅《元史·张桢列传》,尚能约略记述。所说根本上祸端,记有六条:一曰轻大臣,二曰解权纲,三曰事安逸,四曰杜言路,五曰离人心,六曰滥刑狱,这统是根本上的关系。所说征讨上祸端,计有四条:一是不慎调度,二是不资群策,三是不明赏罚,四是不择将帅;这统是征讨上的关系。他又逐条分释,每条数百言,内有事安逸的祸源,及不明赏罚的祸源,最说得淋漓痛快,小子试略录如下:

> 臣伏见陛下以盛年入纂大统,履艰难而登大宝,因循治安,不预防虑,宽仁恭俭,渐不如初。今天下可谓多事矣,海内可谓不宁矣,天道可谓变常矣,民情可谓难保矣,是陛下警省之时,战兢惕厉之日也。陛下宜卧薪尝胆,奋发悔过,思祖宗创业之难,而今日坠亡之易,于是而修实德,

则可以答天意；推至诚,至可以回人心。凡土木之劳,声色之好,宴安鸩毒之戒,皆宜痛撤勇改,有不尽者,亦宜防微杜渐,而禁于未然。黜宫女,节浮费,畏天恤人,而陛下乃安焉处之,如天下太平无事,此所谓根本之祸也。以上言事安逸。臣又见调兵六年,初无纪律之法,又无激劝之宜,将帅因败为功,指虚为实,大小相谩,上下相依,其性情不一,而邀功求赏则同。是以有覆军之将,残民之将,怯懦之将,贪惏之将,曾无惩戒；所经之处,鸡犬一空,货财俱尽,及其面谀游说,反以克复受赏。今克复之地,悉为荒墟,河南提封三千余里,郡县星罗棋布,岁输钱谷数百万计,而今所存者,封邱、延津、登封、偃师三四县而已；两淮之北,大河之南,所在萧条。夫有土有人有财,然后可望军旅不乏,馈饷不竭。今寇敌已至之境,固不忍言,未至之处,尤可寒心,即使天雨粟,地涌金,朝夕存亡,且不能保,况以地方有限之费,供将帅无穷之欲哉！颍上之寇,始结白莲,以佛法诱众,终饰威权,以兵抗拒,视其所向,骎骎可畏,其势不至于亡吾社稷,烬吾国家不已也。堂堂天朝,不思靖乱,而反阶乱,其祸至惨,其毒至深,其关系至大,有识者为之扼腕,有志者为之痛心,此征讨之祸也。以上言不明赏罚。

奏入不报,权臣恨他多言,反劾他市直沽名,出为山南道廉访佥事。看官,你想顺帝如此糊涂,还能保得住一座江山么。

卜兰奚到了山东,遣董搏霄援济南,自赴益都路。搏霄提兵急进,连败寇众于济南城下。寇众却退,诏命为山东宣慰使都元帅。此时太尉纽的该,方总诸军守御东昌,闻济南已靖,促搏霄从征益都。搏霄道:"我去,济南必不保；且我适有疾,不如令我弟昂霄前往。"乃将此意奏闻元廷,顺帝准奏,授昂霄为淮南行院判官,调赴益都。

未几复有朝旨,命搏霄移守长芦,搏霄不得已北行,谁知毛贵已乘隙而入,进陷济南,且率精锐蹑搏霄后。搏霄才到南皮县,望见毛贵率大队赶来,红巾迷目,铁骑扬氛。搏霄部下的将士,惊告搏霄道:"彼众我寡,营垒未完,奈何！"搏霄道:"我受命到此,只有以死报国,此外尚有何言！"遂拔剑出营,督军奋战,杀死敌众多名。怎奈敌人前仆后继,反张了两翼,围裹搏霄,自午至暮,搏霄兵伤亡过半,寇众突至搏霄前,刺搏霄下马,叱问道:"汝系何人?"搏霄瞋目道:"我就是董老爷！汝何为?"言未毕,寇众用矛攒刺,但见数道白气,冲入空中,凝作一团,向天而去。尸身上并不见有血迹,连寇众都是骇愕,惊以为神。是日,益都兵亦败,昂霄亦战死。不求同年同月同日生,但愿同年同月同日死,可为董氏兄弟注脚。事闻于朝,追封搏霄为魏国公,谥忠定,昂霄为陇西郡侯,谥忠毅。

毛贵已破董军，遂由河间趋直沽，陷蓟州，略柳林，逼畿甸。枢密副使达国珍战殁，元廷大震，廷臣纷议迁都。只有此策。亏得同知枢密院事刘哈剌不花，又复出现。督率禁军，直趋柳林，与毛贵酣斗一场，杀得毛贵大败而逃，逐出畿辅，京师稍安。毛贵退回济南，气焰渐衰，后被赵均用杀死。均用又被续继祖所杀。了毛贵。惟李武、崔德趋陕西，破商州，攻武关，直逼长安，分掠同华诸州。白不信、李喜喜等趋秦陇，据巩昌，陷兴元，入围凤翔。关先生、破头潘等趋晋、冀，分兵二道：一出绛州，一出沁州，逾太行山，焚上党郡，攻破辽州，专掠辽阳，进陷上都，把元朝祖宗历代经营的宫阙，付诸一炬，尽变作乌焦巴弓！趣语！刘福通乘这机会，攻入汴梁，逐去守将竹贞，迎伪宋帝韩林儿居住，大河南北，袤延万里，几无一块干净土。那时复出了一个著名人物，为元效力，转战东西，竟将所失各地，克复了一大半。想是回光反照。正是：

　　　　　　八方抢攘无宁日，一将驰驱得胜时。

　　未知此人为谁，待小子下回声明。

　　是回前叙朱元璋事，后叙刘福通事，两两相对，似元璋之势力，远不及福通，不知真人出世，必别有二三揭竿之徒，为之先驱：秦无胜、广，不足以亡秦而启汉；隋无窦、李，不足以亡隋而启唐，韩、刘揭竿，正为朱氏先驱之兆，犹之胜、广、窦、李等也。惟叙朱元璋事，概从简略，已见细评。至于毛贵陷山东时，独录入张桢奏疏，百忙中叙及此奏，所以明元季之失政，以致将骄卒惰，盗贼四起，祸由自召，一疏尽之，若董搏霄之殉，虽独有白光之异，且兄弟同日战死，尤为难得，故叙述亦较他人为详，可见下笔时具有斟酌，非率尔操觚者比也。

第五十八回　扫强虏志决身歼　弑故主行凶逞暴

　　却说刘福通奉了韩林儿，分道出兵，正在猖獗得很，其时有一颍州沈邱人，名叫察罕帖木儿，募集子弟，仗义讨贼。他本是阔阔台后裔，阔阔台收河南时，留家颍州，所以子孙相传，未尝他徙。会颍州盗起，遂募子弟数百人，与罗山人李思齐，同设奇计，袭破寇众，平定罗山。元廷闻报，授察罕帖木儿为汝宁府达鲁花赤，达鲁花赤系元代官名。李思齐知府事。于是所在义士，统率兵来会，得万余人，自成一军，转战南北，所向无前，颍上群盗，与战辄败，因此威名大震，莫敢争锋。

嗣因刘福通遣兵西出,攻据陕州,知枢密院事答失八都鲁方入河南,节制诸军,见上回。闻陕州被陷,急檄察罕帖木儿、李思齐赴援。察罕帖木儿闻命独行,至陕州,见城坚不可拔,便想了一计,就营中焚着马矢,如炊烟状,作为疑兵,自率军夜袭灵宝。灵宝与陕州,倚为唇齿,此时亦被寇所陷,守城的寇党,毫不防备,被察罕帖木儿驱众登城,逐去守贼,还攻陕州。陕寇闻风远扬,复由察罕帖木儿追杀数十里,毙贼无算,以功加河北行枢密院事。

至寇党李武、崔德等逼长安,分掠同、华诸州,陕西行台长官为豫王阿剌忒纳失里,用侍御史王思诚言,移书察罕帖木儿,求发援兵。察罕帖木儿新复陕州,得书大喜,遂提轻兵五千,与李思齐倍道往援。李武、崔德等已闻察罕帖木儿大名,不敢轻敌,当下挑选健卒,前来对垒。察罕帖木儿与李思齐分队夹攻,人自为战,如鹰驱雀,似獭祭鱼,当锋者死,逃命者生,霎时间寇卒四散,李武、崔德阻遏不住,只得败阵退走。察罕帖木儿与李思齐追至南山,杀获无数,方才回军。豫王忙拜表告捷,归功两人,诏擢察罕帖木儿为陕西左丞,李思齐为四川左丞,协守关陕,并许便宜行事。了李武、崔德。

过了数月,白不信、李喜喜等,复自巩昌窥凤翔。察罕帖木儿侦悉,先分兵入守凤翔城,俟白不信等进薄城下,立率铁骑数千,夤夜趋至。将近敌营,分军为左右两翼,掩杀过去,城中守兵,亦鼓噪出来,内外合击,呼声震天地,吓得白不信等抱头鼠窜,不知下落,余党自相践踏,死伤数万人,只有命不该死的几个毛贼,逃生去了。了白不信、李喜喜等。

关、陇方定,四川复乱。随州人明玉珍,初投徐寿辉部下,随寿辉党倪文俊攻破沔阳,留守城中。嗣见蜀中空虚,遂率舟师五十艘,进袭重庆,右丞完者都出走,城被陷没。完者都走至嘉定,会集平章朗华歹,参政赵资,招集散卒,谋复重庆,不期玉珍兵又复猝至,三人措手不及,各被擒去。玉珍胁降,皆不屈遇害,蜀人称为三忠。自是蜀中郡县,多为玉珍所据。随手叙入明玉珍及四川乱事,亦一销纳法也。

察罕帖木儿得知此信,拟开关西出,往讨玉珍,忽接京中飞敕,因毛贵内犯京畿,命他入卫,他即遣部将关保等,分屯关陕要口,自率重兵东行。至山西,闻关先生、破头潘等,正从塞外大掠,饱载而归,不禁忠愤填膺,投袂而起,忙麾兵趋闻喜、绛阳,截住关先生等归路,并遣别将伏南山要隘,堵塞间道。两下里安排妥当,专待寇至,好来祭刀。所谓磨厉以须。关先生等却也小心,侦得察罕帖木儿屯兵要路,不敢前来冒犯,只得舍了大道,潜行僻径。方入南山,炮声四响,前后左右,统竖起陕西左丞的旗帜,一队队的雄师猛将,分头杀来。关先生忙令部众弃去辎重,遁入山谷。这辎重真是不少,遗弃道旁,阻碍出入,伏兵虽是得势,未免为所牵羁,只杀了数百人,即便休战,各搬辎重而回。察罕帖木儿

第五十八回　扫强虏志决身歼　弑故主行凶逞暴

闻寇党入山，恐他复出，急分军三道，阻住贼踪。一军屯泽州，塞盎子城；一军屯上党，塞吾儿谷；一军屯并州，塞井陉口。果然寇兵屡出，血战了五六次，统由屯兵杀败，斩首数万级，余党远遁，河东又平。<small>了关先生、破头潘等。</small>

顺帝闻他连捷，擢为陕西行省右丞，兼行台侍御史，扼守关陕、晋冀，镇抚汉沔、襄阳，便宜行阃外事。<small>统录头衔，名副其实。</small>察罕帖木儿益练兵训农，志平中原，休养了半年，即大发秦、晋人马，直捣汴梁。

是时韩林儿自安丰入汴，名目上算做皇帝，却事事为刘福通所制，在外诸将，又不服刘福通，弄得上下解体，内外离心，各路兵马，多半败殁，河南诸郡，旋得旋失，因此汴梁一城，已陷入孤危。蓦闻察罕帖木儿提着大兵，水陆齐下，韩林儿等，都抖做一团。还是刘福通有些胆力，招集全城丁壮，登陴守御，自督军出城逆战，列阵以待。察罕帖木儿麾兵驰至，迎头痛击，差不多似泰山压顶，所当辄碎。福通勉强支持，杀了数十回合，究竟敌他不过，只好勒马退回。察罕帖木儿见福通败退，忙跃马前进，紧追福通。福通方入城门，策马回顾，收束部队，不防察罕帖木儿也到门限，那时闭城不及，只好舍命相搏，再行厮杀。可奈察罕帖木儿的兵将，一拥齐上，眼见得门不能闭，战亦无益，忙命兵民弃了外城，驰入内城。察罕帖木儿尚欲追入，内城门已经阖住，不能进去。于是环城设垒，悉力围攻，刘福通婴城固守。察罕帖木儿督攻数日，终不能下，乃夜于城南设伏，至天明，遣苗军略城而东。守卒出追，伏发多死，又佯令老弱立棚外城，守卒复出城来争，因纵铁骑突击，把守卒悉数擒住。嗣是屡诱不出，相持多日，城中粮食将尽，刘福通正拟出走，猛听得城头鼎沸，喊杀连天，料知外兵已入，忙挈伪主韩林儿，从东门窜去，复返安丰，守卒不及随逃，多弃械乞降。<small>福通亦未了将了。</small>

察罕帖木儿下令安民，即驰书奏捷，诏进察罕帖木儿为河南平章兼知行枢密院事。察罕帖木儿再修车船，缮甲兵，厉兵秣马，谋复山东。忽由冀宁递到急报，大同镇将孛罗帖木儿，自石岭关进兵，径来攻城了。<small>此孛罗帖木儿与忽都皇后父同名异人，阅后便知。</small>察罕帖木儿道："冀宁一带，由我手定，何物孛罗，敢来掩击！"当下调遣人马，倍道往援。看官到此，必要问这孛罗帖木儿究系何人？小子查明《元史》，就是答失八都鲁的儿子。答失八都鲁在河南统军，屡战屡败，元廷颇加诘责，答失忧恚而死。其子孛罗帖木儿，曾任四川左丞，随父在军，父殁后所遗部众，归他代领，颇得胜仗，克复曹、濮诸州。至察罕帖木儿移军河南，孛罗帖木儿恰奉命移镇山西，驻扎大同，令卫京师，他想并据晋冀，扩充权力，所以发兵掩击冀宁，<small>坐实孛罗帖木儿罪状。</small>察罕帖木儿怎肯干休，自然调兵拒战。<small>为将帅不和之始。</small>元廷闻两帅互争，忙遣参知政事也先不花等，往与调停，令孛罗帖木儿守石岭关以北，察罕帖木儿守石岭关以南，两下各遵约退兵。

不意隔了数日，又有旨命孛罗守冀宁，真是愤愤。孛罗帖木儿即出兵趋冀宁城下，守兵不纳，察罕帖木儿亦派兵往袭孛罗帖木儿，彼此混战一场，互有杀伤。自残同类，适以召亡。嗣是搆兵数月，又经元廷遣使谕解，方各罢兵还镇。

察罕帖木儿以宿怨已解，一意东征，自陕抵洛，大会诸将，与议师期；发并州兵出井陉，辽沁军出邯郸，泽潞兵出磁州，怀卫军出白马，汴洛军出孟津，五道并进，水陆俱下。当时山东群盗，自相攻杀，惟伪宋将田丰据守济宁，王士诚据守东平，最称强悍。察罕帖木儿渡河而东，大纛所经，相率披靡，复了冠州，降了东昌，将乘势攻济宁、东平。养子扩廓帖木儿，一作库库特穆尔。凡《元史》上所称帖木儿三字，《通鉴辑览》俱改作特穆尔。请诸父前，以大军攻济宁，自率偏师捣东平。察罕帖木儿即拨兵五万，佐以关保、虎林赤等良将，令扩廓帖木儿统兵自行。扩廓本姓王，小字保保，系察罕帖木儿的外甥，察罕帖木儿爱他骁勇，养为己子，时已受职为副詹事。他领着五万人马，踊跃前进，途次遇着敌众，奋力冲杀，如拉枯朽，斩首万余级，直抵城下。王士诚出战又败，势渐穷蹙，忙遣人求救田丰，谁知田丰已归降察罕帖木儿。那时士诚孤立无援，也只好开城请降。原来察罕帖木儿因田丰久据济宁，颇得民心，先贻书详陈利害，劝他投诚，田丰料知难敌，所以出降。

济宁、东平既复，只有济南、益都一带，尚有悍寇占住。察罕帖木儿遂自将大军逼济南，另派别将攻益都。济南城守坚固，经察罕帖木儿费尽心力，至三阅月乃下。濒海诸郡，望风送款，独益都孤城不能拔。元廷进察罕帖木儿为中书平章政事，余职如故。察罕帖木儿复移兵围益都，大治攻具，诸道并进，寇众悉力拒守，忽天空白气如索，长五百余丈，自危宿起，直扫紫微垣，军中相率惊异，察罕帖木儿毫不为意，降将田丰，请他阅营，诸将以天象示儆，争来谏阻。察罕帖木儿慨然道："吾推心待人，人将自服；若变生意外，也是命数使然，何能预防？"诸将复请多带卫士，察罕帖木儿又不许，只命十一骑从行，甫入丰营，帐下伏甲突出，一将挺枪猛刺，贯入察罕帖木儿腹中。察罕帖木儿从马上跃起，大叫一声而亡。悲哉痛哉！

这行刺的将官，究是何人？乃是降将王士诚。原来益都贼目，叫作陈猱须，本与田丰、王士诚等一气勾通，及城围已急，复遣人密来引诱，啗以重贿，田丰、王士诚利令智昏，又复谋变，遂设计刺死察罕。察罕既殁，全军失主，幸有扩廓帖木儿代为支持，军心复固。扩廓帖木儿含哀举丧，正在发讣，京使已到，赍传诏旨，说是天变恐应在山东，戒勿轻举。扩廓奉诏大恸，当与京使说明祸变，京使匆匆去讫。

越数日，又有诏敕颁到，追封察罕帖木儿为颍川王，谥忠义，所有各军，令扩廓代父职守，袭有全权。扩廓拜命后，誓师复仇，攻城益急。田丰、王士诚

第五十八回　扫强虏志决身歼　戡故主行凶逞暴

已入城中，助贼协御。城外百计攻扑，城内亦百计守备，相持数月，仍不能下。扩廓大愤，密令人掘穿地道，以重赏募死士，从地道入城，自率大军从城外猱登，守贼只防外敌，掷射矢石，不意城中钻出健卒，纵起火来。若在《封神传》中，定说是土行孙、哪吒等举法。顿时全城骇乱，大军一半登城，一半尚在外兜围，登城的军士，杀入城内，擒住贼目陈猱须，并其下悍寇二百余人。兜围的军士，正在城门旁伏着，巧遇田丰、王士诚两人出逃，一声鼓响，奋起兜拿，两人中捉住一双。设伏袭人，自己亦中伏被擒，正是天道好还。扩廓扫尽贼寇，便设起香案，供父牌位，推田丰、王士诚至案前，洗剥上衣，剖心致祭。祭毕，复将陈猱须等二百余人，槛送阙下，然后再遣兵略定余邑。山东悉平，乃引兵归河南去了。

这是至正十六年起，至二十一年间事。点醒年月，万不可少。惟这四五年间，北方一带，原是兵戎倥偬，南方一带，恰亦扰乱不已。小子只有一枝笔，不能并叙，所以将北方事总叙一段，稍有眉目，才好说到南方。南方的徐寿辉，自僭据江西后，遣倪文俊陷沔阳，应五十五回及本回全文。进破中兴路。元统帅朵儿只班战死。文俊复转拔汉阳，迎寿辉入居，据为伪都。沔阳人陈友谅，粗知文墨，初投文俊麾下，为簿书掾，寻亦自领一军，几与文俊相埒。文俊佯奉寿辉，暗思行逆，被友谅察觉，袭杀文俊，并有其众，自称平章政事。盗贼行径，大率类是。一面亲督水师，顺流而下，直捣安庆。淮南行省左丞余阙，正奉诏守安庆城，号令严明，防戍慎固，江淮推为保障。至是督军堵御，屡败友谅军。友谅忿甚，飞召饶州党魁祝寇，巢湖党魁赵普胜，水陆毕集，直逼城下。阙徒步提戈，开城血战，杀毙敌兵无数，阙亦身中十余枪，方入城暂憩，西门已被攻入，火焰冲天，自知事不可为，引刀自刭。妻耶卜氏，子德生，女福童，皆赴井死。守臣韩建，亦阖门被害。居民誓不从贼，多被焚死。友谅又进陷龙兴，杀死平章政事道童，再派悍将王奉国，引兵寇信州。江东廉访副使伯颜不花的斤，自衢州往援，与守兵内外夹击，战退奉国，既而友谅弟友德，又前来接应奉国，再行攻城，日夜鏖战，不分胜负。嗣因城中食尽，至杀老弱以饷士卒，军心虽未涣散，卒因乏力支持，竟被奉国等攻入。伯颜不花的斤及守将海鲁丁等，皆战死。死事诸臣多半录入，以表孤忠。

友谅既略地千里，亦思南面自尊，称孤道寡，适寿辉欲徙都龙兴，引兵东下。至江州，友谅设伏城西，自服橐鞬出迎。及寿辉入城，门闭伏发，竟将寿辉所部亲兵，尽行杀死。只饶了寿辉及文吏数人，与之东行，仗着战舰数十艘，攻入太平。太平系朱元璋所略地，留守花云及养子朱文逊等，力战被擒，不屈而死。

友谅志益骄纵，急谋僭窃，进据采石矶，募壮士数人，佯使白事寿辉前，俟寿辉接见，由壮士袖出铁锤，奋力猛击，扑塌一声，寿辉的头颅，化作两截，脑浆进流,死于非命。想做皇帝的趣味。友谅遂以采石五通庙为行殿,称皇帝,国号汉,改元大义,仍以邹普胜为太师,张必先为丞相。方拟排班行礼,忽然天昏似墨,石走沙飞,似车轮般的旋风,从大江吹来。小子有诗咏道:

> 莫言天命本无常,盗贼终难作帝王。
> 试看飚风江上卷,怒威我已仰穹苍。

欲知后事如何,且至下文说明。

察罕帖木儿起自颍邱,仗义讨贼,一战而破罗山,二战而定河北,三战而复陕州,四战而下汴梁,五战而入山东,出奇制胜,所向必克,何其智且勇也!虽与孛罗互斗,似犯蚌鹬相争之忌,然孛罗实为祸始,不得尽为察罕咎,惟田丰诈降,祸生不测,以智勇之察罕帖木儿,竟为小丑谋毙,良将亡,胡运终矣!若徐寿辉僭号蕲水,起讫共十年,卒毙命于陈友谅之手,盗性靡常,何知仁义,以视田丰、王士诚辈,狡黠相似,而凶暴尤过之。然察罕帖木儿之死,似属可悲;徐寿辉之死,殊不足惜。观此回之用笔,不特一详一略,隐寓机缄,而一可悲一不足惜之意,亦流露于楮墨间。文生情耶!情生文耶!即文见情,是在阅者。

第五十九回　阻内禅左相得罪
　　　　　　入大都逆臣伏诛

却说陈友谅僭称帝制,适狂风骤至,江水沸腾,继以大雨倾盆,连绵不已,弄得这班亡命徒,统是拖泥带水,狼狈不堪。大众在沙岸称贺,不能成礼,连友谅一团高兴,也变做懊丧异常。忽接朱元璋麾下康茂才来书,促他速攻应天,愿为内应。茂才与友谅,相识有年,至是奉元璋命,来诱友谅。友谅大喜,遂引兵东下,到江东桥,四面伏兵齐起,杀得友谅落花流水,单舸遁还。元璋复进兵夺江州,降龙兴,略定建昌、饶、袁各州,声势大震,自称吴王。

友谅遁至武昌,日渐衰敝。明玉珍本事徐寿辉,闻寿辉为友谅所害,未免愤恨,遂整兵守夔关,拒绝友谅,不与交通,因此友谅益成孤立。玉珍复遣兵陷云南,据有滇、蜀,僭称帝号,立国号夏,改元天统。朱元璋、明玉珍事,俱从陈友谅事带出。减赋税,兴科举,蜀民咸安。元末盗贼横行,专事淫掠,彼此比较,还算明玉珍稍得民心,惟偏据一方,已断胡元左臂。还有方国珍、张士诚等,出没江浙,元廷屡遣使招抚,毕竟狼子野心,反复无常,忽降忽叛,始终不服元命。其余跳梁小丑,乘乱四出。江西平章政事星吉,战死鄱阳湖,江东廉

第五十九回　阻内禅左相得罪　入大都逆臣伏诛

访使褚不华,战死淮安城。二人系元朝良将,身经百战,毕命疆场,于是东南半壁,捍守无人,只有那草泽英雄,自相争夺。南方一带,亦大略表明,下文接叙内政。

元廷虽时闻寇警,反若习以为常,顺帝昏迷如故,任他天变人异,杂沓而来,他是个全然不管,一味荒淫,所有左右丞相,不是谄佞,就是平庸;所以外患未消,内乱又炽。健笔凌云。

先是哈麻为相,其弟雪雪,亦进为御史大夫,国家大柄,尽归他兄弟二人。哈麻忽以进番僧为耻,何故天良发现,想是要变死耳。告父图噜,谓妹婿秃鲁帖木儿在宫导淫,实属可恨。我兄弟位居宰辅,理应劾佞除奸,且主上沉迷酒色,不能治天下。皇子年长聪明,不若劝帝内禅,尚可易乱为治云云。图噜也以为然,适其女归宁,遂略述哈麻言,并嘱他转告女夫,速令改过。

秃鲁帖木儿得了此信,暗思皇子为帝,必致杀身,忙去报知顺帝。顺帝惊问何故,秃鲁帖木儿道:"哈麻谓陛下年老,应即内禅。"顺帝道:"朕头未白,齿未落,何得谓老?谅是哈麻别有异图,卿须为朕效劳,除去哈麻!"秃鲁帖木儿唯唯而出,即去授意御史大夫搠思监,教他劾奏哈麻。搠思监自然乐从,即于次日驰入内廷,痛陈哈麻兄弟罪恶。顺帝偏说哈麻兄弟侍朕日久,且与朕弟宁宗同乳,姑行缓罚,令他出征自效。隔了一宵,又变宗旨,极写顺帝昏庸。搠思监默念道:"这遭坏了!"飞步退出,奔至右丞相第中。

是时右丞相为定住,见他形色仓皇,问为何事?搠思监道:"皇上欲除去哈麻,密令秃鲁帖木儿授意与我,教我上书劾奏。我思上书不便,不如入内面陈,谁知皇上偏谕令缓罚,倘被哈麻闻知,岂不要挟嫌生衅,暗图陷害?我的性命,恐要送掉了!"定住笑道:"你弄错了主见,没有奏章,如何援案处罚?"顺帝之意,未必如是。搠思监道:"如此奈何?"定住道:"你不要怕,有我在此,保你无事!"搠思监还要细问,经定住与他密谈数语,方喜谢而去。定住遂与平章政事桑哥失里,联衔会奏,极言哈麻兄弟不法状。果然奏牍夕陈,诏书晨下,将哈麻兄弟削职,哈麻充戍惠州,雪雪充戍肇州。两人被押出都,途次忤了监押官,活活杖死。宫廷不加追究,想总是相臣授意,令他如此。上文密谈二字,便已寓意,然亦可为脱脱泄愤。

顺帝即拜搠思监为左丞相,已而定住免官,搠思监调任右相,这左丞相一职,仍起复故相太平,令他继任。搠思监内媚奇后,外谄皇子,独太平秉正无私,不肯阿附。时皇子爱猷识理达腊已正位青宫,因见顺帝昏迷不悟,常以为忧,前闻哈麻倡议内禅,心中很是赞成,及哈麻贬死,内禅辍议,不禁转喜为悲,密与生母奇皇后商议,再图内禅事宜。奇皇后恐太平不允,乃遣宦官朴不花,先行谕意,令他勉从,太平不答,嗣又召太平入宫中,赐以美酒,复申前旨。

可奈太平坚执如前，虽经奇皇后晓谕百端，总是拿定主意，徒把那依违两可的说话，支吾过去。奇后母子，缘是生嫌，左丞成遵、参知政事赵中，皆太平所擢用，皇太子令监察御史买住等，诬劾他受贿违法，下狱杖死。太平知不可留，称疾辞职，顺帝加封太保，令他养疾都中。

会阳翟王阿鲁辉帖木儿拥兵抗命，将犯京畿，顺帝命少保鲁家，引兵截击，未分胜负。皇太子禀诸顺帝，请饬太平出都督师，顺帝照准。太平知皇子图己，立即奉命出都。可巧阳翟王兵败，其部将脱骧缚王以献，太平不受，令生致阙下，正法伏诛，于是太平幸得无事。嗣后上表求归，顺帝命为太傅，赐田数顷，俾归奉元就养，太平拜谢而归。

既而顺帝欲相伯撒里，伯撒里面奏道："臣老不足任宰相，若必以命臣，非与太平同事不可。"顺帝道："太平方去，想尚未到原籍，卿可为传密旨，饬他留途听命。"伯撒里连声遵旨，退朝后，亟遣使截住太平，太平自然中止。不料御史大夫普化，竟上书弹劾太平，说他在途观望，违命不行。这位昏头磕脑的元顺帝，也忘却前言，竟下诏削太平官。并非贵人善忘，实系精血耗竭，因此昏昏。搠思监又受奇后密敕，再诬奏太平罪状，有旨令太平安置土蕃。太平被徙，行至东胜州，复遇密使到来，逼他自裁，太平从容赋诗，服药而死，年六十有三。太平之死，与脱脱相类。

太平子也先忽都，尚为宣政院使，搠思监阳为劝慰，阴谋加害，遂酿成一场大狱，闯出漫天祸祟，扰得宫阙震惊，一古脑儿送入冥途，连有元百年的社稷，也因此灭亡。一鸣惊人。原来奇后身边，有一宦官，与奇后幼时同里，及奇后得宠，遂召这宦官入宫，大加爱幸，如漆投胶。这宦官叫作何名，就是上文所说的朴不花。朴不花内事嬖后，外结权相，气焰熏灼，炙手可热，宣政院使脱欢，与上文脱骧异。曲意趋附，与他同恶相济，为国大蠹。监察御史傅公让等，联衔奏劾，被奇后母子闻知，搁起奏折，把傅公让等一律左迁，恼动了全台官吏，尽行辞职。仿佛同盟罢工。

治书侍御史陈祖仁上书太子，直言切谏，太子虽是不悦，奈已闹成大祸，不得不据实奏闻。顺帝方才得悉，令二人暂行辞退。祖仁犹强谏不已，定要将二竖斥逐，同台御史李国凤，亦言二竖当斥。顺帝接连览奏，怒他絮聒，竟欲将陈、李二人加罪。御史大夫老的沙，系顺帝母舅，力言台官忠谏，不应摧折，乃仅命将二人左调。惟奇后母子，怀恨不已，竟潜及老的沙。顺帝尚不忍加斥，封为雍王，遣令归国；尚有渭阳情。一面命朴不花为集贤大学士。老的沙愤愤西去，知枢密院事秃坚帖木儿，素与老的沙友善，且与中书右丞也先不花有隙，至是亦随了老的沙西赴大同。

大同镇帅孛罗帖木儿与秃坚帖木儿，又是故友，遂留他二人在军。搠思

第五十九回　阻内禅左相得罪　入大都逆臣伏诛

监侦知消息，竟诬老的沙等谋为不轨，并将太平子也先忽都也加入在内。注意在此。此外在京人员，稍与未协，即一网牵连，锻炼成狱。也先忽都等贬死，又遣使至大同，索老的沙等。孛罗帖木儿替他辩诬，拒还来使，搠思监与朴不花遂并劾孛罗帖木儿私匿罪人，逆情彰著。顺帝头脑未清，立下严旨，削孛罗帖木儿官爵，使解兵柄归四川。

看官！你想孛罗帖木儿本是个骄恣跋扈的武夫，闻着这等乱命，哪里还肯听受，当下分拨精兵，令秃坚帖木儿统领，驰入居庸关。知枢密院事也速等，与战不利，警报飞达宫廷，皇太子率侍卫兵出光熙门，拟去邀击。行至古北口，卫兵溃散，无颜可归，只得东走兴松。秃坚帖木儿乘势直入，竟至清河列营，京城大震，官民骇走。顺帝遣国师达达，驰谕秃坚帖木儿，命他罢兵。秃坚帖木儿道："罢兵不难，只教奸相搠思监，权阉朴不花，执送军前，我便退兵待罪。"达达回报，急得顺帝没法，不得已如约而行。此时的奇皇后，也只有急泪两行，不能保庇两人，眼见他双双受缚，出界外军。谋及妇人，宜甚死也。秃坚帖木儿见此两人，不遑诘责，立命军士将他剁死。死有余辜。乃引兵入建德门，觐顺帝于延春阁，伏哭请罪。顺帝慰劳备至，赐以御宴，并授为平章政事，且复孛罗帖木儿官爵，并加封太保，仍镇大同，秃坚帖木儿乃驱军退还大同去了。

顺帝以外兵已退，召还太子。太子还宫，余恨未息，定要除孛罗帖木儿，遂遣使至扩廓帖木儿军前，命他调兵北讨。扩廓素嫉孛罗，便即应命发兵。孛罗帖木儿察知此事，不待扩廓兵到，先与老的沙、秃坚帖木儿两人，率兵内犯，前锋入居庸关。皇太子又亲督卫兵，守御清河，军士仍无斗志，相率惊溃。太子孤掌难鸣，遂由间道西去，往投扩廓帖木儿。孛罗等长驱并进，如入无人之境，既抵建德门，大呼开城。守吏飞奏顺帝，顺帝又束手无策，忙与老臣伯撒里商议。伯撒里拟出城抚慰，并自请一行，顺帝喜甚。忽忧忽喜，好似黄口小儿。当日伯撒里出城，会晤孛罗帖木儿，表明朝廷调遣，事由太子，非顺帝意。孛罗因请入觐。伯撒里请留兵城外，方可偕入。孛罗应允，只与老的沙、秃坚帖木儿二人，随伯撒里入朝。既见帝，并陈无罪，且诉且泣，顺帝也为泪下。尝谓妇人多泪，不意庸主逆臣，亦复如是。当下赐宴犒军，并授孛罗帖木儿为左丞相，老的沙为平章政事，秃坚帖木儿为御史大夫。寻复进孛罗为右丞相，节制天下军马。

孛罗既专政，将所有部属，布列省台，逐宫中西番僧，诛秃鲁帖木儿等十余人。此举差快人心。且遣使请太子还京，并赍诏夺扩廓官。扩廓拘留京使，奉太子名号，檄召各路人马，入讨孛罗帖木儿。孛罗大怒，带剑入宫，硬要顺帝缴出奇后。顺帝只是发抖，不能出言。孛罗仿佛曹阿瞒，顺帝仿佛汉献帝。惹得孛罗性起，指挥宦官宫女，拥奇后出宫，幽禁诸色总管府，并调也速御扩廓军。也速以孛罗悖逆不法,阳为奉命,阴遣人连结扩廓,并及辽阳诸王。待至安排妥当,竟声明孛罗罪状,倒戈相向。

孛罗帖木儿闻警,忙遣骁将姚伯颜不花,出拒通州,适遇河溢,留驻虹桥。不意夜间河水灌入,仓猝警醒,几已不及逃生,姚伯颜还恃着骁勇,凫水出营。突来了许多小筏,分载军士,首先一筏,上立大将,挺枪来刺姚伯颜。姚伯颜忙躲入水中,谁知下面已伏着水手,竟将他一把抓住。看官!你道这大将为谁?就是知院也速。他乘着水涨,来袭姚伯颜营,顺流决灌,淹入营中,以致姚伯颜中计,被他擒去,受擒以后,哪里还能活命!孛罗帖木儿愤甚,自将兵出通州,途遇大雨,三日不止,只得还都。

凑巧来了一个宦官,带着美女数人,入府进献。孛罗瞧着,统是亭亭弱质,楚楚丰姿,不由的喜笑眉开,忙问宦官道:"何人有此雅意,送我许多美姬?"宦官答说,是由奇皇后遣送,为丞相解忧。孛罗大悦道:"难得奇后这般好心,你去为我代谢,且致意奇后,尽可即日还宫。"奸雄如曹阿瞒犹悦张济之妻,何况孛罗。宦官受命去讫。孛罗帖木儿忙去邀请老的沙,来府宴饮,老的沙即刻赴召。主宾入席,美女盈前,正是花好月圆,金迷纸醉。迨至半酣,那美女起座歌舞,珠喉宛转,玉佩铿锵,差不多与飞燕、玉环一般神妙。怕就是学天魔舞的宫女。待酒阑客去,孛罗帖木儿任意交欢,自不必说。嗣是连日沉迷,厌闻外事,到了警报四至,乃遣秃坚帖木儿出御,自己仍淫乐如常。一日奉到急诏,促他入宫,不得已跨马驰入,甫到宫门,放缰下马,猛见数勇士持刀出来,方欲启问,刀锋已刺入脑中,脑浆直流,倒地而亡。作恶多端,总难逃过此关。原来威顺王子和尚,恨孛罗无君,密禀顺帝,结连勇士上都马、金那海、伯达儿等,暗伏宫门,一面召他入宫,乘便下手。孛罗果然中计,遂被斫死。老的沙闻孛罗被杀,急至孛罗家中,挈他眷属,出都北遁,伯达儿等复奉旨赶杀,中途追及,一阵乱剁,不分男女老幼,尽行杀死,连老的沙也化作肉糜。老的沙等不必惜,只惜美女数人,也同受死。秃坚帖木儿接着京报,引兵自遁,到八思儿地方,亦为守兵所杀。

顺帝乃函孛罗首,遣使赍往冀宁,召太子还。扩廓帖木儿扈从至京师,途次忽接奇后密谕,令他率兵拥太子入城,胁帝内禅。奇后又出风头。扩廓意不谓然,将到京城,即遣还随军,只带数骑入朝。奇后母子,复怨及扩廓,独顺帝见了太子,很是喜欢。尚在梦中。并嘉谕扩廓,令为右丞相,扩廓面辞,乃以伯撒里为右丞相,扩廓为左丞相。伯撒里是累朝老臣,扩廓系后生晚进,两下意见,未能融洽。过了两月,扩廓即请出外视师。是时江、淮、川蜀,已尽陷没,皇太子屡拟往讨,为帝所阻。至扩廓奏请视师,遂加封太傅河南王,总制关、陕、晋、冀、山东诸道,并迤南一应军马,所有黜陟予夺,悉听便宜行事。扩廓拜辞去讫。

会皇后弘吉剌氏去世,顺帝即册立次皇后奇氏为皇后。又因奇氏系出高丽,立为正后,未免有背祖制,当由廷臣会议,于没法中想出一法,改奇氏为肃良合氏,算做蒙族的遗裔,仍封奇氏父以上三世,皆为王爵。小子有诗咏奇后道:

> 果然哲妇足倾城,外患都从内衅生。
> 我读残元奇氏传,悍妃罪重悍臣轻。

奇氏既立为正后,母子权势益盛,免不得愈闹愈坏。有元一代,从此收场,请看下回交代。

女宠也,宦官也,权臣也,强藩也,此四者,皆足以亡国,顺帝之季,盖兼有之,而祸本则基于女宠!看此回陆续叙来,有宦官朴不花,有权臣搠思监,有强藩孛罗帖木儿及扩廓帖木儿,彼此迭起,如层峦叠嶂,目不胜接,而最要线索,则觑定奇后母子。奇后母子谋内禅,于是朴不花、搠思监,表里为奸,乘间希宠;于是孛罗、扩廓,先后入犯,借口诛奸。倘非顺帝之素耽女宠,何自致此奇祸耶?哲妇倾城,我亦云然!

第六十回　群寇荡平明祖即位
　　　　　顺帝出走元史告终

却说奇后母子,既怨恨扩廓,自然专伺扩廓的间隙,以便下手。扩廓尚不及防,出都南下,军容甚盛,卤簿甲仗,亘数十里。既到河南,便传檄各路将帅,会师大举。是时两河南北,总算平靖,前时受调的军马,多半还镇,如咬住、亦怜真班、月鲁帖木儿等,死的死,老的老,或内用,或罢官,收束第五十五回的将官。只关陕一带,尚有李思齐、张良弼、孔兴、脱列伯诸人,拥兵自固,隐蓄异图。会接扩廓帖木儿檄文,张良弼首先拒命。良弼曾为陕西参政,驻兵蓝田,当察罕帖木儿奉命总军,良弼已不受节制。察罕尝与李思齐联兵往攻,经元廷遣使调解,方才罢手。看官!你想察罕是扩廓的父亲,良弼尚欲抗拒,况轮到扩廓身上,哪里肯低头忍受?扩廓帖木儿以镇将未受调遣,不便讨贼,遂遣关保、虎林赤等,西攻良弼,一面遣人与李思齐联盟。思齐与察罕为老友,至是要受制扩廓,意亦不平。良弼又结欢思齐,愿遣子弟为质,连兵拒守,因此思齐却扩廓使,竟与良弼相连。统有私意用事,如何可以保国?关保等进战不利,扩廓帖木儿遂亲自往攻,留弟脱因帖木儿驻济南,防遏南军。良弼闻扩廓自至,忙邀同孔兴、脱列伯等会议,推思齐为盟主,合兵防御。两下角逐,互有胜负。皇太子乘隙进言,谓扩廓奉命南征,反行西进,显有跋扈情状。顺帝乃遣使驰谕扩廓,令他速即罢兵,专事江淮。扩廓复奏,须平定关陕,然后东行,廷臣大哗。太子亦自请出征,遂由顺帝下诏道:

> 曩者障塞决河,本以拯民昏垫,岂期妖盗横造讹言,簧鼓愚顽,涂炭郡邑,前察罕帖木儿仗义兴师,献功敌忾,迅扫汴洛,克平青齐,为国捐躯,深可哀悼。其子扩廓帖木儿,克继先志,用成骏功,皇太子爱猷识理达腊,计安宗社,累请出师,朕以国本至重,讵宜轻出?遂授扩廓帖木儿总戎重寄,畀以王爵,俾代其行。李思齐、张良弼等,各怀异见,搆兵不已,以致盗贼愈炽,深贻朕忧。询诸众谋,佥谓皇太子聪明仁孝,文武兼资,聿遵旧典,奚命以中书令枢密使,悉总天下兵马,一应军机政务,如出朕裁。其扩廓帖木儿总领本部军马,自潼关以东,肃清江淮;李思齐总统本部军马,自凤翔以西,进取川蜀;以少保秃鲁为陕西行省左丞相,总本部及张良弼、孔兴、脱列伯各支军马,进取襄樊。诏书到日,宜洗心涤虑,共济时难,毋负朕命!

此诏下后,扩廓帖木儿及李思齐、张良弼等,俱不受诏,仍是互相残杀。皇太子亦留都不行,但遣人运动扩廓麾下,阴使脱离关系,自归朝廷。于是关保、貊高等,都叛了扩廓,愿从朝命。皇太子禀准顺帝,罢扩廓兵柄,削太傅左丞相职衔,仍前河南王,食邑汝州,所有前统各军,概派别将分领。扩廓帖木儿仍不受命,惟退军泽州。顺帝又命李思齐、张良弼等,东向出关,关保、貊高等,西向进逼,两路夹攻扩廓。扩廓大愤,竟引兵据太原,尽杀元廷所置官吏,居然行逆。坐实一个逆字,书法谨严。顺帝再削他爵邑,令诸军四面进麾,扩廓也觉势孤,由太原退守平阳。

正在难解难分的时候,忽然霹雳一声,各军瓦解,把纷纷扰扰的江山,尽行扫净,发现一个大明帝国出来!又作惊人之笔。原来河北诸将,自相争战,无暇顾及南方。那时吴国公朱元璋,搜集人材,招募兵士,武有徐达、常遇春、胡大海、俞通海、李文忠等,文有李善长、刘基、宋濂、叶琛、章溢、王祎等,先略浙东,次平江表,所经各地,秋毫无犯,人心相率归向,望风投诚。帝王之师,比众不同。

元廷曾遣户部尚书张昶至江东,授元璋为江西平章政事。元璋极陈元廷失政,难与共事,说得张昶亦被感动,竟留住元璋营中,愿佐戎幕。就是海上魔王方国珍,也因他威德服人,遣使奉书,愿献温、台、庆元三郡,只陈友谅与张士诚勾结,共抗元璋。士诚遣将吕珍,攻入安丰,杀刘福通,拘韩林儿。元

第六十回　群寇荡平明祖即位　顺帝出走元史告终

璋率徐达、常遇春等，倍道赴援，击走吕珍，迎林儿归居滁州。友谅闻元璋救安丰，大兴水师，来围洪都。洪都系龙兴改名，元璋留从子文正，及偏将邓愈等协守，至友谅进攻，一面率兵备御，一面飞书告急。元璋亲率大兵往援，师至湖口，友谅亦撤围东行，渡鄱阳湖，至康郎山，遇着元璋军。元璋督兵死战，纵火焚友谅舟，友谅大败，中矢而死。是战为朱氏兴亡关键，因与《元史》无甚关系，应另详《明史演义》中，故叙述从略。

友谅骁将张定边，挟友谅次子陈理，遁还武昌。元璋遣常遇春督军进攻，自还应天，称为吴王，复率军自捣武昌，降陈理及张定边，湖广、江西诸郡县，次第荡平。友谅了。

再下令讨张士诚。时士诚所据地，南至绍兴，北有通、泰、高邮、淮安、濠泗，直达济宁。徐达、常遇春等，奉元璋命，攻取淮安诸路，连败士诚军，濠、徐、宿诸州，相继攻下。又分兵徇浙西，拔湖州、嘉兴、杭州，东入绍兴。会韩林儿死，乃除去龙凤年号。韩林儿了。建国号吴，立宗庙社稷。复命徐达等进逼平江，士诚固守数月，援尽力穷，城遂陷没，执士诚归应天，士诚自缢死。士诚了。

方国珍前降元璋，后又据境称雄，经元璋将汤和、廖永忠等，水陆夹攻，国珍乃穷蹙乞降。汤和以国珍归应天，未几病殁。国珍了。

嗣是取福州，拔永平，杀福建平章陈友定，复进徇广州，降广东行省左丞何真，诛海寇邵宗愚，各郡县相继归降，连九真、日南、朱崖、儋耳诸城，亦俱纳印请吏，心悦诚服。于是南方大定。吴相国李善长等，连表劝进，奉吴王朱元璋为帝。当于元顺帝至正二十八年正月初四日，载明年月日，为元明绝续之界限。行即位礼，国号明，建元洪武。一个秃头和尚，居然做到皇帝，可见天下无难事，总教有心人。一班开国功臣，于是日辰刻，簇拥吴王朱元璋，出应天城，先至南郊，祭告天地，由太史官刘基，代读祝文。其文云：

  惟大明洪武元年，岁次戊申，正月壬辰朔，越四日乙亥，皇帝臣朱元璋，敢昭告于皇天后土曰：伏以上天生民，俾以司牧，是以圣贤相承，继天立极，抚临亿兆，尧、舜禅让，汤、武吊伐，行虽不同，受命则一。今胡元乱世，宇宙洪荒，四海有蠭虿之忧，八方有蛇蝎之祸；群雄并起，使山河瓜分，寇盗齐生，致乾坤弃灭。臣生于淮河，起自濠梁，提三尺以聚英雄，统一旅而救困苦。托天之德，驱陆军以破肆毒之东吴，仗天之威，连战舰以诛枭雄之北汉。因苍生无主，为群臣所推，臣承天之基，即帝之位，恭为天吏，以治万民。今改元洪武，国号大明，仰仗明威，扫尽中原，肃清华夏，使乾坤一统，万姓咸宁。沐浴虔诚，斋心仰告，专祈默佑，永荷洪庥。尚飨！

读祝毕，吴王朱元璋，率群臣行九叩礼。礼成，乃移就黄幄，南面称尊。文武百官，及都城父老，扬尘舞蹈，三呼万岁。但见天朗气清，风和景霁，居然现出一番升平气象。自是吴王朱元璋，便成了明太祖高皇帝。标清眉目。即位后，返都升殿，又受群臣朝贺，追尊列祖为皇帝，册马氏为皇后，世子标为皇太子，以李善长、徐达为左右丞相，诸功臣亦进爵有差。

越日即下诏伐元，命徐达为征虏大将军，常遇春为副将军，率师二十五万，即日北行。大军由淮入河，直趋山东，势如破竹，陷沂州，下峄州、般阳、济宁、莱州、济南、东平诸路，迎刃即解。转施河南，入虎牢关，大破元将脱因帖木儿，即扩廓弟。乘胜攻入汴梁。元将李思齐、张良弼等，屡接顺帝诏敕，令出潼关御南军，他偏迁延不发，至明军已入河南，不得已率兵驻潼关。渔人到了，蚌鹬危矣。不防明军煞是厉害，数日即至，放起一把大火，将张良弼营兵，烧得焦头烂额。良弼遁去，思齐亦奔还凤翔。大好一座潼关，被明军占据去了。

扩廓帖木儿闻思齐等为明军所困，乘隙东出，来袭关保、貊高。两人不及防备，都被他生擒了去。还要驱兵内犯，险些儿逼入京畿。顺帝大恐，忙下诏归罪太子，复扩廓帖木儿官爵，仍前河南王左丞相，统军南下，截击明军。扩廓乃退屯平阳，逗留不发。

明将徐达，已连下卫辉、彰德、广平，进次临清，大会诸将，分道北攻。至德州，复合军长驱。元兵水陆俱溃，遂进陷通州。元知枢密院事卜颜帖木儿，力战被擒，不屈遇害，元廷大震。顺帝无法可施，只得集三宫后妃，至皇太子妃，同议避兵北行。左丞相失列门，暨知枢密院事黑厮，宦官赵伯颜不花等，极力谏阻，顺帝不从。赵伯颜不花恸哭道："天下系世祖的天下，陛下当以死守，奈何轻出？臣愿率军民出城拒战，请陛下固守京都。"元末有此宦官，可谓庸中佼佼。顺帝尚是沉吟，偏偏警信又到，报称明军将抵京城。那时顺帝手忙脚乱，急令后妃太子等，收拾行装，一面命淮王帖木儿不花监国，以庆童为左丞相，同守京师。挨过黄昏，便挈后妃太子等，开建德门北去。待明军抵齐化门，都中已仓皇万状，淮王率着残兵，守御数日，哪里挡得住百战百胜的明军！至正二十八年八月二十日，明军入城，淮王帖木儿不花、左丞相庆童，及右丞相张康伯、平章政事迭儿必失、朴赛因不花、御史中丞满川、都路总管郭允中，皆死难。不没死事之臣。元亡，统计元自太祖开国，至顺帝北奔，共一百六十二年。自世祖混一中原，至顺帝亡国，只八十九年。

徐达督诸军入城后，禁士卒侵暴，封府库及图籍宝物，令指挥张胜监守宫门，不得妄入。吏民安堵，市肆无惊。当下露布告捷，由太祖传旨奖赏，并命出师西略。徐达复率常遇春等，入山西，逐扩廓帖木儿，顺道趋关中，

第六十回　群寇荡平明祖即位　顺帝出走元史告终

降李思齐等。寻闻元兵犹出没塞外，乃趋还燕都，准备北伐。至洪武二年，出师拔开平，元帝奔和林；三年复北伐，元帝奔应昌。未几元帝逝世，元人谥为惠宗。明太祖以元帝顺天退位，谥为顺帝。明军又进克应昌，元嗣君爱猷识理达腊，仓猝北窜，其子买的里八剌，及后妃诸王等，不及随行，皆被获。未知奇后亦受擒否？送至应天，明太祖下诏特赦，且封买的里八剌为崇礼侯。元参政刘益，亦以辽阳降。朔漠又定，颁诏天下。四年，复遣汤和、傅友德进军四川。时明玉珍已死，子升袭位，发兵拒敌，屡战屡败，没奈何面缚舆榇，出降军前。明玉珍父子又了。明太祖封为归义侯。于是荡荡中华，尽入大明，《元史演义》，可从此告终了。惟还有一段尾声，不能不补叙出来，归结全书正传。

先是西域分封，共有四国，自察合台汗也先不花，并有窝阔台汗地，却成了鼎足三分。应三十二回。也先不花死后，国势渐衰，至元顺帝至正十九年，察合台后裔特库尔克嗣位，复简阅军马，征服叛乱。麾下有属酋帖木儿，系蒙古疏族，强健善战，所向有功。特库尔克死，子爱里阿司嗣与帖木儿不协。帖木儿遂占据中央亚细亚，自行建国，奠都撒马儿罕。嗣复逐爱里阿司，并有察合台汗国全土。适伊儿国汗亚尔巴孔，系旭烈兀弟，阿里不哥远孙。庸弱不振，部下多分据独立，互争不已，帖木儿又代为讨平，乘势占领，两国并合为一。只有一钦察汗国，与他抗衡。钦察汗统辖阿罗思各部，威震西方，拔都远孙月即别汗，及子札尼别汗二代，驱役阿罗思诸侯，气焰尤盛。莫斯科大公宜万一世，最得钦察汗信任，借势营殖，后来俄罗斯肇兴，实基于此。札尼别死，篡弑相继，国又大乱，阿罗思诸侯，亦各图分立。帖木儿引军入援，镇定全境，扶立脱克达米昔为钦察汗。及帖木儿还军，脱克达米昔别图拓地，侵入帖木儿境内。帖木儿怎肯干休！即亲率大军问罪，逐去脱克达米昔，另立一汗，叫作可里的克。表面上令他管辖，实际上仍归自己节制，仿佛近今国际法上所称的被保护国。

帖木儿既并吞西域，复南略印度，侵母儿坦，陷叠尔黑。旋因突厥遗种阿斯曼国即今土耳其国。部长，名巴贾塞脱，连结阿非利加洲的埃及国，夹击帖木儿属地，帖木儿即还军拒战。一战破埃及军，再战擒巴贾塞脱，略定小亚细亚全境，兵威大震，遂招集蒙古各王族，大举而东，竟欲规复中原，混一区宇，仍追效那元太祖的雄图、元世祖的宏业。无如天已厌元，不使再振，这位大名鼎鼎的帖木儿，竟中道病亡，未损明朝片土。此事已在永乐年间，他日演述《明史》，再当详细交代。本书至元亡为止，不过应二十四回，及三十二回中，曾叙及西域四汗国事，若非补入此段，反似上文虚悬，无所归结。看官如嫌简略，请看日后出版的《明史演义》，自知分晓。小子欲就此

搁笔,惟尚有俚句四首,录述于后,作为全书的总束,看官不要诮我画蛇添足哩!诗曰:

> 开疆容易守疆难,文治无闻运已残。
> 八十九年元社稷,徒留战史付人看!

> 累朝佞佛太无知,释子居然作帝师。
> 果有如来应一笑,百年幻梦被僧欺。

> 到底华夷俗不同,上烝下乱竟成风。
> 濠梁幸有真人出,才把腥膻一扫空。

> 大好江山付劫灰,前车已覆后车来。
> 须知殷鉴原非远,试看全书六十回。

本回为结束文字,故于元末各将帅,及东南诸寇盗,一齐叙过,如风扫残云,倏然而尽。至后段述及四汗国事,亦随叙随略,传所谓其兴也勃,其亡也忽者,文境殆似之矣。或谓如许大事,一回了毕,究嫌太简,不知朱明之平定南方,应属诸《明史》中,细评中已屡次说明。至若帖木儿之奄有西域,亦在元亡后数十年间,必欲于此详述,试问元、明两代,将从何处分界耶?故宜详者不厌其烦,宜简者不嫌其略,著书人固自有深意也。